Ins Zentrum des Journals rückt die leidvolle Auseinandersetzung mit dem Zeitgeschehen, mit dem Krieg also, der amerikanischen Politik und nicht zuletzt den Kämpfen innerhalb des Exils. Die Notizen sind knapp, gewähren den Tagesereignissen beinahe mehr Raum als dem werdenden großen Werk, über dessen Fortgang sie dennoch genaue Auskunft geben: Schwankend zwischen Skepsis und Zuversicht ringt Thomas Mann um ›Doktor Faustus‹, den deutschen Musikerroman, der ihm selbst als Vermächtnis gilt. Das Tagebuch bricht am 1. April 1946 ab: Der Autor war lebensgefährlich erkrankt und musste sich einer schwierigen Operation unterziehen.

Thomas Mann, geboren am 6. Juni 1875 in Lübeck, entstammte einer Kaufmannsfamilie. Seit 1893 wohnte er in München und war seit 1894 freier Schriftsteller. 1929 erhielt er den Nobelpreis für Literatur. Er verließ 1933 Deutschland und lebte zuerst in der Schweiz am Zürichsee, dann in den USA, wo er 1939 eine Professur in Princeton annahm. 1941 bis 1952 lebte er in Kalifornien, danach wieder in der Schweiz. Er starb in Kilchberg bei Zürich am 12. August 1955.

Unsere Adresse im Internet: www.fischer-tb.de

THOMAS MANN

TAGEBÜCHER
1944–1.4.1946

Herausgegeben
von Inge Jens

Fischer Taschenbuch Verlag

Ungekürzte Ausgabe
Veröffentlicht im Fischer Taschenbuch Verlag,
einem Unternehmen der S. Fischer Verlag GmbH,
Frankfurt am Main, Oktober 2003

Druck und Bindung: Clausen & Bosse, Leck
Printed in Germany
ISBN 3-596-16065-0

VORWORT

»Schrieb etwas am IX. Kapitel, ändernd, unvertrauend und lustlos. Heiteres Wetter«: Während Thomas Mann im kalifornischen Pacific Palisades seinen Adrian Leverkühn, den Schüler Wendell Kretzschmars, über die Umwandlung des Akkords und eine Harmonik meditieren läßt, die den Anschein der Polyphonie erweckt, befinden sich die deutschen Truppen in der Ukraine längs der Rollbahn Kiew–Schitomir auf der Flucht, strömen, überrascht und desorganisiert, in panischem Rückzug nach Westen, geben, am 1. Januar, während Thomas Mann bei Leverkühn »einen mächtigen Schub musikalischer Kenntnisnahme und erregter Beteiligung« konstatiert, das gerade erst eroberte Schitomir wieder auf: verfolgt vom Gegner und verunsichert durch den plötzlichen Wetterumschwung. In der Ukraine fiel Schnee, nasser Schnee, der bald darauf in Regen überging. (Am pazifischen Ozean hingegen: »Heiteres Wetter«.)

Das Wechselspiel von Poesie und Politik, im *Doktor Faustus* als Gegen- und Miteinander von Zeitblomscher Zeit-Auseinandersetzung und Biographik beschrieben, bestimmt Thomas Manns Tagebuch-Eintragungen der letzten Kriegsjahre: wobei Zeitblom knappe Darstellungen der deutschen Katastrophe blockartig in die ruhig und gelassen erzählte Lebensbeschreibung einfügt, während der Autor, in den Aufzeichnungen der Jahre 1944 und 1945, des Werks eher in Nebensätzen, oft fast am Rande gedenkt und die Analyse der militärischen und politischen Groß- und Kleinwetterlage allem anderen vorgehen läßt. Allem, von der minuziösen Darstellung der Spaziergänge, Tee-Empfänge, Kino-Besuche bis zum abendlichen Vorlesen, den Konzertbesuchen und dem Gespräch mit den Freunden, den deutschsprachigen Unterhaltungen in Los Angeles, in Hollywood, am San Remo Drive.

Zuerst der Krieg, der alles beherrschende, zuerst die täglichen Zeitungs- und Radio-Nachrichten: Was meldet die ›Los Angeles Times‹, was der ›Aufbau‹, die ›Nation‹, der ›New Leader‹, was gibt's in der Wochenschau Neues, wie werden, von Swing oder Drew Pearson, am Radio und in Zeitungs-Kolumnen, die letzten Nachrichten aus Deutschland interpretiert? Ist den Gerüchten über einen unmittelbar bevorstehenden Zusammenbruch der deutschen Armeen zu glauben, oder kommt es am Ende doch zu einer Versöhnung zwischen dem Nazireich und der Sowjetunion? Dauert der Krieg, dank Hitlers Alpenfestung, womöglich noch Jahre?

Kaum ein Tag, an dem, neben Mrs. Meyer oder Frau Katzenellenbogen, dem guten Bruno Frank und dem neu eingestellten schwarzen Dienstmädchen, neben Musikgenuß und Briefverdruß nicht von Offensiven, Bombenangriffen, Machtkämpfen unter den Herrschenden die Rede ist.

Thomas Mann war nicht nur ein passionierter Kinogänger, sondern in gleichem Maße, immer auf *news* bedacht, ein exzessiver Zeitungsleser und Radiohörer – in welchem Ausmaß, das beweist der vorliegende Band. Schlagzeilen, Kommentar-Resümees, Reportagen-Extrakte aneinandergereiht – eine Manier, die den Text hier und dort beinahe apokryph sein läßt und, da die Quellen der Notate nachgewiesen werden müssen, zu weit intensiverer Kommentierung der Aufzeichnungen als in jenen Bänden zwingt, wo das Persönlich-Private, Selbstanalyse und Werkbeschreibung, im Vordergrund steht.

1944 und 1945 dagegen präsentiert sich über weite Passagen ein »Außengelenkter« – einer, der von Nachricht zu Nachricht, von Gerücht zu Gerücht den endgültigen Zerfall des Hitler-Reiches herbeisehnte, ohne doch, als es dann soweit war, seine Zweifel, Ängste und Skrupel zu verlieren: »Ist dies nun der Tag«, heißt es am 7. Mai 1945, »korrespondierend mit dem 15. März 1933, als ich diese Serie von täglichen Aufzeichnungen begann, – also ein Tag feierlichster Art? Es ist nicht gerade Hochstimmung, was ich empfinde. Natürlich ist die gegenwärtige deutsche Regierung nur episodisch, Instrument der Kapitulation, da Eisenhower keinen Himmler ins Zelt lassen konnte. Übrigens aber wird dies oder das *mit* Deutschland, aber nichts in Deutschland geschehen, und bis jetzt fehlt es an jeder Verleugnung des Nazitums, jedem Wort, daß die ›Machtergreifung‹ ein fürchterliches Unglück, ihre Zulassung, Begünstigung ein Verbrechen ersten Ranges war. Die Verleugnung und Verdammung der *Taten* des Nationalsozialismus innen und außen, die Erklärung, zur Wahrheit, zum Recht, zur Menschlichkeit zurückkehren zu wollen, – wo sind sie? Die alberne Zerrissenheit der Emigration, der neidische Haß auf mich und meine Haltung kommen hinzu, die Freude niederzuhalten.«

Der Ton bleibt gedämpft, gewinnt in der Folgezeit, während der McCarthy-Ära, sogar noch an Bitterkeit, *and my ending is despair* wird, zumal in den von Schreibhemmungen bestimmten allerletzten Jahren, zum Leitmotiv; aber noch ist, ungeachtet aller Hoffnungen und Besorgnisse unmittelbar vor der Götterdämmerung des Dritten Reichs, die Kreativität trotz wiederkehrender »Mattigkeit« (doch wann hätte Thomas Mann darüber *nicht* geklagt?) ungebrochen; der *Doktor Faustus* kommt zügig voran, Lektüre (von Riemenschneider bis Schönberg) und Gespräch (Meditationen mit Adorno), Problem-Analyse (was mache ich mit Shakespeares Brautwerber-Motiv? Wie baue ich, anspielungsreich und mit Spaß, die »schwarze Dame« ein?), Abgrenzung des Umfelds (wie äußert sich Hugo Wolf zu Dostojewski? Was wäre gewesen, wenn August von Platen mit seinem geliebten Hornstein nicht nur geschwärmt, sondern Ernst gemacht hätte?) – alles steht, wie immer, soweit es die Kräfte und die politischen Ereignisse erlauben, im Zeichen des *work in progress.*

Lehrreiche, Arbeitsmanier und Lebenseinstellung des Autors illustrierende Eintragungen – und witzige dazu! (»Las abends lange in Platens Tagebüchern. Verglich und fand viel Grund zur Dankbarkeit. Daß Hornstein ihm sagt, er werde früh sterben, ist alles Mögliche für den Lümmel. Das Illusionäre der Liebe in der Homoerotik ungeheuer verstärkt. Alle Wirklichkeit führt das Gefühl ad absurdum. Mit dem Hauptmann im Bett zu liegen – wie wärs gewesen?«)

Der Ton, zumal in sexualibus, nimmt sich noch freimütiger aus, heiterer und distanzierter als in den Jahren zuvor; Konfession verbindet sich mit Selbstkritik; der Siebzigjährige macht Ernst mit dem Spiel, das er schon als Vierzigjähriger trieb: sich historisch zu sehen, das eigene Werk zu bewerten, den *Joseph* auf eine Schlüsselstelle hin zu interpretieren, die *Buddenbrooks* zu preisen, aber sich im selben Atemzug doch gegen die These »one man – one work« zu verwahren. Schließlich sei man ja nach Vollendung des lübischen Familien-Epos nicht gerade untätig gewesen: »Ein kurzer, aber denkwürdiger Brief von Werfel, auf dem Kranken-, vielleicht Sterbelager diktiert, über die ›Unsterblichkeit‹ von ›Buddenbrooks‹, die er in 3 Tagen wieder gelesen. Ich sinne darüber, ob es nicht dies Buch, unter allen von mir, ist, das bleiben wird. Vielleicht blieb mir danach nur noch, ein nachfolgendes langes Leben leidlich würdig und interessant zu erfüllen. Ein Fall, wie die ›Cavalleria‹ ist es gewiß nicht. Aber vielleicht einer wie der ›Freischütz‹. Immerhin sind ›Oberon‹ und ›Euryanthe‹ noch auf dem Repertoire. – Etwas goethischer habe ich die Lebensentfaltung mit Z[auber]b[er]g, Joseph, Lotte doch zu gestalten versucht nach dem Jugendwurf.«

Der Leser sieht ihn vor sich, den Tagebuchschreiber: Wie er Werfel zunächst zustimmt, dann die den *Buddenbrooks* folgenden Werke langsam aufwertet (›Oberon‹ und ›Euryanthe‹ – das ist schließlich nicht nichts), um ganz am Ende die Rangordnung nahezu umzustoßen: Mit Goetheschen Augen betrachtet, ein steter Aufstieg vom »Jugendwurf« bis zur *Lotte*, dem Roman in der Nachfolge des Meisters!

Der Tagebuch-Schreiber blickt zurück – hier, im Dialog mit

dem alten Freund Werfel, eher heiter, gelassen fragend und sinnend, dort, wo die Vergangenheit, die konservative Zeit der *Betrachtungen*, ihn einzuholen droht, gereizt und polemisch: unwillig, die im Ästhetischen gebilligte Selbstkritik auch im Politischen zu praktizieren: »Offener Brief eines Prof. Peyre, höhnischer Angriff mit Citaten aus den ›Betrachtungen‹. Nervenbelastung und Nötigung zur Zurückweisung.«

Kein Zweifel, sobald irgend jemand es wagt, den *praeceptor olim Germaniae nunc totius mundi* an seinen früheren Attacken gegen Westlertum, Demokratie und politisierende Journaille, gegen Zivilisationsliteraten und Rhetor-Bourgeois zu messen, wird die Redeweise gallig und spitz – so kalt und magistral wie sonst nur an jenen Stellen, wo es um den politisch vermeintlich so viel hellsichtigeren Bruder geht, Heinrich, den linke Autoren gegen den berühmten, aber moralisch dubiosen Thomas auszuspielen versuchten: »Kommunistische Eseleien in ›Author's League Bulletin‹: ›His [Heinrich Mann's] not Thomas' books burned on the stakes in Berlin!‹ Schriftsteller, ›who lived on in the skies, in far removed kingdoms, in legends and analogies – and they could afford it economically.‹ Die Schriftsteller ohne Namensnennung.«

Politisches Zaudern, nach 1933, Ausbleiben eines Widerrufs der Thesen aus der *Betrachtungen*-Zeit: Spät, auf dem Höhepunkt des Weltruhms erst, holt Thomas Mann die längst abgelegt geglaubte Vergangenheit ein, befördert von Kleinen und Großen, von Mitläufern und Con-Autoren wie Brecht, von Skribenten, die ihr Mütchen kühlen wollten, endlich einmal, und von Moralisten auf Seiten der Linken. Der Tagebuch-Schreiber, soviel wird deutlich, sah sich gerade um die Zeit des Kriegsendes einer Phalanx von Gegnern gegenüber, die von hämischen Beckmessern über unbelehrbare Nationalisten bis zu jenen Aufrechten reichte, die, wie James Franck, den ewig Zögernden, immer nur halb Entschlossenen, heute Vorpreschenden und morgen Revozierenden gern entschiedener gesehen hätten – in der deutschen Frage vor allem.

Aber, wird zu überlegen sein, spricht nicht eben die Unentschiedenheit, das Bedenken und Wiederbedenken, für Thomas Mann? Daß er, hier, den Morgenthau-Plan für »vernünftig« hielt und dort, die Folgen bedenkend, vor der Brutalität des Vansittartismus zurückschauerte? Daß ihn die Pharisäer im fernen Deutschland ebenso anwiderten wie die rechten Sozialdemokraten in den Vereinigten Staaten mit ihren patriotischen Plänen? Daß er, insgeheim, Einstein recht gab, der mit allem Deutschen nichts mehr zu tun haben wollte und dann doch, wenngleich unter Qualen, James Francks Votum zugunsten der Unschuldigen im darniederliegenden Land unterschrieb? Daß er, auf der einen Seite, Berichte über eine New Yorker Heinrich-Mann-Feier »mit dem Text seiner Botschaft« mißbilligte (»eigentümlich zu lesen, nicht ohne Gefühl einer gewissen Mißdeutung seines Falles, z. B. der revolutionären Konjunktur-Auferstehung seines Werkes 1918. Unmöglich, nicht einige Schiefheit zu empfinden«) und daß er sich, auf der anderen Seite, tief beeindruckt von sozialdemokratischen Äußerungen im ›New Leader‹ zeigte: Hunderttausende hätten in Deutschland dem Londoner Rundfunk zugehört »und meine Sendungen besonders geschätzt«? Daß er die Wiederaufbaupläne des ›Council for a Democratic Germany‹ als arrogant und nationalistisch verwarf und gleichwohl nie aufhörte – wie die Tagebücher der folgenden Jahre beweisen werden –, an Deutschland zu leiden?

Ja, es hat ihn bekümmert, daß sein Land sich nicht aus eigener Kraft vom Faschismus erlöste; rührend zu lesen, wie der Autor des *Doktor Faustus* über ›Fidelio‹ und die ›Zauberflöte‹ als Festopern zur Befreiung Deutschlands meditierte, rührend, wie er im nach dem Krieg als immer kulturfremder empfundenen Amerika, dessen Humanität für ihn mit *seinem* Präsidenten, Roosevelt, gestorben zu sein schien ... rührend, wie er, ›Irrungen Wirrungen‹ lesend und Furtwängler hörend, sich an winzigen Auflagen deutschsprachiger Ausgaben erfreut (1800 Exemplare von *Joseph, der Ernährer*), rührend, wie er die Hoffnungszeichen aus Deutschland wortwörtlich zitiert und, während er in Kalifornien über seine musikalische Heimat nachdenkt (Dreiklang-Welt des ›Ringes‹ oder ›Tristan‹-Akkord?), im September 1944, bei unabsehbarem Finale des Krieges die Frage stellt: »Werde ich also das Ende des 1933 Begonnenen doch nicht mehr auf deutschem Papier verzeichnen können?«

Auf deutschem Papier, nicht auf amerikanischem! Und trotzdem – ungeachtet allen gelegentlich durchbrechenden Heimwehs (auch dies wird sich verstärken, am Ende der vierziger Jahre, vor allem beim Hören deutscher Musik): Die Deutschen blieben für den Emigranten von Pacific Palisades ein *unseliges* Volk, aber ein armes und erbarmungswürdiges auch: Die Zerteilung »scheint endgültig, und nur der Wechsel der Generationen kann versöhnend wirken«.

Hellsicht mit Skepsis, Zweifel mit einem Gran von Wehmut, Kälte mit Beklommenheit vereint; Beklommenheit – auch Zorn! –, die sich einstellten, wenn Thomas Mann Gelegenheit hatte, sich mit unvoreingenommenem Blick zu Texten zu äußern, die im Reich als »Widerstandsliteratur« etikettiert worden waren, Ernst Jüngers Traktat ›Der Friede‹ zum Beispiel: »Schönheit des Krieges. Größe des deutschen Soldaten, deutscher Lebensraum. Rückkehr des deutschen Ehrgefühls.«

Die Tagebücher zeigen: Deutschland, das blieb, was es seit der Emigration gewesen war – sehr nah, sehr fern –, und widersprüchlich ohnehin. Dies freilich auch aus Gründen mangelhafter Information. Gespenstisch, was da alles geglaubt wird von einem, der, auf Kolportage, historische Schauerballaden und groteske Moritaten erpicht, noch das Absurdeste, da's in der Zeitung steht, für bare Münze nimmt: »Wachsende Überzeugung, daß es nie ein Bomben-Attentat auf Hitler gegeben hat.« (14. 8. 44) »In Deutschland deutliche Anzeichen für den Versuch, eine bolschewistische Kriegsrevolution als letztes Mittel ins Werk zu setzen.« (23. 8. 44) »Schwedische Nachricht über das Spezial-Unterseeboot, mit dem Hitler über Argentinien nach

Japan entkommen soll.« (18. 9. 44) »Der 10000fache Mörder R. Freisler ist von einer Generals-Kamarilla ermordet worden (gehängt.)« (20. 2. 45) »Unheimliche Schilderung der Alpenfestungen, wo auch die unterschiedlichsten europäischen Quislings sich bergen sollen.« »Nicht nur die Quislings werden mit in die Alpenfestungen genommen, sondern auch die europäischen Geiseln, darunter der König von Belgien.« (3./4. 4. 45) Einerlei, ob eine BDM-Führerin im Generalsrang (!) verhaftet wird oder Himmler seinen Kopf rettet, während er Hitler preisgibt: an Wundermären ist kein Mangel, und Thomas Mann zögert nicht, seine grotesken Zeitungs-Trouvaillen (wie man Goerdeler aufgespürt, wie Göring, togagewandet, als neuer Nero Leckerbissen aufgetischt und Juwelen verteilt oder wie Truman in Potsdam Stalin und Churchill am Pianoforte aufgespielt habe) . . . Thomas Mann zögert nicht, diese Genre-Szenen genußreich nachzuerzählen.

Und dann, auf einmal, doch wieder die Angst! Die Furcht des Uninformierten, auf vage Gerüchte Verwiesenen, die Ardennen-Offensive könne zum Erfolg führen, der Krieg weiter und weiter gehen, die Zeit der *Buddenbrooks* und des *Zauberbergs* endgültig vorbei sein. In der Tat, nach der Lektüre der späten Kriegstagebücher wird das wechselseitige Mißverstehen zwischen dem Emigranten und seinen im Land gebliebenen Lesern begreifbarer als vorher: beide, unterschiedlich informiert, wußten wenig voneinander – *zu* wenig, um die Position des Partners, in aller Beschränktheit, respektieren zu können. Und trotzdem gibt es Verbindungen, Kongruenzen sogar zwischen Chronisten, hüben und drüben, die ansonsten nicht das Geringste miteinander vereint. »Im Blatt die Nachricht von dem phantastischen Fang, den die Amerikaner mit deutschem Goldhort, verstaut nebst gestohlenen Kunstwerken und wertvollen Manuskripten in einer Salzmine irgendwo bei Hersheim in Mitteldeutschland gemacht haben«: eine Notiz vom 8. 4. 1945, die diesmal ein wahres, über UP verbreitetes und einen Tag später von einem anderen Tagebuchschreiber,

Joseph Goebbels, bestätigtes Ereignis betrifft: »Eine traurige Nachricht kommt über UP aus Mühlhausen. Dort sind in den Salzbergwerken unsere gesamten Goldreserven in Höhe von hundert Tonnen und dazu noch ungeheure Kunstschätze, u. a. die Nofretete, in die Hand der Amerikaner gefallen.«

Der gleiche Tatbestand aus zweierlei Sicht, hier und noch an einer anderen Stelle: »Hauptmann, in der D[eutschen] Allgem[einen] Zeitung, vergoß Tränen (›Ich weine‹) über Dresden. Über sonst nichts.« (Thomas Mann am 15. 5. 45) Dazu, zwei Wochen vorher, Goebbels in seinem Journal: »Gerhart Hauptmann hat uns eine [. . .] Erklärung zu den englisch-amerikanischen Terrorangriffen auf Dresden zur Verfügung gestellt. Er hat diese Angriffe selbst mitgemacht und spricht darüber in einer Sprache, wie sie dem ersten Dichter des Reiches wohl ansteht.«

Doch damit hat sich's auch schon, an »Gemeinsamkeit«: Während Goebbels am Vorabend von Hitlers Geburtstag seinem Vertrauen Ausdruck gibt, daß Gott, wie schon so oft, Luzifer wieder in den Abgrund, aus dem er gekommen, zurückschleudern werde (»nicht die Unterwelt wird diesen Erdteil beherrschen, sondern Ordnung, Friede und Wohlstand«), nennt, alle apokalyptischen Visionen konterkarierend, Thomas Mann die Wahrheit beim Namen: Nahe bei Weimar, wenige Kilometer nur von Goethes Haus am Frauenplan entfernt, hätten amerikanische Truppen das Konzentrationslager Buchenwald befreit: »Gen[eral] [Patton] läßt die Civil-Bevölkerung von Weimar vor den Crematorien [. . .] defilieren und erklärt sie für verantwortlich.«

Keine Reflexion nach diesem Satz; gerade die schauerlichsten Szenen – hier: die exemplarische Verurteilung der Nation Goethes – bleiben in den Tagebüchern häufig unkommentiert. Das Notat spricht für sich selbst: »Lübeck von den Russen besetzt.« (Ein Gerücht, auch diese Nachricht, freilich nur.)

Inmitten des allgemeinen Mordens, der Katastrophe, des Endes der faschistischen Herrschaft, der Befreiung aller Inhaftierten vergißt der Tagebuchschreiber dennoch nie, auch und gerade dem persönlichen Tod, dem Sterben der Freunde und Altersgefährten, Reverenz zu erweisen und das Finale des Kriegs in einem Atemzug mit dem Abtreten einer großen Generation, *seiner* Generation, zu nennen: »Heroen oder Celebritäten meiner Epoche verschwinden: Valéry tot, Mascagni tot – Ruhte im Arbeitszimmer.«

And my ending is despair? Noch nicht, noch lange nicht. Während Russen und Amerikaner die Absicht bekunden, Ostpreußen, Schlesien und Pommern an Polen zu geben (Eintragung vom 4. 7. 44), und das Buchenwald-Deutschland immer schneller zur Hölle fährt, schreibt Thomas Mann, in der Kunst die Realität aufhebend, am XIX. Kapitel des *Doktor Faustus.* »Ich spreche von diesem Augenblick, indem ich, nicht ohne Erbeben, nicht ohne daß sich mir das Herz zusammenkrampft, auf das verhängnisvolle Geschehnis zu sprechen komme«: Damit ist nicht das Ende des Reiches, sondern – die Infektion des Komponisten Adrian Leverkühn durch die Hetäre Esmeralda gemeint.

»Ich sagte«, läßt Serenus Zeitblom wissen, »daß [er] an den Ort, wohin ein frecher Sendbote ihn verschleppt, zurückkehrte«: Das Werk nimmt seinen Fortgang. Zu Beginn des Jahres 1944 besuchte der Primaner Leverkühn Konzerte in Merseburg, Erfurt und Weimar (von Buchenwald konnte Thomas Mann noch nichts wissen); Ende März 1946, zweieinviertel Jahre später, ist Adrian längst zum Meister geworden, die Tragödie stürmt zum Finale, Clarissa Rodde, das Ebenbild Carla Manns, begeht Suizid – und Deutschland? Nur ein paar Wochen noch, und es wird heißen: »O Deutschland, du gehst zugrunde, und ich gedenke deiner Hoffnungen.«

Doch bevor es soweit ist, zu Beginn des XXXVI. Kapitels, hört, fünfzehn Romanseiten vorher, das Journal plötzlich auf: Zum ersten Mal seit mehr als einem Vierteljahrhundert muß sich der Autor, lebensgefährlich erkrankt, dem Frondienst knapper Fixierung des Tagesgeschehens entziehen. »Aufschub der Vortragsreise bis Oktober fast beschlossene Sache.« (1. April 1946; danach eine Zweimonatspause.)

»Das Tagebuch bricht ab«, schreibt der Chronist der *Entstehung des Doktor Faustus* – für die Editorin ein Wink, ihrerseits an dieser Stelle innezuhalten und den nächsten Band, der die Zeit vom Frühjahr 1946 bis zum 31. Dezember 1948 umfassen soll, mit der Eintragung beginnen zu lassen: »Dienstag den 28. V. 1946, Pacif. Palisades. Gestern vormittag hier mit Erika wieder eingetroffen.«

1944

Pacif. Palis., Sonnabend den 1. I. 44

Gedachte, 8 Uhr aufzustehen, verschlief aber, da um 7 auf gewesen war, bis 9 Uhr. Schrieb /etwas am IX. Kapitel/, ändernd, /unvertrauend und lustlos./ Heiteres Wetter. Auf der Promenade. Müde und bedrückt den ganzen Tag, wie seit Tagen. Auch erkältet. Machten Neujahrsbesuch bei Singers. Ging auch nachmittags noch etwas und las noch in den Vorarbeiten zum Roman. Abends in »Heart of Europe«.

Pacif. Palis., Sonntag den 2. I. 44

Früher auf, kurz nach 8. Regen. /Zwischen-Vorbereitungen,/ musikalisch. Nicht geschrieben. Mit K. im Regen etwas gegangen. /In Schönbergs »Harmonielehre«./ Zum Thee junge Leute, Lieutenant und Sergeant englisch-irischer Abkunft mit ihren Frauen, Verehrer. Weitere Notizen über Musikalisches. Abends Philharmonie aus San Francisco, brillant, Polnische Symphonie von Chabrier, meisterhaft dirigiert von Monteux. Sätze aus der Neuen Welt von Dworac. Jung-Französisches. Dazwischen Nachrichten über Erfolge im Pacific und in Rußland, nahe der alten polnischen Grenze, auch nicht weit der rumänischen. Invasionsfieber. – Weiteres bei Schönberg.

Pacif. Palis., Montag den 3. I. 44

Kurz nach 8 Uhr auf. Es scheint, ich hatte vergessen, wie wichtig [es] ist, den Tag rechtzeitig zu beginnen. /Schrieb den Schluß von VIII neu./ Vor 12 ausgefahren, zuerst zu Werfel, dem ich »Buddenbrooks« brachte, da er es wieder zu lesen gewünscht. Von da zu N.B.C. zum Sprechen der deutschen Sendung. Las ziemlich matt, da erkältet und nervös. Nach Tische in der Harmonielehre. Mit der Post Parker-Füllfeder, Geschenk aus Cincinnati. Zum [Tee] Rabbi Nußbaum und Frau. Statement in Sachen des brit. White paper. Diktate an die Kahn. Las die »Weltwoche« und »Time«. Der alte Pétain gibt Zeichen der Überzeugung, daß Deutschland den Krieg verloren hat. Schiebt Laval die Verantwortung zu. Die Russen überschreiten die ehem. polnische Grenze.

Pacif. Palis., Dienstag den 4. I. 44

Kurz nach 8 auf. /Gearbeitet an IX./ 12 Uhr Imbiß, Eier mit Speck und Kaffee. Dann Horckheimers als Zeugen abgeholt und mit ihnen down town zu Amte gefahren. Unser Aufenthalt dort dauerte von ½2 bis gegen 5. Mein Verhör durch die freundlich gewissenhafte und etwas genierte Beamtin allein 50 Minuten. Dann K., dann nacheinander die Zeugen. Längeres Warten dann, neue Eidesleistung, Abgabe der Money Order und Zulassung zum Judge. Repetitionen dort. Die Prüferin hatte »Buddenbrooks« bei ihm deponiert, und er fand meine Widmung so rührend, daß er auch eine, in sein Notizbuch verlangte. Bei ihm im Office. Endlich fort, mit dem Versprechen, daß es bis zum Citizen-Certifikat nicht länger als 3 Monate dauern wird. Das wird also ziemlich genau mit dem Erscheinen des englischen Joseph IV zusammenfallen. – Mit Horckheimers zu Brown Derby am Wilshire, wo wir eine Mahlzeit mit Kaffee hielten. Dann nach Hause, die Post zu öffnen. Wunderlicher Tag. Die Nachrichten brachten Erstaunliches über die Taten der Russen, die im Begriffe sind 700 000 Nazitruppen abzuschneiden. Doch sind bisher die deutschen Rückzüge, wenn auch unter Verlusten, gelungen, und die Russen stehen noch hunderte von Meilen von den Reichsgrenzen. – Las die »Weltwoche« und »Nation«. Fahre nachts mit der Geschichte Riemenschneiders im Bauernkriege fort.

Pacif. Palis., Mittwoch den 5. I. 44

½9 Uhr auf. In der Zeitung peinliche Reportage über Heinrichs Frau. Wir fuhren nach der Arbeit, 12 Uhr, zu ihm, wurden aber nicht eingelassen, hinterließen Zettel. Hatten bei Franks Sherry. Nach Tische Zeitschriften. Geschlafen. Nach dem Thee noch Beschäftigung mit IX. Zum Abendessen

Horckheimers und /Adornos. Musikalische Erkundigungen bei diesem./ Viel über Deutschland, Rußland. Später /Vorlesung der ersten drei Kapitel von »Faustus«./ Äußerungen über den Gegensatz zwischen meinen Äußerungen über Deutschland und der deutschen Fundierung, Tönung u. Thematik des Buches. Nachher noch Opus 111 mit der Eingravierung des Namens des Vorspielers. Diese Dinge erregten großes Interesse und Bewegung. – Angriff der Prawda auf Willkie in der polnischen Frage, auch auf demokratische Russenfeinde und die Stimmenfang-Nachgiebigkeit gegen Rechts in diesem Lande. Wieder eine Ermutigung für die Deutschen, deren Sprecher übrigens den tiefen Einbruch der Russen in ihre Winterlinien und die Gefährdung von ½ Million Mann zugeben. – Der Pudel geschoren.

Pacif. Palis., Donnerstag den 6. I. 44
½9 Uhr auf. Heiteres Wetter. Schrieb am /IX. Kapitel./ Spät fort zur Promenade und zum Lunch im Miramar. Danach in der »Intern. Literatur«, Zeitungen. Nachmittags ein paar Briefe mit der Kahn. Besuch von Huldschinsky, der die gerahmten Reproduktionen brachte. Auf- und Umhängen von Bildern. Goethe-Ecke im Arbeitszimmer mit dem Portrait Lottes. Renoir und der altdeutsche Meister im Wohnzimmer. Auch abends nur Zeitungen. Einen begonnenen Brief an die Meyer aus spezieller Unlust und allgemeiner Trägheit abgebrochen. – Anrufe der gestrigen Gäste zum Dank für den sehr genossenen Abend.

Pacif. Palis., Freitag den 7. I. 44
8 Uhr auf. Klarer, sommerlicher Tag. Schrieb am /IX. Kapitel./ Ging gegen den Ozean und fuhr zurück. Kabel von Klaus, daß er seinen überseeischen Bestimmungsort glücklich erreicht hat. Las in der »Harmonielehre«. Schrieb nachmittags längeren Brief an Mrs. Meyer. (Bericht über das Bürger-Examen.) – Lächerliche und skandalöse [Rede] der Luce in Los

Angeles, von unmöglichen Beleidigungen des Präsidenten strotzend. – Die Amerikaner nehmen San Vittore, ohne Gefangene zu machen. Die deutschen Soldaten kämpfen mit äußerster Zähigkeit für den Sieg u. die Verewigung des Nazi-Regimes – damit man wohl unterscheide zwischen Nazis und deutschem Volk. Die Deutschen kommentieren, sie seien weit entfernt, russischen Boden nur aus Prestige-Gründen zu halten. Er wird bald von ihnen geräumt sein.

Pacif. Palis., Sonnabend den 8. I. 44

Am /IX. Kapitel./ Auf der Promenade. Mit Frau Katzenellenbogen zurück, die bei uns lunchte. Zeitschriften. 7 Uhr Buffet-Dinner bei Frau Arnhold, Nachbarschaft. Dr. Scheirer u. Frau, verwittw. Mendelssohn aus Kopenhagen. Dr. Mathias. Junge Leute. Hörte mit Interesse einiges Informative von Scheirer, der Verbindungen hat. Von Februar an werden täglich 5000 Flugzeuge deutsche Fabriken im Reich und außerhalb und Befestigungen bombardieren. Berlin und andere Städte werden vollends ausgeschaltet werden, die Zerstörung grenzenlos sein. Die Auflösung des Reiches im Rahmen einer europ. wirtschaftlichen Föderation sehr denkbar. Ebenso die Inthronisierung Carls von Habsburg mit Coudenhove als Außenminister! Hitler fliegt nach Argentinien, die Seinen gehen untergrund, die Partei wird national-bolschewistisch u. wird im 3. Weltkriege die Jugend aller Länder für sich haben. Der nächste Krieg wird zwischen den U.S. und Süd-Amerika geführt werden. Der Revolutionsputsch in Bolivien deutsche Arbeit. Dies die Neuigkeiten der Zukunft. Ich lauschte müde.

Pacif. Palis., Sonntag den 9. I. 44

½9 Uhr auf. Am /IX. Kapitel/ geschrieben. Mittags bei schönem Wetter mit K. in der Nähe gegangen. Sonntagsmahl ohne Mädchen. In der »Harmonielehre«, die abends beendete. Auch das /Stein'sche Buch über den Bauernkrieg/ gestern abgeschlossen. Mit /»Anton Reiser«/ begonnen. – Nachmittags

Fahrt zu Feuchtwangers in ihrem neuen geräumigen u. sehr schön gelegenen Hause zum Thee. Die Abgelegenheit würde mich bedrücken. Er erwartet den Beginn der Europa-Offensive für 15. März. – Magen-Unwohlsein seit mittags. Als zweite Mahlzeit nur Schleimsuppe und Bratapfel gegessen. – Intrigierender Brief von Overseas Press, einen Artikel für London Evening Standard zu schreiben über What to do with Germany. Prekär, verantwortlich – und interessiert es mich auch nur genug? Auch möglich, daß man der Sorge durch unvorhersehbare Entwicklungen überhoben sein wird. Mit was für einer revolutionierten, proletarisierten, umgestülpten, nackt und bloßen, zerrütteten, glaubenslosen, ruinierten Volksbande wird man es zu tun haben. Die Ausrufung eines National-Bolschewismus und der Anschluß an Rußland ist immer noch nicht unmöglich. Für eine dezente liberal-demokratische Republik ist das Land verloren.

Pacif. Palis., Montag den 10. I. 44

Gestörte Verdauung. Geschrieben am IX. Kapitel. Mittags gegangen und heimgefahren. Viel Post. Lionardo-Reproduktionswerk aus London. Auch nachmittags an dem Kapitel. Gelesen nur Zeitschriften, Nation, Weltwoche. In dieser über den Verlauf eines Luftangriffs in Deutschland, mit Grausen. Der Gedanke, daß Deutschland immer nur übermächtig oder ohnmächtig sein konnte, mit Ausnahme der Bismarck-Epoche, wo es sich leidlich normal in die Völkergesellschaft einfügte, wenn auch nur scheinbar. – Die deutsche Niederlage im Osten wächst.

Pacif. Palis., Dienstag den 11. I. 44

8 Uhr auf. Geschrieben am /IX. Kapitel, gegen das Ende./ Mit K. auf der Promenade bei sehr schönem Wetter. Viel Post. Zwei rührende Dinge: ein langer Brief von Kahler anläßlich meiner Absage an Wolf. /Ein kurzer, aber denkwürdiger Brief von Werfel, auf dem Kranken-, vielleicht Sterbelager diktiert,

über die »Unsterblichkeit« von »Buddenbrooks«, die er in 3 Tagen wieder gelesen./ Ich sinne darüber, ob es nicht dies Buch, unter allen von mir, ist, das bleiben wird. Vielleicht blieb mir danach nur noch, ein nachfolgendes langes Leben leidlich würdig und interessant zu erfüllen. Ein Fall, wie die »Cavalleria« ist es gewiß nicht. Aber vielleicht einer wie der »Freischütz«. Immerhin sind »Oberon« und »Euryanthe« noch auf dem Repertoir. – Etwas goethischer habe ich die Lebensentfaltung mit Zbg., Joseph, Lotte doch zu gestalten gesucht nach dem Jugendwurf. – – Nachmittags zahlreiche Diktate an die Kahn: Statement für Amann, begründete Absage an Overseas Press etc. – Die Deutschen evakuieren ihre Verwaltung aus Ostpolen. Die Frontverkürzung verläuft doch nicht ohne große Verluste, Einschließungen größerer Truppenteile, Materialopfer. Europa wird desto grimmiger verteidigt werden. – Botschaft des Präsidenten an den Congress. Forderung der Arbeiter-Conscription, wogegen Reynolds im Verein mit Links-Labor opponiert. – Zeitschriften gelesen. In Common Sense Gewissensskrupel über den Luftkrieg und die Zerstörung Berlins. Wahr ist, daß man zu einer Art der Kriegführung gezwungen ist, von der befürchtet werden kann, daß sie die Möglichkeit der Versöhnung ausschließt. – Offizielle Vorschläge Rußlands an Polen in Dingen der Grenzziehung. Kompensierung Polens mit deutschem Gebiet. Was werden die deutsch-jüdischen Emigranten sagen nebst Seger, Marck und Brecht. Polen verhält sich zustimmend. Ich nehme an, daß die Deutschen sich, wenigstens zunächst, apathisch verhalten werden. Die deutsche »Geschichte« scheint wirklich zu Ende. Sie begann im Osten und wird an der Quelle desavouiert.

Pacif. Palis., Mittwoch den 12. I. 44

8 Uhr auf. Nach kalter Nacht sehr mildes, sommerliches Wetter. /Schrieb an 2 verschiedenen (musikalischen) Stellen des IX. Kapitels./ Mittags mit K. bei starker Sonne die Bergstraße

gegangen. /Nach dem Thee Weiteres am Kapitel bis zum Abendessen./ Studium der Akten über das Palestina-White paper für ein Statement. Klassische Rede Churchills vom J. 1939. – Berichte über eine riesige Luftschlacht über Deutschland (amerikanischer Angriff). Cassino scheint vor dem Fall zu stehen. Hitler bearbeitet Japan zugunsten eines Angriffs auf Rußland. Exekution des Mussolini-Schwiegersohns Ciano und mehrerer Genossen in Verona. Der Laffe mochte fallen, aber daß das Wrack Mussolini noch morden kann, ist widerwärtig.

Pacif. Palis., Donnerstag den 13. I. 44

Vor 8 Uhr auf. Gearbeitet an den beiden Stellen von IX. Von Singer abgeholt zur Portrait-Sitzung. Hörte Schuberts schönes Trio dabei. Mit K. zum Lunch in einem Grill nahe dem Meer. Zu Hause den »Aufbau« mit meiner deutschen Sendung gelesen. Geschlafen. Gegen Abend Beethoven und Schubert gespielt, auch Wolf »An die Geliebte«. Nach dem Abendessen Ausfahrt, zuerst zu Werfel, wo wir Arlts und Nizzes trafen. Bei /Werfel,/ dem ich auf Wunsch die 4 Erzählungen brachte. Er sah schlechter aus als das vorige Mal und sprach mit ergreifender Begeisterung über »Buddenbrooks«. Ein unsterbliches Meisterwerk, /dessen Verfasser so empirisch vor sich zu sehen, sehr merkwürdig sei./ Dann zu Franks zum Kaffee und Süßigkeiten. Unterhaltung bis ½12 Uhr über die Zeit, Menschen, unsere Söhne, das Commandments-Buch, das vorwiegend schlecht ist, aber jetzt auf der best seller-Liste steht. Der Moses hat eine große Presse, wird gelegentlich zu rationalistisch gefunden.

Pacif. Palis., Freitag den 14. I. 44

½9 auf. /Schloß das IX. Kapitel ab./ Mit K. bei schönem Wetter auf der Promenade. Begann nachmittags Artikel über das White paper on Palestine zu schreiben. Las in dem Buch »Stepping stones to peace« von Felix Langer. »Idealists dream of Th. M. as the president of the second German Republic, a post which he himself would probably most decidedly refuse.« – Im Ganzen vernünftiges blueprint über What to do with Germany. – Briefe ausgefertigt.

Pacif. Palis., Sonnabend den 15. I. 44

/White Paper-Artikel/ neu geschrieben. Auch nachmittags damit fortgefahren. Mittag von Leyden abgeholt zur Portraitsitzung. L. zum Lunch bei uns. Kaffee bei prächtigem Wetter auf der Terrasse. Zum Abendessen bei Neumanns. Nachher Herald, Popper, Kalser. Angenehme Unterhaltung.

Pacif. Palis., Sonntag den 16. I. 44

Starke Sonnenhitze. Schrieb den /Artikel über die Palestina-Frage/ zu Ende und /begann dann, das X. Kapitel zu schreiben./ Fuhr mit K. auf die Promenade. Gute Hausfrauen-Mahlzeit, Tauben, Zabaione. Gelesen in Seger-Marck's »Germany to be or not to be«. Nachmittags längerer Brief an Kahler. – Neue russische Offensive an der baltischen Front. Die ganze Linie jetzt in Bewegung. Eröffnungen über das deutsche Secret weapon, die fabelhafte Raketen-Kanone. Churchill in Nord-Afrika auf dem Wege nach London. Eisenhower in London und einige Tage in Washington. Man scheint für die Invasion fertig.

Pacif. Palis., Montag den 17. I. 44

Föhnig-bedrückend. Schrieb /am X. Kapitel./ Ging allein in der Nähe. Brief von Knopf, Nachricht, daß der Book of the Month Club »Joseph the Provider« für einen Monat zwischen Mai und Dezember reserviert hat, wodurch das Erscheinen weiter verzögert wird, aber viel Geld, gewiß 25 000 Dollars, einkommt. Außerdem Neudruck von Joseph in Egypt, einbändig. Anschaffung eines Flügels beschlossen. – Gelesen in »Syphilis des Zentralnervensystems«. Nachmittags Reihe von Diktaten an die Kahn. Perplexität über die Veröffentlichung, daß in den Pyrenäen zwischen Engländern und Ribbentrop

Verhandlungen über einen Sonderfrieden stattgefunden hätten. Trägt Nazi-Marke. Aber warum glaubt es Pravda? Man gibt die polnische Kalamität als Erklärung. Hörte Swing. Abschrift des White Paper Artikels an Nußbaum.

Pacif. Palis., Dienstag den 18. I. 44

Beschwerliche Hitze. Schrieb an X, war müde. 12 Uhr geholt von Singer zur Portrait-Sitzung. Nahm Portwein mit. Brief von der Meyer, erfreulich vernünftig. Brief von Bermann: Schwierigkeit der Papierbeschaffung für den deutschen Joseph hier. Im »Aufbau« Artikel M. Georgs meiner deutschen Sendung zustimmend. »Dokument weitblickenden Realismus«. Fuhren nach dem Thee zu Heinrich und blieben bei ihm gegen eine Stunde. Las abends in Hagens Buch »Germany after Hitler«. – Der Pravda-Coup bleibt mysteriös. Der Rest der Sowjetpresse ignoriert ihn.

Pacif. Palis., Mittwoch den 19. I. 44

Arge Hitze. /An Kap. X./ Nach Westwood zum Haarschneiden. Ärgerliche Sendung der »New York Post«, Angriff in England (Emigrantenarbeit) auf meine Kriegsäußerungen von 1914, stupide Denunziation. Editor besteht auf Erklärung. – Nachmittags Brief an Herzog, Trinidad. F.B.I. man zu Erkundigung über den Polen Mitchell. Rote Kreuz-Angestellte wegen Hörspiel über den Bonner Brief. Zum Abendessen Franks, Huldschinsky und Leonhard Frank. Lebhafte Diskussion über die Pravda-Angelegenheit und ihre Hintergründe. Später Vorlesung des IV. Kapitel des Romans zum großen Entzücken namentlich L. Franks. Las nach Weggang der Gäste die Nation.

Pacif. Palis., Donnerstag den 20. I. 44

Kein Regen, kühler. Schrieb an der notwendigen /Antwort an die N.Y. Post./ Lunch im Café Français an der Promenade. Zu Hause Zeitschriften. Nachmittags Fortsetzung der Arbeit. Abends Anruf von Erika aus New York, Glückwunsch zum

Book Club und Information über ein kommendes Film-Angebot. Über die Publikation der Message und M. Georgs Besuch bei ihr, bevor er seinen Artikel schrieb. – Las Verschiedenes über Stalins europäische Politik, die der Metternichismus der Alliierten ihm erleichtert. Hitler irrt sich zwar, wenn er glaubt, noch Weltpolitik (mit Rußland, Japan) machen zu können. Aber ein national-demokratisches Reich im Bündnis mit Rußland scheint sicher, und wir hier werden nichts zu »erziehen« haben.

Pacif. Palis., Freitag den 21. I. 44

Schrieb den Brief an Boutell, N.Y. Post, zu Ende. Schön befunden von K. Marschiert und heimgefahren. Nach Tische »Time« gelesen. Geschlafen. Zum Thee amerik. Gäste, Publisher Mc Nitt mit Tochter u. Schwiegersohn, die sich gegenüber angekauft. Dazu Dr. Mathias, der von einer Post war Rehabilitation-Vereinigung in Berkeley berichtete. Soll die amerikanische Administrations-Unfähigkeit in Europa korrigieren. – Deutscher Luftangriff auf London, Tote und Schaden. Kein secret weapon. Weitere Zerstörungen in Berlin. Schwere Verluste der Deutschen an Menschen u. Material bei Leningrad. – Abschrift des Briefes, den Mitschel übersetzt. Ausfertigung von Briefen.

Pacif. Palis., Sonnabend den 22. I. 44

Immerfort heiteres Wetter. Sollte regnen. Etwas geschrieben an X. Von Leyden abgeholt zur letzten Sitzung – bei ihm. Lunch mit ihm u. seinem Söhnchen. Eintreffen des Bücherpackets aus N.Y. Nach dem Thee mit K. etwas gegangen. Handschr. Briefe. – Argentinisch-spanische Ausgabe von »Cervantes, Goethe, Freud«. – Triumphale Nachrichten aus Rußland, auch aus Italien, wo der Hafen von Nettuno genommen ist und der Marsch auf Rom begonnen hat. Schweres Bombardement von Magdeburg. – Brief von Klaus aus Nord-Afrika. Erster Anblick dort: der Bonner Brief zwischen Churchill und de Gaulle. – Las zwei Nummern der »Weltwoche«. Europäische Luft. Der europäische Dschungel. Da wird schlecht administrieren sein, und nicht nach amerikanischen Köpfen wird sich das ordnen. Über die Intellektuellen-Hochkonjunktur nach dem Kriege.

Pacif. Palis., Sonntag den 23. I. 44
Nebel, dann Regen. /Einiges an X./ Zur Portraitsitzung bei Singer. Ein gutes Bild scheint zu entstehen. Rossini-Musik gehört. Hausfrauen-Sonntagsmahl, mit Appetit eingenommen. Thee im Schlafzimmer, angekleidet zur Abendgesellschaft ½7 Uhr bei Viertels. Renoir, Adorno, Fles, die Thimig und ca 30 weitere Personen. Englische Vorlesung seines amerikanischen Nazi-Thrillers in 3 Akten. Gute Verpflegung, Wurstsuppe, Bier und heißer Kaffee. Recht gequält durch Hitze, Rauch und penible Dramatik. Mit Adorno über die musikalische Problematik des Romans. Wohin geht der »Durchbruch«? Er weiß es auch nicht. Verspricht Schrift über Alban Berg, der in demselben Jahr geboren wie Adrian.

Pacif. Palis., Montag den 24. I. 44
Kalter Wind. Etwas am X. Kapitel. Im Mantel gegangen und heim gefahren. Nach Tische mit der Montagspost zu tun. Zum Thee der Journalist Lochner. Brief-Diktate an die Kahn danach bis zum Abendessen. Heftige deutsche Angriffe bei Cassino, um die schlimmsten Folgen von Nettuno zu vermeiden. Rom von Fascisten und Deutschen verlassen. Der Papst weigert sich, deutschen Schutz anzunehmen. Die Bevölkerung bereitet sich zum Schutz der Alliierten. Spricht gegen Badoglio und den König, gegen weitere expediency. – In Berlioz' Memoiren. Fahre fort mit »Anton Reiser«.

Pacif. Palis., Dienstag den 25. I. 44
Arbeit am Schluß von X. ½[?] Uhr Michel mit der Übersetzung des Briefes an die N.Y. Post. Mit ihm durchgegangen

u. korrigiert. Mit K. bei kühlem Wetter und Sonnenschein in der Nähe gegangen. Nachmittags einiges Handschriftliche, Ausschnitte gemacht u. dergl. Zum Abendessen Neumanns. Er las ein solides Stück Erzählung aus seinem Münchener Roman.

Pacif. Palis., Mittwoch den 26. I. 44
/Schloß das X. Kapitel ab./ Ging allein spazieren. (Sehr kühl). Las in Hagens Buch über Deutschland nach Hitler. Schrieb in der Film-Angelegenheit an Leiser und Erika. War mit K. im Majestic, Santa Monika, um den hübsch gemachten Film »Flesh and Fancy« zu sehen. Spätes Abendessen. – Starke Worte Roosevelts an den Senat wegen des Soldaten-Wahlrechts. Kampf um Rom bereitet sich vor. Rußland lehnt angelsächsische Vermittlung in der Polnischen Frage ab. Argentinien bricht mit Deutschland und Japan, die dort untergrund gehen werden.

Pacif. Palis., Donnerstag den 27. I. 44
8 Uhr auf. Ungewöhnlich kalt. /Vorbereitungen zum XI. Kapitel./ Mittags bis ½2 Sitzung bei Singer für das Portrait, das gute Fortschritte macht. Hausfrauen-Lunch. Durchsicht der Post u. Beschäftigung mit Zeitschriften. In Nation Erschütterndes über den underground Kampf, den Gestapo-Graus, das Schicksal der Straßburger Universität Clermont-Ferrand. Tiefes Verlangen nach dem Strafgericht. – Prof. Horckheimer verabschiedet sich beim Thee zu seiner Reise nach New York. /Adorno schickt Schriften über Alban Berg,/ Ausfertigung von Briefen und weitere Vorbereitungsarbeit. Hörte Swing, sehr tapfer über die italienische Politik. Südlich von Rom lokale Gegenangriffe der Deutschen abgeschlagen. Ständige Verstärkung der Invader. Das Verdienst an Nettuno gehört dem britischen General Alexander. – Zum Abendessen bei Hardts. Las das IX. Kapitel vor und zweifle an seinem Bestande. Muß weitergehen und sehen.

Pacif. Palis., Freitag den 28. I. 44
Müde und bedrückt. /Vorbereitungen, Notizen zu XI. Aber es scheint fast nicht möglich./ – Auf der Promenade. – Öffentliche Erregung über japanische Greuel, begangen an Kriegsgefangenen. – Brief an Prof. Marck, Chicago. Diktat-Vorbereitungen. – /Von Adorno Hefte der Wiener Zeitschrift »23« und Buch über A. Berg. Gelesen./

Pacif. Palis., Sonnabend den 29. I. 44
8 Uhr auf. /Vorbereitungen zum Universitätskapitel./ Besuch von FBI Mann, Auskunft über E. Deutsch. Allein in der Nähe gegangen. Wärmer. Nach Tische Beschäftigung mit der Post. Thee im Schlafzimmer. Weitere Notizen-Arbeit. ½7 zu Werfels. Vorzügliches Dinner mit /Alma Mahler/ bei Romanow. Dann mit ihm /bei ihnen. Vorlesung der ersten 3 Kapitel von »Faustus«. Ja, der Anlauf ist gut . . ./ – Berner Gerücht, Himmler sei gestürzt oder auch getötet. Fortgang der japanischen Greuel-Campagne – zu welchem Zweck. Fortschritte gegen Rom. Schweres Bombardement von Frankfurt und Berlin.

Pacif. Palis., Sonntag den 30. I. 44
Dunkel, Regen. Frühstückte Eier und Thee. Schrieb die /deutsche Monats-Sendung/ vormittags zu 2 Dritteln und beendete sie nachmittags. Ging mittags etwas mit K. Trafen den hübschen Setter, den ich Lordy nenne. Las viel in dem Wiener Buch über A. Berg und weiß nicht, ob es mir helfen oder mich nur einschüchtern kann. /Sonderbar meine Angst vor dem Technisch-Musikalischen. Sie hängt damit zusammen, daß meine Liebe zur Musik, gerade wo ich einen Musik-Roman schreibe, nicht mehr auf der Höhe ist. Über Musik sind im Faustus bisher drei gute Stellen: Kanon, Opus 111, und Leonoren-Ouvertüre./ – Nichts Weiteres über den Gestapo-Chef. Rede des Hitler zum 11. Jahrestag der »Macht-Ergreifung«. Der »bolschewistische Koloß«, vor dem nach dem Kriege England und Amerika sich nicht werden retten kön-

nen. Aber Deutschland wird siegen. Nichts über geheime Waffen.

Pacif. Palis., Montag den 31. I. 44
8¼ auf. Gebadet. Flakes, Ei und Kaffee (Nes). Besserungen und Anfang des XI. Kapitels. Nach dem Rasieren Ausgang mit K. und dem Pudel. Mit der Post: Brief von Golo über das geheimnisvolle Schulungswesen, in dem er steckt. Von Hardt über den 4. Joseph, ausführlich-begeistert. Von der Meyer, bei der Resignation und Rückzug deutlich zu merken ist, und die nach Lektüre des Joseph ihre Unfähigkeit erklärt, mich zu übersetzen, d. h. den »Faustus« zu übernehmen. Wenig beeindruckt. Mit Recht bewundert sie die »Rede Juda's«. – Zeitschriften. – Nach dem Thee Reihe von Brief-Diktaten an die Kahn. Ging danach mit K. die Straße hinauf. Hörte 7 Uhr Swing über Hitlers blödsinnige Rede und über den unbemannten, ferngeleiteten Bomber der Deutschen, dessen Installationen man zerstört, u. der nicht zur Aktion kommt. – Viel in A. Bergs Schriften, in denen manches zur »Montage« taugt, wie sie zur Conception und Technik der gegenwärtigen Arbeit gehört. Dazu gehören die Motive: Faustsage selbst, Nietzsches Bordell, der Shakespeare'sche Brautwerber (auch bei Nietzsche), Tschaikowsky's unsichtbare Freundin.

Pacif. Palis., Dienstag den 1. II. 44
Schrieb am /XI. Kapitel./ Fahrt zum N.B.C., Lesung der neuen Message, gut. Begegnung mit Lochner. Von da zu Dr. Cooper zur Behandlung. Neue Prothese verschoben. Nach Tische die Post und Beendigung des A. Berg-Buches. Nach dem Thee an Bermann und Hardt. Etwas gegangen. Zum Abendessen Franks. Über das mythische Untergangspathos der Deutschen. Gedicht Dahns von 1859: »So soll Europa stehn in Flammen bei der Germanen Untergang.« – Über ein bemerkenswertes Stück mit Traumcharakter von Leonh. Frank, in Frankreich geschrieben. – Die markierten Stellen in dem Berg-Buch.

Pacif. Palis., Mittwoch den 2. II. 44

½9 Uhr auf. /Zögernd geschrieben an XI./ Heiteres Wetter. Portrait-Sitzung bei Singer. Dazu das Doppel-Konzert von Brahms, das mir starken Eindruck machte. Nach Tische Zeitschriften. Nachmittags Brief an die Meyer. Swing über die föderativ-demokratischen Tendenzen in Rußland. Abends in Helmolts Weltgeschichte.

Pacif. Palis., Donnerstag den 3. II. 44

Regen. Schrieb an XI /(Halle)./ Machte kurzen Spaziergang. Hausfrauen-Mahlzeit. In Berlioz' Memoiren. – Hatte nachts /starken Reizhusten-Anfall. Schlief stundenweise im Stuhl. Kopfschmerzen und Erkältungsgefühl./ Nachmittags geschlafen. Danach noch am Kapitel. Briefe ausgefertigt. Abends wieder im Berlioz. Seine Abneigung gegen Bach und »vierstimmige Fugen über einen Choral«. Der reine romantische Instrumentalist und Harmoniker, excentrischer Enthusiast. – Autonomie der Sowjet-Staaten, Annäherung an das Common Wealth. Russisches Ultimatum an Finland. Die Russen in Estland und Polen.

Pacif. Palis., Freitag den 4. II. 44

Geschrieben an /XI (Theologie)./ Heiteres Wetter. Ausgiebig marschiert. Nation und New Leader. Auch nachmittags an dem Kapitel. Besuch von F.B.I. Gentlemen in Sachen L. Mathias. Abends im Berlioz. Zustimmendes Telegramm in der Film-Sache, vertrauend auf Erika. – Gemetzel unter den 10 Divisionen eingeschlossener Deutscher. Offenbare Ratlosigkeit Mannsteins, der auf Hitlers Befehl den Balkan decken muß.

Pacif. Palis., Sonnabend den 5. II. 44

Heiteres, mildes Wetter. 8 Uhr auf, etwas gegangen u. nach dem Frühstück an dem theologischen Kapitel geschrieben. Mittags auf der Promenade. Nach Tische »Time« und Berlioz' Memoiren. Nachmittags an dem Kapitel weitergeschrieben.

Müde nach 7 Uhr zum /Informal dinner für Wallace im Beverly Hills Hotel./ Begrüßung mit ihm vor Tische. Hollywood-Gesellschaft. Hitze. Nach dem Kaffee Reden des Writer-Chairman, Wanger's, des Governors. Präsentationen. Mußte aufstehen and say a word. Verabschiedung nachher, auch vom Governor. Lubitsch, Schauspieler. Späte Heimfahrt. Erlösung des Pudels aus dem Badezimmer. – Telegramm, auf Wunsch, an die New Yorker »Tribüne« zu dem Heinrich gewidmeten Abend.

Pacif. Palis., Sonntag den 6. II. 44

½9 Uhr. Sonniges, warmes Wetter. Am XI. Kapitel geschrieben. Portrait-Sitzung bei Singer. Schubert-Trio. Hausfrauen-Mahl. In Schillers kleinen Erzählungen. Das Sensationelle, Rednerische, Moralische, am Verbrechen Interessierte. Auch gegen Abend am Kapitel nach einem Spaziergang. Auch abends im Schiller. Im Beiblatt der »Times« bemerkenswerte Enthüllungen über die Vorbereitungen der Nazis für ihren Untergrundkampf nach der Niederlage. Hintertreppen-Fanatismus, so phantastisch wie kalkulativ. Die Angelsachsen werden ihr blaues Wunder erleben in dem europäischen Dschungel. Vielleicht werden sie aus ihm fliehen nach dem Siege, besonders da die faschistisch-sozialistischen »Saalkämpfe« bei ihnen selbst angehen werden. Amerika wenigstens tritt offenkundig in den Geisteszustand Prae-Hitler-Europas ein.

Pacif. Palis., Montag den 7. II. 44

K. heftig erkältet. Klares Wetter. /Nachts gehustet, müde bei der Arbeit,/ die aber etwas förderte. (Halle). Marschierte mittags und fuhr heim. Brief von Mrs. Meyer nach Beendigung des »Joseph«. Brief von Erika wegen Walters Dirigenten-Jubiläum, das Arbeit machen wird. Manuskript des Dr. F. Kaufmann über das Meine im Rahmen deutscher Geistesgeschichte. Geschlafen und nach dem Thee an Erika geschrieben. K. im Bett. Aß bei ihr zu Abend. In Schillers Erzählungen, grausam und sensationell. – Die Lage südlich von Rom scheint kritisch. Aber Erfolge gegen die Japaner. Und die Russen scheinen im Begriffe, Mangan-Gruben zu nehmen, die die Deutschen zur Stahlproduktion nicht entbehren können. Dort wird in dem Geiste gekämpft, der allein einen Gegner wie die Deutschen schlagen kann. Umzingelungen und wenig Neigung, Gefangene zu machen. Auf unserer Seite kann die Scheu vor Menschenopfern, die von der öffentlichen Meinung erzwungen, verhängnisvoll werden.

Pacif. Palis., Dienstag den 8. II. 44

Dunkel, Regen. K. hatte eine leidliche Nacht. Lange am Roman. Teilte ab und /bin in XII./ Ging im Regenmantel etwas aus. K. zu Tische auf. Eingegangene Drucksachen. Im »Aufbau« Meldung von einer Feier in New York zum Verkauf des /Manuskripts von »Der kommende Sieg. .« für 100 000 Dollar War Bonds, wofür es an die Public Library fällt./ – Nach dem Thee Diktate an die Kahn. Statement für Roda Roda. Anfrage an den Mann der »N.Y. Post«. Vieles andere. Bei geklärtem Himmel noch etwas gegangen. Studien in dem Buch über Walter. – Verteidigung des Nettuno-Brückenkopfs. Luftangriff auf ein amerik. Hospital in Italien mit vielen Toten und Verwundeten.

Pacif. Palis., Mittwoch den 9. II. 44

8 Uhr auf. Heiteres, kühles Wetter. K. leicht gebessert. /Schrieb am XII. Kapitel (Philosophie)./ Portraitsitzung bei Singer. Nach Tische die Post und Blätter. D. Thompson über einen angebl. in Teheran beschlossenen Plan zur Zerteilung Deutschlands. Entrüstung, – die ich nicht teilen kann, obgleich ich nicht weiß, was in diesem Falle Weisheit ist. – Zum Thee die Leute vom Broadcast mit dem Manuskript der Dramatisierung des Bonner Briefes. Sehr komisch. Muß etwas mitwirken. – Einiges Handschriftliche. Etwas gegangen. Abends Aufregung und vielfaches Telephon, weil H.'s Frau aus ihrer Anstalt ent-

wichen u. H. nicht in der Wohnung war. Beruhigung, sozusagen, nachdem er sich wieder eingefunden. – Hoffmann, »Das fremde Kind«.

Pacif. Palis., Donnerstag den 10. II. 44

½9 Uhr auf. Ideal schönes Wetter. /Geschrieben an XII./ Mittags nach Santa Monica zur Bestellung einer neuen Schutzbrille und zum Haarschneiden. Danach Lunch im Restaurant an der Promenade. Zu Hause Post und Zeitschriften. Der »German-American« gegen meine Erklärung im »Aufbau«. Über Verhandlungen amerikanischer Bankers mit I.G. Farben-Schacht-Hitler »im Interesse des Friedens«. (Siehe Pravda-Veröffentlichung). – Geschlafen. – Etwas gegangen. Ausfertigung von Briefen u. weitere Beschäftigung mit dem Kapitel. Gehört den Swing-Vertreter aus Washington: Über die höchst kritischen Kämpfe bei Nettuno, in die Hitler alles Erreichbare hineinwirft. Schärfste Worte über die kompromittierende Politik der Alliierten in Italien. – Hausfrauen-Abendessen. Gelesen in dem Kaufmann'schen Manuskript. Erinnerung, Aufweckung des »Selbstbewußtseins«. Solche Lektüre hat viel von onanistischer Auto-Erotik.

Pacif. Palis., Freitag den 11. II. 44

Ideal schönes Wetter, Seewind. Stand 8 Uhr auf. Schrieb an XII. Ging dann ohne Mantel und Weste und fuhr heim. K. noch beschwerlich erkältet. Nach Tische Post und Zeitschriften. Geschlafen. Zum Thee der Steuerrechtsanwalt Seltzer und Mr. von Hof, beauftragt für eine germanistische Zeitschrift zu schreiben. Mit ihm, Fragen beantwortend, im Arbeitszimmer. Nach dem Abendessen in dem Kaufmann'schen Manuskript. Meine Beziehungen zu Schelling, unbekannter Weise. Die weite Provenienz der Zbg.-Idee von der Materie als einer Verdichtung des Geistes. »Mein Werk ist nur ein persönlich geprägter Beitrag zur Unsterblichkeit Goethe's.« Hübsches Wort. Ur- und Bildungserlebnis, verquickt bei mir. – Böse Lage bei

Nettuno-Anzio. (Aufenthalt in Porto d'Anzio.) In Rußland werden 100 000 eingeschlossene Deutsche mit Artillerie massakriert. Zwei Millionen Mann war der Lump für seine Idiotie zu opfern bereit. Es sind wohl schon 3 mal soviel, und man muß froh sein, daß es nicht bei Dezimierung der anderen europ. Nationen durch die Deutschen bleibt. – /39. Hochzeitstag. 11. Jahrestag unserer Abfahrt von München./

Pacif. Palis., Sonnabend den 12. II. 44

8 Uhr auf. Andauer des heiteren Wetters. /Schrieb an XII. (Klumpf.)/ – Ging mit K. die Bergstraße. Zum Lunch van Leyden mit Söhnchen. Gentleman von F.B.I. zur Investigation über Dr. Guggenheim. Nachmittags weitere Arbeit am Kapitel. Auftrag von N.Y. Times, den Artikel über Musik und Walter zu schreiben, leider. – Kalter Wüstenwind. – Las abends lange in »The world of Th. M.« von Brennan, das mir zufällig vor Augen kam. – Die Lage bei Anzio sichtlich gebessert.

Pacif. Palis., Sonntag den 13. II. 44

Heiteres Wetter. Kurz nach 8 auf. Geschrieben von ½10 bis 12 am Roman /(Klumpf und der Teufel),/ obgleich der Walter-Artikel dringlich ist. Portrait-Sitzung bei Singer. Hausfrauen-Mahl. In Lichtenbergs Schriften, angeregt durch eine eingegangene englische Studie über ihn von R. D. Loewenberg. – Thee im Schlafzimmer. Noch etwas am Kapitel. Imbiß um 7 und abgeholt von Mr. Dunkel u. Freund zum Broadcast »I was there« (Bonner Brief.) Probe im Saal, Schauspieler, Mrs. Dunkel, Mr. Huntley etc. Sprach meinen Part. Volles Auditorium. Heimgebracht von dem Autor mit Frau und Freund, die wir zur Chokolade einluden. Nach ihrem Weggang wieder im Lichtenberg. – Stutzflügel, von Pianisten begutachtet, für 750 Dollars den Kindern in San Francisco in Auftrag gegeben.

Pacif. Palis., Montag den 14. II. 44

½9 Uhr auf. Wetter getrübt und kühl. Begann den /Musik-Artikel zu Walters Jubiläum/ zu schreiben. Mittags mit K. auf der Promenade. Mit der Post Anliegen, Anforderungen, Arbeitsbelästigung. Nachmittags an dem Artikel weiter, der für das Magazin gar nicht passen wird. Verstimmt. Las abends »Common Sense«, worin gute, schlimme Charakteristiken der Zustände, des Krieges, des Friedens, und in einem von der Meyer übersandten Buch Civilization and Disease von Sigerist, recht wertlos. Brief von Golo über seine geheimnisvolle Verwendung. Erwähnt Äußerung der Meyer, aus meinen Briefen gehe hervor, daß ich sie verabscheue. Da diese Briefe voll von Ergebenheit, Bewunderung, Dankbarkeit, Fürsorge, selbst Galanterie sind, so ist das eine sehr intelligente Beobachtung. – 400 Worte verlangt über die Frage, ob Security möglich ist oder der 3. Weltkrieg kommen wird! 500 Worte über meine Vorzugs-Bibelstelle. – Die Türkei tritt nicht in den Krieg ein, aber Finland scheint aus ihm austreten zu wollen. Die Deutschen beginnen Norwegen zu räumen und überlassen es den Quislings, so liest man.

Pacif. Palis., Dienstag den 15. II. 44

Bald nach 8 Uhr auf. Etwas gegangen und nach dem Frühstück so weit wie möglich an dem völlig unpraktischen Musik-Aufsatz weiter geschrieben. Er wird zu hoch, zu lang und zu spät fertig. – Marschiert mittags bei klarem, sehr kühlem Wetter. Nach Tische allerlei Gescheites im »Aufbau«. Nach dem Thee abermals an dem Aufsatz. Zum Abendessen Franks, die von guten Nachrichten über Finland u. die polnisch-russische Verständigung meldeten. Über das Abstoßende des Chaplin-Prozesses, aber auch seinen Geiz und seine Torheit, Dünkel, Ungeschicklichkeit, mit der er es mit Amerika verdorben. Vorlesung der beiden Universitätskapitel, deren sonderbare Realität Eindruck machte. Über seinen Chamfort-Plan, eine untergeschobene Biographie.

Pacif. Palis., Mittwoch den 16. II. 44

Kurz nach 8 auf. Oatmeal, Ei und Kaffee. Schrieb den Musik-Artikel zu Ende und begann Brief an die Meyer. Marschierte. Nach Tische »Nation«. Die Thompson über Franco als Erben Hitlers und den südamerikanischen Faschismus. Die Entdeutschung und Internationalisierung des Nazitums. Es ist ja klar, daß auch das Deutschtum immer zur Lügentechnik gehörte. Deutschland ist ein Opfer. – Nachmittags den Brief an die Meyer beendet. Um 9 abgeholt von Singers, mit denen wir am Wilshire Bld. den »Bernadette«-Film sahen. Die Figur der Heldin ergreifend. Das Ganze höchst mißlich. Mit Singers bei uns, Chokolade. Danach noch in Schillers »Geisterseher«. ½3 Uhr.

Pacif. Palis., Donnerstag den 17. II. 44

Spät auf. Allein gefrühstückt. Beschäftigung mit dem Kapitel, Korrekturen. Suchen nach alten Aufsätzen. (»Bäume im Garten.«) Allein etwas gegangen. Gutes Hausfrauen-Mahl. Zeitschriften, Drucksachen. Slochower über den Philosophen Dewey. Nachmittags Reihe von Briefdiktaten. Noch etwas gegangen. Abends in Schillers »Geisterseher«. Suchen, mit K., nach dem Aufsatz, der als Beitrag zum Weizmann-Buch dienen soll. Alter Brief an Max Mohr †.

Pacif. Palis., Freitag den 18. II. 44

8 Uhr auf. /Am Universitätskapitel/ geschrieben. Mittags auf der Promenade. Mit der Post viele Drucksachen, die nach Tische durchsah. Weiteres Suchen, zusammen mit K., nach dem Artikel »Die Bäume im Garten«, durch das Aufwühlen des Ruhenden nebst Ergebnislosigkeit höchst unzuträglich. – Nach dem Thee Briefe an Slochower und H. von Hofe. Zum Abendessen Viertels und Feuchtwangers. Des letzteren Prophezeiung, daß es nur noch zwei Sprachen, das Englische u. das Russische geben wird und die kleinen Sprachen aussterben werden. Viel über Deutschland, für und gegen seine Entmach-

tung, Zerteilung. Jene durch Rohstoff-Prioritäten sicher gestellt. – Die Diskussion mir langweilig, weil man damit dem »Germanocentrismus« nachgiebt, dem Wahn der Deutschen, daß sich um sie die Welt dreht. Es ist nicht so wichtig, was mit Deutschland geschieht.

Pacif. Palis., Sonnabend den 19. II. 44

Regen und Gewitter. Stand ½9 auf und tat Einiges am Kapitel. /Wenig Gefallen an dem Werk, das mir zu zerfließen scheint. Gewiß ist es ein originelles Unternehmen, aber ich zweifle, ob meine Kräfte reichen. Fehlerhafte Neigung, es Zbgartige Formen u. Dimensionen annehmen zu lassen. Hauptsächlich Müdigkeit und Trägheit./ – Sitzung bei Singer in Dunkelheit und Langerweile. Portwein u. Cigaretten. Nach Tische Wochenschriften. Nachmittags mit K. die Übersetzung des Musik-Aufsatzes, die höchst unbefriedigend, durchgearbeitet. Abends Artikel in der »Nation«. Laski über die Verantwortlichkeit u. vorläufige Hoffnungslosigkeit der herrschenden Klasse Amerikas. –

Pacif. Palis., Sonntag den 20. II. 44

Die ganze Nacht u. während des Tages schwere Regen, Hagel, Gewitter. Schlaf mit neuem Nacht-Lämpchen über dem Bett. ½9 Uhr. Bis 12 Arbeit am Universitätskapitel /(Schleppfuß)./ Bei überschwemmten Straßen nach Beverly Hills zum Lunch mit Franks bei Mme Massary. /Begeisterung der Franks für den Zbg., den sie wieder lesen./ Kunst der Symbolbildung. Heimfahrt durch Seen. Geruht und nach dem Thee anderthalb Seiten für das »Symposion« der »Argosy« über World security geschrieben. Möglicherweise zu geradeaus. Abschrift und Engagement Mischels zur Übersetzung. – In Schönbergs Harmonielehre nachgelesen. Abend-Konzert aus San Francisco unter Wallerstein. »Swan lake« von Tschaikowsky. Moderne amerikanische Musik, keß, rhythmischer Jazz-Einschlag. – Die Deutschen bei Anzio blutig zurückgewiesen. Alliierter

Terrain-Verlust in Cassino. Luft-Massen-Angriff auf deutsche Kriegsindustrie. Vorhersage eines Kriegskorrespondenten am Radio, daß der japanische Krieg, *nach* der europäischen Bereinigung, noch 3-5 Jahre dauern wird!

Pacif. Palis., Montag den 21. II. 44

Unendlicher Regen, Sturm dazu. ½9 Uhr auf. Am Kapitel geschrieben. Mittags zur Pediküre, die schmerzhaft war und Verbände gegen Infektion erforderte. – Verfroren, ohne die nötige Bewegung. Verwerfung des gestern geschriebenen Artikels und heftiger Widerwille gegen Herstellung von etwas anderem. Zum Lunch Frau Katzenellenbogen, die wir abholten. Auf der Fahrt, beim Rücken, peinliches Vorkommen jenes schon seit längerem bekannten Vorquellens der Eingeweide, das auf Bruchneigung oder -leiden deutet. Anmeldung beim Arzt. Nachmittags Versuche mit der zu erneuernden Äußerung. Mit K. über die Weitläufigkeit und das Penible der Sache. – In den »Wanderjahren«. – Müde und niedergeschlagen.

Pacif. Palis., Dienstag den 22. II. 44

Regengüsse. Gingen mittags aus und wurden völlig durchnäßt. Schrieb vormittags, nachmittags und abends die Antwort auf jene Rundfrage neu, über drei Seiten. – Las gestern und heute im »Zbg.«, angeregt durch die Begeisterung der Franks. Gute Dinge und noch sehr auf der Höhe. – Rede Churchills im Unterhaus. Ankündigung gigantischer Luftangriffe auf Deutschland, – die schon seit Tagen im Gange sind. Erläuterung des Unconditional surrender. Pro-russisch in der Polenfrage. Entschädigung Polens durch deutsches Territorium.

Pacif. Palis., Mittwoch den 23. II. 44

Aufhören des Regens. Gut geschlafen. Schrieb am Universitätskapitel /(Schleppfuß)./ Ging mit K. spazieren. Viel Post zu lesen, Briefe von Ernst Bloch, von Zarek (Clark) aus Nord-Afrika. Schrieb nachmittags an Dr. Kaufmann und Marek, der sein Kommen meldet. Die Professorin Jacobson in Los Angeles eingetroffen. Las in den Wanderjahren und wieder im Zbg. – Schwerer Konflikt des Präsidenten mit dem Kongress wegen Tax-Bill. Ernstes Referat Swings über die Diskrepanz zwischen dem Ernst der Kriegslage und der Verfassung des Landes. – Briefe von Monika und Medi. Unsere Abreise nach Chicago auf den 17. März festgesetzt.

Pacif. Palis., Donnerstag den 24. II. 44

Vor 8 auf. Helles Wetter. Geschrieben am Kapitel bis 12. Auf der Promenade, dann schlechtes Lunch im Hotel Windermere dort. Zu Hause Post und Zeitschriften. ½5 zu Dr. Wolf wegen Allgemeinbefinden und Bruch-Verdachts, der sich nicht bestätigte. Verordnungen von Vitamin und Schilddrüsen-Präparat. Zu Hause Brief an Lt. Habe, Camp Ritchie, im Interesse Konni's. Müßige Tageslektüre.

Pacif. Palis., Freitag den 25. II. 44

Wetter halb bedeckt und kühl. Schrieb am XII. Kapitel weiter. Machte nach dem Rasieren nur kurzen Gang. Briefe von Erika und Golo. Dieser über den Zustand Deutschlands und Europas, der stark an den am Ende des 30 jährigen Krieges erinnere. – Brief von der Meyer. – Thee im Schlafzimmer. Handschr. Korrespondenz. 7 Uhr mit Niko zu Neumanns. Abendessen dort. Nach dem Kaffee Vorlesung von Kap. IV, das wie gewöhnlich starken Eindruck machte. Spannung wird erregt. – Über Leonh. Frank u. die Bedenklichkeiten seines Charakters. Über den Werfel-Film. Die peinliche Lage in Italien, die Zerstörungen. Was wird mit Rom werden. Bei Anzio verstärken sich die Deutschen weiter.

Pacif. Palis., Sonnabend den 26. II. 44

½9 auf. Kalt. Erneuter Regen. Nachmittags Gewitter. Schrieb am XII. Kapitel. Zahnfleisch-Schmerzen, Kauschwierigkeiten seit Tagen. Mittags im Regen zu Cooper, Abschleifen der

Brücke, Medizin. Nach Tische Vorbereitung der Diktate, die nach dem Thee der Kahn gab. Sehr müde. Hörten abends Gounods »Margarethe«. Das Militärische für den französischen Geschmack fast so ausgebaut wie das Zärtliche. Charmante Melodieen. Sehr ökonomisch und überraschend das Aufsparen der triumphalen Entsagungsmelodie Gretchens zum Schluß. Dieser aber müßte religiös bedeutender sein. So komponiert man nicht das »Ist gerettet«. – In der Nation Pessimistisches über den wirklichen Erfolg der Bombardements. Der schlechte Gang in Italien von sehr schädlicher politischer Wirkung. Alles überlegt sich, daß unser Weg zum Siege noch weit ist. – Etwas in den Wanderjahren.

Pacif. Palis., Sonntag den 27. II. 44

8 Uhr auf, gleich rasiert. Heiteres Wetter, etwas gegangen. Nach dem Frühstück /neue deutsche Sendung/ vorbereitet und zur Hälfte geschrieben (Heidens »Hitler«). Portrait-Sitzung bei Singer. Gute Hausfrauen-Mahlzeit. In den Wanderjahren. Nach dem Thee etwas gegangen. Einiges noch an der Message. Abends Musik aus Pasadena; am besten die Orpheus-Ouvertüre von Offenbach und etwas erlesen Instrumentiertes von Ravel. – Vernichtendes Bombardement von Helsinki durch die Russen. Versicherung, daß durch letzte große Luftangriffe 70% der deutschen Flug-Industrie zerstört sind. – In den Wanderjahren.

Pacif. Palis., Montag den 28. II. 44

Formte die deutsche Sendung aus und besserte noch am Roman. Abholung der neuen grünen Brille vom Optiker in S. Monica und Spaziergang auf der Promenade. Nach Tische in den Wanderjahren. Nach dem Thee noch etwas gegangen, dann handschr. Korrespondenz. Abends Br. Frank, den ich gebeten zur Prüfung des Symposium-Beitrags. Milderungen. Las auch den Walter-Artikel und die deutsche Sendung, die gute Rhetorik ist. Las das Märchen »Riquet mit dem Schopf«

vor. Pessimistische Kriegsbetrachtungen – was wenigstens die Dauer betrifft. Oft bedenke ich, daß ich dies Tagebuch seit 11 Jahren führe, und daß es ein Ziel hat, von Tag zu Tag verfolgt.

Pacif. Palis., Dienstag den 29. II. 44

Dunkel, kalt, nachmittags Regen. Schrieb /an XII weiter./ Ging mittags etwas mit K. Zum Lunch Leonh. Frank. Viel über Rußland, über die Zukunftslosigkeit Amerikas, die Vorbereitung des Faschismus hier. Der Kongress wolle die Inflation, Strikes, dann Erledigung Labor's. Über sein in Frankreich geschriebenes Stück. Las ihm die deutsche Sendung von gestern vor. – Nachmittags ironische Antwort an Private Clark-Zarek in Afrika. Ausfertigungen. – Zeitschriften. Im Outlook Nachricht vom Tode Theodor Wolfs in Deutschland, wohin er verschleppt worden. A. Kerr »schwer erkrankt«. Russische Veröffentlichung über die Massenmorde der Deutschen in Kiew während der Besetzung. Finnisch-russische Friedensverhandlungen. Totale Kriegsmaßnahmen der Japaner angesichts ihrer erlittenen Rückschläge. Absetzungen. – Beschäftigung mit dem von der Meyer geschickten Buch »Romanticism« von Barzun. Kenntnisreiche Ahnungslosigkeit, wie mir vorkommt.

Pacif. Palis., Mittwoch den 1. III. 44

Dunkelheit, Regen. ½9 auf. Schrieb an XII weiter. 12 Uhr Fahrt zum N.B.C. zur Lesung der deutschen Sendung. Nachmittags Beitrag für » Know your Bible« angelegt. Abends Gäste: Schönbergs, Frau Arnhold und Dr. Mathias. – Roman von L. Lewisohn mit Widmung.

Pacif. Palis., Donnerstag den 2. III. 44

½9 auf. Regen. Geschrieben an XII /(Hexen-Novelle)./ Weitere Einteilungen ratsam. Mittags nach Westwood zum Haarschneiden. Augsburger Friseur, der meine Identität erriet. Von da zum Einkauf von Hemden und einer Hausjacke. Lunch im Kaufhause, dazu mitgebrachtes Bier. Zu Hause die Post, Zeitschriften. Briefe von Erika und Golo. Nachmittags an dem Bible-Beitrag. 7 Uhr Imbiß und danach mit K. nach Westwood, den Film »Lifeboat« zu sehen. Vortrefflich gemacht und keineswegs den Vorwurf rechtfertigend, das Nazitum werde verherrlicht. Zu Hause Chokolade und Kuchen. Die 10 Uhr-Nachrichten über die Kämpfe am Anzio-Brückenkopf. Wiedereinnahme verlorenen Terrains, aber kein Weiterkommen. Die finnische Situation schwankend. Göbbels fordert sie auf, auszuhalten, da nach dem notwendigen Scheitern der angels. Invasion etc. Die militärischen Verhandlungen mit den Türken gescheitert. – In den Wanderjahren.

Pacif. Palis., Freitag den 3. III. 44

½9 Uhr auf. Helleres Wetter. Schrieb an der /Hexen-Novelle/ in XII. Mittags Portraitsitzung bei Singer. Abgeholt dort von K. mit Frau Professor Jacobson, die wir zum Lunch hatten. Fragen ihres vorhabenden Buches. Nachher die Post und Zeitschriften. Excellenter englischer Brief von Borgese. Nachmittags an dem Bible-Statement. Zu Franks zum Abendessen. Ein Magen-Unwohlsein, an dem tagüber gelitten, besserte sich im Lauf des Abends. – Unzufriedenheit mit den kleinen Schreibereien der letzten Zeit, zu denen ich mich nicht hätte bestimmen lassen sollen. Frank viel Preisendes über den »Zauberberg«, den er wieder zu Ende gelesen.

Pacif. Palis., Sonnabend den 4. III. 44

Regen. /An dem verfließenden Roman./ Im Regen allein gegangen. Appetitlos wenigstens für matte Kost, und außerordentlich niedergeschlagen. Brief von Ex-Minister Koch-Weser aus dem Urwald, langweilig und beschwerlich. Sehr törichter Brief eines Amerikaners in Detroit, es sei nun Zeit, daß die Deutschen selbst für ihre Freiheit kämpften u. stürben, und man müsse sie von hier aus dazu anregen. Hat der eine

Ahnung. – Schön gedruckte jüdische Zeitschrift, vierteljährlich, mit guten Beiträgen über Kafka und die Trostlosigkeit, ja Läppischkeit von St. Zweigs Autobiographie. – Über die Kriegslage nicht zweifelhaft genug zu denken. – Waren zum Thee Hardt und die Gottlieb. Man denkt an einen deutschen Druck von »Das Gesetz«. Verlangen eines schwedischen Verlegers nach einer populären deutschen Geschichte für nachher. Valentin vorgeschlagen. Man bietet eine Rente an. Es ist doch ein gutes Zeichen.

Pacif. Palis., Sonntag den 5. III. 44

Heiteres Wetter, Landwind. Weniger deprimiert, als gestern. Schrieb an der Hexen-Novelle, die einige Seiten einnimmt, weiter. Portrait-Sitzung bei Singer. Dabei interessante Symphonie von Schumann aus New York gehört. Nachmittags handschr. Briefe. Den »Zbg« an Mischel. Ging allein etwas spazieren. Gelesen in den Wanderjahren u. im Zauberberg. Wie täglich über den Krieg gedacht. Fange an, mich an den Gedanken zu gewöhnen, daß weder ich, noch die ihn jetzt führen, sein Ende erleben werden.

Pacif. Palis., Montag den 6. III. 44

Morgen-Nachricht, daß /Medi nachts von einem zweiten Töchterchen entbunden./ – Am Roman; die /Hexen-Novelle abgeschlossen./ – Gutes Wetter, Seewind. Konnte endlich wieder marschieren. – Nach Tische Gentleman der Morris-Agency in Sachen des Woman with the hundred faces-Film. Langweilig. – Nachmittags Diktate an die Kahn. /Fühlte mich sehr schlecht und schwach dabei./ – Anruf des Vertreters von M.G.M. in Sachen des »Joseph«. Großes Interesse dort, Besuch dringlich angekündigt, Frage nach Preisforderung. Telephon mit Frank, der 120 000 Dollars zu verlangen rät. Die Steuerkürzung macht die pekuniäre Seite nicht so sehr interessant. Die Bilder zu sehen, würde mich freuen. – Den Bible-Brief an Mischel. – In den Wanderjahren.

Pacif. Palis., Dienstag den 7. III. 44
Klares Wetter mit Landwind, Sommerwärme. Stand 8 Uhr auf, ging etwas u. schrieb nach dem Frühstück an dem Kolleg-Kapitel gegen das Ende. Mit K. auf der Promenade. Die alten Zwillinge an verschiedenen Punkten. Nach Tische Briefe und Zeitungen. Geschlafen. Nach dem Thee geschrieben an E. Wiedmann. Zum Abendessen /Leonh. Frank/ mit seinen Bekannten D. aus Nürnberg. Diskussion über »Bernadette« und Wunder. Später /Vorlesung von Kaisersaschern, Instrumentenlager etc., zu L. Franks Erregung und Begeisterung, der ein erstaunliches und dankenswertes Gefühl für die Grundkonzeption des Buches, sein »Geheimnis« hat./

Pacif. Palis., Mittwoch den 8. III. 44
Stürmischer Wüstenwind, enervierende Wärme. /Schloß das Schleppfuß-Kapitel, nun das XIII., ab. Numerierte bis 190./ – Portrait-Sitzung bei van Leyden, der mit uns lunchte. Später der Besuch des Mr. L. von M.G.M. Unverbindliches Gespräch über das geplante Bildwerk und den Preis. Option auf das Gesamtwerk erwogen. Success story, modern implications. Wir werden hören. – Brief an Br. Walter zum Jubiläum mit Handschrift des Magazine-Artikels. Sehr müde und empfindlich. Zweifel wegen der Reise. Für die Rückfahrt nur eine section vorhanden. Vorschlag meines Verbleibens hier mit der Markuse. Grauen im Grunde vor allem. – Kolossal-Luftangriffe auf Berlin durch ca 2000 U.S.-Bomber. Werden als Vorspiel zur Invasion aufgefaßt. – In den Wanderjahren.

Pacif. Palis., Donnerstag den 9. III. 44
Blau, Landwind, Hitze. Sehr angreifend. Zeitig auf, gegangen. /Vorbereitungen zum XIV. Kapitel u. einige Anfangszeilen./ Auf der Promenade. Hausfrauen-Mahlzeit. Schweizer Post: Außer der Weihnachtsausgabe der »Weltwoche« das große Werk /Hermann Hesse's, »Das Glasperlenspiel«,/ in 2 Bänden. Gewissermaßen erschrocken. /Dieselbe Idee der

fingierten Biographie./ Die Erinnerung, daß man nicht allein auf der Welt, immer unangenehm. – Die neue einbändige Ausgabe von Joseph in Egypt. – Nachmittags Brief an die Meyer begonnen. ½7 zu Knopfs. Mit Alfred zu Romanow zum Dinner. Mit ihm über die Film-Frage. Mit Abschluß zu warten, bis der Buch-Club hohe Auflagen erreicht hat. Er selbst druckt 30 000 Exemplare vom Provider. Verheißt vom Club 40 000 Dollars. Sein Anerbieten, an Bermanns Stelle die deutsche Ausgabe herzustellen. Vorstellungen u. Begrüßungen im Restaurant. Hitze und mäßiges Essen. Nachher Bier bei Knopfs.

Pacif. Palis., Freitag den 10. III. 44

Klares, sommerliches Wetter. Morgens gegangen. Den Vormittag der Korrespondenz gewidmet: den Brief an die Meyer zu Ende geschrieben, dann an Arthur Lewisohn über sein Buch u. Weiteres. Mittags marschiert. Aufstellung des Klaviers, das recht wohl lautet und schmuck aussieht, im Living-Room. Nachmittags Brief-Diktate an K., vorzüglich an Bermann wegen der deutschen Ausgabe. Verweigerung eines Artikels über Croce u.a. Abends gelesen /in Hesses Glasperlenspiel. »Magister Thomas von der Trave«. – Die Beziehungen sind verblüffend. Das Meine sehr viel zugespitzter, schärfer und komisch-trauriger. Das Seine philosophischer, schwärmerischer, religiöser, obgleich auch nicht ohne Herausgeber-Humor und Namen-Komik./

Pacif. Palis., Sonnabend den 11. III. 44

Nebelig bedeckt. /Schrieb an XIV./ Ging allein in der Nähe. Begegnung mit Horckheimers. Zum Lunch Mareks aus New York, die sehr lange geblieben. Vorschlag zu einem neuen Artikel für Housekeeping. Mit der Post weitere Ausgaben der »Weltwoche«. Besprechung des »Joseph« von Diebold. Plump. – Spät geruht. Nach dem Thee mit K. etwas gegangen. Abends voller Interesse politische und kulturelle Artikel in der

»Weltwoche« bis spät gelesen, wobei ich mich an Fiedler erinnerte, der in Küsnacht Tage lang Zeitschriften las. – Besprechung des »Glasperlenspiels« von Humm.

Pacif. Palis., Sonntag den 12. III. 44

/Geschrieben an XIV./ Portrait-Sitzung bei Singer. Erfuhr dort, daß van Loon gestorben. Nach Tische wieder in den Schweizer Blättern. Manches ausgeschnitten. Zum Thee der Komponist, der uns seine kleine Joseph-Composition für Orchester auf dem neuen Klavier vorspielte. Schrieb ihm einige Zeilen darüber. Dazu Gottlieb, der das Mt. von »Das Gesetz« für eine Luxus-Ausgabe übernahm und 100 Dollars dafür zahlte. – Mit K. etwas gegangen. Abends »Time« und »Aufbau«. Über die patriotischen Treibereien der deutschen Emigranten. Geplante Kundgebung gegen die Abtrennung Ostpreußens! – Über das Ende Theodor Wolffs, der den Deutschen in die Hände fiel, weil die Vichy-Regierung ihm das Ausreise-Visum verweigerte.

Pacif. Palis., Montag den 13. III. 44

Bedecktes, kühles, windiges Wetter. Vormittags am XIV. Kapitel. ½1 Uhr etwas Lunch, dann nach Hollywood zu Dr. Cooper zur Behandlung der Zähne vor der Reise. Von da zum Amt in Los Angeles, um die Finger-Abdrücke für die Bürgerakten zu erneuern. Auf dem Rückweg Besuch bei Franks. ½5–½6 Ruhe. Sichtung der Post und Kondolenz-Brief an Mrs. van Loon. Abends vieles in Zeitschriften, Interessantes in Nation. Im German American Wortlaut der Reden der »Freies-Deutschland«-Offiziere in Rußland. Bericht über die New Yorker Heinrich Mann-Feier mit dem Text seiner Botschaft, eigentümlich zu lesen, nicht ohne Gefühl einer gewissen Mißdeutung seines Falles, z. B. der revolutionären Konjunktur-Auferstehung seines Werkes 1918. Unmöglich, nicht einige Schiefheit zu empfinden.

Pacif. Palis., Dienstag den 14. III. 44

Kalt, windig. /Schrieb an XIV./ Ging leider zu lange gegen sehr starken, kalten Wind und fühlte mich recht unwohl. Alfr. Knopf zum Lunch. Viel über das Movie-Geschäft, das nur mit einem Agenten, einem Rechtsanwalt und einem Steuerberater zu tätigen sei. Über die für 1946 geplanten Neu-Ausgaben, die Sammlung literarischer Essays. Die Angriffe auf meine dunkle politische Vergangenheit – schwer begreiflich zu machen. – Er blieb lange. War sehr erschöpft, ruhte bis ½6. Ging noch etwas aus. Zum Dinner bei Knopf mit etwa 10 Gästen. Sympathische Ärztin aus Rußland. Über die Frage, ob man Krebskranke etc. in Unwissenheit lassen soll. Oft psychischer Collaps vor der Zeit. »Heilung« der Homosexualität durch Hormon-Injektionen. Es gibt Fälle rein psychischen Charakters, die »unheilbar«. Der gute Wille ist chemisch-organisch zu steigern und wirkt wieder als psychische Förderung der »Heilung«. – Reizender weißer Schäferhund. 11 Uhr nach Hause. K. deprimiert über die Kürzung des Benzins auf 2 Gallons. Schlechtes Benehmen des Pudels in K's Badezimmer.

Pacif. Palis., Mittwoch den 15. III. 44

/Gearbeitet an XIV./ Zum Haarschneiden nach Westwood. Zum Thee der Agent Orsatti. Vollmacht für den Filmverkauf. Seine Bewunderung des Hauses, der Bewirtung. »Europeans know how to live«. – Dazu die Kahn. Längere Reihe von Diktaten an sie. Die Korrektur des Vortrags zurück an Atlantic Monthly. Zum Abendessen Neumanns. Vorlesung aus seinem Roman, nicht eben unterhaltend. Komische Abfahrt Nikos mit ihnen. – Sehr müde und angegriffen. Chronischer Luftröhrenkatarrh, Schmerzen im Rücken. In letzter Zeit oft überzeugendes Gefühl der Kräfteabnahme und einer nicht mehr langen Frist.

Pacif. Palis., Donnerstag den 16. III. 44

Klares, kühles Wetter. Bellergal mit Fruchtsaft morgens vorm Gehen genommen, ist ein gutes Mittel. – /Geschrieben an XIV./ Marschiert ohne den Pudel. Reise-Vorbereitungen. Bücher, Manuskripte ausgewählt und gepackt. Las nur Zeitschriften. Das Städtchen Cassino aus der Luft zerstört, aber von den Deutschen noch zum Teil gehalten. Schwere Luft-Angriffe auf süd-deutsche Städte, Augsburg, Stuttgart, auch München.

Chicago, Windermere, Montag den 20. III. 44

Freitag Mittag Abreise von Los Angeles, dorthin gebracht von Singers in ihrem Wagen. Compartment mit Fauteuil und Bank in falscher Richtung. Reise Freitag Nachmittag, den ganzen *Sonnabend und Sonntag* bis 1 Uhr. Mancherlei Malheur. Anfangs unglaubliche Hitze bei abgestellter Air Conditionet. Diese nur im Diner. Nächsten Tag Schneesturm, der durch das wasserlose Closet ins Abteil drang. Der Wagen zeitweise wasserlos. Las nach über Nietzsche und die Frauen u. seine Krankheit. Nachts in den Wanderjahren.

Ankunft hier gestern nach dem Lunch. Peter Pr. am Bahnhof. Sehr kalt. Langes Warten auf das Gepäck. Im Hotel große Enttäuschung, da nur ein Doppelzimmer, zum Leben u. Arbeiten nicht tauglich, keine Wohnung vorhanden. Bestellung in anderem Hotel. Beschwerden. Bettruhe während K. bei Medi. Kein Thee erhältlich. 7 Uhr zu Fuß zu Borgeses. Dort auch Peter Pr. Feier seines Geburtstags. /B. magerer u. schwerhörig. Äußerst verbittert in politicis. Erklärt den Krieg für verloren, da man nicht imstande zu landen. Riesen-Dunkerk, moralisches Ende der Angelsachsen, die allein anständigen Völker die Deutschen und die Russen./ Etwas überspitzt. Champagner-Souper, von Medi und ihrer negroiden Dienerin treu besorgt. Großer Appetit, durch Luftwechsel und schmales Lunch. Unterhaltung bis 11. Zu Fuß ins Hotel.

Bis ½10 geschlafen. Zusicherung eines Apartements. Thee

u. Eier-Frühstück. Klares, kaltes Wetter. – Gestern 2 Briefe von der Meyer, einer trübsinnig, einer getröstet. Billigung dieser Reise.

Umzug in den 7. Stock. Schönes Apartement. Installierung. Versuch zu gehen schlug fehl wegen gefährlichen Windes. Lunch im Hotel-Restaurant. Gelesen zur Sache. Geruht. Thee im Bett. Dinner auf dem Zimmer. Telegramm von Bromfield wegen Rendezvous. Mit Taxi nach dem Essen zu Borgeses. Über einen Brief von Bermann, der bedeutende Nachkriegs-Entwicklungspläne für den Stockholmer Verlag mit finanzieller Beteiligung Bonniers meldet. Über die Kriegslage, die kommenden Verzicht auf Unconditional Surrender und einen Verhandlungsfrieden ohne Hitler vermuten läßt. Vorsicht der Neutralen angesichts der wahrscheinlichen Unmöglichkeit der europäischen Invasion. Die Deutschen »verstärken Cassino« – nach vollständiger Zerstörung. Der Luftkrieg ein Fehlschlag. Die Russen allerdings bedrohen Odessa u. stehen in Rumänien.

Chicago, Dienstag den 21. III. 44

½9 Uhr auf. Thee und Eier. Beschäftigung mit dem XIV. Kapitel, müde. Mittags mit K. am See gegangen. Lunch im Hotel, Apfelpfannkuchen. Nachher gelesen im philosophischen Wörterbuch. Nach dem Thee Diktate an K. – Einmarsch der Deutschen in Ungarn, ganz à la 1939. Die Finnen lehnen Rußlands Waffenstillstandsbedingungen ab. – Abendessen bei Borgeses und Vorlesung der ersten Kapitel des Faustus mit gewohnter Wirkung. Hin- u. Rückweg zu Fuß.

Chicago, Mittwoch den 22. III. 44

/Am XIV. mehr geschrieben./ Mittags bei dunklem Nebelwetter in den Anlagen gegangen. Lunch im Hotel. Danach Besuch von Mr. Leiser. Nach dem Thee Brief an Agnes Meyer. Anderes diktiert. 7 Uhr mit Taxi Down town. Im Hotel Shermann bei L. Bromfield mit Leiser, Iljin und Publicity-Leuten. Aufnahmen, Warten. Mit Taxi ins Ambassador zum Dinner.

Über den (stupiden) Filmplan. »Ideen«. Über die Politik. Wahrscheinlichkeit eines geeinigten Sowjet-Europas. ½1 Uhr. Mit Taxi nach Haus, sehr abgeneigt dem Film-Unternehmen und ärgerlich über die Herausstellung damit.

Chicago, Donnerstag den 23. III. 44

Sehr schlechte Nacht, /krank,/ teils auf dem Sofa im Wohnzimmer, schließlich mit Kompresse gegen Morgen eingeschlafen. Wenig Frühstück. /Geschrieben an XIV bis ½1./ Mit K. gegangen. Lunch im Hotel. Nachher die Zeitung und in Hesses »Glasperlenspiel«. Zum Thee Iljin und Leiser mit Photographien der Kollektion u. anderem Material. Die Bilder nicht uninteressant, das andere dummes Zeug. 7 Uhr zu /Borgeses/ zum Abendessen. /Bedrückende Expektorationen. Deutschland wird groß sein in Europa, Amerika arm und schwach. The British Empire must go to hell./

Chicago, Freitag den 24. III. 44

/Geschrieben am XIV. Kapitel./ Mittags Spaziergang im Park. Lunch im Hotel. Nachher Zeitung gelesen mit Nachrichten erstens über den Chaplin-Prozess (die Heldin u. Hauptzeugin des Anklägers ist sehr hübsch) und zweitens über Äußerungen Churchills und Roosevelts, die das Nicht mehr Glaubliche, die Invasion Europas in nahe Aussicht stellen. – Nach dem Thee Geburtstagsbrief an Heinrich. Abgeholt von Peter Pr. zum Abendessen mit ihm in benachbartem Hotel-Restaurant. Danach Unterhaltung bei uns.

Chicago, Sonnabend den 25. III. 44

Schneetreiben, Dunkel. Sehr müde und lustlos. Unauffindbarkeit eines Material-Dokuments. Kaum etwas geschrieben. Mittags abgeholt vom Wagen der Eppsteins; mit K. und Borgese Fahrt zum Hotel Drake zum Lunch mit ihren Bekannten; dazu Direktor und Curator der Mellon-Gallerie in Washington. Leidend. Zu Hause auf dem Bette geruht. Thee dort, dann an die alte Frau Fischer geschrieben. Briefe von Bermann und der Hamburger (Göteborg). Ersterer erfüllt von seinen europäischen Plänen, die Bonnier finanziert. Der deutsche Joseph hier vielleicht mit K. Wolff zu machen. Die Hamburger über das Problem ihres Buches über mich. – Zu Fuß zu Borgeses. Frost. Abendessen dort; später Vorlesung der 2. Kapitelgruppe des »Faust«.

Chicago, Sonntag den 26. III. 44

Schneetreiben. Schrieb erste Hälfte einer /neuen Sendung nach Deutschland./ (Bombardements.) Spaziergang mit K. bei leichtem Frost die Anlagen entlang. Lunch im Hotel. Nachmittags bei Schneesturm zu Peter Pr. zum Thee mit James Frank. Bei sehr nassem Grunde u. Sturm zurück. Dinner im Hotel. – Hörten nach dem Lunch Churchills Radio-Rede nach Amerika, die außer Housing-Plänen wenig Nahrhaftes bot, und beim Abendessen ein Rede-Duell zwischen W. Wintchel und Dies. – Studien-Lektüre zu Studentengesprächen.

Chicago, Montag den 27. III. 44

Unruhig geschlafen. Müde. An der Sendung nach Deutschland weiter. Mit K. in den Anlagen gegangen. Dunkler Himmel. Lunch im Hotel. Danach eine Schrift Borgeses über Humanismus gelesen. Geruht u. nach dem Ankleiden noch einiges an der Sendung getan, d. h. ausgeschaltet. Dinner u. Abendgesellschaft bei Borgese's: Golds, Gottschalks, der accoucheur Dr. Hirsch u. Frau, Prof. Frank u. a. Nach Hause gefahren.

Chicago, Dienstag den 28. III. 44

Vormittags die /Message beendet und zu XIV zurückgekehrt./ Eintreffen Golos auf kurzen Urlaub vor London. Rundgang um die Insel mit K. Lunch zu dritt im Hotel. Las Politisches in neuen Heften von Free World. Thee mit Golo. Handschr. Brief an Irving Massey, Dank für seinen Artikel. Mit Golo zum Hotel Sherman, Dinner dort mit Borgeses und

Peter Pr. Nachher Thee mit ihnen bei uns. Früher Aufbruch Medis zur Speisung des Kindes. Zuletzt mit Golo allein: Über seinen Dienst im Secret Service, den er, nicht aktiv, sondern nur verarbeitend, in London fortzusetzen hat.

Chicago, Mittwoch den 29. III. 44

Vormittags Weniges am Roman. Zerstreut und zweifelhaft. Mit Golo. Ausgangsversuch, zurückgescheucht von eisigem Wind. Lunch zu dritt. Dann Abschied nun auch vom Zweiten für lange Zeit. – Gelesen im »Glasperlenspiel«. Geruht und nach dem Thee einiges Handschriftliche erledigt. Mit Borgeses im Wagen zu unseren ersten Chicagoer Gastfreunden, den Sulzbergers. Schwer erträgliche Redereien B.'s über Italien und die Alliierten. Beschämend. – Zu Hause von Bermann /Schweizer Presse über den Joseph. Verwirrende Fülle von Äußerungen pro und contra./ Am besten Baseler National-Zeitung, Berner Bund, St. Galler Tageblatt.

Chicago, Donnerstag den 30. III. 44

Schneewetter. Kurze Beschäftigung mit dem Kapitel. Vor 11 im Taxi mit anderen Leuten zur Stadt, im Santa Fé-Office, erhielten unsere Reservation für Montag. Von da zum B.B.C. Mit Mr. Newton, die Message gesprochen. Lunch mit Newton und Frau bei Jacques (Vögel und Bilder). »The consequences of political failures and blunders are drastic, perhaps too drastic«. (Germany and Italy). – Zu Hause /neue Beschäftigung mit den Schweizer Stimmen./ Geschlafen. Nach dem Thee Brief-Diktate an K. – Dinner auf dem Zimmer. Im Schnee zu Borgeses. Er las in tiefer Bewegung sein Manifest für das Italian Comittee. Entwaffnend. Medi hat ihm den Kopf gewaschen wegen seiner gestrigen Excesse.

Chicago, Freitag den 31. III. 44

Klares Winterwetter. Einiges am Roman. Allein gegangen, da K. in der Stadt. Nach Tische in Hesses Werk. Gegen Abend

Brief an Koch-Weser begonnen. Nochmalige Dinner-Party bei Borgeses, da alle Freunde uns treffen müssen. Dankesbrief von Walter.

Sonnabend den 1. IV. 44, Chicago.

Brief an Koch-Weser. Rundgang um die Anlagen der Insel. Lunch im Hotel. Gelesen im »Glasperlenspiel«. Geschlafen. Zum Thee Prof. Marck. Gespräch über das Tillich-Komitee und die deutsche Frage. Frei gesprochen. Dinner bei uns. Der junge Aufwärter, 16 Jahre, College-Schüler, lang und hübsch, mit feinen Händen. Lädt mich zum Dinner mit seinen Kameraden. – Nach dem Essen zu Borgeses. Mit ihm über den Leiser-Bromfield-Film. Übergabe des Materials. – Müde, müde.

Sonntag den 2. IV. 44, Chicago

Vormittags am Roman. Mittags mit K. am See. Breakfast-Lunch (Waffles with maple-syrup and bacon) im Hotel. Nachher die Zeitung über das peinliche Malheur von Schaffhausen. 50 Tote und für 15 Millionen Dollars Schaden. – Nach dem Thee Brief an die Meyer nach Mexico City. Mit Borgese über die Film-Sache. Mit ihnen und Peter Pr. Dinner im Shoreland. Nachher bei uns. Verabschiedung. Packen.

Dienstag den 4. IV. 44. Im Zuge

Gestern fuhr Medi uns mit dem Gepäck zur Bahn. Abschied von ihr im Abteil. Lunch mit anderen Leuten. /Las über Shakespeare und das Werbe-Motiv./ Warten auf das Dinner im Club-Car. Gespräch mit californischem Farmer, der mich introducen und zu einem speech veranlassen wollte! Nach dem Essen und vor Einschlafen in Flauberts St. Antoine. Populäre Musik nebenan.

8 Uhr auf heute. Frühstück mit anderen Leuten. Zeitung im Club-Car. Im Barber-shop Haarschneiden und Rasieren. Brief an Bermann über die Zukunftspläne diktiert, den K. nun mit der Maschine schreibt. »Adel des Geistes«, Novellen-

Auswahl. Bücher von Borgese u. Koch-Weser, Schrift der Hamburger über den Joseph. – Klares Wetter, mild. Große Höhen, Colorado, heißes Gesicht. Dieser Tag will hingebracht sein. Morgen Mittag sollen wir ankommen. Telegramm an Singer dem Porter übergeben.

Pacif. Palis., Mittwoch den 5. IV. 44
Der gestrige Reisetag, in eingeschlossener Luft, zerrüttend für die Nerven. Nachmittags akute Erkältung, Husten und Schnupfen, schweres Einschlafen. Heute um 8 Uhr auf im Speisewagen Eier und Kaffee. Zeitung im Club-Car. Warm, sonnig. Ankunft Los Angeles gegen 12, empfangen von Singers, von denen die Freisprechung Chaplins in dem absurden Prozeß erfuhren. Mit ihnen zum Lunch im Brown Derby, Beverly Hills. Mit ihnen zu uns. Im Garten. Ruhe und Re-Installierung. Thee mit K., die die Schwarze geholt. Begrüßung mit dieser. – Karte an H. Steiner, Northampton, der interessante Ausschnitte schickte. /Nachricht, Telephon, daß Br. Frank unterdessen schwer erkrankt; Herzgefäße, wie bei so vielen. Auch Schönberg auf dieselbe Art leidend./ Man muß sich noch prächtig vorkommen. – Gefühl von Auflockerung durch die Reise immerhin vorhanden. Las /»Maß für Maß« und unterwegs den »St. Antoine« mit Staunen./ Poly-historischer Nihilismus. Im Grunde nichts anderes als die »menschlichen Dummheiten«. /Irrsinn der religiösen Welt, lückenlos vorgeführt./ Das Antlitz Christi am Schluß fragwürdig. – Das »Glasperlenspiel« in großen Sprüngen. Vieles doch breit und schwach, undramatisch, vom Menschen nichts Neues. Klug und viel wissend. Frommer Snobism in der Musik, nach Purcell ist es nicht mehr edel. Viel gut Gesagtes, der Humor im biographischen Forscherstil; Parodie. Sinnlichkeit, »Liebe« völlig abgelehnt. Knechts Tod aber deutlich homo-erotisch.

Pacif. Palis., Donnerstag den 6. IV. 44
8 Uhr auf nach tiefem Schlaf. Sonne und Seewind. Gegangen vor dem Frühstück. Am Roman bis mittags (Studentengespräch). Marschiert und heimgefahren. Nach Tisch gewaltige Post, Haufen von Büchern u. Zeitschriften. Eröffnung u. Durchsicht von Briefen. Kurze Ruhe. Zum Thee Neumann, der Niko zurückbrachte. Dieser die Treppe hinauf zur Begrüßung. Diktate an Mc Leish (wegen Araquistain) und Leiser (Forderung einer Vorauszahlung). – Gegangen. – Brief an Annette Kolb begonnen. – Fliegenplage im Haus. – Günstige Nachrichten über Br. Frank; Resorption der koronalen Trombose. – Zeitschriften-Lektüre.

Pacif. Palis., Freitag den 7. IV. 44 (Charfreitag)
Schwerer Schnupfen. Morgens mit dem Pudel gegangen. Viel Orangensaft. /Arbeit am Roman./ Das Haar gewaschen und mit dem Pudel marschiert. K. bei Liesl Frank, die über den Verlauf der schweren Attacke berichtet. – Verstärkter Appetit bei Belästigung durch den Katarrh. Zeitschriften. Geschlafen. Briefdiktate an die Kahn von ¾6 bis ½8. Geistliche Musik im Radio. – /Kampf um Odessa./ In der Nation über die /Zerstörung des Verlagsviertels von Leipzig,/ die ein internationaler Schade.

Pacif. Palis., Montag den 10. IV. 44
Samstag Nachmittag /Krankheitsgefühl, Eintiefung des Katarrhs./ Dr. Schiff. /Bronchitis,/ aber kein Fieber. Hustenmedizin und Nasen-Rachen Desinfektion. Den Oster-Sonntag gestern im Schlafzimmer, Bett und Stuhl verbracht. Schrieb Vorwort zu van Leydens Ausstellungskatalog. Las »Bismarck and Lasker« von Valentin und »Existential Philosophy« von Tillich. /Dostojewski's Teufel in den Karamasows./

Heute den Normaltag wieder aufgenommen. – Mit Schiff über die Ursachen der zahlreichen Herz[er]krank[ung]en. In einer Woche 5 Coronal-Trombosen. Man schiebt es auf die zu fettreiche Nahrung hierzulande, die bei dem schweren Typus zu Arterienverstopfung führe. Meine Erscheinung 15 Jahre unter meinem Alter, was denn doch auch organisch etwas zu bedeuten habe. – Samstag Nachmittag heftiger Wind. Heute sonnig und still.

Arbeit am /Studentengespräch./ (»Diese Studenten und lieben Herren« in Fausti Weheklag u. der Katastrophe wieder aufzunehmen.) – Mittags auf der Promenade. Anthologie »The Seas of God« mit »A Weary Hour«. – Photographie von Rembrandts Weib des Potiphar vom Direktor der Melon-Gallerie, in Chicago getroffen. – Außenpolitische Rede Hulls, vertrauenserweckend. /Einnahme von Odessa. (»Die Russen vermochten unsere Ablösungsoperationen nicht zu stören«.)/ – Briefe, photographiert, von Klaus aus Italien, wahrscheinlich Neapel, da er viel italienische Oper hört. Gibt einem Zwölfjährigen im Restaurant zu essen für 500 Lire. – Schrieb nachmittags an Annette Kolb. Las in Nietzsches »Wille zur Macht«.

Pacif. Palis., Dienstag den 11. IV. 44

½8 Uhr auf. Gegangen. /Arbeit am Roman. Sehr beeinträchtigender Schnupfen und Nebenhöhlen-Katarrh;/ ohne Geschmack, vielmehr alles hat einen schlechten. – In Santa Monica zur Fußpflege. 3 Paar Schuhe putzen lassen. Nach Tische Emigrationspresse. Später Thee. Danach zum Cinéma-Besuch nach Westwood: Lady in the Dark, psychoanalytische Traumshow, nicht sehr erfreulich. Interessant die Farbentechnik in Hinsicht auf Joseph. Zu Hause Chokolade und Baumkuchen. Schrift von Upton Sinclair: »Free state«, Plan zur Übernahme und Ausnutzung der von den Nazis integrierten europäischen Industrie zum Wohl der Völker Europas.

Pacif. Palis., Mittwoch den 12. IV. 44

8 Uhr auf. Heiteres, kühles Wetter. Gearbeitet am Kapitel. Marschiert. Wieder Nachricht von Klaus. Neudruck des

»Magic Mountain«. Nachmittag Brief an Prof. V. Valentin. Telephon mit Dr. Schiff wegen meines Stirnhöhlen-Katarrhs. Seit 4 Tagen Massenangriffe in der Luft auf den europ. Kontinent. Die Besetzung Ungarns im Spiegel der Schweizer Presse: Vorerst noch verhindert, was 1918 durch den Abfall des Balkans geschah. – In »Menschliches, Allzumenschliches« und »Wille zur Macht«.

Pacif. Palis., Donnerstag den 13. IV. 44

Leichter Rückgang des Katarrhs. Morgens gegangen. Der Pudel zur Schur. Am Studenten-Kapitel. Mittags Spaziergang allein in der Nähe. Nach Tische die »Nation«. Nachmittags Brief an Tillich über seinen Aufsatz. Abends in »Menschliches, Allzumenschliches«. – /Kolossale Luftangriffe auf die »Festung«. Die Russen gegen Sebastopol./ Verwahrung bei den Neutralen Schweden, Türkei, Spanien gegen die Belieferung Deutschlands.

Pacif. Palis., Freitag den 14. IV. 44

Vormittags Arbeit am Studentenkapitel. Mittags ausgiebig gegangen: Amalfi Drive und Promenade. Nachmittags Brief an Tillich beendet. Anmeldung Erikas für Montag. Gelesen in How new will the better world be? von Becker. Gut. – Deutsches Desaster in der Krim. – Klavier gestimmt.

Pacif. Palis., Sonnabend den 15. IV. 44

Arbeit am Studentenkapitel gegen das Ende. Marschiert bei frischem Seewind. Interessanter Artikel »Jesus, Paul and Sholem Asch« in »Reconstructionist«. Bücherbesprechungen »In re Germany«. Zum Thee G. Seger, ausgedehnter Besuch, dem Gefangenen-Problem geltend. – Hörte viel französische Melodik: »Faust« und »Mignon«. – Telegramm an Friends of German Freedom wegen Associated Press. – /Sebastopol vor dem Fall./ Ungarn bedroht. Horty erklärt, der Krieg trete in sein letztes, entscheidendes Stadium.

Pacif. Palis., Sonntag den 16. IV. 44

/An Kap. XIV (Schluß)./ Portrait-Sitzung bei Singer. Hörte dabei die 1. Symphonie von Beethoven und die 1. von Brahms aus New York. – Gutes Hausfrauen-Mahl. In dem Buch von Becker. Nach dem Thee nach Beverly Hills zum Besuch bei Franks. Mit ihm allein. Dem Leben wiedergegeben, da er dem Tod sehr nahe war, bewußt. Rechnet damit, nicht mehr rauchen zu dürfen. – Stürmischer Landwind. Schrieb längere Passage aus dem englischen Zbg. für War Bond Auktion (van Doren). Abends Musik aus Passadena, namentlich Vorspiel zum III. Akt Meistersinger. Nietzsche gelesen. Befehlshaberisches über das Geschlechtsleben. (Er hat 2 mal im Leben Verkehr gehabt.) Von Leopardi weiß er Onanie und Impotenz. – Buch »Mr. Roosevelt« von C. Mackenzie.

Pacif. Palis., Montag den 17. IV. 44

Heller, frischer Tag, prächtiges Licht. Schloß das Studentenkapitel ab und bereitete das Nächste vor. Gegen 11 Ankunft Erika. Mit ihr bei mir. Marschierte u. fuhr zurück. Nach Tische mit Erika. Nach dem Thee Spaziergang mit K. und Erika. Abends deutsche Lieder. Viel über das unmögliche Verhalten der deutschen Emigranten. Brief von Vansittart über den deutschen Kulturdünkel. Nicht viel dagegen zu sagen. Las ihr meinen Brief an Koch. Ihr Aufsatz über Walter, anmutig.

Pacif. Palis., Dienstag den 18. IV. 44

8 Uhr auf. Gegangen. Notizen, Vorbereitungen. Nachmittags Arbeit mit der Kahn. Abends für K. und Erika /Vorlesung von Kapitel XIII (Schleppfuß). Gut./ – Lebhafte Anzeichen von Pre-Invasion-Unruhe in Europa, riots, Sabotage, antideutsche Demonstrationen. Große Luftangriffe. Eindruck der in England verfügten Diplomaten-Beschränkung. Telegramm-Censur.

Pacif. Palis., Mittwoch den 19. IV. 44
/Beginn von Kap. XV./ Marschiert u. heimgefahren. Zum Lunch Leonhard Frank. Ausgedehnte Unterhaltung mit ihm. Hinterließ »Der Mensch ist gut«, für dessen Nachkriegsausgabe er ein Vorwort möchte. Viele Bücher und die Zeitschriften. Schlief bis 6 Uhr u. schrieb nach dem Thee an Mrs. Meyer. In Deutschland Reden der Göbbels und Goering zu Hitlers Geburtstag, Klang eines zersprungenen Tellers. Hohn-Artikel des »Schwarzen Korps« über die Wiederkehr der Weimarer Republik und die mögliche Rückkehr von Brüning, Greschinsky, Einstein, Weiß und Th. M. Idiotisch.

Pacif. Palis., Donnerstag den 20. IV. 44
/An Kapitel XV./ Mittags nach Westwood zum Haarschneiden. /In Luthers Briefen./ Spätes Lunch, spät zur Ruhe. Thee oben, rasiert. Vor 7 zu Werfels, mit ihnen zu Romanow zum Champagner-Dinner. Nachher bei ihnen: Vorlesung von Kanon und Opus 111. Befürchtung, daß W. sich übernommen. – Brief von Bermann über die deutschen Neuausgaben. Brief von Knopf: Erscheinen des englischen Joseph im Buch-Club Juli, bei ihm Juni. – Bibi vom Militär als alien abgewiesen und erkrankt. – Groteske Berichte Erikas über die Walter'sche Hölle, namenlose Szenen, Vorwurf der Homosexualität, weil er »einem Matrosen nachgesehen«, donnernder Wutausbruch des eminent Unschuldigen. Frigidität der Frau, die die ermordete Tochter, obgleich ihm so ähnlich, von ihr geerbt. Bei der Mutter diese Eigenschaft verbunden mit Eifersucht, die auf Abscheu vor jeder sexuellen Regung gründet. Dabei unüberwindlicher Antisemitismus. Kann keinen Juden achten. Hat ihn nur geheiratet, weil er mit Selbstmord drohte. Seitdem erpreßt sie ihn. Seine Feigheit ihr gegenüber, die sie ihm schlecht dankt. Beim Jubiläum (das eine komische Sache): »Wenn die Menschen wüßten, wie du wirklich bist, würden sie das alles nicht über dich schreiben!« Kränkt ihn sehr. Und dann der Matrose! – Ankunft Golo's in England. (Kabel.)

Pacif. Palis., Freitag den 21. IV. 44

/An XV./ – Portrait-Sitzung bei Singer. Von Erika abgeholt. Zum Lunch Frau Katzenellenbogen. Londoner Studien-Ausgabe des »Tonio Kröger«, überaus gewissenhaft. Geschlafen. Mit K. gegangen. Erika zum Abendessen bei Liesl Frank, die sehr niedergeschlagen. Gelesen über Dürer und Luther in dem entsetzlich nationalistischen Buch von Wätzoldt.

Pacif. Palis., Sonnabend den 22. IV. 44

Aufsatz über die Bibel und Joseph, angefangen. Auf der Promenade. »Maskenball« aus Chicago. Manifest der Tillich Leute, schwierige Frage der Unterzeichnung. Muß mich erklären, wenn ich nicht unterzeichne. Allein etwas gegangen u. weiter an dem Aufsatz geschrieben. Abends las Erika aus ihrem Buch der Erinnerungen an diese 11 Jahre. Gespräch über diesen und den vorigen Krieg.

Pacif. Palis., Sonntag den 23. IV. 44

Morgens gegangen. An dem Bibel-Aufsatz für 750 Dollars geschrieben. Portrait-Sitzung bei Singer. Hausfrauen-Mahl, Ente und Zabaillone mit K. u. Erika. Mrs. Meyer mit dem Artikel für die B. of the Month-Review beauftragt. Brief an sie mit Antworten auf Fragen diktiert. Ferner an Knopf, wegen Gumpert, der für Life schreiben soll. Ferner Absage an Niebuhr. Handschr. Nachtrag. – Buch von Mumford »Condition of Man« mit Exkurs über den Zbg. Wahres über Luther. – Spät.

Pacif. Palis., Montag den 24. IV. 44

An dem Bibel-Aufsatz, gegen das Ende. Allein in der Nähe gegangen. Sehr kühles Wetter. Spätes Lunch. In L. Frank's »Der Mensch ist gut«, das nicht mehr paßt, u. vor dessen Wiederpräsentierung ich warne. Geschlafen. ¾7 Frau Dr. Jacobson, mit ihr gegangen und gesprochen. Sie und Neumanns zum Abendessen. Später Vorlesung der Studentengespräche, die das eigentümliche Deutschtum des Buches neu hervortreten ließen. Erika angetan. Die Jacobson von Dankbarkeit bewegt.

Pacif. Palis., Dienstag den 25. IV. 44

Sehr müde. Den Bibel-Aufsatz zu Ende geschrieben, resp. mit ihm aufgehört. Marschiert, was mir wohltat. Mit Appetit gegessen. Langer Brief von Agnes Meyer mit »Geliebter Freund!« und stärksten Ausdrücken für das, was ich ihr sei. Der herrliche »Moses«. Ihr Aufsatz für B. of the M. fertig. Tapferer und gescheiter Artikel von ihr über soziale Zustände u. Gefahren hierzulande. Bis 6 geschlafen. Nach dem Thee spazieren gegangen. Gelesen in Klages' »Nietzsches psychol. Errungenschaften«. /Erika las vor aus ihrem liebenswürdigen Erinnerungsbuch. Auferweckung der Gefühle von 1933. – Tägliche Massen-Bombardements des Kontinents./ Die /Invasionsspannung/ in stetem Wachsen. Der Angriff von allen Seiten mit überlegenem Material und Millionen Soldaten erwartet. Schilderung der deutschen Vorkehrungen im »Aufbau«. Ebendort Artikel Erikas gegen den Emigrationspatriotismus.

Pacif. Palis., Mittwoch den 26. IV. 44

½9 Uhr auf. /Beschäftigung mit Kap. XV./ Mittags mit K. in der Nähe gegangen. Mrs. Meyer sendet ihren »persönlichen Artikel«, der sich als recht unerfreulich, selbst unrichtig herausstellt. In dem Nietzsche-Buch von Muckle. Zum Thee Dr. Marcuse und Frau. Längere Unterhaltung, namentlich über das Tillich-Comité. – Regen. Nach dem Abendessen Champagner zum Abschied von Erika. Vorlesung des Musik-Unterricht-Kapitels, das den Charakter eines »wirklichen«, also nicht gedichteten Biographie-Kapitels mit Einschlägen komponierter Zweckmäßigkeit hat. Ich war mitteilsam über den Plan des Romans. – Abschrift des Bibelaufsatzes. Telegrammwechsel mit Marek. – Unglückseliges Verhalten /Churchills in Griechenland,/ wo auf die Königsgegner geschossen wird. – Deutscher Terror in Dänemark, Truppen, Verhaftungen.

Pacif. Palis., Donnerstag den 27. IV. 44

Windig und wetterdrohend. Frühstück mit Erika. Arbeit am XV. Kapitel. Zwischendurch liebevolle Verabschiedung von Erika, die zu Weihnachten zurückkehren will. Wie wird es dann um die Welt stehen? – Allein, während K.'s Abwesenheit, in der Nähe gegangen. Sehr kalt u. bewölkt. Lunch, verspätet, mit K. /Zeitschrift »Encore« mit der Novelle »Disillusionment«, geschrieben mit 19 Jahren in Neapel.../ Nachmittags Briefdiktate an die Kahn. An Dr. Reuter, ehem. Oberbürgermeister von Magdeburg, in Ankara. (Deutschland.) Abendgang, Begegnung mit Bauunternehmer X., der fragt, ob ich President of Germany sein werde... Mumfords Condition of Man sehr gelobt gegen den Verleger. Abends viel gelesen in C. Mackenzie's »Mr. Roosevelt«, vortreffliches Buch. – Der Kahn übergeben Manuskript von »Faustus« bis einschl. Kretzschmars Vorträge.

Pacif. Palis., Freitag den 28. IV. 44

Bewölkt und sehr kühl. Arbeit an XV. Marschiert. Neuer Artikel der Meyer, da der erste vom Buch-Club abgelehnt. Brief von Golo aus London. Nachmittags Brief an Mrs. Meyer. Beim Abendgang Begegnung mit jungem Marine-Soldaten im Stahlhelm, der von den Solomons wegen Malaria beurlaubt. Früheres Abendessen. Nach Westwood, Royce Hall, zum Konzert A. Rubinsteins: Appassionata, César Frank, Chopin u. Debussy. Glänzende Leistung. Zugaben. Im Hintergrund des Podiums junger Mann, brünett, ernst und kindlich freundlich, in dem ich Adrian zu erkennen glaubte. Bewegung. – Mit Arlts. Bei Rubinstein. Seine Frau, E. Knopf, Nathan, David und andere. – Zu Hause Chokolade. Im New Leader Artikel über Deutschland, überraschend in meinem Sinn, gegen Hagen und Konsorten.

Pacif. Palis., Sonnabend den 29. IV. 44
Gegen 9 auf. Ungewöhnlich kühl. /Schrieb an XV./ Auf der Promenade. Brief von Mrs. Lowe-Porter, die sich als Übersetzerin des neuen Romans vorstellt. Briefe von Bermann über die Stockholmer Neu-Ausgaben und die amerik.-deutsche Ausgabe des »Ernährers«. Weitere Post zu lesen. Nach dem Thee Artikel für O.o.War Information über Ossietzky K. diktiert. Spaziergang. Zum Dinner E. St. Joseph, plauder- und seßhaft. Schenkte Beethoven-Quartett N° 132 in A Moll. – Riesige Luftangriffe täglich auf Berlin und die Invasionsküste. Größte Spannung auf die Aktion, die meiner Vermutung nach keinen deutlichen Anfangstermin haben wird. – Zeitungskundgebung des Rex Stout gegen die Leute des Democratic Germany.

Pacif. Palis., Sonntag den 30. IV. 44
½9 Uhr auf. /Deutsche Sendung/ zu schreiben begonnen, auf den Weg gebracht. Portrait-Sitzung bei Singer, mit Schubert und César Frank. Zum Lunch Frau Kahn, die den Ossietzky-Artikel übersetzte. Zum Thee bei den alten Riebers. Er sprach über philosophische Einsichten der modernen Musik, die Zeit betreffend, die Beziehungen des Zbg. dazu. – Zu Hause Weiteres an der Sendung. Abends Korrektur der Abschrift des »Moses« für Bermann. – Täglich 3000 Bomber über Europa. Maifeier in England und Rußland, mit Siegeszuversicht.

Pacif. Palis., Montag den 1. V. 44
8 Uhr auf. Nebeldunkel. Gegangen. Die Message zu Ende geschrieben und noch etwas an XV getan. Marschiert. Beendete die Korrektur der Abschrift von »Das Gesetz«. Es kam »Atlantic« mit meinem Vortrag unter dem Titel »What is German?« – Schrieb nachmittags an Mrs. Lowe-Porter. /K. bei Franks./ Ging vorm Abendessen etwas mit ihr. Unwohl und beklommen tagsüber, abends besser. Las in Atlantic und im New Yorker über Shakespeare. – Abschrift der Message und Korrektur.

Pacif. Palis., Dienstag den 2. V. 44

8 Uhr auf und gegangen. Wieder Thee zum Frühstück. Am XV. Kapitel geschrieben. 12 Uhr Fahrt zum N.B.C., Lesung der noch korrigierten Message. Zufrieden. – Mit der Post Brief von Erika, auf dem Chief geschrieben. Langer Brief von Knopf über die Lowe und die Notwendigkeit einer Anerkennungs-Kundgebung für sie. Eine Briefstelle von mir über The Beloved Returns bekannt geworden. – Zum Thee van Leyden mit Photographien seines Portraits und Katalog. Nach seiner Verabschiedung Spaziergang. Danach an der Zusammenstellung der Sammlung »Adel des Geistes«, die wohl 2 Bände umfassen wird. – Zum Abendessen L. Hardt und Frau. Später Vorlesung zweier Halle'scher Theologie-Kapitel. Große Heiterkeit über Kumpf. – Prae-Invasions-Terror der Nazi's zu Hause und in Frankreich. Konfiskation der Radio-Apparate namentlich an der Küste.

Pacif. Palis., Mittwoch den 3. V. 44

8 Uhr auf. Helleres Wetter. Geschrieben an XV. Sitzung bei Singer. Danach Lunch in seiner Familie. Unwohl. Post zu lesen. Nach dem Thee Spaziergang mit K. Diktiert einen Brief an Knopf. Zusammenstellung der Essays und Novellen für Bermann. Müde. Zeitschriften-Lektüre. Artikel über Mme Quisling in der S.E. Post. – Zeitig zu Bett.

Pacif. Palis., Donnerstag den 4. V. 44

Hitze fällt ein. /Geschrieben an XV (III. Meistersinger-Vorspiel)./ Marschiert, zu schwacher Wind. Nach dem Lunch die »Nation«. Nach dem Thee Briefdiktat an Bermann, Programme der Bücher, Erscheinungsform von »Das Gesetz« etc. – Das Abendblatt mit Nachrichten über die Invasionsspannung, die deutschen Vorkehrungen. Man sieht kaum, wie es gehen soll. – Zum Abendessen bei Horckheimers. /Über Voltaires Mahomet, Übersetzung von Goethe, in der ich nachher las. Geniale Typen- und Charakterschau weltgeschichtlicher Art./

Pacif. Palis., Freitag den 5. V. 44
Hitze, abends Abkühlung. ½9 Uhr auf. Frühstück auf der Terrasse. Arbeit an XV gegen das Ende. Allein auf der Promenade, während K. badete. Telegramm von Bermann, daß die Herstellung der deutschen Ausgabe von Joseph IV für Amerika in Angriff genommen ist. – Nach dem Lunch Korrektur des Werther-Vortrags für die Essay-Sammlung. Brief von Hardt über das »Gesetz«. Nach dem Thee Brief an ihn. Mit K. gegangen. Abends Korrektur des Faust-Vortrags, der mir zum großen Teil wohlgefiel. – Wichtiges über die europäische Frage im New Leader.

Pacif. Palis., Sonnabend den 6. V. 44
Verschlafen, erst 9 Uhr auf. Kühleres, ideales Wetter. Gearbeitet an XV. Gegangen bis zum alten Haus. Nach dem Lunch Lesung und Erörterung des von Borgese übersandten Film-Plans. Mißlich. ½6 Uhr zu Franks. Mit ihnen im Living-Room und oben. Angebot eines Vorworts für seine Gesamtausgabe. Von da zu Heinrichs, ihrer Einladung zum Abendessen mit verwirrendem Mißlingen folgend. Heimfahrt, improvisiertes Abendessen bei uns und leidige Telephonate. Elendsgefühl und Müdigkeit. Gelesen die Buchbesprechungen der Friends of Germ.Fr. und den New Leader mit einer absprechenden Kritik der Anthologie »Heart of Europe«, der der Ausschluß von Hamsun, Céline und Spengler zum Vorwurf gemacht wird.

Pacif. Palis., Sonntag den 7. V. 44
Kühl, bedeckt. Heizung. 8 Uhr auf. An XV geschrieben. Sitzung bei Singer, womit es nun bald ein Ende hat. Müde. Nachmittags geschlafen. Nach dem Thee gegangen. Danach Arrangement eines insistent verlangten Beitrags für das Weizmann-Ehrenbuch. Abends im »Cherubinischen Wandersmann«. – Zermürbung des europ. Kontinents weitergehend mit tausenden von Flugzeugen täglich. Deutsches Verlangen nach der Invasion.

Pacif. Palis., Montag den 8. V. 44
½9 Uhr auf. Kühles Wetter, neblig. Geschrieben am Schluß von XV. Nach Westwood zum Haarschneiden und Rasieren. Voluminöse Post, nach Tische gesichtet. Nach dem Thee Spaziergang. Danach Roman-Vorbereitungen. Abends in Zeitschriften, in Nietzsche-Büchern.

Pacif. Palis., Dienstag den 9. V. 44
/Abschluß von XV./ Nach einem Spaziergang zum Lunch in kleinem Kreise bei /A. Rubinstein und Frau./ Sehr gelacht über seine Copieen von Engländern, Franzosen, Amerikanern. Zu Hause viel Post, Brief von Klaus aus seinem regennassen Zelt. Bekümmernder Brief von Moni. Nachmittags E. Gottlieb, der Bildkarten, Prospekte des deutschen Moses, den Luxus-Druck einer Arbeit von Döblin brachte. Nach ihm die Kahn mit Abschrift des Romans bis einschl. Theologie-Kapitel. Zahlreiche Diktate bei schlechtem Befinden, Halsschmerzen, heißem Kopf. Konnte aber essen. Die Einnahme von Sebastopol gemeldet. Unaufhörliche Bombardements des Continents. Im New Yorker interessanter Artikel über die französische Untergrundpresse und das Verhalten der Schriftsteller, Collaborationisten und andere. Über Céline, einen wilden, kranken, schäumenden Mann, heute wohl ausgesprochen verrückt.

Pacif. Palis., Mittwoch den 10. V. 44
/Kapitel XVI zu schreiben begonnen./ Zum 12 Uhr-Lunch im Damen-Buch-Club, Wilshire-Blvd, wo Joseph the Provider angekündigt wurde. »Einige Worte« am Mikrophon. Miserable Kost. Erstickendes Verschlucken, wie noch selten oder nie in meinem Leben. Dauer des Festes 2½ Stunden. Vortrag des Mr. Morris über seinen sehr gut gemeinten Emigranten-Roman. Mehrere andere Reden. Nach 3 Uhr zu Hause. Buch »Germany, a Self-Portrait« mit dem Bonner Brief wieder einmal. Nach dem Thee Brief an Bermann K. diktiert wegen des

Vorwort für Frank. Spaziergang. In Luthers Briefen u. im Simplicissimus. 7 Uhr abgeholt von St. Joseph, Dinner mit ihm in Hollywood, Restaurant La Rue, gut. Von da nach Westwood ins Cinéma: In Our Time, polnischer Film von St. Joseph, nicht schlecht, zu lang, gut gespielt, schöne Inszenierung. Spät. Zu Hause der langsame Satz von opus 132, mit Liebe gehört. – Die Deutschen halten sich außerhalb Sebastopols in einem Winkel der Krim, was wohl das Freiwerden russ. Truppen für Rumänien verhindert. Die Stadt soll in Trümmern liegen. Heer von Ingenieuren zur Wiederherstellung des Hafens.

Pacif. Palis., Donnerstag den 11. V. 44

Geschrieben an XVI. Marschiert. Spät gegessen, spät geruht, später Thee. Die Kahn brachte mit Briefschaften die Roman-Abschrift bis einschl. der Vorträge. Nachricht von Marek über den Bibel-Artikel, der zu kürzen und abzurunden. Redaktion mit K. nach dem Thee. Gelesen in deutschen Briefen, herausgegeben von W. Benjamin. – 3000 Flugzeuge über Europa. /Die Explosionen erschüttern die Häuser in England. General Perkins spricht aus, Aufgabe der Invasion sei es, die deutschen Truppen im Westen zu fesseln und den Russen zu ihrer Offensive freie Hand zu geben. Diese sollen zuerst Berlin erreichen./

Pacif. Palis., Freitag den 12. V. 44

Heiteres, frisches Wetter. Geschrieben am XVI. Kapitel. Der Brief zu machen. – Marschiert. Zum Lunch Dr. Matthias. Sein Pessimismus, den Krieg gegen Japan betreffend. Die Safety first-Strategie bei uns und das Unglück in Italien. Dauernder Zeitgewinn der Japaner. – Viel Post zu lesen. Keine Ruhe im Liegen. ¾6 zum Besuch bei Heinrich, in Abwesenheit der Herrin, die verbunden war. Übergabe des in Mexiko gedruckten »Lidice«. Zu Werfels. Mit Alma Mahler zu Romanow zum Abendessen, Champagner, Caviar. Dann zu ihm. Vorlesung von Kaisersaschern und Instrumenten-Magazin, Harmonium-Szene. Schönste Wirkung und Ermutigung. – Vorher auf der Straße Polizeimann, der uns verbot, deutsch zu sprechen. Neu. – Offensive in Italien mit, wie es scheint, mäßigen Anfangserfolgen. Erbitterter Widerstand der Deutschen.

Pacif. Palis., Sonnabend den 13. V. 44

9 Uhr auf. /Versucht am Brief in XVI./ Mittags auf der Promenade. Zum Lunch Mme Askenazy und Gatte. Wohltuend geschlafen. Viel Post, Zeitschriften. Mit K. Statement für Dr. Matthias. Brief an Leiser in der ärgerlichen Film-Sache. Abends gelesen in H.'s »Lidice«. Gelitten. – Optimistische Nachrichten über die italien. Offensive. Bedrohliche Lage in China.

Pacif. Palis., Sonntag den 14. V. 44

8 Uhr auf. Gegangen. Kaffee getrunken. /Am Brief in XVI./ Portraitsitzung. Nach Tische in /»Musikal. Briefe eines Wohlbekannten«, Leipzig 1852./ Nachmittags geschlafen. 4 Seiten langer Brief an Mistreß Meyer. Abends op. 132, letzter Satz: das dramatische Recitativ vor der eigentümlich zigeunerischen Melodie. – Mit K. über H.'s Lidice. Charakteristik des tschechischen Volkes. Komik der Macht, des Titels Protektor. Zuviel Nonsens, zu lang andauernd. – /Lange in den »musik. Briefen«, sehr komisch und lehrreich. Bürgerliches Zeitalter in voller Naivetät. Der Bildungsphilister wie er in Nietzsches Buch steht./ Man versteht den desperaten Angriff auf Strauß.

Pacif. Palis., Montag den 15. V. 44

/Am Brief in XVI./ – Marschiert. – Nach Tische Zeitschriften. Spät zur Ruhe. Nachmittags noch am Roman. Abends Abschiedsbesuch von Dr. Horckheimer, der nach N.Y. geht. – Brief von Oprecht, Zürich, rührender Weise. Mondadori's Wunsch, nach dem Kriege die Beziehungen wieder aufzunehmen. Kabel an Oprecht. – Nachrichten über die italienische

Offensive. Rückzug der Deutschen von der durchbrochenen sogen. Gustav-Linie auf die sogen. Hitler-Linie, die letzte wohl, die den Weg nach Rom sperrt. Erfolgreiche Beteiligung französischer Truppen. – Gelesen in dem alten Leipziger Buch über Komponisten.

Pacif. Palis., Dienstag den 16. V. 44

Morgens gegangen. Geschrieben /am Brief in XVI./ Spaziergang mit K. Nach Tische im »Aufbau« das Brief-Duell zwischen Zuckmayer und Erika. Weiteres über die »deutsche Frage«. Leidend nachmittags. Brief-Diktat an Horch in südamerik. Übersetzungsdingen. 7 Uhr zur Geburtstagsfeier bei van Leydens, Dinner mit Renoirs und Morris'. Später Feuchtwangers, Brechts und andere. Sehr ermüdet. – Feuchtwanger rechnet, daß man Herbst d. J. an den deutschen Grenzen stehen und daß die Vereinigung der russischen u. angelsächsischen Heere im Inneren des Reiches geschehen wird. Armistice Anfang 45. Glaube an keinen armistice. – Alexei Tolstoi rät, die gesamte deutsche Armee für kriegsgefangen zu erklären und zum Wiederaufbau zu verwenden. – Brief von Golo aus London; arbeitet von Morgens bis Mitternacht bei B.B.C. und beteuert die Hochschätzung meiner Sendungen. Besuch des Kerr in seinem office, mackaber, gebückt, greis, mit Monokel.

Pacif. Palis., Mittwoch den 17. V. 44

Verschlafen, spät von K. geweckt. Frühstück im Schlafzimmer. Gearbeitet /am Brief in XVI./ Danach etwas marschiert. Briefe über den Aufsatz in Atlantic, auch einen über die früheren Joseph-Bände mit Erkundigungen über das »Historische« meiner Erfindungen. In dem Buch des /»Wohlbekannten«, aus dem man manches, trotz haarsträubender Naivitäten, erfährt, z. B. über Mendelssohn./ Nachmittags noch am Roman. Brief an Lt. Habe über sein Buch diktiert. Las abends zufällig über Schumanns 1. Symphonie in B., während sie gespielt wurde. Die italienische Offensive scheint hoffnungsvoll, die sog. Hitler-Linie erreicht, die Deutschen in Cassino abgeschnitten. Polnische und marokkanische Truppen.

Donnerstag den 18. V. 44, Pacif. Palis.
Schon ½8 auf. Gegangen. /Arbeit am Brief in XVI./ Nach Hollywood zum Besuch des Kunstsalons der Fr. Katzenellenbogen. Abstraktheiten von Klee. Toulouse Lautrec. Hofer, Marck. Lineare Gehörsvisionen eines jungen Italieners. – Lunch mit Fr. K. in »La Rue«. – Nachmittags gegangen. Korrektur der Abschrift des recht guten Anna Karenina-Aufsatzes. – Kreuzschmerzen seit einigen Tagen u. immer sich erneuernde Erkältung. – Über den »Freischütz« von Waltershausen. In »Robert Schumann« von seiner Tochter. – Günstige Lage in Italien. Die Deutschen leugnen die Existenz einer Hitler-Linie. – Bin mir über die Art, wie der Roman weiter und später vorzutragen durchaus nicht klar und fürchte auch, zu müde zu sein, es zu erfinden. Fühle mich oft über Gebühr und unerlaubt schlecht, habe es fast aufgegeben, mich zu beklagen.

Freitag den 19. V. 44, Pacif. Palis.
Nach 8 Uhr auf. Gegangen. Nes-Kaffee getrunken. Bis mittags an Adrians Brief, gegen das Ende. Nach Santa Monica zur Fußpflege. Danach auf der Promenade. Musikalisches zum Roman. Brief von Bermann in Dingen der Neu-Ausgaben. Von Secker u. Warburg. Nachmittags zahlreiche Brief-Diktate an die Kahn. Abschrift des Vortrags, deutsch, nach der Redaktion in Atlantic. Zeitschriften. Ungeordneter Rückzug der Deutschen in Italien. Deutsche Meldungen über die »unermeßlichen« Vorbereitungen der Alliierten für die Invasion. Will man sie hereinlassen?

Pacif. Palis., Sonnabend den 20. V. 44
/Adrians Brief, am Schluß./ Marschiert. Nach Tische lange in /Weißmanns »Chopin«./ Briefe von Mrs. Meyer und Lesser

(London). Von 5 bis 6 geschlafen. Nach dem Thee gegangen und am Kapitel gesessen. Zum Abendessen Leonh. Frank, der ein ausgezeichnetes Kapitel aus seinem Roman vorlas, dessen Beendigung auf den Ausgang des Krieges warten muß.

Pacif. Palis., Sonntag den 21. V. 44

Nebel. /Bewußtsein falschen Schreibens. Schluß des Briefes zu verwerfen und zu ersetzen./ – Sitzung zu dem nun fast fertigen Portrait. Singers für Montag mit den Musikern geladen. – Hausfrauenkost mittags und abends. Viel in dem Buch über Chopin. Unbrauchbare Vorschläge Borgeses für den Bromfield-Film. Telephon mit Medi. Anknüpfung mit Br. Frank. – In Italien weiteres Avancieren der Alliierten, die jetzt die Höhen beherrschen. Was wird mit Rom geschehen? Weitere Riesenangriffe auf die Invasionsküste, Holland, Deutschland. Radio-Weisungen Eisenhowers an die Untergrund-Corps auf dem Kontinent.

Pacif. Palis., Montag den 22. V. 44

9 Uhr auf. /Gearbeitet am Schluß von XVI, Ausklang des Briefes,/ fragwürdig. – Marschiert. – Gumpert in der Herald Tribune scharf gegen den »Counsel«. Langer Brief von Koch-Weser. Brieflicher Angriff auf den Aufsatz in Atlantic. Brief von Fadiman – immer Deutschland. Äußerung unvermeidlich. Im »Aufbau« weitere Diskussion. – Viele Brief-Ausfertigungen. Party bei uns: /zum Essen Stravinskys und Rubinsteins,/ nachher Singers, van Leydens, Dr. Joseph. Mit Stravinsky, von Gide ausgehend, über die Konfessionen als getrennte Kultursphären: griechisch-orthodox, lateinisch-katholisch, protestantisch. Tolstoi seiner Meinung nach deutsch und protestantisch. Rubinstein sehr komisch und bestrebt, mich zu fesseln. Als ich sagte: »It was an honor to have you«: »That will be one of my fun stories.«

Pacif. Palis., Dienstag den 23. V. 44

Morgens gegangen. /Schluß von Adrians Brief (Chopin)./ Mittags auf der Promenade. Zeitschrift des Book of the Month-Club mit Artikeln von Canby und der Meyer und Übersetzungsprobe. Erfreulich. »German-American«, pro-Council, Text der Erklärung nachgeprüft und verworfen. Nach dem Thee zu Franks zur Besprechung der Filmsache. Übereinkunft. Blieben dort zum Abendessen. Auf der Rückfahrt und zu Hause Symphonie von César Frank. Günstige Nachrichten über die Offensive in Italien. Die Deutschen werden sich der »roten Flut«, die bald losbricht, entgegenstemmen. – Ausräumen großer Mengen von Zeitschriften für die Waste paper Company. Erleichterung der Borte.

Pacif. Palis., Mittwoch den 24. V. 44

Zeitig auf. Gegangen. /Das Kapitel XVI abgeschlossen/ und mich dem Politischen zugewendet. Holten die Professorin Jacobson von ihrer Wohnung in Santa Monica ab, /wo ich den leidenden Döblin begrüßte./ Mit der J. auf der Promenade, Fragen beantwortend. Lunch mit ihr. Ungewöhnlich schöner /Brief von Werfel über den Zbg./ Ein Zeugnis, das wert zu halten. – /Unsinniger Brief eines professor of literature, Japp, in Ohio, über den Krieg und meine Schuld an ihm. Angreifend für das Herz ist auch das Närrischste./ – Arbeit mit der Kahn, deutsche Fassung des Atlantic-Aufsatzes, Brief-Diktate. Abends in dem Manuskript von Koch-Weser. Gutmütig. – Telegramm von Erika und Golo gemeinsam aus London.

Pacif. Palis., Donnerstag den 25. V. 44

Den /offenen Brief an Fadiman begonnen./ Gegangen. Nach Tische Politisches. Brief an Knopf in Sachen Leonh. Frank diktiert. Zum Abendessen bei Neumanns. Er las aus seinem Münchener Roman.

Pacif. Palis., Sonnabend den 27. V. 44
Verwirrung und Leiden unter dem Fadiman-Council-Zwischenfall. Mehrfache Versuche der Lösung mit strapazierten Nerven. Heute Absage-Brief geschrieben, der zugleich alles Notwendige enthält. Nachmittags der Kahn ins Stenogramm diktiert zur Übersetzung. Briefe dazu. Deutsche Fassung des Atlantic-Beitrags korrigiert. – Russischer Bilder-Kalender, mit englischem Text, aus Moskau eingetroffen.

Pacif. Palis., Sonntag den 28. V. 44
Früh auf. Gegangen. An /neuer deutscher Sendung/ weit geschrieben. Vorletzte Sitzung bei Singer. Das Portrait so gut wie fertig und gewiß ein tüchtiges Stück Arbeit. Nach Tische in der Biographie Debussy's. Interessantes über Bizet, Gounod, Brahms. Dessen noch humaner Kultur-Nationalismus. – Zum Thee bei van Leydens mit Morris'. Danach zu seiner Ausstellung. Einige Begrüßungen. Abends im »Debussy«. Brief an von Hofe.

Pacif. Palis., Montag den 29. V. 44
Vormittags die deutsche Sendung beendet und Brief an die Meyer begonnen. Bis zum Tal gegangen. Nach Tische viel Post durchzusehen. Nachmittags Arbeit mit der Kahn: Übersetzung des Briefes an Fadiman durchgegangen. Brief an Bermann wegen der Neu-Ausgaben u. des Manuskripts von Koch-Weser. Die Sekretärin zum Abendessen. – Günstige Nachrichten aus Italien. Klaus sandte Ausschnitte aus der deutschen Presse, gespenstisch und widerwärtig. – Im »Debussy«.

Pacif. Palis., Dienstag den 30. V. 44
/Den Roman wieder aufgenommen. Anfang des XVII. Kapitels./ Mit K. in der Nähe gegangen. Zum Lunch Frau Katzenellenbogen und Schwiegertochter. Nachmittags Brief an V. Polster über seine Tiergeschichten. Abschrift und Redaktion der deutschen Sendung. Mit Aufmerksamkeit im »Debussy«. Ge-

danken zum Roman. Adrians Neigung zum musikalisch Internationalen, bei persönlicher Scheu davor. Antipathie gegen das Deutschtum. (Otto III.)

Pacif. Palis., Mittwoch den 31. V. 44

Den Brief an Polzer zu Ende geschrieben. Dann am XVII. Kapitel weiter. Mittags zum Haarschneiden nach Westwood. Brief von Mrs. Meyer. Geburtstagsbriefe von Käthe Rosenberg und der Herz aus London. Aufforderungen zu Vortragsreisen im Dienste der War Bond-Propaganda, abzulehnen. Zeitschriften. Nachmittags gegangen, begleitet von dem kleinen Tarquin Olivier. Briefe ausgefertigt und noch am Kapitel geschrieben. Zum Abendessen Huldschinskys und Leonh. Frank. Vorlesung von Kumpf und Schleppfuß. Namentlich Frank wieder sehr getroffen und bewegt. »Ein tolles Buch«.

Pacif. Palis., Donnerstag den 1. VI. 44

/Am XVII. Kapitel./ Mittags zur Lesung der deutschen Sendung. Von da zu Dr. Cooper, der meinen Zähnen noch ein Jahr gibt. . Mittagessen im »Cock and Bull«. Zu Hause die Post gelesen. Nach dem Thee Artikel für das Weizmann-Ehrenbuch K. diktiert. Abends Döblins »Nocturne«. Hübsches Walzerstück von Dohnanyi. – Die amerik. Truppen sehen die Peterskuppel. Anzeichen für eine Landung in Süd-Frankreich.

Pacif. Palis., Freitag den 2. VI. 44

Frühstück mit dem kleinen Tarquin. /Am XVII. Kapitel./ Marschiert. Heller und wärmer. Viel Post, Baumkuchen von Borgeses, Briefe von Knopf in Finanzsachen, Geburtstagsbrief von der Meyer, interessanter Brief des B.B.C. über Propaganda-Fragen. Gelesen die Nation. Bedauerlich ungünstige Besprechungen von »Heart of Europe«. – Nach dem Thee Brief-Diktate an die Kahn und Übergabe neuen Roman-Manuskripts. Zum Abendessen bei Franks. Mitteilung des Briefes an Fadiman und der deutschen Sendung über die »Versklavung«.

Vorlesung der Einleitung seines Chamfort-Buches. Vielversprechend. – Eindrucksvoller Artikel »Price Germany must pay« in »United States-News«. Die russischen Pläne bei Weitem die strengsten.

Pacif. Palis., Sonnabend den 3. VI. 44

Klares Wetter. Morgens gegangen. /An Kap. XVII weiter./ Auf der Promenade. Nach Tische »Time«. Briefdiktat an K. und Brief an die Meyer begonnen. Abendessen bei Tochs mit Stravinsky's und Szigetti's. Mit Stravinsky und Toch über Wagner. Seine Vorliebe für Mendelssohn. – Die Amerikaner nahe Palestrina, alten Angedenkens. Rom scheint geschont werden zu sollen.

Pacif. Palis., Sonntag den 4. VI. 44

Klar, starke Sonne. Frühstück auf der Terrasse. /Geschrieben an XVII./ Marschiert. Nach Tische in Kreneks Musik-Buch. – Einnahme von Rom durch die Alliierten. – Zum Thee Frau Lanzov. Brief an die Meyer beendet. Spaziergang. Abends die Nachrichten über Rom gehört und wieder in Kreneks Buch gelesen.

Pacif. Palis., Montag den 5. VI. 44

Sonnig, Sommer. Korrektur des Juden-Aufsatzes. Dann an XVII weiter. Marschiert. Nach Tische viel Post zu lesen. Die Meyer neuerdings über den »Joseph«. Geschenk von Rastede, Knopf-Garnitur. ½6 Rede des Präsidenten anläßlich der Einnahme von Rom. Der Weg nach Deutschland noch lang und kostspielig. – Brief an Knopf K. diktiert. Draußen Adornos getroffen; er schrieb 5 George-Lieder. – Blätter- und Radio-Nachrichten über Rom und die für die Deutschen verlustreiche Verfolgung. – Schrift von H. Arendt, »The Jew as Pariah« (Heine, Chaplin, Kafka).

Pacif. Palis., Dienstag den 6. VI. 44. Invasion Frankreichs /Mein 69. Geburtstag./ Stand ½9 Uhr auf. Es war neblig-aufklärend. Wurde unten von K. und der Schwarzen, die sang, empfangen. Während K. mir ihre Geschenke zeigte (Armstuhl fürs Schlafzimmer, Schlafrock, Platten, Ledernützlichkeiten, Seife, Süßigkeiten) rief Mrs. Meyer aus Washington an, von der ich, bevor ich die Zeitung gesehen, erfuhr, daß die /Invasion Frankreichs/ bei Caen, Calais, Le Havre begonnen hat. Eigentümliches Zusammentreffen. Beim Frühstück die Zeitungsnachrichten. Die Meyer erklärte, befriedigende direkte Nachrichten aus dem Kriegsministerium zu haben. Spannung auf coordinierte Aktionen der Russen. Telephon mit Franks. Man erwartet eine weitere Ansprache des Präsidenten. – Schrieb am Schluß des XVII. Kapitels. Besuch von Revy mit altem Goethe-Bändchen. Mittags auf der Promenade. Viel Post, Briefe von Kahler, Auernheimer. Nach Tische Gottlieb und Guggenheim mit Cigarren. Zum Thee Neumanns, ebenfalls mit Blumen und den rar gewordenen Cigarren. Telephon mit Heinrich. Blumen-Arrangement von der Meyer. /7 Uhr Werfels und Franks mit französ. Champagner, großer Aschenschale, Rosen. Abendessen zu sechsen mit Champagner. Nach dem Kaffee auf Werfels Wunsch Vorlesung aus dem Roman: da Schleppfuß fehlte, das Kapitel mit Adrians Brief. Gespräch über die Welt des Buches./ Nach Werfels Weggang liest Frank die für mich geschriebene Kino-Novelle. Gut gemacht. – Hörten 11 Uhr ausführliche Invasionsnachrichten aus Hollywood und London. – Blumen-Telegramme von Oprechts-Giese, Bermanns.

Pacif. Palis., Mittwoch den 7. VI. 44

Nebel. Morgens gegangen. /Abschluß des XVII. Kapitel. Änderungen in früheren./ Mittags Schluß-Sitzung bei Singer. Nach Tische die Invasionsnachrichten in der Zeitung. Nach dem Thee Danksagungen an Gratulanten. Gegangen. Abends gerührt von »Frauenliebe und -Leben«. Strauss' Don Juan, deutsche efficiency. – Politische Lektüre. – Von Huldschinsky Bild des sterbenden Goethe, biedermeierisch.

Pacif. Palis., Donnerstag den 8. VI. 44

Nebel, dunkel, feucht. /Vorbereitungen zu XVIII./ Mittags allein in der Nähe gegangen. Geschenke von Car. Newton, Thee, Biscuits, Pastete und Eingemachtes. Kamen Exemplare von »Joseph the Provider«. Las nach Tische und abends lange darin, die Übersetzung prüfend. Nachmittags Diktate an die Kahn. Hörten Swing über die Kriegslage, auch die Abendnachrichten. Caen vor dem Fall. Das Ziel offenbar Cherbourg. Leider schlechtes Wetter über dem Kanal. Kämpfe mit ersten deutschen Reserven. Das Landen von Tanks, Material, Truppen geht weiter, hoffentlich schnell genug.

Pacif. Palis., Freitag den 9. VI. 44

/Das XVIII. Kapitel begonnen./ Marschiert. Keine Blätter und Magazine, nur Lyrik gelesen: Brentano, Günter, Verlaine. Dies auch abends. Dankesbriefe geschrieben. Die Nachrichten nicht viel besagend. Schlechtes Wetter über dem Kanal, was den Nachschub schädigt. Die nächsten Tage kritisch. Die Deutschen offenbar unsicher, wo Weiteres erfolgen wird. Im Osten noch Ruhe.

Pacif. Palis., Sonnabend den 10. VI. 44

Spät auf. /Am XVIII. Kapitel, langsam./ Marschiert. Ankunft Peter Pr., der industrielle Stellung in Passadena annimmt. Lunch mit ihm. Las in The Reconstructionist Aufsatz über Niebuhrs »Destiny«. Dann merkwürdige Skizze »The Monster« (Wagner) von Taylor. – Mehreres Handschriftliche erledigt. Abends zu dritt zum Dinner bei Révy's mit Lustigs und Markuses. L. über die Situation bei M.G.M.

Pacif. Palis., Sonntag den 11. VI. 44

/Am XVIII. Kapitel./ Mittags Mr. X., Editor aus Sidney. Ging mit ihm spazieren, hatten Portwein und Lunch mit ihm. Zweck des Besuches: Einladung nach Australien zu einer Round table discussion mit del Vayo, Huxley, Maritain und anderen über das Problem der Freiheit. 6 Wochen Bedenkzeit bis zu seiner Wiederkehr. – Geschlafen. Zum Thee der Agent Fles. Über Heinrich und seine Produktion, seine Stellung hier. »Das Zeitalter«. Wiederauflegung des »Untertan«. – Gegangen. Begegnung mit Horckheimer und Markuse. – Gelesen in Blakes Gedichten. Gehört Doppelkonzert von Brahms. Verabschiedung von Peter Pr. – Langsame Fortschritte bei Cherbourg. Anwachsen der Sabotage in Frankreich.

Pacif. Palis., Montag den 12. VI. 44

/An XVIII, langsam./ Mittags marschiert. Die Meyer schickt ihre Times-Besprechung des Joseph. Briefe an sie und Mrs. Lowe. Beim Abendgang unzuträgliche Hundebeißerei: Suchte Niko zu verteidigen, der verletzt wurde. Nach dem Abendessen nach Westwood ins Cinéma: Hübscher René Clair-Film. Zu Hause Chokolade. Situation in Italien gut, in Frankreich befriedigend. Die Russen durchbrechen die finnische Mannerheim-Linie.

Pacif. Palis., Dienstag den 13. VI. 44

8 Uhr auf. Gegangen. /Arbeit an XVIII./ Mittags nach Westwood zum Anwalt, Unterzeichnung unserer Testamente. Der Provider scheint schon auf dem Markt. – Nach Tische Bücher und Briefe. Heiterer Brief von Klaus. Gide's algerische Zeitschrift. 5 Uhr zum Geburtstagsempfang bei Franks. Mit Lubitsch, Feuchtwanger, Leonh. Frank u. a. Champagner. Abends in Kreneks Musikbuch.

Pacif. Palis., Mittwoch den 14. VI. 44

/Arbeit am Roman, zögernd./ Helles Wetter. Mittags auf der Promenade. Nach Tische langes Interview mit einem Vertreter von Time Magazine. Thee im Schlafzimmer. Telephon mit Office of War Information wegen Kabel aus Stockholm mit Ersuchen um Glückwunsch für den 75 jährigen M. Andersen Nexö. Schrieb das Verlangte, bevor wir zu Knopfs zum Dinner fuhren. Junger Bewunderer, lungenkranker Trinker, der lange vor einer Begegnung scheute. Widmete ihm längere Zeit. Fuhren 11 Uhr.

Pacif. Palis., Donnerstag den 15. VI. 44

Arbeit am Roman. /XVIII geschlossen?/ Marschiert. Nach Tische Zeitung und Zeitschriften. Geschlafen. Zum Thee der junge Wiedemann, Corporal, später sein Vater Huldschinsky. Begann Album-Glückwunsch für Feuchtwanger zu schreiben. Der Pudel gebadet. Abends Nation und Common Sense. Fortschritte gegen Cherbourg. De Gaules in der Normandie. Vormarsch in Italien. Tokio bombardiert.

Pacif. Palis., Freitag den 16. VI. 44

Ernstlich unwohl, Leibesverstimmung, Schmerzen, matt. Diät. Schrieb den /Anfang von XIX./ Mittags bei der Buchhandlung in Westwood, Signierungen des Provider. Nachmittags lange gelegen. Thee im Schlafzimmer. Gegen 7 zu Werfels, die sehr nach Weiterem aus dem Roman verlangen. Mit Dr. Joseph zum Fox-Studio, Privat-Vorführung eines höheren Films nach Tschechow. Zu Hause Schleimsuppe. Sehr langweiliges Buch »Philosophie der Musik« von Snyder. (Von Werfel entliehen). – Nachrichten über das deutsche Secret weapon, unbemannte Flugwerke, die zahlreich aus Frankreich abgelassen, über Süd-England explodierend niedergehen und von den Deutschen als wirksames Anti-Invasions-Mittel betrachtet oder doch gerühmt werden.

Pacif. Palis., Sonnabend den 17. VI. 44

Leidend. Schrieb die Gratulation an Feuchtwanger und übertrug sie nachmittags auf das Büttenpapier. Schrieb kurz an die Meyer wegen ihres Kummers mit der Joseph-review. Ging etwas in der Nähe, was neue Leib-Koliken machte. Zum Lunch Familie Singer und Dr. Jacobson. Geschenk des Provider. Brief von Sinclair, der beim Amte interveniert hat, und Vorladung von dort zur Eidesleistung am 23. Cherbourg isoliert und vor dem Fall. Das Secret weapon nimmt schon Bluff-Charakter an. Die deutschen Kommentatoren wiegeln ab. – Gedichte von W. Mehring, die U. Sinclair an mich weitergab. Oft stark im Ausdruck.

Pacif. Palisades, Sonntag den 18. VI. 44

/Leidend. Nachts Schmerzen. Thee und Toast./ Etwas am XIX. geschrieben. 11 Uhr Dr. Wolff, der untersuchte und /Medikamente, Atropin, Salzsäure gegen den Magen- u. Darmkatarrh/ verordnete. Die Dinge wurden geschickt. Lag auf der vorderen Terrasse. Verätzte mir den Schlund mit zu wenig verdünnter Säure. Hatte Milch-Schleimsuppe. /Schlief lange./ Nach dem Thee Briefe an Knopf und Bermann K. diktiert. Einige Schritte gegangen. Im Abendkonzert Vorspiel u. Liebestod, auf dem Flügel etwas mitgespielt. Gelesen in dem A. Berg-Buch. – Der Leibeszustand noch nicht gebessert. – /Die Robots richten in England weiter Schaden an./ Finnland vor der Kapitulation.

Pacif. Palis., Montag den 19. VI. 44

Leidend. Leichte Besserung des Zustandes. Leichte Aufbesserung der Diät, weiches Ei, Hühnerbrühe. Etwas geschrieben. Den Bart abgenommen. Spaziergang sehr ermüdend. Drucksachen aus Moskau. Noch immer Briefe über den armseligen Musik-Artikel im Times-Magazine. Thee auf der neu gepflasterten Seitenterrasse. Danach Serie von Brief-Diktaten an die Kahn. Zum Abendessen /Leonh. Frank, der die Anfänge einer deutsch-handwerkerlichen Erzählung vorlas./ Äußerung Churchills im Unterhaus über das /mögliche Ende des Krieges diesen Sommer. Die Robots fliegen weiter und richten viel Schaden/ an.

Pacif. Palis., Dienstag den 20. VI. 44

Befinden besser. Stärkere Kost und 2 Cigarren. Noch mediziniert. Auch K. vom Darmübel ergriffen. Vormittags am Kapitel der /Intoxikation./ Kurzer Spaziergang. Viel Post mit Zeitschriften. Nach dem Thee kürzere handschr. Briefe. Längeren an Kahler begonnen. Erneute Kreuzschmerzen. Abends im New Yorker gelesen. Römischer Brief. – Korrekturen-Prüfung »Das Gesetz«. – Man /erwartet den Fall von Cherbourg, dessen Hafen die Deutschen zerstören./ – Begann mit der Vernichtung alter Tagebücher.

Pacif. Palis., Mittwoch den 21. VI. 44

8 Uhr auf und gegangen. /Geschrieben an XIX./ Mittags zum Haarschneiden nach Westwood. Klarer, frischer Tag. Kalbfleisch und Auflauf zu Tische, was aber schon zu belastend war. Nach längerem Schlafen nachmittags war mir recht schlecht. Ging etwas spazieren. Fertigte Briefe aus. Neue Roman-Abschrift. Sorge wegen vieler zweifelhafter Teile. – Eindringen in Cherbourg. In Italien Einnahme von Perugia. Enorme Schwierigkeiten werden sich in Frankreich noch bieten. Die Russen dringen gegen Helsinsky vor. Die Deutschen blockieren die Bildung eines Friedenskabinets. – Das Thema h e a e es (Hetaera Esmeralda) und seine Abwandlungen melodisch sehr brauchbar, eigentümlich schwermütig.

Pacif. Palis., Donnerstag den 22. VI. 44

Diarrhoe. K. von Rückenschmerzen geplagt, die offenbar eine Mit-Erscheinung der Infektion sind. – Einiges /geschrieben an XIX./ Mittags etwas in der Nähe gegangen. Mit der Post zahlreiche Ausgaben der Zürcher Weltwoche. Erfreulicher

Brief von J. Lustig über den Joseph; nachmittags beantwortet. Zum Abendessen bei Hardts. Nahmen unser Salzsäure-Getränk mit. Nahm zum erstenmal wieder etwas Kaffee. Las die ersten Kapitel des Romans. Begeisterung des kleinen Hardt, der seinem ersten Auftritt auf englisch entgegensieht. – Die deutschen Flugbomben, wieder zahlreicher, scheinen eine schlimmere Kalamität als zugegeben wird. Cherbourg fällt sehr allmählich.

Pacif. Palis., Freitag den 23. VI. 44 (Amerik. Bürger)
Merkwürdiger Tag im Gange dieser 11 jährigen Aufzeichnungen. Kurz nach 7 Uhr auf und nach dem Frühstück Fahrt nach Los Angeles zum New Federal Building. Nach einigen Umständlichkeiten (Fehlen der Court-card) Eintritt in den vollbesetzten Saal. Anweisungen, durch Beamte erteilt, Ansprache des Judge, Eidesleistung. Unterzeichnung der Einbürgerungspapiere. /So denn also amerikanische Bürger./ – Nebliger, sehr kühler Tag. Interview und photographische Aufnahmen im Presseraum, der mit Bildern nackter Frauen ausgeziert. Heimfahrt. Portwein und Baumkuchen. Kurze handschr. Briefe und Spaziergang vor Tisch. Telegramm der Meyer an K. wegen meines Befindens und eines Editorials anläßlich der Einbürgerung. – Sehr müde. Nach Tische wieder etwas Kaffee. Viel in den zahlreichen »Weltwochen« gelesen über Europa, Deutschland, Rußland. Abschriftliche Änderung im Roman (Adrians Brief). Begeisterte Äußerung Hardts, telephonisch, über die ersten Kapitel.

Pacif. Palis., Sonnabend den 24. VI. 44
Gegen ½9 Uhr auf. In den Blättern Bilder und stories. Radio-Meldung über die Erwerbung der citizenship, – die vor 5 Jahren eine erfreulichere Errungenschaft gewesen wäre. – /Wieder an Adrians Brief, ändernd neugeschrieben. Unzufrieden. Wie mans macht ist es falsch. Bin ich gezwungen, den Stoff auszutrocknen und zu verderben? – Müde und gequält./ We-

nig gegangen. Zum Lunch G. Marek. Über den Provider. Bromfield schickte seine Film-Geschichte, um die ich mich nicht kümmere. Brief an Klaus begonnen. Zu denken, aufs neue, über die Verherrlichung des Bruders durch das nur hier siedelnde aktivistische Literatentum auf meine Kosten. Auferstehung alter Qual. – Zum Dinner bei Lubitsch in Bel Air mit Werfels und Franks. Durch seine Theatergeschichten etwas aufgeheitert.

Pacif. Palis., Sonntag den 25. VI. 44

/Lange am Kapitel gearbeitet./ Amalfi Drive gegangen. Verdauung neuerdings gestört. Zum Thee Schalom Asch. Beendete den Brief an Klaus. /Cherbourg/ scheint genommen und der Hafen soll binnen 24 Stunden wieder brauchbar zu machen sein. Russische Offensive im Rollen.

Pacif. Palis., Montag den 26. VI. 44

/Arbeit an Kap. XIX./ Gegangen und zurückgefahren. Nach Tische Vorführung und Kauf eines Crêmefarbenen mit Convertable roof. Nachmittags zahlreiche Briefe diktiert. Protest gegen kulturelle Judenverfolgungen in Ungarn. Segers Eingabe an den Congress wegen Erziehung der deutschen Gefangenen. Cherbourg genommen, der deutsche General gefangen. Einnahme von Witebsk durch die Russen.

Pacif. Palis., Dienstag den 27. VI. 44

/Gearbeitet an XIX (h e a e es)./ ½12 zu Dr. Wolff. Bericht, Untersuchung, Vorschriften. Nach Tische die Post, Zeitschriften. Geschlafen. Gegangen. Telephon mit Szigetti wegen Hardt, Fehlschlag. Zum Abendessen Révy's und Neumanns. Vorlesung des Schleppfuß-Kapitels, das seine aufregenden und komischen Eigenschaften bewährte. – Bericht über die Kapitulation des deutschen Generals und Admirals in Cherbourg nach heroischem Radiogramm an den Führer. Zum Lunch eingeladen. Ihre Leute unter Sterbebefehl gelassen. – Erste review des Joseph im San Francisco-Chronicle »Preliminary Discussion of a Modern Masterpiece«. Einfältig.

Pacif. Palis., Mittwoch den 28. VI. 44

Fensterputzer tätig. Einige Arbeit am Kapitel. Gegangen und im neuen Ford-Wagen zurückgefahren. Die Meyer schickt reviews über den Joseph: Höchst mutiger Angriff gegen das Ganze in den N.Y. Times, ganz Frankfurter Zeitung. Schrieb der Meyer: »Wenn ›die Wahrheit‹ das ist, was uns demütigt, so ist sie mein tägliches Brodt.« – Artikel über den Tod des Generals Erich Marcks, Sohnes des »Bismarck-Biographen«, vor Cherbourg. – Im Arbeitszimmer auf dem Sofa geschlafen. Nach dem Thee viele Ausfertigungen. 4 Seiten nach Mount Kisco. – In Frankreich Kampf um Caen. Die Russen gegen Minsk. In Paris Ermordung des Vichy Propaganda-Ministers Henriot durch die Unterground-Feme. Anzeichen, daß man in Washington mit einem nahen Ende des europäischen Krieges rechnet.

Pacif. Palis., Donnerstag den 29. VI. 44

Dichter Nebel. Arbeit an XIX. Dexerol, unangenehme Wirkung. Gegangen und zurückgefahren. Post zu lesen, Bücher, Poes Novellen englisch vom Buch-Club. Nachmittags Brief an Käthe Rosenberg K. diktiert. Brief von Golo, der die robots nicht erwähnt, versichert, daß nie die unglücklichen Deutschen einiger hinter ihrer Regierung standen. – Brief an die Herz, London, begonnen. Abendgesellschaft bei Mme Salka Viertel. Frank übergibt erfreuliche Joseph-Kritik aus Saturday Review. Große Tankschlacht gegen deutsche Reserven um Caen im Gange, vielleicht schon um Paris. Wenn Minsk fällt, gibt es auch im Osten kein Halten mehr. Die Lage Deutschlands ist tatsächlich verzweifelt. Wieviele Deutsche wissen es?

Pacif. Palis., Freitag den 30. VI. 44

Spät auf. Haarwäsche und Manicüre, nachdem ich schon davon geträumt. Wenig Arbeit. Bei Dr. Wolf, Vitamin-Injektion. Danach auf der Promenade. Brief von Mc Leish, ergänzt von einem Schreiben des Editors von Atlantic Monthly und durch den Offenen Brief eines Prof. Peyre, höhnischer Angriff mit Citaten aus den »Betrachtungen«. Nervenbelastung und Nötigung zur Zurückweisung. – In »Time« Artikel über den Provider, »A Masterpiece«. Publicity für our medical adviser Dr. M. Gumpert. Sehr komisch. Wenn nur nicht all das Öffentliche, das Lob, der Tadel, das Geschwätz, so peinlich und sehnsuchterregend wäre – wonach? Diesen Trank des Mißverständnisses und der Unwissenheit von dem, was ich bin, nicht mehr trinken zu müssen. – Den Brief an die Herz zu Ende geschrieben. Müde und gequält. Erdbeeren unbekömmlich. Lese nachts Balzac: »Cousin Pons«. – Die Russen vor Minsk und nahe Helsinki. Schiffe laufen bereits in Cherbourg ein.

Pacif. Palis., Sonnabend den 1. VII. 44

Angestrengte Arbeit vormittags und nachmittags an der Antwort für Atlantic. Kaum gegangen. Zum Thee van Leydens mit Mr. Charles Jackson, der sein Buch The Lost Weekend übergab und sich den Provider signieren ließ. Zog mich bald zurück. Abends »Nation«. – Die Russen in den Vorstädten von Minsk. Neue Landungen in Frankreich.

Pacif. Palis., Sonntag den 2. VII. 44

Vormittags und nach Tische den Antwortbrief zu Ende geschrieben. Mittags gegangen. Brief an Mrs. Lowe. Abendgesellschaft bei uns. Quartett mit Temianka und Pollack. Tochs, Neumanns, Adornos etc. 18 Personen an kleinen Tischen. Mozart, Haydn gewidmet, vom Besten. Beethoven op. 132, mir zuliebe. Schubert.

Pacif. Palis., Montag den 3. VII. 44
An Kapitel XIX. Bei Dr. Wolf zur Vitamin-Injektion. Viel Post zu lesen. Dr. Flinker in Tanger, rührend. Abschrift der Antwort an Peyre u. Übergabe an Arlt zur Übersetzung. Anzahl von Besprechungen des Joseph, übersandt von Mrs. Veele. Nachmittags Brief-Diktate an Frau Kahn. An Bromfield und Leiser. Abends kulturelle Artikel in der »Weltwoche«; /über den französischen Dichter St. John Perse. Voltaire's »Karl XII«, über den er urteilt: »Außerordentlich, aber nicht groß«. Burkhardt über Voltaire: »Bei ihm wird der Rationalismus dichterisch, ja magisch.«/

Pacif. Palis., Dienstag den 4. VII. 44
/Kapitel XIX abgeschlossen./ Gegangen und im offenen Wagen zurückgefahren. – Nationaler Feiertag. – Beschäftigung mit eingegangenen Druckschriften. Nachmittags handschr. Korrespondenz. Den »Provider« an Farley in Sacramento. Zum Abendessen Franks. Nach Tische Verlesung von »Quotations«. Entschiedene Zufriedenheit. Später Vorlesung der letztgeschriebenen drei Kapitel des Romans mit überraschend tiefer und erregender Wirkung. Beruhigungs- und Zufriedenheitsgefühl. – Kabel von Erika: »Back from over there«. Also wohl Besuch in Frankreich. – Die Russen gegen Warschau. Deutscher Terror in Paris zusammen mit Collaborationisten. Tausende von Verhaftungen. Eröffnungen über die Absicht Stalins (und Roosevelts), nicht nur Ostpreußen, sondern auch Schlesien und Pommern an Polen zu geben und für die Sicherheit dieses Landes zu garantieren. »Der nächste Krieg in 15 Jahren«.

Pacif. Palis., Mittwoch den 5. VII. 44
Im Manuskript gelesen. Mittags im offenen Wagen zu Dr. Wolff. Von da zu Arlt zur Abholung der Übersetzung, die von verstimmender Trockenheit. Viel Post nach Tische zu lesen. Zeitschriften. Bemühungen, die Übersetzung zu verbes-

sern. Keine Freude mehr an der Veröffentlichung. – In Nation Artikel über die deutsche Frage, worin es heißt: »If we wish to find the peculiarity of German psychology through German literature, would it not be better to examine a really tough case of mixed mentality such as Spengler, St. George, or Thomas Mann?« – Die Meyer schickt günstige Joseph-Besprechung aus N.Y. Herald Tribune.

Pacif. Palis, Donnerstag den 6. VII. 44

/Kapitel XX zu schreiben begonnen./ Gegangen Amalfi Drive. Briefe von der Meyer, H. Steiner (mit der Nachricht vom Tode Wolfskehls in Neuseeland), Frau Charl. Bird (über Rothacker u. seinen Kreis in Bonn). /Rührender Brief einer Amerikanerin über die Vollendung des Joseph in diesen Jahren./ – Nachmittags Briefe geschrieben und ausgefertigt. Nach dem Abendessen zum /Free World Meeting im Beverly Hills Hotel. Französischer Sprecher über den franz. Under Ground und das Überleben des Fascismus./

Pacif. Palis., Freitag den 7. VII. 44

Geschrieben an XX. Ankunft der Familie aus San Francisco. /Die beiden Buben. Frido mit kurzem Haar./ – Marschiert u. zurückgefahren mit K. und Frido. Mrs. Meyer schickte den Artikel von Pearson über die Teheraner Beschlüsse betr. Ostpreußen, Schlesien und Pommern. Ihre Bedenken sind die meinen. Und doch muß Deutschland verkleinert werden. – In einem Roman-Manuskript von Mosse-Flamm. Zeitschriften. Nachmittags an Broch geschrieben. Bekam deutsche Cigaretten, Waldorf-Astoria, Hamburg, zugeschickt. – Schrecklicher Cirkus-Brand im Osten. – Verlangsamungen in Italien und Frankreich. Die Erfolge der Invasion nicht die Hoffnungen erfüllend. Gründe: anormales Wetter und fanatischer Widerstand der Deutschen.

Pacif. Palis., Sonnabend den 8. VII. 44
/Geschrieben an XX./ Mit K. und Fridolin auf der Promenade. Nach Tische /Saint-Beuves meisterhaften Essay über Molière/ zu Ende gelesen. Zum Thee musikalische Freunde Bibis, die vierhändig Schubert, Hindemith und Reger spielten. /Frido, nervös verstimmt, viel bei mir./ Brief an eine Dame in Detroit. In Hofmannsthals Schriften. – Heftige Kämpfe um Caen. Kriegsrat bei Hitler. Aber da ist guter Rat teuer.

Pacif. Palis., Sonntag den 9. VII. 44
/Geschrieben an XX./ In der Nähe gegangen. Neblig und schwühl. Nach Tische die Zeitung. Freundliche Besprechung des Joseph. Nachmittags Brief an Dr. Flinker in Tanger. Nach dem Abendessen Adorno's. Er spielte 6 kleine Klavierstücke von Schönberg und seine Lieder nach Trackl und George. Ich las Gedichte vor, die für Adrian bestimmt. – Fall von Caen und Wilna. Schwere Kalamität der Robot-Bomben. Entsetzliche Zunahme der Juden-Massacres in Europa.

Pacif. Palis., Montag den 10. VII. 44
/Arbeit an XX./ Bei Dr. Wolff zu Injektion. Danach zum Haarschneiden nach Westwood. Der New Yorker Rechtsanwalt gegen die Moses-Ausgaben von Guggenheim und Bermann. Ärgerlich. – Briefe, Zeitschriften. Nachmittags an Flinker und Lewisohn. Abends in Adorno's Buch über Kierkegaard.

Pacif. Palis., Dienstag den 11. VII. 44
/Arbeit an XX./ Mittags marschiert. Nach Tische die »Weltwoche« u. a. Zeitschriften. Nach dem Thee noch am Roman zu bessern gesucht und Brief an die Meyer begonnen. Zum Abendessen Heinrich und Frau. Gegenwart der Kleinen. – Müde.

Pacif. Palis., Mittwoch den 12. VII. 44

/Arbeit an XX./ Mittags bei Wolff zur Injektion. Nachmittags Diktat einer langen Reihe von Briefen. Selbst geschrieben an Seger, New York, gegen die Veröffentlichung meines Briefwechsels mit Reuter. Abends in /Adorno's Buch über Kierkegaard./ – Roosevelt stellt sich in einem soldatisch akzentuierten Brief zur Wahl – und wird gewählt werden. Die Russen 40 Meilen von Ostpreußen. Weiteres Zurückgehen öffentlich für notwendig erklärt. Nachrichten über eine vollständige Räumung Italiens.

Pacif. Palis., Donnerstag den 13. VII. 44

Zeitig auf, gegangen und bis gegen ½1 an XX gearbeitet. Marschiert und im offenen Wagen zurückgefahren. Mittagessen ohne Mädchen. Brief von Golo. Zeitschriften. Manuskript über Österreich von Flinker. Schrieb nach dem Thee den Brief an die Meyer zu Ende. Sang und zeichnete viel für den seelisch zarten kleinen Frido. – /Die Russen bedrohen Kaunas, Brest Litowsk, Memel./ Schaurig sentimentales Radio-Manifest an das deutsche Volk, das zur Verteidigung des »heiligen« deutschen Bodens aufgerufen wird unter der Androhung, daß man Europa in Blut ertränken werde, wenn – abscheuliche Rasse.

Pacif. Palis., Freitag den 14. VII. 44

Zeitig auf und gegangen. /Arbeit an XX./ Mittags mit Frido ausgefahren. Zur letzten Injektion bei Dr. Wolff. Nachher mit dem Kleinen bei Frank im Garten. Zum Lunch St. Joseph. Bonbonière, Widmung des »Provider«. Von meinem und seinem Roman, der »The prison« heißt. – In Time mein Dank an die Lowe. Die N.Y. Staatszeitung wünscht »Joseph« in ihrer Sonntagsausgabe fortlaufend abzudrucken. Nachmittags deswegen Brief an Bermann. Spaziergang. Vor und nach dem Abendessen Korrekturlesen der Roman-Abschrift, lange verschoben. – Anzeichen schauerlicher Zustände in Deutschland.

Weitere Androhungen ungemessenen Blutvergießens in Europa, wenn Deutschland invadiert werden sollte. Göbbels verlangt im »Reich« nach Frieden mit den Angelsachsen, beschuldigt Rußland, warnt fürchterlich. Zurückweichen der Truppen im Osten und in Italien. Der Kommentar rechnet nur noch mit Monaten bis zum Kriegsende. Ton von Verzweiflung in dem Ersuchen um Ermäßigung des »Unconditional surrender«. Das Regime will nicht begreifen.

Pacif. Palis., Sonnabend den 15. VII. 44
Arbeit an XX. Marschiert. Nach Tische Briefe und Zeitschriften, die Zeitung mit Näherem über den wohlweisen Artikel des Goebbels mit seinen idiotisch-schlauen Verdrehungen. Der Nazismus ein vom Versailler Frieden verschuldetes Unglück. – Auch nachmittags am Kapitel experimentiert. 7 Uhr /Vandenburg mit Familie und Musikerfreunden. Haydn-Quartett. Nach dem Abendessen Mozart, Beethoven (132) und Brahms./ Englische Unterhaltung.

Pacif. Palis., Sonntag den 16. VII. 44
Kaffee und Thee getrunken. Arbeit an XX. Marschiert. Nach Tische und abends die Lesung der Roman-Abschrift, soweit vorhanden, beendet.

Pacif. Palis., Montag den 17. VII. 44
8 Uhr auf. Arbeit an XX. In Santa Monica zur Fußpflege und zum Schuhe putzen. Einige Schritte auf der Promenade. Offener Wagen. – Viel Post, Bücher, Briefe, Zeitschriften. Besprechung, charakteristisch für die Situation, des Provider in »Nation«. Die von Diebold im »Aufbau«. Daselbst Sinistres über die deutschen NN-Pläne. – Erwarteten zum Thee Robinson u. Frau, die abgesagt hatten. Schrieb an die Meyer u. schickte ihr auf Wunsch die Antwort an Atlantic, deutsch. Übertragung der Roman-Mt.-Korrekturen in die Durchschläge u. Verpackung an Mrs. Lowe nach Maine. – /Abends die Mos-

kauer »Intern. Literatur« mit großem Aufsatz von Lukasz über Nietzsche und den Fascismus./ Ehrenburg über die gräuliche Verwüstung Rußlands durch die Deutschen. – Man soll nicht vergessen und sich nicht ausreden lassen, daß der Nationalsozialismus eine enthusiastische, funkensprühende Revolution, eine deutsche Volksbewegung mit einer ungeheueren seelischen Investierung von Glauben und Begeisterung war. –

Pacif. Palis., Dienstag den 18. VII. 44

Später auf. Kaffee und Thee. /Arbeit an XX (Schildknapp)./ Marschiert und im offenen Wagen heimgefahren. Zum Lunch E. Gottlieb, der Aufnahmen von den Kindern und uns im Garten machte. Die Zeitung über /die Bombardements von München mit 6000 Toten u. 100 000 Obdachlosen,/ Vernichtung des Braunen Hauses, des Justizpalastes etc. – Kann Gefühle der Genugtuung nicht unterdrücken. – Einige Brief-Diktate an K. Etwas mit Frido gegangen. Tägliches Zeichnen für ihn, der übrigens bei Tische sehr ungezogen war. – Telegraphierten beide nach Chicago zugunsten der Nomination von Wallace. – /Die Russen im Fortschreiten gegen Warschau und Ostpreußen./ In der Normandie größter Flieger-Angriff mit 8000 Bombern und Durchbruch bei St. Lo und Caen, der den Marsch auf Paris freigeben mag. Deponierung gewaltiger Summen bei Schweizer Banken durch die Nazi, offenbar zur Finanzierung der Umtriebe nach der Niederlage. – Über Kierkegaard.

Pacif. Palis., Mittwoch den 19. VII. 44

9 Uhr auf. Kaffee und Thee. Geschrieben an XX. Auf der Ozean-Promenade. Sommerliches Wetter. Es kamen 2 Exemplare der deutschen hier hergestellten Ausgabe des »Joseph«. Nachmittags Brief-Diktate an die Kahn. Spaziergang. Nach dem Abendessen ausgefahren zu Franks. Unterhaltung über die Lage. Rücktritt des japanischen Gesamtkabinetts. –

Pacif. Palis., Donnerstag den 20. VII. 44

Hitler in Holland einem Bombenattentat verschworener Armee-Offiziere entgangen. Verwundete u. Tote unter seiner Umgebung. Selbstmorde u. Erschießungen. – An XX gearbeitet, Portrait Schildknapps. Nachmittags Brief an Bermann. Abends über Kierkegaard.

Pacif. Palis., Freitag den 21. VII. 44

/Arbeit an XX./ Marschiert. Nach Tische die Zeitung über /die Vorgänge in Deutschland. Offenbar ist die Aufstandsbewegung trotz vieler Tötungen nicht niedergeschlagen. Es ist der Anfang vom Ende./ Tatsächlich haben 2 Divisionen in Ostpreußen und Teile der Marine gemeutert. Auch ist die Befehlsautorität nicht mehr eindeutig. – Geschlafen. Brief an den N.Y. Times-Editor wegen seiner Anfrage in Sachen citizenship. Zum Abendessen Leonh. Frank. Die beiden Kleinen. Noch spät lange Vorlesung aus »Faustus«: Leipziger Brief, Esmeralda, Ärzte. Später über seine Novelle und ihre Probleme. – Die Vorlesung lang und anstrengend, die Wirkung sehr stark. Frank bewegt und eingenommen von der »Deutschheit« der Conception, der Liebesgeschichte. Bibi angetan von der Aktualität des Musikalischen.

Pacif. Palis., Sonnabend den 22. VII. 44

Gestern sehr spät. Etwas infizierter und schmerzhafter Daumen der rechten Hand. Heißes Seifenbad. Erst etwa ½3 Uhr zu Bett. Nicht mehr gelesen. Mit Phanodorm bis 8, dann bis 9 geschlafen. Nebliger Morgen. Die Zeitung über die blutigen Vorgänge in Deutschland, Hinrichtung der bekanntesten Marschälle, Wüten der Gestapo, ein Regiment nicht nur dezimiert, sondern Mann für Mann erschossen. Dennoch Aufstandsbewegung nicht erloschen. Truppen aus Norwegen herbeigezogen. – /L. Frank fragte gestern, ob mir bei Adrian ein Modell vorgeschwebt habe. Verneinte und nannte ihn eine Idealgestalt, einen »Helden unserer Zeit«. Er ist eigentlich *mein* Ideal, und nie habe ich eine Imagination so geliebt, weder Goethe, noch Castorp, noch Thomas Buddenbrook, noch Joseph oder Aschenbach. Eine bewunderungsvolle und ergriffene Zärtlichkeit erfüllt mich für ihn. – Geschrieben an XX, dem Schildknapp-Portrait. Sehr müde./ Abgeholt die Dr. Jacobson. Mit ihr auf der Promenade. Lunch mit ihr. Sie beschenkte die Kinder. Über »Joseph«. Las ihr den Schlüssel zu seinem Wesen, das Spiel und Anspiel ist, aber nicht volle Berufenheit. – Brief von Slochower über Joseph. Plan seines Buches. – Spät zum Thee. Robinsons. Glatte Beilegung der »Moses«-Frage. – Ausfertigung von Briefen. Abends über Kierkegaard. – Die Nachrichten über Deutschland, wo die Gestapo unter Militär und Civil wütet (Schacht? Neurath?) bleiben erfreulich-bedenklich. In Ostpreußen Kämpfe von Truppen gegen Kriegsgefangene, die von den Russen mit Waffen versehen. Unruhe überhaupt unter den Sklaven.

Pacif. Palis., Sonntag den 23. VII. 44

/Arbeit an XX bis ½1./ Nach dem Rasieren einige Schritte in der Sonne. Krankheitsurlaub der Negerin, unzeitig. Nach Tische über *Kierkegaard*. Einiges Frappierende. /»Der Humorist stellt beständig die Gottesvorstellung mit etwas anderem zusammen u. bringt den Widerspruch hervor, aber verhält sich nicht selbst in religiöser Leidenschaft (stricte sic dictus) zu Gott, er verwandelt sich selbst zu einer scherzenden u. tiefsinnigen Durchgangsstelle für diesen ganzen Umsatz, aber verhält sich nicht selbst zu Gott.«/ – Geschlafen. – /Chronologie des Kriegs/ nach den Tagebüchern für Zeitblom. – Die Nachrichten aus Deutschland lassen, trotz Wüten der Gestapo unter den Konservativen, keinen Zweifel an dem zerrütteten Zustand.

Pacif. Palis., Montag den 24. VII. 44

K.'s 61. Geburtstag. Bescheerung am Frühstückstisch. Reizende Aufnahmen der Kinder von Gottlieb. /Schloß das XX. Kapitel ab./ Abends Champagner-Souper mit Franks und Eva Hermann. Gegenwart der Kinder. Kissenspiel. War sehr müde, teilweise als Folge einer »modischen« Kritik des Joseph im New Yorker.

Pacif. Palis., Dienstag den 25. VII. 44

Neue Affektion der Luftröhre. Nachts Husten u. Unruhe. Einige Stunden im Stuhl. Begann einen Brief an den Präsidenten Beneš. Mittags auf der Promenade. Nach Tisch viel Post, Bücher, Briefe, Zeitschriften. – In Deutschland weit ausgreifendes /Massacker von Armee-Offizieren. Vollständige Nazifizierung des Heeres. Zugleich eine Art von Mobilisierung des Volkes/ unter Goerings und Göbbels' Kommando, – während die Russen sich Warschau nähern und in Frankreich eine neue Durchbruchsoffensive der Alliierten im Gange.

Pacif. Palis., Mittwoch den 26. VII. 44

Heinrich, nach einem Anfall von Bronchial-Asthma in einem Gebirgssanatorium bettlägrig. Denke, seine Natur hat Ressourcen. – /Begann das XXI. Kapitel des »Faustus« zu schreiben./ Marschierte. Heimfahrt mit Frau Katzenellenbogen, die wir zum Lunch hatten. Der New Leader schickt erfreulichen Artikel über den Joseph und seine Kritiker. In den Blättern Weiteres über die deutsch-europäische Levée en masse; Radio-Rede des Göbbels, der von Hitler als dem »teuersten Leben« spricht und den Sieg über die Russen verheißt. Geländegewinn in der Normandie bei fanatischer Gegenwehr, die durch Todesdrohung von hinten gestützt wird. – Briefe mit K. – Schlief nachmittags fest und war abends trotzdem überwältigend müde. Las in /»Book of Modern Composers«./

Pacif. Palis., Donnerstag den 27. VII. 44

8 Uhr auf. Nebel-Niederschlag. /Geschrieben an XXI./ In Westwood zum Haarschneiden. Nach Tische Zeitungen. Nur kurz geruht, von 5¼ bis ¾7 Briefe diktiert, Bücher ausgefer-

tigt, dann rasiert und mit K. /zu Werfels zum Abendessen mit Franks, Lubitsch, später Arlt./ Über den unheimlich raschen Vormarsch der Russen, bei dem die stärksten Festungen nun wie reife Pflaumen fallen (Lemberg, Brest-Litowsk). Verdacht eines Abkommens, dem freilich alle russischen Äußerungen widersprechen. Es müßten diabolische Lügen sein und das Einvernehmen Stalins mit Roosevelt ein ebensolches Blendwerk. Ist eine Verständigung der Russen, nach allem, was geschehen, mit dem gegenwärtigen deutschen Regime denkbar? Aber der Kontrast zwischen der zäh-fanatischen Verteidigung in Italien und Frankreich und dem völlig widerstandslosen Weichen im Osten bleibt rätselhaft. Selbstverständlich wären die Deutschen bereit, sich in die Arme Rußlands zu werfen. Lange habe ich es als ihren einzigen Ausweg betrachtet. Daß er ihnen noch freisteht, muß man bezweifeln. Möglich ist, daß die konspirierenden Generäle nach ihm getrachtet haben.

Pacif. Palis., Freitag den 28. VII. 44
/Geschrieben an XXI. Marschiert und mit Frido zurückgefahren./ Nach dem Lunch Kontaktnahme mit eingegangenen Büchern. Geschlafen. Zum Thee St. Joseph. Danksagungen für Bücher. Zum Abendessen musik. Freund Bibis. Violin-Sonate in G-dur von Brahms. In Gumperts Buch You are younger than you think. Die Wissenschaft, besonders die russische, hält bei der Überzeugung, daß das menschliche Leben 150 Jahre währen sollte. – Die Russen avancieren ohne Widerstand. Brest-Litowsk wird geräumt. Auch der Durchbruch in Frankreich scheint bedeutungsvoll. Berlin wieder von der Außenwelt abgeschnitten, was auf Ereignisse deutet.

Pacif. Palis., Sonnabend den 29. VII. 44
Später auf. Kaffee und flakes. Geschrieben an XXI. Gegangen bis zum alten Haus. Viel Post zu lesen. Brief von Golo. Erfreulicher Brief einer Mrs. Burton über Joseph. Komisches

advertising-Angebot einer Tabackfabrik. – Fest geschlafen. Nach dem Thee handschriftlich: an Heinrich, Bermann. Abends im Book of modern Composers. – Der Durchbruch der Amerikaner in Frankreich sensationell. Gerücht vom Tode Rommels. Die Russen vor Warschau.

Pacif. Palis., Sonntag den 30. VII. 44

8 Uhr auf. Geschrieben an /XXI. Das Intermezzo aus der Gegenwart/ abgeschlossen. Amalfi Drive gegangen u. zurückgefahren. Nach Tische in »Composers«. Nachmittags handschriftl. Briefe bis zum Abendessen, ausführlich an die Meyer. Gezeichnet für Frido und mit ihm den Rundgang über die beiden Treppen gemacht. Abends bis spät Vorlesung für die Kinder: Opus 111, Beißl, Briefwechsel Adrian–Kretzschmar und Portrait Schildknapps. Adrians Brief als central erkannt. – Erfolg in der Normandie. Die Bretagne isoliert. Schwerer Schaden in England durch die Robot-Bomben.

Pacif. Palis., Montag den 31. VII. 44

XXI, des Weiteren. Marschiert. Viel Post. Brief von André Gide aus Marocco, wegen »L'Arche«. Willkommenes über »Lotte«. – Thee im Schlafzimmer. Ausfertigung von Briefen. Musikalische Soirée bei Freunden der Neumanns in Hollywood. Russischer Geiger, Sänger, Sängerinnen. Genußreicher Abend. Zigeunerlieder von Brahms, Lieder von Mahler.

Pacif. Palis., Dienstag den 1. VIII. 44

Müde. Weniges an XXI. Gegen Mittag zum Vortrag Kreneks in Royce Hall, Westwood. Spielte eine eigene Klaviersonate. Mit Adorno, dem Geiger von gestern, dem starren Klemperer. Bei Krenek. Nachmittags lange geruht. Ausfertigung zahlreicher Widmungsexemplare der deutschen Joseph-Ausgabe. Abendgesellschaft bei van Leydens. Luise Reiner. Slezak. Dinner. Gingen ½11. – Warschau und Florenz vor dem Fall. Besorgnis vor der Verschlimmerung der Robot-Plage.

Pacif. Palis., Mittwoch den 2. VIII. 44

An XXI weiter. Haarwäsche. Rasieren. Marschiert. Musikalisches gelesen. Nachmittags zahlreiche Briefe diktiert. – Bruch der Türkei mit Deutschland. Straßenkämpfe in Warschau. In Finland bildet Mannerheim Friedenskabinet. Anruf Br. Franks, der die Lektüre des deutschen Joseph beendet, sehr erfüllt. Unterhaus-Rede Churchills, optimistisch. Man scheint mit dem Zusammenbruch Deutschlands bis Mitte September zu rechnen.

Pacif. Palis., Donnerstag den 3. VIII. 44

/Schwierigkeiten/ mit der Weiterführung von XXI. Marschiert in leichtem Anzug. Heimgefahren von Bibi, da K. unterwegs zur Einholung Peter Pr's. Spätes Mittagessen ohne sie, da Wagenpannen sie aufhielten. Begrüßung des neuen Hausgastes ½5 Uhr. Geschlafen. Studium musikalischen Materials. Zum Abendessen bei Huldschinsky's mit Helene Thimig und Graf Ostheim. – Rennes genommen.

Pacif. Palis., Freitag den 4. VIII. 44

8 Uhr. Frühstück auf der Veranda. Über Warschau die polnische Fahne, von Patrioten gehißt. Zweiten Teil von XXI in Gang gebracht. Auf der Promenade. Bewegter Brief von Annette Kolb über Joseph. Wieder viel in Adorno's Musik-Philosophie. Spät zur Ruhe. Nachher Brief an Gide diktiert. »Niemöller« für »L'Arche«. Aufgeräumter Brief von Klaus, der endlich auch meinen erhalten. Pompöse Widmung des deutschen Joseph an A. Meyer. Nation und Time gelesen über den Army purge in Deutschland und das letzte Aufgebot. Jedenfalls ist die Möglichkeit einer rationellen und hergebrachten Aufgabe des verlorenen Krieges und einer Übergabe Deutschland als Ganzem verstellt. Der Schluß wird nicht in konventionell-vernünftigen, sondern in revolutionären Formen kommen und das Reich sprengen.

Pacif. Palis., Sonnabend den 5. VIII. 44

½9 Uhr auf. Nicht wohl. Nicht gut gearbeitet, falsch gegangen. Mittags Bewegung. Nach Tische in Campbells /Buch über »Finnigans Wake«./ Mag sein, es ist *das* geniale Literaturwerk der Epoche. Das meine sollte wie flauer Traditionalismus daneben wirken. Aber Mr. C. bewundert es auch und sieht /Verwandtschaft./ – Nachmittags Brief an die Meyer. /Musikalische Soiree bei uns. Quartette von Mozart, Beethoven, Mendelssohn und Dvorak./ Genußreich. Buffet-Supper. – Verunstaltete Korrektur des Briefes an Atlantic. Telegraphisch zurückgezogen.

Pacif. Palis., Sonntag den 6. VIII. 44

Gestern erst gegen ½3 zu Bette nach der Gemütsstörung durch die Atlantic-Affaire. Phanodorm. Tief geschlafen. Nach dem Frühstück auf der Terrasse zuerst den Brief an die Meyer beendet und dann an XXI fortgefahren. Tilgung und Aufhellung. – Mittags gegangen. Sommerliches Wetter. /In Modern Composers./ Nachmittags Brief an Annette Kolb. Nach dem Abendessen zum Recitations-Abend von Hardt im Beverly Fairfax Community Center. Trister Scheinerfolg bei jüdischem Publicum. Pianist Cherkassky, guter Techniker, abstoßende Person. Ich wurde akklamiert. Empfang nachher. Spät nach Hause. Peter Pr. begrüßt. Chokolade. Für die Amerikaner siegreiche Seeschlacht; Versenkung vieler japanischer Schiffe. – Über Bartok.

Pacif. Palis., Montag den 7. VIII. 44

Am XXI. Kapitel. Telegramm von Weeks, daß der Artikel korrekt erscheint. Nahm den Titel »In my defence« an. – Marschiert. Nach dem Lunch Anruf New York, B.B.C., wünscht englischen 3 Minuten speech über Invasion Ostpreußens. – E. Wilson im New Yorker über Joyce. – Brief an Annette Kolb beendet. – Deutscher Gegenangriff in Frankreich gescheitert. – »Modern Composers«.

Pacif. Palis., Dienstag den 8. VIII. 44
/Broadcast für London./ Mittags /E. Křenek und Frau./ Auf der Promenade mit ihnen. Lunch mit ihnen. Zum Thee Singers und Lost Weekend-Jackson. Photographie für ihn. Singer über sein Vernissage-Fest am Sonntag. /Abends für Frido gezeichnet./ Blätter und »Intern. Literatur«. In müdem Zustand das Broadcast zu ändern gesucht, das ebensogut hätte so bleiben können. Überreizt und gequält.

Pacif. Palis., Mittwoch den 9. VIII. 44
Morgens Änderung des broadcast, kaum zum Besseren. Einiges am Kapitel. Gegangen. Nach Tische in A Psychologist looks at love von Reik. Nach dem Thee das broadcast und Briefe der Kahn diktiert. Mit Frido gegangen. /Zum Abendessen Werfels. Später Vorlesung des Schleppfuß-Kapitels/ für sie, K., Peter Pr. und die Kinder. Die Mahler erinnert mich an einen langen /Brief, den ich in Zürich von Alban Berg über den ersten Band des Joseph empfangen,/ und den ich beantwortet. Ihre Erfülltheit vom letzten Band, den auch Heinrich liest.

Pacif. Palis., Donnerstag den 10. VIII. 44
/Etwas Arbeit an XXI./ Übersetzung des Broadcast mit der Kahn studiert. Fahrt mit Peter Pr. zum N.B.C. (mit leckem Ford). Lesung der Ansprache. Nach Tische Briefe. (Der Dichter Walther an Eva Hermann über seinen Wunsch, eine Abhandlung zu meinem 70. Geburtstag zu schreiben.) /In »Music« von Redfield./ Nachmittags handschr. Briefe (Bermann, Knopf u. a.) Erkundigung eines Amerikaners auf deutsch nach deutschen Bekannten, Keyserling etc. Abends für Frido gezeichnet. In »Music«. – Fortschritte gegen Paris. Berner Nachricht, daß die Familien der hingerichteten Obersten ausgetilgt werden. – Roosevelt im Pacific, Pearl Harbour.

Pacif. Palis., Freitag den 11. VIII. 44
Sommerlich. Eine Seite am Kapitel. Mit K., Peter Pr. und den Kindern zur Promenade, wo ich ging, während jene badeten. Nach Tische Zeitungen, Weltwoche vom Mai. 4 Uhr /Verabschiedung/ von den 5 Gästen, die gleichzeitig abfuhren. /Der kleine Frido,/ erregt, sagte wiederholt »Auf Wiedersehn« und küßte mir die Hand, erregt. Schmerzlich bewegt u. doch auch erleichtert durch die wieder eintretende Ruhe. Begann nach der Ruhe Brief an Singer zur Vernissage am Sonntag. Abends in »Music«. Klavier gespielt. Verliebt in die Modulation von F nach D dur mit dem cis oder des als Übergangston.

Pacif. Palis., Sonnabend den 12. VIII. 44
Exzeptionell lange geschlafen. Im Schlafrock Yogurt und Kaffee gefrühstückt, die Brief-Rede für morgen zu Ende geschrieben und danach gebadet. Gegangen Amalfi Drive. Mit E. Hermann zurück, da wir Reifendefekt hatten. Viel Post nach Tische zu lesen. Brief von der Meyer. Erfreulicher Brief von Mc Leish über den Atlantic-Artikel. »One feels a little prouder of being a human being.« – Spätes Lunch. Rede des Präsidenten über die pazifischen Dinge, militärische Gedankenrichtung. Die Brief-Rede der Kahn zur Übersetzung. Buffet-Dinner bei Eva Hermann /mit Franks, Leonh. Frank, Markuses, Feuchtwangers,/ dem soldier-Cousin. Guter Laune. – »Kellen« schickt aus Frankreich »erbeutetes« deutsches Buch, 43 gedruckt, illustriert, über Lübeck, worin die durch den englischen »Terrorangriff« angerichteten Zerstörungen markiert. – Der Pudel geschoren.

Pacif. Palis., Sonntag den 13. VIII. 44
Wärme. Geschrieben am Kapitel. Abgeholt von van Leyden zu einer Nach-Sitzung. Hausfrauen-Lunch. Danach in »Music«, Buch von komischstem Amerikanismus, kenntnisreich. Mit der Kahn Übersetzung der Brief-Rede. 5 Uhr zu Singers. Viele Menschen. Bowle im Garten. Enthüllung des Portraits

durch eine Filmschauspielerin. Lesung des Briefes. Endlose Aufnahmen in Atelier u. Garten für »Life«. Vertraut amerikanische Ausbeutung und Nerven-Tour. Aber alle Welt ergriffen und befriedigt. Erst zum Abendessen nach Haus, müde und hungrig. Gemüse und Eiersuppe, Hühnerleber u. süße Pfannkuchen. Nachrichten aus Frankreich und von der ostpreußischen Grenze zeigen die völlige Hoffnungslosigkeit der Lage für Deutschland. Ermahnung des Feldm. Paulus von Moskau, den Gang zu beseitigen und Frieden zu machen.

Pacif. Palis., Montag den 14. VIII. 44
Morgens gegangen. Flocken und Kaffee. Kein Ei, ohne welches mittags mein Appetit besser. Wenig an XXI. /Notizen zum »Werk«-Problem./ Gegangen Amalfi-Drive. Viel Post, Briefe über Joseph von Révy und Rastede. Huldschinsky, auf dem Hospital-Leidensbett gelabt von dem Buch. Kleiner Virgil aus dem 17. Jahrhundert zum Geschenk. Bermann: Abrechnung Stockholm. Seine Antwort an Guggenheim in Sachen des Copyright-Quarrel. Interessantes in »Nation«. Wachsende Überzeugung, daß es nie ein Bomben-Attentat auf Hitler gegeben hat. Geschlafen. Excerpte und Notizen. Abends den Brief an die Meyer fertig gemacht. Gestern Nacht »Cousin Pons« zu Ende gelesen. – Verzweifelte Lage der 4. deutschen Armee in Frankreich. Aufforderung de Gaulles an die französische Bevölkerung zur Erhebung. Vermutung, daß die Nazis nur weiterkämpfen, weil sie mit ihren Vorbereitungen noch nicht fertig sind, die Verstecken, Schwarzpressen, Untergrund-Radio etc. gelten.

Pacif. Palis., Dienstag den 15. VIII. 44
Warmer Sommertag. Morgens gegangen. /Mühe mit dem Kapitel. Es ist Vorgesehenes zurückzuhalten,/ das hier beschwerend und zu stofflich wirken würde. /Idee, den Teufel in dreifacher Maske erscheinen zu lassen:/ als Zuhälter, Musikgelehrter und nackter Dämon, immer gehüllt in /Eiseskälte./

– In Westwood zum Haarschneiden. Wieder viel Post. Zeitschriften. Nach dem Thee Telephon mit Robinson wegen des Copyright-Ärgers. Handschriftliche Briefe (Révy, Herzog, Petition für Schönberg). – Neue Invasion Frankreichs von Süden, bei Toulon, St. Raphael. Geringer Widerstand. Ruin der Armee Kluge. Die Zerrüttung muß rasch fortschreiten.

Pacif. Palis., Mittwoch den 16. VIII. 44
/Das Letzte umgeschrieben. »Meilleur«./ Auf der Promenade, während K. badete. Nachmittags längeren Brief an Br. Walter diktiert. Nach 7 ins Cinéma nach Westwood: »Hitler Gang«, öde. Nachher Abendessen. In Frankreich heller Patrioten-Aufruhr unter dem Eindruck der südlichen Invasion. Päpstliche Presse erklärt den Krieg für entschieden u. hofft auf Verwirklichung der Atlantic Charter. /In Adorno's »Kierkegaard«./ Nur ungefähres Lesen und Verstehen.

Pacif. Palis., Donnerstag den 17. VIII. 44
8 Uhr auf. Warmes Wetter. Thee getrunken. Geschrieben an XXI, geduldig. Gegangen und zur magdlosen Mahlzeit heimgefahren. Briefe von Käthe Rosenberg und Dr. Lesser, London. Las die Zeitung über die Kriegsereignisse. Nachmittags zahlreiche Briefe der Kahn diktiert. Sehr müde davon. 7 Uhr zu Horckheimers; mit ihnen u. ihren Freunden Abendessen im Savoy beim Beverly Wilshire. Nachher bei ihnen. Über den deutschen Bankrott; die wahrscheinliche Verhinderung der Einigung Europas. Zerschlagung Deutschlands ebenfalls wahrscheinlich. Frage, ob sie wirtschaftlich haltbar. – Neue Invasion im Balkan durch Radio gemeldet. Resultat der Begegnung Churchills mit Tito. Das Gros der Armee Kluge, wie befürchtet, aus der Einsperrung entkommen. Orléans genommen. General Patton vor Paris.

Pacif. Palis., Freitag den 18. VIII. 44

½9 Uhr auf. Geschrieben an XXI (f-d-a-dur). Gegangen Amalfi Drive. Neues Mädchen, alt, weiß, die sich oktroyieren wollte, über Mittag behalten u. wieder abgeschoben. Alter Joseph-Teller von Marek, zerbrochen angekommen. Brief von Bermann an K. über literarische Pläne zum 70. Geburtstag. (Neue Rundschau). Kriegsnachrichten gelesen. Nachmittags englische Briefe K. diktiert. Abends das Konzert und Nachrichten gehört. Viel schlechter kann es den Deutschen nicht mehr gehen. Es scheint in Paris zuzugehen wie in Warschau. Las »Nation« und »Common Sense«. Befriedigt von dem offenen Brief eines jungen Musikers gegen den reaktionären Musik-Editor von »Nation«. Seltsamer Widerspruch zwischen der Tonart gewisser Rezensionen und der Zusammennennung meines Namens mit Gide, Proust, und Joyce. Rabbi B. Harrison, Beth Sholom Temple reviews »Joseph the Provider«, one of the most important books of the century, in his sermon tonight.

Pacif. Palis., Sonnabend den 19. VIII. 44

½9 Uhr auf. An XXI (Brentano-Lieder). Gestört durch Lautsprecher auf dem Polofeld. Gegangen und heimgefahren. Beschäftigung mit Hölderlin. New Leader veröffentlicht meinen Brief an Dr. Bohn; nicht angenehm. – Geschlafen. Weiteres am Kapitel. Zum Abendessen bei Hardts. Las nach dem Kaffee aus dem Roman zuerst op. 111, das H. zu Tränen ergriff, und dann den Briefwechsel Adrian–Kretzschmar. Mir ging wiederum Adrians Bekenntnis sehr nahe und erregte mich. Ablehnung der Beschreibung seiner Person bis auf die Augen. Eine rein geistige Gestalt von gleichwohl eigentümlicher Anziehungskraft. Desto genauer die übrigen Figuren. – Rapides Sich abspielen der Dinge in Frankreich. Rückzug der Deutschen an den Rhein wahrscheinlich. Schwierigkeiten der Russen vor Warschau. Arretierung des Oberbürgerm. Goerdeler, auf dessen Kopf eine Million Mark gesetzt worden war, in Westpreußen durch die Gestapo. Erkannt von einer Frau u. einem Mann der Marine. Er war zum Haupt einer Friedensregierung ausersehen. Man wird Zeit haben, ihn zu hängen.

Pacif. Palis., Sonntag den 20. VIII. 44

8 Uhr auf. Gegangen. Spiegelei und Kaffee. Geschrieben an XXI (Brentano-Gesänge). Gegangen. Gutes Hausfrauen-Sonntags-Mahl. Beim Kaffee mit K. Ergänzungen zu Bermanns internationaler Mitarbeiter-Liste für die »Neue Rundschau«. – Über die Kirchentonarten. Merkwürdige Artikel in »Partisan Review« (über Stravinsky). Zum Thee junger Psychoanalytiker Dr. X. von Wien, mit R. Strauss verwandt. Ausfertigung von Briefen. Beschäftigung mit einer Änderung in Kap. XX. Abends dem Los Angeles Orchester zugehört. Nachrichten gehört. Weiteres in Partisan Review.

Pacif. Palis., Montag den 21. VIII. 44

½9 Uhr auf. Änderung und Kürzung im Vorigen. Auf der Promenade, während K. badete. Nach Tische viele Briefe zu lesen. New Yorker. Nach dem Thee mit K. gegangen. Handschriftliches erledigt. Brief mit Begeisterungstränen von Hardt beantwortet mit

Straßenkämpfe in Paris. Toulon vor der Einnahme. Setback der Russen. Doch wird /Warschau allmählich eingeschlossen./ Eindruck, daß man sich im Osten besser wehrt und im Westen nachgibt, um keinesfalls die Russen als Eroberer, wenn auch als Okkupanten hereinzulassen. Doch soll am Westwall fieberhaft gearbeitet werden. – Manuskript »Das Geheimnis des Judentums« von Rosenfeld in Rio. – Teile der 9. Symphonie. Mondschein-Sonate.

Pacif. Palis., Dienstag den 22. VIII. 44

An XXI lange weiter, gegen das Ende. Etwas gegangen. Nach Tische Briefe und Zeitschriften. Zum Thee Herr [?] aus Antwerpen, französisch erzogen, homo litteratus, wünscht Empfehlung nach Harvard. Zum Abendessen /zu Franks. Vorlesung von Kap. XVI und dem Schildknapp-Portrait./ – Widmung des deutschen Joseph an G. Seger.

Pacif. Palis., Mittwoch den 23. VIII. 44

/An XXI gegen das Ende./ Gegangen. Viel Briefe zu lesen, von Mrs. Meyer, Check und Proofs von Atlantic Monthly. /Nachricht von der Befreiung von Paris/ nach 4 tägigem Straßenkampf. Vertreibung der deutschen Garnison, Trikolore und Marseillaise. Vichy gleichfalls in den Händen der Patrioten. Laval flüchtig, Pétain von den Deutschen entführt. Marseilles genommen, Bordeaux vor der Einnahme. Sturz der Regierung in Bukarest und Übergang zu den Alliierten unter Annahme der russischen Friedensbedingungen. In Deutschland deutliche Anzeichen für den Versuch, eine bolschewistische Kriegsrevolution als letztes Mittel ins Werk zu setzen. Der militärische Zusammenbruch nahe bevorstehend, aber auch politische Überraschungen. – 7 Uhr zur Soiree bei Graf Ostheim. Steile Zufahrt. Schwierigkeit das Haus zu finden, Anfrage bei Judge X, der mich bei seiner Frau einführte, die mich für den größten Mann der Welt hält. /Bei Ostheim internationale Gesellschaft/ von leicht entwurzeltem Hochadel. – Telegramm an die Franzosen in New York für Paris. – Nachricht von Alma Mahler, daß /Frau Walter vom Schlage getroffen/ u. der Sprache beraubt.

Pacif. Palis., Donnerstag den 24. VIII. 44

Schluß von XXI, prekär. Gegangen bis zum alten Haus. Rückschlag auf die gestrigen Triumphnachrichten. Paris noch nicht liberated. General König scheint voreilig gehandelt und voreilig verkündigt zu haben; Truppen, die anderwärts wichtiger wären, müssen ihm zu Hilfe kommen. Nachmittags fest geschlafen. Dann Briefe diktiert, u. a. an Knollenberg wegen Faber du Faur. Joseph in beiderlei Gestalt an Yale. – »Nation«. Aufsatz von Dr. Kauffmann über Nietzsches Einfluß auf mich. Heines Pariser Musikberichte, bloßes Feuilleton.

Pacif. Palis., Freitag den 25. VIII. 44

/Schloß Kap. XXI ab/ und bereitete Daten für das nächste vor. Müde von der Arbeit, auf der Promenade auf einer Bank gesessen. Nach Tische Post und Zeitungen, Time. Kapitulation von Paris nun von außen von den Amerikanern nach Straßenkampf erzwungen. Improvisation, zu der man durch Gen. Königs Voreiligkeit genötigt war. Jubel der Bevölkerung. Allgemeines Zurückfluten der Deutschen gegen die Marne. Neue Drohungen mit fürchterlichen geheimen Waffen, die im letzten Augenblick alles wenden werden, ausgesprochen von Göbbels, von der japan. Presse aufgenommen. – Brief an Mrs. Meyer begonnen. Zum Abendessen bei Tochs. Vorführung der Platten-Aufnahme seines Pesach-Oratoriums. Klassische Sprache. Seine schwankenden Äußerungen über die Zukunft der neuen Musik. Man kann sie nicht lieben. Ablehnung Bartoks. Die Konfusion unter jungen Komponisten, die Bequemlichkeit der Neutönerei, das Decken der Blöße mit Atonalität. Über die kammerorchestrale Bearbeitung von Quartetten. Mozart hat sich des zu seiner Zeit vorhandenen Orchesters immer nur mit Auswahl bedient. Keine Posaunen in seinen Symphonien.

Pacif. Palis., Sonnabend den 26. VIII. 44

Hitze. /Unterbrechung in dem Roman, den als zur Hälfte geschrieben betrachte. Ein eigentümliches, erregendes, auch viel Sorge und Zweifel erregendes Buch./ Vor- und nachmittags Briefe geschrieben. Gelesen in Br. Franks Cervantes, da das versprochene Vorwort zu schreiben. An die Meyer über die Fragwürdigkeit der zugesagten Winterreise. Nach früherem

Abendessen ins Cinéma nach Westwood: »Gas light« mit Boyer. Überfüllt, schlechte Plätze. Zu Hause Chokolade. Das Buch von Frank läßt mich gleichgültig. »Lepanto« ist wohl brav gemacht.

Pacif. Palis., Sonntag den 27. VIII. 44

Vormittags Brief an Dr. Kauffmann. Nachmittags an Lesser (London). Gegangen Amalfi Drive. Gegen Abend starker Nebel. Gelesen viel in Franks »Cervantes«. Rheumatische Schmerzen am linken Hinterkopf. Abends Musik gehört. Wahre Tanz-Phantasie in der Balletmusik aus »Faust«. – Gefühl, daß der europ. Krieg noch bis Frühjahr 45 dauern kann.

Pacif. Palis., Montag den 28. VIII. 44

Sehr warmer Tag. Briefe an Konrad Kellen (Frankreich) und die Herz (London). In Franks »Cervantes«. Zum Abendessen /Leonh. Frank, der aus seiner entstehenden Novelle las./ Vorzüglich das Handwerkliche in der deutschen Kleinstadt. – Las den Aufsatz über Br. Franks »Polit. Novelle« nach. – Die Deutschen hinter die Marne zurück. Die Russen forcieren die Karpathen, bedrohen Ungarn, ermahnen die Balkanvölker, Deutschland zu verlassen. – Fascistische Schüsse auf de Gaulle haben dessen Einzug gestört, Vorzeichen des Bürgerkrieges, wenn das Land sich selbst überlassen? – Furunkel unterm rechten Auge mit starker Infiltration der Drüsen. Mittags bei Dr. Wolff. Salbe und Pflaster. Neue Vitamin-Verordnung.

Pacif. Palis., Dienstag den 29. VIII. 44

Spät auf. Dem Frank-Vorwort noch ausgewichen. /Neuer Versuch, dem XXI. Kapitel eine richtigere Schluß-Kadenz zu geben./ Sehr heiß. Nicht ausgegangen. Zum Lunch Eva Hermann. Zeitungen gelesen. Nach dem Thee etwas gegangen. Dann wieder an dem Kapitelschluß versucht. Mißverständliche Ausfahrt zum Abendessen bei Frau Viertel. Umkehr und Mahlzeit zu Hause. Franks »Cervantes« zu Ende gelesen. – In

Frankreich finden die Alliierten kaum Widerstand. Teile der Robot-Küste schon außer Gefecht gesetzt. Düstere Äußerungen des Kommentators Ditmar; die Alliierten ermahnt, ihre Kriegsziele zu mäßigen und mit Deutschland einen vernünftigen Frieden zu schließen, zu dem es bereit sei. Verblendung? – Müde und energielos.

Pacif. Palis., Mittwoch den 30. VIII. 44

8 Uhr auf. /Noch einmal an Kap. XXI. Notizen für das Teufels-Gespräch./ Auf der Promenade. Mit Frau Kellen zurück, die mit uns lunchte. Von Knopf Bücher über Musik von Newman. Zeitungen. Lange geschlafen. Thee im Schlafzimmer, Abendtoilette. Gesellschaft bei Mme Viertel mit Franks, Reinhardts u. einem amerik. Psychoanalytiker. Frank begierig auf seine Préface. – Hörte Swing über Deutschland, seinen Kampf um Zeitgewinn, die Äußerungen des Dittmar, die mögliche Dauer. Die Siegfriedlinie kann verzögernd wirken. Die neuen Monstrewaffen unglaubhaft. – Riesenhafte Explosion in Frankreich mit erdbebenartiger Wirkung an der englischen Küste.

Pacif. Palis., Donnerstag den 31. VIII. 44

Leerer Vormittag, Hemmung das Vorwort zu beginnen. Gegangen Amalfi Drive. /Appetitlos und dyspeptisch. Müde./ Bücher-Sendungen. Thee im Schlafzimmer. Kurzer Brief an Graf Ostheim. Das Elendsgefühl zu stark, um nicht das frühe Abendessen und die Fahrt zur Bowl zu verabscheuen. Singers durch K. fortgeschickt. Gegen 8 Uhr Suppe und Rote Grütze. Im Lauf des Abends etwas besser. /In Newmans Buch über Beethoven./ – Rapider Ablauf in Frankreich. Belgien invadiert. Rückzug der Deutschen selbst von der Robot-Küste. Das Rheinland kann bald Kriegsschauplatz sein. Londoner militärische Meinung, daß der europ. Krieg in 35 Tagen beendet sein kann. Eisenhower wiederholt seine Ankündigung, er werde in diesem Jahr beendet werden.

Pacif. Palis., Freitag den 1. IX. 44
Geschrieben über »Simplicissimus« für Stockholm. Nachher Anfang des Vorworts zu »Cervantes«. – Unwohl, Magenverstimmung wie kürzlich. In Santa Monika zur Fußpflege. Nachmittags die Kahn zu Diktaten. Brachte das letzte Roman-Manuskript und äußerte sich begeistert über die Esmeralden-Kapitel. Nun ja, sie sind das Glanzstück bisher. Wäre nur sonst alles in Ordnung. – In Italien die Deutschen gegen die Alpen zurückgeworfen. In Frankreich die Amerikaner nahe der Reichsgrenze. Es scheint kaum möglich, daß die Déroute noch zum Schutz des eigenen Bodens aufgehalten werden kann. Unruhen in Wien und München werden gemeldet. Der Selbstmord v. Kluge's bekräftigt. Ostheim der Meinung, daß die Armee sich in schlechterem Zustand befindet, als 1918.

Pacif. Palis., Sonnabend den 2. IX. 44
Seit einigen Tagen wieder kühles Wetter. Vormittags geschrieben an dem Vorwort. Gegangen bis zum alten Haus. Diät gehalten; der Anfall weniger schlimm als voriges Mal. Nach Tische die »Nation«. Salvemini über die Torheiten der Amerikaner in Rom mit fascistischen Künstlern u. Beamten. Schwarzschild sehr einleuchtend über den Nazi-Schwindel mit den Generalsprozessen. – Geschlafen. Den /kleinen Artikel über Grimmelshausen/ deutsch und englisch an Guggenheim. Brief an diesen. Anderes Handschriftliche. Zum Abendessen /Franks./ Nach dem Kaffee die /Nachrichten, in denen zum ersten Mal reichsdeutsche Namen, Trier, vorkamen./ Brüssel nach einer grotesken Abschiedsrede des SS-Bonzen von den Deutschen geräumt. »Sensationelle« Radiorede Hitlers für morgen angesagt. – /Vorlesung von Kapitel XXI, das überraschender und wohltuender Weise beifällig aufgenommen,/ durchaus positiv gewertet wurde. Spielte ihnen die primitive f-d-a-dur-Modulation vor.

Pacif. Palis., Sonntag den 3. IX. 44

/Mit dem Roman. Nachtrag in schon Abgeschriebenem./ Die Kapitel für die Meyer bereit gemacht. Gegangen Amalfi-Drive. Der Magen gebessert, aber viel müde; nachmittags lange geschlafen. Danach Brief an die Meyer zu dem Manuskript und über das Reiseproblem. – Platten von Tochs Klavier-Quintett gehört mit Beifall. – Ausbleiben der Rede Hitlers. Weigerung deutscher Truppen, aus der »Siegfriedlinie« zum Angriff auszufallen. Ansprachen Eisenhowers an Belgier und Holländer. Isolierung Brüssels. Der /Kampf um die »Festung Deutschland« hat begonnen./ Aachen im Blickfeld. Rumänien von deutschen Truppen frei. Räumung Finlands. Diejenige Bulgariens zugestanden. Gänzlicher Rückzug aus Italien. Frankreich so gut wie ganz in den Händen der Alliierten. Weitere /Selbstmorde unter Nazi-Funktionären/ (Killinger). Kluge einer Herzattacke erlegen. Goering als Flieger-Chef abgesetzt. Robots gegen Paris, nicht mehr gegen England.

Pacif. Palis., Montag den 4. IX. 44

Geschrieben an dem Aufsatz (Akademie). Gegangen Amalfi-Drive. Auch heut ohne Magd, da Labor Day. Nach Tische /Newmans »Beethoven«/ beendet. Zum Thee Dr. Hieber (Wien) wegen seines Buches über Novalis. Weiteres am Aufsatz. Abends Strauss' »Zarathustra« gehört. Gelesen über Coleridge in der Enzyklopädie. In »Herr u. Hund«, dessen Luxusausgabe wir Werfel zum Geburtstag bestimmten. Telephon mit Leonh. Frank, Glückwunsch zum Geburtstag. – Brüssel von den Engländern genommen. – Swing über die Gefahr des argentinischen Fascismus.

Pacif. Palis., Dienstag den 5. IX. 44

Geschrieben an dem Aufsatz. In Santa Monica, wo wir an einem Straßenstand für die Präsidentenwahl und als democratic zu deklarieren hatten. Nach Tische viel Post zu lesen und Zeitungen. Checks über 25 000 Dollars von Knopf und

Brand u. Brand. Buch-Club-/Auflage des Joseph 175 000./ – Telephon mit Guggenheim über die Copyright-Sache und meine fatale Lage vis-à-vis Robinson, der nun einmal im Besitz von »Das Gesetz« ist. Eine Beilegung der Sache nicht abzusehen. – Zum Abendessen /Neumanns. Später Vorlesung der Verwundungs-Kapitel./ – Antwerpen, Namur etc. in alliierter Hand. Russische Kriegserklärung an Bulgarien, dessen Neutralität nicht zu dulden. Invasion Hollands. Deutsche Aufrufe zum Volkskrieg à la russe, Verteidigung jedes Quadratmeters deutschen Bodens. Der militärische Kommentator: »An allen Fronten ist der Sieg uns versagt. Die Verteidigung des Vaterlandes liegt in den Händen der dritten Reserve«, – womit wohl der Landsturm, die 50–60 jährigen, gemeint ist. – Amerikanische Meinung: Der europ. Krieg kann in 30 Tagen beendet sein; es mögen 60 werden.

Pacif. Palis., Mittwoch den 6. IX. 44

Geschrieben an dem Aufsatz. Zum Haarschneiden in Westwood. Nach Tische Blätter. Thee im Schlafzimmer und mit K. nach Hollywood zum News Real Theatre: Bilder aus dem Krieg und vom British Empire. Nicht notwendig. Nach dem Abendessen Frank. Mit ihm über den Fall Robinson. Telephon darüber mit Guggenheim. Vollmacht Bermanns für diesen zur Verhandlung mit R. – Über den Untertitel des Dr. Faustus. »Leben und Untergang«? »Leidensweg«? »Leben und Verderben«? Erzählt von einem Freunde. – Das Problem ist, »Leben« und »Leverkühn« weit genug auseinanderzuhalten.

Pacif. Palis., Donnerstag den 7. IX. 44

Arge Hitze. Geschrieben an dem Aufsatz. Nicht gegangen. Nach Tische die Nation. Nach dem Thee Briefe diktiert: wegen der Reise an Colston Leigh und Mc Leish. Zum Abendessen /bei Révy's mit Kurt Weill./ Nachher Markuses. Erleichterung, daß London von dem Robot-Unfug befreit, (für dessen Erfindung Hitler »Gott auf den Knieen gedankt«). Zweifel, daß die Deutschen noch im Stande, die »Siegfried-Linie« ernstlich zu verteidigen, werden häufiger. – Brief von Heinrich über den Joseph. Begann Antwort an ihn.

Pacif. Palis., Freitag den 8. IX. 44

Hitze, aber Seewind. Geschrieben an dem Aufsatz, unwillig. Mit der Jacobson auf der Promenade. Lunch mit ihr. Brief von der Meyer, die krank ist. Time gelesen; einiges über Deutschland. Die Moral der Heimfront angeblich besser als die der Armee. Eisenhower setzt November-Termin für die Niederwerfung Deutschlands. – Nach dem Thee den Brief an Heinrich beendet. Hörte abends »Verklärte Nacht« von Schönberg. In »Freies Deutschland« gute Artikel über die Generalsrevolte, die Geschichte des großen Generalstabs etc. – Gespräch zwischen Gellert und Friedrich dem Großen.

Pacif. Palis., Sonnabend den 9. IX. 44

Abschwächung der Hitze. Zeitig auf u. gegangen. Geschrieben an dem Aufsatz. Besuch von A. Robinson und Auseinandersetzung mit ihm. Etwas gegangen und gefahren. Nach Tische viel Post zu lesen. Geschlafen. Statement für die Feier vor der Liberty Statue. Abends in Newman's Musikalischen Aufsätzen. Sehr komischer Beitrag von Klaus in »Town and Country« über einen italienisch-englischen Sprachführer. – Die Kriegsnachrichten eher zur Geduld anhaltend. Im Westen zäherer deutscher Widerstand.

Pacif. Palis., Sonntag den 10. IX. 44

Geschrieben an dem Aufsatz. In der Nähe gegangen. /Huxley's »Time must stop«/ zu lesen begonnen. Thee im Schlafzimmer. Zur /Geburtstagsparty bei Franks./ Zahlreiche Gesellschaft. Champagner, kaltes Abendessen. Mit Markuse über sein Buch »Das Glück«. Epikur. Mit Lubitsch, der Massary u. anderen. Mrs. W. Reinhardt, New Yorkerin, hübsch und intelligent. Elizabeth Meyer und ihr Mann, antibritisch. – Landung Churchills in Quebeck zur Konferenz mit Roosevelt.

Pacif. Palis., Montag den 11. IX. 44
Geschrieben an dem Aufsatz, mit Beschämungsgefühlen. Die Strecke bis zum Canyon ausgegangen. Von der Meyer das Manuskript zurück mit enthusiastischem Brief. Artikel von Slochower über Joseph. Gegen Abend mit K. etwas gegangen. Das statement für die Liberty Statue Celebration. Abends in Huxley's Roman. – Aus /Deutschland/ die Meldung von 7 weiteren /Hinrichtungen durch den Strang;/ außer dem Leipziger Bürgermeister auch der Mörder Helldorf und der Gesandte v. Hassel.

Pacif. Palis., Dienstag den 12. IX. 44
Vormittags /den Aufsatz für Stockholm abgeschlossen./ Sein einziger Vorzug, daß unterdessen die /Lust zum Roman/ etwas ausgeruht ist. Dieser /hat nun den Titel »Doktor Faustus. Das Leben des deutschen Tonsetzers Adrian Leverkühn. Erzählt von einem Freunde.«/ – Gegangen Amalfi-Drive. Nach Tische /im »Ecce homo« gelesen, lange./ Den Aufsatz korrigiert. Brief an Slochower. Zum Abendessen /bei Adorno's./ Wundervoller Pfälzer. Schlechtes Klavierspiel A.'s: Schubert und Chopin. /Vorlesung des Schleppfuß-Kapitels./ Die mehrmalige Gebrochenheit. Aburteilung der Emigranten-Literatur. Nun ja. – /Deutscher Boden im Osten und Westen invadiert./

Pacif. Palis., Mittwoch den 13. IX. 44
Brief an Slochower und an Mrs. Meyer. – Auf der Promenade. Sehr kühl. Nach Tische Zeitschriften. Thee im Schlafzimmer. Zu Schönberg mit Blumen, um ihm zum 70. Geburtstag zu gratulieren. Nicht angetroffen, die Wirtschafterin beauftragt. Sein Befinden schlecht. Zum Abendessen /Leonh. Frank. Viel mit ihm über Deutschland. Vorlesung des Briefwechsels Adrian–Kretzschmar und des politischen Zwischenspiels./ Über

Probleme seiner Novelle, die Trennung des Sexuellen vom Erotischen. Die Doppelnatur des Menschen, Humanismus. Das Religiöse ins Humanistische einzubeziehen. – Der 31. Oktober ganz offiziell als Endtermin für den Krieg in Europa angesetzt. Gedanke, daß ich den Sturz des Regimes von 1933 noch auf deutschem Papier (Prantl) notieren werde, nach dem Füllen vieler Schweizer Hefte.

Pacif. Palis., Donnerstag den 14. IX. 44

Am Roman gebessert. /Das XXII. Kapitel zu schreiben begonnen./ Nur in der Nähe etwas gegangen. Nach dem Thee mit K. nach Hollywood ins News-real-Theater; Bilder aus dem befreiten Paris. Abends Tochs Quintett gehört; am besten der kontemplative und der dramatische Satz. Danach im Radio Parsifal. Das Neueste geht vielleicht mehr von hier aus, als vom Tristan. Am Klavier meiner Zärtlichkeit für chromatische Durchgangstöne nachgehangen. – Lange in Nietzsche's gräßlichem Ecce homo. Welche Titelwahl bei dem grausigen Übermut des Buches! Er wußte, daß das die jubilierende Verzweiflung ist, im Grunde ein blutüberströmtes Antlitz mit Dornenkrone. Paralytische Affektation; eine Stilistik, die leicht nachzuahmende, stereotype Manier ist, während er sie für ein in Blitzen Reden, für etwas Alles sich Hassendes hält. – – Göbbels warnt die Alliierten, den Krieg für entschieden zu halten. Aachen und Warschau vor dem Fall.

Pacif. Palis., Freitag den 15. IX. 44

Vormittags geschrieben am XXII. Kapitel. Mittags in Westwood bei Dr. Marcks zur Behandlung der Ohren. Nach Tische Zeitschriften. Thee auf der Terrasse mit der Kahn, der dann eine Reihe Briefe. Weiter im »Ecce«. Zum Abendessen Franks, in großer Spannung auf die Einleitung, die ich nach dem Kaffee zum besten gab. Rührung und Dankbarkeit, und damit gut. – Die Siegfried-Linie mühelos durchbrochen. Es sieht nicht mehr aus, alsob der Widerstand am Rhein wird ernster sein können. Unterdessen fahren die Nazis fort, alles auszurotten, was für die Nachfolge in Betracht kommen könnte. Thälmann und Breitscheid getötet.

Pacif. Palis., Sonnabend den 16. IX. 44

/Etwas an XXII, zögernd./ Marschiert ans gewohnte Ziel. Nach Tische in den Chilenischen »Deutschen Blättern« über George, über Reichsreform. Nachmittags Umarbeitung einer Partie des Frank-Aufsatz, Gewinn. Abends das /Ecce Homo zu Ende gelesen/ samt dem Nachwort des Herausgebers. Das Ersuchen an Gast, ihm »jede Art von Ausstellung, von Wort- und Geschmackskritik zu machen«! Die Versuche, durch Überklebungen u. Durchstreichungen nachträglichen Hemmungen Rechnung zu tragen. – Nach 10 Tagen Pause neue Heimsuchung Londons durch Robot-Bomben, sei es von Holland aus oder von einem Schiff im Kanal. Brest gefallen, die Garnison gefangen, der Hafen zerstört. Aachen eingeschlossen. Köln bedroht. – /Briefe von Klaus und Erika. Jener an Malaria bei der britischen 8. Armee erkrankt. Erika in Paris mit offenen Augen für die unverbesserte Verfassung der Bourgeoisie und Oberschicht – und ihre Bestärkung darin durch die Haltung der Alliierten./

Pacif. Palis., Sonntag den 17. IX. 44

/Etwas an XXII, zögernd./ Marschiert. Nach Tische die Zeitung. Die Wiedereinstellung des v. Rundstedt im Westen wird gedeutet auf seine Bestimmung zum Pétain und als Hitlers Abdankung. – Thee im Schlafzimmer. Nach 6 Uhr Fahrt über die Bowl hinaus /zu Temianka's. Violin-Sonate von Händl mit schönem Larghetto. Partita in 8 Sätzen von Bach./ Abendessen mit /Laughton,/ der nachher aus dem Tempest vorlas. /Rondo für Violine und Quartett von Schubert./ Satz aus einem Quintett (mit Oboe, von Violine gespielt) von dem anwesenden ungarischen Komponisten. Lange Heimfahrt. Spät. – Einverständnis mit C. Leigh über Abkürzung der lecture-Reise im Januar, die immerhin unternehmen will.

Pacif. Palis., Montag den 18. IX. 44

Geschrieben an XXII. 12 Uhr bei Dr. Marcks zur Behandlung von Ohren, Augen und Nase. Rückweg teilweise zu Fuß (zum Vicente Bld). Nach Tische die Zeitung – schwedische Nachricht über das Spezial-Unterseeboot, mit dem Hitler über Argentinien nach Japan entkommen soll. Nach dem Thee mit K. gegangen. Briefe an Gr. Ostheim und Mrs. Meyer. Abends in dem Roman von Huxley. – Die Lage in China wird als verzweifelt geschildert. Perspektive auf Sonderfrieden, japanisches Pan-Asien, dem Indien zufällt, Hitler, Himmler und Göbbels von Tokyo aus die fascistische Revolution in Europa und Süd-Amerika propagierend.

Pacif. Palis., Dienstag den 19. IX. 44

Quaker-Oat und Kaffee. Geschrieben an XXII. Gegangen bis zum alten Haus. Nach Tische die Post und Zeitungen. Nach dem Thee Brief an Theile, Santiago de Chile. Abends geheizt. Huldschinsky's zum Essen. Über die patriotische Hysterie gewisser Emigranten. Der Trost, den Joseph IV und II ihm im Hospital gewährt. – Gelesen die Nation. Der kommende Großmacht-Friede mit Welt-Gerichtshof-Façade.

Pacif. Palis., Mittwoch den 20. IX. 44

Geschrieben an XXII. Auf der Promenade mit Dr. Jacobson, die mit uns lunchte. Die Bilder-Albums der Gehrig in Rostock. Nachmittags Korrektur der Abschriften des Frank-Aufsatzes. Exemplar an ihn. Früheres Abendessen. Abgeholt von Singers und der Jacobson nach Hollywood, den Wilson-Film zu sehen. Recht ergreifend. Groteske Bilder aus der amerk. politischen Demokratie. Die Gesellschaft nachher bei uns zur Chokolade. Sehr spät. – Böse Nachrichten über Einschließung und mögliche Vernichtung einer großen Abteilung der Parachutisten-Armee in Holland. Verstärkter deutscher Widerstand. Harte Wochen stehen bevor.

Pacif. Palis., Donnerstag den 21. IX. 44

Morgens vorm Rasieren Kaffee. Nach dem Frühstück Fahrt mit K. bei schönem Wetter über Glendale zu Heinrichs indischem Erholungsheim. Sichtliche Besserung seines Zustandes. Lunch mit ihm. Kaffee unterwegs auf der Rückfahrt. Mit der Post die spanisch-argentinische Ausgabe des T. i. V. mit schönem Tadzio-Kopf auf dem Umschlag. Nachmittags Kondolenz-Brief an Bruno Walter. Hörten Swing über die Eroberung der intakten Rheinbrücke bei Nijmwegen, Holland. Befreiung größerer Teile der bei Arnhem eingeschlossenen Parachutisten-Division.

Pacif. Palis., Freitag den 22. IX. 44

/Etwas geschrieben an XXII. Zögern, verursacht durch Unentschlossenheit im Musikalischen./ – Sonniges, warmes Wetter. Auf der Promenade. Briefe von Mrs. Meyer und J. Bab, der für die »Deutschen Blätter« über den Gesamt-Joseph schreibt. – /In Adorno's Manuskript./ Nachmittags Briefe diktiert an Guillemin (im Refugee-Lager) und an einen liter. Agenten in Barcelona. Geschrieben an Bab. Abends in Huxleys Roman. – Die Lage am Rhein unerfreulich. Eindruck von Verfrühtheit und mangelnder Vorbereitung. Man wollte die Deutschen nicht zur Ruhe kommen lassen. Die Siegfriedlinie wird aber leidenschaftlich verteidigt.

Pacif. Palis., Sonnabend den 23. IX. 44

Gluthitze. /Vormittags Artikel über Roosevelt./ Nicht gegangen, im Garten gesessen. In Huxley's Roman. Anforderung für den War-Bond Drive. Im Arbeitszimmer geruht. Statt Thee gekühltes Getränk. Cigarettenmangel. ½7 Uhr /Wahlrede Roosevelts, gut gelaunt und vortrefflich./ Den Schluß im Wagen gehört auf der Fahrt /zu Neumanns. Abendessen dort mit Ernst Deutsch, Guggenheim und Frau, Dieterle und Frau. Vorlesung für diesen Kreis von Jonathan Leverkühn und Opus 111. Großer Eindruck./ Spät nach Hause. Abkühlung.

Pacif. Palis., Sonntag den 24. IX. 44

Hitze. Englische Vorbereitung auf den nachmittäglichen Empfang des P.E.N. Club, überflüssig. Nicht gegangen. Gelesen in Huxleys Roman. 1 Uhr Mittagessen. Im Arbeitszimmer geruht. ½5 nach Los Angeles, der Empfang im Garten eines Privathauses. Seewind, kühl, zu leicht gekleidet. Sherry und Bekanntschaften mit Kollegen beiderlei Geschlechts. Neumanns, die berichteten, daß man gestern noch lange beisammen geblieben, und daß namentlich die Deutsch von dem Gehörten sehr erregt gewesen seien. – Ansprache des Club-Präsidenten, Begrüßung mit Hinweis auf Joseph und citizenship. Weitere Begrüßungen, kein Anlaß zu replizieren. Mahlzeit mit Kaffee im Garten. Brasilianischer Dichter mit hübscher Frau. 8 Uhr nach Hause. Kühl und neblig. Alsbald umgekleidet. Das Roosevelt-statement an den German-American.

Pacif. Palis., Montag den 25. IX. 44

Seewind, kühler. /Bemühungen um XXII (12 Ton-Musik, Studien, Exzerpte)./ Gegangen bis zum alten Haus. Nach Tische die Post mit Briefen von Mrs. Meyer, Knopf, Koch-Weser. Artikel von Erika. Artikel von J. Dewey gegen die Neu-Thomisten. Nach dem Thee Diktate an K.: Brief an den törichten Koch-Weser, Aufruf zum War Bond Drive. Mit K. etwas gegangen. – Fortschreitender Angriff auf das Ruhrgebiet. Die Russen im Angriff auf Ungarn. – Beendete »Time must stop«, voller Kritik und interessierter Abneigung. – /Adornos Abhandlung über Wagner./

Pacif. Palis., Dienstag den 26. IX. 44

/Bemühungen um die Form für das Musikalische in XXII./ Gegangen bis über das alte Haus. Nach Tische viel Post zu lesen. ½6–½7 Briefe mit der Kahn. Radio-Dramatisierung des Buches der Meyer auf ihren Wunsch gehört. Das Statement an Writers' War Board. Zum Abendessen L. Hardts. Später Vorlesung der »Ärzte« und des Kanon-Kapitels. – Leider scheint die Air born division bei Arnhem vernichtet. Unverkennbare Dämpfung des Glaubens an nahen Sieg.

Pacif. Palis., Mittwoch den 27. IX. 44

Geschrieben an XXII. Gegangen Amalfi Drive. »L'Arche« mit Gide's »Pages de Journal«, worin Lobeserhebung des Riemer-Kapitels. Nachmittags Briefe, Buch- u. Bildersendungen mit K. Durch Neumann Vortrag von Albersheim über Musik-Geschichte und moderne Musik. Mit Brief an Adorno gesandt. Abends in Adornos Wagner-Kritik. – Aussicht auf einen Kriegswinter in Europa. Aufbringung von Reserven und »Moral« durch die Deutschen. Die luftgeborene Division liquidiert.

Pacif. Palis., Donnerstag den 28. IX. 44

/Am XXII., mühsam. Zu ändern./ Gegangen Amalfi Drive. Nach Tische Zeitschriften. Nachmittags längerer Brief an A. Meyer. Abends in Adorno's Schrift über Wagner. Hörte noch spät /Elsas Traum, das magische »In lichter Waffen Scheine«,/ die Rom-Erzählung, sehr stark, dann die /Schlußszene von Rheingold mit dem unbeschreiblich sentimental zu Herzen gehenden »Traulich und treu ist's nur in der Tiefe«. Die Dreiklang-Welt des Ringes ist im Grunde meine musikalische Heimat./ Und doch werde ich am Klavier des Tristan-Akkordes nicht satt. – Auch Churchill steht nicht dafür ein, daß nicht der europäische Krieg noch mehrere Monate des nächsten Jahres in Anspruch nimmt. Werde ich also das Ende des 1933 Begonnenen doch nicht mehr auf deutschem Papier verzeichnen können?

Pacif. Palis., Freitag den 29. IX. 44
/Geschrieben an XXII. Die Montage von Adorno's musikalischen Gedanken, obgleich Montage ein Kompositionsprinzip des Buches, ist in der Praxis peinlich, und nur geistreiche Absorption durch die Komposition kann die Anleihe rechtfertigen./ – Auf der Promenade. – Frau Katzenellenbogen zum Lunch. Briefe und Zeitungen. Richtige Feststellungen von Lehmann-Rußbüldt über die Bedeutung der Unbedingten Kapitulation. – /Auch gegen Abend noch an dem Kapitel./ Br. Frank und Frau zum Essen. Einigung über die Abänderung der Einleitung, die ihm soviel Kopfzerbrechen gemacht. – Gelesen in den »Deutschen Blättern« von Chile.

Pacif. Palis., Sonnabend den 30. IX. 44
/Geschrieben an XXII. (12 Ton-Technik.) Die Integrierung des Studierten und Übernommenen in Atmosphäre und Zusammenhang des Werks reizvoll empfunden./ Gegangen und zurückgefahren. Nach Tische die Post mit Briefen von C. Leigh und Bermann. Die deutsche Auflage des Joseph (1800) vergriffen. Überseeische Bestellungen, Australien. Brief der Hamburger aus Göteborg, 3 Monate alt. Sorge um ihr Manuskript. Hübscher Brief eines Deutschen über Joseph. Die Zürcher Weltwoche mit Artikeln, die für den Vortrag zu nutzen. – Nachmittags Ankunft Peter Pr.'s zum Wochenende. Thee mit ihm und van Leydens. Über Huxleys Roman. Über Indien und England. – Ausfertigung von Briefen. Musikalisch-technische Notizen. Abends /Adorno's »Wagner« beendet. Außerordentlich intelligent und erkenntnisreich./

Pacif. Palis., Sonntag den 1. X. 44
/Arbeit an XXII von ½10 bis ½1./ Gegangen Amalfi Drive und vom Schwager zurückgeholt. Nach Tische in die deutsche Frage Einschlägiges gelesen im Hinblick auf den Januar-Vortrag. Nachmittags handschriftliche Briefe an »Freies Deutschland« und Alfr. Neumann. Früheres Abendessen. Nach Ver-

abschiedung von Peter Pr. unterwegs zum Wilshire Ebell Theatre, Konzert von Temianka, Beethoven, Bach, Schubert, Bartok und moderne Amerikaner. Mit Klemperer in der Pause. Besuch bei Temianka. Zu Hause Chokolade.

Pacif. Palis., Montag den 2. X. 44

/An XXII, gegen das Ende./ Gegangen bis über das alte Haus. Nach Tische die Post u. Zeitschriften. Nach dem Thee handschriftliche Briefe. Abends in Stendhals Briefen. Neue Offensive der Amerikaner am Rhein, der aber noch mehr ein lokaler Vorstoß, als der eigentliche Sturm. Für diesen offenbar das Heranbringen von schwerer Artillerie u. dazu die Benützungsfähigkeit der Häfen Calais, Antwerpen notwendig. – /Stendhal, zugleich sehr männlich, mutig und sensibel./ Sehr merkwürdig sein Erlebnis mit dem /jungen russischen Offizier,/ den er »nicht anzusehen wagt«. Leidenschaft hätte ihn ergriffen, »wenn«, was wiederholt wird, »er eine Frau wäre«; d. h. St. selbst. Beobachtet selbst die Geburtswehen einer solchen. Seltener Einbruch des Homoerotischen in eine völlig männlich verbleibende, aber sehr offene und psychologisch neugierige Natur.

Pacif. Palis. Dienstag den 3. X. 44

An XXII, gegen das Ende. In Brentwood zum Haarschneiden. Nach Tische Adorno's Vortrag The musical climate for Fascism in Germany gelesen. Nach dem Thee handschr. Brief an K. Hamburger, Göteborg. Abends Beethovens Pastorale und Violinkonzert gehört. In Stendhals Briefen: »Ich nehme mir mein Gut, wo ich es finde«: Molière, als er den Cyr. de Bergerac plünderte.

Pacif. Palis., Mittwoch den 4. X. 44

/Das XXII. Kapitel abgeschlossen./ Mit einer gewissen Gesetzmäßigkeit kommt jedes auf ca. 20 Seiten. Dieses hat mir viel Mühe gemacht, befriedigt mich aber jetzt als Bestandteil der Komposition. – Gegangen Amalfi Drive bis ans Ende. Viel Post zu lesen, Briefe und Zeitschriften. Gegen Abend abkürzendes Arrangement des Vorwortes zu »Cervantes«. Abends Artikel über Deutschland, Europa, die Nachkriegsprobleme in »New Yorker«, »Common Sense«. »The Rotarian« mit meinem Beitrag in großer Präsentation. – Diarrhöe und Leibschmerzen, unerklärlich. Koliken.

Pacif. Palis., Donnerstag den 5. X. 44

Schlechte Nacht, lange im Stuhl, Unwohlsein und Unruhe. 8¼ auf. Allein mein Frühstück bereitet, da K. die Nachbarin Hallgarten zum Wochenend-Besuch abholte. Begrüßung mit ihr. Beschäftigung zwei ½ Stunden lang mit dem Material. Gegangen bei sehr angenehmem Wetter und von den Damen eingeholt. Lunch ohne Mädchen. Mit der Post viel Lektüre, Bücher und Zeitschriften. Nachmittags wieder recht unwohl. Briefdiktate an die Kahn. /Die Abschrift von XX und XXI./ Korrigierte sie abends und fand /Wohlgefallen an dem Vortrag./

Pacif. Palis., Freitag den 6. X. 44

/Das XXIII. Kapitel zu schreiben begonnen./ Rambergstraße. Mit der Dr. Jacobson auf der Promenade, während K. mit der Nachbarin unterwegs. Lunch mit dieser und der Jacobson. Der Roosevelt-Artikel geht durch die Hallgarten an »Free World«. Viel Post nach Tische. Brief von Klaus von der britischen 8. Armee in Italien. Seine Nicht-Beförderung unverständlich und kränkend. Brief von Br. Walter, voller Begeisterung über den Joseph. – Nach dem Thee handschr. Korrespondenz. Abends wieder Verschlechterung des Leibes. In neuen Büchern: »German Philosophy and Politics« von J. Dewey und »Von Bismarck zu Hitler« von O. Meyer. – Der holländische Minister-Präsident in London appelliert an die Vereinigten Nationen wegen der Schreckensvorbereitungen der Nazis zur Deichzerstörung und Überschwemmung des Landes. Grauen.

– Die Russen erklären, Ungarn stehe vor dem Fall. Blutige Kämpfe bei Aachen, Düren. Der deutsche Widerstand ist fanatisch. Churchill sagt blutige Wochen voraus.

Pacif. Palis., Sonnabend den 7. X. 44

Spät auf. Nach dem Frühstück, auf der Terrasse, /an XXIII fortgeschrieben./ Kaum gegangen. Zustimmungszeilen von Knopf zu dem Artikel in »Atlantic«. Nach Tische Time Magazine. Nach dem Thee mit K. gegangen. Brief-Diktate und Handschriftliches. Vorbereitungen im Hause für die Ankunft der Familie aus Chicago. Abends in »Philosophische Fragmente« von Horckheimer–Adorno. – Einiger Geländegewinn und Einnahme von Ortschaften nahe Aachen. Schwerste Luftangriffe auf Deutschland mit tausenden von Bombern.

Pacif. Palis., Sonntag den 8. X. 44

8 Uhr auf. Sonnig-herbstlich. Vorm Frühstück. An XXIII gearbeitet. ½ [?] Uhr wieder etwas gegangen. K. am Bahnhof zur Einholung der Borgeses, deren Zug sich verspätete. Gegen ½3 Uhr Begrüßung mit ihnen und verspätete Mahlzeit. Erst 5¼ zur Ruhe. Außerordentlich müde. Geschlafen. Thee im oberen Zimmer. Danach handschr. Korrespondenz. Abends in den »Philosophischen Fragmenten« über Nietzsche und Sade. – Medi sehr weiß und mager. Borgese chauvinistisch italienisch und voller Haß auf England. Nahe daran, für Dewey zu stimmen, weil anti-englische Politik von ihm zu erwarten. Italy has been systematically ruined – als ob es die Alliierten verschuldet hätten. Wird öfters auf lecture-Reisen gehen. – In China wird man ohne Hafen landen müssen, um die Japaner zu schlagen.

Pacif. Palis., Montag den 9. X. 44

8 Uhr auf. Gemeinsames Frühstück auf der Terrasse. Weiter geschrieben an XXIII. Marschiert bis ans Ende der Bahn. Viel Post, Briefe zu lesen, Neudruck des Magic Mountain.

Geschlafen. Versuche mit einem Beitrag für New Leader über die Judenfrage. Beim Abendessen belastende Reden des Schwiegersohns. Gelesen in dem Buch des Staatssekretärs Meyer. Erinnerungen an die erste Exilzeit, das Nicht verstehen und Nicht verstehen wollen der Außenwelt. – Betroffen von der Nachricht, daß Bibi zum Militär genommen.

Pacif. Palis., Dienstag den 10. X. 44

Morgens nebeldunkel. Gegangen. Gemeinsames Frühstück. Geschrieben an XXIII. Mit K. auf der Promenade. Briefe zum Joseph. Artikel von Marck in der Volkszeitung. Nachmittags Danksagungen. Abends in den »Philosophischen Fragmenten«. – Laute Reden des Schwiegersohns. »Die systematische Zerstörung Bolognas«. – Ultimatum an die Besatzung des eingeschlossenen Aachen unter Androhung der Zerstörung.

Pacif. Palis., Mittwoch den 11. X. 44

Sonniges, kühles Wetter. ½9 Uhr auf. Frühstück auf der Terrasse. Geschrieben an XXIII (Münchener Gesellschaft)./ Marschiert bis ans Ende. Nach Tische Zeitschriften. Geschlafen. Nachmittags Brief an die Meyer (über Huxley). Hörte abends Musik aus der »Götterdämmerung«. Las in romantischen Novellen. Lucinde – gräßlich. Sehr gut Brentanos Geschichte vom Braven Kasper. – /Aachen wird mit schwerer Artillerie u. aus der Luft in Schutt u. Asche gelegt,/ da die Frist des Ultimatums abgelaufen. Weiße Fahnen auf den Häusern, aber nicht auf dem des militärischen Kommandos. Hundert und einige Einzel-Übergaben von Truppen und Civilisten.

Pacif. Palis., Donnerstag den 12. X. 44

An XXIII weiter. Marschiert. Der Schwiegersohn zu einem Vortrag verreist. Gelesen /Deussens Erinnerungen an Nietzsche./ Nach dem Thee Arbeit mit der Kahn. Ordnung der Roman-Abschriften. Zahlreiche Briefdiktate. Zum Abendessen Leonh. Frank. Vorlesung aus seinem Roman, Peinliches und

Schönes. Merkwürdige Erzählungen aus seinem Würzburger Familienleben, von der bösen Vitalität seiner Großmutter, dem Romanerfolg seiner Mutter, dem Gesangsverein seines gesanglosen Vaters; von seiner eigenen sensitiven, okkult durchsetzten Jugend. Die unglaubliche Kloster-Traumgeschichte. – Die Amerikaner dringen in das brennende Aachen ein, in dem nur einige Tausend Civilisten zurückgeblieben. Diese halten Wein und Obst bereit, um sich beim Feind beliebt zu machen. – Holland scheint, wie Griechenland, geräumt zu werden. Dies ist wohltuend, in so elendem Zustand die Länder zurückbleiben mögen.

Pacif. Palis., Freitag den 13. X. 44

8 Uhr auf. /Geschrieben an XXIII (München). Zweifel, ob Gertrud Institoris oder Therese Rodde (Lula) die Mörderin Schwerdtfegers sein soll./ Kompositionell das Zweite vorzuziehen. Führt aber ab und widerspricht älterer Konzeption. – Marschiert. Rückkehr Borgeses. Zeitschriften und Post zu lesen. Nachmittags Handschriftliches. Abends Deussens Erinnerungen beendet. In W. /Weigands Schrift über Nietzsche./ – Riga erobert. Straßenkampf in Memel. Die Amerikaner in den Trümmern von Aachen und im Vorgehen gegen Köln.

Pacif. Palis., Sonnabend den 14. X. 44

/Vorwort zu dem Buch von Osborn./ – Mit K. auf der Promenade. /Erwägungen über die Mörderin Schwerdtfegers./ – Manuskript des neuen Romans von J. Maass, für Vorwort. – Zum Thee ein Deutscher, Poppe, mit amerikanischer Gattin. – In Nation guter Aufsatz über die Behandlung Deutschlands. – Zum Abendessen Alfr. Neumann und Frau, Vorabend seines 49. Geburtstag. Champagner nach dem Kaffee. Vorlesung von »Beissel« und »Rüdiger Schildknapp«. – In dem zerstörten Aachen müssen die Amerikaner jedes Haus mit allen Mitteln bestürmen, um die Besatzungstruppen auszutreiben oder zu vernichten. Die noch zurückgebliebene Bevölkerung flieht weinend und verstört.

Pacif. Palis., Sonntag den 15. X. 44
Vor- und nachmittags das Vorwort für Osborns Buch hergestellt. Gelesen in dem Roman-Manuskript: Originelles Vorspiel, dann Hamburger Kindheitserinnerungen à la recherche du temps perdu, nett, warm, ohne viel Bedeutung. – /Tod des Nazi-Generals Rommel./ Staatsbegräbnis. Montgommery führte immer sein Bild [mit] sich und hoffte, ihn von Angesicht zu Angesicht zu sehen. »Der bedeutendste Heerführer dieses Krieges«. Auch Quislings Tod in Norwegen wird gemeldet. Les Dieux s'en vont. Kapitulation Ungarns. Goering: »Nun gilt es nicht mehr das Halten französischen oder russischen Geländes, nun gilt es Deutschland. Und wenn die drei größten Mächte der Erde, Rußland, das englische Weltreich und Amerika es aufgeben müssen, Deutschland zu erobern, dann haben wir den Krieg gewonnen.« – In »Nation« begeisterter Artikel Pierre Cots über Rußland.

Pacif. Palis., Montag den 16. X. 44
Ungewöhnlich müde und unpäßlich. /Begann das XXIII. Kapitel umzuschreiben, da die Roddes anders gearbeitet werden müssen./ Las viel in dem Mt. von Maass, das schöne Verdienste und manches Störende hat. Schrieb an Guillemin. Verdrießliche Reden des Schwiegersohns. Zwei Anzüge in Westwood bestellt. Bibi sandte hübschen Artikel über »Joseph« aus »Peoples World«. – Budapest in den Händen der Deutschen. Horty arretiert. Die Russen nähern sich. Brief von Golo; berichtet von Äußerungen der Schweizer Presse, daß der europäische Krieg sich ins nächste Jahr ziehen werde. Die Nationalzeitung über die Eselin Bruckmann in Luzern. »Das können sie nicht vergleichen, es waren ja Judenkinder«. Das Blatt fragt, woher man Hoffnung nehmen soll.

Pacif. Palis., Dienstag den 17. X. 44

/Kap. XXIII, neue Fassung./ Marschiert. Befinden besser, als gestern. Das Schädliche war meiner Meinung nach das Sedormit gewesen, von dem höchstens noch ½ Tablette zu nehmen. – Rührender Brief einer College Präsidentin in Cape-Town, S. A., nebst gedruckter Festrede, bei der »Order of the Day« sie inspiriert. – Deutschland Betreffendes im »Aufbau«. Die Laufbahn E. Glaesers, der eine militärische Zeitschrift »Süd-Adler« in Venedig macht. – Nachmittags den Schluß des Vorwortes für Osborn umgearbeitet. Abends Violin-Konzerte von Brahms und Tschaikowsky gehört, von Heifitz sehr schön gespielt. Das Manuskript von Maass beendet. Lobenswerte Arbeit.

Pacif. Palis., Mittwoch den 18. X. 44

/XXIII, neue Fassung, Rodde's, Mutter u. Töchter./ – Marschiert. Besuch bei E. Herrmann. Briefe von Lesern. Brief von Knopf über die Soldaten-Ausgabe der Novellen. – Nachmittags träge u. müde. Ging etwas mit K. u. der kleinen Angelica. Borgese verreist. Vorm Abendessen u. nachher Korrektur von Roman-Abschrift und Übertragung. Plan, das ganze Manuskript Adorno zu lesen zu geben. – In Stendhals Briefen, die sehr anziehend. – Der Krieg entnervend langweilig. Es wird niemals eine Kapitulation Deutschlands geben, und jeder wird von Mord bedroht sein, der es mit den Besatzungen hält. Man weiß noch nicht, wie es ist, wenn ein Volk von 70 Millionen seine Niederlage einfach nicht akzeptiert.

Pacif. Palis., Donnerstag den 19. X. 44

8 Uhr auf, gebadet, etwas gegangen. Frühstück mit Medi. Gearbeitet an der /Neufassung von XXIII./ Auf der Promenade. Nach Tische in »Nation« über die deutsche Frage, die im Grunde jedermann ratlos läßt. Borgese über die Stellung des Vatikans. – Nach dem Thee K. die Wahlrede für Roosevelt nach 3 Punkte Disposition diktiert bis zum Abendessen. Er-

müdet. Abends Vorlesung des XXII. Kapitels für K. und Medi.

Pacif. Palis., Freitag den 20. X. 44

Ausgeschlafen. /Lange und eifrig am Kapitel gearbeitet. (Schwerdtfeger)./ Marschiert. Nach Tische Zeitung und Zeitschriften. Nachmittags längerer Brief an Kahler. Abends ihn beendet und gelesen in Stendhals Briefen. – Nach Tische war ein Photograph da mit dem Auftrag, kinematographische Aufnahmen für eine Serie »Berühmte Europäer« zu machen. Törichte Regie im Garten. Ermüdende Prozedur. – Aachen nun gänzlich eingenommen. Russische Offensive gegen Ostpreußen und Warschau. Durcheinander in Budapest und Deterioration des deutschen Regimes.

Pacif. Palis., Sonnabend den 21. X. 44

8 Uhr auf. Arbeit an XXIII. Gegangen u. heimgefahren. Nach Tische in Stendhals Briefen. Bedenklich schlechtes Befinden, Elendsgefühl am Nachmittag. Kaffee und Cigarre scheinen schädlich geworden, sind aber das Hauptbehagen des Tages. – Brief an Bermann über Maass' Roman begonnen. Radio-Rede des Präsidenten vor dem Comité für auswärtige Angelegenheiten, meisterhaft, aber, nach einem anstrengenden Tag, etwas müde und affektiert gesprochen. Gegen die »Versklavung« Deutschlands sehr ähnlich wie ich in der im Rotarian gedruckten Rede. – Abends Stendhals Briefe beendet. In Beckers »Beethoven«.

Pacif. Palis., Sonntag den 22. X. 44

Den Brief über den Roman von Maass beendet. Dann an XXIII weiter. Gegangen Amalfi Drive u. von Peter Pr. abgeholt, der zum Lunch gekommen war. Nach Tische Besuch von Father Ford, seinem Presbytarian-Freund und einem Filmagenten in Sachen eines religiösen Völkerversöhnungsfilms. No commitment. – Las Roosevelts gestrige Rede.

– Nachmittags ausgedehnter Brief an die Meyer (Termine der Januarreise). Abreise der Borgeses nach San Francisco, von Peter Pr. zum Bahnhof gebracht. Abends »Carmen« gehört. Lange in dem Beethoven-Buch von Becker.

Pacif. Palis., Montag den 23. X. 44

Wärme. /Geschrieben am Kapitel, nun gegen das Ende./ Mittags im offenen Wagen zu Dr. Cooper. Neue Prothese bis zur unteren Krisis aufgeschoben. Behandlung. Verspätetes Mittagessen. Viel Post, Drucksachen, literarische Sendungen, Zeitschriften. Hübscher /Aufsatz von Meno Spann: »Goethisches in M's Josephcyklus«. Gute Citate aus »Lotte«. Philologische Vergleiche./ – Gedichte von H. Politzer aus Jerusalem. – Politisches. – Nach dem Thee Briefe mit Frau Kahn: an Mc Leish und verschiedene Leser u. Leute im Land. Die Roman-Copien in Pappkassetten. Frau K. zum Abendessen. – Mit K. über einen höchst trübseligen Brief Monis, den ich nach Tische las. Wahrscheinlich darf man sich nicht zu weich dadurch machen lassen. – Artikel in The Nation.

Pacif. Palis., Dienstag den 24. X. 44

9 Uhr auf. Geschrieben am Kapitel. Vor 12 Uhr Besuch von FBI-Gentlemen in Sachen Faber du Faur. Ungünstig geäußert. – Mit K. auf der Promenade. Drückende Luft. Viel Post. Begeisterter Dankesbrief von Osborn. Auch über »Joseph«. Viel Lesestoff. Zum Lunch Heinrich mit Frau. Seine Gesundheit gebessert. Ich habe Darmbeschwerden u. schlechten Appetit. – Schrieb nachmittags an M. Spann u. erledigte anderes. Abends Zeitschriften zu lesen. Unglaubliches von deutschen Sozialdemokraten gegen die Okkupation Deutschlands. Tolle Gerüchte über Versuche Hitler, mit Hilfe des Katholizismus zum Frieden zu kommen. Mannerheim hat es von Keitel, daß H. den Krieg bis zum 30. Januar, dem 12. Jahrestag seines Machtantritts, weiterführen und dann eine Kabinettsumbildung vornehmen u. ein sensationelles Friedensangebot machen will.

Pacif. Palis., Mittwoch den 25. X. 44

Kühl wieder, teils Sonne, teils Nebelwallen. Erkältet, Schmerzen seitlich im Rücken, im Leibe seit Tagen nicht wohl. – Früh auf. Am Kapitel geschrieben /(Pfeiffering)./ Nach Westwood zum Haarschneiden. Zu Mittag die Gemme. Briefe von Annette u. Auernheimer über »In my Defense«, das alle Welt zu lesen scheint. Nachmittags Handschriftliches über Manuskripte. Rückkehr der Borgese's. Seeschlacht bei den Philippinen im Gange, die schon für einen Huge Victory ausgegeben wird. Keine Neugier nach Neuigkeiten aus Europa. Abends Beschäftigung mit einem Roman-Manuskript von Elbogen, für das er verzweifelt Empfehlung erbeten. Gräßlich inferior.

Pacif. Palis., Donnerstag den 26. X. 44

Nachts Husten und Schmerzen. Tagüber wiederholt Empirin, das den Schmerz herabsetzt, doch ist er auf die rechten Zähne übergegangen. – Schrieb am Kapitel. Ging etwas in der Nähe, den Nebel fliehend. – Armed Services Edition der Selected Short Stories. – Briefe von der Meyer aus Saratoga Springs. Las die Zeitung und ziemlich lange in »Lotte in Weimar«. Gegen Abend Brief-Ausfertigungen und Handschriftliches. Abends /in Beckers »Beethoven«./

Pacif. Palis., Freitag den 27. X. 44

Die Schmerzen abgeschwächt, aber nicht verschwunden. Außerordentlich angegriffen. Schrieb an XXIII. Ging bei sonnigem Wetter Amalfi Drive. Zeitschriften nach Tisch. Gegen Abend aufrichtiger Brief an jenen talentlosen Dr. Elbogen. Aus der Wahlrede nächsten Sonntag wird ein großes Wesen gemacht. Zudrang, Journalisten, Abdruck in N.Y. Times, internationale Wichtigkeit. – Über Julius Caesar in dem Buch von Durant. – Der kl. Angelica muß ein Stück Nadel aus dem Fuß operiert werden. Große Umständlichkeiten.

Pacif. Palis., Sonnabend den 28. X. 44

Leichteres Befinden. Schmerzen nicht beigelegt. /Geschrieben an XXIII gegen das Ende./ Lange nebeldunkel, mittags Sonne. Rundgang mit K. Nach Tische /in Beckers Beethoven./ Geschlafen. Nach dem Thee Lesung der englischen /pro Roosevelt-Rede/ mit der Kahn. Manche Beanstandungen. Einforderung des Manuskripts bevor das Bibelcitat »Wise as serpents and candid as doves« richtig gestellt war. – Zum Abendessen Leonh. Frank. Vorlesung des opus 111-Abschnitts trotz Kretzschmars Stottern. Später mein /Vortragsplan über »Deutschland und die Deutschen«./ Anschließend endlose Diskussion über das deutsche Schuld- oder Unschuld-Problem.

Pacif. Palis., Sonntag den 29. X. 44

9 Uhr auf nach gutem Schlaf. Ging nach dem Frühstück die Rede durch und schrieb dann weiter an XXIII gegen das Ende. Machte Toilette und hielt mich nur etwas im Garten auf. Nach dem Kaffee mit K. und Medi zu dem /demokratischen Gathering in Bel Air, Privatgarten,/ etwa 200 Personen. Mit der Zeit Nebel u. große Kühle. Naives, aber sehr amüsantes Programm mit einer 16 jährigen Bauchrednerin und einem spanischen Zauberer. /Lachte viel,/ besonders über die sehr komisch dirigierte Puppe. Wurde, überraschend wie immer, außerordentlich gefeiert. Meine Rede war das Rechte. Ausgezeichneter Money Raiser. ½6 Uhr nach Hause, umgekleidet, Thee getrunken und Heizungswärme genossen. – In /Bekkers Beethoven./ Abends Kaffee. Borgese las den Schluß seines Versdramas Montezuma. – Radio-Meldung über meine Rede.

Pacif. Palis., Montag den 30. X. 44

Müde von gestern. XXIII noch nicht abgeschlossen. Gegangen Amalfi Drive. Nach Tische in Love's Labour Lost. Geschlafen. 6 Uhr kinematographische Aufnahmen im Studio. Danach K. Brief an den unseligen Elbogen diktiert. Abends im

Beethoven über »Fidelio«. Beeindruckt von der /Sentenz in L.L.L.:/

There form confounded makes most form in mirth;
When great things labouring perish in their birth.

/Der erste Vers mag auf Joseph, der zweite auf Faust zutreffen./ – Konflikt de Gaules mit dem kommunistischen Maqui. Das Verhältnis Rußlands zum Westen verschlechtert sich zusehends. Stalin scheint auf eine Revolution in Deutschland mit nachfolgendem Bündnis zuzusteuern . .

Pacif. Palis., Dienstag den 31. X. 44

Kalt, Nebel, Dunkel. Neuralgie in der Backe, den Zähnen. Empirin. – /Schloß das XXIII. Kapitel ab/ und schrieb danach Brief an die Meyer über die Frage meiner Finanzen und des Vortragsthemas. Nachmittags zu Ende geführt. Allerliebster Brief von Klaus über den Joseph. Weiterer Brief von der Meyer. (Konfutse und die Demokratie. Laotse würde sich nur in Deutschland u. Rußland zu Hause fühlen. Der Gegensatz auf europäisch: Aristoteles und Plato. Sie wolle nachweisen, daß ich die Brücke zwischen ihnen sei.) – Das amerik. Radio wettert gegen die Zustände in China, wo der fascistische Generalissimus sich weit mehr für den Bürgerkrieg gegen die chines. Kommunisten als gegen Japan interessiere. Amerik. Vermittlungsversuch gescheitert. – Die Lage bei Antwerpen scheint gebessert. Auch russische Fortschritte in Ungarn gemeldet. Churchill kündigt im Unterhaus Ende des europ. Kriegs für Frühjahr oder Frühsommer 1945 an. Möge es wieder der 6. Juni sein, wie es mit dem Invasionstage stimmte.

Pacif. Palis., Mittwoch den 1. XI. 44

Nachts Schmerzen in der Backe. /Schrieb nochmals den Schluß von XXIII./ Ging Amalfi-Drive. Stupides Geschwätz in der N.D.V. über den Fall Peyre. Dummer Pöbel. – Las die Nation. Schlief nachmittags. Dinner-Party bei uns mit Knopfs, Gr.

Ostheims, Lubitsch, Mrs. Viertel. Unter schmerzlichem Druck. Empirin.

/Grippe-Erkrankung, die sich unter hohem Fieber auf den Darm warf. Behandelt von Dr. Wolff./ Temperatur ging rasch wieder zurück. Zeitweise nur flüssige Nahrung. /Kohle, Atropin, Salzsäure, Empirin-Kodeïn. Leben in Bett und Schlafzimmer./ Las mit großer Anteilnahme u. Bewegung »Unwiederbringlich« und »Cecile« von Fontane. Schrieb nichts als einige Zeilen an Klaus zum Geburtstag. Bett-Tischchen und Sofa-Stütze zu den Mahlzeiten, die vom Flüssigen sich allmählich wieder dem Normalen nähern. Viel Regen, auch Gewitter. – Essay der W. Cather über Joseph I und II in dem Bande Not under Forty.

Pacif. Palis., Dienstag den 7. XI. 44

Wahltag. Frühstückte noch im Bett Thee, Ei und Honig. Rasierte mich dann und fuhr mit K. bei trübem, kaltem Wetter zur /Stimmabgabe für Roosevelt./ Kabine am Sunset. Kreuzchen mit Gummistempel. Bequeme, schmerzlose Prozedur. – /Noch sehr angegriffen./ Noch ohne Geschmack für die Cigarette. Wärmebedürftig. /Arbeitszweifel. Vortrag?/ – – Die kleine Angelica zum 2. Mal am Fuß operiert; diesmal das Nadelfragment entfernt. – Schrieb ein paar kurze Briefe. Hatte Lunch mit K. u. Medi, da Borgese verreist. Aß Creamed Chikken und Auflauf. – /Halsentzündung, neue Plage./ Stark geschwollen. Wiederholtes Gurgeln mit Natron. – Durchsicht der Post. Thee im Schlafzimmer. Den Rest des Tages unten verbracht. Gelesen in G. Brandes' Schriften. Den Radio-Meldungen zufolge scheint die Wiederwahl Roosevelts gesichert. Ein verwirrender Unsinn, auf den die Deutschen warteten, scheint vermieden.

Pacif. Palis., Mittwoch den 8. XI. 44

Gestern erst 11 Uhr wieder zu Bette. Vorher bei K., den Nachrichten zuhörend, die auch auf eine demokratische Majorität in den beiden Häusern lauteten. Das Haupt-Ergebnis zunächst noch unsicher, aber noch /nach Mitternacht berichtete K., daß die Entscheidung für Roosevelt, und zwar sehr entschieden, feststehe, und Dewey schon resigniert habe. Dies ist ein wichtiges Ereignis der 11 Jahre, seit ich in Arosa diese täglichen Notizen begann./ – Vor Einschlafen einen anderen Band Fontane, mit »Stine« und »Irrungen, Wirrungen« zu lesen angefangen. Heute 8 Uhr auf und gebadet. Das Halsgeschwulst durch Gurgeln gebessert. Leichte Erkältung und noch angegriffene Gesamtverfassung. Helleres Wetter. Vorm Frühstück einige Schritte mit K. gegangen. Die Zeitung über das Wahlergebnis, das von der ganzen Welt mit Spannung erwartet war. – – /Beschäftigung mit deutscher Geschichte, Reformation und Dreißigjähriger Krieg./ – Mit K. auf der Promenade bei Sonne. Auf einer Bank. – Annehmlichkeit der Abwesenheit Borgeses und seiner Meinungen. Mit Appetit gegessen. Abends Eva Hermann. – /In Croce's Geschichte Europas./ – Der Sieg Roosevelts im Laufe des Tages noch vollkommener geworden.

Pacif. Palis., Donnerstag den 9. XI. 44

9 Uhr auf. Beschäftigung mit Dokumenten von 1933/34, Ausschnitten und Aufzeichnungen. Strapaziös. Angegriffen. Ging Amalfi Drive. – Vorabdruck aus dem Roman in der Jubiläumsausgabe des »Aufbau«? – Auch nach Tische /versuchende Umschau nach der Vortragsidee./ Zum Thee Dean Rieber und Frau. Erbitterte Suade des Alten gegen Washington. Abends in Croce's Buch.

Pacif. Palis., Freitag den 10. XI. 44

Auswahl des Fragments aus Faust für »Aufbau«. Schließlich Option für Harmonium-Szene. Brief an M. George. Sehr angegriffen. Regen, Dunkel, dampfig. Nach Westwood zur Fertigprobe der Anzüge. Las nach Tische in den »Betrachtungen«. Nachmittags die Kahn. Zahlreiche Briefdiktate an sie. Kopfschmerzen. /Leiden an der Arbeitsratlosigkeit, verstärkt durch Sorge um das Verderben des Romans und körperliche Reduziertheit./ Abends in Croce's Buch.

Pacif. Palis., Sonnabend den 11. XI. 44

Unruhige Nacht. Vormittags Beschäftigung mit politischen Papieren. Regen. Nur wenige Schritte mit K. Der Pudel aushäusig und verkommen durch die Nähe einer läufigen Hündin. Geburtstagsfeier von Borgese und Töchterchen. Zum Thee Prof. Hudson Strode, dessen Abholung sich bis zum Dinner verzögerte. Zu diesem Eva Hermann. Hühner à l'italienne, Kaffee u. Champagner. Perorationen Borgeses gegen die Alliierten. In Mexico »Freies Deutschland« Artikel über Deutschland, interessant durch ihre Schärfe.

Pacif. Palis., Sonntag den 12. XI. 44

/Schwere, müde, tatenlose Tage./ Beschäftigung mit den politischen Papieren. Energiemangel, bis zur Unfähigkeit, einen Brief zu schreiben. Wenn nur nicht auch das /Grauen vor der Verfehltheit des Romans/ sich einmischte, /den ich mit so erregenden Neuheitsgefühlen begann!/ – Mittags bei hellerem Wetter Rundgang mit K. Viel in dem Buch von Croce gelesen. In Deutschland zur Feier des Bierhallen-Tages Verlesung eines Hitler'schen Manifestes, dessen Authentizität sehr fraglich, durch Himmler. Wo der Jammerheld ist, weiß niemand. Stockholm will von einem Schlaganfall mit halbseitiger Lähmung wissen. England von Paranoia im Endstadium.

Pacif. Palis., Montag den 13. XI. 44

Regen Tag und Nacht. Machte /Notizen für den Vortrag./ Ging nach dem Rasieren nur einige Schritte in der Nässe. Diktierte ein paar Briefe an K. und fertigte die von der Kahn geschriebenen aus. Beendete das Buch von Croce. /Andauerndes Stimmungstief/ und große Müdigkeit.

Pacif. Palis., Dienstag den 14. XI. 44

Gut geschlafen. Vormittags /Aufzeichnungen für den Vortrag/ bis ½1 Uhr. Unaufhörlicher Regen. Wasserkalamität auf meinem Balcon mit Durchfeuchtung der Studio-Decke durch Verstopfung des Ablaufs, von K. gerichtet. Diese bei Cooper zur Extraktion einer Wurzel; Verbot des Mittagessens wegen Blutungsgefahr. – Gelesen in den chilenischen »Deutschen Blättern«. Außerordentlich schlagende Dinge von Benjamin Constant gegen das Regime Napoléons. /Abendessen bei Werfels/ mit Medi und Franks. Jene hatte ihren zurückkehrenden Gatten abzuholen. /Ich las das XXIII. (Münchener) Kapitel mit großer Anstrengung, weil noch schwach,/ 25 Seiten. Die Teilnahme war groß. /Kluge, bewegende Äußerungen Werfels über die Thematik und neuartige Komposition des groß konzipierten und gefährdeten Buches./

Pacif. Palis., Mittwoch den 15. XI. 44

/Excerpte, Notizen zum Vortrag./ Nach Santa Monica zur Fußpflege. Dann auf der Promenade. Lunch mit K. allein. Viel Post durchzusehen. Zum Thee Frau Thimig in Sachen europäisch-amerikanischen Kulturaustausches nach dem Kriege. Dahinter M.G.M. – Wilde Gerüchte über Hitlers Krankheit, Wahnsinn, Verschwinden. Himmler Alleinherrscher. In Köln Anti-Kriegs-Demonstrationen mit 21 Hinrichtungen durch den Strang. »Keine Aussicht auf Revolution«. Aber Überraschungen möglich. – Metz vor dem Fall. – In Schopenhauer gelesen. – Die gestrige Vorlesung des Gesellschaftskapitels u. das nachfolgende Gespräch haben meinen Glauben an das Buch wieder etwas stimuliert. – Zahnschmerzen.

Pacif. Palis., Donnerstag den 16. XI. 44

Gestern kein Einschlafen durch die Heftigkeit der neuralgischen Zahnschmerzen. Später half Empirin, und ich schlief im Stuhl. Heute noch weitere Notizen zum Vortrag. Aber mittags zu Cooper, und danach Beschluß mit K., angesichts der Zahn-Situation, die gelöst werden muß, und deren Lösung für /die Reise/ zu spät kommt, diese /*aufzugeben*/ und dem Agenten wie Mc Leish /Absage-Telegramme zu schicken. Schwerwiegende Entscheidung,/ die ich antizipierte, die ich begrüße, die mir Erleichterung gewährt, die mich aber auch wieder deprimiert, und /deren ich mich wie eines hinter die Schule Laufens schäme. Ich kann mich dem Roman wieder zuwenden./ Dazu war die /Ermutigung durch die Vorlesung neulich/ bitter notwendig. Andererseits ist gerade die /Beunruhigung durch dies Werk, das so oder so zu Ende geführt werden muß, ein Grund mehr dafür,/ es nicht durch die lange Arbeit am Vortrag und die Reise hinauszuschieben. Während ich schreibe, gibt K. die Telegramme auf. – Nahm abends wieder /Empirin gegen die Schmerzen./ Borgese las einen für Life geschriebenen Artikel vor, gescheit und vorwiegend richtig. – »Misión de la Música« in »Antartica«, Santiago Chile.

Pacif. Palisades, Sonnabend den 18. XI. 44

/Schlimme Nacht auf gestern, schmerzensreicher Tag. Als Nachspiel der Grippe-Infektion und die Erholung davon hintanhaltend schwer erträgliche Gesichts- und Schein-Zahnschmerzen der Drillingsnerven. Empirin und Kodein. Kleine Heizkissen von Leinsamen im Mund,/ mit denen mich schließlich verbrannte. Gestern Vormittag Brief an A. Meyer zur Erklärung meiner Absage. Dann zum Haarschneiden. Gegessen nur flüssig und völlig weich, da das Tragen der Brücke unmöglich. Telephon mit Cooper, der die Extraktion verschiebt, da er mit Recht nicht an den Zahn als Ursache glaubt. /Gestern Abend arge Steigerung. Beschäftigung kaum möglich./ Las angemerktes Medizinisches nach. Las im Bette »Irrungen, Wirrungen« weiter, wechselte dann zwischen Sitz- und Liegestuhl. Etwa von ½2 Uhr Beruhigung der Schmerzen und Schlaf.

Heute im Bett gefrühstückt, Eier und Thee. Nach dem Rasieren zu Dr. Wolff. /Vitamin-Injektion./ Nachher, während K. Besorgungen machte, etwas im Village gegangen. Zu Tische Heinrich und Frau. Noch Weichkost, obgleich ohne Schmerzen. Heinrichs Gesundheit gebessert. Die Frau als nurse. – Gedichte von H. Politzer. – Meldung über ein Fest bei Goering, wobei er in der Toga als Nero erschienen, Leckerbissen aufgetischt und Juwelen verstreut habe. Wahrscheinlich eine Art Abschied von Macht, Wollust und wüstem Reichtum, was alles bald dahin sein. – Die Fortschritte gegen Köln sehr langsam, schwierig und verlustreich. – Briefe von Klaus und Golo. Dieser berichtet, daß Erika, die in Brüssel und Antwerpen war und nach Aachen will, wo ca Mitte Dezember über London hierher zurückkehren und einige Wochen mit uns verbringen wird.

Pacif. Palis., Sonntag den 19. XI. 44

Im Bett gefrühstückt und die Zeitung durchgesehen, dann gebadet. Keine Schmerzen. Wiedergebrauch der Zähne. /Beschäftigung mit dem Roman./ Peter Pr. zu Besuch. Spaziergang bei heiterem Wetter mit ihm und K. Lunch zu fünfen. Englische Schrift von M. Beck (Yale) gegen Existenzial-Philosophie. Mir recht. – Zum Thee Frau Thimig und der juristische Vertreter von Metro Goldwyn Meyer: in Sachen des interkontinentalen Austausches. – Exemplar von Joseph an Peter Pr. nach Druckfehlerverbesserungen. Borgeses bei Mrs. Viertel zur Dinner-Party, zu der wir abgesagt. – Kriegsnachrichten von Lothringen und vom Rhein nicht schlecht. – In den Karamasows. – Den neuen blauen Anzug getragen. – Müde.

Pacif. Palis., Montag den 20. XI. 44

Frühstück im Schlafzimmer. Danach /Notizen-Studium für das Folgende im Roman./ Wieder einmal Amalfi Drive bis zum alten Haus gegangen und zurückgefahren, bei heiterem, warmen Wetter. Brachte den deutschen »Joseph« dem alten Rieber. Den Kaffee nach Tisch auf der Veranda. Borgese sprach über Briefe, die er jetzt von alten Freunden aus Italien bekommen. Ich habe nichts dergleichen zu erwarten. – Thee im Schlafzimmer. Vor 5 zu Dr. Wolff zur Injektion. Zum Abendessen Leonh. Frank. Borgese über ein von Rußland dominiertes Eurasien, gegen das die angelsächsische Welt sehr schwach. Die kaum noch zu erschütternde Position Japans. Über Nietzsche. Lange in dessen Briefen. – Metz und Belfort genommen. Französische Truppen am Rhein.

Pacif. Palis., Dienstag den 21. XI. 44

8 Uhr auf. Gebadet und etwas gegangen. Klares, warmes, windiges Wetter. Befinden in der Besserung. /Vorbereitende Arbeit, Sprachliches und Gegenständliches für das Nächste./ Gegangen Amalfi Drive. Zahlreiche Briefe und Drucksachen durchzugehen. Nach dem Thee ins »Majestic«, Santa Monica, Film von den zwei Mörderdamen, lang und albern, gut gespielt. Spätes Abendessen. Zeitschriften. – Die Franzosen nehmen Mühlhausen. Artikel von I. Ehrenburg in der russ. Presse, geharnischt und siegessicher. »We will cure Germany not by vitamins and medecine but by surgery.« Das »Sterben« und Verschwinden von Nazi-Häuptlingen; viele schon in Argentinien. Man wird nicht viele »Kriegsverbrecher« fangen. Wird auch Hitlers »Entschweben« vorbereitet?

Pacif. Palis., Mittwoch den 22. XI. 44

Landwind, Sonne, Dürre, aber in sich kühl, gefährlich. Vormittags /Studien für das Kommende im Roman./ Mit Dr. A. Jacobson auf der Promenade. Lunch mit ihr und Fragenbeantwortung. Früher Thee; zu Wolff, Empfang der 4. Injektion. Telegramme von der Meyer, von New Masses wegen des Aufsatzes in »Deutsche Blätter« und von Freda Kirchwey in Sachen einer Demonstration für die spanische Republik. Ihr sponsorship zugesagt. – Brief von J. Bab. – Gelesen in Nietzsches Briefen an Gast. – In Köln, dem man sich nähert, Friedensdemonstrationen, bei denen 200 Menschen erschossen sein sollen. Desertionen.

Pacif. Palis., Donnerstag den 23. XI. 44

Schönstes Wetter. Seewind wieder. Vorm Frühstück etwas gegangen. /Studien zum Roman bis ½1./ Gegangen Amalfi Drive. Kaffee auf der Veranda. Verabschiedung von Borgeses, die nach Seatle reisen. Überlegungen bei Tisch, daß ich besser tue, das Hervortreten mit einer Rede über Deutschland nur als aufgeschoben zu betrachten. Brief in diesem Sinn an Lee vom Hunter-College. Abends in Nietzsches Briefen. – Straßburg genommen. Londoner Presse vertritt die Überzeugung, daß Hitler von Himmler entmachtet oder beseitigt, und daß sein letztes Bild das eines Doubles ist.

Pacif. Palis., Freitag den 24. XI. 44

/Begann das XXIV. Kapitel zu schreiben./ Ging nur wenig in der Nähe mit K. bei Landwind. Nach Tische Durchsicht der Post. ½5 zu Wolff, der noch eine Injektion machte. Sammle wieder Stoff für den Vortrag. Las Zeitschriften und in Nietzsches Briefen. – Telephongespräch mit Heinrich über Palestrina in den Sabinerbergen.

Pacif. Palis., Sonnabend den 25. XI. 44

Lange geschlafen. XXIV aufs neue begonnen. Mittags mit K. auf der Promenade. Nach Tische viel Post zu lesen. Brief von der Meyer, recht rührend. Es war in der Library Vorfeier meines Geburtstags geplant, die sogar besser, wie auch der Vortrag, aufs Frühjahr, etwa Mai sogar verschoben ist. Ähnliches wohl auch für New York zu gewärtigen. – Nachmittags wieder geschlafen. Nach dem Thee viele Diktate an die Kahn, darunter an Mc Leish und Knopf. /Zum Abendessen Adorno's mit Freundin./ Später /Vorlesung des Briefwechsels Adrian–

Kretzschmar, zum Wohlgefallen Adorno's./ Einwand gegen den rein geistigen Willensbeschluß Adrians, Musiker zu werden. Notwendiges Vorhandensein eines Naturtriebes zum Komponieren von früher. /Lob der Musikbeschreibung, die als Vorspiel III. Akt Meistersinger nicht erkannt wurde, sondern als umfangreicheres Stück eigener Erfindung wirkte, was kein Schade ist./

Pacif. Palis., Sonntag den 26. XI. 44

Etwas weiter an XXIV. Gegangen bis zum ehemal. Haus. Nachmittags Brief an Mrs. Meyer. Gelesen in Nietzsches Briefen.

Pacif. Palis., Montag den 27. XI. 44

½9 Uhr. Geschrieben an XXIV bis ½1. Gegangen bis zum vormaligen Haus. Viel Post zu lesen. Lange und enthusiastische Briefe von Joachim Maass und W. Born über den Joseph. Letzterer auch über die Joseph-Graphik der Joan W. Barnes in Chicago. Zum Thee Dr. Bernhardt-Cohn, Ex-Rabbi. Auch er über Joseph. /Abends wieder lange in Nietzsches Briefen. Ergriffen von dem Verhältnis N.–Rohde. Die Hoffnungslosigkeit des Verhältnisses zu J. Burckhardt. Der Lichtblick Brandes. N.'s pennälerhafte Begeisterung über die »Belehrung«, daß »Gothe« der Ausgießende, Hengst, Mann bedeutet!/ – In Adorno's Buch über Kierkegaard das Citat: »Der Humorist stellt beständig . . . die Gottesvorstellung mit etwas anderem zusammen und bringt den Widerspruch hervor, aber er verhält sich nicht selbst in religiöser Leidenschaft (stricte sic dictus) zu Gott, er verwandelt sich selbst zu einer scherzenden und tiefsinnigen Durchgangsstelle für diesen ganzen Umsatz, aber verhält sich nicht selbst zu Gott.«

Pacif. Palis., Dienstag den 28. XI. 44

Morgens längerer Gang. Kaffee getrunken. /An XXIV geschrieben./ Mit K. auf der Promenade. Begegnung mit Dr. Jacobson. Nach Tische Zeitschriften. In S.E. Post Artikel aus Moskau über die russischen Absichten mit Deutschland. – Geschlafen. Nach dem Thee tröstendes Tel. Gespräch mit Liesl Frank. Diktate an K., Kondolenzen zum Tode von Mumfords Sohn im Kriege und zur Tötung von Monteux' Verwandten durch die Nazis in Frankreich. Bestimmter Brief an Leiser in der fatalen Filmangelegenheit. – Abends /lange in Beckers »Beethoven«./ Das Manuskript von »Das Gesetz« an die Library of Congress.

P. P. Mittwoch den 29. XI. 44

/Trotz Müdigkeit etwas weiter an XXIV./ Gegangen Amalfi Drive. Langer und zur Erinnerung nicht uninteressanter Aufsatz von B. Blume über »T.M.'s Goethebild« in den Publications of the Modern Language Association of America. Gute Studie über »Lotte i. W.« – Brief-Ausfertigungen und Handschr. An Monteux und Mumford. Zum Abendessen Neumanns. Ihre Rederei, bei der man stets vergißt, was man zu sagen hatte, und leer sitzen bleibt. Hörten Pinza singen und danach Wagner-Stücke, die mich sehr begeisterten, besonders die Rheintöchter bei Siegfrieds Fahrt. Ich fragte: »Sollte das vom Germanischen Hergeleitete doch am Ende schöner sein, als das Babylonisch-Ebräische?« – Spät zu Bette.

Pacif. Palis., Donnerstag den 30. XI. 44

Müde. Wenig geschrieben. /Mußte heikle Stelle verschieben./ – In Westwood beim Schneider wegen Änderung. – Guter Brief von Mc Leish. Korrektur des Roman-Bruchstücks vom »Aufbau«. – Die Offensive im Rheinland mühsam und opferreich, aber mit Übermacht langsam und unaufhaltsam vordringend, gegenwärtig gegen München-Gladbach. Offensive der Russen durch Ungarn gegen die österreichische Grenze, Budapest aussparend. – Dinner Party bei Salka Viertel mit Lubitsch. Ausgezeichneter Kaffee. Nachher noch spät über die »Dunkle Dame«.

Pacif. Palis., Freitag den 1. XII. 44

Im Bett gefrühstückt und danach gebadet. Reduziert, nur wenig geschrieben. Las im Shakespeare und in »Lotte in Weimar«. Zum Thee Singer, über den für Guggenheim Foundation zu berichten habe. Brachte einen Carton Pall Mall. Schrieb an Hardt in N.Y. Hörte abends Schönbergs »Verklärte Nacht«.

Pacif. Palis., Sonnabend den 2. XII. 44

Husten. Nachts Regen, morgens Sonnenschein. ½9 auf, ausgeschlafen. Etwas gegangen. Einiges an XXIV getan. Gegangen bis zum Sitz an der Straße. Unterwegs Autogramme für eine Schul-Lotterie von Büchern geschrieben auf Wunsch von Leuten, die mich passieren sahen. Nach Tische Brandes über Shakespeare. Nach dem Thee eine Reihe deutscher Brief-Diktate (Engelmann, Blume, Maass, Born etc.) erledigt und 6 Gutachten über Applikanten für die Guggenheimstiftung gegeben. – Stürmischer Landwind. – Nach dem Abendessen Guggenheim mit Gottlieb und Frau. Brachten den schön ausgestatteten Druck von »Das Gesetz«. Kaffee. Signierte, ermüdet vom Diktieren, die Hälfte der Auflage des Buches. Verabredung einer öffentlichen Vorlesung aus der Novelle zugunsten des War Bond Drives. Frage des Saales.

Pacif. Palis., Sonntag den 3. XII. 44

Stürmischer Landwind, Bläue. Geschrieben am Kapitel. Tagesbesuch von Peter Pr. Spaziergang mittags mit ihm, K. und der kleinen Angelica. Viel gelesen in Brandes' Shakespeare. Brief an die Herz, London.

Pacif. Palis., Montag den 4. XII. 44

8 Uhr auf und gleich rasiert. /Geschrieben am Kapitel./ Mit Dr. A. Jacobson noch einmal auf der Promenade nach einem Besuch beim Notar wegen Legalisierung eines südamerik. Vertrags. Lunch mit der J. Nach dem Kaffee auf der Terrasse Verabschiedung von ihr. Ein gescheites Wort habe während ihres

langen Hierseins nicht von ihr gehört. – Viel Post zu lesen. Geschlafen. Briefe an Bermann und Knopf mit K. die deutsche und die englische Einzelausgabe von »Das Gesetz« betreffend. – Unzufrieden mit meinem Appetit. – In Bekkers Beethoven weiter und zu Ende. Entsetzlichkeit der Musikbeschreibungen. Seit Hanno B. mache ich das besser. – Arge Zustände in Griechenland wie in Belgien, Aufstände, von den Engländern niedergeschlagen. In Italien nicht besser und auch in Frankreich kritisch. Der Erdteil offenbar in einem dem englischen Geschmack keineswegs entsprechenden Grade radikalisiert. Wenn man nur mit Deutschland erst fertig wäre! – Geheimnisvolles Manuskript aus London nach New York verkauft, wo man es zu drucken wünscht. Zürcher Rede an Juden. (Kadimah.)

Pacif. Palis., Dienstag den 5. XII. 44

½9 auf. /Geschrieben an XXIV. Den Schlußteil begonnen./ Gegangen bis zum früheren Haus. Nach Tische außer der Post jenes Vortragsmanuskript geprüft. Wenig geneigt zur Publikation. Nachmittags viele Ausfertigungen, Bücherwidmungen. Rückkehr der Borgeses. Störender und taktloser Artikel von Marcuse über meinen Atlantic-Aufsatz, vom »Aufbau« bezweifelt und mir durch Franks zum Urteil vorgelegt. Dummheit. – Abendessen mit Borgeses. Zum Kaffee Guggenheim und Gottlieb. Cigarettenkasten-Geschenk. Signierung des Restes der Auflage. Widmungen an die beiden Verleger. Die Moses-Vorlesung auf den 7. Januar angesetzt. – Schrift, englisch, von Adorno über Spengler gelesen.

Pacif. Palis., Mittwoch den 6. XII. 44

8 Uhr auf. Größerer Spaziergang bei schönem Wetter. Gearbeitet am Kapitel (Änderung). Mit K. auf der Promenade. Bank überm Ozean. Amerikanische Demonstration gegen die englische Politik in Griechenland und Italien, sensationell. Thee im Schlafzimmer und Toilette. /Dinner-Gesellschaft bei Schönbergs. Manches über Musik. Prüfung der Parsifal-

Harmonik auf unaufgelöste Dissonanzen. Eißlers komische Kritik: »So schlecht komponiert!« – Erörterung archaischer Formen der Variation./ Autogramm.

Pacif. Palis., Donnerstag den 7. XII. 44

½9 Uhr auf. Geschrieben an XXIV weiter. Gegangen bis zum Straßensitz. Serie von Schönwetter-Tagen. Brief von der Meyer, dem zu entnehmen, daß in »Atlantic« auf die »Defense« hin weitere Angriffe in Briefform erfolgt. Neue Übereinkunft mit der Library of Congress, daß alljährlich einen Vortrag dort halte und mit 1000 Dollars dafür honoriert werde. Zeitschriften zu lesen. Geschlafen. Nachmittags Brief an A. Meyer. Abends englische Lektüre. – Starkes Erdbeben in Japan von amerikanischen und europäischen Stationen gemeldet. – Kommunistische Eseleien in »Author's League Bulletin«: »The language of Luther, Schiller and St. Zweig«. – »His (Heinrich Mann's) not Thomas' – books burned on the stakes in Berlin!« – Schriftsteller, »who lived on in the skies, in far removed kingdoms, in legends and analogies – and they could afford it economically.« Die Schriftsteller ohne Namensnennung. (Eva Lips). Auffallend der Mangel an wirklichem Verhältnis zum Kulturellen. Es ist ein politisches Kulturgeschwätz, nicht besser und nicht klüger, als das der Nazis und mit derselben Totschlageneigung.

Pacif. Palis., Freitag den 8. XII. 44

Weiter an XXIV gegen das Ende. Nach Westwood zum Haarschneiden mit K., Medi und der Kleinen. Nachricht über Veränderungen in Madrid, Rücktritt des amer. Botschafters Hayes, Sturz der Regierung, dann eingeschränkt auf »Demokratisierung« des Kabinets. – Erfreulicher Brief von der Hamburger über die guten Absichten in Schweden zu meinem Geburtstag. – Churchill großes Vertrauensvotum im Unterhaus, nachdem er erklärt, daß die in Griechenland verfolgte Politik in ganz Europa fortgesetzt werden solle. Niemand darf rebellieren. Gewiß auch die Deutschen nicht. – Lange geschlafen und den Thee oben getrunken. – Brief an die alte Frau Fischer. Zum Abendessen Huldschinsky.

Pacif. Palis., Sonnabend den 9. XII. 44

/Schrieb an Schluß von XXIV./ Ging bis zum Straßensitz. Schrieb Briefe an H. Politzer (Jerusalem) und Kallir (New York). Las in einem wohlmeinenden Buch The Peace Aims of Humanity, sehr mild gegen Deutschland, von Powell Spring. War lange dort, findet sie prächtig und unschuldig. – Zusage einer Radio-Message zum Spanien-Meeting des Nation-Kreises. – Der Krieg überall langsam und beängstigend. Aufsatz von Heinrich im »Freien Deutschland«, das meinen Entschuldigungsbrief im Faksimile bringt. – Vorm Einschlafen seit einigen Tagen »L'éducation sentimentale«. – Borgese's in Chicago ohne Dach. Betrübt über die Nachricht, daß Huldschinsky aufs neue operiert und eine Niere entfernt werden muß.

Pacif. Palis., Sonntag den 10. XII. 44

/XXIV beendet./ Revision des Kapitels. – Landwind, Sonnenbrand. Nur einige Schritte gegangen. Bergsons Über das Lachen wenig anziehend. Briefe geschrieben. Vorwort zu E. Spiro's Katalog zu schreiben begonnen. Zum Abendessen Peter Pr. Kaffee und Unterhaltung im Living Room. In /Kierkegaards »Entweder oder Oder«./

Pacif. Palis., Montag den 11. XII. 44

9 Uhr auf. Trank Kaffee, aß Hafergrütze und schrieb das Vorwort zu Spiros Katalog zu Ende. Langweilig. Marschierte bis ans Ende und saß an der Straße. Borgese fürchterlich pathetisch über die Tragik seiner Lage, auch taktlos. Ein erfolgreicher Vortrag machte alles wieder gut. Viel Post. Zeitschriften. Nach dem Thee ermüdende Diktate an die Kahn, Briefe, Statement zugunsten des Musikers Steuermann an die U.S.C. Abends /in Kierkegaards [›Entweder – Oder‹]. Seine tolle Liebe

zu Don Juan. Die Sinnlichkeit, vom Christentum entdeckt zugleich mit dem Geist. Die Musik als dämonische Sphäre, »sinnliche Genialität«./ – Geschenke von der Meyer. Seidene Hausjacke, zu kurz, zu knapp, zu tief ausgeschnitten und gänzlich unbrauchbar.

Pacif. Palis., Dienstag den 12. XII. 44

Hitze. /Begann XXV, das Teufelskapitel, zu schreiben/ und muß sehen, was daraus wird. – Marschierte im Sonnenbrand, die Heimfahrt erfrischend. – Brief von der Meyer mit ihrem Verteidigungsbrief an Atlantic Monthly. – Im Kierkegaard. – Nachmittags Brief an Mrs. Meyer. Auch über das Beängstigende der Kriegslage. – Aufregung in Washington, da der Journalist Pearson Churchills Instruktionen nach Athen ergattert und veröffentlicht hat. – Abends Vorlesung des Schleppfuß-Kapitels für Borgeses, die nicht wenig angetan.

Pacif. Palis. Mittwoch den 13. XII. 44

9 Uhr auf. /Geschrieben an der Einleitung zu XXV./ Mit K. auf der Promenade. Etwas kühler, aber noch starke Sonnenglut. Nach Tische die Nation. Zurückweisung Werfels, der seine Frömmigkeitsrolle übertreibt. Ausfertigungen und Brief an Adorno. Zum Dinner mit Borgeses bei Eva Hermann. Das triumphale Unken und I told you so-Gebahren Borgeses schrecklich enervierend. Ein guter, eitler, dankbarer, vulkanischer Mann, sehr schwer zu ertragen, wenn auch versöhnend zwischendurch. Mich verlangt, allein in meinem Haus zu sein. – Abends noch /im Kierkegaard./

Pacif. Palis., Donnerstag den 14. XII. 44

Bedeckt und kühler. ½9 Uhr. Haferbrei, Ei und Kaffee. Geschrieben am /Anfang von Adrians Aufzeichnung./ Rundgang in der Nähe. Borgese zu meiner Erleichterung wieder einmal für zwei Tage abwesend. Gute Briefe von Mc Leish und J. Bab (über Joseph). Des Ersteren Bestätigung für den Staatssekretärposten fraglich geworden. – Nachmittags einige Briefe K.

diktiert. – Ernster u. respektabler Artikel von Lippmann über die Kriegslage aus Washington Post. – Lange in Nietzsches Briefen.

Pacif. Palis., Freitag den 15. XII. 44

Nachts /Krampfhusten und Beklemmung./ Einige Stunden im Stuhl geschlafen. Trank Kaffee und schrieb an XXV, Änderungen und Weiteres. Ging Amalfi Drive bei sonnigem, kühleren Wetter. Von J. Hecht aus Basel langer Brief und Dokumente gegen das Verhalten der »Neuen Zürcher Zeitung« in Sachen der ausgewanderten (»drückebergerischen«) Juden. Nachmittags viele alte Briefe, die lagerten, beseitigt. Meldung, daß H. G. Wells Churchill öffentlich zum Rücktritt aufgefordert hat. Neue Offensive der Amerikaner mit einer 6ten Armee in der Gegend von Karlsruhe. –

Pacif. Palis., Sonnabend den 16. XII. 44

Etwas weiter an XXV. Gegangen bis zum früheren Haus. Werfel schickt sein vielberufenes Buch mit langer besorgter Widmung. Kesten sein Buch über Copernicus. Briefe von Bermann (Stockholmer Ausgaben) und Knopf (engl. Ausgabe des Moses). Anruf Br. Franks, von dieser Erzählung angetan. Dinner Party bei uns mit Tochs und Révy's. Ausgedehnter Vortrag Borgeses. Sehr müde und gelangweilt.

Pacif. Palis., Sonntag den 17. XII. 44

9 Uhr auf. Thee getrunken und etwas am Kapitel geschrieben. (Kierkegaard.) /Anruf Heinrichs; Nachricht vom Tode seiner Frau durch Schlafpillen./ Ging mittags etwas mit K. und Peter Pr. Las nach Tische in Kestens »Copernicus«. Zum Thee Mr. Evans von der Navy, sonst Police man, literarischer Verehrer. Dann /mit K. zu Heinrich./ Zuspruch, Check für die Beerdigungskosten. Versprechen, ihn bei uns aufzunehmen, sobald Borgeses fort, für die eine Wohnung sich gefunden. Plan seiner Unterbringung bei Mrs. Viertel. – Abendessen

mit Peter Pr. Kaffee im Living Room. In dem Buch von Kesten über die deutschen Dinge im 16. Jahrh. – Neues Engagement durch die Londoner B.B.C. zu 14 tägigen Sendungen ins besetzte Deutschland.

Pacif. Palis., Montag den 18. XII. 44

Nacht reich an Träumen. 8 Uhr auf. Etwas gegangen und Kaffee getrunken. /Geschrieben am Teufelsgespräch./ Mittags mit K. zu Frau Viertel um Heinrichs willen, Gespräch mit ihr, Besichtigung des Zimmers, Beratungen. Einige Schritte gegangen, bevor wir heimfuhren. K. will den Einsamen morgen mit Lebensmitteln versehen. – Viel Post zu lesen. Bermann über Ausgaben für Kriegsgefangene von Zauberberg, Lotte und Achtung, Europa. Nach dem bis ½8 Diktate an die Kahn: Mc Leish, Knopf, Bermann und viele andere. Abschrift der Kapitel XXIII und XXIV. Abends Nachrichten gehört über die /Offensive der Deutschen in Luxemburg und Belgien, die Anfangserfolge hatte./ In Griechenland keine Hoffnung auf Beilegung des Konflikts, Kämpfe gehen fort. Der New Leader gegen die forces of resistance, die nur das Werkzeug Moskaus. Der Journalist Mowrer gegen Churchill. – In den Büchern von Werfel und Kesten.

Pacif. Palis., Dienstag den 19. XII. 44

Nicht gut geschlafen, gequält. Gegen 9 Uhr auf. Geschrieben am Dialog. In der Nähe gegangen. Von Knopf das Manuskript der Hamburger. Die Zeitungen über die deutsche Offensive in Belgien, deren man noch nicht Herr geworden scheint, die aber die Reserven der Nazis stark mitnimmt. Sie scheint von Hitler und Himmler gewollt worden zu sein und bedeutet momentane politische Aufpulverung, besonders zusammengesehen mit den Schwierigkeiten der Alliierten in Europa. Sie mag unsere Seite ernster und weniger cynisch stimmen. – Brief an H. Kesten (N.Y.) Abends noch in seinem Buch. Dann das Joseph-Manuskript der Hamburger, ein etwas langweiliger Päon. Die literarhistorische Lust an einem modernen Objekt, das sich wie »Faust« behandeln läßt. – Revozierung meiner Zusage an B.B.C. Zu früh, nicht genug Boden unter den Füßen – in jedem Sinn.

Pacif. Palis., Mittwoch den 20. XII. 44

9 Uhr auf. /Am Kapitel gearbeitet./ Gegen 12 mit K. und Medi zum Friedhof in Santa Monica, /Bestattung von Heinrichs unglücklicher Frau, die ihm viel Schaden getan./ Begrüßung mit den Erschienenen. H. kam mit einer Freundin der Toten. Am Sarge las ein junger Angestellter geistliche Worte. H. in Tränen um die ruinöse Gefährtin. Er fuhr mit uns zu uns. Vor Tisch mit ihm im Wohnzimmer. Lunch mit ihm. Kaffee auf der kleinen Veranda. Er ruhte auf dem Sofa im Living Room. Nach 5 Uhr hatten wir Thee mit ihm und Borgeses. Er bekam Geld zum Auslösen seiner verpfändeten Möbel, Wein, Lebensmittel, ein Exemplar von »Das Gesetz« zum Weihnachtsgeschenk. Er besitzt nicht einen Cent, da seine sehr günstigen Einkünfte durch das unselige Treiben der Frau bis weit ins Negative zerronnen. – Mit K. Sorgen seinetwegen. – Schrieb einen Brief an Kurt Appelbaum, New York, zu seinem 40. Geburtstag. – Las abends /im Kierkegaard./

Pacif. Palis., Donnerstag den 21. XII. 44

Zeitig auf, weiter gegangen. Oat meal und Kaffee gefrühstückt. /Am Teufelskapitel weiter./ Mittags Rundweg in der Nähe. Schwühl. Viel Post, lange Briefe zu lesen und leider auch zu beantworten. Geschrieben an die Meyer und Dr. Jacobson. Die Lage in West-Europa sehr schlecht, die Deutschen 30 Meilen in Belgien eingedrungen, der Name Sedan genannt. 20 000 amerik. Gefangene. Das Désastre wird mit dem von Pearl Harbour und Manila verglichen. Geheime Sorgen um Erika, die hoffentlich in Paris ist, wohin die Deutschen hoffentlich nicht, schauerlicher Weise, noch einmal gelangen. Jedenfalls ist der Rückschlag schwer und schädlich verzögernd.

– Schriften von Prof. G. E. Mueller, University of Oklahoma; »Reflections on Lotte in Weimar«. – Die Abschrift von Kap. XXIII und XXIV korrigiert. – Telegramm an die Kirchwey, die Unzeitgemäßheit des spanischen Meetings urgierend.

Pacif. Palis., Freitag den 22. XII. 44
9 Uhr auf. Geschrieben an XXV. Mittags zum Haarschneiden nach Westwood. Nach Tische Zeitungen. Die Lage in Westeuropa nach wie vor so ernst wie möglich. Die Sorglosigkeit muß groß gewesen sein. Die deutsche Offensive mit größter Vehemenz betrieben. Lüttich bedroht, auch Sedan. Doch soll der Widerstand sich verstärken. – Trotz starker Angegriffenheit nachmittags der Kahn viele Briefe diktiert, vorwiegend deutsche. Viel abgetan. Season-Glückwünsche laufen zahlreich ein. Brief von der Meyer mit Klagen über die Gehässigkeit der Sprache der Intellektuellen, giftig, wie 1932 in Deutschland. Verhöhnung Mc Leish's als Poet durch die politischen Spießer. – Beim Abendessen überraschend Anruf Erikas aus New York. Gottlob. Kam mit Truppen-Transportschiff. Wird vorauss. 29. hier sein. – Endloses Telegramm von B.B.C. gegen meine Absage, insistierend. – Las »Nation«. Das Spanische Meeting angekündigt.

Pacif. Palis., Sonnabend den 23. XII. 44
8 Uhr auf. Größerer Rundgang. Oat Meal und Coffee. /Geschrieben am Teufelsgespräch./ Mittags marschiert. Post zu lesen. Briefe von Kahler und Broch. Dieser über Joseph, bedeutend. Nachmittags Brief an Kahler. Nach dem Abendessen recht unwohl. Im »Tageb. eines Verf.« Allerlei Nachschlagungen. Die Kriegslage gloomy. Russische Offensive.

Pacif. Palis., Sonntag den 24. XII. 44. Weihnachtsabend.
9 Uhr auf. Juice, Flocken, Ei und Thee. Am Kapitel geschrieben bis ½1. Marschiert und von Medi geholt. Telegramm der Kirchwey, das mich bei meinem Versprechen hält. Nietzsche

gelesen. Bessere Kriegsnachrichten. Flugwetter und kein Vorwärtskommen der Deutschen. Der Living Room von K. und Medi als Weihnachtszimmer hergerichtet. – Entschiedene Abneigung gegen das »Tagebuch eines Verführers«.

Pacif. Palis., Montag den 25. XII. 44. Weihnachtstag.
½9 Uhr auf. Einige Schritte mit K. gegangen. Nach dem Frühstück die /Nation-Message größtenteils geschrieben. Ankunft der San Franciscoer Familie. Begrüßung mit Frido./ Tonio von einem Schlafmittel benommen. Frido weniger schön, aber lieb und zart wie zuvor. Rezitationen. Besuch mit K. und Peter Pr. bei den alten Riebers. Nach Tische gelesen G. Brandes über Kierkegaard. Wichtig. – Tätigkeit im Weihnachtszimmer. Schrieb noch an dem Broadcast. Alle Familienglieder bei mir im Studio mit Eva Hermann als Gast. Dann Bescherung unterm brennenden Baum, brennende Wachsfiguren, Baum und Engel. Reichliche Gaben für alle. Angenehme Hausjacke, deren Ärmel zu verkürzen. Kalender, Berg- und Vieuxtemps-Platten und manches Willkommene. Erregtes Glück der Kinder. Dinner mit Indian und Champagner. Kaffee im Weihnachtszimmer. Unterhaltung nach Weggang der Kleinen bis ½12. Große Heiterkeit über eine Platten-Aufnahme von Fridos Rezitation »Paulinchen«, wie ein Schweizer Pfarrer. – Betrübt über meine Müdigkeit, die mich schnell nach Alleinsein verlangen ließ. Verabredung der Tauffeier Tonio's und Nica's. Pate der letzteren. – Churchill und Eden in Athen zu Verhandlungen mit den Parteien.

Pacif. Palis., Dienstag den 26. XII. 44
½9 Uhr auf. Bei sonnigem Wetter weiterer Rundgang. Frühstück mit den Enkeln. /Schrieb das Broadcast zu Ende,/ dann noch etwas am Roman. Mit K. auf der Promenade. Viel Post, mehr Gratulationskarten als je. Briefe von Golo und Annette Kolb. Aufsatz »Nietzsche und T. M.« von Kaufmann. In /Brandes' »Kierkegaard«, sehr anregend./ Nach dem Thee

Brief an die Herz und Danksagungen. Die militärischen Nachrichten übel und verdächtig. Befürchtungen wegen der Demoralisation der amerikanischen Armee. Halb Belgien zurückerobert, die französische Grenze bedroht. Groteske Vorstellung, daß die Deutschen wieder nach Paris gelangen könnten. – Gehört abends: Violinkonzert von Berg, Violinkonzert von Vieuxtemps.

Pacif. Palis., Mittwoch den 27. XII. 44

8 Uhr auf. Kleiner Frido. Frühstück mit den Kindern. Zerstreut gearbeitet. Marschiert. Viele Briefe zu lesen. Der Aufsatz J. Babs für die chilenische Zeitschrift über Joseph. Poor. – An Bab geschrieben. Widmungen an ihn und Liefmanns in korrigierte Exemplare. Ausfertigungen. In Partisan Review ungewöhnlich gescheiter Artikel von Harold Rosenberg über den Provider. Das Beste, was ich auf englisch darüber gesehen. – Anmeldung Erikas für den 29. – Leichte Besserung, wie es scheint, in der militärischen Lage. – Tief beeindruckt von der Ereignisfolge in Flauberts Education: Ausbleiben der Mme Arnaux vom Rendezvous und Revolution. Gefühl von Meisterschaft. – Regen, Gewitter.

Pacif. Palis., Donnerstag den 28. XII. 44

/Gearbeitet an XXV. Große Kompositionsschwierigkeiten./ Marschiert und mit den Kindern von San Fr. heimgefahren. Heinrich zum Lunch. Mit ihm auch Thee. Über »Das Gesetz«, das er zu Ende gelesen. Lob der Leichtigkeit. Das Voltaire'sche. – Schrieb nur eine kurze Danksagung. /Müde, zu müde. Brandes über Kierkegaard, vorzüglich./ Nach dem Abendessen Franks. Die militärischen Nachrichten beruhigend. Die Deutschen 10 Meilen von der Maas zurückgegangen.

Pacif. Palis., Freitag den 29. XII. 44

8 Uhr auf. Rasiert. Nach dem Frühstück /gearbeitet an XXV./ Nach 11 Uhr /Ankunft Erika./ Herzliche Begrüßung. Mit ihr

bei mir. Hundert Erzählungen. Um 1 etwas marschiert. Lunch mit Erika. Nachher lange mit ihr im Living Room. Viel über ihre Abenteuer, über Aachen, die Deutschen, die Mischung von Tüchtigkeit und Stupidität. Nach dem Thee die Post durchgesehen, ein paar handschr. Erledigungen. Zum Abendessen E.'s militärische Freundin und Kollegin, ebenfalls in Uniform. Nach dem Kaffee bei mir /Vorlesung von Kap. XXIII für K., Erika, Borgeses, Bibi und Gret. Guter, hintergründiger Eindruck./ – Champagner. Spät. Erika heftig erkältet, wie auch Medi und die beiden Knäbchen. – Der Jubiläums-Aufbau mit dem Roman-Bruchstück.

Pacif. Palis., Sonnabend den 30. XII. 44

Spät auf. /Bis ½1 am Teufelsgespräch,/ dann marschiert. Mit Erika nach Hause, die stark erkältet und stimmlos. Zu Tische Frau Viertel. Gelesen in einer Schrift Adorno's über Film-Musik. Zum Thee Fr. Else Heims und Frau Landshoff. Im Living Room mit ihr und den Familien die Zeit vertan. Einige Inskriptionen und Bücherverpackungen. Nach dem Abendessen Neumanns. Viel über den Krieg und seine beliebige Dauer. Gerüchte über einen Wechsel im Oberbefehl an der Westfront. Die Nachrichten sehr unsicher, ja trüb. Die Moral zum mindesten der amerikanischen Truppen sehr zweifelhaft. Russische Unterhändler, die zur Übergabe von Budapest auffordern sollten, von der Garnison erschossen. – Die Perspektive ist: noch Jahre langer Krieg, unterdessen Regierungswechsel, Todesfälle unter den Führern und Friede erst nach langem Chaos zwischen anderen Menschen. – In Amerika Haß gegen die Juden, die Russen, vor allem gegen die Engländer, nur nicht gegen die Deutschen, weil man gegen diese Krieg führen muß.

Pacif. Palis., Sonntag den 31. XII. 44

8 Uhr auf und bis ½11 /am Kapitel gearbeitet./ Dann mit Allen zur Unitarian Church zur /Taufe Tonios und Domenicas, als deren Pate ich fungierte./ Ceremonie im Rahmen des

Gottesdienstes. Rede des Geistlichen. Mit ihm nachher in seinem Amtszimmer. Bibi und Medi musizierten bei der Feier. – Lunch mit Erika und Eva Hermann und Peter Pr. Kaffee auf der Terrasse. In Adornos Schrift über Filmmusik. In Brandes' Kierkegaard. Nachmittags /deutsche Sendung zu schreiben begonnen./ Nach dem Abendessen noch einmal für Frido gezeichnet. Abreise dieser Familie. Verabschiedung von den Buben. Mit Borgeses und Erika im Living Room. Die gefällig arrangierten Nachrichten. Frage ob die zweite Offensive von Rundstedts Erfolg haben wird. In Berlin Rede Hitlers, deren Echtheit in London bezweifelt wird. Der Krieg wird [bis] 1946 dauern, wenn nicht vorher ein schneller deutscher Sieg kommt. Was sich dem Fortkämpfen widersetzt, wird vernichtet. – Erikas Heiserkeit nicht gebessert. Ihre Vorträge in Frage gestellt. – Das Schicksal Bibi's beim Militär beschäftigt uns. – /Der Kontakt mit der Kierkegaard-Sphäre durch den Roman, ohne jede Kenntnis, ist äußerst merkwürdig. Das Gespräch über die christliche Hochzeit auf dem Zionsberg z. B. sollte die Kenntnis K.'s vermuten lassen./ Auch anderes noch. – Erikas »Eule«, etwas verrückt, übernachtet im Wohnzimmer.

1945

Pacif. Palis., Montag den 1. Januar 1945

½9 Uhr, gebadet, etwas gegangen. Frühstück noch einmal mit Medi und ihrer Kleinen, gegen deren Ungezogenheit ich reizbar war. Bis mittags /die deutsche Sendung/ zu Ende geschrieben. Ging zu Eva Hermann und fuhr mit Erika zu uns. Beim Kaffee längere Zeit auf der Terrasse. Dann Abschied von Medi, Verabschiedung von Borgese und Angelica. Las in Brandes' Kierkegaard weiter. 5 Uhr, während ich eine halbe Stunde ruhte, Abfahrt der Borgeses mit K. Thee im Schlafzimmer; rasiert und angekleidet. Gegen 7 abgeholt von /Prof. Arlt; mit ihm und seiner Frau zu Werfels zum Neujahrsdinner mit Franks und der Massary./ Champagner-Stimmung und verschiedentliches Geplauder. Wieder allein mit K. im Haus, was ich gut heiße.

Pacif. Palis., Dienstag den 2. I. 45

½9 Uhr auf nach unruhiger Nacht. Müde, etwas verdorbener Magen. /Gearbeitet an XXV, das noch unabsehbar./ Gegangen über das frühere Haus hinaus u. mit K. und Erika gefahren. Nach Tische massenhafte Post durchzusehen. /Rührender Brief des Präs. Benesch./ Thee im Arbeitszimmer, danach ein paar handschr. Kleinigkeiten. Installierung der Mikrophon-telephonischen Verbindung mit New York. Probe. 7 Uhr /Ansprache nach Madison-Square-Garden. Korrekter Empfang wie gemeldet./ Abendessen mit Erika, die noch stimmlos. Später Vorlesung des politischen Intermezzos und des Schildknapp-Portraits. – Über die Vernünftigkeit des Morgentauplans, der arg mißrepräsentiert und im besetzten Gebiet durch einen gewissen Bernstein, den M. unkluger Weise betraut, mißrepräsentiert wird. – Die Deutschen, in Belgien zurückgewiesen, greifen im Saargebiet und im Elsaß an.

Pacif. Palis., Mittwoch den 3. I. 45

Nach 9 auf. Nur wenig gearbeitet. 12 Uhr zum N.B.C., Lesung der deutschen Ansprache. Rückfahrt ebenfalls im offenen Wagen. Lunch mit Erika, tonlos. In ärztlicher Behandlung. Absage ihrer ersten Vorträge. – Zeitschriften. Thee im Schlafzimmer; Nagelpflege. Etwas Vorbereitung auf den Vortrag von »Das Gesetz« am Sonntag. Hörten Radio-Rede des Sumner Welles über die Sicherung gegen Deutschland. Die /Kriegsnachrichten äußerst schlecht. Verlust aller Brückenköpfe auf einer 50 Meilen-Front. Geblieben nur die Aachen-Gegend und ein Streifen Saargebiet. Rückzug auf »günstigere Stellungen« in Ost-Frankreich./

Pacif. Palis., Donnerstag den 4. I. 45

Vor 8 Uhr auf. Andauer des sonnigen Wetters. Größerer Rundgang. /Gearbeitet an XXV, schwierig./ Marschiert bis zum Sitz an der Straße. Lunch mit Erika. Nachher Post und Zeitschriften. Die Nation über /die deutsche Offensive. Del Vayo, warnend, über den revolutionären, hier unverstandenen Charakter des Krieges. Auch die Russen teilweise von Budapest zurückgetrieben; Versuch des Entsatzes. Die unseligen Belgier, die wieder in deutscher Hand. Panik überall in Europa vor dem deutschen Wiederaufleben,/ das eine deutliche Copie der russischen Camouflage ist. – Nachmittags die Kahn zur Diktataufnahme vieler Briefe bis zum Abendessen. Nach diesem Franks zum Wiedersehen mit Erika, deren Stimme langsame Fortschritte macht. – Hübsche Photographien aus Salzburg 1935.

Pacif. Palis., Freitag den 5. I. 45

Unruhige Nacht, gehustet, Medizin. ½9 auf. Arbeit am Kapitel. Mittags gegangen, gefahren u. wieder gegangen. Literarischer Brief von der Meyer. »Time« über die Lage im Westen. Nachmittags am Roman verbessernd abgeschrieben. Handschr. Briefe. Abends Brandes über Kierkegaard beendet. Bildgeschenk von † Hermann, Fensterblick mit Gläsern, im Wohnzimmer aufgehängt. Neue Hausjacke angelegt. /Straßburg bedroht. Rückzug zweier amerik. Armeen notwendig./ Mit Erika über die absolute Sicherung der Invasion im Juni. Die Betonklötze für das Bauen von Häfen. Jede Möglichkeit vorgesehen. Der Leichtsinn nun.

Pacif. Palis., Sonnabend den 6. I. 45
Seltsam ergreifender, lebhaft ausführlicher und überzeugender erotischer Traum gegen Morgen, in fremder, offenbar europäischer städtischer Umgebung, aus meinen Verhältnissen und Bedingungen scheinbar ganz gelöst, nach der Abrede mit Glücksgefühl herumgehend. Sehr starkes Nachgefühl. – 9 Uhr auf. Gearbeitet an XXV. Marschiert. Nach Tische im Gesetz, Vortragsakzente. Nachmittags Beschäftigung mit dem Joseph-Vortrag für die Publikation in Chile. Notizen zum morgigen Vortrag. /Zum Abendessen Werfels. Champagner./ Gespräch mit ihm gegen sein Buch, zugunsten der Naturwissenschaften. Vorsicht geboten. Bei mir /Vorlesung des Briefkommentars, der Infektion und der Ärzte./ Außerordentlicher Eindruck. Erika sehr angetan. Ihre Stimme gebessert.

Pacif. Palis., Sonntag den 7. I. 45
9 Uhr auf. /Gearbeitet an XXV./ Marschiert und geholt von Peter Pr. Lunch mit ihm und Erika, die nachmittags versuchsweise auf lecture Tour geht. Verabschiedung von der Neger-Köchin Myrtl. Gelesen in Nietzsches nachgelassenen Schriften. Nachmittags Brief an die Meyer begonnen u. weit geführt. 7 Uhr Imbiß, dann bei kalamitosem Nebel Fahrt nach dem Tempel zur Vorlesung der zweiten Hälfte des »Gesetzes«, eingeführt von Guggenheim, vom Publikum stehend begrüßt. Über das »Original-Manuskript«. Lesung dramatisch und anstrengend, 1 Stunde und 10 Minuten. Neumanns, Marcuse, von Hofe, Rabbi Sonderling, Singers und viele andere. Großer Eindruck. Die Heimfahrt nebelfrei. Chokolade und Sandkuchen. Gelesen Nietzsche. Spät.

Pacif. Palis., Montag den 8. I. 45

9 Uhr auf. Kaffee getrunken. /Arbeit an XXV./ Mittags mit K. den Bergweg nach dem Camp. Wieder eintreibender Nebel. Nach Tische Post und Zeitschriften zu lesen. Neues Mädchen, Mrs. [?], Nurse-Typ, unerfreulich und anspruchsvoll. Dank einem wishful misunderstanding ½7 Uhr Abendessen. Las lange im Nietzsche. Führte den Brief an die Meyer zu Ende. – Die Lage im Westen schwankend. Straßburg weniger gefährdet. Der Entsatz von Budapest scheint denn doch zu mißlingen; Wien, heißt es, wird evakuiert. – Bei Nietzsche ein slavisches Europa mit aller Bestimmtheit vorausgesagt. Die heutigen Deutschen tatsächlich jung und »werdend«, da im 17. Jahrhundert etwas wie der Untergang einer Rasse stattgefunden.

Pacif. Palis., Dienstag den 9. I. 45

8 Uhr auf. Nebel, kalt. Den ganzen Tag unwohl. /Arbeit an XXV./ Gegangen, frierend. Nachmittags viele Brief-Diktate an die Kahn. Gelesen in A. Vetter über Nietzsche. Telegramm von Erika, daß die Laryngitis überwunden. Telegramm, daß Bibi vom Militär rejected. Erfolge im Krieg gegen Japan, Befreiung der Philippinen wird anticipiert. – Schönheiten des Doppel-Konzerts von Brahms.

Pacif. Palis., Mittwoch den 10. I. 45

½9 Uhr auf. Nebel, kalt. /Schrieb an XXV. War nachher sehr abgespannt. Habe eigentlich nur morgens einigen Appetit./ Mittags und namentlich abends wird das Schlucken mir schwer. – Nach Westwood zum Haarschneiden. Nervös beim Fahren. Nach Tische Post, Zeitschriften. Im German American ausführliche Darstellung der deutschen Entvölkerungspolitik in Europa, der polnischen Vernichtungsanstalten etc. – Nach dem Thee kurzer Spaziergang mit K. Danach »einige Worte« für morgen englisch aufgeschrieben. Hörten das Abendkonzert. Tschaikowskys Pathétique unter Furtwängler unleugbar überragende Aufführung. – Schwere Kämpfe in Budapest. Bedrohung Straßburgs dauert an.

Pacif. Palis., Donnerstag den 11. I. 45
½9 Uhr. Hellerer Himmel. 10 Uhr abgeholt von Comittee-Dame, lange Fahrt zur /Library, Down Town./ Publikum vorwiegend Frauen. Endloses Photographieren. Reden zur Überreichung von Manuskript-Prämien an Personen, die sich um den /War Bond Drive/ verdient gemacht. »Einige Worte«. Scherz über Rechtsanwalt Valentin. Heimfahrt mit anderer Committee-Dame. Von K. bereitetes Lunch. Nachmittags Redaktion des deutschen Joseph-Vortrags für Chile. Nach dem Abendessen mit K. nach Westwood ins Cinéma, langweiliger Nazi-Film. Thee zu Hause. In Büchern über Nietzsche.

Pacif. Palis., Freitag den 12. I. 45
Nach 8 Uhr auf. Klares Wetter. Weiterer Rundgang. Kaffee und Oat Meal. /Geschrieben an XXV./ Mit K. auf der Promenade. Zum Thee Herren von der Writers Mobilization in Sachen des Films »Tomorrow the World«. – Gelesen XXIV mit Mißfallen. Gelesen in der Zeitschrift »Deutsche Blätter« (Chile).

Pacif. Palis., Sonnabend den 13. I. 45
Gegen 9 Uhr auf, gebadet. Nach dem Frühstück /Arbeit an XXV, schwer./ 12 Uhr die Kahn mit Briefen, der ich den redigierten Joseph-Vortrag zur Abschrift einhändige. Gegangen bis zum Sitz an der Straße. Nach Tisch über Nietzsche. Nachmittags Brief an Car. Newton und anderes Handschriftliche. /Zum Abendessen Franks,/ die Bürger geworden, und /Leonh. Frank./ Über die große russische Offensive gegen Ostpreußen, in Polen und Ungarn. Champagner. /Nach dem Kaffee Vorlesung von XXIV, in dem man mir die Shakespeare-Stelle als überhängend zugab, und die Anfänge von XXV, die außerordentlichen Eindruck machten. Von den Schriftstellern als

groß empfunden. Das Buch könnte groß sein. Br. Frank rief noch von zu Hause an. – Sehr müde vom intensiven Lesen./

Pacif. Palis., Sonntag den 14. I. 45
/Schrieb Sendung nach Deutschland, vormittags und nachmittags./ Mit K. am Strande; zu starke Sonne. Freude des Pudels. Besuch der Familie Curinga im Nebel. Las mit Mißfallen in dem Nietzsche-Buch des Klages. »Die russische Offensive« sagen die Deutschen, »will nicht nur Gelände gewinnen, sondern den Krieg beenden.« Das heißt: »Sie wird ihren Zweck nicht erreichen.«

Pacif. Palis., Montag den 15. I. 45
Nebel u. leichter Regen. Wind. /Vormittags und nachmittags an der deutschen Sendung zum 30. Januar geschrieben./ Mittags bei Cooper. Beschluß, den gegenwärtigen unzuträglichen Zustand, auch im Hinblick auf die Mai-Reise, zu enden und die Gesamt-Protese herzustellen. Daten 25. und 3. – /Erika auf ihrer Fahrt nach [?] verschollen./ Alarmierung der Polizei und sonst viel Telephon. Große Furcht und Sorge. Ihr Anruf ½11 Uhr. Nervenkrise. Ihre Ankunft ½12. Erklärungen. Bewegung und tiefe reaktive Müdigkeit.

Pacif. Palis., Dienstag den 16. I. 45
Schlaf etwas gestört durch Schmerzen in der rechten Seite. Müdigkeitsnachwirkung des gestrigen Chocks. Telephon mit den Leuten in [?], die um ihre lecture gekommen. – Kalter Landwind. – Sehr angegriffen den ganzen Tag. Empirin gegen die Schmerzen. Schrieb die deutsche Sendung zu Ende und suchte dann nach der Weiterführung des Teufelsgesprächs. Ging bis zum früheren Haus, von Zeit zu Zeit zusammenzuckend von den seitlichen Rückenschmerzen. Die Post nach Tische u. Zeitschriften. Goebbels im »Reich«: »Wir Deutschen fühlen uns keineswegs über andere Völker erhaben. Wir stellen nur fest, daß die ganze Welt über uns herfällt, und schlie-

ßen daraus, daß es eine besondere Bewandtnis mit uns haben muß.« Ungefähr, wie ich vor 30 Jahren geschrieben habe. – 6 Uhr mit K. u. Erika in 5/4 stündiger Fahrt nach Passadena. Kaffee in einer Bar. Erikas Vortrag im College Building. Questions. Mit Peter Pr. und seiner Mitarbeiterin. Spätes Abendessen mit Erika nach der Heimfahrt. Abrede, daß sie den Mai bei uns verbringt und wir zusammen nach Washington fahren. – /Podach: »Gestalten um Nietzsche«. Wie gut ich das alles kannte, u. wie es in die Figur des Zeitblom eingegangen ist./

Pacif. Palis., Mittwoch den 17. I. 45

Spät auf, im Schlafrock gefrühstückt. Unruhige Nacht. Schmerzen und erst nach Droguen morgens Schlaf gefunden. Arbeit an XXV. Danach gebadet und gegangen. Ohr in der Tiefe schmerzend. Nach Tische Briefe zu lesen. Lesser schickt Proben seines Buchs über Joseph. Nach dem Thee Briefe mit K. Korrektur der Abschrift des Joseph-Vortrags. An Bab geschrieben. Abends 11 Uhr Rückkehr Erikas von San Diego. Champagner.

Pacif. Palis., Donnerstag den 18. I. 45

8 Uhr auf. Rasiert. Kaffee und Ei. /Geschrieben an XXV. Zum N.B.C. die beiden deutschen Sendungen zu lesen, fehlerlos./ Abgespannt den Rest des Tages. Insistieren der Dieterles, zur Cocktail-Party mit S. Hillman zu kommen. Abwehr. Telegramm und Brief. Aufsatz über Joseph von Neider in New Mexico Quarterly. Abends in Podachs »Gestalten« über Gast.

Pacif. Palis., Freitag den 19. I. 45

½9 Uhr auf. Immer noch klares Wetter. Geschrieben an XXV (Unmöglichwerden des Komponierens). Gegangen bis zum Sitz an der Straße. Die Zeitung über die rasch vordringende, in Schlesien und Ostpreußen /auf deutschem Boden vorgetragene russische Offensive./ Auch die Angelsachsen scheinen zum Angriff wieder imstande; doch wird auf den Fall von Straßburg vorbereitet. – Nach dem Thee Brief an Mrs. Lowe-Porter diktiert. Dann Handschriftliches. Fragen der Jacobson beantwortet. Nach dem Abendessen Kaffee. /Vorlesung von XXV, nahezu alles Geschriebene, was mich sehr erschöpfte./ Nachgespräch mit Champagner. Erika empfiehlt die Weglassung der Kierkegaard-Passage vor der Erscheinung. /Die Länge die aesthetische Gefahr des stark einsetzenden Kapitels – wie des ganzen Buches. Wenn das Erregende bei diesen Dimensionen sich hält, muß es starker Natur sein./ – Verabschiedung von Erika.

Pacif. Palis., Sonnabend den 20. I. 45

Frühmorgens Abreise Erikas nach Saltlake City. – ½9 Uhr auf. Sonnig und kalt. /Geschrieben an XXV. (Benutzung der Adorno'schen Schriften)./ Mit K. auf der Promenade. Gemeldet der Fall von Tilsit. Rückzug von Straßburg. Thee im Schlafzimmer. Mit Singers zu der Privatvorführung von »Tomorrow the World«, begabter Nazijunge, aber sehr mittelmäßiger Film, – über den diskutieren soll. – Abendessen mit Singers bei uns.

Pacif. Palis., Sonntag den 21. I. 45

¾9 auf. Klar und kalt. Beschluß, wieder zum Thee am Morgen überzugehen. /Geschrieben an XXV./ Marschiert und von Peter Pr. als Sonntagsgast abgeholt. Gelesen im Nietzsche-Buch von F. Krökel, mehr im Hinblick auf den Vortrag, als auf den Roman. Nachmittags Brief an die Meyer, besonders wegen des Termins für Washington. Abends Musik gehört von Gluck, Grétry, Mozart unter Monteux. Triumphale Nachrichten über das russische Vordringen in Schlesien und Ostpreußen. Dieses scheinen die Deutschen räumen zu müssen, sodaß /Königsberg, Memel, Danzig, Breslau besetzt würden./ Moskau scheint nicht einmal an einen Widerstand an der Oder zu glauben.

Pacif. Palis., Montag den 22. I. 45

8¼ auf. Kalter Wind vom Lande, häßlich. /Arbeitete lange an XXV./ Rasierte und machte im Paletot nur einen Rundgang in der Nähe. Las über Nietzsche in dem Buch des Krökel, das mir eigentlich nichts zu sagen hat. Tatsächlich ist mir langweilig, was das Pathologische ignoriert. Eine Art von gebildetem Nationalismus bewog uns damals, das Buch preiszukrönen. – Zum Thee Agent Fles und Frau. Zahlreiche Briefdiktate an die Kahn. Danach erschöpft und appetitlos. – Eine phantastische Balletmusik von Rossini, bearbeitet von Respighi machte mir Eindruck. – Die russische Offensive an Momentum eher gewinnend als verlierend. /Vollendete Hysterie der deutschen Ansager. Heiliger Freiheitskampf gegen die seelenlose Masse. Immer der gleiche dumme, mörderische Dünkel, der in ganz Europa gewütet hat und nun nah am Heulen ist./ Im Übrigen bin ich in meinen Erwartungen vorsichtig. /Das deutsche Pathos, so falsch es ist, kann sich dennoch als wirksam erweisen./ Doch scheint man in Berlin an die Oder-Linie nicht zu glauben. Vor Berlin wird von Greisen und Kindern geschanzt. Hitler, heißt es, ist gen Osten geeilt.

Pacif. Palis., Dienstag den 23. I. 45

½9 Uhr auf. Sonniges, beruhigtes Wetter. Schrieb weiter an /der »Montage« des XXV. Kapitels,/ die nun abgetan. Zur Fußpflege, dann auf der Promenade. Viel Post, französische Bücher, Zeitschriften. Im »Aufbau« Besprechung der Moses-Vorlesung von Marcuse. »Weltwochen« vom Juli, in denen schon die Lage im Osten als gefährlich für die Deutschen bezeichnet wird. Meldung, daß die Russen in Posen sind, um das gekämpft wird. Thee im Schlafzimmer, rasiert. Brief an Lesser (London) begonnen. Zum Abendessen bei Eva Hermann. Mit ihr nach dem Kaffee ins Theater Turnabout, Marionetten und Cabaret. Von der Goslar erkannt, hatte meinen Namen zu denen anderer an die Wand zu schreiben. Brachten die Gastgeberin nach Hause. – Optalidon traf aus New York ein.

Pacif. Palis., Mittwoch den 24. I. 45

½9 Uhr auf. Yogurt zum Frühstück. /Am XXV. Kapitel, immer weiter./ Gegangen bis zum Sitz an der Straße. Zeitschriften als Lektüre. Nachmittags Brief an Lesser beendet. Dankeskarte an ein Ehepaar Manasse in Durham, von dem über Joseph intelligenten und herzlichen Doppelbrief hatte. Zum Abendessen Neumanns und Adorno's. Über Hugo Wolfs musikalische Mängel. Adorno der Meinung, daß ich mit dem Gegenstand des Romans einen richtigen Griff getan, insofern der Komponist der eigentlich Unmusikalische, der die »Beschwörung« nötig hat. Teilte die piefkehafte Briefäußerung Wolfs über die »Karamasows« mit. – Die Russen vor Elbing. Deutsche Truppen vom Westen herangeholt. – Manuskript an Mrs. Lowe.

Pacif. Palis., Donnerstag den 25. I. 45

8 Uhr auf. Etwas geschrieben. Fahrt zu Cooper, wo verfehlte Sitzung. Unmöglichkeit des Abdrucks, die Idiosynkrasie stärker, Versagen der Nerven. Vertagung. Große Erschöpftheit. Lunch in Hollywood bei Cock and Bull. Nachmittags Brief an U. Sinclair. Weiteres handschriftlich. Abends über Nietzsche. Den ganzen Tag schwere Müdigkeitsreaktion und quälende Vorstellungen. Leiden. – Die Russen in Elbing. In Königsberg wird gekämpft. Breslau eingeschlossen. Hitler befiehlt die Wüstlegung der Rückzugsstrecken. Die Russen hoffen bis zum Frühjahr in Berlin zu sein.

Pacif. Palis., Freitag den 26. I. 45

8 Uhr auf. /Beschäftigung mit dem Roman./ 10 Uhr zu Dr. Wolf zur Untersuchung und Beratung. Vitamin und Pepsin. Hormon-Injektionen vorgesehen. Bellergal und Optalidon gegen den Zahnarzt. Im Village etwas gegangen. Zu Hause Weiteres am Kapitel versucht. Zerstreut und bedrückt. Zeitungen nach Tisch. Die Russen unaufhaltsam, vor Posen, Breslau, an der Grenze Brandenburg, en masse westlich der

Oder. Göbbels beschwört die Civilisation, deren einziger, von seinen Verbündeten im Stich gelassener Kämpe – Deutschland. – Ausfertigungen und wieder am Kapitel. Zum Abendessen B. Frank. Müde.

Pacif. Palis., Sonntag den 28. I. 45

/Schwere Tage, belastet von nervösem Grauen vor der im Gange befindlichen Mund-Krisis,/ die unter schweren Unannehmlichkeiten zu einem neuen Zustand führen soll. – Gestern Abend Menuhin-Konzert in Westwood. Das Interessanteste ein kühnes und zartes Stück von Debussy. – Mühsame Arbeit am Kapitel. Gelesen über Nietzsche von Muckle. Unerträgliches Buch, unerträglicher Ton. – Mit K. und Peter Pr. auf der Promenade. Abends russisches Programm aus San Francisco. Die Überlegenheit Rimsky-Korsakows über Tschaikowsky. – /Kriegsmeldungen des Sinnes, daß es mit dem Reich zu Ende geht. Memel genommen. Posen und Breslau eingeschlossen. Flüchtlinge drängen nach Berlin u. werden weiter getrieben. Die Kölnische Zeitung/ schreibt offen, daß Panik das Reich von einem Ende zum andern ergriffen habe. /Die Kräfte des Volkes, des Heeres *und des Führers* hätten sich in dem 5 jährigen Kriege erschöpft. Jammervolles Volk!/

Pacif. Palis., Montag den 29. I. 45

Nach dem Bade im Bett gefrühstückt und dort, weiter schlafend, bis ½12 geblieben. Dann Optalidon genommen, rasiert und zu Cooper gefahren, wo ich den Abdruck des unteren Kiefers geduldig machen ließ. Spätes Lunch. Post am Schreibtisch gelesen. Brief von der Meyer. Brief und Manuskript von Kerényi, enthaltend unseren mythologischen Briefwechsel, den er zu veröffentlichen wünscht. Sehr einverstanden. Es liest sich hübsch. »Das Gesetz« offenbar auf dem Schweizer Markt. K. zufolge die Presse begeistert. – Lange geschlafen. Nach dem Thee K. die morgige Ansprache im Cinéma englisch diktiert. – Es scheint nicht, daß die Deutschen den russischen Vormarsch aufzuhalten vermögen. Berlin offenbar abgeschrieben. Die Nazi-Autoritäten verlassen es und gehen nach München, das wahrscheinlich sehr gegen seinen Geschmack zum Widerstandscentrum ernannt ist. – Scharfe neuralgische Rückenschmerzen, charakteristisch als Reaktion.

Pacif. Palis., Dienstag den 30. I. 45
Redaktion der Filmrede. Versuche mit deutscher Ansprache. Haarschneiden. Abends die Première von /»Tomorrow the world« in Westwood mit meiner Diskussionsrede./ (Anhaltender Beifall). Zu Hause Chokolade.

Pacif. Palis., Mittwoch den 31. I. 45
Vormittags /deutsche Ansprache, die nachmittags fortsetzte u. abends abschloß./ – Regen. Ging in der Nähe. – Gestrige Machtergreifungsrede Hitlers. Gott wird ihn nicht verlassen, der immer so Gutes gewollt. Deutschland ist Gottes Werk, wir verteidigen sein Werk. Die Juden, Engländer und Russen hat er aber auch geschaffen. – /Die Russen 50 oder 45 Meilen von Berlin. Göbbels hat Verteidigungsvollmacht und wird sie bis zum letzten Steine üben, eher alles in die Luft sprengen, als daß die Stadt den Bolschewiken in die Hände fällt. Wird der größenwahnsinnige mittlere Literat sich unter den Trümmern der Hauptstadt begraben,/ oder steht für ihn das Flugzeug bereit?

Pacif. Palis., Donnerstag den 1. II. 45
Regen, Dunkelheit. /Wiederaufnahme des Kapitels./ Mittags mit K. etwas in der Nässe gegangen. Mahlzeit ohne Mädchen. Die Dänin, wenig angenehm, scheint nicht wiederzukommen. Übereinkunft mit der Library: 29. Mai als Termin der Vorlesung. – Müde, zerstreut, auch zum Lesen unlustig. Nachmittags Briefdiktate, mit Widerwillen. – Berlin, wo man die russischen Kanonen hört, in Verteidigungszustand, verbarrikadiert, von Truppen durchzogen. An der Westfront stoßen die

Patroullen der Alliierten ins Leere. Warum nimmt man den Vormarsch nicht auf?

Pacif. Palis., Freitag den 2. II. 45

Unglaubliches Regenwetter. Alles in dunkler Nässe. Tiefe Seen auf den Straßen, gurgelnde, überschwemmende Rinnsteine. – /Schrieb an XXV, dessen Ende abzusehen./ Mittags zum N.B.C. zur Lesung der deutschen Ansprache. Sehr nervös, aber fehlerlos gesprochen. Überraschend gutes Lunch bei Brown Derby. Nach dem Thee Brief an Kerényi. Schlechtes Vertragen der schlecht gewordenen Cigarren. Bücher des L. B. Fischer-Verlages. Über Gesangskunst von Bachner. – Strawinsky's Petruschka-Musik gehört. – Die Amerikaner vor Manila. Die Russen massieren 30 Meilen von Berlin Infanterie und schweres Geschütz. Englische Informationen, daß im Norden Deutschlands die Desintegration weit vorgeschritten, Verzweiflung um sich greifend. Mehr Grund für Churchill, die Zusammenkunft der Drei zu urgieren, die wahrscheinlich irgendwo am Schwarzen Meer stattfindet. Die Nazis sollen beabsichtigen, nach dem Fall von Berlin eine Widerstandslinie Österreich–Bayerische Alpen mit Berchtesgaden als Hauptkastell zu beziehen, kurz, in die Böhmischen Wälder zu gehen. Sie sind es, die die Auflösung des Reiches herbeiführen.

Pacif. Palis., Sonnabend den 3. II. 45

Frühstückte gegen 9 im Bett und blieb dort bis Mittag. Leichtes Lunch um ½1; nahm Kamillenthee und Optalidon danach. Von 2 bis 4 Uhr bei Dr. Cooper. Abdrücke unten und oben, Bißproben etc. Wartete und las in Heines »Elementargeistern«, während Technisches bewerkstelligt wurde. Das Peinlichste wohl hiermit geschehen, auch die Extraktion kaum ausgenommen, zu der auf den 12. bestellt. – Zu Hause Thee und Toast. Das Wetter klar; Rundgang mit Niko gemacht. Briefeingang gelesen. Die Russen beschießen Küstrin und verengen den Lebensraum der deutschen Truppen in Ostpreußen. Anzeichen einer angelsächsischen Offensive. Neue Gerüchte über die Ausstattung der Hitler–Himmler'schen Monstre-Bergfestung, die Jahre lang zu halten sein soll. Rede des Göbbels an die Berliner. Fürchterlicher Bombenangriff auf die Stadt, aus der sich die schwedische Gesandtschaft entfernt hat. München »wird mehr und mehr zur Hauptstadt des Reiches«. –

Pacif. Palis., Sonntag den 4. II. 45
Spät auf. /An XXV geschrieben (Hölle)./ Marschiert bis zum Sitz. /Heine über die Faustsage./ Nachmittags Briefe diktiert nach Passadena, Toulouse und Alexandria. Das Sonntagskonzert aus Los Angeles machte mir klangliche Freude. Mehr Heine gelesen. – Die Amerikaner in Manila. /Die Russen lassen neue Aufforderung zur Beseitigung des Regimes und zur Übergabe an Deutschland ergehen, sonst sei die nationale Katastrophe unvermeidlich. Aber wer soll beseitigen,/ wer übergeben? Die Nazis haben vorgesorgt, daß der Reichskörper nicht lebend gerettet werden, nur stückweise abfallen kann.

Pacif. Palis., Montag den 5. II. 45
8 Uhr auf. Eintritt einer neuen Neger-Magd. /Geschrieben an XXV. Äußerst nervös./ In der Nähe gegangen. Telephon von New York: Free World verlangt telegraphischen Artikel über den bevorstehenden deutschen Kollaps. Man gibt Berlin dort noch 2 Wochen. Nach meiner Überzeugung ist keine Kapitulation, kein Waffenstillstand, kein Friedensschluß zu erwarten. – Schlechtes Mittagessen. Nachmittags allein im Haus. K. in der Stadt beim Steueranwalt. Keine Ruhe. Schrieb ablehnend an Stampfer wegen Ebert. Sandte auf Wunsch die letzte deutsche Ansprache an die Volkszeitung. Ausfertigung von Briefen. /Mit Anteil Heine über deutsche Philosophie./ Im brennenden Berlin Schüsse in Friedensdemonstrationen. Dort und überall scharfe Überwachung der fremden Arbeiter. Göbbels ruft auf zum »Unbedingten Widerstand«.

Pacif. Palis., Dienstag den 6. II. 45
/Am Kap. XXV, fließender./ Marschiert Amalfi Drive zu Ende. Wechselnd bewölkt. Brief von Erika mit Zeitungsausschnitten über den unglaublich verständnislosen Geisteszustand des Durchschnittsdeutschen. Zeitschriften. /Heine über Deutschland weiter gelesen./ Zum Thee deutscher Beamter des Biographical Office mit Fragen über zuverlässige Bekannte in Deutschland. 7 Uhr Fahrt zu Neumanns. Abendessen dort. Vorlesung der ersten beiden Akte seines neuen Stückes. Nicht schlecht. Sein Münchener Roman in Schweden erfolgreich. – In Washington erwartet man eine deutsche »Ardennen«-Offensive gegen die Russen, die das Ende bis zum Frühjahr verzögern würde.

Pacif. Palis., Mittwoch den 7. II. 45
½9 Uhr auf. Warmes, sonniges Föhnwetter. Für den Aufsatz über den deutschen Bankerott Beschäftigung mit den Tagebuch-Auszügen 1933-34. Nach Santa Monica, beim Optiker, Bestellung einer neuen (goldenen) Arbeitsbrille. Kauf eines neuen Hutes. Dann die Promenade entlang gegangen. Briefe von Dr. Liefmann (für Joseph), Kaskel (über den Beitrag), Fritz Busch (wegen seiner Memoiren). Nachmittags wieder mit dem Aufsatz. Heine, Die Romantische Schule. – Russische Fortschritte gegen Berlin. Einige auch im Westen. Erste Nachrichten über die Konferenz der Drei am Schwarzen Meer. Flugzeug mit Leuten von Churchills Stab verunglückt.

Pacif. Palis., Donnerstag den 8. II. 45
Heiße Sonne. Den /Artikel für Free World zu schreiben begonnen./ Gegangen bis zum früheren Haus. Den Kaffee auf der Veranda genommen und dabei Briefe gelesen. Golo, noch in London, schreibt als Fachmann über die neuen Sendungen und angetan vom Joseph, den er eben liest. Verlangen von Stockholm nach Ergänzung des Bandes »Deutsche Hörer« durch die neueren Sendungen seit 1942. Ordnete diese nach

dem Thee. Zahlreiche Abschriften notwendig. – Sehr müde und angegriffen. Nach dem Abendessen (Languste) besser. Spielte mir »Walküre«. – Die Russen in Küstrin. Berlin, wo nicht mehr Göbbels, sondern ein General kommandiert, scheint wirklich geliefert. Mäßige Fortschritte auch gegen Köln. Papen in Madrid bei Franco, der sich als Friedensvermittler zwischen den U.N. und einer deutschen Regierung erbietet, mit Hitler als Präsident und P. als Kanzler, zwecks gemeinsamen Krieges gegen Rußland! Churchill übergibt Stalin am Schwarzen Meer dies Angebot nebst seiner Antwort. – Den Band Heine beendet.

Pacif. Palis., Freitag den 9. II. 45

Föhnsturm, heiße Sonne. /Geschrieben an dem Artikel./ Nicht ausgegangen. Sehr viel Post, Briefe von /Klaus und Medi. Ersterer in die Redaktion von »Stars and Stripes« berufen./ Zeitschriften. Nach dem Thee Besuch bei Dr. Wolf. Leichte Gewichtzunahme. Das abendliche Natron zu unterlassen empfohlen. Weiteres bis nach der Zahn-Affaire verschoben. Zu Hause Brief an Bermann. Abends »Nation« u. anderes. »Lied von der Erde«. – Schauerlich die Agonie von Berlin. Keine Kohle, keine Elektrizität. Die von Bomben, z. T. nur durch Luftdruck Getöteten, zusammengelesen, ohne Umstände in Massengräbern beerdigt. /Getötet, mit höchstem Recht, der Vorsitzende des »Volksgerichts«, Freisler./

Pacif. Palis., Sonnabend den 10. II. 45

Hitze. Vormittags /viel an dem Aufsatz geschrieben./ Mittags auf der Promenade. Nachmittags Brief-Diktate. Zum Abendessen Leonh. Frank, der aus seiner »Deutschen Novelle« vorlas.

Pacif. Palis., Sonntag den 11. II. 45

Kühleres Wetter. K. mußte mich darauf aufmerksam machen, daß heute *unser 40. Hochzeitstag* ist. /Beendete den Artikel für Free World zur Zufriedenheit/ und korrigierte blattweise K.'s Abschrift. Ging dann Amalfi Drive und wurde von K. und Peter Pr. zurückgeholt. Dieser zu den Mahlzeiten. Kaffee auf der Veranda. Danach Besuch von der Familie Eppstein (Chicago). Nach dem Thee Beschäftigung mit den Tagebuchauszügen aus der ersten Zeit der Emigration, an deren Publikation ich denke. Wohllautendes Abendkonzert aus Los Angeles unter Klemperer. Die Russen nehmen Liegnitz. Hitler verordnet, Berlin bis zum Äußersten zu halten und sollte es völlig zerstört werden. – Recht nervös den ganzen Tag in Vorbereitung auf die /morgige Extraktionssitzung bei Cooper./ Auch das wird überstanden werden, sowie die Schwierigkeiten der Umgewöhnung. – Tranken ½ Flasche Champagner zur Feier des Hochzeitstages. 1905! Und 1875 bin ich geboren. Ich hatte nicht bedacht, daß es sich so wohl in die Fünfer und Zehner-Ordnung fügt.

Pacif. Palis., Montag den 12. II. 45

¾9 Frühstück im Bette. Optalidon. Nach dem Rasieren, 10 Uhr, Fahrt bei heiterem, dunstigen Wetter zu Cooper. Röntgen-Aufnahmen, dann die Injektionen: Leitung rechts und lokal links, dieses mit bedeutend geringerem Effekt. /Extraktionen/ rechts, ohne Schwierigkeit. Rechts der Zange unzugänglich, recht schmerzhaftes Ausheben erforderlich. Bestand alles mit einer gewissen Heiterkeit, das Grauen ertragend, wenn nicht überwindend. Andauernde Fühllosigkeit von Lippe und Kinn. Pressen der Wunden. Sofortiges Einsetzen der Prothesen, die obere feiner und fester sitzend, als die frühere, der Zusammenbiß gut. Sprechen ungestört. Die Stücke Tag und Nacht im Munde zu halten. Einige Schmerzen links. Heimfahrt und bei uns etwas Spaziergang mit K. und dem Pudel. Dubonnet-Wermouth. Langsames, juckendes Sich beleben der betäubten, nicht zu kontrollierenden Teile. – – Aß Suppe mit Eidottern zum Lunch; Kaffee u. etwas Benediktiner. Las die Post und ruhte 1½ Stunden. Nach dem Thee zu Arlts, zur Abholung der Übersetzung. Trafen Gäste. Cocktail. Zu Hause Kontrolle der englischen Version. Zum Abendessen Suppe und etwas Chokoladenauflauf. – /Manifest der »Big Three« aus Yalta./ Energische und gute Worte, in London mit Beifall aufgenommen. Keine Abschwächung des Unconditional surrender, aber Erklärung, daß man das deutsche Volk nicht vernichten will. Besetzungspläne. Militärische Abmachungen.

Pacif. Palis., Dienstag den 13. II. 45

Mit dem Beißzeug geschlafen. Morgens erste Reinigung des Mundes. Die Wunden heilen gut. Flüssig-weiche Kost, auch diese beschwerlich. /Angegriffene Nerven. Schrieb etwas am Roman-Kapitel./ Ging bei kühlem, halb-sonnig-neblichtem Wetter Amalfi Drive. Brief aus Lausanne wegen französischer Übersetzung der Moses-Novelle, die in der Schweiz tiefen Eindruck gemacht habe. Die Zeitungen ausführlich über die Kundgebung von Yalta. Schäumen der Nazi-Presse über den jüdischen Mordplan. Protest der Londoner polnischen Regierung. – Nachmittags Ausfertigung von Briefen. Dann weitere /Redaktion der Tagebuch-Blätter »Leiden an Deutschland«./ Abends in Hebbels Tagebüchern. Ich kann das Knorrig-Konservative und in Tränen Schwimmende (Eichkätzchen) nicht leiden.

Pacif. Palis., Mittwoch den 14. II. 45

½9 auf. Yogurt, Ei und Thee. Gearbeitet am Kapitel. Orangensaft. Mittags bei Cooper zur Kontrolle. Suppe, Hirn und Fruchtgelé. Kaffee. Brief von der Meyer. Zeitungen. Die Drohungen der Deutschen, daß für sie nun »alles aufhört«. (Giftgas?) Geschlafen. Zum Thee van Leyden mit Mr. Brown, nach Europa zu Eisenhower reisend. Klaus' Adresse. Brief an die Meyer begonnen. Nach dem Abendessen nach Westwood ins Klemperer-Konzert: Gluck, Schönbergs Kammersymphonie, schlechte Klaviermusik, 5te von Beethoven. Bei Kl. im Zimmer.

Regen. Zu Hause Chokolade. An Osborn geschrieben wegen seines Buches über die Teufelsliteratur des 16. Jahrhunderts.

Pacif. Palis., Donnerstag den 15. II. 45

½9 Uhr auf. Nicht ausgeschlafen. /Mühsam, etwas an XXV gegen das Ende./ Rundgang in der Nähe, bei kühl-sonnigem Wetter. Mittagessen ohne Mädchen, etwas festere Kost. Zeitschriften. Nach dem Thee Besuch bei den alten Riebers zum Dank für Obst und Candies. Nachher den Brief an Mrs. Meyer beendet. Nach dem Abendessen (mühsam) Brief an Knopf diktiert in Sachen des von ihm gewünschten Vorworts zu The Law, das ich ablehne. Guter Artikel über Rußland in Common Sense. – Neue Bombardements von Dresden und anderen deutschen Städten. Breslau eingeschlossen u. isoliert. Offenkundige Desintegrierung der deutschen Verteidigung. Sporadischer und örtlicher Widerstand. Scheinbares Versagen der Befehlsübermittlung.

Pacif. Palis., Freitag den 16. II. 45

Vormittags /neue deutsche Ansprache zu schreiben begonnen./ Gegangen Amalfi Drive und mit K. und Heinrich zurückgefahren, der mit uns Lunch und Thee hatte. Nach seinem Weggang die Message zu Ende geschrieben. Es ist das nicht schwerer als ein Brief. Abends gelesen in den chilenischen Deutschen Blättern, einer braven Zeitschrift. – Bombardement Tokyos durch Carrier Planes; erregt große Begeisterung im Lande. Japan ist gewiß bald verloren, wenn man in Europa fertig ist.

Pacif. Palis., Sonnabend den 17. II. 45

8¼ auf. Etwas gegangen. /Gearbeitet an XXV gegen das Ende./ Rundgang in der Nähe. Nach Tische Korrektur der Abschrift der deutschen Rede und abschließende Durchsicht von »Leiden an Deutschland«. Thee im Schlafzimmer. Rasiert. Brief an Horch wegen der Lausanner Ausgabe des Moses.

Zum Abendessen Neumanns. Er las den Schlußakt seines Kriminal-Ehe-Dramas. Theater, unnotwendig, aber wohl schauspielergerecht und wirksam. Cigaretten von der guten Frau. Ich gab Schuhe und Hemden für Italien. – Müde. Herabgesetzte Eßlust und -Möglichkeit.

Pacif. Palis., Sonntag den 18. II. 45

½9 Uhr auf nach spätem Einschlafen. Etwas gegangen und Kaffee gefrühstückt. /Einiges am letzten Teil des Kapitels, nach welchem ich mich von dem Roman für längere Zeit trennen werde. Die musikkritischen Montagen kommen mir oft lächerlich vor, sind aber freilich in die Composition eingeschmolzen./ – Marschiert und heimgefahren. Die Zeitung meldet das Eindringen der Russen in Posen. Die Deutschen erwarten mit Bestimmtheit den baldigen Ausbruch der westlichen Offensive. – Viel in Hebbels Tagebüchern. Brief an die Lowe, ausführlich, begonnen. Hörten abends das Konzert aus St. Francisco. Liszt ein sehr mäßiger Komponist, verglichen mit Berlioz. Die Holländer-Ouverture hat noch viele Rienzi-Akzente, der synkopierte Rhythmus wirkt ordinär, die Verklärung dünn. Er hat ungeheuer gelernt.

Pacif. Palis., Montag den 19. II. 45

½9 Uhr auf. Eier und Thee. /Geschrieben an XXV gegen das Ende./ Zum N.B.C., die deutsche Ansprache gelesen; Schwierigkeiten mit den Zähnen zu überkommen. Danach bei Cooper; Korrekturen. Etwas besser gegessen. Von Konni Kellen zwei Ausgaben der ersten deutschen nach-nationalsozialistischen Zeitung »Aachener Nachrichten«. Teilen, nach Londoner Text, Stücke meiner Rede über Auschwitz mit. – Beendete nachmittags den Brief an Mrs. Lowe (politisch u. über den Roman). Abends in Hebbels Tagebüchern. Sein namenloses Entsetzen über ein Attentat auf den Kaiser. Dabei, um 1848 wenigstens, weit weniger konservativ, als ich dachte. Als Natur nicht anziehend, obgleich vorzüglich.

Pacif. Palis., Dienstag den 20. II. 45

Stand kurz nach 8 auf, ging spazieren, frühstückte Eier und Thee und /schloß dann das Teufelsgespräch ab. Es hat 52 Seiten. Das Stärkste darin ist wohl die Beschreibung der Hölle./ (Gestapokeller.) – In Santa Monica beim Optiker. Dann allein auf der Promenade. Zeitschriften, Volkszeitung und Aufbau. Der 10 000 fache Mörder R. Freisler ist von einer Generals-Kamarilla ermordet worden (gehängt). Auch mehrere Beisitzer des »Volksgerichtes«. Hinrichtung von Nazi-Ministern (in Baden). /Der Zerfall, die Verrottung und Auflösung./ Aber das Heer ist nicht vernichtet und numerisch wie in der Ausrüstung noch stark. – Nachmittags lange geschlafen. Nur Kleinigkeiten getan. Noch weiter in Hebbels Tagebüchern. Beendete nachts Peau de chagrin. Lese »William Wilson« von Poe.

Pacif. Palis., Mittwoch den 21. II. 45

/Vorbeschäftigung mit dem Vortrag für Washington./ Material. – Marschiert bis zum früheren Haus. Etwas besser gekaut, da die Wundstellen genesen. Brief von Klaus, der eine Ansprache von mir dort als Platte gehört. Gelesen die Moskauer »Int. Lit.« über die Lubliner Greuel. (Lukász). Dies auch abends. Nachmittags viele Briefdiktate an die Kahn, die die Abschriften der deutschen Sendungen brachte und Kap. XXIV und XXV in Empfang nahm. – Schweizer Blätter kündigen deutsche Gegenoffensive im Osten an, zur Zurücknahme des oberschles. Industriegebiets. – Russische Aufforderung an Breslau zur Kapitulation wird zurückgewiesen.

Pacif. Palis., Donnerstag den 22. II. 45

Sonniges, kühles Wetter. Schlaf sehr unruhig gegenwärtig; viel im Stuhl. Vormittags Korrektur der Tagebuch-Aphorismen und der deutschen Sendungen. /Versuche mit dem Vortrag./ Nach Westwood zum Haarschneiden. Ohne Mädchen. Keine Post wegen nationalen Feiertags. Nachmittags geschlafen. Brief an Bermann mit den d. Sendungen. Abends den vortrefflichen Vortrag von Tröltsch über den Deutschen und Westlichen Gedanken in engl. Übersetzung gelesen. – Massen-Bomben-Angriff (7000 Flugzeuge) auf deutsche Verkehrsmittel, vielleicht General-Angriff vorbereitend.

Pacif. Palis., Freitag den 23. II. 45

Sonnig-kühler Tag. Morgens etwas draußen. Die Stunden bis Mittag nur mit Nachlesen von diesem und jenem verbracht. Gegangen bis zum Sitz an der Straße. Es kam ein Exemplar der Stockholmer Ausgabe von »Das Gesetz«, mit dummen Druckfehlern auf den ersten Blick. Geschlafen. Nach dem Thee chilenische Journalistin mit Begleiter. Längere Unterhaltung im Arbeitszimmer. Zum Abendessen /Leonh. Frank. Vorlesung des Münchener Kapitels, das er mit rührendster Begeisterung über die Frische, Leichtigkeit, Plastik der Darstellung aufnahm. Konnte sich nicht genug tun./ – Seine Überzeugung, daß das Unterlassen einer Stellungnahme in der deutschen Frage für mich ein »Lebensfehler« wäre. – An der Westfront scheint, deutschen Meldungen zufolge, eine Großoffensive begonnen zu haben. Die Deutschen prahlen mit der ungeheueren Übermacht der Angreifer.

Pacif. Palis., Sonnabend den 24. II. 45

Besser geschlafen. Kühl, windig. Geschrieben Äußerungen zur Rolland-Gedenkfeier in der New School und Text zur Überreichung eines meiner Bücher an einen Studenten der Oberklasse von Deer Field Academy, der sich literarisch ausgezeichnet. Hieran noch nachmittags. Mittags auf der Promenade. Mit der Post das Buch von Osborn über Teufelliteratur des 16. Jahrhunderts, das nach Tische und abends durchlas. – Die Amerikaner in Düren, Jülich. Breslau in Flammen und halb in russischen Händen. – Glückwunsch des Bischof Dyer in Santa Monica zu meinem Artikel für Free World, von dem eine Synopsis aus Washington gesendet worden ist. – Hatte noch heut meine Freude an L. Franks gestrigem Entzücken.

Pacif. Palis., Sonntag den 25. II. 45

½9 auf. Klar und kühl. Korrektur weiterer Teile von »Leiden an Deutschland«. /Vorbereitungen zum Vortrag./ Mittagsgang zu Eva Hermann, mit der ich fuhr, u. die mit uns Lunch hatte. Gelesen in Schillers Briefen. Nachmittags Statement zum Tode Alexei Tolstois und Handschriftliches (an Kellen und andere). Zum /Dinner bei Werfels mit Neumanns, Ben Hübsch, Bemelmans und seiner hübschen Freundin./ Zeitweise furchtbar müde u. angegriffen. Gutes Essen, Champagner, guter Kaffee. Alma Mahler über Marcuses Feldzug gegen ihren Mann. – Wieder /schweres Bombardement Deutschlands (München)./

Pacif. Palis., Montag den 26. II. 45

9 Uhr auf. Klares, kühles Wetter. Vorbereitungen zum Vortrag./ Nicht weit gegangen. Frühere Mahlzeit. Brief von Golo, der Sergeant geworden. Druckbogen eines Buches über Deutschland von F. M. Stern. Eines mehr. – Thee im Schlafzimmer. 5 Uhr zu Dr. Wolf. Die leichte Zunahme an Gewicht wieder verloren. Blutdruck 120. Allerlei Verordnungen. Hormon-Injektion. – Längerer Brief an Golo zum Geburtstag, handschriftlich. Abends Artikel in »Nation« über die Nachkriegspolitik der Nazis (denn dieser Krieg sei als solcher für sie beendet.) Zu bangemacherisch, aber als Warnung, den Krieg zu konventionell, nicht revolutionär genug zu sehen, sehr gut. – Der deutsche Widerstand vor Köln scheint zu versagen. Gefangene bataillonsweise. Der Rhein unhaltbar. Aber ich glaube wohl, daß es nie eine Kapitulation und noch lange kein Ende der Kämpfe geben wird. Berlin aufs neue von 2000 Flugzeugen eine Stunde lang ungestört bombardiert. Danach von der R.A.F.

Pacif. Palis., Dienstag den 27. II. 45

½9 Uhr auf. Regnerisch. /Begann, den Vortrag »Germany and the Germans« zu schreiben./ Mittags mit K. in der Nähe gegangen. Nach Tische Zeitschriften. Nachmittags Korrektur weiterer Teile von »Leiden an Deutschland«. Abends in »Nation« guter Artikel über Whitman. Ein anderer über die Frage der Allgem. Wehrpflicht hier. – Alle Nachrichten sprechen übereinstimmend für fortschreitende Desintegration in Deutschland, große Zunahme der Desertionen und der Verweigerung des Kampfes zum Tode. Im Rheinland kaum noch Widerstand. Die Alliierten nahe Köln, Düsseldorf, Koblenz. Das nahrungslose Land bei bitterer Kälte durchzogen von Heimatlosen von Ost nach West; beispielloses Elend. Die Zustände in dem überfüllten, täglich furchtbar bombardierten Berlin fürchterlich.

Pacif. Palis., Mittwoch den 28. II. 45

Regnerisch. 8 Uhr auf. /An dem Vortrag geschrieben./ 12 Uhr zu Dr. Wolff zur Hormon-Injektion. Von da zu Cooper, der Regulierungen vornahm. Spätes Lunch. Buch »Schriftsteller im Exil« von Lindt. Thee im Schlafzimmer. Rasiert und angekleidet. Brief an Br. Walter wegen Kap. VII des Romans. (?) Zum Hotel Beverly Hills, eingeladen von Blanche Knopf. Dinner mit ihr im Speisesaal (Selery Suppe, Forelle mit Speck, Ice Cream). Nachher in ihrem Zimmer. Von Joseph the Provider 32 000 Stück verkauft. ½12 Uhr zu Hause. – Schwere Kämpfe vor Köln, die über das Schicksal der Stadt entscheiden. Las Churchills Bericht an das Unterhaus über die Ergebnisse von Yalta. Scheint festzustehen, daß Oberschlesien, Danzig und große Teile von Ostpreußen an Polen fallen sollen. Dem Einwand, das werde die Saat für neuen Krieg bedeuten, begegnet er mit der Versicherung, es werde dafür gesorgt werden, daß jeder deutsche Angriff für Generationen unmöglich sei.

Pacif. Palis., Donnerstag den 1. III. 45

½9 Uhr auf. Kalt. Starke[r] Regen. Kaffee gefrühstückt. /Schrieb weiter an dem Vortrag./ Marschierte. Fühlte mich stärker und aß besser die von K. bereiteten Mahlzeiten. Nachmittags längerer Brief an Br. Walter über den Roman, von dem ihm die ersten 7 Kapitel schicke. Verschiedenes gelesen u. durchblättert. Brief von der Herz, die im Besitze des »Joseph«. – /Die Alliierten in Trier und M.-Gladbach, im Angriff auf Krefeld, Koblenz, Düsseldorf./ Neue, sehr wilde Radio-Rede des Goebbels, worin er von »einer Nation von 90 Millionen« spricht. Wo sind sie? Hörten morgens die Rede des Präsidenten vor dem Congress, die er sitzend hielt. Bestätigung der Äußerungen Churchills. Ernst über Schwere und Dauer des Krieges gegen Japan. Etwas ausführlicher, als Churchill, über Deutschlands Zukunft. – Nach dem Lunch Journalist, Interview über Freiheit der Presse.

Pacif. Palis., Freitag den 2. III. 45

½9 auf. Noch regnerisch, dann aufklärend. /Geschrieben, langsam, am Vortrag./ Mittags Rundgang mit K. 5 Uhr zu Wolff zur Injektion. Danach Korrektur des Restes der Tagebuchblätter. Zum Abendessen Huldschinskys, die sich behagten. Der sympathische Mann in [?] von seinen Operationen erholt. Über die Krankheit Liesl Franks, ihr unglückliches Reagieren und stürmisches Betragen. Marcuse: »Sie ist krank, nicht wie eine Frau, sondern wie ein Mann.« (Hat nie ein Kind gehabt.) Auch er bettlägrig wieder. H. ließ eine gewisse Härte gegen diese Leiden merken, an der etwas Berechtigtes ist. – 9 Uhr Nachrichten zwischendurch. Im Rheinland scheint der Widerstand zu zerbröckeln. Trier unberührt, kapitulierte anspruchslos, und jedermann hing weiße Fahnen aus. Köln in Ruinen. Berlin zum 11. Mal en suite aufs schwerste bombardiert.

Pacif. Palis., Sonnabend den 3. III. 45

½9 auf. Sehr kühl, teilweise regnerisch. /Schrieb an dem Vortrag./ Ging in der Nähe. Zum Lunch Heinrich. Mitleidiges über Deutschland. Solange es Trusts und Ausbeutung gibt, kann die Idee, ganz Europa, ja die Welt zum Ausbeutungsobjekt zu machen, nicht als speciell verbrecherisch gelten. Deutschland hat sich nur einer plumpen und das Ganze garzu sehr kompromittierenden Übertreibung schuldig gemacht. Um seiner eigentlichen Ziele willen waren die Verbrechen, die es beging, unnötig. Sie kamen aus der Theorie (Rassen-Ideologie). – H. las Einiges von den Tagebuch-Aphorismen u. empfahl die Veröffentlichung. – Mit ihm Thee. Dann der Kahn lange Reihe von Briefen diktiert. Abends in Hebbels Tagebüchern. – /Rückzug der Deutschen auf die Ostseite des Rheins unter Zerstörung der Brücken./ Der Strom ein ernstes Hindernis. Eine einzige Brücke zu besitzen (für schweres Geschütz etc) wäre wichtiger als die Einnahme von Koblenz.

Pacif. Palis., Sonntag den 4. III. 45

Spät eingeschlafen. 9 Uhr auf. Sehr rauh und regnerisch. Schrieb bis 1 Uhr /an neuer deutscher (Trost-)Ansprache/ u. ging mit K. einige Schritte in kalter Nässe. Besseren Appetit. In Hebbels Tagebüchern. Nachmittags die Radio-Ansprache zu Ende geschrieben. Abends mit Heiterkeit u. Vergnügen in dem einst von Hofmannsthal geschenkten Buch /»Wert und Ehre deutscher Sprache«/: Schottel, Leibniz, Herder, Goethe. Von ihrem Deutsch zu meinem zurückkehrend (in das eben Geschriebene blickend) fand ich viel deutsche Tradition. – Es scheint doch, daß es den Deutschen wieder gelungen ist, den Rückzug über den Rhein ziemlich intakt zu vollziehen.

Pacif. Palis., Montag den 5. III. 45

Überreizt von der gestrigen ganztägigen Arbeit. Erregung und mehrere Mittel. Spät auf. Einige Beschäftigung mit dem Vortrag. 12 Uhr zum N.B.C., Lesung der Ansprache. Brief von Dolivet, Free World über die Wirkung des /Artikels The End./ Äußerung H. Wallace's. Kleines Honorar. Sendung von Guillemin, die Camp-Zeitschrift betreffend. Thee im Schlafzimmer, rasiert und angekleidet. An Bermann geschrieben, mit den jüngsten Radio-Reden. An Hardt, ablehnend. /Zum Dinner bei Toch und Frau mit Dr. Schiff, Temianka, Dr. Chang und Frau, anziehende Leute./ Blieben bis 11 Uhr. Über China und Europa. – /Die Amerikaner in Köln./

Pacif. Palis., Dienstag den 6. III. 45

8 Uhr auf. Bei heiterem Wetter etwas weiter gegangen. Kaffee getrunken und /bis ½1 an dem Vortrag geschrieben./ Rundgang in der Nähe allein. Zum Lunch Blanche Knopf and friend. Bücher bei ihr bestellt. Telegramm von Dolivet, daß /»The End« von Readers Digest übernommen ist (600 Dollars) und auch von mehreren großen Radio-Stationen verbreitet wird./ Eindrucksvoller Brief von vier deutschen Kriegsgefangenen, die in Athen aus der Naziarmee flohen. »Unserm Vorbild in Jahren der Unterdrückung«. – Brief der Hamburger mit erfreulichen Nachrichten über ihre Publikationen zum Juni. – 5 Uhr zu Dr. Wolff zur Injektion. Blutdruck erhöht auf 130. /Begegnung mit Br. Frank./ Über die Krankheit seiner Frau. Zu Hause Handschriftliches; längerer Brief an Erika. Abends Telephon mit Br. Frank wegen »Leiden an Deutschland«, Frage der Publikation. Ihn mit Prüfung betraut. – Zeitschriften. Der »Aufbau« über die Zustände in Berlin. Jüdische Diskussion über meine Moses- und Joseph-Bilder. – Die Russen beschießen Stettin und bereiten den Frontalangriff auf Berlin vor. Köln, wie Stalingrad aussehend, ganz in amerikanischen Händen. Der Dom ziemlich unbeschädigt. Das westliche Rheinufer in breiter Front besetzt. Aufgabe, ohne Brücken den Fluß zu forcieren.

Pacif. Palis., Mittwoch den 7. III. 45

8 Uhr auf. /Weiter geschrieben an dem Vortrag (Luther)./ Gegangen bis zum alten Haus. Nach Tische Zeitschriften. Geschlafen. Zum Thee bemmischer Journalist und Kommentator X. Brief an die Meyer begonnen. Zum Abendessen Werfels. Las aus dem Roman das politische Intermezzo und das

Schildknapp-Portrait. – Fand »Die Frau von 30 Jahren« entsetzlich übertrieben und romantisch. Werde nachts die »Dämonen« wieder lesen.

Pacif. Palis., Donnerstag den 8. III. 45

Sonniges Frühlingswetter. 8 Uhr auf und gegangen. War aber müde von gestern bei der Arbeit am Vortrag und fühlte mich, als wir ausfuhren sehr schlecht. Beim Agenten in Beverly Hills, den Kauf des Nachbargrundstücks abgeschlossen. Von da zu Cooper zur Revision und Erleichterung von Druckstellen. Offener Wagen. Lunch im Restaurant La Rue, sehr gut. Nachher noch Besorgungen. Zu Hause die Post. Dann geschlafen bis ½6. Die Zeitung meldet, /daß amerik. Truppen den Rhein schon überschritten haben und ein Brückenkopf am östlichen Ufer gesichert ist. Dauernder Nachschub. Bonn eingenommen./ – Schrieb den Brief an Agnes Meyer zu Ende. Las abends in der /Biographie Riemenschneiders./ – Br. Frank akklamiert lebhaft die Veröffentlichung der Tagebuchblätter.

Pacif. Palis., Freitag den 9. III. 45

8 Uhr auf. Sehr erregt nach dem Kaffee. /Eifrig an dem Vortrag./ Mittags mit K. auf der Promenade. Nach Tische die Post und Zeitschriften. Die Wirkung der Hormon-Injektionen ist leicht kongestive Nervosität und sexuelle Erregung. Erklärungen hierüber bei Wolff, der etwas gesteigerten Puls und verminderten Blutdruck (gegen das vorige Mal) feststellte. Frage, ob ich dem sexuellen Impuls nachgäbe, und Empfehlung, dies zu tun. Hat seinen Humor. – Mehrere Brief-Diktate an K.: Bermann, wegen der Tgb. Aufzeichnungen; Leiser, weitere Betätigung in der Filmsache kategorisch ablehnend; u. anderes. – Gelesen Zeitungen und Zeitschriften. Die Konservierung der Ludendorf-Rheinbrücke ziemlich mysteriös. Duisburg und andere Ruhrorte unter Feuer.

Pacif. Palis., Sonnabend den 10. III. 45
9 Uhr auf. Orangensaft, Eier und Thee. /An dem Vortrag geschrieben./ Gegangen bei heiterem Wetter bis über das alte Haus. Mit der Post Briefe von Bermann wegen des Rundschau-Geburtstagsheftes und der New Yorker Feierlichkeiten, die als ausgehend von den Nation Associates geplant sind. Brief von Oprecht aus Zürich, die Erneuerung von »Mass und Wert« anregend und sein Herüberkommen in Aussicht stellend. – Geschlafen. Nach dem Thee Brief an Oprecht diktiert, mit Erkundigungen nach Lion und Fiedler. Etwas Handschriftliches. Zum Kaffee nach dem Abendessen Guggenheim und Gottlieb, auf Wunsch. Viel über den Fall Robinson–Bermann, den dummen Streitfall wegen der Moses-Geschichte. Dann Vortrag über das Tagebuch-Manuskript und Angebot. Technische Schwierigkeiten bei kurzer Frist. Vorlesung daraus, die lebhaft akklamiert wurde.

Pacif. Palis., San Remo Drive, Sonntag den 11. III. 45
Nehme denn das letzte noch aus Europa stammende Heft für diese vor 12 Jahren begonnenen Aufzeichnungen in Angriff. – Heute 8 Uhr auf und bei Nebel, nach dem Bade im Mantel, etwas gegangen. Eier und Kaffee gefrühstückt. Bis Mittag /an »Germany and the Germans« geschrieben./ Gegangen Amalfi Drive und von Peter Pr. mit K. zurückgeholt. Diese hatte erregtes Telephongespräch mit Robinson, der von Guggenheim (zur Rache an Bermann) von dem Erscheinen des »Gesetzes« in Europa unterrichtet war und mit Inhibierung droht. Neue Phase der albernen Geschichte. – Nach Tische mit Peter und K. 5 Uhr /zu Riebers, die mit uns zu Professor K. und Frau nach Westwood zum Thee fuhren. Schönberg, Arlts, Nizze's und andere, amerik. Universitätsleute. Der alte Rieber besorgt wegen des Pessimismus meines Free World-Artikels. »Don't take the world too hard! Each evening we pray for you.«/ – Abends Musik gehört, Rossini und Suppé. Die Nachrichten über das Rhein-crossing beruhigend. Noch ist dort kein Un-

glück geschehen. – Begann vorm Abendessen Brief an Felix Braun, London. Telegramm an Knopf wegen des Geburtstagsdinners der Nation-Associates. In Hebbels Tagebüchern. Fremd und unerfreulich bleibt mir sein Wesen, gedrückt, himmeldankbar, gehirnlich, ungesegnet. Wie hölzern ist sein Vers im Vergleich mit dem Kleists, Grillparzers, Lessings (den er gering schätzt), von Schiller (den er ebenfalls ästhetisch schulmeistert) und von Goethe nicht zu reden.

Pacif. Palis., Montag den 12. III. 45

8 Uhr auf. Nebel. Im Mantel gegangen. /Eifrig an dem Vortrag geschrieben. Zuviel Material./ Gegangen über das ehem. Haus. Außergewöhnlich guter und schöner Brief eines amerik. Soldaten von den Philippinen. »I envy you your swift, sure maturity, your heritage of culture, your relentless self-discipline. Such things are hard-won in European civilization. Here in America they are almost non existent«. – Nach Tische Zeitungen. Nach dem Thee längeren Brief an Bermann diktiert: Druckfehler im »Gesetz«, holländische Übersetzungen etc. Dann den Brief an F. Braun zu Ende geschrieben. – Telegrammwechsel mit B.B.C. wegen Benutzung des Bonner Briefs, im Zusammenhang mit der Einnahme Bonns, in der nächsten Ansprache. – Nach dem Abendessen nach Westwood ins Ciné-ma: Chinesischer Missionsfilm, ansehnlich. Zu Hause Chokolade. Brief-Ausfertigung. Lektüre im Hebbel. Sehr spät.

Pacif. Palis., Dienstag den 13. III. 45

½9 Uhr auf. Dunkel und kühl. /Schrieb am Vortrag./ Ging nach dem Rasieren in der Nähe. Mit der Post Belege von Free World mit dem Aufsatz. 1700 Dollars für spanische Übersetzungsrechte. Brief von Erika mit Bosheiten über Borgeses absurden Alliiertenhaß und daraus folgende Deutschenverehrung. Zeitschriften. Der »Aufbau« Verbot gegen Furtwängler in der Schweiz. Die Deutschen sollen zu Hause bleiben. – Thee im Schlafzimmer. /Dinnerparty bei den jungen Reinhardts mit Schnabel, Schönberg, Klemperer, Dieterles und anderen. Diskussion über Musik./ Besuch bei den Kindern. Telegrammwechsel mit Natur och Cultur, Stockholm wegen ihrer Juni-Publikationen. – Man schreibt die Konservierung der Rheinbrücke deutscher Sabotage zu. Sie wird den Krieg um Monate verkürzen. – Beseitigte heute das seit 12 Jahren benutzte, völlig entfärbte Münchener Linienblatt und nahm eines von zwei noch vorrätigen neuen von damals in Gebrauch.

Pacif. Palis., Mittwoch den 14. III. 45

/Gearbeitet am Vortrag./ Nach Westwood zum Haarschneiden. Brief von /Golo, der als Offizier nach Europa (Luxemburg) geht./ Briefe auch von Medi und den Kindern in San Fr. Sehr komischer Brief eines mit Konni Kellen dienenden Deutschen, der aber zeigt, daß meine Sendungen in Deutschland viel gehört worden sind. – Nachmittags zahlreiche Brief-Diktate an Mrs. Kahn. Abends gelesen: »Europe free and united« von Guérard. Gutes Buch. »Germany's Postwar Structure« von Brecht.

Pacif. Palis., Donnerstag den 15. III. 45

Nach 8 Uhr auf. Regensturm. Yogurt zum Frühstück. /Über Romantik geschrieben./ Mittags zu Cooper zu Regulierungen. Jetzt 3 Wochen zu warten, bis weiteres Schwinden vollzogen und Auffüllung geschehen kann. Mäßiges Lunch im Hotel Bel Air. Zu Hause Beschäftigung mit der Post, Bücher. Nach dem Thee scharfer Brief an Prof. Müller, Oklahoma, wegen »sich aufhebender Ungerechtigkeiten«. Abends sein Aufsatz über Pascal, worin das Interessanteste der Abschnitt über die Jesuiten-Polemik. In /Hebbels Tagebüchern. Er schreibt in Paris:/ »Die bisherige Geschichte hat nur die Idee des ewigen Rechts selbst erobert; die kommende wird sie anzuwenden haben.«

Pacif. Palis., Freitag den 16. III. 45

8 Uhr auf. /Im Vortrag gegen das Ende gestrebt./ Gegangen bis über das frühere Haus. Zu Tische Frau Katzenellenbogen. Biblischer Nachweis der »Mohrin«. Zeitschriften. Beim Thee Herr Robinson zur Besprechung der leidigen Copy Right-Affaire. Die Frage von Knopfs Abmachungen in diesem Punkt. Neue Aufregung wegen der neuen Übersetzung, die für Marek ein furchtbarer Schlag. Zeigt sich, daß ich es auch hier aus Gleichgültigkeit an Kampfgeist habe fehlen lassen. Nie habe ich von einem Werk so viel dummen Ärger und Beschwerlichkeiten gehabt wie von diesem. Diktierte langen Brief an Marek, einen an Knopf, einen an Bermann, angeödet von diesen Nichtigkeiten. Telephoniert mit Guggenheim: Da Bermann nicht protestiert, soll er fortfahren. Telegramm an ein medizinisches Kriegsamt über Gumpert, der in militärischer Sendung nach Europa geht. – In Nation und Time über den Krieg. Erwartung einer deutschen Gegenoffensive im Westen. Die Russen in den Vorstädten von Stettin. Moskau meldet, daß das letzte Reichsamt Berlin verlassen hat.

Pacif. Palis., Sonnabend den 17. III. 45

/Am Vortrag, gegen das Ende./ Regnerisch. Mit K. in der Nähe gegangen. Nach Tische die Post. Br. Walter sendet das Manuskript und schreibt revozierend. In Reiks »Unknown murderer«. – Knopf mag die Neu-Übersetzung verfügt haben, um die Ausgabe von Robinson unabhängig zu machen. – Brief an den Philosophen in Norman, Okla, gemildert neu geschrieben. – Zum Abendessen Leonh. Frank. Las den Schluß seiner »Deutschen Novelle«. Merkwürdiges persönliches Zeitprodukt, /nicht ohne Verwandtschaft mit Faust./

Pacif. Palis., Sonntag den 18. III. 45

/Beendigung des Vortrags »Deutschland und die Deutschen«./ So weit zufrieden mit ihm, daß ich [ihn] für den besten hierzulande angebotenen halte. Gegangen Amalfi Drive bis ans Ende und heimgeholt von Peter Pr., mit dem Lunch hatten, und dessen Geburtstag abends mit Champagner begangen wurde. Schrieb nach dem Thee an einen Interpellanten über »The End«. Abends Konzert des Los Angeles-Orchesters mit Mendelssohns Klavierkonzert I, mit allerliebstem schnellem Satz. – Einsturz der Brücke von Remagen, der Opfer forderte. Wiederherstellung. Einnahme von Koblenz. Königswinter, wohin wir mit dem offenen Buick fuhren, in amerik. Hand. – Gelesen übersandte Vorträge von Krenek. Contrapunkt, der Harmonielehre *voran*gehend; bei der jungen Generation beliebt. – Schon wieder Störungen mit den unteren Zähnen.

Pacif. Palis., Montag den 19. III. 45

Auf die Geburtstagsreise mit Erika, die Feste in Washington und New York kann ich mich nun ohne Sorge freuen, /da der Vortrag auf dem Papier steht./ – Begann vormittags eine /neue deutsche Ansprache/ zu schreiben. Schlimm ist, daß ich in der vorigen dem französ. Königtum nur 500 Jahre statt 1000 gegeben habe. – Mittags bei Cooper zur Abstellung von Schmerzen. Danach in Beverly Hills, Apotheke und Post. Begegnung mit Alma Mahler und dem Grafen Ostheim. Spät zum Lunch. Brief von Bermann, über den Fall Robinson und die Geburtstagsfeier, die nun doch von der Nation ausgehen, aber keinen politischen Hintergrund haben soll. Brief von der Meyer. Citate aus einem Brief von Claudel voll rhetorischer Schmeicheleien. Dann in den höchsten Tönen über mich. Nehme beides nicht ernst. – Geschlafen. Nach dem Thee bei klarem Wetter Spaziergang mit K. Danach noch etwas an der Ansprache. In dem Buch von Reik. In Hebbels Tagebüchern.

Pacif. Palis., Dienstag den 20. III. 45

Schrieb die deutsche Ansprache zu Ende. Danach /Beschäftigung mit den letzten Roman-Abschriften./ Mit K. auf der Promenade. Die Negerin Leona krank. Empirin-Tabletten für sie. Überraschender Brief von Felix Bertaux aus Toulouse. Brief von Bermann, der sich zu spät anbietet, die Luxus-Ausgabe der Tagebuch-Blätter herzustellen. Weiterer Brief über »The End«. – Schrieb an Křenek zum Dank für übersandte Vorträge. Mit K. Brief an Bermann. Dinner-Party bei Nathan u. seiner hübschen Frau. Angenehmer amerikanischer Dichter Maxwell Anderson.

Pacif. Palis., Mittwoch den 21. III. 45

Regen. Nach viel Kaffee schlecht geschlafen. Vormittags Briefe geschrieben. Mittags etwas in der Nähe gegangen. Heinrich zum Lunch. Die Negerin krank von K. ins Hospital gebracht. Längerer Brief an Borgese über seinen Artikel in Life. Artikel von Klaus in Stars and Stripes, als Staff writer. Artikel von Erika in Liberty über Polizeischule für Deutsche in Aachen. K. mit Fahren, Kochen, Abspülen etc. überlastet. – Neue Unbequemlichkeit am Zahnfleisch. – In Hebbels Tagebüchern.

Pacif. Palis., Donnerstag den 22. III. 45

Viel Regen. 8 Uhr auf. /Korrektur der Abschrift von Kap. XXIV und XXV des Romans. Nicht glücklich./ Zu N.B.C. zur Lesung der deutschen Ansprache. Von da zu Cooper zur Beseitigung von Unzuträglichkeiten. Lunch bei La Rue. Martini, Onion Soup, Crêpes farcies, Coffee. Zu Hause die Post gelesen. Geruht und die Korrekturen beendet. Diner bei Alma Werfel mit Bemmelmans, Arlts, Banquier Rosenblatt und Familie. Schönbergs blieben aus. War sehr müde, u. es wurde spät. – Der Rhein in Rauchschleier gehüllt zur Deckung neuer Übergänge. Telephon mit Werfel in S. Barbara.

Pacif. Palis., Freitag den 23. III. 45

½9 auf. Wetter sonnig und stürmisch. /Notizen und Vorbereitungen zu weiteren Teilen des Romans. Zeit-Tafel, die auszufüllen. Der doppelte Zeitverlauf, der Biographie und des Schreibens, zu beobachten./ – Gegangen Amalfi-Drive zu Ende. Mahlzeiten ohne Mädchen. Nach Tische Film-Agent, eingeführt von Nathan und M. Anderson. Geld-Angebot für Versprechen einer Film-Idee. – Brief von Bermann mit Plänen für New Yorker Feierlichkeiten mit Vorträgen. Nein, nein. – Brief von A. M. Frey, Basel. – Brief von Dr. Chung. – 5 Uhr zu Wolff, /Hormon-Injektion./ – Ablehnender Brief an Bermann. – Abends nur »Time« gelesen. – Feldm. Rundstedt, vielleicht durch Bombe getötet, durch Kesselring ersetzt. Verfall des deutschen Widerstandes am Rhein, wo der große Schlag jeden Augenblick geschehen [kann]. Die Russen einige Meilen näher gegen Berlin.

Pacif. Palis., Sonnabend den 24. III. 45

/Die Notizenarbeit von gestern fortgesetzt. Bereitstellung des Inhalts der Jahre 1913 bis zum Ende an Ereignissen und geistigen Vorgängen./ Wenig gegangen. Putzfrau im Haus. Nach Tische Beschäftigung mit der Post. Briefe von Knopf (über Robinson u. den Vertrag) und wiederum von Oprecht. – Geschlafen. – Handschr. Korrespondenz. Zum Abendessen /Neumanns und Leonh. Frank. Vorlesung von »Deutschland und die Deutschen«./ Diskussion. Bin immer noch recht zufrieden. – Wiederum spät.

Der Rhein von Amerikanern und Engländern in Gegenwart von Eisenhower und Churchill auf breiter Front überschritten. Koordinierter russischer Vorstoß gegen Berlin. Man hofft, den eigentlichen Krieg in Europa in einigen Wochen zu beenden. Aber alle Vorbereitungen für die Verteidigung des österr.-bayerischen Alpengebietes zusammen mit Ober-Italien, eines Stückes »Europa« also, nach Abschreibung Deutschlands, sind getroffen. – Himmler ordnet an, in den besetzten und evakuierten Gebieten alle Verwaltungstätigkeit einzustellen.

Pacif. Palis., Sonntag den 25. III. 45

/Notizen zum Roman./ Etwas gegangen, eingeholt von Peter Pr. und R. Ladenburg, die mit uns Lunch hatten. Nachmittags geschrieben an A. M. Frey, Basel. »Lotte in Weimar« an Maxwell Anderson. Abends Musik: La Valse von Ravel, erstaunlich, weit milder und besser als Richard Strauss. Gedichte des Professors Mueller, flau. Englischer Aufsatz über /»Psychologie des Klangraums« von Albersheim./ Hübsch gedacht. – In Westdeutschland volle Auflösung. Alles gibt sich gefangen und läuft auseinander. /Darmstadt/ ohne Schuß besetzt. Will man die »Gentlemen« vor den Russen hereinlassen? Aber die kommen ja doch. Wien wird nicht viel später fallen als Berlin.

Pacif. Palis., Montag den 26. III. 45

Vormittags /Zeittafel zum Roman. Tagebücher von 1918–19./ Es müssen mehr Compositionen imaginiert werden, wenn die Apokalypse schon in diese Jahre fällt. – Kehrte vom Spaziergang um; der Sturm war zu lästig, und ich war angegriffen von einer Magenverstimmung. – Starke Post. Viel zu lesen. Überraschende Nachricht von F. Lion aus Haute Savoie. Nach dem Thee bis ½8 Diktate an die Kahn. Las abends gute, intelligente Schrift von K. S. Pinson »On the Future of Germany«. – Im Westen das deutsche Desaster offenbar ungeheuer. /Würzburg/ und /Frankfurt/ genommen. Dieses eine tote Stadt. Wo sind die 500 000 Einwohner in Bayern oder auf den Landstraßen? Dies Volk hat sich etwas angerichtet! Aber es versteht nichts, sieht nichts ein, ist sich keiner Schuld bewußt.

Pacif. Palis., Dienstag den 27. III. 45

Blau und windig. Briefe geschrieben an Br. Walter zum Tode seiner Frau und an Bermann. In Westwood Versuch des Kaufs eines Paletot, vergebens. Lunch im Kaufhaus mit eigenem Bier. Der Kaffee das Beste. Einkäufe danach für den Abend. Zu Hause viel Post zu lesen. Thee im Schlafzimmer. Vor 7 zu Heinrich zur Feier seines Geburtstags. Brathuhn, Wein und Käse. Schenkten ihm Hemd und Krawatte. Betrachtete 2 Bände Hackländers Humor. Erzählungen mit Federzeichnungen (Schlittgen), deren ich mich z. T. erinnerte. Über die frühe Zeit der Emigration in Bandol und Sanary. »Fidelio« und die

»Zauberflöte« als Festopern zur Befreiung Deutschlands – Phantasie von damals. Hoffnung auf Selbstbefreiung, unerfüllt. – Die Katastrophe im Westen schreitet fort. Sie dehnt sich nach /Franken, Nürnberg/ aus. Hitler hält Beratungen mit Gauleitern in Berchtesgaden. Gemeldet die Verhaftung Rundstedts von seinem Gute weg. Kesselring lehnt nach Inspektion den Oberbefehl im Westen ab.

Pacif. Palis., Mittwoch den 28. III. 45

/Vormittags musik. Notizen zum Roman./ Gegangen Amalfi Drive zu Ende. /Unglaublich dummer und unanständiger Angriff des Dr. von Hentig auf mich in der »Volkszeitung« wegen »The End«./ Brief an Lisl Frank zur Genesung. Über die Schicksale französischer Schriftsteller in »New Masses«. Nach Tische Gottlieb, der eine Reihe von Aufnahmen von mir machte. – Zäher Widerstand im Ruhrgebiet.

Pacif. Palis., Donnerstag den 29. III. 45

9 Uhr auf. Lästiger Wind. Vormittags an die Meyer geschrieben, um das abgetan zu haben. In Westwood zum Haarschneiden. Ohne Mädchen. Presse-Photograph nach Tische. Brief von Mrs. Lowe über ihre Eindrücke vom Manuskript. Nachmittags Diktate an die Kahn: Upton Sinclair, Prof. Pinson u. a. ½8 zum Dinner bei Salka Viertel mit Lubitsch und Hausgästen. Ich sprach mit Begeisterung von »Lohengrin« – zu L.'s Erstaunen. Bismarckanekdoten. Über England und Indien. – In Deutschland unaufhaltsamer Vormarsch der Alliierten. Der Bürgermeister von /Mannheim/ übergiebt die Stadt telephonisch. Sonderbare Radiosendungen der Deutschen, die Bevölkerung und sogar die Gestapo als viel verleumdet dem Wohlwollen der Sieger empfehlend.

Pacif. Palis., Freitag den 30. III. 45

Vormittags Homage für R. Rolland (Telegramm an New Masses) und Brief zur Warschau-Ghetto-Ausstellung in New

York. Noch 4 dergleichen Dinge abzutun, für die mir nachmittags nichts mehr einfällt. – Zur Fußpflege nach Santa-Monika. Dann auf der Promenade. Wärme und Föhnsturm, lästig. Nachmittags zu Dr. Wolff, noch eine Injektion und damit genug. Zu Hause den Brief an die Kahn telephoniert. In Viertels Gedichten. Viel in den Musik-Kritiken V. Thomson's (Knopf). – Deutschland wird so gut wie widerstandslos erobert. /Mannheim, Heidelberg/ genommen, das /Ruhrgebiet/ bypassed und die dortigen Truppen abgeschnitten. Es geht auf /Hannover, Ziele sind schon Bremen und Hamburg./ Erklärung gefangener deutscher Offiziere, daß keine organisierte Front und keine organisierte Regierung mehr besteht. Einnahme von Danzig durch die Russen. Diese auch nahe vor Wien.

Pacif. Palis., Sonnabend den 31. III. 45

9 Uhr auf. Sehr warm. Geschrieben für Writers War Board und Columbia Broadcasting (Wunsch für San Francisco). Gegangen und im offenen Wagen heimgefahren. Nervös und verdrießlich. /Die gehässige Dummheit der Hentig-Emigration geht mir nach./ Briefe und Zeitschriften zu lesen. Die Bilder-Mappe der Waddel-Barnes, mit falschem Joseph, aber begabt. – Vor 7 Uhr zum Dinner bei Révy's mit Dieterles. Sehr guter Chokoladen Pudding mit Schlagrahm. Reizendes Söhnchen des Hauses mit den hübschen Schweizer Augen der Mutter. Viel über Deutschland, Theater, die schlechten Aussichten für den Frieden, – den man verschieben sollte. Gut sitzende Nachahmungen der Schauspieler, genußreich. – Schwedische Nachrichten vom Insistieren der deutschen Militärs auf Beendigung des Krieges und Rücktritt der Regierung. Kompromiß-Vorschlag Hitlers, ihnen die Negotiationen zu überlassen und einen Führerrat fürs Innere einzusetzen, von jenen abgelehnt.

Pacif. Palis., Oster-Sonntag den 1. IV. 45

Kühl, dunkel. Vormittags Glückwunsch an B. Viertel. In der Nähe gegangen. Peter Pr. und Eva Hermann zum Lunch. Mit ihnen die Bilder der Barnes. Schrieb an diese nachmittags. Las Zeitungen u. Zeitschriften. Hörte das San Francisco-Konzert: Lohengrin-Vorspiel, Redemption von C. Frank, sehr unerfreuliches Parsifal-Melodram, Akademische Ouvertüre von Brahms, mit Gaudeamus und »Land voll Lieb' und Leben«. – Die Nation über das beständige Eintreffen von Nazi-Agenten in Madrid, z.T. nach Argentinien weiter gehend. Die in Deutschland verbleibenden Häupter versammelt in Berchtesgaden und den umliegenden Alpenfestungen.

Pacif. Palis., Montag den 2. IV. 45
/Besserungen am Deutschland-Vortrag./ Gegangen Amalfi Drive. Brief von Knopf über den Fall Robinson. Artikel von Slochower über Joseph in Qu. Rev. of Literature. Die letzten Roman-Kapitel an Mrs. Meyer. Brief an Prof. Müller über seine Gedichte. Mit Vergnügen gelesen in Thompsons Musik-Kritiken. Lächerliche Mühe, die »Schriftsteller«-Äußerung von 1¼ Minute über San Francisco für Columbia herzustellen. – Ankündigung der /Werwolf-Freiheitsbewegung/ durch das deutsche Radio.

Pacif. Palis., Dienstag den 3. IV. 45
Das Broadcast für Columbia neu geschrieben. Brief an G. E. Müller beendet. – Auf der Promenade. – Die Londoner »Zeitung« mit erfreulichem Artikel über Joseph. Ebendort unheimliche Schilderung der /Alpenfestungen,/ wo auch die untersch. europäischen Quislings sich bergen sollen. – Nachmittags handschr. Korrespondenz. Abends Weiteres in dem Buch von Thompson. – Die Eroberung Deutschlands macht sehr rasche Fortschritte. Die /Städte fallen wie reife Pflaumen – Kassel, Münster,/ bald wohl /Bremen. Wiener Neustadt/ von den Russen genommen, /der Semmering, Vorstädte von Wien/ selbst. Das deutsche Volk – bittere Enttäuschung.

Pacif. Palis., Mittwoch den 4. IV. 45

Schrieb Teile einer neuen Ansprache nach Deutschland. Ging bis zum Sitz an der Straße. Fühlte mich schlecht, müde und niedergeschlagen in erwähnenswertem Grade. /Das Mißraten des Romans kann wohl keinem Zweifel mehr unterliegen. Dennoch werde ich ihn zu Ende führen./ – Den Deutschland-Vortrag zur Abschrift an die Kahn. Dinner bei Lubitsch in Bel Air in kleinem Kreis. Dann in sein Studio zum Genuß seines neuen Films »Katharina die Große« nach Lengyel, bearbeitet von Br. Frank. Wohlfeil. – /Karlsruhe/ von den Franzosen besetzt. /Bratislava/ von den Russen. Nicht nur die Quislings werden mit in die Alpenfestungen genommen, sondern auch die europäischen Geiseln, darunter der König von Belgien. – /Die Werwölfe/ sollen schon brav gemordet haben, dem deutschen Radio zufolge.

Pacif. Palis., Donnerstag den 5. IV. 45

Heiteres Wetter. Morgens gegangen. Schrieb die deutsche Ansprache zu Ende. Ging Amalfi Drive und kehrte im offenen Wagen zurück. Lunch ohne Mädchen, willkommen. Kaffee auf der Veranda. Befriedigtes Telegramm des Columbia Broadcast. Langes zuredendes Telegramm Freda Kirchweys wegen der Geburtstagsfeier. Las die Nation. (Artikel über General Rundstedt. Über die jüdischen Mörder des Lord Moyne, eindrucksvoll.) Schrieb nachmittags an P. Bratt, den Verfasser des Joseph-Aufsatzes in der Londoner »Zeitung«, und an Félix Bertaux, Toulouse. – Die Russen kündigen Japan den Nichtangriffspakt. Große Genugtuung in London und Washington. Deutsche Städte fallen. Angriff auf /Hannover./ Zäher Widerstand vor /Nürnberg./ Die Russen in den Wiener Vorstädten. – Las abends in Hesses »Glasperlenspiel«. Schief manches Gedankliche darin. – Ich muß ihm schreiben.

Pacif. Palis., Freitag den 6. IV. 45

Brief an Herm. Hesse begonnen. Mittags Lesung der Ansprache bei N.B.C. Sehr gestört durch das lose Gebiß. Brief des guten O. Basler. Freundlicher Brief eines jungen Literarhistorikers mit Anklängen an den Deutschland-Vortrag. – Nach dem Thee Besuch bei Franks mit Flieder für die Rekonvaleszentin. Besorgte Heiterkeit über Erikas mystifizierenden Brief an Borgese über seinen Life-Artikel. – Wieder in Hesses auf die Dauer doch recht langweiligem Roman. – Allerlei Lektüre und Gedanken über den kommenden Untergrundkrieg in Deutschland und die Dauer-Widerspenstigkeit der Nation, mit der es nie zum Frieden kommen wird. Eisenhower wird das Aufhören des »organisierten Widerstandes« erklären, und man wird einen offiziellen Waffenstillstandstag haben. Aber Hitler u. sein Gang werden mit 150 Mann in den Bergen sitzen, und für mich wird kein Grund sein, diese 1933 begonnenen Aufzeichnungen abzuschließen. Es wird weiter gehen – und wahrscheinlich nicht gut.

Pacif. Palis., Sonnabend den 7. IV. 45

Brief an Hesse beendet. Gegangen Amalfi Drive. Sommerliches Wetter mit Seewind. Brief von Bermann mit Check. Eröffnungen über die Wiederbelebung der Neuen Rundschau, für die er mich als Herausgeber wünscht. Dilemma. – Thee im Schlafzimmer und Toilette. Nach einiger handschr. Korrespondenz zu Mrs. Homolka, Bel Air, Dinner Party mit zahlreichen amerikanischen und deutschen Gästen. Lange Cocktail-Periode. Mahlzeit mit Brecht, Feuchtwanger, Maxwell Anderson. Viel über Deutschland, dessentwegen Brecht optimistisch. Gegenteilige Neigung meinerseits, verstärkt durch die Äußerung des Erzbischofs von Münster. – Aufsatz über Joseph von W. Michael in »Monatshefte für deutschen Unterricht«. – Kleist'sche Prosa.

Pacif. Palis., Sonntag den 8. IV. 45

Im Blatt die Nachricht von dem phantastischen Fang, den die Amerikaner mit deutschem Goldhort, verstaut nebst gestohlenen Kunstwerken und wertvollen Manuskripten in einer Salzmine irgendwo bei Hersheim in Mitteldeutschland gemacht haben. Es soll sich um den Wert von einer Milliarde Dollars und mehr handeln. – Beschäftigung mit dem Roman. Lektüre in Tagebuch-Aufzeichnungen von 1918/19. – In der Nähe gegangen. Angenehme Mahlzeiten ohne Mädchen. – Längerer Brief an Bermann mit K. über seine Abrechnung und die Rundschau-Frage. – Weitere Lektüre in den Tagebüchern mit der erneuerten Erfahrung der Unzuträglichkeit solchen Zurückgehens in abgelebte Zeiten.

Pacif. Palis., Montag den 9. IV. 45

9 Uhr auf. Im Lauf des Vormittags Regen. /Beschäftigung mit dem Roman, Tagebuch-Lektüre, Versuche, den Anschluß zu finden und die Lust zu beleben. Aber Mißfallen und Überdruß fesseln mich. Zerstreutheit und der Druck der Ereignisse, diese sieghafte Hoffnungslosigkeit kommen hinzu./ – Ging Amalfi-Drive. Mit der Post überlanges Schreiben des Dr. Heinitz in London. Las den »Aufbau«, dessen Haltung in der deutschen Frage mir weit mehr zusagt, als die der Sozialdemokraten. Schlief nachmittags und diktierte nach dem Thee eine Reihe von Briefen. Die Abschrift des Deutschland-Vortrags, abends korrigiert. Kürzende Verbesserung vorgesehen. – Hannover, Bremen in Flammen. Die Engländer hier in den Vorstädten. /Königsberg/ kapituliert. Auch /Wien,/ leidlich wohlbehalten, in den Händen der Russen, nachdem der Kommandant S. Dietrich von den Seinen ermordet. – Errichtung einer Eisenbahnbrücke über den Rhein durch die Amerikaner in 10 Tagen.

Pacif. Palis., Dienstag den 10. IV. 45
9 Uhr auf. Oat Meal und Kaffee gefrühstückt. /Plage mit der Besserung, jedenfalls Änderung am Deutschland-Vortrag, die mich noch nachmittags und abends beschäftigte./ Möge es nun so bleiben. Der Mrs. Meyer zu lesen zu geben, sie über die Romankapitel zu trösten, die ihr höchst unbehaglich sein müssen. – Heinrich zum Lunch und zum Thee. Mit ihm über die Trostlosigkeit der deutschen Lage. – Die Kriegsnachrichten deuten auf einen immer rapideren deutschen Zusammenbruch hin. Im Westen überhaupt kein Halten mehr. Andererseits werden nach dem Fall von Königsberg und Wien russische Corps für die /Forcierung der Oder/ frei. Wahrscheinlich wird nach der Vereinigung der Russen mit den Angelsachsen die Beendigung des regulären Krieges erklärt und weiterer Widerstand als Guerilla-Krieg angesehen werden, bei dem keine Gefangenen mehr gemacht werden. – Merkwürdig ist, daß man in Deutschland selbst von den Vorbereitungen in den Alpen, von denen die Schweizer Presse Meldung machte, nichts zu wissen scheint. Brann »Nietzsche u. die Frauen«.

Pacif. Palis., Mittwoch den 11. IV. 45
Brief an Mrs. Meyer mit dem Deutschland-Vortrag. Brief an O. Basler, Burg, Aargau. – In Nietzsche-Büchern. – Nach Westwood ins Cinéma: Groteskfilm, konnte viel lachen. Böse Bilder aus dem pacifischen Kriege. Chokolade abends.

Pacif. Palis., Donnerstag den 12. IV. 45
/Begann Kap. XXVI zu schreiben, – womit es sogleich wieder sein Bewenden haben wird, denn der Krieg in Deutschland wird in wenigen Tagen beendet sein, und ich muß die Radio-Rede für diesen Augenblick[,] ferner die Tischrede für den 22. vorbereiten./ – War mittags bei Dr. Marks zur Behandlung der Ohren. Empfingen nachmittags mit tiefer Bewegung die Nachricht vom /*Tode Franklin Roosevelts.*/ Improvisierte Radio-Äußerung lehnte ich ab. Mit K. und der Kahn Redak-

tion eines längeren Telegramms an Mrs. Roosevelt. Hörten im Lauf des Abends viel dem Radio zu, ergriffen von Huldigungen und Trauerkundgebungen aus aller Welt. /Die Erschütterung ist groß./ Merkwürdige Verbeugung des japanischen Radios vor dem »großen Mann«. Vice-President Truman als Präsident eingeschworen. Der Termin für San Francisco bleibt bestehen. Der neue Präsident behält den Mitarbeiter-Stab des verblichenen. – Détails über seinen Tod. Plötzliche Schmerzen im Hinterkopf, Ohnmacht und Stillstand nach ein paar Stunden.

P. P. Freitag den 13. IV. 45
/Viel über Roosevelt,/ den Betrauerten, gelesen. Große Arbeitsverwirrung, da nun über ihn zu schreiben. Leidend.

P. P. Sonnabend den 14. IV. 45
/Vormittags, nach Tische und nach dem Thee Huldigungsartikel und -Rede für Roosevelt./ Ging bis zum früheren Haus. Nachmittags Anruf Erikas von New York: über Roosevelt. Sie will Ende des Monats kommen. Über die Trauer im Lande und in der Welt (Rußland) viel im Radio gehört. Nachricht von der Gefangennahme Papens im Rheinland. Nachricht daß B. von Schirach in Wien von den Russen exekutiert worden sei. Diese legen Kränze auf den Gräbern Beethovens und Strauß' (!) nieder. – In Time Nachrichten über die unglaublich unterschiedlichen Zustände in Deutschland. Die stellenweise Wohlversorgtheit und Friedlichkeit (Heidelberg, die Bevölkerung des Neckarthals.) Die völlige Unwissenheit und Abgesperrtheit. – K. bringt das Mt. zu Arlts. – Telegramm der Meyer über die Deutschland-Rede: Superb.

Pacif. Palis., Sonntag den 15. IV. 45
/Rede für das Interdependence Dinner zu schreiben begonnen. Mittags die englische Fassung der Roosevelt-Trauerrede./ Lunch mit Peter Pr. Nach dem Kaffee mit ihm und K. in offe-

nem Wagen nach /Santa Monica, Municipal Auditorium. Aufs Podium./ Vom Bischof bald zu meiner Rede aufgerufen. /Aufstehen des Publikums von den Sitzen nachher./ Der Wüstengesang des Rabbi und das laute Weinen des jüdischen Teils der Zuhörer. – Zum Telegraphenamt zur /Aufgabe des englischen und deutschen Textes an »Free World« und »Aufbau«./ – Zu Hause geruht, umgekleidet. Nach dem Thee Spaziergang. Brief an die Verfasserin eines steifen Sappho-Romans in Tel-Aviv. Abends dem Konzert zugehört und Nachrichten gehört. Schmerzlicher set-back der Amerikaner bei einem Elbübergang. Im Übrigen Fortgang. Berlin meldet die bevorstehende Vereinigung der Amerikaner und Russen. Gefangennahme des Prinzen August Wilhelm und des alten Feldm. von Mackensen. – Der Präsident heute Morgen in Hyde Park bestattet. Gerüchte über weitgehende Umbildung des Kabinets durch Truman.

Pacif. Palis., Montag den 16. IV. 45

Weiter /an der Tisch-Rede über Interdependence./ Gegangen mittags. /Kongress-Rede des Präsidenten Truman. Unconditional Surrender und lasting peace, keine Veränderung in militärischer Sphäre. (Desto mehr in civiler.)/ Las viel und mit Bewegung über Roosevelts Beisetzung und die Trauer. /Eine Epoche endet. Es wird nicht mehr das Amerika sein, in das wir kamen. Die offizielle Freundwilligkeit wird fehlen. Wallace, McLeish, Biddle werden auch bald verschwunden sein./ – War erregt und leidend nachmittags. Wir fuhren vor 7 zum Dinner bei Mr. u. Mrs. Tucker (Tochter des Obersten House) in Bel Air. Anwesend noch recht angenehme Movie-Schriftstellerin. Über Truman und seinen Charakter. Die Frage der Kriegsverbrecher. /Hitler befiehlt seinen Soldaten/ den russischen Angriff auf Berlin in einem Meer von Blut zu ertränken in dem Augenblick, wo »das Schicksal den größten Kriegsverbrecher aller Zeiten von der Erde genommen hat.« Befehl, die Offiziere zu erschießen, die Übergabe befehlen. – Betrachten Kartensammlung aus Europa und theatralischer und dynastischer Art. – Zu Hause noch Nachrichten gehört. /Hof und Nürnberg genommen./ Eine zweiteilige deutsche Regierung. /Berlin/ von allen Nazi-Ämtern geräumt. Russische Millionen-Armee im Anrücken. – Brief Golo's aus Luxemburg. Im Rheinland den Arm gebrochen. Die Deutschen! »Nun müssen die Unschuldigen mit den Schuldigen leiden.« A few good people too and as far as they are concerned T.M.s prestige and influence are astonishing.

Pacif. Palis., Dienstag den 17. IV. 45

Vormittags und nach dem Thee /an der Rede geschrieben./ Mittags ausgiebig gegangen. Von der Meyer den Vortrag zurück mit ekstatischem Brief. Brief Bermanns über F. D. R.'s Tod, geschrieben in nur zu berechtigter Melancholie. Er hatte telephonieren wollen. – Langer Brief von Dr. Franke-Ruta, Rundfunk Basel: Deutsche Kultursorgen. – Der »Aufbau«, mit interessanten Beiträgen (deutsche Gefangene – trostlos) berichtet über eine in New York gedruckte Nazi-Schmähschrift unterster Sorte gegen mich. – Sehr eindringlicher Aufsatz über das Musikalische in »Tonio Kröger« von H. A. Basilius in »The Germanic Review«.

Pacif. Palis., Mittwoch den 18. IV. 45

/Schloß die Interdependence-Rede ab und begann deutsche Sendung (über Roosevelt)./ Mittags auf der Promenade. Zum Lunch Frau Katzenellenbogen. Gelesen in Fritz Buschs Memoiren. Brief an Bermann. Abends in den Erinnerungen weiter. Überaus fröhlicher Empfang der /Amerikaner in Leipzig. Nürnberg von S.S. Truppen wütend verteidigt./ Enttäuschung der Amerikaner im Sudetenland, das sie für tschechisch-freundlich hielten.

Pacif. Palis., Donnerstag den 19. IV. 45

/Die deutsche Ansprache abgeschlossen (über Roosevelt)./ Frühes Lunch. Nach dem Kaffee Fahrt zu Cooper, der den unteren Einsatz nach dem Schwinden des Kiefers wieder aufhöhte. (Chemisches Brennen.) – Zu Hause die Post, dann Ruhe. Nach dem Thee Brief an Dr. Heinitz, London. – Heinrich für einige Tage bei uns eingezogen. Gespräch mit ihm. Bermann telephoniert, wünscht die im »Aufbau« erschienene Rede auf Roosevelt zum Vorwort für seine Sammlung der Reden. – Las Bericht der Amer. Assoc. for a Democr. Germany über antihitlerische Jugend-Organisationen in Deutschland (»Edelweiß«, »Das Pack«, gegen alles.) – Freudiger Empfang der Amerikaner in Leipzig. /Selbstmord von Nazi-Bonzen./ Verdacht der Russen wegen des deutschen Goldes und wegen Papen. – Spionen-Schule mit wertvollem Material von den Russen aufgefunden. Gen. läßt die Civil-Bevölkerung von Weimar vor den Crematorien des /Konzentrationslagers/ defilieren und erklärt sie für verantwortlich. Berichtet an Churchill, die Funde überträfen jede Erwartung u. veranlaßt die Entsendung einer Parlamentskommission.

Pacif. Palis., Freitag den 20. IV. 45

/Schulterte wieder den Roman und schrieb etwas weiter an XXVI./ – Mit K. in der Nähe gegangen. Nach Tische viel in Time Magazine über Roosevelt. Gute Übersetzung der Dinner-Rede von Arlt. Nachmittags Redaktion der Roosevelt-Rede für Bermann. Mehreres Handschriftliche abgetan. Abends Zeitschriften. Abschrift der deutschen Ansprache, geübt. – Telephon Erika. Bedenken wegen des »Nation«-Dinners.

Pacif. Palis., Sonnabend den 21. IV. 45

Vormittags sehr nervös und unwohl. /Etwas am Kapitel./ 11 Uhr Fahrt nach Hollywood zur Lesung der deutschen Ansprache, mit Selbstbeherrschung. Mr. David, Engländer, zum Empfang des Textes der morgigen Rede. Teilt das Programm mit. Brief von Caroline Newton. Gelesen Common Sense. Hagen für Deutschland. Dabei gehen die schrecklichen /Enthüllungen über das dort Geschehene/ weiter, und die Delegierten in San Francisco werden von nach Deutschland entsandten Commissionen darüber unterrichtet werden. Niemand hat es für möglich gehalten. – Nach dem Thee Briefdiktate an die Kahn. Telephon aus San Francisco wegen des internationalen Broadcasts am 24. – Mit Heinrich viel Musik gehört, »Cavalleria« im Radio, dann Gesangsplatten und den »Ball« von Berlioz. – Studiert: Schweizer Kritiken des »Gesetzes«, die Bermann schickte. Ein paar intelligente, andere haarsträubend (Professor Kümmel!). Die Korrodi's schwach und dumm. – Die Russen in den Vorstädten Berlins.

Pacif. Palis., Sonntag den 22. IV. 45
Studium der Abend-Rede. /Dann an XXVI geschrieben./ Spaziergang mit K. und Heinrich. In den Memoiren von Busch. Abends /Dinner im Roosevelt Hotel./ Speakers Table mit Durant, Dreiser, der Jeritza, Rabbi Sonderling. Meine Rede appreciated, aber zu hoch. Rührendes Publikum, wie eine artige Schulklasse. Guter finanzieller Erfolg. Sehr müde. Viele Menschen, Interview, Signierungen. – Die Russen im Centrum Berlins.

Pacif. Palis., Montag den 23. IV. 45
/Einleitung zu XXVI beendet./ Mit K. und Heinrich auf der Promenade. Nach Tische viel Post. Der Roosevelt-Aufsatz im »Aufbau«. Anrufe deswegen. Gute Artikel im »Reconstructionist« über den »Joseph«. Brief des jungen Speyer über den Geisteszustand der Deutschen (excerpiert). Manches andere zu lesen. – K. mit Heinrich bei Feuchtwangers. Zum Abendessen Mme Viertel und Leonh. Frank. – In /Berlin/ die Lage nicht wesentlich verändert. Teilweise wütender Widerstand. Die Eindringenden /nähern sich erst dem Stadtcentrum. Viele Selbstmorde/ unter den Nazi-Funktionären, endlich! Aber Drohungen mit unendlichem Krieg.

Pacif. Palis., Dienstag den 24. IV. 45

Verschlafen, spät auf. Vormittags nur einen Brief an Dr. Ruta in Basel geschrieben. ½ Stunde gegangen. Sehr viel Post zu lesen. Grüße aus Zürich durch den amerik. Generalkonsul, z. Z. in Washington. Kundgebungen zum Roosevelt-Aufsatz, den Heinrich lebhaft lobte. Von ihm Beiträge im German-American, an die Deutschen und an B. Viertel. – Nach dem Thee abgeholt von einem /Herrn des K.N.X.-Rundfunks zu dem Weltstimmen-Konzert als Vorspiel zur S. F.-Konferenz. Man hörte im Studio Stimmen aus allen Himmelsgegenden. Auch Masaryk und Br. Walter sprachen. Ich lieferte meine gekürzte Banalität zur Zufriedenheit./ Heimfahrt mit dem Gentleman, gesprächig. Nach dem verspäteten Abendessen Radio- u. Plattenmusik. Die Russen im Herzen Berlins. (Enthüllung Pearsons, daß die Amerikaner schon in Potsdam waren und auf Insistieren Stalins zurückgezogen wurden.) Die Engländer in Bremen, die Amerikaner greifen Regensburg an. – Gute Portrait-Aufnahmen von Gottlieb.

Pacif. Palis., Mittwoch den 25. IV. 45

Geschrieben an XXVI. Zum Haarschneiden in Westwood. Nach Tische Besuch von Révy, der in Wien das Theater reorganisieren u. eine Empfehlung haben möchte. Zeitschriften. Nachmittags Brief an die Meyer, mit dem Roosevelt-Artikel. – Heute die Eröffnung der Konferenz von San Francisco. Radio-Rede Trumans aus Washington. Stimmungsbilder im Radio. – Zu den deutschen Selbstmördern gehört der militärische Kommentator Generalleutnant Dittmar. – Schwerstes Luft-Bombardement von Hitlers Siedelung bei Berchtesgaden, die zerstört wurde. War er dort, mag er tot sein. Der Hamburger Sender fährt fort zu versichern, daß der Elende an der Kampffront in Berlin ist, wie die anderen Mitglieder der Regierung (?) In diesem Fall sind sie gefangen, denn die Stadt ist völlig eingeschlossen und wohl auch schon die Flugfelder genommen. Die Amerikaner /beschießen Regensburg, nähern sich Augsburg./ Deutsche Truppen ergeben sich massenweise den Amerikanern aus Angst vor den Russen. Pétain begibt sich durch die Schweiz nach Frankreich, um sich den Prozeß machen zu lassen. Ein deutscher General, der sich in Gefangenschaft begeben, redet Keithl und Hitler ins Gewissen.

Pacif. Palis., Donnerstag den 26. IV. 45

Geschrieben an XXVI. Bei Cooper. Von da zum Restaurant Players, eingeladen von R. Auernheimer. Lunch mit dem Geschwätzigen. Zu Hause die Post. Nachmittags verschiedenes Handschriftliche. Nach dem Abendessen nach Westwood ins Cinéma: »Hotel Berlin«, sehenswerter Film, nicht schlecht als Bild der deutschen Zustände. Zu Hause Chokolade. Gelesen in Buschs Memoiren. – Meldung von der /Gefangennahme Mussolinis durch Partisanen. Stettin/ von den Russen genommen. Berlin zu zwei Dritteln eingenommen. Hitler soll unter der Bendlerstraße die Verteidigung dirigieren. (?)

Pacif. Palis., Freitag den 27. IV. 45

Zeitig auf. Seit gestern sonniges Wetter. Ging etwas mit K. Drei Stunden an dem Kapitel, ohne eben viel zu schreiben. Marschiert gegen frischen Wind. Nach Tische die Zeitung eingehend gelesen. Gefangennahme des Dittmar, der ebenfalls versichert, Hitler sei noch in Berlin. Goering scheint tot, exekutiert oder von eigener Hand. Himmler wird tot gesagt. Viel über die /Anfänge der S.F.-Konferenz. Molotow sehr aufrichtig und entschieden für Zusammenarbeit und Organisation des Friedens./ Das große Übergewicht Amerikas (mit dem China stimmt). – Beeindruckt von sozialdemokr. Äußerung im /»New Leader«, daß Hunderttausende in Deutschland dem Londoner Rundfunk zugehört und meine Sendungen besonders geschätzt hätten./ – Nachmittags handschriftliche Kurzbriefe nach Jerusalem, Stockholm, an C. Newton. Abends in Time Magazine über den Horror der deutschen Konzentrationslager. Wird in Deutschland die ungeheure Schande empfunden werden? Will darüber sprechen. – Kämpfe im Berliner Tiergarten. Augsburg übergeben. Bewegungen zur Einschließung Münchens, das nun an die Reihe kommt. Ich verberge mir nicht mein besonderes Interesse.

Pacif. Palis., Sonnabend den 28. IV. 45
/Unruhig geschlafen. Erregt. Schwirrende Gerüchte über die Kapitulation Deutschlands,/ woran ein Angebot Himmlers einer Separatkapitulation an die westlichen Alliierten offenbar richtig als letzter Versuch, den »Keil« zu treiben. Nach Goering auch Göbbels totgesagt. Hitler – in Dänemark, tötlich verwundet, vom Schlag getroffen, in sterbendem Zustand nach Österreich gebracht. /Revolution in München, unter Gen. Epp (!), dann unterdrückt./ Zwei amerikanische Armeen 20 Meilen von der Stadt. Berlin, in Flammen, größten Teils in russischer Hand. – Schrieb am Kapitel und ging bei wundervollem Wetter Amalfi Drive. /Lange Briefe zu lesen; einer von einem Juristen in Basel gegen die Belassung der Richter im Amt, die Nazi-Recht praktiziert haben./ Lange Reihe von Briefen diktiert. Besuch von der Tochter Marcel Schwobs. Erika meldet sich für morgen an. Viel gelesen in Slochowers Buch »No voice is wholly lost«. »Universal Culture« das mir gewidmete Kapitel. Wird dem letzten Joseph-Bande nicht gerecht. – Zurückgedacht an 1933. – Besprechung wegen Beethoven-Film.

Pacif. Palis., Sonntag den 29. IV. 45
/München eingenommen./ Merkwürdiges Ereignis. Der Kampf um Berlin so gut wie beendet. /Mussolini,/ von der Schweiz zurückgewiesen, von Partisanen gefangen und nach kurzem Prozeß /erschossen./ In den Rücken. Er hat sich mit No! No! gewehrt. Die Leichen liegen, die Bevölkerung kommt, darauf zu speien. Gräßlich. – Bernadotte kehrt zu Himmler zurück, ihm die ablehnende Antwort der Alliierten zu überbringen. – Etwas geschrieben am Kapitel. 11 Uhr Ankunft Erikas. Mit

ihr und dem dazukommenden Peter Pr. bei mir im Arbeitszimmer. Ging bei nebligem Wetter Amalfi Drive und wurde von den Dreien zurückgeholt. Nach dem Lunch zusammen im Living Room. Schlief nachmittags. Schrieb einen Brief nach London. Abends Kaffee und Champagner. Las das Schildknapp-Portrait vor. Viel Gespräch /über Deutschland und den Rest, den gegen alle Vernunft schon heute so gut wie gewissen Vernichtungskrieg der Zukunft, den Wiederaufbau Deutschlands durch Rußland und dessen Imperialismus. Der Sozialismus im Rahmen des Nationalstaates kein Mittel gegen den Krieg./ – Aus München: Süskind hat zu Kersten Strindberg gesagt: ich solle mich schämen. Sie veröffentlicht das und anderes in der englischen Presse.

Pacif. Palis., Montag den 30. IV. 45

/Fließend geschrieben am Kapitel./ Gegangen. Nach Tische die Zeitung über Mussolinis klägliches Ende. Ob Hitler noch lebt oder nicht ist völlig gleichgültig geworden. Himmler, in Dänemark oder Lübeck, der einzige, der unbedingte Übergabe aussprechen kann und wohl noch hofft, dabei sein Leben zu retten. Der elende Ribbentrop soll von deutschen »Partisanen« gefangen sein. In München noch Kämpfe mit Snipern. /Gehäufte Selbstmorde unter den Nazi-Bonzen:/ Die oberste B.D.M.-Führerin, General von Rang. – Zum Thee /zwei Schweizer, Korrespondent der N. Z. Z. und Schweizer Consul. Über den amerikanisch-russischen Wettstreit um den Wiederaufbau Deutschlands, der bevorsteht./ – Abends in Busch's Memoiren. – Erste Ausgabe einer neuen Frankfurter Zeitung mit dem Bonner Brief auf der 2. Seite.

Pacif. Palis., Dienstag den 1. V. 45

Frühstück mit Erika. /Geschrieben an XXVI. /Mit K. in der Nähe gegangen. Nach Tische deutsche Journalistik. Nachmittags Konferenz im Arbeitszimmer mit Mr. Morris und Gen.

wegen des Beethovenfilms. Stokowsky, Horowitz, Menuhin haben angenommen. Meine Forderung 20 000 Dollars. – Der Tod Hitlers von Döniz, den er zum Nachfolger bestellt, dem deutschen Volk und Heer feierlich gemeldet. Als Held gefallen im Kampf gegen den Bolschewismus u. zwar gestern Nachmittag. Aber Himmler hat ihn schon längst als tot behandelt u. ein Friedensangebot ohne die Russen gemacht. Döniz mag als akzeptabler betrachtet werden, namentlich für die Russen. Das Ganze verdächtig und ungewiß. – /Die Sowjetfahne auf dem Reichstag./ »Nur weil die westlichen Alliierten es noch mit den Bolschewiken halten, kämpfen wir noch gegen sie.« Die Hoffnung auf die Wendung gegen Rußland ist unausrodbar und verstärkt durch Roosevelts Tod. – Brief an Kahler (Princeton). Viele Brief-Ausfertigungen.

Pacif. Palis., Mittwoch den 2. V. 45

Geschrieben vor- und nachmittags an dem /Artikel für das Office of War Information über die Konzentrationslager./ Mittags bis zum alten Haus gegangen. Zeitung gelesen und »Nation«. Schöner Artikel über die letzten Film-Aufnahmen Roosevelts von James Agee, der, wie Erika versichert, selbst ein extrem schöner Mensch und homosexuell ist. – Brief von der Meyer, erneut über den Vortrag und sogar über den Roosevelt-Nachruf, den die Post wiedergeben wird. – /Stalin meldet die völlige Einnahme von Berlin. Hitler und Göbbels wohl zweifellos tot/ unter den Trümmern der Reichskanzlei auf der, wie auf dem Reichstag, die Sowjetfahne weht. Selbstmord das Wahrscheinlichste, sehr möglich aber auch bei Hitler Schlaganfall, da er nach Runstedts Bericht längst gezittert haben soll wie Espenlaub. Muß in einer Hölle gelebt haben. Die englische Presse citiert: /»The day is ours, the bloody dog is dead.«/ – Auch /Lübeck/ von den Russen besetzt. Die Armee im Westen ergibt sich millionenweise. Alle Generäle, ausgenommen Keithel, in Gefangenschaft. Runstedt bekommt Kaffee mit Cognac, sein Arzt verbietet ihm die amerikanische

Cigarette. – Sehr müde von der Arbeit und von den Ereignissen.

Pacif. Palis., Donnerstag den 3. V. 45

Redaktion und Korrektur des /Artikels »Die Lager«./ Telephon mit Freda Kirchway von San Francisco wegen Beitrag für Nation. Gegangen bis zum Sitz an der Straße. Cooper abgesagt. Zeitungen nach Tische. Nach dem Thee rasiert und angekleidet. /Zu Werfels. Dinner mit ihnen bei Romanow./ Champagner, Caviar, Kaffee. Dann zu ihnen. /Vorlesung der Anfänge des Teufelskapitels und der »Hölle« zur völligen Ergriffenheit Werfels, der es das Großartigste findet, was ich geschrieben./ – Hitlers und Göbbels Reste nicht gefunden. Russen bezweifeln ihren Tod. Das Geheimnis scheint gepflanzt zu sein. – /Kapitulation Italiens und West-Österreichs vollzogen,/ diejenigen in Skandinavien bevorstehend. Churchill scheint in Deutschland zu sein.

Pacif. Palis., Freitag den 4. V. 45

Früh Telephon mit Fr. Kirchway wegen »The Camps«. Nach dem Frühstück Fahrt mit K. Downtown zu /Dr. Nathanson:/ General-Untersuchung mit friedlichem Resultat. Magen- und Darm-Beobachtung steht noch aus. So weit: »Good physical condition«. – Viel Zeitung gelesen und »Time«. /Kapitulation in Dänemark./ Es bleiben Oslo und Prag. Alles drängt sich zur Gefangennahme durch die Anglosachsen, um den Russen zu entgehen. Bei den Verhandlungen /in Norwegen geht es um »Schutz vor den Einwohnern«. Wildeste Brutalität im Siege, Gewimmer und Appell an Generosität und Gesittung in der Niederlage./ Nein, es ist kein großes Volk. Speer sagt im Radio, daß nie ein zivilisiertes Land so zugerichtet worden sei. Deutschland wie nach dem 30 jährigen Krieg. Aufforderung zu Ruhe und Ordnung. Hitlers »Kabinett« entlassen, für Ribbentrop Schwerin-Krosick. »Die Partei« aufgelöst. Himmlers Familie verhaftet.

Pacif. Palis., Sonnabend den 5. V. 45
/Geschrieben an Kap. XXVI, gegen das Ende./ Gegangen bei angenehmem Wind und von K. mit Heinrich eingeholt, der zum Lunch und Thee bei uns war. Brief an Frau Busch über das Manuskript ihres Mannes. Abends gelesen im Magister Laukhard. – /Kämpfe um Prag./ Aufstand von Patrioten, der, wie es scheint, niedergeschlagen. In /Kopenhagen Befreiungsjubel. In Norwegen, wo Döniz zu sein scheint, Verhandlungen wegen der Übergabe,/ zu deren Bedingung die Deutschen /Schutz gegen die Einwohner/ machen. Den Werwölfen werden illegale Taten verboten. Aber gegen den Nationalsozialismus ist noch kein Wort gesagt worden, obgleich Deutschland nicht mehr nationalsozialistisch ist. /Befreiung prominenter Lager-Gefangener: Blum, Herriot, Daladier, Schuschnigg, Niemöller./ – Erika las einen für Liberty bestimmten Artikel über die Bestrafung der Kriegsverbrecher, die so gut wie 1918 ausbleiben zu sollen scheint, soweit nicht die Russen Exempel statuieren. Andererseits ist es nicht möglich, eine Million Menschen hinzurichten, ohne die Methoden der Nazis nachzuahmen. Es sind aber rund eine Million, die ausgemerzt werden müßten. Meiner Meinung gehörten Menschen wie Haushofer, Johst, Vesper dazu.

Pacif. Palis., Sonntag den 6. V. 45
/An Kap. XXVI weiter geschrieben./ Mittags gegangen und von Peter Pr. abgeholt, der Erika zu Ehren bis zu unserer Abreise alle Sonntage bei uns verbringt. Mahl ohne Mädchen, wie angenehm. Mit der Familie nachher im Wohnzimmer. Zum Thee die braven Gottliebs. Sein jüdisches Urmünchenertum, eingesetzt zu meiner Verteidigung gegen die blödsinnigen /Gehässigkeiten des patriotischen Emigrantentums (Döblin) wegen des Artikels »Das Ende«./ Diese Leute können nicht lesen und wollen es nicht können. – Liquidation in Norwegen. Man sieht nur nicht, was aus dem neuen Führer wird, der ja dort ist. Und aus Himmler? In Prag Kämpfe zwischen

Partisanen und Deutschen. Patton nahebei: Die Leiche Hitlers nicht gefunden unter denen einer Menge selbstgerichteter hoher Nazi-Funktionäre. War er je da? Ist die Flucht nach Argentinien geglückt? – Gelesen im Laukhard.

Pacif. Palis., Montag den 7. V. 45
/Kapitulation Deutschlands erklärt./ Schwerin-Krosik und [?] war noch bei Eisenhower zur Unterzeichnung der unbedingten Übergabe an die drei Mächte. Döniz ordnet die Rückkehr der U-Boote zu ihren Basen an. Ausgeschlossen ist das Kommando von Prag, das rebelliert u. den Kampf fortsetzt. Mitteilung an das deutsche Volk: Die Überlegenheit des Gegners an Menschen u. Material zwinge zum Niederlegen der Waffen. Deutschland solle ruhig bleiben und ein neues Leben beginnen. Wäre dies letztere ehrlich gemeint! – Die Freude in London und New York soll groß sein. – Meldung, daß die Leichen des Göbbels und der Seinen gefunden seien. Außerdem die des Feldmarschalls von Bock. Die deutschen Truppenteile, die sich in letzter Zeit ergeben, bestehen aus »prächtigem«, wohl unterhaltenem Menschenmaterial. Man hat sie geschont und das Kruppzeug geopfert. – – /Ist dies nun der Tag, korrespondierend mit dem 15. März 1933, als ich diese Serie von täglichen Aufzeichnungen begann, – also ein Tag feierlichster Art?/ Es ist nicht gerade Hochstimmung, was ich empfinde. Natürlich ist die gegenwärtige deutsche Regierung nur episodisch, Instrument der Kapitulation, da Eisenhower keinen Himmler ins Zelt lassen konnte. Übrigens aber /wird dies oder das *mit* Deutschland, aber nichts in Deutschland geschehen,/ und bis jetzt fehlt es an jeder Verleugnung des Nazitums, jedem Wort, daß die »Machtergreifung« ein fürchterliches Unglück, ihre Zulassung, Begünstigung ein Verbrechen ersten Ranges war. Die Verleugnung u. Verdammung der *Taten* des Nationalsozialismus innen und außen, die Erklärung, zur Wahrheit, zum Recht, zur Menschlichkeit zurückkehren zu wollen, – wo sind sie? /Die alberne Zerrissenheit

der Emigration, der neidische Haß auf mich und meine Haltung kommen hinzu, die Freude niederzuhalten. – Eine gewisse Genugtuung ist das physische Überleben. Nach dem Fall Frankreichs ließ Göbbels meinen Tod melden; er konnte es sich nicht anders denken./ Und hätte ich mir Hitlers Falschsieg als ernst zu Herzen genommen, wäre mir auch wohl nichts anderes übrig geblieben, als einzugehen. Überleben hieß: siegen. Es ist ein Sieg. /Klarheit darüber, wem der Sieg zu danken: Roosevelt./ –

Schrieb dies morgens und /fuhr dann im XXVI Kapitel fort./ Machte nach dem Rasieren Rundgang in der Nähe. Viel Post nach Tische zu lesen: Artikel aus »Washington Post«, Briefe von Kerényi und schon von Gratulanten; Brief von Monty Jacobs aus London wegen Botschaft zu der am 3. Juni in einem Londoner [Konzertsaal] zu haltenden Geburtstagsfeier unter Teilnahme englischer Schriftsteller. – Nach dem Thee Diktate an K.: An Elmer Davis wegen Révy, an Knopf und Leiser. – Truman und Churchill werden morgen das Ende des europ. Krieges verkünden. In Europa, Rom, Oslo, Stockholm, Jerusalem wird gejubelt. Dabei aber wird noch gekämpft, angeblich weil die Kommunikations-Verbindungen mit den Truppen in Deutschland langsam arbeiten, in Wahrheit aber wohl, weil die Autorität der Döniz und Jodl sehr zweifelhaft und Teile von Panzergrenadieren, S.S. Leuten, Hitlerjugend einfach nicht parieren. Man hört auch nichts von der Entwaffnung der Truppen, die vor Montgomery kapitulierten. Möglich ferner, daß die Russen nicht befriedigt im Punkt der Massenübergaben an die Alliierten. Freilich hat bei Eisenhower in Reims der Russe mit unterschrieben. E. hatte begreiflicher Weise die Veröffentlichung noch nicht gewünscht. Sträfliche Übereilung der Associated Press.

Pacif. Palis., Dienstag den 8. V. 45

Außergewöhnlicher und ermüdender Tag. Nüchtern mit K. nach Beverly Hills zum /Röntgen-Laboratorium:/ Zahlreiche

Durchleuchtungen und Aufnahmen nach Einverleibung von etwas Wismut-Getränk. Dauer: eine Stunde. Zu Hause wieder zu Bette gegangen, geschlummert und Zeitung gelesen. Keine Nahrung. ½3 Uhr erneute Fahrt zum Laboratorium mit Erika. Kontroll-Aufnahme, wieder im weißen Hemd mit Rückenverschluß. Umständlich. Nahrung freigegeben. Im Auto etwas Wermut und Cigarette. Zu Hause Suppe, Kotelets und Kaffee. Zeitschriften gelesen. Vorm Abendessen Brief an Hardt diktiert (der *keinen* Geburtstags-Rezitations-Abend geben soll) und Handschriftliches erledigt. A. M. Frey gedankt für seine Besprechung des Moses. – Abends franz. Champagner zur Feier des VE-day. Hörten die Reden von Truman und Churchill. Die Russen nehmen Breslau, Dresden, Olmütz. Beschreibung der Unterzeichnungsszene in Reims. Jodls Ansprache und Appell an die »Generosität«. Radio-Ansprache des Dönitz an das Volk. Die Grundlage des national-sozialistischen Staates sei zerstört, die Partei vom Schauplatz verschwunden. Er wolle versuchen, in den kommenden schweren Zeiten hilfreich zu sein. Goering und Himmler sollen bei ihm in Flensburg sein. Sagt, das Recht müsse in Deutschland herrschen und das Ziel sein, der europäischen Völkerfamilie anzugehören nach Überwindung des Hasses, der Deutschland jetzt rings umgebe. Weiter geht die Verleugnung des Nazitums nicht und kann von dieser Seite nicht weitergehen. – Die Russen suchen weiter vergebens nach Hitlers Leichnam.

Pacif. Palis., Mittwoch den 9. V. 45

Nach dem Frühstück erneuter Besuch im Laboratorium. Einen weiteren, nach Einnahme von Castor Oil, vorläufig abgelehnt. – Begann /neue deutsche Ansprache/ zu schreiben. Ging Amalfi Drive. Las nach Tische Zeitungen. Abend /bei Bemmelmans/ am Strande mit »Sir Charles«, Werfels und Movie-Leuten. Gehobene Bohême. Champagner nebst mäßiger Kost. Das Meer sehr schön, das Häuschen nett. – Plan, einen kleinen Privatstrand zu kaufen zum Arbeiten und Ruhen im Sommer.

– /Goering gibt sich bei Salzburg in die Gefangenschaft der Amerikaner, behauptet,/ er sei im April von Hitler zum Tode verurteilt u. verhaftet, aber von Leuten der Luftwaffe befreit worden. High spirit. /Selbstmord des Terboven in Norwegen. Quisling und ein paar hundert anderer Quislings, im Gefängnis,/ sehen ihrer Aburteilung entgegen. – Unbeschreiblicher Sieges- und Friedensjubel in Moskau.

Pacif. Palis., Donnerstag den 10. V. 45
8 Uhr auf. Spaziergang. Die Message weiter geschrieben, die nachmittags beendete. Mittags mit K. und Erika nach Holywood zu Frau Katzenellenbogen. In ihrem »International Art« Bilder gesehen. Mit ihr Lunch bei La Rue. Zu Hause die Zeitung. Viel über die Berliner Kapitulation, Keitels Benehmen. Die Festivität bei den Russen. Goering bei den Amerikanern, absurd und unwissend. Gefangennahme immer weiterer Nazi-Scheusale, Frank II, der Sudetendeutsche und all dieser Mist. – Spät geruht mit Magenbeschwerde. Spät Thee. Rasiert. Geschrieben den Schluß. Mit K. zu /Neumanns./ Dinner mit ihnen in nahem Restaurant, ohne Appetit. Nach dem Kaffee /Vorlesung bei ihnen des Münchener Kapitels, das mir und allen wohlgefiel./ Spät nach Haus, wo Erika gleichfalls von einer Geselligkeit zurück. Hörten mit gewohnter Verwunderung das Quartett op. 132.

Pacif. Palis., Freitag den 11. V. 45
Spät auf. Brief an die Meyer mit Anmeldung Erikas. Fahrt zu N.B.C., Lesung der Message. Spätes Lunch. Zeitungen. Zum Thee Mr. Bekessy, Vater des Dr. Habe, jetzt in Frankfurt. Redaktion der letzten deutschen Ansprachen für Bermann. Geschrieben an ihn. Platten durch Gottlieb: Tristan, Götterdämmerung und Child Harold. – Energische Ankündigungen betreffend die Behandlung der Kriegsverbrecher. Äußerungen des Generals von Falkenhorst als Gefangener der Amerikaner, – nichts zu wünschen übrig lassend. »Sie haben uns von einem

Gangster-System befreit. Eine nationale Schande, daß wir uns nicht selbst befreien konnten.« – Die Baseler National-Zeitung über die kraftlose Duldung der Greuel durch das Volk. Das ist nun einmal nicht abzuweisen. – Erika bei Eva Herrmann.

Pacif. Palis., Sonnabend den 12. V. 45

Spät auf. Unwohl in Magen, Darm und Nerven. Frühstück im Bett. Dann gebadet und Versuche gemacht mit einer kleinen Botschaft nach London. Nach Tische die Post: Die New Yorker »Tribüne« kündet Festlichkeit an. /Bab berichtet über Bassermanns Vortrag von Juda's Rede./ – Geschlafen. Zum Thee die Kahn, der ein Dutzend Briefe diktierte. 7 Uhr mit K. und Erika zu Werfels: Souper mit Stokowsky u. der kleinen Vanderbilt, Paulette [?], Mrs. E. Roosevelt, Bemelmans u. a. Champagner hilfreich, sodaß nachher eher besser daran. – Die Russen dringen, mit Recht, auf die Exekution Papens. Auch Goering ist nun, mit Recht, in Gefahr. Seine Aufnahme durch die Amerikaner wird stark kritisiert. Dönitz, der den Badoglio spielen will, soll Himmler ausgeliefert haben. Doch droht ihm selbst der Prozeß.

Pacif. Palis., Sonntag den 13. V. 45

½9 auf. Leicht regnerisch. Brief an M. Jacobs, London, kurz abgeschlossen. Ging bis zum alten Haus. Abgeholt von Peter Pr. und K. Lunch mit ihm und Erika. Nachmittags ziemlich lange geschlafen. Brief an Bruno /Frank, der mit Lungenentzündung im Hospital von Santa Barbara liegt./ – Dinner-Party bei Florence Homolka mit Eugene Meyer, Weyl, Maxwell Andersons. Über die Sorge mit den psychisch gestörten und kriminellen Heimkehrern. Über Deutschland, dessen Leben in den nächsten Jahrzehnten kaum vorzustellen. Vorläufig werden sie keine Schulen, kein Theater, kein Radio, keine Zeitungen haben. Auseinanderfall, Hunger, Krankheiten, Reduzierung der Bevölkerungsziffer auf vielleicht 45-50 Millionen.

Pacif. Palis., Montag den 14. V. 45

½9 auf. Klares Wetter. Den Brief an Frank beendet; dann /an Kap. XXVI weitergeschrieben./ Gegangen bis zum Sitz an der Straße. Bei Tisch Telegramm /von Klaus aus München: Das Haus, mehrfach gebombt,/ in Umrissen erhalten, im Innern, das schon vorher verändert, vollständig zerstört. – Seltsamer Eindruck. Gut, daß ein neues Haus habe unter freundlicheren Zonen. – Viel Post. Feierlicher Geburtstagsbrief der Hamburger aus Schweden. Neues von der »Tribüne«: Empfang mit Darbietungen. Brief von Mr. Evans, Library of Congress. /Das O.W.I. über die kolossale Verbreitung des Artikels »Die Lager«./ Bermann: Honorar für Kriegsgefangenen-Ausgabe von »Achtung, Europa«. – Nachmittags geschlafen. Nach dem Thee Briefe mit K. Abends mit Erika musiziert: Harold in Italy u. a. – /Ukas Eisenhowers gegen die liebenswürdige Behandlung des Göring und gefangener Generäle. Viel anstößiger sind die Interviews und Presskonferenzen mit diesen brutes. (Guderian). Die Duldung des unverschämten Benehmens der S.S. Garde von Berchtesgaden./ – Der zurückkehrende norwegische Kronprinz erklärt, daß die Quislings, d. h. 2% der Bevölkerung dem Tode verfallen sind. – /»Die Teufel« beendet. In den »Memoiren aus einem Totenhaus«./

Pacif. Palis., Dienstag den 15. V. 45

Schon ½8 auf und gegangen. /Arbeit am Schluß von XXVI./ Zur Promenade gefahren, bei warmem Sommerwetter auf einer Bank gesessen. Viel Post wieder: Brief von Warburg, London über die Ausgaben. Schmähbrief einer Pensylvania-Deutschen, beängstigend durch Idiotismus, Zeitschriften. Geschlafen. Zum Thee auf der kl. Terrasse Mr. Reves. Über sein Buch, San Francisco, über /Deutschland nächstens becourt von Ost und West. Der russische-amerikanische Gegensatz./ – Nach dem Abendessen Familie Huldschinsky zum Kaffee. Vorlesung von »Deutschland und die Deutschen«. Guter Eindruck. – Bericht des Stenographen Hergeselle über Hitlers letzte Stunden in der Reichskanzlei: Seine Zerrüttung. – Hauptmann, in der D. Allgem. Zeitung, vergoß Tränen (»Ich weine«) über Dresden. Über sonst nichts.

Pacif. Palis., Mittwoch den 16. V. 45

Sommerwärme. /Schloß das XXVI Kapitel ab./ Ging Amalfi Drive und fuhr zurück mit Erika. Ausscheiden der närrischen Myra. Eintritt einer Hilfskraft. Nach Tische Gottlieb, der Bilder brachte und die Anfänge der Tagebuch-Korrekturen. Zum Thee Singers mit Sohn. Dann Arbeit mit Erika an der Übersetzung des Vortrags. – Dönitz Kriegsgefangener. Das Flensburger Radio von den Alliierten übernommen. Die skandalösen Interviews à la Guderian abgestellt. Ley gefangen. – Böses in »Nation« über San Francisco, die antirussische Blockbildung, Illoyalität in Sachen der 16 polnischen »Demokraten«.

Pacif. Palis., Donnerstag den 17. V. 45

8 Uhr auf. Frühstück auf der Veranda. Arbeit mit Erika bis gegen 12 an der Verbesserung der Übersetzung des Vortrags, den sie jetzt kürzt. Zu Cooper, der noch eine Besserung vornahm. Lunch, angenehm, im Hotel Roosevelt. Von da ins News Real Theatre, wo eindrucksvolle Bilder der Geschichte des Sieges sahen. – Nach dem Thee die Post. Geschrieben an Bab. An Bibi wegen Viola d'Amore-Literatur. Brief von Golo, trauernd über die deutschen Städte, das Maß der Zerstörung überhaupt, von dem man sich keine Vorstellung mache. – Abends, widerstrebend, Korrektur des Tagebuch-Drucks.

Pacif. Palis., Freitag den 18. V. 45

8 Uhr auf. Weiterer Spaziergang. /Vorbereitungen zu XXVII./ Gegangen Amalfi Drive. Heinrich zum Lunch. Im Gespräch über Deutschland gab ihm den Vortrag zu lesen. – /Der Zustand meines Kopfes und meiner Nerven macht mir Sorge. Jeder sagt mir, daß ich magerer geworden bin. Könnte ich wieder zunehmen, würde ich mich weniger schwach auf den Füßen

fühlen. Habe im Einzelnen auch in jüngster Zeit noch einige gute Dinge gemacht; fühle ich mich aber »abnehmen«./ – Time Magazine, interessant. Niemöller, befreit, äußert sich ziemlich enttäuschend. – Geschlafen und nach dem Thee viele Briefe und statements diktiert. Nach Tanger wegen Flinker. Nach dem Abendessen Besuch von Virginia Kellen. – Sollte man es glauben, daß Adm. Döniz noch heute im Flensburger Radio antibolschewistische Reden halten darf?

Pacif. Palis., Sonnabend den 19. V. 45
/Fühlte mich besser. Vormittags Arbeit mit Erika an dem englischen Vortrag./ Mittags zur Fußpflege nach Santa Monica. Im offenen Wagen gefahren und ausgestiegen, während K. Besorgungen machte. Nach Tische im Laukhardt. Geschlafen. Nach dem Thee Handschriftliches erledigt. Zum Abendessen /Leonh. Frank./ Mit ihm viel über das erbärmliche politische Spiel, /die unglaubliche Ungeduld, mit der noch während des japanischen Krieges der Russenhaß aus dem Sack gelassen wird./ Das Aufnehmen der Flüchtlingsmassen aus dem russischen Gebiet Deutschlands. Himmler wird nicht gefangen. Zur Prozessierung der Kriegsgefangenen wird es nie kommen. /Münchener Luft weht wieder, leichtsinnig verfrüht. Der Sieg wird ärger verspielt werden, als das vorige Mal./ »Phantom Victory«. – /Las in ernster Verzweiflung den größten Teil des Teufelsgesprächs vor, wohl zwei Stunden./ Bei Anerkennung der Großartigkeit die Notwendigkeit von Erleichterungen allgemein empfunden.

P. P. Sonntag den 20. V. 45
Müde von gestern. Weniges und Unrichtiges geschrieben. Gegangen und Eva Hermann zum Lunch abgeholt. Dazu Peter Pr. Nach Tische in den /Laukhard-Memoiren./ Tief geschlafen. Nach dem Thee nichts mehr getan. Ging aus und traf die alten Riebers. Zum Abendessen Champagner. Kaffee. Heitere Gespräche mit Eri und ihrem Onkel. Erinnerungen an die Pfeffer-

mühle und die Kindheit beider Generationen. Über das Dinner der Nation, bei dem das Gedeck 25 Dollars kosten soll – »für erzieherische Zwecke«. Glänzende Sponsorschaft. – Himmler wird nicht gefunden werden, weil man mit ihm das Kapitulationsgeschäft gemacht hat.

P. P. Montag den 21. V. 45

Die Abreise nähert sich. /Schrieb am Kap. XXVII./ Zum Haarschneiden nach Westwood. Lunch ohne Erika. Ungewöhnlich viel Post. Knopf kündigt den englischen Moses an. Schöner und warmer Brief von Heinrich über den deutschen Vortrag. Zum Thee Riebers. Danach alte Tagebücher vernichtet in Ausführung eines längst gehegten Vorsatzes. Verbrennung im Ofen draußen. Abendessen mit Erika, die über News Real-Bilder berichtete: Das gräuliche Treiben in Mailand mit den Leichen Mussolinis u. seiner Geliebten, die Unterzeichnungen in Reims und Flensburg. – Zur Gewißheit wird mehr und mehr, daß mit Himmler (unauffindbar) ein Handel gemacht worden ist, der den Kampf zwischen Waffen-SS und Armee verhindert und Dönitz zur Macht gebracht hat. Himmler, zwar persönlich abgewiesen, hat dabei seine Haut gerettet und Hitler geopfert. In San Francisco wußte man es, und die Russen wissen es auch. – Las »Common Sense«.

Pacif. Palis., Dienstag den 22. V. 45

/Vormittags am Kapitel./ Gegangen bei angenehmstem Wetter Amalfi Drive. Kopf und Nerven sehr angegriffen. Die Abschrift des englischen Vortrags. Sendung an die Library. Briefe zu lesen. Nach früherem Thee mit Erika zu Franks, Abschiedsbesuch. Dort auch K. Rückfahrt im offenen Wagen. Utensilien zur Reise. Zum Abendessen /Neumanns./ Er las seinen /Beitrag zu Bermanns Geburtstagsheft/ vor: /»T. M.« als Vorleser,/ und erregte Rührung. Geschichten von Carossa im Florentiner Hakenkreuz-Club. Erzählungen von einer Vereinigung deutscher Sozialisten in Halle. – Komische Abreise Niko's, wieder einmal.

Pacif. Palis., Mittwoch den 23. V. 45

Packtag. Vormittags Einrichtung des engl. Vortrags mit Kürzungen. Auswahl und Verstauung der mitzunehmenden Papiere in der Handmappe. /½12 zu Dr. Wolff. Leichte Gewichtsabnahme wiederum./ Arsenik-Injektionen vorgesehen. Kein Eiweiß. Blut und Blutdruck, Herz in Ordnung. /Nervöse Ermüdung, zuweilen die Erschöpfung streifend./ Möge die Reise nicht nur nachteilig wirken. – Von da zu Cooper zur Revision. Offener Wagen. Viel Post zu lesen. Von Knopf »The Tables of the Law«, außerordentlich schön ausgestattet. Nach dem Thee Bereitstellung meiner Reise-Garderobe. Korrektur weiterer Fahnen des Tagebuchs. – K. verletzt sich mit heißer Sauce die Hand; Seifenbrei hilfreich. – Eindrucksvolle politische Nachrichten: Verhaftung der Dönitz-»Regierung«, wohl auf russischen Wunsch. Verhaftung des Streicher. Selbstmord des Admirals, der die Übergabe mit unterzeichnete. Unverhaftet: Ribbentrop und Himmler. Furchtbares Bombardement Tokyos durch Super Fortresses. Demission Churchills und Bildung eines Care taker Kabinets durch ihn. Auflösung des Parlaments und baldige Neuwahlen (zu baldige, die aber dennoch den Linksruck bringen mögen.) Gewaltiges Training aller Teile der russischen Armee, auch der Garnisonen der deutschen Städte. – Danktelegramm an Knopf. – Geburtstagsgeschenk einer schönen amerik. Biedermeier-Stutzuhr für mein Zimmer von K.

Pacif. Palis., Donnerstag den 24. V. 45

Reisetag. 8 Uhr auf und nach dem Frühstück das komplizierte Geschäft des Packens der Handtasche besorgt. Früheres Lunch. Fahrt zum Bahnhof ½3 mit dem »Mieter« Goll in unserem Buik, Erika chauffierend. Reichlich Zeit. Im Garten der Station /Nachricht vom Selbstmord Himmlers in engl. Gefangenschaft./ Giftphiole im Mund zerbissen. – Roomettes. Zeitschriften gelesen. 7 Uhr nach langem Warten Dinner mit sehr guten Hammelchops.

Zug nach Chicago, Freitag den 25. V. 45

Leidlich geschlafen. Benommen von Höhenluft. Frühstück im nicht so vollen Diner, dann in Club Car. Warm. /Der Zug ungeheuer lang, der Weg zum Diner eine Wanderung./

Chicago, Sonnabend den 26. V. 45 Shoreland.

Die Reise bestanden. Das Schwerste /der endlose Weg zum Diner, wo wir den ersten Abend fast eine Stunde zu warten hatten, dann späte Mahlzeiten nahmen./ Die Frühstücke bequem. Roumettes bewährt. Las in /L'Histoire des Treizes: Mischung von moderner Soziologie, katholischer Empfindsamkeit, romantischer Sentimentalität, reaktionärer Kritik, Übertriebenheit immer./

Ankunft hier pünktlich 12¼. Ziemlich turbulent. Im Hotel zunächst nur ein Zimmer, 5. Stock. Zum Lunch im Speisesaal Medi mit Gogoi. In Deutschland Welle von Selbstmorden von »Edel-Nazi« mit Hinterlassung von »Lieber tot als Sklave«. Offiziere, Professoren. Bertram? Wohl kaum. – K. und Erika zu Medi. Rauchte im Zimmer u. lag dann bis 5 im Dunklen. Eröffnung des Nebenraums. Medis rührende Vorbereitungen zum Champagner-Souper in der neuen Wohnung. Das Beste aufgelegt. Will die lecture dort probieren. – Der Kopf eher besser als zu Hause. – Die Russen sollen sich in Berlin sehr beliebt machen, Lebensmittel beschaffen, mit den Mädchen ausgehen. Werden noch die Beliebtesten sein.

Washington, Montag den 28. V. 45, Crescent Place

Die lecture, bei Medi nach dem Kaffee probiert, erwies sich als gut, aber noch zu lang. Weitere Kürzungen notwendig. – Gestern, den 27., im Hotel die Zeit verbracht. Allein bei großer Schwüle etwas gegangen. Lunch (Brunch, Wheat cakes and

Coffee) im Speisesaal. Dazu Medi mit den Kindern, die noch in ihrem Wagen mit zum Bahnhof Engelwood kam. Regen. Abfahrt nach 3. Hochgelegener Single bedroom für mich. Geruht. Mit Erika an der lecture. 7 Uhr nach längerem Warten mäßiges Dinner. Zeitig zu Bett. Balzac gelesen.

Gut geschlafen. 8 Uhr auf. Kaffee im Speisewagen. Ankunft verfrüht, nach 9 Uhr. Philipps am Bahnhof. Angenehmes Wetter, erfrischt von reichlichem Regen. Begrüßung mit »Ag« in der Halle. Gemeinsames Frühstück, dazu Eugene, ill mannered. Auspacken, Maniküre, Umkleiden. /Langer, interessanter Geburtstagsbrief von Golo, der die Camp-Message gesendet hatte./ Citate aus letzten deutschen Zeitungen, Ausschnitt aus Frankfurter Presse, grotesk. Stolz auf die Katastrophe. Sie wissen noch nicht, wie elend sie sind. Der Freiheitsrummel wird schon noch kommen. Plünderungen von Truppen im Lande, die von den Amerikanern zurückgewiesen.

Washington, Dienstag den 29. V. 45

Wetter klar und kühl. Den Tag möglichst ruhig verbracht. Vormittags Besuch von Bermanns. (Pflaster am Kinn, Verletzung beim Rasieren, andauernde Blutung.) /Mit B. über die Stockholmer Ausgaben./ Der Vortrag für die Neue Rundschau. – Plötzliche Änderung in Erikas Dispositionen als Ergebnis ihrer Besuche in der Stadt. Kann den 6. nicht mit uns verbringen. Mit ihr Thee nachmittags. Frühzeitiges Umkleiden. Dinner mit Borgese. /Fahrt zur Library. Dort Evans und Mc. Leish, der von San Francisco gekommen. Überaus glücklicher Verlauf des Vortrags nach schöner Einführung durch Archie. Empfang von 50 Personen bei Meyers./ Mc Leish und Bermann (Schulbücher). Biddles. Hohe Beamte. Der Wiener Schuler. Eugene. /W. Lippmann, sehr angetan von dem Vortrag./ Champagner und Eis. Borgie außer sich über das Nicht-Erscheinen seines Geburtstagsbeitrags in der Rundschau. Tölpelei Bermanns. Abreise Erikas nachts nach New York. Kehrt noch wieder. – Zuletzt Kreis im Salon. 1 Uhr hinauf.

Washington, Mittwoch den 30. V. 45
Ausgiebig geschlafen. Gegen ½10 auf. Frühstück im Schlafrock. Verfroren. Blauer Himmel u. kalter Wind. Las die Zeitung mit Bericht über die lecture, stimmungslos wie üblich. – Bermanns noch einmal. Den Tag ruhig u. in wachsender Müdigkeit verbracht. Nachmittags nervös unwohl. Post aus P. P. Ein engl. Glückwunsch-Gedicht. Spaziergang nachmittags mit K. in den nahen Anlagen, sehr heiß. Auf der Veranda gesessen. Las Artikelserie der Hausherrin über social achievements. Dinner mit Eugene, wachsend langweilig und schläfrig. Früh hinauf. Gelesen in L'Histoire des Treize.

Washington, Donnerstag den 31. V. 45
Wohl 9 Stunden geschlafen. Brief und Check von 1000 Dollars von der /Library./ Nach dem Rasieren mit Taxi dorthin. Konferenz des Stabes. /Verbreitung des Vortrags durch das O.W.I. in Europa./ Wegen des deutschen Textes Telephon mit Bermann. Thema für nächstes Jahr: Amerika? – /Führung durch die beiden Häuser bis gegen 1 Uhr. Die Dinge von Beissel./ Zum Lunch hier Gäste von der »Post«. Nachher bei schönem Wetter Familien-Ausfahrt nach der »Cabin« mit dem Töchterchen der 2. Tochter. Auch Elizabeth. Geruht in einem der Schlafzimmer. Auf der Terrasse. Verteidigung von »Deutschland über alles«. Mit Agnes M. über ihre Europa-Reise. 6½ zu Hause. – Das Essen hier sehr unzulänglich. – /Dinner mit Meyers und Sumner Welles bei dem Journalisten Pearson/ u. seiner hübschen Frau. Gute Mahlzeit. /Gespräch mit Welles über Deutschland, auf dessen Auflösung er besteht./ Fanden nachher zu Hause Erika vor, zu meiner Freude. Bier mit ihr bei mir. Schenkte mir hübsche Cigarettentasche. Vorbereitungen in N.Y. (Walter mit Hubermann übend.) – Artikel von Childs in N. Y. Post. Spät zu Bette.

Freitag den 1. VI. 45, Washington
9 Uhr auf. Andauer des heiteren Wetters. Gefrühstückt und nachher gebadet. Telephon mit Evans über die zweifelhafte Verwendbarkeit des Vortrags für Deutschland. 11–1 Dienst bei der Hausfrau, Gespräch und Vorlesung von Intermezzo und Schildknapp. Sherry. Lunch, zu dem Erika sich später einfand nach Konferenzen in der Stadt. Besuch eines jungen Engländers mit empfangen. Telephon mit /Elmer Davis,/ Verabredung zum Lunch morgen. – Dinner mit Erika und Eugene. Danach Ausfahrt ins Cinéma: Ausgezeichneter, ja bewegender Film nach einem Roman, Musiker (Boyer), Frau und liebendes Landkind, vorzüglich gespielt. Nachher Bier mit Eugene u. Erika in der Bibliothek.

Washington, Sonnabend den 2. VI. 45
11 Uhr /National Gallery mit Mr. Findley./ Rubens und Italiener, nach Aufenthalt in seinem Office. Der junge Swarczensky. Geschenk des /großen Katalog-Buches mit schönsten Illustrationen./ 1 Uhr allein /Social Security Building zum Lunch mit Elmer Davis und seinem Assistenten./ Apfelkuchen und Kaffee. Gespräch über die lecture u. ihren Gebrauch in Deutschland, die politischen Fragen, auch Klaus und Révy. Mit Taxi nach Haus, bei Katja, geruht u. angefangen zusammenzupacken. – Nachmittags mit der Hausfrau. Auf der Veranda bei Gewitter. Nach unserer Rückkehr ins Zimmer sehr schwerer Schlag. Ihre Nachrichten über die bevorstehende gefährliche Hungersnot in Deutschland. Old fashioned Cocktail, benommen. Dinner, mäßig wie immer mit Erika und Eugene. Musik und Plauderei, Bier.

New York, St. Regis, Sonntag den 3. VI. 45
Heute in W. bald nach 8 auf, gefrühstückt, gebadet und das Gepäck fertig gemacht. Verabschiedung von den Wirten. 10 Uhr 20 Abfahrt unter Zurücklassung Erikas, die ins Hotel Stadtler übersiedelt, um mit Hilfe Mc.Leishs das ärgerlich An-

hängige, eine Verleumdung, beim State Department zu schlichten. Abreise 11 Uhr im Pulman über Philadelphia, Trenton. Frühes Lunch, schlecht, im Speisewagen. Danach Zeitungslektüre und Schlummer. Ankunft Pensylv. Station 3 Uhr. Gumpert zur Abholung. Wohnung, nicht sehr erfreulich im 8. Stock. Thee mit G. im Wohnzimmer. /Gespräch über die Russifizierung Europas. Die Betäubung der Deutschen, die noch nicht wissen, wie ihnen geschieht./ – Auspacken. Besuch Monikas. – Bedecktes, gegen Washington sehr kühles Wetter. Warm gekleidet. Dinner mit Moni im Restaurant unten. Den Abend auf dem Zimmer.

New York, Montag den 4. VI. 45

Post, Gratulationen. Vormittags mit K. im Seidenhaus wegen der Hausjacke. Lunch im Hotel. Besuche: Freda Kirchway, Agent Lee. Viel Telephon, mit Alexan von der Tribüne. Artikel in der »Staatszeitung«. Viel Blumen im Zimmer. Abends Gäste von Landshoff. Dinner mit ihm und Moni im Swiss Restaurant, dann Theater Musical Box: /»Remember Mama«, mit Homolka und der Christians, allerliebste Aufführung./ Mitternacht Ankunft Erika. Übersiedlung K.'s in mein Zimmer.

New York, Dienstag den 5. VI. 45

½10 Uhr auf. Frühstück mit Erika. Weitere Blumen. Goethe-Plakette, zeitgenössisch, von Unbekannt. Wetter weiter trüb und kühl.

New York, Mittwoch den 13. VI. 45

Gehäufter Festtrubel dieser Tage,/ nicht mit der Feder zu folgen, Unmöglichkeit der Rechenschaft. /Das Wohnzimmer eine Blumenausstellung, Haufen von Briefen, zu lesen kaum möglich, und Telegrammen,/ nachgesandt von Pacif. Palis., /aus Schweden, der Schweiz, London, Chile, Süd-Afrika. Geschenke. Beim Geburtstags-Lunch Knopfs im Passy große goldene Cigarettendose, von K. goldener Füllfederhalter-Bleistift. Am

Abend des 6. bei Walters, Musik mit Hubermann. Erika blieb, aufgehalten durch die kommunistische Denunziation./ Seit vorgestern in Washington, nahe dem Abfluge nach Europa. Langer interessanter Brief von Klaus aus Prag. Der /Vortrag im Hunter College am 8., größter Eindruck beim überfüllten Hause. Empfang nachher. Leichte Verstörung der Musiker. – Abend der »Tribüne«/ am 9. mit B. Eisner, Gauss, Hardt. Ich sprach am Ende. Im Restaurant danach: /H. E. Jakobs über seine Erfahrungen im Lager: das Archaische im Volk, ganz übereinstimmend mit gewissen Bemerkungen im Faustus./ – Oft unruhig geschlafen und spät auf. Im Ganzen elastisch. Briefe an Heinrich und Neumann. Abend /bei Bermanns in Old Greenwich, gefahren von Bonnier u. seiner amerik. Frau. Schubert-Trio./ Zuckmayers Gesänge, nicht sehr gut. – Abend bei Jannin, wo ich das Münchener Kapitel unter Auslassung Jeanettens las. – Gestern Abend bei Marek. Ebenfalls gestern langes Interview mit P. M.-Vertreter, das Erste, was mich ernstlich enervierte und erschöpfte. /Viel mit Kahler. Besuch von Broch./ Beschäftigung mit dem /Geburtstagsheft der Neuen Rundschau,/ Heinrich, Klaus, Erikas Liebesbrief im »Aufbau«. Gestern Zusammenpacken der nach Hause zu schickenden Bücher, Briefpackete, Vasen u. a. Dinge. – /Austausch mit »Dial Press« über Vorrede zu Dostojewskys kl. Romanen;/ Forderung von 1000 Dollars überraschend angenommen. – Seit dem 7. etwa feuchte Hitze, beschwerlich. Heute Lunch mit Bermanns, abends Theater mit Caroline N., deren Enthusiasmus über den Vortrag grenzenlos. – Unter den erhaltenen Briefen manches Ergreifende. – Bevorstehende Abreise nach /Lake Mohonk, Mountain House, Ulster County./ – Hormon-Tabletten von Gumpert. Gestern Lunch mit der Jacobson u. [?] in ihrer Wohnung.

Lake Mohonk, Mountain House, Freitag den 15. VI. 45

Gestern bei großer Hitze Reise vom Gran Central hier: im überfüllten Zuge viel anziehende Gesichter junger Navie-men und soldier boys. Freundlich. Kein Platz im Speisewagen, kein Lunch. Wachsende Hitze an der Station, Autofahrt mit anderen Gästen hierher. /Großes Schweizer Hotel am See in Parklandschaft mit felsigen Hügeln./ Gute Zimmer. Schlief nachmittags auf dem Bett. Dinner ½7. Quaker-Atmosphäre, ärgerliche Beschränkungen. Saßen nach Tische in einer Strohhütte überm See, dann auf der großen luftigen Terrasse. Zeitig zu Bett nach einem Trunk von Quellwasser.

Heute 8 Uhr auf u. im Speisesaal gefrühstückt. Kein Room Service. Port und Wermut mitgebracht. /Hitze, weiche Luft. Spaziergang schon morgens zu beschwerlich u. erhitzend. – Gewitter fast den ganzen Tag./ Fortlaufender Eingang von Glückwunsch-Briefen und Telegrammen aus der Schweiz, Schweden u. von hier. Telegramm wegen Radio-Sendung der Tischrede am 25. Telegramm wegen eines Londoner Broadcast aus »L.i.W.« – Abends Konzert, Trio und Gesang im Saal. Anmutige junge Norwegerin, die mich im Lift mit Blick auf ihre Freunde ausdrucksvoll erkannte. Spring-water abends. Ein paar Briefe diktiert.

Lake Mohonk, Montag den 18. VI. 45

Die Tage vergehen bei feuchter Hitze, unter häufigen Gewittern. Zuweilen Darbietungen abends: /Movies im Freien,/ vorgestern »Casanova Brown« mit Cooper, recht komisch. /Kammermusik im Saal. Fortlaufender Strom von Briefen, manche aus der Schweiz, heute von Fiedler, Basler, Frey./ – Stellte gestern und heute teils handschriftlich, teils diktierend /die Tischrede für den 25. her./ – Schrieb pflichtschuldigst an die Meyer. Lese »Onkelchens Traum«. Die Gestalt der Sinaida, tief eindrucksvoll durch das offenkundige Gefühl des Verfassers. – Heute nachmittag Spaziergang um den See, Chasteártig. Entgegenkommender und kehrt machender Bieber. – Die Zeitungen über den Trionfo Eisenhowers in Washington u. New York. Die Gefangennahme Ribbentrops in Hamburg. Auffindung der Reste Friedrichs des Gr. und Hindenburg[s] tief in einer Salzmine. Dokumente aus Deutschland, trostlos, auf englisch und deutsch. /Brief von Golo mit Bericht über seine Feier im Radio Luxemburg. Nachrichten über andere Geburtstagsveranstaltungen wie bei B.B.C./ – Die Rede zur Übersetzung nach New York. – Das Essen sehr schlecht. /Die Anlagen leicht kindisch, Victorian, Outlooks, Türmchen, Brückchen, altmodischster Kurort ohne Kur bei miserabler Küche./ – Brief von Medi: Walters Durchreise, schlecht aussehend, mit »Magengeschwüren«. – Gedenkbriefe, die mir fehlen: Hesse, Faesi, Korrodi. Warum? Das undankbare Benehmen Döblins. – Kamen die neuen Mäntel von Wallach.

Lake Mohonk, Mittwoch den 20. VI. 45

Sehr nasses, dunkles Wetter. Gestern Nachmittag einstündiger Spaziergang in Gummischuhen. Abends bei der »Informal Music« /Befreundung mit einer amerik. Dame und ihrer hübschen 16 jährigen Tochter, die hier den Zbg liest/ u. die es sehr aufregte, neben mir zu sitzen. /Zärtliches Gefühl./ – Äußerungen, gedruckt u. schriftlich, über die N.Y.er lecture. Geburtstagsartikel in der Zeitung der deutschen Kriegsgefangenen in U.S.A. – /Die Zeitungen voll von Berichten über die Riesen-Reception Eisenhowers, der übrigens die Zusammenarbeit mit Rußland fordert./ – Nach dem Frühstück »auf Deck« Unterhaltung mit deutsch-amerik. Familie über die Heimat und ihre Leute. – Gestern diktatweise und schriftlich vordringliche Briefe erledigt.

Lake Mohonk, Donnerstag den 21. VI. 45

Gestern Nachmittag Ankunft Moni's. Schwierigkeiten unserer Abreise am Sonntag, bereitet durch den Gralsgebiet-Charakter der Gegend, zu überwinden. Verabredungen, telephonisch, mit Bermanns. – Spaziergänge in der weichen Luft. Immer wieder einfallender Regen und Donner. Abends gestern wieder Film im Freien, Homecomer- und hero-Satire. Selbstverspottung der amerikanischen Demokratie gern gesehen.

Heute Morgen, /durch Liesl, Nachricht vom *Tode Bruno Franks,* »im Schlafe«./ Schmerzliches Gefühl des Verlustes. Ein Mensch, der mich liebte, und dem ich mehrmals aus Nachlässigkeit weh getan habe. 35 Jahre kaum unterbrochener Nachbarschaft und des Austausches. Doch hatte uns sein Abnehmen und wachsendes Versagen zuletzt schon sehr seines Beistandes entwöhnt. – Telegramm an die Witwe, mit K. nach dem Frühstück entworfen. Wird dabei nicht sein Bewenden haben können. – Brief an Klaus, zum Dank. – Gelesen in /Einsteins »Mozart«, englisch./ Nachmittags zu dritt um den See. Danach wieder Gewitter. – Briefe, freundlich und feindlich. Publicity erregt die Leute.

Mohonk, Freitag den 22. VI. 45

An Golo geschrieben. Anderes diktiert, z. B. an Frau Busch. Verebben der Post. Abends zartes Damenkonzert. Mondnacht. /Die kleine Cynthia in roter Jacke, lieblich./ K. schrieb an Liesl Frank und die Massary.

Mohonk, Sonntag den 24. VI. 45

Gestern den ganzen Vormittag mit einem /Nekrolog für Frank, dem »Aufbau« zugedacht./ Nachmittags elend, überanstrengt vom Spaziergang bei schwülem Föhnwetter. Sahen abends einen dummen Revolverfilm nur zum Teil. Packen.

Schrieb heute nach dem Frühstück den /Gedenk-Artikel/ schlecht und recht zu Ende. Packen der Handtasche. In Erwartung der Bermanns, mit denen wir lunchen, und die uns nach Old Greenwich zum Zuge nach New York bringen wollen. – Eindrucksvoll die /Rede Baruchs vor dem Congress über die Entindustrialisierung Deutschlands und das Aufbrechen des Junker-Großgrundbesitzes./ – Weitläufige San Francisco Charter, nur überflogen. – /Die kleine Cynthia,/ nur von Weitem. Mit ihrem Vater im Lift. /Andeutung Ulrikens./

New York, St. Regis, abends. Bermanns kamen verspätet. Lunch mit ihnen zu 6 Personen. ½3 Uhr Abfahrt mit ihrem

Auto, pilotet bis zur »Grenze« von einem Gralsverwandten. /Die Kleine, mit den Eltern in der Entfernung, zur Verabschiedung. Herzliche Freude. »It was always so pleasant to look at you.« – »Oh – really ??«/ Versteckte sich bei der Abfahrt u. schaute, ob ich nach ihr sähe. /Werde sie nicht vergessen./ – In Whiteplain Beschluß, die Fahrt ganz nach N.Y. zu machen. Sehr warm. Einfahrt am Hudson. Sahen die Queen Mary liegen. Ankunft am Hotel ½7 Uhr. Verabschiedung von Moni. Begrüßung mit Manager Naegel. Schöne Wohnung im 8. Stock. Auspacken und gegen 8 Dinner unten. Briefe zu lesen. Ein angenehmer von C. Helbling. Die Übersetzung der Rede.

New York, Montag den 25. VI. 45

Vormittags im Barber Shop unten, Restaurierung. Studium der Rede. Korrektur des Nekrologs. Brief an Liesl Frank. 1 Uhr Agnes Meyer unten. Lunch mit ihr allein, während K. bei Moni. Mit ihr dann im Living Room. Bekenntnisse einer schönen Seele. Religiöses Erlebnis mit dem sozialen Bischof in Chicago. Voller Verständnis und unter vagem guten Zureden alles aufgenommen. Vorwürfe ihrer »Untreue« halber macht sie sich auch noch, auch diese offenbar poetisch genießend. Ich verschwieg ihr entschlossen die unvergleichlich bevorzugte kleine Cynthia. – K. kam nach dem Weggang der Frau zurück. Ich ruhte und trank Thee um 5 Uhr. Toilette und Rehearsal. Moni. Junge Leute mit Plattengeschenk. Frau Feuermann. Sieben Uhr abgeholt zum /Waldorf-Astoria. Unwahrscheinliche Ofenluft draußen. Empfang und Cocktail mit den Ehrengästen. Der große Saal besetzt mit 600 Gästen. Begrüßung mit Frankfurter, Negrin, Ickes u. a./ Photographische Aufnahmen mit ihnen u. Freda Kirchwey. /Dinner zwischen dieser und Bob Sherwood/ als Chairman. /Reden der Kirchwey, Frankfurters, Negrins, Shirers, Ickes'. Meine Ansprache./ Nachher mit Taxi zum Columbia Broadcast, wo die Rede etwas gekürzt wiederholte. Zu Hause Bier und Sandwich.

New York, Dienstag den 26. VI. 45

Vormittags Besuche. Beim Antiquar, Molière-Ausgabe und »Des Knaben Wunderhorn«. Zu Knopf. Lunch mit ihm bei Voisin. Über die 2 bändige Ausgabe des Joseph und die literarischen Essays »Nobility of the spirit«. – Abkühlung. – Nach dem Thee Besuch von Dr. Klopstock. Zum /Restaurant Giovanni, Abendessen mit Bermanns und Töchtern, Frau Fischer u. Tochter, Landshoff, Gumpert, Kahler, Kaditja Wedekind. Später J. Maass. Bei uns im Wohnraum, der sich gut bewährte. Erfolgreichste Vorlesung, die ich je gehalten: Ansteckung, Ärzte und Anfänge des Teufelskapitels nebst »Hölle«. Größte Betroffenheit und Ergriffenheit./ Kahler ermutigend über das Ganze. Mit Bermann über die Fortsetzung der Rundschau. Festlich u. etwas betrügerisch erregt, da ich nur das Sicherste gegeben. – Die Zeitungen über die gestrige Veranstaltung, hochpolitisch.

New York, Mittwoch den 27. VI. 45

Tief geschlafen. Nach 9 Uhr. Nachklingen des /gestrigen bewegenden Abends, viel wichtiger als das amerikanische Dinner./ Beifallsbrief zur Radio-Rede. Brief wegen der »Vertauschten Köpfe« als Ballet. Klar. Editorial in den Times. Annette zum Abschied.

Chicago, Sonnabend den 30. Juni 45, Shoreland

Abreise von New York Mittwoch nachmittag, nach einem Lunch bei L'Aiglon mit /Slochower und Lazare,/ bei dem Moni durch Mißverständnis ausblieb. Caroline zum Abschied. Hitze, übliche Verstörung der Abreise in zwei Wagen unter Assistenz Bermanns. Drawing Room. Dinner nach längerem Warten, schlecht. Erregte Nacht. Morgens Kaffee im Speisewagen. Ankunft Englewood 8 Uhr. Medi mit Kindchen dort. Frühstück mit ihr hier im Dining Room. Gemeinsames Zimmer im 12. Stock. Große Hitze. Abends schwitzend bei Medi mit dem Schwiegersohn, der in mürrischem Zustand noch anstrengender als in lautem. Er übersetzte einen Brief an P. M. eine Mrs. Lowe kränkende Stelle im Interview berichtigend. – Gestern den feucht-schwühlen Tag hauptsächlich in einem Fauteuil am Fenster, Blick auf den See, verbracht. /Schrieb meine Rede für den Abend auf./ Lunch mit Medi im Dining Room. Frühes Ankleiden nachmittags. Cocktail-Party bei Golds. Dann /Festdinner im Hotel./ Unglaublicher Zorn Borgi's über seine Miß-Placierung. Arme Medi. /Reden von Kaufmann, des philosophischen Dean und Borgeses,/ abgekürzt. Dann ich über die Erfahrung von Gut und Böse, improvisierend. Im Hotel-Appartement des Besitzers. Benediktiner. Bilder u. Plastiken der Hausfrau.

Heute trübes, dampfiges Wetter. Badete 9 Uhr und blieb nach dem Frühstück im Pyjama an meinem Lieblingsplatz am Fenster. In der Chicago Sun Mehreres über Deutschland, die Zweiteilung. – Erinnerung an den kurzen Spaziergang am See gestern Mittag; Badestrand, Gruppen. – Werden mit Medi Lunch im Hotel haben, abends bei ihr essen und nach 11 Uhr die fragwürdige Heimfahrt mit langsamem Zuge antreten.

Zug nach Los Angeles, Sonntag den 1. VII. 45

Der Geburtstagsmonat vorüber; noch mancher Nachhall wird folgen. Manches Erfreuliche bleibt übrig. – Die Abreise gestern, bei großer Schwüle, so turbulent wie noch keine. Medi mit uns. Zwei falsche Bahnhöfe. Notwendigkeit des Ticket-Umtausches im Samstag-Gewühl. Dann auch große Verspätung des Zuges. Schließlich in unserem air-conditioned Bedroom glücklich gelandet. Liebevolle Verabschiedung von Medi, die sehr hilfreich gewesen. Einrichtung und zu Bette nach Mitternacht, während der Zug noch immer stand. Las nur einige Seiten in den /»Erniedrigten u. Beleidigten«./ Tief geschlafen. 2 Tage und 3 Nächte schwieriger Art stehen bevor, aber es ist die Rückreise, und Anforderungen des Lebens sind wieder einmal bestanden. Stand ½9 Uhr [auf] und frühstückte mit Leuten im Speisewagen, wo man, novum, nicht rauchen darf. Nachher im Club-Wagen. Angenehme Gesichter junger Soldaten. In Cansas-City etwas ausgestiegen. –

Zug nach Los Angeles, Montag den 2. VII. 45

Geduldsprobe der Reise. Gestern /2 stündiges Anstehen und Warten auf das Dinner./ Ließen nachher bald unsere Betten machen. Heute ½8 auf und gleich rasiert. /Anstehen zum Frühstück, Zumutung. Älterer Mann, der ohnmächtig wurde, mit epileptischem Einschlag,/ wie mir schien. Will von seinem Warteplatz nicht weichen, sinkt wieder hin, wird von M.P.-Leuten betreut. Ich saß mit ihm am Tisch nachher. Verletzung am Mund. Erkundigung nach den braunen Handflecken. – Kreuzten Winkel von Colorado. Hochebene und Felsberge von New Mexico. – Der Tag nicht leicht zu verbringen. Sollten morgens 12 Uhr ankommen, müssen aber mit 2–4 stündiger Verspätung rechnen. Voraussichtlich viel Post lagernd. /Habe sogleich Arbeit zu leisten, da vor Ende des Monats die Dostojewsky-Einleitung nicht nur fertig, sondern auch übersetzt sein muß./ – Die »Erniedrigten« viel besser als »Onkelchens Traum«, das reichlich albern. Der Fürst kaum eine Figur im Vergleich mit Myschkin. Besser Mutter und Tochter. Der Sterbende sinnlos sentimental. Das Emotionelle in den »Erniedrigten«, die Eltern, Natalja, das Medaillon, sehr stark, espressivo, Neigung zum psychologisch Grotesken und Extravaganten. Die Liebe Nataljas (die nicht so anziehend wie die Stolze in »Onkelchen«) zu dem jungen Fürsten, der ein exzentrisches Beispiel von Schwäche und Unschuld. Das Ganze frescohaft dekorativ und übersteigert, dabei psychologisch intim. Unvergeßlich immer die haarsträubenden Philistereien Hugo Wolfs über D. Dabei erkennt er selbst sich als wesentlich morbid, und sein Talent besteht in nervöser Sensitivität. Romantische Dummheit des spezialisierten Musikers. Nietzsches Bewunderung für D. Sein Einfluß sehr stark auf die deutsche Nachkriegs-Generation. Eindruck auf Gide, der zuweilen eine

Miniatur-Ausgabe. Gehört zweifellos zu den Größten. Schwache Nachahmung Hauptmanns im »Narr in Christo«.

Zug nach L. A. – Dienstag den 3. VII. 45

Gestern früh zum Dinner angestanden (½5), gespeist mit der ersten Garnitur. Noch viel gelesen in den »Beleidigten« und schon sehr frühzeitig zu Bette. Starkes Stoßen und Schlenkern, oft erwacht. 7 Uhr auf. /Von ½8 bis gegen 9 zum Frühstück angestanden: unsinnig, beschämend und empörend./ Nur Amerikaner können dabei gute Laune und Appetit bewahren. Eine Tasse Kaffee, im Compartment angeboten, wäre die einfache Lösung. – Die Ankunft soll pünktlich sein: ¾12. Draußen heißer Sonnenschein.

Pacif. Palisades, Mittwoch den 4. Juli 1945

Gestern Morgen im Zuge das /Anstehen für das Frühstück/ besonders verstimmend. Würde in den Abteilen eine Tasse Kaffee angeboten. Erfuhr nachträglich, daß es unter der Hand geschah. – Die Verspätung eingeholt, präzise Ankunft in Pasadena und L. A. ¾12 Uhr. Kühles, leicht nebliges Wetter wohltuend. Dr. Goll mit dem Buick. Langes Warten auf das Gepäck. Heimfahrt mit Unterbrechung an einem Market. Der Garten in gutem, buntem Stand. Einschleppen des Gepäcks. Verabschiedung von den »Mietern«. /Berge von Briefen und Drucksachen./ Improvisiertes Mittagessen mit K.; Zugeherin. Griddle cakes. Kaffee. /Langsamer Transport der Postmassen aus dem Eß- ins Arbeitszimmer./ Die amerik. Stutzuhr, gehend, auf der Diele. Brief von H. Hesse, nicht eben sehr bemüht. Langer Brief, durch amerikan. Vermittlung, von Prof. Georg Biermann, de profundis, aber recht unverständig. Brief von Lion. Auch von Heinitz aus London wieder. Viele Bücher und Manuskripte. Wie fertig werden? – K. nachmittags bei Liesl /Frank. Der sanfteste, unbewußteste Tod, bequem, friedlich, mit Zeitschriften auf der Bettdecke./ – Von Konni K., Leutenant, Tagebuch eines S.S.-Wächters aus

Buchenwald, scheußliches Dokument, an die War Crimes Commission weiterzugeben. – Große physische Arbeit der Einrichtung und Ordnung. Einladung zu Knopfs zum Dinner abgelehnt. Verschiedene Telephonate. Mit Appetit zu Abend gegessen.

Heute ½9 Uhr auf. Gebadet, mein Bett gemacht und Papiermassen zum Verbrennungsofen geschleppt. Nebel, kühl. Ab- und zunehmender Katarrh. Nach dem Frühstück, 10 Uhr, Besuch von Neumann, der Niko zurückbrachte. Organisatorische Arbeit. – Weitere Streichungen im »Tagebuch«. Mittags Rundgang allein. Neblig und schwühl. Nach Tische weitere Aufräume-Arbeit. Lesung von Drucksachen, Geburtstagsartikeln etc. Ordnung von Zeitschriften. 6 Uhr Thee getrunken. Ausschreiben von Dankeskarten. Nach dem Abendessen Liesl Frank. Tränen und Mitgefühl. Viel über den Verstorbenen und das Sterben. Gelesen in Dostojewskys Briefen.

Pacif. Palis., Donnerstag den 5. Juli 45

/Vorbereitungen zum Dostojewsky-Aufsatz. Erkältet, Husten, Unwohlsein. Empirin./ Ging mittags, obwohl müde, über das alte Haus hinaus. – Der englische Wahlkampf auf seinem Höhepunkt. Churchills Aussichten 50 zu 50. Er sieht fahl und müde [aus]. – Eintreffen der Railway-Sendungen aus New York, Erregung und Verwirrung durch Dinge und Bücher, Unordnung. Nachmittags Brief-Arbeit mit der Kahn, wenig ausgiebig. Viel neue Post heute dazu. In der »Intern. Literatur« langer russischer Aufsatz gegen Nietzsche: wahr und ungenügend. Aber deutsche »Schuld« – wer könnte sie leugnen angesichts solchen Beitrages wie desjenigen Nietzsche's. – Telephon mit Heinrich und Werfels.

Pacif. Palis., Freitag den 6. Juli 45

Ein Monat seit meinem Geburtstag. /Erkältet und müde. Sehr unlustig zur Arbeit. Beschäftigung mit der Vorrede./ Gelesen. Mittags gegangen bis zum Sitz an der Straße. Spätes Lunch.

In Mereschkowskys Schriften. Spät zur Ruhe. Thee im Schlafzimmer. Rasiert. Zum Abendessen Walter und Tochter.

Pacif. Palis., Sonnabend den 7. VII. 45

Unwohl, erkältet, müde. Einige Briefdiktate an K. Etwas gegangen. Zeitschriften durchgesehen. Abendgesellschaft bei Eva Hermann. Diskussion zwischen Feuchtwanger und den Amerikanern über Planwirtschaft.

Pacif. Palis., Sonntag den 8. VII. 45

/Begann den Dostojewski-Aufsatz zu schreiben./ Schlief nachmittags. Schrieb an die Meyer und dankte Mrs. Dieterle für ein hübsches altes Bild aus der Josephsgeschichte. Peter Pr. tagsüber bei uns. Abends Musik aus San Francisco, genußreich. Mozart-Symphonie von reizender Strenge. Pinza sang, Spanische Phantasie von Chabrière, auch einem Adrian-Genossen. – Memoiren Walters. Das Phänomen der musikalischen Begabung, zu dem weiter nichts zu sagen, als daß es eine lokale Gottesgabe. Mit 8 Jahren erstaunlicher Pianist. Nachdem er Bülow gesehen, unbedingter Entschluß, Dirigent zu werden. Das Früh-Wunderbare bei Komponisten offenbar nicht so regelmässig wie bei Virtuosen. Parallel-Fall: Der geborene Mathematiker, der auch Wunderkind zu sein pflegt.

Pacif. Palis., Montag den 9. VII. 45

/An dem Aufsatz weiter./ Mittags im offenen Wagen nach Santa Monika zur Pediküre. Beim Optiker wegen New Yorker Lesebrille. Etwas auf der Promenade. Lunch, angenehm, in dem kleinen Strand-Restaurant des Homosexuellen. Zu Hause die Post: Brief von Klaus, der fragt, wann wir in die Schweiz kommen. Geburtstagsartikel in Maschinenschrift, eines deutschen Kriegsgefangenen, Unterarzt, Zögling der Hitlerjugend, der, erstaunlich, zusammen mit Kameraden mir heimlich zäh und treu angehangen, nach selbständiger Entdeckung. Starker Eindruck. – Zum Thee Gottlieb und Guggenheim. Geschenke des Jewish Club: Druck des Echnaton-Gesanges und Benediktiner. Korrekturen von »Leiden an Deutschland«, fragliche Punkte. – Nach dem Abendessen Huldschinskys. Installierung der Standuhr in meinem Zimmer. Auf- und Umhängen von Bildern.

Pacif. Palis., Dienstag den 10. VII. 45

/Am Aufsatz weiter./ Gegangen Amalfi Drive in leichtestem Anzug. Heinrich zum Lunch und Thee. Arbeit mit der Kahn. Manches abgetragen. Ersuchen bei Dial Press, den Termin bis 15. zu verschieben. Abends Werfels Fragment in der »Rundschau«. Sonderbares Produkt. Weiteres in dem Heft: Schwedisches und Englisches, Toch über meine musikalische Initiiertheit, die, fürchte ich, im Faust am wenigsten sich erweisen wird. – Durchsicht von Telegrammen, wie weit zu bedanken.

Pacif. Palis., Mittwoch den 11. VII. 45

/Am Aufsatz weiter, fließend./ Gegangen bis zum Sitz an der Straße. Sehr glänzender Tag. Eintritt neuer Neger-Magd. Nach Tische Briefe und Zeitschriften. Geschlafen. Thee bei mir und rasiert. Organisation von Briefen. Abendessen bei Werfels mit Walter und Schönbergs. Viel mit diesem. Champagner und Crême de Menthe. Fuhren Walter zum Hotel Bel Air. Seine völlige Ablehnung der atonalen Musik. Vorher über das bedauerliche Verschwinden gewisser Spielopern: Fra Diavolo, Weiße Dame, namentlich Don Pasquale.

Pacif. Palis., Donnerstag den 12. VII. 45

/Am Aufsatz weiter./ Mittags auf der Promenade. Bank. Mit der Post durch amerik. Vermittlung erstaunlicher Brief von Emil Preetorius aus einem bayerischen Dorf. Klug, vielleicht spekulativ. Eindrucksvolles über »Lotte in Weimar«, das übrigens dem Feld-Unterarzt zufolge auch E. R. Curtius für mein Bedeutendstes erklärt hat. – Organisation von Briefen. Kartenausfertigung. Zu diktieren unabsehbar viel. – Prison Camp-Ausgabe des Zbg.

Pacif. Palis., Freitag den 13. VII. 45

Weiterer sehr schöner, sonniger Tag mit Meeresbriese. /Schrieb an dem Aufsatz weiter./ Ging Amalfi Drive im weißen Anzug. Las nach Tische die Post und »Time«. Brief von Bermann über das nächste Rundschau-Heft. Nachmittags Brief-Arbeit mit der Kahn. Abends Musik und Nachrichten. Die amerik. Flotte von einem Taifun getroffen. Auslieferung des Lidice-Frank an die Tschechen. Erörterungen über die Unschädlichmachung des deutschen Generalstabs. Auffindung einer Schatzhöhle voller staatlichen Raubgutes in Frankfurt a/M. Auffindung von Dokumenten zur deutschen Weltbeherrschungs-Planung (I.G.Farben.) Das Macht-Deutschtum ist etwas Grauenhaftes und muß zerstört werden. – Im »Ewigen Gatten«. – Nach der Erholung von der Reise jetzt besseres Befinden, /Arbeitsvertrauen./

Pacif. Palis., Sonnabend den 14. VII. 45

Nebel. An dem Aufsatz weiter. Mittags gegangen bis über das alte Haus. Weitere Nachricht von der /Servicen, daß »Charlotte à Weimar« in Paris eine sehr glänzende Aufnahme gefunden hat./ – Zum Thee der Geistliche Herr Mc Lennan, der zu einem religiösen Freiluftspiel in Hollywood einlud, ein Manuskript über Jesus überbrachte und Santa Fé-Cigarren spendete. – Organisation von Briefen und Antwort an die Servicen. Gallimards Honorar-Schulden? – Zum Abendessen Neumanns. Geschenke von Südwein-Gläsern und Cuba-Cigarren. Tranken franz. Champagner. Mitteilung der Briefe aus Deutschland. Diskussion über Preetorius.

Pacif. Palis., Sonntag den 15. VII. 45

Spät auf. /An der Vorrede weiter. Berührung mit dem Roman./ Nach dem Rasieren etwas in der Nähe gegangen. Lunch ohne Mädchen. Nachher die Zeitung über das sehr entscheidende Treffen der Big Three im Potsdamer Neuen Palais. Phantastische Situation. Aufhebung der Non-Fraternization-Verordnung. Terminus »Frat« für Faire l'amour. – Zum Thee Peter Pr. mit seinem Kollegen Prof. Nielsen. Danach Besuch bei den alten Riebers. – Beendete »Aus dem Dunkel der Großstadt«. Beschäftigte mich mit dem »Doppelgänger« und dem »Spieler«. Las in Walters Memoiren. Nun ja. Von manchem gerührt.

Pacif. Palis., Montag den 16. VII. 45

/Am Dostojewski angestrengt gearbeitet./ Gegangen Amalfi Drive. Guter Brief eines jungen Georg von Prosch aus Ottobrunn bei München über den jugendlichen intellektuellen Untergrund. Viel Post. Zum Abendessen bei Walter u. Tochter im Hotel Bel Air. Mahlzeit im Speisesaal. Dann in seinem Zimmer. Mitteilung der deutschen Dokumente. Bilder des Münchener Hauses mit Klaus, von Stars and Stripes gesandt. – Sagten ihm Gutes über sein Buch.

Pacif. Palis., Dienstag den 17. VII. 45

Am Aufsatz, gegen das Ende. Gegangen bis über das alte Haus. Mit der Post die Geburtstagsbücher aus New York, Molière und Des Knaben Wunderhorn. Die Zeitung über Potsdam. Verspätetes Auftreten Stalins. Rundfahrten durch die Ruinen. Erste Sitzungen. – Nachmittags Brief-Arbeit mit der Kahn: an O. M. Graf, die Lowe, Knopf und eine Reihe andere. Weitere Karten ausgeschrieben. Vieles ausgefertigt vom vorigen Mal. /Abends in Einsteins »Mozart«./ Revision des Deutschland-Vortrags.

Pacif. Palis., Mittwoch den 18. VII. 45

Morgens jetzt immer Nebel, dann schönste Tage mit Seewind. – Am Aufsatz, eifrig, gegen das Ende. Kurzer Ausgang. Frau Katzenellenbogen zum Lunch. Viel Post, Bücher, Brochs

»Vergil«; Telegramm von Erika, wieder in Paris. Weiteres deutsches Dokument, Österreicher, der mich im Auftrage von Mannheimer Frauen dringend ersucht, nach Deutschland zu kommen, um tröstlich zu wirken. – Das Geburtstagsheft der »Deutschen Blätter«, mit erregenden Aufsätzen. – Nach dem Thee mit K. noch etwas gegangen. – Revision des Deutschland-Vortrags. – Abends Zeitschriften-Lektüre.

Pacif. Palis., Donnerstag den 19. VII. 45

Zeitig auf und weiteren Morgenweg vorm Frühstück. ½10 Uhr zum /Westwood-Campus, Educational Building. Mein Vortrag/ vor gefülltem Saal. Revy's, Huldschinsky, Gottliebs, Singers. Reizender junger Student, der erklärte, als Diplomat nach Deutschland gehen zu wollen. Tief entzückt von seiner Jugend und Freundlichkeit. – Blieben zum Vortrag des Dean, braver, wohldenkender Mann. – Zum Lunch bei Singers; Tauben und Ice Cream. Nachher im Atelier. Zu Hause in der »Internationalen Literatur«. Über Nazi-Erziehung während der 12 Jahre. – Geschlafen. Zum Thee Herr und Frau Rosenthal (Florenz). Dazu Huldschinsky. – Briefe an W. Richter (N.Y.) und Carl Helbling (Meilen bei Zürich.) Nach dem Abendessen von Singers abgeholt ins Cinema, Westwood. Englisch-amerikanischer Film aus den 70er Jahren, Familien-Roman, lang. Eine anziehende Schauspielerin. – Spät, sehr müde.

Pacif. Palis., Freitag den 20. VII. 45

Gestern Morgen träumte mir, ich sei auf irgendeine Weise verlobt mit einem jungen Weibe, das mir große Zärtlichkeit einflößte. Sie machte mir auch ein Geschenk, aus rotem u. weißem Stoff, das, glaube ich, ein Liegestuhl war. Dies war wohl eine Anspielung auf mein ehrwürdiges Alter. Meine Gefühle waren glücklich u. etwas ängstlich. Der Traum ist das kombinierte Ergebnis des Cynthia-Erlebnisses, der Begegnung mit dem kleinen Studenten gestern u. meines Entzücktseins von ihm, und des Eindrucks, den mir das Gesicht (weder sehr hübsch, noch sehr jung) des Helden des gestrigen Films machte. Physiologisch gesprochen handelt es sich um einen Effekt der von Gumpert verordneten Hormon-Kur. – Klarer Tag. Trank Kaffee auf der Terrasse und /schrieb leicht den Aufsatz über Dostojewski zu Ende (24 Seiten)./ Mittags auf der Promenade. »Time« nach Tische. Nachmittags Brief-Arbeit mit der Kahn, die von der außergewöhnlichen Wirkung des gestrigen Vortrags sprach. Bericht in den Daily News. Abschrift der Kundgebung des jungen Feld-Unterarztes. Viele Ausfertigungen. Gelesen Gedichte von Becher und solche von Erich Fried (London) betitelt »Deutschland«, gut und volkstümlich, für meinen Geschmack besser, als Becher. – Sehr komischer Bericht aus Potsdam über Truman, der Stalin und Churchill Klavier vorspielt und zwar nach dem großen Erfolg eines amerikanischen Pianisten-Sergeant, auf den Stalin zwei Toaste ausbringt.

Pacif. Palis., Sonnabend den 21. VII. 45

/Erneute Beschäftigung mit dem Roman. An XXV gebessert./ Nach Westwood zum Haarschneiden. Nachmittags handschr. Briefe: an Dr. Kaskel, für das Ehrenheft der Deutschen Blätter dankend. Früheres Abendessen und nach Hollywood ins Theater. Sahen die sehr erfolgreiche Aufführung von »Volpone«, die tänzerisch-grotesk-komödiantisch stilisiert, bei mir aber nicht die Heiterkeit und Bewunderung erweckte, wie beim Publikum. Schauspielerisch nur der eifersüchtige Gatte bemerkenswert – ein Herr Haas. – Zu Hause Chokolade. In Freys Roman »Himmel und Hölle«. – Die Friedensbedingungen für Japan offenbar derart, daß die Verteidigung lang und zäh sein muß. Die Chinesen verlangen sogar die Bestrafung Hirohito's. – Nürnberg als Schauplatz der Prozesse gegen die deutschen Kriegsverbrecher ausersehen. Goering soll der Erste an der Reihe sein. – Beunruhigung über Frido, der unerklärtes Fieber hat. Es gab Fälle von Kinderlähmung in Mill Valley.

Pacif. Palis., Sonntag den 22. VII. 45

Spät auf. /Beschäftigung mit Kap. XXVII./ Wenig gegangen. Peter Pr. zu Besuch, zum Lunch auch die Gemme. Sehr warmer Tag. Kaffee und Thee auf der östl. Terrasse. Weißer Anzug. Nachmittags handschr. Briefe. Ordnung von Briefen und Büchern. Abend-Konzert, russisch. Sehr reizvoll Blumenwalzer aus einem Ballet von Délibes.

Pacif. Palis., Montag den 23. VII. 45

/Heftiger Schnupfen,/ den Kopf einnehmend, behandelt mit Sulpha-haltigen Tropfen. Die Hormon-Tabletten, nach denen mich verlangt, nicht zu erlangen. Warmer Tag. /Am Kap. XXVII geschrieben (Lyrik, Keats)./ Mittags marschiert. Nach Tische Post und Zeitung. Skandal beim Pétain-Prozeß in Paris. Seine Verteidigung patriotisch verlogen. Der Saal voller Faschisten. Kann sich aber auf die Anerkennung seines Régimes von aller Welt, einschließlich des Vatikans und Rußlands, berufen. – Zum Thee Dr. X. und Frau, Germanist, abgeholt von dem genesenen u. zur Übersetzung bereiten Arlt. – Zum Abendessen Bruno Walter und Tochter. /Im Arbeitszimmer Vorlesung der Abschnitte opus 111 und Beißel/ – mit überraschender, aufregender Wirkung auf W. Es sei über Beethoven nie so Wahres gesagt worden. Dabei ist manches von Adorno als das Meine übernommen. /Je prends mon bien où je le trouve./

Pacif. Palis., Dienstag den 24. VII. 45

Zeitig auf und weiterer Rundgang. Müde von der gestrigen Erregung, aber /weiter geschrieben am Kapitel./ Dabei auf den gemeldeten Anruf Klaus' aus Rom gewartet, der um 11 Uhr erfolgte, zu K.'s Geburtstag. Die Verbindung war klar – über einen Tag Zeit hinweg, denn er sprach 8 Uhr abends. Auch Medi rief aus Chicago zum Geburtstag an. Ging mittags bis zum alten Haus. Eintreffen Heinrichs für einige Tage. Über die Unvermeidlichkeit – seiner Meinung nach – des Fascismus in diesem Lande. Nachmittags geschlafen. Briefe geschrieben an Becher (Moskau) und Frey (Basel). Gelesen in Frey's »Hölle und Himmel«. – Klägliche Zurichtung der japanischen Flotte. Man wird erbarmungslos mit den Geschlagenen umgehen.

Pacif. Palis., Mittwoch den 25. VII. 45

Nebel, warm. 9 Uhr auf. /Zwei Stunden am Kapitel geschrieben./ Mittags mit K. und Heinrich auf der Promenade. Brief eines J. Kirchner aus dem französisch besetzten Würzburg, bescheiden, rechtlich und sympathisch. Bittet um ein Abzeichen für notorische Niemals-Nazis. Adressiert /an »Herrn T.M., Amerika.«/ Von der Authors Guild weiter befördert. – Zeitung und Zeitschriften. Churchill in London zur Wahlentscheidung. Japanische Friedensfühler. Man verspricht ihnen Erhaltung des Kaisertums und ihrer religiösen und sozialen Institutionen, ferner Nicht-Invasion der Inseln, wenn sie kapitulieren. Die sonstigen Bedingungen werden natürlich sehr rigoros, doch glaubt man an baldiges Nachgeben. Das Ende des Kriegszustandes mit all seiner Korruption dringend zu wünschen. – Nachmittags Handschriftliches. Über Gedichte aus London. An Dr. Moenius, ehemals München. – Abends Vorlesung für Heinrich aus den guten Anfängen des Romans.

Pacif. Palis., Donnerstag den 26. VII. 45

Früh auf und gegangen. /Geschrieben an XXVII./ Gegen den Mittagswind gegangen und im offenen Wagen zurück. Brief von der Meyer, die nach dem Dostojewsky verlangt. Zeitschriften. Nachricht vom Ausfall der engl. Wahlen *gegen* Churchill mit überraschender Majorität. Atlee Minister-Präsident. Genugtuung in Europa. Konsternation der City. Lektion für Amerika. – /Nachricht vom Tode Valéry's./ – Thee auf der Terrasse. Dann Briefe mit der Kahn, gelangweilt. Abends Musik. Ergriffen von einigen Tristan-Stellen. – Erstaunen

Heinrichs über Kriecks Nazi-Zeitschrift von 1937. Eine Blüte der Blütezeit.

Pacif. Pails., Freitag den 27. VII. 45

/Geschrieben an XXVII./ Nach dem Rasieren mit K. u. Heinrich auf der Promenade. Viel über die Wendung in England, die in vielen Richtungen bedeutungsvoll. Verwerfung des Ultimatums an Japan. Fraglich, ob die Annahme erwünscht gewesen wäre (von Militärs u. Industrie), fraglich aber auch, ob die Ablehnung auf sehr festen Füßen steht. – Time Magazine Vertreter macht teleph. Meldung von einem Berliner »Hörspiel«, worin ich zur Rückkehr aufgefordert sein soll. Will Reaktion. Morgen Näheres. – 5 Uhr mit K. u. Heinrich zu Feuchtwangers zum Thee. Vorweisung seiner kostbaren Bücher. Schönheit des Gartenplatzes. Bananenbäume mit riesigen Blättern. – Abends Platten-Musik. Dann gelesen über die Faustsage. – Günstige Nachrichten über Frido. Der Lähmungs-Verdacht nach Hospital-Beobachtung hinfällig. – Seit vorgestern die Maler am und im Hause tätig. Das ganze Honorar für den Dostojewsky-Aufsatz wird dafür draufgehen. Alte Männer.

Pacif. Palis., Sonnabend den 28. VII. 45

Ganz sonniger Tag. /Schrieb am Kapitel (Tiefsee)./ Ging bis zum alten Haus. Nach Tische Besuch des Time-Mannes. Text der Berliner Einladung. Meine Haltung als Amerikaner und Deutscher dargelegt. – Briefe an Guillemin (Geld) und Konst. Hallgarten. Pledge von 20 Dollars monatlich für das Indep. Citizens Comm. gegen die faszistische Agitation der Rankin, Smith, Reynolds in Californien. – Abschrift der Dostojewsky-Vorrede. – Broschüre mit den Tischreden vom 25. Juni.

Pacif. Palis., Sonntag den 29. VII. 45

Pünktlich auf. Morgens Nebel. Frühstück auf der Terrasse. /Geschrieben bis gegen ½ 1 am Kapitel./ ½ Stunde gegangen;

eingeholt von Peter Pr. Mit Heinrich und ihm über Fontane und seinen ganz ungenügenden Ruhm, selbst innerhalb Deutschlands. – Lunch zu viert ohne Mädchen. Nach dem Kaffee Korrektur der Abschrift der Dost.-Einleitung. Nach dem Thee Abfahrt Heinrichs. Brief an die Meyer mit einem Durchschlag der Einleitung. Abendessen mit Peter Pr. Versagen des Radios. /Lektüre in dem alten Faust-Buch./ – Man hört, daß in Potsdam die Verteilung der italienischen Kolonien unter England u. Frankreich beschlossen worden sei, »zur Strafe«. Die Völker Deutschlands und Japans auf ungenügendem Raum zusammengedrängt und zur Dezimierung durch Hunger verurteilt. Kein Schritt zu dem Ziel, die Erde allen nutzbar zu machen. Die 3 weltordnenden Häupter machen nichts als Unsinn und spielen Klavier.

Pacif. Palis., Montag den 30. VII. 45

/Am Kapitel./ Auf der Promenade. /Im Faustbuch./ Zum Thee auf der kl. Terrasse Br. Walter, erregt über die Forderung, die Salzburger »Festspiele« zu dirigieren. Wir sollen alle wieder gesprungen kommen. – Abend bei /Albertsheim;/ Musik, Gesang, Flöte, Bratsche, ausgezeichneter polnischer Pianist, der Schumann, Chopin, Debussy spielte. Es schlägt 2.

Pacif. Palis., Dienstag den 31. VII. 45

Spät auf. /Am Kapitel./ Gegangen bis zum alten Haus. Nach Tische auf der kl. Terrasse, da bei mir die Maler. O.W.I. teilt im Original einen gut geschriebenen Artikel aus der Hannover'schen Zeitung mit, der ihm aus London gekabelt, des Inhalts, daß man »mich nicht vergessen habe«. – Nachmittags Brief-Diktate an die Kahn. /Abends im Faustbuch/ und Ausfertigungen. Schlummerte in meiner Sofa-Ecke. – K. war nachmittags bei Liesl Frank. Ich begegnete in der Allee Markuses. Mit ihnen über das Trauer-Unwesen der guten Liesl, die im Trunk Gespräche mit ihrem viel betrogenen Mann führt und beständig auf Feiern und Zusammenkünfte in seinem Namen sinnt, zu denen niemand Lust hat. Klagen der Mutter über sie. Man sollte sie härter anfassen.

Mittwoch den 1. VIII. 45, Pacif. Palis.
8 Uhr auf. Warmer Tag, drückend. /Geschrieben am Kapitel./ Gegangen bis zum Sitz an der Straße. Unbedeutende Post. Brief von Secker, London. Zeitschriften. Die Maler. Im Arbeitszimmer geruht. Briefe geschrieben an Car. Newton und Konrad Kellen. Zum Abendessen Leonhard Frank. Über die Bedeutung der engl. Wahlen und die bevorstehenden Entscheidungen hier. Das Kapital, das Kriege erzeugt, die ihm dann den Boden entziehen. Amerika gezwungen, Rußland bei der Mobilisierung seiner gewaltigen Bodenschätze behilflich zu sein und sich so den Rivalen in der Weltmacht großzuziehen.

Pacif. Palis., Donnerstag den 2. VIII. 45
Drückende Wärme. /Schrieb am Kapitel./ Auf der Promenade, während K. badete. Die Maler im Hause tätig, dessen Äußeres wie neu wiederhergestellt. – Schluß der Potsdamer Konferenz, statement über die Einheitlichkeit der Verwaltung Deutschlands. Nichts über Japan. Truman kehrt über England nach Hause zurück. – /Heroen oder Celebritäten meiner Epoche verschwinden: Valéry tot, Mascagni tot./ – Ruhte im Arbeitszimmer. Schrieb nach dem Thee an Dr. Samson, Basel, über die Rechtsprechung unter dem 3. Reich. – Laval in Pariser Prison. Zeuge im Pétain-Prozeß. – Abends in /Einsteins »Mozart«./

Pacif. Palis., Freitag den 3. VIII. 45
Warmer Tag. Nachts von Mückenstichen geplagt. /Geschrieben an Kap. XXVII./ Gegangen bei überstarker Sonne bis zum alten Haus. Es kam die Meißener Vase aus New York. Ein Brief von Klaus, der gleichfalls von Erika nichts hört. – In den Blättern das Potsdamer Dokument. Erschüttert, trotz allem, von den Verfügungen über Deutschland. Die unsinnige

Vergrößerung Polens bis zur Oder. Die Massen-Dislozierungen ins verengerte Land, in an orderly and decent way. Die Reduzierung auf einen Agrarstatus (bei Abtrennung der Haupt-Agrargebiete) mit etwas harmloser Industie für den Selbstgebrauch. Beabsichtigt wahrscheinlich die Reduzierung der Bevölkerung auf 40 oder so Millionen. Nichts davon noch überraschend, aber als definitiver Plan doch chockant. Wird es haltbar sein? Vielleicht. Laß die edelste moralische nationale Renaissance von Patrioten ins Leben gerufen werden, – die verlorenen deutschen Gebiete wären nur durch Krieg zurückzugewinnen, der unmöglich ist, und sie werden ja auch evakuiert und entnationalisiert. Auch die Reichseinheit, obgleich nicht angegriffen, wird nicht haltbar sein. Bayern ist schon heute de facto selbständig und wird nicht noch einmal zum Reiche gehen. Es scheint endgültig, und nur der Wechsel der Generationen kann versöhnend wirken. Deutschland hat Va banque gespielt und verloren. Vielleicht war dies Reich genötigt, das Schicksal auf Alles oder Nichts herauszufordern. Es hat für Nichts entschieden, denn Alles, obgleich momentweise in greifbarer Nähe, war immer unmöglich. – Schlief nachmittags. Schrieb an Frau L. Pringsheim, New York. – Abends Time Magazine (mit der Meldung, daß ich gently turned down the Berlin invitation). K. zum Bahnhof; 11 Uhr Ankunft Bibis zur Ordnung seiner Arbeitnehmer-Angelegenheiten. Fredo's Fieber von Hilus-Drüsen. Seine Beliebtheit im Hospital, wo er aber durch die versch. tests stark mitgenommen. – Das leichtere, genußreichere Musizieren unter Walter im Vergleich mit Monteux' Leitung.

Pacif. Palis., Sonnabend den 4. VIII. 45

Warmer Tag. /Geschrieben an XXVII gegen das Ende./ Gegangen bis zum alten Haus. Brief von Erika, Berliner Eindrücke, übel. Komische Beilage: Verleihung der dritten Stufe des Ehrenkreuzes für Mütter durch »den Führer«, gegengez. Meißner. – Im Studio geschlafen. Mit Horckheimer zur

Cocktail-Party bei Dieterle's. Amerikanisch-deutsche Gesellschaft. Mit Feuchtwanger über die Potsdamer Verfügungen, die er verwerflich findet. Amerik. Politiker. Döblin, Schiff. War froh als ich weg war, gequält und mit müdem Kopf. So bald nicht wieder. – 8 Seiten langes Telegramm von St. Louis Post Dispatch wegen Verschleppung der Kriegsverbrecher-Prozesse. Widerstehend. – Ausfertigung von Briefen. Durchsicht der Übersetzung der Dostojewsky-Einleitung.

Pacif. Palis., Sonntag den 5. VIII. 45
Müde, verstimmt. /Am Schluß des Kapitels./ Gegangen Amalfi Drive. Kein Radio seit einigen Tagen, Entbehrung. In einem neuen Buch von Reik über sex und love. Neo-Analyse. Telephon mit Arlt wegen der Übersetzung. Verbesserungen, Titel. Brief an Rastede. In Br. Franks Novellen. Manuskript an Dial Press.

Pacif. Palis., Montag den 6. VIII. 45
/Schloß Kap. XXVII ab./ In Westwood zum Einkauf von weißen Schuhen u. farbigen Hemden. – /Erster Angriff auf Japan mit Bomben, in denen die Kräfte des gesprengten Atoms (Uran) wirksam./ Das Geheimnis ist also heraus. Auch die Deutschen waren dicht daran, aber die Amerikaner haben das Rennen gewonnen – vielleicht mit Hilfe jener; denn zahlreiche deutsche Physiker sollen jetzt hier arbeiten – mit demselben Eifer wie für Hitler-Deutschland. Die Atom-Kraft-Bombe hat 2 Milliarden Dollars gekostet, und Zehntausende von Menschen haben in geheimnisvoller Arbeitsteilung daran gewirkt. – Zum Abendessen Walters. Die allgemeine Unzufriedenheit mit Liesl Franks excessivem und hirnlosem Trauer-Betragen. – Über Chopin. Einiges am Klavier. – Suchte vergebens nach einer Stelle in Fontanes Briefen über Turgenjew, ein Lob seiner künstlerischen Arbeit.

Pacif. Palis., Dienstag den 7. VIII. 45

Die Blätter voll von der /Atom-Bombe/ und der Geschichte ihrer Erfindung, in der viel jüdische Gelehrte figurieren. Die Deutschen waren dicht daran vor ihrem Collaps. Das Ganze erregend und unheimlich. Der Vatikan dagegen, charakteristischer Weise. Ins Innere der Natur dringt kein erschaffener Geist? Die innerste Kraft des Alls wird in den Dienst des Menschen gestellt. Sie ist dabei in zweifelhaften Händen. Aber der Kopf hat es erzwungen, stimuliert und begünstigt vom Kriege, vorderhand nur zu Zerstörungszwecken. Die Entdeckung der Radio-Aktivität und der Atom-Umwandlung mußte wohl vorhergehen. Die Entstehung von Barium aus dem Uran, die zunächst unglaubhaft schien. – Schrieb vormittags und nach Tisch Antwort auf die Kriegsverbrecher-Frage, 3 Seiten, gegen Heuchelei und Selbstgerechtigkeit. Ging wenig aus. Rückkehr des Radios, Abendkonzert. /C moll-Violin-Sonate von Grieg wieder gehört nach langer Zeit./ Gedenken an P. E., der nun sonderbar ersteht in seiner Jugendgestalt und sie im Roman auch spielt.

Pacif. Palis., Mittwoch den 8. VIII. 45

Über die unheimliche Zerstörung der Stadt /Hiroshima/ durch die Atombombe. – /Begann das XXVIII. Kapitel zu schreiben./ Ging bis zum alten Haus. Glänzender Sommertag. Übersetzung des Briefes nach St. Louis. Zeitungslektüre. Nachmittags Meldung, daß *Rußland an Japan den Krieg erklärt.* Feierliche Wieder-Eröffnung des Berliner Oberlandesgerichts mit Siegfr. Loewenthal als Präsidenten. – Sehr bestimmte Ankündigung der Prozesse gegen die Kriegsverbrecher in Berlin und Nürnberg. Beschluß, meinen Artikel telegraphisch zurückzuziehen. – Nach dem Abendessen nach Westwood zum Spiel der »Royal Theatre Player«: Szenen aus Sommernachtstraum und der Widerspenstigen. Anziehender Puck, anziehender Grumio, die mir irrtümlicher Weise als dieselbe Person erschienen. Begabte Katharina: Marion Walters. Die Männer, außer den genannten, schlecht. – Zu Hause Chokolade. Beschäftigung mit Br. Franks Schriften für die Vorlesung.

Pacif. Palis., Donnerstag den 9. VIII. 45

/Die zweite (oder mehrere?) Atom-Bombe auf die Stadt Nagasaki./ Enormer Staubsturz himmelwärts. Russisch-japanische Schlacht entwickelt sich in Manschukuo. – /Schrieb etwas an XXVIII/ – Bei Cooper zur Kontrolle. Über die Ausschreitungen Liesl Franks. – Lunch bei La Rue, außen. Sehr warmes Wetter. Mit der Post viel Lektüre. Zum Thee rumänisch-jüdisch geborene Dame, Freundin Annettens. Über »Germany and the Germans«. – Halbstündige Radio-Ansprache des Präsidenten Truman, langweilig, teils peinlich durch notgedrungene Heuchelei. – Brief an Dr. Ben-Chorin, Jerusalem begonnen. Abends Zeitschriften.

Pacif. Palis., Freitag den 10. VIII. 45

Schwankende Gerüchte und Telephon-Nachricht (Leyden) von der Übergabe Japans. Bestätigung, daß durch Schweden und Schweiz »auf Befehl des Kaisers« ein Unterwerfungsangebot ergangen, unter der einzigen Bedingung der Bewahrung der Dynastie. Beratungen hierüber zwischen den Verbündeten. Unter der Formel »Schonung der sozialen u. religiösen Einrichtungen« eigentlich schon versprochen. Aber leidenschaftlicher Gegendruck der öffentlichen Meinung. Die Senatoren mit Telegrammen bombardiert. Wunsch, Land und Leute mit den Atombomben zu vernichten. – /Schrieb am Kapitel./ Ging Amalfi Drive. K. bedrückt durch den Weggang des neuen, relativ brauchbaren Negermädchens schon morgen. – /O.W.I. teilt offenen Brief des W. von Molo an mich mit, erschienen in der »Hessischen Post«, 4. August. Dringende Aufforderung zur Rückkehr. »Kommen Sie als guter Arzt . . .«/ – – Jüdische Herren zum Thee in Sachen einer unpolitischen jüdischen Niederlassung in Australien, für die der Grund und Boden bereit gestellt. – Brief an Ben-Chorin beendet. – Hörten

Mahlers 9. Symphonie, mit Störungen. – Auch jene Herren meinten, daß ich auf die Dauer die deutschen Rufe nicht würde überhören können. Ich gälte dort als »Prophet«. – Brief von Humm, Zürich, über seine Eindrücke von einem Buchenwalder.

Pacif. Palisades, Sonnabend den 11. VIII. 45

Den Japanern wird bedeutet, daß der Mikado bleiben mag um die Befehle der Sieger zu sanktionieren, und daß später das Volk selbst über das Fortbestehen oder Verschwinden der Dynastie entscheiden mag. Der 13 jährige Kronprinz wird in den Vordergrund geschoben. – Ging morgens länger und arbeitete am Kapitel. Ging bis über das alte Haus. Military Authorities in Germany verlangen nach »Deutschland und die Deutschen« für die dortige Presse. Abzulehnen. – Zeitungslektüre. Zum Thee die Kahn mit auszufertigenden Briefen. Verschob neue Diktate aus Horror davor. Handschriftlich an Car. Newton. 7 Uhr mit Picnic-Düte /zu Heinrich. Abendessen bei ihm und Vorlesung aus seinem Roman »Empfang in der Welt«. Geisterhaft; dann gespenstische Maskerade. Originelles, unlokalisiertes soziales Generationenspiel./ – Wertvoller Aufsatz der Rebecca West im Londoner »Time & Tide« über Köstlers Yogi and Commissar.

Pacif. Palis., Sonntag den 12. VIII. 45

8 Uhr auf. Frühstück, wie immer jetzt, auf der großen Terrasse. Eier und Thee. /Geschrieben am Kapitel./ Nach dem Rasieren bis zum alten Haus gegangen. Eingeholt von Peter Pr., von dem mir bei Tisch u. nachher viel über die Atomsprengung vortragen ließ. – In Goldbergs faschistischem Buch über die Hebräer, für den Roman. Lange geschlafen. Nach dem Thee Vorbereitung auf die Gedächtnisfeier morgen. Hörten abends das Sonntagskonzert aus der Bowl. Ravels »Daphne u. Chloe«-Musik von 1912. – Man wartet auf Japans Antwort. Offenbar schwere innere Kämpfe, wenigstens seelisch. Man spricht vom möglichen Selbstmord des Kaisers.

Pacif. Palis., Montag den 13. VIII. 45
Vorbereitung auf den Abend. Dann noch am Roman. Etwas gegangen. Nach Tische die Blätter. Noch keine Entscheidung in Japan. Geschlafen. Nachmittags müßig. /Nach dem Abendessen Gedenkfeier für Bruno Frank in unserm Living Room, ca 20 Personen. Las »Die Monduhr«, Gedichte von ihm, dann Gedichte von Fontane./ Große Zufriedenheit. Ein gutes Getränk. – Buch von Powel Spring zugunsten Deutschlands.

Pacif. Palis., Dienstag den 14. VIII. 45
/Der Sommer ist sehr schön./ – Später auf. /Geschrieben am Kapitel./ In Santa Monica zur Fußpflege. Erfreuliche Nachricht von Dial Press über die Einleitung und Check. Brief der Meyer über die Rolle, die meine Bücher in den Gefangenen Camps spielen. Anweisung von OWI wegen der Wieder-In Besitznahme des Münchener Grundstücks. – Offenhalten des Radios am späteren Nachmittag. Stürmische Meldungen von der unbedingten *Kapitulation Japans*, dem /Ende des 2. Weltkrieges./ Volksjubel in Washington und New York. Rede Atleys in London, würdig, aber ohne Erwähnung Churchills. Die Russen in Sakhalin. Die Japaner völlig auf ihre engen Inseln zurückgetrieben – so endgültig wie die deutsche Vernichtung. Denn die Atom-Bombe bedeutet gewissermaßen das Ende der »Weltgeschichte«. – Signierungen von Büchern für den Sammler Baily. Brief an die Meyer. In Goldbergs »Hebräern« – aus Widerwillen. Er hat die Arroganz und Süffisanz Spenglers, ohne im Entferntesten schreiben zu können, wie er. Seine Abkanzelung Salomos, Davids und der Propheten sehr komisch.

Pacif. Palis., Mittwoch den 15. VIII. 45
Die Blätter voll von Schilderungen der ausgelassenen Wildfreude der Massen in den Städten. Japan tragisch-grotesk. Selbstmord des Kriegsministers, weil er seinem Herrscher mangelhaft gedient. Um Verzeihung bittende, sich bückende

Menge vorm Kaiserpalast. Dabei völlig unkluge öffentliche Drohungen, man betrachte die Niederlage als temporär, werde nie, nie vergessen, Rache nehmen etc. – In China drohender Bürgerkrieg zwischen Kommunisten und den Leuten Tschang-Kai-Sheks. – Freigabe des Gasolins u. dergl. mehr. Unmittelbar 5 Millionen Arbeitslose. – Eintritt eines jungen Neger-Couples bei uns, das brauchbar und willig scheint. – Trank Kaffee und /schrieb 2 Seiten am Kapitel./ Ging bis zum alten Haus. Habe meine Freude an dem schmucken Aussehen des unseren seit der Neubemalung. – Nachmittags viele Briefdiktate an die Kahn. Abgespannt danach wie gewöhnlich. Kontakt mit Martha Dodd's »Sowing the Wind«, Nazi-Verderb-Roman. – Pétain zum Tode verurteilt mit der Empfehlung, ihn leben zu lassen.

Pacif. Palis., Donnerstag den 16. VIII. 45

Morgens weiterer Rundgang. /Arbeit am Kapitel XXVIII./ In Westwood zum Haarschneiden. Nach Tische Gedichte von Majut, London. Geschlafen. Nach dem Thee zum Empfang bei der v. d. Leyens. Mit Feuchtwanger und Temianka. Geschrieben an den Stabsfeldwebel des Kriegsgefangenen-Lagers 132 in Ottawa und Bücher gesandt. – Scharf anti-russische Rede Churchills im Unterhaus. – Gelesen im Faustbuch.

Pacif. Palis., Freitag den 17. VIII. 45

Arge Hitze, Wüstenwind. /Geschrieben an XXVIII gegen das Ende./ Langsam etwas gegangen. Viel Post zu lesen, Nekrolog Gide's auf Valéry, englische Kritiken über Joseph, unerfreulich und dürftig. Nachmittags Brief an Majut, Leicester, England. Zum /Buffet-Dinner bei Adornos. Gespräch mit Eisler über Musik, äußerst interessant: Das schlechte Gewissen der Homophonie vor dem Kontrapunkt. Der Theater-Kontrapunkt der »Meistersinger«. Bach: Harmoniker (Goethe). Beethovens Polyphonie nicht natürlich und schlechter als Mozarts./ – Nacht ohne Abkühlung. – Artikel über das Atom gehen weiter. Guter Artikel von M. George im »Aufbau«. – Mücken. – Von Liesl Frank Brief Fontane's zum Geschenk.

Pacif. Palis., Sonnabend den 18. VIII. 45

Nachts Mückenplage. Arge Hitze. /Schloß das XXVIII. Kapitel ab./ In Westwood, bei Desmonds, Bestellung eines Flanell-Anzugs. Erfreulicher Artikel von Korrodi in der N. Z. Z. zum Geburtstag, durch Dr. Ucker. Brief an jenen. Abends in Beverly Hills /bei Mrs. Wells; Kammermusik,/ Mozart. Gimbel als pianistischer Solist, Beethoven und Chopin. – Verstärkter Autoverkehr.

Pacif. Palis., Sonntag den 19. VIII. 45

Nachts und morgens Regen. Rückgang der Hitze. Sehr müde. Verbesserungen an verschiedenen Stellen des Manuskripts. Mit K. und Peter Pr. etwas gegangen. /»Stawrogins Beichte« englisch gelesen,/ nach Tische und abends. Brief an Dr. Reuter, Ankara. Abendkonzert, Respighi, raffiniertes Orchester. – Lese vorm Einschlafen mit größter Bewunderung »Abdias« wieder. Das ist nun hierzulande völlig unbekannt und unmöglich. Man darf das Analphabetentum nennen. Natürlich wäre es auf englisch fast so unkenntlich wie das Meine. Deutsche Ungenießbarkeit: Das London Times Literary Supplement über den Provider. – Zum Thee war das »Schöne Mädchen« da, um ein To whom it may concern zu bekommen.

Pacif. Palis., Montag den 20. VIII. 45

Nebel. Vormittags Brief an Fiedler (St. Antönien). Erzählung von Cynthia. – Gegangen Amalfi Drive, ganz. Nach Tisch die Post: Brief aus Spanien, rege Übersetzungstätigkeit, Einkünfte. Gelesen den »Aufbau«. Nachmittags viele Briefdiktate an die Kahn, der ich die Luxus-Ausgabe von »Das Gesetz« schenkte. Nach dem Abendessen zu Knopfs, Treffen mit Dr. Steinberg und Freund in Sachen der Australischen Siedelung. Zu Hause Ausfertigungen.

Pacif. Palis., Dienstag den 21. VIII. 45

/Begann das XXIX. Kapitel zu schreiben./ Ging bis zum Sitz an der Straße. Eingeholt von K. und Heinrich, der zum Lunch und Thee bei uns war. Morgen die Kinder und Großkinder aus San Francisco. Neugierig auf Fridolin. – Post aus der Schweiz von Helbling und Frey. Schrieb nachmittags an F. Lion, Haute Savoie. Abends im Faust-Buch. Das »Eisige« des Teufels bei F. Baader.

Pacif. Palis., Mittwoch den 22. VIII. 45

/Am neuen Kapitel weiter./ Mittags Ankunft der Familie aus San Francisco. /Wiedersehn mit Frido, entzückt./ – Gegangen Amalfi Drive. Lunch mit Bibi und Gret, während die Kinder schliefen. Brief von Bertaux. Der junge Speyer drängt aufs neue wegen der deutschen Version von »Germany« für die dortige Presse. Schickt den Artikel von v. Molo, der flau und schlecht ist. Spricht wieder von meiner unglaublichen Popularität in Deutschland, die größer sei als da ich dort lebte. – Rastede, niedergedrückt von den Potsdamer Beschlüssen. – Nachm. am Kapitel gebessert. – Der Prozeß gegen Quisling in Oslo in vollem Gange. Pétains Position war komplizierter und günstiger. – – Zum Abendessen Walters mit den Kindern. Aufwartung durch das Couple Odessa und Ural. Klavierspiel Walters nachher: Hammerklavier- und Teile anderer Sonaten. Schluß des 2. Akts »Lohengrin«. Das Bekannteste in der Musik das Genußreichste. Warum nur in ihr?

Pacif. Palis., Donnerstag den 23. VIII. 45

/Morgens mit Frido. Lachte Tränen über seine Reden/ und war zerstreut. Schrieb aber dann am Kapitel. Bin doch neugierig. – Mittags auf der Promenade. Spätes Lunch ohne Mädchen. Brief von Heinz Pringsheim, für den man gefürchtet hatte, über Oprecht. Glaube an meinen ungeheueren Einfluß – während niemand mich fragt. – Las »Nation«. – Bis 6 Uhr geschlafen. Dann rasiert. 7 Uhr Fahrt zu Neumanns. Abendessen dort und Vorlesung großer Teile des Teufelsgesprächs mit überraschender Wirkung, denn mich quälte das Lesen. Das Medizinische wurde, weil »dramatisiert«, *nicht* als zu lang empfunden.

Pacif. Palis., Freitag den 24. VIII. 45

Heiter und warm. /Schrieb am Kapitel./ In Santa Monica beim Optiker wegen N.Y.er Lesebrille. Die Kinder auswärts. Las Zeitschriften. Schrieb nachmittags an die Herz, London. Hörte »Sacre du Printemps« und die »Pines of Rome«.

P. P., Sonnabend den 25. VIII. 45

/Arbeit am Kapitel./ Gegangen bis zum Sitz an der Straße. Brief von Klaus aus Rom. Seine Zweifel, ob er noch [in] Europa bleiben oder zurückkehren soll. Voraussichtliches Zusammentreffen mit Erika in Nürnberg beim Prozeß gegen die Nazi-Bonzen. – Widerwärtig berührt durch die irgendwo gelesene Nachricht, daß sich an einer »Diskussion« über mich als Menschen und Dichter im Londoner PEN Club anläßlich meines Geburtstags – A. Kerr beteiligt haben soll. – – Nachmittags Brief an die Meyer, begonnen. Zum Abendessen /Lisl Frank und Leonh. Frank./ Sein sozialistischer Optimismus. Ich /las das Breisacher-Kapitel./

P. P., Sonntag den 26. VIII. 45

Den Brief an die Meyer beendet. Dann /am Roman./ Gegangen Amalfi Drive, eingeholt von Peter Pr. Nach Tische in Walters Memoiren. Nach dem Thee handschriftliche Erledigungen. Schrieb ablehnend an Prof. Hänsel über Preetorius' Büchersendungen. Zum Abendessen Vandenburg mit amerik. Freundin, Pianist X; dazu Heinrich, Eva Hermann. Schöne Kammermusik nachher: Trios von Schubert, Mozart, Beethoven. Wohltuend und beglückend. Nachher von K. die durch Lotte

Walter nach dem Abendessen erhaltene Nachricht, daß /*Werfel* gegen Abend gestorben ist. Erschütterung und längere Besprechung mit K. bei mir./

P. P. Montag den 27. VIII. 45

Rasiert und schwarz gekleidet. Nach dem Frühstück zu Alma Werfel. Mit Arlts, Neumanns, der Massary, Walters u. a. Schmerzlich und schwer. Er ist gestern gegen ½6 Uhr in seinem Arbeitszimmer am Boden tot liegend gefunden, etwas Blut im Mundwinkel. Hatte an seinen Gedichten gearbeitet. Sein Roman ist fertig. – Zu Hause umgeklcidet und die Post gelesen. Briefe von Frau Busch und A. M. Frey. Durch Peter Salm, Counter Intell. Corps, München, Briefe von Vikkos Frau an mich, an Klaus, Hilferufe für ihren Mann, der verhaftet wegen angeblicher Mißhandlung französischer Gefangener. – Von Bermann Prospekt einer Stockholmer Geburtstagsfeier und Nachricht, daß der Verlag nach Deutschland verlegt werden soll. Gut. – /Nachmittags und nach dem Abendessen Nachruf auf Werfel für O.W.I. geschrieben./ – Gelesen in Walters Erinnerungen.

Pacif. Palis., Dienstag den 28. VIII. 45

Ausfertigung des Nekrologs. /Dann am Roman./ Gegangen bis zum alten Haus. Nachmittags geschlafen. Nach dem Thee einiges Handschriftliche. Zum Abendessen Peter Pr. zu den Kindern zum Abschied. Nach dem Kaffee Vorlesung wie in New York: Die Ärzte und Anfänge des Teufelskapitels. Champagner. Vorher der kleine Frido sehr niedlich und amüsabel. – Die diplomatische Sensation Pakt Rußland mit Chiang-Kai-Chek, Fallenlassen der Kommunisten, Freigabe Manschukuo's, dessen Stellung zu Rußland aber ungefähr die Polens sein wird. 30 jähriger Vertrag. – Landung erster amerik. Truppen auf japanischem Boden. Mc.Arthur bereitet sich vor, den kaiserl. Sommerpalast bei Tokyo zu beziehen. – Im »Aufbau« sehr gerechtfertigte Bloßstellung Schachts als Kriegsverbrecher. In Bayern und Schwaben Verhaftung Dutzender von Industriellen, Banquiers etc. –

Pacif. Palis., Mittwoch den 29. VIII. 45
/Geschrieben an XXIX./ Wenig gegangen. 3 Uhr zur /Feier von Werfels Beisetzung in der Kapelle der Bestattungsgesellschaft in Beverly Hills. Blumenpracht, große Trauerversammlung, Musiker und Schriftsteller./ Langes Warten zur Orgel, Gesangsvortrag der Lotte Lehmann, von Walter begleitet, Rede des Abbé Mönius, die im letzten Augenblick durch Alma, verwirrend für ihn, kontrolliert. /War nervös erschüttert und weinte. Draußen Begrüßungen/ mit Neumanns, Stravinskys, Dieterle u. a. Versuch eines Besuchs bei Alma, die »nie dabei«. Sie diktierte. Zu Hause Thee und eine Stunde geruht. Zum Abendessen bei Walters, Hotel Bel Air. Viel über den fatalen Zustand der Alma. (»August«). Über seine Erinnerungen. Der Umbau seines Hauses in Beverly Hills. – War extrem müde. – Ein deutscher Brief wieder einmal, aus Hamburg, Klagen über Nicht-Unterscheidung und Bitte um Abhilfe (!).

Pacif. Palis., Donnerstag den 30. VIII. 45
/Geschrieben am Kapitel./ 12 Uhr mit Frido nach Hollywood, bei Cooper zur Erleichterung einer schmerzenden Stelle. – Geburtstagsbrief von W. v. Molo aus Murnau mit erneuter Aufforderung, zu »kommen«. Was fang ich an mit Preetorius und ihm? – – Nachmittags Brief an Friedenthal, London, über das »Gesetz«. Gelesen 2 von Basler gesandte Aufsätze über meine alttestamentarischen Dichtungen von ihm selbst, liebevoll, und einem gew. Goldschmidt, in seinem Judentum gekränkt, aber ordentlich geschrieben. – Etwas spazieren bei klarstem Wetter. Abends Versuche mit älteren Aufsätzen für die deutsche Presse (Speyer). Die »Nation«. Die Popularität der Deutschen bei den amerikanischen Okkupationstruppen. Komik,

daß das verhaßte Japan wahrscheinlich einen »milderen«, konservativeren Frieden bekommen wird, als Deutschland.

Pacif. Palis., Freitag den 31. VIII. 45

/Lange gearbeitet./ Gegangen bis zum alten Haus. Mit K. und den Knäbchen nach Haus. – Brief von Klaus, der beschlossen hat, die Army zu verlassen und noch in Rom zu bleiben. – Time Magazine, Nation. Nachmittags lange der Kahn Briefe diktiert: an Byrnes wegen des Münchener Hauses. Wegen des arretierten Vikko u. v. a. Abends die Abschrift des Anna Karenina-Aufsatzes aus Nordwijk. In Ecksteins Wiener Erinnerungen. – Es sind schöne, klare, nicht heiße Spät-Sommertage. Ich legte den neuen graublauen Anzug mit heller Hose von Desmonds an. – Lese vorm Einschlafen /Stifter./

Pacif. Palis., Sonnabend den 1. IX. 45

Morgens zerstreut durch Presse-Anfragen wegen russisch-Berliner Radio-Aufforderungen zur Rückkehr. Aber gearbeitet. Mittags marschiert. Seewind nach schwülem Morgen. Nach Tische Vertreter der Associated Press, Interview über mein Verhältnis zu Deutschland. Viel Post zu lesen. Gesuche aus Deutschland: Berta Morena und andere Jammerfälle, belastend. Brief an Basler über die »Gesetz«-Aufsätze und die jüdische Empfindlichkeit. Abends in dem Buch von Eckstein über Palestrina. Sehr müde, fast unwohl. – Ein Fräulein, Studentin, bei den Kindern.

P. P. Sonntag den 2. IX. 45

Hitze. Den Brief an Basler beendet. Dann /Brief an Molo begonnen,/ offen oder privat, da eine Äußerung fällig. Wenig gegangen. Lunch mit Peter. Gelesen über Bruckner. Nicht wohl, müde, angegriffen. Nach 6 Uhr /zu Leydens/ mit K. u. ihrem Bruder. /Meisterhaftes Quartett mit Temianka,/ holländischem Cello, amerik. Bratsche und 2 Geigen. Haydn, Beethoven 132, später Mozart. Laughton las Marc Anton. Ein

Tänzer zeigte sein Können. Sehr warmer Abend. Studierte Sitz u. Haltung beim Cellospiel en face für Frido zum Zeichnen des »Bemm«. Spät. –

P. P. Montag den 3. IX. 45

Hitze bei Seewind. Zunehmende Ameisenplage. /Schrieb vormittags und nachmittags an dem Brief nach Deutschland./ Machte gegen Abend kurzen Gang. Gelesen in dem ganz wissensreichen und dabei blöden Buch von Eckstein. Auch in Strindbergs Blaubuch. – Die Zeitungen viel über die Surrender Ceremonie in der Tokyoter Bucht. – Unruhige Nacht auf heute.

Pacif. Palis., Dienstag den 4. IX. 45

Hitze. Arbeitete vormittags an dem /Brief nach Deutschland./ Ging mittags nicht aus, sondern sah die Post durch. Langer Brief von Golo mit Beilage von Reisiger (an ihn). Ein Brief von R. scheint verloren gegangen. Der Münchener S.D.S. bereitet sich auf die Rückkehr seines verehrten Präsidenten vor. – Nach Tische Portrait-Sitzung, doppelt, für eine Ausstellung in Moskau. Vollendete Unähnlichkeit. – Im Studio geruht. Gegen Abend Fahrt zur Ozean-Promenade, wo viele Leute Dinner hatten. Nach dem Abendessen Besuch von Neumann. Las das bisher an Molo Geschriebene vor. – Kamen viele Bücher-Sendungen. Las den »Aufbau«. In Deutschland fortdauernd viele Verhaftungen. Zu meiner Genugtuung auch Haushofer, sogar an der Spitze.

P. P. Mittwoch den 5. IX. 45

Hitze. Weiter an dem /Brief nach Deutschland./ Nach Westwood zum Haarschneiden. Brief von Erika: über ihren Besuch im Hotel-Gefängnis der Nazi-Bonzen. Die Aufregung Goerings. »Den Fall Mann hätte ich anders behandelt!« – Beilage: /Großer Aufsatz aus »Nouvelles Littéraires« über »Charlotte à Weimar«./ Nachmittags Diktate an die Kahn. Etwas gegangen. Abends lange in der »Intern. Literatur« die Kapitel aus »Ein Zeitalter wird besichtigt« von Heinrich gelesen.

P. P. Donnerstag den 6. IX. 45

Hitze gemildert. Schrieb weiter /an dem »Brief« gegen das Ende./ Ging Amalfi Drive bis zum Sunset. Nach Tische Zeitschriften. Zum Thee Prof. Bonn und Frau. (Seine Cousine deportiert und tot.) Kleiner Spaziergang mit den beiden Bübchen. Frido sehr erregt vom Hören seiner Platte. Fasziniert vom beweglichen Reflex des metallenen Theebretts an der Decke u. den Wänden. – Ausfertigung der gestrigen Briefe, der Kahn übergeben. Abends Lektüre in W. Hallgartens deutschem Tagebuch. (Frankfurt, München, Heidelberg.)

P. P. Freitag den 7. IX. 45

/Schloß den Brief nach Deutschland ab./ Ging bei Seewind Amalfi Drive zuende. Nach Tische Zeitschriften. Geschlafen. Spät Thee getrunken und rasiert. Zum Abendessen Liesl Frank und W. Speyer. Vorlesung des Briefes. Bedenken und Nachdenken über Kassierungen und Humanisierungen. – In der »Intern. Liter.« interessant Lukácz über deutsche Literatur im Zeitalter des Imperialismus. /Bleibe schließlich doch als »größter Schriftsteller der Epoche« übrig – und Heinrich als ihr größter Satiriker./ – Merkwürdig in »New Masses« im /Artikel einer Russin eine Stelle über Gogol aus den »Betrachtungen« citiert zu sehen,/ diktiert vom Neid auf das positivliebevolle Fundament der Satire der »Toten Seelen«. »Glückliches Rußland!«

P. P. Sonnabend den 8. IX. 45

Geniertes Herum-Experimentieren mit dem zur Hälfte verfehlten Brief nach Deutschland. Das Neu-Geschriebene wieder verworfen. Nur kurze Strecke gegangen u. mit K. und Heinrich zurückgefahren, der zu Lunch und Thee blieb. Über seine Memoiren. Abends Blätter und Zeitschriften. – Beschwerungen: Kahlers 60. Geburtstag (Deutsche Blätter). Bevorstehende Trauerfeier für B. Frank.

Pacif. Palis., Sonntag den 9. IX. 45

/Schloß den Brief nach Deutschland aufs neue ab./ Marschierte und fuhr mit Peter Pr. und Frido nach Hause. Blieb nach dem Kaffee auf der kleinen Terrasse. Schrieb nachmittags Widmungen für die Schroeder Foundation, dann /an Br. Walter in Sachen des Frido-Briefes, durch den mich für Nep. Schneidewein erinnern möchte./ Las abends den Brief, 11 Seiten, noch einmal vor, der sich nun als gut erwies. Beschäftigung mit einer Stifter-Novelle von Urzidil. /Mit Humms Roman »Carolin«./

Pacif. Palis., Montag den 10. IX. 45

/Die letzten Seiten des deutschen Briefes tatsächlich noch einmal/ vorgenommen und mit Haupterhebung versehen. (K.'s Wunsch). Dann das laufende Kapitel nachgelesen. Gegangen bis zum alten Haus. Sehr warm. Glückwunsch-Adresse aus Jerusalem. Check über 5200 Dollars für ½ Jahr von Knopf. Schmähbrief eines Rohlings. Las die Nation. – Hitler wieder für lebend erachtet und über den ganzen Globus gesucht. – Schrieb nach Jerusalem, dann länger an Humm. Zum Abendessen Neumanns. Erotica aus der Emigration, sehr komisch. Widmung des »Zbg« an den Händler mit Cuba-Cigarren Wittner.

P. P. Dienstag den 11. IX. 45

Sehr warm. /Schrieb endlich am Kapitel wieder weiter./ Ging bis zum alten Haus. Brief von Frey und anderen aus der Schweiz. Las Überflüssiges, »Aufbau« und »Freies Deutschland«. Zum Thee W. Herzog mit Frau und Söhnchen. Dann Huldschinsky. Lange und ermüdend. Machte zur Erholung Rundgang, wurde aber angesprochen von Fremden und den alten Riebers. Abends in H. James' Stories of writers and artists. K. beginnt den deutschen Brief abzuschreiben.

P. P. Mittwoch den 12. IX. 45

Sehr warm. /Am Kapitel weiter./ Mit K. auf der Promenade. Die Blätter gelesen: Tojo's Pistolen-Harakiri. Internationale Beunruhigung wegen zu sanfter Behandlung Japans. Die Absicht, nicht nur den Kaiser, sondern auch die herrschenden Klassen an der Macht zu lassen, ist deutlich. – Nachmittags mehreres Handschriftliche erledigt. Zum Abendessen /Alma Mahler und Arlts./ Schenkte ihr das kl. Manuskript meines Nachrufs. /Gespräch über H. Wolf. Mein Brief-Exzerpt über die Karamasows!/ Unausstehliches über Wagner aus Ecksteins Buch. Alma sehr dekrepit. – Dramen-Manuskript aus Rom, deutsch-antinazistisch. Korrektur der Abschrift des deutschen Briefes.

P. P. Donnerstag den 13. IX. 45

/Am XXIX. Kapitel weiter./ Mittags Ausflug mit Eva Herrmann und den Kindern an einen entfernteren Strand, etwa ½ Stunde Fahrt. Aufenthalt dort mit Schirm und Stuhl. Lunch im Sande. Schöne Brandung, Möven, Strandläufer und springende Sandflöhe. Schlecht für Schuhe und Kleidung. – Zu Hause geruht. Nach dem Thee eine Anzahl handschr. Quisquilien. Müde. Gutes Dinner. /Abends im Faustbuch. (Görres.)/ Lese im Bette den »Hagestolz«.

P. P. Freitag den 14. IX. 45

Sonnig, warm. Schlecht geschlafen, /erkältet und überreizt. Eripal + Jyrab-Calcium + Hustenmedizin./ Schuhe und Anzug zum Reinigen. Nie wieder Strand-Ausflug. – /Schrieb an XXIX weiter gegen das Ende./ Ging ein Stück Amalfi Drive. Nach Tische Photograph von Associated Press. Aufnahmen mit den Kindern und allein. Nachmittags musikalische Excerpte aus Eckstein: Palestrina, Bruckner, zu benutzen. Walter sandte Brief über Frido; notiert. Abends in Kahlers Man the Measure.

P. P. Sonnabend den 15. IX. 45

Beim Frühstück Erbitterung über Ungezogenheit des kleinen Fredo, Bestrafung, die ihm sehr gut tat, aber nicht mir. – /Geburtstagsartikel über Kahler für die »Deutschen Blätter« begonnen./ (Es muß sein.) Gegangen Amalfi Drive. Brief der L. Mazzucchetti aus der Schweiz. Nachmittags der Kahn viele Briefe diktiert. »Germany« für »Twice a Year«. Die Herausgeberin sehr angetan. Unterstützung des Steinberg'schen Australien-Plans. Abends im Juni-Heft der »Neuen Rundschau« wegen Kahler'scher Formulierungen. Das Heft hat immer noch Überraschungen für mich und bleibt als Ganzes eine Überraschung. (»Ist es möglich?«) In Heinrichs Beitrag die Selbstbehauptung sehr fein.

Pacif. Palis., Sonntag den 16. IX. 45

Spät auf. Verwendete den ganzen Tag auf die /Fertigstellung des Artikels zu Kahlers Geburtstag. Schloß ihn nach dem Abendessen ab./ Nach dem Lunch war Gottlieb da, die Enkel zu photographieren. Hörten mit Peter Pr. »Traviata« aus der Bowl. Beendete den »Hagestolz«, der erstaunliche Partieen hat, aber sehr abfällt. /Fahre fort mit Stifter./

Pacif. Palis., Montag den 17. IX. 45

Überreizt von der gestrigen Tagesarbeit. /Am Roman./ Gegangen und heimgefahren mit Frau Katzenellenbogen, die mit uns lunchte. Der kl. Fredo besonders graziös. Für ihn gezeichnet. Viel Post zu lesen. /Analphabetischer Schimpfartikel eines C. Barth in der »Neuen Deutschen Volkszeitung«./ Nachmittags Brief an die Meyer. /Den »Brief nach Deutschland« an den »Aufbau«./ Brief M. van Dorens an den Präsidenten in Sachen der Atom-Bombe telegraphisch unterzeichnet.

P. P. Dienstag den 18. IX. 45

Nervös und müde. /Änderungen am Vortragskapitel zu Anfang des Romans, die mir keine Ruhe ließen./ Zwischendurch

Unterredung mit Prof. X., dem Übersetzer Neumanns, wegen englischer Version des Briefes nach Deutschland. Dieser ging ab an den »Aufbau« und an das O.W.I, von dem ein Brief nebst einem abscheulich /schiefen und aufreizenden Artikel von Frank Thieß aus der »Münchener Zeitung«./ Hier wie dort – une race maudite. – Ging nicht aus. Verspätete Mahlzeiten. Von 5 bis 6 geruht. Dann die vorigen Briefdiktate ausgefertigt. /Abends im Faust-Buch./ – Die Verwandtschaft von Stifters »Waldsteig« mit Keller.

P. P. Mittwoch den 19. IX. 45

Lange geschlafen. Nahe daran, eine Replik auf den Thieß'schen Artikel zu beginnen. Statt dessen doch etwas /am Roman./ Mit K. auf der Promenade. Lasen auf einer Bank einen Brief von Golo, der auch mit Widerwillen von dem Thieß'schen Machwerk spricht. Lunch in einem Café an der Promenade, befriedigend. Zu Hause die Post mit Büchern. Geschlafen wiederum. /Die Angriffe, Falschheiten und Dummheiten arbeiten tagüber in mir und ermüden mich wie schwere Arbeit./ – Zum Thee der Schauspieler Kalser, angenehmer, verständiger Mann. Aber auch der Besuch, das Gespräch ermüdend. Schrieb nach seinem Weggang an Golo. Abends in allerlei Zeitschriften, abgelenkt von polemischen Gedanken. Kozák über Beneč in der Univ. of Kansas Review.

P. P. Donnerstag den 20. IX. 45

Neues Mädchen, weiß, scheint brauchbar. /Etwas am Roman./ Mußte zu Cooper, da neuer sore spot sich entwickelt hatte. Mit der Post /das Buch »The German talks back« von H. Hauser mit sensationell gefärbtem Brief des Verlages. Las es im Lauf des Tages fast ganz durch. Enthält Bekanntheiten, Plattheiten, einige gute Bemühung um die Wahrheit, viel deutsche Unbescheidenheit, auch Roheit zum Teil. Nachmittags viele Briefe diktiert. Beunruhigung und Ermüdung durch die deutschen

Angriffe dauern an. Nenne die »treu« in Deutschland Sitzengebliebenen »Ofenhocker des Unglücks«./

P. P. Freitag den 21. IX. 45

/Schloß das XXIX. Kapitel ab./ Ging Amalfi Drive und fuhr mit K. und den Enkeln zurück, die vom Strande kamen. Brief von Klaus aus Rom mit dem Geburtstagsartikel der Mazzucchetti aus »Oggi« (Milano). /Die Gefangenen-Lager-Zeitung »Der Ruf« [mit] gutem Portrait und freundlichen Artikeln. Beides wohltuend nach den widerwärtigen Erfahrungen der letzten Tage./ – Geschrieben an Bermann und an die Jacobson. Nach dem Abendessen Prof. Morat; die Übersetzung des deutschen Briefes durchgegangen.

P. P. Sonnabend den 22. IX. 45

/Schluß des Kapitels gebessert./ Danach Privat-Brief an Seger über den Barth-Unrat. Nachmittags abgeschlossen. Nicht weit gegangen. Es kamen vom Rhein-Verlag, Zürich, 3 Exemplare des Briefwechsels mit Kerényi. Die Stücke von mir, autobiographische Fragmente, die zu lesen mich rührte. Das Ganze von anständigem humanem Niveau.

Pacif. Palis., Sonntag den 23. IX. 45

/Nachts unwohl, Frost, Erregung, Erkältung, gestörter Schlaf, Gefühl annahender Krankheit./ Resultat einer verfrüht winterlichen Nacht und der Aufregungen der letzten Tage. Mit heißem Thee Empirin und Phanodorm. Dann noch einiger Schlaf. – Vormittags Brief an Kerényi, Ascona. Ausgefahren bei sonnigem Wetter mit K. Gegangen im Villen-Viertel Corona del Mare. Gelesen nach Tische und abends in den Galleys eines Buches von Winwar über George Sand mit ergreifender Chopin-Episode. Briefe geschrieben und ausgefertigt. Der Kahn die Änderungen im Vortragskapitel zum Abschreiben eingehändigt. Die englische Version des Briefes nach Deutschland nach Washington für London News Chronicle. Brief an

Seger ausgefertigt. Stundenlange Post-Arbeit. – Auch K. erkältet.

Pacif. Palis., Montag den 24. IX. 45

/Beschäftigung mit dem Weitergang des Romans. (Krieg) Alte Tagebücher./ Ging bis zum Sitz an der Straße u. fuhr mit K. u. Heinrich zurück, der zu Lunch und Thee blieb. »Tomorrow« mit Slochowers Aufsatz »T. M., Symbol«. Schlief einige Zeit. Schrieb nachmittags an Lav. Mazzucchetti nach Zürich. Hörte abends Götterdämmerung und Tristan. Sein Rhythmus ist entweder schwimmend, wie im Tristan, oder von militärmarschmäßiger Einfachheit. Die Vereinigung von Singstimme und Symphonie am Schluß der »Götterd.« sehr viel glücklicher, als beim Liebestod, wo man immer das Orchester allein haben möchte. Korrespondenz der Waldtrautenstelle »Vom Fluch erlöst wär Gott und Welt« mit dem »Ruhe, ruhe, du Gott« Brünnhildens. Aufsparung des Abschlusses, der schon ebenso gut im ersten Fall passen würde.

Pacif. Palis., Dienstag den 25. IX. 45

Wiederkehr der Sommerwärme. /Begann, Kap. XXX zu schreiben./ Ging bis zum Sitz an der Straße. Viel Post zu lesen. Diktierte nachmittags der Kahn von 6 bis ½ 8. Las abends die »Nation«: Artikel »The Tragedy of German Labor« von Padower. Dient nicht, die Achtung vor »meinem Volk« zu steigern. – Abschrift der Änderungen im Roman. Manuskript, 3 Kapitel, zur Abschrift.

Pacif. Palis., Mittwoch den 26. IX. 45

Mückenplage nachts. Kein Einschlafen. Viel im Stuhl. Dann Ruhe bis ½ 10. – /An XXX weiter geschrieben. Beim Gehen nervöser Schwächezustand. War froh, als der Wagen kam./ Brief von der »Fürstin«, Närrisches mit Treffendem vermischt. Viel Weiteres zu lesen. Schrift über Mörickes Mozart. Brief an Basler wegen der Brief-Veröffentlichung. Nach dem Abendessen Adorno's. Er las aus seiner Aphorismen-Sammlung. Das Gedachte wird wieder zerdacht, umgedacht, rollt formlos weiter bei großer Wortpräzision. Sein Kritizismus gegen Broch, Werfel, Alma Mahler. Hat schon recht. Wo es sich bei mir nicht um die Toleranz der Gleichgültigkeit handelt, bin ich zu bestechlich.

P. P. Donnerstag den 27. IX. 45

/Rede zur Frank-Gedenkfeier. Nachmittags abgeschlossen./ Sendung von Bermann: Neu-Ausgaben aus Stockholm: »Buddenbrooks«, »Ausgewählte Erzählungen« und »Adel des Geistes«, alles mit sorgfältig konservierten Druckfehlern. Las lange in den Geschichten und Aufsätzen.

P. P. Freitag, den 28. IX. 45

Sommerwärme. /An XXX (Kriegsausbruch) weiter./ Gegangen und im Schatten auf einem umgekehrten Troge an der Straße gesessen. Antwortbrief von Seger, klatrig. Man hat eine Erwiderung gebracht. – Schrieb an Bermann über die Ausgaben. Den deutschen Vortrag und die Verbesserungen zu VIII an Mrs. Lowe. Artikel von G. E. Mueller über »Lotte« in Books Abroad. Bücher aus dem Aurora-Verlag. Las im »Adel der Menschheit«. Dies und die »Ausgew. Erzählungen« stehen gut zusammen. Die beiden Bände wären schon etwas – und da ist ja noch einiges mehr.

P. P. Sonnabend den 29. IX. 45

Gestörter Schlaf durch Mücken. Frühstück 10 Uhr im Schlafzimmer. Danach Bad. /Gearbeitet am Kapitel bis 1 Uhr./ Ging nicht aus. Nachrichten von O.W.I. über die Beförderung des deutschen Briefes und Poschingerstr. 1., wo zeitweise auch der sel. Himmler gewohnt. Brief eines 19 jährigen aus Deutschland. Dr. Kaufmann wegen seiner akad. Stellung u. a. Nachmittags Ausfertigung von Briefen. Rasiert und dunkel gekleidet. Imbiß 7 Uhr. Danach mit Eva Herrmann und Heinrich, den wir abholten, /zum Play House in Hollywood; Gedenkfeier für Bruno Frank./ Der große Saal gefüllt. Liesl, ihre Mutter und Schwager, vielfache Begrüßungen. Rezitationen und Szenen aus »Sturm im Wasserglas«. /Litt unter dem Nicht hören können des Publikums (K. Goetz), der Torheit der Szenen. Sprach danach, demonstrativ empfangen./ Pianist[isch]er Abschluß. /Das Ganze ein Opfer./ Zu Hause Brötchen und Thee. Sehr spät.

Pacif. Palis., Sonntag den 30. IX. 45

Hitze. /An XXX weiter geschrieben./ Mittags mit K. auf die Promenade gefahren. Peter Pr. übertag. Dazu Gret, die Dienstag mit den Kindern reist. Ruhte im Studio. Thee auf der großen Terrasse. Schrieb an Horkheimer mich von einem Beitrag zu seiner Zeitschrift entschuldigend. Las in Adornos Aphorismen. Hörte mit Interesse Teile aus »Boris Gudunow«. Der kleine Fredo schlief auf K.'s Schoß ein. – /Liesl Frank sagt am Telephon, man sollte mir so etwas wie das Gestrige garnicht zumuten. Ich gäbe zuviel her dabei, strengte mich zu sehr an. Die Einsicht kommt spät./

Pacif. Palis., Montag den 1. X. 45

Schwere Hitze. Früh auf. Kaffee und Ei gefrühstückt. /Schrieb am Kapitel./ Ging nicht aus. Umfangreiche und interessante Post. /Brief von Erika aus München./ Über Heinz Pr., Vikko, das Eigentum, Rechtsanw. Heins etc. Brief von Bermann mit Einlage von Suhrkamp, dessen Schicksale. Der deutsche Verlagsplan. Die Begier nach meinen Büchern in Deutschland u. Fragen nach meinem Ergehen (Lehmann-Haupt). Langer Brief von Humm (Zürich). Korrodi faksimiliert meine neue (Latein-) Schrift, um ihre Limpidität zu demonstrieren. Viel über Amerikaner und Russen in der Schweiz. /Der »Aufbau« mit dem Brief nach Deutschland./ Artikel der »Volkszeitung« über die Leiden der Sudetendeutschen, aller, ohne Unterschied der Gesinnung. Enteignung und Vertreibung. Bringe wenig Mitleid auf. – Ruhte im Arbeitszimmer. Diktierte Briefe nach dem Thee: für Dr. Kaufmann, Evanston. An Prof. Kozák u. a. Zum Abendessen Gottlieb. Aufnahmen der Kinder. Über seine Scheidung. Las in den »Deutschen Blättern«. Müdigkeit vorm Weggang der Kinder, die abends kaum gemildert. Verabschiedung von Gret, die morgen früh mit den Kindern reist.

P. P. Dienstag den 2. X. 45

Gluthitze, erschlaffend. Zeitig auf. Die Kleinen fort. /Geschrieben am Kapitel bis mittags./ Im Garten die Post u. Zeitung gelesen. Annette Kolb, die nach Frankreich zurückkehrt, um dort zu sterben. Nach Tische /Kleists »Marionetten«. Im Fr. Harris nachgelesen./ Im Studio geruht. Nach dem Thee Weggang der jungen Ursula. Mit K. allein. Spaziergang mit ihr im Dunkeln. Danach an die Meyer geschrieben mit dem Briefwechsel u. dem deutschen Brief. Abends /in Harris' gutem Shakespeare-Buch./ Keine Abendkühle. – Bedachte mit K. die /Ungeheuerlichkeit dieses Jahres, ein Hagel von Erschütterungen, eingerechnet die vielen Todesfälle, in den letzten Tagen noch Bartók, Roda-Roda, Beer-Hoffmann, auch der verrückte Seabrook, der sich das Leben genommen./ Es wäre kein Wunder, wenn man noch müder wäre. /Aber das Interesse am Roman hat sich belebt/ in den letzten Tagen.

P. P. Mittwoch den 3. X. 45

Die Nacht überwarm, große Schwierigkeit zu schlafen. /Die Glut setzte morgens wieder ein,/ sodaß vormittags im Pyjama und seidenem Schlafrock blieb, mäßigte sich aber im Lauf des Tages bis zur Frische am Abend. – /Schrieb am Kapitel, gegen das Ende./ Badete dann, rasierte und las die Post. Zurückweisung des Barth durch Dr. O. Meyer in der »N. Volkszeitung«. Gleichviel. – Las Zeitschriften. Heinrich, mit Stolz, über seinen Freund Merker, der ein braver Mann, aber ein miserabler Schriftsteller ist. – ½6 zu Alma Mahler, die nach New York geht, zur Verabschiedung. Dort auch Pater M. Nachher bei

Liesl Frank. Von da zum Abendessen ins Hotel Bev. Wilshire. Dann zum Esquire Theatre, wo der »Fall von Berlin« nicht mehr lief und wir statt dessen einen sehr gewinnenden musikalischen Film mit Heifetz sahen. Der Held ein ergreifend hübscher Junge. Gute Rolle eines deutschbürtigen Musiklehrers. Zurück zu Liesl Frank, um den Pudel abzuholen, der entsprungen war. Von Westwood hat er nach Hause gefunden. Ob es ihm auch von Bev. Hills gelingt?

Pacif. Palis., Donnerstag den 4. X. 45

Temperatursturz, Nebel, Kühle. Der Pudel traurigerweise nicht zurück. Seine Erhaltung stündlich unwahrscheinlicher. Zeitungs-Annonce. – /Schrieb weiter an XXX./ Mittags nach Westwood zum Haarschneiden. Brief von Golo, ermüdet und pessimistisch. Beilage von Süskind, dummdreist und gefühllos. Frau Adolf Busch, enthusiastisch über den deutschen Brief, den sie zu Meyers nach Mount Kisco gebracht. Albersheim zur Frank-Rede. Hardt protestiert gegen den »parodistischen Nachhall.« – Interessantes Buch über Musik von A. T. Katz, durch Blanche. Zeitschriften. Nachmittags geschlafen. Nach dem Thee K. Briefe diktiert an die N.Y. Staatszeitung u. Dr. O. Meyer. /Eintritt eines japanischen Couples./ Abends im Roman die Studentengespräche nachgelesen. /Das Unromanhafte, sonderbar real Biographische, das doch Fiktion ist./ – Die »Nation«. – Erkältet. Müde und angegriffen von den Hitze-Tagen.

Pacif. Palis., Freitag den 5. X. 45

Besser geschlafen. Kühleres, halb sonniges Wetter. Das japanische Paar bedient. /Schrieb an XXX, Schlußdialog./ Rückkehr des Pudels, der sich nach 2 Tagen bei Liesl Frank wieder eingefunden. Dummheit und Instinktleistung gleichermaßen erstaunlich. – In S. Monica, Abholung der Frau Katzenellenbogen zum Lunch. Das Blatt über den Prozeß Laval, [der] das ganze Selbstbewußtsein des Fascismus verrät. Über den bevorstehenden Prozeß gegen Knut Hamsun und Frau. Reden zugunsten des Krieges an der Seite Deutschlands gegen Rußland! – Geschlafen. Handschriftl. Briefe nach dem Thee. Den deutschen Brief auf englisch an die Lowe für R. G. Swing. Offenkundig starker Eindruck. Erinnerung an den Bonner Brief. – Abends in dem Buch »Challenge to musical tradition«. Schulmeisterlich.

Pacif. Palis., Sonnabend den 6. X. 45

4 Monate schon seit meinem 70. Geburtstag vergangen. – Gewitter und Regen. /Am Kapitel gegen das Ende./ Mittags nach Santa Monica zur Fußpflege. Das japanische Paar recht rührend und fleißig. In der Zeitung über den turbulenten Laval-Prozeß und Byrnes' Bericht über den stalemate von London. Aufforderung von Day (Phi Beta Kappa), /im November in der Universität über russische Literatur zu sprechen. (Dostojewsky?)/ – Nachmittags Briefe an die Lowe und Bermann diktiert. Bücher an die Lowe. Artikel über Kahler und den Dostoj.-Aufsatz durchgegangen. Abends in Adornos Aphorismen, ferner in Frey's Katzengeschichte (öde) und dem Londoner Buch »In Tyrannos«. (Nietzsche.) – /Idee, meinen nächsten Washingtoner Vortrag über Nietzsche zu halten./

Pacif. Palis., Sonntag den 7. X. 45

½8 Uhr auf und gegangen. /Vormittags Kap. XXX abgeschlossen./ Gegangen bis zum Sitz an der Straße. Abgeholt von K. und Hündchen Hallgarten, die mit Peter Pr. den Tag bei uns verbrachte. Schlief nachmittags und schrieb nach dem Thee an Kahler zum 60. Geburtstag. Schickte ihm das Mt. meines Artikels. Hörten abends »Bohème« von Puccini. Las in Gesta Romanorum.

Pacif. Palis., Montag den 8. X. 45

Nichts geschrieben. Mittags Corona del Mare gegangen. Viel Post zu lesen. Nachmittags Brief-Diktate an die Kahn. Dann an Mrs. Lowe geschrieben. Zum Abendessen /Leonh. Frank,/ der bald nach dem Osten abgehen wird. /Las Kapitel XXX, das er lobte./ Gespräche über Rußland–Amerika. Er hält, da der Kapitalismus nicht freiwillig abtreten wird, einen Atom-Bomben-Überfall auf Rußland für möglich. (Ich denn doch nicht.) – 2 Nummern der Zürcher »Weltwoche« mit Briefen über Deutschland.

Pacif. Palis., Dienstag den 9. X. 45

/Begann Kap. XXXI zu schreiben./ Ging bis zum Sitz an der Straße. Fuhr zurück mit Heinrich, der zu Lunch und Thee blieb. Viel Post zu lesen, Belästigungen. Brief von der Meyer über den deutschen Brief, den sie in Camp-Zeitungen drucken lassen will. Nachmittags lange geschlafen. Längeren Brief geschrieben an Dr. Flinker in Tanger. Abends Blätter gelesen: »Volkszeitung«, »P.M.« Die Rache-Greuel im Sudetenland. /Die Sabotierung der Potsdamer Beschlüsse durch die amerik. Generäle und Murphy. Protektion von I.G. Farben./ – Der Esel Krause in N.Y., der den unverschämten Artikel F. Thieß' in sein Buch vom »Anderen Deutschland« aufnehmen will.

P. P. Mittwoch den 10. X. 45

/Schrieb etwas weiter an XXXI./ War mit K. u. Eva Hermann am Strande. Es kam »L'Arche« mit dem Niemöller-Artikel, der damals ganz gut war. Diktierte K. Briefe an den Esel Krause und an Mendel (wegen Luther). Aufforderung der Dial Press, einen Nietzsche herauszugeben und einzuleiten. – Las die polit. Bekenntnisse des armen Goerdeler. Konservative Opposition. Las Musikalisches in der »Weltwoche«. Die »Nation«. Das ahnungslose Regime der M.G. in Deutschland, – bestenfalls ahnungslos.

P. P. Donnerstag den 11. X. 45

/Musik. Notiz; dann etwas weiter am Kapitel./ Mit K. auf dem Ozean-Steg; dann Lunch im Kaffee an der Promenade.

Angenehm. Zu Hause die Post gelesen. Geschlafen. Ausfertigung von Briefen. An Kaskel geschrieben. Abends /gelesen in »Gesta Romanorum«./

P. P. Freitag den 12. X. 45

Nahm morgens /½ Benzidrin, hatte aber keine Vorteile und nur Erregungsbeschwerden davon. – Schrieb etwas weiter am Kapitel./ – Ging bis zum alten Haus. – Ein zweiter langer Freundschaftsbrief von Preetorius, vermittelt durch den jungen Speyer. Vorschläge zu Erörterungen: Wagner, Nietzsche, die Deutschen. Der Erstere weißzuwaschen. Was er über Deutschtum sagt, berührt sich mit meinem Vortrag. – ¼ [?] Besuch von dem Radio-Commentator Dane, der die englische Version des Briefes nach Deutschland in Empfang nahm. – Schrieb an A. M. Frey, Basel. – /Studierte abends lange in den Gesta. Die schönste u. überraschendste Geschichte ist die von der Geburt des Papstes Gregor. Die Heiligkeit, verdient durch die Entstehung aus Geschwister-Verkehr und Blutschande mit der Mutter, abgebüßt auf dem Felsen./

P. P. Sonnabend den 13. X. 45

Früh auf. Nebliger Morgen. Spaziergang. Nach dem Frühstück auf der Terrasse /weiter am Kapitel (die dienenden Weiber)./ Ging bei Sonne und Wind bis zum Sitz an der Straße. Nach Tische Besuch von Mr. Ziffren. Sollte Texte zu Bildern aus dem Lager Belsen schreiben. Ablehnung. – Nachmittags der Kahn Briefe diktiert: an Warburg (London), Dial Press (in Sachen Nietzsche), an den jungen Speyer (über Thieß) etc. Die Kahn beim Abschreiben der Roman-Kapitel animiert. – Essay von Durant über Civilisation. – In Tomorrow Besprechung der Tables of the Law von der Jacobson.

Pacif. Palis., Sonntag den 14. X. 45

8 Uhr auf. Vormittags Brief an Preetorius. Nachmittags fortgesetzt. Mittags nur kurzer Rundgang. Peter Pr. bei uns. Hör-

ten abends Fragmente aus I Pagliacci. Las in Wagners abstrusem Nibelungen-Aufsatz aus Anlaß des Briefes.

P. P. Montag den 15. X. 45

Vormittags u. gegen Abend den 15 Seiten langen Brief an Preetorius beendet. Mittags gegangen bis zum alten Haus. Nach Tische viel Post zu lesen. Aufsatz von Mumford über das trostlos patriotische und unverbesserliche Schreiben und Treiben der Deutschen, die sich Anti-Nazis nennen. /Zugesandt illiterates Geschimpfe auf mich aus einem deutsch-amerikanischen Winkelblatt. – Dinner Party zu Neumanns 50. Geburtstag mit Peter Pr., Leonh. Frank, Frau Horkheimer, Dr. Pollack. Champagner/ und Langusten, Filet, Obstkuchen. /Gespräche über das Atomwesen, Amerika u. Rußland, die Lage des Kapitalismus, der Weg Europa's zum Sozialismus. Für Amerika die Frage, ob es, wenn sich nach dem Boom der nächsten 3–5 Jahre die Lage zum Schlechten wendet, Bürgerkrieg oder Krieg nach außen haben wird. Der sofortige Präventiv-Krieg gegen Rußland wohl ausgeschlossen./ – Neumann mit einem Bücherbort beschenkt. – /Laval, nach einem mißglückten Selbstmordversuch durch Gift, von schlecht zielenden Soldaten angeschossen, durch einen Revolverschuß getötet./ Verlangt umsonst, das Kommando selbst zu geben. Ruft: »Vive la France!«, offenbar überzeugt, daß ihm Unrecht geschieht.

P. P. Dienstag den 16. X. 45

½9 auf. Herbstlich, Nebel, kühl. /Schrieb am Kapitel weiter./ Machte mittags Rundgang mit K. Brief von Kahler, des Längeren über die Frage der »Deutschen Blätter«. Sah in »Life« schauerliche Bilder von der Wanderschaft deutscher Vertriebener. Fertigte nachmittags Briefe aus und schrieb, Kahlers Äußerungen benutzend, an Dr. Kaskel, bereit eine Aktion zu stützen. Las abends in dem Buch »In Tyrannos« über Münzer, den Bauernkrieg, Leibnitz. – Das Schreiben an Preetorius unbefriedigend. Teilweise zu erneuern.

P. P. Mittwoch den 17. X. 45

Schrieb den ersten Bogen des Briefes um und beförderte das Stück nachdem Abschrift genommen. Es ist nicht sehr geglückt. Von dem öffentlichen verteilt der »Aufbau« Sonderdrucke. – Machte mittags Rundgang mit K. – Brief von Basler wegen der Publikation meiner Briefe. – Fuhren vor 7 nach Westwood und sahen den hübschen Film »The bell of Adano«. Abendessen danach gegen 10. Las den New Yorker mit merkwürdigem Bericht über eine Ausstellung verpönter deutscher Maler, verhungerter und geretteter. Zu jenen gehört Barlach. Hofer hat alle Bombardements von Berlin überlebt (mit 78) und ist von den Russen zum Akademie-Direktor gemacht worden. Es scheinen im Ganzen die Maler sich viel charaktervoller benommen zu haben, als die Schriftsteller.

P. P. Donnerstag den 18. X. 45

Klar und sommerlicher. /Schrieb am Roman./ Lunch mit R. Auernheimer im Hotel Roosevelt. Für den Pudel ein neues rotes Halsband. Schwanken, ob der Brief an Preetorius abzuschicken. Meinetwegen. Ausfertigung der Widmungen an die Schroeder Foundation, lange verschoben. Brief von der Lowe. Zum Abendessen bei Heinrich, der aus seinem Roman »Empfang bei der Welt« vorlas. Anklageschrift gegen die Kriegsverbrecher abgeschlossen. Der Prozeß scheint nächsten Monat vonstatten gehen zu sollen.

Pacif. Palis., Freitag den 19. X. 45

/Etwas am Kapitel getan./ Gegangen Amalfi Drive zu Ende. Langer Brief von Vikko, rührend, nebst Geleit von dem C.I.C.-Mann Peter Salm, der mitteilt, daß der »Brief nach Deutschland« in der »Süddeutschen Zeitung« erschienen. Von Vikko alte Photographieen. – Nachmittags Diktate an die Kahn.

Abends /lange in Heinrichs Memoiren/ (Intern. Literatur). Ein großer Schriftsteller, – nach dessen Prosa etwas Adalb. Stifter vorm Einschlafen gut tun wird. – Die Kahn findet den Roman beim Abschreiben /»aufregend«,/ – was ich doch als tröstliches Zeichen nehme.

Pacif. Palis., Sonnabend den 20. X. 45

/Schrieb am Kapitel weiter./ War den ganzen Tag müde und erregt von den Geschichten, Berührungen mit Deutschland, dem Zustand der Welt. – Neblig und kalt. Machte allein einen Rundgang, während K. Vorbereitung für die abendliche Geselligkeit traf. – /Brief von Golo, aus Paris in Luxemburg zurück, über den Brief, der 3 mal an seinem Sender verlesen worden. Schickt »Bekenntnis zu Th. M.« aus deutsch redigierten Hamburger Blatt, mit Bild./ – Hilferuf des Grafen Keyserling aus seinem Tyroler Versteck an das Radio Innsbruck. – Thee im Schlafzimmer. Nach dem Ankleiden handschr. Korrespondenz. Dinner-Party mit Florence Homolka, Frau Viertel, Reinhardts, Lubitsch, Nathan. Man blieb lange.

Pacif. Palis., Sonntag den 21. X. 45

Frühstück mit Peter Pr., der übernachtet hatte, auf der Terrasse. /Bis ½1 geschrieben am Kapitel./ Gegangen Amalfi Drive. Gelesen in Heinrichs Memoiren. Geschlafen. Brief an Lesser (London). Hörten abends Fragmente aus »Carmen«. Die »Zeitalter«-Abschnitte beendet. Dann Lukács über deutsche Literatur, den Zbg. und L.i.W. – Las danach in letzterem Buch, wobei es wieder zu spät geworden.

Pacif. Palis., Montag den 22. X. 45

Großer Erfolg de Gaulles bei den französischen Wahlen. – /Schrieb am Kapitel weiter (Gesta)/ und ging bei angenehmem Wetter bis zum alten Haus. Persönlicher Brief von Golo mit Beilagen aus deutschen Blättern, Radio-Bericht über die Antwort an Molo, Artikel gegen Thiess, Abdruck des Schluss-

Kapitels von »L.i.W.« – Benachrichtigung durch den Aufbau, daß die »Staatszeitung« den Brief mit tückischer Überschrift abgedruckt hat. – Sonst viel Post zu lesen. Ehrendoktor of Hebrew Letters des Hebrew College in Cincinati. – Nachmittags geschlafen. Nach dem Thee Brief an Vicco K. diktiert. Danach an den »Aufbau« über die »St. Z.« ironisch geschrieben. Abends Zeitschriften. General Halder behauptet bei seinen Verhören in London, eine Offiziersgruppe sei, bevor Chamberlain nach Berchtesgaden flog, im Begriffe gewesen, Hitler zu verhaften, da der Angriff auf die vollkommen gerüstete Tschechoslowakei für katastrophal gehalten wurde. Die Verblüffung über Hitlers politische Voraussicht habe den Coup verhindert.

P. P. Dienstag den 23. X. 45

Föhntag. Schwere Glieder. /Den Vormittag am Roman./ Mit K. auf der Promenade. Begegnung mit Speyer. Auf einer Bank. Spanische Übersetzungen von Zbg. und Mario kamen. Begann nachmittags neu und einfach, nicht zu weit führend, an Preetorius zu schreiben. Kurioses Manuskript von G. Anders in New York, dessen Kritik Brochs interessant war.

P. P. Mittwoch den 24. X. 45

Hitze, Sonnenglut. Schloß den Brief an Preetorius ab und schrieb noch etwas am Roman. Ging nur wenige Schritte. Brief von der »Staatszeitung«, die nun den Artikel des Thieß reproduzieren will und einen Kommentar von mir wünscht. Diktierte K. scharf ablehnende Antwort, erregt von der neuen Widrigkeit. Es kam ein neues Buch von Hesse, »Traumfährte«. Begann Brief an die Meyer. Zum Abendessen und Abschied Leonhard Frank. Vorlesung des Schlußkapitels seines Romans »Mathilde«, den er gerade zu seiner Abreise nach New York sehr glücklich beendet. Verabschiedung von ihm im Hof mit Bedauern. Die Vereinsamung wächst. Es bleiben weniger schätzbare Reste, ohne Neumann, Horckheimer, Adorno, Leydens Unrecht tun zu wollen.

P. P. Donnerstag den 25. X. 45

Später Sommer. Leichte Kleidung. Die Zimmer überwarm. /Schrieb am Gesta-Kapitel. Der Gedanke aus dem »Gregor« selbst eine Novelle zu machen beschäftigt mich./ – Holten Herzog von seinem Hotel an der Promenade ab, gingen etwas mit ihm und hatten, da Karls überfüllt war, schlechtes Lunch mit ihm im Hotel. – Brief von Humm, intelligent, über die Weltlage. Nachmittags den Brief an die Meyer abgeschlossen. Abends Korrektur zweier Romankapitel. Das Motiv der Werbung für einen anderen erscheint zuerst im Falle Institoris, der, sexuell, bei Ines für Rudolf wirbt. Dieser wird bei Marie für Adrian werben und es für sich selber tun. Adrian schickt den Reinen, Glücklichen, Gewinnenden, teils um durch ihn besser zu werben, teils um ihn zu opfern. – Den Brief an Preetorius über Speyer ausgefertigt.

P. P. Freitag den 26. X. 45

Kühler, sonnig. Erregte Nacht. /Schrieb am Kapitel weiter gegen das Ende./ Mit K. und der Gemme am Strand. Schlechtes Gehen. Viel Post zu lesen. Neuer Brief von Vicco, verständig. Brief von Agnes Meyer mit Dokumenten des »besseren Deutschland« und dämlichen Reaktionen ihrer P.W. auf den Brief nach Deutschland. Brief von Golo mit einem sogenannten Tagebuch E. Ebermayers über die Bücherverbrennungen, voll dick aufgetragener Selbstempfehlung. Weiteres. – Brief-Diktate an die Kahn. Las abends die Zürcher »Weltwoche« und »Time«. – Selbstmord des Ley im Nürnberger Gefängnis durch Erhängen. Hinterläßt ein irres »Polit. Testament«, vom Anti-Semitismus bekehrt. – »Bunte Steine« vorm Einschlafen.

P. P. Sonnabend den 27. X. 45
Kühl und sonnig. Frühstück noch auf der Terrasse. /Schrieb weiter am Gesta-Kapitel gegen das Ende./ Ging bis zum Sitz an der Straße. Mit der Post mehrere Beschwernisse, die nach Beendigung des Kapitels abzutun. – Rede des Präsidenten, beruhigend. Die Atom-Bombe heilige Vertrauenssache. Interview darüber mit Einstein in »Atlantic Monthly«. Meint die Erfindung könne ²/₃ der Menschheit, aber nicht diese austilgen. Man könne wieder anfangen. Wünscht Kontrollierung der Waffe durch eine Weltregierung, aber nicht durch die United Nations. – Nachmittags mehrere handschriftl. Briefe. Las abends in einem vernünftigen, vielleicht etwas allzu vernünftigen Buch über die Judenfrage, anti-zionistisch von Rabbi Berger. Leugnet die Juden als »Volk«. »Rasse« ist vollends kompromittiert. Wie soll man sie nennen? Denn irgend etwas anderes ist es mit ihnen und nicht nur Mediterranes. Ist dies Erlebnis Anti-Semitismus? Heine, Kerr, Harden, Kraus bis zu dem fascistischen Typ Goldberg – es ist doch *ein* Geblüt. Hätte Hölderlin oder Eichendorf Jude sein können? Auch Lessing nicht, trotz Mendelssohn.

P. P. Sonntag den 28. X. 45
Dunkel, kühl. /Schrieb an XXXI gegen das Ende./ Ging nach dem Rasieren bis zum alten Haus u. wurde von Peter Pr. eingeholt. Las nach Tische in H. Hesses »Traumfährte«. Eine gewisse mürrische Eitelkeit mißfällt. Manches erinnert an Wiener Feuilletonismus. Die Prosa ist nicht immer die feinste und neueste. Auch nicht die musikalischste. Pessimismus, Einsamkeit, Absonderlichkeit, Widerspruch zur Welt übertrieben. – Nachmittags mehreres Handschriftliche erledigt. Abends dem Sonntagskonzert gelauscht (Holländer-Ouvertüre, Saint Saens Totentanz, Zigeunerbaron.) Las dann im Lichtenberg.

P. P. Montag den 29. X. 45

Landregen, dunkel. /Wurde mit XXXI noch nicht ganz fertig./ Ging mittags mit K. einige Schritte. Brief von Bermann über die kommenden Hefte der Rundschau. Recht vielversprechend. Roman-Kapitel für das April-Heft gefordert. – Brief von Golo, der als lieutenant bei der Armee bleiben zu sollen scheint. Klaus, im Civildienst, tendiert zu ihm. – Zum Lunch W. Speyer. Las die Nation. Nach dem Thee mit K. Botschaft an das New Yorker mass-meeting zugunsten der europ. Juden, mit Truman und Einstein. – /Noch am Roman/. – Ausfertigung von Briefen. Korrektur der Abschrift von XXX. – Sah in einem Prospekt von /Henry James/-Novellen, herausgeg. von Fadiman, /ihn als Vierten neben Proust, Joyce und Mann, die Größten des Zeitalters, genannt./ Toll. Las auch einen durch Knopf vermittelten Aufsatz von L. Lewisohn in »New Palestine«, volltönender Lobgesang auf die Joseph-Bücher, überschwänglich. – Brief von Broch mit Manuskript über die Notwendigkeit einer Bill of Rights.

P. P. Dienstag den 30. X. 45

Regen und milde Luft. /Schloß Kap. XXXI ab./ Ging etwas mit K. Im »Aufbau« Artikel gegen die N.Y. Staatszeitung u. ihr Benehmen. Zweite Auflage des Gratis-Sonderdrucks. Schrieb nachmittags an Erika zum 40. Geburtstag. Telegramm an Eugene Meyer zum 70. Bekannt gemacht mit Brochs Memorandum über ein Law for the Protection of Human Dignity. Gut gedacht. – Ging etwas im Dunklen und atmete die feuchte Luft.

P. P. Mittwoch den 31. X. 45

Halb geklärt, kühl. Artikel für das »Christian Committee« begonnen. Amalfi Drive gegangen und Frau Katzenellenbogen heimgefahren, die zum Lunch bei uns war. Viel Post zu lesen: Langer Brief von Faesi mit Beilagen. Ebenfalls aus der Schweiz sympathischer Brief von Heimeran. Amerikanischer Brief von der O.S.S. Mission in Deutschland über die Wirkung meiner Antwort dort. Brief der Dial Press über die Nietzsche-Ausgabe, über die sie verhandelt, und für die sie meine Forderung bewilligt ... 7 Uhr zu Neumanns in ihrem neuen Haus zum Abendessen mit Peter Pr. und Leonh. Frank. Gute Speisen, Kaffee und Weine. Bequeme Unterhaltung. Auf dem Heimweg Untaten der Jugend zu ihrem Frei-Fest: Stürzendes Wasser auf dem Bauplatz des M.D., das wir abstellten. Glasscherben und Unrat auf dem Hof.

P. P. Donnerstag den 1. XI. 45

Schloß vormittags den /Beitrag für das »Christian Committee«/ ab und stellte bis Mittag und nach dem Thee den /Artikel für die Camp-Zeitung/aus Älterem her. Ging bis über das alte Haus. Las genau zwei Nummern der Zürcher »Weltwoche«, die viel Interessantes über Rußland, Deutschland etc. enthielten. Interview mit Carl Barth, worin manches zweifelhaft. Magisch-dämonologisches Gerede der deutschen Theologen.

P. P. Freitag den 2. XI. 45

/Artikel für Chicago Daily News begonnen./ Mittags nach Westwood zum Haarschneiden. Auch nachmittags am Artikel. /Zum Dinner Schönbergs und van Leydens./ Ausgedehnte Unterhaltung bis gegen 12. – /Stifters »Kalkstein« unbeschreiblich eigenartig und still-gewagt./

P. P. Sonnabend den 3. XI. 45

Hitze, Sonnenglut, wenn auch um Mittag Seewind. – Heute viel gearbeitet, trotz Kopfschmerzen. /Schrieb den Artikel für Chicago zu Ende/ und diktierte nachmittags lange Reihe von Briefen. – Durchsicht der zu druckenden Briefe von 1933–45 an Basler, die aus Zürich kamen. – /Schimpfartikel, von O.W.I. zugeschickt, aus der Weser-Zeitung, von einem heimgekehrten Emigranten./ Überlegung, ob der Vorschlag der B.B.C., ein neues Broadcast nach Deutschland zu machen, nicht doch anzunehmen. – Heinrich zum Lunch und Thee bei uns.

P. P. Sonntag den 4. XI. 45

Sehr warm, starke Sonne, aber Seewind. Stand zeitig auf u. machte vorm Frühstück Bewegung. /Änderung an Kap. XXXI./ Gegangen nach dem Rasieren bis zum alten Haus, eingeholt von Peter Pr. Zum Lunch auch die Gemme. Kaffee auf der kl. Terrasse. Las nachher in Hesses kleiner Prosa. Geschlafen. Nach dem Thee fünfseitiger Brief an die Meyer. Abends Musik aus »Aida«. Korrektur der kleinen Artikel.

P. P., Montag den 5. XI. 45

Bedeckt und kühl. – Vormittags und nachmittags an dem Broadcast nach Deutschland. Mit K. gegangen. Gelesen in Hesse's Prosa und in Koestlers »The Yogi and the Commissar«, worin fortschreitende Ernüchterung über Rußland wohl zurecht prophezeit ist. – /Briefe von Klaus, discharged, aus Rom. War in Berlin, wo Plakate Vorträge über »Joseph« und Rezitationen aus »Lotte« anzeigen./ Legt den Artikel Korrodis bei, in dem meine deutsche und jetzige lateinische Briefschrift faksimiliert ist. Schreibt gescheit über Heinrichs »Mein Bruder«, das Aggressive und Bittere nicht verkennend. Beanstandet die ärmliche Internationalität des Rundschau-Heftes.

P. P. Dienstag den 6. XI. 45

Kühl, regnerisch. Vormittags und nachmittags am Broadcast. Mittags mit K. etwas gegangen. Besuch von Bibi in Sachen seiner hiesigen Arbeitserlaubnis. Las Zeitschriften. Sagte B.B.C. zu und trat einem Committee for feeding German children bei. Bestellte über Kultur des Mittelalters.

P. P. Mittwoch den 7. XI. 45

Die /Sendung nach Deutschland/ vormittags abgeschlossen und K. vorgelesen. Sie ist schön, aber noch zu lang und auch wohl milderungsbedürftig. – Mittags ausgefahren und gegangen in der Corona del Mare-Gegend. – Entschuldigungsbrief der N.Y. Staatszeitung. – Kam Merkers »Das 3. Reich u. sein Ende«. – Thee im Schlafzimmer. Vor 7 zum Dinner bei Fritzi Massary mit Lubitsch, Mme Viertel und Frau Thimig. Champagner und treffliche Speisen. – Sehr kalte, stürmische Nacht.

P. P. Donnerstag den 8. XI. 45

Kühl, sonnig, windig. – Noch einmal /das deutsche Broadcast./ Dann noch etwas /um das neue Kapitel mich bekümmert./ – Gegangen Amalfi Drive fast hinunter. – Brief von Golo, der mit hohem Gehalt in den Civildienst übergeht. Weiterer deutscher Artikel, halbwegs vernünftig über meinen Brief. Zeitschriften gelesen. Geschlafen. K. Briefe diktiert. Selbst geschrieben an Heimeran (St. Gallen). Abends »Free World«. Manches über die Mentalität der Deutschen. Es ist ganz deutlich, daß alles ist, wie es war. Ich würde mich dort um nichts wohler fühlen, als um 1930. – /Der Hagelschlag in der Geschichte vom braunen Mädchen ist echtester u. bewundernswertester Stifter./

P. P. Freitag den 9. XI. 45

Sonnig, Seewind. /Begann, das XXXII. Kapitel zu schreiben./ Ging bis über das alte Haus. Brief von Agnes Meyer und Post-Bericht über das Geburtstags-Lunch. Nachmittags viele Briefe der Kahn diktiert. Las abends die Nation. Abschrift der deutschen Sendung. – /Die Feuersbrunst bei Stifter/ ist nicht weniger trefflich als der Hagel. Aber die Rolle des braunen Mädchens ist schließlich unüberzeugend und romantisch-sentimental. Ihr Geheimnis hat keinen Sinn und daß sie es wahrt, auch nicht.

P. P. Sonnabend den 10. XI. 45

Nebel, Sonne, kühl. /Schrieb am neuen Kapitel etwas weiter./ Fuhr mittags aus mit K. in die Gegend hinter P. P.Center über dem Ozean mit schönem Blick auf Santa Monica und die Bucht. Kaffee auf der vorderen Terrasse. Nicht wohl nachmittags, das Herz vom Magen erregt. Begann Brief an Humm in Zürich. Abends Gäste: Tochs und Huldschinskys. Las nach ihrem Weggang in Merkers Buch über das 3. Reich.

P. P. Sonntag den 11. XI. 45

Kühl, sonnig, windig. /Schrieb weiter am Kapitel./ Ging bis zum alten Haus. Zum Lunch Mrs. Kellen und Virginia. Menü aus einem Berlin Hotel-Casino. Zeitungsbericht über die Resistenz der Einwohner Lübecks gegen die Verpflegung von Flüchtlingen. Keine nationale Solidarität wie in England. – Nachmittags den Brief an Humm beendet. Abends beim Kaffee Musik gehört: Rossini, »Salome«, »Walküre«. Die Salome, von Musikern gerühmt, geistig genommen unerlaubt und liederlich. – Lange in dem Buch von Merker, mit Respekt.

P. P., Montag den 12. XI. 45

Der veraltete Armistice-Day. Sonnig und kühl. 8 Uhr auf, rasiert und nach dem Frühstück nach Hollywood zu N.B.C., wo ich die deutsche Sendung probte und zur Zufriedenheit las. Zu Hause Portwein und etwas am Roman. Dann kurzer Spaziergang. Las nach dem Lunch in Merkers Buch, das mich auch für Zeitbloms Chronologie interessiert. Geschlafen. Nach dem Thee Diktate an K. Nach dem Abendessen nach Westwood ins Cinéma: Wochenschau mit der Flottenparade auf dem Hudson. Närrischer Kriminalfilm danach. Zu Hause Chokolade.

P. P. Mittwoch den 14. XI. 45

Gestern sehr müde von zu wenig Schlaf. Dennoch manches erledigt. Korrektur von /»Germany and the Germans« für die Yale Review./ Auch heute weiter /am Schwestern-Kapitel./ Viel Post zu lesen. Telegramm-Botschaft an das Roosevelt-College, Chicago. Brief an Merker. Dinner-Party bei Nathans, rein amerikanisch außer Feuchtwanger. Andauernd sonniges Wetter.

P. P. Freitag den 16. XI. 45

/Am Roman gestern und heute./ Dazu Brief an Prof. Faesi. Neue Schriften von Kerényi kamen und bestellte Bücher über das Mittelalter. Heute Heinrich bei uns. Zum Thee auch Architekt Davidson und Frau. Brief-Diktate an die Kahn, darunter auch an einen Bruder Fr. Blunks hier, der mir zumutete, für den arretierten Präsidenten der Reichsschrifttumskammer einzutreten. – Brief von Golo, trefflich, mit interessanten Beilagen: Seine Radiosendung über die »Innere Emigration«, die mir die Worte vom Munde nimmt. Nennt Deutschland das alte Nazi-Land. – Schweizer Aufruf zur Nothilfe in Deutschland, nachahmenswert. – Zeitschriften-Lektüre, »Nation«, »Deutsche Blätter« mit Babs Aufsatz über den Joseph. Hm. – Sagen von Musäus vor Einschlafen.

P. P. Sonnabend den 17. XI. 45

/Vormittags am Roman./ Mit K. in der Corona del Mare-Gegend. Viel Post: Bücher-Sendung von Curt Wolf, Legenden. Sendung von Prof. Strich: Schweizer Akademie-Reden, Vortrag über Stifter, Geburtstagsartikel im »Bund«. Die »Schweizer Rundschau« mit meinem Brief nach Deutschland und z. T. unmöglichen pro-deutschen Beiträgen. Die Zürcher »Weltwoche«. – Nachmittags mehreres Handschriftliche erledigt. Abends dritter Akt der »Meistersinger« vollständig. Viel zu lesen. Telephon mit Prof. Day wegen des /Dostojewsky-Vortrags am 7. Dezember in Royce Hall./

P. P. Sonntag den 18. XI. 45

Heiteres Herbstwetter. Am Roman. Gegangen bis zum alten Haus. Mit Eva Hermann nach Hause, die nebst Peter Pr. Lunch mit uns hatte. – Jüdische Zeitschrift »Commentary«, worin ungünstige Besprechung der Tables of the Law, die ich aber loben soll und werde. Nachmittags Diktat an K. über den Roman »Stadt ohne Männer«. Dann Brief an Broch über sein Manuskript. (»Daß dem schamlos Emotionellen durch Weltgesetz das Brandmal des Kriminellen aufgedrückt werden muß.«) – Monteux-Konzert gehört, Berlioz, Beethoven, Milhaud, César Frank. Dieser ein mir sehr nahestehender Musiker.

P. P. Montag den 19. XI. 45

Sonnig, Landwind, stürmisch. /Am Roman, mühsam./ Mittags am Strande, wo diesmal gut zu gehen war. Viel Post zu lesen: Brief von Hesse über sein peinliches Rencontre mit Habe-Bekessy. Brief von Regisseur Hartung vor seiner Rückkehr nach Heidelberg. Vieles Andere. Diktierte nach dem Thee K. Briefe an Bermann und, kondolierend, an Beidler (Zürich). Dann Dankesbotschaft an das Hebrew Union College, Cincinnati. Las abends den »Aufbau« und einen Aufsatz von Neider über Kafka in Quarterly Review of Literature.

Pacif. Palis., Dienstag den 20. XI. 45

/Schrieb eine Seite am Kapitel weiter./ Ging bei Seewind bis zum Sitz an der Straße. Geringe Post. Las Zeitschriften. Der Wind schlug nach Tische landwärts um, und ich fühlte mich gleich schlecht und müde, kam auch nicht zur Ruhe. Schrieb einen Brief an einen Dichter in Shanghai. Die Trials in Nürnberg haben begonnen. Verlesung der Anklageschrift. Ribbentrop ohnmächtig. – Dinner Party: Ostheims, Tuckers, Arlt. Mit diesem über die Werfel-Gedenkfeier der Universität im Januar oder Februar. Über W.'s nachgelassenen Roman, »Das Buch eines Verstorbenen«. Zusage, 10 Minuten zu sprechen.

Pacif. Palis., Mittwoch den 21. XI. 45

/Von 10 bis ½1 am Roman./ Spaziergang am Strande bei sehr starker Sonne. Reizende Photographieen Fridos u. seines Brüderchens von Gottlieb. Brief vom Military Government in

München zum Lobe Erikas. Brief von Medi mit der Einladung Aschs Haus bei New York für einige Wochen zu beziehen und der Nachricht, daß Leonh. Frank sie zu verführen versucht hat. – Zum Thee die alten Riebers. Nachher an Motschan (Basel) geschrieben. Las abends in den »Schweizer Akademie-Reden«, unter denen Jak. Burkhard über die Griechen hervorleuchtet. Weiteres in der »Neuen Schweizer Rundschau«.

P. P. Donnerstag den 22. XI. 45

Wie noch immer jetzt auf der Terrasse gefrühstückt. /Gearbeitet am XXXII. Kapitel./ Gegangen bis über das alte Haus. Thanks Giving Day, keine Post. Beschäftigung mit der Dostojewsky-lecture, zu der ich nach dem Thee K. die Einleitung diktierte. Schluß noch zu machen. ½8 zu Horckheimers zum Indian-Dinner mit Dieterles und Neumanns. Geschenk einer Flasche guten französischen Rotweins. Viel über den Nürnberger Prozeß, sein Für und Wider.

Pacif. Palis., Freitag den 23. XI. 45

Klar und kühl. /Schrieb von 10 bis ½1 am Kapitel./ Auf der Promenade allein, wo ich Erikas mittags gekommenen Brief las. Bleibt bis März in Europa. Beilage: Brief des Rechtsanw. Heins an Justizrat Veit in Sachen der Manuskripte. Fordert 17 000 Mark von mir! Ist zu erwidern. – Viel Post zu lesen; Arbeit wie Aktenlektüre. Anmutige Artikel von Politzer zum Geburtstag u. über den Joseph. – Union Press verlangt Äußerung über Nürnberg. Nachmittags geschlafen. ¾7 nach Westwood ins Cinéma: »Love Letters«, Dieterle-Film. Gibt Schlechteres und Besseres. Spätes Abendessen. Artikel im »New Leader«. Gelesen in dem Buch von Merker.

P. P. Sonnabend den 24. XI. 45

Sehr kühl, verfroren, geheizt. Schrieb vormittags das statement für United Press über Nürnberg in einem Zuge. Kein Spaziergang. Wieder viel Post. Fleischmann in London berichtet, daß Proseč, von den Nazis gezwungen, unsere Einbürgerung zu annullieren, in feierlicher Stadtratsitzung sie wiederherstellen wird. – Nachmittags bis ½8 lange und angestrengt Briefe diktiert. Danksagung nach Cincinnati und Nürnberg-Artikel zur Übersetzung. Abends in Merkers Buch. Die Erinnerung an »München«, noch heute furchtbar. Chamberlain eine wirklich hassenswerte Figur. Der Völker-Betrug von damals in »Dieser Friede« durchaus richtig dargestellt. Dankbarkeit trotz allem für diesen Krieg und für die Vernichtung des ekelhaften deutschen Macht-Unwesens. – Übrigens Briefe aus München von Unbekannten, die mir bestätigen, daß die ersten Regungen des »neuen deutschen Geistes« für die Zukunft nichts Gutes versprechen.

Pacif. Palis., Sonntag den 25. XI. 45

9 Uhr auf. Von 10 bis gegen ½1 /Arbeit am Roman./ Sendung des III. Akt Walküre aus New York mit Jansen als Wotan. Nervös von der Arbeit, rannen mir beim Abschied die Tränen. Ging Amalfi Drive fast zu Ende. Nach Tische mit K. und Peter Pr. Gelesen in Merkers Buch. Nachmittags nicht wohl, Herzklopfen. Brief an Hesse begonnen. Davon sehr angestrengt. Gut tat einiger Kaffee nach Tisch. Hörte wieder Musik und setzte die Lektüre fort. – Dieses Papier stammt noch aus einem europäischen Heft.

Pacif. Palis., Montag den 26. XI. 45

Vormittags den Brief an Hesse beendet. Widmungen an die Union of Soviet Writers. Gegangen eine halbe Stunde. Brief von Golo aus Bad Nauheim. Ich habe in Deutschland die Kollegen gegen mich. – Amüsanter Brief von Fiedler. Sonst viel Aktenstudium. Nervengift der Nachrichten über die Frechheit des Welt-Fascismus und der Verwendung von Nazis in Deutschland: Sieburg, Süskind. – Schluß des Dostojewsky-Vortrags. Zum Dinner Fahrt mit Salka Viertel am Meer hin zu Eislers. Charlie Chaplin. Buffet. Imitationen, Szenen und

Clownerien Chaplins. Viel gelacht, /auch über Eisler u. seine Äußerungen über Wagner./ 11 Uhr Rückfahrt.

P. P. Dienstag den 27. XI. 45

/An Kap. XXXII,/ das zu lang wird und zu sehr antizipiert. Komposition zu ändern. – Mit K. gegangen Corona del Mare. – Wunsch Gallimards, »Joseph der Ernährer« zu bringen. Geschenk Mareks: 2 bändige Schiller-Biographie von Berger. »Weltwoche« und andere Zeitschriften. Geschlafen. Brief an Strich begonnen (über Stifter). In sozialistischen Zeitschriften viel über den als deutsches Hilfswerk und in Jammer über »Nazi-Methoden« verkleideten Fascismus. Die Entlassung Haushofers. Die Benutzung von Menschen wie Sieburg und Süskind durch Franzosen und Amerikaner.

P. P. Mittwoch den 28. XI. 45

/Am Roman, zweifelnd. Frage der Komposition./ – In Westwood zum Haarschneiden. Brief von Bermann über die Unmöglichkeit, Bücher von Schweden nach der Schweiz zu bringen. – Neue Ausgabe der »Weltwoche« gelesen. Beendete den Brief an Strich und begann einen an Hartung, Heidelberg. Zum Dinner bei Eva Hermann mit Feuchtwangers, Leydens, Markuses, Horckheimers. Nachher Ausfertigung von Briefen.

P. P. Donnerstag den 29. XI. 45

/Kapitel XXXII bei Streichung des Anfangs abgeschlossen./ Das Schwestern-Schicksal zu teilen. – Regen, Dunkel. Ging nicht aus. Lunch um 1 Uhr. Las nachher die Post und war 5 Uhr /bei Dr. Wolf zur Kontrolle. Blutdruck 120. Gewicht seit März um noch 2 Pfund verringert. Leichte Verschleimung der Bronchien, bei Durchleuchtung sichtbar./ Herz etc. in Ordnung. Rezepte zur Unterstützung der Ernährung. – Brief an Hartung beendet. Kurze Mitteilung an die Jacobson. Abends in Schriften von Kerényi. Die Interessanteste über Bachofen und Nietzsche. Das Einseitig-Männliche bei Nietzsche – gefährlich für die Deutschen. Aber was Bäumler in Bachofen sieht, auch.

Pacif. Palis., Freitag den 30. XI. 45

/Vorbereitungen zum nächsten Kapitel. (Die doppelte Zeit.)/ Gegangen bis zum alten Haus. Zurück mit Heinrich, der an Atritis am Fuß leidet. Lunch mit ihm. Briefe von Deutschen (Nicht-Juden) die innerlich mit dem Lande gebrochen haben. Nachmittags zahlreiche Briefe der Kahn diktiert. Die beiden letzten Kapitel zur Abschrift. – /Erkältet, verstärkter Schnupfen und Husten./ – Amerik. Zeitschriften. Die Zeitung über Hess' Erklärung, seine Amnesie sei Verstellung gewesen. Sein Verteidiger: »That proves that he's crazy.« Lahousen packt aus. Goering wütend darob. »Den haben wir übersehen am 20. Juli.« Das Töten muß schwer zu entbehren sein. Hitler hat noch im letzten Augenblick den Mann einer Schwester seiner »jungen Frau« töten lassen. (Berliner Brief im New Yorker.) – In den Daily News heute mein statement über Nürnberg, aufgelöst.

Pacif. Palis., Sonnabend den 1. XII. 45

/Begann Kap. XXXIII zu schreiben,/ ohne viel davon zu wissen. /Angegriffen vom Katarrh. Müde./ Ging mittags Amalfi Drive fast zu Ende. Viel Post: Neuer Brief von Vikko durch P. Salm. Durch Lt. Speyer Rede des neuen Rektors der Universität Marburg zur Wiedereröffnung. /Großer Aufsatz von Lukács in der »Internationalen Literatur« zu meinem 70. Geburtstag. Soziologisch-psychologische Analyse meines Lebens, sehr positiv, keineswegs nur historisch, als wichtig für die deutsche Zukunft gesehen, mit besonderer Liebe für »L.i.W.«, aber ohne Berücksichtigung des Joseph./ – Zum Abendessen /Neumanns. Las den Einzug Adrians in Pfeiffering vor. Ihn beeindruckte besonders die dreifache Zeit./ Las nachher noch längere Zeit in dem Aufsatz von Lukacs.

P. P. Sonntag den 2. XII. 45

Wieder Empirin genommen und gut geschlafen; /aber angegriffen./ Frühstück auf der Terrasse. Berichte über den Nürnberger Prozeß. Es scheint, daß Hess, in unbestimmtem Maße närrisch, tatsächlich auf eigene Hand nach England flog, um den König zu Friedensverhandlungen zu bringen. Göring, der Lebhafteste und Ungebrochenste, beantwortet Fragebogen seines Verteidigers in »gewinnender« Weise, mißbilligt die »Exzesse« des Regimes, das an sich notwendig war. Beruft sich auf Truman, der auch starke Rüstung fordert und den Frieden will. – Schrieb etwas weiter am neuen Kapitel. Ging einige Schritte dem Wagen mit Frau Kellen entgegen. Diese mit Peter Pr. zum Lunch. Brief von Klaus Pr., der gestern kam. /Die große Studie von Lukács von Anfang an gelesen. Verwunderliches Stück Arbeit, – von dem der »Joseph«, wohl aus sowjetistischen Gründen, ausgeschlossen ist. Dennoch ist es wohl das Bedeutendste, was über mich geschrieben wurde, fast erschütternd./ Vieles erklärt mein Brief an Seipel zu seinen Gunsten. – Begann Brief an Kerényi. Las anderes in der »Intern. Literatur«: Siegesausgabe mit zum Teil schwer erträglich byzantinischen Huldigungen für Stalin. Aber schließlich, seine persönliche Leistung ist gewaltig.

P. P., Montag den 3. XII. 45

/An XXXIII weiter./ Ausgiebig gegangen. Viel Post: Brief von Klaus. Die auf 55 Stück gebrachte Neuausgabe von »Deutsche Hörer«. Pariser Wochenschrift »Terre des Hommes« mit sonderbarem Artikel von Schlumberger über den Brief nach Deutschland, der im Auszuge abgedruckt wird. – Beendete den Brief an Kerényi und fertigte zahlreiche Briefe aus. Las abends in »Deutsche Hörer«.

P. P. Dienstag den 4. XII. 45
/Etwas am Kapitel./ Pedicüre. Nachmittags bei Arlt zur Lesung des Dostojewsky-Vortrags. Abends Szigetti-Konzert in Royce Hall. Nachher Chokolade.

P. P. Mittwoch den 5. XII. 45
/Stillstand der Arbeit./ Lesen in Tagebüchern von 1918/19, unzuträglich, verwirrend und niederdrückend. Müde, verstimmt. Ging nur ein kurzes Stück. Brief aus Argentinien von Verwandten Eberts, die aus der russischen Zone entkommen. Beschwören mich, *nie* zurückzugehen – von wegen der Deutschen. – Honorar von Bermann für »Deutschland und die Deutschen«. – Nach dem Thee mit K. Redaktion der Rede für das Citizen Committee Dinner. Nach dem Abendessen /zu Adorno's, dem ich das Roman-Manuskript übergab, um mich musikalisch-imaginativ von ihm beraten zu lassen, nachdem er ideelle Einsicht genommen./ Gespräche über Deutschland. Er las aus seinen Aphorismen, die eine schmerzhaft in sich verwickelte intellektuelle Lyrik darstellen, vernichtend und traurig.

Pacif. Palis., Donnerstag den 6. XII. 45
Einige Zeilen weitergeschrieben. /Andauernder Bronchial-Katarrh und Schnupfen, von ermüdender, reduzierender Wirkung./ Lunch im Café Français an der Promenade. Angenehm. Das Wetter sehr hell und heiter. Sendung aus Wien von O. M. Fontana, Geburtstagsartikel und verstümmelte Wiedergabe des Offenen Briefes. – Geschlafen. Nach dem Thee Lesung des Dostojewsky-Vortrags mit K. Abends in kuriosem akademischem Manuskript über den Stand der Leitmotiv-Technik im »Joseph«, von Heller, Columbia University.

P. P. Freitag den 7. XII. 45
/Etwas am Kapitel./ Gegangen bis zum alten Haus. Mit der Post Interpellationen über die Lage, und wie das Schlimmste

zu vermeiden. »Free World« mit guten Beiträgen. /Sehr angegriffen vom Katarrh, hinfällig./ Von 4 bis ½6 im Dunklen gelegen. Thee im Schlafzimmer. Rasiert, Smoking /Toilette mit Goldenem Schlüssel von Phi Beta Kappa./ 7 Uhr Imbiß. 8 Uhr nach /Westwood zur lecture. Professoren Day und Dykstra, Delegierte vom russischen Konsulat etc./ Hinter der Szene. Reihe von Vorträgen. Der meine, als letzter, wurde anhaltend applaudiert. /Klemperer/ kam nachher, angetan. Zu Hause Chokolade und Eclair.

P. P. Sonnabend den 8. XII. 45

Befriedigung über das Gelingen des gestrigen Vortrags. /Etwas am Kapitel. (Die Dinge über den vorigen Krieg verlassen zu sehr die Hauptlinie des Romans.)/ – Spaziergang in Pacif. Palisades. Sehr müde. /Saß nieder u. ließ K. den Wagen holen./ Zum Lunch Auernheimer mit Frau und der Thimig, die sich lange gefielen. Nach dem Thee Diktate, z. T. schwierig, an die Kahn. Abschrift der Rede für Montag. Aus Rom psychoanalytische Zeitschrift mit rührendem Brief des jüdischen Herausgebers. Will »Die Stellung Freuds« bringen.

Pacif. Palis., Sonntag den 9. XII. 45

Morgens weiterer Rundgang. Den Neubau des M.D. besichtigt. Frühstück auf der Terrasse. /Am Kapitel weiter,/ etwas frischer. Mittags in der Nähe gegangen. Peter Pr. zu Gast. Nach Tische Gentleman vom Columbia Broadcast, Appointment für nächstens. Nachmittags Briefe an Moenius und den Literarhistoriker Heller. Musik abends. Leeres Klavierkonzert von Liszt. Wohllautendes Intermezzo von dem Engländer Delius. Im New Yorker interessanter Bericht über die Geschichte der Atombombe.

P. P. Montag den 10. XII. 45

Andauernd heiteres Wetter. Wind wieder vom Ozean. Der Katarrh merklich gebessert. /Ein Stück am Roman./ Etwas gegangen. Zum Lunch W. Herzog mit Film-Aspirationen. 5 Uhr Thee im Schlafzimmer, /½6 zum Hotel Bev. Wilshire, Dinner des Indep. Citizen Committee./ Langes Cocktail-Vorspiel. Speaker Table mit Prof. Shapley, Mrs. Douglas, dem Ehepaar Dykstra, Colonel [Carlson] und Frau. Unterhaltung bei Tisch mit dieser. /Meine Rede/ mäßig befriedigend. /Shapley zu clownisch. Die Douglas zu routiniert./ Gut der liberale Oberst. Stark /gegen den Mißbrauch unserer Truppen in China./ Peter Pr. Eddy Knopf. Spät. Zu Hause Bier und Sandwich. – Brief von A. Sandler über den Dostojewsky-Vortrag.

P. P. Dienstag den 11. XII. 45

/Etwas am Kapitel./ Etwas gegangen. Heinrich zu Gast. Viel Post: Hübscher brauner Schlafrock von Rastede zum Geschenk. Exemplare des Dostojewsky-Buch. /Oktoberheft der »Neuen Rundschau« mit »Deutschland u. die Deutschen«,/ Atom-Aufsatz der Meitner etc. /Brief von Döblin/ aus Baden-Baden wegen einer französisch protegierten deutschen Monatsschrift. – Briefe an Amann und Politzer. Las abends das Columbia-Hörspielchen, zu dem sprechen soll. Ferner in der »Rundschau«. Ferner manches in der mexik. »Demokratischen Post« über Deutschland: Die »schwarze, graue und weiße Liste« der zu kultureller Betätigung Zugelassenen, resp. Nicht-Zugelassenen, wie Furtwängler, Sieburg, Jünger, Jannings u.s.f. – Lesungen aus dem »Joseph« am Frankfurter Sender und anderwärts.

P. P. Mittwoch den 12. XII. 45

/Etwas am Kapitel./ Bei kaltem Wind, der mir zusetzte, bis zum Alten Haus. Nach Tische mit K. die Post gelesen. Brief von Agnes Meyer. Lobenswerter Brief von J. Maass. Nach dem Thee zahlreiche Diktate an die Kahn. /Las abends die Apokalypse und war ergriffen von dem Wort: »Du hast eine kleine Kraft und hast mein Wort behalten und hast meinen Namen nicht verleugnet.«/ – Las in »Joseph der Ernährer«.

P. P. Donnerstag den 13. XII. 45

Frühstück auf der Terrasse. Schrieb an Döblin und begann Brief an die Meyer. Mittags in Westwood bei Dr. Marx zur Behandlung der Ohren und der Nase. Lunch im Restaurant des Kaufhauses. Mit der Post neue Sendung von Vikko, alte Photos und deutsche Zeitungen. (Süskind in memoriam Frank.) Die Meyer schickt den Brief Rosenhaupts mit überraschend aggressiven Bemerkungen über die Antwort an Molo. – Nach dem Thee K. das Columbia-Broadcast für Sonntag diktiert. Schrieb danach an dem Brief nach Washington fort. Zum Dinner mit Eva Hermann zu Feuchtwangers. Literarische und politische Unterhaltung.

P. P. Freitag den 14. XII. 45

Schlechte Nacht, Sodbrennen, Unruhe, Diarrhoe als Folge der gestrigen Austernsuppe. Diät. Angegriffen. Beendete den Brief an die Meyer und erledigte Weiteres. Ging nach dem Rasieren langsam bis über das Alte Haus. Schlief nachmittags. Diktierte K. Briefe an Caroline N. und Bruder Vicco. Besuch von Huldschinsky. Hörte /die alte Rheingoldplatte/ mit dem Gesang der Rheintöchter. Unwiderstehlich. Haggins in der Nation macht sich lustig über die »Walküre« und hat auch Recht. – Zeitschriften abends. Die Meitner in der »Rundschau«: Winzigkeit des Atomkerns im Verhältnis zum Atom-Umfang, der durch die äußeren Elektronen bestimmt. Das Verhältnis ist das eines eben noch sichtbaren Staubteilchens zur Weite des Stephansdoms. Wiederholung kosmischer Verhältnisse.

P. P. Sonnabend den 15. XII. 45

Morgens weiterer Rundgang. Frühstück auf der Terrasse. /Etwas am Roman, zögernd./ Mittags am Meer, auf dem Steg. Beschwerende Post. /Schlechter Kopf,/ zu Schmerz, Schwindel, nervösem Versagen geneigt. Nachmittags Diktate an die Kahn. Abends /in Nietzsches Briefen./

Pacif. Palis., Sonntag den 16. XII. 45
8 Uhr auf. Nach dem Frühstück zum /Columbia Broadcast./ Probe und Pronouncement der 3 Minuten-Ansprache am Schlusse des Hörspiels »My brother's blood«. Amüsiert von dem Vorgang. Sympathischer Sprecher des jungen Arztes. Sahen alle aus wie sie in dem Stück hätten aussehen müssen. Freundliche Eindrücke. – Besuch bei Heinrich. Zu Hause /Beschäftigung mit Nietzsches Briefen und der Dürer'schen Apokalypse/ am Schreibtisch. Peter Pr. zum Lunch. Kaffee auf der Terrasse. Schönes, sonniges Wetter. Nach dem Thee Brief an Kaskell, warnend wegen der Haltung der »Deutschen Blätter«. ½8 zu *Tochs* zum Dinner. Der Jurist Kelsen. Über den Nürnberger Prozeß, den er in Washington vorzubereiten geholfen. Über Recht und Justiz im Allgemeinen.

P. P. Montag den 17. XII. 45
/Am Kapitel weiter./ Gegangen bis zum Sitz an der Straße. Sehr viel Post zu lesen. Brief von Preetorius. Text des Diploms vom Union College. Pro-deutscher Aufruf von James Franck, übersandt von Borgese. Bin, recht gequält, in der Zwangslage, zu unterzeichnen. – Diktate an K. nach dem Thee, Briefe an die Servicen, Borgese u. a. Abends in »Commentary«, guter Aufsatz über Gershwin.

P. P. Dienstag den 18. XII. 45
/Vormittags am Kapitel./ Wenig gegangen. Markuse's zum Lunch. Über die Frage des »Appeal«. Thee im Schlafzimmer. Smoking. Brief an Einstein über den Appeal. Zum /Dinner bei Ostheims. Internationale Gesellschaft,/ englisch, russisch, französisch, deutsch. Weißrussische Grafen, die behaupten, die Stalin-Regierung verlange die Auslieferung von ihresgleichen. – Brief der Mazzucchetti mit Artikeln.

P. P., Mittwoch den 19. XII. 45

Nehme seit einigen Tagen wieder /Hormon-Tabletten/ und beobachte eine stimulierende Wirkung. /Schrieb am Kapitel weiter. Die Nietzsche'schen Symptome, Medikamente und Speisezettel als Beispiel für das Montage-Prinzip des Buches. Plan eines Briefes an Adorno, kommentierend./ – In Westwood zum Haarschneiden. Brief von der Meyer über den Lukacs-Artikel und meinen Dostojewsky-Aufsatz. Brief an Bermann, Widmungen an die Schroeder Foundation (wobei ich im Zbg. las) und Ausfertigungen. Las den »Aufbau« und die »Nation«. Starke Dinner-Rede Laski's in New York. Seit Tagen Sorgen wegen Heinrich und seines von den Ärzten schwankend beurteilten Fußleidens. Jedenfalls eine Alterserscheinung und eine Mahnung.

P. P. Donnerstag den 20. XII. 45

/Vormittags am Kapitel XXXIII./ Von ¾1 bis 2 Uhr draußen. Morgens und abends regnerisch. Weihnachtsgeschenk von der Meyer: elegante Nachttisch-Uhr. Nachmittags zahlreiche Brief-Diktate an die Kahn. Erhielt Abschrift von Kap. XXXI und XXXII. Las abends neu eingetr. Nummern der »Weltwoche«. Not und Anstand Englands. Die furchtbaren Zustände im polnischen Teile Deutschlands.

P. P. Freitag den 21. XII. 45

Dauerregen seit gestern. /Am Kapitel geschrieben./ Ging mittags allein im Regen in der Nähe, wurde durchnäßt. Heinrich zu Lunch und Thee. Besserung seines Fußes, von zweifelhaften Kuren wird abgesehen, es wird Digitalis gegeben. Über den Franck'schen Appeal. Das Dilemma. Billigt meine Zusage, lehnt aber selbst ab. – Las einen Politischen Brief des Hesslein in Chile, eine Philologen-Studie über falsche Übersetzungen in engl. Ausgaben meiner Bücher. Erledigte Handschriftliches, /tat noch etwas am Kapitel./ Nach dem Abendessen zu Eva Hermann, mit den jungen Reinhardts, der Kahn und /Speyer.

Dieser las aus seinem Berliner Roman/ ein Gespräch über die Judenfrage. Bewirtung. Cigarren-Bestellung bei Reinhardt, der direkt aus Cuba bezieht. Cigarren-Geschenk von Knopf. – Szenen aus Brechts »Furcht und Elend des III. Reiches«. Gut.

P. P. Sonnabend den 22. XII. 45

Andauernder Regen. /Geschrieben am Kapitel./ Ging nicht aus. /Nach Tische Korrespondent von Time, Interview wegen meiner Voraussage 1945 werde mein Todesjahr sein./ – Nachmittags einige Briefe mit K. erledigt. Zum Abendessen Neumanns.

Pacif. Palis., Sonntag den 23. XII. 45

/Geschrieben am Kapitel./ Gegangen Amalfi Drive fast hinab. Nach Tische Besuch von Prof. Auerbach. Dazu junger amerik. Jude, improvisiert. Brief an Honegger, Zürich. Korrektur der Abschrift von XXXI und XXXII. Aufstellung des Baumes. /Staniol als Lametta geschnitten./

Pacif. Palis., Montag den 24. XII. 45

/Weihnachtsabend./ Regnerisch. Frühstückte allein. Gleich nachher Ankunft Bibi's mit Familie. /Wiedersehen mit Frido, beglückend. Schrieb am Kapitel (Dunkelszene mit Schwerdtfeger, heikel.)/ Ging mit Frido an der Hand etwas aus. Zum Lunch Peter Pr. zu den anderen. Viel Post, auch europäische, französische. Brief von Golo. Nach der Ruhe /im Dunkeln hoffnungsvollerer Ausblick auf das Kapitel./ Ausfertigung von Briefen. Eva Hermann. 7 Uhr oder später Bescherung, nach einigem Gesang mit den Kindern bei mir zu Bibi's Bratschenbegleitung. /Lichterbaum mit Staniol-Streifen geschmückt./ Reiche und angenehme Geschenke. Neue Plattenart, klangvoll, Film-Technik und Plastik-Material (Bruch–Menuhin.) /Die Bübchen glücklich, die Japaner ebenso./ Champagner-Souper. Erheiterung durch die Kinder, die lange mit uns im Living Room. Peter Pr. übernachtet.

Pacif. Palis., Dienstag den 25. XII. 45. Weihnachtstag
8 Uhr auf. Gebadet. Kaffee getrunken. /Am Kapitel geschrieben. Gewagtheit. Auch vielleicht nicht in Übereinstimmung mit der früheren Charakterisierung Schwerdtfegers./ – Etwas gegangen mit K., Peter Pr. und dem kleinen Tonio. Frido mit den Eltern bei Heinrich. Familien-Lunch mit »Ursula« zum Besuch der Kinder. Beim Thee länger verweilt. Übertragung der Korrekturen auf die Durchschläge. Brief an die Meyer begonnen. Abends 9te Symphonie, alte Platten. Ich liebe im Grunde nur den langsamen Satz, der aber auch ein und dasselbe zu oft sagt. »Till Eulenspiegel«, keckes, hübsches Stück. Schenkte Peter Pr. beim Weggehen den punktierten seidenen Schlafrock. Las in dem Buch des Schweizers F. Gaupp über die Früh-Renaissance die Aufsätze über die Medici und Nikolaus Cusanus.

P. P. Mittwoch den 26. XII. 45
/An XXXIII gegen das Ende./ Gegangen und eingeholt von K. mit den Bübchen. Nachmittags einiges mit K. erledigt. Nach dem Abendessen mit K., Gret und Eva Hermann ins Fox Ciné-ma, Beverly Hills, psychoanalytischer Film, blöde. March of Time zeigte einen amerik. Prozeß gegen einen Mörder gefangener Flieger, der zum Tode durch den Strang verurteilt wurde. – Zu Hause Chokolade. Spät.

P. P. Donnerstag den 27. XII. 45
Spät auf. Im Schlafrock gefrühstückt. /Schloß das XXXIII. Kapitel ab./ Rasierte und badete mittags. Ging bis zum alten Haus und wurde von Gret mit den Kindern geholt. Viel Post: spanisch-argentinische Ausgabe von »Order of the Day« – aus dem Englischen übersetzt, wie wohl auch die holländische Ausgabe es sein wird. – Geschlafen. Zum Thee der Agent Fles und Frau. Zahlreiche Brief-Diktate an die Kahn. Närrischer Brief von Brentano (Zürich), der mich wegen briefl. Äußerungen über ihn gegen Humm zur Rede stellt. – /Abends auf Wunsch

Vorlesung von Kap. XXXII (Ines), das unerwartet starken Eindruck machte. Vielleicht bin ich doch, aus Müdigkeit, gegen das Ganze zu kritisch./

P. P. Freitag den 28. XII. 45

/Am Kapitel gebessert./ Dann den Brief an die Meyer beendet. Das Haar gewaschen. /Auf dem Spaziergang überwältigend müde und den Rest des Tages leidend und schläfrig, ohne schlafen zu können./ – Nachricht, daß Adorno das Mt. gelesen und Notizen zur Besprechung vorbereitet hat. – Abends Musizieren Bibi's mit einem Freund. Zeitig zur Ruhe.

P. P. Sonnabend den 29. XII. 45

Brief an F. Gaupp, Ascona. Brief an Brentano, Zürich. In der Nähe etwas gegangen. Heinrich zum Lunch. /Empfing Dr. Schiff, der Vitamine, Nasentropfen, Hustensaft verordnete./ Keine Bronchitis, nur Luftröhrenkatarrh, vielleicht infektiös. – Yale Review mit /»Germany and the Germans«./ Time und anderes gelesen. Nach dem Abendessen Verabschiedung von den Kindern, die von dem Japaner nach der Station gefahren wurden. – Brief an Kahler mit denen von Preetorius auf Wunsch. Brief von dem Frankfurter Zeitungs-Kircher. Langweilige Verteidigung der »Inneren«.

Pacif. Palis., Sonntag den 30. XII. 45

Sommer-Wärme, ja Hitze. Frühstück auf der Terrasse. Das Wohnzimmer normalisiert. Vormittags und /nachmittags Brief über den Faustus an Adorno./ Mittags etwas gegangen. Gelesen über Jeanne d'Arc bei Gaupp. St. Beuve über Molière.

Pacif. Palis., Montag den 31. XII. 45

Sommerliches Wetter, Seewind. /Schrieb den Faustus-Brief an Adorno zu Ende./ Mit K. zum Fischmarkt und auf dem Steg. Nachmittags Besuch des Producers Merton wegen Verfilmung des »Zbg« für 100 000 Dollars. 12 wöchige Option. – Zum

Abendessen Peter Pr. Champagner, Kaffee. Musik gehört. Las Opus 111 vor. – /Ein ungeheueres Jahr geht zu Ende,/ überfüllt mit weltverändernden Ereignissen. Daß mein 70. Geburtstag mitten hinein fiel, war eine /hübsche Regie-Verfügung./

1946

Pacif. Palis., Dienstag den /1. Januar/1946
8 Uhr auf und weiteren Rundgang gemacht. Auf der Terrasse gefrühstückt. Brief an Dr. Kircher (Gossensass). Gegangen in zunehmenden Nebel hinein bei zu leichter Kleidung. Erkältet. /Verstärkter Schnupfen und Krankheitsgefühl./ Peter Pr. noch zum Lunch. Nachmittags mehreres Handschriftliche erledigt. Gedicht-Cyklus aus Tel Aviv von Dr. Strauß, betitelt mit meinem Namen. Abends in Osborns Erinnerungen an Menzel, Liebermann, Klinger, Lesser Ury, Bode. Ach, alle diese Persönlichkeiten. An mich wird man sich so wenig erinnern wie an Proust. – /Wieviel enthält der »Faustus« von meiner Lebensstimmung. Es war von Anfang an das Aufregende an dem Buch. Im Grunde ein radikales Bekenntnis./ – Adorno herzleidend. Soll ihn vielleicht Donnerstag sehen. Verspreche mir übrigens nicht mehr viel davon.

P. P. Mittwoch den 2. I. 46
Neblig, dunkel, kalt. Beschäftigung mit dem Roman. /Vorbereitungen zu XXXIV./ Gegangen im Mantel, Amalfi Drive zu Ende. Brief von Klaus, der die Schweiz besucht. Zeitschriften. Lange geschlafen, trotzdem /müde und halb krank./ Mag etwas sein an /Schiffs Theorie einer Nebenhöhlen-Infektion./ – Handschriftliches erledigt. Abends Artikel der »Nation«. Verstimmung über die Unmöglichkeit, die einfachsten Dinge in Geschäften zu bekommen: einen Kalender-Ersatz, Block-Papier, einen Brieföffner.

P. P. Donnerstag den 3. I. 46
/Vormittags über dem neuen Kapitel. Suchend, versuchend./ Lunch mit W. Herzog im Restaurant an der Promenade. Viel Post, Bücher, lange Briefe, aus Deutschland, der Schweiz. /5 Uhr zu Adorno. Gespräch mit ihm oben im Arbeitszimmer über den Faustus, seine Größe und Schwierigkeit. Über die Apokalypse, die nicht allein die des Johannes sein kann. Seine Bemerkungen über Adrians Charakter. Anachronismus der

Studentengespräche. Der homosexuelle Untergrund, meist unfaßbar. Über die Musik. Noch nicht über notierte Einzelheiten./ – Erregt, müde, zweifelnd, meinen Kräften nicht vertrauend. (Sein Verlangen, ich möge den Druck seiner musikphilosophischen Schriften betreiben.) – Zufallssendung eines Blattes der N. Zürcher Zeitung mit Artikel über antikchristliche Jenseitsvorstellungen und Apokalyptik. – Neumanns nach dem Abendessen. Trank Nes-Kaffee. /Las in den Apokryphen./

P. P. Freitag den 4. I. 46

8 Uhr auf, gebadet und etwas gegangen. Bis ½1 /Notizen und Lektüre für das Apokalypsen-Problem./ Kurzer Ausgang. Nach Tische mit K. Briefe gelesen. /In der Divina Comedia./ Mit Singers nach Hollywood ins Cinéma: »Confidential Agent« mit Boyer, gut gespielt. Bewirtung danach bei uns mit Suppe, Brötchen, Wein und Bier. Regen. Berichte Singers über Cuba und Miami.

P. P. Sonnabend den 5. I. 46

Vormittags /Notizen zum Oratorium etc. bis ½1./ Nach dem Rasieren kurzer Rundgang bei zu starker Sonne mit K. /Nervös und müde wie meistens jetzt./ Mit der Post wieder ein langer deutscher Brief, konfus und gefühlvoll, übrigens ergeben. Neue »Weltwoche«. /Tief geschlafen./ Nach dem Thee Brief-Diktate an die Kahn. Warum nur alle, die einwandern wollen oder einen job suchen, sich an mich wenden! – In Time Magazine /ausführlicher Bericht über »Germany and the Germans«/ nach der Yale Review-Wiedergabe mit /Bildern von – Luther und mir./

P. P. Sonntag den 6. I. 46

Exzerpte, Notizen, Ausschnitte. Mit K. auf der Promenade. Gutes Fleisch zum Lunch. Nach Tische /in Baudelaires Prosa./ Thee im Schlafzimmer, dann /zu Adorno mit Notizbuch. Nahm zahlreiche zu verbessernde Punkte, Vorschläge auf./ Nach dem Abendessen Musik gehört (unter Monteux). Entzückt von Debussy's Faun. Huldschinsky zum Plaudern. – Alte Papiere. Letzte Briefe Mama's. Kinderbriefe K.'s.

P. P. Montag den 7. I. 46

Excerpte, Notizen. /Befestigung des gestern Aufgeschriebenen. Zur Vornahme der Verbesserungen das Manuskript zu beordern./ Haarwaschung und Rasieren. Gegangen bis zum alten Haus. Briefe von Agnes Meyer, den Nietzsche-Plan akklamierend, und von Bermann: Inhalt des nächsten Rundschauheftes, Verlangen nach Roman-Manuskript. – Nach dem Thee weitere Exzerpte zur Fundierung des nächsten Kapitels. /Für die Rundschau: Jonathan Leverkühn und Opus 111./ – Große Feuersbrunst hügelaufwärts, erschütternd zu sehen. Sirenen der Feuerwehr. Zum Abendessen Feuchtwangers und Horckheimers. Gute Laune und Optimismus Feuchtwangers.

P. P. Mittwoch den 9. I. 46

Mich beschäftigt, was Vikko neulich schrieb: er habe private Nachricht, daß im Münchener Magistrat Rückgabe und Wiederaufbau des Hauses Poschingerstraße 1 beschlossen sei und im Frühjahr die Arbeiten beginnen würden. Ich denke dabei zurück an die erste Zeit dieser Aufzeichnungen und diese ganzen Jahre. Übrigens scheint es Vikkos Absicht zu sein, das Haus zu bewohnen. Und von der ganzen Einrichtung ist es ja doch entleert. Trotzdem nimmt man wohl an, wir werden alljährlich dort für einige Monate Wohnung nehmen. – Heute Briefe von Erika und Golo aus Nürnberg. Erikas Kränklichkeit. Süskind. – /Ich sonderte Material für den Roman aus, las Jeremias und Hesekiel./ – Belastet mit Manuskripten und Galleys: Werfel, Kesten, Politzer etc. – Besuch von Mr. Rogers, sympathisch-amerikanisch, in Sachen einer Palestina-Kundgebung. – Briefe diktiert. – K. empört über Bermanns unmögliche Abrechnungen.

Pacif. Palis., Donnerstag den 10. I. 46
Die alte /Frau Fischer citiert in einem Brief eine Äußerung von Hauptmann aus dem Jahre 1924 über den Zauberberg, mit dem er sich in Santa Margherita fast ausschließlich beschäftigt: Das Buch werde unter die wenigen Meisterwerke seiner Gattung zu rechnen sein. Einmal der Geburtsstunde eines solchen Werkes beiwohnen zu können, sei für ihn kein geringes Erlebnis./ – – Begann Nachtrag /zu K. XXXIII über die kl. Seejungfer/ zu schreiben. – Brief von F. Bertaux (gegen Schlumberger). Anderes mit K. nach Tische durchgegangen. – Besuch bei Fritzi Massary, Champagner-Cocktail. Von dort zu Heinrich zum Abendessen. Vorlesung der Hetaera esmeralda-Kapitel. Bedeutender Eindruck.

Pacif. Palis., Freitag den 11. I. 46
Schrieb weiter an dem Nachtrag. In den Nerven Nachklingen eines gefälligen Berührungstraums. Reizbarkeit. Sturmwetter, kalt. Fuhr in offenem Wagen mit dem Japaner nach Westwood zum Haarschneiden. Zum Lunch Frau Katzenellenbogen, deren Sohn sich, Golo zufolge, in Deutschland auf dem Schwarzen Markt bereichert. – Viel belästigende Post, die mich immer unlustiger findet. Ein »Vetter« meldet sich aus Bad Kissingen. Las die »Weltwoche«. /Analyse des letzten Streichquartetts von Bartók. Las im Dante./ Schrieb an K. Wolff, daß ich keine Goethe-Auswahl machen und einleiten kann. An Herrn Guillemin, der nach Beschäftigung sucht. – In Bayern sind amerikanische Offiziere im Schlaf von Deutschen erschlagen und das Haus angezündet worden. Kann man jetzt Attentate machen?

P. P. Sonnabend den 12. I. 46
/Schloß Kap. XXXIII mit dem Nachtrag endgültig ab./ Ging nach dem Rasieren ein Stück Amalfi Drive. /Las im Inferno./ Diktierte K. Briefe. Peter Pr. zum Week end. Hörten den III. Akt »Siegfried«. Ausfertigung von Briefen. Schrieb an

L. Hardt zum 60. Geburtstag. Lese abends Isherwoods »Prater violet«.

P. P. Sonntag den 13. I. 46

Andauernder Föhnsturm. Schlechtes Wetter bei blauem Himmel und Sonnenschein, schönen Farben. – Morgens gegangen in der Palmen-Allee. Frühstück auf der Terrasse mit Peter Pr. Zeitungsnotiz über die in Deutschland kursierende, E. Jünger zugeschriebene Broschüre »Der Friede. Ein Wort an die deutsche und die europäische Jugend«. Schönheit des Krieges, Größe des deutschen Soldaten, deutscher Lebensraum. Rückkehr des deutschen Ehrgefühls. – Schrieb an Preetorius, ohne abzuschließen. Etwas gegangen. Zum Lunch Huldschinskys und Eva Hermann. Heitere Unterhaltung. – /Nach dem Thee zu Adorno, um weitere Verbesserungsnotizen aufzunehmen. Die Schwächen des Buches wurden mir empfindlich deutlich dabei. Sein grösster Nachteil ist, dass es keine Gelegenheit zum eigentlich Epischen, Humoristischen bietet. Es ist unerfreulich ernst, nicht künstlerisch glücklich./ – Hörten das Sonntagskonzert. Mozarts Klavierkonzert in c moll (Schnabel). Las das von der Gemme überbrachte Manuskript von Fr. Walter, dessen Anfang ins Geburtstagsheft der »Rundschau« aufgenommen. Rührende Huldigung. Vielleicht Oprecht anzubieten.

P. P. Montag den 14. I. 46

/Schrieb etwas am XXXIV. Kapitel./ Die Bücher-Kisten aus Nordwijk 1939 traf[en] ein. Seltsames Wiedersehen. Alte Zeitungsblätter. Schrieb an Kahler und die Lowe wegen des Roman-Manuskripts. Nach dem Abendessen bei Auernheimers, am Bett der an Hexenschuß leidenden, sehr törichten Frau. Zu Hause lange in alten Drucksachen aus der Zeit vor Ausbruch des Krieges gelesen. Artikel von ter Braak. Har. Nicolson über den Bonner Brief. Lukács zugunsten meines Traditionalismus.

P. P. Dienstag den 15. I. 46

/Schrieb etwas am neuen Kapitel weiter, ungewiß, was werden soll./ Ausfahrt und Spaziergang bei Pacif. Palisades überm Meer. Viel Post zu lesen. Langer Brief eines jüdischen Paters. Zeitschriften. Zum Thee Gottlieb. Korrigierende Durchsicht der Tagebuch-Blätter. – /War heute besonders schwermütig, müde und träge./ Rauche türkische Cigaretten, die die empfindliche Luftröhre weniger reizen. Las in Platens Tagebüchern. Die Einleitung von Petzet kommt meinem Aufsatz nicht gleich, bewegte mich aber. – Nicht nur aus Trägheit bin ich außerstande, für den New Leader einen Artikel zugunsten Deutschlands zu schreiben. Meine Empfindungen und Gedanken in dieser Sache sind zu zwiespältig. Ferner lehne es ab, ein Vorwort für eine Schul-Auswahl aus meinen Büchern zu schreiben, die F. Walter für Macmillan in London zusammenstellt. Ist andrer Leute Sache.

P. P. Mittwoch den 16. I. 46

Sommerlich warm. Seewind. Frühstück auf der Terrasse. /Schrieb an Kap. XXXIV weiter./ Ging bis zum alten Haus. Heinrich zu Gast. Er las seine Einleitung zur Herzfelde'schen Anthologie. Verwandtschaft des Münchener Studenten-Manifests mit der von mir aufgenommenen Radio-Sendung. Über die Verse: »Verflucht sei, wer nach falschem Rat . . .« Ob Epimenides oder Xenien. Es steht unter diesen als letzte Strophe zum »E.« – Brief an den deutschen Maler Vetter. Las in Stükken von F. Bruckner.

P. P. Donnerstag den 17. I. 46

/An XXXIV; geändert./ Zu Dr. /Schiff, Durchleuchtung der »Nebenhöhlen« etc. Überflüssig./ Lunch bei La Rue. Svenska Dagbladet sendet Interview. Viele Briefe zu lesen. Nach dem Thee anstrengende Diktate an die Kahn: New Leader, Jackson, F. Walter u.s.w. Abends in Adorno's Aphorismen. Gibt sich unbescheidener als er ist. – Bermanns geschäftliche Unzuverlässigkeit – Problem, wie ihr zu begegnen. – Unangenehmes Geheul der Kujoten.

P. P. Freitag den 18. I. 46

Zeitig auf, rasiert und gebadet. /Weiter geschrieben am Kapitel. Mittags Röntgen-Aufnahme der Lunge durch eine Nurse bei Dr. Horwitz./ In Westwood etwas gegangen. Sehr zahlreiche Briefe. Durch Speyer den Hausenstein'schen Artikel über die literarischen Leistungen in Deutschland zur Hitlerzeit. In der Schweiz ebenfalls weitere Diskussion meines Briefes (Humm–Frey). Brief von Brentano, der nicht beleidigt sein will. – Diktierte K. nachmittags die Rede für das Indep. Citizen-Committee. Abends nach Westwood ins Cinéma: »Lost Weekend« nach Jackson. Gut gemachter und als Darstellung einer Sucht eindrucksvoller Film.

P. P. Sonnabend den 19. I. 46

/Etwas am Roman./ Gegangen bis zum alten Haus. Neuer Brief von Vikko. /Time Magazine über die Dostojewsky-Einleitung./ The American Scholar mit klugem Aufsatz von Guérard über die Bedeutung der »Betrachtungen« für meine jetzige Stellung. – Strenger Brief an Bermann wegen schlechten Geschäftsgebahrens. »Götterdämmerung« aufmerksam wie je, gehört. – Der Musiker Albersheim fasziniert von Germany and the Germans.

P. P. Sonntag den 20. I. 46

Föhnsturm. /Etwas weiter am Kapitel (dem schwersten)./ Gegangen Amalfi Drive fast zu Ende. Heimgeholt von Peter Pr. Lunch mit ihm. /Gelesen Musikalisches, das sich anbot./ Thee im Schlafzimmer. /Bis 7¼ bei Adorno, Arbeit mit ihm./ Abends Musik unter Wallenstein. Klavierkonzert No 2 von Rachmaninow, schöner Schlußsatz. /In der Zeitschrift »23« Berg über »atonale« Musik./ – Sehr müde. – Verstimmt über die schlechte Übersetzung, die die Kahn von der akadem. Rede angefertigt. Verbesserungen mit K.

P. P. Montag den 21. I. 46

/Nachts unruhig. Husten./ – Föhnwetter. /Fixierung der gestrigen Verbesserungsnotizen und etwas weiter geschrieben./ Maniküre und Haarwäsche. Wenig gegangen. Warmer Brief von Hesse. Ein enthusiastischer von Basler. Nach Tische Korrektur der Rede für das I.C.C. – /Mémoiren von Antheil./ – Thee im Schlafzimmer. 7¼ Abendessen. /Fahrt zum Masonic Tempel, Meeting in defense of Academic freedom./ War zweiter Redner. /Erheben des Publikums von den Plätzen. Viel Ehrerweisung./ Ansprachen und Autogramme. Ende nach 10. Zu Hause Chokolade. Der Pudel geschoren. /Dr. Schiff berichtet telephonisch über den Bildbefund: Aus jüngster Zeit stammende »Stelle«, die weiter zu beobachten. Behandlung des Luftröhren- und Nasenkatarrhs empfohlen./

P. P. Mittwoch den 23. I. 46

Warme Frühlingstage. /Schrieb am Kapitel weiter./ Belastend viel Post. Heute von Klaus über Erikas schlechten Gesundheitszustand. Sie ist in der Schweiz. – Brief von der Meyer. Begann nachmittags, ihr zu schreiben und geriet sofort in Polemik gegen ihren dämlichen Palliativ-Sozialismus. Das Monopol-Kapital will den Kampf aufs Messer und ist zu jedem Verbrechen bereit, ehe es abdankt. – Neumann zum Abendessen. Brachte seinen Münchener Roman. /Ich las Kapitel XXXIII, das sehr meisterhaft befunden wurde. Sprach, gewissermaßen bedrückt, über den Fortgang des Buches, das von hoffnungsloser Traurigkeit./ – Über die Aussichtslosigkeit der Demokratie in Deutschland und das voraussichtliche Auseinanderbrechen des Landes.

P. P., Donnerstag den 24. I. 46

Sommerliche Wärme. Schrieb den Brief an die Meyer neu, dann an A. M. Frey. In Santa Monica zur Fußpflege. Lunch im Café Français. Brief von Erika aus einem Zürcher Sanatorium. Geht nach Arosa. Brief von Humm nebst seinem gutgemeinten Artikel aus der »Weltwoche«. Viel Weiteres. /Diktierte nachmittags Radio-Rede zu Roosevelts Geburtstag./ Las abends lange in Platens Tagebüchern. Verglich und fand viel Grund zu Dankbarkeit. Daß Hornstein ihm sagt, er werde früh sterben, ist alles Mögliche für den Lümmel. Das Illusionäre der Liebe in der Homoerotik ungeheuer verstärkt. Alle Wirklichkeit führt das Gefühl ad absurdum. Mit dem Hauptmann im Bett zu liegen – wie wärs gewesen?

P. P. Freitag den 25. I. 46

/Arbeit am Kapitel./ Vorm Frühstück und vor Tische gegangen. Brief von Frey, sein Austausch mit Humm und sein Brief an die »That«. – Geschrieben an Bruckner. Konzert C. Arao's in Westwood. In Platens Tagebüchern. Die Episode Schmidtlein erstaunlich. Seine Torheit groß.

P. P. Sonnabend den 26. I. 46

Landwind, warm. /Etwas vorwärts am Kapitel./ Mittags zur Stadt, Warner Brothers, die Roosevelt-Paralysis-Rede rekordet. Viel Post. /Das Buch der Hamburger über den Joseph./ Besuch eines amerik. Militärs wegen Broadcast-Aktion gegen die Korruption der Truppen drüben durch die deutsche Propaganda. Neue Arbeit. – Frühes Dinner bei Riebers mit Mrs. Morgan. Überbrachte den Dostojewsky. Viel über die wachsende prodeutsche Stimmung. – Gelesen in dem Buch der Hamburger. Spricht über den Joseph wie Rabbi's über die Thora.

Pacif. Palis., Sonntag den 27. I. 46
Sommerliches Wetter. /Ein wenig am Kapitel./ Nach dem Rasieren gegangen. Zum Lunch Peter Pr. und Eva Hermann. Nachmittags Brief an Bermann nach Entwurf von K. diktiert. Danach geschrieben an Basler und Prof. Sagave, Straßbourg. Abends in Platens Tagebüchern. Vor Einschlafen jetzt The turn of the screw von James.

P. P. Montag den 28. I. 46
/Am Kapitel./ Mittags bei Dr. Mantchik. Angreifende /Behandlung von Nase und Rachen./ Spätes Lunch. Viel Post. /Schöner Brief von Kahler über seine neuen Eindrücke vom Roman-Manuskript./ Auch über die deutschen Dinge. – Nachmittags Diktat des Broadcasts an die amerk. Soldaten in Deutschland. Schlecht. Abends Zeitschriften.

P. P. Dienstag den 29. I. 46
/Am Roman etwas weiter./ Reparatur der Wandschranktüren. Kurzer Ausgang. Zum Lunch Mr. Harcourt und Frau. Zum Thee der Schweizer Theolog Prof. Keller mit Sohn. Ein paar Briefe diktiert. Nach dem Abendessen zur Stadt ins Esquire-Cinéma: /»The last chance«,/ Schweizer internationaler Flüchtlingsfilm von Ernst und Eindringlichkeit. Vorzügliche Darstellung (mit der Giese), vortreffliche Landschaftsphotographie. Außerordentlicher Eindruck.

P. P. Mittwoch den 30. I. 46
8 Uhr auf. /Am Kapitel./ Gegangen Amalfi Drive fast zu Ende. Geholt von K. mit Heinrich. Beim Kaffee über Dostojewsky und Tolstoi. Lektüre der »Weltwoche«. Von 6 bis ½8 zahlreiche Brief-Diktate an die Kahn. Die Japaner hatten mich unterdessen im Radio für die Paralyse-Hilfe sprechen hören. Las abends in H.'s »Ein Zeitalter wird besichtigt«.

P. P. Donnerstag den 31. I. 46
/Am Kapitel./ Rundgang in der Nähe. Hausfrauen-Mahlzeit. Der Sergeant von neulich, der das broadcast studierte und für Dialog bearbeitete. Las die »Nation«. Schrieb gegen Abend an Dr. Hamburger, Göteborg. Angriffe in der deutschen Presse, daß ich dem deutschen Volk nach der Absage a mess of pottage biete. (Aufruf zur Ernährung Deutschlands!) – /Dinner-Party bei Salka Viertel mit Isherwood, Chaplin,/ einem französischen Journalisten und vielen anderen.

P. P. Sonnabend den 2. II. 46
/Gestern noch am Roman,/ heute /Geburtstagsartikel über Heinrich/ angefangen. Angefangen gestern auch Brief an Humm, den aber aufgebe. Sehr müde dieser Tage und /unzufrieden mit meiner Leistungsfähigkeit/ – und -Willigkeit. Keine Lust am Manne. Die Brief- und zugehörige Drucksachen-Lektüre nimmt nach Tische die Zeit bis 4 Uhr. /Begann aber Werfels Roman-Utopie zu lesen,/ die keine rechte Sprache hat. Dadurch unterscheidet denn doch das Werk sich von Dante. – Endlose Fahrt nach der Philharmonie zum /Konzert Hubermanns,/ dem ich es schuldig war. Loge. /Sonate von Beethoven, Chaconne von Bach, Sonate von César Frank (sehr liebenswert)./ Zigeunerische Zugaben. Waren im Gedränge bei ihm im Zimmer. Er jubelte, als er mich sah. Verabredung. Nach der langen Heimfahrt Chokolade, die mir so gut schmeckt, wie sie meinem Darm schadet.

P. P. Sonntag den 3. II. 46
Regen. /Artikel über Heinrich./ Langes Brief-Diktat an Humm. Außerdem handschriftlich an Frey. Gelesen in Werfels Roman.

P. P. Montag den 4. II. 46
/Artikel über Heinrich./ Fahrt zur Stadt, Behandlung bei Manchik. Hals gebessert. Nasen-Rachen schlecht. Bücher signiert für die Tochter. Spätes Lunch. Belastende Post, Wucht Bücher.

Briefe in Masse. Memorandum Brochs zu J. Franks Appeal, wodurch dieser verdienterweise so gut wie aufgehoben. Aufsatz-Manuskript von Kahler über die Situation seit der Atombombe. Briefe von Reuter in Ankara, Marck in Chicago etc. Hatte den ganzen Tag zu lesen. Neuer Brief des Brüsseler Agenten, der die Frage der Europa-Reise im Mai wieder akuter macht. Richtig ist, daß man, will man Deutschland überhaupt besuchen, es nicht zu spät tun darf. – Den Brief an Humm korrigiert und ausgefertigt.

P. P. Dienstag den 5. II. 46

/An dem Heinrich-Artikel,/ nicht gut. Mit K. gegangen. Erörterung der Europa-Reise. /Bronislaw Hubermann zum Lunch./ Über Politik und Musik. Kaffee auf der Terrasse. /Einladung nach Vevey./ – Nachmittags K. Briefe diktiert an James Frank, Kahler (Brochs Memorandum) und Dr. Hohenberg, Brüssel, sondierend. – Zeitschriften.

P. P. Mittwoch den 6. II. 46

/Den Artikel abgeschlossen./ (K. verlangt Weglassung der Shawl-Anekdote). Dann etwas am Roman. Gegangen bis zum alten Haus. Nach Tische Studium der Post. Nach dem Thee an Agnes Meyer geschrieben (Europa-Plan.) Merkwürdiges Buch »Von den Forderungen einer kommenden Zeit« von E. J. Rüsch, Sanjago. Werfels Roman.

P. P. Montag den 11. II. 46

An unserem Hochzeitstag und am /13. Jahrestag unserer Abreise aus München/ eine Eintragung. Diktierte wegen Wiederaufbaus des Münchener Hauses warnenden Brief an Vikko. Auch sonst viel diktiert und geschrieben, sodaß das Ärgste von Briefschulden abgetragen. /Arbeitete am XXXIV. Kapitel./ War zur /Behandlung bei Mantrich, ohne daß sich der chronische Rachenkatarrh viel gebessert hätte./ Eine Party bei Eva Hermann fand statt, bei der ihr und Markuse's Geburtstag gefeiert wurde. Beendete die Tagebücher Platens mit Rührung. Fuhr fort mit gemischten Empfindungen Werfels Roman zu lesen. Ein Buch mit deutschen Freiheitsdokumenten »Von Thomas Münzer bis Thomas Mann« war mir eher unangenehm. – Das Wetter ist sehr kühl.

P. P. Mittwoch den 13. II. 46

Dringende Warnungen vor der Europa-Reise von Kahler und der Meyer. Ersterer sieht mein Leben in Deutschland bedroht. – Unerfreuliches Konzert der Anderson in Royce Hall, das wir vor Schluß verließen. – Beschwerliche Beantwortung eines Fragebogens von Sacerdote. – Der Roman von Werfel, von dem ich noch nicht weiß, wie sehr ich ihn bewundern muß.

P. P. Donnerstag den 14. II. 46

/Brief von der Lowe über »Faustus«. Ihr »strong feeling that in this book you will have given your utmost to the German people.«/ (Die Meinung ist: Keine direkten Anreden mehr.) – Langer Besuch des Colonel Klein mit Begleitern in Sachen eines Films zur Aufklärung der Bevölkerung über den Nazismus. – Zum Thee Interview mit Studentin für ihr College Paper. – Platens Gedichte: höchst bewundernswert. – »Joseph der Ernährer«, Stockholmer Ausgabe. – /Das Kapitel, vielleicht zu teilen, geht vorwärts./

P. P. Sonnabend den 16. II. 46

Abendgesellschaft bei uns: /Adorno's und Eislers. Angeregte Unterhaltung. A. verspricht Vorschläge für das Oratorium, das ihn beschäftigt./ – Dummer Brief über die Kondensierung von »Germany and the Germans« in Time. – Heinrich zum Lunch.

P. P. Sonntag den 17. II. 46

/Kap. XXXIV, 2. Teil abgeschlossen./ Verbesserungen am kosmischen Kapitel. Las dieses abends bei Neumanns vor, wo wir mit Guggenheims zum (schlechten) Dinner waren.

P. P. Montag den 18. II. 46

Begann den /3. Teil von XXXIV./ Der Kahn diktiert: Brief an den Verlag über Werfels Roman. Sonst vieles. – Der Tag bringt: Icke's Ausscheiden unter Kompromittierung Trumans, die von den Republikanern (Taft) ausgenützt wird. Enthüllung russischer Militär-Spionage in Canada (Atom-Bombe) durch einen russ. Beamten, der um Schutz ersucht, und große Hetze. – Wieder ein Raub eines 6 jährigen Mädchens, das wohl verloren ist, durch einen Automobilisten. – Ermordung eines gut aussehenden Atorney durch einen jungen Mann, den er offenbar geschlechtlich an sich gezogen, und der ihm danach, beide fast nackt, mit irgend einem Stück Röhre den Schädel zertrümmert, nachdem er auf die Straße entflohen. Diese Mordwut Nicht-Homosexueller nach dem Verkehr häufig und merkwürdig.

P. P. Dienstag den 19. II. 46

/Über das Oratorium./ Mit K. ausgefahren und gegangen in der Gegend der Ostheims. Briefe aus der Schweiz, von Strich, Basler u. a. Artikel in der »National-Zeitung« »Th. M. als Agitator« (über die 55 Botschaften). – Im letzten Teil von Werfels Roman. Ich spräche gern mit ihm darüber. Ein guter Aufsatz wäre darüber zu schreiben. Er las den »Zauberberg« vorher. Er muss ihm als klassisches Werk erschienen sein, über das er hinausging. »Buddenbrooks« bewunderte er beim Wiederlesen so, daß es ihn unwahrscheinlich anmutete, den Verfasser im Fleische vor sich zu sehen. – Brief an Bertaux diktiert.

P. P. Mittwoch den 20. II. 46

Nach der Arbeit gegangen bis über das alte Haus. /Nach Tische der Meister-Photograph, der das berühmte Bild Churchills gemacht hat, balkanisch-französisch. Unglaublich lange Arbeit mit ihm unter großem Apparat, der wiederholt Kurzschluß verursachte. Zahllose Aufnahmen, von denen einige wohl recht gelungen sind. Prozedur von 1¾ Stunden./ – Nach dem Thee den früher begonnenen Brief an Preetorius fortgesetzt. Zum Abendessen Feuchtwangers und Eva Hermann. /Vorlesung des Schleppfuß-Kapitels. Allgemeine Angetanheit. F. lobte das Leichtmachen des Schweren./

P. P. Donnerstag den 21. II. 46
/Am Oratorium weiter./ Gegangen in der Nähe. Andauernd heiteres Wetter trotz Regen-Ansage. Nachmittags viele Briefe diktiert. Ballett-Abend in Royce-Hall. Ein ausdrucksvoller Tänzer. Bei Zeiten weg, um Briefe auszufertigen und zu lesen. Trank Bier aus meinem Münchener Metallbecher.

P. P. Freitag den 22. II. 46
/Arbeit am Oratorium./ Gegangen ziemlich weit Amalfi Drive. Keine Post: Washington-Tag. Gestern Abend noch die Lesung von /Werfels Roman beendet. Ein bedeutendes Werk. Erwägung, es zum Vortragsthema zu nehmen./ – Las ältere Akten. Wievieles lagert! – /Nachmittags bei Adorno zur Aufnahme musikalischer Phantasie-Vorschläge für das Oratorium./ – Abends Aufsätze von Niebuhr und H. Arendt, von »Commentary« übersandt. Ferner Nazi-Sumpf-Bericht eines nach Spanien geretteten Deutschen. Gestapo-Geschichten. – Sehr müde.

P. P. Sonnabend den 23. II. 46
Wichtiger Brief aus Berlin über Deutschland von Karl Loewenstein. Danksagung, befriedigend, vom »Freien Deutschland« für den Heinrich-Artikel. Brief von Tutti Fischer über Bermanns schwedische Reise. – Zum Abendessen Riebers mit Mrs. Morgan. Gut überstanden. Weiter geschrieben noch nachher an dem Brief an Preetorius.

P. P. Sonntag den 24. II. 46
/Das Oratorium, mit dem neuen Material./ – Zum Lunch Florence Homolka. Photogr. Aufnahmen im Arbeitszimmer. Zum Thee der Geigen-Professor Pollack. Schloß den Brief an Preetorius ab. Viele andere ausgefertigt. – Anruf von Alma Werfel, die zurück. /Lese den Roman noch einmal mit dem Bleistift./

P. P., Montag den 25. II. 46
/Am Oratorium./ Behandlung bei Dr. Manchic. Bei Heinrich. Sehr spätes Lunch. Viel Post. Zum Thee Huldschinsky. Ein paar Diktate an K. Geschrieben an Br. Walter, der ebenfalls dringendst von Deutschland abgeraten. Las abends meine Wagner-Aufsätze, von Albersheim darauf gebracht.

P. P. Dienstag den 26. II. 46
/Am Oratorium./ Briefe von Erika (noch aus der Schweiz) und Golo. Zum Thee verständiger junger Amerikaner aus dem Süden, der als Armee-Beamter nach Deutschland geht. Signierung von Bögen des »Leiden an Deutschland«. Das Januarheft der Neuen Rundschau, Aufsätze über Werfel.

P. P. Mittwoch den 27. II. 46
/Am Oratorium./ Spaziergang in Pacif. Palisades. Nach Tische und abends Beschäftigung mit Kafka, deutsch und englisch. Zum Thee Auernheimers. Über den Kronprinzen Rudolf. Das Roman-Manuskript kam von der Lowe zurück.

P. P. Donnerstag den 28. II. 46
/Oratorium, gegen das Ende./ Bei /Dr. Schiff, Kontrolle. Lungenschatten noch da, aber schwächer./ Keine Ab-, eher Zunahme des Gewichts. Neue Appetitpillen. – Langwieriges Lunch im Hotel Beverly Hills. Zu Hause die Post. Widerwärtiges aus Deutschland. Brief-Diktate an die Kahn. Abends Reprise des /Werfel. Den Vergleich mit Kafka besteht es schlecht./

Das Verhör Karls im Hotel, das Engagement im großen Theater (»Amerika«) sind unvergleichlich genialer und haben mir tiefen Eindruck gemacht. Dennoch war und bleibt auch das Werfel'sche Erfolgswerk von stimulierender Wirkung auf mich, und ich weiß ihm Dank.

Freitag den 1. III. 46. Pac. Palisades
/Oratorium, nicht ganz zu Ende./ Konni Kellen und Frau zum Lunch. Sehr warm, Kaffee auf der kl. Terrasse. Viel über Golo, die deutschen Verhältnisse etc. Kein Wort mehr äußern, keinen Stoff geben. – Viel Post zu lesen. Abendessen bei Alma Werfel in kleinem Kreis. Mit Arlt über W.'s Roman. Heimfahrt bei streckenweise so starkem Nebel, daß wir vorübergehend vom Wege abkamen.

Sonnabend den 2. III. 46. P. P.
/Oratorium abgeschlossen./ Korrekturen begonnen. – Deutsche Zeitschrift »Die Gegenwart« (Freiburg). Viel Post: Verführerischer Brief von Hohenberg. Von Heimeran, *eine* angenehm lautende deutsche Stimme. – /Abends mit Heinrich ins Warner-Studio zum Vortragsabend von E. Deutsch. Vortreffliche Leistung. Begrüßung nachher./ Zu Hause spät Chokolade. Nach 2 zu Bette.

Pacif. Palis., Donnerstag den 14. III. 46
/Am Sonntag den 3. Grippe-Erkrankung, bettlägrig bis gestern, nachmittags immer 102° Fieber./ Behandelt von Doktor Schiff. /Vergebliche Penecilin-Kur (nachts 3 stündig). Empirin-Kodein einzig hilfreich. Ruhige Nächte. Viel Schlaf auch am Tage./ Nicht wenig gelesen. Allmähliche /Vorbereitung des Nietzsche-Vortrags durch Lektüre/ der feindlichen Bäumler-Ausgabe. Heinrich 5 Tage bei uns als Rekonvaleszent von einem Darm-Katarrh. Seit gestern wieder bei sich. – In den letzten Tagen Rede-Duell Churchill–Stalin; Krisis in der U.N. wegen Iran und der Anregung eines britisch-amerikanischen

Militär-Bündnisses durch Churchill. Seine Rede elegant, die Stalins grob. Beide haben nicht unrecht. – Weitere dégoûtante Zeitungsstimmen aus Deutschland. Verteidigung in der Baseler Nationalzeitung. Es ist wie anno 33. – Heute vor Tische auf, Briefe organisiert, anderes geordnet. Noch sehr matt und angegriffen. – Goering kommt in Nürnberg ausführlich zu Worte. Kindisches Geschwätz. Zu den eindrucksvollen Dingen, die während der Krankheit las, gehörte das Tagebuch des Grafen Ciano, englisch, in »Omnibook«. Aufbewahrt. – Nur ein Regentag zwischenein. –

P. P. Sonnabend den 16. III. 46

/Schwankender Gesundheitszustand. Immer Neigung zu Rückfällen in der Temperatur (bis zu 100). Nehme das Frühstück im Bett und verbringe dort den größeren Teil des Vormittags, lesend (Nietzsche)./ Gestern Mittag zu Cooper, der Regulierungen vornahm. /Nachmittags wieder im Bett./ Hörte dort den New Yorker Dinner Speech Churchills, beeindruckt von seiner Persönlichkeit, aber nicht ohne Kritik. – Heute Mittag nach Westwood zum Haarschneiden. Zum Thee Konni Kellen. /(Temperatur)./ – Manuskript von Lesser (London) über Joseph, eher etwas peinlich. Brief des Arztes Dr. Thannhauser in Boston, von wo nach Deutschland zurückzukehren er ablehnt. – Übersetzung des »Tagebuchs« in Slochowers Auswahl, von ihm eingeleitet, für Twice a Year.

Mittwoch den 20. III. 46. Pacif. Palis.

/Labile Temperatur. Sehr angegriffen. Frühstück weiter im Bett./ Einige /Vorbereitungen zum Nietzsche-Aufsatz. Brief geschrieben mit großer Anstrengung/ an den Redakteur der »Wandlung« in Heidelberg. Heute Briefe diktiert an Slochower und Lesser. /Ankauf des »Zauberbergs« durch Sir Alex. Corda für die vorsichtige Summe von 10 000 Dollars./ Beteiligung, wenn der Film in der Tat zustande kommt. – In der Schweizer Wochenschrift »Der Aufbau« verständiger Artikel von A. von

Muralt über mein Verhältnis zu Deutschland. Der Erste, der findet, daß der Brief an Molo in »herrlichem Deutsch« geschrieben ist.

P. P. Donnerstag den 21. III. 46

10 Uhr auf. /Zur Lungen-Photographie und Blutentnahme./ Überflüssig und angreifend. Aufforderung von »Living Thought« zu einer Goethe-Abbreviatur und Einleitung. Manuskript aus Cape-Town: »Das Bild der modernen Welt im ›Zbg.‹« – Nach dem Thee viele Diktate und Aufträge an die Kahn. Material zu Neiders Essay-Anthologie abgefertigt. Energie zum Nietzsche-Aufsatz erwünscht. Veni – ! – /Kopfschmerzen und Nervenschwäche. Empirin./

P. P. Sonntag den 24. III. 46

/Bis 12 Uhr im Bette und Nietzsche gelesen./ Peter Pr. mit seiner glücklich zu ihm gelangten Frau Emmeke. Begrüßung mit ihr. Kleiner Spaziergang zu viert. Lunch mit den Gästen. Thee im Schlafzimmer. Danach Brief an E. Heimeran in der Schweiz. Abendkonzert unter Monteux, wohllautend. Respighi's »Römische Brunnen«.

P.P. Donnerstag den 28. III. 46

/Hin-und-Her von halber Genesung und Rückfällen mit neuerdings 101-2 Grad. Übernahme der Behandlung durch Dr. Rosenthal./ Zwei Injektionen des eigenen Blutes unter Anwendung von Novokokain. /Trotzdem gestern gegen Abend wieder 100./ Heinrich bei uns. Sein 75. Geburtstag. Geschenke. Nachmittags Besuch von Corda und Merton. Zum Dinner Feuchtwangers und Eva Hermann, leider nicht Frau Viertel, die selber krank. Champagner und Ausbringung seines Wohls. Kaffee und Cigarre. /Sprach über Nietzsche,/ den dieser Tage viel rekapituliert. »Nutzen und Nachteil« – worin schon alles, wie überhaupt von Anfang. – Heute im Blatt über den russischen Exodus aus der Sitzung der U.N. wegen des persischen Öls.

– Stand 11 Uhr auf und fertigte Diktatbriefe aus. Bedecktes, halb regnerisches Wetter. Abgeführt mit Ex-Lax. Schlechter Geschmack der Cigarette beweist, daß die Infektion nicht überwunden. – Heinrich sowohl wie Feuchtwanger sehr angetan von meinem »Bericht« im »Freien Deutschland«, der die Reihe der Fest-Artikel führt. – /Frage der Werfel-Gedenkfeier, die ohne mich, scheint es, nicht stattfinden soll./ Befürworte Vertagung bis zum Todestag im August. – Ging mit K. mittags einige Schritte aus bei /Wind, der schadete./ Empfing nach Tische Mr. Merton, der den Brief-Kontrakt über den Zbg.-Film zur Unterschrift brachte. – Im Schlafzimmer Diktate an die Kahn, während K. Heinrich nach Hause brachte.

P. P. Freitag den 29. III. 46

/Gestern gegen Abend wieder 101 Temperatur. Auch die Blut-Injektionen also wirkungslos. Begann 4 stündige Empirin-Bellergal-Kur, um kein Fieber mehr aufkommen zu lassen. Apathisch, viel im Stuhl,/ im Bette die jetzt laufende Lektüre von Gullivers Reisen nicht mehr fortgesetzt. /Gut geschlafen wie gewöhnlich./ Schon ½8 wieder Empirin. Fieberfrei. /Beschäftigung mit Nietzsche./ 11 Uhr auf. Ei mit Sherry. Erledigung kleiner Korrespondenzgeschäfte. – Die Romankapitel XXXII und XXXIII mit Fortsetzungen gestern zur Abschrift gegeben. –

P. P. Sonntag den 31. III. 46

Gestern Regen und Sturm. Im Hause, /teils außer Bett. Durchführung der Empirin- und Bellergal-Kur,/ 4 stündig. Gegen Abend Temperatur etwas über-normal, sonst frei. Zum Thee Konni Kellen zur Verabschiedung. /Nietzsche von verschiedenen Seiten. Interessant die Schriften Anfang der 70er Jahre./ Heute ½11 Uhr auf, nachdem ich im Blatt über die Aufhebung einer Nazi-Jugend-Verschwörung in Deutschland (1000 Verhaftungen) gelesen. Düpierung der Army-Autoritäten. – Dankesbrief an W. Hesse, Cape Town, für sein Zbg.-Manuskript;

mühsam. – Helleres Wetter. Kurzer Ausgang mit K. Fortsetzung der Kur. Dazu /Salzsäure/ vorm Essen. – Diktierte Briefe an Beneš (wegen Lotte Pringsheim) und Vikko. /Übertemperatur. Schlechte Darm-Funktion./ Hörte mit Genuß das Abendkonzert unter Monteux.

P. P. Montag den I. IV. 46

Vormittags /Notizen zum »Nietzsche«./ Kurzer Ausgang mit K. vor Tische. Nachmittags zu Bette. Besuch von /Dr. Rosenthal/ mit den von Schiff eingeforderten /Lungen-Aufnahmen. Feststellung einer tuberkulösen? Infiltration am rechten Unterlappen. Zuziehung eines Spezialisten beschlossen. Vieles an meinem Befinden in den letzten Monaten erklärt durch die Entdeckung. Unter wie schlechten Bedingungen habe ich gearbeitet! Andererseits ist sicher der schreckliche Roman zusammen mit den deutschen Ärgernissen an der Erkrankung schuld. Aktivierung durch die Grippe./ – Viel Post, beschwerend zum Teil. Protestantische Proteste gegen meine Äußerung über Luther. – Zum Abendessen wieder auf. Las Niemöllers Kirchen-Bußrede und einen Artikel von Nicolson über die Rundschau und »Deutschland u. die Deutschen«. – /Aufschub der Vortragsreise/ bis Oktober fast beschlossene Sache.

ANHANG

EDITIONSBERICHT

Ungewöhnlich, im Verhältnis zu den übrigen Diarien, nehmen sich die Tagebuch-Aufzeichnungen 1944-1946 deshalb aus, weil die Fülle der vermerkten politisch-militärischen Ereignisse gleichberechtigt neben der Darstellung des eigenen Schaffensprozesses und den vertrauten Aufzeichnungen der privatissima, vom Spaziergang über den Friseur-Besuch bis zur Abendtoilette, steht. Mit fortschreitendem Kriegsverlauf präsentiert sich dem Leser nicht nur der souveräne Deuter und Gestalter der eigenen Welt, sondern auch der mehr und mehr aufs Große und Allgemeine re-agierende Thomas Mann, der unersättliche Zeitungsleser und Nachrichtenhörer, der Gerüchtegläubige und Gerüchteverbreiter, der Antworter und Selbstverteidiger.

Nie vorher und nie nachher wird Thomas Manns Emigranten-Existenz, das Eingebundensein in die Ängste und Hoffnungen der von Hitler Vertriebenen, zu deren genuinem Interpreten er am Ende wurde, und der daraus resultierende Zwang zu zeitbezogener, aktuell-politischer Diskussion und verbindlich-entschiedener Stellungnahme deutlicher sichtbar als in den Tagebüchern 1944-1946.

Um diese Repräsentanz sowohl in ihrer individuellen Bedingtheit als auch in ihren gesellschaftlichen Auswirkungen zu veranschaulichen, bedurfte es ausführlicherer Kommentierung als in den früheren Bänden: Es galt, den Kontext der Thomas Mannschen Aufzeichnungen mit Hilfe zeitgenössischer Dokumente so authentisch wie möglich zu rekonstruieren, d. h. vor allem die umfangreiche Zeitungs- und Zeitschriftenlektüre nicht nur bibliographisch nachzuweisen, sondern die Kernaussagen der gelesenen Texte zu referieren oder, besser, zu zitieren. Dies schien um so mehr geboten, als es für das Verständnis vieler Thomas Mannschen Stellungnahmen zu aktuellen Fragen, aber auch der in dieser Zeit entstehenden Essays und der historischen Reflexionen des *Faustus*-Romans unerläßlich ist, die Art und Weise zu kennen, in der TM selbst über das Zeitgeschehen informiert wurde. Die vielen Gerüchte und verunsichernden Halbwahrheiten, die das Tagebuch notiert, wollten für den heutigen Leser nach ihrer Stimmigkeit befragt werden, denn erst das Wissen um die Diskrepanz zwischen Information und tatsächlicher Lage (Beispiel: Alpenfestung oder Rundstedt-Offensive) macht viele auf den ersten Blick befremdliche Reaktionen verständlich. Es ist ein anderes, ob ein deutschsprachiger Schriftsteller glauben mußte, der europäische Krieg gehe niemals zu Ende – was soviel hieß wie: seine Bücher würden nie mehr die Leserschicht erreichen, für die sie, allen Enttäuschungen und Vorbehalten zum Trotz, in erster Linie geschrieben worden waren, oder ob der Angehörige einer siegessicheren Nation sich anschickt, über einen bereits am Boden liegenden Feind den Stab zu brechen.

Weiterhin schien es notwendig, zur Veranschaulichung des TM gegen Kriegsende vordringlich beschäftigenden Problems: ›After Victory – What to do with Germany?‹ Dokumente der ehemals zwischen den Exilierten – nicht nur in den USA – erbittert geführten »hard« oder »soft peace«-Diskussion jedenfalls exemplarisch vorzuführen und in diesen Zusammenhang auch die Kontroverse um die Person TMs mit einzubeziehen, von der sie, wie die publizierten Schriftstücke zeigen, nun einmal nicht zu trennnen ist. Um gewisse Verlautbarungen TMs richtig würdigen zu können, muß man sie zumindest *auch* als Reaktionen auf jene im Spätsommer 1944 in London und New York ausbrechende Fehde um die Verlautbarungen aus der Zeit des Ersten Weltkrieges (*Betrachtungen eines Unpolitischen*, der Brief *An die Redaktion des ›Svenska Dagbladet‹* u. ä.) sehen, die, in den Tagebüchern immer wieder erwähnt und von seinen Gegnern in Beziehung zu den BBC-

Sendungen nach Deutschland gebracht, sich bis zu Fragen nach der Legitimität seines Status steigerte. »Kaiser der Emigration« oder – so der Vorwurf 1945 in Deutschland, aber auch in dezidiert patriotischen deutsch-amerikanischen Emigrantenzirkeln – »Bequemlichkeit vor Vaterlandsliebe«?

Das Gewicht, das ich der Dokumentierung derartiger »Hintergrundsgeschehnisse« und »Begleiterscheinungen« zugemessen habe, ergab sich aus der Überzeugung, daß TMs Tagebücher nicht nur als intimes Journal, sondern auch als Dokument der Exilgeschichte gelesen sein wollen, d. h. als Zeugnis für einen Abschnitt deutscher Historie, für den TM – gewollt oder ungewollt – Repräsentant, Symbolfigur und Ärgernis zugleich war.

Diese Stellung, die sich in den Auseinandersetzungen um TMs Weigerung, nach Deutschland zurückzukehren, exemplarisch manifestierte (und dementsprechend belegt sein wollte), war an einen historischen Augenblick gebunden, dessen Ende subjektiv durch die schwere Erkrankung im Frühjahr 1946 bestimmt wird. »Das Tagebuch bricht ab«, heißt es – ein einmaliger Eintrag – in der *Entstehung des Doktor Faustus*, und in der Tat zeigt die Fortführung des Diariums nach der Genesung im Juni 1946, daß von nun an anders als zuvor gewichtet wird. Wie in früheren Aufzeichnungen beansprucht das Werk erneut absolute Priorität. Überlegungen zur Arbeitsweise, Themenabwägungen, die Lust und Qual des Schreibens stehen im Vordergrund der Notate. Die Dinge der Welt sehen sich wieder auf den Schaffensprozeß hin orientiert; historische Ereignisse diktieren nur noch bedingt die Interpretation von Leben und Werk.

Zur Textgestaltung des vorliegenden Bandes sei bemerkt, daß die Eintragungen ungekürzt und in der originalen Schreibweise ihres Autors wiedergegeben wurden. (Authentizität hat – auch im Fall der vielen englischsprachigen Texte – Vorrang vor Unanstößigkeit.) Lediglich offenkundige Rechtschreibfehler sind stillschweigend korrigiert worden. Dagegen ist die Schreibweise der Namen – ebenso wie die gelegentlich ungewöhnliche Satzkonstruktion – belassen, wie TM sie notierte: vielfach wechselnd, oft einfach nach dem Klang in einer Art Lautschrift (Lanzoff für Landshoff; Merten für Marton; Morris für Morros, Döniz für Dönitz usf.). Hier hätte jede »Berichtigung« zu einer unerlaubten Verzeichnung geführt. Es gehört nun einmal zu TMs Wesen, daß ihm die richtige Schreibweise von Namen – selbst von vertrauten – herzlich gleichgültig war.

Wie im letzten Band (Tagebücher 1940-1943) sind auch im vorliegenden Text die von TM wegen ihrer »Verwendbarkeit« für die *Entstehung des Doktor Faustus* rot unterstrichenen Worte, Phrasen und Sätze durch überlange Schrägstriche markiert. –

Der Kommentarteil berücksichtigt Schreiben *an* TM nur, wenn die Briefe nachweisbar – meistens also in den Beständen des TMA – erhalten sind. Nicht erwähnte Schreiben müssen als verloren gelten. Anders wurde hingegen bei den Briefen *von* TM verfahren: hier sind noch nicht aufgefundene Schriftstücke grundsätzlich vermerkt, nicht zuletzt in der Hoffnung, daß sich durch Hinweise aus dem Kreis der Leser die eine oder andere Lücke schließen lasse.

Analog hierzu habe ich auch die noch nicht aufgefundenen kleinen Texte TMs angeführt: vielleicht ist das eine oder andere *statement* an entlegener Stelle – in Zeitungen, Botschaftsbulletins oder bei Rundfunkstationen – nachzuweisen. Die greifbaren, bisher ungedruckten Verlautbarungen sind, wie bisher üblich, im Anhang publiziert – zusammen mit einigen später ausgeschiedenen Passagen des *Faustus*-Romans, auf die in den Tagebuch-Notaten Bezug genommen wird, deren Plazierung in den Anmerkungen den Apparat jedoch gesprengt hätte.

Eintragungen zur Entstehung der Werke – für den Zeitraum 1944-1946 also in erster Linie des *Doktor Faustus* – wurden mit Hilfe des Manuskripts immer dort ergänzt, wo es galt, dem Leser die allgemeinen Bemerkungen (z. B. »Weglassung«, »Streichung« oder »Änderung« etc.) durch die Präsentation der jeweiligen, in der Druckfassung fehlenden Texte zu veranschaulichen. Darüber hinaus habe ich die Handschrift dort zu Rate gezogen, wo die Tagebuch-Reflexion nur bei Kenntnis der Urfassung einen Sinn erhält. Verweise auf das gedruckt vorliegende Werk TMs sind – wiederum um der Einheitlichkeit der Bände willen – wie bisher nach der dreizehnbändigen Ausgabe ›Thomas Mann, Gesammelte Werke‹, Frankfurt 1974, angegeben. Eine zuverlässige TM-Ausgabe – womöglich unter Berücksichtigung der wichtigsten Textvarianten jedenfalls des *Doktor Faustus* – bleibt weiterhin Desiderat.

Bei Abkürzungen wurden die üblichen Siglen verwendet. Sie sind in einem Verzeichnis vor den Anmerkungen zusammengestellt.

In dem Bestreben, den historischen Kontext stärker zu betonen, habe ich bei den Viten nach Möglichkeit den Fluchtweg und die Exilexistenz angegeben. Dafür wurde hier auf die Nennung von Werken verzichtet. Gerade bei der Personen-Identifizierung gab es jedoch eine Fülle unterschiedlicher Versionen. Einige Namen und Daten ließen sich – ähnlich wie ganz wenige, zur Erhellung von Textstellen nützliche Hinweise – trotz weitgespannter Recherchen nicht ermitteln. Hier wären Herausgeberin und Verlag für Ergänzungen und Berichtigungen dankbar.

Der Editorin, die – dies vorweg – den Vorarbeiten Peter de Mendelssohns verpflichtet ist, bleibt am Ende, den vielen Helferinnen und Helfern zu danken, die sich an der Erhellung und Aufschlüsselung der oft nur schwer zu ermittelnden Fakten und Daten beteiligt haben, in erster Linie Frau Anita Naef, der langjährigen Mitarbeiterin Peter de Mendelssohns, die die Mendelssohnsche Personen- und Sachkenntnis auch für diesen Band nutzbar machte und meine Arbeit durch Recherchen, besonders im Umkreis der Familie Mann und ihrer amerikanischen Freunde und Bekannten, aber auch durch sorgfältige Auswertung der ›New York Times‹-Indices sowie durch Korrekturenlesen unterstützte.

Yvonne Schmidlin transkribierte das Manuskript, überprüfte schwierige Textstellen und half mir durch ihr zuverlässiges Lesen der Handschrift TMs und ihre archivalischen und bibliothekarischen Kenntnisse, wann immer ich sie darum bat. Ihr und Hans Wyslings »Mannschaft« vom Thomas-Mann-Archiv in Zürich: Rosmarie Hintermann und Claudia Bernini – am Anfang auch Therese Schweizer – danke ich für stets freundliches Eingehen auch auf diffizile Forschungswünsche. Hans Wysling stellte mir darüber hinaus großzügig und kollegial seine Sach- und Amts-Kompetenz zur Verfügung.

In Zürich half mir des weiteren vor allem Klara Studhalter-Obermüller, die das Kunststück fertigbrachte, nach minimalen Stichwortangaben die richtigen ›Weltwochen‹-Artikel herauszufinden und mir verfügbar zu machen. (Ähnlich erfolgreich waren – zwar nicht in Zürich, sondern in Hannover – Kurt Morawietz und Reimar Hollmann, die im ersten Jahrgang des ›Neuen Hannoverschen Kurier‹ ein bis heute nicht nachgewiesenes literarisches TM-Porträt fanden.)

Unter dem Aspekt »TM und seine Zeitungen« sei hier dankbar der Zürcher Zentralbibliothek gedacht, in deren Magazinen ich lesen konnte und deren Kopierabteilung mir Dutzende von Artikeln der ›New York Times‹ abphotographierte. Überhaupt wäre die Arbeit ohne die Hilfsbereitschaft vieler Bibliotheken und Archive zum Scheitern verurteilt gewesen. Die Tübinger Universitätsbibliothek forschte noch nach den entlegensten amerikanischen Publikationen, die Bibliothek der Universität Mannheim machte mir ihre Bestände an US-Zeitschriften zugänglich; die Deutsche Bibliothek in Frankfurt half mit Exilzeitschriften, das Institut für Zeitungsforschung in Dortmund stellte mir Artikel der ›Neuen Volkszeitung‹ zur Verfügung; seine Mitarbeiter fanden in einigen schier hoffnungslosen Fällen Hinweise, die das Ziel auf Nebenwegen erreichen ließen. Auch das Deutsche Literaturarchiv in Marbach ist an dieser Stelle zu erwähnen. Hier konnte ich den originalen ›Aufbau‹ studieren und fand in Friedrich Pfäfflin, Peter-Paul Schneider und Werner Volke Kollegen, die mir die einschlägigen Nachlässe (u. a. Manfred George, Hermann Broch, Kurt Wolff, aber auch viele kleinere Deposite, wie z. B. Werner Richter) erschlossen und mit ihrem Wissen die Recherchen nicht nur innerhalb ihres Hauses wesentlich erleichterten. Auch die zentralen Literatur-Archive der DDR halfen, wo immer sie konnten.

Und wenn's weder in der Bundesrepublik noch in der DDR oder der Schweiz weiterging, sprangen die amerikanischen Bibliotheken ein – allen voran die New York Library in der 5th Avenue, die schließlich doch die Aufsätze fand (Eva Lips' Analyse der Emigrantenliteratur oder Taylor's ›Monster‹), deren Existenz sie im Anfang für unmöglich gehalten hatte. Verpflichtet bin ich außerdem der Interlibrary Loan der University of Massachusetts in Amherst, die die Bemühungen meiner kooperablen Kollegin Eva Schiffer um manche Umweg erfordernde Nachweisungen erfolgreich unterstützte. Ihnen allen sei an dieser Stelle *expressis verbis* noch einmal gedankt.

Dank zu sagen gilt es aber auch meinen Freunden und Kollegen, die manchmal erhebliche Mühen auf sich nahmen, um zu helfen: zunächst Joachim Kaiser, der die Noten auf Seite 91 identifizierte, mich auf den Kontext hinwies und auch sonst in allen musikalische Probleme betreffenden Fragen Rat wußte, weiterhin Hans Mayer, der mich über Wagner, Liszt, TM und die Folgen belehrte, schließlich Martin Gregor-Dellin, den ich in Sachen Bach und seine Zeit fragen konnte. Sodann wollen Herman Meyer, der in Holland, und Marcel Reich-Ranicki, der in Israel für mich recherchierte, erwähnt werden. Dem einen verdanke ich den Text von Radio Oranje, dem anderen die Identifizierung des »steifen Sappho-Romans«. In Fragen von Exil-Konstellationen half Hans-Albert Walter, der neben vielen nützlichen Hinweisen auch den ersten Fingerzeig auf die mögliche Identität von Colonel Klein gab, in Sachen Film Peter W. Jansen, der u. a. die ›polnische Serie‹ verifizierte. Eberhard Jaeckel nannte mir die Hilfsmittel zur Lösung zeitgeschichtlicher Anspielungen, Peter Berg und Wolfgang Dölle identifizierten die Beschaffenheit der amerikanischen Medikamente. Gerhard Albersheim konnte auf Grund eigener TB-Eintragungen musikalische Soireen, die in seinem Hause stattfanden, rekonstruieren; Günther Anders verifizierte seine von TM erwähnten Manuskripte; Franz Eybl erschloß abgelegene O. M. Fontana-Aufsätze, Monika Oechsler und Andreas Gardt fahndeten im British Museum nach Zeitungsartikeln; Neill Donahue, Gabriele Füllkrug-Barner, Robert E. Norton und Walter Hinderer recherchierten in mehreren Bibliotheken der USA, wobei Walter Hinderer vor allem dem offenbar unlösbaren Problem ›Argosy‹ nachging; Rudolf Vaget schließlich half, Agnes E. Meyers Briefe nachzuweisen.

Für Nachforschungen in den USA bin ich jedoch in erster Linie Klaus W. Jonas, dem Polyhistor auf dem Gebiet der TM-Forschung, sowie Victor Lange und seiner Frau verpflichtet, ohne deren ermutigende und offenbar unermüdbare Hilfsbereitschaft der Kommentar wesentlich mehr weiße Flecken aufgewiesen hätte.

Durch ihre Kenntnis des kalifornischen Exils unterstützten mich, als Westküsten-Experten, Martha Mierendorff und Harold von Hofe, der, wie Gerhard Albersheim und Ernst Křenek, noch zum Bekanntenkreis TMs gehörte und wie diese vieles aus eigener Anschauung erinnerte. Auch TMs ehemalige Sekretärin, Hilde Reach-Kahn, half durch ihre Orts- und Metierkenntnis. Ein besonderer Dank gebührt dem langjährigen Verlagsleiter von Alfred A. Knopf, William Koshland, dem das Verdienst zukommt, die Verlagsarchive nach Thomas-Manniana durchforstet und eine Anzahl bis dahin unbekannter Briefe nachgewiesen zu haben. Daß er darüber hinaus jeder Anfrage bereitwillig nachging und versuchte, sie durch Telefonate und Korrespondenz so weit wie möglich abzuklären, sei ihm nicht vergessen.

Endlich sei noch der vielen Korrespondenten gedacht, die Anita Naef Auskunft über Daten und Personen gaben, so wie sie es für die Edition der vorangegangenen Bände getan haben. Ein Sonderdank gilt darüber hinaus denjenigen, die mich in Tübingen bei der täglichen Arbeit, beim Bibliographieren und Photokopieren, kurz, bei der Bereitstellung und Beschaffung von Materialien unterstützten, in erster Linie Peter Weit, der mir auch beim Lesen der Zeitschriften in Mannheim und Marbach half, sowie Dorle Armbruster und Karin Schlauch, die das komplizierte Manuskript in eine Druckvorlage zu verwandeln halfen.

Es bleibt mir, als letztem, der auch hätte am Anfang stehen können, Golo Mann zu danken; nicht nur, weil er mich davor bewahrte, die ›Cabin‹ für ein Washingtoner Ausflugsziel zu halten, sondern auch, weil er mir generös den ungekürzten Abdruck der Thomas-Mann-Texte und die Einsicht in alle Materialien des Archivs gewährte und sogar seine eigenen Briefe, die er als Informations-Offizier aus Europa an die Eltern schrieb, vom Speicher holte und zur Einsicht übergab. Ohne seine und aller übrigen Helfer freundlich entgegenkommende und großzügige Unterstützung hätte dies Buch so wenig erscheinen können wie ohne die Verlagsbetreuung durch J. Hellmut Freund und – während der Korrekturen – durch Wolfgang Kloft, dem, in letzter Stunde, eine ganze Reihe von Personen- und Titel-Verifizierungen zu danken sind.

Tübingen, Juli 1986 *Inge Jens*

SIGLEN-VERZEICHNIS

GW I-XIII	Thomas Mann, Gesammelte Werke in zwölf (dreizehn) Bänden, Frankfurt 1960 (1974).
Br. I-III	Thomas Mann, Briefe (I) 1889-1936, (II) 1937-1947, (III) 1948-1955 und Nachlese, hrsg. von Erika Mann, Frankfurt 1961-1965.
Reg. I-III und N	Die Briefe Thomas Manns. Regesten und Register, bearbeitet und herausgegeben unter Mitarbeit von Yvonnne Schmidlin (Thomas Mann-Archiv Zürich) von Hans Bürgin und Hans-Otto Mayer, Band I-III, Frankfurt 1976-1982; Band IV (= N) erscheint 1987.
D. ü. D. I-III	Dichter über ihre Dichtungen, Hrsg. Rudolf Hirsch und Werner Vordtriede, Bd. 14/I-III Thomas Mann, hrsg. von Hans Wysling unter Mitwirkung von Marianne Fischer, Heimeran/S. Fischer 1975-1981.
TB 18-21, 33/34, 35/36, 37-39, 40-43	Thomas Mann, Tagebücher ...., herausgegeben von Peter de Mendelssohn, Frankfurt 1977-1982.
TM/HM	Thomas Mann/Heinrich Mann, Briefwechsel 1900-1949, hrsg. von Hans Wysling. Erweiterte Neuausgabe, Frankfurt 1984.
HH/TM	Hermann Hesse/Thomas Mann, Briefwechsel. Erweiterte Ausgabe, hrsg. von Anni Carlsson und Volker Michels, Frankfurt 1975.
TM/GBF	Thomas Mann, Briefwechsel mit seinem Verleger Gottfried Bermann Fischer, hrsg. v. Peter de Mendelssohn, Frankfurt 1973.
TM/KK	Thomas Mann/Karl Kerényi, Gespräch in Briefen, hrsg. von Karl Kerényi, Frankfurt 1960.
TM/AN	Thomas Mann/Alfred Neumann, Briefwechsel, hrsg. v. Peter de Mendelssohn, Heidelberg 1977.

TM/EB	Thomas Mann an Ernst Bertram. Briefe aus den Jahren 1910-1955, hrsg. von Inge Jens, Pfullingen 1960.
TM/RF	Thomas Mann/Robert Faesi, Briefwechsel, hrsg. von Robert Faesi, Zürich 1962.
TM/CN	The Letters of Thomas Mann to Caroline Newton, deutsch und englisch, Privatdruck der Princeton University Press, Princeton 1971.
KM Br./Antw. I, II	Klaus Mann, Briefe und Antworten, hrsg. von Martin Gregor-Dellin, 2 Bände, München 1975.
EM Br./Antw. I, II	Erika Mann, Briefe und Antworten, hrsg. von Anna Zanco-Prestel, 2 Bände, München 1984/85.
Bl. TMG. No...	Blätter der Thomas Mann-Gesellschaft, Zürich.
Radkau II	Joachim Radkau, Die deutsche Emigration in den USA, Düsseldorf 1971, Studien zur modernen Geschichte, Bd. 8.
TMA	Thomas Mann-Archiv, Zürich.
EMA	Erika Mann-Archiv, München.
KMA	Klaus Mann-Archiv, München.
NYT	New York Times.
WP	Washington Post.
LAT	Los Angeles Times.
NVZ	Neue Volkszeitung.
NSR	Neue Schweizer Rundschau.
NZZ	Neue Zürcher Zeitung.

ANMERKUNGEN

1944

1. 1. 1944

1] *IX. Kapitel:* Das IX. Kapitel des Romans *Doktor Faustus. Das Leben des deutschen Tonsetzers Adrian Leverkühn, erzählt von einem Freunde,* an dem TM seit dem 23. Mai 1943 arbeitete. Es beschreibt (GW VI, 96-109) den »mächtigen Schub musikalischer Kenntnisnahme und erregter Beteiligung« der – ausgelöst durch die Belehrungen des Mentors Wendell Kretzschmar – das Leben des zu dieser Zeit siebzehnjährigen Adrian Leverkühn bestimmt (Vgl. *Entstehung,* Kap. V, GW XI, 175). 3

2] *Singers:* Der amerikanische Maler, vor allem Porträtist, William Earl Singer (geb. 1910) und seine Frau Elsa. Das Ehepaar Singer wohnte in der Nähe der Manns in Pacific Palisades. Singer arbeitete damals an einem Porträt TMs.

3] *»Heart of Europe«:* Der Titel einer von Klaus Mann und Hermann Kesten herausgegebenen ›Anthology of Creative Writing in Europe 1920-1940‹, die 1943 bei L. B. Fischer, New York, erschienen war.

2. 1. 1944

1] *K.:* Die von TM im gesamten Tagebuch verwendete Abkürzung für den Vornamen seiner Frau Katia, geb. Pringsheim (24. 7. 1883 bis 25. 4. 1980). 3

2] *Schönbergs »Harmonielehre«:* Arnold Schönberg, ›Harmonielehre‹, Wien 1911. TM hatte am 2. 7. 1943 den amerikanischen Germanisten und Werfel-Übersetzer Gustave Arlt um das Buch gebeten und sich später offenbar in der gleichen Angelegenheit an Schönberg selbst gewandt. Jedenfalls vermeldet das Tagebuch zwei Monate später, am 20. 9. 1943: »Schönberg sandte seine Harmonie-Lehre und Oratorium ›Die Jakobsleiter‹«, und einen Tag später: »Beschäftigung mit Schönbergs Theologie«. Das intensive Studium des Werks fällt in die Weihnachtswoche 1943. Wieviel

Schönbergsches Thomas Mann für die Kompositionen seines Romanhelden Adrian Leverkühn verwendete, geht neben der Widmung: »Dem Eigentlichen« aus der Nachbemerkung zum *Doktor Faustus* hervor, mit der der Schriftsteller den Eigentumsansprüchen des Musikers Rechnung trug. Vgl. hierzu neben den Briefen des Jahres 1948 die in der ›Saturday Review of Literature‹ vom 1. 1. 1949 publizierten Stellungnahmen, sowie *Entstehung*, Kap. IV, GW XI, 167/168.

3] *Schönberg:* Der österreichische Komponist und Musiktheoretiker Arnold Schönberg (1874-1951) wirkte von 1925-1933 als Leiter einer Meisterklasse an der Preußischen Akademie der Künste in Berlin, emigrierte im Mai 1933 in die USA und lebte bis zu seinem Tode in Los Angeles, wo er 1936-1944 an der University of California lehrte. TM hatte Schönberg wahrscheinlich im April 1938 anläßlich einer Soiree im Haus des Dirigenten Richard Lert und seiner Frau, der Schriftstellerin Vicki Baum, in Hollywood kennengelernt und seit seiner Übersiedlung nach Kalifornien mehrfach getroffen. Im Zeichen der Arbeit am *Faustus*-Roman intensivierte er die Beziehungen (s. TB 40-43, bes. 3. 5. 43: »Begegnungen mit Schönberg und Stravinsky in Aussicht genommen« und 8. 5. 43: »Abend mit Schönbergs. Holte ihn viel über Musik und Komponisten-Dasein aus, und es trifft sich gut, daß er selbst auf Verkehr der Häuser dringt, [...] Nach Schönberg ist seit ca. 1940 moderne Musik auch Zwölf-Ton-Musik, in Nazi-Deutschland zugelassen und gewissermaßen begünstigt trotz ›entarteter Kunst‹. Dem Rechnung zu tragen. Verhältnis des Staates zu Leverkühns Musik kann zwiespältig sein wie das zu Nietzsche.«)

4] *Polnische Symphonie:* Wahrscheinlich die häufig in Konzerten gespielte ›Fête Polonaise‹ aus der komischen Oper ›Le Roi malgré lui‹ (1887) des französischen Komponisten und frühen Wagnerianers Alexis Emanuel Chabrier (1841-1894).

5] *Monteux:* Der französische Dirigent Pierre Monteux (1875 bis 1964) war seit 1917 zumeist in den USA tätig und von 1936-1952 Leiter des San Francisco Symphony Orchestra, in dem später Michael Mann, TMs jüngster Sohn, als Bratschist spielte.

6] *Neue Welt:* Die 1893 in Amerika komponierte Neunte Symphonie (e-Moll op. 95) ›Aus der neuen Welt‹ des tschechischen Komponisten Antonin Dvořák (1841-1904).

7] *Dworac:* So in der Handschrift.

3. 1. 1944

1] *Schluß von VIII:* Zur Arbeit am Schluß des den Kretzschmar- 3
Vorträgen gewidmeten Kapitels s. *Entstehung,* Kap. V, GW XI, 175 und 189.

2] *Werfel:* Der aus Prag stammende österreichische Schriftsteller Franz Werfel (1890-1945) war 1938 mit seiner Frau Alma geb. Schindler (1877-1964), der Witwe Gustav Mahlers und geschiedenen Frau von Walter Gropius, nach Frankreich emigriert und 1940 über Portugal in die USA gelangt. Werfel lebte in Kalifornien unweit TMs und gehörte zu dessen engerem Freundeskreis. S. *Franz Werfel †,* GW X, 500-502.

3] *N. B. C.:* Die amerikanische Rundfunkgesellschaft ›National Broadcasting Company‹, an deren Los Angeles-Studio TM seine monatlichen Rundfunksendungen nach Deutschland sprach, die er von Oktober 1940 bis Mai 1944 und vom 1. Januar 1945 bis zum 10. Mai 1945 für die British Broadcasting Cooperation (BBC) in London schrieb. S. dazu das Vorwort zur 1. Ausg. von *Deutsche Hörer. 25 Radiosendungen nach Deutschland,* Bermann-Fischer Verlag, Stockholm 1942: »Die Sendungen geschahen zunächst auf dem Wege, daß ich meine Texte nach London kabelte und ein deutschsprachiger Angestellter der BBC sie dort verlas. Auf meine Anregung bediente man sich bald einer [. . .] direkteren und darum sympathischeren Methode. Ich spreche nun [. . .] im Recording Department der NBC von Los Angeles selbst auf eine Platte, diese wird auf dem Luftwege nach New York gesandt und ihr Inhalt durch das Telephon auf eine andere Platte in London übertragen, die dann vor dem Mikrophon abläuft. Auf diese Weise hören diejenigen, die drüben zu lauschen wagen, nicht nur meine Worte, sondern auch meine eigene Stimme.« (GW XI, 984)

4] *Deutsche Sendung:* Die am 30./31. 12. 1943 geschriebene Sendung: »Unser Land kommt von einer falschen, mißverständnisvollen und unglückseligen Nachahmung Englands nicht los . . .« *(Deutsche Hörer,* 31. 12. 1943, GW XI, 1089-1091).

5] *Rabbi Nußbaum und Frau:* Dr. phil. Max Nußbaum (1910 bis 1974), von 1935-1940 Rabbiner bei der Jüdischen Gemeinde in Berlin, gelangte gemeinsam mit seiner Frau Ruth 1940 in die USA und war seit 1942 als Rabbiner des Temple Israel in Hollywood in zahlreichen amerikanisch-jüdischen Organisationen tätig. Nußbaum hatte TM, den er offensichtlich von einem gemeinsamen Aufenthalt im Noordwijker Huis ter Duin kannte (s. TB 2. 11. 40) im November 1940 einen Artikel über »das schauerliche Dasein der Juden in Deutschland« zugeschickt (s. TB 2. und 8. 11. 1940).

6] *Statement:* S. TB 12., 14.-17. 1. 44 sowie den Text im Anhang S. 798.

7] *brit. White Paper:* Nach einer Folge von ergebnislosen Konferenzen hatte die britische Regierung als Mandatsmacht für Palästina am 19. 5. 1939 in einem Weißbuch (White Paper) ihren Plan für die Lösung des Palästina-Problems vorgelegt. Die Veröffentlichung sah eine drastische Beschränkung der jüdischen Einwanderer während der nächsten fünf Jahre und eine strenge Begrenzung jüdischer Landkäufe in Palästina vor. Die Araber hatten nach einigem Zögern dem britischen Plan zugestimmt, während die Zionisten ihn als die endgültige Vereitelung der Hoffnung auf eine jüdisch-nationale Heimstätte in Palästina ablehnten. Rabbi Nußbaum versuchte offenbar, TM zu einer öffentlichen Stellungnahme für die zionistische Sache und gegen das Weißbuch zu gewinnen. S. dazu auch die Eintragungen vom 14.-17. 1. 1944.

8] *die Kahn:* TMs Sekretärin Hilde Kahn, geb. Goldschmidt (geboren 1917), die 1937 mit ihrem ersten Mann, Dr. Heinz Kahn, von London in die USA ausgewandert war. Frau Kahn arbeitete von Dezember 1943 bis zu TMs Übersiedlung nach Europa im Juni 1952 im Hause Mann. 1953 heiratete sie den Engländer Sidney Reach. Heute lebt sie in Santa Monica, Kalifornien (S. Hilde Kahn-Reach, ›Thomas Mann, mein Boss‹, ›Neue Deutsche Hefte‹, Jg. 20, 1973, No. 2, 51-64).

9] *»Weltwoche«:* In Zürich erscheinende Schweizer Wochenschrift für Politik und Kultur, gegründet 1933 von Karl von Schumacher und Manuel Gasser.

10] *»Time«:* In New York erscheinendes amerikanisches Nachrichten-Magazin, gegründet 1923 von Henry Luce.

11] *Pétain:* Der französische Marschall Philippe Pétain (1856-1951) hatte im Juni 1940 nach der Kapitulation seines Landes den Waffenstillstand mit den Deutschen unterzeichnet und einen Monat später das Amt des Staatschefs übernommen. Am 5. 8. 1945 wurde er vom

Obersten französischen Gerichtshof als Kollaborateur zum Tode verurteilt, wegen seines hohen Alters jedoch von General de Gaulle zu lebenslänglicher Haft auf der Insel Yeu begnadigt.

12] *Laval:* Der französische Politiker Pierre Laval (1883-1945) 4
ehemals Ministerpräsident, Außenminister und Mitunterzeichner des Hoare-Laval-Abkommens, das Abessinien an Italien auslieferte, war nach der Niederlage Frankreichs, 1940, Staatsminister und stellvertretender Ministerpräsident unter Marschall Pétain. Im Dezember 1940 abgesetzt und verhaftet, aber nach einer deutschen Intervention wieder freigelassen, wurde er im April 1942 auf Druck der Okkupatoren zum Ministerpräsidenten ernannt, nach der Invasion, 1944, nach Deutschland verschleppt, später von amerikanischen Truppen in Innsbruck verhaftet, am 1. 8. 1945 den französischen Behörden ausgeliefert und am 9. 10. 1945 als Hauptkollaborateur erschossen.

Die Sätze über Pétain und Laval resümieren einen Artikel aus ›Time‹ vom 3. 1. 1944, vol. 43, No. 1, S. 34.

4. 1. 1944

1] *Horckheimers:* Der Philosoph und Soziologe Max Horkheimer 4
(1895-1973) und seine Frau Rose Christine geb. Riekher, gen. Maidon (1887-1962). Horkheimer hatte 1931 in Frankfurt das ›Institut für Sozialforschung‹ mitbegründet, mit dem er und seine engsten Mitarbeiter Theodor W. Adorno, Herbert Marcuse und Leo Löwenthal 1933 nach Genf und 1934 nach New York emigrierten. Dort (und später in Kalifornien) bestand die Gründung als ›Institute for Social Research‹ bis zu Horkheimers Rückkehr nach Frankfurt im Jahre 1949 weiter. Zwischen 1932 und 1941 gab Horkheimer für sein Institut die ›Zeitschrift für Sozialforschung‹ – ab 1940 in englischer Sprache als ›Studies in Philosophy and Social Science‹ – heraus. Seit der Übersiedlung nach Kalifornien, 1941, wohnte das Ehepaar Horkheimer nahe den Manns in Pacific Palisades. Man sah sich häufig, und bei der Einbürgerungs-Amtshandlung für Katia und Thomas Mann fungierten die 1940 naturalisierten Horkheimers als Zeugen.

2] *down town:* Ins Stadtzentrum.

3] *Verhör:* Vgl. die Beschreibung dieser Einbürgerungsprüfung im Brief an Agnes E. Meyer vom 7. 1. 1944, Reg. III, 44/10; Br. II, 345/46.

4] *Money Order:* Die Gebühr für die Amtshandlung.
5] *Citizen-Certificat:* Einbürgerungsurkunde. S. TB 23. 6. 44.
6] *Joseph IV: Joseph, der Ernährer,* der abschließende Roman der Joseph-Tetralogie, dessen amerikanische Ausgabe unter dem Titel *Joseph the Provider* im Frühjahr 1944 im Verlag Alfred A. Knopf in New York erschien.
7] *Taten der Russen:* Der Beginn der sowjetischen Großoffensive in den Kampfräumen Schitomir und Kirowograd, die binnen kurzem dazu führte, daß die deutschen Truppen, von Einkesselung bedroht, sich in ungeordneter Flucht zurückzogen.
8] *»Nation«:* Linksliberale, von Freda Kirchwey (s. TB 22. 11. 44, Anm. 2) herausgegebene politisch-literarische New Yorker Wochenschrift, die TM regelmäßig las und in der mehrfach Beiträge von ihm erschienen.
9] *Geschichte Riemenschneiders:* Karl Heinrich Stein, ›Tilman Riemenschneider im deutschen Bauernkrieg. Geschichte einer geistigen Haltung‹, Wien 1937. Dieses Quellenwerk zum *Doktor Faustus* steht in der Zürcher Nachlaßbibliothek TMs.

5. 1. 1944

4 1] *Heinrichs Frau:* Nelly Mann, geb. Kröger (1898-1944), Heinrich Manns Lebensgefährtin, die er 1939 in Nizza geheiratet hatte.
2] *peinliche Reportage:* Die ›Los Angeles Times‹ hatte in der Ausgabe vom 5. 1. 1944 einen Bericht ›Heinrich Mann Wife Victim of Drug Overdose‹ gebracht, in dem zu lesen war, daß Nelly Mann aus Angst vor einer Gerichtsverhandlung wegen grob fahrlässigen Autofahrens eine Überdosis Schlafmittel genommen hatte und ins Spital eingeliefert werden mußte.
3] *Heinrich:* Der Schriftsteller Heinrich Mann (1871-1950), TMs älterer Bruder, hatte wenige Tage nach seinem erzwungenen Rücktritt als Präsident der Sektion für Dichtkunst an der Preußischen Akademie der Künste am 21. 2. 1933 Deutschland verlassen. Bis zur Besetzung Frankreichs durch die Deutschen lebte er als Sprecher zumindest der linken deutschen Emigranten in Nizza, von wo er nach einer abenteuerlichen Flucht über Spanien und Portugal im Herbst 1940 in die Vereinigten Staaten gelangte. Er ließ sich in der Nähe seines Bruders in Los Angeles nieder. Dort starb er nach Jahren der Einsamkeit und zunehmender Verarmung wenige Mona-

te nachdem ihn ein Rückkehrangebot der DDR-Regierung erreicht hatte. S. *Vom Beruf des deutschen Schriftstellers in unserer Zeit. Ansprache an den Bruder* (1931), GW X, 306-315; *Ansprache zu Heinrich Manns siebzigstem Geburtstag* (1941), GW XIII, 852 bis 857; *Bericht über meinen Bruder* (1946), GW XI, 476-480; *Brief über das Hinscheiden meines Bruders* (1950), GW X, 521-523 sowie Thomas Mann/Heinrich Mann, Briefwechsel 1900-1949, hrsg. von Hans Wysling, 2. Aufl., Frankfurt 1984.

4] *Franks:* Der Erzähler und Dramatiker Bruno Frank (1887 bis 1945), ein enger Freund TMs seit 1911 und bis 1933 sein Nachbar im Münchener Herzogpark, und seine Frau Liesl (1903-1979), eine Tochter der Operettendiva Fritzi Massary. Die Franks verließen Deutschland am Tag nach dem Reichstagsbrand (27. 3. 1933), lebten zunächst abwechselnd in Aigen bei Salzburg und London und übersiedelten 1937 nach Hollywood, wo Frank für die Metro-Goldwyn-Mayer arbeitete. Sie wohnten in Beverly Hills unweit der Manns, so daß das alte Münchener freund-nachbarliche Verhältnis in Kalifornien wiederbelebt werden konnte. S. *Politische Novelle*, GW X, 685-700; *Bruno Frank's ›Requiem‹*, GW X, 566/567; *Vorwort zu Bruno Franks ›Cervantes‹*, GW XIII, 444-449; *In Memoriam Bruno Frank*, GW X, 497-500; *Trauerrede auf Bruno Frank*, GW XIII, 865/866 und *Ansprache bei der öffentlichen Gedenkfeier für Bruno Frank*, GW XIII, 867/869.

5] *Adornos:* Der Philosoph, Soziologe, Musiktheoretiker und *5*
Komponist Theodor W(iesengrund) Adorno (1903-1969) und seine Frau Gretel, geb. Karplus (geb. 1902). Adorno, seit 1931 Dozent an der Universität Frankfurt und nach 1933 in Oxford, Princeton und Berkeley lehrend, war mit Max Horkheimer und Herbert Marcuse Hauptvertreter der sogenannten Kritischen Theorie und Mitbegründer des ›Instituts für Sozialforschung‹. Er lebte seit der Übersiedlung des Instituts nach Kalifornien in Los Angeles, in der Nähe von TM, dem er, wie das Tagebuch, die *Entstehung* und vor allem die später ausgeschiedenen aber im TMA erhaltenen Seiten dieses romanesken Rechenschaftsberichts zeigen, während der Arbeit am *Doktor Faustus* ein immer unentbehrlicherer Helfer bei der Lösung musikalischer Probleme wurde. Adorno kehrte 1950 als Professor nach Frankfurt zurück.

6] *opus 111:* Wendell Kretzschmars Interpretation von Beethovens

Klaviersonate opus 111 im VIII. Kapitel des *Faustus*-Romans, GW VI, 71-77.

7] *Eingravierung:* Zur Verdeutlichung des Arietta-Themas hatte Wendell Kretzschmar den Rhythmus des aus »drei Töne[n] nur, eine[r] Achtel-, eine[r] Sechzehntel- und eine[r] punktierte[n] Viertelnote« bestehenden »seelenvollen Rufe[s]« mit Hilfe metrisch ähnlicher Worte skandiert: »Him-melsblau oder Lie-besleid« oder [. . .] »Wie-sengrund« und damit Adornos Vaternamen in Form einer versteckten Huldigung dem Kapitel »eingraviert«. S. auch *Entstehung,* Kap. V, GW XI, 175/176.

8] *Angriff der Prawda:* Der politische Kommentator der ›Prawda‹ – des seit 1918 in Moskau täglich erscheinenden Organs des Zentralkomitees der KPdSU –, David Zaslavsky, hatte in seiner Zeitung einen am 2. 1. 1944 in ›The New York Times Magazine‹ unter der Überschrift ›Don't Stir Distrust of Russia‹ erschienenen Artikel des amerikanischen Präsidentschaftskandidaten Wendell Willkie scharf angegriffen, den Verfasser einen politischen Spieler gescholten, der die Frage, wie Rußland es mit der politischen Integrität seiner kleineren Nachbarn halte, zu politischen Grundsatzproblemen stilisiere und auf diese Weise stimmenbringendes Mißtrauen in die UdSSR befördere. Washingtoner Beobachter interpretierten die Prawda-Attacke als Warnung an die westlichen Alliierten, sich nicht in innerrussische Grenzüberlegungen zu mischen.

9] *Willkie:* Der amerikanische Rechtsanwalt und Politiker Wendell L. Willkie (1892-1944) kandidierte, als Gegner des amtierenden Präsidenten und Widersacher des ›New Deal‹, 1940 für die Republikanische Partei. Er unterlag Roosevelt, mit dessen außenpolitischem Kurs und Kriegszielen er übrigens im wesentlichen übereinstimmte und den er während des Krieges loyal unterstützte.

6. 1. 1944

5 1] *»Intern. Literatur«:* Das in Moskau erscheinende ›Zentralorgan der Internationalen Vereinigung revolutionärer Schriftsteller‹ ›Internationale Literatur‹. Die Zeitschrift erschien in deutscher, russischer, englischer, französischer, spanischer und chinesischer Sprache mit jeweils anderem Inhalt. Der deutschen Redaktion gehörten u. a. Johannes R. Becher, Hans Günther, Karl Schmückle, Hugo

Huppert, Willi Bredel, Georg Lukács, Ernst Ottwalt, Theodor Plivier, Erich Weinert und Friedrich Wolf an.

2] *Huldschinsky:* Der nach längerer KZ-Haft 1938/39 in die USA emigrierte Film- und Innenarchitekt Paul Huldschinsky (1889 bis 1947), ein früher Münchener Freund der Familie Mann. Huldschinsky hatte die Innenausstattung des Hauses in Pacific Palisades besorgt und kümmerte sich auch weiterhin um Detailänderungen und Renovationen.

3] *Renoir:* Ein Druck des Renoirschen Bildes ›Les filles de Paul Durand-Ruel‹ (1882). Im TMA.

4] *der altdeutsche Meister:* Ein Druck des ›Ulmer Verlöbnisses‹ vom Meister des Sterzinger Altars. Das Bild diente TM später als Vorlage für das Geschwisterpaar im *Erwählten.* Vgl. dazu Hans Wysling, ›Thomas Manns Verhältnis zu den Quellen‹, ›Thomas-Mann-Studien‹, Bd. 1, 272-276.

5] *an die Meyer:* An Agnes E. Meyer, P. P. 7. 1. 44; Reg. III, 44/10; Br. II, 345-347 (unvollst.)

6] *die Meyer:* Die als Kind deutscher Eltern in den USA geborene Publizistin Agnes E. Meyer, geb. Ernst (1887-1970) war die Frau des amerikanischen Großbankiers, Philanthropen und Besitzers und Herausgebers der ›Washington Post‹ Eugene Meyer (1875 bis 1959). Sie hatte in Paris studiert, war mit Rodin und Claudel befreundet und sprach und schrieb fließend deutsch. In den USA war sie als Publizistin auf kultur- und sozialpolitischen Gebieten tätig. Das sehr vermögende Ehepaar Meyer machte sein Stadthaus in Washington und seinen Landsitz in Mount Kisco zu Mittelpunkten des internationalen politischen, gesellschaftlichen und künstlerischen Lebens und verfügte über beträchtlichen Einfluß in Regierungskreisen. TM lernte Agnes E. Meyer, die seine großzügigste Förderin in den USA werden sollte, während des Amerika-Aufenthaltes im Frühjahr 1937 kennen; ab Dezember 1941 sicherte sie seine Existenz durch die Vermittlung eines hochdotierten Berater-Vertrages mit der Washingtoner Library of Congress. Sie übersetzte die Schrift *Vom kommenden Sieg der Demokratie* und das erste Vorwort zu ›Mass und Wert‹ (›Standards and values‹) und stand, abgesehen von ihren häufigen Begegnungen, nahezu zwanzig Jahre lang in intensivem, sehr umfangreichen Briefwechsel mit TM. Die zum größten Teil erhaltene Korrespondenz wird, ediert von Hans

Rudolf Vaget, voraussichtlich 1987 erscheinen. Agnes E. Meyers Autobiographie ›Out of these roots. The autobiography of an American Woman‹ (1953) enthält einen Abschnitt über ihre Beziehungen zu TM (183-189).

7. 1. 1944

5 1] *Klaus:* Der Schriftsteller und Journalist Klaus Heinrich Thomas Mann (1906-1949), TMs ältester Sohn. Klaus Mann, der zusammen mit seiner Schwester Erika Deutschland bereits im März 1933 verließ und 1934 ausgebürgert wurde, gab vom Herbst 1933 bis Ende 1935 in Amsterdam die Exilmonatsschrift ›Die Sammlung‹ heraus und übersiedelte nach einem wechselvollen Leben zwischen Paris, Amsterdam, Zürich, Prag, Wien und New York 1938 endgültig in die USA, deren Bürger er 1943 wurde. Während des Zweiten Weltkrieges gab er in New York die englischsprachige Zeitschrift ›Decision‹ heraus und schrieb gleichzeitig seine Autobiographie ›The Turning Point‹. Nach dem Scheitern seiner Zeitschriften-Unternehmungen stellte sich Klaus Mann der amerikanischen Armee zur Verfügung, mit der er 1944, zunächst als Soldat, dann als Berichterstatter der Armee-Zeitschrift ›Stars and Stripes‹ nach Europa zurückkehrte. Nach mehreren Selbstmordversuchen nahm er sich im Mai 1949 das Leben. – Eine Auswahl seiner Briefe (›Briefe und Antworten‹) erschien in zwei Bänden, herausgegeben von Martin Gregor-Dellin, 1975 in München. S. *An Klaus Mann über den Roman ›Der Vulkan‹* (1939) GW X, 766-769, und *Vorwort zu einem Gedächtnisbuch für Klaus Mann* (1950) GW XI, 510-514.
2] *überseeischer Bestimmungsort:* Klaus Mann war mit seiner Einheit nach Nordafrika verschifft worden.
3] *Skandalöse [Rede] der Luce:* Auf einer republikanischen Massenveranstaltung in Los Angeles hatte Claire Boothe-Luce die Ära Roosevelt als »the tragic era, the bloody and depressed era of American failure and frustration« bezeichnet und gesagt, die Geschichte werde verzeichnen, daß Amerika zu der Zeit, da es die größte und stärkste Nation der Welt war, es zugelassen habe, in den kostenreichsten und blutigsten Krieg aller Zeiten verwickelt zu werden (S. NYT 8. 1. 44, 16:5).
4] *Luce:* Die amerikanische Dramatikerin, Publizistin und spätere Diplomatin Claire Boothe (geb. 1903), verheiratet mit dem Zei-

tungsverleger Henry Luce, Gründer der Zeitschriften ›Time‹, ›Life‹ und ›Fortune‹, einem engagierten Republikaner und Gegner Roosevelts. Claire Boothe war von 1953 bis 1957 amerikanische Botschafterin in Rom.

5] *des Präsidenten:* Franklin Delano Roosevelts (1882-1945), des 6
32. Präsidenten der Vereinigten Staaten von Nordamerika. S. *Rede für Franklin D. Roosevelt im Wahlkampf 1944,* GW XI, 979-983, *Franklin Roosevelt* (1945), GW XII, 941-944, sowie *Roosevelt* (1944). S. Anhang S. 813 f.

8. 1. 1944

1] *Frau Katzenellenbogen:* Estella Katzenellenbogen (geb. 1886), 6
die Mutter von TMs Sekretär Konrad Katzenellenbogen, später Kellen. Frau Katzenellenbogen war 1940 in die USA emigriert, wo sie als Inhaberin einer Kunsthandlung am Sunset Boulevard ihren Lebensunterhalt verdiente.

2] *Frau Arnhold:* Lise Arnhold, die Frau des Dresdener Bankiers Heinrich Arnhold. TM kannte Frau Arnhold aus den ersten Exiljahren in Zürich und traf sie in Kalifornien wieder. Ihr Mann hatte sich geweigert, Deutschland zu verlassen, und starb 1935.

3] *Dr. Scheirer und Frau:* Dr. Reinhold Schairer (1887-1972), Bildungs- und Erziehungsfachmann, hatte 1921 die ›Wirtschaftshilfe der Deutschen Studentenschaft‹ und das aus ihr hervorgegangene ›Deutsche Studentenwerk‹ gegründet. Aus dieser Zeit stammte seine Bekanntschaft mit der Bankiersfamilie Arnhold. Schairer heiratete 1920 Gerda von Mendelssohn, geb. Schack-Schou (1889-1972), eine gebürtige Dänin und Witwe des jungverstorbenen Schriftstellers Erich von Mendelssohn (1887-1913), eines guten Bekannten TMs. Das Ehepaar Schairer emigrierte über Großbritannien 1940 in die Vereinigten Staaten, wo Schairer an verschiedenen Planungen für die europäische Nachkriegsordnung mitwirkte. Schairers kehrten 1954 zurück und lebten in der Bundesrepublik.

4] *Dr. Mathias:* Der Soziologe und Politikwissenschaftler Dr. Leo Matthias (1893-1970). Matthias, ursprünglich expressionistischer Dramatiker, emigrierte 1933 nach Mexiko und ging 1935 in die USA, wo er als Soziologie-Professor an verschiedenen Universitäten lehrte. 1950 kehrte er nach Europa zurück.

5] *Carl von Habsburg:* Offenkundig eine Verwechslung des österreichischen Thronprätendenten Otto von Habsburg (geb. 1911) mit seinem bereits 1922 im Exil verstorbenen Vater Kaiser Karl I. von Österreich.

6] *Coudenhove:* Der österreichische Schriftsteller und Politiker Richard Graf Coudenhove-Kalergi (1894-1972), 1923 Gründer der ›Paneuropa‹-Bewegung, die sich die Schaffung eines europäischen Staatenbundes zum Ziel gesetzt hatte, emigrierte 1938 aus Österreich in die USA, wo er seit 1940 als Professor für Geschichte an der Universität New York lehrte. 1946 kehrte er nach Europa zurück und lebte als Präsident der ›Paneuropa-Union‹ zuletzt in der Schweiz. TM hatte Coudenhove 1926 in Paris kennengelernt: einen »der merkwürdigsten und übrigens schönsten Menschen, die mir vorgekommen. Zur Hälfte Japaner, zur anderen Hälfte gemischt aus dem internationalen Adelsgeblüt Europas [...] stellt er wirklich einen eurasischen Typus vornehmer Weltmenschlichkeit dar, der außerordentlich fesselt und vor welcher der Durchschnittsdeutsche sich recht provinzlerisch fühlt. [...] Seine Haltung wie sein Wort geben Kunde von unerschütterlichem Glauben an eine politische Idee, von deren Fehlerlosigkeit ich nicht überzeugt bin, die er aber mit der klarsten Energie literarisch und persönlich in die Welt zu tragen und zu propagieren weiß« (GW XI, 46). Vgl. auch *Entstehung,* Kap. III, GW XI, 158.

7] *Revolutionsputsch in Bolivien:* Im Dezember 1943 hatte ein Putsch in Bolivien den faschistischen ›Movimiento Nacionalista Revolucinario‹ unter Major Gualberto Villaroel an die Macht gebracht, der seither mit seiner ›Bewegung‹ einen nationalsozialistischen, antisemitischen und antiamerikanischen Kurs steuerte. Die Kommentare der amerikanischen Zeitungen sprachen offen davon, daß dieser Putsch mit argentinischer und deutscher Hilfe organisiert worden sei, wobei »the notoriously pro German and nationalistic Club Del Plata« sowie der Deutsche Club in La Paz eine besondere Rolle gespielt hätten. Diese Informationen erhielten neue Bedeutung durch eine Rede des amerikanischen Staatssekretärs Cordell Hull am 7. 1. 1944, in der von Überlegungen zu Schritten der neunzehn ›Anti-Axis-Countries‹ gegen Bolivien und, das vor allem, zur Isolierung Argentiniens auf dem amerikanischen Kontinent gesprochen worden war.

9. 1. 1944
1] *Stein'sche Buch:* S. TB 4. 1. 44, Anm. 9. 6
2] *»Anton Reiser«:* Karl Philipp Moritz' (1756-1793) psychologische Roman-Autobiographie ›Anton Reiser‹ (zuerst in 5 Bänden, Berlin 1785-1794).
3] *Feuchtwangers:* Der Schriftsteller Lion Feuchtwanger (1884 bis 7
1958) und seine Frau Marta, geb. Löffler (geb. 1891). Feuchtwangers lebten nach ihrer Emigration 1933 bis 1940 in Sanary bei Toulon, wo TM im Sommer 1933 häufig mit ihnen zusammengewesen war. 1940 von französischen Behörden interniert, gelangten Feuchtwangers über Spanien und Portugal in die Vereinigten Staaten und lebten seit 1941 in Pacific Palisades, wo die Familie Mann ihre Nachbarn wurden.
4] *Intrigierender Brief:* Die Bitte um einen Artikel zum Thema: ›After Victory – what to do with Germany?‹, New York, 5. 1. 1944; im TMA. TM antwortete am 14. 1. 1944 ablehnend (s. Reg. III, 44/60). Der Artikel wurde nie geschrieben, Teile der Reflexionen gingen später in die Abhandlungen *What is German, Deutschland und die Deutschen,* sowie die BBC-Sendungen *Deutsche Hörer* ein (s. auch *Entstehung,* Kap. VII, GW XI, 188).
5] *Evening Standard:* Konservatives Londoner Boulevard-Blatt, zur Beaverbrook-Gruppe gehörig.

10. 1. 1944
1] *Lionardo-Reproduktionswerk:* Ludwig Goldscheider, ›Leonardo 7
Da Vinci – The Artist‹, London 1943. Das mit über 200 Abbildungen versehene Buch befindet sich in der Zürcher Nachlaßbibliothek.
2] *über den Verlauf eines Luftangriffs:* Die Zürcher ›Weltwoche‹ brachte in der zweiten Hälfte des Jahres 1943 zunehmend Berichte über die Folgen der schweren Luftangriffe auf deutsche Städte. Den *Verlauf* eines solchen Angriffs schildert der Mittelteil eines SzV gezeichneten Beitrags ›Das Wunder der Disciplin‹, ›Die Weltwoche‹, 11. Jg., No. 520 vom 29. 10. 1943, S. 3.

11. 1. 1944
1] *von Kahler:* Princeton, 5. 1. 1944; Bl. TMG 10, 23-25. 7
2] *Kahler:* Der in Prag geborene Historiker, Soziologe und Kulturphilosoph Erich von Kahler (1885-1970). TM kannte Kahler seit

1919, aber erst in der Emigration, zunächst in der Schweiz und später in den gemeinsamen Jahren in Princeton, wohin Kahler 1938 emigriert war, entwickelte sich zwischen beiden Freundschaft. Ihre Korrespondenz ist zum großen Teil erhalten und publiziert: ›An exceptional Friendship. The Correspondence of Thomas Mann and Erich Kahler‹, Cornell Univ. Press 1975, sowie die Auswahl deutscher Originalbriefe in: Bl. TMG 10, Zürich 1970. Kahler hat verschiedentlich über TM geschrieben und ihm 1969 ein eigenes Buch, ›The Orbit of Thomas Mann‹, gewidmet. Zu TM über Kahler s. besonders *Erich von Kahler*, GW X, 502-506.

3] *Absage an Wolf:* An Kurt Wolff, P. P. 19. 12. 43; Reg. II, 43/262; Kurt Wolff, ›Briefwechsel eines Verlegers 1911-63‹, Frankfurt/M. 1966; Taschenbuchausgabe (1980), 434/435. – Wolff hatte ohne Kahlers Wissen TM um ein Vorwort für dessen Buch ›Man the Measure‹ gebeten, das 1944 als erstes Werk in seinem neu gegründeten Pantheon-Verlag erscheinen sollte – ein Ansinnen, das TM ablehnte, weil »ein philosophischer Aufsatz über Kahlers Werk, der hier erforderlich wäre«, ihn zuviel Zeit kosten würde.

4] *Brief von Werfel:* Beverly Hills, 9. 1. 1944; im TMA. S. hierzu die ausführliche Charakterisierung dieses Briefes in der *Entstehung*, Kap. VII, GW XI, 189/190.

8 5] *»Cavalleria«:* ›Cavalleria Rusticana‹ (›Sizilianische Bauernehre‹), der einzig bleibende Opernerfolg des italienischen Komponisten Pietro Mascagni (1863-1945).

6] *»Freischütz«:* Die populärste Oper von Carl Maria von Weber (1786-1826). Webers andere Opern ›Euryanthe‹ und ›Oberon‹ waren nicht so erfolgreich, wurden aber – und auf dieses Moment zielt TMs Reflexion – im Gegensatz zu den mit Ausnahme der ›Cavalleria‹ völlig unbekannten Mascagni-Stücken immer noch gespielt.

7] *Zbg:* TMs Abkürzung für seinen 1924 in Berlin erschienenen Roman *Der Zauberberg*.

8] *Joseph:* TMs Romanfolge *Joseph und seine Brüder: Die Geschichten Jaakobs*, Berlin 1933; *Der junge Joseph*, Berlin 1934; *Joseph in Ägypten*, Wien 1936, und *Joseph, der Ernährer*, Stockholm 1943.

9] *Lotte:* TMs Goethe-Roman *Lotte in Weimar*, Stockholm 1939.

10] *Jugendwurf:* TMs erster Roman *Buddenbrooks*, Berlin 1901.

11] *Statement:* Eine Empfehlung ›To whom it may concern‹, P. P., 14. 1. 1944; Reg. III, 44/11.

12] *Amann:* Der österreichische Philologe und Kulturhistoriker Paul Amann (1884-1958), ein engagierter Pazifist und Verehrer Romain Rollands. TM stand mit Amann von 1915-1918, während der Niederschrift der *Betrachtungen eines Unpolitischen*, ohne ihn persönlich zu kennen, in ausführlichem Briefwechsel. Die Korrespondenz brach ab, als Amann, 1919, einen scharf ablehnenden Aufsatz über die *Betrachtungen* in der Zeitschrift ›Münchner Blätter für Dichtung und Graphik‹ (Jg. 1, Febr./März 1919, 25-32, 42 bis 48) veröffentlichte, und wurde erst im Februar 1935 durch Amanns Initiative wieder aufgenommen. Die Briefpartner lernten sich im Januar 1937 in Wien persönlich kennen. Amann emigrierte 1941 in die Vereinigten Staaten, wo er an verschiedenen Colleges unterrichtete. TM traf ihn noch einmal kurz nach seiner Ankunft in den USA (s. TB 18. 11. 41). Amanns Briefe an TM sind verloren, TMs Briefe an Amann hingegen erhalten: ›*Briefe an Paul Amann* 1915 bis 1952‹, hrsg. von Herbert Wegener, Lübeck 1959.

13] *Absage an Overseas Press:* P. P. 14. 1. 44; Reg. III, 44/19. S. TB 9. 1. 44, Anm. 4.

14] *Botschaft des Präsidenten an den Kongreß:* Präsident Roosevelt legte dem Kongreß am 11. 1. 1944 ein umfassendes ›Win-the-war-Programm‹ vor, das u. a. ein Gesetz zur Verhinderung von Streiks und die Vollmacht für die Regierung vorsah, jeden körperlich fähigen erwachsenen Amerikaner zu Kriegshilfsdiensten heranzuziehen. Diese Vorlage, die der Präsident in einer ›Kaminansprache‹ am Abend desselben Tages vor seinen Landsleuten erläuterte und verteidigte, war in der Kongreßdebatte von einem ›highly vocal bloc‹ (LAT 12. 1. 44) zurückgewiesen worden, wobei Senator Reynolds von ›Maßnahmen zur Versklavung des amerikanischen Volkes‹ gesprochen hatte: »it would produce ›the same thing Hitler and Stalin have‹« (LAT 12. 1. 44, p. 7 »Congress ›noes‹ most vocal on Labor Draft«).

15] *Conscription:* Dienstverpflichtung

16] *Reynolds:* Der republikanische Politiker Robert Rice Reynolds (1884-1963), von 1933 bis 1945 Senator für North Carolina, 1944 Chairman of the Senate Military Committee.

17] *Common Sense:* ›A Monthly of Ideas and Interpretation‹: Linksliberale, von 1932-1946 in New York erscheinende politische Monatsschrift, die TM regelmäßig las.

18] *Gewissensskrupel:* Alfred M. Bingham, ›Lynch Law or Justice?‹ ›Common Sense‹, vol. XIII, No. 1, S. 20/21.

19] *Seger:* Der sozialdemokratische Reichstagsabgeordnete Gerhart Seger (1896-1967) wurde 1933 nach dem Reichstagsbrand verhaftet und ins Konzentrationslager Oranienburg gebracht. Es gelang ihm, in die Tschechoslowakei und von dort, 1934, in die Vereinigten Staaten zu entkommen, wo er von 1936-1949 Chefredakteur der deutschsprachigen ›Neuen Volkszeitung‹ in New York war. Seger veröffentlichte 1934 im Karlsbader Verlag Graphia seine Schilderung ›Oranienburg. Erster authentischer Bericht eines aus dem Konzentrationslager Geflüchteten. Mit einem Geleitwort von Heinrich Mann‹, die als Augenzeugenprotokoll weltweites Aufsehen erregte.

20] *Marck:* Der Breslauer Philosophieprofessor Siegfried Marck (1889-1957) war zunächst in die Schweiz und nach Shanghai, 1934 nach Dijon und Paris emigriert und gelangte 1939 in die Vereinigten Staaten, wo er an der Universität von Chicago lehrte. Marck, SPD-Mitglied und Volksfrontbefürworter, 1941 Mitglied der von Albert Grzesinski gegründeten ›Association of Free Germans‹ und 1944 Unterzeichner der ›Council‹-Declaration, publizierte 1954 in seinem Buch ›Große Menschen in unserer Zeit‹ den Essay ›Die deutsche und europäische Krise im Spiegel des Lebenswerkes von Thomas Mann‹.

21] *Brecht:* Der Schriftsteller Bertolt Brecht (1898-1956) emigrierte 1933 mit seiner Frau, der Schauspielerin Helene Weigel (1900 bis 1971), über Prag, Wien, die Schweiz, Paris, nach Dänemark; von dort weiter nach Finnland und, 1941, über Moskau in die Vereinigten Staaten. In Kalifornien traf er verschiedentlich mit TM zusammen, den er wegen seiner Haltung zur deutschen Frage ab 1943 heftig befehdete. Brecht kehrte 1947 nach Europa zurück: zunächst in die Schweiz, dann nach Ost-Berlin, wo er das ›Berliner Ensemble‹ gründete. – TM kannte Brecht seit seiner Münchener Zeit, stand ihm jedoch zeitlebens distanziert, ja fremd gegenüber – eine Haltung, die von Brecht angelegentlich erwidert wurde, bestimmt vom Abscheu vor der Lebens- und Denkart des Romanciers. S. Bertolt Brecht, Arbeitsjournal 1942-1955, hrsg. von Werner Hecht, Frankfurt/M. 1973, Eintrag vom 2. 8. 1943 (S. 599) und 9. 8. 1943 (S. 602): »Als Thomas Mann vorigen sonntag, die hände im schoß, zurückgelehnt sagte: ›ja, eine halbe million muß getötet werden in deutschland‹, klang das ganz und gar bestialisch. der stehkragen sprach, kein kampf war erwähnt, noch in anspruch genommen für diese tötung, es handelte sich um kalte züchtigung, und wo schon hygiene als grund viehisch wäre, was ist da rache (denn das war ressentiment von dem tier).« Vgl. außerdem in gleichem Sinn, nur noch bösartiger, Brechts Gedicht ›Als der Nobelpreisträger Thomas Mann den Amerikanern und Engländern das Recht zusprach, das deutsche Volk für die Verbrechen des Hitler-Regimes zehn Jahre lang zu züchtigen‹ (Brecht, GW X, 871 bis 873). Zum Verhältnis TM - Bert Brecht vgl. das Resümee von Jan Knopf in ›Brecht-Handbuch‹, Stuttgart 1984, 150 f.

22] *Seger, Marck und Brecht:* Hier als Vertreter einer von TM abgelehnten ›Soft-Peace‹-Haltung zur Deutschlandfrage genannt; sie gehörten später zu den Unterzeichnern der Deklaration des ›Council for a Democratic Germany‹ (S. TB 22. 4. 44, Anm. 3).

12. 1. 1944

1] *Akten:* Die Unterlagen über die britische Palästina-Politik, die *9*
TM vermutlich von Rabbi Nußbaum erhalten hatte (S. TB 3. 1. 44) sind in TMs White-Paper-Statement (S. Anm. 2) aufgeführt.

2] *Statement: The Palestine White-Paper.* Typoskript, datiert 16. 1. 1944; s. Anhang S. 798.

3] *Klassische Rede Churchills:* Die in einer großen Parlamentsrede vom 23. 5. 1939 vorgebrachte Kritik des konservativen britischen Politikers und späteren Premierministers Sir Winston Churchill (1874-1965) an der Regierungsvorlage zur Palästina-Politik, dem sog. White Paper vom 19. 5. 1939 (s. TB 3. 1. 44, Anm. 7). Text in Winston S. Churchill, ›His Complete Speeches 1897-1963‹, ed. by Robert Rhodes James, vol. VI, 1935-1942, New York and London 1974, 6128-6137.

4] *Cassino:* Das wegen seiner Bibliothek und großer Kunstschätze berühmte italienische Benediktinerkloster auf dem Monte Cassino, den die deutschen Truppen zu einem Eckpfeiler ihres Widerstands ausgebaut hatten. Die 5. britische Armee war – unterstützt durch die Amerikaner – am 5. 1. 1944 zum direkten Angriff auf Monte Cassino angetreten, hatte ihn aber nach schweren Verlusten wieder abbrechen müssen. Die Festung fiel erst nach einem (gegen harten Widerstand in den eigenen Reihen schließlich durchgesetzten) massiven alliierten Bombardement am 16. und 17. 2. 1944, die das bis dahin unversehrte und von deutschen Truppen nicht okkupierte Kloster völlig zerstörten.

5] *Exekution:* Auf Drängen der deutschen Regierung wurden fünf der im Juli 1943 am Putsch gegen Mussolini beteiligten Mitglieder des faschistischen Großrats nach zweitägigem Prozeß zum Tode verurteilt und erschossen – unter ihnen der ehemalige Außenminister und Mussolini-Schwiegersohn Graf Galeazzo Ciano (1903-1944).

6] *Wrack Mussolini:* Der ›Duce‹ des faschistischen Italiens, Benito Mussolini (1883-1945), war nach dem Mißtrauensvotum seines faschistischen Großrates am 25. 7. 1943 von König Viktor Emanuel III. aller Ämter enthoben und verhaftet, am 12. September jedoch von deutschen Fallschirmjägern aus seiner Internierung befreit worden. Mussolini galt spätestens seit dem Zeitpunkt seines Sturzes als physisches und psychisches ›Wrack‹ und Marionette Hitlers.

13. 1. 1944

9 1] *Schuberts schönes Trio:* Wahrscheinlich das von TM sehr geliebte Klaviertrio B-Dur op. 99 des neunundzwanzigjährigen Franz Schubert (1797-1828). GBF läßt es zur Feier von TMs 70. Geburtstag vom Graudan-Trio spielen (*Entstehung*, Kap. X, GW XI, 227 und GBF ›Bedroht – Bewahrt‹, Frankfurt 1967, 255); TM selbst meditiert beim Anhören des Werks in der Schlußphase der *Faustus*-Niederschrift: »Schuberts herrliches B-Dur-Trio [. . .], in Sinnen über den glücklichen Zustand der Musik, den es darstellt, über die Schicksale der Kunst seither, über das verlorene Paradies« (*Entstehung*, Kap. XIV, GW XI, 298).

2] *›Aufbau‹:* Die in New York erscheinende deutschsprachige Wochenschrift ›Aufbau‹ hatte in der No. vom 7. 1. 1944 (vol. X, No. 1, S. 1 und 2) TMs Sendung »Man wird Euch kaum die Tatsache zu erklären brauchen . . .«, *Deutsche Hörer*, 9. 12. 1943, GW XI, 1086-1089, abgedruckt.

3] *Wolf »An die Geliebte«:* TM besaß eine Aufnahme dieses Mörike-Liedes von Hugo Wolf aus dem Jahre 1931, gesungen von Heinrich Schlusnus, den Franz Rupp begleitete.

4] *Arlts:* Der amerikanische Germanist Gustave Arlt (geb. 1895) und seine Frau Gusti. Arlt war seit 1935 Professor für deutsche

Literatur an der University of California in Los Angeles. TM lernte ihn durch Franz Werfel kennen, mit dem Arlt befreundet war, und nahm wiederholt seine Hilfe in Anspruch, vor allem bei der Übersetzung von kürzeren Arbeiten ins Englische und der Beschaffung von Literatur.

5] *Nizzes:* Der amerikanische Romanist William A. Nitze (1876 bis 1957) und seine Frau Anina Sophie, geb. Hilken. Nitze lehrte seit 1942 als Professor für Französische Sprache und Literatur an der University of California in Los Angeles.

6] *4 Erzählungen:* Thomas Mann, *Die schönsten Erzählungen,* Amsterdam 1939. Der Band enthält: *Tonio Kröger, Unordnung und frühes Leid, Der Tod in Venedig* und *Mario und der Zauberer.* Er erschien in der Reihe ›Forum deutscher Dichter‹, einer Gemeinschaftsproduktion der Verlage Bermann-Fischer, Querido und de Lange.

7] *Commandments-Buch:* ›The Ten Commandments‹, ein von Armin L. Robinson 1943 im Verlag Simon and Schuster in New York herausgegebenes Sammelwerk über die Verletzungen der zehn Gebote durch das Hitler-Regime. Zehn berühmte Autoren behandelten in längeren Novellen das Thema je eines der Gebote. TM hatte die Einleitungserzählung *Das Gesetz* (englisch *The Tables of the Law*) geschrieben. Bruno Frank und Franz Werfel hatten ebenfalls Beiträge geliefert: Franz Werfel schrieb (a. a. O. 117-145), unter dem Titel ›Thou shall not take the name of the Lord thy God in vain‹ über das 3., Bruno Frank (a. a. O. 181-225) über das 5. Gebot ›Honor thy Father and thy Mother‹.

14. 1. 1944

1] *Artikel über das White-Paper:* S. TB 12. 1. 44, Text und Anm. 2. 9

2] *Felix Langer:* Der Berliner Schriftsteller Felix Langner (1889-1979) war 1933 nach Prag und 1939 nach England emigriert.

3] *»Stepping Stones to Peace«:* London 1943. Die Spekulation über TM auf S. 143: »Who will sign the peace - treaty for Germany? Will the Allies [. . .] be prepared to accept as delegates representatives of a German Government consisting of former Nazi supporters [. . .] or will the Allies themselves appoint a German Government consisting of Germans whom they recognize as representing ›German democracy‹? Idealists dream of Thomas Mann as the President of the second German Republic, a post which he himself would probably most decidedly refuse. People like Brüning are mentioned . . .«

15. 1. 1944

10 1] *Leyden:* Der holländische Maler Ernst Leyden (1892-1969), der sich im amerikanischen Exil van Leyden nannte. TM hatte ihn 1937 bei Emil Ludwig im Tessin kennengelernt (s. TB 28. 9. 37). Ein Photo des Leydenschen TM-Porträts befindet sich im TMA.

2] *Neumanns:* Der Erzähler und Dramatiker Alfred Neumann (1895-1952) war mit seiner Frau Katharina, gen. Kitty, einer Tochter des Münchener Verlegers Georg Müller, von Beginn der zwanziger Jahre an Nachbar der Familie Mann im Münchener Herzogpark und seither mit ihr freundschaftlich verbunden. Die Neumanns emigrierten 1933 nach Florenz, später nach Südfrankreich und gelangten 1940 in die USA, wo sie in Kalifornien wiederum Nachbarn der Manns waren und zu ihrem vertrautesten Umgang gehörten. Alfred Neumann erlag während eines Europa-Aufenthaltes 1952 in der Schweiz einem Herzleiden, Kitty Neumann starb 1979 in München. S. TMs Nachruf *Für Alfred Neumann,* GW X, 530/53. Der erhaltene Briefwechsel der Freunde erschien, hrsg. von Peter de Mendelssohn, 1977 in Heidelberg.

3] *Herald:* Der ehemalige Dramaturg und Regisseur an den Reinhardt-Bühnen in Berlin, Heinz Herald (1890-1964) war im kalifornischen Exil als Sekretär des Hollywood Film Fund und Drehbuch-, Hörspiel- und Dramenautor tätig. Er kehrte 1953 nach Berlin zurück, lebte aber 1956-1960 noch einmal in den USA.

4] *Popper:* Der Österreicher Dr. Eduard Popper (geb. vor 1906, gest. 1962) war, als promovierter Staatsrechtler, vor seiner Emigration leitend im österreichischen Eisenkartell tätig. Er floh über England in die USA und arbeitete in Kalifornien – wo er zum Kreis um Franz und Alma Werfel gehörte – vorwiegend als Sekretär alter Wiener Freunde wie Walter Slezak, Conrad Lester, Erwin O. Brettauer, sowie für Max Horkheimer.

5] *Kalser:* Der Schauspieler Erwin Kalser (1883-1958) war 1933 von Berlin nach Zürich emigriert, wo er bis 1939 dem Ensemble des Schauspielhauses angehörte. Während des Zweiten Weltkrieges arbeitete er in Hollywood, kehrte nach 1945 nach Zürich zurück und ging schließlich nach Berlin.

16. 1. 1944
1] *X. Kapitel:* Das Kapitel X des Romans *Doktor Faustus,* in dem der Abiturient Adrian Leverkühn seinen Entschluß, Theologie zu studieren, bekannt gibt. GW VI, 109-116. 10
2] *Seger-Marck:* ›Germany – to be or not to be?‹ von Gerhart H. Seger unter Mitarbeit von Siegfried Marck, New York 1943.
3] *an Kahler:* An Erich von Kahler, P. P. 16. 1. 44; Reg. III, 44/20; Br. II, 347-349. TM fügte diesem Brief in einem Postscriptum Reflexionen an, die durch die Lektüre des Seger-Marck-Buches aktualisiert worden waren: »Die Fragen, was man nach dem Siege mit Deutschland tun soll, wollen nicht versiegen. Ich sage kein Wort. Rät man zur Milde, so wird man von den Deutschen womöglich gräßlich desavouiert. Rät man zur Unerbittlichkeit, so gerät man in eine schiefe und unzuträgliche Stellung zu dem Land, dessen Sprache man schreibt. Auch kommen mir alle Beratungen über das Fell des Bären immer noch unheimlich verfrüht vor.«
4] *das deutsche Secret weapon:* Die unbemannte Rakete V 1 (s. TB 16. 6. 44, Anm. 4). Im Dezember 1943 hatte die Schweizer Presse erstmals von der Entwicklung deutscher Marschflugkörper mit einer Reichweite von 260 km berichtet.
5] *Eisenhower:* Der amerikanische General Dwight D. Eisenhower (1890-1969), seit Juni 1942 Oberbefehlshaber der amerikanischen Truppen für den europäischen Kriegsschauplatz, führte im Juni 1944 die alliierte Landung in der Normandie durch, nahm am 8. 5. 1945 die deutsche Kapitulation entgegen und blieb bis November 1945 als Oberbefehlshaber der amerikanischen Besatzungstruppen in Deutschland. In die USA zurückgekehrt, übernahm er von 1948 bis 1953 das Amt des Präsidenten der Columbia University und war gleichzeitig, von 1950-1952, Oberbefehlshaber der Nato-Streitkräfte. Im November 1952 wurde er als Kandidat der Republikanischen Partei zum 34. Präsidenten der Vereinigten Staaten gewählt und 1956 im Amt bestätigt.

17. 1. 1944
1] *von Knopf:* O. O. (New York), 14. 1. 1944; im Knopf-Archiv. 10
2] *Knopf:* Der amerikanische Verleger Alfred A. Knopf (1892 bis 1984), der seit 1924 TMs Werk betreute und den Verlag zusammen mit seiner Frau Blanche (1894-1966) leitete. Das Ehepaar

Mann war dem Ehepaar Knopf seit langem freundschaftlich verbunden: TM hatte seine erste Amerika-Reise im Mai/Juni 1934 auf Einladung Alfred Knopfs unternommen.

3] *Book of the Month Club:* Ein 1926 von Harry Scherman gegründeter Buchklub, der mit Hilfe eines Preisrichter-Kollegiums das sog. ›Buch des Monats‹ auswählte – eine Auszeichnung, die eine hohe Auflage des betreffenden Werks bedeutete und für den Autor mit einer beträchtlichen finanziellen Minimalgarantie verbunden war. So konnte Knopf TM am 14. Januar 1944 die Mitteilung machen: »Your share of the Club's minimum guarantee will be $ 12.500, but this will only be the beginning. I think you can count pretty safely on getting at least twice that in the end, and perhaps even substantially more.«

4] *Joseph the Provider:* Die englisch-amerikanische Ausgabe des vierten Joseph-Romans erschien in der Übersetzung von Helen Lowe-Porter im Herbst 1944 bei Knopf in New York.

5] *Joseph in Egypt:* Die amerikanische Ausgabe von *Joseph in Ägypten* war, ebenfalls übersetzt von Helen Lowe-Porter, 1938 bei Knopf in zwei Bänden erschienen. Die einbändige Ausgabe von 1944 war die fünfte Auflage des Romans in den USA.

6] *»Syphilis des Zentralnervensystems«:* Wilhelm Gennerich, ›Die Syphilis des Zentralnervensystems; ihre Ursachen und ihre Behandlung‹, Berlin 1921. Das Quellenwerk zum *Doktor Faustus* steht, mit zahlreichen Anstreichungen TMs versehen, in der Zürcher Bibliothek.

7] *Veröffentlichung:* Eine Prawda-Meldung vom 16. 1. 1944, die in den USA »with the force of a bombshell« (NYT 18. 1. 44; 3:1) einschlug und selbst durch das sofortige Dementi des britischen Botschafters nur schwer aus der Welt geschafft werden konnte. Die US-Zeitungen spekulierten in seitenlangen Kommentaren über Sinn und Quelle eines solchen Gerüchtes, und die Sowjets beeilten sich, dem englischen Premierminister Churchill zu versichern, daß der Prawda-Bericht der sowjetischen Regierung bis zur Publikation unbekannt gewesen sei (NYT 21. 1. 44, 1:4). Vgl. TB 18. 1. 44.

8] *Ribbentrop:* Hitlers letzter Außenminister (seit 1938) Joachim von Ribbentrop (1893-1946), ursprünglich Kaufmann, wurde 1946 in Nürnberg als Hauptkriegsverbrecher verurteilt und hingerichtet.

9] *Polnische Kalamität:* Das polnisch-russische Grenzproblem. S. TB 15. 2. 44, Anm. 1.

10] *Swing:* Der amerikanische Journalist und politische Kommen- 11
tator Raymond Gram Swing (1887-1968) wurde vor allem durch seine Artikel während der ›Münchener Krise‹ 1938 und seine Kriegskommentare für das Mutual Broadcasting System bekannt. Swing war vor und nach dem Ersten Weltkrieg Zeitungskorrespondent in Berlin gewesen und galt als guter Kenner der deutschen Verhältnisse. TM maß den Swingschen Kommentaren große Bedeutung zu.

18. 1. 1944

1] *von Bermann:* New York, 14. 1. 44; TM/GBF 335-337. 11

2] *Bermann:* Dr. Gottfried Bermann (geb. 1897), ursprünglich Chirurg, hatte 1926 nach seiner Heirat mit Brigitte Fischer, gen. Tutti (geb. 1905), der ältesten Tochter von TMs Verleger Samuel Fischer (1859-1934), seinen Beruf aufgegeben und war in den Verlag seines Schwiegervaters eingetreten. Er wurde 1928 Geschäftsführer und fügte auf Wunsch des Verlagsgründers seinem eigenen Familiennamen den Namen Fischer hinzu. Nach Samuel Fischers Tod lag die Leitung des Verlags allein in seinen Händen. Im Frühjahr 1935 gelang es Gottfried Bermann Fischer, mit dem NS-Propagandaministerium eine Vereinbarung zu treffen, wonach die in Deutschland unerwünschten bzw. verbotenen Autoren des Verlages sowie das dazugehörige Buchlager und einige Vermögenswerte unter der Bedingung zur Auswanderung freigegeben wurden, daß die Familie Fischer die verbleibenden Teile des Verlages verkaufe und in ›zuverlässige‹ Hände übergehen lasse. Peter Suhrkamp, seit 1932 im S. Fischer Verlag tätig, brachte eine Gruppe von Finanzleuten zusammen, die den in Deutschland verbleibenden Teil des Verlages erwarb und unter seiner Leitung weiterführte, während Gottfried Bermann Fischer den Emigrationsverlag Bermann-Fischer GmbH, in dem hinfort die Werke TMs erschienen, zunächst in Wien, dann, nach dem Einmarsch Hitlers in Österreich, bei dem sich die Familie mit knapper Not nach Italien und in die Schweiz retten konnte, alle Buchbestände jedoch verloren gingen, in Stockholm mit Hilfe des großen schwedischen Verlagshauses Bonnier im Sommer 1938 neu gründete. Hier wurden fortan die deutschen Ausgaben von TMs Werken verlegt – auch noch, nachdem Gottfried Bermann Fischer 1941 wegen antinationalsozialistischer Betätigung aus Schweden ausgewiesen worden war und in New York, gemeinsam mit dem aus Amsterdam geflohenen Leiter von Querido, dem ehemaligen Kiepenheuer-Verlagsleiter Fritz H. Landshoff, das Unternehmen L. B. Fischer gründete. Im Schutze Bonniers konnte der Stockholmer Verlag weiterbestehen – GBF leitete ihn von New York aus so gut es eben ging, etablierte 1947 den Bermann-Fischer Verlag in Wien, vereinigte seine Stockholmer Firma mit dem Querido-Verlag zum Bermann-Fischer/Querido-Verlag in Amsterdam und kehrte 1950 nach Deutschland zurück. Dort wurde der S. Fischer Verlag (mit Sitz in Frankfurt und Berlin) in seiner ursprünglichen Form wieder hergestellt. Vgl. hierzu Peter de Mendelssohn, ›S. Fischer und sein Verlag‹, Frankfurt 1970, die Autobiographie Gottfried Bermann Fischers, ›Bedroht – bewahrt‹, Frankfurt 1967, sowie den von Peter de Mendelssohn herausgegebenen Band *Thomas Mann, Briefwechsel mit seinem Verleger Gottfried Bermann Fischer*, Frankfurt 1973.

3] *deutschen Joseph hier:* GBF beabsichtigte, für den deutschsprachigen Markt in den USA eine eigene Ausgabe von *Joseph, der Ernährer* drucken zu lassen.

4] *Im »Aufbau«:* Manfred George, ›Die Frage deutscher Exilpolitik in den USA. Thomas Manns Warnung – Alliierter Friede oder ›deutscher Friede‹ – Schafft keine deutschen Quislings – Sicherheit ist alles‹. ›Aufbau‹, Vol. X, No 2 v. 14. 1. 44, S. 7 und 8: »Die Botschaft Thomas Manns [...] [S. TB 13. 1. 44, Anm. 2] ist ein Dokument weitsichtigen Realismus und des Mutes zum Widerstand gegen alle jene emotionellen Bewegungen, wie sie heute bereits von den verschiedenen Personen und Richtungen antinazistischer, aber objektiv oft deutschnationaler Färbung in den Vereinigten Staaten befürwortet oder geführt werden. Das hat bereits die Konsequenz gehabt, daß auf amerikanischer Seite ein Mißtrauen und ein heftiger Gegensatz zu Menschen und Richtungen entstanden ist, der bis zum Schlagwort von einer ›pangermanistischen Verschwörung‹ in den USA gediehen ist und alle deutschsprachigen Kreise in eine schlimme Situation bringen kann [...] Nichts ist gefährlicher, als wenn Deutsche hier, so antinazistisch sie im Grunde sein mögen, anfangen, dieselbe antiamerikanische Haltung zu zeigen, wie soeben jene schlecht assimilierten polnischen Kreise in diesem Lande, die plötzlich vergessen zu haben scheinen, daß sie amerikanische und nicht nationalpolnische Politik zu machen haben.« (Vorbemerkung zum im Artikel abgehandelten Problem, a. a. O. S. 7)

5] *M. Georg:* Der Berliner Journalist Manfred Georg (später George) (1898-1965), bis 1933 Redakteur im Verlag Ullstein, emigrierte 1933 nach Prag und 1938 in die Vereinigten Staaten, wo er von 1939 bis zu seinem Tod Herausgeber und Chefredakteur der deutschsprachigen Wochenschrift ›Aufbau‹ war, die unter seiner Leitung vom Vereinsblatt des Jewish Club in New York zur meistgelesenen Zeitschrift der deutschsprachigen Emigration, der jüdischen voran, wurde.

6] *Hagens Buch:* Paul Hagen, ›Germany after Hitler‹, New York 1944.

7] *Hagen:* Der vormals kommunistische, später sozialdemokratische Journalist Paul Hagen alias Karl B. Frank (1893-1969) emigrierte 1934 in die Tschechoslowakei, 1938 nach Frankreich und weiter in die USA. Er war führend in der Gruppe ›Neu Beginnen‹ tätig und gründete 1939 zusammen mit Reinhold Niebuhr die ›American Friends of German Freedom‹, an deren Inauguraldinner im New Yorker Edison Hotel TM am 7. 12. 1939 teilnahm und deren unregelmäßig zwischen 1939-1945 erscheinendes Informationsblatt ›Inside Germany Reports‹ er las (S. TB 11. 5. 43 u. 21. 8. 43).

8] *Prawda-Coup:* S. TB 17. 1. 44, Text und Anm. 7.

19. 1. 1944

1] *Angriff in England [. . .] auf meine Kriegsäußerungen von* 11
1914: Der im Londoner Exil lebende spanische Politiker Louis Araquistain hatte – als Ergänzung zu einer Besprechung von TMs *Order of the Day*, ›The Times Literary Supplement‹, Vol. 42, No. V vom 31. 7. 1943, S. 1: ›A German Democrat. Political Faith of Thomas Mann‹ – in einem ›Good Germans?‹ überschriebenen Leserbrief (TLS Vol. 42, No. VIII v. 21. 8. 43, S. 403) moniert, daß TMs nationalistisch-chauvinistische Verlautbarungen aus der Zeit des Ersten Weltkriegs, vor allem des 1915 bei S. Fischer erschienenen Bändchens *Friedrich und die große Koalition* mit dem titelgebenden Essay sowie den Aufsätzen *An die Redaktion des ›Svenska Dagbladet‹, Stockholm* (1915) und *Gedanken im Kriege* (1914), in dem *Order of the Day* angehängten Verzeichnis der »principal works«

nicht aufgeführt seien und die Frage gestellt: »Was it not ›principal‹ enough or was it too much so?« Der amerikanische Journalist Clarence Boutell (geb. 1908) beabsichtigte – wie aus einem Schreiben TMs an ihn vom 10. 2. 44, Reg. N. 44/1, hervorgeht, – in einem TM-Artikel seiner Serie ›Authors are like other people‹ in der ›New York Post‹ auf die Araquistain-Vorwürfe einzugehen und hatte deshalb um eine Stellungnahme ersucht. TM kam dieser Bitte in einem nur im Konzept erhaltenen ausführlichen Schreiben *an Clarence Boutell*, P. P. 21. 1. 44, Reg. III, 44/31; Br. II, 350-354, nach. (Ein die Informationen aufgreifender Artikel Boutells oder die Veröffentlichung des TM-Briefes in der ›New York Post‹ konnte trotz intensiver Recherchen nicht nachgewiesen werden.)

2] *an Herzog:* An Wilhelm Herzog, P. P. 18. 1. 44; Reg. III, 44/22; Br. II, 349/359 (fragm.).

3] *Herzog:* Der Schriftsteller und Publizist Wilhelm Herzog (1884 bis 1960), ein enger Freund Heinrich Manns, hatte TM zu Beginn des Ersten Weltkriegs aus politischen Gründen in der von ihm edierten pazifistischen Zeitung ›Das Forum‹ scharf angegriffen. Erst nach TMs republikanischer Wandlung kam es zu freundschaftlicherem Einvernehmen. Herzog lebte nach 1933 zunächst in Basel und versuchte, nach Kriegsausbruch in die USA zu gelangen. Er wurde jedoch in Trinidad festgehalten und konnte erst nach Kriegsende in die Vereinigten Staaten einreisen, aus denen er 1952 in die Bundesrepublik zurückkehrte. Über sein Verhältnis zu TM hat Herzog in seinem Erinnerungsbuch ›Menschen, denen ich begegnete‹, Bern/München 1959, 268-318, berichtet.

4] *F. B. I. man:* Beamter des Federal Bureau of Investigation, des Bundeskriminalamtes der Vereinigten Staaten, das sich unter anderem mit Staatssicherheit, Loyalitätsprüfungen und Abwehr kommunistischer Umtriebe befaßte. Die Besuche vom FBI-Beamten – im TB öfters erwähnt – galten meistens Recherchen, die mit dem Antrag auf Erwerb der amerikanischen Staatsbürgerschaft von Petenten zusammenhingen, die TM als Referenz angegeben hatten.

5] *Pole Mitchell:* Der Frankreich-Flüchtling Joseph Mischel, ein ursprünglich aus Polen stammender Literat, der 1943 den ersten großen Schriftsteller-Kongreß an der Universität von Kalifornien, Los Angeles (UCLA) mit organisierte und im übrigen in vielen kulturellen und kulturpolitischen Komitees engagiert war.

6] *Hörspiel über den Bonner Brief:* Der ›Bonner Brief‹ ist TMs Antwort an den Dekan der Philosophischen Fakultät in Bonn anläßlich der Aberkennung der Ehrendoktorwürde, datiert: Küsnacht, Neujahr 1937; GW XII, 785-792; Br. II, 9-15. Zum Hörspiel unter dem Titel ›I was there‹ s. TB 13. 2. 44, Text und Anm. 7.

7] *Leonhard Frank:* Der Schriftsteller Leonhard Frank (1882-1961) floh im Frühjahr 1933 nach Zürich, ging 1937 nach Paris und gelangte nach mehrfacher Internierung in Frankreich 1940 in die USA, wo er zeitweilig in Kalifornien lebte und TM namentlich während der Zeit des *Faustus*-Romans ein wichtiger und vertrauter Zuhörer war. Vgl. TM an Erich von Kahler, P. P. 20. 6. 44: »Auch tut zur Zeit der Umgang [...] mit Leonhard Frank [mir gut], einem im Grunde heimwehkranken, von Würzburger 17. Jahrhundert und altstädtischem Handwerkertum träumenden und dichtenden Deutschen, der einen merkwürdigen Instinkt für die Geheimnisse meines Romans hat und oft zu uns kommt.« – Über Franks im Exil entstandenen Roman ›Traumgefährten‹ hatte TM bereits 1936 eine Würdigung für die Basler ›National-Zeitung‹ geschrieben. (GW XIII, 428-430.)

8] *IV. Kapitel:* Der Adrians Mutter Elsbeth und dem heimatlichen Ambiente auf dem Buchel-Hof gewidmete *Faustus*-Roman-Abschnitt, GW VI, 32-44.

20. 1. 1944

1] *Antwort an die N. Y. Post:* S. TB 19. 1. 44, Anm. 1. 11

2] *Erika:* Erika Julia Hedwig Mann-Auden (1905-1969), TMs älteste Tochter, ursprünglich Schauspielerin, später Journalistin, kulturpolitische Publizistin und Schriftstellerin, 1925-1928 mit dem Schauspieler und Regisseur Gustaf Gründgens, seit 1935 mit dem englischen Dichter Wystan H. Auden (1907-1973) verheiratet. Erika Mann hatte 1933 Deutschland verlassen und ihr in München erfolgreiches Kabarett ›Die Pfeffermühle‹ in Zürich sowie durch Gastspiele in Holland, Belgien, Luxemburg und der Tschechoslowakei weitergeführt. Sie verließ die Schweiz 1936, als ihre Auftritte begannen, mißliebig zu werden, um Gastspiele in New York vorzubereiten. Mißerfolge in der englischsprachigen Welt zwangen sie jedoch zur Auflösung ihres Ensembles. Erika Mann kehrte nicht nach Europa zurück, sondern arbeitete fortan als lecturer, nach

Kriegsausbruch als war correspondent für die USA. Sie kam mit den amerikanischen Truppen nach Europa und berichtete später über die Nürnberger Kriegsverbrecher-Prozesse. Während des letzten Lebensjahrzehnts ihres Vaters wurde sie zur ständigen Begleiterin seiner Vortragsreisen und unentbehrlichen Helferin bei seiner Arbeit. Sie publizierte 1956 ihren Report ›Das letzte Jahr. Bericht über meinen Vater‹ und gab 1961-1965 eine dreibändige Auswahl aus den Briefen TMs heraus. 1985/86 erschien in München eine von Anna Zanco-Prestel edierte zweibändige Auswahl aus ihrer Korrespondenz: ›Erika Mann, Briefe und Antworten‹.

12 3] *kommendes Filmangebot:* S. TB 26. 1. 44, Text und Anm. 1.

4] *Publikation der Message:* S. TB 13. 1. 44, Anm. 2.

5] *seinen Artikel:* S. TB 18. 1. 44, Anm. 4.

6] *Stalins europäische Politik:* Die russisch-polnischen Grenzstreitigkeiten und der sowjetische Annexionismus in Richtung auf den europäischen Westen.

21. 1. 1944

12 1] *Mc Nitt:* Der amerikanische Zeitungsverleger Virgil Venice McNitt (1881-1964), Präsident der Westwood Hills Press, Los Angeles.

2] *Rehabilitations-Vereinigung:* Vermutlich der sogenannte Berkeleyer Juristenkreis, der Pläne für eine deutsche Restitutionsregelung ausarbeitete. Sein Vorsitzender war der ehemalige preußische Staatssekretär Oskar Meyer (1876-1965), der seit 1941 an der Universität in Berkeley lehrte.

22. 1. 1944

12 1] *Argentinisch-spanische Ausgabe: Cervantes, Goethe, Freud,* Buenos Aires 1943. Der Band enthält die von Ramón de la Serna y Espina und Felipe Jiménez de Asúa übersetzten Essays *Meerfahrt mit Don Quijote, Freud und die Zukunft* und *Goethe's Laufbahn als Schriftsteller.*

2] *Brief von Klaus:* An Katia Mann, o. O., Postst. 14. 1. 44; im KMA.

3] *Erster Anblick:* Die Briefstelle, von TM angestrichen, lautet: »The first thing I saw here in a bookstore – side by side with the speeches of Churchill und De Gaulle – was a Free-French edition of Dad's BONN Letter. Has the Committee of Liberation ever paid royalities?«

4] *De Gaulle:* General Charles de Gaulle (1890-1970) hatte im Sommer 1940 nach der Kapitulation Frankreichs in London die politisch-militärische Organisation ›France Libre‹ ins Leben gerufen, um den Krieg im Namen Frankreichs an der Seite Großbritanniens fortzuführen. Er konnte sich anfänglich nur auf die französischen Kolonien in Äquatorial-Afrika und im Pacific stützen; seine ersten Versuche, sich des französischen Nordafrika als Operationsbasis zu versichern, scheiterten. Nach der Eroberung Nordafrikas durch die Alliierten (1942) setzte sich de Gaulle jedoch als Oberhaupt der französischen Widerstandsbewegung durch und wurde im Mai 1945 Chef der Provisorischen Regierung Frankreichs. *13*

5] *Weltwoche [. . .] über die Intellektuellen Hochkonjunktur:* ns, ›Die Aussichten der europäischen Intelligenz nach dem Kriege‹, ›Die Weltwoche‹, 12. 11. 1943, S. 7.

23. 1. 1944

1] *Viertels:* Der Schriftsteller, Bühnen- und Filmregisseur Berthold Viertel (1885-1953) und seine Frau Salka (1889-1978). Berthold Viertel war seit 1928 in Hollywood tätig und arbeitete nach dem Zweiten Weltkrieg als Regisseur beim Londoner Rundfunk, später am Burgtheater in Wien. Salka Viertel (eine Schwester des Pianisten Eduard Steuermann), ursprünglich Schauspielerin wie ihre Schwester Rose, schrieb seit 1928 in Hollywood Drehbücher u. a. für die mit ihr befreundete Greta Garbo. Das gastfreie Haus von Salka Viertel in der Mabery Road in Santa Monica war eine Zuflucht für die europäischen Emigranten und ihre amerikanischen Freunde. Vgl. dazu Salka Viertels Lebenserinnerungen ›Das unbelehrbare Herz‹, Hamburg/Düsseldorf 1970, in deren Vorwort Carl Zuckmayer der von Salka Viertel geschaffenen Heimat für die Heimatlosen gedenkt: »Man kannte zwar kaum die Hälfte der Eingeladenen [. . .], aber man war auch mit den anderen verschiedenster Nationalität [. . .], Künstlern mit oder ohne Namen, wie durch Zauberschlag vertraut, verwandt, verschwistert und irgendwie auf diesem Stern plötzlich wieder zu Hause.« (S. 9) *13*

2] *Renoir:* Der Filmregisseur Jean Renoir (1894-1979), zweiter Sohn des Malers Auguste Renoir und jüngerer Bruder des Schauspielers Pierre Renoir, arbeitete während des Zweiten Weltkrieges in Hollywood.

3] *Fles:* Der niederländische Literaturagent und Verleger Barthold Fles (geb. 1902) kam 1925 in die USA und setzte sich nach 1933 besonders für die deutsche Exilliteratur ein.

4] *die Thimig:* Die österreichische Schauspielerin Helene Thimig (1889-1974), Max Reinhardts zweite Frau, ging 1933 vom Deutschen Theater in Berlin nach Wien, emigrierte 1938 in die USA und kehrte 1946 ans Burgtheater zurück.

5] *Nazi-Thriller:* Berthold Viertel, ›The way home‹, in der Übersetzung von Elisabeth Neumann-Viertel unter dem Titel ›Weg nach Hause‹ als Bühnenmanuskript durch die Universal Edition Wien, Zürich, London o. J. vervielfältigt. Das Stück wurde nie aufgeführt, jedoch lasen anläßlich einer von der ›Tribüne‹ und der ›Austro-American-Tribune‹ veranstalteten Feier zu Berthold Viertels 60. Geburtstag am 29. 4. 1945 im Barbizon Theatre, New York, Oscar Homolka, Elisabeth Neumann, Herbert Berghof, Olive Deering und James Walsh in Gegenwart von Marlene Dietrich und Greta Garbo einige Szenen.

6] *Schrift über Alban Berg:* Willi Reich, ›Alban Berg. Mit Bergs eigenen Schriften und Beiträgen von Th. W. Adorno und Ernst Krenek‹, Wien 1937. – Aus der Rückschau hat TM die ihm von Adorno gebrachte Schrift als ein »sehr zugehöriges« Buch bezeichnet (*Entstehung,* Kap. VII, GW XI, 192).

7] *Alban Berg:* Der österreichische Komponist Alban Berg (1885-1935), Schüler von Arnold Schönberg und Lehrer von Theodor W. Adorno. TMs Romanheld Adrian Leverkühn teilt mit Alban Berg das Geburtsjahr 1885.

24. 1. 1944

13 1] *Lochner:* Louis P. Lochner (1887-1975) war von 1919 bis 1941 Berliner Korrespondent der amerikanischen Nachrichtenagentur Associated Press gewesen und kam mit der amerikanischen Armee als Berichterstatter wieder nach Deutschland zurück.

2] *Die Bevölkerung bereitet sich . . .:* So in der Handschrift.

3] *Badoglio:* Der italienische Marschall Pietro Badoglio (1871-1956) war – nach einem Zerwürfnis mit Mussolini – Ende 1940 aus der Armee ausgeschieden. Nach dem Sturz des Diktators wurde er vom italienischen König mit der Regierungsbildung beauftragt und schloß im September 1943 für Italien einen Separatfrieden mit den Alliierten.

4] *König:* Dem italienischen König Viktor Emanuel III (1869 bis 1947) war es im Juli 1943 in Verbindung mit monarchistischen Kräften im faschistischen Großrat gelungen, Mussolini zu entmachten und durch das Militärkabinett Marschall Badoglios zu ersetzen.

5] *Berlioz' Memoiren:* ›Memoirs of Hector Berlioz from 1803 bis 1865, comprising his Travels in Germany, Italy, Russia and England‹, übersetzt von R. und E. Holmes; hrsg. von Ernest Newman, New York 1935, – ein Buch, dem TM wesentliche Anregungen für seinen *Faustus*-Roman verdankte (Vgl. *Entstehung,* Kap. V, GW XI, 169 und Kap. VI, GW XI, 186; dort im Zusammenhang mit den Schönberg geltenden Passagen von Adornos ›Philosophie der neuen Musik‹ erwähnt). Gunilla Bergsten weist in ihrem Buch ›Thomas Manns »Doktor Faustus«. Untersuchungen zu den Quellen und zur Struktur des Romans‹, Stockholm 1963, S. 112, auf die Verwandtschaft der Klangchiffre h – e – a – e – es mit dem ›Estelle‹-Motiv der durch die Lektüre des Goetheschen ›Faust‹ inspirierten ›Symphonie Fantastique‹ von Berlioz hin. (Vergl. S. 98, Anmerkung, der Newmanschen Ausgabe, die TM besaß und die sich im Zürcher Archiv befindet. Es sieht so aus, als seien es nicht zuletzt die Fußnoten gewesen, die TM interessierten.)

25. 1. 1944

1] *1/2 Uhr:* Die Zeitangabe fehlt im Manuskript. *13*

2] *Michel:* Joseph Mischel. S. TB 19. 1. 44, Anm. 5.

3] *Münchener Roman:* Alfred Neumann, ›Es waren ihrer Sechs‹, Stockholm 1944. Der Roman erzählt – auf der Grundlage von Gerüchten und deshalb historisch häufig nicht stimmig – die Geschichte des studentischen Widerstandskreises ›Die Weiße Rose‹ in München. *14*

26. 1. 1944

1] *Film-Angelegenheiten:* Der Plan eines Films ›Die Frau mit den hundert Gesichtern‹, den TM auf Veranlassung des Film-Agenten Henry Leiser in Zusammenarbeit mit Louis Bromfield schreiben sollte. Er gab ihn jedoch schon bald auf. Vgl. TB 9. 3. 45, Text und Anm. 2. *14*

2] *an Leiser:* Noch nicht bekannt.

3] *an Erika:* Verloren.
4] *»Flesh and Fancy«:* ›Flesh and Fantasy‹ (›Das zweite Gesicht‹), ein 1943 gedrehter Film nach Episoden von Oscar Wilde (›Lord Savile's Crime‹), Laszlo Vaduay und Ellis St. Joseph. Unter der Regie von Julien Duvivier spielen Charles Boyer, Edward G. Robinson, Barbara Stanwyck, Robert Cummings und Thomas Mitchell.
5] *Starke Worte Roosevelts [...] wegen des Soldatenwahlrechts:* ›Message to Congress on Soldier Vote Legislation‹, 25. 1. 1944, ›The Public Papers and Addresses of Franklin D. Roosevelt‹, ed. by Samuel I. Rosenman, 1944-1945 volume, New York 1950, No. 7, 53-60: Das Plädoyer des Präsidenten, den mehr als 11 Millionen Männer und Frauen, die in den ›armed forces‹ Dienst tun, für die Wahl im Herbst 1944 das Stimmrecht zu gewähren: »Our men cannot understand why the fact that they are fighting should disqualify them from voting.«
6] *untergrund gehen:* Anglizismus: ›to go underground‹ im Sinne von ›untertauchen‹. Fluchtpläne führender deutscher NS-Politiker nach Argentinien und Japan wurden in der amerikanischen Presse viel diskutiert (vgl. TB 18. 9. 44, Anm. 1).

27. 1. 1944
14 1] *XI. Kapitel:* Das Adrians Theologie-Studium an der Universität Halle schildernde Kapitel des *Doktor Faustus,* GW VI, 116-124. Über die Funktion dieses Kapitels vgl. *Entstehung,* Kap VII, GW XI, 192.
2] *In Nation:* J. Kessel, ›Patriot's Notebook‹, ›The Nation‹, vol. 158, No. 4, 22. 1. 1944, 97-100.
3] *Schriften über Alban Berg:* S. TB 23. und 28. 1. 44.
4] *General Alexander:* Der englische Feldmarschall und Politiker Harold Alexander (seit 1946 Viscount, seit 1952 Earl Alexander of Tunis) (1891-1969), Befehlshaber der britischen Truppen in Italien und später Oberbefehlshaber der Alliierten im Mittelmeerraum. Nach dem Kriege, 1946-1952, war Alexander Generalgouverneur von Kanada und von 1952-1954 britischer Verteidigungsminister.
5] *Hardts:* Der deutsche Rezitator Ludwig Hardt (1886-1947) und seine Frau Giulia geb. Cittadini. TM kannte Hardt seit 1920 aus München und wurde von ihm auf Franz Kafka hingewiesen. Hardt

emigrierte über Österreich, die Tschechoslowakei und Frankreich im Herbst 1938 in die USA. S. *Über einen Vortragskünstler,* GW X, 864-866.

28. 1. 1944

1] *an Prof. Marck:* An Siegfried Marck, P. P. 28. 1. 44; Reg. III, 15
44/43.

2] *Wiener Zeitschrift:* Die von Willi Reich im Selbstverlag 1932 bis 1937 herausgegebene Wiener Musikzeitschrift ›23‹, in deren Nummer 26/27 vom 8. 6. 1936 Alban Bergs Dialog-Essay ›Was ist atonal?‹ erschienen war.

3] *Buch über Berg:* S. TB 23. 1. 44, Text und Anm. 6.

29. 1. 1944

1] *Universitätskapitel:* Das XI. Kapitel des *Doktor Faustus,* s. TB 15
27. 1. 44, Anm. 1.

2] *E. Deutsch:* Der Schauspieler Ernst Deutsch (1890-1969), Angehöriger der Berliner Reinhardt-Bühnen, emigrierte 1933 über Prag, Wien und Zürich in die Vereinigten Staaten und kehrte nach dem Krieg nach Europa zurück.

3] *Alma Mahler:* Franz Werfels Frau Alma (s. TB 3. 1. 44, Anm. 2) war die Witwe des Komponisten Gustav Mahler.

4] *Berner Gerücht:* Wahrscheinlich die Gründung eines obersten Rats der nationalen Union in Spanien betreffend – eingeleitet mit dem Ziel, das Regime Franco zu stürzen.

5] *Himmler:* Heinrich Himmler (1900-1945) war seit 1929 Reichsführer der SS, ab 1936 Chef der gesamten deutschen Polizei, ab 1943 Reichsinnenminister und ab 1944 zusätzlich noch Oberbefehlshaber des Ersatzheeres. Nach der Kapitulation versuchte er unterzutauchen, geriet in britische Gefangenschaft und nahm sich, nachdem er erkannt worden war, das Leben.

30. 1. 1944

1] *die deutsche Monatssendung:* »Liest man gewisse Äußerungen 15
[...] der Nazi-Propaganda ...« *Deutsche Hörer,* 30. 1. 44, GW XI, 1091-1094.

2] *Gestapo-Chef:* Heinrich Himmler. S. TB 29. 1. 44, Text und Anm. 5.

3] *Rede des Hitler:* Zum Jahrestag der ›Machtergreifung‹ aus dem

Hauptquartier ›Wolfsschanze‹. Die Rede ist ein verzweifelter Versuch, den Briten einzureden, daß eine deutsche Niederlage eine Bolschewisierung Englands im Gefolge haben würde, denn »Der Sieg Deutschlands bedeutet die Erhaltung Europas und der Sieg Sowjetrußlands seine Vernichtung.« Text bei Max Domarus, ›Hitler. Reden und Proklamationen. Zusammengestellt von einem Zeitgenossen‹, 4 Bände, Wiesbaden 1973, II, 2, 2082-2086.

31. 1. 1944

16 1] *Golo:* Der Historiker Golo (eigentlich Angelus Gottfried Thomas) Mann (geb. 1909), hatte Deutschland im Frühsommer 1933 verlassen. Er lehrte zunächst an Collèges in Frankreich, war anschließend Redakteur der Zeitschrift ›Mass und Wert‹ und ging im Mai 1940 von der Schweiz als Kriegsfreiwilliger nach Frankreich, wo er von den Franzosen interniert wurde. Gemeinsam mit Heinrich Mann, seiner Frau Nelly und dem Ehepaar Werfel gelang ihm im Spätherbst 1940 die Flucht in die Vereinigten Staaten. Dort lehrte er an den Colleges von Olivet/Michigan und Claremont/Kalifornien, kehrte 1958 als Gastprofessor der Universität Münster nach Europa zurück und war von 1960-1964 Professor für Politische Wissenschaften an der Technischen Hochschule Stuttgart. Seither lebt er als freier Schriftsteller und Publizist in Kilchberg am Zürichsee.

2] *von der Meyer:* Washington, 25. 1. 44; TM Collection Yale. Ein Nachtrag vom gleichen Datum enthält das Geständnis: »Nie kann ich mich an Ihren Styl wagen als Übersetzer.«

3] *Rede Juda's:* Juda's Verteidigungs- und Bekenntnisrede vor Joseph im Kapitel ›Ich bin's‹ in *Joseph, der Ernährer,* 6. Hauptstück, Kap. 13, GW V, 1680-1684.

4] *Hitlers blödsinnige Rede:* S. TB 30. 1. 44, Anm. 3.

5] *ferngelenkte Bomber:* Die V 1-Raketen; s. TB 16. 6. 44, Anm. 4.

6] *Nietzsches Bordell:* Nietzsches an Paul Deussen gerichtete Brief-Schilderung seines Bordell-Besuchs in: Paul Deussen, ›Erinnerungen an Friedrich Nietzsche‹, Leipzig 1901, 23/24. Das Buch, ein von TM für das XVI. Kapitel und die Nachschrift benutztes und mit zahlreichen Anstrichen und Bemerkungen versehenes Quellenwerk des *Doktor Faustus,* steht in der Zürcher Bibliothek. Vgl. Bergsten, a. a. O. 73-75.

7] *Shakespeare'sche Brautwerber:* Auf das in den Sonetten vorgebildete Motiv der ›verräterischen Werbung‹, das sich auch in den Komödien ›Was ihr wollt‹, ›Viel Lärm um Nichts‹ und ›Die beiden Veroneser‹ findet, wurde TM durch das Buch von Frank Harris, ›Shakespeare der Mensch und seine tragische Lebensgeschichte‹, Berlin 1928, hingewiesen, das in der Zürcher Bibliothek erhalten ist und viele Benutzerspuren aufweist. Vgl. die entsprechenden Exzerpte in den ›Notizen zum *Doktor Faustus*‹, Bl. 194; im TMA.

8] *auch bei Nietzsche:* Anspielung auf die Genfer Episode mit Mathilde Trampedach, bei der der Musiker Hugo von Senger für den Freund Friedrich Nietzsche erfolglos warb; drei Jahre später heiratete er sie selbst. (Vgl. *Entstehung*, Kap. IV, GW XI, 166). Die Geschichte der Werbung – einschließlich der vorbereitenden Spazierfahrt – hat Mathilde Trampedach in ihren Erinnerungen aufgezeichnet. Sie ist aufgenommen in Alexander von Sengers unpubliziertes Manuskript ›Geschichte der Familie Senger‹ und erstmals veröffentlicht bei Gottfried Bohnenblust, ›Nietzsches Genfer Liebe‹, ›Annalen 2‹, Zürich 1928. In den ›*Faustus*-Notizen‹ ist die Episode auf Bl. 48 mit dem Verweis »Brann S. 42« festgehalten.

9] *Tschaikowsky's unsichtbare Freundin:* Die Gestalt der Nadeshda von Meck, über die – neben Tschaikowski-Biographen – auch Klaus Mann in seinem Roman ›Symphonie Pathétique‹ ausführlich berichtet, stand bei Einführung und Entwurf der Figur der Frau von Tolna im *Doktor Faustus* Pate. Zu den entsprechenden TB-Zeilen vgl. die Ausführung der hier summierten Stichworte in der *Entstehung*, Kap. IV, GW XI, 165-167.

1. 2. 1944

1] *Dr. Cooper:* Dr. Joseph Cooper, TMs Zahnarzt in Los Angeles. *16*

2] *an Bermann:* P. P., 1. 2. 44, Reg. III, 44/44; TM/GBF 339.

3] *An Hardt:* Noch nicht bekannt.

4] *Gedicht von Dahn:* ›Deutsche Lieder II‹. In: Felix Dahn, ›Gedichte. Auswahl des Verfassers‹, Leipzig 1906, Lyrisches, V Reihe, Abt. ›Vaterland‹, 376-378:

»Und wenn's beschlossen ist da droben, daß unser Reich versink' in Nacht –

Noch einmal soll die Welt erproben des deutschen Schwertes alte Macht:

Soll nicht mehr deutsches Wort erschallen, nicht deutsche Sitte mehr bestehn,
So laßt uns stolz und herrlich fallen, nicht thatenlos in Schmach vergehn.« usf.
Die letzten Zeilen lauten:
»Wir stiegen auf in Kampfgewittern, der Heldentod ist unser Recht;
Die Erde soll im Kern erzittern, wann fällt ihr tapferstes Geschlecht:
Brach Etzels Haus in Glut zusammen, als er die Nibelungen zwang,
So soll Europa stehn in Flammen bei der Germanen Untergang.«

5] *Stück mit Traumcharakter:* Leonhard Franks Roman ›Mathilde‹, Amsterdam 1948.

2. 2. 1944

17 1] *Doppel-Konzert:* Johannes Brahms (1833-1897), Konzert für Violine und Violoncello, a-moll, op 102 (1887). TM besaß eine Aufnahme von 1942 mit Jascha Heifetz, Emanuel Feuermann und dem Philadelphia Orchestra unter Eugene Ormandy.

2] *an die Meyer:* An Agnes Meyer, P. P. 2. 2. 44; Reg. III, 44/49.

3] *Helmolts Weltgeschichte:* Hans Helmolt (Hrsg.) ›Weltgeschichte‹ in neun Bänden, 1899-1907. TM besaß das ganze Werk und benutzte, wie die Anstreichungen des in Zürich erhaltenen Exemplars zeigen, hauptsächlich die Kapitel über die Reformationszeit.

3. 2. 1944

17 1] *Autonomie der Sowjetstaaten:* Am 1. 2. 1944 hatte der Oberste Sowjet einen Vorschlag Molotows unterstützt, der den Einzelrepubliken der UdSSR größere Autonomie gewährte.

2] *Russisches Ultimatum an Finland:* Die einer finnischen Delegation in Moskau gestellten Bedingungen, die in den ersten Apriltagen bekannt wurden, betrafen vor allem den Abbruch der Beziehungen zu Deutschland sowie die Internierung der deutschen Truppen.

4. 2. 1944

17 1] *New Leader:* Die 1927 in New York gegründete sozialdemokratische Halbmonatsschrift.

2] *Mannstein:* Der Generalfeldmarschall Erich von Lewinsky, genannt von Manstein (1887-1973), eroberte 1941 mit seiner Armee die Krim und Sebastopol und führte 1942-1944 eine Heeresgruppe an der russischen Südfront.

5. 2. 1944

1] *Wallace:* Der amerikanische Jurist, Politiker und Publizist Henry Agard Wallace (1888-1965) hatte als Landwirtschaftsminister von 1933-1940 Roosevelts Politik des New Deal wesentlich mitgetragen und wurde 1941 zum Vize-Präsidenten gewählt. Nach Roosevelts Tod, 1945, diente er der Regierung Truman zunächst als Handelsminister, trat jedoch 1946 nach außenpolitischen Differenzen mit dem Präsidenten zurück und übernahm das Amt des Herausgebers der Zeitschrift ›New Republic‹. Um eine Wiederwahl Trumans zu verhindern, kandidierte Wallace bei den Präsidentschaftswahlen 1948 als Vertreter einer von ihm gegründeten ›Progressive Party‹. Seine Bestrebungen wurden von einer Initiative ›Progressive Citizens‹ unterstützt, in der sich auch TM entschieden engagierte. 18

2] *Wanger:* Der Filmproduzent Walter Wanger (1894-1968), von 1939-1944 Präsident der Academy of Motion Picture Arts and Sciences in Los Angeles.

3] *Governor:* Der Gouverneur des Bundesstaates Kalifornien, Earl Warren (1891-1974), von 1953-1969 Vorsitzender des Obersten Gerichtshofes der USA.

4] *Lubitsch:* Der deutsche Filmregisseur Ernst Lubitsch (1892 bis 1947) arbeitete seit 1923 in Hollywood und hatte sich durch seine witzigen Lustspiel- und Operettenfilme, darunter ›Ninotschka‹ mit Greta Garbo, einen Namen gemacht.

5] *New Yorker »Tribüne«:* Die künstlerische Vereinigung ›Tribüne für Freie Deutsche Literatur und Kunst in Amerika‹, gegründet im Winter 1941 von Oskar Maria Graf und Friedrich Alexan. Zu ihren Trägern gehörten Heinrich Mann, Bertolt Brecht, Ferdinand Bruckner, Lion Feuchtwanger, Berthold Viertel, Wieland Herzfelde. Die ›Tribüne‹ veranstaltete Autorenabende, Leseaufführungen, Kundgebungen und Vorträge.

6] *dem Heinrich gewidmeten Abend:* Für den 6. 2. 1944 plante die ›Tribüne‹ eine Feier zu Heinrich Manns 73. Geburtstag am 27. 3. 1944, bei der Erwin Piscator und Ferdinand Bruckner (S. TB 24. 6. 44, Anm. 3) die Festreden hielten, Elisabeth Bergner, Lothar Rewalt, Ludwig Roth, Margret Weyler und Stefan Schnabel aus den Werken des Jubilars lasen, und Irma und Stefan Wolpe für die musikalische Umrahmung sorgten. Zu dem Ablauf der Feier vgl. den Bericht von Siegfried Aufhäuser im ›Aufbau‹, vol. X, No. 6 v. 11. 2. 1944, S. 10.

6. 2. 1944

18 1] *Schillers kleine Erzählungen:* TM besaß die dreizehnbändige Tempel-Ausgabe, Leipzig 1910-12. Wahrscheinlich ist deren 9. Band, ›Erzählungen und kleine historische Schriften‹, hrsg. von Julius Zeitler, Leipzig 1911, gemeint.

2] *Im Beiblatt der ›Times‹:* Eugene Tillinger, ›The New Terror: Nazi Underground‹, ›Los Angeles Times Magazine‹ Section ›This Week‹ v. 6. 2. 1944, 4/5: »Don't think that the European war will end with Germany's surrender! Here, from secret sources, a noted writer reveals the Nazis' plan for an undercover war against the world.« ... ein sich auf Rauschning-Äußerungen und Meldungen der schwedischen Presse von NS-Underground-Plänen berufender Enthüllungsbericht über die Anstrengungen der Nazi-Führer, noch unbekannte und in keine kriminellen Handlungen verstrickte Nachwuchskräfte für das Weiterleben der NS-Partei und das Überleben ihrer Ideologie zu trainieren: »a new conspiracy to keep alive the spirit of revenge and a step toward bringing about world war III.«

7. 2. 1944

18 1] *Walters Dirigentenjubiläum:* TMs langjähriger Freund und Münchener Herzogpark-Nachbar Bruno Walter (1876-1962) beging 1944 das Jubiläum seiner fünfzigjährigen Dirigententätigkeit. TM ehrte den fast gleichaltrigen Weggefährten, der in Kalifornien wiederum sein Nachbar wurde, mit einem Beitrag *Die Sendung der Musik. An Bruno Walter zu seinem Fest von seinem alten Thomas Mann,* der in englischer Übersetzung unter dem Titel *Mission to Music. Tribute to Bruno Walter* am 19. 3. 1944 in ›The New York Times Magazine‹ erschien (s. GW XIII, 859-863). S. ferner *Musik in München* (1917), GW XI, 339-350, *Für Bruno Walter* (1936), GW X, 479-483, und *An Bruno Walter zum siebzigsten Geburtstag* (1946), GW X, 507-512.

2] *Dr. F. Kaufmann:* Der Geschichtsphilosoph und ehemalige Dozent an der Hochschule für die Wissenschaft des Judentums in Berlin, Fritz Kaufmann (1891-1958), war 1936 über England in die Vereinigten Staaten emigriert und lehrte bis 1948 an der Northwestern University Evanston, später in Buffalo.

3] *Manuskript [...] über das Meine:* Kaufmanns Schrift ›The World as Will and Representation: Thomas Mann's Philosophical Novels‹, die 1957 in erweiterter Fassung unter dem Titel ›Thomas Mann: The World as Will and Representation‹ in Boston als Buch erschien. Im TMA befindet sich ein zweibändiges Typoskript in deutscher Sprache mit Anstreichungen und Anmerkungen TMs.

4] *Mangan-Gruben:* Am 9. 2. 1944 räumten die deutschen Trup- *19*
pen Nikopol mit den für die Kriegsindustrie des Reiches unentbehrlichen Mangan-Vorkommen zwischen der südukrainischen Stadt und dem etwas nordwestlich gelegenen, durch Eisenerzgruben wichtigen Kriwoy-Rog.

8. 2. 1944

1] *in XII:* Das XII. *Faustus*-Roman-Kapitel mit den Vorlesungen *19*
des Professors Kumpf; GW VI, 124-133.

2] *Im »Aufbau« Meldung:* Der ›Aufbau‹, vol. X, No. 5 v. 4. 2. 44, brachte auf S. 25 folgende Meldung: »$ 100 000 in War Bonds für Thomas Mann Manuskript. Bei der Übergabe des Thomas Mannschen Manuskripts ›Der kommende Sieg der Demokratie‹ an die New Yorker Public Library sprachen in einer kleinen, improvisierten Feier vor dem Haupteingang des Gebäudes u. a. Marc van Doren, Orville Prescott (der Buchkritiker der New York Times), Konrad Heiden, Erika Mann und Stanley Isaacs. Ein anonymer Spender hatte für das Manuskript, das dem ›Immigrants Victory Council‹ von dem Dichter zur Versteigerung überlassen worden war, $ 100 000 in War Bonds gezeichnet.«

3] *»Der kommende Sieg«:* TMs Vortrag *Vom kommenden Sieg der Demokratie* (1938), GW XI, 910-941.

4] *Statement für Roda Roda:* Empfehlungsschreiben für den slowenischen Journalisten und ehemaligen Simplicissimus-Mitarbeiter Roda-Roda (ursprünglich Sándor Friedrich Rosenfeld) (1872-1945), der 1933 nach Österreich und Ungarn, 1938 in die Schweiz und 1940 in die USA emigriert war, P. P. 10. 2. 44; Reg. III, 44/61.

5] *Anfrage:* An Clarence B. Boutell, P. P. 10. 2. 44; Reg. N, 44/1. Zur Sache s. TB 19. 1. 44, Text und Anm. 1.
6] *Buch über Walter:* Paul Stefan, ›Bruno Walter‹, Wien 1936.

9. 2. 1944

19 1] *D. Thompson:* Die amerikanische Journalistin und einflußreiche politische Kommentatorin Dorothy Thompson (1894-1961), verheiratet mit dem Romancier Sinclair Lewis, war von 1924 bis 1934 Auslandskorrespondentin in Berlin gewesen und 1934 wegen ihrer dem NS-Regime feindlichen Berichterstattung ausgewiesen worden. Sie sprach fließend deutsch und war mit vielen deutschen Schriftstellern, u. a. mit Carl Zuckmayer, befreundet. TM kannte D. T., die mehrere große Berichte und Besprechungen über ihn verfaßt hatte, seit seinem Amerika-Aufenthalt im Juni 1935.
2] *über einen Plan:* Dorothy Thompsons Versuch, die amerikanische Regierung zu einer Äußerung über die Gerüchte von einer künftigen Aufteilung Deutschlands und die Publikation der Vorstellungen von Teheran zu zwingen: ›Ist das ein Friedensplan?‹ Nachdruck in der ›Neuen Volkszeitung‹ vom 5. 2. 1944 auf S. 1: »Eines der Gerüchte, die jetzt im Ausland kursieren, hat den Vorzug, wenigstens präzise zu sein. Nach diesem Gerücht haben sich Stalin, Churchill und Roosevelt dahin geeinigt, daß Deutschland in fünf getrennte und unabhängige Staaten aufgeteilt werden soll. Das sollen sein auf der einen Seite: Ein sehr verkleinertes Preußen, bestehend aus Brandenburg, Mecklenburg, Berlin und denjenigen Resten von Schlesien und Pommern, die nicht an Polen fallen. Dieser Staat – und dieser Staat allein – werde von Rußland besetzt werden. Die vier anderen Staaten – die von anglo-amerikanischen Truppen zu besetzen wären – sollen sein: Erstens: ›Hansa‹, bestehend aus den Nordseeprovinzen und Hannover; zweitens: Rheinland, bestehend aus Rheinland, Westfalen und Saar; drittens: Mittel-Deutschland, bestehend aus Sachsen, Thüringen und Nordbayern; viertens: Süddeutschland, bestehend aus Süd-Bayern, Württemberg und Baden. Dieser Vorschlag soll angeblich sogar eine gewisse Milde von seiten der Westmächte in sich schließen. Denn diese Aufteilung des Reiches würde, so wird gesagt, jede zukünftige Bedrohung von seiten Deutschlands nach außen unmöglich machen, und uns daher auf der anderen Seite in die Lage

versetzen, in Bezug auf die Nazi-Verbrecher und Reparationen nachsichtig zu sein.« »Ich habe alle Ursache, diesen Vorschlag ernsthaft zu besprechen«, fuhr Dorothy Thompson fort. »Denn wenn wirklich eine solche Vorstellung in den Köpfen jener Mächtigen existieren sollte, die über Europas kommendes Schicksal zu entscheiden haben, so fürchte ich, daß die Folgen gänzlich andere sein werden, als die Urheber glauben« – eine These, die die Autorin durch fünf – später ausgeführte – Argumente zu belegen suchte: 1. »Nirgends in Deutschland, im Nicht-Nazi-Deutschland wohlverstanden, wird man eine Zustimmung des Volkes oder von Volksgruppen für diesen Plan finden können.« – 2. »Es wäre ausgeschlossen, in einem derartigen Deutschland demokratische Volksregierungen zu errichten.« – 3. »Ein deutscher Übernationalismus würde erhalten, ja neu geschaffen werden.« – 4. »Der Plan würde für seine Durchführung völlige Einigkeit unter den Alliierten für einen sehr langen Zeitraum erfordern. Praktisch würde dieser Plan bereits den Samen für schwere Konflikte zwischen Rußland und den beiden angelsächsischen Mächten in sich bergen.« 5. »Sollte – infolge eines unvorstellbaren Wunders – das Programm wirklich durchgeführt werden [können], so würde es mit ziemlicher Sicherheit Deutschland zum Herrn Europas machen und ein neues ›Heiliges Römisches Reich Deutscher Nation‹ schaffen.«

3] *Dramatisierung des Bonner Briefs:* Wahrscheinlich im Rahmen der Sendereihe ›I was there‹. S. TB 13. 2. 44, Anm. 7.

4] *Heinrichs Frau:* Vermutlich in einer Alkohol-Entziehungskur.

5] *Hoffmann: ›Das fremde Kind‹:* E. T. A. Hoffmanns (1776 bis 1822) Erzählung im vierten Abschnitt des zweiten Teils von ›Die Serapions-Brüder‹, ›Gesammelte Erzählungen und Märchen‹, 4 Bde., Berlin 1819-1821. *20*

10. 2. 1944

1] *The German-American:* In der den Kommunisten nahestehenden New Yorker Monatsschrift ›The German American‹, vol. II, No. 10, Febr. 44, war auf S. 8 und 10 unter der Überschrift ›Ein Irrtum Thomas Manns‹ ein Leserbrief des Mitherausgebers Max Schroeder abgedruckt, der TMs (im BBC am 9. 12. 43 vertretenen und vom ›Aufbau‹ am 7. 1. 44, 1/2 publizierten) Auffassung: »Nach allem, was geschehen [...] steht es uns deutschen Emigran- *20* ten [...] nicht zu, den Siegern von morgen Ratschläge zu geben, wie Deutschland nach dem Zusammenbruch zu behandeln sei«, die These der linksorientierten Emigranten entgegenhielt: Es sei notwendig, im Sinne der kämpfenden Demokratien auf das deutsche Volk einzuwirken und es zu veranlassen, »den Raubkrieg einzustellen und sich gegen Hitler den Weg in die demokratische Völkerfamilie zu erkämpfen.« Nicht Schweigen, sondern im Gegenteil, »das Wort von Generalen der Kultur, zu denen Thomas Mann gehört«, sei deshalb die Forderung des Tages.

2] *über Verhandlungen:* Aus algerischen Quellen stammende, seit Januar 1944 kreisende Gerüchte, Hitler habe die Absicht, seinen einstigen Wirtschaftsminister Dr. Hjalmar Schacht zum Außenminister zu ernennen, um unter Ausnutzung der guten Beziehungen Schachts zu englischen und amerikanischen Wirtschaftskreisen eine »Friedensoffensive« ins Werk zu setzen, hatten in der Sowjetunion zu offiziellen Warnungen vor den Folgen solcher Separatverhandlungen zwischen Deutschland und den westlichen Alliierten geführt (s. NYT 10. 1. 44, 2:4 und 20. 2. 44, 15:1).

3] *Schacht:* Der Bankier Hjalmar Schacht (1877-1970) war zweimal (1924-1930 und 1933-1939) Reichsbankpräsident und 1934 bis 1937 zugleich Reichswirtschaftsminister in der Regierung Hitler. Auf Grund von Differenzen in finanz- und wirtschaftspolitischen Fragen trat er von seinen Ämtern zurück, wurde von den Nationalsozialisten verhaftet, trotzdem in Nürnberg als Hauptkriegsverbrecher angeklagt und ungeachtet des Protests der Sowjets freigesprochen.

11. 2. 1944

20 1] *Seltzer:* Der Steuerberater Harry D. Seltzner (1897-1968) in Los Angeles.

2] *Mr. von Hof:* Der amerikanische Germanist Harold von Hofe (geb. 1912) war viele Jahre Redakteur für deutsche Literatur im Verlag Charles Scribner's Sons, ab 1939 Germanistik-Dozent, später Professor an der University of Southern California, Los Angeles, und als solcher TM vielfach bei der Beschaffung von Literatur bei Übersetzungsproblemen behilflich.

3] *germanistische Zeitschrift:* ›Literature in Exile: Thomas Mann‹, ›The German Quarterly‹, vol. XVII, No. 3, May 1944, 145-154.

4] *Kaufmann'sches Manuskript:* S. TB 7. 2. 44, Anm. 3.

5] *Schelling:* Der Philosoph Friedrich Wilhelm von Schelling (1775-1854). Vgl. Kaufmann, a. a. O., Band I, Kap. 2: ›The metaphysical pattern (The World as will and Representation)‹, 32-82.

6] *Böse Lage bei Nettuno-Anzio:* Am 22. 1. 1944 waren zwei amerikanische Divisionen überraschend 100 km hinter der deutschen Italienfront bei Nettuno und Anzio gelandet, um den alliierten Truppen den Weg nach Rom freizukämpfen. Sie wurden durch deutsche Gegenangriffe jedoch zunächst am Vormarsch gehindert und konnten ihren Brückenkopf nur unter hohen Verlusten verteidigen.

12. 2. 1944

1) *Klumpf:* Professor Ehrenfried Kumpf im *Doktor Faustus* hieß, 21
wie die Handschrift zeigt, beim ersten Auftreten Kumpf, in der Folge aber ein paarmal Klumpf. TM hat später das ›l‹ durchgestrichen und ist zu ›Kumpf‹ zurückgekehrt.

2) *Dr. Guggenheim:* Der ehemalige Finanzdirektor der Deutschen Buchgemeinschaft Felix Guggenheim (1904-1976) emigrierte 1938 über die Schweiz und England in die Vereinigten Staaten, wo er 1942 – zusammen mit dem deutschen Photographen und Musikologen Ernst Gottlieb (S. TB 12. 3. 44, Anm. 3) – die ›Pacific Press‹ gründete, die ausgewählte Werke deutscher Exilautoren in deutscher Sprache und aufwendiger Ausstattung als Luxusausgaben druckte. Von TM erschienen in der ›Pacific Press‹ *Thamar* (1942), *Das Gesetz* (1944) und *Leiden an Deutschland* (1946).

3] *Artikel über Musik und Walter: Die Sendung der Musik.* S. TB 7. 2. 44, Anm. 1.

4] *›The world of Th. M.‹ von Brennan:* Joseph Gerard Brennan, ›Thomas Mann's World‹, Diss. New York 1942.

5] *Brennan:* Joseph Gerard Brennan (geb. 1910) war 1944 Dozent für Philosophie am College von New Rochelle, New York und lehrte nach dem Krieg an der Columbia University.

13. 2. 1944

1] *Klumpf und der Teufel:* Im XII. Kapitel des *Doktor Faustus,* 21
GW VI, 130-133.

2] *Lichtenbergs Schriften:* In der Zürcher Bibliothek befindet sich keine Lichtenberg-Ausgabe.

3] *Lichtenberg:* Der deutsche Physiker, Mathematiker und Schriftsteller Georg Christoph Lichtenberg (1742-1799).

4] *Studie:* Richard D. Loewenberg, ›Georg Christoph Lichtenberg: An Eighteenth Century Pioneer of Semantics‹, ›American Historical Review‹, vol. 49, 1944, 260/261. Vgl. auch TM an R. D. Loewenberg, P. P. 20. 2. 44; Reg. III, 44/70.

5] *R. D. Loewenberg:* Der Psychiater und Literat Richard D. Loewenberg (1898-1954) emigrierte über China 1937 in die USA und arbeitete während des Krieges am Western Pacific Hospital in Portolo, Kalifornien.

6] *Mr. Dunkel:* John Dunkel, der Autor des Features über den *Bonner Brief.*

7] *»I was there«:* Eine von der Zuckerfirma ›Iceland Sugar‹ zugunsten des Roten Kreuzes finanzierte Sendung von CBS über zwei deutsche Emigranten, TM und Willy Trenk-Trebitsch (William Trenk). TM sprach eine Einleitung und einen Schluß. Dazwischen wurden in szenischer Darstellung politische Statements TMs aus der Weimarer Republik und der ersten Zeit seiner Emigration nachgespielt – unter Einblendung von fiktiven oder halb-fiktiven Episoden, in denen Schauspieler die Rollen von Heinrich, Katia und Thomas Mann sprachen. Die Sendung wurde unterbrochen durch die Bitte, Blut für das Rote Kreuz zu spenden. S. Ernst Loewy, ›Thomas Mann. Ton- und Filmaufnahmen. Ein Verzeichnis‹, Frankfurt 1974, S. 52, und den Bericht von CBS an TM über das Echo der Sendung, Los Angeles, 22. 2. 1944; im TMA; sowie TMs Brief an CBS, P. P. 28. 2. 44; Reg. III, 44/81.

8] *Mr. Huntley:* Der Radio- und Fernseh-Journalist Chet Huntley (1911-1974) arbeitete 1944 bei CBS in Los Angeles.

14. 2. 1944

22 1] *das Magazin:* ›The New York Times Magazine‹, in dem am 19. 3. 1944 die englische Version von TMs Huldigung für Bruno Walter erschien (s. TB 7. 2. 44, Anm. 1).

2] *gute, schlimme Charakteristiken:* Im Februarheft 1944 von ›Common Sense‹ (vol. XIII, No. 2) befaßten sich folgende Beiträge mit den von TM genannten Stichworten:

a) Pearl S. Buck, ›Teachers for the Fascism's Heirs‹, 45-48.
b) Norman Thomas, ›Is a Labor Draft Democratic?‹, 48-50.
c) Fritz Sternberg, ›Russia's Post War Power‹, 55-57.
d) Mehrere Berichte von Offizieren und Soldaten über Militärschulen für den Einsatz in Deutschland unter der Rubrik ›The Soldier's Forum‹, 58-60.

3] *Civilization and Disease:* Henry Ernest Sigerist (1891-1957) ›Civilization and Disease‹, New York 1943.

4] *400 Worte: ›Is World Security possible or will there be another World War?‹* Text der vermutlich ersten Antwortfassung s. Anhang S. 802 ff.

5] *Vorzugs-Bibelstelle:* S. TB 1. 3. 44, Anm. 1.

6] *Die Türkei . . .:* Auf der 2. Kairoer Konferenz Anfang Dezember 1943 hatten Roosevelt und Churchill der Türkei militärische Unterstützung versprochen, um eine Zusage des Bosporus-Staates, bis spätestens 1944 auf alliierter Seite in den Krieg einzutreten, zu erreichen. Die Türkei zögerte ihre Erklärung jedoch hinaus.

7] *Finland . . .:* Die finnische Regierung hatte versucht, über Stockholm die Bedingungen zu erfahren, unter denen die UdSSR zu einem Frieden bereit sei, mußte die Verhandlungen jedoch auf deutschen Druck hin scheitern lassen. Erst nach Ablösung des Staatspräsidenten Rysto Ryti durch den finnischen Oberbefehlshaber General Carl Gustav von Mannerheim am 1. 8. 1944, der, deutschen Sanktionen trotzend, erneut Verhandlungen mit dem Kreml aufnahm, unterzeichnete der neue finnische Ministerpräsident Hackzel den Waffenstillstand mit der UdSSR – ein Schritt, der Hitler veranlaßte, für den Rückzug der deutschen Truppen den Befehl ›Verbrannte Erde‹ auszugeben.

8] *Quislings:* Sammelbegriff für die Kollaborateure in den von deutschen Truppen besetzten Ländern, gebildet nach dem Namen des Führers der norwegischen Nazipartei ›Nasjonal Samling‹, Vidkun Quisling (1887-1945), der von 1942-1945 unter dem deutschen Reichskommissar Terboven Ministerpräsident von Hitlers Gnaden war.

15. 2. 1944

Von »Ueber das Abstoßende« bis zum Ende ist die Eintragung 22
seitlich mit Rotstift angestrichen.

1] *polnisch-russische Verständigung:* Im Zusammenhang mit der Bildung eines Nationalrats in Polen und dem Notenwechsel zwischen dem als Vermittler auftretenden Churchill und Stalin zu sehen, in dessen Folge der Generalissimus sich bereit erklärte, nach Umbildung der polnischen Exilregierung in London diplomatische Beziehungen zu Polen aufzunehmen. Zum Streitpunkt der russischen Westgrenze erklärte Churchill am 22. 2. 1944 im Unterhaus: »Ich habe nicht das Gefühl, daß die russischen Forderungen hinsichtlich der Westgrenze das übersteigen, was man als vernünftig und gerecht bezeichnen darf. Zwischen Stalin und mir herrscht auch Einigkeit darüber, daß Polen eine Kompensation auf Kosten Nord- und Westdeutschlands gegeben werden muß.« Text in Churchill, ›Speeches‹, vol. VII, 1943-1949, a. a. O., 6893.

2] *Chaplin-Prozess:* Ein Vaterschaftsprozeß, den eine junge Frau namens Joan Barry gegen den Schauspieler Charlie Chaplin (1889 bis 1977) angestrengt hatte. Chaplin, der kurz vor dem Prozeß (in dem die Blutuntersuchung seine ›Unschuld‹ ergab) die achtzehnjährige Oona O'Neill geheiratet hatte, geriet bald danach in die Investigations-Kampagne des ›Committee of Unamerican Activities‹: Nachdem er 1952 mit seiner Familie zu einer länger währenden Europa-Reise aufgebrochen war, erreichte ihn auf dem Schiff das Verbot der Wiedereinreise in die USA.

3] *Universitätskapitel:* Die Kapitel XI und XII des *Faustus*-Romans.

4] *Chamfort-Plan:* Bruno Franks Plan zu einem historischen Roman ›Chamfort erzählt seinen Tod‹, von dem er nur das erste Kapitel vollenden konnte. Er stellte es zu Ehren von Thomas Mann für das Geburtstagsheft der ›Neuen Rundschau‹ (s. TB 18. 8. 44, Anm. 3) zur Verfügung.

16. 2. 1944

23 1] *an die Meyer:* An Agnes Meyer, P. P. 16. 2. 44; Reg. III, 44/63; Br. II, 356-358 (unvollst.).

2] *über Franco als Erben Hitlers:* Dorothy Thompson, ›Franco, New Axis Chief‹, ›The Nation‹, vol. 158, No. 6 v. 5. 2. 1944, 158 bis 160: Über angeblich konkrete Pläne, nach dem Desaster des Nationalsozialismus eine neue faschistische Achse Berlin-Madrid-Buenos Aires mit Spanien als Zentralmacht aufzubauen.

3] *Franco:* Der spanische Diktator Generalissimus Francisco

Franco Bahamonde (1892-1975), der nach einem von ihm provozierten und mit Unterstützung von Hitler und Mussolini gewonnenen Bürgerkrieg (1936-1939) ein faschistisches Regime errichtete.

4] *»Bernadette«-Film:* ›The Song of Bernadette‹ (›Das Lied von Bernadette‹) nach dem Lourdes-Roman von Franz Werfel. Unter der Regie von Henry King spielten Jennifer Jones, Charles Bickford, Lee J. Cobb, William Eythe, Vincent Price.

5] *»Geisterseher«:* Schillers Fragment gebliebene Erzählung ›Der Geisterseher‹ (1789) ›Eine Geschichte aus den Memoiren des Grafen von O.‹. In TMs Schiller-Ausgabe Bd 9 (S. auch TB 6. 2. 44, Anm. 1).

17. 2. 1944

1] *»Bäume im Garten«: Die Bäume im Garten. Rede für Pan-* 23
Europa (1930), GW XI, 861-869.

2] *Slochower:* Der aus Österreich stammende Literaturhistoriker und Psychologe Harry Slochower (1900-1985) lehrte ab 1928 am Brooklyn-College, New York, und veröffentlichte mehrere Arbeiten über TM.

3] *über den Philosophen Dewey:* Harry Slochower, ›John Dewey. Philosopher of the Possible‹, ›Sewanee Review‹, vol. 52, No. 1, Winter 1944, 151-168.

4] *Dewey:* Der amerikanische Philosoph und Pädagoge John Dewey (1859-1952).

5] *Aufsatz:* Thomas Mann, *An enduring People,* Rückübersetzung in GW XIII, 502-512. Zuerst in ›Chaim Weizmann, Statesman, Scientist, Builder of the Jewish Commonwealth‹, ed. by Meyer M. Weisgal, New York 1944.

6] *Weizmann:* Der Chemiker und Staatsmann Chaim Weizmann (1874-1952), von 1920-1931 und 1935-1946 Präsident der Zionistischen Weltorganisation, 1948 erstes Staatsoberhaupt von Israel.

7] *Max Mohr:* Der Arzt, Erzähler und Dramatiker Max Mohr (1891-1944) war ein alter Bekannter TMs. Er emigrierte 1934 nach Shanghai. Die Tagebuchnotiz von der Nachricht seines Todes im Januar 1938 beruhte auf einer Falschmeldung.

8] *alter Brief:* Wahrscheinlich: Lugano, 5. 11. 1934; Reg. II, 34/190; Br. I, 379.

18. 2. 1944

23 1] *An Slochower:* An Harry Slochower, P. P. 18. 2. 44; Reg. III, 44/66; Br. II, 358.

2] *an H. von Hofe:* An Harold von Hofe, P. P. 18. 2. 44; Reg. N, 44/2.

19. 2. 1944

24 1] *Artikel in der »Nation«:* Harold N. Laski, ›American Myth and the Peace‹, ›The Nation‹, vol. 158, No. 7 v. 12. 2. 1944, 180-184; Teil 2.

2] *Laski:* Der britische Soziologe, Politikwissenschaftler und Labour-Party-Politiker Harold N. Laski (1893-1950).

20. 2. 1944

24 1] *Schleppfuss:* Die Figur des in theologicis sehr »anrüchige« Thesen vertretenden Privatdozenten Eberhard Schleppfuß, dessen religionspsychologischen Expectorationen das XIII. Kapitel des *Doktor Faustus,* GW VI, 133-149, gewidmet ist.

2] *Mme Massary:* Die Operettendiva Fritzi Pallenberg-Massary (1882-1969), Mutter von Liesl Frank, emigrierte 1933, trat zunächst noch in Wien und London auf, ging 1938 in die USA und lebte unweit der Manns in Beverly Hills.

3] *anderthalb Seiten für das »Symposion« der »Argosy«: Is World Security Possible?* S. TB 14. 2. 44, Anm. 4; vermutliche Druckfassung s. Anhang S. 804 f. Der Abdruck wurde bisher nicht ermittelt, weil keine der in Europa und den USA konsultierten Bibliotheken die Zeitschrift für die 40er Jahre nachweisen konnte.

4] *Wallerstein:* Der amerikanische Cellist und Dirigent Alfred Wallenstein (1898-1983), von 1943-1956 Leiter des Los Angeles Philharmonic Orchestra.

5] *Swan Lake:* Das 1877 entstandene Ballett ›Schwanensee‹ von Pjotr Iljitsch Tschaikowski (1840-1893).

21. 2. 1944

25 1] *»Wanderjahre«:* Goethes Roman ›Wilhelm Meisters Wanderjahre oder Die Entsagenden‹ (1821).

22. 2. 1944

1] *Rede Churchills:* ›The Progress of the War‹, Rede vor dem britischen House of Commons, 22. 2. 1944. Text in Churchill, ›Speeches‹, a. a. O., vol., VII, 6881-6894. 25

2] *Unconditional Surrender:* Bedingungslose Kapitulation. Vgl. Churchill a. a. O., 6893: »Unconditional surrender does not mean that the German People will be enslaved or destroyed. It means, however, that the Allies will not be bound to them at the moment of surrender by any pact or obligation.«

23. 2. 1944

1] *Ernst Bloch:* Der Philosoph Ernst Bloch (1885-1977) emigrierte 1933 in die Schweiz, dann über Paris und Prag 1938 in die Vereinigten Staaten. Er folgte 1949 einer Berufung an die Universität Leipzig und lehrte ab 1961 als Gastprofessor in Tübingen. Bloch war für TM, der ihn aus der Zürcher Zeit kannte, während der Arbeit an *Lotte in Weimar* und dem *Jungen Joseph* ein anregender Briefpartner. Vgl. Ernst Bloch, ›Briefe, 1903-1975‹, 2 Bände, Frankfurt 1985, Bd. 2, 689-709. 25

2] *Zarek:* Der Erzähler und Dramatiker Otto Zarek (1898-1958) emigrierte 1933 nach Ungarn, 1938 nach England, kehrte 1954 nach Europa zurück und lebte in der Bundesrepublik. TM kannte ihn aus seiner Münchener Zeit und stand über die Jahre hinweg in loser Verbindung mit ihm. Zum Zeitpunkt der vorliegenden Eintragung diente Zarek unter dem Namen Clark als Soldat in der britischen Armee.

3] *an Dr. Kaufmann:* An Fritz Kaufmann, P. P. 23. 2. 44; Reg. III, 44/78.

4] *an Marek:* Noch nicht bekannt.

5] *Marek:* Der aus Österreich stammende New Yorker Musikschriftsteller und Journalist George R. Marek (geb. 1902), war später Vicepräsident und Generalmanager der Plattenfirma RCA. Er übersetzte TMs Novelle *Das Gesetz* für den von Armin L. Robinson herausgegebenen Sammelband ›The Ten Commandments‹. S. auch TB 13. 1. 44, Anm. 7.

6] *Jacobson:* Die Germanistin Anna Jacobson (1888-1972) war 1923 in die USA ausgewandert und lehrte von 1924-1956 als Professorin am Hunter College, New York. Sie veröffentlichte eine 26

Reihe von Aufsätzen über TM und stand mit ihm seit 1925 in regelmäßigem Briefwechsel.

7] *Konflikt des Präsidenten:* Nachdem der Kongreß sehr weitgehende Vorschläge des Präsidenten zur Erhöhung des Staatshaushaltes abgelehnt und einen eigenen Entwurf zur Erhebung einer wesentlich kleineren Summe vorgelegt hatte, machte Roosevelt am 22. 2. 1944 von seinem Vetorecht Gebrauch – ein Aufsehen erregender Vorgang, gegen den sich der Kongreß mit einer Nichtigkeitserklärung durchsetzen und die eigene Vorlage als Gesetz durchbringen konnte. Text des Rooseveltschen Vetos in ›The public papers . . .‹, a. a. O., No. 14, 80-84.

8] *Monika:* Monika Mann, gen. Moni oder Mönchen, TMs zweite Tochter (geb. 1910), heiratete 1939 den ungarischen Kunsthistoriker Jenö Lányi. Auf der Überfahrt von England nach New York im September 1940 wurde ihr Schiff, die ›City of Benares‹, von einem deutschen U-Boot torpediert. Lányi ertrank, Monika Mann wurde gerettet und gelangte schließlich zu ihren Eltern nach Princeton. Sie lebte lange auf Capri, wohnt heute in Kilchberg und publizierte 1956 ihr Erinnerungsbuch ›Vergangenes und Gegenwärtiges‹.

9] *Medi:* TMs jüngste Tochter, die englischsprachige Schriftstellerin Elisabeth Veronika Mann Borgese (geb. 1918). Sie heiratete 1939 den italienisch-amerikanischen Historiker und Literaturwissenschaftler Giuseppe Antonio Borgese (1882-1952), Professor an der Universität Chicago, mit dem sie zwei Töchter hatte. Elisabeth Mann Borgese übersiedelte 1950 mit ihrer Familie nach Italien, kehrte später nach Kalifornien zurück und lebt seit einigen Jahren in Kanada.

10] *unsere Abreise:* Zum Familienbesuch bei Borgeses. S. *Entstehung,* Kap. VII, GW XI, 194: »Unsere jüngste Tochter [. . .] war zum zweitenmal Mutter geworden, und wir verbrachten zwei Wochen [. . .] in Chicago.«

24. 2. 1944

26 1] *Dr. Wolf:* Der 1936 aus Deutschland nach Beverly Hills geflohene Herzspezialist Dr. Erich Wolff (1896-1982), der viele emigrierte Schriftsteller in und um Los Angeles, u. a. Lion Feuchtwanger, Franz Werfel, Bruno Frank und Heinrich Mann, betreute und den auch TM häufig konsultierte.

2] *Lt. Habe:* Der aus Budapest stammende Journalist und Romanschriftsteller Hans Habe (1911-1977), vormals János Bekessy, war bis 1938 Zeitungskorrespondent in Genf, trat bei Kriegsausbruch als Freiwilliger in die französische Armee ein, gelangte 1940 in die Vereinigten Staaten, diente im amerikanischen Heer und war ab 1945 amerikanischer Presseoffizier im besetzten Deutschland, bis 1946 Chefredakteur der ›Neuen Zeitung‹ in München. Später lebte er als freier Schriftsteller und politischer Kolumnist in der Schweiz.

3] *Camp Ritchie:* Amerikanisches Truppenausbildungslager, dem Leutnant Habe als Ausbildungsoffizier zugeteilt war.

4] *Konni:* Konrad (genannt Konni) Katzenellenbogen (geb. 1913), ein Freund von Erika und Klaus Mann, war über die Schweiz, Holland und Frankreich 1936 in die Vereinigten Staaten gelangt, wo er 1941 TMs Sekretär wurde. Ab 1943 US-Soldat. In der Armee änderte er seinen für Amerikaner schwer auszusprechenden Namen in Kellen, nahm am europäischen Feldzug teil, war bis 1948 Besatzungsoffizier in Deutschland, arbeitete nach seiner Rückkehr für die Rand Corporation und lebt heute in Pacific Palisades.

25. 2. 1944

1] *Kap. IV:* Die Beschreibung des Buchelhof-Ambiente, GW VI, 26
32-44.

2] *Werfel-Film:* ›The Song of Bernadette‹. S. TB 16. 2. 44, Text und Anm. 4.

3] *die Zerstörungen:* Im Kampf um das Kloster Monte Cassino. S. TB 12. 1. 44, Anm. 4.

26. 2. 1944

1] *Gounods »Margarethe«:* Die ›Faust‹-Oper (1859) des franzö- 27
sischen Komponisten Charles Gounod (1818-1893), die in Deutschland unter dem Titel ›Margarethe‹ bekannt wurde.

2] *ist gerettet:* Der Schluß von Goethes ›Faust‹ 1. Teil, den Gounod seinem Libretto zugrunde gelegt hatte: »Mephisto: Sie ist gerichtet./Stimme von oben: ist gerettet.«

3] *In der Nation:* Argus, ›Behind the Enemy Line‹, ›The Nation‹, vol. 158, No. 9 vom 26. 2. 44, 253.

27. 2. 1944

27 1] *neue deutsche Sendung:* »Die Welt schämt sich. Sie liest ein Buch [...] von Konrad Heiden [...] ›Der Führer. Hitler's Rise to Power‹, [das das] Bildnis des übelsten Abenteurers der politischen Geschichte der Welt noch einmal in Lebensgröße und voller Anschaulichkeit vor Augen führt...« *Deutsche Hörer,* 28. 2. 1944, GW XI, 1094-1096.

2] *Heiden:* Der deutsche Publizist Konrad Heiden (1901-1966) emigrierte 1933 nach Frankreich, wo er an Leopold Schwarzschilds ›Neuem Tage-Buch‹ mitarbeitete, und 1940 in die USA. Dort erweiterte er seine 1936/37 im Europa-Verlag, Zürich, erschienene erste deutschsprachige Hitlerbiographie, die inzwischen in sämtliche Weltsprachen übersetzt worden war. Im Februar 1944 hatte der ›Book of the Month Club‹ die englische Version zum ›Buch des Monats‹ gewählt. Dies Ereignis diente TM als Ausgangspunkt seiner Februar-Sendung für die BBC.

3] *Pasadena:* Ein Vorort von Los Angeles, der ein eigenes Symphonie-Orchester besaß.

4] *Orpheus-Ouverture:* Die Overtüre zur Operette ›Orpheus in der Unterwelt‹ des deutsch-französischen Komponisten Jacques Offenbach (1819-1880).

5] *Ravel:* Der französische Komponist Maurice Ravel (1875 bis 1937).

28. 2. 1944

27 1] *Symposium-Beitrag:* In der Zeitschrift ›Argosy‹. S. TB 20. 2. 44, Anm. 3.

2] *»Riquet mit dem Schopf«:* ›Riquet à la Houpe‹ aus der Sammlung ›Contes de ma mère l'Oye‹ (Feenmärchen) (1697), des französischen Schriftstellers Charles Perrault (1628-1703).

29. 2. 1944

28 1] *in Frankreich geschriebenes Stück:* Wahrscheinlich: Leonhard Frank ›Der Außenseiter‹, 1937; 1955 in überarbeiteter Fassung unter dem Titel ›Die Hutdynastie‹ – andernfalls kann es sich nur um eine Lesung aus ›Mathilde‹ gehandelt haben.

2] *an Private Clark-Zarek:* Vermutlich: an F. Clark, P. P. 4. 3. 44; Reg. III, 44/87.

3] *Outlook:* ›The Santa Monica Evening Outlook‹, die noch existierende Lokalzeitung von Santa Monica.

4] *Nachricht vom Tode Theodor Wolfs:* Der deutsche Publizist und langjährige Chefredakteur des ›Berliner Tageblatts‹, Theodor Wolff (1868-1943), war schon am 23. 9. 1943 an den Folgen seiner Haft in den Konzentrationslagern Dachau und Oranienburg gestorben. Wolff, einer der führenden Publizisten der Weimarer Republik, emigrierte 1933 nach Frankreich, wo er 1943 in Nizza von den deutschen Besatzungsbehörden verhaftet und ins KZ verschleppt wurde. Er starb im Israelitischen Krankenhaus von Berlin. – Die Nachricht von Wolffs Ermordung war, wie Max Osborn in seinem Nachruf, ›Aufbau‹, vol. X, No. 9 v. 3. 3. 1944, S. 1/2, berichtete, auf dem Umweg über die Schweiz und England in die USA gelangt. S. auch TB 12. 3. 44.

5] *A. Kerr:* Der Berliner Theaterkritiker Alfred Kerr (1867-1948), der mit TM zeitlebens in einem Verhältnis wechselseitiger Spannungen lebte, die 1913 im ›Verriß‹ der Aufführung von *Fiorenza* in den Berliner Kammerspielen ihren ersten Höhepunkt fanden: »Ein giftiges Gejökel, dem der Ahnungsloseste die persönliche Mordlust anmerken muß« (TM an Hugo von Hofmannsthal, 9. 1. 1913; Reg. I, 13/2; Br. I, 100; vgl. auch ›Dichter über ihre Dichtungen. Thomas Mann‹, hrsg. v. Hans Wysling unter Mitwirkung von Marianne Fischer, 3 Bände, Heimeran/S. Fischer 1975, Bd. I, 384-386). Die Animosität TM–AK bestand jedoch schon Jahre früher. Vielleicht waren die von Katia Mann in ihren ›Ungeschriebenen Memoiren‹ erzählten Absichten Kerrs, sie zu heiraten, schuld – sicherlich aber auch die abschätzigen Kritiken und mehr oder minder offenen ›Hiebe‹, mit denen Kerr seit dem Erscheinen von *Königliche Hoheit* TMs Äußerungen verfolgte (s. dazu Hans Wyslings Anmerkungen zu TM/HM, bes. 376 und 385, sowie die Hinweise im Kommentar seines Aufsatzes ›Ein Elender‹, ›TM Studien I‹, 334/335) . . . Stacheleien mit parodistischem Einschlag, die dann 1926 in Kerrs poetischem Pamphlet ›Thomas Bodenbruch‹ kulminierten. – Wie tief TMs Widerwille gegen Kerr und die als von ihm repräsentiert empfundene Literatur war (was immer man darunter verstehen mag), zeigt ein TB-Eintrag vom 10. 4. 1933, wo die sich anbietende Solidarität der Exiliierten (»Was ist es mit dieser ›deutschen‹ [Revolution] [. . .], die nicht nur die Kerr und Tucholsky, sondern auch Geister wie mich zwingt, außer Landes zu gehen?«) zugunsten eines entschiedenen Sich-Absetzens aufgegeben wird: »Daß die übermütige und vergiftende Nietzsche-Vermauschelung Kerr's [aus Deutschland] ausgeschlossen ist, ist am Ende kein Unglück.« – Katia Mann berichtet in ihren Memoiren von einem Kerrschen Versöhnungsversuch bei einem zufälligen Treffen in Lugano, dem TM jedoch ausgewichen sei. Das TB vom 28. 10. 1934 bestätigt diese Haltung: »Las [...] in A. Kerrs Emigrationsbuch ›Die Diktatur des Hausknechts‹. Nun, der größere Sprachförderer hat nicht gewonnen im Exil, vielleicht weil es schon genug mit ihm war. Auch jetzt noch bringt er etwas gegen mich an. [...] Unveredelt vom Unglück.«

6] *Russische Veröffentlichungen:* Der Bericht der russischen Untersuchungskommission über die deutschen Massaker in Kiew wurde – zusammen mit den Namen der Schuldigen – am 29. 2. 1944 in der amerikanischen Presse veröffentlicht (s. NYT 29. 2. 44, 2:5).

7] *»Romanticism« von Barzun:* Jacques Barzun, ›Romanticism and the modern Ego‹, Boston 1943.

8] *Barzun:* Der aus Frankreich stammende amerikanische Kulturhistoriker und Pädagoge Jacques Barzun (geb. 1907) war Professor für Geschichte an der Columbia University in New York.

1. 3. 1944

28 1] *Beitrag für ›Know your Bible‹: Vom Buch der Bücher und Joseph,* GW XIII, 199-206. Der erste Teil des Aufsatzes erschien in englischer Übersetzung unter dem Titel *The Bible* in einer Artikelserie der Zeitschrift ›Good Housekeeping‹, New York, No. 2, 1944, 17 und 141.

2] *Roman von L. Lewisohn:* Ludwig Lewisohn, ›Breathe upon these‹, Indianapolis 1944.

3] *L. Lewisohn:* Der amerikanische Schriftsteller und Übersetzer Ludwig Lewisohn (1882-1955) war einer der ersten, die in Amerika auf TM aufmerksam machten. TM hatte 1928 ein *Vorwort zu Ludwig Lewisohns Roman ›Der Fall Herbert Crump‹*, GW X, 700 bis 703, geschrieben.

2. 3. 1944

1] *Hexen-Novelle:* Die dem ›Hexenhammer‹ entlehnte Geschichte des Heinz Klöpfgeissel und seiner Bärbel, die sich in der endgültigen Roman-Einteilung als eine Schleppfuss-Erzählung in Kapitel XIII von *Doktor Faustus* findet. GW VI, 143-147. 28

2] *»Lifeboat«:* Film nach einem unpublizierten Drehbuch von John Steinbeck. Unter der Regie von Alfred Hitchcock spielten Tallulah Bankhead, William Bendix, Walter Slezak und Mary Anderson (1943). 29

3] *die finnische Situation:* Die UdSSR hatte am 29. 2. 1944 ein Friedensangebot an Finnland gerichtet.

4] *Göbbels fordert sie auf:* Die Aufforderung von Hitlers Reichsminister für Volksaufklärung und Propaganda, Dr. Joseph Goebbels (1897-1945), ist nicht belegt. Goebbels sprach am 29. 2. 1944 bei der Zehnjahresfeier des NSV-Hilfswerks ›Mutter und Kind‹, sowie am 24. 2. aus Anlaß des Parteigründungstages und am 27. 2. auf einer Tagung der Reichs- und Gauleiter, ohne auf das Problem ›Finnland‹ einzugehen.

3. 3. 1944

1] *vorhabenden Buches:* Anna Jacobson plante ein Buch über TM, das jedoch trotz umfangreicher Vorarbeiten nicht zustande kam. 29

2] *excellenter Brief:* Chicago, 1. März 1944; im TMA.

3] *Borgese:* Der italienische Schriftsteller, Historiker und Literaturwissenschaftler Giuseppe Antonio Borgese (1882-1952), Professor in Rom und Mailand, emigrierte 1931 in die Vereinigten Staaten und unterrichtete seit 1936 als Ordinarius für italienische Literatur und politische Wissenschaften an der Universität Chicago. 1939 heiratete er TMs jüngste Tochter Elisabeth, kehrte 1950 mit seiner Familie nach Italien zurück und lehrte bis zu seinem Tode an der Universität Mailand. S. Anm. 9 zum 23. 2. 1944.

4. 3. 1944

1] *von Koch-Weser:* Nicht erhalten, vgl. jedoch TM an GBF, En route, 4. 4. 1944; Reg. III, 44/117; TM/GBF 348: »[Ich hatte] kürzlich einen langen Brief aus Brasilien von meinem alten akademischen Bundesbruder Erich Koch-Weser, dem späteren Reichs-Minister; er berichtet mir von einem Buch, das er in der Muße sei- 29 nes Exils geschrieben hat und das eine Geschichte des deutschen Nationalismus ist.«

2] *Koch-Weser:* Der Rechtsanwalt und Politiker Erich Koch-Weser (1875-1944) gehörte zu den Gründern der Deutschen Demokratischen Partei, war 1920-1930 Mitglied des Reichstages, von 1919-1921 Reichsinnenminister und 1928/29 Reichsjustizminister. Er emigrierte nach Brasilien, wo er verschiedene Siedlungsprojekte im Urwald betrieb.

3] *Brief eines Amerikaners:* Von Ben Okshea (Detroit), 23. 2. 1944; im TMA: »If I was a German Anti-Nazi [. . .] I would move heaven and earth to prove to the world [. . .] that there are Germans who are willing to fight and to die in order to crush this everlasting blot on the good Germans, namely Nazism. I feel that there never will be again such an opportunity for all Anti-Nazi Germans to redeem German name as it is now.«

30 4] *jüdische Zeitschrift:* ›Menorah Journal‹, New York, vol. 31, Herbst 1943, mit den von TM erwähnten Beiträgen: John Urzidil, ›Franz Kafka, Novelist and Mystic‹, 273-283; Hannah Arendt, ›Portrait of a Period‹ 307-314 (eine Besprechung von Stefan Zweigs Autobiographie ›The World of yesterday‹, New York 1943).

5] *Kafka:* Franz Kafka (1883-1924). S. *Die Vernachlässigten* (1930), GW XIII, 424, und *Dem Dichter zu Ehren, Franz Kafka und ›Das Schloß‹* (1941) GW X, 771-779.

6] *St. Zweig:* Der österreichische Schriftsteller Stefan Zweig (1881 bis 1942), den TM seit 1914 kannte, emigrierte 1938 von Salzburg nach England und ging zu Beginn des Zweiten Weltkrieges in die USA, ließ sich dann in Brasilien nieder. 1942 nahm er sich in Petropolis das Leben. S. *Stefan Zweig zum zehnten Todestag* (1952), GW X, 524/525.

7] *die Gottlieb:* So im Manuskript. Aus dem Kontext geht hervor, daß es sich wohl um das Ehepaar Gottlieb, s. TB 12. 3. 44, Anm. 3, und nicht nur um die Frau handelt. Die s-lose Pluralform findet sich im TB häufiger.

8] *deutschen Druck:* In der von Ernst Gottlieb mitgegründeten ›Pacific Press‹. S. TB 12. 2. 44, Anm. 2.

9] *Valentin:* Der deutsche Historiker Veit Valentin (1885-1947) emigrierte 1933 nach London und 1940 in die USA, wo er an der Universität von Pennsylvania lehrte. TM stand – dem TB zufolge –

seit 1936 mit ihm in Verbindung und lernte ihn 1942 persönlich kennen. – TM dachte an Valentin, da er dessen 1938/39 bei Allert de Lange, Amsterdam, erschienene zweibändige Weltgeschichte kannte und Valentin ihn 1942 um Fürsprache wegen eines von ihm geplanten historischen Werks gebeten hatte. S. TB 11. 8. 1942.

6. 3. 1944

1] *zweites Töchterchen:* Domenica Borgese (geb. 1944). 30

2] *Morris-Agency:* Eine Film-Agentur in Hollywood.

3] *Woman with the hundred faces-Film:* S. TB 26. 1. 44, Anm. 1.

4] *M. G. M.:* Die Filmproduktionsgesellschaft Metro-Goldwyn-Mayer in Hollywood, die sich im Lauf der Jahre mehrfach für eine Verfilmung der *Joseph*-Romane interessierte. Der Plan scheiterte offensichtlich an den Kosten. Vgl. TM an Agnes Meyer, P. P. 31. 10. 1944: »Dieterle sagte mir neulich, daß ein Joseph-Film, nach meinen Büchern hergestellt, eine Investition von 4-5 Millionen Dollar bedeuten würde – ich darf mich nicht wundern, wenn man sich dazu im Augenblick nicht aufgelegt fühlt.«

5] *Wanderjahren:* Goethes Roman ›Wilhelm Meisters Wanderjahre oder Die Entsagenden‹, Tübingen 1821.

7. 3. 1944

1] *an E. Wiedmann:* Der Brief an Ernst Wiedmann, den Stiefsohn 31
von Paul Huldschinsky, ist noch nicht bekannt geworden.

2] *Kaisersaschern, Instrumentenlager etc:* Die *Faustus*-Roman-Kapitel VI und Anfang VII, GW VI, 50-62.

8. 3. 1944

1] *Mr. L. von M. G. M.:* In Sachen *Joseph*-Verfilmung. S. TB 6. 3. 44. 31

2] *an Br. Walter:* An Bruno Walter, P. P. 8. 3. 44; Reg. III, 44/90; Bl. TMG No. 9, 27.

3] *Reise:* Nach Chicago. S. TB 23. 2. 44, Anm. 10.

4] *[die] Markuse:* Erna (genannt Sascha) Marcuse (1913-1967), die Frau des Schriftstellers Ludwig Marcuse; s. TB 26. 4. 44, Anm. 2.

9. 3. 1944

1] *XIV. Kapitel:* Das »Kapitel [. . .] der Studentengespräche« in- 31
nerhalb der christlichen Verbindung ›Winfried‹, GW VI, 149-170.

2] *Das große Werk:* Hermann Hesse, ›Das Glasperlenspiel‹, 2 Bd., Zürich 1943.

3] *Hermann Hesse:* Der deutsche Schriftsteller Hermann Hesse (1877-1962) war im Ersten Weltkrieg in die Schweiz emigriert. – Die Verbindung der beiden fast gleichaltrigen Schriftsteller, Hesse und TM, reicht zurück in das Jahr 1904, als Samuel Fischer sie in München zusammenführte. 1910 widmete Hesse TMs Roman *Königliche Hoheit* in der Zeitschrift ›März‹ eine freundliche Besprechung. Die Beziehung intensivierte sich nach TMs Werbung um Hermann Hesse anläßlich von Zuwahlen für die Preußische Akademie der Künste, 1926, und entwickelte sich während TMs Schweizer Jahren vor und nach 1945 zu einer freundschaftlichen Beziehung. Vgl. TM/HH, Briefwechsel, hrsg. von Anni Carlsson, Frankfurt 1968; s. ferner *Dem sechzigjährigen Hermann Hesse* (1937), GW XIII, 840-843; *Hermann Hesse zum siebzigsten Geburtstag* (1947), GW X, 515-520; *Hermann Hesse. Einleitung zu einer amerikanischen ›Demian‹ Ausgabe* (1947), GW XIII, 453/454 und *An Hermann Hesse* (1952), GW X, 529/530.

32 4] *einbändige Ausgabe:* Thomas Mann, *Joseph in Egypt*, 5. Aufl., New York 1944.

5] *an die Meyer:* An Agnes E. Meyer, P. P. 8. 3. 44; Reg. III, 44/88.

6] *Knopfs:* Der M. G. M. Film-Produzent Edwin Knopf (1899-1981), ein Bruder von TMs Verleger Alfred A. Knopf, und seine Frau Mildred.

7] *Provider: Joseph the Provider*, der englische Titel von TMs Roman *Joseph, der Ernährer;* s. dazu auch TB 18. 1. 44, Text und Anm. 3.

8] *Sein Anerbieten:* Vgl. dazu TM an GBF, P. P. 10. 3. 44; TM/GBF, 342/343; und GBF an TM, New York 26. 4. 1944; a. a. O., 351.

10. 3. 1944

32 1] *an Arthur Lewisohn:* Gemeint ist: an Ludwig Lewisohn (s. TB 1. 3. 44, Anm. 2 und 3), P. P. 10. 3. 44; Reg. III, 44/97.

2] *an Bermann:* An GBF P. P. 10. 3. 44; Reg. III, 44/96; TM/GBF 342/343.

3] *Artikel über Croce:* Offenbar hatte die Library of Living Philosophers TM um einen Beitrag für einen Benedetto Croce gewidmeten Band ihrer Reihe gebeten; ein erneut insistierender Brief des editors Paul A. Schilpp, Evanston/Ill., 30. 3. 1944, befindet sich im TMA. TM lehnte die Bitte am 10. 4. 44 definitiv ab. S. Reg. III, 44/133.

4] *Croce:* Der italienische Philosoph, Historiker, Literaturwissenschaftler und Politiker Benedetto Croce (1866-1952). TM hatte Croce, dem er im November 1930 für die Übersendung eines Vortrags über ›Antistoricismo‹ dankte, knapp ein Jahr später, im September 1931 im Hause von Hans Feist in München, kennengelernt. Aus dem von Ottavio Besomi und Hans Wysling in der ›Germanisch-Romanischen Monatsschrift‹ (GRM) NF Bd. XXV, H. 2, 1975, 129 bis 150, publizierten *Briefwechsel TM/Croce (1930-1936)* geht hervor, daß der Philosoph dem Schriftsteller bei dieser Zusammenkunft die Zusendung seiner ›Introduzione ad una storia d'Europa nel secolo decimonono‹, Bari 1931, versprach – eine Zusage, die er am 6. 12. 31 einlöste und mit der Bitte verband, TM die deutsche Übersetzung des Bandes widmen zu dürfen. TM bedankte sich eine Woche später mit einem, die geistige Gemeinsamkeit apostrophierenden Brief: »Ich will nicht von der Ehre sprechen, die Sie mir mit der Zueignung Ihres Werkes erweisen, und die in der ganzen Welt als groß und schön empfunden werden wird, sondern ich will die Beglückung durch eine Sympathie betonen, die in unseren düstern Zeiten eine Anzahl gutwilliger und lebensfreundlicher Geister verbindet und die in Ihrer Widmung zum Ausdruck kommt, indem sie mich in diese geistige Gesellschaft einbezieht. Ich war tief ergriffen von den Worten Ihres Briefes, daß ein guter Teil Ihrer Kritik an der jüngsten deutschen Geschichte Kritik Ihrer selbst und Ihrer eignen Ideen sei. Das ist genau der Prozeß, den auch ich im Laufe der letzten anderthalb Jahrzehnte durchgemacht und kennen gelernt habe, die Erfahrung einer Selbstkorrektur und Selbstüberwindung, zu der ich freilich durch ein großes Bildungserlebnis, die Vertrautheit mit dem Leben und Denken Nietzsches, wohl vorbereitet war.«

11. 3. 1944

1] *neuer Artikel für Good Housekeeping:* S. TB 1. 3. 44, Anm. 1. 32

2] *Besprechung des Joseph:* Bernhard Diebold, ›Joseph, der Ernährer‹, ›Die Weltwoche‹, Zürich, 26. 11. 1943.

3] *Diebold:* Der Publizist Bernhard Diebold (1886-1945), Theaterkritiker der ›Frankfurter Zeitung‹, zunächst in Frankfurt a. M., dann in Berlin, war gebürtiger Schweizer und 1933 in seine Heimat zurückgekehrt.

33 4] *Fiedler:* Dr. Kuno Fiedler (1895-1973), evangelischer Pastor, stand mit TM seit 1915 in Briefwechsel und taufte seine jüngste Tochter Elisabeth (s. *Gesang vom Kindchen:* »... ein gar junges Blut und Vikar erst, / Aber der Weltweisheit Doktor obendrein und der Dichtkunst / Innig dankbar verbunden. Wir hatten Briefe gewechselt / Vielfach schon, und der gediegenen Schrift, die den Hut ihm / Rühmlich erwirkt, hatte meinen Namen zu freundlicher Ehrung / Er vorangesetzt. – Den hatt' ich erwählt Dir zum Täufer« (GW VIII, 1090). Fiedler wurde wegen einer Streitschrift ›Luthertum oder Christentum‹ aus dem Dienst der evangelischen Kirche entlassen und trat in den Schuldienst über. Er machte sich aber durch seine theologischen und philosophischen Schriften beim NS-Regime so mißliebig, daß er abermals entlassen und 1936 von der Gestapo verhaftet wurde (s. TB 12. 9. 36). Aus einem Würzburger Gefängnis gelang ihm die Flucht in die Schweiz, wo ihn TM zunächst in Küsnacht aufnahm (s. TB 23. 9. 36). Von 1936 bis Ende 1955 lebte Fiedler als Seelsorger in St. Antönien in Graubünden. Von seinem umfangreichen Briefwechsel mit TM sind nur Teile erhalten. Eine Auswahl, hrsg. von Hans Wysling, in Bl. TMG No. 11 und No. 12. S. *Kuno Fiedler, ›Glaube, Gnade und Erlösung‹ nach dem Jesus der Synoptiker* (1940), GW X, 769-771.

5] *Besprechung:* R. J. Humm, ›Hermann Hesses Glasperlenspiel‹, ›Die Weltwoche‹, 10. 12. 1943, S. 5.

6] *Humm:* Der Schweizer Schriftsteller und Journalist Rudolf Jakob Humm (1895-1977), ein Freund von Hermann Hesse. TM kannte Humm – wie aus den TB hervorgeht – seit 1937 und stand mit ihm von 1935 bis zu seinem Tode in brieflicher Verbindung.

12. 3. 1944

33 1] *van Loon:* Der seit 1903 in Amerika lebende und englisch schreibende holländische Schriftsteller und Zeichner Hendrik Willem van Loon (1882-1944). – Van Loon, in dessen Landhaus TM bei seinem Amerika-Aufenthalt 1935 einige Tage verbrachte und der wahrscheinlich auch den ersten Besuch bei F. D. Roosevelt am

29. 6. 1935 vermittelte, setzte sich vor allem für die aus Deutschland geflohenen Schriftsteller und – nicht zuletzt – für die Belange Gottfried Bermann Fischers ein.

2] *Komponist:* Der ungarische Komponist Eugen (Jenö) Zador (1894-1977) studierte in Wien, Leipzig (bei Reger) und Halle und unterrichtete nach seiner Promotion in Wien und Budapest. 1939 emigrierte er in die USA und wirkte ab 1940 als Lehrer und Filmmusikkomponist in Hollywood. Seine TM gewidmete Joseph-Komposition ›Biblical Tryptich‹ wurde, dirigiert von Hans Lange, am 9. 12. 1943 in Chicago uraufgeführt.

3] *Gottlieb:* Der in die USA emigrierte deutsche Photograph und Musikologe Ernst Gottlieb (1903-1961), Inhaber der führenden musikologischen Buchhandlung in Los Angeles und Mitbegründer der ›Pacific Press‹. S. TB 12. 2. 44, Anm. 2.

4] *Schrieb ihm:* An Eugene Zador, P. P. 11. 3. 44; Reg. III, 44/98.

5] *patriotischen Treibereien:* Vgl. den Artikel ›Deutsche Exilpolitik am Broadway‹ im ›Aufbau‹, vol. X, No. 9 v. 3. 3. 44, S. 1 und 4, der im Sinne des Untertitels ›Versuche einer Einheitsfront und nationalistische Quertreibereien‹ von Unionsbemühungen deutscher Emigranten in London, Stockholm und den USA berichtete, und dabei auch der Bemühungen im Vorfeld der Gründung des ›Council for a Democratic Germany‹ sowie der – im ›Aufbau‹ publizierten – Distanzierung TM's gedachte (s. TB 22. 4. 44, Anm. 3 und 23. 4. 44, Anm. 5). Der Artikel schloß mit der Verurteilung einer Gruppe sozialdemokratischer Exilpolitiker um die Gräfin Waldeck – genannt werden »Edmund Stinnes, Wolfgang Stresemann, Friedrich Stampfer, Max Brauer u. a.«, die, wie der zunehmend deutschnationale Tenor ihrer Verlautbarungen zeige – »die psychologische Wirkung ihrer Kundgebungen auf das Volk ihres Gastlandes schlecht abschätzten [...], wenn sie, in der Absicht, dem ›anderen Deutschland‹ zu helfen, deutsche Interessen allzu demonstrativ streitbar gegen die United Nations« verträten und z. B. schon »am Werke [seien], eine Kundgebung zur Frage Ostpreußen vorzubereiten.«

6] *über das Ende Theodor Wolffs:* In dem TB 29. 2. 44, Anm. 4 erwähnten Nachruf des ›Aufbau‹.

13. 3. 1944

33 1] *an Mrs. van Loon:* P. P. 12. 3. 44; Reg. III, 44/99.

2] *Interessantes in ›Nation‹:* Freda Kirchwey, ›Program of Action‹. Address zum Dinner anläßlich der 25-jährigen Zugehörigkeit von Freda Kirchwey zu ›Nation‹, ›Nation‹, vol. 158, No. 11 v. 11. 3. 44, 300-305.

3] *Wortlaut der Reden:* ›Deutsche Offiziere klagen Hitler an‹, ›The German American, Anti-Nazi-Monthly‹, vol. II, No. 11, März 1944, Special Supplement, 1/2: Ein Exklusivbericht von der Gründung des ›Bundes Deutscher Offiziere‹ (in der Sowjetunion) am 9. u. 10. 10. 1943: »On the pages of this Special Supplement the German American reprints for the first time in the United States excerpts from the original speeches made on the occasion of this memorable convention. They may help to throw a realistic light upon the state of mind of the German Army after the myth of Hitler's invincibility broke down on the Russian, African and Italian battle fields.« – Die Zeitschrift druckte neben den Reden von Oberstleutnant Bredt, General Walter von Seydlitz und Oberst von Hooven den vollständigen ›Aufruf an die deutschen Generale und Offiziere, an Volk und Wehrmacht‹ mit einer kompletten Liste der Erstunterzeichner.

4] *Bericht über die New Yorker Heinrich Mann-Feier:* ›The German American‹, vol. II, No. 11 v. März 1944, S. 6. Neben einem kurzen Vorspann druckte die Zeitschrift die Botschaft, die Heinrich Mann den Teilnehmern an der Tribünen-Ehrung hatte von Kalifornien aus zukommen lassen. Einen Bericht über den geplanten Verlauf der Feier hatte der ›German American‹ als Vorschau in seinem Februar-Heft (vol. II, No. 10), S. 8, gebracht.

14. 3. 1944

34 1] *Die Angriffe auf meine dunkle politische Vergangenheit:* S. TB 19. 1. 44, Anm. 1.

15. 3. 1944

34 1] *Agent Orsatti:* Der Filmagent Victor Orsatti. Vgl. TM an Agnes E. Meyer, P. P. 31. 10. 44: [Um die Joseph-Verfilmung ist es still geworden] »Orsatti, erst ungeheuer siegessicher, läßt nichts von sich hören.«

2] *Vortrag: What is German?* (deutsch: *Schicksal und Aufgabe*, GW XII, 918-939), ein auf Veranlassung der Zeitschrift ›Atlantic Monthly‹ nach dem Text des Library-Vortrags *The War and the Future* vom 13. 10. 1943 geschriebener Beitrag zur ›Deutschen Frage‹. Der Aufsatz erschien in ›Atlantic Monthly‹, vol. 173, No. 5, May 1944, 78-85. Ausführlich dazu: TB 6. 8. 44, Anm. 1
3] *seinem Roman:* S. TB 25. 1. 44, Anm. 3.

20. 3. 1944
1] *Nietzsche und die Frauen:* Hellmut Walter Brann, ›Nietzsche und die Frauen‹, Leipzig 1931. Das Buch steht, mit Notizen TMs versehen, in der Zürcher Bibliothek. *35*
2] *Peter Pr.:* Der Physiker Peter Pringsheim (1881-1964), ein Bruder von Katia Mann, bis 1933 ordentlicher Professor in Berlin, war 1933 nach Brüssel emigriert. Nach dem deutschen Überfall auf Belgien gelang es ihm, in die Vereinigten Staaten zu entkommen, wo er in Chicago am Argonne National Laboratory tätig war. Nach seiner Emeritierung kehrte er nach Belgien, der Heimat seiner Frau Emilia Theodora, geb. Clément, zurück.
3] *B.:* Borgese.
4] *Riesen-Dunkerk:* In einer großen Evakuierungsaktion retteten die Engländer 1940 die geschlagenen alliierten Truppen von Dünkirchen aus über den Kanal nach England.
5] *Bromfield:* Der amerikanische Romancier Louis Bromfield (1896 *36* bis 1956), der gemeinsam mit Maximilian Ilyin-Abramovitch und TM den Film ›The Woman with the Hundred Faces‹ schreiben sollte. Bromfield, »ein heiterer, trinklustiger, gescheiter Mann, der lange in Europa gelebt hat« (an Agnes Meyer, 22. 3. 44; Reg. III, 44/109), lebte in Ohio.
6] *von Bermann:* New York, 10. 3. 44; TM/GBF, 340/342.
7] *bedeutende Nachkriegsentwicklungspläne:* Die Pläne betrafen in erster Linie die Konkretisierung eines Schulbuchprojektes, das sich mit Lehr-, besonders Geschichtsbüchern für die Jugenderziehung im Nachkriegsdeutschland befaßte: »Bonniers haben sich mit einem sehr großen Kapital hinter diese Pläne gestellt. Der [. . .] Verlag wird [. . .] in die Lage versetzt, das Werk seiner angestammten Autoren wieder aufzubauen, die wichtigsten internationalen Autoren an sich heranzuziehen und in großem Umfange seine Nach-

kriegspläne mit Schulbüchern, Informationsliteratur für Nachkriegsdeutschland usw. durchzuführen« (a. a. O., 341).

8] *Bonniers:* Der Stockholmer Albert Bonniers Förlag A. B., seit 1904 TMs schwedischer Verleger, mit dessen Hilfe Gottfried Bermann Fischer 1938 seinen deutschen Exilverlag in Stockholm neu gründen konnte.

21. 3. 1944

36 1] *im philosophischen Wörterbuch:* Im TMA befindet sich das hier wahrscheinlich gemeinte ›Wörterbuch der Philosophie. Neue Beiträge zu einer Kritik der Sprache‹ von Fritz Mauthner, München und Leipzig 1910, das Anstreichungen aufweist, die im Hinblick auf den *Faustus*-Roman interessant sind.

2] *Einmarsch [...] in Ungarn:* Nach schnellem Vormarsch durch die Ukraine und der Umzingelung von 10 deutschen Divisionen standen die sowjetischen Truppen nahe der ungarisch-rumänischen Grenze. In dieser bedrohlichen Situation ließ Hitler am 18./19. 3. 44 alle strategischen Schlüsselstellungen in Ungarn durch deutsches Militär besetzen – ähnlich wie 1939 in Polen, wo die Bedrohung allerdings fiktiv gewesen war. Erst nachträglich preßten die Invasoren dem Reichsverweser Horthy das Placet für diese Aktion ab, in deren Verlauf der deutsche Gesandte in Budapest durch einen ›Reichsbevollmächtigten‹ ersetzt wurde, der nun auch Ungarn dem direkten NS-Einfluß unterwarf. S. auch TB 12. 4. 44, Anm. 3.

22. 3. 1944

36 1] *Mr. Leiser:* S. TB 26. 1. 44, Anm. 1.

2] *an Agnes Meyer:* Chicago, 22. 3. 44; Reg. III, 44/109.

3] *Iljin:* Der in Amerika lebende russische Schriftsteller Maximilian Abramovitch Ilyin (1893-?), der an dem Leiser-Bromfieldschen Filmprojekt beteiligt war.

24. 3. 1944

37 1] *Chaplin-Prozeß:* S. TB 15. 2. 44, Anm. 2.

2] *Äußerungen Churchills und Roosevelts:* Anläßlich eines Inspektionsbesuches bei den amerikanischen Truppen in England hatte Winston Churchill am 23. 3. 1944 gesagt: »I see [...] here on English soil these soldiers of our great American ally preparing themselves to strike a blow for a cause which is greater than either of our two countries have ever fought for in bygone days« (Churchill, ›Speeches . . .‹, a. a. O., Bd. VII, 6905/6906).

3] *Geburtstagsbrief:* An Heinrich Mann, Chicago, 24. 3. 44; Reg. III, 44/110; TM/HM, 307/308.

25. 3. 1944

1] *Eppsteins:* Der Kunstsammler und Mäzen Max Epstein und 37
seine Frau Liola, die eine Villa in Winnetka bei Chicago besaßen, in der TM mehrfach zu Gast war.

2] *Direktor und Curator der Mellon-Gallerie:* John Walker (geb. 1906), von 1939-1956 Kurator, von 1956-1969 Direktor der National Gallery of Art, Smithonian Institution, Washington. Mr. Walker hat wenig später, am 5. April 1944, einen Brief an TM geschrieben, der zeigt, worum das Gespräch in Chicago ging: »You may remember my mentioning a Rembrandt of Joseph and Potiphar's Wife which seemed in the spirit of your book. This painting is the noblest pictorial treatment I know of that recurring tragedy: the aging woman hopelessly in love with a younger man. It is extraordinary with what sympathy Rembrandt has painted the scene, particularly when one recalls the usual interpretation in Baroque Art – Joseph fleeing with a desperate woman clutching at his shirt! In Rembrandt's painting all the characters, the husband, the wife, the beloved, seem to understand the despairing nature of the tragedy in which they are enmeshed. The picture comes from the Hermitage Galery in Leningrad and was painted in 1654« (im TMA).

3] *an die alte Frau Fischer:* An Hedwig Fischer, Chicago, 25. 3. 44; 38
Reg. III, 44/111.

4] *Frau Fischer:* Hedwig Fischer, geb. Landshoff (1871-1952), die Witwe des Verlegers Samuel Fischer, lebte bis 1939 in Berlin, emigrierte dann nach Schweden und von dort 1941 weiter in die USA. Ihre letzten Jahre verbrachte sie in Königstein/Ts.

5] *von Bermann:* New York, 24. 3. 44, TM/GBF, 344-346.

6] *Hamburger:* Die Germanistin Käte Hamburger (geb. 1896) hatte TM im Herbst 1932 ihre Schrift ›Thomas Mann und die Romantik‹ übersandt und stand seither in Briefwechsel mit ihm. Frau Hamburger emigrierte 1933 nach Schweden, wo sie in Göteborg ein Lehramt fand, kehrte nach dem Zweiten Weltkrieg in die Bundesrepublik zurück und unterrichtete bis zu ihrer Emeritierung an der Technischen Hochschule Stuttgart. Sie veröffentlichte 1945 ihre Interpretation ›Thomas Manns Roman ›Joseph und seine Brüder‹. Eine Einführung‹ (Neufassung München 1965 unter dem Titel ›Der Humor bei Thomas Mann. Zum Joseph-Roman‹.)

7] 2. *Kapitelgruppe des »Faust«:* Wohl den Bericht von der Kaisersaschener Zeit, Kap. VI und VII.

26. 3. 1944

38 1] *neue Sendung nach Deutschland:* »... Über die Luft-Bombardements und über die damit gestellte Gewissensfrage« (*Entstehung*, Kap. VII, GW XI, 194), *Deutsche Hörer*, 28. 3. 44, GW XI, 1096 bis 1099.

2] *James Frank:* Der Göttinger Physiker und Nobelpreisträger James Franck (1882-1964). S. TB 17. 12. 45, Anm. 3.

3] *W. Wintchel:* Der damals sehr populäre amerikanische Journalist, politische Kolumnist des New Yorker ›Daily Mirror‹, Theaterkritiker und Rundfunkkommentator Walter Winchell (1897-1972).

4] *Dies:* Der republikanische Kongreß-Abgeordnete Martin Dies (1901-1972), Vorsitzender der Sonderkommission zur Überprüfung unamerikanischer Betätigungen, der sogenannten Dies-Kommission.

5] *Studien-Lektüre:* Gunilla Bergsten hat a. a. O., bes. S. 42, die Quellen für die Studentengespräche im XIV. Kapitel nachgewiesen. Neben einem Brief des Theologen Paul Tillich an TM aus New York v. 25. 5. 1943 vor allem eine Nummer der Zeitschrift ›Die Freideutsche Position‹, ›Rundbriefe der freideutschen Kameradschaft‹ No. 4, Winter 1931. Beide Dokumente befinden sich bei den *Faustus*-Materialien im TMA.

27. 3. 1944

38 1] *Schrift Borgeses:* Wahrscheinlich Giuseppe Antonio Borgeses 1917 in Paris erschienene Schrift ›L'Italie et l'humanité nouvelle.‹

2] *Golds:* Der Rechtsanwalt Joseph Gold und seine Frau Martha.

3] *Gottschalks:* Der Historiker Louis Gottschalk (1899-1975) und seine Frau Fruma waren – wie das Ehepaar Gold – Freunde der Familie Borgese.

4] *Dr. Hirsch:* Der aus Deutschland stammende Arzt und Geburts-

helfer Dr. Franz Hirsch, wegen seiner stark sächsischen Aussprache bei den Manns »Dr. Hörsch« genannt, und seine Frau Adelheid.
5] *Prof. Frank:* James Franck, s. TB 26. 3. 44, Anm. 2.

28. 3. 1944
1] *Free World:* Die von Louis Dolivet zwischen 1941 und 1946 in New York herausgegebene antifaschistische Monatsschrift. TM war Ehrenmitglied des Herausgeber-Beirats. 38
2] *an Irving Massey:* Chicago, 28. 3. 44; Reg. III, 44/112.
3] *Irving Massey:* Der Professor für vergleichende Literaturwissenschaft in New York, Irving Joseph Massey (geb. 1924), war 1944 Student der McGill University.
4] *Artikel:* Irving Massey, ›Thomas Mann. Outline Sketch and Appreciation of his Prose Fiction‹, ›McGill Daily‹, Montreal, 7. März 1944.

29. 3. 1944
1] *Sulzbergers:* Der Chicagoer Geschäftsmann Frank Sulzberger, Trustee der Universität und Vetter des New-York-Times-Verlegers Arthur Sulzberger, mit seiner Frau Helen. Die Sulzbergers hatten TM während seines Chicagoer Vortragsaufenthaltes im März 1938 betreut (S. TB 1. 3. 1938). 39
2] *Baseler National-Zeitung:* Bernhard Diebold, ›Joseph, der Ernährer‹, ›National-Zeitung‹, Basel, 31. 10. 1943.
3] *Berner Bund:* Käte Hamburger, ›Thomas Manns Joseph-Roman‹, ›Der kleine Bund‹, Bern, 14. 11. 1943.
4] *St. Galler Tageblatt:* Kuno Fiedler, ›Thomas Manns Josephs-Roman beendigt‹, ›St. Galler Tagblatt‹, 1. 12. 1943.

30. 3. 1944
1] *Mr. Newton:* W. M. Newton, von 1942-1946 Vertreter der BBC in Chicago. 39
2] *Jacques:* Das mit vielen Bildern einheimischer Maler ausgestattete französische Restaurant Jacques in der North Michigan Avenue in Chicago, in dessen einem Teil, einer Art Wintergarten mit echter Vegetation, auch Vögel frei herumflogen. Das ›Jacques‹ war ein Lieblingsrestaurant TMs.
3] *Manifest:* Kopie im Nachlaß Erich von Kahlers.

31. 3. 1944

40 1] *an Koch-Weser:* An Erich Koch-Weser, Chicago, 30. 3. 44; Reg. III, 44/113.

2] *Dankesbrief von Walter:* Bruno Walters Dank für TMs Jubiläumsaufsatz, New York 24. 3. 1944; in Bruno Walter, ›Briefe 1894-1962‹, Frankfurt 1969, 271.

1. 4. 1944

40 1] *Tillich-Komitee:* Gemeint ist der ›Council for a Democratic Germany‹, der sich im März 1944 unter der Federführung von Paul Tillich zu konstituieren begann. Zur Zielsetzung vgl. TB 17. 4. 44, Anm. 1 und 22. 4. 44, Anm. 3.

2] *Tillich:* Der Frankfurter Theologe und Religionsphilosoph Paul Tillich (1886-1965), 1933 als Hauptvertreter des religiösen Sozialismus mit Lehrverbot belegt, unterrichtete nach seiner Emigration 1933-1955 am Union Theological Seminary in New York, später in Harvard und Chicago. Tillich erhielt 1962 den Friedenspreis des Deutschen Buchhandels.

2. 4. 1944

40 1] *Malheur von Schaffhausen:* Dreißig amerikanische Flugzeuge hatten am Vormittag des 1. 4. 1944 irrtümlich die schweizerische Grenzstadt Schaffhausen am Rhein bombardiert.

2] *an die Meyer:* An Agnes E. Meyer, Chicago, 2. 4. 44; Reg. III, 44/116.

4. 4. 1944

40 1] *Shakespeare und das Werbe-Motiv:* S. TB 31. 1. 44, Anm. 7.

2] *Flauberts St. Antoine:* Gustave Flaubert, ›La Tentation de Saint Antoine‹ (›Die Versuchung des Heiligen Antonius‹), 1874. Das Buch steht in einer Übertragung von Arthur Schurig, München 1923, in der Zürcher Bibliothek.

3] *an Bermann:* »En route«, 4. 4. 44; Reg. III, 44/117, TM/GBF, 346-349.

4] *»Adel des Geistes«:* Der Essayband, in dem die großen Literatur-Aufsätze TMs zusammengefaßt sind, erschien innerhalb der Stockholmer Gesamtausgabe 1945 im Bermann-Fischer-Verlag.

5] *Novellen-Auswahl:* Der Band *Ausgewählte Erzählungen* wurde gleichfalls 1945, als Band der Stockholmer Gesamtausgabe, publiziert.

6] *Bücher von Borgese etc.:* TM empfahl GBF von G. A. Borgese 41
›The Common Cause‹, von Erich Koch-Weser die ›Geschichte des deutschen Nationalismus‹ sowie Käte Hamburgers Einführung in den Joseph-Roman (S. TB 25. 3. 44, Anm. 6).

7] *an Singer:* Noch nicht bekannt.

5. 4. 1944

1] *an H. Steiner:* An Herbert Steiner, P. P. 5. 4. 44; Reg. III, 41
44/119.

2] *H. Steiner:* Herbert Steiner (1892-1966), von 1930-1943 Redakteur und Mitherausgeber der Zeitschrift ›Corona‹ (zunächst in München, ab 1934 in Zürich), lebte von 1934 bis 1942 im Schweizer Exil, wo er TM verschiedentlich sah. Er ging 1942 in die USA. Hier gründete er die Zeitschriften ›Aurora‹ (1942-1945) und ›Mesa‹ (1945 ff.) und lehrte in den fünfziger Jahren am Pennsylvania State College; 1959 kehrte er nach Europa zurück. Steiner ist der Herausgeber von Hugo von Hofmannsthals Gesammelten Werken in Einzelausgaben, Stockholm/Frankfurt 1945-1955.

3] *Purcell:* Der englische Komponist Henry Purcell (1659-1695).

6. 4. 1944

1] *an McLeish:* An Archibald MacLeish, P. P. 5. 4. 44; Reg. III, 42
44/118. TM wandte sich an MacLeish mit der Frage, wie er sich den Angriffen des spanischen Exilpolitikers Louis Araquistain gegenüber verhalten solle. Zum Problem s. TB 19. 1. 44, Anm. 1.

2] *McLeish:* Der amerikanische Lyriker Archibald MacLeish (1892 bis 1982), von 1939-1944 Direktor der Library of Congress in Washington und nach Amerikas Eintritt in den Krieg stellvertretender Leiter des Office of War Information (OWI).

3] *an Annette Kolb:* O. O. 6. 4. 44; Reg. III, 44/122; Br. II, 359/360 (unvollst.).

4] *Annette Kolb:* Die Erzählerin und Essayistin Annette Kolb (1870-1967), mütterlicherseits französischer Abkunft, war eine Jugendfreundin Katia Manns und während ihrer Münchener Zeit mit dem Haus Mann befreundet. Sie verließ Deutschland im März 1933 aus Widerwillen gegen den Chauvinismus und Antisemitismus des NS-Regimes. Nach vorübergehendem Aufenthalt in der Schweiz lebte sie zunächst im ihr heimatlichen Paris und gelangte 1941 nach New York. Im Herbst 1945 kehrte sie nach Europa zurück, lebte abwechselnd in Badenweiler und Paris und übersiedelte 1961 endgültig wieder nach München.

7. 4. 1944

42 1] *In der Nation:* Unter Berufung auf eine Darstellung in den ›Basler Nachrichten‹ vom 28. 1. 1944 hatte die Zeitschrift ›The Nation‹ in ihrer Ausgabe vom 18. 3. 1944 (vol. 158, No. 12), S. 337, einen Bericht von Leopold Schwarzschild (›Argus‹) über das Ausmaß der bei drei Luftangriffen im Dezember 1943 angerichteten Zerstörungen gebracht.

10. 4. 1944

42 1] *Dr. Schiff:* Der Kölner Internist und Herzspezialist Dr. med. Hans Schiff (1897-1962) war 1935 in die USA emigriert, wo er praktizierte und als engagierter Amateur-Musiker das Ärzte-Orchester von Los Angeles zu gründen half. – TM konsultierte Schiff seit 1939.

2] *Vorwort:* S. Anhang S. 806. Die Ausstellung mit Bildern von Ernst van Leyden (s. TB 15. 1. 44, Anm. 1) fand vom 7.-31. 5. 1944 in den James Vigeveno Galleries statt und zeigte u. a. Porträts von TM, Heinrich Mann, Bert Brecht und Helene Weigel.

3] *»Bismarck and Lasker«:* Veit Valentin ›Bismarck and Lasker‹, ›Journal of Central European Affairs‹, vol. 3, 1944, No. 4, 400 bis 415. Wieder abgedruckt in Veit Valentin, ›Von Bismarck zur Weimarer Republik‹, hrsg. von H. U. Wehler, Köln 1979, 85-101.

4] *Lasker:* Der Jurist und Journalist Eduard Lasker (1829-1884), Abgeordneter der Fortschrittspartei und Gegenspieler Bismarcks.

5] *Tillich:* Paul Tillich, ›Existential Philosophy‹, ›Journal of the History of Ideas‹, New York, vol. 5, H. 1, 44-70.

6] *Dostojewski's Teufel:* ›Der Teufel. Iwan Fjodorowitschs Alptraum‹; das IX. Kapitel des elften Buches von Dostojewskis Roman ›Die Brüder Karamasow‹, an das sich das Teufelsgespräch im *Doktor Faustus* anlehnt.

43 7] *wieder aufzunehmen:* Vgl. *Doktor Faustus,* Kap. XLVI, GW VI, 646, 650 sowie Kap. XLVII, a. a. O., 651-667.

8] *The Seas of God:* ›The Seas of God. Great Stories of the Human Spirit‹, ed. by Whit Burnett, Philadelphia/New York, 1944.

9] *»A Weary Hour«:* Die englische Fassung der 1905 geschriebenen Schiller-Erzählung *Schwere Stunde*, die in vielen Anthologien nachgedruckt wurde.

10] *Rembrandt's Weib des Potiphar vom Direktor:* Vgl. TB 25. 3. 44, Anm. 2.

11] *Außenpolitische Rede Hulls:* Der amerikanische Außenminister Cordell Hull (1871-1955) hatte am 9. 4. 1944 eine dramatisch angekündigte Rede gehalten mit der Aufforderung an die Neutralen, die Achsenmächte nicht länger zu unterstützen, und einer Darstellung der Nachkriegs-Ära, über deren allgemeine Strukturierung Übereinstimmung unter den Alliierten bestehe, ohne daß Detailfragen bisher behandelt worden seien: »Man kann kaum annehmen, daß alle Fragen in bezug auf die Grenzen in Europa geregelt werden können, solange der Kampf andauert.« (NYT, 10. 4. 44, 1:3 und 7:2,3).

12] *von Klaus:* 12. 3. 44; im KMA.

13] *»Wille zur Macht«:* ›Der Wille zur Macht. Versuch einer Umwertung aller Werte‹, eine 1906 von Elisabeth Förster-Nietzsche und Peter Gast zusammengestellte und herausgegebene Sammlung postumer Notizen und Aphorismen Friedrich Nietzsches (Friedrich Nietzsche, ›Werke‹; Großoktavausgabe in 20 Bänden, Leipzig 1905 f., Zweite Abt., Bd. XV und XVI.)

14] *Nietzsche:* Der Philosoph und Klassische Philologe Friedrich Nietzsche (1844-1900), dessen Person und Werk TM seit frühester Jugend bestimmend beeinflußte. Sieht man von Richard Wagner ab, so hat sich TM mit keiner Gestalt der deutschen Geistesgeschichte so intensiv wie mit Nietzsche auseinandergesetzt; niemand – Wagner wiederum ausgenommen – ist von ihm so ambivalent, ja widersprüchlich beurteilt worden. Die Nietzsche-Zitate im Werk TMs sind Legion; die Figur des Adrian Leverkühn trägt hervorstechende Züge der Gestalt Friedrich Nietzsches, der dem Roman folgende Essay ist der Analyse der Nietzscheschen Philosophie »im Lichte unserer Erfahrung« gewidmet. Doch nicht nur Inhaltliches hat der Nachfahr von seinem bewunderten Vorbild übernommen, sondern – worauf vor allem Peter Pütz in dem TM gewidmeten Kapitel seines Studienbuchs ›Friedrich Nietzsche‹, Stuttgart 1967, S. 84-86, mit Recht hinweist – auch Stilprinzipien, Kompositionsweisen und Erzählperspektiven: Kunstmittel, die er dann in seinem späten Roman mitsamt der Kunstfigur ihres Urhebers als »teuflisch«, »genial« und »verworfen« etikettierte. S. *Vorspruch zu einer musikalischen Nietzsche-Feier* (1924), GW X, 180-184, und *Nietzsche's Philosophie im Lichte unserer Erfahrung* (1947), GW IX, 675-712.

11. 4. 1944

43 1] *Lady in the Dark:* 1944 gedrehter Film nach dem gleichnamigen Theaterstück von Moss Hart mit Songs von Ira Gershwin und Kurt Weill. Unter der Regie von Mitchell Leisen spielten Ginger Rogers, Ray Milland, John Hall, Warner Baxter, Harry Sullivan, Gail Russell und Billy Daniel.

2] *»Free state«:* Upton Sinclair, ›Free State? – Let us convert the Nazi Industrial Empire‹, ›The New York Times Magazine‹, 15. 8. 1943, 6, 34 und 36.

3] *Upton Sinclair:* Der amerikanische Schriftsteller Upton Sinclair (1873-1968), den TM im Frühjahr 1938 bei einem Besuch in Pasadena kennengelernt hatte.

12. 4. 1944

43 1] *Neudruck des ›Magic Mountain‹:* Die 7. Auflage der erstmalig 1927 bei Knopf in New York in zwei Bänden gedruckten *Zauberberg*-Übersetzung von Helen Lowe-Porter erschien 1944 (wie die 3. und 5. Auflage) als einbändige Edition.

44 2] *an Prof. V. Valentin:* Noch nicht bekannt.

3] *Die Besetzung Ungarns:* Vgl. die Berichterstattung der ›Neuen Zürcher Zeitung‹ vom April 1944, wo betont wird, die »innenpolitische Umgruppierung« nähme »stellenweise den Charakter eines Systemwechsels an«, Ungarn sei »nicht mehr Enklave in der Judenverfolgung« – im Gegenteil seien jetzt etwa 300 000 Juden extrem gefährdet. In Aufsätzen wie »Die neue Ordnung in Ungarn« und »Ungarische Opposition« wird immer wieder auf die Bedrohung durch die Judenverfolgung verwiesen: »Die Judenverfolgungen werden in Ungarn einen starken Wandel der gesellschaftlichen, sozialen und wirtschaftlichen Struktur zur Folge haben.«

4] *»Menschliches, Allzumenschliches«:* Friedrich Nietzsches Schrift von 1878 G. O. A. Bd. II und Bd. III, Leipzig 1906. TMs mit Notizen versehene Exemplare sind in der Zürcher Bibliothek erhalten.

13. 4. 1944

1] *an Tillich:* Noch nicht bekannt. 44

14. 4. 1944

1] *Becker:* Der Historiker an der Cornell University, Carl Lotus Becker (1873-1945). Sein von TM erwähntes Buch erschien 1943 bei Knopf in New York. 44

2] *Desaster in der Krim:* Am 8. 4. 1944 hatten sowjetische Truppen die Verteidigungslinie der Deutschen zur Halbinsel Krim durchbrochen.

15. 4. 1944

1] *Interessanter Artikel:* Robert Gordis, ›Jesus, Paul and Shalom Ash‹, ›The Reconstructionist. A bi-weekly published by the Jewish Reconstructionist Foundation Inc.‹ New York, vol. X, No. 5, v. 13. 4. 1944, 10-16. 44

2] *»In re Germany«:* ›In re Germany, a critical bibliography of books and magazines on Germany‹. Published by the Research and Information Service of the American Friends of German Freedom. Die Bibliographie, begründet im Februar 1941 von Paul Hagen, dem Leiter der Gruppe ›Neu-Beginnen‹ in den USA, erschien bis zum März 1944 in monatlicher Folge.

3] *Gefangenen-Problem:* Eine Woche nach seinem Besuch bei TM, am 22. 4. 1944, berichtete Gerhart Seger auf S. 1 der ›Neuen Volkszeitung‹ von seiner kalifornischen Reise, die dem Zweck dienen sollte, »die Frage der Behandlung der deutschen Kriegsgefangenen in den USA« zum Gegenstand einer öffentlichen Diskussion zu machen – mit dem erklärten Ziel, diese »Anteilnahme der öffentlichen Meinung [...] in eine organisierte Beeinflussung des Kriegsministeriums« umzusetzen. Denn, so Seger, als Resümee seiner Interviews und Recherchen, »man ist allgemein der Ansicht, daß das Kriegsministerium im Unrecht ist, wenn es ablehnt, die so viel erörterte und propagierte ›Neu-Erziehung‹ der deutschen Jugend bei denjenigen zu beginnen, die man hier im Lande hat, statt sie als Nazis zu konservieren, so daß eine zweite deutsche

Republik sich gleich mit einer fünften Kolonne der Nazis herumschlagen muß, die ihr in Gestalt von mehr als Hunderttausend zurückkehrender Kriegsgefangener geliefert würde. Ebenso haben naturgemäß die Fälle von Ermordung der Anti-Nazis durch ihre nazistischen Mitgefangenen die Öffentlichkeit erregt. Man ist überwiegend endlich auch der Meinung, daß die Anti-Nazis unter den Kriegsgefangenen zur Rundfunksendung nach Deutschland herangezogen werden können.«

4] *an Friends [. . .] wegen Associated Press:* Vermutlich im Zusammenhang mit den Vorbereitungen zu der am 2. 5. 1944 offiziell erfolgenden Gründung des ›Council for a Democratic Germany‹ (s. TB 22. 4. 44, Anm. 3).

5] *American Friends of German Freedom:* Eine von Karl Frank (alias Paul Hagen) und seiner Gruppe ›Neu-Beginnen‹ 1939 ins Leben gerufene, unter der Präsidentschaft des amerikanischen Theologen Reinhold Niebuhr stehende sozialistische Vereinigung mit einer eigenen Forschungsabteilung, die zu den wesentlichen Förderern des ›Council for a Democratic Germany‹ gehörte.

6] *Horty:* Der ungarische ›Reichsverweser‹ und Admiral Nikolaus Horthy von Nagybánya (1868-1957), Vertreter einer Politik der Annäherung an Italien und Deutschland, auf deren Seite sein Land seit 1941 Krieg führte, stimmte am 19. 3. 1944 – wenn auch unter Vorbehalten – der deutschen militärischen Besetzung Ungarns zu, bemühte sich aber gleichzeitig um Waffenstillstandsverhandlungen mit den Alliierten. Nach dem Scheitern seines Versuchs, für Ungarn einen Sonderfrieden zu erlangen, dankte Horthy am 15. 10. 1944 ab. Er starb im Exil in Portugal.

16. 4. 1944

45 1] *War Bond Auktion:* Versteigerung von Autographen berühmter Autoren, deren Erlös in Kriegsanleihen angelegt wurde.

2] *Doren:* Der Schriftsteller Mark van Doren (1894-1972), der im Auftrag des ›Book and Author War Bond Committee‹ die Auktion organisierte. Eine ähnliche Bitte van Dorens vom 27. 2. 1945 ist im TMA erhalten: »Would it be too much to ask you to contribute again to the Book and Author Committee? I need hardly tell you how much importance a librarian attaches to the acquisition of even a holograph page of your work.«

3] *Befehlshaberisches über das Geschlechtsleben:* S. Friedrich Nietzsche, Nachgelassene Werke: ›Unveröffentlichtes aus der Umwerthungszeit 1882-1888‹, a. a. O., 2. Abt., Bd. XIV, 249 f., wo von der Rache der Natur an dem Idealisten, Platoniker und Sinnlichkeitsverächter Leopardi die Rede ist, der »früher Onanie trieb, später impotent war« (Leopardi, wie Shelley und Hölderlin nicht erkennend, »daß ein Mann von Zeit zu Zeit ein Weib nöthig hat, wie er von Zeit zu Zeit eine rechtschaffene Mahlzeit nöthig hat.«)

4] *Leopardi:* Der italienische Schriftsteller Giacomo Leopardi (1798-1837).

5] *C. Mackenzie:* Der englische Schriftsteller und Dramatiker, später auch Rektor der Universität Glasgow (Sir) Edward Montague Compton Mackenzie (1883-1972).

17. 4. 1944

1] *das unmögliche Verhalten der deutschen Emigranten:* Die Be- 45
mühungen des Tillich-Hagen-Niebuhr-Kreises (S. TB 1. 4. 44, Anm. 1) um eine überparteiliche repräsentative Vertretung des deutschen Exils, mit dem Ziel, eine dem ›Nationalkomitee Freies Deutschland‹ in der Sowjetunion vergleichbare Körperschaft zu bilden, eine Vertretung jenes ›anderen Deutschland‹, deren Vorstellungen, so hoffte man, von den USA ernstgenommen und in alliierte Nachkriegskonzeptionen Eingang finden sollten. Vgl. dazu den Passus aus Erika Manns Artikel ›Eine Ablehnung‹, ›Aufbau‹, vol. X, No. 16 v. 21. 4. 1944, S. 7; auch in EM Br./Antw. I, 189/190: »Die deutsche Niederlage [...] trachten sie [d. h. gewisse ›exiliierte Politiker‹, in erster Linie also: Paul Tillich, Paul Hagen, die ehemaligen SPD-Funktionäre Albert Grzesinski, Siegfried Aufhäuser, Horst W. Bärensprung, Paul Hertz u. a. – vor allem aber natürlich Bert Brecht und sein Kreis] schon heute in eine reinigende, alles sühnende Revolution umzufälschen, – als ob der totale Zusammenbruch eines fürchterlich geschlagenen Volkes mit Revolution auch nur etwas zu tun hätte. Und schon heute vertreten sie, die Bankrotteure der deutschen Republik, die Machtinteressen des ›geläuterten‹ Reiches. Mitten im Krieg und in Ländern, die ihnen Gastfreundschaft gewähren, gründen sie ihre Vereine, verfassen sie ihre Proklamationen und scheuen sich nicht, die Menschheit mit dem dritten deutschen Weltkrieg zu bedrohen, für

den Fall nämlich, daß ihre Ratschläge refusiert werden sollten.« Diese – ganz im Sinne TMs abgefaßte – in erster Linie gegen Brecht und die Anwälte eines ›Free Germany-Committee‹ in den USA gerichtete ›Ablehnung‹ löste eine heftige Diskussion über die Frage ›What to do with Germany?‹ aus. Carl Zuckmayer replizierte im ›Aufbau‹ (vol. X, No. 19 v. 12. 5. 1944, 7/8), Erika Mann verband mit ihrer ›Offenen Antwort an Carl Zuckmayer‹, ›Aufbau‹, dieselbe Nummer, S. 8 (s. Br./Antw. I, 194-197) einen abermaligen Angriff auf den ›Council‹: »Das Manifest [des Council] [...] ist eine mit anti-faschistischen und sozialistischen Schlagworten kärglich verbrämte Liste von deutschen Forderungen. ›Das gute Deutschland‹ meldet seine Ansprüche an. [...] Daß, vorläufig, keinerlei ›gutes‹ Deutschland den bescheidensten Existenzbeweis erbracht hat, daß all unsere Hoffnungen auf deutsche Um- und Einkehr unerfüllt geblieben sind und daß wir einem unbesiegten, in seinem Machtdünkel ungebrochenen, fürchterlichen Koloß gegenüberstehen, den zu überwältigen namenlose Opfer fordern wird, stört die ›Freien‹ nicht. ›Mit dem Gesicht zur Heimat‹ treiben sie Politik.« Zur Analyse des TM beschäftigenden Konflikts vgl. Joachim Radkau, ›Die Exil-Ideologie vom »anderen Deutschland« und die Vansittartisten‹, ›Aus Politik und Zeitgeschichte‹, Beilage zur Wochenzeitung ›Das Parlament‹, Bd. 2/70 v. 10. 1. 1970, 31-47; ferner: ders., ›Die deutsche Emigration in den USA. Ihr Einfluß auf die amerikanische Europapolitik‹, Gütersloh 1971, bes. 107-214, und Karl O. Paetel, ›Zum Problem einer deutschen Exilregierung‹, ›Vierteljahreshefte für Zeitgeschichte‹, 4. Jahrgang 1956, 287-301.

2] *Vansittart:* Der britische Diplomat Sir Robert (später Baron) Vansittart (1881-1957), seit 1929 ständiger Unterstaatssekretär im Außenministerium, wurde Ende 1937 wegen seiner kritischen Haltung zur hitlerfreundlichen Einstellung der Regierung Chamberlain seines Postens enthoben. Er – der übrigens ein Freund Hugo von Hofmannsthals war (Vansittart: »ein junger Diplomat, einst head-boy in Eton, einer der begabtesten Engländer, die ich kenne« schrieb Hofmannsthal am 28. August 1908 an Harry Graf Kessler. Die Schätzung war gegenseitig: Vansittart widmete Hofmannsthal ›Songs and Satires‹, London 1909. Vgl. Hugo von Hofmannsthal – Harry Graf Kessler, Briefwechsel 1898-1929, herausgegeben von Hilde Burger, Frankfurt/M. 1968, S. 190 und 515), galt als kompromißloser Deutschenfeind, nachdem er in seinem Buch ›Black Record‹ (›Finstere Vergangenheit‹) den Nationalsozialismus als eine allen Deutschen ohne Unterschied innewohnende Denk- und Verhaltensart erklärt hatte.

3] *von Vansittart:* An Erika Mann, »Private and Personal«, Denham, Bucks., 25. 2. 1944; im EMA.

4] *Brief an Koch:* S. TB 31. 3. 44, Anm. 1.

5] *Aufsatz über Walter:* Erika Mann, ›For Bruno Walter‹; im EMA.

18. 4. 1944

1] *Diplomaten-Beschränkung:* Zur Sicherung der Invasionsvorbe- 45
reitungen verfügte Großbritannien am 17. 4. 1944 für sämtliche im Lande akkreditierten ausländischen Diplomaten – mit Ausnahme der Vertreter von USA und UdSSR – Reisebeschränkungen und das Verbot, codierte Telegramme aufzugeben.

19. 4. 1944

1] *Kap. XV:* Das Kapitel, in dem Adrian Leverkühn seine Abwen- 46
dung von der Theologie und seinen Entschluß, Musiker zu werden, erklärt. GW VI, S. 170-183.

2] *»Der Mensch ist gut«:* Leonhard Franks pazifistischer Novellenband, der 1917 in Zürich und 1936 bei Querido erschienen war. Eine Neuausgabe kam erst 1953 heraus; TM schrieb kein Nachwort.

3] *an Mrs. Meyer:* An Agnes E. Meyer, P. P. 18. 4. 44; Reg. III, 44/139.

4] *Reden der Göbbels und Goering:* Joseph Goebbels: Rede am 19. 4. 1944 in der Berliner Staatsoper – eine Ansprache, die mit den Worten schloß: »Auch in diesem Kampf auf Leben und Tod ist und bleibt er uns das, was er uns immer war: Unser Hitler.« Der Aufruf des Reichsmarschalls Hermann Göring endete mit dem Diktum: »Die Treue zum Führer verbürgt den Sieg.«

5] *Goering:* Der ›Reichsmarschall‹ des Deutschen Reiches, Hermann Göring (1893-1946), im Ersten Weltkrieg Fliegeroffizier und seit 1935 Oberbefehlshaber der Luftwaffe, Preußischer Ministerpräsident, seit 1932 Reichstagspräsident, wurde im Nürnberger Kriegsverbrecherprozeß zum Tode verurteilt und nahm sich vor der Hinrichtung durch Gift das Leben.

6] *»Schwarzes Korps«:* ›Das schwarze Korps‹, in Berlin erscheinende Wochenzeitung und offizielles Organ der SS.

7] *Hohnartikel:* Der Leitartikel vom 17. 2. 1944, S. 1 und 2, ›Keine dritte Möglichkeit‹ (ohne Verfasserangabe) beschwor die bekannte These: »In diesem Kampf kann es nur einen Sieger geben, und der wird entweder Deutschland oder die Sowjetunion sein! Der Sieg Deutschlands bedeutet die Erhaltung Europas, und der Sieg Sowjetrußlands seine Vernichtung [...]. Wer von einer dritten Möglichkeit redet [...], ist entweder hoffnungslos verblödet oder er redet wider besseres Wissen, weil er nicht seine eigene Meinung, sondern nur die seiner jüdischen Drahtzieher und Geldgeber verzapft. [...] Es gibt wie überall auch in Deutschland einige Meckerer und sie würden noch einen gewissen konjunkturellen Zulauf bekommen. Aber das Meckern ist ja schließlich kein politisches Programm [...] Wir haben in ältlichen Damenzirkeln vielleicht noch anderthalb Dutzend Monarchisten. Wir haben noch einige in Ehren ergraute Liberale [...]. Alles schön und gut. Kann man aus ihnen eine ›staatstragende‹ Bewegung machen? Vielleicht verzehren irgendwo in stillen Winkeln die Herren Scheidemann und Severing und wie sie alle heißen, noch ihre Pension. Vielleicht sind die Herren Brüning, Thomas Mann, Grzesinsky, Einstein und Isidor Weiss bereit, aus der Emigration heimzukehren. Werden sie miteinander einig werden und das Volk in flammender Rede zum Kampf gegen den Bolschewismus begeistern?«

8] *Brüning:* Der deutsche Zentrumspolitiker Dr. Heinrich Brüning (1885-1970), seit 1924 Reichstagsabgeordneter, 1930-1932 deutscher Reichskanzler, 1932 vom Reichspräsidenten Hindenburg entlassen. 1934 entzog sich Brüning der drohenden Verhaftung durch Emigration in die Vereinigten Staaten, wo er an der Universität Harvard lehrte.

9] *Greschinsky:* Der sozialdemokratische Politiker Albert Grzesinsky (1879-1947), 1925/1926 und 1930-1932 Polizeipräsident von Berlin, dazwischen Preußischer Innenminister, emigrierte 1933 in die Schweiz und von dort über Paris 1937 in die USA (s. TB 17. 4. 44, Anm. 1).

10] *Einstein:* Der Physiker Albert Einstein (1879-1955), Begründer der Relativitätstheorie und bis 1933 Direktor des Kaiser-Wilhelm-Instituts für Physik (Nobelpreis 1921), emigrierte nach Hitlers Machtantritt in die USA, wo er fortan am Institute for Advanced Study in Princeton forschte. Mit TM verband ihn seit der Princetoner Zeit und dem gemeinsamen Empfang der Ehrendoktorwürde der Universität Harvard ein von gegenseitigem Respekt getragenes, gelegentlich freundnachbarliches Verhältnis. S. *Zum Tode von Albert Einstein* (1955), GW X, 549/550.

11] *Weiss:* Der sozialdemokratische Reichstagsabgeordnete und zeitweilige Polizeipräsident von Berlin (1927-1932) Bernhard Weiss (1880-1951), von der Goebbels-Presse als ›Isidor Weiss‹ verunglimpft, floh 1933 nach Prag und gelangte 1941 über England in die Vereinigten Staaten.

20. 4. 1944

1] *Luthers Briefe:* ›Martin Luthers Briefe, eine Auswahl in zwei 46
Bänden‹, hrsg. von Reinhard Buchwald, Leipzig 1909, ein Quellenwerk für den *Doktor Faustus.* Die von TM benutzten Bücher stehen in der Zürcher Bibliothek.

2] *Kanon und op. 111:* Doktor Faustus, Kap. IV und VIII; GW VI, 41-44 und 71-77.

3] *von Bermann:* New York, 14. 4. 44, TM/GBF 349/350.

4] *Bibi:* Der Geiger und Solobratschist Michael Thomas Mann (1919-1977), TMs jüngster Sohn, in der Familie ›Bibi‹ genannt, gab 1957 die Musikerlaufbahn auf, studierte Germanistik und promovierte 1961 an der Universität Harvard über Heinrich Heines Musikkritiken. Seit 1962 lehrte er an der University of California in Berkeley. Michael Mann hatte 1939 die Schweizerin Gret Moser (geb. 1916), eine Zürcher Schulfreundin seiner Schwester Elisabeth, geheiratet und lebte mit seiner Familie in San Francisco.

5] *alien:* Ausländer.

6] *der Frau:* Elsa Walter, geb. Wirthschaft, genannt Korneck (1871-1945).

7] *ermordete Tochter:* Grete Walter (1906-1939), Bruno Walters jüngere Tochter, war 1939 in Zürich von ihrem Mann, dem deutschen Filmproduzenten Robert Neppach, aus Eifersucht erschossen worden. Neppach nahm sich nach der Tat das Leben.

21. 4. 1944

47 1] *Studien-Ausgabe: Tonio Kröger,* ed. by Elizabeth M. Wilkinson (englische Studienausgabe des deutschen Textes in der Reihe ›Blackwell's German Texts‹, Oxford 1944).

2] *Buch von Wätzoldt:* Wilhelm Waetzoldt, ›Dürer und seine Zeit‹, Wien 1936. Das Buch, das viele Benutzerspuren aufweist, steht in TMs Zürcher Bibliothek und ist, vor allem durch seine kulturhistorischen Passagen, die TM intensiv ausschrieb, eines der wichtigsten Quellenwerke für den *Doktor Faustus.* Genaueres bei Lieselotte Voss, ›Die Entstehung von Thomas Manns Roman *Doktor Faustus.* Dargestellt anhand von unveröffentlichten Vorarbeiten‹, Tübingen 1975, 133-142.

3] *Wätzoldt:* Der deutsche Kunsthistoriker Wilhelm Waetzoldt (1880-1945), von 1927-1933 Generaldirektor der staatlich-preußischen Museen in Berlin. TM hatte ihn 1931 bei den Sitzungen des Comité Permanent des Lettres et des Arts, dessen Mitglieder er und Waetzoldt waren, in Genf kennengelernt und bei dem Treffen der Vereinigung in Frankfurt, im Mai 1932, wiedergesehen.

22. 4. 1944

47 1] *Aufsatz über die Bibel:* S. TB 1. 3. 44, Anm. 1.

2] *»Maskenball«:* Giuseppe Verdis 1859 uraufgeführte Oper ›Un Ballo in Maschera‹.

3] *Manifest:* Die programmatische Gründungserklärung der unter dem Namen ›Council for a Democratic Germany‹ tätigen Vereinigung von »Deutschen Emigranten, Feinden des Nazismus und Befürwortern eines demokratischen Deutschland« (›The German American‹, vol. III, No. 2 v. 15. 5. 1944, S. 3). Das Manifest ›Declaration of the Council for a Democratic Germany‹ wurde im April 1944 zunächst an die potentiellen Unterzeichner sowie, etwas später, mit einem besonderen Anschreiben und der Unterschriftenliste an die amerikanischen »sponsors«, die Sympathisanten der Vereinigung, verschickt. Es bestand aus einer Präambel und dem in vier Punkte gegliederten Programm, das sich mit der Entmilitarisierung und Entnazifizierung Deutschlands befaßt, aber an der nationalen und ökonomischen Einheit der Nation festhält – einer Einheit, die sich als friedenschaffendes Element in der europäischen Völkerfamilie zu bewähren habe: »Es wäre verhängnisvoll für die Zukunft Europas, wenn Deutschland politisch und ökonomisch zerrissen würde. Das würde einen fruchtbaren Nährboden für pan-germanistische Bewegungen schaffen. Es würde Deutschland der Möglichkeit berauben, seine Zukunft verantwortlich zu gestalten, es würde die größte nationalsozialistische Irridenta aller Zeiten schaffen, und es würde wertvolle Kräfte anderer Völker in der Niederhaltung dieser Irridenta erschöpfen. – Es ist für die wirtschaftliche Zukunft Europas und der Welt notwendig, daß die deutsche Produktivkraft erhalten bleibt. Würde sie zerstört, so würde die Produktion und die Konsumption aller europäischen Länder heruntergedrückt und ein Wirtschaftsaustausch zwischen anderen Kontinenten und Europa zum großen Teil verhindert werden. Es würden außerdem Millionen von Deutschen dauernd arbeitslos gemacht und zu einer unfreiwillig parasitären Existenz verdammt werden. Dadurch würde in der Mitte Europas ein ständiger Unruheherd entstehen. – Die deutsche Produktivkraft muß in ein einheitliches europäisches System der Produktion und Konsumption eingeordnet werden. Durch ein solches System würde die wirtschaftliche Zusammenarbeit der europäischen Völker ermöglicht und die Bedeutung der politischen Grenzen herabgemindert werden. Deutschlands wirtschaftliche Vormachtstellung und die Gefahr einer deutschen Wiederaufrüstung würden durch gesamteuropäische Planung und Kontrolle beseitigt werden. Nur dann könnte Deutschland die Pflicht der sachlichen Wiedergutmachung in weitem Maße erfüllen und wäre, zusammen mit dem übrigen Europa, vor den Gefahren der Verelendung geschützt. – Für die Entwicklung Deutschlands zu einer vom Volk bejahten Demokratie ist es erforderlich, daß die militärischen und zivilen Repräsentanten der Vereinigten Nationen die künftigen Träger einer solchen Demokratie von vornherein gewähren lassen. Es ist weiter erforderlich, daß alle diejenigen ausgeschlossen werden, die für den Aufstieg des Nationalismus mitverantwortlich sind, auch wenn sie anfängliche Vorteile bieten ...« Die offizielle Vorstellung des Committees und die Publikation der Statements der amerikanischen Freunde erfolgte am 3. 5. 1944 in New York. Der ›German American‹ druckte die Deklarationen in seiner o. g. Nummer S. 3 und 4, sowie in der nächsten Folge, vol. III, No. 3 v. 1. 6. 1944, S. 3.

4] *Buch der Erinnerungen:* Erika Manns unvollendetes autobiographisches »liebenswürdiges Erinnerungsbuch« (TM) ›Alien Homeland‹. Das Typoskript befindet sich im EMA.

23. 4. 1944

47 1] *Mrs. Meyer [. . .] beauftragt:* An Agnes E. Meyer, P. P. 23. 4. 44; Reg. III, 44/151.

2] *an Knopf:* An Alfred A. Knopf, P. P. 23. 4. 44; Reg. N, 44/4.

3] *Gumpert:* Der Berliner Arzt und Schriftsteller Martin Gumpert (1897-1955) wanderte 1936 in die Vereinigten Staaten aus und war in New York eng mit Erika Mann befreundet. TM hatte Gumpert 1935 in Zürich kennengelernt; in Amerika verband ihn eine wachsende Zuneigung mit dem »Hausfreund«, den er in der Figur des Mai-Sachme im dritten und vierten *Joseph*-Band porträtierte. S. *An Martin Gumpert über ›Dunant‹* (1939), GW XIII, 435, und *Preface to Martin Gumpert ›First Papers‹* (1941), GW XIII, 436 bis 438.

4] *Für ›Life‹:* Kam nicht zustande. Vgl. TM an GBF 20. 7. 44: »Zu schade, daß Gumperts ›Life‹-Artikel zurückgestellt worden, d. h. unter den Tisch gefallen ist. Ich hatte mich auf ihn gefreut.« TM/GBF, 361.

5] *Absage an Niebuhr:* An Reinhold Niebuhr, P. P. 23. 4. 44; Reg. III, 44/152. Der Brief enthält die Erklärung, daß TM das Manifest des ›Council for a Democratic Germany‹ (s. TB 22. 4. 44, Anm. 3) nicht zu unterschreiben gedenke: Obwohl er mit dem Inhalt weitgehend einverstanden sei, halte er doch den Zeitpunkt einer solchen Proklamation für verfrüht.

6] *Niebuhr:* Der amerikanische Theologe Reinhold Niebuhr (1892 bis 1971).

7] *Mumford:* Der amerikanische Schriftsteller und Soziologe Lewis Mumford (geb. 1895). TM kannte Mumford persönlich aus dem von G. A. Borgese ins Leben gerufenen Arbeitsausschuß der ›City of Man‹, eines Komitees zur Erarbeitung eines Manifestes, das durch die Proklamation Amerikas als demokratischer Weltmacht zum Aufbau einer entschieden antifaschistischen geistigen Front in den USA beitragen sollte.

8] *›Condition of Man‹:* Lewis Mumford, ›The Condition of Man‹, New York 1944. Die von TM erwähnten Stellen über den *Zauberberg,* a. a. O., Kap. X, ›Barbarism and Dissolution‹, Abschnitt 7:

›The Lure of Decay‹, 378-381, und über Luther, a. a. O., Kap. V, ›Capitalism, Absolutism, Protestantism‹, Abschnitt 9: ›Luther and Nationalism‹, 184-188, sowie Abschnitt 10: ›Calvin: The Responsible Community‹, 188-194.

25. 4. 1944

1] *von Agnes Meyer:* Mexico City, 10./11. 4. 44; in der Yale-Collection. *48*

2] *Aufsatz für B. of the M.:* Agnes Meyer, ›Thomas Mann‹, ›Book of the Month Club News‹, June 1944, 4-5.

3] *Tapferer Artikel:* Wahrscheinlich die später in Agnes E. Meyers Buch ›Journey through Chaos‹, New York o. J., aufgenommenen Artikel ›The Negro and the Army‹ aus der ›Washington Post‹ vom 19. und 26. 3. 1944.

4] *Klages:* Der Philosoph und spätere Graphologe Ludwig Klages (1872-1956) stand zeitweilig dem Kreis um Stefan George und Karl Wolfskehl nahe. – TM hatte Klages in München flüchtig gekannt; bei der Darstellung des Kridwiß-Kreises im *Doktor Faustus* hat die von Klages vertretene These vom ›Geist als Widersacher der Seele‹ und die Anklage gegen den Geist als des »Mörders der Seele« (GW XII, 697) Pate gestanden.

5] *Nietzsches psychologische Errungenschaften:* Ludwig Klages, ›Die psychologischen Errungenschaften Nietzsches‹, Leipzig 1926.

6] *deutsche Vorkehrungen:* ›Deutschlands Vorbereitungen gegen die Invasion‹, ›Aufbau‹, vol. X, No. 16 v. 21. 4. 1944, S. 1.

7] *Artikel Erikas:* S. TB 17. 4. 44, Anm. 1.

26. 4. 1944

1] *Nietzsche-Buch:* Friedrich Muckle, ›Friedrich Nietzsche und der Zusammenbruch der Kultur‹, München 1921. TM benutzte das Buch für die Kapitel XVI und XVII des *Doktor Faustus.* *48*

2] *Dr. Marcuse:* Der Schriftsteller Ludwig Marcuse (1894-1971) und seine Frau Erna, gen. Sascha. Marcuse emigrierte 1933 nach Südfrankreich, wo TM im Sommer 1933 mit ihm zusammentraf, und gelangte 1938 in die USA. Dort lehrte er seit 1940 Philosophie an der University of Southern California und kehrte 1963 in die Bundesrepublik zurück.

3] *Musik-Unterricht-Kapitel:* Kap. IX, GW VI, 96-109.

4] *Telegrammwechsel mit Marek:* Nicht erhalten; wahrscheinlich wegen der Übersetzung des Bibel-Artikels.

5] *Unglückseliges Verhalten Churchills in Griechenland:* Der britische Premierminister hatte öffentlich die Regierungsbildungsabsichten des griechischen Königs Georg II. begrüßt, ohne die bisher von den Alliierten unterstützten linken Widerstandsbewegungen im Lande, die für ein breiteres politisches Bündnis votierten, in seine Pläne einzubeziehen.

27. 4. 1944

49 1] *»Disillusionment«:* TMs im November 1896 (also mit 21, nicht mit 19 Jahren) geschriebene Skizze *Enttäuschung,* GW VIII, 62 bis 68). Eine englische Übersetzung von Helen Lowe-Porter erschien unter dem Titel ›Disillusionment‹ (im Index als ›Disillusioned‹) in der Zeitschrift ›Encore‹, Hoboken, N. Y., vol. 5, No. 27, April 1944, 401-405.

2] *an Dr. Reuter:* An Ernst Reuter, P. P. 29. 4. 44; Reg. III, 44/159.

3] *Dr. Reuter:* Der sozialdemokratische Politiker Ernst Reuter (1889-1953). S. TB 19. 8. 45, Anm. 3.

4] *sehr gelobt:* An Doris Schneider, Verlag Harcourt, Brace and Comp., New York, P. P. 29. 4. 44; Reg. III, 44/160.

5] *Mackenzie's Mr. Roosevelt:* ›Mr. Roosevelt‹ by Compton Mackenzie, illustrated, New York 1944. Das Buch befindet sich in der Zürcher Bibliothek.

6] *Kretzschmars Vorträge: Doktor Faustus,* Kap. VIII, GW VI, 68-96.

28. 4. 1944

49 1] *An Mrs. Meyer:* An Agnes E. Meyer, P. P. 28. 4. 44; Reg. III, 44/153; Br. II, 363/364.

2] *A. Rubinstein:* Der aus Polen stammende Pianist Arthur Rubinstein (1886-1982) lebte, wenn er nicht auf Tourneen war, mit seiner Frau Aniela (Nela) geb. Mlynarsky, während des Krieges in Brentwood/Kalifornien.

3] *Nathan:* Der amerikanische Schriftsteller Robert Grünthal Nathan (1894-1985).

4] *David:* Nicht ermittelt.

5] *Artikel:* Koppel S. Pinson, ›The German Dilemma‹, ›The New Leader‹, vol. 27, No. 17 v. 22. 4. 44, p. 11: Eine Auseinandersetzung mit Hagens Buch ›Germany after Hitler‹, N. Y. 1944, und den von einer Gruppe in England untergetauchter »Anti-Nazi-Germans« in der Schrift ›The next Germany‹ vertretenen – Hagen und der ›Council‹-Erklärung verwandten – Thesen. Ganz im Sinne TMs (und folgerichtig denn auch mit einem Zitat aus dem *Order of the Day*-Vorwort abgesichert) macht der Rezensent gegenüber den von sozialistischer Hoffnung getragenen Entwürfen für ein von allen Nazi-Schlacken durch eine »führerlose innere Revolution« gereinigtes Nachkriegsdeutschland die Feststellung geltend, daß Hitler mit allen NS-Implikationen kein dem Volk von einer Minorität aufgezwungenes Schicksal gewesen sei, sondern ein in guten Tagen von breiten Kreisen der Deutschen akzeptiertes und noch bei Kriegsbeginn aktiv unterstütztes Regime.

6] *Hagen:* Paul Hagen alias Karl Frank. S. TB 18. 1. 44, Anm. 7.

29. 4. 1944

1] *Mrs. Lowe-Porter:* TMs amerikanische Übersetzerin Helen T. 50
Lowe-Porter (1877-1963), die zwischen 1924 und 1951 sein gesamtes Werk ins Englische übertrug. Frau Lowe-Porter war mit ihrem Mann, dem amerikanischen Paläographen Dr. Elias Lowe, 1937 von Oxford nach Princeton übersiedelt. S. John C. Thirlwall, ›In another Language. A Record of the Thirty-Years Relationship between Thomas Mann and his English Translator Helen Tracy Lowe-Porter‹, New York 1966, in dem Auszüge aus dem sehr umfangreichen Briefwechsel TM/Helen Lowe-Porter veröffentlicht sind.

2] *von Bermann:* New York, 24. u. 26. 4. 44, TM/GBF 350/351; Schreiben, in denen GBF seinem Autor die Schwierigkeiten unterbreitet, vom amerikanischen Kriegswirtschaftsministerium eine adäquate Druckpapier-Zuteilung für die in den USA herzustellende deutsche Ausgabe von *Joseph, der Ernährer* zu erlangen.

3] *O. o. W. Information:* Office of War Information, das amerikanische Amt für Kriegspropaganda unter der Leitung von Elmer Davis.

4] *Artikel über Ossietzky: Dem Andenken Carl von Ossietzky's* (1944), GW XII, 939-941.

5] *E. St. Joseph:* Ellis St. Joseph, Drehbuchautor in Hollywood.

6] *No. 132:* Beethovens spätes Streichquartett a-Moll (1825), »dieses höchste Werk, das ich, wie durch Fügung, in den Jahren des ›Faustus‹ ein übers andere Mal, gewiß fünfmal, zu hören bekommen habe« (*Entstehung*, Kap. VI, GW XI, 185). Im *Doktor Faustus* gibt Adrian Leverkühn (Kap. XX, GW VI, 212-214) dem Erzähler vor dem Besuch einer Aufführung durch das Schaffgosch-Quartett eine Analyse des Werks.

7] *Zeitungskundgebung:* Zum Kampf gegen die ›Council-Erklärung‹, s. Radkau II, a. a. O., S. 200: »Rex Stout [. . .] machte vor einem Business Club den zu seinem Metier als Kriminalschriftsteller passenden Vorschlag, ›daß die Verfasser der Erklärung des Councils for a Democratic Germany erschossen werden sollten‹.«

8] *Rex Stout:* Der amerikanische Kriminalromanautor und Publizist Rex Stout (1886-1975) gehörte neben Emil Ludwig zu den führenden Vertretern der ›Vansittartisten‹ in den USA und den Mitbegründern der im Dezember 1943 auf Initiative von Friedrich Wilhelm Foerster entstandenen ›Society for the Prevention of World War III‹. Zum politischen Kontext s. Radkau I, 43-48.

30. 4. 1944

50 1] *Deutsche Sendung:* »Das Wort von der bevorstehenden ›Versklavung des deutschen Volkes‹, mit dem die Nazi-Propaganda arbeitet . . .«, *Deutsche Hörer*, 1. 5. 44, GW XI, 1099-1101.

2] *Riebers:* Der Philosophieprofessor Charles Henry Rieber (1866 bis 1948) wohnte unweit der Familie Mann in Pacific Palisades. Seine Frau Winifred war eine bekannte Porträt-Malerin, die auch TM zeichnete.

1. 5. 1944

50 1] *What is German?:* S. TB 15. 3. 44, Anm. 2.

2] *an Mrs. Lowe-Porter:* An Helen Lowe-Porter, P. P. 1. 5. 44; Reg. III, 44/161.

3] *über Shakespeare:* a) George N. Shuster über E. M. W. Tillyard, ›The Elizabethan World Picture‹, ›The Atlantic Monthly‹, vol. 173, No. 4, April 1944, S. 131.

b) Edmund Wilson über J. Dover Wilsons unter dem Titel ›The Fortunes of Falstaff‹ bei Macmillan erschienene Studie ›Henry IV.‹. ›The New Yorker‹, vol. 20, No. 11, v. 29. 4. 1944, 82-86.

2. 5. 1944
1] *Chief:* Der transkontinentale Expreßzug, der New York mit Los Angeles verbindet. 51
2] *von Knopf:* New York, 27. 4. 44; im Archiv des Verlages A. A. Knopf.
3] *Briefstelle:* TM hatte sich in einigen Privatbriefen kritisch über Helen Lowe-Porters Übersetzung von *Lotte in Weimar* (›The Beloved Returns‹) geäußert. Eine solche Äußerung war der Übersetzerin offenbar zu Ohren gekommen.
4] *Katalog:* S. TB 10. 4. 44, Anm. 2.
5] *Adel des Geistes:* S. TB 4. 4. 44, Anm. 4.

3. 5. 1944
1] *an Knopf:* P. P. 3. 5. 44; im Archiv des Verlags A. A. Knopf. 51
2] *Zusammenstellung:* S. TM an GBF, P. P. 4. 5. 44; Reg. III, 44/162; TM/GBF 352-354.
3] *Artikel:* ››Traitor's Wife‹ von Countess Ingrid von Rosén as told to Kurt Singer‹, ›The Saturday Evening Post‹, vol. 216, No. 45 v. 6. 5. 44, 22 und 89/90.
4] *Mme Quisling:* Die Ehefrau des norwegischen Kollaborateurs Vidkun Quisling. S. TB 14. 2. 44, Anm. 8.

4. 5. 1944
1] *III. Meistersinger-Vorspiel:* S. GW VI, 178/179. Vgl. auch TB 25. 11. 44. 51
2] *an Bermann:* S. TB 3. 5. 44, Anm. 2.
3] *Voltaires Mahomet:* Goethe, ›Werke, Weimarer Ausgabe‹, I. Abt., 9. Band, 275-360.

5. 5. 1944
1] *Werther-Vortrag: Goethe's Werther* (März 1940); aus den Princetoner lectures über *Die Kunst des Romans* 1939/1940. Der Vortrag wurde nicht in *Adel des Geistes*, sondern erst in *Altes und Neues* aufgenommen (GW IX, 640-655). 52
2] *an [Hardt]:* Noch nicht bekannt.
3] *Faust-Vortrag: Über Goethe's Faust.* Eine Vorlesung aus dem am 28. und 29. 11. 1938 in Princeton gehaltenen Faust-Kolleg; GW IX, 581-621.

4] *im New Leader:* A. Baird, ›The Unity of Europe‹, ›The New Leader‹, vol. 27, No. 18 v. 29. 4. 44, S. 1.

6. 5. 1944

52 1] *Filmplan:* Wohl ›The Woman with the Hundred Faces‹. S. TB 26. 1. 44, Anm. 1.

2] *Vorwort:* Der Bermann-Fischer Verlag plante eine Gesamtausgabe der Werke Bruno Franks. Das von TM versprochene *Vorwort* wurde schließlich in gekürzter Form als Einleitung zu dem Roman ›Cervantes‹ gedruckt. S. GW XIII, 444-449.

3] *Buchbesprechungen:* Die von den ›American Friends of German Freedom‹ herausgegebene Bibliographie-Reihe ›In re Germany‹. S. TB 15. 4. 44, Anm. 2.

4] *Kritik:* Milton Hindus, ›Liberalism in Goose-Step‹, ›The New Leader‹, vol. 27, No. 18 v. 29. 4. 44, S. 11.

5] *Hamsun, Céline und Spengler:* Der norwegische Erzähler Knut Hamsun (1859-1952) war – genau wie der französische Romancier Louis-Ferdinand Céline (1894-1961) und der deutsche Kulturphilosoph Oswald Spengler (1880-1936) (beide kommen in Klaus Manns Vorwort nicht expressis verbis vor) – von den Herausgebern der Anthologie, Klaus Mann und Hermann Kesten, wegen der häufig bekundeten Sympathie mit dem Nationalsozialismus nicht in den Band aufgenommen worden: »Yet, there are cases that caused us a little difficulty. Gerhart Hauptmann for instance, Knut Hamsun [...] Their literary rank is beyond any question. Should we do without them because of their political misbehavior?«.

7. 5. 1944

52 1] *Weizmann-Ehrenbuch:* S. TB 17. 2. 44, Anm. 5.

2] *»Cherubinischen Wandersmann«:* Angelus Silesius, ›Cherubinischer Wandersmann oder Geist-reiche Sinn- und Schlußreime zur Göttlichen Beschaulichkeit anleitende‹, Glatz 1675. Das Buch des Johannes Scheffler steht als Band 3 der 1924 in 2. verb. Auflage in München erschienenen dreibändigen Ausgabe ›Angelus Silesius, Sämtliche poetische Werke‹, in der Zürcher Bibliothek.

9. 5. 1944

1] *von Klaus:* Italy, 26. 4. (44); im KMA. 53

2] *Luxusdruck:* Die Episode ›Nocturno‹ aus Alfred Döblins ›November 1918‹ erschien 1944 als Privatdruck der Pacific Press in Los Angeles.

3] *Döblin:* Der Berliner Arzt und Schriftsteller Alfred Döblin (1878-1957) emigrierte 1933 über die Schweiz nach Frankreich, gelangte 1940 über Portugal in die USA, lebte von 1941-1945 in Kalifornien, kehrte 1945 nach Frankreich zurück und wirkte zunächst als französischer Kulturoffizier in Baden-Baden, wo er die Zeitschrift ›Das goldene Tor‹ (1947-1951) herausgab. TM schätzte Döblin als Schriftsteller, vor allem als den Autor von ›Berlin Alexanderplatz‹, stand ihm persönlich jedoch distanziert gegenüber. Döblin seinerseits hatte kein Verhältnis zu TM: weder zum Werk noch zur Person – eine Haltung, die sich durch die unterschiedlichen Lebensbedingungen in der Emigration, vielleicht aber auch durch Döblins wachsende Hinneigung zum Katholizismus zur völligen Entfremdung, ja zu Haß und Verachtung steigerte. Während der kalifornischen Exiljahre kam es zu einer Art von »Angewiesenheit« Döblins, die äußere Solidarität demonstrierte, nach 1945, wie die Angriffe des ›Alexanderplatz‹-Autors auf TM im ›Goldenen Tor‹ zeigen, jedoch schnell wieder zerbrach. S. *An Alfred Döblin* (1943), GW X, 489/490.

4] *Im New Yorker:* A. J. Liebling, ›Notes from the kidnap house‹. (French Underground Press) 3 Folgen, ›The New Yorker‹, vol. 20, No. 9 v. 15. 4. 1944, 52-63, No. 10 v. 22. 4. 1944, 50-60 und No. 12 v. 6. 5. 1944, 54-63.

10. 5. 1944

1] *Kapitel XVI:* »Das XVI. Kapitel [GW VI, 183-192] mit Adrians Brief aus Leipzig, der Nietzsches Kölner Bordell-Abenteuer [geschildert in einem Brief an Paul Deussen – s. TB 31. 1. 44, Anm. 6 –, den TM paraphrasiert] ›montiert‹« (*Entstehung*, Kap. VII, GW XI, 198). 53

2] *Damen-Buch-Club:* Die jüdische Frauen-Organisation ›Hadassah‹, s. *Entstehung*, Kap. VI, GW XI, 181.

3] *»Einige Worte«:* Wohl frei gesprochen. Jedenfalls gibt es keinen Hinweis auf ein Manuskript.

4] *Mr. Morris:* Der amerikanische Schriftsteller Ira Victor Morris (geb. 1903).

5] *»Emigranten-Roman«:* Ira Victor Morris, ›Liberty Street‹, New York 1944.

6] *»Germany, a Self-Portrait«:* ›Germany a Self-Portrait. A Collection of German Writings from 1914-1943‹, Edited with an Introduction and Chronicle by Harlan R. Crippen, Oxford University Press, 1944.

7] *an Bermann:* P. P. 10. 5. 44; Reg. III, 44/163; TM/GBF 354/355.

54 8] *In Our Time:* 1944 von Vincent Sherman im Rahmen der sog. ›polnischen Serie‹ gedrehte ›Plush Soaper‹ mit politisch-sozialkritischem Einschlag. In polnischem Milieu spielten Ida Lupino, Paul Henreid, Alla Nazimova und Mary Boland.

11. 5. 1944

54 1] *deutsche Briefe:* ›Deutsche Menschen. Eine Folge von Briefen, ausgewählt und eingeleitet von Detlef Holz‹ (Walter Benjamin), Luzern 1936. – 1931/32 anonym in der ›Frankfurter‹ Zeitung publiziert.

2] *General Perkins:* Wahrscheinlich Robert M. Perkins, Brigadegeneral seit 1942.

12. 5. 1944

54 1] *Der Brief:* Leverkühns Brief aus Leipzig. S. TB 10. 5. 44, Anm. 1.

2] *Dr. Matthias:* Der Soziologe Leo Matthias. S. TB 8. 1. 44, Anm. 4.

3] *verbunden war:* So in der Handschrift.

4] *»Lidice«:* Heinrich Mann, ›Lidice‹, Roman, Mexico City 1943 (Verlag ›El Libro Libre‹).

13. 5. 1944

55 1] *Mme Askenazy und Gatte:* Nicht ermittelt.

2] *Statement für Dr. Matthias:* Empfehlungsschreiben für Leo Matthias, P. P. 12. 5. 44; Reg. III, 44/172.

3] *Brief an Leiser:* Der Brief in Sachen des Filmprojekts ›The Woman with the Hundred Faces‹ ist noch nicht bekannt.

4] *Bedrohliche Lage in China:* Am 12. 5. 1944 war es den japanischen Truppen in China gelungen, die Eisenbahnverbindung Peiping-Hankau vollständig unter ihre Kontrolle zu bringen.

14. 5. 1944

1] *»Musikal Briefe«:* Johann Christian Lobe, ›Musikalische Briefe. Wahrheit über Tonkunst und Tonkünstler von einem Wohlbekannten‹, Teil I, II, Leipzig 1852: »ein Buch von lehrreicher Komik, bürgerliches Zeitalter in Reinkultur, der Tonfall des Bildungsphilisters, wie er in Nietzsche's Buche steht. Dennoch [...] war manches Zukömmliche daraus zu erfahren, zum Beispiel über Mendelssohn« (*Entstehung*, Kap. VII, GW XI, 197). *55*

2] *an Mistreß Meyer:* An Agnes E. Meyer, P. P. 14. 5. 44; Reg. III, 44/173.

3] *desperaten Angriff auf Strauß:* Nietzsches Angriff auf den evangelischen Theologen David Friedrich Strauß (1808-1874) und sein Werk ›Das Leben Jesu‹ (1835) im ›Ersten Stück‹ der ›Unzeitgemäßen Betrachtungen‹: ›David Friedrich Strauß, der Bekenner und der Schriftsteller‹ (1873).

15. 5. 1944

1] *von Oprecht:* Vermutlich der Brief im TMA: Zürich, 21. 3. 1944. 55

2] *Oprecht:* Der sozialdemokratische Zürcher Buchhändler und Verleger Dr. Emil Oprecht (1895-1952), nach 1933 Protektor der emigrierten deutschen Schriftsteller und Schauspieler, war mit TM befreundet. In Oprechts Buchhandlung in der Rämistraße 5 trafen sich die exiliierten deutschen Intellektuellen, und die von Oprecht gegründeten Verlage ›Dr. Oprecht & Helbling‹ und ›Europa Verlag‹ waren die führenden antifaschistischen Verlage der Schweiz. Bei ›Dr. Oprecht & Helbling‹ erschien seit September 1937 die von Thomas Mann und Konrad Falke herausgegebene Zwei-Monatsschrift ›Mass und Wert‹. S. *Abschied von Emil Oprecht* (1952), GW X, 526-528.

3] *Mondadori's Wunsch:* Der Verlag Arnoldo Mondadori in Mailand, bei dem seit 1933 nahezu alle italienischen Ausgaben der Werke von TM – zuletzt, 1937, *Joseph in Ägypten* in der Übersetzung von Gustavo Sacerdote *(Giuseppe in Egitto)* – erschienen waren, hatte 1938 unter dem Druck der politischen Verhältnisse die Fortführung der TM-Publikationen abbrechen müssen. Die Zusammenarbeit, die Mondadoris Wunsch war, wurde 1946 wieder aufgenommen.

4] *an Oprecht:* Noch nicht bekannt.

56 5] *Gustav-Linie:* Die deutsche Verteidigungslinie südlich und südöstlich von Monte Cassino.

6] *Hitler-Linie:* Die deutsche Verteidigungslinie westlich von Monte Cassino bis zum Meer nach Gaeta, von den Deutschen, da Hitler die Namensgebung ablehnte, Senger-Riegel genannt.

16. 5. 1944

56 1] *Brief-Duell:* Die Auseinandersetzung über die ›Deutsche Frage‹ zwischen Erika Mann und Carl Zuckmayer. S. TB 17. 4. 44, Anm. 1, und *Entstehung*, Kap. VII, GW XI, 196/197: »Sie [d. i. Erika Mann] polemisierte zu Recht [...] gegen den Emigrationspatriotismus der Leute vom ›Democratic Germany‹, der Deutschland schon wieder ›frei‹ und groß wollte, gegen Gebietsverluste, ja gegen die Wiederabtrennung Österreichs protestierte, und – dies der Grund meiner Ablehnung – wissentlich oder unwissentlich gemeinsame Sache machte mit einem überall lebendigen sinistren Pro-Deutschtum, das besser Pro-Faschismus zu nennen gewesen wäre.«

2] *Zuckmayer:* Der Dramatiker und Erzähler Carl Zuckmayer (1896-1977) lebte zunächst im Exil bei Salzburg, floh 1938 nach England und ging von dort in die Vereinigten Staaten, wo er – der sich als Farmer durchschlagen mußte – das Schauspiel ›Des Teufels General‹ schrieb. Zuckmayer kehrte nach dem Zweiten Weltkrieg nach Europa zurück und lebte in Saas-Fee in der Schweiz. Seine Lebenserinnerungen ›Als wär's ein Stück von mir‹ erschienen 1966 in Frankfurt.

3] *an Horch:* Noch nicht bekannt.

4] *Horch:* Der österreichische Kritiker und Reinhardt-Dramaturg Franz Horch (1901-1951) arbeitete im amerikanischen Exil als literarischer Agent und vermittelte neben Franz Werfels, Upton Sinclairs und John Dos Passos' Büchern auch TMs Werke an südamerikanische Verlage. S. an Franz Horch, P. P. 20. 2. 46: »I herewith appoint you my sole and exclusive agent and representative for the marketing of my literary work within the Latin American countries.« (Im TMA).

5] *Armistice:* Waffenstillstand.

6] *Alexei Tolstoi rät:* Der ›Aufbau‹, vol. X, No. 19 v. 12. 5. 1944, hatte auf S. 1 und 2 einen ›Tatsachenbericht zur deutschen Frage‹

von Manfred George veröffentlicht, der sich mit amerikanischen Stimmen gegen den ›Council for a Democratic Germany‹ befaßte und in diesem Zusammenhang auch eine Meldung des Londoner ›Observer‹ zitiert, derzufolge die UdSSR bei der European Advisory Commission mit dem (von Alexei Tolstoi vorgebrachten) Antrag aufgetreten war, die Angehörigen der gesamten deutschen Armee, falls sie bis zum Schluß kämpfen würden, als Gefangene zum Wiederaufbau der von den Deutschen verwüsteten Länder zu verwenden. Der Antrag wurde jedoch von den anderen Nationen unter Berufung auf die Haager Konvention (der die Sowjetunion nicht zustimmte) abgelehnt.

7] *Alexei Tolstoi:* Der russische Erzähler Alexei Nikolajewitsch Tolstoi (1883-1945) emigrierte 1918 nach Paris, kehrte jedoch 1923 nach Moskau zurück. TM hatte im April 1943 im Auftrag des Russian War Relief Committee einen offenen, die Verbundenheit und »tiefste Sympathie« der westlichen Alliierten mit der UdSSR und TMs persönliche »Liebe und Bewunderung für die große, heilige, zutiefst menschliche Kultur Rußlands« zum Ausdruck bringenden Brief *An Alexei Tolstoi* gerichtet (GW XIII, 750 bis 752).

8] *Brief von Golo:* An Katia Mann, London, 9. 5. 44. – Über den Kerr-Besuch hatte Golo Mann der Mutter berichtet: »Today there entered into our office a horrible and macabre appearance, curbed and snowwhite, but with monocle and moustaches, in which I immediately recognized – Alfred Kerr. He was preceded by a stout American soldier – Pvt. von Hofmannsthal. [...] A humoristic meeting.«

9] *B. B. C.:* The British Broadcasting Corporation, in deren Auftrag TM seine Sendungen *Deutsche Hörer* sprach. Golo Mann schrieb: »Ever since I have this new job my admiration for Z.'s [Zauberers] monthly broadcasts has greatly increased. It would be a great pity indeed if he would give it up. There is only ONE opinion about it. What I regret is, that the BBC does not send him good material for quotations and commentary.«

17. 5. 1944

1] *Briefe über den Aufsatz:* Von Maynara D. Follin, 7. 5. 1944; im *56*
TMA: »I have just written the Atlantic that your current article is

much the best study I have seen of the German situation; just without being bitter; sound and not too prejudicided. I have just sent it on to some German friends in Detroit.« S. auch TM an Maynara D. Follin, P. P. 20. 5. 44; Reg. III, 44/179.

2] *über die frühen Joseph-Bände:* Von A. G. Ewing; ein Fragebogenbrief, Nashville, Tenn. 11. 5. 44; im TMA. S. TM an A. G. Ewing, P. P. 20. 5. 44; Reg. III, 44/178.

3] *an Lt. Habe:* Noch nicht bekannt.

4] *sein Buch:* Hans Habe, ›Kathrine‹, New York, 1943, und London, 1944.

18. 5. 1944

57 1] *Kunstsalon:* S. TB 8. 1. 44, Anm. 1.

2] *Klee:* Der Schweizer Maler und Graphiker Paul Klee (1879 bis 1940), vor 1933 Lehrer am Bauhaus und der Düsseldorfer Akademie der Künste, wurde von den nationalsozialistischen Kunstrichtern entlassen; seine Bilder waren als ›entartet‹ verfemt. Klee kehrte in die Schweiz zurück.

3] *Toulouse-Lautrec:* Der französische Maler und Graphiker Henri de Toulouse-Lautrec (1864-1901).

4] *Hofer:* Der Maler und Graphiker Karl Hofer (1878-1955) war in den Jahren des Nationalsozialismus verfemt und verfolgt, 1945 wurde er zum Direktor der Berliner Hochschule für Bildende Künste ernannt, an der er von 1919-1936 gelehrt hatte.

5] *Marck:* Vermutlich ist der deutsche Maler Franz Marc (1880 bis 1916), der Mitbegründer der Künstlervereinigung ›Brücke‹, gemeint, dessen Bilder von den Nationalsozialisten aus den deutschen Museen entfernt wurden.

6] *Anna-Karenina-Aufsatz:* Das 1940 für eine amerikanische Ausgabe des Romans geschriebene Vorwort *›Anna Karenina‹* (GW IX, 622-639).

7] *über den ›Freischütz‹:* In Hermann W. von Waltershausen, ›Musikalische Stillehre in Einzeldarstellungen‹, 4 Bde, München 1920-1923, Band 2: ›Der Freischütz. Ein Versuch über die musikalische Romantik‹, 1920. Mit Anstreichungen TMs in der Zürcher Bibliothek.

8] *»Robert Schumann«:* Eugenie Schumann, ›Robert Schumann. Ein Lebensbild meines Vaters‹, Leipzig 1931. Mit Anstreichungen TMs in der Zürcher Bibliothek.

19. 5. 1944

1] *von Bermann:* New York, 15. 5. 44; TM/GBF 356/357. 57

2] *Secker u. Warburg:* Der Londoner Verlag Secker and Warburg (bis 1935 Martin Secker), TMs ständiger englischer Verlag, der seit 1924 in Zusammenarbeit mit Alfred A. Knopf in New York alle seine Werke herausbrachte.

3] *Abschrift des Vortrags: What is German?* Die deutsche Version: *Schicksal und Aufgabe,* GW XII, 918-939, erschien in ›Deutsche Blätter‹, Santiago de Chile, 2. Jg., H. 7, Juli 1944, 2-13.

20. 5. 1944

1] *Weissmanns »Chopin«:* Adolf Weissmann, ›Chopin‹, Berlin 1912, 2. Aufl. 1914. Mit Anstreichungen TMs in der Zürcher Bibliothek. 57

2] *Lesser:* Der österreichische Philologe und Schriftsteller Jonas Lesser (1896-1968) emigrierte 1938 nach London und veröffentlichte 1952 sein Hauptwerk ›Thomas Mann in der Epoche seiner Vollendung‹. (S. TB 17. 1. 45, Anm. 1). TM stand mit ihm in regelmäßigem Briefwechsel.

3] *Roman:* Leonhard Frank, ›Mathilde‹, Amsterdam 1948. S. TB 1. 2. 44, Anm. 5. 58

21. 5. 1944

1] *Anknüpfung mit Br. Frank:* Wie eine Notiz von Erika Mann bestätigt, beteiligte sich im weiteren Verlauf der Film-Angelegenheit Bruno Frank anstelle TMs aktiv an der Herstellung des treatments. 58

2] *Radio-Weisungen Eisenhowers:* BBC und ABSIE (*A*merican *B*roadcasting *S*ervice *i*n *E*urope »The Office of War Information's new propaganda station«) übertrugen am Nachmittag des 20. 5. 1944 eine anschließend ins Dänische, Norwegische, Französische und Flämische übersetzte Ansprache General Eisenhowers an die Untergrundkämpfer im besetzten Europa, die eine ›supreme commanders instruction‹ für den Tag der Invasion enthielt. Diese Anweisung erfolgte im Rahmen einer als ›operational orders delivered to underground patriots in occupied Europe‹ geplanten Sendereihe, in der Widerstandskämpfer laufend über die ihnen im Rahmen der bevorstehenden Rückeroberungskämpfe zugedachte strategische Rolle unterrichtet werden sollten (vgl. den ausführlichen Bericht von Harold Denny in der ›New York Times‹ v. 21. 5. 44, 1:6,7 und 5:1).

22. 5. 1944

58 Von »Party« bis zum Ende ist die Eintragung seitlich mit Rotstift angestrichen.

1] *Gumpert in der Herald Tribune:* Ein ›Demand soft Peace. Refugees Terms Denounced as Arrogant‹ überschriebener Leserbrief von Martin Gumpert in der ›New York Herald Tribune‹ vom 18. 5. 1944, S. 18.

2] *Brieflicher Angriff:* Nicht ermittelt.

3] *von Fadiman:* Als Sprecher einer New Yorker Schriftsteller-Gruppe hatte der amerikanische Literaturkritiker, Redakteur und Publizist Clifton P. Fadiman (geb. 1904) TM in einem Brief aus New York vom 17. 5. 44 gedrängt, sich mit dem Manifest des ›Council for a Democratic Germany‹ öffentlich auseinanderzusetzen und die Verweigerung seiner Unterschrift zu erklären: »We believe a statement from you, expressing such disapproval and giving your reasons, would be extremely useful, and would be a splendid service to the cause of human liberty and of world peace. Such a statement from the most eminent living German would be of immensurable help to the American people in their attempt to understand the problem of Pan-Germanism and to assisit in an intelligent solution of that problem.« (im TMA) – TM antwortete am 25. 5. 44 mit einem langen, nur im Konzept erhaltenen grundsätzlichen Schreiben. (Reg. 44/189; Br. II, 366-368).

4] *Im »Aufbau« weitere Diskussion:* Auf der Seite ›Letters to the Editor‹, ›Aufbau‹, vol. X, No. 20 vom 19. 5. 1944, äußerten sich Hans Jacob, Sigmund Gottlieb, Siegfried Marck, Walter Mehring, Friedrich Sternthal und Jan Masaryk zur Diskussion Erika Mann–Carl Zuckmayer.

5] *Stravinsky:* Der russische Komponist Igor Strawinsky (1882 bis 1971) und seine Frau, die Malerin Vera, geb. Soudeikina, eine ehemalige Tänzerin des Diaghilew-Balletts, »von jener spezifisch russischen Schönheit, in der das menschlich Sympathische zur Vollendung kommt« (*Entstehung,* Kap. VII, GW XI, 197). – Strawinsky war seit 1934 französischer Staatsbürger, kam zu Beginn des

Zweiten Weltkriegs nach Amerika, ließ sich in Hollywood nieder und erwarb 1945 die amerikanische Staatsangehörigkeit. Seine ›Erinnerungen‹ (deutsch: Zürich 1937) sind ein Quellenwerk für den *Doktor Faustus*. So berichtet Strawinsky beispielsweise gleich zu Beginn seiner Memoiren (›Erinnerungen‹, Zürich 1937, 9/10), wie er seine »ersten klanglichen Eindrücke« durch den Gesang eines auffallend gekleideten stummen alten Bauern empfing: »Sein Lied bestand aus zwei Silben, es waren die einzigen, die er aussprechen konnte. Sie hatten keinen Sinn, aber er stieß sie mit großer Geschwindigkeit abwechselnd, unglaublich geschickt hervor.« Strawinsky beschreibt, wie der Bauer dieses »Geleier« rhythmisch durch ein mit der Hand erzeugtes »Schmatzen« begleitet, das dem Kinde so tolles Vergnügen bereitete, daß es »mit großem Eifer versuchte, diese Musik nachzuahmen«, und er fügt dieser ersten Impression eine zweite hinzu, die TM im Hinblick auf Adrians musikalische Jugendeindrücke nicht weniger interessiert haben dürfte: die Erinnerung an den »Gesang der Frauen aus dem Nachbardorfe«: »Jeden Abend, wenn sie in großer Schar von ihrer Arbeit zurückkehrten, sangen sie einstimmig dasselbe Lied. Heute noch entsinne ich mich genau der Weise und der Art, wie sie es sangen. Ich wiederholte sie damals zu Hause und ahmte den Singsang der Frauen nach. Man lobte mich wegen der Sicherheit meines Gehörs, und das machte mich, wie ich heute noch weiß, sehr glücklich. So seltsam es klingen mag, dieses unbedeutende Ereignis hat für mich einen besonderen Sinn: in diesem Augenblick fühlte ich mich zum ersten Male als Musiker.« Vgl. dazu die *Doktor Faustus*-Passage GW VI, 42-44 und TB 26. 9. 44, Anm. 4.

6] *Dr. Joseph:* Der Regisseur, Drehbuchautor und Übersetzer Dr. Albrecht Joseph (geb. 1901) war über Österreich 1939 in die USA emigriert. Er arbeitete in Hollywood als Filmcutter und war nebenbei als Sekretär für Emil Ludwig, Franz Werfel, und, ein paar Monate lang, auch für TM tätig. Er schrieb die ersten hundert Seiten des *Doktor Faustus* aus dem Manuskript in die Maschine. Dr. Joseph lebt heute – mit Anna Mahler verheiratet – in Spoleto.

7] *Gide:* Der französische Schriftsteller André Gide (1869-1951), den TM zeitlebens sehr schätzte und seit einer Begegnung in Paris 1931 auch persönlich kannte. S. *Si le grain ne meurt* (1929), GW X, 711-721, und *Zum Tode André Gides* (1951), GW X, 523.

8] *Tolstoi:* Der russische Erzähler Lew N. Tolstoi (1828-1910), dem TM 1928 einen Essay widmete: *Tolstoi. Zur Jahrhundertfeier seiner Geburt* (GW X, 233-238).

23. 5. 1944

59 1] *Adrians Brief:* Der Schlußabsatz von Adrian Leverkühns Leipziger Brief: »Spiele viel Chopin und lese über ihn...« (GW VI, 191/192).

2] *Canby:* Der Kritiker und Essayist Henry Seidel Canby (1878 bis 1961), Herausgeber der ›Saturday Review of Literature‹.

3] *Artikel:* a) Henry S. Canby, ›Joseph the Provider‹, ›Book of the Month Club News‹, June 1944, 2/3, b) Agnes E. Meyer, ›Thomas Mann‹, ebd. 4/5.

4] *›German-American‹ pro Council:* ›Statement of American Citicens Endorsing the Council. – Die amerikanische Öffentlichkeit begrüßt den Council for a Democratic Germany‹, ›The German American‹, vol. III, No. 3 v. 1. 6. 1944, p 3, mit der Liste der amerikanischen Sympathisanten, darunter Dorothy Thompson, John Dewey, Christian Gauss, Alvin Johnson, Ben Huebsch, Henry Seidel Canby und Reinhold Niebuhr (Vgl. TB 22. 4. 44, Anm. 3).

5] *Filmsache:* S. TB 21. 5. 44, Anm. 1.

6] *Symphonie von César Franck:* Die einzige Symphonie (in d-moll) (1889) des wallonischen Komponisten César Franck.

7] *Waste-Paper Company:* Altpapier-Verwertungs-Firma.

24. 5. 1944

59 1] *von Werfel:* Beverly Hills, 20. 5. 1944; im TMA.

2] *Brief eines [...] Japp:* Nicht im TMA. Vgl. jedoch TM an Agnes E. Meyer, P. P. 29. 5. 1944: »Neulich habe ich schon von einem Professor of Literature in Ohio einen Brief bekommen, des Inhalts, ich hätte durch meine feindselige Haltung gegen das deutsche Regime Amerika in den Krieg gestürzt und müßte jetzt wenigstens sofort einen Versöhnungsfrieden mit Hitler herbeiführen. Sie werden sagen: Ein Narr. Aber die Welt wimmelt von Narren, und daran erinnert zu werden, hat immer sein Unheimliches« (Kopie im TMA; ähnlich: P. P. 3. 6. 44; Reg. III, 44/204; Br. II, 371).

25. 5. 1944

1] *an Fadiman:* S. TB 22. 5. 44, Anm. 3. 59

27. 5. 1944

1] *Fadiman-Council-Zwischenfall:* Vgl. TB 22. 5. 44, Anm. 3, und TM an Agnes E. Meyer, P. P. 29. 5. 44: »Cl. Fadiman schrieb mir im Namen des Writer's War Board einen Brief, in dem er es mir geradezu zur Pflicht machte, meine Stimme gegen die Aktion des ›Council for a Democratic Germany‹ zu erheben. Der Brief hat mir Tage lang zu schaffen gemacht. Schließlich habe ich Fadiman eine ausführlich ablehnende Antwort geschickt, die aber eigentlich alles Notwendige enthält, so daß er sie, wenn er will, auch veröffentlichen kann.« (Kopie im TMA) 60

28. 5. 1944

1] *deutscher Sendung:* »Zu Anfang des Krieges ...«, *Deutsche Hörer*, 29. 5. 1944, GW XI, 1101-1104. 60

2] *Biographie Debussy's:* Wahrscheinlich: Heinrich Strobel, ›Claude Debussy‹, Zürich 1940.

3] *Debussy:* Der französische Komponist Claude Debussy (1862 bis 1918), dessen impressionistische Orchester-Skizzen ›La Mer‹ (1903 bis 1905) neben Regers ›Böcklin-Suite‹ (1913) vermutlich Adrian Leverkühns Erstlingswerk ›Meeresleuchten‹ als Vorbild dienten (vgl. J. Krey, ›Die gesellschaftliche Bedeutung der Musik im Werk Thomas Manns‹, Wiss. Zs. d. Friedrich-Schiller Universität Jena, Bd. 3, 1953/54, Geist.- und sprachwiss. Reihe H. 2/3, 301-332; der Hinweis: 321).

4] *Interessantes über Bizet, Gounod, Brahms:* In dem Buch von Strobel (dessen Spuren im *Doktor Faustus* nachzuweisen wären) fand TM vermutlich auf den Seiten 9, 74-76 die ihn interessierenden, hier gemeinten Episoden.

5] *Morris:* Vermutlich Ira Victor Morris (S. TB 10. 5. 44, Anm. 4) mit seiner Frau.

6] *Ausstellung:* S. TB 10. 4. 44, Anm. 2.

7] *an von Hofe:* An Harold von Hofe, P. P. 28. 5. 44; Reg. N, 44/5.

29. 5. 1944

60 1] *an die Meyer:* An Agnes E. Meyer, P. P. 29. 5. 44; Reg. III, 44/190.

2] *an Bermann:* An GBF, P. P. 30. 5. 44; Reg. III, 44/192; TM/GBF 357-359.

3] *Klaus sandte Ausschnitte:* S. dazu TM an Agnes E. Meyer, P. P. 29. 5. 44: »Klaus schickte mir aus Italien eine kleine Collection deutscher Zeitungsausschnitte – ein Gespenster-Reigen. Wie sie es alle so weiter treiben. Ernst Bertram hat den rheinischen Dichterpreis bekommen. Man muß sich das Rheinland vorstellen. Preetorius hält Vorträge im okkupierten Ungarn, wo man gerade Ghetto's errichtet. Carl Vossler geht nach Franco-Madrid und läßt sich von der dortigen Universität zum Ehrendoktor ernennen. Kurzum das deutsch-europäische Kulturleben nimmt seinen Fortgang« (Im TMA).

30. 5. 1944
(von TM irrtümlich auf 29. 5. 44 datiert.)

60 1] *XVII. Kapitel:* In dem Zeitblom den Brief Adrian Leverkühns analysiert (GW VI, 192-198).

2] *Schwiegertochter:* Virginia Katzenellenbogen, vorm. Stuercken, die erste Frau von Konrad Katzenellenbogen (Kellen).

3] *an V. Polster:* An Victor Polzer, P. P. 30. 5. 44; Reg. III, 44/195; Br. II, 368/369.

4] *V. Polster:* Der österreichische Schriftsteller und Übersetzer Victor Polzer (1892-1965) emigrierte 1938 nach New York. Sein Tierroman ›Arche ohne Noah‹ blieb unveröffentlicht.

61 5] *Otto III:* In seinem *Faustus*-Roman zitiert TM den deutschen Kaiser Otto III. (995-1002) an verschiedenen Stellen und ganz im Sinne der Tagebuchnotiz als das »Musterbeispiel deutscher Selbst-Antipathie« (GW VI, 51) ... als einen Mann, der – ähnlich wie Adrian Leverkühn, in dessen Jugendstadt Kaisersaschern TM denn auch das sich realiter in Aachen befindliche Grabmal lokalisiert – »sein Leben lang schamvoll unter seinem Deutschtum gelitten« habe. Vgl. neben der angezogenen Stelle auch Kap. XX (GW VI, 220): »Nicht umsonst war er der Sohn der Stadt, in der Otto III. begraben lag. Seine Abneigung gegen das Deutschtum, das er verkörperte [...], trat in die beiden Erscheinungsformen versponnener Schüch-

ternheit vor der Welt und eines inneren Bedürfnisses nach Welt und Weite auseinander, das ihn darauf bestehen ließ, dem deutschen Konzertsaal Gesänge in fremder Sprache zuzumuten, oder richtiger: sie ihm durch die fremde Sprache vorzuenthalten.«

31. 5. 1944

1] *Käthe Rosenberg:* Die Übersetzerin Käthe Rosenberg (1883 bis 1960), eine Kusine von Katia Mann, war 1939 zusammen mit ihrer Schwester Ilse Dernburg (1880-1965) nach London emigriert. *61*

2] *Herz:* Die Nürnberger Buchhändlerin Ida Herz (1894-1984), eine frühe Bewunderin der Werke TMs, lernte TM 1925 kennen und ordnete seine Münchener Bibliothek. Seither stand sie in regelmäßiger Verbindung mit dem Hause Mann. Sie war eine gewissenhafte Sammlerin aller TM betreffenden Schriftstücke, und TM selbst fügte ihrer auch Kuriosa umfassenden Sammlung im Laufe der Jahre viele Zeitungsausschnitte und Manuskriptabschriften hinzu. Ida Herz emigrierte 1936 in die Schweiz und von dort nach London, wo sie neunzigjährig starb. Sie konnte ihre Sammlung retten und übergab sie später, zusammen mit ihrem sehr umfangreichen und größtenteils noch unveröffentlichten Briefwechsel mit TM, dem Zürcher Archiv. Der hier erwähnte Brief ist nicht erhalten.

3] *Aufforderungen:* S. TM an Clifton Fadiman, P. P. 3. 6. 44; Reg. III, 44/203.

4] *Tarquin Olivier:* Simon Tarquin Olivier (geb. 1936), ein Sohn des englischen Schauspielers Sir Laurence Olivier, lebte mit seiner Mutter in der Nähe TMs in Pacific Palisades.

1. 6. 1944

1] *Artikel:* S. TB 17. 2. 44, Anm. 5. *61*

2] *»Nocturne«:* S. TB 9. 5. 44, Anm. 2.

3] *Dohnanyi:* Der ungarische Pianist, Dirigent und Komponist Ernst von Dohnanyi (1877-1960).

4] *Landung in Südfrankreich:* Durch systematische Bombardierung von Straßen, Brücken und Eisenbahnlinien u. a. im Raum um Bordeaux, mit fingierten Truppenverschiebungen und irreleitenden Funksprüchen hatten die Alliierten die letzten zehn Tage vor der Invasion der Normandie-Küste versucht, die Deutschen über den zur Landung vorgesehenen Ort zu täuschen.

2. 6. 1944

61 1] *von Knopf:* O. O. (New York) 31. 5. 44; im Archiv des Knopf-Verlags.

2] *Bedauerlich ungünstige Besprechungen:* Eric Russell Bentley, ›A Case of Heart Failure‹, ›The Nation‹, vol. 158, No. 22 v. 27. 5. 44, 630/631.

3] *Deutsche Sendung: Deutsche Hörer,* 1. 5. 44; die Ansprache, in der TM die von den Deutschen behauptete alliierte »Drohung mit der Versetzung des deutschen Volkes in den Sklavenstand« als »Lüge« bezeichnete. S. TB 30. 4. 44, Anm. 1.

62 4] *Chamfort-Buch:* S. TB 15. 2. 44, Anm. 4.

5] *Artikel:* Anon., ›After Nazis give up – Price Germany must Pay‹, ›The United States News‹, vol. XVI, No. 21 v. 26. 5. 44, 13/14.

3. 6. 1944

62 1] *an die Meyer:* An Agnes Meyer, P. P. 3. 6. 44; Reg. III, 44/204; Br. II, 369-371.

2] *Tochs:* Der österreichische Komponist Ernst Toch (1887-1964) emigrierte 1933 über London in die Vereinigten Staaten und lehrte seit 1936 an der University of Southern California in Los Angeles. Ernst und Lilly Toch lebten in Santa Monica, und TM nutzte die Nachbarschaft zur Diskussion musikalischer Probleme (Vgl. *Entstehung,* Kap. V und VI, GW XI, 170 und 177).

3] *Szigettis:* Der ungarische Geiger Joseph Szigeti (1892-1973) lebte seit 1926 in den Vereinigten Staaten und wohnte mit seiner Frau Wanda in Los Angeles. TM hatte durch Vermittlung von Gustave Arlt Weihnachten 1943 Szigetis Aufsatz ›The Phonograph in Thomas Mann's *The Magic Mountain*‹, ›The American Music Lover‹, New York, Oktober 1942, gelesen und sich am 24. 12. 1943 (Reg. II, 43/268) für den Essay bedankt, den Szigeti später in seine Lebenserinnerungen ›With Strings attached‹, New York 1947 (deutsch: ›Zwischen den Saiten‹, Zürich, Stuttgart, Wien 1962) einarbeitete.

4] *Palestrina:* S. TB 24. 11. 44, Anm. 2.

4. 6. 1944

1] *Kreneks Musik-Buch:* Ernst Krenek, ›Music Here and Now‹, transl. by Barthold Fles, New York 1939. 62

2] *Krenek:* Der österreichische Komponist und Schriftsteller Ernst Krenek (geb. 1900) war 1938 von Wien in die Vereinigten Staaten emigriert und lehrte zunächst in Vassar, ab 1942 an der Hamline University St. Paul/Minnesota. 1947 übersiedelte er nach Los Angeles.

3] *Frau Lanzov:* Eva Landshoff (1901-1979), die erste Frau des mit der Familie Mann befreundeten Verlegers Fritz Helmut Landshoff (S. TB 4. 6. 45, Anm. 4) lebte nach ihrer Flucht aus Nizza, 1940, mit ihren beiden Töchtern in Hollywood und half öfters im Mannschen Haushalt.

5. 6. 1944

1] *Juden-Aufsatz:* S. TB 17. 2. 44, Anm. 5. 62

2] *die Meyer über den Joseph:* Ein Brief ist nicht erhalten; evtl. ist jedoch Agnes Meyers »neuerliche« Besprechung des 4. Joseph-Bandes gemeint, die unter dem Titel ›Mann's Final Joseph‹ am 18. 6. 1944 in der ›Washington Post‹ und am 25. 6. 1944 in der ›NYT Book Review‹ erschien.

3] *Rastede:* Der deutsche Lehrer Hans Gerhard Rastede (1898 bis 1955) unterrichtete an der Lawrenceville School nahe Princeton und hatte TM während seiner Princetoner Zeit zuweilen mit seinen Schülern besucht oder den Romancier in seine Schule eingeladen.

4] *Rede des Präsidenten:* Kaminrede zum Fall von Rom, 5. 6. 1944; Roosevelt, ›The Public Papers‹, a. a. O., No. 35, 147-152.

5] *an Knopf:* An Alfred A. Knopf, P. P., o. D. (5. 6. 44); im Archiv des Verlages A. A. Knopf.

6] *George-Lieder:* Theodor Wiesengrund-Adorno, ›Lieder für Singstimme und Klavier nach Gedichten des deutschen Dichters Stefan George‹ (1868-1933), op. 1 und op. 7.

7] *The Jew as Pariah:* Hannah Arendt, ›The Jew as Pariah. A Hidden Tradition‹, ›Jewish Social Studies‹, Jg. 6, H. 2, Febr. 1944, 99 bis 122; deutsch in: Hannah Arendt, ›Die verborgene Tradition‹. Acht Essays, Frankfurt 1976. Vgl. TM an Hannah Arendt, P. P. 10. 6. 44, Reg. N, 44/7.

8] *H. Arendt:* Die Philosophin, Soziologin und Politologin Hannah Arendt (1906-1975), Schülerin von Karl Jaspers, emigrierte 1933 nach Frankreich und gelangte noch 1941 in die USA, wo sie bis zu ihrem Tod in New York lebte.

9] *Heine, Chaplin, Kafka:* Hannah Arendts Essays ›Heinrich Heine: Schlemihl und Traumweltherrscher‹; Charlie Chaplin: ›Das Suspekte‹; Franz Kafka: ›Der Mensch mit dem guten Willen‹; alle wieder abgedruckt in Hannah Arendt, ›Die verborgene Tradition‹, a. a. O.

6. 6. 1944

63 1] *Invasion Frankreichs:* TM hat diese Worte mit roter Tinte und lateinischen Buchstaben eingetragen.

2] *eigentümliches Zusammentreffen:* TM hat die ihn sehr berührende Tatsache, daß sein 69. Geburtstag mit der Invasion, dem Anfang vom Ende der NS-Herrschaft, zusammenfiel, in verschiedenen Briefen der Zeit apostrophiert und immer wieder von dem »hoch dramatisch akzentuierten Tag« gesprochen. Vgl. z. B. Reg. III, 44/208, 212, 213.

3] *Ansprache des Präsidenten:* ›The President's D-Day-Prayer on the Invasion of Normandy‹, 6. 6. 1944. Roosevelt, ›The Public Papers‹, a. a. O., No. 36, 152/153: »My fellow Americans [. . .] in this poignant hour I ask you to join with me in prayer . . .«

4] *Revy:* Der Schauspieler und Regisseur Richard Revy (1885 bis 1965), TM aus München bekannt, wo er seit 1925 Regisseur zunächst am Schauspielhaus, dann an den Kammerspielen war, emigrierte 1936 über die Schweiz nach Hollywood und wohnte nahe bei TM in Westwood.

5] *Goethe-Bändchen:* Richard Revy hat den Geburtstagsbesuch in seinem Tagebuch notiert und dabei erwähnt: »Ich brachte ihm einen Faust I, 1828 Ausgabe. Er streichelte das Bändchen ehrfürchtig.«

6] *von Kahler:* O. O. (Princeton?) 2. 6. 1944; Bl. TMG No. 10, 27/28.

7] *Auernheimer:* Der Wiener Erzähler, Dramatiker und Feuilletonist Raoul Auernheimer (1876-1948), den TM 1919 in Wien kennengelernt hatte. Auernheimer wurde 1938 verhaftet und ins Konzentrationslager Dachau gebracht. Fünf Monate später auf Betreiben Emil Ludwigs unter der Bedingung freigelassen, in die USA auszuwandern, lebte er zunächst in New York, ab 1941 kurze Zeit in Hollywood, dann in Oklahoma, wo er 1944 amerikanischer Staatsbürger wurde. Seine Autobiographie ›Das Wirtshaus zur verlorenen Zeit‹ enthält eine der aufschlußreichsten und grundsätzlichsten Schilderungen der Schwierigkeiten, denen sich deutsche und europäische Emigranten bei ihrem Bemühen gegenübersahen, sich in der neuen Welt zurechtzufinden.

8] *Kino-Novelle:* Vermutlich das anstelle TMs geschriebene Treatment für den Leiser-Bromfield-Film (S. TB 21. 5. 44, Anm. 1), das TM dann an Bromfield weiterleitete. S. Brief an Henry Leiser, P. P. 20. 6. 44; Reg. III, 44/225.

9] *Giese:* Die Münchener Schauspielerin Therese Giehse (1898 bis 1975) war eine enge Freundin Erika Manns und Hauptmitwirkende an der ›Pfeffermühle‹. Sie floh 1933 in die Schweiz, wo sie zusammen mit Erika Mann das Kabarett neu eröffnete. Nach der Auflösung des Ensembles gehörte sie dem Zürcher Schauspielhaus an und kehrte nach dem Kriege nach München zurück.

7. 6. 1944

1] *»Frauenliebe und -Leben«:* Robert Schumanns Zyklus op. 42 *63* von acht Liedern nach Gedichten von Adelbert von Chamisso (1840).

2] *Don Juan:* Symphonische Dichtung op. 20 von Richard Strauss. TM besaß eine Aufnahme von 1937 mit dem London Philharmonic Orchestra unter Fritz Busch.

3] *Bild des sterbenden Goethe:* Eine kolorierte Lithographie von *64* J. B. Scholl ›Der Tod Goethe's den 22ten März 1832‹. Im TMA.

8. 6. 1944

1] *XVIII:* Das XVIII. Kapitel des *Doktor Faustus,* in dem von *64* Adrian Leverkühns Musikstudium bei Wendell Kretzschmar in Leipzig berichtet wird (GW VI, S. 199-203).

2] *Car. Newton:* Die amerikanische Psychoanalytikerin Caroline Newton (1893-1975) war eine frühe Verehrerin TMs, dem sie 1929 zum ersten Mal begegnete. Sie besaß eine große, weit zurückreichende Sammlung von signierten Erstausgaben, Briefen, Manuskripten und Photographien TMs, die sich jetzt größtenteils in der Firestone Library der Universität Princeton befindet, und war ihm bei seiner Niederlassung in den USA behilflich, indem sie ihm im Frühsommer 1938 ihr Landhaus in Jamestown, Rhode Island, zur Verfügung stellte. TMs Briefe an Caroline Newton erschienen deutsch und englisch in ›The Letters of Thomas Mann to Caroline Newton‹, Privatdruck der Princeton University Press, 1971. Ein Buch über TM, an dem Caroline Newton arbeitete, blieb Fragment.

9. 6. 1944

64 1] *Brentano:* Der romantische Lyriker und Erzähler Clemens Brentano (1778-1842).

2] *Günter:* Der schlesische Barock-Lyriker Johann Christian Günther (1695-1723).

3] *Verlaine:* Der französische Lyriker Paul Verlaine (1844-1896). Zur Zusammenstellung vgl. Adrian Leverkühns Lyrikvertonungen, *Doktor Faustus*, XX. und XXI. Kapitel, GW VI, bes. 220/221 und 243 bis 246. Kompositionen von Günther-Gedichten sind auch im Manuskript nicht enthalten, während die Brentano-Lieder wesentlich ausführlicher beschrieben sind als in der Druckfassung von 1947 und, natürlich, in GW VI. S. hierzu die im Anhang S. 807 ff. zitierten, später eliminierten Stellen.

10. 6. 1944

64 1] *Aufsatz:* Mordecai M. Kaplan, ›What is Man?‹, ›The Reconstructionist‹, vol. X, No. 9 v. 9. 6. 1944, 9-13: eine Besprechung von Reinhold Niebuhr, ›Destiny of Man‹, 2 Bände, New York 1941 und 1943.

2] *›The Monster‹ von Taylor:* Wahrscheinlich ein Sonderdruck aus ›Music Lovers Encyclopedia‹, New York 1939, 541-544: ›Deems Taylor's revision of Rupert Hughes' ‹The Musical Guide› (New York 1903)‹ ›Wagner the Monster‹.‹ Der sechs Seiten umfassende Essay war zunächst in einer Aufsatzsammlung des amerikanischen Komponisten und Musikschriftstellers Deems Taylor (1885 bis 1966), unter dem Titel ›The Monster‹ erschienen (Auskunft der Music Division an der Library of Congress, Washington). TM hatte die Wagner-Skizze von Ernst Toch ausgeliehen. Vgl. Reg. III, 44/215: TMs Dank an Toch, P. P. 10. 6. 44.

3] *Lustigs:* Der Schriftsteller und Drehbuchautor Jan (Hans) G. Lustig (1902-1979) und seine Frau Charlotte. Lustig, in den zwanziger Jahren Film- und Theaterkritiker bei den Berliner Ullstein-Blättern, daneben bereits Drehbuch- und Hörspielautor, emigrierte 1933 nach Paris und gelangte mit Hilfe des American Rescue Committee im November 1940 nach Hollywood. Hier war er einer der wenigen, deren Notverträge immer wieder verlängert wurden. Nach dem Tod seiner Frau kehrte er 1959 nach Europa zurück und lebte in München, wo er in zweiter Ehe Liesl Frank-Mittler, die Witwe Bruno Franks, heiratete. Lustig verfaßte gemeinsam mit Erika Mann ein Drehbuch nach dem *Zauberberg.*

11. 6. 1944

1] *del Vayo:* Der spanische Politiker Julio Alvarez del Vayo (1891 *65*
bis?), Außenminister der republikanischen Regierung Negrin, lebte seit 1939 im Exil.

2] *Huxley:* Der englische Romancier und Essayist Aldous Huxley (1894-1963) war im April 1937 mit seiner Frau Maria, geb. Nys, einer gebürtigen Belgierin, in die Vereinigten Staaten übersiedelt und lebte seither in Hollywood in unmittelbarer Nachbarschaft TMs.

3] *Maritain:* Der katholische französische Philosoph Jacques Maritain (1882-1973), seit 1914 Professor am Institut Catholique in Paris, verbrachte die Kriegsjahre in den USA, war 1945-1948 französischer Botschafter beim Vatikan und später Professor in Princeton.

4] *›Das Zeitalter‹:* Heinrich Mann, ›Ein Zeitalter wird besichtigt‹. Stockholm 1946.

5] *›Der Untertan‹:* Eine Neuausgabe von Heinrich Manns erstmalig 1918 im Verlag Kurt Wolff erschienenen Roman kam nach dem Krieg, 1946, im Aufbau-Verlag Berlin heraus.

6] *in Blakes Gedichten:* TM besaß den von Geoffrey Keynes herausgegebenen Band ›Poetry and Prose of William Blake complete in one volume‹, Bloomsbury 1927, der heute in der Zürcher Bibliothek steht.

7] *Blake:* Der englische Lyriker und Graphiker William Blake (1757-1827).

12. 6. 1944

65 1] *Times-Besprechung:* S. TB 5. 6. 44, Anm. 2.

2] *an sie:* An Agnes E. Meyer, P. P. 12. 6. 44; Reg. III, 44/217.

3] *an Mrs. Lowe:* An Helen Lowe-Porter, P. P. 10. 6. 44; Reg. III, 44/216.

4] *René-Clair-Film:* Vermutlich ›It happened tomorrow‹ (1944). Unter der Regie des französischen Regisseurs und Schriftstellers René Clair (1898-1981), der von 1939-1945 in Hollywood arbeitete, spielten Dick Powell, Linda Darnell, Jack Oakie, Edgar Kennedy die Geschichte des Reporters, der alle Neuigkeiten 24 Stunden vor ihrem realen Eintreffen erfährt und eines Tages über den Verlauf seiner eigenen Beerdigung belehrt wird.

5] *Mannerheim-Linie:* Im Juni 1944 hatten die Sowjets – nach zweijähriger Stille an der Front – plötzlich die nach dem Feldmarschall von Mannerheim benannte finnische Verteidigungslinie über den Isthmus gegenüber von Leningrad durchbrochen und drangen rasch auf der karelischen Landenge vor.

13. 6. 1944

65 1] *Brief von Klaus:* Italy, May 15, 1944; im KMA.

2] *algerische Zeitschrift:* Die von André Gide in Algier herausgegebene literarische Monatsschrift ›L'Arche‹, die Klaus Mann in seinem Brief erwähnt hatte: »Speaking of Gide: he is somehow sponsoring a very excellent new magazine, published in Algiers – L'Arche – for which he would like some kind of contribution from Papa lui-même, and perhaps also some little somethings from such Little Birds as Uncle Heini, Cousin Marcuse, Grandfather Doeblin etc.«

14. 6. 1944

66 1] *Interview:* Für den ›Time‹-Artikel am 3. 7. 1944. S. TB 30. 6. 44, Anm. 2.

2] *Glückwunsch:* Glückwunsch für Martin Andersen Nexö, Reg. N 44/8. Text s. Anhang S. 810 f.

3] *M. Andersen Nexö:* Der dänische Erzähler Martin Andersen Nexö (1869-1954), der erste Arbeiterdichter Dänemarks, schloß sich nach dem Ersten Weltkrieg der kommunistischen Partei an, besuchte mehrfach die Sowjetunion und lebte seit 1951 in Dresden.

15. 6. 1944

1] *Album-Glückwunsch:* Lion Feuchtwanger wurde am 7. 7. 1944 sechzig Jahre alt. TMs *Glückwunsch zu Feuchtwangers 60. Geburtstag* in Form eines zweiseitigen handschriftlichen Briefes, datiert P. P. 17. 6. 1944; Reg. III, 44/120; Br. II, 361/362 (dort fälschlich ›April 1944‹ datiert). 66

16. 6. 1944

1] *Anfang von XIX:* Der Anfang des *Faustus*-Kapitels, in dem Leverkühns Reise nach Preßburg, seine Ansteckung sowie die ›Beseitigung‹ der Ärzte geschildert, und die Klangchiffre h-e-a-e-es erstmalig erwähnt wird (GW VI, 203-211). 66

2] *nach Tschechow:* Vermutlich ›Summer Storm‹ nach Tschechows ›Tragödie auf der Jagd‹ (1944). Unter der Regie von Douglas Sirk (Detlef Sierck) spielten George Sanders, Linda Darnell und Anna Lee. Produzenten waren Seymour Nebenzal und Rudolph Joseph, ein Bruder von Dr. Albrecht Joseph.

3] *Snyder:* Otto Schnyder (1884-1923), ›Grundzüge einer Philosophie der Musik‹, Frauenfeld 1915.

4] *Secret weapon:* Am 12. Juni 1944 waren – im Gegenzug zur Invasion – die ersten unbemannten V 1-Flugbomben von Calais aus auf London abgefeuert worden. Die Hoffnungen der Deutschen in diese bis dahin geheimgehaltene ›Vergeltungswaffe‹ erfüllten sich jedoch nicht.

17. 6. 1944

1] *an die Meyer:* An Agnes E. Meyer, P. P. 17. 6. 44; Reg. III, 44/218. 67

2] *Kummer:* Die ›New York Times Book Review‹ hatte Agnes Meyers *Joseph*-Rezension redigiert.

3] *von Sinclair:* Nicht im TMA. Upton Sinclair hatte sich bei den amerikanischen Behörden für eine Beschleunigung der Einbürgerungsformalitäten eingesetzt.

4] *Gedichte von W. Mehring:* Walter Mehring, ›No Road Back‹, New York 1944.

5] *W. Mehring:* Der Schriftsteller Walter Mehring (1896-1981), politisch engagierter Chanson-Dichter der zwanziger Jahre, emigrierte 1933 nach Frankreich, von wo er nach einjähriger Internierung 1941 in die USA gelangte. 1953 kehrte er nach Europa zurück und lebte zuletzt in der Schweiz.

18. 6. 1944

67 1] *an Knopf:* An Alfred A. Knopf, P. P. 18. 6. 44; im Archiv des Knopf-Verlags.

2] *an Bermann:* An GBF, P. P. o. D.; Reg. III, 44/219; TM/GBF 360.

3] *Vorspiel und Liebestod:* Richard Wagner, Vorspiel des ersten und Finale des 3. Akts von ›Tristan und Isolde‹.

4] *A. Berg-Buch:* S. TB 23. 1. 44, Anm. 6.

5] *Finnland vor der Kapitulation:* Gerücht im Zusammenhang mit dem Rückzug der finnischen Armee auf die Linie Viipuri-Vuoksi. Die Kapitulation wurde erst am 2. September eingeleitet.

19. 6. 1944

67 1] *Musikartikel:* S. TB 7. 2. 44, Anm. 1.

68 2] *deutsch-handwerkerliche Erzählung:* Leonhard Frank, ›Deutsche Novelle‹, München 1954. Vgl. TB 12. 10. 44, Anm. 2 und *Entstehung,* Kap. VII, GW XI, 206.

3] *Äußerung Churchills:* Weder in der Unterhausrede vom 14. 6. 1944 noch in dem Statement ›On the War Situation‹ vom 8. 6. 1944 läßt sich eine solche Voraussage finden. Im Gegenteil verweist Churchill stets auf die Notwendigkeit, strenge Warnungen gegen verfrühten Optimismus und »against the idea that these things are going to be settled with a run« auszusprechen. Auch die Tischrede bei einem Essen des mexikanischen Botschafters vom 15. 6. 1944 enthält nur die Aussage »Whether it be this year or next, the British and American peoples will never falter or withdraw their hands from the task which they have undertaken« (Churchill, ›Speeches‹, a. a. O., Bd. VII, 6950).

20. 6. 1944

68 1] *Intoxikation:* Adrian Leverkühns ›Verwundung‹ im XIX. *Faustus*-Kapitel, GW VI, 203-207.

2] *an Kahler:* An Erich von Kahler, P. P. 20. 6. 44; Reg. III, 44/224.

3] *Römischer Brief:* Daniel Lang, ›Letter from Rome‹, ›The New Yorker‹, vol. 20, No. 18 v. 17. 6. 1944, 65-67.

4] *Begann mit der Vernichtung alter Tagebücher:* Vgl. Peter de Mendelssohns ›Vorbemerkung‹ zu TM *Tagebücher 1918-1921*, Frankfurt 1979, V-VII, wobei Mendelssohn diese frühe Datierung offenbar übersehen hat.

21. 6. 1944

1] *Die Deutschen blockieren:* Auf die finnischen Friedenssondie- 68
rungen gegenüber der UdSSR hatte Hitler mit einem Totalembargo für Waffen und Lebensmittel reagiert. Am 21. 6. 1944 gab der finnische Staatspräsident Ryti nach und erneuerte, um der deutschen Waffenhilfe willen, gegenüber dem nach Helsinki geflogenen deutschen Außenminister von Ribbentrop das Treuegelöbnis.

2] *h e a e es:* S. TB 16. 6. 44, Anm. 1. Hans Mayer hat in seinem Buch ›Thomas Mann‹, Frankfurt 1980, S. 300/301, auf die Verwandtschaft des Motivs mit dem Englischhornsolo im Vorspiel zum dritten ›Tristan‹-Akt verwiesen: »Wer die Tonfolge auf dem Klavier anschlägt, wird bestürzt und verblüfft innehalten. Das Motiv erscheint in der Tat in ›eigentümlich schwermütigem Gepräge‹. Auch wenn es nicht notengetreu übernommen ist, erscheint die Herkunft unabweisbar. Im Motiv der Hetäre Esmeralda erklingt die ›alte Weise‹: der schwermütige Sologesang des Englischhorns aus dem Vorspiel zum dritten Akt des ›Tristan‹.« Zur Analyse des Motivs vgl. außerdem Rosemarie Puschmann, ›Magisches Quadrat und Melancholie in Thomas Manns *Doktor Faustus*. Von der musikalischen Struktur zum semantischen Beziehungsnetz‹, Bielefeld 1983, bes. Kap. 5, 6 und 10.

22. 6. 1944

1] *beantwortet:* An Jan Lustig, P. P. 22. 6. 44; Reg. III, 44/230. 69

2] *Auftritt auf englisch:* S. TB 6. 8. 44, Text und Anm. 4.

23. 6. 1944

1] *Court Card:* Einlaßkarte fürs Gericht. 69

2] *Editorial:* Ein Editorial war nicht nachzuweisen; lediglich ein Artikel von Agnes Meyer, ›Thomas Mann finds Secret of all Minds in Own‹. WP 18. 6. 44, 3 B, erwähnt TMs Einbürgerung.

24. 6. 1944

69 1] *in den Blättern:* U. a. eine Meldung in der NYT v. 24. 6. 1944, p. 6, ›Thomas Mann a Citizen – Foe of Hitler Predicts Fall of Germany within a year‹.

70 2] *an Klaus:* An Klaus Mann, P. P. 25. 6. 44; Reg. III, 44/232; KM, Br./Antw. II, 215-217.

3] *Verherrlichung des Bruders:* Anlaß dieser Verzweiflung war vermutlich ein im ›Freien Deutschland‹, 3. Jg., No. 7, Juni 1944, 29/30, erschienener Essay von Ferdinand Bruckner – wahrscheinlich der Nachdruck der Rede, die er auf der Tribünen-Feier zu Ehren Heinrich Manns am 6. 2. 1944 in New York gehalten hatte (ein Vergleich des ›Aufbau‹-Berichts mit dem FD-Text legt diese Vermutung nahe). Auf dem Titelblatt der Zeitschrift als ›Das Beispiel Heinrich Mann‹, im Text als ›Deutscher Humanismus?‹ angezeigt, kann dieser Artikel in der Tat als Eloge für den mit französischem Wirklichkeitssinn begabten, klar und vernunftgemäß argumentierenden revolutionären Humanisten Heinrich Mann auf Kosten all jener realitätsverachtenden Metaphysiker gelten, die – hinzuzufügen wäre: wie TM zur Zeit der *Betrachtungen* – den »vagen, überladenen und zugleich irrealen Begriff der deutschen ›Kultur‹« auf ihren Schild gehoben hatten. Zwar wird der Name TMs niemals genannt, doch sind die Anspielungen auf die in den *Betrachtungen* – namentlich den Kapiteln ›Der Zivilisationsliterat‹ (GW XII, 53-68) und ›Von der Tugend‹ (a. a. O., 375-427) – aufgestellten Maximen unüberhörbar. Die Art, in der Bruckner Heinrich Mann pries, mußte TM treffen – auch noch 25 Jahre ›danach‹: »In einer Reihe von Aufsätzen [...] zeigte er [HM], wie eine fortschrittliche Republik – damals führend in Europa – das Volk nicht zu verhindern sucht, denken zu lernen, sondern es darin unterstützt, was die große Stellung der Literatur innerhalb des Öffentlichen Lebens erklärt. [...] Um von einem Deutschland sprechen zu können, das eine Realität werden soll, führte er [HM] dem wilhelminischen das beste der französischen Demokratie vor. Damit erregte er die Empörung der Kulturträger, für die es ja nichts Verächtlicheres gab, als die so tiefenlose Zivilisation. Er wurde zum ›Fremdling‹ erklärt, zum ›Französling‹ gestempelt, zum ›Zivilisationsliteraten‹ degradiert. Er wurde bald noch mehr: ein ›Schänder der deutschen Nation‹, ein ›Verführer der Jugend‹ [...] Er ließ sich nicht beirren. Den Zivilisationsliteraten nahm er als einen Ehrentitel an und mitten im Krieg gegen Frankreich veröffentlichte er in den ›Weißen Blättern‹ seinen großen Zolaaufsatz, die stärkste Verherrlichung der Realität des Geistes. [...]«. Und auch die Schlußapotheose mußte den am *Faustus* Arbeitenden treffen, jene Absätze, in denen vom gegenwärtigen Heinrich Mann die Rede ist, der »auch jetzt, in der Zurückgezogenheit und Einsamkeit von Californien, nicht etwa an Ruhe denkt, sondern mehr denn je nach Deutschland hinhört, in Sendungen zu ihm spricht und auf Deutschland wartet. Aufgerichtet nimmt er alle Schläge mit auf, die sein Volk seit so langem erleidet. Er beschimpft es nicht, er entschuldigt es auch nicht. Er wäscht auch nicht seine Hände in Unschuld. Er blickt auch nicht herab auf sein Volk –: er sagt ihm die Gründe für das Unglück, unaufhörlich und unerbittlich. Er drängt es, sich herauszureißen aus dem Elend, zu sich zu kommen. Und auch in der Beschämung denkt er nicht an sich selbst. Er bleibt, was er sein ganzes Leben war, ein treuer Diener seines Volkes: ein freier Schriftsteller.«

25. 6. 1944

1] *Schalom Asch:* Der jiddisch schreibende Dramatiker und Erzähler Schalom Asch (1880-1957), den TM im Mai 1935 bei René Schickele in Südfrankreich kennengelernt hatte (s. TB 16. 5. 35). 70

2] *Cherbourg:* Die Stadt fiel am 26. 6. 1944. Der Hafen war jedoch derartig vermint, daß er erst im August wieder von den Alliierten zu benutzen war. Zu Cherbourg s. *Entstehung,* Kap. VIII, GW XI, 199/200.

26. 6. 1944

1] *Convertable roof:* Faltdach.

2] *Protest:* Text s. Anhang S. 811 f. 70

3] *Segers Eingabe:* In Fortsetzung seiner Bemühungen um die Umerziehung deutscher Kriegsgefangener (S. TB 15. 4. 44, Anm. 3).

4] *der deutsche General:* Generalleutnant Karl-Wilhelm von Schlieben (1894-1964).

27. 6. 1944

1] *wegen Hardt:* Vgl. TB 22. 6. 44. 70

2] *Bericht:* S. die ausführlichere Darstellung in der *Entstehung*, Kap. VIII, GW XI, 199/200.

3] *Admiral:* Wohl der Seekommandant der Normandie, Konteradmiral Walter Hennecke.

70 4] *Erste Review:* William S. Husk, ›A Preliminary Discussion of a Masterpiece. Joseph the Provider by Thomas Mann‹, ›San Francisco Chronicle‹, 25. 6. 1944, S. 8.

28. 6. 1944

71 1] *mutiger Angriff:* Orville Prescott, ›Joseph the Provider‹, ›The New York Times‹, 26. 6. 1944. S. Brief an Agnes E. Meyer, P. P. 28. 6. 44: »die reviews, namentlich die der Times erinnerten mich im Geschmack an die Salzsäure, die ich jetzt nehmen muß. [...] Die Demokratie fängt an, mich satt zu bekommen, und der junge Mann, der da mit so ostentativer Tapferkeit die trostlose Langweiligkeit der Joseph-Bücher enthüllt [...] wird viel gelobt werden [...] Wenn jener Herr nur wüßte, wie wenig ich innerlich Gebrauch mache von dem Victor Hugo-Nimbus, den er mir zuschreibt, wie scheu meine Stellung mich macht, wenn ich sie spüre, und wie wenig ich es nötig habe, ›die Wahrheit‹ über mich zu erfahren! Wenn die Wahrheit das ist, was uns demütigt, so ist sie mein täglich Brot.« (Kopie im TMA)

2] *schrieb:* An Agnes E. Meyer, P. P. 28. 6. 44; Reg. III, 44/246. (S. auch Anm. 1)

3] *Erich Marcks:* Der kommandierende General Erich Marcks (1891-1944), der am 12. 6. 1944 an der Kanalküste fiel, war der Sohn des Historikers Erich Marcks (1861-1938), den TM als Nachbarn im Münchener Herzogpark gut gekannt hatte. Die NYT meldete den Tod des Generals am 14. 6. 1944 (2:4).

4] *Mount Kisco:* Der Landsitz des Ehepaars Meyer, Seven Springs Farm, Mount Kisco, auf dem TM häufig zu Gast war.

5] *Ermordung des [...] Ministers Henriot:* Der Staatsminister für Informationen in der Regierung Laval, Philippe Henriot (1889 bis 1944), war am 28. 6. in Paris ermordet worden.

6] *Anzeichen:* Die Eroberung von Cherbourg wurde in amerikanischen Kommentaren als ›the beginning of the end in Europe‹ gefeiert. (S. NYT 28. 6. 44, 4:2, 3.)

29. 6. 1944

1] *an Käthe Rosenberg:* Noch nicht bekannt. 71

2] *an die Herz:* An Ida Herz, P. P. 30. 6. 44; Reg. III, 44/247.

3] *Joseph-Kritik:* Robert Pick, ›Joseph's Model Success Story‹, ›The Saturday Review of Literature‹, New York 24. 6. 1944, S. 1, 11 und 12.

30. 6. 1944

Von »Schreiben des Editors« bis »nicht mehr trinken zu müssen« ist die Eintragung seitlich mit Rotstift angestrichen. 72

1] *offener Brief:* Prof. Henri Peyre, Yale University, ›Letter to the Editor‹, ›The Atlantic Monthly‹, vol. 174, No. 1 v. July 1944, S. 26: eine Antwort auf TMs in der Mai-Nummer erschienenen Essay *What is German?* (S. TB 15. 3. 44, Anm. 2). Zur Sache s. TB 6. 8. 44, Anm. 1.

2] *»Time«-Artikel:* Anonym, ›Masterpiece. ›Joseph the Provider‹‹, ›Time‹, vol. 44, No 1 v. 3. 7. 44, S. 90-92.

3] *Publicity für [. . .] Gumpert:* S. die Stelle über Mai-Sachme in der unter Anm. 2 erwähnten ›Time‹-Kritik: »Joseph's jailer [. . .] was Mai-Sachme, a soldier and physician, a short dark calm man of 40, whom novellist Mann modeled after his friend, Time's medical adviser, Dr. Martin Gumpert.«

4] *»Cousin Pons«:* Honoré de Balzac, ›Le Cousin Pons‹ (Vetter Pons), 1847.

1. 7. 1944

1] *Antwort für Atlantic:* TMs Antwort *Quotations* – eine Erwiderung an Henri M. Peyre (S. TB 30. 6. 44, Anm. 1) – erschien unter dem Titel *In my Defense* in ›Atlantic Monthly‹, vol. 174, No. 4, Oct. 1944, 100-102. Der deutsche Text in GW XIII, 206-212. Zur Sache s. TB 6. 8. 44, Anm. 1. 72

2] *Jackson:* Der amerikanische Erzähler Charles Jackson (1903 bis 1968), der mit seinem fünf Tage im Leben eines Alkoholikers schildernden Roman ›The Lost Weekend‹ einen Welterfolg errang.

2. 7. 1944

1] *an Mrs. Lowe:* Noch nicht bekannt. 72

2] *Temianka:* Der in Holland geborene Geiger Henri Temianka studierte zunächst in Paris, dann in New York. In Los Angeles wohnend, war er später zeitweise Michael Manns Geigenlehrer. Temianka veranstaltete mit seinen Musikerfreunden – er war seit 1946 Primarius des ›Paganini String Quartet‹ – gelegentlich Hauskonzerte, manchmal auch im Hause Mann.

3] *Pollack:* Der österreichische Geiger und Dirigent Robert Pollak (1880–1962), Professor an den Konservatorien von Moskau, San Francisco und, 1930–1937, Tokio, wo er mit Klaus Pringsheim, seinem Kollegen an der Kaiserlichen Musikakademie, befreundet war. Pollak kehrte 1937 nach Kalifornien zurück und war Leiter der Violin-Klasse des Konservatoriums in Los Angeles.

3. 7. 1944

73 1] *Dr. Flinker:* Der Wiener Buchhändler, Schriftsteller und Publizist Martin Flinker (1895-1986) emigrierte 1938 über die Schweiz nach Frankreich. Auf dem Weg nach England wurde er bis zum Kriegsende in Tanger festgehalten. 1947 gründete er in Paris am Quai des Orfèvres eine neue, inzwischen weit bekannte Buchhandlung. – Zu TMs 80. Geburtstag publizierte Flinker die ›Hommage de la France à Thomas Mann‹; sein Buch ›Thomas Manns politische Betrachtungen im Lichte der heutigen Zeit‹ erschien 1959. Der Brief von Flinker, Tanger, 20. 5. 44, befindet sich im TMA.

2] *Mrs. Veele:* Grace Neahr Veeder, eine interessierte Leserin der TM'schen Werke, Abonnentin von ›Decision‹ und gelegentlich selbst literarisch tätig, stand seit 1938 mit TM in losem Briefwechsel. Ihr letzter erhaltener Brief stammt von 1949. Das hier erwähnte Schreiben befindet sich nicht unter den im TMA archivierten Manuskripten.

3] *An Bromfield:* An Louis Bromfield, P. P. 5. 7. 44; Reg. III, 44/251.

4] *[An] Leiser:* An Henry Leiser, P. P. 5. 7. 44; Reg. III, 44/255.

5] *kulturelle Artikel:* Julius Rütsch, ›St.-John Perse' Dichtung ›Exil‹‹, ›Die Weltwoche‹, 12. Jg., No. 546, v. 28. 4. 1944, S. 5, und die Rezension von R. J. Humm, ›Voltaire's ›Geschichte Karls XII.‹‹, ›Die Weltwoche‹, 12. Jg., No. 536, v. 18. 2. 1944, S. 5. Das Zitat ist Voltaires Diktum aus dem 8. Buch entnommen: »Er war nicht so sehr ein wirklich großer als ein außerordentlicher Mensch, und mag wohl Bewunderung erregen, doch ist er nicht nachahmenswert.«

6] *St. John Perse:* Der französische Diplomat Marie-René-Alexis Saint Leger (1887-1975) erhielt als Lyriker unter dem Namen Saint-

John Perse 1960 den Nobelpreis für Literatur. Perse emigrierte 1940 in die USA und kehrte 1959 nach Frankreich zurück.
7] *Burkhardt über Voltaire:* Das hier aus Humms Kritik zitierte Urteil ist nur im Vorwort zur Ausgabe bei Fretz und Wasmuth, Zürich 1943, zu finden. Es lautet in extenso: »In Voltaire ist der Rationalismus dichterisch, ja magisch geworden. Später wurde er flach, und zwar in dem Augenblicke, in welchem ein großer analytischer Prozeß alle menschlichen Vorstellungen vom Beiwerk befreit und sie auf gewisse unzerstörbare Ideengehalte zurückgeführt hatte« (S. V). – Die spätere Ausgabe der Voltaireschen Biographie, Insel Verlag 1963, enthält den Burckhardt-Essay ohne den zitierten Satz als Nachwort.
8] *Burkhardt:* Der Schweizer Diplomat und Historiker Carl Jacob Burckhardt (1891-1974) war 1937-1939 Hoher Kommissar des Völkerbundes in der Freien Stadt Danzig und 1944-1948 Präsident des Internationalen Roten Kreuzes.

4. 7. 1944
1] *Farley:* Der klassische Philologe und Dean am College of the Pacific, Stockton, Kalifornien, Fred Long Farley (1884-1977). *73*
2] *›Quotations‹:* S. TB 1. 7. 44, Anm. 1.

5. 7. 1944
Von »In Nation Artikel« bis zum Ende ist die Eintragung seitlich rot angestrichen. *74*
1] *Artikel:* Eric Russell Bentley, ›The Other Germany‹, ›The Nation‹, vol. 159, No. 1 v. 1. 7. 44, 22/23. Die zitierten Worte auf S. 23. (Bentleys Essay ist eine Besprechung der Anthologie ›Germany: A Self Portrait‹. Vgl. dazu TB 10. 5. 44, Anm. 6).
2] *Joseph-Besprechung:* Rose Feld, ›Thomas Mann Rounds Out his Joseph-Story‹, ›The New York Herald Tribune Book Review‹, 2. 7. 1944, S. 3.

6. 7. 1944
1] *Kapitel XX:* Das *Faustus*-Kapitel (GW VI, 211-229), in dem die Figur des Dichters und Übersetzers Rüdiger Schildknapp eingeführt wird, für die TMs alter Freund Hans Reisiger Pate gestanden hatte. Vgl. dazu Peter de Mendelssohn, ›Nachbemerkungen zu Thomas Mann‹, Bd. 1, Frankfurt 1982, 145/146. *74*

2] *von der Meyer:* O. O. (Mount Kisco?), 3. 7. 44; im Meyer-Nachlaß der Library of Congress.

3] *Wolfskehl:* Der aus Darmstadt stammende Dichter Karl Wolfskehl (1869-1948), um die Jahrhundertwende dem George-Kreis nahestehend, war eine der markantesten Persönlichkeiten des Münchener Kulturlebens. Er floh 1933 in die Schweiz und 1938 über Italien nach Neuseeland. TM kannte ihn aus seinen frühen Münchener Jahren. Die Nachricht von seinem Tod war eine Falschmeldung. Wolfskehl starb erst 1948.

4] *Charl. Bird:* Die Rothacker-Schülerin Charlotte Bird, geb. Rübsammen, die, nach Angaben ihres Lehrers, des Bonner Philosophen Erich Rothacker, in seinen Memoiren ›Heitere Erinnerungen‹, Frankfurt 1963, S. 106, »wegen ungehemmter Äußerungen über das Hitler-Attentat im Bräuhaus-Keller [1938] Deutschland hatte verlassen müssen«, mit ihrem einstigen Professor jedoch in Beziehung geblieben war.

5] *Rothacker:* Der Philosoph Erich Rothacker (1888-1965), seit 1928 Professor an der Universität Bonn, war nach seinen eigenen Worten TM im Laufe der Jahre oft begegnet und »so oberflächlich bekannt«. Er hatte durch Frau Bird Grüße und eine Schilderung der Verhältnisse an der Bonner Universität übermitteln lassen.

6] *Brief einer Amerikanerin:* Von Mildred Gustafson, Chicago, 25. 6. 1944; im TMA. S. auch TM an M. Gustafson, P. P. 14. 7. 44; Reg. III, 44/272.

7] *Free World Meeting:* Eine Veranstaltung des Kreises um die Zeitschrift ›Free World‹. Im TMA befinden sich Dokumente ähnlicher (Vortrags-) Abende.

7. 7. 1944

74 1] *die beiden Buben:* Michael Manns Söhne Fridolin (gen. Frido), geb. 1940, und Anthony, gen. Toni(o), geb. 1942.

2] *Artikel von Pearson:* Der Journalist Drew Pearson (1896-1969) schrieb seit 1932 gemeinsam mit Robert Allen die Kolumne ›The Washington Merry-Go-round‹, die von etwa 600 Blättern übernommen wurde und, ähnlich wie Pearson's über 56 Blue Network Stations verbreitete wöchentliche Rundfunkkommentare, vorwiegend korrupte politische Machenschaften aufdeckte. Der hier gemeinte

Artikel konnte nicht gefunden werden. Vgl. Oliver Pilat ›Drew Pearson‹, New York 1973.

3] *Mosse-Flamm:* Der Arzt und Schriftsteller Erich Mosse (1891 bis 1963), der unter dem Namen Peter Flamm Romane schrieb. Flamm emigrierte 1933 zunächst nach Frankreich, dann in die USA, wo er als Psychiater tätig war.

4] *Roman-Manuskript:* Nicht ermittelt. Vgl. jedoch TM an Erich Mosse, P. P. 9. 7. 44; Reg. III, 44/263: »... Es ist ein Buch, wie es zustande kommt, wenn Peter Flamm ausgeruht ist, ein echter und rechter Roman, packend, spannend, überall vorzüglich gemacht. [...] das Zeitgeschichtliche so aufregend und revoltierend, wie nur leidenschaftliche innere Erfahrung es darstellen kann. *Ich würde davor zurückschrecken*, es jetzt zu beschwören – teilweise einfach schwacher Nerven wegen: mein Haß und Ekel würden mich umbringen dabei. [...] Ich denke, die Verleger werden marschieren – und dann der Film. Wie sehr ist alles erleichtert dadurch, daß das Werk sogleich auf englisch ins Leben getreten! Die Selbstbezwingung, mit der Sie gewartet haben, bis Sie der Sprache so mächtig waren, um darin erzählen – und wie erzählen! – zu können, ist einfach bewundernswerth [...]«

5] *an Broch:* Wohl der in den Reg. III, 44/207 unter dem von TM falsch angegebenen Datum 7. 6. 44 verzeichnete Brief.

6] *Broch:* Der österreichische Erzähler und Essayist Hermann Broch (1886–1951) floh 1938 über England in die USA. Er lebte lange bei seinem Freunde Erich von Kahler in Princeton, wo er auch TM, den er aus Wien kannte, während seiner Ostküsten-Jahre häufig sah. S. *Über Hermann Brochs ›Der Tod des Vergil‹* (1946), GW XIII, 449.

8. 7. 1944

1] *meisterhafter Essay:* Charles Augustin de Sainte Beuve (1804 *75*
bis 1869), ›Molière‹ in ›Portraits littéraires‹, 1844.

2] *Hindemith:* Der vom NS-Regime boykottierte Komponist Paul Hindemith (1895–1963) verließ Deutschland 1934, lebte zeitweilig in der Schweiz und, als Professor, in Ankara und übersiedelte 1940 in die USA, wo er bis 1953 an der Musikschule der Yale-University lehrte. 1957 kehrte er in die Schweiz zurück.

3] *an eine Dame in Detroit:* Wohl: an Liselotte Moser, P. P. 8. 7. 44; Reg. N, 44/10.

4] *Hofmannsthal:* TM hatte den österreichischen Dichter Hugo von Hofmannsthal (1874-1929) 1908 in Wien kennengelernt und bis zu Hofmannsthals Tod in regelmäßiger Verbindung mit ihm gestanden. S. *Hugo von Hofmannsthal zum fünfzigsten Geburtstag* (1924), GW XIII, S. 821, *In Memoriam Hugo von Hofmannsthal* (1929), GW X, S. 453-458 und *TM/Hugo von Hofmannsthal, Briefwechsel,* S. Fischer-Verlag, Almanach ›Das zweiundachtzigste Jahr‹, 1968, 13-44.
5] *Hofmannsthals Schriften:* In der Zürcher Bibliothek befindet sich neben Hofmannsthals ›Gesammelten Werken in 6 Bänden‹, Berlin 1924, der zweibändigen Briefauswahl, Berlin 1935 / Wien 1937, und einer großen Zahl von Einzelbänden, sowie dem von HvH herausgegebenen ›Deutschen Lesebuch‹ in den Ausgaben der Bremer Presse, München 1922/23, und des Verlages Bermann Fischer, Stockholm/Querido, Amsterdam 1939, auch die von Hofmannsthal edierte Ausgabe ›Deutsche Erzähler‹, Insel-Verlag, Leipzig 1912, mit einer Widmung an Thomas und Katia Mann.

9. 7. 1944

75 1] *Besprechung des Joseph:* Nicht ermittelt. Verfasser evtl. Ted Robinson, s. TM an Ted Robinson, P. P. 20. 7. 44; Reg. III, 44/287.
2] *an Dr. Flinker:* An Martin Flinker, P. P. 9. 7. 44; Reg. III, 44/262.
3] *Lieder nach Trackl:* Theodor W. Adorno, ›Klage‹, op. 5; 6 Lieder nach Texten des österreichischen Lyrikers Georg Trakl (1887-1914).
4] *Lieder nach George:* S. TB 5. 6. 44, Anm. 6.
5] *Gedichte für Adrian:* Hier wahrscheinlich Brentano-Gedichte (Vgl. GW VI, 243-245, 255/256). Adrian Leverkühn vertont Verse von Brentano, Keats, Blake, Verlaine und Klopstock. Die Sekundär-Literatur zum *Doktor Faustus* hat – was in den Kontext der obigen TB-Aufzeichnungen paßt – im Zusammenhang mit Adrians Aussage, einmal im Brentano-Zyklus, im ›O lieb Mädel‹, sei er dem »strengen Satz« (Schönbergscher Provenienz) am nächsten gekommen (VI, 255/256) wiederholt auf Schönbergs 1909 entstandenen Zyklus ›Fünfzehn Gedichte aus ‹Das Buch der hängenden Gärten› von Stefan George, op. 15‹ verwiesen. (Vgl. die Zusammenfassung bei Bergsten, a. a. O., S. 111/112).

10. 7. 1944

75 1] *New Yorker Rechtsanwalt:* S. das Schreiben der Kanzlei Sol. A.

Rosenblatt and William B. Jaffe, Attorneys, New York 5. 7. 1944; im TMA.

2] *gegen die Moses-Ausgaben:* Als Vertreter des amerikanischen Agenten Armin L. Robinson, der sich 1943 im Rahmen der Verhandlungen für seine Anthologie ›The Ten Commandments‹ die Rechte für TMs Moses-Novelle *Das Gesetz* gesichert hatte, klagten die New Yorker Rechtsanwälte jetzt gegen die von GBF und Felix Guggenheim (Pacific Press) veranstalteten Einzelausgaben der Erzählung, die sich im Prozeß der Niederschrift, sozusagen ›unter der Hand‹ von dem geplanten (und vertraglich vergebenen) Vorwort für die Anthologie zu einem selbständigen und umfänglichen Stück Prosa ›ausgewachsen‹ hatte, über das der Autor glaubte, jenseits der vertraglichen Anthologie-Einbindung frei verfügen zu dürfen. Um dieses Problem entstand ein Rechtsstreit, der sich über Jahre hinzog. Vgl. die detaillierte Darstellung in Peter de Mendelssohns Kommentierung des Briefwechsels TM/GBF, 767/768.

3] *an Lewisohn:* An Ludwig Lewisohn, P. P. 10. 7. 44; Reg. III, 44/264.

4] *Buch über Kierkegaard:* Theodor W. Adorno, ›Kierkegaard, Konstruktion des Ästhetischen‹, Tübingen 1933, Neuaufl. Frankfurt 1962. Das Buch (mit einer Widmung des Autors und Anstreichungen TMs) befindet sich in der Zürcher Bibliothek.

11. 7. 1944

1] *an die Meyer:* An Agnes E. Meyer, P. P. 11. 7. 44; Reg. III, 44/ 75
265.

12. 7. 1944

1] *an Seger:* Der Brief scheint verloren zu sein. Seger berichtete je- 76
doch Ernst Reuter von TMs Ablehnung: »Unfortunately and not understood by me, Thomas Mann – with whom I am on very friendly terms otherwise – did not agree to have the letters published. He wrote me a long letter explaining that he has ceased to be interested in anything pertaining to Germany.« (Zit. nach Ernst Reuter, ›Schriften. Reden.‹ Band 2, Berlin 1973, S. 805.) Zu dem in diesem Zusammenhang apostrophierten ›Briefwechsel mit Reuter‹ vgl. TM an Ernst Reuter, P. P. 29. 4. 44; Reg. III, 44/159; Br. II, 364-366.

2] *in einem soldatisch akzentuierten Brief:* ›The President Announces He Will Accept a Nomination for a Fourth Term‹, Brief an den Chairman der Demokratischen Partei, Robert E. Mannegan, vom 11. 7. 1944, Roosevelt, ›The Public Papers ...‹, a. a. O., No. 51, 197/198.

13. 7. 1944

76 1] *Manuskript von Flinker:* Wahrscheinlich die unter dem Obertitel ›Österreich im deutschen Schrifttum‹ veranstaltete und an ›große Repräsentanten des deutschen Schrifttums‹ gerichtete ›Umfrage‹ des von Martin Flinker herausgegebenen ›Almanach librorum‹, Wien 1935/36, in der TM als Antwort auf die Fragen, ob man von einer spezifisch österreichischen Literatur sprechen könne und welche neueren Bücher österreichischer Autoren als die wichtigsten gelten dürften, anführte: »Die Bejahung der ersten Ihrer beiden Fragen ist mir selbstverständlich. Die spezifische Besonderheit der österreichischen Literatur ist zwar nicht leicht zu bestimmen, aber jeder empfindet sie, und wenn die grimme Zeit nicht den letzten Rest von Sympathie für Kulturmilde und geistige Anmut in ihm zerstört hat, so liebt und bewundert er diese unzweifelhafte Besonderheit. Rund heraus gesagt, halte ich die österreichische Literatur in allen Dingen des artistischen Schliffes, des Geschmackes, der Form – Eigenschaften, die doch wohl nie aufhören werden, in der Kunst eine Rolle zu spielen und die keineswegs epigonenhaften Charakters zu sein brauchen, sondern den Sinn für das Neue und Verwegene nicht ausschließen – der eigentlich deutschen für überlegen. Das hängt mit einer Rassen- und Kulturmischung zusammen, deren östliche, westliche, südliche Einschläge das Österreichertum überhaupt und nach seinem ganzen Wesen von dem Deutschtum, wie es historisch geworden ist, national abheben und ein deutschsprachiges Europäertum von süddeutscher Volkhaftigkeit und mondän gefärbter Bildung zeitigen – höchst liebenswert und höchst unentbehrlich.

Ein schönes charakteristisches Beispiel österreichischer Dichtung aus jüngster Zeit ist der Roman ›Der arme Verschwender‹ von Ernst Weiss, ein Werk von bewundernswerter künstlerischer Diskretion und melancholischer Tiefe des Lebensgefühls, bitter und hart genug in seiner Erkenntnis, von weichem Getändel recht weit entfernt, auch nur von sehr indirekter und verhüllter Artistik, aber der kulturelle

Charme geht unverwechselbar davon aus, der Geheimnis und Spezifikum der österreichischen Geistesprägung ist.«

2] *die Russen bedrohen Kaunas . . .:* Am 13. 7. 1944 begann die sowjetische Offensive gegen die deutsche Heeresgruppe Nord. Die litauische Stadt Kowno fiel am 31. 7. 1944.

3] *Radio-Manifest:* Eine UP Meldung vom 13. 7. 44, die die ›New York Times‹ am 14. 7. 44, (1:6 und 6:8) publizierte, berichtete von einer in London aufgefangenen Radiobotschaft an die deutsche Armee, in der es hieß, daß, ehe die russische »Gefahr« (the Russian ›peril‹) in die Grenzen des Reiches einbrechen könnte, »Nazis would ›turn this Continent into a maelstream of destruction where only one cry is heard – the cry of blood‹«. Zuvor hatte die Sendung »in blunt language« eindringlich gewarnt, daß die »Russische Flut« »threatens to spill over our holy German land (. . .) No wonder terror grisp the hearts of many of our people. (But) we are determined to keep it from our loved ones at home. This holy war must now become really a total war.«

14. 7. 1944

1] *The prison:* Der Roman konnte nicht ermittelt werden. 76

2] *Dank an die Lowe: Letter,* ›Time‹, 17. 7. 1944, S. 4. Dieser Leserbrief sollte das Interview vom 3. 7. 1944 ergänzen (s. TB 14. 6. 44, Anm. 1), in dem TM versäumt hatte, des großen Anteils seiner Übersetzerin an der positiven Aufnahme seiner Bücher in den USA zu gedenken – eine Nachlässigkeit, die zu korrigieren er (auf Bitten seines Verlegers Alfred Knopf hin) um so mehr Anlaß hatte, als der Klatsch Frau Lowe-Porter von einigen privat geäußerten Beanstandungen (S. TB 2. 5. 44, Anm. 3) unterrichtet hatte.

3] *die N. Y. Staatszeitung wünscht:* Der Abdruck in der seit 1834 existierenden deutschsprachigen ›New Yorker Staatszeitung und Herold‹, die auch während der NS-Zeit ihre pro-deutsche, ja, nationalistische Haltung nicht aufgab, kam nicht zustande.

4] *an Bermann:* An GBF, P. P. 14. 7. 44; Reg. III, 44/270; nicht in TM/GBF.

5] *Göbbels verlangt im »Reich«:* Der deutsche Reichspropagandaminister Dr. Joseph Goebbels hatte in seiner regelmäßigen Kolumne für die 1940 gegründete Wochenzeitschrift ›Das Reich‹ am 16. 7. 1944, 1/2, unter der Überschrift ›Was alle sich wünschen‹ die Vorteile 77 beschworen, die eine gegen den Bolschewismus (der, wenn man ihm freie Hand ließe, »Europa einfach in eine Hölle verwandeln würde«) gerichtete Allianz der »ganzen gesitteten Welt« – gemeint waren die westlichen Verbündeten und Deutschland – für das Glück der Völker, ihre »sozialen und wirtschaftlichen Lebensstandards«, ihre Kultur und Zivilisation zur Folge haben würde.

15. 7. 1944

77 1] *Die Zeitung mit Näherem über den [. . .] Artikel:* Die ›Los Angeles Times‹ vom 15. 7. 1944 brachte auf S. 1 und 2 unter der Headline ›Allies Again Warned of Red Peril‹ die Nachricht des Office of War Information, daß der deutsche Propaganda-Minister »has launched an implicite appeal to the United States and Britain to soften their demands of unconditional surrender« und zitierte zum Beweis ausführlich aus dem zunächst über den deutschen Rundfunk verbreiteten Goebbels-Artikel.

2] *Vandenburg:* Der aus Holland stammende Cellist Willem Vandenburg war ein Freund und Kollege von Michael Mann. Vgl. *Entstehung*, Kap. VIII, GW XI, 202: »Der holländische Cellist Vandenburg, die Geiger Temianka und Pollack kamen und spielten mit einem oder dem anderen Freunde zuweilen vor einem Kreis von Gästen Quartette von Haydn, Mozart, Beethoven (132!), Mendelssohn, Brahms und Dvořak. Michael [. . .] beteiligte sich als Bratschist daran.«

17. 7. 1944

77 1] *Besprechung [. . .] in ›Nation‹:* William Philipps, ›The One and the Many, Joseph the Provider‹, ›The Nation‹, vol. 159, No. 2 v. 8. 7. 44, 47/48 (vgl. TB 18. 8. 44, Text und Anm. 6). Das »charakteristisch« bezieht sich wahrscheinlich auf das Bestreben, den Roman in die große europäische Tradition, so wie sie sich den Amerikanern darstellte, einzuordnen.

2] *Diebold im ›Aufbau‹:* Bernhard Diebold, ›Thomas Manns ›Joseph, der Ernährer‹‹, ›Aufbau‹, vol. X, No. 28 v. 14. 7. 1944, 7/8.

3] *über die deutschen NN-Pläne:* Manfred George hatte im ›Aufbau‹, vol. X, No. 28 v. 14. 7. 1944, auf S. 1 und 2 einen Artikel ›NN-Plan der Nazis. Gefahren, die zu wenig beachtet werden‹, veröffentlicht, in dem er auf das Bestehen eines NN-Plans hinwies, »auch *n*ach der *N*iederlage auf internationaler wie auf nationaler Basis weiterzuarbeiten«, und die Forderung erhob, »unter der Voraussetzung seines Bestehens [dieses ›NN-Day‹ Plans] müssen große Teile des Problems ›Nachkriegs-Deutschland‹ betrachtet werden«. – Die Vorstellung von der Existenz eines solchen Plans beherrschte damals große Teile der amerikanischen Presse, auf deren Recherchen und Überläufer-Zitate sich Manfred George in seiner Analyse berief und die er zur publizistischen Denunziation der politischen Blauäugigkeit seiner Kontrahenten im ›Council for a Democratic Germany‹ benutzte. Auch TM war von der Existenz dieser Pläne für die Zeit *N*ach der *N*iederlage überzeugt. S. Brief an Agnes E. Meyer, P. P. 17. 7. 44; Reg. III, 44/278; Br. II, 376/377: »Aber ich bin überzeugt, daß sie [d. i. die NS-Führer] ›Deutschland‹ aufs Äußerste verteidigen und zum Schluß noch Schreckliches anrichten werden. Auch gibt es einen NN-Plan. NN heißt ›nach der Niederlage‹.«

4] *Robinson:* Der aus Österreich stammende Literatur- und Filmagent Armin L. Robinson, der Herausgeber des Sammelwerks ›The Ten Commandments‹ (vgl. TB 13. 1. 1944, Anm. 7) mit seiner Frau Trude, geb. Lieske.

5] *an die Meyer:* S. Anm. 3.

6] *Lukasz über:* Georg Lukács, ›Der deutsche Faschismus und Nietz- 78
sche‹, ›Internationale Literatur‹, 13. Jg. H. 12, Dez. 1943, 55-64.

7] *Lukasz:* Der ungarische marxistische Schriftsteller und Literaturkritiker George Lukács (1885-1971). TM hatte Lukács im Januar 1922 in Wien kennengelernt, und sieben Jahre nach dieser einzig nachweisbaren Begegnung seiner Figur des Jesuiten Naphta im *Zauberberg* Züge von Lukács gegeben. Als im Jahre 1930 die Regierung Seipel den Ungarn aus Österreich ausweisen wollte, setzte sich TM sehr nachdrücklich – wenngleich erfolglos – bei dem österreichischen Bundeskanzler für ihn ein (S. *Brief an Dr. Seipel* [1930], GW XI, 780-782). – Lukács lebte von 1929 bis 1945 in Moskau und kehrte nach dem Kriege nach Budapest zurück. Unter seinen Schriften befinden sich mehrere Werke über TM: ›Thomas Mann‹ (1949), ›Franz Kafka oder Thomas Mann‹ (1957) und ›Faust oder Faustus‹ (1967).

8] *Ehrenburg über . . .:* Ilja Ehrenburg, ›Das Gewissen fordert‹, ›Internationale Literatur‹, a. a. O., 4-7.

9] *Ehrenburg:* Der russische Erzähler und Journalist Ilja Ehrenburg

(1891-1967) veröffentlichte während des Krieges regelmäßige Frontberichte in der Parteizeitung ›Prawda‹ und galt als kompetenter Kommentator der sowjetischen Deutschlandpläne.

18. 7. 1944

78 1] *nach Chicago:* Das Telegramm an den Parteitag zur Nominierung des demokratischen Präsidentschaftskandidaten in Chicago ist nicht erhalten. Wallace unterlag damals Roosevelt.

2] *Deponierung:* Zur Bezahlung von Kriegsmaterialien aus der Schweiz. Vgl. Werner Rings, ›Raubgold aus Deutschland‹, Zürich/München 1985. Über die im Juli 1944 in Bern eintreffenden Goldtransporte im Wert von nahezu 30 Millionen Schweizer Franken, s. a. a. O., 162.

19. 7. 1944

78 1] *Rücktritt:* Das Kabinett des japanischen Premierministers General Tojo war nach dem Verlust von Saipan und der vernichtenden Niederlage der japanischen Flotte im Juni 1944 am 18. Juli zurückgetreten.

20. 7. 1944

79 1] *Hitler in Holland:* Die Quelle dieser Meldung, die den Ort des Attentats vom Hauptquartier Wolfsschanze nach Holland verlegte, konnte nicht ermittelt werden. Da Geheimsender der holländischen Untergrundorganisationen ab 1940 regelmäßig Nachrichten vom Kontinent nach England funkten, wäre eine Verwechslung vom Ort der ausgehenden Nachricht mit dem Ort des Geschehens denkbar.

2] *an Bermann:* An GBF, P. P. 20. 7. 44; Reg. III, 44/279; TM/GBF 361.

22. 7. 1944

80 1] *Las ihr den Schlüssel:* Der ›Schlüssel‹ steht in der Rede des sterbenden Jaakob an Joseph, wo vom »anmutigen Mittlertum«, vom »lieblichen Segen« und von einem Leben die Rede ist, das »Spiel und Anspiel« sei, »vertraulich, freundliche Lieblingsschaft, anklingend ans Heil, doch nicht ganz im Ernste berufen und zugelassen«, GW V, 1804 (z. T. von Joseph wiederholt: GW V, 1821).

2] *Plan seines Buches:* Harry Slochower plante eine erweiterte Ausgabe seines 1938 bei Alfred A. Knopf erschienenen Buches ›Thomas Mann's Joseph Story‹, die jedoch nicht zustande kam. Vgl. D. ü. D. II, 272.

3] *Beilegung der Moses-Frage:* S. TB 10. 7. 44, Anm. 2. *Das Gesetz* erschien im Oktober 1944 als Luxusdruck der Pacific Press.

4] *Neurath:* Der Diplomat Konstantin Freiherr von Neurath (1873 bis 1956), von 1932-1938 Reichsaußenminister in den Regierungen Papen, Schleicher und Hitler, von 1939-1943 Reichsprotektor von Böhmen und Mähren, Parteimitglied seit 1937, wurde im Nürnberger Kriegsverbrecherprozeß 1946 zu fünfzehn Jahren Gefängnis verurteilt, aber bereits 1954 entlassen.

23. 7. 1944

1] *Über Kierkegaard:* In Adornos Buch über den dänischen Philosophen und Theologen (1813-1855). S. TB 10. 7. 44, Anm. 4. 80

2] *›Der Humorist ...‹:* S. TB 27. 11. 1944, wo TM dieselbe Kierkegaardstelle notiert (Sören Kierkegaard, ›Sämtliche Werke‹ in 12 Bänden, Jena 1909-1922, Bd. VII, S. 191).

3] *Chronologie des Krieges [...] für Zeitblom:* Bei den *Faustus*-Notizen im TMA befinden sich drei Zeittafeln, deren eine, Blatt 179, mit dem 18. 7. 1944 endet und teilweise wörtliche Auszüge aus den Tagebuchaufzeichnungen enthält. Lieselotte Voss hat a. a. O., 166 bis 167, diese Tafeln publiziert und gezeigt, wie der Autor die historisch erlebte Zeitabfolge mit der Erzählebene des Chronisten Serenus Zeitblom im Roman ›montiert‹.

24. 7. 1944

1] *Eva Hermann:* Die Zeichnerin Eva Herrmann (1901-1978), eine 81 langjährige Freundin von Erika und Klaus Mann, von TM wegen ihres feingeschnittenen Profils – frei nach Fontanes ›Mathilde Möhring‹ – auch »die Gemme« genannt, lebte in Santa Barbara, Kalifornien. In ihren späteren Lebensjahren beschäftigte sie sich vorwiegend mit parapsychologischen Studien.

2] *im New Yorker:* Hamilton Basso, ›Tonio Kröger in Egyptian Dress. Joseph the Provider‹, ›The New Yorker‹, vol. 20, No. 23 v. 22. 7. 1944, 53-57.

25. 7. 1944

81 1] *Brief an [. . .] Beneš:* An Eduard Beneš, P. P. 29. 7. 44; Reg. III, 44/292; Br. II, 379-381. Der Brief enthält die Begründung von TMs Entschluß, die dem staatenlosen Emigranten 1936 verliehene tschechoslowakische Staatsbürgerschaft gegen die amerikanische einzutauschen.

2] *Massacker:* Im Zusammenhang mit dem Attentatsversuch vom 20. 7. 1944 wurden bis Kriegsende nahezu 5 000 Personen hingerichtet. TMs Eintragung bezieht sich vermutlich auf die sofortige Erschießung von vier unmittelbar beteiligten Offizieren und das Einsetzen einer Gestapo-›Sonderkommission des 20. Juli‹.

3] *Nazifizierung des Heeres:* Hitler hatte noch in der Nacht vom 20./21. 7. 1944 den Nicht-Militär Heinrich Himmler zum Befehlshaber des Heimatheeres ernannt und öffentlich bekundet, daß er den »reaktionären Geist in der Wehrmacht« ausrotten werde. Als erstes »entsprach« er deshalb einer von Göring, Keitel und Dönitz vorgetragenen »Bitte«, »in der Wehrmacht den Deutschen Gruß als ein Zeichen [. . .] engster Verbundenheit zwischen Wehrmacht und Partei einführen zu dürfen.«

4] *Mobilisierung des deutschen Volkes:* Als Ergebnis einer Besprechung im Führerhauptquartier hatte Hitler am 25. 7. 1944 einen Erlaß »zur vollen Ausschöpfung aller Kräfte für Wehrmacht und Rüstung« unterzeichnet und Goebbels zum ›Reichsbevollmächtigten für den totalen Kriegseinsatz‹ ernannt. Als Folge dieses Hitler/Göring/Goebbelsschen Gemeinschaftsplanes wurden im Gebiet des Großdeutschen Reiches sämtliche Theater, Konzertsäle, Kleinkunstbühnen etc. geschlossen und die Künstler zum Militärdienst oder Rüstungseinsatz eingezogen.

26. 7. 1944

81 1] *XXI. Kapitel:* Das Kapitel enthält (GW VI, 229-246) – eingeleitet durch die Montage von Teilen der ersten Zeittafel (Juni 1943 bis September 1943) – die Schilderung von Leverkühns Leipziger Jahren, seiner Schweizer Reise (Gelegenheit zu einer versteckten Eloge an TMs erstes Emigrations-Gastland), sowie eine Analyse der Brentano-Gesänge.

2] *New Leader schickt erfreulichen Artikel:* William E. Bohns essayistische Besprechung in der Rubrik ›Home Front‹, ›The New Leader‹, vol. 27, No. 30, v. 22. 7. 1944, S. 10. Vgl. dazu TB 19. 8. 1944, Anm. 1.

3] *Radiorede:* Der Rechenschaftsbericht über den 20. 7. 1944, der am Abend des 26. 7. 1944 vom Großdeutschen Rundfunk über alle Sender übertragen und am nächsten Tag von der Presse nachgedruckt wurde (Der kommentierte Text bei Helmut Heiber [Hrsg.], ›Goebbels Reden, Bd. 2, 1939-1945‹, Düsseldorf 1972, 342-359).

4] *Book of Modern Composers:* David Ewen, ›The Book of Modern Composers‹, New York 1942. Vgl. *Entstehung,* Kap. VIII, GW XI, 204, wo TM die Lektüre dieses Buches als Ergänzung zu einem Musikgespräch mit Ernst Krenek erwähnt.

27. 7. 1944

1] *Verdacht eines Abkommens:* Zu dieser Zeit ein unbegründeter Verdacht. Es gilt jedoch als wahrscheinlich, daß zumindest bis zum Ende des Jahres 1943 auf sowjetischer Seite die Bereitschaft bestand, »unter für Deutschland durchaus tragbaren Bedingungen zu einem friedlichen Ausgleich zu gelangen«. (Vgl. Reimer Hansen, ›Das Ende des Dritten Reiches‹, Stuttgart 1966. Das Zitat S. 24.) *82*

28. 7. 1944

1] *Gumperts Buch:* Martin Gumperts populär-medizinisches Buch ›You are younger than you think‹, New York 1944. *82*

29. 7. 1944

1] *Mrs. Burton über Joseph:* Nicht im TMA. S. jedoch TMs Dank an Mrs. Joseph Burton, P. P. 3. 8. 44; Reg. III, 44/312. *82*

2] *Advertising-Angebot:* Bitte der Rundfunk-Werbefirma Warwick and Legler um einen Werbespruch für Edgeworth-Tabak. S. Reg. N, 44/11. *83*

3] *an Heinrich:* An Heinrich Mann, P. P. 29. 7. 44; Reg. III, 44/294; Br. II, 379 (unvollst.); TM/HM 308/309.

4] *an Bermann:* An GBF, P. P. 29. 7. 44; Reg. III, 44/293; TM/GBF 363/364.

5] *Rommel:* Der deutsche Generalfeldmarschall Erwin Rommel (1891-1944) war am 17. 7. 1944 in Nordfrankreich schwer verwundet worden. Rommel, der seit Winter 1943/44 dem Kreis der aktiven Hitler-Gegner angehörte, ein Attentat jedoch ablehnte, plante Waffenstillstandsverhandlungen mit dem alliierten Oberkommando – Grund genug für Hitler, den im Genesungsurlaub befindlichen höchst populären Heerführer am 14. 10. 1944 vor die Alternative Volksgerichtshof oder Selbstmord zu stellen. Rommel, das grausame Sterben seiner an Fleischerhaken aufgehängten Freunde vor Augen, wählte den Selbstmord und wurde mit militärischen Ehren beigesetzt.

30. 7. 1944

83 1] *Intermezzo:* Die zeitgeschichtlichen Reflexionen des Chronisten Serenus Zeitblom zu Beginn des XXI. *Faustus*-Kapitels. S. auch TB 23. 7. 44, Anm. 3.

2] *an die Meyer:* An Agnes E. Meyer, P. P. 30. 7. 44; Reg. III, 44/305.

31. 7. 1944

83 1] *Brief von André Gide:* Der Brief befand sich 1986 nicht im TMA. Er ist abgedruckt bei Janine Buenzod, ›Thomas Mann et André Gide‹, in dem von Frédérick Tristan herausgegebenen Buch der Edition de l'Herne, ›Thomas Mann‹, Paris 1973, 248/249: Alger, o. D. (Poststempel Juin 1944).

2] *Musikalische Soiree:* Im Hause von Gerhard Albersheim, der auf Anfrage am 17. 4. 1985 über diesen Abend berichtete: »Der russische Geiger heißt Grischa Goluboff und dürfte noch in Hollywood aktiv sein; der schon verstorbene Sänger war der Wiener Tenor Willi Zeisl (Bruder des Komponisten Erich Zeisl); die Hauptsängerin war [. . .] Belva Kibler, amerikanischer Mezzosopran, mit der ich die Zigeunerlieder von Brahms und die Mahlerlieder machte; die andere Sängerin war die in Kalifornien lebende amerikanische Sopranistin Marie Melor. Vielleicht machte ich mit den beiden Damen ein paar Duette von Schumann, Mendelssohn und Brahms? Übrigens hat Thomas Mann die musikalischen Abende bei uns auch in seiner ›Entstehung des Dr. Faustus‹ erwähnt.« (Kap. VIII, GW XI, 207: »Bei Dr. Albersheim [. . .] gab es genußreiche Abende, bei denen aufstrebende Instrumentalisten und Sänger, ›stars in the making‹, sich verschiedentlich hören ließen.«).

1. 8. 1944

1] *Vortrag Kreneks:* Möglicherweise eine – marginale – Universitätsveranstaltung und keine illustre Darbietung. Deshalb wohl Ernst Kreneks Auskunft an die Editorin: »ich kann mit Bestimmtheit sagen, daß ich in Royce Hall nie einen Vortrag gehalten und dort nie eine eigene Sonate gespielt habe. Das Datum 1. 8. ist auch etwas unwahrscheinlich, da es in die Universitätsferien fällt. [. . .] Übrigens waren wir im Jahr 1944 erst Anfang September kurze Zeit in Los Angeles.« (4. 9. 85) 83

2] *Klemperer:* Der Dirigent Otto Klemperer (1885-1973), den TM seit dem Ende der zwanziger Jahre kannte. Klemperer, ein Freund Klaus Pringsheims, von 1927-1931 Leiter der Kroll-Oper Berlin, dann bis 1933 einer der Generalmusikdirektoren der Berliner Staatsoper Unter den Linden, emigrierte nach Hitlers Machtübernahme in die USA und leitete von 1933-1939 das Philharmonic Orchestra in Los Angeles. 1946 kehrte er nach Europa zurück.

3] *Luise Reiner:* Die Schauspielerin Luise Rainer (geb. 1909) emigrierte 1935 in die USA und ging 1939, nachdem sie zwischendurch in England Theater gespielt hatte, nach Hollywood.

4] *Slezak:* Der Film- und Broadway-Schauspieler und Sänger Walter Slezak (1902-1983), Sohn des Wiener Tenors Leo Slezak. Walter Slezak hat in seinen Memoiren ›Wann geht der letzte Schwan?‹, München 1964, das Leben der vierziger Jahre in New York und Hollywood nonchalant beschrieben.

2. 8. 1944

1] *Bruch der Türkei:* Unter Hinweis auf das bestehende britisch-türkische Bündnis brach die Regierung der Türkei – als Vorbereitung für die am 1. 3. 1945 erfolgende Kriegserklärung – am 2. 8. 1944 auf englischen Druck alle Beziehungen mit dem Deutschen Reich ab. 84

2] *Friedenskabinett:* Um die im Juni unter deutschem Druck unterzeichneten Beistandsabkommen (s. TB 21. 6. 44, Text und Anm. 1) außer Kraft zu setzen, trat der finnische Staatspräsident Rysto Ryti zugunsten von Marschall Mannerheim zurück, der dann im September 1944 die Friedensverhandlungen mit der Sowjetunion in die Wege leitete und am 19. 9. 1944 den Waffenstillstandsvertrag unterzeichnete.

3] *Unterhausrede Churchills:* Die Rede über ›The War Situation‹

vom 2. 8. 1944 vor dem englischen House of Commons: »I have, upon the whole, a good report to make to the House . . .« mit der ersten vagen Siegesankündigung: »I fear greatly to raise false hopes, but I not longer feel bound to deny that victory may come perhaps soon« (Churchill, ›Speeches‹, a. a. O., Bd. VII, 6968-6985).

3. 8. 1944

84 1] *Graf Ostheim:* TMs Nachbar in Pacific Palisades, Hermann Graf Ostheim (1886-1964). Vgl. TM an Agnes Meyer, 25. 12. 1945: ». . . [unser Nachbar, Graf Ostheim,] der eigentlich Erbgroßherzog von Sachsen-Weimar und Königliche Hoheit ist. Er war ein ›roter Prinz‹, der den Kaiser, Preußen, das Militär verabscheute und früh der Erbfolge entkleidet wurde. Eine Amerikanerin hat er auch zur Frau. Kurz es ist weit mit ihm gekommen. Aber man merkt ihm von früher her immer noch etwas an, und er kokettiert mindestens so sehr mit seinem Hohenzollernblut wie mit seinem Liberalismus.« (Br. II, 467). S. auch *Entstehung*, Kap. XI, GW XI, 244.

4. 8. 1944

84 1] *von Annette Kolb:* New York, 2. 8. 1944; im TMA.

2] *an Gide:* An André Gide, P. P. 4. 8. 44; Reg. III, 44/318.

3] *»Niemöller« für ›L'Arche‹:* Thomas Mann, *Le Pasteur Niemöller*, ›L'Arche, Revue mensuelle‹, 2e Année. No. 8, Août 1945, 3 bis 11. S. GW XII, 910-918.

4] *von Klaus:* Italy, 23. July [1944]; im KMA.

5] *Nation und Time:* a) Alfred Vagts, ›The Putsch that failed‹, ›The Nation‹, vol. 159, No. 6 v. 5. 8. 1944, 152-154. Die ›Nation‹ hatte bereits im Editorial der Ausgabe vom 29. 7. 1944 (vol. 159, No. 5, 115/116), ›Behind the General's Plot‹, und in einem Artikel von Walter Mehring, ›Last of Scape Goats‹, a. a. O., 128/129, zu den Ereignissen des 20. Juli in Deutschland Stellung genommen.

b) ›Crack of Doom‹, ›Time‹, vol. 44, No. 5 v. 31. 7. 44, 26-28.

5. 8. 1944

85 1] *Campbells Buch:* Joseph Campbell and Henry Morton Robinson, ›Skeleton Key to Finnegans Wake‹, New York 1944. S. *Entstehung*, Kap. VIII, GW XI, 205.

[illegible] *Finnigans Wake:* James Joyce's Roman ›Finnegans Wake‹, London/New York 1939. In der Zürcher Bibliothek steht eine Ausgabe der Viking Press, New York 1944.

3] *an die Meyer:* An Agnes E. Meyer, P. P. 5. 8. 44; Reg. III, 44/320; Br. II, 381-383 (unvollst.).

4] *verunstaltete Korrektur [...] telegraphisch zurückgezogen:* S. TM an Edward Weeks, P. P. o. D.; Reg. III, 44/308. Zum Sachverhalt s. TB 6. 8. 44, Anm. 1.

6. 8. 1944

1] *Atlantic-Affaire:* Eine veränderte Fassung von TMs am 13. 10. 1943 in der Library of Congress gehaltenen Vortrag *The War and the Future* war anläßlich des 11. Jahrestages der Bücherverbrennung in der Mai-Nummer der Monatsschrift ›The Atlantic Monthly‹ (vol. 173, No. 5, 78-85) unter dem Titel *What is German* abgedruckt worden (S. TB 15. 3. 44 und 1. 5. 44). Gegen die Thesen dieses von TM vor und nach der Washingtoner Lesung mehrfach variierten und umformulierten »Reisevortrags« (»übrigens schränke ich die Korrespondenz aufs äußerste ein, weil ich den Vortrag herstellen muß, eigentlich anderthalb, mit auswechselbaren Stellen«: an Konrad Kellen, 19. 8. 43; Reg. II, 43/188) polemisierten in den folgenden Zeitschriften-Nummern eine Reihe von Leserbrief-Schreibern. Wortführer der Kritiker war – jedenfalls nach der Ansicht TMs – Henri Peyre, Professor für Romanistik an der Yale University, der in einem im Juliheft 1944 abgedruckten ›Letter to the Editor‹ (s. TB 30. 6. 44, Anm. 1) TM eine präfaschistische Vergangenheit vorwarf: »Herr Mann«, hieß es im Hinblick auf die *Betrachtungen eines Unpolitischen,* »violently attacked all the Western and liberal ideas, scornfully denounced humanitarianism and democracy; it would be most enlightening to his readers to have Herr Mann explain how and why he was converted from his former Pan-Germanist and pro-Nazi views to his present attitude.« Das Resümee der Peyreschen Invektive, die sich vor allem durch Zitate aus der Schrift *Friedrich und die große Koalition* (GW X, 76-135) legitimierte, stellte zwar die »sincerity of Herr Mann's conversion« nicht in Zweifel, betonte aber gleichwohl mit apodiktischem Pathos, daß ein Mann, der – immerhin als Vierzigjähriger – den Frieden in Europa mit dem militärischen Triumph Deutschlands identifizierte, kaum erwarten dürfe, daß seine heutigen Leser das deutsche Volk von den Nationalsozia- 85 listen unterschieden: »If a man of his eminence and of his wide culture could think and speak thus in 1915-1918, can he now expect his readers readily to dissociate the German people from the Nazis?« Auf diese zitatreichen Vorwürfe reagierte TM mit einem ausführlichen Verteidigungsbrief (s. TB 1. 7., 3. 7. und 4. 7. 1944) *The Quotations of Mr. Peyre*, den die Redaktion von ›Atlantic Monthly‹ jedoch – wie aus einem Brief an Agnes Meyer vom 5. 8. 1944; Reg. III, 44/320; Br. II, 382/383) deutlich wird – nur in ›entschärfter Form‹ akzeptieren wollte: »... der editor [...] wollte nicht nur den Titel in ›The atonement of Germany‹ ändern, sondern hatte auch sorgfältig jede ironische Spitze herausgestrichen, die den Briefschreiber [i.e. Henri Peyre] hätte verletzen können. Ich durfte [...] rücksichtslos verletzt und bloßgestellt werden, aber Herrn Peyre mußte man schonen. Das sehe ich nicht ein, und darum habe ich den Artikel zurückgezogen, es sei denn, daß man sich entschließt, ihn zu bringen, wie ich ihn geschrieben habe.« – Ein Telegramm mit dieser Forderung war bereits am 5. 8. 1944 an den Herausgeber Edward Weeks abgegangen und hatte zum Ergebnis, daß TMs ungekürzter Text unter dem von der Redaktion vorgeschlagenen und vom Autor akzeptierten Titel *In my Defense* (s. TB 7. 8. 44 und Brief an Agnes Meyer, 12. 8. 44; Reg. III, 44/326) in der Oktober-Nummer erschien (vol. 174, No. 4, 100-102). Eine nochmalige Attacke des Professors Peyre in der Dezember-Nummer (vol. 174, No. 6, 30) ließ TM unbeantwortet (vgl. TB 7. 12. 44, Text und Anm. 1).

2] *Modern Composers:* S. 26. 7. 1944, Anm. 4.

3] *an Annette Kolb:* P. P. 6. 8. 44; Reg. III, 44/321.

4] *Rezitationsabend:* Hardts erster Vortragsabend in englischer Sprache. Vgl. den Bericht des ›Aufbau‹, vol. X, No. 33 v. 18. 8. 1944, S. 14: »Daß Hardts Muttersprache friesisches Plattdeutsch ist – so nahe dem alten Angelsächsischen – erleichterte ihm den Weg. Wörtlich gilt das von seinem unvergeßlichen plattdeutschen Meisterstück ›De Haas und de Swinegel‹, überwältigend komisch auch als ›The Hare and the Hedgehog‹. Ein anderes Märchen aus dem Niederdeutschen: Storms ›Little Haevelman‹ leitete den Abend ein.« Den Mittelteil bildeten offensichtlich Gedichte von Brecht, Goethe, Whitman und Rilke, deren Rezitation dem Rezensenten allerdings »die Grenzen von Hardts Kunst« spürbar werden ließ, während er in ›Baron Münchhausens Adventures‹ den »Lügenbaron [so] meisterlich, voll komödiantischer Dämonie« nachgezeichnet sah, daß er »dem Erzschelm schließlich glaube!«

5] *Cherkassky:* Der aus Rußland stammende Pianist Shura Cherkassky (geb. 1911) bestritt den musikalischen Teil des Abends mit Werken von Scarlatti, Beethoven und Chopin.

6] *Bartok:* Der ungarische Komponist und Pianist Béla Bartók (1881-1945) war 1940 in die USA emigriert, wo er bald nach Kriegsende arm in New York starb. TM kannte Bartók seit seinem Budapester Aufenthalt 1922 und gedachte seiner 1932 in dem Essay *Der Geist in Gesellschaft* (GW XI, 426-435): »... Béla Bartók, der Tondichter, Pianist, Dirigent und Musikgelehrte, mir bekannt schon und befreundet von Budapest.« Die Betroffenheit über Bartóks Tod vermerkt die *Entstehung*, Kap. IX, GW XI, 241.

7. 8. 1944

1] *Weeks:* Der amerikanische Essayist Edward Weeks (geb. 1898), von 1938-1966 Herausgeber der Monatsschrift ›The Atlantic Monthly‹, New York. *85*

2] *nahm den Titel [...] an:* S. TB 6. 8. 44, Anm. 1.

3] *3 Minuten Speech: Radioansprache anläßlich der russischen Invasion Ostpreußens.* Text s. Anhang S. 812 f.

4] *E. Wilson:* Der amerikanische Literaturkritiker und Essayist Edmund Wilson (1895-1972).

5] *im New Yorker:* Edmund Wilson, ›A Guide to »Finnegans Wake«‹, ›The New Yorker‹, vol. 20, No. 25 v. 5. 8. 1944, 54-60 (Eine Besprechung des Buches von Campbell/Robinson, s. TB 5. 8. 44, Anm. 1).

8. 8. 1944

1] *Broadcast:* S. TB 7. 8. 44, Anm. 3. *86*

2] *Lost Weekend-Jackson:* S. TB 1. 7. 44, Anm. 2.

3] *Vernissage-Fest:* S. TB 13. 8. 44, Anm. 1.

9. 8. 1944

1] *A Psychologist ...:* Theodor Reik, ›A Psychologist Looks at Love‹, Toronto/New York 1944. *86*

2] *Reik:* Der österreichische Psychoanalytiker und Freud-Schüler

Theodor Reik (1888-1969), von 1928-1934 am Berliner Psychoanalytischen Institut tätig, emigrierte 1938 über die Niederlande in die USA, wo er als Psychoanalytiker in New York lebte.

3] *Schleppfuß-Kapitel:* S. TB 20. 2. 44, Anm. 1.

4] *Brief [. . .] von Alban Berg:* S. *Entstehung,* Kap. VII, GW XI, 192/193: »Alma Mahler mußte mich daran erinnern, daß Berg mir nach dem Erscheinen der ›Geschichten Jaakobs‹ aus Wien sehr herzlich geschrieben und daß ich ihm dankbar geantwortet hätte. Ich gäbe viel dafür, seinen Brief noch zu besitzen. Er ist, mit so vielem anderen, am Wege liegengeblieben.« – Auch der Antwortbrief TMs ist offensichtlich nicht erhalten.

10. 8. 1944

86 1] *Der Dichter Walther:* Der Schriftsteller, Journalist und Dramaturg Friedrich Walter (geb. 1902), bis 1933 Redakteur am ›Berliner Börsen-Courier‹ emigrierte 1933 nach Frankreich und entkam 1940 nach England, wo er für die BBC arbeitete und gelegentlich Kulturberichte für ›Mass und Wert‹ schrieb. Walter arbeitete 1944 an einer Studie über TM (Vgl. Katia Mann an GBF, 21. 8. 1944; TM/GBF 368/369: ». . . mein Mann hält ihn für entschieden begabt.«).

2] *Abhandlung:* Friedrich Walter, ›Huldigung‹, ›Die Neue Rundschau‹, Sonderausgabe zu Thomas Manns 70. Geburtstag, 6. Juli 1945, 128-134; Der Ruf, München, No. 14, v. 1. 10. 1945, S. 4.

3] *›Music‹ von Redfield:* John Redfield, ›Music. A Science and an Art‹, New York 1941. Das Buch mit Notizen TMs befindet sich in der Zürcher Bibliothek. S. auch *Entstehung,* Kap. VIII, GW XI, 204.

4] *An Bermann:* An GBF, P. P. 10. 8. 44, Reg. III, 44/322; TM/GBF 366.

5] *An Knopf:* An Alfred A. Knopf, P. P. 10. 8. 44; im Archiv des Knopf-Verlags.

6] *Keyserling:* Der deutsche Philosoph Hermann Graf Keyserling (1880-1946). TM, durch Keyserlings Schrift ›Deutschlands wahre politische Mission‹ (1919) auf ihn aufmerksam geworden, hatte seine Darmstädter Gründung ›Schule der Weisheit‹ mit Sympathie verfolgt und in einem offenen *Brief an Hermann Grafen Keyserling* (1920), GW XII, 593-603 ausführlich gewürdigt. Die erste persönliche Begegnung fand offenbar am 22. 10. 1919 statt. Das TB vermerkt: ». . . allein in der ›Goethegesellschaft‹ [. . .], wo Graf H. Keyserling

sprach. Am nächsten Nachmittag war er mit seiner Frau, einer Enkelin Bismarcks, bei uns, gefräßig und gesprächig.«
7] *Die Familien der [...] Obersten:* Das Gerücht, daß »the entire families of the eight high German officers hanged for the complicity in the bombing attack« hingerichtet worden seien, war – unter Berufung auf einen aus Madrid telefonierten Bericht »from an unimpeachable source« – am 9. 8. 1944 von UP verbreitet worden.

11. 8. 1944
1] *an Singer:* An William Earl Singer, P. P. 13. 8. 44; Reg. III, 44/ 87
329; Br. II, 383-385.
2] *Modulation von F nach D dur:* Vgl. TB 18. 8. 44, Anm. 1.

12. 8. 1944
1] *Briefrede:* S. TB 11. 8. 44, Anm. 1. 87
2] *von der Meyer:* Mount Kisco, 7. 8. 1944; im Archiv der Yale University. Eine ekstatische, mit der Anrede »Geliebter Freund« eingeleitete Reaktion auf übersandte *Doktor Faustus*-Kapitel.
3] *von McLeish:* Von Archibald MacLeish, Washington, 5. 8. 44; im TMA: »May I tell you what a superb statement I think you have made? It makes one a little prouder of being a human being to read it.«
4] *Rede des Präsidenten:* Ansprache von Bord des Zerstörers ›Cummings‹ am Nachmittag des 12. 8. 44, ›The Public Papers‹, a. a. O., No, 58, 216-227.
5] *Soldier-Cousin:* Nicht ermittelt.
6] *deutsches Buch [...] über Lübeck:* Hans Schröder, ›Lübeck‹, Aufnahmen von Wilhelm Castelli, 2. Aufl., Berlin 1943. Das Buch, in dem, in einer Vorbemerkung des Autors, all jene Abbildungen angegeben sind, deren Objekte dem britischen Luftangriff in der Nacht vom 28. zum 29. 3. 1942 zum Opfer gefallen waren, hat sich in der Zürcher Nachlaßbibliothek erhalten.

13. 8. 1944
1] *zu Singers:* Vgl. den Brief an Agnes E. Meyer vom 12. 8. 1944, 87
mit einer ausführlichen Beschreibung des Festes: »Wir hatten gestern ein großes ›Vernissage‹, das ›unveiling‹ des Portraits, das der Maler W. Singer, ein tüchtiger Künstler, von mir gemacht hat. Es war ein Garten- und Atelierfest mit Bowle und Sandwiches, wohl 100 Leute

waren da, eine hübsche Movie-actress zog die Vorhangsschnur, mein Bildnis vor dem landschaftlichen Hintergrund erstrahlte in elektrischem Licht, man applaudierte frenetisch, ich mußte auch ein paar Worte zur Sache sagen, und dann wurde von einem ›Life‹-man endlos photographiert. Es war eine echt amerikanische Nerventour de force, gutherzig, großherzig und erbarmungslos. Ich war aber höflich und verglich es mit einem Fest in Florenz, wenn dem Cellini ein Guß gelungen war.« (Kopie im TMA).

88 2] *Feldm. Paulus von Moskau:* Einer Radiomeldung aus Moskau zufolge hatte der vor Stalingrad in sowjetische Gefangenschaft geratene deutsche Generalfeldmarschall Friedrich von Paulus (1890 bis 1957) in einem Brief an seine Mitgefangenen und an das deutsche Volk erklärt, daß der Krieg verloren sei, russische Truppen die Ostgrenze Deutschlands erreicht hätten, die Anglo-Amerikanischen Armeen von Westen her »unaufhaltbar« auf das Reich marschierten und es für die durch Greueltaten in den besetzten Gebieten tief in Mitschuld verstrickten Deutschen nur eine einzige Möglichkeit gebe, in den Kreis der friedliebenden Völker zurückzukehren: »Germany must get rid of Adolf Hitler and establish a new state leadership which will bring the war to an end and create conditions that will secure to our people a future life and restore peaceful, friendly relations with our enemies of today.« – Der in der ›Prawda‹ zitierte, der internationalen Presse in deutscher und russischer Sprache vorliegende Brief wurde am 15. 8. 1944 von der ›New York Times‹ auf englisch nachgedruckt.

3] *den Gang:* Anglizismus: gang = Gruppe, Clan, Bande.

14. 8. 1944

88 1] *Notizen zum ›Werk‹-Problem:* Vgl. Zeitbloms Ausführungen über ›Das Werk‹, *Doktor Faustus,* Kap. XXI, GW VI, 240/241, und Adrians Replik: »Das Werk! Es ist Trug. Es ist etwas, wovon der Bürger möchte, es gäbe das noch. Es ist gegen die Wahrheit und gegen den Ernst. Echt und ernst ist allein das ganz Kurze, der höchst konsistente musikalische Augenblick . . .«

2] *von Révy:* Westwood Hills, L. A., 13. 8. 44; im TMA.

3] *kleiner Virgil:* In der Zürcher Bibliothek nicht mehr vorhanden. Das Buch stammte vermutlich aus Huldschinskys Besitz, der, wie Salka Viertel a. a. O. S. 438, berichtet, seine wertvolle Bibliothek mit vielen Erstausgaben »vor den Nazis [hatte] in Sicherheit bringen können.«

4] *von Bermann:* New York, 10. 8. 1944; TM/GBF 364/365.

5] *Copyright-Quarrell:* Vgl. TB 10. 7. 44, Anm. 2 und 15. 8. 44, Anm. 2.

6] *in ›Nation‹ wachsende Überzeugung:* Vgl. neben den TB 4. 8. 44, Anm. 5 angeführten Aufsätzen vor allem (und mit Bezug auf die letzten Zeilen der TB-Eintragung v. 14. 8. 44) den Artikel von Freda Kirchwey, ›Hitler Underground‹, ›The Nation‹, vol. 159, No. 7, v. 12. 8. 44, S. 173. S. ferner TMs Brief an Agnes E. Meyer v. 12. 8. 44: »Ich fange an zu glauben, daß es in Deutschland nie eine Bombe gegeben hat und daß die wunderbarste Errettung des kostbarsten Lebens glatter Schwindel ist. Es war eine reine Präventiv-Aktion gegen die Heeresspitzen, nach deren fachmännischem Urteil der Krieg verloren ist. Jedenfalls ist nun die Revolution von oben so unmöglich gemacht worden wie die von unten schon immer war. Banditen-Heroismus wird die Schlußscene des Krieges beherrschen.« (Kopie im TMA).

7] *an die Meyer:* S. o., P. P. 12. 8. 44; Reg. III, 44/326.

8] *4. deutschen Armee:* Vermutlich der 7., von der große Teile im Raum westlich von Falaise und Argentan von den Alliierten eingeschlossen worden waren. Vgl. auch TB 15. 8. 44.

15. 8. 1944

1] *Teufel in dreifacher Maske:* Zum Problem der durch die Stimme 88
gewahrten »Identität« des Teufels »bei fließender Erscheinung« (GW VI, 317) vgl. die unter Beiziehung der Notizenkonvolute vorgenommene Analyse des Teufelsgesprächs bei Lieselotte Voss, a. a. O. 177 bis 183.

2] *Copyright-Ärger:* Vgl. an GBF, P. P. 15. 8. 44; Reg. III, 44/330; 89
TM/GBF 367/368, sowie, zum Grundsätzlichen, TB 10. 7. 44, Text und Anm. 2.

3] *an Révy:* An Richard Révy, P. P. 15. 8. 1944; Reg. III, 44/332.

4] *an Herzog:* An Wilhelm Herzog, P. P. 15. 8. 44; Reg. III, 44/331.

5] *Petition für Schönberg:* Nicht erhalten.

6] *Neue Invasion Frankreichs:* Nach dem Absprung alliierter Fallschirmeinheiten über der Provence in der Nacht vom 14. zum 15. 8.

1944 landeten in den frühen Morgenstunden des 15. August drei amerikanische Divisionen zwischen Cannes und Hyères.

7] *Ruin der Armee Kluge:* Die Feldmarschall von Kluge unterstehende 7. deutsche Armee war bei Falaise in der Normandie eingekesselt worden.

16. 8. 1944

89 1] *an Br. Walter:* An Bruno Walter, P. P. 16. 8. 44; Reg. 44/333; Br. II, 385-388 (unvollst.).

2] *»Hitler Gang«:* Der 1944 von der Paramount unter der Regie von John Farrow gedrehte Film über das Aufkommen des Nationalsozialismus in Deutschland mit Robert Watson, Roman Bohnen, Martin Kosleck, Reinhold Schünzel, Fritz Kortner, Alexander Granach, Helene Thimig u. a., der heute als eines der bemerkenswertesten Hollywood-Produkte zum Thema ›Hitler und die Folgen‹ gilt.

3] *Atlantic-Charter:* Die im August 1944 bei einem Treffen auf dem Atlantik von Winston Churchill und Franklin D. Roosevelt beschlossene Charta »für eine bessere Zukunft der Welt«. In dieser Proklamation verzichteten das britische und das amerikanische Staatsoberhaupt für ihre Länder auf jede territoriale Erweiterung und erklärten das Selbstbestimmungsrecht der Völker zur Maxime des politischen Handelns. Auch für Deutschland erhofften sie nach Vernichtung der nationalsozialistischen Tyrannei einen Frieden, »der allen Nationen« die Möglichkeit gebe, »in Sicherheit innerhalb ihrer Grenzen zu leben«, und der die Gewähr biete, daß »alle Menschen in allen Ländern ein Dasein frei von Not und Furcht« führen könnten.

4] *Adornos Kierkegaard:* S. TB 10. 7. 44, Anm. 4.

17. 8. 1944

89 1] *Begegnung Churchills mit Tito:* Die NYT berichtete am 14. 8. 1944, (1:7) über ein Treffen zwischen Churchill, Tito und einigen Gefolgsmännern in Rom.

2] *Tito:* Der jugoslawische Partisanenführer und KP-Funktionär Josip Tito, eigentl. Broz (1892-1980) fungierte nach dem Abzug der deutschen Truppen aus seinem Lande als Machthaber und bekleidete ab 1945 das Amt des Ministerpräsidenten, ab 1953 des Staatspräsidenten, unter dessen Regentschaft sich in Jugoslawien eine vom Stalinismus unabhängige Form des Sozialismus entwickelte.

3] *entkommen:* Den deutschen Truppen war jedenfalls partiell der Ausbruch aus dem Kessel von Falaise (s. TB 14. 8. 44, Anm. 8) gelungen.

4] *General Patton:* Der US Panzer-General George Smith Patton (1885-1945) kommandierte bei der alliierten Invasion die 3. amerikanische Armee, die – unter Umgehung von Paris – von der Bretagne aus zum Rhein vorstieß.

18. 8. 1944

1] *XXI (f-d-a-dur):* Das Notat bezieht sich auf den in allen Ausga- 90
ben nach 1947 – also auch in GW VI, 243, zwischen Z. 3 und Z. 4 – ausgeschiedenen Abschnitt: »Mich erinnerten sie [d. i. »die Kühnheiten im Gewande des Anfänglichen«] stets daran, was uns der Stotterer einst über die Neigung der Musik gelehrt hatte, ihre Elemente zu zelebrieren. Auch an die Linde zu Buchel erinnerten sie mich, wenn die Stallhanne zu unserem Kinderdiskant so lehrhaft die ›zweite Stimme‹ plärrte, und an unsere Kanongesänge. Es ist nicht leicht, ohne Notenbeispiele, die diesem Werkchen [gemeint ist Zeitbloms Bericht] ein zu pedantisch-fachliches Ansehen geben würden, das Einfachste zu beschreiben. Aber da war denn also, mitten in einer Komposition von schwebender, dauernd vorenthaltener Tonart, ein F-dur-Klang mit dem a als Oberstimme, der durch ein einfallendes des (bezw. cis) aufgehoben und, indem die Melodie den Halbtonschritt nach as zurückging, in D-dur mit dem Dominant-Vorhalt h überführt wurde, worauf ein neuerliches Durchgangs-f den Akkord in A-dur auflöste. Und diesem Nichts, dieser Fibelharmonik war ein Relief verliehen, es war diesen chromatischen Durchgangstönen, dem cis (oder des), dem f dazwischen der D-dur Tonika eine so demonstrative Bedeutsamkeit aufgeprägt, daß die Figur wie eine Verspottung zugleich und Verherrlichung des Fundamentalen, eine schmerzlich erinnerungsvolle Ironisierung der Tonalität, des temperierten Systems, der traditionellen Musik selber wirkte« (In der Ausgabe von 1947 auf S. 282).

2] *an K.:* GBF an Katia Mann, New York, 14. 8. 44; TM/GBF 366/367.

3] *Pläne:* Zum 70. Geburtstag TMs erschien, als erstes Heft der ›Neuen Rundschau‹ nach dem Verbot der Zeitschrift im September 1944, eine Thomas Mann gewidmete Sondernummer mit Beiträgen von GBF, Heinrich Mann, Franz Werfel, W. H. Auden, Hugo von Hofmannsthal, Richard Beer-Hofmann, Hermann Hesse, Erich von Kahler, Leonhard Frank, Klaus Mann, Hermann Broch, Annette Kolb, Hedwig Fischer, Martin Andersen Nexö, Alfred A. Knopf, Tor Bonnier, Frank Aydelotte, Alfred Döblin, Joachim Maass, Vilhelm Moberg, Charles Jackson, Bruno Frank, Anders Österling, Friedrich Walter, Eyvind Johnson, Martin Gumpert, Lion Feuchtwanger, Lotte Lehmann, Joseph Wittlin, Alfred Neumann, Max Osborn, Olle Holmberg, Christian Gauss, Anna Jacobson, Sigrid Undset, Arnold Schönberg, Agnes E. Meyer, Bruno Walter, Arnold Zweig, Walter A. Berendsohn, Helen Lowe-Porter, Upton Sinclair, Gustaf Lundgren, Ernst Toch, Ludwig Marcuse und Carl Zuckmayer.

4] *wie in Warschau:* Mit Herannahen der alliierten Truppen ging die Untergrundbewegung in Paris zu immer offeneren Angriffen auf die deutsche Besatzungsmacht über – ähnlich wie sich in Warschau Anfang August die polnischen Widerstandskämpfer, im Vertrauen auf die Unterstützung der zum rechten Weichselufer vorstoßenden Sowjets, gemeinsam mit der Bevölkerung gegen die Deutschen erhoben hatten.

5] *offener Brief:* Andor Foldes, ›Music Critic 1944‹ (Letter to the Editor), ›The Nation‹, vol. 159, No. 7 v. 12. 8. 1944, 195: eine Polemik gegen den ›Nation‹-Musikkritiker Mr. Haggin, »to whom the work of ›Hindemith, Berg, Schoenberg, Stravinsky and the rest‹ is full of ›aidities, uglinesses and horrors‹.«

6] *Zusammennennung meines Namens:* In der Besprechung von William Phillips, ›The One and the Many‹ (vgl. TB. 17. 7. 44, Anm. 1) werden Joyce, Yeats (nicht: Gide!) und Picasso erwähnt: »I have in mind [...] the period dominated by Joyce, Proust, Yeats, Picasso. And Mann, whose earlier writing definitely carried the pathos of this tradition, has now turned, in his latest work, to an even more generalized and timeless scheme, transforming the Biblical story of Joseph into an elaborate parable of the spiritual wanderer, exile, leader: of the artist and society, the chosen and those who are left behind, the one and the many.«

7] *Rabbi B. Harrison:* Der amerikanische Rabbiner Bernard H. Harrison (1910-1957) lehrte am Beth Sholom Temple in Los Angeles.

19. 8. 1944

1] *Brief an Dr. Bohn:* P. P. 19. 8. 44; Reg. III, 44/337. – Der Herausgeber der amerikanischen Wochenschrift ›The New Leader‹, William E. Bohn, hatte seine essayistische Betrachtung des 4. Joseph-Bandes (s. TB 26. 7. 44, Anm. 2) mit einer generellen Betrachtung der Joseph-Rezeption durch amerikanische Kritiker begonnen. Für diese Ausführungen bedankte sich TM in einem grundsätzlichen Brief vom 30. 7. 44 (Reg. III, 44/296), der, ohne Wissen des Autors, unter der Überschrift ›Mann Comments on Critics from Thomas Mann‹ als Kasten auf S. 12 der Ausgabe vom 12. 8. 44 (vol. 27, No. 33) erschienen war: »[...] I cannot deny that the good-humored and superior words you found on behalf of ›Joseph the Provider‹ and against some of the professional critics have given me great pleasure. As a writer whose work exists at the present time only in translation, I find myself in a rather difficult and thankless position, which is especially apparent in the case of the Joseph epic. This is in the first place [...] a humorous, and to the same extend a linguistic work, that means, a work of the language in which I was born and to which I am much too old to become unfaithful as an artist. Humor is closely connected with language, and not everybody is capable, like you, of feeling the humorous spirit of the work through the denaturalizing and stiffening translation, although it is a good translation, if such a thing exists. – Moreover a certain reaction is growing among some of the critics against the many and exaggerated honors which were bestowed upon me during the first time after my arrival in America. Every young critic feels like an ›esprit fort‹ if he can find some fault with me. But that doesn't matter; I suppose it must be so. It would only be pity if many persons who might have enjoyed the Joseph story were discouraged to read it by reviews which describe this, in my opinion a quite popular and amusing book, as an exacting work of burdensome wisdom.« – TM machte jedoch gute Miene und antwortete Bohn ohne Vorwurf noch am selben Tag: »It was very kind of you to reply my letter in such an interesting manner.« 90

2] *Briefwechsel Adrian-Kretzschmar:* Im XV. Faustus-Kapitel (GW VI, 173-180).

3] *Adrians Bekenntnis:* Adrian Leverkühns Ausführungen über sein Verhältnis zur Musik in dem Brief an Kretzschmar werden von Zeitblom resp. TM als »abwehrendes Bekenntnis« interpretiert (a. a. O., 180).

4] *Arretierung des [. . .] Goerdeler:* Der ehemalige Leipziger Oberbürgermeister (bis 1937 im Amt) Carl-Friedrich Goerdeler (1884 bis 1945) war seit 1939 einer der wichtigsten Männer des zivilen deutschen Widerstands und designierter Reichskanzler einer nach-Hitler-Regierung. Nach dem – von ihm in dieser Form abgelehnten – Attentat vom 20. 7. 1944 gelang es Goerdeler zu fliehen. Erst als sein Steckbrief überall aushing und auf seinen Kopf eine Belohnung von einer Million Reichsmark ausgesetzt worden war, wurde er am 12. 8. 1944 von einer Luftwaffenhelferin erkannt und der Gestapo denunziert. Goerdeler wurde am 8. 9. 1944 zum Tode verurteilt und am 2. 2. 1945 hingerichtet.

20. 8. 1944

91 1] *Mitarbeiter-Liste:* S. GBF an Katia Mann, New York, 14. 8. 1944; TM/GBF 366/367, sowie Katia Manns Antwort, P. P. 21. 8. 44; a. a. O., 368/369: Statt Artur Schnabel lieber Rudolf Serkin und Adolf Busch; wenn Erika Mann, dann auch Klaus und Golo. »FDR [. . .] kommt nicht in Betracht, man muß sich wohl mit Eleanor und Wallace begnügen. Dagegen könnte man wohl Benesch auffordern . . .«. GBFs Vorschlagsliste, auf die sich die Korrigenda beziehen, ist mit den Ergänzungen Katia Manns im Anhang des Briefwechsels TM/GBF 667/668 abgedruckt. S. auch Katia Mann an GBF, 15. 11. 1944, a. a. O., 371.

2] *Artikel in ›Partisan Review‹:* Nikolaj Nabokov, ›Stravinsky Now‹, ›The Partisan Review‹, vol. 11, No. 3/1944, 324-344. Der Artikel befindet sich mit Anstreichungen und Anmerkungen TMs im TMA.

3] *Dr. X. von Wien:* Dr. Friedrich Hacker (geb. 1914), ein Neffe von Richard Strauss, war 1938 von Wien über die Schweiz und England in die USA emigriert, wo er in Beverly Hills die Hacker-Klinik, ein privates psychiatrisches Hospital, gründete.

21. 8. 1944

91 1] *von Hardt:* O. O. u. D. (Postst. 21. 8. 44); im TMA.

2] *beantwortet mit:* Der Brief ist noch nicht bekannt. Das – um eine Oktave nach unten versetzte – Notenbeispiel zitiert die im *Doktor*

Faustus, Kap. VIII, GW VI, 76, beschriebene Veränderung des »vielerfahrenen« Arietta-Motivs aus Beethovens Klaviersonate op. 111, c-Moll – jene »kleine melodische Erweiterung« des ursprünglichen d - g - g, das nun, gegen das Ende, nach »einem anlautenden c [...] vor dem d ein cis [aufnimmt], so daß es nun nicht mehr »Him-mels-blau« oder »Wie-sengrund«, sondern ›O – du Himmelsblau‹, ›Grüner Wiesengrund‹ [...] skandiert; und dieses hinzukommende cis ist die rührendste, tröstlichste, wehmütig versöhnlichste Handlung von der Welt. Es ist wie ein schmerzlich liebevolles Streichen über das Haar, über die Wange, ein stiller, tiefer Blick ins Auge zum letzten Mal. Es segnet das Objekt, die furchtbar umgetriebene Formung mit überwältigender Vermenschlichung, legt sie dem Hörer zum Abschied, zum ewigen Abschied, so sanft ans Herz, daß ihm die Augen übergehen. ›Nun ver-giß der Qual!‹ heißt es. ›Groß war – Gott in uns.‹ ›Alles – war nur Traum.‹ ›Bleib mir – hold gesinnt.‹« – Vgl. dazu die Ausführungen bei Joachim Kaiser, ›Beethovens 32 Klaviersonaten und ihre Interpreten‹, Frankfurt 1976, 631/632.

3] *von Rosenfeld:* Hans Rosenfeld, ›Das Geheimnis des Judentums‹, offenbar nicht publiziert: am 5. 1. 1946 teilte TMs Sekretär dem Autor mit, daß der Verlag das Manuskript an TM zurückgeschickt habe und fragte an, wohin es weiterzuleiten sei.

4] *Rosenfeld:* Dr. Hans Rosenfeld (1881-?) war nach seiner Emigration als Literatur-Agent in Rio de Janeiro tätig und bemühte sich auch um TM-Übersetzungen für Brasilien.

5] *Mondschein-Sonate:* Ludwig van Beethoven, Klaviersonate op. 27, 2, ›Quasi una fantasia‹.

22. 8. 1944

1] *Herr X aus Antwerpen:* Der Bittsteller, dessen Namen TM unverzüglich wieder vergaß und im Tagebuch ausließ, ist nicht mehr zu ermitteln. 92

23. 8. 1944

1] *Proofs:* Korrekturfahnen. 92

2] *Sturz der Regierung:* Unter dem Eindruck des am 20. 8. 1944 begonnenen sowjetischen Vormarschs auf Bukarest ließ der rumänische König den hitlertreuen Marschall Antonescu am 23. 8. 1944 verhaften und den Waffenstillstand bekanntgeben. Als deutsche Bomber zur Vergeltung die rumänische Hauptstadt angriffen, stellte sich die neue Regierung auf die Seite der UdSSR und erklärte Deutschland am 25. 8. 1944 den Krieg.

3] *deutliche Anzeichen:* Die Quelle für diese Spekulationen ließ sich nicht ausfindig machen.

4] *Telegramm an die Franzosen:* An die Redaktion von ›La France Libre‹. In Privatbesitz fand sich die Kopie eines offensichtlich für diesen Anlaß konzipierten handschriftlichen Entwurfs: »The day of the liberation of Paris is a day of joy and glory for mankind. France went through abysses of suffering and all of us were prostrated with her. She is rising like a Phoenix from the ashes and I am convinced that a great mission is reserved to her lucid spirit in the work of reconstruction of our world. Vive la France! Vice l'Europe libérée!«

24. 8. 1944

92 1] *General König scheint voreilig gehandelt [...]:* Der französische General Marie Pierre Koenig (1898-1970), der sich 1940 de Gaulle angeschlossen hatte, kommandierte 1944 als Oberbefehlshaber die französischen Streitkräfte in Großbritannien und Frankreich. Die Gerüchte fördernde Situation in und um Paris in den letzten Tagen vor dem Fall der französischen Hauptstadt am 25. 8. 1944 war durch die Prioritätsansprüche der Franzosen gegenüber den Amerikanern und die internen Rivalitäten der um die Macht besorgten Résistancegruppen – Gaullisten und Kommunisten – bedingt. Vgl. TM an Agnes Meyer, P. P. 25. 8. 44; Reg. III, 44/343: »Paris war eine ärgerliche Dreinpfuscherei der inneren Befreier, und ich kann mir denken, daß Eisenhower wütend ist auf General König. Diese Gaullisten sind wie Kinder, die es durchaus ›selbst‹ tun wollen und dann um Hilfe rufen müssen.« (Kopie im TMA)

93 2] *Knollenberg:* Der Rechtsanwalt und Schriftsteller Dr. Bernhard Knollenberg (1892-1973), von 1938-1944 Bibliothekar an der Yale-University.

3] *an Knollenberg:* An Bernhard Knollenberg, P. P. 26. 8. 1944, Reg. III, 44/349. Das Schreiben betrifft die Überlassung der Literatursammlung Curt Faber du Faurs an die Yale University Library und – beiläufig – den Ankauf der Korrespondenz TM/Julius Bab.

4] *Faber du Faur:* Der Bibliothekar und Literaturwissenschaftler

Dr. Curt von Faber du Faur (1890-1966) war 1939 über Italien in die USA emigriert, bekleidete dort von 1944-1960 eine Forschungsprofessur in Yale und betreute von 1960-1966 als Kurator die German Collection der Universität.

5] *in beiderlei Gestalt:* Der 4. Joseph-Band im deutschen Original und in englischer Übersetzung.

6] *Aufsatz:* Fritz Kaufmann, ›Thomas Mann und Nietzsche‹, ›Monatshefte für Deutschen Unterricht‹, Madison, vol. XXXVI, 1944, No. 7, 345-350.

7] *Heines [...] Musikberichte:* Die Berichte über die ›Musikalische Saison von 1844‹ im Anhang von Heinrich Heine, ›Lutetia, Berichte über Politik, Kunst und Volksleben‹, Paris 1855. – TM besaß neben der 22bändigen 1876 bei Hoffmann und Campe in Hamburg erschienenen Gesamtausgabe eine Edition: ›Heinrich Heine, Sämtliche Werke in 10 Bänden‹, München 1923.

25. 8. 1944

1] *Neue Drohungen:* Mit der V-2-Rakete. S. TB 30. 8. 44, Anm. 6. 93

2] *an Mrs. Meyer:* An Agnes E. Meyer, P. P. 25. 8. 44; Reg. 44/343.

3] *Pesach-Oratorium:* Wahrscheinlich Tochs ›Cantata of the Bitter Herbs‹, von 1938. Vgl. hingegen TM an Agnes Meyer, 25. 8. 1944: (Wir sind) »heute Abend zu dem Komponisten Toch eingeladen, der mir aus irgendwelchen Gründen eine neue Arbeit vorspielen will.«

26. 8. 1944

1] *Br. Franks Cervantes:* Bruno Franks Roman ›Cervantes‹, erst- 93
mals 1934 in Amsterdam erschienen, sollte die von GBF geplante Gesamtausgabe in Einzelbänden eröffnen. S. TB 6. 5. 44, Anm. 2.

2] *›Gas light‹:* Das von George Cukor 1944 inszenierte Remake des 94
psychologischen Thrillers ›Das Haus der Lady Alquist‹ mit Ingrid Bergman und Charles Boyer in den Hauptrollen.

3] *Boyer:* Der französische Schauspieler Charles Boyer (1897-1978).

4] *Lepanto:* Die Beschreibung der Seeschlacht von Lepanto in Bruno Franks Cervantes-Roman.

27. 8. 1944

94 1] *an Dr. Kauffmann:* An Fritz Kaufmann, P. P. 27. 8. 44; Reg. III, 44/355.

2] *an Lesser:* An Jonas Lesser, P. P. 27. 8. 44; Reg. III, 44/356.

3] *Ballettmusik aus ›Faust‹:* Die Musik zur Walpurgisnacht-Scene zu Beginn des 5. Akts der Oper ›Margarethe‹ von Charles Gounod (s. TB 26. 2. 44, Anm. 1). Vgl. *Doktor Faustus,* Kap. XXXVIII, GW VI, 546, Zeitbloms Bericht über die Schallplatten-Vergnügungen im Kreise des Fabrikanten Bullinger: »Bullinger ließ [. . .] mehreres Genußreiche erschallen: den wohlgespielten Walzer aus Gounods ›Faust‹, [. . .] an dem Baptist Spengler nur auszusetzen hatte, daß er als Melodie eines Volkstanzes auf der Wiese entschieden zu elegant und salonmäßig sei.« TM besaß in seiner Schallplattensammlung neben der Arie des Faust ›Avant de quitter ces lieux‹ und Valentins ›Gebet‹ (gesungen von Heinrich Schlusnus) eine Aufnahme der Ballettmusik, gespielt vom Royal Opera Orchestra London unter George W. Byng.

28. 8. 1944

94 1] *an Konrad Kellen:* Noch nicht bekannt.

2] *an die Herz:* An Ida Herz, P. P. 28. 8. 1944; Reg. III, 44/357.

3] *entstehende Novelle:* Leonhard Frank, ›Deutsche Novelle‹, München 1954 (S. TB 19. 6. 44, Anm. 2).

4] *Aufsatz über Br. Franks ›Polit. Novelle‹:* Über Bruno Franks ›Politische Novelle‹ hatte TM 1928 für die Zeitschrift ›Das Tagebuch‹, Berlin (9. Jg., No. 29 v. 21. 7. 1928) einen Essay geschrieben, dessen Text *›Politische Novelle‹* in *Die Forderung des Tages* und GW X, 685-700, aufgenommen wurde (s. TB 5. 1. 44, Anm. 4).

5] *Fascistische Schüsse:* Während de Gaulles Einzug über die Champs Elysées wurden verschiedene Schüsse auf den General abgefeuert, die dank dessen ungerührter Haltung den Pariser Triumphzug jedoch nicht beeinträchtigten. S. dazu den ausführlichen Bericht ›De Gaulle's Day‹ in ›Time‹ vol. 44, No. 10 v. 4. 9. 44, 36-40.

29. 8. 1944

95 1] *Teile der Robot-Küste:* Die deutschen Stellungen an der französischen Atlantikküste, von denen aus die unbemannten Raketen (V 1) auf London und andere englische Orte abgefeuert wurden.

2] *Düstere Äußerungen:* Der deutsche Generalleutnant und Rundfunkkommentator Kurt Dittmar (1891-1956) hatte – »in perhaps the strongest peace note yet voiced by a German propagandist«, wie UP aus London kommentierte – zugegeben, daß die Niederlage Deutschlands unaufhaltsam heranrücke und zugleich durchblicken lassen: »that Germany would like to talk compromise terms on a basis somewhere short of unconditional surrender«. – Dittmar sagte, Deutschland müsse den Kampf ungeachtet der verzweifelten Lage so lange fortsetzen, wie seine Feinde an dem Ziel der bedingungslosen Kapitulation festhielten und »as long as reason is not substituted for a desire for destruction«. So lange die Alliierten dem deutschen Volk mit Versklavung drohten, »a fight to the last is a commanding necessity. It is the only way in which our enemies will have placed before them the necessity of answering the question: What is the sense of sacrifices and losses?«

30. 8. 1944

1] *Frau Kellen:* Virginia Katzenellenbogen. S. TB 30. 5. 44, Anm. 2. *95*

2] *Bücher über Musik:* In der Zürcher Bibliothek befinden sich folgende bei Knopf erschienene Newman-Werke – z. T. mit Benutzerspuren TMs: ›The Unconscious Beethoven. An Essay In Musical Psychology‹, New York 1930; ›A Musical Motley‹, New York 1925 und, als Hauptwerk, ›The Life of Richard Wagner‹, 4 Bde., New York 1933-1946.

3] *Newman:* Der englische Musikologe und Musikkritiker Ernest Newman (1908–1959).

4] *Reinhardts:* Wahrscheinlich der Filmproduzent Wolfgang Reinhardt, ein Sohn von Max Reinhardt und Else Heims, mit seiner Frau Lally.

5] *Siegfriedlinie:* Die bereits im Ersten Weltkrieg ausgebaute westliche Verteidigungslinie der Deutschen, z. T. mit dem ›Westwall‹ des Zweiten Weltkriegs identisch.

6] *neue Monstrewaffen:* Die deutsche V-2-Rakete, die, von Hitler lange angekündigt, am 8. 9. 1944 erstmalig gegen London und Antwerpen eingesetzt wurde. Diese Raketen, die mit fünffacher Schallgeschwindigkeit flogen, waren für die Alliierten besonders gefährlich, weil sie eine für damalige Verhältnisse sehr große Reichweite hatten und wegen ihrer hohen Geschwindigkeit nicht geortet werden konnten.

31. 8. 1944

95 1] *an Ostheim:* Noch nicht bekannt.
2] *Londoner militärische Meinung:* Zum Grundsätzlichen solcher Vorhersagen vgl. TB 13. 9. 44, Anm. 3.
3] *Ankündigung:* Anläßlich der Mitteilung, daß die Befreiung Frankreichs um 5 Tage schneller vorangehe als geplant, verkündete General Eisenhower am 31. 8. 44, Deutschland könne 1944 besiegt werden »if all on the battlefield and homefronts did their duty to the full« (NYT 1. 9. 44, p. 1). Die LA-Times brachte denselben AP Bericht, ebenfalls am 1. 9. 1944 auf S. 1 und 2.

1. 9. 1944

96 1] *›Simplicissimus‹: Vorwort zur ersten schwedischen Ausgabe von Grimmelshausens ›Simplicius Simplicissimus‹*, Stockholm 1944; GW XIII, 443/444.
2] *Déroute:* Rückzug.
3] *Unruhen:* Unter Berufung auf schweizerische und schwedische Quellen berichtete die NYT am 7. 9. 1944, S. 9, daß in verschiedenen deutschen Städten Aufstände ausgebrochen seien, bei denen Scharen von Frauen, Soldaten und Arbeitern mit Sprechchören »Nieder mit Hitler! Wir wollen Frieden!« durch die Straßen marschierten. Bei Zusammenstößen zwischen deutschen Zivilisten und Elite-Einheiten der SS, die in die Menge geschossen hätten, seien Protestler verwundet oder getötet worden. Außerdem wurde von latenten Unruhen unter den 12 000 000 Fremdarbeitern gesprochen.
4] *Selbstmord v. Kluge's:* Der deutsche Generalfeldmarschall Hans-Günter von Kluge (1882-1944), der erst am 5. August als Nachfolger des Generalfeldmarschalls von Rundstedt zum Oberbefehlshaber West ernannt worden war, vergiftete sich am 18. 8. 1944 auf dem Wege nach Berlin, wo er sich wegen des – unzutreffenden – Verdachts, Friedensverhandlungen mit den Alliierten aufgenommen zu haben, verantworten sollte.

2. 9. 1944

96 1] *über die Torheiten:* Gaetano Salvemini, ›Purifying Italy‹, ›The Nation‹, vol. 159, No. 9 v. 26. 8. 1944, 238/239.
2] *Salvemini:* Der italienische Historiker und sozialistische Politiker

Gaetano Salvemini (1873-1957) mußte 1925 als führender Vertreter der antifaschistischen Opposition sein Land verlassen, kam 1932 in die USA, wo er an Alvin Johnsons ›New School for Social Research‹ lehrte, und kehrte 1947 nach Italien zurück.

3] *Schwarzschild:* Der politische Publizist Leopold Schwarzschild (1891-1950), nach 1933 im französischen Exil Herausgeber und Chefredakteur der Wochenschrift ›Das Neue Tage-Buch‹ und als solcher verantwortlich für die Angriffe auf GBF und TM, die schließlich zu TMs offener Absage an das NS-Regime führten, war 1940 in die USA entkommen und schrieb unter dem Pseudonym Argus regelmäßig in der ›Nation‹.

4] *über den Nazi-Schwindel:* Argus, ›Behind the Enemy Line‹, ›The Nation‹, vol. 159, No. 9 v. 26. 8. 1944, S. 240.

5] *Grimmelshausen [...] an Guggenheim:* S. TM an Felix Guggenheim, P. P. 2. 9. 44; Reg. III, 44/360: »Hier sind einige Zeilen für Stockholm. Für alle Fälle und zu Ihrer Orientierung sende ich die deutsche Version mit und bitte Sie, die Übermittlung des Textes nach Schweden zu übernehmen.« (D. ü. D. III, 302)

6] *Radiorede Hitlers:* Unter Berufung auf Berichte deutscher Diplomaten in Lissabon hatte ›Associated Press‹ am 2. 9. aus London eine »sensationelle« Hitlerrede angekündigt und die Nachricht sofort ironisch kommentiert: »Adolf Hitler [...] probably will announce the crossing of the German frontier by Lieut. Gen. George S. Patton's tanks and summon the German people to battle on their ›Holy Soil‹.« Einen Tag später gab dieselbe Agentur bekannt, daß the »expected Hitler talk fails to materialize«. In der Tat ist für den ganzen Zeitraum keine Hitler-Rede nachweisbar, so daß denkbar wäre, daß die Nachricht auf die Ankündigung eines Kommuniqués über den Empfang des japanischen Botschafters Oshima am 4. 9. 1944 im Führerhauptquartier zurückgeht. Domarus a. a. O., 2148, zitiert Speers Nürnberger Aussage, Hitler habe über diese Begegnung ›geheimnisvolle Andeutungen‹ von einer Besprechung ›kriegsentscheidender Fragen‹, vor allem der Vermittlung eines deutsch-russischen Sonderfriedens durch die Japaner gemacht.

7] *f-d-a-dur Modulation:* S. TB 18. 8. 44, Anm. 1.

3. 9. 1944

97 1] *Die Kapitel:* Aus dem Begleitbrief geht hervor, daß es sich um die *Doktor-Faustus*-Kapitel XIX (›Verwundung‹) und XV (›den Briefwechsel zwischen Adrian und seinem Lehrer Kretzschmar‹) handelt.

2] *an die Meyer:* An Agnes E. Meyer, P. P. 3. 9. 44; Reg. III, 44/362.

3] *Tochs Klavierquintett:* Quintett für Klavier und Streicher, op. 64 (1938).

4] *Selbstmorde [. . .] (Killinger):* Ein Vertreter von AP hatte – mehreren Nachrichten der ›New York Times‹ zufolge – aus Istanbul von dem Amoklauf des Freikorps- und SA-Führers, Schriftstellers und späteren Diplomaten, Generalkonsuls von San Francisco und Botschafters in Preßburg und Bukarest, Manfred von Killinger (1886 bis 1944) berichtet: He »dashed down corridors and into offices of the legation, shouting: ›We must all die for the Führer‹, and firing the gun. One girl typist [. . .] begged for her life on her knees while the Minister pulled the trigger. – He finally returned to his private office, faced a huge oil painting of Hitler and ended his own life.«

5] *Herzattacke:* S. TB 1. 9. 44, Anm. 4. Die ›Herzattacke‹ war die offizielle deutsche Version.

6] *Göring [. . .] abgesetzt:* Die ›New York Times‹ druckte am 2. 9. 1944 eine Schweizer Meldung vom 1. 9. 1944, daß Göring, nach einer Auseinandersetzung mit Himmler, auf persönliche Anweisung Hitlers seines Postens als Chef der Luftverteidigung enthoben und das Amt von der Partei übernommen worden sei.

4. 9. 1944

97 1] *Aufsatz (Akademie):* S. TB 1. 9. 44, Anm. 1.

2] *Dr. Hieber:* Der Anthroposoph, Germanist und Schriftsteller Friedrich Hiebel lehrte von 1939-1945 an der Rudolf-Steiner-Schule in New York, später in Princeton und am Wagner College, Staten Island, New York.

3] *Buch über Novalis:* Friedrich Hiebel veröffentlichte seit 1946 mehrere Aufsätze über Novalis in deutschen und englischen Zeitschriften. 1951 erschien bei Franke in Bern sein Buch ›Novalis, der Dichter der blauen Blume‹.

4] *Strauss' ›Zarathustra‹:* Richard Strauss (1864-1949), ›Also sprach Zarathustra‹, op. 30, Tondichtung frei nach Friedrich Nietzsche, 1896.

5] *über Coleridge in der Enzyklopädie:* Den dreiseitigen Essay in der Encyclopaedia Britannica.

6] *Luxusausgabe:* Die 1919 mit Buchschmuck von Emil Preetorius zugunsten bedürftiger Schriftsteller bei Knorr und Hirth gedruckte Vorzugsausgabe von 120 signierten Exemplaren.

5. 9. 1944

1] *Präsidentenwahl:* Die Wahl des Präsidenten der USA fand am 97
7. 11. 1944 statt.

2] *Brand und Brand:* Die literarische Agentur Brandt und Brandt 98
in New York, mit der TM seit der *Buddenbrooks*-Übersetzung für Knopf, 1924, zusammenarbeitete.

3] *Verwundungskapitel:* Kap. XIX des Faustus-Romans, das Adrians Ansteckung beschreibt und die Klangchiffre h-e-a-e-es für ›Hetaera esmeralda‹ einführt.

4] *Kriegserklärung an Bulgarien:* Bulgarien, das 1941 dem faschistischen Dreimächtepakt beigetreten war, hatte Anfang September die Allianz gekündigt und die Neutralität des Landes proklamiert. Als die UdSSR trotzdem den Krieg erklärte, ließ der neue Ministerpräsident die sowjetischen Truppen ohne Widerstand einmarschieren.

5] *Deutsche Aufrufe zum Volkskrieg à la russe:* Am 5. 9. 1944 berichtete die NYT unter der Überschrift »Nazis seek to rally the German People« von einem Rundfunk- und Presse-Aufruf des amtierenden deutschen Pressechefs Dr. Sündermann: »declaring ›everything is at stake‹ Dr. Suendermann said that if Russians and Americans set foot on German soil, every village, cornfield, farmhouse and hillock must be a nest of resistance [. . .] for the defence of the Fatherland.« (4:9)

6. 9. 1944

1] *News Real Theatre:* News Reel Theatre = Wochenschau-Kino. 98

2] *weit genug auseinanderzuhalten:* Vgl. hierzu den am 12. 9. 44 notierten endgültigen Titel: ›Doktor Faustus. Das Leben des deutschen Tonsetzers Adrian Leverkühn. Erzählt von einem Freunde‹, und den Brief an Agnes E. Meyer vom 13. 9. 1944; Reg. III, 44/378: »Es mußte nämlich, des Klanges wegen, das Wort ›Leben‹ von dem Namen ›Leverkühn‹ möglichst weit getrennt werden. Darum zu der Charakterisierung ›Tonsetzer‹ auch noch die Bezeichnung

›deutsch‹. Ich war aber im Grunde immer darauf aus, das Wort in den Titel aufzunehmen, weil das Deutsche, das unselig dämonisch und tragisch Deutsche, zur Grund-Conception des Buches gehört und seinen tiefsten Gegenstand bildet.« (D. ü. D. III, 29)

7. 9. 1944

98 1] *an Colston Leigh:* Nicht erhalten; wahrscheinlich die Mitteilung, daß sich TM aus gesundheitlichen Gründen nicht in der Lage sehe, einen bestimmten Termin für die ursprünglich auf Januar 1945 festgesetzte Vortragstournee anzugeben.

2] *Colston Leigh:* Der amerikanische Agent, der seit 1942 TMs Vortragsreisen betreute.

3] *an McLeish:* An Archibald Mac Leish, P. P. 9. 9. 44; Reg. III, 44/375.

4] *Kurt Weill:* Der Komponist Kurt Weill (1900-1950), Schüler von Humperdinck und Busoni, entwickelte zu Ende der zwanziger Jahre in Berlin gemeinsam mit Bert Brecht die Musik des epischen Theaters und emigrierte 1933 über Paris in die USA, wo er seit 1935 zunächst in New York City, dann in New Jersey als freier Komponist arbeitete und gelegentlich in Hollywood Filmmusiken schrieb.

6] *von dem Robot-Unfug befreit:* Falschmeldung. Zwar wurden die Ruhe-Intervalle wesentlich länger, der letzte Angriff erfolgte jedoch erst am 27. 3. 1945.

99 7] *von Heinrich:* Ananda Ashrama, La Crescenta, Calif. 2. 9. 44; TM/HM, 309/310.

8. 9. 1944

99 1] *Time . . . über Deutschland:* ›Inside Ward‹, Rubrik ›Foreign News. Germany‹, ›Time‹, vol. 44, No. 11 v. 11. 9. 44, 34.

2] *›Verklärte Nacht‹:* Arnold Schönbergs Streichsextett op. 4 nach einem Gedicht von Richard Dehmel (1899); vom Komponisten in zwei Fassungen, 1917 und 1943, für Streichorchester umgeschrieben.

3] *über die Generalsrevolte:* Das Septemberheft 1944 (3. Jg., No. 10) der in Mexiko erscheinenden ›antifaschistischen Monatsschrift‹ ›Freies Deutschland‹ stand unter dem im Titelblatt angegebenen Thema ›Die Generalsrevolte. Hintergründe, Verlauf, Folgen‹ und brachte folgende Beiträge: Paul Merker, ›Generalsrevolte und totale Mobilmachung‹ (5-8); Alexander Abusch, ›Generale am Galgen. Die

Geschichte eines Bündnisses‹ (9-11); Bruno Frei, ›Von Scharnhorst zu Hitler. Glanz und Elend des Großen Generalstabs‹ (11/12).
4] *Gespräch ...:* Im selben Heft des ›Freien Deutschland‹ war – unter der Rubrik ›Stimmen der Vergangenheit‹ – das erwähnte Gespräch aus Gellerts Brief an Fräulein von Schönfeld vom 12. 12. 1760 unter dem falschen Datum 19. 12. 1760 abgedruckt.

9. 9. 1944
1] *Statement:* Nicht ermittelt. 99
2] *Newman's Musikalische Aufsätze:* ›A Musical Motley‹. S. TB 30. 8. 44, Anm. 2.
3] *Beitrag von Klaus:* Klaus Mann, »What is Sufficient to Speak an Italian«, ›Town and Country‹, August 1944, 61 und 110: »Thomas Mann's US-Army son recounts the unfathomable adventures of brave little Polyglott« ... die in der Tat sehr komische Satire auf einen Sprachführer für amerikanische Soldaten, den ein findiger, aber des Englischen offenbar nur andeutungsweise mächtiger Italiener zur Verbesserung der italienisch-amerikanischen Verständigung ersonnen hatte.

10. 9. 1944
1] *Huxley's »Time must stop«:* Aldous Huxley, ›Time Must Have a Stop‹, New York 1944. Das Buch steht in der Zürcher Bibliothek. 99
2] *sein Buch:* Ludwig Marcuse, ›Die Philosophie des Glücks von Hiob bis Freud‹, Zürich und Wien 1949, mit Widmung des Verfassers an TM in der Zürcher Bibliothek.
3] *Epikur:* Der IV., ›Epikur, der erste Europäer‹ überschriebene Abschnitt von Marcuses Buch (a. a. O. 52-82).
4] *Mrs. W. Reinhardt:* S. TB 30. 8. 44, Anm. 4.
5] *Elizabeth Meyer und ihr Mann:* Elizabeth Lorentz, geb. Meyer, 100
eine Tochter Agnes E. Meyers, und ihr Mann, der Dokumentarfilmautor und Filmregisseur Pare Lorentz (geb. 1905).
6] *Konferenz:* Vom 10.-16. 9. 1944 trafen sich Roosevelt und Churchill in der kanadischen Stadt Quebec, um eine gemeinsame Strategie für das Vorgehen in Europa und im Pazifik zu beraten. Bei dieser 2. Quebec-Konferenz legte der amerikanische Staatssekretär Henry Morgenthau jr. einen von ihm ausgearbeiteten Vorschlag zur Verkleinerung, Zerstückelung und Reduktion Deutschlands auf das Ni-

veau eines reinen Agrarstaats vor – den sog. Morgenthau-Plan – (S. TB 2. 1. 45, Anm. 6), der von beiden Staatsoberhäuptern als verbindliche Grundlage für die Behandlung des besiegten Landes ratifiziert wurde. Präsident Roosevelt zog jedoch seine Unterschrift nach massiven Protesten aus seiner Administration und der amerikanischen Öffentlichkeit, der der streng geheimgehaltene Plan durch einen Bericht des Journalisten Drew Pearson (s. TB 7. 7. 44, Anm. 2) bereits am 24. 6. 1944 bekannt geworden war, am 22. 9. 1944 wieder zurück. Auch Churchill, scharf kritisiert von seinem Außenminister Anthony Eden, vermochte die Konzeption nicht durchzusetzen.

11. 9. 1944

100 1] *Slochower über Joseph:* Harry Slochower, ›A Psychology of Myth; »Joseph the Provider«‹, ›The Quarterly Review of Literature‹, 2/1944, 74-77.

2] *7 weitere Hinrichtungen:* Die ›Los Angeles Times‹ druckte am 11. 9. 1944 auf S. 1 die UP-Nachricht über die Todesurteile gegen den ehemaligen Leipziger Oberbürgermeister Dr. Carl Goerdeler, gegen Wolf Graf Helldorf, den einstmaligen Reichstagsabgeordneten Paul Lejeune-Jung, den ehemaligen Innenminister Wilhelm Leuschner, den Rechtsanwalt Josef Wirmer, den Botschafter Ulrich von Hassell und ›the former Chancellor of the Foreign Office‹ Adam Trott zu Solz.

3] *Leipziger Bürgermeister:* Carl Goerdeler, s. TB 19. 8. 44, Anm. 4.

4] *Mörder Helldorf:* Der SA-Obergruppenführer Wolf Heinrich Graf Helldorf (1896-1944), von 1935-1944 Polizeipräsident von Berlin, unterhielt seit 1938 Beziehungen zur Widerstandsbewegung um Goerdeler. Er war am 15. 8. 1944 hingerichtet worden.

5] *Gesandte von Hassell:* Der deutsche Diplomat Ulrich von Hassell (1881-1944), von 1932-1938 Botschafter in Rom, gehörte dem Widerstandskreis um Goerdeler an, in dessen Nachkriegsregierung er das Außenministerium übernehmen sollte. S. auch TM an A. E. Meyer, 13. 9. 1944: »Bei dem gräßlichen Untergang gewisser Leute jetzt in Deutschland muß man an das Wort denken: ›Qui mange du Pape en meurt.‹ Den Gesandten von Hassell z. B. kannte ich aus seiner Kopenhagener Zeit. Als ich 1929 dort war, hielt er zu meinen Ehren eine ausgezeichnete intelligente und formgewandte Rede. Er war einer der Menschen, die den Nazis nie hätten dienen dürfen und die es aus Ehrgeiz, Cynismus, Unverstand doch taten. Zu spät sind sie sehend geworden, – als es nur noch ihr Tod, ein möglichst ehrlos gestalteter Tod, sein konnte.« (Kopie im TMA) – Ulrich von Hassell war am 8. 9. 1944 hingerichtet worden.

12. 9. 1944

1] *Aufsatz für Stockholm:* S. TB 6. 5. 1944, Anm. 2. 100

2] *Ecce Homo:* Friedrich Nietzsche, ›Ecce Homo‹, ›Nietzsche's Werke, zweite Abtheilung, Bd. XV, Nachgelassene Werke‹, Leipzig 1911. In der Zürcher Bibliothek.

3] *an Slochower:* An Harry Slochower, P. P. 12. 9. 44; Reg. III, 44/377.

13. 9. 1944

1] *an Mrs. Meyer:* An Agnes E. Meyer, P. P. 13. 9. 44; Reg. III, 44/378 (S. TB 6. 9. 44, Anm. 2 und 11. 9. 44, Anm. 5) 100

2] *politischen Zwischenspiels:* Den Beginn von Kap. XXI, GW VI, 229-234.

3] *Endtermin für den Krieg:* Wahrscheinlich ironisches Zitat eines durch die Presse verbreiteten (und tags drauf dementierten) Gerüchts: »WPB chose 31 Octobre as VE [Victory in Europe]-date« (NYT 15. 9. 1944, 13:6). Solche Nachricht war – wie das TB zeigt – keine Besonderheit. So meldete z. B. die NYT am 6. 8. 1944 (17:2) »Lloyd's [der englische Versicherungskonzern] bets 8 to 5 on [European] war's end by Oct. 31.« Oder, am 13. 8. 1944: »Lloyd's bets 6-1 against end by 15. 9. 44 (6:1).« Auch Präsident Roosevelt und der britische Botschafter Lord Halifax tauschten am Vorabend der Quebec-Konferenz Wetten über das Datum des Kriegsendes aus . . . leider, wie die NYT bedauernd berichtete, ohne den Reportern Genaueres mitzuteilen über »what the bets were«. 101

4] *Prantl:* Münchener Schreibwarengeschäft, in dem TM bis 1933 seine Papierwaren kaufte.

14. 9. 1944

1] *Das XXII. Kapitel:* Das die Hochzeit von Adrians Schwester, das Ehe- sowie das Musikgespräch über die geplante Shakespeare-Oper beschreibt, grundsätzliche Probleme der Kunst allgemein und des strengen Satzes in der Musik insbesondere notiert und gegen Schluß (»Kopfschmerzen und Kälte«) auf den Teufelspakt verweist. 101

2] *Tochs Quintett:* S. TB 3. 9. 44, Anm. 3.

3] *Göbbels warnt:* Im ›Reich‹, Nr. 36, 3. September 1944, S. 1/2, ›Die Festigkeit unseres Vertrauens‹: »Wir hatten uns in diesem Sommer des Generalansturms unserer Feinde an allen Fronten zu erwehren. Es war vorauszusehen, daß uns das nicht ohne schwere Einbußen gelingen würde [. . .] Die Einholung des technischen Fortschritts, den unsere Feinde unserer Rüstung gegenüber hatten, geht nicht so schnell vor sich, daß sie sofort in Erscheinung treten könnte, so daß wir also unsere ganze Kraft gebrauchen müssen, um die aus diesen Umständen sich ergebenden enormen Schwierigkeiten zu meistern [. . .] Es ist also so, daß unsere Aussichten für den Endsieg in der gegenwärtigen Situation weniger deutlich in Erscheinung treten, als das eigentlich angemessen wäre [. . .]. Den Wettlauf mit der Zeit, den unsere Feinde gegen uns angetreten haben, werden wir am Ende doch gewinnen. Uns wird der Atem nicht ausgehen, wenn es zum Endspurt kommt [. . .].«

15. 9. 1944

101 1] *Dr. Marcks:* Über den von TM auch ›Marks‹ oder ›Marx‹ geschriebenen Arzt ließ sich nichts Näheres ermitteln.

2] *Einleitung:* Das ›Cervantes-Vorwort‹; s. TB 6. 5. 44, Anm. 2.

102 3] *Thälmann:* Ernst Thälmann (1886-1944), Vorsitzender der DKP seit 1925, war im März 1933 gefangen genommen und seither in verschiedenen Konzentrationslagern in Isolierhaft gehalten worden. Am 18. August 1944 ermordete ihn die SS im KZ Buchenwald.

4] *Breitscheid:* Der sozialdemokratische Politiker und ehemalige Reichstagsabgeordnete Rudolf Breitscheid (1874-1944), der 1933 in die Schweiz und von dort weiter nach Frankreich emigrierte, war 1940 von der Vichy-Regierung an die Gestapo ausgeliefert und nach Buchenwald gebracht worden. Er kam am 24. August 1944 durch einen alliierten Luftangriff auf Weimar, bei dem auch Bomben auf das KZ Buchenwald fielen, ums Leben.

16. 9. 1944

102 1] *Chilenische »Deutsche Blätter«:* Die von Udo Rukser und Albert Theile in Santiago de Chile herausgegebene Monatsschrift ›Deutsche Blätter‹ – ›Für ein europäisches Deutschland – gegen ein deut-

sches Europa‹. Die Zeitschrift, deren erste Nummer im Januar 1943 herauskam, mußte 1946 ihr Erscheinen einstellen.

2] *über George:* Karl O. Paetel, ›Stefan George‹, ›Deutsche Blätter‹, H. 5/1944, S. 20-25.

3] *über die Reichsreform:* Friedrich Ballhausen, ›Nachkriegsdeutschland (I). Aufteilung oder Reichsreform?‹ ›Deutsche Blätter‹, a. a. O., 18/19.

4] *Nachwort des Herausgebers:* Der – ungezeichnete – Nachbericht zum ›Ecce Homo‹ von Dr. Otto Weiss (Werke, Bd. XV, 493-500) zitiert die Bitte an Gast vom 2. 9. 1886 (Br. IV, 392) und enthält in der Zustandsbeschreibung des Manuskripts den Satz: »Die Korrekturen Nietzsches [...] sind mit äußerster Sorgfalt und Genauigkeit angebracht, auch die durch Platzmangel bedingten gelegentlichen Zusätze in Miniaturschrift sind kleine graphische Meisterstücke [...]. Veränderungen sind entweder durch Streichungen (mit Blei oder Tinte) oder durch Überklebungen bewirkt worden« (a. a. O., 494).

5] *Gast:* Nietzsches Freund, der Komponist Peter Gast, eigentlich Heinrich Köselitz (1854-1918), war von 1900-1908 Kustos des Weimarer Nietzsche-Archivs und an der Edition der Kröner-Naumannschen Ausgabe beteiligt.

6] *von Klaus:* Italy, 1. September (1944); im KMA.

7] *von Erika:* Nicht erhalten; die Bemerkung im TB »Erika war in Paris mit offenen Augen ...« usf. deutet indes darauf hin, daß der Inhalt des Briefes weitgehend der Darstellung in ihrem Artikel ›Paris Now‹, ›Liberty‹ 2. 12. 1944, 24/25 und 73/74 entsprochen haben muß.

17. 9. 1944

1] *Wiedereinstellung:* Der deutsche Generalfeldmarschall Gerd von Rundstedt (1875-1953) war im Juni 1944, nach der Invasion, abgesetzt, nach dem Selbstmord des neuen Oberbefehlshabers West, Generalfeldmarschall von Kluge, (s. TB 1. 9. 1944, Anm. 4) jedoch erneut in dieses Amt berufen worden. Nach der Rhein-Überquerung der Amerikaner über die intakte Brücke von Remagen wurde er endgültig entlassen. *102*

2] *Hinaus zu Temianka's:* Vgl. *Entstehung,* Kap. VIII, GW XI, 207: »Temianka wohnte weit weg, noch hinter der ›Bowl‹ gegen Down-town; mich schreckte kein Weg, und mochte die Jahreszeit schon Nebel-Gefahr für die Rückfahrt mit sich bringen. Es gab die Violin-Sonate von Händel mit dem allerschönsten Larghetto zu hören; die Partita in acht Sätzen von Bach; ein Quartett mit Oboe, für die die Violine eintrat, von einem anwesenden ungarischen Komponisten.«

3] *Violin-Sonate:* Georg Friedrich Händel (1685-1759). Welche Sonate hier gemeint ist, war nicht zu ermitteln.

4] *Partita:* J. S. Bach (1685-1750) komponierte in seiner Köthener Zeit 6 »Sonaten und Partiten für Violine Solo«, davon 3 Partiten (Suiten). No. 1 in h-Moll BWV 1002 hat vier Sätze mit je einem Double. Ein bei den *Faustus*-Materialien aufbewahrtes Temianka-Konzert-Programm führt die Anm. 4 und 6 nachgewiesenen Werke auf.

5] *Laughton:* Der englische Schauspieler Charles Laughton (1899 bis 1962), seit 1940 amerikanischer Staatsbürger und bis 1954 in Hollywood tätig (Vgl. *Entstehung*, Kap. VIII, GW XI, 207: »Wir speisten mit Charles Laughton, dem unheimlich amüsanten und hintergründigen Schauspieler, der nachher in seinem europäischen Englisch bewunderswert aus dem ›Tempest‹ vortrug.«

6] *Rondo:* Das Rondo A-Dur für Violine und Streicher, D. 438 (1816).

7] *Quintett:* S. Anm. 2. Näheres nicht ermittelt.

8] *Komponisten:* Der ungarische Komponist Jenö Zador; s. TB 13. 3. 44, Anm. 2.

103 9] *lecture-Reise:* Die Reise in den Osten der USA fand erst vom 24. 5.-4. 7. 1945 statt (S. auch TB 7. 9. 44, Anm. 1).

18. 9. 1944

103 1] *schwedische Nachricht:* Die ›Los Angeles Times‹ veröffentlichte am 18. 9. 1944, p. 1, den Kommentar zu einer Stockholmer Meldung vom 17. 9. 1944: »After the Nazi-defeat, Adolf Hitler will make his getaway in a passenger submarine which has been especially built for this purpose and is able to cover 20 000 miles without refueling.« Die von drei Spezialisten – Angehörigen einer ehemals mit Deutschland verbündeten Nation, die Zugang zu geheimsten Nachrichtenquellen gehabt haben wollten – verbürgte Information (»an official report that is as sensational a document as anything that has come out of Germany«) liest sich in der Tat so, als sei sie von Jules Verne entliehen: »The 1200 ton submarine in which the Führer

plans to become an ocean rover like Captain Nemo [...] has been built at the Gdynia shipyard and has been placed in command of Germany's submarine hero No 1 Lt. Luth, the only navy holder of the Knight's Cross and Iron Cross with oak leaves and diamonds.« Jeder Arbeiter, der am Bau dieses »sumptously outfitted submarine« beteiligt war, sei zu strikter Geheimhaltung verpflichtet und bis heute von allen Außenwelt-Kontakten ferngehalten worden. Ziel der geplanten Hitler-Reise, für die der Führer, der nun endgültig das Vertrauen in die Kaufkraft der Reichsmark verloren habe, »vast quantities of gold« mit sich führe, sei Japan »with perhaps intermediate stops at the Argentine and out-of-the-way-ports«. – Derselbe Bericht wußte weiterhin von sich ausbreitendem Terror und sinkender Moral in Deutschland zu berichten, wo Soldaten ihre Gewehre für eine Flasche Schnaps oder ein Pfund Kaffee eintauschten und sich unter höheren Offizieren eine Selbstmordwelle ausbreite, weil sie den Tod von eigner Hand den immer grausamer ›verfeinerten‹ Mordmethoden der Nazi-Henker vorzögen. Neben den Offizieren seien vor allem Mitglieder (»between 20 000 and 30 000«) und ehemalige Führer der Deutschen Sozialdemokratie von den neuesten Verfolgungen der Gestapo betroffen, die möglicherweise ein »capitulation government« hätten bilden können. »Proof of this is that they have hanged the 76-year-old Gustav Noske, Reichswehrminister during the early Weimar regime and president of Hanover until Nazi pressure brought his dismissal in 1932.« Ausgelöst worden sei die Aktion durch die im Notizbuch des hingerichteten Dr. Carl Goerdeler gefundenen Namen, unter denen sich auch die von Göring und Speer befunden hätten – »Speers name with a question mark opposite«. – Auch die militärische Lage Deutschlands sei verzweifelt: »The general staff has little confidence in the Siegfried Line. To try to prevent anticipated uprisings in the streets of German towns when the Allies penetrate deep into the Reich the Nazis have revived their old Sturmabteilungen units of Brown Shirts. These march through streets in large groups and patrol at night. – In Berlin military circles there is not much confidence in the partisan warfare decreed by Propaganda Minister Goebbels. The terrain in Western Germany is not suitable for such operations to which must be added German war weariness and the factor that 10 000 000 foreign workers could and probably would neutralize the guerillas.«

2] *an Gr. Ostheim:* Noch nicht bekannt.
3] *an Mrs. Meyer:* Nicht erhalten.
4] *Die Lage in China . . .:* Die Schreckensvision war offensichtlich durch Meldungen über die erfolgreiche japanische Gegenoffensive in Burma ausgelöst, die vorübergehend auch indisches Gebiet tangierte und die Errichtung der von den Amerikanern so dringend benötigten Japan-nahen Luftstützpunkten verzögerte. Zu dem Alptraum einer von Tokio aus operierenden NS-Nachfolgeregierung mag vielleicht auch die Verschwörung des antibritischen Inders Subhas Chandra Bose beigetragen haben, der 1942 nach Verhandlungen mit Hitler und Mussolini in einem deutschen U-Boot nach Bengalen zurückgebracht wurde und dort ein Deutschland verbündetes ›Freies Indien‹ – von allerdings nur kurzer Dauer – errichtete. Zum Zeitpunkt des TB-Notates war Bose noch ein potentieller Verbündeter der Japaner.

19. 9. 1944

103 1] *Quaker-Oat:* Haferflocken.
2] *an Theile:* An Albert Theile, P. P. 19. 9. 44; Reg. III, 44/388.
3] *Theile:* Der Kunsthistoriker, Schriftsteller, Journalist und Übersetzer Albert Theile (geb. 1904), vor 1933 Mitbegründer und Herausgeber der Zeitschrift ›Die Böttcherstraße‹, emigrierte über Frankreich, Indien, China, Japan und die USA nach Chile, wo er von 1943–1946, gemeinsam mit Udo Rukser die Zeitschrift ›Deutsche Blätter‹ herausgab (s. TB 16. 9. 44, Anm. 1). Theile kehrte 1952 nach Europa zurück und lebt seither in der Schweiz.
4] *über die patriotische Hysterie . . .:* Es ist denkbar, daß sowohl ein in der ›Neuen Volkszeitung‹, 13. Jg., No. 38 vom 16. 9. 44, S. 1 und 2 erschienener Artikel von Max Barth über ›Patriotismus – Nationalismus oder Eintreten für ein freies demokratisches Heimatland‹ als auch der am 15. 9. 1944 im ›German American‹ (Vol. III, No. 10, S. 3) publizierte Aufruf des ›Council for a Democratic Germany‹ an das deutsche Volk, sich Hitlers zu entledigen, neuen Stoff für diese Unterhaltung über das TM stark beschäftigende Thema gegeben haben.
5] *Der kommende Großmachtfriede:* Vgl. den Artikel von Louis Fischer, ›The Big Power Peace‹, ›The Nation‹, vol. 159, No. 12 v. 16. 9. 1944, 315-317.

20. 9. 1944

1] *Bilder-Albums:* Die zehn TM offensichtlich ab Juni 1936 geschenkten Alben (s. TB 3. 6. 36, 24. 12. 36, 25. 12. 37, 8. 7. 38, 22. 4. 39 und 9. 3. 42) sind im TMA erhalten. Es handelt sich um in Eigenarbeit variationsreich eingebundene Konvolute, deren Seiten mit TM-Photos, Gemälden, Zeichnungen, Reproduktionen, gepreßten Blättern, Notenskizzen usf. angefüllt und von Emmy Gehrig handschriftlich kommentiert sind. 103

2] *Gehrigs:* Der Rostocker Pädagogik-Dozent Oskar Gehrig (1890 bis 1948) und seine Frau Emmy waren langjährige Verehrer TMs.

3] *Wilson-Film:* Die 1944 nach dem Drehbuch von Lamar Trotti unter der Regie von Henry King produzierte Filmbiographie des amerikanischen Präsidenten (1913-1921) Woodrow Wilson (1856-1924) mit Alexander Knox als Titelhelden.

4] *Parachutisten-Armee:* Um einen Brückenkopf am Niederrhein zu bilden, waren alliierte Fallschirmspringer am 17. 9. 1944 an mehreren Orten hinter den deutschen Linien abgesetzt worden. Nach anfänglichen Erfolgen geriet das Unternehmen bei Arnheim ins Stocken, so daß deutsche Einheiten die hier kämpfenden englischen Luftlandedivisionen einzingeln konnten. 8 000 Mann starben oder gerieten in deutsche Gefangenschaft.

21. 9. 1944

1] *indischem Erholungsheim:* Ananda Ashram, La Crescenta/Californien. 104

2] *spanisch-argentinische Ausgabe: La muerte en Venecia,* Buenos Aires 1944.

3] *an Bruno Walter:* P. P. 21. 9. 44; Reg. III, 44/389. Bruno Walters Frau war durch einen Schlaganfall im Bewußtsein getrübt und der Sprache beraubt worden.

22. 9. 1944

1] *Unentschlossenheit im Musikalischen:* Im XXII. Kapitel stehen vor allem Probleme des strengen Satzes, d. h. der Schönbergschen Zwölftontechnik zur Diskussion, deren Erörterung in den *Doktor-Faustus*-Ausgaben ab 1948 um gut eine Druckseite gegenüber der Erstausgabe von 1947 gekürzt wurde. 104

2] *von Julius Bab:* O. O., 11. 9. 1944; im TMA.

3] *Julius Bab:* Der Schriftsteller, Kritiker, Dramaturg und Theaterhistoriker, Julius Bab (1880-1955) emigrierte 1938 nach Frankreich, 1940 in die USA und kehrte nicht nach Europa zurück.
4] *über den Gesamt-Joseph schreibt:* Julius Bab, ›Thomas Manns Josephdichtung‹, ›Deutsche Blätter‹, Santiago de Chile, 3. Jg., 27. H., Sept/Okt. 1945, 26-36. Die Besprechung erschien mit einem Vorspann: »Den folgenden Essay schrieb Julius Bab für die ›Deutschen Blätter‹ vor fast einem Jahr. Die Veröffentlichung wurde verschoben, als Thomas Mann uns seinen Essay *Joseph und seine Brüder* (DB 24, S. 4 ff.) schickte, in dem er die Entstehung dieses wichtigsten Werkes der neueren deutschen Literatur schildert. Julius Bab gibt ihm hier die gelungenste Deutung«. (Vgl. hierzu TB 27. 12. 44).
5] *In Adornos Manuskript:* Die *Entstehung,* Kap. VIII, GW XI, 207, legt nahe, daß Theodor W. Adornos ›Fragmente über Wagner‹, publiziert in ›Zeitschrift für Sozialforschung‹, New York, Jg. 8, H. 1/2, 1939, 1-49 (mit dem Vorspann: »This article consists of four chapters [1, 6, 9, 10] taken from a comprehensive study in Wagner.«) gemeint sind, deren Gesamtmanuskript Adorno TM überlassen hatte. Aus einigen im Typoskript erhaltenen, später gestrichenen Seiten der *Entstehung* zu Beginn von GW XI, 174, geht hervor, daß TM zum Zeitpunkt der ersten Begegnung mit Adornos ›Philosophie‹ die Wagner-Schrift bereits kannte: »Die Wechselwirkung des musikalischen und sozialphilosophischen Elementes in ihm hat, außer in einem erst teilweise publizierten Buch über Richard Wagner, ihren Niederschlag in zahlreichen englischen und deutschen Studien gefunden, die meistens in der ›Zeitschrift für Sozialforschung‹ veröffentlicht sind. Einen vorläufigen Abschluß dieser Arbeiten bedeutet das Buch ›Philosophie der modernen Musik‹, das jetzt, wenn das Entgegenkommen der französischen Militärbehörde zu erreichen ist, in Deutschland, bei Mohr in Tübingen, erscheinen soll. Ich kenne den zweiten Teil noch nicht, der sich mit Stravinsky beschäftigt und die Unmöglichkeit einer musikalischen Restauration in ihrem Zusammenhang mit den regressiven Tendenzen des Zeitalters auseinandersetzt.«
Die Gegenüberstellung der musikalischen Passagen aus dem XXII. *Doktor Faustus*-Kapitel mit den entsprechenden Adorno-Vorlagen bei Hansjörg Dörr (s. TB 29. 9. 44, Anm. 1) läßt es jedoch auch als möglich erscheinen, daß mit dem ›Manuskript‹ das im TMA befindliche 91seitige Konvolut von Adornos ›Philosophie der neuen Musik‹

gemeint ist, das in der späteren Druckausgabe, Frankfurt 1958, die Seiten 11-126 umfaßt. TM erwähnt diese Schrift in der *Entstehung* Kap. V, GW XI, 174: »Die Darstellung der Reihen-Musik und ihre in Dialog aufgelöste Kritik, wie das XXII. *Faustus*-Kapitel sie bietet, gründet sich ganz und gar auf Adorno'sche Analysen . . .«

6] *an Guillemin:* An Bernard Guillemin, in den Reg. falsch auf 5. 9. 1944 datiert; Reg. III, 44/365.

7] *Guillemin:* Der einstige Redakteur Bernard Guillemin (geb. 1898) emigrierte 1934 nach Jugoslawien und gelangte 1944 über Süditalien in die USA. Er hatte 1925 ein ›Gespräch mit Thomas Mann‹ über den *Zauberberg* geführt, das der ›Berliner Börsen-Courier‹ (Jg. 58, No. 509) am 30. 11. 1925 publizierte. Dieses Gespräch ist teilweise abgedruckt in D. ü. D. I, 506-511.

8] *an einen liter. Agenten:* Wohl ein Schreiben an Dr. Oliver Brachfeld, den spanischen Übersetzer von *Mario und der Zauberer.* Es gelang Brachfeld, im November 1944 einen Vertrag über eine TM-Gesamtausgabe mit dem Verlag Editorial Lara in Barcelona abzuschließen – ein bemerkenswertes Ereignis, wenn man bedenkt, daß TMs Werke bis dahin wegen der politischen Haltung des Romanciers in Franco-Spanien nicht erscheinen durften. – Das Schreiben an Brachfeld konnte noch nicht ermittelt werden.

9] *an Bab:* An Julius Bab, P. P. 22. 9. 44; Reg. III, 44/390.

23. 9. 1944

1] *Artikel: Roosevelt.* Text s. Anhang S. 813 f. 104

2] *Anforderung:* Wahrscheinlich wieder die Bitte, einen Autographen für eine neuerliche Versteigerung zugunsten der Kriegsanleihe zur Verfügung zu stellen.

3] *Wahlrede:* Roosevelts Rede vor der ›Brotherhood of Teamsters, Chauffeurs, Warehousemen and Helpers of America‹ am 23. 9. 1944 im Statler-Hotel in Washington: »Well, here we are together again – after four years – and what years they have been« (›The Public Papers . . .‹, a. a. O., No. 76, 284-292).

4] *Dieterle und Frau:* Der Filmregisseur Wilhelm (William) Dieterle (1893-1972) und seine Frau, die Schauspielerin Charlotte Hagenbruch. Dieterle war 1930 nach Hollywood gegangen, um – vor der Einführung des Synchronisierens – deutsche Versionen amerikanischer Tonfilme zu inszenieren. Nach Hitlers Machtantritt blieb er 105

in den USA, und wirkte nach 1945 gastweise in der Bundesrepublik als Intendant in Gießen, Leiter der Hersfelder Festspiele, und ab 1968 auch als Direktor eines Tourneetheaters.
5] *Jonathan Leverkühn:* Aus dem III. Kapitel des *Faustus*-Romans, GW VI, 20-28.
6] *opus 111:* S. TB 5. 1. 44, Anm. 6.

24. 9. 1944

105 1] *Englische Vorbereitung:* Die – offenbar nicht gehaltene – Rede TMs ist erhalten. Text s. Anhang S. 815 f.
2] *an German American:* Das Statement für den Präsidenten F. D. Roosevelt erschien unter dem Titel ›Ein Mann der guten Tat‹ im ›German American‹, vol. III, No. 11 v. 1. 10. 1944, Special Supplement ›The Voice of German Americans in the Election Campaign‹ (s. TB 23. 9. 44, Anm. 1).

25. 9. 1944

105 1] *XXII (12 Ton-Musik, Studien, Exzerpte):* S. TB 22. 9. 44, Anm. 1 und 4. – Zu den im TB dieser Tage wiederholt notierten »Bemühungen um die Form für das Musikalische« (TB 26. 9. 44) vgl. auch TM an Agnes E. Meyer, P. P. 28. 9. 44: »Meine Arbeit geht zur Zeit nur langsam vorwärts. Es ist sehr schwer, gewisse Dinge leicht, genießbar, dialogfähig zu machen, nicht ins Abhandlungsmäßige zu verfallen. Dabei handelt es sich natürlich um musikalische Exaktheiten: wie Adrian auf eigene Hand, ohne von den Wienern zu wissen, die 12 Ton-Technik erfindet, anknüpfend an seine Organisation des Liedes ›O lieb Mädel, wie schlecht bist du‹ durch die ›Reihe‹ h-e-a-e-es (Hetaera Esmeralda) [GW VI, 255] – sodaß die Reihentechnik sich also als Teufelswerk herausstellt. Schönberg wird mir die Freundschaft kündigen.« (D. ü. D. III, 30).
2] *von Knopf:* New York 20. 9. 1944, Kopie im Knopf-Archiv, New York.
3] *von Koch-Weser:* Nicht erhalten; offenbar ein erregtes Schreiben wegen einer Verzögerung der Publikation von Koch-Wesers Buch ›Hitler and Beyond; a German Testament‹, das 1945 bei Knopf in New York erschien. Vgl. das unter Anm. 6 angegebene Schreiben TMs.

4] *Artikel von Erika:* Erika Mann, ›Meet the Superman‹, ›Liberty‹ 16. 9. 1944.
5] *Artikel von J. Dewey:* John Dewey, ›Challenge to Liberal Thought‹, ›Fortune‹, vol. 30, No. 2, August 1944, 155-157, 180 bis 190.
6] *an [...] Koch-Weser:* An Erich Koch-Weser, P. P. 25. 9. 44; Reg. III, 44/391.
7] *Aufruf:* Nicht ermittelt.
8] *interessierte Abneigung:* Vgl. hierzu den Brief an Agnes E. Meyer, P. P. 11. 10. 44, Reg. III, 44/414; Br. II, 392-394: »... In Rußland würde er [i. e. Huxley] rasch zur Raison gebracht werden, und daß Amerika ihn ablehnt, kann man nur begrüßen. Es ist nicht zu wünschen, daß dieser mystische Defaitismus hier Anklang fände. [...] seine Eiseskälte gegen alles, was uns auf den Nägeln brennt, was wir hassen und was wir lieben, ist wahrhaft empörend.«
9] *Abhandlung über Wagner:* Theodor W. Adorno, ›Fragmente über Wagner‹, s. TB 22. 9. 44, Anm. 4. Vgl. auch TM an T. W. Adorno, 27. 9. 44: »Bis jetzt hat mich der Abschnitt über das Phantasmagorische, den ›Schein‹ und die ›Verkleinerung‹ [Kap. VI] am meisten entzückt. Lohengrin als winziger Elfenfürst (mit der Pianissimo-Trompete für das Horn) ist wundervoll.« (D. ü. D. III, 29; s. auch *Entstehung,* Kap. VIII, GW XI, 207/208).

26. 9. 1944

1] *Radio-Dramatisierung:* Eine »dramatische« und »hörspielartige« *106*
Präsentation von Agnes E. Meyers Buch ›Journey through Chaos‹ durch Clifton Fadiman. S. TM an Agnes E. Meyer, P. P. 28. 9. 44, Reg. III, 44/401: »Es war eine eindrucksvolle Darbietung [...] Mir persönlich wäre es ja lieber gewesen, wenn Fadiman 20 Minuten lang ernst und verständig über das Buch und seine Verdienste gesprochen hätte. Aber die dramatische, hörspielhafte Form der Darstellung war zweifellos auf die breite Menge von größerer Wirkung, und auf Wirkung, Verbreitung der Wahrheit, Antrieb zur Besserung der Dinge, soweit sie möglich ist, kam hier ja alles an.« (Kopie im TMA)
2] *Das Statement:* Den War-Bond-Drive-Aufruf. S. TB 25. 9. 44, Anm. 7.
3] *›Ärzte‹:* Das XIX. Kapitel (GW VI, 207-211), das das geheimnisvolle, vom Teufel inszenierte Verschwinden der beiden von Adrian

Leverkühn wegen seiner ›Verwundung‹ aufgesuchten Ärzte beschreibt.

4] *›Kanon‹-Kapitel:* Die Beschreibung des Kanon-Singens mit der Stallhanne, *Doktor Faustus,* Kap. IV, GW VI, 42-44. Vgl. zu dieser Episode auch Igor Strawinskys in seinen ›Erinnerungen‹ aufgezeichnete Reminiszenz an das ihn so nachhaltig beeindruckende 2-Ton-Geleier des alten Bauern und den ›Singsang‹ der Frauen aus dem Nachbardorf (TB 22. 5. 44, Anm. 5).

5] *Air-born-Division:* Air-borne-Division (Air-born = luftgeboren; air-borne = luftgetragen): Luftlandetruppe. S. TB 20. 9. 44, Anm. 4.

27. 9. 1944

106 1] *L'Arche mit Gide's ›Pages de Journal‹:* André Gide, ›Pages de Journal I‹, ›L'Arche‹, No. 2, 1re Anné, Mars 1944, 3-23; ›Pages de Journal II‹, a. a. O., No. 3, Avril-Mai 1944, 10-39; ›Pages de Journal III‹, a. a. O., No. 4, Juin-Juillet 1944, 37-56. Darin (›Pages de Journal II‹, 37-38) die Eintragung von 14 Octobre 1940 mit dem Lob des Riemer-Kapitels: »Der sehr lange (aber nicht zu lange) Dialog Riemers mit Charlotte in ›Lotte in Weimar‹ von Thomas Mann, den ich zunächst mit großer Mühe, dann gleich noch einmal mit Entzücken lese, scheint mir außerordentlich intelligent: ein Wunder an literarischem und psychologischem Scharfsinn, der den Charakter Goethes und das Funktionieren seiner genialen Eigenschaften beleuchtet. Außerdem bewunderungswürdig im Buch plaziert, der Handlung und den Personen dienend; viel geschickter noch (so scheint mir) als die allzu langatmigen Unterhaltungen im ›Zauberberg‹. Es ist dies ein vollendetes Kunststück und vergrößert noch Thomas Mann in meinen Augen.«

2] *Vortrag von Albersheim:* Gerhard Albersheim, ›Contemporary Music in the Light of the History of Musical Art‹, Vortrag, gehalten am 15. 9. 1944 im Institute of Contemporary Music der UCLA. TM hatte den Text von Alfred Neumann zugeschickt bekommen. Er befindet sich bei den Materialien zum *Doktor Faustus* im TMA. Vgl. TM an Alfred Neumann. P. P. 1. 10. 44; Reg. III, 44/402; Br. II, 389; zu Albersheim s. TB 30. 7. 45, Anm. 1).

3] *an Adorno:* An Theodor W. Adorno, P. P. 27. 9. 44; Reg. III, 44/393.

28. 9. 1944

1] *an A. Meyer:* P. P. 28. 9. 44; Reg. III, 44/401. S. auch TB. 26. 9. 1944, Anm. 1. 106

2] *Elsas Traum:* Richard Wagner, ›Lohengrin‹, 1. Akt, 2. Szene: »In lichter Waffen Scheine / ein Ritter nahte da ...« Vgl. *Entstehung,* Kap. VIII, GW XI, 207/208.

3] *Romerzählung:* Tannhäusers ›Erzählung‹ im 3. Akt, 3 Szene, von Richard Wagners Oper ›Tannhäuser‹ (1845).

4] *›Traulich ist's nur in der Tiefe‹:* Schlußgesang der Rheintöchter in Richard Wagner ›Das Rheingold‹: »Rheingold! Rheingold! / Reines Gold! / O leuchte noch / in der Tiefe dein laut'rer Tand! / Traulich und treu / ist's nur in der Tiefe: falsch und feig / ist, was dort oben sich freut.«

5] *Tristan-Akkord:* Der Klang f-h-dis^1-gis^1 im zweiten Takt des Vorspiels zum ersten Aufzug von Wagners Oper ›Tristan und Isolde‹, dessen ihm zugrunde liegendes Intervallgefüge mit seinen Umkehrungen das erste umfassende Leitmotiv des ganzen Werkes bildet (Genaueres bei Hugo Riemann, ›Musiklexikon‹, Sachteil, Mainz 1967, 987/988).

6] *Auch Churchill:* In seiner Unterhausrede über ›The War Situation‹ am 28. 9. 1944 hatte der englische Premierminister gesagt: »Many persons of the highest technical attainments, knowledge and responsibility have good hopes that all will be over by the end of 1944. On the other hand, no one, and certainly not I, can guarantee that several months of 1945 may not be required ...« (Churchill, ›Speeches‹, a. a. O., vol. VII, 6990-7007).

29. 9. 1944

1] *Die Montage von Adornos musikalischen Gedanken:* Vgl. hierzu die eingehende Analyse von Hansjörg Dörr, ›Thomas Mann und Adorno‹, LitWiss Jb. i. Auftr. d. Görres-Ges. Berlin, NF Bd. 11, 1970, 285-322. Zu Kap. XXII bes. 295 ff. 107

2] *Lehmann-Russbüldt über die Bedeutung der unbedingten Kapitulation:* Der Artikel – möglicherweise aus den von Lehmann-Rußbüeldt herausgegebenen ›Rundbriefe(n) des Flüchtlings‹ – konnte nicht nachgewiesen werden.

3] *Lehmann-Rußbüldt:* Der Berliner sozialistische und pazifistische Publizist Otto Lehmann-Rußbüeldt (1873-1964) emigrierte 1933 über Holland nach England, wo er eine große Anzahl aktueller politischer Bücher und Schriften herausgab. 1951 kehrte er nach Berlin zurück.

4] *Einleitung:* S. TB 6. 5. 44, Anm. 2.

30. 9. 1944

107 1] *von Bermann:* Nicht in TM/GBF.

2] *die deutsche Ausgabe des Joseph:* Wohl der in den USA hergestellte photomechanische Nachdruck des 1943 im Rahmen der Stockholmer Gesamtausgabe erschienenen Bandes *Joseph, der Ernährer.*

3] *ihr Manuskript:* Käte Hamburger, ›Thomas Manns Roman »Joseph und seine Brüder«‹, Stockholm 1945. Eine amerikanische Übersetzung bei Knopf kam nicht zustande.

4] *Brief eines Deutschen:* Das Schreiben befindet sich nicht unter den im TMA archivierten Materialien.

1. 10. 1944

107 1] *Januar-Vortrag:* Für die später abgesagte Reise im Januar 1945 hatte TM zunächst daran gedacht, seinen Vortrag unter dem Titel »These eleven years« »ganz aufs Persönliche zu stellen« (S. die Briefe an Agnes E. Meyer vom 3. und 28. 9. 44; Reg. III, 44/362 und 44/401). Erst einen Monat später scheint, wie wiederum aus einem Brief an A. E. Meyer, P. P. 31. 10. 44; Reg. III, 44/443, hervorgeht, der endgültige Themenkreis festzustehen: »Mir schwebt eine Rede vor: ›Deutschland und die Deutschen‹ oder ›Deutschland und die Welt‹, – eine objektive, psychologische, kritische, aber keineswegs rein negative und auch aus dem eigenen Wesen schöpfende Darstellung des deutschen Charakters und Schicksals, der deutschen Geschichte, des deutschen großen Mannes, der Besonderheit, Inhibiertheit und Schwierigkeit des deutschen Verhältnisses zur Welt. Es schwebt mir vor als eine Synthese von ›Betrachtungen‹ und ›Coming Victory‹ und als ein halb humoristisches, naturalistisches Werben um Verständnis im Zeichen von ›Know your enemy‹. Was halten Sie davon? Finden Sie es zu gewagt, zu heikel?« (D. ü. D. III, 305/306).

2] *an ›Freies Deutschland‹:* An Alexander Abusch, P. P. o. D.; Reg. III, 44/475: Gratulation zum dreijährigen Jubiläum der Monatsschrift ›Freies Deutschland‹ in Mexiko. Vgl. TB 9. 12. 44, Anm. 7 u. 8.

3] *An Alfr. Neumann:* P. P. 1. 10. 44; Reg. III, 44/402; Br. II, 389/390.

2. 10. 1944

1] *Stendhals Briefe:* Henry Beyle (Stendhal), ›Ausgewählte Briefe‹, Ges. Werke Bd. 8, Berlin 1924. Der Band, in dem TM verschiedene Stellen angestrichen hat, befindet sich in der Zürcher Bibliothek. Vgl. *Entstehung,* Kap. VIII, GW XI, 208: »Mit Kapitel XXIII drang ich ein in die gesellschaftliche Nebenhandlung, in Münchener Erinnerungen [. . .] Es geschah wohl nicht ganz ohne Zusammenhang mit diesem Betreiben, daß ich Stendhals Briefe zum Lesen herausgriff.« *108*

2] *Erlebnis mit dem russ. Offizier:* Der Text, der TM so entzückte, steht in Stendhals Brief an seine Schwester Pauline Périer-Lagrange, Paris, 26. 5. 1814 und lautet in Arthur Schurigs Übersetzung: »Zu meiner Freude sehe ich, daß ich noch für Leidenschaft empfänglich bin. Ich komme aus dem Théâtre Française [. . .] Neben mir saß ein junger russischer Offizier. [. . .] Wenn ich eine Frau wäre, hätte der liebenswürdig junge Offizier die heftigste Leidenschaft in mir erweckt, eine Liebe, wie die der Hermione. Ich empfand die Geburtswehen einer solchen Leidenschaft. Ich war bereits schüchtern, ich wagte ihn kaum anzusehen; so sehr bezauberte er mich. Wäre ich eine Frau, so folgte ich ihm bis ans Ende der Welt. Was für ein Unterschied zwischen einem französischen Offizier und dem hier! Wie natürlich, wie zärtlich war er. Gesellschaftlicher Schliff und Kultur heben alle Menschen auf ein gewisses Durchschnittsniveau, verderben und drücken aber erlesene Naturen. Es gibt nichts Abscheulicheres und Plumperes als einen fremdländischen geckenhaften Offizier ohne Kultur. Mit meinem Russen aber hätte sich auch kein französischer Offizier vergleichen können; in seiner Natürlichkeit steckte innere Größe. Wenn eine Frau einen ähnlichen Eindruck auf mich machte, so würde ich die ganze Nacht nach ihrer Wohnung suchen.« – *Entstehung,* Kap. VIII, GW XI, 208, spricht TM – à la Stendhal – ebenfalls von den »Geburtswehen einer Leidenschaft«, die er an dieser Begegnung beobachtete und fährt fort: »Es ist ein seltener Einbruch des Homoerotischen in eine höchst männliche, aber auch sehr geöffnete und psychologisch neugierige Natur. Sicher nahm ich Notiz von dem Vorkommnis im Hinblick auf Adrians früh angelegtes Verhältnis zu Rudi Schwertfeger . . .«

3. 10. 1944

108 1] *The musical climate for Fascism in Germany:* Adornos Aufsatz ist bisher unpubliziert. Es handelt sich um einen – wahrscheinlich 1945 – an der Columbia-University, New York, gehaltenen Vortrag, der 1986 im Rahmen der Adorno-Gesamtausgabe, Band 20, 430 bis 440, erscheinen wird.

2] *an K. Hamburger:* An Käte Hamburger, P. P. 3. 10. 44; Reg. III, 44/404.

3] *In Stendhals Briefen:* An Adolphe de Mareste, Bologna 19. 4. (1820); ›Correspondance de Stendhal‹, Bibliothèque de la Pléiade, Paris 1962, S. 1020: »Molière disait en copiant Cyrano de Bergerac: ›Je prends mon bien où je le trouve‹.«

4] *Molière:* Der französische Licentiat der Rechte, Schauspieldirektor und Komödiendichter Jean-Baptiste Poquelin, gen. Molière (1622-1673).

5] *Cyr. de Bergerac:* Der französische Dramatiker und Satiriker Savinien de Cyrano de Bergerac (eigentlich Hector Savinien de Cyrano) (1619-1655).

4. 10. 1944

109 1] *›The Rotarian‹ mit meinem Beitrag: Plain Words to the German People,* ›The Rotarian‹, Chicago, vol. 65, No. 4, Oct. 1944, 8/9. Text identisch mit *Deutsche Hörer,* Sendung vom 1. 5. 1944, GW XI, 1099 bis 1101.

5. 10. 1944

109 1] *Nachbarin Hallgarten:* Constance Hallgarten (1881-1969), die Frau des Privatgelehrten Dr. Robert Hallgarten (1870-1924), TMs Nachbarin aus der Zeit, da beide Familien im Münchener Herzogpark nebeneinander wohnten. Ihr Sohn Richard (Ricki) (1905-1932) war ein enger Freund Klaus Manns gewesen. Constance Hallgarten – als Pazifistin verfolgt – mußte 1933 emigrieren, gelangte über die Schweiz, Paris und Marseille 1941 in die USA und kehrte 1955 nach München zurück. Vgl. die Memoiren ihres ältesten Sohnes Wolfgang, später George W. F. Hallgarten, ›Als die Schatten fielen‹, Frankfurt/Berlin 1969.

6. 10. 1944

1] *das XXIII. Kapitel [...] Rambergstraße:* Vgl. TM an Agnes E. Meyer, 11. 10. 44: »Der Faustus ist [...] in eine Phase des Gesellschaftsromans getreten. Er spielt jetzt in München, und ich krame in meinen gesellschaftlichen Erinnerungen an das München von 1910. Adrian paßt natürlich wenig in die Atmosphäre dieses einfältigen Capua, das dann zur ›Wiege der Bewegung‹ werden sollte. Ich hatte immer eine Ahnung von diesem Dummheitsschicksal.« (Br. II, 394) 109

2] *Roosevelt-Artikel [...] an Free World:* Der Artikel erschien nicht in ›Free World‹, sondern im ›German American‹. S. TB 24. 9. 44, Anm. 2.

3] *von Klaus:* An Katia Mann, Italy, 23. 9. [44]; im KMA. Klaus hatte der Mutter geschrieben, daß er keine Neuigkeiten in bezug auf seine Eingabe »for change of my status« mitzuteilen habe und die Eltern gebeten, noch einmal bei »Good Uncle Elmer« (Elmer Davis?) vorstellig zu werden: »He would be able to do something about it – if he wants to.«

4] *von Bruno Walter:* New York, 1. 10. 1944, »[...] Und nun lassen Sie mich Ihnen sagen, mit welcher Beglückung, trotz meines Unglücks, ich Ihre Dichtung von Joseph dem Ernährer lese – ich sollte sagen: lebe, ›gewiegt wie in den schönsten Traum‹, wie das Volk nach Walter's Preislied singt. Welche reine Schönheit des Instruments, welcher Reichtum der inspirierten Thematik und – welche Liebe. Kein anständiger Mensch wird Juda's Rede ohne Tränen lesen können. Was an meinem düsteren Leben hell ist, bekommt von Ihrem Josef das Licht. [...] PS ... diese Nacht las ich von Serach und ihren Liedern. Die Poesie kann keinen höheren Gipfel erreichen.« (Bruno Walter, ›Briefe‹, Frankfurt 1969, 273)

5] *›German Philosophy ...‹:* John Dewey, ›German Philosophy and Politics‹, rev. ed., New York, 1942.

6] *›Von Bismarck zu Hitler‹:* Oscar Meyer, ›Von Bismarck zu Hitler‹, New York (Friedrich Krause), 1944.

7] *der holländische Ministerpräsident in London:* Pieter Sjoerds Gerbrandy (1885-1961) hatte am 6. 10. 1944 gemeinsam mit dem gleichfalls im Londoner Exil lebenden Minister des Äußeren, van Kleffens, im britischen Außenministerium auf einer Konferenz vor der Weltpresse erstmalig über das Ausmaß der von den Deutschen in den Niederlanden angerichteten Verwüstungen berichtet und Pläne zu weiteren Zerstörungen enthüllt. Radio Oranje übermittelte diese Nachrichten einen Tag später direkt in das besetzte Holland.

7. 10. 1944

110 1] *von Knopf:* New York, 5. 10. 44; Kopie im Knopf-Archiv, New York.

2] *Artikel: In my Defense;* S. TB 6. 8. 44, Anm. 1.

3] *Philosophische Fragmente:* Max Horkheimer/Theodor W. Adorno, ›Philosophische Fragmente‹, New York, Institute for Social Research, 1944. Die Schrift, die 1947 unter dem Titel ›Dialektik der Aufklärung. Philosophische Fragmente‹ bei Querido in Amsterdam erschien, steht in der Zürcher Bibliothek.

8. 10. 1944

110 1] *1/2:* Die Stundenangabe fehlt in der Handschrift.

2] *über Nietzsche und Sade:* Im zweiten, ›Juliette oder Aufklärung und Moral‹ überschriebenen ›Exkurs‹ des Horkheimer/Adornoschen Buchs.

3] *für Dewey:* Der amerikanische Jurist und republikanische Politiker Thomas Edmund Dewey (1902-1971), von 1943-1954 Gouverneur des Staates New York, verlor 1944 als Gegenkandidat Roosevelts und 1948 als Opponent von Truman die Präsidentschaftswahlen.

9. 10. 1944

110 1] *Neudruck:* Die 7. (einbändige) amerikanische Auflage des von Helen Lowe-Porter übersetzten und 1927 erstmals bei Knopf erschienenen *Zauberberg* kam 1944 heraus.

111 2] *Versuche ... über die Judenfrage:* Der ›New Leader‹-Herausgeber Mr. S. M. Levitas hatte TM in einem Schreiben vom 26. 9. 1944 um einen Symposion-Beitrag (»short statement of 800/1200 words«) zu einem in Fahnen beigelegten Artikel von Adolph Held über das jüdische Problem gebeten. TM machte »Versuche« zu einem Essay, gab den Plan dann aber wegen der Arbeit am *Doktor Faustus* auf. Vgl. TM an S. M. Levitas, P. P. 14. 10. 44; Reg. III, 44/415.

3] *Buch des Staatssekretärs:* S. TB 6. 10. 44, Anm. 6.

10. 10. 1944

1] *Joseph-Artikel:* Anonym (Siegfried Marck), ›Thomas Mann's letzter Josef-Band ‹Joseph, der Ernährer› ‹, ›Neue Volkszeitung‹, New York, 13. Jg., No. 41 vom 7. 10. 44, S. 2 und 5. *111*

2] *Aachen:* Die total zerstörte Stadt kapitulierte am 21. 10. 1944.

11. 10. 1944

1] *An die Meyer:* An Agnes E. Meyer, P. P. 11. 10. 44; Reg. III, 44/414; Br. II, 392-394. Vgl. TB 25. 9. 44, Anm. 8. *111*

2] *Götterdämmerung:* Richard Wagners 1874 beendetes Schlußwerk seiner Tetralogie ›Der Ring des Nibelungen. Bühnenfestspiel für einen Vorabend und drei Tage‹.

3] *Lucinde:* Friedrich Schlegels 1799 erschienener Roman ›Lucinde‹.

4] *Geschichte vom Braven Kasper:* Clemens von Brentano, ›Geschichte vom braven Kasperl und dem schönen Annerl‹, Berlin 1838. TM besaß Brentanos Werke in der von J. Dohmke edierten Ausgabe, Leipzig und Wien 1892.

12. 10. 1944

1] *Erinnerungen an Nietzsche:* S. TB 31. 1. 44, Anm. 6. *111*

2] *Vorlesung:* Aus der ›Deutschen Novelle‹. Vgl. TM an Erich von Kahler, P. P. 20. 10. 44: »Das Wort ›deutsch‹ hat sich nolens-volens [in den Titel des *Faustus*-Romans] eingeschlichen, als Symbol aller Traurigkeit und alles Einsamkeitselends, wovon das Buch handelt. [. . .] Es ist sehr merkwürdig: eine Art von Schwermuts-Nationalismus scheint in unserer Dichtung auszubrechen [. . .] Leonhard Frank, der uns zuweilen aus einer neuen und sehr begabten, in altdeutsch-kleinstädtisch-handwerklicher Sphäre spielenden Erzählung vorliest, will ihr geradezu den Haupttitel ›Deutsche Novelle‹ geben.« (D. ü D. III, 32)

13. 10. 1944

1] *Zweifel . . .:* Vgl. hierzu das auch von Lieselotte Voss, a. a. O., S. 88, zitierte ›Bl. 95‹ der Notizen zum *Doktor Faustus*, auf dem TM unter ›Personen‹ notierte: »Dr. Eugen Institoris und seine Frau Gertrud, geb. Rhegius, aus Dresden, die Mörderin Schwerdtfegers.« Zur Geschichte der Figuren s. generell Voss, a. a. O., 87-95. *112*

2] *Therese Rodde (Lula):* Die *Faustus*-Roman-Figur Therese – spä-

ter in Ines umbenannt – Rodde trägt Züge von TMs Schwester Julia, gen. Lula, verh. Löhr (1877-1927).
3] *Schrift über Nietzsche:* Wilhelm Weigand, ›Friedrich Nietzsche, Ein psychologischer Versuch‹, München 1893. Das Buch ist in der Zürcher Bibliothek erhalten.

14. 10. 1944

112 1] *Vorwort:* Max Osborns Buch ›Der bunte Spiegel. Erinnerungen aus dem Kunst-, Kultur- und Geistesleben der Jahre 1890-1933‹ erschien mit TMs *Einleitung* 1945 in New York. Der ›Aufbau‹ publizierte vol. XI, No. 6 v. 9. 2. 1945, 7/8, zu Ehren von Osborns 75. Geburtstag unter dem Titel *Ein reiches Leben* einen Vorabdruck. S. TM an Max Osborn, P. P. 15. 10. 44; Reg. III, 44/417; Br. II, 394-396.
2] *Osborn:* Der Literatur- und Kunstkritiker Max Osborn (1870 bis 1946), ehemals Redakteur der ›Vossischen Zeitung‹, war 1935 nach Palästina, 1938 nach Paris emigriert. 1941 gelang ihm die Flucht in die Vereinigten Staaten, wo er bis zu seinem Tode in New York lebte. TM kannte Osborn seit 1920, als der Redakteur eine Replik des Romanciers in Sachen des Fontane-Gedichts ›Leben‹ gedruckt hatte (s. TB 1918-1921, S. 433, 441, 757) und stand seither mit ihm in Verbindung.
3] *Erwägungen:* S. TB 13. 10. 44, Anm. 1.
4] *für Vorwort:* GBF hatte TM mit einem Brief vom 10. 10. 44 (TM/GBF 370) das Manuskript des neuen Romans von Joachim Maass geschickt und um »ein paar Worte« über seinen Eindruck – offensichtlich zu Werbezwecken – gebeten. Der erste Band des Zyklus: ›Zwischen den Zeiten‹ erschien 1944 auf englisch unter dem Titel ›The Magic Year‹ bei L. B. Fischer in New York. TM schrieb kein Vorwort, sondern – am 21. 10. 44 – eine eingehende Brief-Expertise (s. TB 17. 10. 44, Anm. 7), für die sich der Verleger am 26. 10. 44 herzlich bedankte: »Ich freue mich, daß Sie es [d. i. das Manuskript] hochschätzen und daß Sie ihm eine so gründliche und tiefgreifende Analyse gewidmet haben, die seine Hintergründe und seine dichterische Schönheit in wenigen Worten sichtbar macht« (TB/GBF 370).
5] *Poppe:* Nicht ermittelt.
6] *guter Aufsatz:* Wohl das Editorial der ›Nation‹, vol. 159, No. 15

v. 7. 10. 1944, 395-397: ›A Plan for Germany‹: Die Interpretation des Morgenthau-Planes als eines ›Versuchsballons‹, um die Reaktionen der öffentlichen Meinung zu testen, sowie die Präsentation eigener Vorschläge (»We reject as unrealistic the classification of ›hard‹ peace as opposed to ›soft‹ peace«) mit dem Ziel, einen sinnvollen Plan zum Wiederaufbau eines gesunden und friedlichen Europa in die Tat umzusetzen, der für Deutschland zwar gründliche Entnazifizierung und Entmilitarisierung, auch eine längere Besatzungsära, keinesfalls aber die totale Zerstörung der ökonomischen Struktur als Industriestaat erforderlich mache.

7] *»Beissel«:* Die einer Untersuchung von H. Th. David über die ›Hymns and Music of the Pennsylvania Seventh-day Baptists‹, ›The American-German Review‹, vol. 9, No. 6, June 1943, 4-6 und 36, entnommene Geschichte des Sektenoberhaupts und autodidaktischen Musiktheoretikers Johann Conrad Beissel und seiner Lehre von den »Herren-« und »Diener«-Tönen sowie seines »nicht taktmäßig und periodisch gegliederten Rhythmus« (*Notizen,* Bl. 165R) im VIII. Kapitel des *Faustus*-Romans (GW VI, 88-93).

8] *Rüdiger Schildknapp:* S. TB 6. 7. 44, Anm. 1. Das Schildknapp-Portrait: GW VI, 222-229.

15. 10. 1944

1] *Tod des Nazi-Generals Rommel:* S. TB 29. 7. 44, Anm. 5. *113*

2] *Montgommery:* Der englische Generalfeldmarschall Bernard Law Montgomery (1887-1976) hatte mit der 8. britischen Armee Rommels Truppen bei El Alamein (in Afrika) besiegt und die Landung der Alliierten auf Sizilien durchgeführt. Als Oberbefehlshaber der englischen Invasionstruppen war er maßgeblich am Gelingen des ›Unternehmens Overlord‹ und der nachfolgenden Befreiung Frankreichs beteiligt. 1945/46 fungierte Montgomery als Chef der britischen Besatzungstruppen in Deutschland und Mitglied des alliierten Kontrollrats in Berlin.

3] *Quislings Tod:* Ein am 15. 10. 1944 von der ›New York Times‹ verbreitetes Gerücht. Der norwegische Kollaborateur Vidkun Quisling (s. TB 14. 2. 44, Anm. 8) hatte bereits 1933 die faschistische Partei ›Nasjonal Samling‹ gegründet. 1940 schlug er Hitler die präventive Besetzung Norwegens vor und war von 1942-1945 Chef einer vom deutschen Reichskommissar Terboven abhängigen ›nationalen‹ Regierung. Am 9. 5. 1945 stellte sich Quisling der norwegischen Polizei, wurde in einem anschließenden Hochverratsprozeß zum Tode verurteilt und am 24. 10. 1945 hingerichtet.

4] *Les Dieux s'en vont:* Die Götter schicken sich an, zu gehen.

5] *Artikel Pierre Cots:* Pierre Cot, ›Russias Resurrection‹, ›The Nation‹, vol. 159, No. 15 v. 7. 10. 1944, 408-410.

6] *Pierre Cot:* Der französische Jurist und radikalsozialistische Politiker Pierre Cot (1895-1977) war 1936 maßgeblich an der Volksfrontbildung beteiligt. Er floh 1940 in die USA, war 1943 Mitglied der beratenden Versammlung in Algier, 1945/46 Mitglied der verfassunggebenden Nationalversammlung in Paris und von 1946-1958 wieder Abgeordneter.

16. 10. 1944

113 1] *Mt. von Maass:* S. 14. 10. 44, Anm. 4.

2] *an Guillemin:* Noch nicht bekannt.

3] *Artikel über Joseph:* ›Mann Looks Toward the Future‹, ›People's World‹, 6. 9. 1944, S. 5.

4] *von Golo:* An Katia Mann, London, 6. 10. 44: »the Swiss believe now that the war shall last until 1945 which they did not 4 weeks before.«

5] *Die Nationalzeitung ...:* Golo Mann hatte seiner Mutter berichtet: »Just now I read in the Swiss ›Nationalzeitung‹ [vom 14/15. 10. 44] the following story: Folgendes ist, wie wir aus authentischer Quelle erfahren haben, in Luzern während der Festwochen passiert. Die Frau des bekannten Münchener Kunstverlegers Bruckmann, eine alte Dame, zu den Festwochen eingereist aus dem Lande, wo Kunst nichts mit Politik zu tun hat, gab in einer Unterhaltung mit einer Schweizerin in einem Luzerner Geschäft, ihrem Ingrimm gegen die Amerikaner lebhaftesten Ausdruck, die, wie sie sich ausdrückte, mit Absicht Kinderspitäler bombardierten. Die Schweizerin replizierte der erregten Kundin, daß man in Deutschland keinen Grund habe, sich gerade über Unmenschlichkeit gegen Kinder aufzuregen, da doch allgemein in der Welt und auch in Deutschland bekannt sei, wie Kinder jeglichen Alters bis herab zu den Säuglingen in Wagen zusammengepfercht einem entsetzlichen Tode zugeführt worden sind. Die alte Dame gab daraufhin wörtlich zur Antwort: ›Das können Sie doch nicht vergleichen, das waren doch jüdische

Kinder!‹ – The paper then comments on the age, pre-nazi culture, social level etc. of the Lady from Munich and ends with the question: ›Und wo soll da auch nur die leiseste Hoffnung für irgendeine Zukunft herkommen?‹« – Zum Eindruck, den dieser Bericht auf TM machte, vgl. u. a. den Brief an Erich von Kahler, P. P. 20. 10. 44, Reg. III, 44/428; Br. II, 398.

6] *Bruckmann:* Elsa Bruckmann, geb. Prinzessin Cantacuzéne (1865 bis 1946), war die Frau des Münchner Verlegers Hugo Bruckmann (1863-1941).

17. 10. 1944

1] *Brief einer College Präsidentin:* Von Thelma Typield, Präsiden- 114
tin des Good Hope Seminars der High School in Kapstadt, Capetown, 31. 7. 1944; im TMA.

2] *»Order of the Day«:* TM's englischsprachiger Essayband *Order of the Day. Political Essays and Speeches of two Decades,* der 1942 bei Knopf in New York erschienen war.

3] *Deutschland Betreffendes:* Der ›Aufbau‹, vol. X, No 41 v. 13. 10. 1944, veröffentlichte auf S. 1 unter der Überschrift ›Wird Deutschland so aussehen?‹ eine Karte, »die die diskutierten Pläne für ein zukünftiges Deutschland nach seiner Niederlage« – vor allem also die im Morgenthau-Papier konkretisierten ›Dismemberment‹-Beschlüsse von Teheran – durch Markierung der projektierten Besatzungszonen und Gebietsverluste veranschaulichte. Auf S. 2 derselben Nummer analysierte Manfred George in einem Artikel ›Zur Lage‹ auf der Basis englischer Umfragen den »Stimmungs-Umschwung« der Welt gegenüber den Deutschen nach Bekanntwerden der »almost incredible barbarities of the Germans during their last weeks in France« und warnte erneut davor, Meldungen zu ignorieren, nach denen die Deutschen in der Endphase des Krieges »zu allem entschlossen« seien und »den Guerillakrieg in breitestem Umfang« vorbereiteten.

4] *Die Laufbahn E. Glaesers:* In derselben Nummer des ›Aufbau‹, S. 5, fand TM eine Glosse ›Südadler Glaeser‹, die den Verfasser von ›Jahrgang 1902‹ als »editor« des »›Adler im Süden‹, a German military magazine published in Venice« vorstellte: »Was doch aus einem strebsamen deutschen Schriftsteller werden kann, der vom Pazifisten zum Kommunisten und zum anonymen Mitarbeiter an Naziblättern wurde, um dann nach Prag und Zürich ins Exil zu gehen, nach Deutschland zurückzukehren, und vermittels eines Schulungslagers ein Südadler zu werden!«

5] *E. Glaeser:* Der Romancier und Dramaturg Ernst Glaeser (1902 bis 1963) mußte 1933 emigrieren, kehrte jedoch, obwohl seine Werke als ›marxistisch‹ und ›pazifistisch‹ verboten worden waren, 1939 überraschend aus der Schweiz nach Deutschland zurück.

6] *Heifitz:* Der russisch-amerikanische Geiger Jascha Heifetz (geb. 1901).

7] *Lobenswerte Arbeit:* Vgl. den TB 14. 10. 44, Anm. 4, erwähnten Brief TMs an GBF, der nicht in TM/GBF enthalten, jedoch bei Brigitte Bermann Fischer, ›Sie schrieben mir‹, München 1981 (dtv), 206/207 abgedruckt ist: »Daß Dichtung ›des Lebens Leben‹ ist, die Steigerung des Lebens durch den Geist, erfährt man hier wieder – auf die besondere Weise, daß es die phantastisch verklärende und schaudernde Kinderseele ist, die hier die steigernde Rolle des Geistes übernimmt. Das Schönste an dem Buch ist die *Sensitivität gegen das Böse,* die ohne Anspruch auf große Worte wie Moral, Religion, Humanität, auf eine rein schmerzhafte Weise, als ein tiefes, zartes und unbesiegliches Nein darin waltet. Es ist dieser feine, scheinbar hilflose und doch mächtige Zug von Verletzbarkeit, der schon heute Geheimstes im Grunde einer von Grausamkeit ächzenden Epoche mitschwingen läßt, und den eine nicht ferne Zukunft noch bewußter zu schätzen wissen wird.«

18. 10. 1944

114 1] *von Knopf:* New York, 16. 10. 44; Kopie im Knopf-Archiv, New York.

2] *Soldaten-Ausgabe der Novellen:* ›Selected Short Stories‹, Transl. H. T. Lowe-Porter, New York: Armed Services Editions L. 28.

3] *kleinen Angelica:* TMs Enkelin Angelica Borgese (geb. 1940).

4] *entnervend langweilig:* So in der Handschrift. Vermutlich ist ›langweilig‹ im Sinne von ›langwierig‹ gemeint.

19. 10. 1944

114 1] *über die deutsche Frage:* S. ›The Nation‹, vol. 159, No. 16 v. 14. 10. 1944: Thema 1. ›The Shape of Things‹, 422; Lewis S. Gannett, ›The German Soldier‹, 433-435; Karl O. Paetel, ›Why the Wehrmacht Fights on‹, 437/438.

2] *über die Stellung des Vatikans:* G. A. Borgese, ›The Pope and The Peace‹, ›The Nation‹, a. a. O., 429-432.
3] *Wahlrede für Roosevelt: Rede für Franklin D. Roosevelt im Wahlkampf 1944.* GW XI, 979-983 (s. TB 29. 10. 44, Anm. 1).

20. 10. 1944
1] *am Kapitel (Schwerdtfeger):* Die Einführung eines neuen Rodde-Salon-Gastes im XXIII. *Faustus*-Kapitel: »Es war Rudolf Schwerdtfeger, ein begabter junger Geiger [...] ein Blondkopf, von mittlerer, netter Statur [...], ebenso gutmütig wie gefallsüchtig, ein eifriger Salonbesucher [...] dem schönen Geschlecht [...] selig hingegeben ...« – Rudi Schwerdtfeger, der sich um Adrians »Sprödigkeit« so »zutraulich bemühte«, daß ihm dieser schließlich ein Violinkonzert schrieb (GW VI, 265). 115
2] *an Kahler:* An Erich von Kahler, P. P. 20. 10. 44; Reg. III, 44/428. S. auch TB 12. 10. 44, Anm. 2.
3] *ein Photograph:* Wahrscheinlich George Platt Lynes im Auftrag von The Condé Nast Publications, Inc.
4] *Serie ›Berühmte Europäer‹:* Vermutlich in der Zeitschrift ›Vogue‹. Eine Kopie des TM an einen Palmenstamm gelehnt zeigenden Photos befindet sich im TMA.
5] *Deterioration:* »Verschlechterung« im Sinne von »Wertminderung«

21. 10. 1944
1] *an Bermann:* P. P. 21. 10. 44; Reg. III, 44/429. S. TB 14. 10. 44, Anm. 4 und 17. 10. 44, Anm. 7. 115
2] *Radiorede des Präsidenten:* ›Radio-Address at Dinner of Foreign Policy Association‹, New York, 21. 10. 1944, ›The Public Papers‹, a. a. O., No. 96, 342-354.
3] *Im ›Rotarian‹:* S. TB 4. 10. 44, Anm. 1.
4] *Beethoven-Buch:* Paul Bekker, ›Beethoven‹, 2. Aufl., Berlin 1912. Das Buch steht mit vielen Strichen und Anmerkungen TMs versehen in der Zürcher Bibliothek.

22. 10. 1944
1] *Father Ford:* Nicht ermittelt. 115
2] *no commitment:* Keine Beteiligung, kein Engagement.

116 3] *an die Meyer:* An Agnes E. Meyer, P. P. 22. 10. 44; Reg. III, 44/430.

4] *»Carmen«:* Georges Bizets Oper ›Carmen‹ (1875). TM besaß eine Plattenaufnahme der ›Blumenarie‹, gesungen von Richard Tauber.

23. 10. 1944

116 1] *»Goethisches in M's Josephcyklus«:* Meno Spanns Essay in ›The Modern Language Quarterly‹, vol. 5, No. vom Sept. 1944, 259-273.

2] *Gedichte von H. Politzer:* Nicht im TMA. Vielleicht handelt es sich um Politzers einzigen Lyrikband, ›Gedichte‹, Jerusalem 1941. Der Dank TMs für ein ›lyrisches Geschenk‹ vom 2. 6. 1941 (Reg. 41/188) könnte sich dann – da von dem leider in ›Mass und Wert‹ nicht mehr möglichen Abdruck gesprochen wird – auf ein älteres Manuskript beziehen.

3] *H. Politzer:* Der österreichische Schriftsteller, Publizist und Literaturwissenschaftler Heinz Politzer (1910-1978) war 1938 über Prag nach Palästina emigriert. 1947 kam er in die USA, wo er an verschiedenen Universitäten, zuletzt in Berkeley, lehrte.

4] *an Mc Leish:* An Archibald MacLeish, P. P. 26. 10. 44; Reg. III, 44/438; Br. II, 398/399. Der Brief enthält Einzelheiten der geplanten Januar-Tournee sowie die Anfrage, ob die Library of Congress die Handschrift von TMs Erzählung *Das Gesetz* annehmen würde: »My special reason for this offer is the fact that the whole story is written on the particularly pleasant stationary of the Library – a misuse for which I can best atone by this dedication.«

24. 10. 1944

116 1] *FBI . . . in Sachen Faber du Faur:* Vermutlich wegen eines Einbürgerungsantrags Faber du Faurs.

2] *von Osborn:* New York, 21. 10. 44; im TMA.

3] *an M. Spann:* An Meno Spann, P. P. 24. 10. 44; Reg. III, 44/431.

4] *Unglaubliches von deutschen Sozialdemokraten:* Vermutlich ist ein Artikel von Friedrich Stampfer in der ›Neuen Volkszeitung‹ gemeint. Vgl. TM an Konrad Engelmann, P. P. 3. 12. 44; Reg. III, 44/480: »In einer New Yorker sozialdemokratischen Wochenzeitung schrieb einer der Redakteure, Herr Stampfer, kürzlich über die bevorstehende Okkupation Deutschlands und fragte, ob denn einfach der nationalsozialistische Belagerungszustand, der seit Februar 1933 dort herrsche, durch einen neuen ersetzt werden solle. Es sei doch kein Fortschritt, wenn die SS durch eine ausländische Schutzstaffel ersetzt werde. Das scheint mir denn doch über die Hutschnur zu gehen, und ein Mann, der sich freuen sollte, wenn er als Deutscher während des Krieges nicht interniert wird, sollte sich vor solchen Ausschreitungen hüten. Seine Meinung ist offenbar, daß die Okkupation Deutschlands überhaupt ein Verbrechen wäre, und daß man dieses Land sofort und mit unvermitteltem Vertrauen unter seiner Präsidentschaft in ehrenvolle Freiheit setzen sollte.« (Im TMA.)

5] *zum Frieden zu kommen:* Das Gerücht hat seinen realen Kern vielleicht in den Kapitulationsinitiativen an der deutschen Italienfront im Herbst 1944.

6] *Mannerheim hat es von Keitel:* Gerücht. Die Gespräche zwischen Mannerheim und Keitel endeten im August 1944 in Dissens und Verstimmung auf deutscher Seite.

7] *Kabinettsumbildung:* Zu solchen Gerüchten vgl. generell: Helmut Krausnick, ›Legenden um Hitlers Außenpolitik‹, ›Vierteljahrsschrift für Zeitgeschichte‹ 2/1954, 217 ff.

8] *Keitel:* Der deutsche Generalfeldmarschall Wilhelm Keitel (1882 bis 1946), seit 1938 Oberbefehlshaber des Heeres und kritikloser Erfüller Hitlerscher Befehle, unterzeichnete am 8. 5. 1945 die Kapitulation der Wehrmacht. Vom Internationalen Militärgericht in Nürnberg zum Tode verurteilt, wurde Keitel am 16. 10. 1946 hingerichtet.

25. 10. 1944

1] *Pfeiffering:* Die Beschreibung von Adrian Leverkühns erstem, 117
»ganz flüchtig« und als »reine Improvisation« auf einer Radtour mit Rudi Schwerdtfeger zustande kommenden Besuch auf dem Hof der Schweigestills in »Pfeiffering bei Waldshut« (dem realen Polling) am Ende des XXIII. *Faustus*-Kapitels (GW VI, 272-280).

2] *die Gemme:* Eva Herrmann. S. TB 24. 7. 44, Anm. 1.

3] *Huge Victory:* Die viertägige Seeschlacht bei der Philippinen-Insel Leyte, bei der die Japaner eine Landung der Alliierten zu verhindern suchten, endete mit dem Sieg der Amerikaner, denen es trotz erheblicher Verluste gelang, in diesem Kampf die japanische Seemacht endgültig zu zerschlagen.

4] *Roman-Manuskript von Elbogen:* Wahrscheinlich Teile von El-

bogens unpublizierter Biographie ›Vom Hundertsten ins Tausendste‹.
5] *Elbogen:* Der österreichische Kunsthistoriker und Literat Dr. Paul Elbogen (geb. 1894) war 1941 über Spanien und Portugal nach New York gelangt und, mit einem Sechs-Monats-Vertrag für Emigranten, kurz darauf nach Hollywood gekommen. Dort lebte er von Gelegenheitsarbeiten bis er sich – durch die Hilfe seiner Frau, die eine Reinigung betrieb – gegen Kriegsende (»auf dem Brett einer Nähmaschine von 1911«) wieder der Schriftstellerei zuwenden konnte. Einige seiner zahlreichen Romane erschienen ab 1949 auch in der Bundesrepublik Deutschland. – TM hatte Elbogen im Januar 1922 im Hause Wassermann in Wien kennengelernt. Elbogen bat Frau Julie Wassermann um die Vermittlung jener Begegnung, deren Verlauf er in seinen unpublizierten Memoiren (nach seinen eigenen Worten) »eckermannisch« festhielt. Zu Elbogen vgl. John F. Fetzers Darstellung in ›Deutsche Exilliteratur seit 1933. 1. Kalifornien‹, Bern und München 1976, 323-330.

26. 10. 1944

117 1] *Armed Services Edition:* S. TB 18. 10. 44, Anm. 2.

27. 10. 1944

117 1] *an [. . .] Dr. Elbogen:* Noch nicht bekannt.
2] *Abdruck in NY Times:* Ein Abdruck in der ›New York Times‹ ist 1944 nicht nachweisbar.
3] *in dem Buch von Durant:* Will Durant, ›Caesar and Christ‹, New York 1944 (›Story of Civilisation‹, vol. 3).
4] *Durant:* Der amerikanische Philosoph und Kunsthistoriker Will Durant (1885-1981), Professor an der Los Angeles University und – gemeinsam mit seiner Frau – Verfasser einer elfbändigen Kulturgeschichte der Menschheit. Durant war der Begründer des ›Committees of Interdependent Citizens‹, einer Bürgerrechtsbewegung, zu deren Inauguration am 22. 4. 1945 TM die Hauptrede hielt. Vgl. TB 22. 4. 1945.

28. 10. 1944

118 1] *Das Bibelzitat:* Im deutschen Text, GW XI, 982: »Ein Mann, klug wie die Schlangen und ohne Falsch wie die Tauben« nach Matth.

10,16: be wary as serpents, innocent as doves« (The New English Bible).

2] *Vortragsplan:* Vgl. TB 1. 10. 44, Anm. 1, vor allem den dort zitierten Brief an Agnes E. Meyer vom 31. 10. 1944.

29. 10. 1944

1] *demokratisches Gathering:* Die vom ›Democratic Campaign Fund 118
Raising Committee of Beverly Hills‹ veranstaltete Wahlversammlung für Franklin D. Roosevelt. Vgl. hierzu die Erweiterung der TB-Skizze in der *Entstehung,* Kap. VIII, GW XI, S. 210.

2] *Versdrama Montezuma:* Antonio Giuseppe Borgese, ›Montezuma. Eine Operndichtung‹, vertont von Roger Sessions (geb. 1896). Die Uraufführung fand 1947 in Berlin statt.

30. 10. 1944

1] *Love's Labour Lost:* William Shakespeares »angenehm launische« 118
(*Faustus,* GW VI, 286) frühe Komödie ›Verlorne Liebesmüh‹, die – in Zeitbloms Übersetzung – Adrian Leverkühn als Textvorlage für seine gleichnamige ›opera buffa‹ diente. Vgl. TMs Eintragung aus den ›Notizen zum *Doktor Faustus*‹, Bl. 7: »Love's Labour Lost which always seemed to me an ideal libretto for a Mozart.« S. ferner *Doktor Faustus,* Kap. XXIV, GW VI, 286-291 und Kap. XX, GW VI, 218/219. Zu den Textvarianten vgl. Wysling, ›Euphorion‹, a. a. O., 71/72.

2] *an Elbogen:* S. TB 27. 10. 44, Anm. 1.

3] *L. L. L.:* Love's Labour Lost. 119

4] *There form:* Love's Labour's Lost, 5. Akt, 2. Scene, V. 511-517: »Nay, my good lord, let me o'errule you now: / That sport best pleases that doth least know how: / Where zeal strives to content, and the contents / Dies in the zeal of that, which it presents: / Their form confounded makes most form in mirth, / When great things labouring perish in their birth.« – In der (bei den für TM entscheidenden Versen verfehlten) Übersetzung von Wolf Graf Baudissin: »Laßt mich, mein König, meistern dies Geheiß; / Spaß dünkt erst hübsch, wenn er um sich nicht weiß. / Wenn Eifer ringt nach Gunst, und Kunst erstirbt / in jenem Eifer, der so tätig wirbt. / Verfehlte Form wird Form für neuen Spaß, / Man lacht des Bergs, der einer Maus genas.« – S. dazu TM an Helen Lowe-Porter, P. P. 18. 2. 45: »Oft muß ich mit einem gewissen Gram an ein paar Verse aus ›Love's Labour's Lost‹ denken: ›There form ... [...] Das stammt gewiß aus persönlicher Arbeitserfahrung, wenn es auch auf ihn [i. e. Shakespeare] nicht zutrifft. Der ›Faustus‹ gerade nach Moses, gibt mir Grund, daran zu denken. Er ist ein ›great thing labouring‹, und manchmal wird mir zweifelhaft, ob ich seinen inneren Ansprüchen eigentlich rein sportlich noch gewachsen bin. Vielleicht war es zu spät, so etwas noch anzufangen.« (D. ü. D. III, 36/37).

5] *Maqui:* Die französischen Partisanengruppen, die sich nach 1940 bildeten und vorwiegend von un- oder schwer zugänglichen Gebieten (Macchia = Unterholz) heraus gegen die deutsche Besatzung und die Vichy-Regierung operierten.

31. 10. 1944

119 1] *An die Meyer:* An Agnes E. Meyer, P. P. 31. 10. 44; Reg. III, 44/443.

2] *Klaus über Joseph:* Italy, 13. Oct. 1944; KM Br. / Antw. II, 217-219.

3] *Amerikanische Vermittlungsversuche:* Nachdem die alliierten Versuche gescheitert waren, die chinesische Nationalregierung unter Marschall Tschiang Kai-schek (1883-1975) zu einer (der britisch-amerikanischen Kriegsführung günstigen) Einigung mit den chinesischen Kommunisten unter Mao Tse-tung (1893-1976) zu bringen, beriefen die Amerikaner ihren Generalstabschef bei Tschiang Kai-schek, General Stilwell, wegen ›Mißerfolges auf dem chinesischen Kriegsschauplatz‹ von seinem Posten ab.

1. 11. 1944

119 1] *N. D. V. über den Fall Peyre:* Dr. Carl Misch, ›Thomas Mann's Wandlungen. Eine interessante Diskussion in ›Atlantic Monthly‹‹, ›Neue Volkszeitung‹, New York, 13. Jg. No. 44 v. 28. 10. 1944, S. 3: »Thomas Mann ist immer mehr zum Repräsentanten deutschen Geisteslebens geworden, im vornehmsten und schönsten Sinne dieses Wortes. – Als er zur deutschen Republik von Weimar fand, fühlten wir uns bereichert. Unser Schmerz war nur, daß es so spät geschah. [...] Als er zur deutschen Emigration fand, fühlten wir uns ermutigt; unser Schmerz war nur, daß es so spät geschah. [...] Heute ist Thomas Mann der repräsentative Deutsche gegen Hitler. Daß er sich nicht nur auf bloße Ablehnung des Phänomens Hitler und der natio-

nalsozialistischen Greuel beschränkt, sondern positiv zu all denen steht, die für eine neue, demokratische Ordnung streiten, hebt ihn hoch hinaus übers Literarische. [...] Thomas Mann's Antwort [an Peyre, dessen Vorwürfe zusammen mit dem Verlauf der Diskussion referiert werden] ist viel mehr als eine Polemik. Der sarkastisch-tadelnde Teil mag bald vergessen werden, seine freimütigen Äußerungen zu den uns heute bewegenden Problemen sowie über seine Wandlung werden ein Dokument von bleibendem Wert sein.« (Zur Sache vergl. TB 6. 8. 44, Anm. 1).

2] *›Unwiederbringlich:* Fontanes 1891 erschienener Roman. *120*

3] *›Cecile‹:* Fontanes 1887 erschienener Roman.

4] *Fontane:* Theodor Fontane (1819-1898) gehörte zu den von TM zeitlebens mit »reiner und verdachtloser Achtung« (GW X, 442/443) geliebten Autoren. »Unendliche Liebe, unendliche Sympathie und Dankbarkeit, ein Gefühl tiefer Verwandtschaft (vielleicht beruhend auf ähnlicher Rassenmischung), ein unmittelbares und instinktmäßiges Entzücken, eine unmittelbare Erheiterung, Erwärmung, Befriedigung bei jedem Vers, jeder Briefzeile, jedem Dialogfetzen von ihm – das ist [...] mein Verhältnis zu Theodor Fontane«, schrieb der Fünfunddreißigjährige (GW XIII, 817). Erika Mann erzählt, ›Effi Briest‹ sei eines der »deklarierten Lieblingsbücher« ihres Vaters gewesen, und die Tagebücher zeigen, wie noch der alte TM immer wieder zur Lektüre der Fontane-Romane – besonders des ›Stechlin‹ zurückkehrt. S. *Der alte Fontane* (1910) GW IX, 9-34; *Noch einmal der alte Fontane* (1954) GW IX, 816-822; *Anzeige eines Fontane-Buches* (1919) GW X, 573-584.

5] *an Klaus:* P. P. 6. 11. 44; Reg. III, 44/445; Br. II, 399.

6] *W. Cather:* Die amerikanische Romanschriftstellerin Willa Cather (1876-1947).

7] *›Not under Forty‹:* Willa Cather, ›Not under Forty‹, New York 1936. Der Essay über *Joseph* I und II a. a. O. 96-122.

7. 11. 1944

1] *G. Brandes' Schriften:* TM besaß von Georg Brandes die ›Gesammelten Schriften‹ in 9 Bänden, München 1902-1906. Für Adrians Oper waren ihm vor allem die Shakespeare-Studien im 6. und 7. Band, ›Englische Persönlichkeiten‹, zweiter und dritter Teil, ›William Shakespeare‹, erster (Band 6) und zweiter (Band 7) Teil wichtig. In *120*

Band 7 hat TM in erster Linie Abschnitte über die Sonette: die Zuneigung zu dem Freund, die ›Dark Lady‹, die Technik und die Geschichte der Form, den Platonismus der Renaissance-Sonette und die Analyse der in den Gedichten sich darstellenden Beziehungen angestrichen.

2] *G. Brandes:* der dänische Literarhistoriker Georg Brandes (ursprünglich Morris Cohen) (1883-1927) hatte durch sein Werk ›Die Literatur des 19. Jahrhunderts in ihren Grundströmungen dargestellt‹ (6 Bände 1872-1890) den jungen TM stark beeindruckt. Noch 1942, im *Vorwort zu dem Essayband Order of the Day* gedachte der Siebenundsechzigjährige dankbar dieses Lese-Erlebnisses: »... die leuchtende Literatur-Analyse eines Georg Brandes, dieses Sainte Beuve des Nordens [hat] [neben den Meistern europäischer Moralität und Kritik] auf meine Jugend einen ebenso starken Eindruck gemacht, war [...] in mir ebenso aufhorchend lernbereiter Sympathie begegnet wie die schöpferischen Fiktionen der Tolstoi, Dostojewski, Thackeray, Balzac oder das Drama Ibsens.« (GW XIII, 170). – TM war Brandes zuerst 1908 in München begegnet (s. Reg. I, 08/11) und hatte ihn offenbar 1924 in Kopenhagen wiedergetroffen. Vgl. den Brief an Anna Jacobson, 19. 1. 45; Reg. III, 45/45: »Brandes' Klarheit war mir immer erquicklich. Ich traf ihn in München, als er dort über Voltaire vortrug (Anfang des Jahrhunderts), und besuchte ihn später in Kopenhagen. Er hatte viel von einem geistreichen alten Weib mit boshaftem Klatschmaul.« (Br. II, 409). – Während der Arbeit am *Faustus*-Roman wurde Brandes für TM vor allem durch sein Buch über Kierkegaard (s. TB 25. 12. 44, Anm. 2) sowie die unter Anm. 1 erwähnten Shakespeare-Hinweise wichtig.

8. 11. 1944

121 1] *›Stine‹:* Theodor Fontanes 1890 erschienene Novelle.

2] *›Irrungen Wirrungen‹:* Theodor Fontanes 1888 publizierter Roman.

3] *Croces Geschichte Europas:* Benedetto Croce, ›Geschichte Europas im 19. Jahrhundert‹, Zürich 1935, mit der gedruckten Widmung an TM; s. TB 10. 3. 1944, Anm. 4. Das in der Nachlaßbibliothek erhaltene Exemplar bewahrt Anmerkungen und Striche TMs, der – wie die Materialien zu *Deutschland und die Deutschen* zeigen – das Buch für den Vortrag benutzte.

9. 11. 1944

1] *Vorabdruck:* S. TB 10. 11. 44, Anm. 1. 121

2] *Jubiläumsausgabe:* ›10 Jahre Aufbau‹. Jubiläumsausgabe. Vol. X, No. 51 v. 22. 12. 1944.

3] *Vortragsidee: Deutschland und die Deutschen.* Vergl. den TB 1. 10. 44, Anm. 1 zitierten Brief an Agnes E. Meyer vom 31. 10. 44.

10. 11. 1944

1] *Harmonium-Szene:* Der Schluß des VII. *Faustus*-Kapitels (GW VI, 62-68) erschien unter dem Titel ›Das Harmonium‹ im ›Aufbau‹, vol. X, No 5 v. 22. 12. 44, S. 13. 121

2] *an M. George:* An Manfred George, P. P. undatiert; Reg. III, 44/511.

3] *›Betrachtungen‹: Betrachtungen eines Unpolitischen*, Berlin 1918. 122

11. 11. 1944

1] *politischen Papiere:* Wohl die TB 9. 11. 44 erwähnten Dokumente von 1933/34. 122

2] *Prof. Hudson Strode:* Der amerikanische Schriftsteller Hudson Strode (1892-1976).

3] *Artikel über Deutschland:* Das Novemberheft (3. Jg. No. 12, Nov. 1944) der in Mexiko erscheinenden Monatsschrift ›Freies Deutschland‹ brachte u. a. Artikel von Lion Feuchtwanger, Paul Merker, Erich Jungmann, William Dieterle und Anna Seghers zum Problem ›What to do with Germany‹, Analysen zum Problem der Kriegsverbrecher-Bestrafung (Hilde Rosenfeld-Neumann) und der imperialistischen NS-Wirtschaftsstruktur (Albert Norden, Oskar Lendle), sowie einen Bericht von General Walther von Seydlitz über das ›Nationalkomitee Freies Deutschland‹ und den Aufstand der Generale vom 20. Juli 1944.

12. 11. 1944

1] *Feier des Bierhallen-Tages:* Der 9. November wurde von den Nationalsozialisten in Erinnerung des ›Marsches zur Feldherrnhalle‹ in München am 9. 11. 1923 gefeiert – des von Hitler inszenierten, fehlgeschlagenen Putschversuchs gegen die bayerische und die Reichsregierung, bei der 16 Menschen ums Leben kamen, die nach 122 der ›Machtübernahme‹ 1933 als ›Helden der nationalen Bewegung‹ verehrt wurden.

2] *Hitler'schen Manifestes:* 1944 verzichtet Hitler zum ersten Mal auf die übliche Zeremonie zum 9. November und ließ statt dessen am folgenden Sonntag, dem 12. 11. 44, im ganzen Reich ›Appelle des Volkssturms‹ durchführen, deren Höhepunkt der Empfang einer von Himmler auf der Zentralveranstaltung im Zirkus am Marsfeld verlesenen ›Kundgebung des Führers‹ bildete. Die Authentizität dieser verhältnismäßig langen, von Rechtfertigungsversuchen und Anklagen gegen angebliche »Verräter« geprägten Proklamation steht heute außer Zweifel (s. Domarus a. a. O., II. 2, 2160-2167). Die amerikanische Presse nahm zu Hitlers erstmaligem Schweigen in vielen Berichten, Meldungen, Vermutungen und Dementis Stellung: (s. z. B. NYT 9. 11. 44, 3:6: ›Hitler silent for the first time‹; 12. 11. 44, 27:1: ›Comment on Hitler failure to speak‹; 13. 11. 44, 1:3: ›Himmler broadcasts speech, allegedly composed by Hitler‹; 13. 11. 44, 8:1: ›British press sceptically‹; 18. 11. 44, 3:8: ›German war prisoners believe Himmler report that Hitler was too busy to speak‹).

3] *Paranoia im Endstadium:* Die ›New York Times‹ brachte im November 1944 eine Reihe von Artikeln, die sich mit diesen und ähnlichen Gerüchten über Hitlers Gesundheitszustand befaßten (z. B. 7. 11., 16:5: ›Hitler reported under mental care‹; 11. 11., 5:6: ›Hitler: final phases of mental illness‹; 15. 11., 15:2: ›throat operation reported‹, während am 23. 11. (14:2) eine AP-Meldung sogar behauptete, daß der auf Bildern gezeigte Hitler in Wahrheit ein Double sei. Einen Tag später wurde dann von einer Aufforderung des deutschen Rundfunks berichtet, die Bevölkerung möge den Märchen des Auslands keine Beachtung schenken (24. 11. 44, 12:8: »German Home Radio tells Germans to pay no attention to foreign fairy-tales«).

14. 11. 1944

123 1] *Benjamin Constant:* Der Schweizer Hugenotte und französische Schriftsteller Benjamin Henri Constant de Rebecque (1767-1830) hatte 1794 aus Begeisterung über die Revolution die französische Staatsangehörigkeit angenommen und war 1802 als Angehöriger des Revolutions-Tribunals von Napoleon aus Frankreich verbannt worden.

2] *gegen das Regime Napoléons:* ›Über den Militarismus‹ (I) von

Benjamin Constant, ›Deutsche Blätter‹, Santiago de Chile, Heft 4/1944, 12-14.

15. 11. 1944

1] *M. G. M.:* Die amerikanische Filmgesellschaft Metro-Goldwyn-Mayer in Hollywood. 123

2] *Wilde Gerüchte:* Vgl. neben den TB 12. 11. 44, Anm. 3 aufgeführten Meldungen vor allem den auf einer Diagnose des Oxforder Psychiaters Dr. William Brown Wilde beruhenden Bericht aus London, ›New York Times‹ 11. 11. 44, 5:6, der konstatierte, daß Hitler (»who is a paranoiatic in the sense that he suffers from the repression of intense aggressiveness«) seit dem 21. 7. 44 nicht mehr in der Öffentlichkeit erschienen sei und Heinrich Himmler nun die Rolle spiele, die »the Fuehrer once performed«.

3] *Anti-Kriegs-Demonstrationen:* Vermutlich die Aktionen der sog. Kölner ›Edelweißpiraten‹, einer sozial heterogenen Vereinigung, die – aus dem Jugendwiderstand gegen das 3. Reich hervorgegangen – Kriegsgefangene, Zwangsarbeiter, Juden und Deserteure versteckte, deren Versorgung sie durch gelegentliche Raubzüge und Überfälle auf Lebensmittellager sicherstellte. Dabei schreckte sie nicht vor Morden an NS-Funktionären zurück. In der letzten Kriegsphase beschaffte sich die Gruppe Waffen und plante eine eigene Befreiungsaktion der Stadt Köln von den faschistischen Machthabern noch vor dem Einmarsch der alliierten Truppen, die jedoch nicht durchgeführt werden konnte. – Am 10. November erhängte die Gestapo 13 Mitglieder der Edelweißpiraten; die Zahl der von den nationalsozialistischen Machthabern im Kölner Stadtgebiet umgebrachten Widerstandskämpfer, zu denen seit November 1944 auch ein dem ›Nationalkomitee Freies Deutschland‹ nahestehender Kreis gehörte, wird in der Literatur für das letzte halbe Jahr des Krieges mit 2 400 angegeben (vergl. die bei Matthias von Hellfeld, ›Edelweißpiraten in Köln‹, 2. Auflage, Köln 1983, angegebenen Nachweise).

4] *In Schopenhauer gelesen:* Vermutlich im Zuge der Vorbereitungen auf das Teufelskapitel des *Faustus.* – In der Zürcher Nachlaßbibliothek stehen Arthur Schopenhauers ›Sämtliche Werke in 6 Bänden‹, Brockhaus, Leipzig 1922. In den Bänden 1 und 6 und, besonders in Band 2: ›Die Welt als Wille und Vorstellung‹, finden sich Anstreichungen und Notizen TMs. – TM rechnete den Philosophen Arthur Schopenhauer (1788-1860) – neben Richard Wagner und Friedrich Nietzsche – zu jenem »Dreigestirn ewig verbundener Geister« (GW XII, 72), das nicht nur sein persönliches Werden, sondern darüber hinaus auch die Entwicklung des deutschen, ja, des europäischen und des Welt-Geistes entscheidend prägte. *Betrachtungen* und Aufsätze aus den zwanziger Jahren erweisen dem »Lehrer Nietzsche's und ersten großen Verkünder Asiens in Europa« (GW XII, 617), dem in einem metaphysischen Rausch schon Thomas Buddenbrooks nachfolgte, die Reverenz; 1938 entstand im Schweizer Exil der *Schopenhauer*-Essay (GW IX 528-580), der, leicht gekürzt, in englischer Übersetzung als Vorwort zu einer von TM verantworteten (amerikanischen) Zusammenfassung des Schopenhauerschen Hauptwerks ›Die Welt als Wille und Vorstellung‹ erschien: ›The Living Thoughts of Arthur Schopenhauer, presented by Thomas Mann‹, New York/Toronto 1939. Noch 1950 trug sich TM mit dem Gedanken, »als Gegenstück zu der Nietzsche Rede« einen Vortrag über Schopenhauer auszuarbeiten, dessen »pessimistischen Humanismus [zu] betonen« – wie es in einem Brief an Agnes E. Meyer heißt – »heute gute Dienste leisten könnte.« (D. ü. D. III, 467/468) – Zu TMs Schopenhauer-Rezeption vgl. grundsätzlich die Angaben bei Volkmar Hansen, ›Thomas Mann‹, Stuttgart 1984, 41/42, 83, 87, 109 und, bes., 119/120, sowie Helmut Koopmann, ›Thomas Mann und Schopenhauer‹, in: ›Thomas Mann und die Tradition‹. Herausgegeben von Peter Pütz, Frankfurt/Main 1971, 180-200.

16. 11. 1944

124 1] *den Agenten:* Colston Leigh; s. TB 7. 9. 44, Anm. 2.

2] *Absagetelegramme:* Nur das Absagetelegramm an Archibald Mac Leish, P. P. 17. 11. 44; Reg. III, 44/458, ist nachgewiesen.

3] *für Life geschriebener Artikel:* Wahrscheinlich G. A. Borgese, ›Europe wants Freedom from Shame‹, ›Life‹, New York, 12. 3. 1945.

4] *»Misión de la Música«:* TMs Huldigung an Bruno Walter aus Anlaß seiner fünfzigjährigen Tätigkeit als Dirigent, *Die Sendung der Musik*, war in spanischer Übersetzung unter dem Titel *Misión de la Música. Elogio a Bruno Walter* in der chilenischen Zeitschrift ›Antártica: Panorama de la Actividad Mundial‹, Jg. 1944, 13-16 erschienen.

18. 11. 1944

1] *an A. Meyer:* An Agnes E. Meyer, P. P. 17. 11. 44; Reg. III, 44/459; Br. II, 400/401. 124

2] *als nurse:* Vgl. Heinrich Mann an Eva Lips, Los Angeles, 14. 12. 44: »Am gründlichsten geübt wird jetzt die Bescheidenheit. Meine gute Frau arbeitet als nurse im Hospital. Es überanstrengt sie. Mich beschämt es. Was tun?« (In: Eva Lips, ›Zwischen Lehrstuhl und Indianerzelt‹, Berlin (Ost), 1965, S. 113). 125

3] *Gedichte von H. Politzer:* S. TB 23. 10. 44, Anm. 2.

4] *Fest bei Göring:* Vermutlich die gleiche, auf Aussagen eines in Gefangenschaft geratenen deutschen Generals beruhende Londoner Meldung, die die ›New York Times‹ am 2. 12. 44 auf S. 4 kolportierte: »Reich Marshal Hermann Goering [. . .] is reported suffering from a type of dementia that causes him to live in an atmosphere of regal pomp, garbed in a Roman toga.« Der deutsche General, der den Marschall »recently« bei einem Tee seiner Frau Emmy gesehen haben wollte, hatte ausgesagt, daß Göring den Raum, angetan mit einer Toga, betreten, sich jedoch nicht an der Konversation beteiligt habe, sondern »after producing a handful of jewels from his costume«, die Zeit in ziellosem Spiel mit den Pretiosen verbrachte, bis ein eintretender Diener den Damen mitteilte, der Reichsmarschall bäte um Erlaubnis, sich entfernen zu dürfen, was dann auch gestattet worden sei.

5] *von Klaus:* 30. 10. 44; im KMA.

6] *von Golo:* An Katia Mann, London, 9. 11. 44.

19. 11. 1944

1] *Schrift von M. Beck:* Maximilian Beck, ›Existentialism‹. Der mit einer Widmung des Verfassers versehene zwölf-seitige Sonderdruck aus der Zeitschrift ›Philosophy and Phenomenological Research‹, vol. 5, 1944, No. 1, 126-137, befindet sich in der Zürcher Bibliothek. 125

2] *M. Beck:* Der tschechische Philosoph Maximilian Beck (1887 bis 1950) war über Prag und die Schweiz 1938 in die USA emigriert. TM kannte ihn aus der gemeinsamen Princetoner Zeit. S. TB 28. 10. 1938.

3] *in Sachen des interkontinentalen Austauschs:* S. TB 15. 11. 44.

4] *Peter Pr.:* TMs Schwager, der Physiker Peter Pringsheim, S. TB 20. 3. 44, Anm. 2.

5] *Karamasows:* Dostojewskis 1879/80 geschriebener Roman ›Die Brüder Karamasow‹.

20. 11. 1944

126 1] *in dessen Briefen:* TM besaß Friedrich Nietzsches ›Gesammelte Briefe‹ in der sechsbändigen Ausgabe von Schuster und Löffler, Berlin/Leipzig 1902-1909. Sie steht – mit zahlreichen Notizen TMs versehen – in der Zürcher Bibliothek.

21. 11. 1944

126 1] *Film von den zwei Mörderdamen:* Frank Capras nach dem gleichnamigen Bühnenstück von Joseph Kesselring 1941 gedrehte Kriminal-Burleske ›Arsenic and Old Lace‹ (›Arsen und Spitzenhäubchen‹) mit Cary Grant, Priscilla Lane, Josephine Hall, Peter Lorre, John Alexander u. a.

2] *Artikel von Ehrenburg:* Der von UP verbreitete ›Prawda‹-Artikel Ilya Ehrenburgs ›The Red Army's Great Mission of Liberation.‹ Dieser Artikel, von dem die ›New York Times‹ sagte »it was so militant in character as to have the quality of a manifesto to the world« enthält folgende Kernaussagen: »We are not going to destroy all Germans physically. We are not maneaters. We only destroy criminals. The rest can pay for their cooperation with these criminals with hard honest work. – Children have a right to enter the new world. They don't answer for the sins of their parents, but we shall not bring them up like wolves and in this way we shall save the world from new wars. – During the years of this terrible war we have well studied the character of the German invaders. We understood why fascism found such a good soil in Germany. We oppose the race theory and we don't attribute the sins of the people to their blood but we want to liberate the world from evil. For this purpose we not only are liberating peoples from the Germans, but we shall liberate the Germans from the disgusting baseness they have developed in themselves. – We shall cure Germany, not with vitamins and medicines, but with surgery.« (NYT 21. 11. 44, 5:5).

22. 11. 1944

126 1] *Fragenbeantwortung:* Anna Jacobson plante, ein Buch über TM zu schreiben. S. auch TB 22. 7. 44.

2] *Freda Kirchwey:* Die amerikanische Publizistin Freda Kirchwey (1895-1976), seit 1937 Herausgeberin der liberalen Wochenschrift ›The Nation‹, seit 1942 Vize-Präsidentin des ›International Rescue

and Relief Committee‹, einer Vereinigung von dem durch TM wesentlich unterstützten ›Emergency Rescue Committee‹ (seit 1940 bestehend) und der ›International Relief Association‹, die bereits 1933 zur Unterstützung der Opfer des Faschismus gegründet worden war.
3] *Demonstration:* ›Rally against Franco‹ am 2. 1. 1945 in New York. S. TB 2. 1. 45, Text und Anm. 3.
4] *in Nietzsches Briefen an Gast:* Friedrich Nietzsche, Briefe an Peter Gast, hrsg. v. Peter Gast, Leipzig 1908, Bd. IV der TB 20. 11. 44, Anm. 1 aufgeführten Ausgabe. 127
5] *in Köln:* Vgl. TB 15. 11. 44, Anm. 3.

23. 11. 1944
1] *an Lee:* Noch nicht bekannt. 127
2] *Lee:* Benno Mohammed Lee (1883-1961), seit 1940 Executive Director des Hunter College Concert Committee. Lee, als Sohn eines ungarischen Vaters und einer türkischen Mutter in Kairo geboren, war 25 Jahre lang Theaterdirektor in Wien, wo er 1938 verhaftet und ein Jahr in den Konzentrationslagern Dachau und Buchenwald festgehalten wurde. Kurz vor dem Kriegsausbruch erhielt er die Auswanderungsgenehmigung in die USA.
3] *Hunter College:* Das 1944 von George N. Shuster präsidierte katholische Nobel-College in New York.
4] *von Himmler entmachtet:* S. TB 12. 11. und 15. 11. 44, Text und Anm. 2.
2] *Bild eines Doubles:* Vergl. die TB 12. 11. 44, Anm. 3, zitierte AP-Meldung aus London (NYT 23. 11. 44, 14:2): »Since the attempt to kill him on July 20 [. . .] double poses for Hitler«. Als Beweis führt der Bericht »a difference [. . .] in measurements of Hitler's ears in pre-war photographs and one issued by Berlin a week ago« an, die »a photo-microscope test« ergeben habe.

24. 11. 1944
1] *XXIV. Kapitel:* Adrian Leverkühns und Rüdiger Schildknapps Aufenthalt bei der Familie Manardi in Palestrina. Vergl. TM an Agnes E. Meyer, 26. 11. 44: »Adrian ist nun in Italien, in Palestrina in den Sabiner Bergen, mir sehr genau bekannt; und dort, in dem steinernen Saal, den er bewohnt, soll er sein Zwiegespräch mit dem 127

›Engel des Giftes‹ (das ist die Bedeutung von Sammael, Samiel) haben.« (Br. II, 401/402).

2] *Palestrina in den Sabinerbergen:* Gemeinsam mit seinem Bruder Heinrich verlebte TM den August/September 1897 in der Casa Bernardini in Palestrina, einer Kleinstadt östlich von Rom in den Sabiner Bergen. HM hat Palestrina in seinem Roman ›Die kleine Stadt‹, 1909, ein Denkmal gesetzt; TM läßt Adrians Begegnung mit dem Teufel (*Doktor Faustus*, Kap. XXV, GW VI, 294-333) in der Casa Bernardini stattfinden. Vgl. TM an HM, P. P. 29. 7. 44: »Alte Tage werden mir jetzt auch wieder nahe gebracht, da ich meinen Musiker-Helden [. . .] für einige Zeit nach Palestrina zu unseren Bernardini's versetze. Ein starkes Stück, da dieses Plätzchen ja in der ›Kleinen Stadt‹ endgültig geschildert ist! Aber es ist bei mir nur eine vorübergehende Unterkunft.« (Br. II, 379).

25. 11. 1944

127 1] *von der Meyer:* Washington, 22. 11. 44 »Liebster Freund, [. . .] Ich bin umso trauriger, daß die Library Lecture nicht stattfinden wird, da Archie und ich eine Überraschung veranstalten wollten, von der ich jetzt erzählen darf, um Sie ein wenig zu erheitern. Wir wollten Ihren 70ten Geburtstag mit offizieller Zeremonie feiern – eine würdige amerikanische Begrüßung und Danksagung, daß Sie in unserem Lande diesem Fest entgegensehen. – Nun das könnten wir ja später – vielleicht sogar am 6ten Juni veranstalten, und Sie könnten dann einige Wochen ruhig in Seven Springs Farm verbringen, wenn alles dort in Blüthe ist, und sicher noch andere ähnliche Festlichkeiten in N.Y. zu besuchen wären. – Für mich ist es ein harter Schlag, daß unser Wiedersehen verschoben wird. Wenn es dadurch ein längerer Besuch werden könnte, so muß ich mich damit trösten.« (im Yale-Archiv).

2] *an McLeish:* An Archibald MacLeish, P. P. 28. 11. 44; Reg. III, 44/472.

3] *an Knopf:* An Alfred A. Knopf, P. P. 28. 11. 44; Reg. III, 44/470.

4] *Briefwechsel Adrian-Kretzschmar:* Im XV. *Faustus*-Kapitel; GW VI, 173-183.

128 5] *Musikbeschreibung: Doktor Faustus*, Kap. XV, GW VI, 178/179.

26. 11. 1944

1] *an Mrs. Meyer:* An Agnes E. Meyer, P. P. 26. 11. 44; Reg. III, 44/462; Br. II, 401/402. Vgl. TB 24. 11. 44, Anm. 1. 128

27. 11. 1944

1] *von Joachim Maass:* South Hadley, Mass. 24. 11. 44; im TMA. 128
2] *W. Born:* Der Maler und Graphiker Wolfgang Born (1893 bis 1949), den TM aus der gemeinsamen Münchener Zeit gut kannte (vgl. TB 1918-1921) und für dessen ›Tod in Venedig‹-Lithographienfolge er 1921 sein *Vorwort zu einer Bildermappe* (GW XI, 582) schrieb. Born lehrte als Kunsthistoriker in Wien und emigrierte 1938 in die USA, wo er zuletzt am City College in New York unterrichtete.
3] *Joseph-Graphik:* Das Aquarell der Born-Schülerin Joan Wadell Barnes ›Der junge Joseph‹ (zu *Joseph und seine Brüder*), datiert 1945, befindet sich im TMA. Frau Barnes hatte bereits 1942/43 an Joseph-Illustrationen gearbeitet. S. TB 24. 9. 43: »Dr. Born schreibt begeistert über die entstehenden Joseph-Illustrationen seiner Schülerin Joan Waddell-Barnes in Chicago.«
4] *Dr. Bernhardt-Cohn:* Der Berliner Rabbiner und Dramatiker Emil Bernhard Cohn (1881-1948) emigrierte zunächst nach Holland, von dort 1939 in die Vereinigten Staaten.
5] *Rohde:* Nietzsches Freund, der klassische Philologe Erwin Rohde (1845-1898).
6] *Der Lichtblick Brandes:* Georg Brandes hatte die von ihm mit kritischem Interesse verfolgten Arbeiten Nietzsches in den skandinavischen Ländern und in Rußland bekannt gemacht. Im April 1888 hielt er an der Kopenhagener Universität in übervollem Hörsaal Vorlesungen über ›den Philosophen Friedrich Nietzsche‹. Nietzsches späte (Turiner) Briefe spiegeln die Beglückung durch Brandes' Anerkennung.
7] *Die Belehrung:* Vgl. Georg Brandes an Friedrich Nietzsche, 23. 5. 1888: »*Gotisch* hat mit *gut* und *Gott* gewiß Nichts zu thun. Es hängt mit *gießen* zusammen, der den Samen ausgießt, bedeutet *Hengst, Mann.*« Nietzsches Antwort vom 27. 5. 1888: »Für die Etymologie von Gote bin ich sehr dankbar; dieselbe ist einfach göttlich.«
8] *»Der Humorist . . .«:* Im V. Abschnitt seines Buches ›Kierkegaard. Konstruktion des Ästhetischen‹, Tübingen 1933, ›Zur Logik der

Sphären‹, ›Confinien und Sprung‹, zitiert Adorno aus dem 2. Teil von Kierkegaards ›Entweder Oder‹, die von TM exzerpierte Stelle.

28. 11. 1944

129 1] *S. E.-Post Artikel:* Edgar Snow, ›What Russia Wants to Do to Germany‹, ›The Saturday Evening Post‹, Philadelphia, vol. 217, No. 23 v. 2. 12. 44, 19, 87, 88: ein Bericht aus Moskau mit detaillierter Darstellung der sowjetisch-polnischen Territorialforderungen an ein besiegtes Deutschland und Zitaten einflußreicher russischer und polnischer Politiker: »There exists only one way to render Germany harmless, and that is to weaken Prussia, [...] East Prussia would be annected by Poland after the war. The frontier will follow the Neisse River over to the Oder.«

2] *Kondolenzen:* Beide Briefe sind noch nicht bekannt.

3] *an Leiser:* An Henry Leiser, P. P. 28. 11. 44; Reg. III, 44/471.

4] *Das Gesetz an die Library:* S. TB 23. 10. 44, Anm. 4.

29. 11. 1944

129 1] *B. Blume:* Der Stuttgarter Schriftsteller, Literaturkritiker und Germanist Bernhard Blume (1901-1978) emigrierte 1936 in die USA, wo er als Literaturkritiker, Literaturhistoriker und Germanist bis 1945 am Mills College, Kalifornien, dann an der Ohio State University, schließlich als Kuno-Francke-Professor in Harvard, und, nach seiner dortigen Emeritierung, 1966, bis 1971 an der Universität Kalifornien/San Diego in La Jolla lehrte. Er schrieb zahlreiche Aufsätze über TM; 1949 erschien sein Buch ›Thomas Mann und Goethe‹.

2] *Thomas Manns Goethebild:* Bernhard Blume, ›Thomas Manns Goethebild‹, ›Publications of the Modern Language Association of America‹, vol. 59, 1944, März, (266 ff.), Juni (566 ff.) und Sept. (851 ff.); später als Einzelpublikation; s. Anm. 1. Ein broschiertes, maschinenschriftlich vervielfältigtes Manuskript befindet sich in der Zürcher Bibliothek.

3] *an Monteux:* Noch nicht bekannt.

4] *an Mumford:* Noch nicht bekannt.

5] *Pinza:* Der italienische Sänger Ezio Pinza (1892-1957) sang von 1926-1946 an der Metropolitan Opera.

6] *Rheintöchter bei Siegfrieds Fahrt:* Richard Wagner, ›Götterdämmerung‹, 3. Aufzug, 1. Szene.

30. 11. 1944

1] *Roman-Bruchstück:* S. TB 10. 11. 44, Anm. 1. 129

2] *über die ›Dunkle Dame‹:* Das Kapitel ›Shakespeare's Love-Story: The Sonnets‹ in Frank Harris' Shakespeare-Buch, wo der Autor die ›Dark Lady‹ der Sonette in einigen Frauen der frühen Stücke, besonders in der Gestalt der Rosaline aus ›Love's Labour's Lost‹ wiederzufinden meint. Zum Beweis seiner These zitiert Harris u. a. Birons Verse »Ein bläßlich Ding mit einer samtnen Braue / Mit zwei Pechkugeln im Gesicht statt Augen / und eine, wahrlich, die die Tat wird tun / Und wär ein Argus ihr gesetzt zum Wächter! / Und ach, um die nur seufzen, für sie wachen! / Ich für sie beten? – gut denn, s'ist 'ne Strafe, / die Amor mir diktiert für das Verachten / Seiner allmächtig furchtbar kleinen Macht. Nun wohl, so will / ich lieben, schreiben, seufzen, ächzen, beten; / Der liebt das Fräulein, jener schwärmt für Greten.« – Auf diesen Versen basiert (*Doktor Faustus,* 218/219) Zeitbloms Paraphrase von Adrian Leverkühns Begeisterung für »die Verzweiflung des witzigen Biron über seine eidbrüchige Verliebtheit in die mit Pechkugeln statt der Augen im Kopf; sein Ächzen- und Beten-Müssen um eine, die ›bei Gott das Ding will tun, wär' Argus auch ihr Wächter und Eunuch‹.« – Wie wichtig die Harrissche These für *Doktor Faustus* war, wird darüber hinaus durch die Tatsache erhellt, daß der Hinweis auf Rosaline als die ›Dunkle Dame‹ der Sonette bei der Beschreibung der musikalischen Umsetzung, Kap. XXIV, GW VI, 287, wiederkehrt. Harris auf Shakespeares, TM auf Harris' Spuren: S. 288 macht sich Zeitblom expressis verbis die Harris-These zu eigen, »daß diese Charakterisierung [der Rosaline] einem zwanghaften, um Kunstfehler unbekümmerten Drange des Dichters entspringt, persönliche Erfahrungen unterzubringen und sich, passe es oder nicht, dichterisch dafür zu rächen. Rosaline [. . .] ist die dunkle Dame der zweiten Sonettreihe, die Ehrendame der [Königin] Elisabeth, Shakespeares Geliebte, die ihn mit einem schönen jungen Freund betrog«, ja, der Chronist betont (S. 288) noch einmal, daß Adrian Leverkühn von Anfang an bestrebt gewesen sei, den Charakter Birons der Rolle seines Dichters Shakespeare »in seinem unseligen Verhältnis zur dunklen Dame« anzupassen und »ihm eine Musik zu geben, die ihn – in gehöriger Relation zu dem karikierenden Stil des Ganzen – als ›ernst‹ und geistig bedeutend, wahrhaft als das Opfer einer beschämenden Leidenschaft kennzeichnet.« – Doch damit nicht genug: Auch das berühmte ›Werbemotiv‹ – der für den Freund bittende (homoerotisch geliebte) Stellvertreter wird selbst zum Erwählten – beruht primär auf der Harrisschen Erzählung: »In seinen reifsten Jahren«, heißt es in TMs Faustus-Notizen (s. Voss, a. a. O., 117) »verliebt sich der Held der Sonette verzweifelt in ein Mädchen und ist albern genug, einen Freund als Werber zu schicken, mit dem Ergebnis, daß das Mädchen den Freund für sich gewann und sich ihm gab. – Sh[akespeare] liebte Mary Fitton, die ›dunkle Dame‹ [. . .] und schickte seinen Freund, [den jungen Lord Herbert der dritten Sonettreihe] zu ihr, mit dem Auftrage, seine Sache bei der Dame zu vertreten. Mary verliebte sich in [. . .] Herbert (oder war schon in ihn verliebt), warb um ihn, so daß Sh. zugleich Freund und Geliebte verlor. [. . .]« Es ist offenkundig, daß TM in der Harris-Shakespeare-Vorlage für die Konstellation Adrian-Rudi-Marie Godeau bereits jenes berühmte, oft zitierte Nietzsche-Modell – bereichert um die Dimension der homoerotischen Zuneigung Adrians zu Rudi – vorfand, die des Geigers Tod als »vom Teufel verlangten Mord« notwendig macht. Vgl. TM's Brief an Hans Mühlestein v. 4. 5. 1952, Br. III, 252/253, sowie das Schreiben an Hermann A. Hinderks, P. P. 4. 6. 48: »Natürlich geht im ›Faustus‹ die Nietzsche-Erinnerung bis zur Montage. [. . .] Nur gerade in der Werbe-Geschichte steckt mehr Shakespeare als Nietzsche.« (D. ü. D. III, 166) Zur weiterführenden Analyse s. Lieselotte Voss, a. a. O., 111-119, sowie die Angaben in D. ü. D. III, 141, A 473.

1. 12. 1944

130 1] *Guggenheim-Foundation:* Die John Simon Guggenheim Memorial Foundation in New York vergab Stipendien an exilierte deutsche Autoren.

2] *zu berichten habe:* An die John Simon Guggenheim Memorial Foundation, P. P. o. D.; Reg. III, 45/11.

3] *an Hardt:* Noch nicht bekannt.

2. 12. 1944

130 1] *Brandes über Shakespeare:* S. TB 7. 11. 44, Anm. 1.

2] *an Engelmann:* An Konrad Engelmann, P. P. 3. 12. 44; Reg. III, 44/480. Vergl. den TB 24. 10. 44, Anm. 4 wiedergegebenen Auszug.

3] *Engelmann:* Der Bankier und Finanzwissenschaftler Konrad Engelmann (1892-1972) emigrierte 1936 in die Türkei.
4] *an Blume:* An Bernhard Blume, P. P. 3. 12. 44; Reg. III, 44/477.
5] *an Maass:* An Joachim Maass, P. P. 3. 12. 44; Reg. III, 44/482.
6] *an Born:* An Wolfgang Born, P. P. 3. 12. 44; Reg. III, 44/479 (s. hierzu TB 27. 11. 44, Anm. 2 u. 3).
7] *6 Gutachten:* Aufgeführt in den Regesten Bd. III, 45/1-13.
8] *schön ausgestatteter Druck:* »Eine reizende kleine Luxusausgabe« (TM an Ida Herz, 3. 12. 44) für Subskribenten, herausgegeben von Ernst Gottlieb und Felix Guggenheim, in einer einmaligen Auflage von 800 Stück gedruckt bei der Pacific Press in Los Angeles (1944).
9] *öffentliche Vorlesung:* die Veranstaltung fand auf Einladung des Jewish Club am 7. 1. 1945 im Fairfax Tempel, Los Angeles, statt (s. TB 7. 1. 45, Text und Anm. 3).

3. 12. 1944
1] *an die Herz:* An Ida Herz, P. P. 3. 12. 44; Reg. III, 44/481; Br. II, 402. *130*

4. 12. 1944
1] *südamerikanischen Vertrags:* Näheres nicht zu ermitteln. *130*
2] *an Bermann:* An GBF, P. P. 4. 12. 44; Reg. III, 44/483; nicht in TM/GBF. (Konzept eines Vertragsentwurfs mit Armin L. Robinson über das deutsche Copyright für *Das Gesetz.*) *131*
3] *an Knopf:* An Alfred A. Knopf, P. P. 7. 12. 44; im Archiv des Knopf-Verlags in New York.
4] *Seit Hanno B.:* Vgl. Hanno Buddenbrooks Phantasie am Flügel zu Ende des ›Schulkapitels‹ im 11. Teil, Kap. 2 der *Buddenbrooks* (GW I, 747-750), sowie das erste ›Vorspiel‹ des Achtjährigen am Schluß von Teil 8, Kap. 6 (GW I, 504-507).
5] *Geheimnisvolles Manuskript:* Die *Zürcher Rede an Juden;* s. Anm. 6 und TB 5. 12. 44.
6] *Zürcher Rede an Juden:* TMs am 13. 3. 1937 vor der Jüdischen Vereinigung ›Kadimah‹ in Zürich gehaltene Rede *Zum Problem des Antisemitismus* (GW XIII, 479-490).

5. 12. 1944

131 1] *Artikel:* Ludwig Marcuses Artikel ›Wer darf sich ändern?‹ erschien schließlich doch (s. ›Aufbau‹, vol. XI, No. 1 v. 5. 1. 45, 7/8). Marcuse nimmt für TM – gegen die Angriffe in ›Atlantic Monthly‹ – das Recht auf Irrtum und Bekehrung in Anspruch, so wie es die Welt einem Augustin, einem Tolstoi und einem Richard Wagner zugestanden habe; aber er möchte den Attackierten selbstbewußter und weniger apologetisch im Verhältnis zu seiner Vergangenheit sehen: »Thomas Mann hat nicht nötig, zu verteidigen, daß er nicht mehr für Tirpitz ist. Aber vielleicht sollte man wünschen, daß er einmal, bei Gelegenheit, schonungslos über seine Vergangenheit schriebe – so schonungslos, wie es alle großen Bekehrten taten. Nicht seinetwegen, sondern unseretwegen! Nicht damit er als Sünder dasteht – wer hat ein Interesse daran? Sondern, um in jedem von uns die Abrechnung mit der eigenen Vergangenheit anzuregen. Die Selbstgerechtigkeit im Lager der Anti-Faschisten ist riesengroß. Weil sie nicht Bluttaten begangen haben wie Hitler, bilden sich sehr viele ein, ein gutes Gewissen zu haben. Wenn Thomas Mann an seinem Leben einmal zeigen würde, welche Schuld dem deutschen Intellektuellen, welche Schuld dem europäischen Intellektuellen an dem heutigen Zustand der Dinge zuzumessen ist, dann würde er eine sehr wichtige Tat vollbringen.«

2] *Moses-Vorlesung:* S. TB 7. 1. 45, Anm. 3.

3] *über Spengler:* Theodor W. Adorno, ›Spengler Today‹, ›Studies in Philosophy and Social Science, vol. IX, 1941, 305-325; s. TM an Adorno, P. P. 13. 12. 44; Reg. III, 44/489: »Ich habe noch zu danken für ›Spengler Today‹, eine kluge, erkenntnisvolle Arbeit – wie all das Ihre. Vielleicht hätte die oft alberne Nietzsche-Parodie und die kindische Romantik der Raubtier-Bewunderung noch mehr Bloßstellung verdient. Aber Ihre Kritik ist gerecht. Man wird an alles erinnert, das Kaptivierende und das Abstoßende: an das den ersten Augenblick traditionell Gewinnende, Goethe, Schopenhauer, und an den bösen Oberlehrer.« (Im TMA).

6. 12. 1944

131 1] *Demonstration gegen die englische Politik:* Nach dem Abzug der Deutschen im Oktober 1944 waren – gemäß den Teheraner Vereinbarungen – die Engländer in Griechenland gelandet, um eine Regierungsbildung durch die als kommunistisch geltende Widerstandsbewe-

gung ›Nationale Befreiungsfront‹ EAM zu verhindern und statt dessen ein Zusammengehen der EAM mit der zweiten griechischen Résistancegruppe, der königstreuen ›Nationalen Befreiungsarmee‹ EDES, zu erzwingen. Nachdem die Koalition am 1. 12. 44 auseinandergebrochen war, unterstützten die Engländer die EDES gegen die EAM, die in schweren Bürgerkriegskämpfen besiegt wurde. Gegen diesen Solidaritätsbruch, der als Konsequenz der »imperialistischen« Tory-Politik Churchills interpretiert wurde, protestierten vor allem britische Labour-Sympathisanten und amerikanische Liberale. (Vgl. TB 12. 12. 44, Anm. 4).

2] *Eißlers komische Kritik:* Vgl. Katia Mann, ›Meine ungeschriebenen Memoiren‹, Frankfurt/M. 1974, 135: »Hanns Eisler [. . .] hat meinen Mann immer sehr unterhalten, besonders durch seine kritischen Bemerkungen über Wagner. Da hat er immer gesagt: Also, sehen Sie mal – zum Beispiel diese Stelle, das ist doch – ich sage nur immer: alter Gauner!« *132*

3] *Eißler:* Der Komponist Hanns Eisler (1898-1962) kam 1935 über Paris und London in die USA, wo er bis 1942 – mit Unterbrechungen einer Reise durch Spanien und die UdSSR (1936/37) und zweier Ausweisungen (1939 und 1940) – bis 1942 als Gastprofessor für Musik in Alvin Johnsons New School for Social Research in New York lehrte. 1943 – drei Jahre nachdem er auf Intervention namhafter Vertreter des amerikanischen ›liberal establishment‹ (u. a. Eleanor Roosevelt, Alvin Johnson, Dorothy Thompson, Sumner Welles) – mit einem non-quota-Visum endgültig in die USA immigrieren konnte – übersiedelte er nach Kalifornien und lebte bis zu seiner definitiven Ausweisung 1947 in Maribu, unweit von TM.

7. 12. 1944

1] *weitere Angriffe:* Außer der Duplik von Henri Peyre enthielt das Dezemberheft 1944 von ›Atlantic Monthly‹ (vol. 174 No. 6, 26, 28, 31) zwei weitere scharfe Angriffe auf TMs Replik *In my Defense.* S. auch TB 12. 12. 45, Anm. 2. *132*

2] *an A. Meyer:* An Agnes E. Meyer, P. P. 7. 12. 44; Reg. III, 44/484.

3] *Kommunistische Eseleien:* Eva Lips, ›The Death of Literature in Germany and its Human Consequences‹, ›Authors' League Bulletin‹, vol. 31. No. 7, Octobre 1944, 3-7. Der in englischer Sprache verfaßte

Artikel beschreibt den Verfall der literarischen Kultur bei den im Lande gebliebenen Deutschen, ihre Anpassung und Selbstaufgabe: »Those with a remainder of decency in their souls perished physically or mentally when they began to realize what they had done. Rudolf G. Binding, one of the finest artists of the German language, did not survive his hasty self-degradation. Max Halbe, Otto Flake, Manfred Hausmann dance on the very dangerous rope of never fully recognized nazi authors. Gottfried Benn, successor to the great Heinrich Mann as president of the Berlin *Dichterakademie*, broke down after publishing a shameful letter of abuse ›To the Emigrated German Writers‹ and was later killed as an army surgeon in Hitler's Russian war.« – Nach dieser Analyse, der wohl auch TM zugestimmt hätte, stellt die Autorin die Frage nach den sogenannten »anti-nazi writers within Germany« und den Möglichkeiten, in elf unter einem aktiven Terror-Regime verbrachten Jahren die Integrität zu wahren, und beantwortet sie – vermutlich immer noch im Einklang mit ihrem Leser –, als »anthropologist with due respect for ›environment‹« mit einem klaren, im Folgenden belegten ›Nein‹, um dann zur Situation der emigrierten Autoren überzugehen. Und hier nun gibt es in der Tat Stellen, die, wie die im TB-Text zitierten, geeignet waren, TMs Unwillen zu erregen. Nach einem Gedenken an die »auf dem Weg Gebliebenen« – genannt werden Max Herrmann-Neiße, Joseph Roth, Ernst Toller, Franz Hessel und Stefan Zweig – heißt es: »Death is not always so spectacular. To a writer it may come in the guise of limited work, narrowed down by the need of ›making a living‹ which results in physical exhaustion and, in turn, in the slow destruction of all once creative in such a former child of a sophisticated old world. Least shaken was the internal peace of those world-famous authors who could afford to write on in their native tongue with ready translators waiting for them. For such ›names‹ it was almost unimportant whereto they transferred their present headquarters. They lived on in the skies, in far removed kingdoms, in legends and analogies – and they could afford it economically. Less fortunate were German authors of great fame whose works were of a not easily translateable local flavor, like Alfred Doeblin and Alfred Kerr, and, to a certain extent, the masterly Heinrich Mann, who is misunderstood and mistranslated in America. His – not Thomas' – books burned on the stakes in Berlin.« (S. 6 und 7).

4] *Eva Lips:* Die Ethnologin Eva Lips, geb. Wiegand (geb. 1906) war 1934 gemeinsam mit ihrem Mann, dem durch seine Forschungen zum Recht und zur Wirtschaftsethnologie international bekannten Ethnologen Julius Lips in die USA emigriert. Das Ehepaar Lips war mit Heinrich Mann befreundet und bezog später Nelly Mann in diese Verbindung ein. Vergl. Eva Lips ›Zwischen Lehrstuhl und Indianerzelt‹, a. a. O. mit vielen Briefen Heinrich Manns.

8. 12. 1944

1] *Veränderungen in Madrid:* Gerüchte über eine Amtsenthebung 132
oder einen Rücktritt des spanischen Regierungschefs General Franco, die unter den in Mexiko, Frankreich und den USA lebenden Exilpolitikern offenbar bereits zu Diskussionen über die künftige spanische Republik führten, waren seit Anfang Dezember wiederholt in der amerikanischen Presse zu lesen. Am 9. 12. 44 – darauf könnte sich TMs offenbar durch eine Radiomeldung veranlaßte Notiz beziehen – meldete die ›New York Times‹ unter Berufung auf französische Quellen, daß die spanische Regierung unter Franco ›en bloc‹ zurückgetreten sei und »Spanish Republican circles in France believe that they soon will be able to return.« Einen Tag später hieß es – den gleichzeitigen Dementis aus England und Spanien zum Trotz –, daß der in Frankreich lebende spanische Exilpolitiker Maura nach Spanien aufgebrochen sei, »in order to effect immediate peaceable transition from Franco regime to Republic«. Die Gerüchte hielten den ganzen Dezember über an: Francos Ermordung wurde berichtet und dementiert und der Rücktritt der englischen und amerikanischen Botschafter Hayes und Templewood als Zeichen einer neuen alliierten Haltung Spanien gegenüber gewertet. (S. NYT 14. 12. 44, 17:3).

2] *Botschafter Hayes:* Der amerikanische Historiker, Politikwissenschaftler und Diplomat Carlton Joseph Huntley Hayes (1882-1964) war von 1942-1945 US-Botschafter in Madrid.

3] *Vertrauensvotum:* Der englische Premier Winston Churchill mußte in einer Rede über ›European Difficulties‹ am 8. 12. 1944 vor dem Unterhaus seine Aktionen gegen die griechische Revolutionsregierung verteidigen (s. TB 6. 12. 44, Anm. 1). Er schloß seine Ausführungen, indem er sein Amt zur Disposition stellte: »If I am blamed for this action I will gladly accept my dismissal at the hands of the House; but if I am not dismissed [. . .] we shall persist in this policy of clearing Athens and the Athens region of all who are rebels against the authority of the Constitutional Government of Greece«, a. a. O. vol. VII, 7050-7064.

133 4] *an die alte Frau Fischer:* An Hedwig Fischer, P. P. 8. 12. 44, Reg. N, 44/13.

9. 12. 1944

133 1] *an Politzer:* Noch nicht bekannt.

2] *an Kallir:* Noch nicht bekannt. Zur Sache vgl. TB 10. 12. 44, Anm. 2.

3] *Kallir:* Der Wiener Kunsthistoriker und Kunsthändler Otto Kallir (1894-1978) mußte 1938 emigrieren. Er kam über Paris in die USA, wo er in New York die Galerie St. Etienne gründete, die sich zunächst vorwiegend auf österreichische und deutsche Expressionisten spezialisierte. Im Juni 1944 veranstaltete Kallir eine Max-Liebermann-Memorial-Exhibition, in deren Katalog TMs 1937 geschriebener Text *Gedenken an Liebermann* in englischer Übersetzung abgedruckt wurde, der seinerzeit auf »Wunsch von Frau Liebermann wegen der Nazi-Bedrohung« (Otto Kallir an TM, New York, 31. 3. 44; im TMA) in Wien nicht publiziert werden durfte. S. Anhang S. 816 f.

4] *The Peace Aims of Humanity:* Powell Spring, ›The Peace Aims of Humanity‹, Winter Park, Florida, 1943.

5] *Powell Spring:* Der Schriftsteller und Anthroposoph Henry Powell Spring (1891-1968).

6] *Radio Message:* S. TB 2. 1. 45, Anm. 3.

7] *Aufsatz von Heinrich:* Heinrich Mann, ›Über Schuld und Erziehung‹, ›Freies Deutschland‹, Mexiko, 4. Jg. No. 1, Dezember 1944, 7/8.

8] *Faksimile:* Im selben Heft des ›Freien Deutschland‹ war, S. 18/19, das Faksimile des Schlußabsatzes von TMs Glückwunsch zum dreijährigen Bestehen der Zeitschrift abgedruckt: »Ich gratuliere zum dreijährigen Jubiläum und freue mich auf die Festnummer.« (S. an Alexander Abusch, o. D.; Reg. III, 44/475, und TB 1. 10. 44, Anmerkung 2).

9] *Entschuldigungsbrief:* Die einleitenden Zeilen des Glückwunschbriefes sind eine Entschuldigung dafür, daß TMs Schreiben für die Festnummer zu spät kam.

10] *L'education sentimentale:* Gustave Flauberts 1869 erschienener Roman steht in einer deutschen Ausgabe ›Die Erziehung des Herzens; der Roman eines jungen Mannes‹, übertragen von E. A. Rheinhardt, Leipzig 1926, in der Zürcher Bibliothek.

10. 12. 1944

1] *Über das Lachen:* Henri Bergson, ›Le rire‹, übers. von Julius 133
Frankenberger und Walter Fränzel, Jena 1914. Das Buch steht in der Zürcher Bibliothek.

2] *Vorwort:* In Form eines Glückwunsch-Briefes an den 1933 nach Paris, dann in die USA emigrierten Berliner Maler Eugen Spiro (1873-1972) zu dessen zweiter amerikanischen Ausstellung in New York. Reg. III, 44/495. Der englische Text in: ›Eugene Spiro, Catalogue of the Exhibition from January 20th – February 1945, Gallery St. Etienne, New York‹. S. Anhang S. 818 f.

3] *›Entweder oder Oder‹:* So im Manuskript. Sören Kierkegaard, ›Entweder-Oder. Ein Lebensfragment‹, hrsg. von Victor Ermita. Erster Teil ›Die Papiere von A‹. Zweiter Teil ›Die Papiere von B‹, Kopenhagen 1843. TM besaß die 5. Auflage, 1909, der in Dresden bei Ungelenk erschienenen Ausgabe. Zur Lektüre von ›Entweder-Oder‹, bes. des ersten Teils mit den Kapiteln ›Die unmittelbaren erotischen Stadien oder das Musikalisch-Erotische‹ (›Don Juan‹-Interpretationen und ›Tagebuch des Verführers‹) vergl. TB 11. 12. 44 sowie die weiterführenden Reflexionen in *Entstehung,* Kap. IX, GW XI, 214: »Die Verwandtschaft des Romans mit der Ideenwelt Kierkegaards, ohne jede Kenntnis davon, ist äußerst merkwürdig. Das Gespräch auf dem ›Zionsberg‹ über die christliche Ehe etwa [*Doktor Faustus,* Kap. XXII, GW VI, 248-252] – und manches andere – sollte die Kenntnis K.'s vermuten lassen.« – Dieser Aussage (»ohne jede Kenntnis davon«) steht die Diskussion zwischen Deutschlin und Adrian im XIV. *Doktor Faustus*-Kapitel entgegen (GW VI, 160), in der Adrian dem Diktum des Gefährten: »Mit der Gescheitheit mag man es in der Kirche weit bringen, aber kaum im Religiösen!« entgegenhält: »Ich weiß ja, daß es die Begabtesten von euch sind, die Kierkegaard gelesen haben, die Wahrheit, auch die ethische Wahrheit, ganz ins Subjektive verlegen und alles Herdendasein perhorreszieren. Aber ich kann euren Radikalismus, der übrigens bestimmt nicht lange vorhalten wird, [...] ich kann euere Kierkegaard'sche

Trennung von Kirche und Christentum nicht mitmachen ...« – In dem theoretischen Nachspiel zum *Faustus*-Roman, dem Vortrag *Deutschland und die Deutschen* (GW XI, 1131), stellt TM dann – zwar unausgesprochen, aber unüberhörbar – die direkte Verbindung zwischen seinem Romanhelden und Kierkegaard her: »Es ist ein großer Fehler der Sage und des Gedichts, daß sie Faust nicht mit der *Musik* in Verbindung bringen. Er müßte musikalisch, müßte Musiker sein. Die Musik ist dämonisches Gebiet, – Sören Kierkegaard, ein großer Christ, hat das am überzeugendsten ausgeführt in seinem schmerzlich-enthusiastischen Aufsatz über Mozarts ›Don Juan‹. Sie ist christliche Kunst mit negativem Vorzeichen. Sie ist berechnetste Ordnung und chaosträchtige Wider-Vernunft zugleich, an beschwörenden, inkantativen Gesten reich, Zahlenzauber, die der Wirklichkeit fernste und zugleich die passionierteste der Künste, abstrakt und mystisch.« – Im XXV. *Doktor Faustus*-Kapitel liest Adrian »Kierkegaard über Mozarts Don Juan« (GW VI, 297), als ihn der Teufel besucht. Im Manuskript steht an der Stelle dieses einen Satzes ein ausführlicher, Kierkegaard gewidmeter Passus. Vgl. TB 19. 1. 45, Anm. 4.

11. 12. 1944

133 1] *Statement:* An den Präsidenten der U.S.C. (University of Southern California), Rufus von Kleinsmid, P. P. 13. 12. 44; Reg. III, 44/492.

2] *Steuermann:* Der Pianist Eduard Steuermann (1892-1964), ein Bruder von Salka Viertel, war Schüler von Busoni und Schönberg, von dessen Werken er Klavierauszüge machte, und lebte seit 1937 in den USA.

12. 12. 1944

134 1] *XXV, das Teufelskapitel:* Vgl. TM an Agnes E. Meyer, 7. 1. 45: »Der Roman steht im XXV. Kapitel, einem entscheidenden. Es ist der große Dialog des armen Adrian mit dem Teufel, verteufelt schwer zu komponieren und in Gefahr, zu sehr an Iwan Karamasow zu erinnern.« (Br. II, 409).

2] *Verteidigungsbrief:* Vgl. TM an Agnes Meyer, 12. 12. 44: »Heute nun kam Ihr Brief mit dem ergreifenden letter to the editor, – und abermals habe ich zu danken für Ihr hochherziges, ernstes, schönes, kraftvolles Eintreten! Die Angriffe [s. TB 7. 12. 44, Anm. 1] müssen ja garstig gewesen sein [...] Wohl mir, daß ich mir nicht das Blut damit vergiftet habe. Von Ihrem Gegengift, einem Balsam aus Brangänes Schrein, verspreche ich mir die reinigendste Wirkung – selbst auf die Briefschreiber und selbst, wenn sie nichts verstehen. Es ist das Edel-Überlegene an Ihren Worten, das sie irgendwie beeindrucken und an ihrer eigenen Dummheit irre machen wird.« (Br. II, 404). – Agnes E. Meyer zog ihren Leserbrief später zurück, da ›Atlantic Monthly‹ ihn nur gekürzt abdrucken wollte. S. TM an Agnes Meyer, 21. 1. 45; Reg. III, 45/49. Zum Sachverhalt ›Atlantic Monthly‹: TB 6. 8. 44, Anm. 1.

3] *an Mrs. Meyer:* S. o., Reg. III, 44/488; Br. II, 403-405.

4] *Churchills Instruktionen nach Athen:* Hartes Durchgreifen gegen die »kommunistischen Rebellen« in der griechischen Hauptstadt, Vollmachten für General Scobie: Churchills Unterhauserklärung hatte den Charakter einer offenen Kampfansage an die Verbündeten von gestern. »For the men of EAM, whom a year ago he was prepared to arm in their fight against the Germans, he had only term of vilification-ruffians, bandits from the mountains. Above all, he stated quite openly that he sent British forces into Greece to counter an expected Communist revolution.« (›The Economist‹, vol. 147, No. 5286 v. 16. 12. 1944, S. 799). Vergl. dazu TMs Reaktion in dem bereits zitierten Brief an Agnes E. Meyer vom 12. 12. 44: »... was England [...] in Griechenland tut, ist schauerlich [...] Wir sind nicht klüger geworden, oder doch nicht entscheidend klüger, seit anno Spanien und anno München. Noch immer fürchten wir den Sozialismus weit mehr als den Fascismus. Da es aber, wenigstens für Europa, nur das eine oder das andere gibt, so wissen wir nicht, was wir wollen, und daran kann immer noch alles zugrundegehen.«

5] *Schleppfuß-Kapitel:* Das XIII. Kapitel des *Doktor Faustus*-Romans (GW VI, 133-149). S. TB 20. 2. 44, Anm. 1.

13. 12. 1944

1] *Einleitung zu XXV:* Die Adrians Niederschrift des Teufelsgesprächs einleitenden Reflexionen Zeitbloms zu Beginn des XXV. *Faustus*-Kapitels, GW VI, 294-296. *134*

2] *Zurückweisung Werfels:* Eric Russel Bentley, ›Exit Werfel‹, ›The Nation‹ vol. 159, No. 24 v. 9. 12. 1944, 723/724 – eine sehr scharfe

Kritik des Werfelschen Buches ›Between Heaven and Earth‹, das 1944 in New York erschienen war.
3] *an Adorno:* An Theodor W. Adorno, P. P. 13. 12. 44; Reg. III, 44/489.

14. 12. 1944

134 1] *Anfang von Adrians Aufzeichnung:* Der Beginn des Teufelsgesprächs im XXV. Kapitel, GW. VI, 296-333.
2] *Staatssekretärposten:* Archibald MacLeish war als Staatssekretär ins State Department berufen worden. Vgl. TM an Agnes E. Meyer 12. 12. 1944: »Ich hatte nicht gedacht, daß Archie wegen seiner Berufung ins State Department die Library werde verlassen müssen und bin betrübt darüber.« (Kopie im TMA).
3] *von J. Bab (über Joseph):* Roslyn Heights, New York, 11. 12. 44: »Sehr lange hat es [i. e. die Joseph-Lektüre] gedauert. – Nicht nur, weil's eine ›schwere‹ Lektüre ist und ich ein stets langsamer Leser bin – nicht nur, weil ich doch in Herrn von Kahler's Buch keine ›Striche‹ machen durfte und deshalb ein ganzes Heft voll Notizen schrieb – Ich unterbrach mich auch oft, um vergleichende Blicke in Bibel, Koran und einen Midrashauszug (von Ben Gurion) zu werfen. Auch in sittliche Geschichten Aegyptens. Und dabei hab ich dann festgestellt, daß der Autor dieses ›Joseph‹ beinah so wenig ›erfunden‹ hat wie jener William Shakespeare, der aus schlechtesten Theaterstücken *seinen* ›Hamlet‹ und *seinen* ›Lear‹ und aus einer [. . .] faden Novelle sein schoenstes Lustspiel [›Wie es Euch gefällt‹] schuf. – Und so ist dann auch beinah ebenso viel *hier* herausgekommen: Großes, ganz Guetiges, Langlebendes.« (Im TMA).

135 4] *Artikel von Lippmann:* Walter Lippmann, ›The Army in Europe‹, ›The Washington Post‹, 10. 12. 44, 1 und 10. Lippmann war von einem ausgedehnten Besuch der europäischen Fronten zurückgekehrt und analysierte in seinem Bericht noch einmal zusammenfassend die Konsequenzen der amerikanischen Landung in Europa: ». . . this very thing which was believed to be impossible is now being done and the sheer fact that it is being done will surely alter the course of history, and the American thought and feeling, more than the terms of the settlement – largely provisional and temporary – which are laid down when the fighting ends. [. . .]« – TM hatte den Ausschnitt aus der ›Washington Post‹ von Agnes Meyer zugeschickt bekommen. S.

Brief an Agnes Meyer, 21. 12. 44: »besonderen Dank schulde ich Ihnen noch dafür, daß Sie mir den großen Artikel von Lippmann schickten, der hier nur stückweise erschienen, sodaß ich ohne Sie nicht den starken Eindruck davon gewonnen hätte, den er mir im Zusammenhang gemacht hat. Er muß sehr gut und lehrreich gewirkt haben im ganzen Lande: teils indem er die Herzen höher schlagen ließ über das Ungeheure, das geleistet worden, teils indem er den Sinn schärfte für den Ernst und die Schwierigkeit der Kriegslage in West Europa.« (Kopie im TMA).

5] *Walter Lippmann:* Der amerikanische Publizist und Kolumnist Walter Lippmann (1889-1974) war von 1921-1931 Chefredakteur der ›New York World‹, später, bis 1951, der ›New York Herald Tribune‹. Seine dort publizierten Kommentare ›Today and Tomorrow‹ erschienen nachgedruckt in vielen amerikanischen und europäischen Zeitungen. Auch der ›Aufbau‹ publizierte die Kolumne regelmäßig ab 1945.

15. 12. 1944

1] *von J. Hecht:* New York, 11. 12. 44. Der ›vertrauliche Brief‹ befindet sich im TMA und enthält neben den im TB erwähnten ›Beilagen aus der NZZ‹ die Bitte, TM möge durch eine Stellungnahme »einen weiteren von der NZZ geradezu geforderten Angriff der Schweizer Regierung [auf die nationale Ehre der jüdisch-schweizerischen Emigranten; s. Anm. 3] unterbinden.« TM antwortete am 26. 12. 44 (Reg. III, 44/515), daß er sich zu einer derartigen Aktion seinerseits nicht veranlaßt sähe. 135

2] *J. Hecht:* Der Basler Reeder Jakob Hecht (1879-1963). TM hatte Hecht, der seine Hilfe in Sachen Möbeltransport aus München anbot, 1933 in Basel kennengelernt. S. TB 1. 5. 33, 22. 3. 34 und 24. 2. 37. Hecht lebte – an der Rückreise durch den Krieg gehindert – seit 1941 als Schweizerischer Reederei-Fachmann in New York und kehrte erst nach dem Krieg in die Schweiz zurück.

3] *Verhalten der NZZ:* Die Neue Zürcher Zeitung hatte am 1. 6. 1943 unter der Überschrift ›Die Drückeberger‹ Entwürfe des Schweizer Bundesrates zur Einführung einer Rückwanderersteuer mit einem Kommentar publiziert, der sich in erster Linie gegen die 1940 (mit einem Kapital von angeblich 6 000 Millionen Schweizer Franken) in die USA geflohenen eidgenössischen Juden wandte . . . eine Kampagne, der am 27., 28. und 30. September 1943 in ganzseitigen Artikeln neue Invektiven gegen die Emigranten folgten. Und das, obwohl dieselbe NZZ, wie Hecht in seinem Schreiben hervorhebt, am 20. 6. 1943, No. 965, Bl. 2 in einem »Menschlichkeit atmenden Artikel« das Schicksal der polnischen Juden beschrieben und Berichte der polnischen Regierung in London über die Existenz des »an der Eisenbahnlinie Warschau-Bialistok« gelegenen Konzentrationslagers Treblinka veröffentlicht habe, »das mit besonderen Räumen versehen sei, in denen die Juden dem Erstickungstod überliefert würden.«

4] *H. G. Wells:* Der englische Schriftsteller und sozialkritische Publizist Herbert George Wells (1886-1946).

16. 12. 1944

135 1] *vielberufenes Buch:* Franz Werfel, ›Between Heaven and Earth‹, New York o. J. (1944), über das viele negative Urteile in Umlauf waren (vergl. TB 13. 12. 44 Text und Anm. 2). Das Buch ist in TMs Zürcher Bibliothek vorhanden und enthält eine lange Widmung des Autors: »Habe ein Widmungsexemplar dieses Buches bisher nur aus *ehrfürchtigem* Respekt nicht zu unterbreiten gewagt, da hier, besonders in der zweiten Hälfte, das Deutsch durch das Englische wirklich *gebrochen* erscheint. Aus einer Sammlung persönlich geglaubter Wahrheiten ist zum Teil eine Anthologie von Errata entstanden, worunter ich Schlimmeres als Druck- und Sinnfehler verstehe. Ein kleines Beispiel (p. 219, No. 42) [›Success wants to be undeserved‹] es ist wahr, »daß Erfolge unverdient sein wollen«, es ist aber nicht mehr wahr, im ernsteren und abstrakteren Singular. Erfolg will verdient sein. Auch brennt der Kurzschluß Sicherungen durch (No. 130) [»Since man is only a short circuit between Above and Below, he succeeds in producing nothing better than the spark that burns out all the fuses, namely though«], was bedeutungslos ist, wenn sie ›fuses‹ heißen. – All das zitiere ich nur zur Entschuldigung, daß ich so lange gezögert habe, den Band abzusenden. Ich tue es heute *doch*, um zum Ausdruck zu bringen, daß ich Ihnen mit jeder Zeile meiner Hand verpflichtet bin und tief verpflichtet bleiben werde in Bewunderung und Liebe.«

2] *Buch über Copernicus:* Hermann Kesten, ›Copernicus and his World‹, New York 1945. Das Buch – mit einer Widmung des Verfassers – befindet sich in der Nachlaßbibliothek.

3] *von Bermann:* New York, 13. 12. 1944; TM/GBF 372/373. GBF berichtet über das ›Textbuch-Programm‹ (mehrbändige Geschichts- und Lesebücher zur Auslieferung im Nachkriegsdeutschland) und die Stockholmer Gesamtausgabe, die im Frühjahr 1945 in acht Bänden (*Buddenbrooks, Adel des Geistes, Erzählungen, Lotte in Weimar, Zauberberg* und *Joseph* in je zwei Bänden) vorliegen solle.
4] *von Knopf:* New York, 11. 12. 44; im Knopf-Archiv, New York.

17. 12. 1944

1] *Nachricht vom Tode seiner Frau:* Salka Viertel hat in ihren Memoiren ›Das unbelehrbare Herz. Ein Leben in der Welt des Theaters, der Literatur und des Films‹, Hamburg und Düsseldorf 1970, 407 bis 409, einen Bericht über die mutmaßlichen Gründe für Nelly Manns Suicid gegeben: »Ein Verkehrspolizist hatte sie wegen Trunkenheit am Steuer verhaftet, und da sie bereits eine einschlägige Vorstrafe mit Bewährungsfrist bekommen hatte und nun fürchtete, daß ein Gerichtsverfahren ›Schande über Heinrich Mann‹ bringen würde, hatte sie beschlossen [. . .], ihrem aussichtslosen Ringen mit der englischen Sprache, ihrer Angst vor dem Altwerden und ihrem vergeblichen Kampf gegen den Alkohol mit Schlaftabletten ein Ende zu machen. Es war ihr gelungen.« – Die ›Los Angeles Times‹ meldete am 18. 12. 44 ihren Tod unter der Headline: »Thomas Mann's Sister-in-Law Kills herself« – nicht ohne noch einmal auf den Selbstmordversuch vom 4. 1. 44 (s. TB 5. 1. 44, Anm. 2) zu verweisen. 135
2] *Mr. Evans:* Paul E. Evans, der TM in einem Brief vom 28. 11. 44 aus Los Angeles um die Signierung seines ›Death in Venice‹ gebeten und ihm dabei seine Bewunderung ausgedrückt hatte.
3] *Unterbringung bei Mrs. Viertel:* Heinrich Mann blieb in seiner Wohnung.
4] *neues Engagement:* TM hatte seine über die BBC ausgestrahlten Rundfunksendungen *Deutsche Hörer* im Mai 1944 unterbrochen. Den ersten Beitrag zur neuen Serie: »Deutsche Hörer, Ich habe zu euch gesprochen . . .« GW XI, 1104-1106, übertrug die BBC als Neujahrsbotschaft am 1. 1. 1945. 136

18. 12. 1944

136 1] *Bermann über Ausgabe für Kriegsgefangene:* New York, 15. 12. 44; TM/GBF 373/374: »I should like to have your permission on this basis [10 000 Auflage, Preis 25 Cent, Autorentantieme 1 Cent] for ›Zauberberg‹ in two volumes, ›Lotte in Weimar‹ and ›Achtung Europa!‹. This is the first time the Army uses modern German literature for this special purpose [Ausgabe für Kriegsgefangene im Rahmen des amerikanischen Re-education Programms]. It is a big step ahead.«

2] *an McLeish:* An Archibald Mac Leish, P. P. 20. 12. 44; Reg. III, 44/504.

3] *an Knopf:* An Alfred A. Knopf, P. P. 20. 12. 44; Reg. III, 44/502. Antwort auf den Brief von Knopf (s. TB 16. 12. 44), die Vertragsverhandlungen für die Novelle *Das Gesetz* betreffend.

4] *an Bermann:* An GBF, P. P. 20. 12. 44; Reg. III, 44/500, TM/GBF, 374/375: TMs placet zu der von Bermann am 15. 12. 44 vorgetragenen Bitte. (S. Anm. 1).

5] *Offensive der Deutschen:* Am 17. 12. 44 waren deutsche Kampfverbände zwischen Monschau und Echternach auf Hitlers Befehl zum Angriff angetreten. Nach überraschenden Anfangserfolgen der in mehreren Wellen operierenden Aggressoren (vgl. TB 31. 12. 44, Anm. 2), die im gerade befreiten Europa und, wie TMs Aufzeichnungen zeigen, auch in ›Deutsch-Kalifornien‹, eine Panikstimmung hervorriefen, gelang es den Alliierten jedoch, die Situation bis zum Februar 1945 wieder unter ihre Kontrolle zu bringen.

6] *in Griechenland:* S. TB 12. 12. 44, Anm. 4.

7] *New Leader gegen die forces of resistance:* Liston M. Oak, ›Civil War-Moscow Style in Europe‹, ›The New Leader‹, vol. XXVII, No. 50 v. 9. 12. 44, S. 1.

8] *Mowrer gegen Churchill:* Wahrscheinlich eine Radiosendung des auch als Rundfunk-Kommentator tätigen Mowrer. Ein Zeitungsartikel ließ sich nicht nachweisen.

9] *Der Journalist Mowrer:* Der amerikanische Publizist Edgar Ansel Mowrer (1892-1977) wurde 1932 mit dem Pulitzerpreis für die beste Auslandsberichterstattung ausgezeichnet.

19. 12. 1944

1] *das Manuskript der Hamburger:* Käte Hamburgers Studie ›Thomas Manns Roman: »Joseph und seine Brüder«‹. S. TB 25. 3. 44, Anm. 6. 136

2] *an H. Kesten:* An Hermann Kesten, P. P. 19. 12. 33; Reg. III, 44/497.

3] *Revozierung meiner Zusage:* Nicht erhalten. Zum Sachverhalt s. TB 17. 12. 44, Text und Anm. 4. 137

20. 12. 1944

1] *Bestattung von Heinrichs unglücklicher Frau:* »Langsam versammelten sich die Trauergäste: Thomas und Katja Mann, Helli Brecht, Ludwig Marcuse, Alfred Döblin mit Frau und Liesl Frank [. . .] Als letzter kam Heinrich Mann; von Kummer gebeugt, entstieg er einem Auto, an dessen Steuer eine ältere, grell geschminkte Dame saß. Sie trug einen großen schwarzen Hut, der von Blumen überquoll und wie ein Grabkranz aussah. Sie war – wie sich später herausstellte – Nellys beste Freundin und übernahm sofort die Rolle der ›Gastgeberin‹, indem sie Heinrich neben Thomas und Katja Mann plazierte und uns miteinander bekannt machte, obwohl sie selber die einzige war, die wir nicht kannten. [. . .] Nach einer langen Pause [ging] der Bestatter, ein junger Mann mit feierlicher Miene [. . .] zu dem tief in Gedanken versunkenen Heinrich und sagte ihm, daß noch zehn Minuten Zeit sei. Falls jemand ein paar Worte sagen wolle . . . Heinrich Mann schüttelte heftig den Kopf. Der Bestatter trat zurück [. . .], dann räusperte er sich, warf uns einen vorwurfsvollen Blick zu, zog sein Gebetbuch hervor und begann ›Der Herr ist mein Hirte‹ vorzulesen. Er las schnell und monoton. Als er fertig war, standen wir alle auf und warteten, daß der Sarg in das Grab hinabgelassen würde. Aber solch realistischer und definitiver Abschied darf bei einem Begräbnis in Hollywood nicht stattfinden. Die Toten warten, bis die Trauergäste diskret sich entfernt haben. Der betont feierlich dreinblickende junge Mann schüttelte Heinrich Mann die Hand. Die Zeremonie war zu Ende. Während wir uns langsam vom Grab entfernten, erschien die Schauspielerin Blandine Ebinger und entschuldigte sich atemlos für ihr Zuspätkommen. Plötzlich wandte sich Heinrich Mann mit einem herzzerreißenden Schluchzen ab, bedeckte sein von Schmerz verzerrtes Gesicht mit einem Taschentuch und stolperte davon. Katja lief 137 ihm nach, nahm seinen Arm und führte ihn zum Auto.« Salka Viertel, a. a. O. 408/409.

2] *an Kurt Appelbaum:* P. P. 20. 12. 44; Reg. III, 44/498.

3] *Appelbaum:* Der Pianist Kurt Appelbaum (geb. 1904), ein Schwiegersohn des Philosophen Ernst Cassirer. TM kannte ihn aus Princeton, wo das Ehepaar Appelbaum nach seiner Emigration zunächst »hausmeisterte«. (Auskunft von Frau Monika Mann).

21. 12. 1944

137 1] *an die Meyer:* An Agnes E. Meyer, P. P. 21. 12. 44; Reg. III, 44/510.

2] *[an] Dr. Jacobson:* An Anna Jacobson, P. P. 21. 12. 44; Reg. III, 44/509.

3] *Schriften:* Gustav E. Mueller, ›On Thomas Mann's »Lotte in Weimar«‹, ›Books Abroad‹, vol. 19 No. 3, July 1945, 231-236, und G. E. Mueller, ›What is Man‹.

138 4] *G. E. Mueller:* Der Schweizer Schriftsteller und Philosoph Gustav Emil Mueller (geb. 1898) lehrte seit 1925 in den USA, zuletzt als Philosophieprofessor in Oklahoma.

5] *Telegramm:* Noch nicht bekannt.

6] *spanisches Meeting:* S. TB 2. 1. 45, Anm. 3.

22. 12. 1944

138 1] *endloses Telegramm:* Nicht erhalten.

2] *angekündigt:* ›For Spain‹, ›The Nation‹, vol. 159, No. 25 v. 16.12. 44; S. 731.

23. 12. 1944

138 1] *von Kahler:* Princeton, 17. 12. 44; Bl. TMG. No. 10, 32.

2] *von Broch:* Princeton 18. 12. 44; Bl. TMG. No. 10, 32, Anm. 44; der Brief von Broch war dem Schreiben Kahlers beigefügt.

3] *an Kahler:* P. P. 23. 12. 44; Reg. III, 44/512; Bl. TMG. No. 10, 33/34.

4] *Tageb. eines Verf.:* Sören Kierkegaard, ›Tagebuch des Verführers‹: In: Sören Kierkegaard, ›Entweder-Oder‹, a. a. O. Teil 1, letztes Kapitel.

5] *Russische Offensive:* Angriff an der slowakischen Südgrenze, Aufmarsch in Lettland, Vorbereitung zur Offensive in Ostpreußen. Totale Nachrichtensperre im Zusammenhang mit dem den Westmächten zugesagten »gewaltigen Winterfeldzug« gegen Hitler-Deutschland.

25. 12. 1944

1] *Nation Message: Testament against Fascism,* GW XI, 1124 bis 1126, S. TB 22. 12. 44, Anm. 2 und TB 2. 1. 45, Text und Anm. 3. 139

2] *Brandes über Kierkegaard:* Georg Brandes, ›Kierkegaard‹, in: ›Gesammelte Schriften‹ 3.2, München 1902, 258-445.

3] *Broadcast: Testament against Fascism;* s. Anm. 1.

4] *Berg- und Vieuxtemps-Platten:* S. TB 26. 12. 44, Anm. 4 und 5.

5] *Indian:* Truthahn.

6] *Paulinchen:* Die Paulinchen-Szene aus dem »Struwwelpeter«. Eine Privataufnahme dieser von Erika Mann einstudierten Rezitation befindet sich im TMA. S. auch Loewy a. a. O. S. 104.

7] *Nica:* Domenica Borgese.

8] *in Athen zu Verhandlungen:* Der Versuch Churchills und seines Außenministers Anthony Eden (1897-1977), alle griechischen Parteien unter der Ägide des Erzbischofs von Athen an einen Tisch zu bringen, um Bedingungen für einen Waffenstillstand und mögliche Vorbereitungen für eine Regentschaft zu diskutieren. S. die Zusammenfassung der – schwer überschaubaren – griechischen Wirren und die Analyse der Rolle, die Churchill dabei spielte, im ›Economist‹ vom 9. Dezember 1944 (vol. 147, No. 5282, S. 762): »It is indeed one of the most incomprehensive elements in the conduct of British foreign policy today that it is the Prime Minister himself who seems to be possessed of an especial weakness for kings and princelings. It is contrary to all common sense that a statesman who is such a convinced believer in democracy at home should have a positive preference for discredited dynasties abroad.«

26. 12. 1944

1] *das Broadcast:* S. TB 25. 12. 44, Anm. 1 u. 3. 139

2] *›Nietzsche und Thomas Mann‹:* S. TB 24. 8. 44, Text und Anm. 6. TM hatte im August das Typoskript, jetzt den Sonderdruck erhalten.

3] *an die Herz:* An Ida Herz, P. P. 26. 12. 44; Reg. III, 44/516; Br. II, S. 405/406. 140

4] *Violinkonzert von Berg:* Alban Bergs Violinkonzert ›Dem Andenken eines Engels‹ (der Tochter Manon von Alma Mahler und Walter

Gropius), 1935. – Gunilla Bergsten a. a. O., 114, belegt an Hand einer unter den *Doktor Faustus*-Papieren befindlichen Rezension aus der ›Weltwoche‹, die unter der Überschrift ›Neue Musik in Basel‹ über eine Aufführung des Bergschen Konzerts berichtet, daß TM diese Beschreibung bei der ›Erfindung‹ von Adrian Leverkühns Violinkonzert (*Doktor Faustus*, Kap. XXXVIII, GW VI, 543/544) verwendet hat.

5] *Violinkonzert von Vieuxtemps:* Eines der 6 Konzerte des belgischen Violinvirtuosen Henri Vieuxtemps (1820-1881). – Im *Faustus*-Roman zeichnet sich der Geiger Rudi Schwerdtfeger dadurch aus, daß er »gewisse Sachen von Vivaldi, Vieuxtemps und Spohr« »sauber und kultiviert, nicht großen Tons, aber von süßem Wohllaut und technisch nicht wenig brillant« (GW VI, 266) zu spielen versteht, und Adrian Leverkühn studiert, ehe er sein Violinkonzert komponiert, die Technik der Geigenbehandlung u. a. bei Vieuxtemps. (GW VI, 544).

27. 12. 1944:

140 1] *Der Aufsatz I. Babs:* S. TB 22. 9. 44, Anm. 3.

2] *an Bab:* An Julius Bab, P. P. 27. 12. 44; Reg. III, 44/523.

3] *Widmungen:* TM schickte Julius Bab zum Dank für seine Besprechung ein Exemplar des neu aufgelegten *Joseph, der Ernährer.*

4] *Liefmanns:* Der Frankfurter Arzt Emil Liefmann (1878-1955) mit seiner Frau Marie Liefmann, war seit 1922 mit TM bekannt und stand seither in reger Korrespondenz mit ihm. Er emigrierte 1939 nach New York, wo er wiederum als Arzt tätig war.

5] *korrigierte Exemplare:* Der von schwedischen Setzern hergestellte Band *Joseph, der Ernährer*, der in einem photomechanischen Nachdruck in den USA erschienen war, enthielt – wie alle in Stockholm gedruckten deutschen Bücher – zu TMs Verzweiflung viele Druckfehler, die der Autor in seinen Widmungsexemplaren sorgfältig verbesserte.

6] *In Partisan Review:* Harold Rosenberg, ›The Comedy of the Divine: Joseph the Provider‹, ›The Partisan Review‹, vol. 11, Herbst 1944, 456-460.

7] *Harold Rosenberg:* Der Schriftsteller und Kunsthistoriker Harold Rosenberg (1906-1978) bemühte sich vor allem um die Anerkennung der amerikanischen Malerei nach dem 2. Weltkrieg.

29. 12. 1944

1] *E. 's militärische Freundin:* Betty Knox; wie Erika Mann amerikanische Kriegsberichterstatterin. *141*

2] *Jubiläums-Aufbau mit Roman-Bruchstück:* S. TB 10. 11. 44, Anmerkung 1.

30. 12. 1944

1] *über Filmmusik:* Theodor W. Adorno, ›On Popular Music‹ (with the assistance of George Simpson), ›Studies in Philosophy and Social Science‹, vol. IX, 1940/41, No. 1, 17-48. *141*

2] *Else Heims:* Die Schauspielerin Else Heims (1878-1958) war die erste Frau von Max Reinhardt.

3] *Frau Landshoff:* Eva Landshoff (1901-1979), die erste Frau von Klaus und Erika Manns Freund, dem Verleger Fritz Landshoff. Eva Landshoff war 1940 die Flucht aus Nizza in die USA gelungen. Sie lebte mit ihren zwei Töchtern in Hollywood und half, wenn Not am Mann war, im Mannschen Haushalt aus.

31. 12. 1944

1] *deutsche Sendung:* S. TB 17. 12. 44, Text und Anm. 4. *142*

2] *zweite Offensive von Rundstedt:* Im Rahmen der mit dem Namen des deutschen Generalfeldmarschalls Gerd von Rundstedt (1875 bis 1953) verbundenen Angriffsoperationen an der Westfront (s. TB 18. 12. 44, Anm. 5) hatte am Sylvesterabend eine zweite deutsche Offensive vom Elsaß aus begonnen, der am 7. Januar nördlich und südlich von Straßburg eine weitere folgte. Die alliierten Truppen gerieten erneut vorübergehend in Bedrängnis; aber auch dieser zweite und dritte Vorstoß der Deutschen kam aus Mangel an Truppen und Material bald ins Stocken und war Anfang Februar endgültig zurückgeschlagen.

3] *Rede Hitlers:* Wahrscheinlich die – allerdings nicht in Berlin, sondern im Hauptquartier Ziegenberg gehaltene – Rede an die bei der Ardennenoffensive beteiligten Generale am 28. 12. 1944.

4] *Das Schicksal Bibi's:* Vgl. Klaus Mann an seine Mutter, New Years Eve 1944: »Poor Bib! now he has to go through that damned Basic Training! I hope he'll manage to get himself into Special Services.‹ (KM, Br./Antw. II, 221) Doch bereits am 9. 1. 45 konnte TM in sein TB notieren ›Bibi [. . .] rejected‹ und am 7. 3. 45 berichtete er Agnes E. Meyer: »Bibi ist bei wiederholter Untersuchung wegen nervösen Herzens für ein halbes Jahr zurückgestellt worden und fiedelt also wieder in seinem Orchester.«

5] *Der Kontakt mit der Kierkegaard-Sphäre:* S. TB 10. 12. 44, Anmerkung 3.

6] *Erikas Eule:* Betty Knox; s. TB 29. 12. 44, Anm. 1. – Die Bezeichnung ›Eule‹ geht auf einen Ausspruch Katia Manns zurück, daß sie und TM jeden Freund oder jede Freundin ihrer Kinder akzeptierten, selbst wenn es eine Eule wäre.

1945

2. 1. 1945

1] *rührender Brief:* Das Schreiben mit dem aufgedruckten Briefkopf ›President of the Czechoslovak Republic‹ wurde am 27. 11. 44 in London diktiert und befindet sich im TMA. 145

2] *Benesch:* Eduard Beneš (1884-1948), von 1935-1938 und 1945 bis 1948 Staatspräsident der Tschechoslowakei, zwischen 1940 und 1945 Präsident der tschechoslowakischen Exilregierung in London. Unter dem Regime Beneš erhielten 1936 Katia und TM sowie die noch unmündigen Kinder Elisabeth und Michael, 1937 Golo, Klaus und Monika Mann die tschechoslowakische Staatsangehörigkeit.

3] *Ansprache:* TMs Rede *Testament against Fascism* wurde aus Pacific Palisades direkt auf die vom Kreis um die Zeitschrift ›Nation‹ initiierte Massenversammlung ›Rally against Franco‹ übertragen, die am 2. 1. 45 in Madison Square-Garden, New York, stattfand. – Der Text erschien englisch in der ›Nation‹, vol. 160, No. 1 v. 6. 1. 1945, 72 ff.; der deutsche Text in GW XI, 1124-1126.

4] *Politisches Intermezzo:* Zu Beginn des XXI. Faustus-Kapitels, GW VI, 229-234.

5] *Schildknapp-Portrait:* S. TB 6. 7. 44, Anm. 1.

6] *Morgentau-Plan:* Der im September 1944 auf der 2. Quebec-Konferenz von dem US-Staatssekretär Henry Morgenthau jr. (1891 bis 1967) vorgelegte 14-Punkte-Plan für ein besiegtes Deutschland sah neben der völligen Entmilitarisierung, eine empfindliche Verkleinerung (Abtrennung von Ost- und Westpreußen und Südschlesien) und die Teilung des Reiches in einen nord- und einen süddeutschen Staat, die Internationalisierung des Ruhrgebiets, des Rheinlands, Westfalens und der Nordseeküste sowie die ›De-Industrialisierung‹ und ›Pastoralisierung‹ Deutschlands vor. S. TB 10. 9. 1944, Anm. 6.

7] *durch Bernstein . . . mißrepräsentiert:* Der amerikanische Jurist und Währungsfachmann Bernard Bernstein (geb. 1908) setzte sich – unter Außerachtlassung der Diskussionen, die vor allem nach der Besetzung Aachens in der amerikanischen Öffentlichkeit über die Verwaltungsmethoden der Militärregierung geführt wurden – besonders nachdrücklich für einen »harten« Friedenskurs gegenüber Deutschland und die uneingeschränkte Verwirklichung des Morgenthauplans ein.

3. 1. 1945

145 1] *NBC-Lesung:* S. TB 17. 12. 44, Anm. 4.

146 2] *Vortrag:* TM hatte die öffentliche Vorlesung seiner Novelle *Das Gesetz* zugunsten des War Bond Drive im Dezember zugesagt. Vgl. TB 2. 12. 44, Text und Anm. 9, sowie die Eintragung vom 7. 1. 45.

3] *Radiorede:* Nicht ermittelt.

4] *Sumner Welles:* Der amerikanische Politiker Sumner Welles (1892-1961) war von 1937-1943 Unterstaatssekretär im US-Außenministerium und fungierte als Ratgeber und Sonderbeauftragter F. D. Roosevelts.

4. 1. 1945

146 1] *XXV, schwierig:* S. den TB 12. 12. 44, Anm. 1, zitierten Brief an Agnes E. Meyer.

2] *Nation über die deutsche Offensive:* Charles G. Botte, ›The Counter-Offensive‹, ›The Nation‹, vol. 159, No. 27 v. 30. 12. 1944, 790/791.

3] *Del Vayo, warnend:* Julio Alvarez del Vayo, ›Second Warning‹, ›The Nation‹, a. a. O. S. 800. Alvarez del Vayo erinnerte seine Leser daran, daß »the fight between Democracy and Fascism is literarily a fight to death« und forderte: Americans »better make up their minds that we shall still be at war on Christmas Day 1945.«

4] *deutliche Copie der russischen Camouflage:* Vergl. TM an Alfred A. Knopf, P. P. 5. 1. 45, Reg. III, 45/15: »The Germans seem to have imitated the Russians, who also knew how to feign impotence.«

5] *Photographien:* TM hatte vom 22. 8. bis zum 28. 8. 1935 die Salzburger Festspiele besucht, Freunde getroffen, am Abend des 22. 8. seinen Wagner-Vortrag im ›Wiener Saal‹ wiederholt und am 27. 8. im Mozarteum aus dem *Joseph*-Roman gelesen. Die im TB vom 24. 8. 1935 vermerkten »Photographischen Aufnahmen« durch Susanne von Winternitz, eine der beiden Stieftöchter von Stefan Zweig, und den Sohn des Geheimrat Friedberg befinden sich im TMA.

5. 1. 1945

1] *›Time‹ über die Lage im Westen:* ›Time‹ vol. 45, No. 1 vom 1. 1. 1945 brachte unter der Rubrik ›World Battlefronts‹ S. 18-23 Berichte von der ›Western Front‹ und eine Karte mit den Erfolgen der Rundstedtschen ›Counterattack‹. *146*

2] *Bildgeschenk von † Hermann:* Das Bild des deutsch-amerikanischen Malers Frank S. Herrmann (1866-1942), des Vaters von Eva Herrmann, hing noch im Wohnzimmer des Kilchberger Hauses.

6. 1. 1945

1] *Joseph-Vortrag:* Die deutsche Originalfassung des am 17. 11. 1942 in der Library of Congress gehaltenen Vortrags *The Joseph Novels* erschien unter dem Titel *Joseph und seine Brüder* gekürzt in den ›Deutschen Blättern‹, Santiago, 3. Jg. H. 24 (März/April 1945) 4-12. (GW XI, 654-669). *147*

2] *morgiger Vortrag:* S. TB 7. 1. 45, Anm. 3.

3] *sein Buch:* Wahrscheinlich ›Between Heaven and Earth‹; s. TB 16. 12. 44, Anm. 1.

4] *Briefkommentar . . . Infektion . . . Ärzte: Doktor Faustus,* Kap. XVII (GW VI, 192-198) und Kap. XIX (a. a. O. 203-207).

7. 1. 1945

1] *Nietzsches nachgelassene Schriften:* S. TB 12. 9. 44, Anm. 2. Die ›Nachgelassenen Werke‹ ›Ecce homo‹ und ›Der Wille zur Macht‹ = Bd. XV und XVI. *147*

2] *an die Meyer:* An Agnes E. Meyer, P. P. 7. 1. 45; Reg. III, 45/18; Br. II, 407-409.

3] *Fahrt nach dem Tempel:* Dem Fairfax-Tempel in Los Angeles. Vgl. TM an Agnes E. Meyer, P. P. 7. 1. 45: »Gestern Abend las ich in einem Emigranten-Club, vor 500 Menschen, die als Eintrittsgeld war-bonds gekauft hatten, darunter auch einige Amerikaner, die zweite Hälfte der Moses-Novelle vor. Das Publikum stand auf wie ein Mann bei meinem Eintritt, es hörte zu wie Kinder und stand am Ende wieder und applaudierte Minuten lang.« (Br. II, 408).

4] *Rabbi Sonderling:* Jacob Sonderling (1878-1964), Rabbiner in einer der ersten Reformgemeinden Hamburgs, wanderte in den frühen 20er Jahren in die USA aus. Er lebte zunächst in New York, dann in Hollywood.

8. 1. 1945

148 1] *Bergweg nach dem Camp:* Der von TM gern gegangene Weg zu einem nordwestlich seines Hauses in den Hügeln gelegenen Künstler-Bungalow-Camp der Huntington-Foundation, am Rustic Canyon Road.

2] *Mrs.:* Der Name fehlt in der Handschrift.

3] *Entsatz von Budapest:* Die von den Deutschen besetzte ungarische Hauptstadt war seit dem 27. 12. 44 von den Russen eingeschlossen und kapitulierte am 11. 2. 45.

4] *ein slavisches Europa vorausgesagt:* »Das jetzige Europa ist eine vorslawische Station und bereitet dem panslawistischen Europa den Weg« (Friedrich Nietzsches Werke, a. a. O., Nachgelassene Werke V, Leipzig 1903, S. 346, Nr. 858).

9. 1. 1945

148 1] *A. Vetter über Nietzsche:* August Vetter, ›Nietzsche‹, München 1926 (Geschichte der Philosophie in Einzeldarstellungen, Abt. 8: Die Philosophie der neuesten Zeit II, Bd. 37; im TMA).

2] *Bibi . . . rejected:* S. TB 31. 12. 44, Anm. 4.

3] *Befreiung der Philippinen:* Die im Oktober 1944 begonnene amerikanische Offensive zur Rückeroberung der 1941/42 verlorenen Philippinen wurde im Februar durch die Besetzung Manilas erfolgreich abgeschlossen – getreu der Parole des Oberbefehlshabers General MacArthur: »Die Wiederbesetzung der Philippinen ist eine nationale Pflicht und eine politische Notwendigkeit. Die Umgehung einer oder aller Inseln [wie es der amerikanische Admiral King mit dem Ziel eines direkten Angriffs auf Formosa vorgeschlagen hatte] würde der Ehre und dem Prestige Amerikas im ganzen Fernen Osten, wenn nicht in der gesamten übrigen Welt, schweren Schaden zufügen.«

10. 1. 1945

148 1] *Darstellung der deutschen Entvölkerungspolitik:* Albert H. Schreiner, ›Hitlers Geheimwaffe »E«. Die Entvölkerungspolitik der deutschen Kriegsführung‹, ›The German American‹, vol. III, No. 17 v.

1. 1. 45, 5-12: »New York hatte im Jahre 1940 rund 7,5 Millionen Einwohner. Man stelle sich vor, seit dieser Zeit wären diese Menschen, Männer und Frauen, Greise und Kinder, Gesunde und Kranke nach und nach wie Vieh zusammengerottet, in Viehwagen gepreßt und nach Alaska transportiert worden, ohne Speise und Trank während der Reise. In den Wäldern von Alaska wären 5 Millionen dieser Menschen auf ein halbes Dutzend Barackenlager aufgeteilt, ihrer letzten Habseligkeiten, auch des Hemdes beraubt, schubweise in heiße Duschräume, von da in hermetisch abgeschlossene Kammern getrieben, mit Giftgas erstickt und danach verbrannt worden. Die Asche habe man amerikanischen Farmern als Dünger verkauft, das während der Verbrennung abgelaufene Fett aus Menschenkörpern sei zu Seife verarbeitet, die Kleider und Schuhe der Opfer der Bevölkerung zum Gebrauch oder der Ersatzstoffindustrie überwiesen worden. Die restlichen 2,5 Millionen Menschen seien erschossen, erhängt, zu Tode geprügelt, auf dem Transport in Spezial-Gaswagen erstickt, einzeln oder in Massengräbern verscharrt oder in Kohlenschächte geworfen und eingemauert worden. – Strenge Deine Phantasie an, lieber Leser, und stelle Dir vor, unter diesen 7,5 Millionen Menschen wäre vielleicht Deine Mutter, Schwester, Deine Frau, Deine Kinder, Dein Vater oder Bruder; Deine Menschenbrüder sind es auf jeden Fall. Stelle Dir weiter vor, einer Deiner Nächsten oder Deiner Nächsten Kinder wären unter denen, die lebendig verbrannt oder mitbegraben worden sind. Wie dem im Einzelnen immer sei, das Resultat unserer Annahme ist: New York wäre in der Zeit von 1940 bis heute total entvölkert, 7,5 Millionen Menschen wären durch ein Monster vernichtet worden. – Und nun kehrt den Blick zu den Stätten des Grauens, wo das stattgefunden hat, was wir für New Yorks Bevölkerung für einen Augenblick angenommen haben. Das Monster lebt, es heißt Nazismus.« Dieser Einleitung folgt ein großer, illustrierter, gut dokumentierter Bericht über die Massenvernichtungen in den polnischen Konzentrationslagern.

2] *›einige Worte‹:* Nicht erhalten.

3] *Tschaikowskys Pathétique:* Tschaikowskis Symphonie No. 6, h-Moll, op. 74 (1893), die TM im Laufe seines Lebens sehr unterschiedlich beurteilte. Vgl. hierzu die Charakterisierung in den *Betrachtungen* mit den Reflexionen der *Entstehung. Betrachtungen,* Kap. ›Von der Tugend‹ GW XII, 397: ». . . dieses in seiner

Süßigkeit und Wildheit durchaus gefährliche Werk, das man nicht hört, nicht versteht, ohne des unversöhnlichen Gegensatzes von Kunst und literarischem Tugendgeist innezuwerden. Ich denke an den dritten Satz mit seiner *bösartigen* Marschmusik, welche, wenn wir eine Zensur im Dienste demokratischer Aufklärung besäßen, schlechthin verboten werden müßte. Solange es erlaubt ist, dergleichen [...] aufzuführen; solange dieses Drommetentosen und Beckengeschmetter unter gesitteten Menschen statthaft bleibt, solange, mit Verlaub gesagt, wird es auf Erden auch Krieg geben.« *Entstehung*, Kap. III, GW XI, 156: »Es ist aber sein Schwermutsvoll-Bestes, das Höchste ihm Erreichbare, und immer hat es sein Schönes und Ergreifendes, ein bestimmtes Talent [...] auf den Gipfel seiner Möglichkeiten kommen zu sehen.«

4] *Furtwängler:* Wilhelm Furtwängler (1886-1954), Dirigent und Komponist, in dem TM während der Emigrationszeit, vor allem nach 1945, so etwas wie seinen ›Erzfeind‹ sah: den Opportunisten und Mitläufer – von allen Seiten hofiert und hoch geehrt, als hätte er nie zu Zeiten der Hitler, Göring und Goebbels den Taktstock gehoben.

11. 1. 1945

149 1] *›einige Worte‹:* S. TB 10. 1. 45; der »Scherz über Rechtsanwalt Valentin« konnte nicht ermittelt werden.

2] *Rechtsanwalt Valentin:* Vielleicht ist TMs Münchener Rechtsanwalt Dr. Valentin Heins (1894-1971) gemeint, den TM mit der Wahrung seiner Ansprüche gegenüber den NS-Behörden beauftragt und dem er seine in der Poschingerstraße zurückgebliebenen Briefe und Manuskripte zur Aufbewahrung anvertraut hatte.

3] *deutscher Joseph-Vortrag:* S. TB 6. 1. 45, Anm. 1.

12. 1. 1945

149 1] *Writers Mobilization:* Die Aktionsgemeinschaft mehrerer Autorenvereinigungen wie ›Screen Writers' Guild‹, ›Radio Writers' Guild‹, ›Screen Cartoonists' Guild‹, ›American Newspapers' Guild‹ u. a.

2] *in Sachen des Films ›Tomorrow the World‹:* Die Aufführung des neuen Lester Cowan-Streifens war von der ›Hollywood Writers Mobilization‹ als Auftakt einer Veranstaltungsreihe geplant, in der wichtige Filme »which are more than mere entertainment« (so die

Einladung des Verbandes vom 27. 10. 44) einem interessierten Publikum vorgestellt und anschließend mit dem Auditorium diskutiert werden sollten. – Zur Veranstaltung selbst s. TB 20. 1. 45, Anm. 2 und 30. 1. 45, Anm. 1.

13. 1. 1945

1] *an Car. Newton:* An Caroline Newton, P. P. 13. 1. 45, Reg. III, 45/42. 149

2] *die Shakespeare-Stelle:* Es scheint, als habe TM die Shakespeare-Stelle doch belassen. Die im *Doktor Faustus*-Manuskript Bl. 377/378 erkennbaren Änderungen betreffen die Übersetzung der in der ursprünglichen Fassung englisch zitierten Shakespeare-Verse »This is a gift that I have, simple, simple . . .« sowie eine neue Version des Satzes »An der Karikatur des Humanismus war nicht Adrian schuld, sondern Shakespeare.« (GW VI, 298, GBF 1947, 336). Die Kürzung der späteren Ausgaben gegenüber dem Erstdruck von 1947 gilt nicht Shakespeare.

14. 1. 1945

1] *Sendung nach Deutschland:* »Wäre nur dieser Krieg zu Ende!« *Deutsche Hörer*, 14. 1. 45, GW XI, 1106-1108. 150

2] *Familie Curinga:* Nicht ermittelt.

3] *Nietzsche-Buch:* Ludwig Klages, ›Die psychologischen Errungenschaften Nietzsches‹, Leipzig 1926. TMs mit Notizen versehenes Exemplar ist in der Zürcher Bibliothek erhalten.

15. 1. 1945

1] *Sendung zum 30. Januar:* ›12 Jahre Hitler . . .‹, *Deutsche Hörer*, 16. 1. 45, GW XI, 1108-1110. 150

2] *Fahrt nach:* Ortsangabe fehlt im Manuskript. Vergl. jedoch Erika Mann an ihren Bruder Klaus, P. P. 15. 1. 45: »I've just arrived from Fresno and shall have to go to Ontario (California) in a minute or so. My voice is still feeble and rough, but willpower and myke [mike] are doing their bits and I manage to make myself understood.«

16. 1. 1945

150 1] *den Leuten in:* Die Ortsangabe fehlt. Zu ergänzen wie bei Eintrag 15. 1. 45, Anm. 2.

2] *Goebbels im ›Reich‹:* In seiner am 26. 11. 44, S. 1 u. 2 im ›Reich‹ wiedergegebenen Radioansprache hatte Goebbels gesagt: »Wir fühlen uns durchaus nicht über andere Völker erhaben. Wir stellen nur fest, daß fast die gesamte Welt über uns herfällt und es ihr doch nicht gelingt, uns niederzuwerfen. Daraus folgern wir, daß es mit dem deutschen Volk eine besondere Bewandtnis haben muß. [...]. [Wir] glauben fest daran, daß die deutsche Nation für sich selbst, aber auch für andere Völker noch zu einer großen Zukunft berufen ist und sich dazu in diesem Kriege qualifizieren muß. Er kann gar nicht anders als mit unserem Sieg enden.«

151 3] *wie ich vor 30 Jahren:* In den *Gedanken im Kriege* (1914) GW XIII, 527-545, bes. 542 ff., dem Brief *An die Redaktion des ›Svenska Dagbladet‹, Stockholm* (1915) GW XIII, 545-554, bes. 548, sowie den *Gedanken zum Kriege* (1915) GW XIII, 554-558, bes. 556, klingen ähnliche Gedanken über das deutsche Verhältnis zur Welt an.

4] *Podach ›Gestalten um Nietzsche‹:* Erich Podach, ›Gestalten um Nietzsche. Mit unveröffentlichten Dokumenten zur Geschichte seines Lebens und Werks‹, Weimar 1932. TMs mit seinen Notizen versehenes Exemplar ist in der Nachlaßbibliothek erhalten. Das Buch gehört zu den Quellenwerken des *Doktor Faustus;* Gunilla Bergsten a. a. O. 73-75 hat nachgewiesen, in welcher Weise die bei Podach gesammelten Dokumente in Zeitbloms Erzählungen über seinen Freund Adrian »montiert« worden sind.

17. 1. 1945

151 1] *Buch über Joseph:* Als 1. Teil ›Joseph und seine Brüder‹ eingegangen in Jonas Lessers Buch ›Thomas Mann in der Epoche seiner Vollendung‹, München 1952, 9-273.

2] *an Bab:* An Julius Bab, P. P. 17. 1. 45, Reg. III, 45/44.

18. 1. 1945

151 1] *die beiden deutschen Sendungen:* Wohl die vom 14. bis 16. 1. 45 geschriebenen Appelle.

2] *zur Cocktail-Party mit S. Hillman:* Vgl. Bertolt Brecht, ›Arbeitsjournal II‹, Frankfurt 1973, Eintrag vom 19. 1. 45: »treffe bei dieterles, S. HILLMANN vom PAC [National Citizens *P*olitical *A*ction Committee] und der CIO [Congress of *I*ndustrial *O*rganizations], er kommt von der gewerkschaftskonferenz in london, ein fuchs, der manchen abgebissenen lauf in mancher eisenfalle zurückgelassen hat.«

3] *S. Hillman:* Der amerikanische Gewerkschaftsführer Sidney Hillman.

4] *Aufsatz über Joseph von Neider:* Charles Neider, ›Thomas Mann's Joseph Myth‹, ›The New Mexico Quarterly Review‹, Albuquerque, 14/1944, Fall, 286-296.

5] *Neider:* Der 1915 in Odessa geborene, heute in Princeton lebende amerikanische Schriftsteller, Kritiker und Editor Charles Neider war Mitarbeiter bei Klaus Manns Zeitschrift ›Decision‹ und gab 1947 in New York das Sammelwerk ›The Stature of Thomas Mann‹ heraus.

19. 1. 1945

1] *Unmöglichwerden des Komponierens:* Die Expektorationen des 151 in die Gestalt eines »Intelligenzler[s], der über Kunst, über Musik [...] schreibt« geschlüpften Teufels im XXV. *Faustus*-Kapitel. (GW VI, 317-324, bes. 321 f.).

2] *an Mrs. Lowe-Porter:* An Helen Lowe-Porter, P. P. 20. 1. 45; 152 Reg. III, 45/47.

3] *Fragen ... beantwortet:* An Anna Jacobson, P. P. 19. 1. 45; Reg. III, 45/45; Br. II, 409/410: Antwort auf Fragen die Quellen des *Joseph*-Romanwerks betreffend.

4] *Kierkegaard-Passage:* Der Text der im Manuskript (Bl. 389/390) gestrichenen Passage lautet: »... las Kierkegaard über Mozarts Don Juan. Wunderlich leidvolle und dabei verehrende, dabei beseligende Passion des aesthetisierenden Christen für eine Welt, auf deren verneinende, geistig ausschließende Entdeckung und Einsetzung durch das Christentum er stolz ist: für das Sinnlich-Erotische, das, dem Heidentum unbekannt als Prinzip, sich im Verführer-Helden der christlichen Volkslegende zur sinnlich-erotischen Genialität konzentriert, und als dessen absolutes Ausdrucksmedium er die Musik erkennt. Die Musik, sagt er, ist die Sprache des vom Geiste ausgeschlossenen Unmittelbaren, der sinnlichen Unmittelbarkeit. Diese ist christliche Conception und die Musik eine höchst christliche Kunst – im Sinne der Dämonie. Musik ist Dämonie; nur das Christentum konnte sie entwickeln, und das rechtfertigt die tiefe, selig-unglückliche Liebe seiner christlichen Seele zu ihr, den Enthusiasmus, mit dem er den Komponisten des Don Juan auf ewig für den Größten ausruft, dieses Werk für das unsterblichste der unsterblichen erklärt. Es ist ganz offenbar, daß nie ein Ausdruck jenes Unmittelbaren, das seiner Natur nach in die Sphäre des Geistes fällt, nie ein Werk des bewußten und reflektierten Geistes, der Sprache, ihm diesen Enthusiasmus erregt hat – einen Enthusiasmus[,] der ihn auf Mozarts Unsterblichkeit eifersüchtiger macht, als auf sein eigenes Dasein, und ihn denken läßt, daß er nicht gestorben sei, ohne geliebt zu haben! Und diese Liebe gilt der Kunst, die das Christentum zwar einsetzt, aber nur einsetzt, um sie als Medium dessen, was es nicht anders als negierend zur Sprache bringt, gerade von sich auszuschließen und zu verwerfen! Ist das keine unglückliche Liebe? Nein, denn es ist Liebe. Es ist Leidenschaft, Passion.« (In einem früheren Stadium gestrichen: »Es ist geradezu die Selbstoffenbarung der Passion als des Tiefsten in der Welt, der ambiguosen Mischung von Eis und Glut, von Erkenntnis und Verfallenheit – der Passion als kritischer Hingerissenheit, unersättlicher Ironie. Wahre Leidenschaft gibt es allein für das absolut Verdächtige.«) »Es ist geradezu die Selbstoffenbarung der Passion als des Tiefsten in der Welt und demonstriert wundervoll, daß es Leidenschaft nur gibt im Ambiguosen und als Ironie, daß wahre Leidenschaft allein dem absolut Verdächtigen gilt.« Statt dieses Textes wird in der Druckfassung nur erzählt, daß Adrian Leverkühn »Kierkegaard über Mozarts Don Juan« (297) las, als »schneidende Kälte« ihm den Besuch des Teufels annoncierte.

20. 1. 1945

152 1] *Adorno'schen Schriften:* Vor allem Adornos ›Philosophie der neuen Musik‹. Vgl. die Hinweise TB 18. 2. 1945, Anm. 1.

2] *›Tomorrow the World‹:* Ein Film zum Problem ›Re-education of the German People‹, dargestellt an der Geschichte eines im 3. Reich aufgewachsenen Nazi-Jungen, der im Hause seines amerikanischen Onkels einen langsamen ›process of redemption‹ durchlebt. S. auch TB 30. 1. 45, Text und Anm. 1.

21. 1. 1945

1] *Nietzsche-Buch von F. Krökel:* Fritz Krökel, ›Europas Selbstbe- 152
sinnung durch Nietzsche. Ihre Vorbereitung bei den französischen Moralisten‹, München, Verlag der Nietzsche-Gesellschaft, 1928. TMs Exemplar ist mit Notizen versehen und steht in der Zürcher Bibliothek. (S. auch TB 22. 1. 45, Anm. 1).

2] *Vortrag: Deutschland und die Deutschen.*

3] *an die Meyer:* An Agnes E. Meyer, P. P. 21. 1. 1945; Reg. III, 45/49.

4] *Termin in Washington:* Für den Vortrag in der Library of Congress. Archibald MacLeish war in das State-Department versetzt worden, und TM kannte den neuen Bibliotheksdirektor, Luther H. Evans (s. TB 14. 5. 45, Anm. 3), noch nicht.

5] *Gluck:* Der Komponist Christoph Willibald Gluck (1714-1787).

6] *Grétry:* Der belgische Komponist André Ernest Modeste Grétry (1741-1813).

22. 1. 1945

1] *das Buch preiszukrönen:* 1928 hatte eine aus zwei Franzosen (Lu- 153
cien Lévy-Brühl und Henri Lichtenberger) und drei Deutschen (TM, Karl Voßler, Friedrich Würzbach) bestehende Jury den Preis für eine 1927 vom Vorstand der Nietzsche Gesellschaft gestellte Aufgabe über den Einfluß Nietzsches auf das französische Geistesleben und französische Einflüsse auf Nietzsche zu gleichen Teilen an Geneviève Bianquis und Fritz Krökel vergeben. Vgl. dazu TM/EB, 272/273.

2] *Ballettmusik von Rossini, bearbeitet von Respighi:* Wohl Ottorino Respighi (1879-1936), ›Suite Rossiniana‹, (1925).

3] *Rossini:* Der italienische Opernkomponist Gioacchino Rossini (1792-1868).

4] *Momentum:* Anglizismus in der Bedeutung von ›Impuls‹, ›Triebkraft‹.

23. 1. 1945

1] *an der ›Montage‹ des XXV. Kapitels:* Vergl. die zusammenfas- 153
sende Darstellung bei Lieselotte Voss a. a. O. 177-193, sowie TB 18. 2. 45, Anm. 1.

2] *Besprechung [. . .] von Marcuse:* Ludwig Marcuse, ›Moses, Goethe und Thomas Mann‹, ›Aufbau‹ vol. XI, No. 3 vom 19. 1. 1945, S. 13 und 14.

3] *an Lesser:* An Jonas Lesser, P. P. 23. 1. 45, Reg. III, 45/50.

4] *Theater Turnabout:* Zu lesen Turn-about. Der Saal des Elsa Lanchester, der Frau von Charles Laughton, gehörenden Theaters enthielt zwei Bühnen, zwischen denen sich die drehbaren Sessel für das Publikum befanden. Auf der einen Bühne gab es anspruchsvolles Puppentheater, auf der anderen Chansons, Tanz und Songs. Hier traten u. a. Lotte Goslar und Elisabeth Neumann-Viertel auf. Der Befehl »turn-about« veranlaßte das Publikum, seine Sessel um 180 Grad zu drehen, um so den Vorstellungen auf den beiden Bühnen im Wechsel zu folgen. Vgl. Walter Wicclair, ›Von Kreuzburg bis Hollywood‹, Berlin (Henschelverlag) 1975.

5] *die Goslar:* Die Tänzerin, Pantomimin und Choreographin Lotte Goslar (geb. 1907) kam als Mitglied von Erika Manns ›Pfeffermühle‹ 1936 in die USA, wo sie zunächst in der Refugee Artist Group, später in wechselnden Engagements, auftrat. 1947 betreute sie u. a. die Brechtsche ›Galilei‹-Aufführung in Hollywood. Im gleichen Jahr widmete ihr Brecht einen 1seitigen ›Handlungsaufriß‹ ›Aus dem Zirkusleben‹.

6] *Optalidon:* Ein Schmerzmittel.

24. 1. 1945

154 1] *Dankeskarte an ein Ehepaar Manasse:* TM dankte in diesem noch nicht nachgewiesenen Schreiben dem offenbar jüdischen Ehepaar für einen Brief, der ihn als Bestätigung einer »ungeheueren Erkenntlichkeit der Juden« für den Joseph-Roman (an Jonas Lesser, 23. 1. 45) nachhaltig beglückt hatte: »Noch heute hatte ich einen Doppelbrief von einem Ehepaar Manasse«, berichtete er Lesser: »Er schreibt: ›Es scheint mir, alsob hier [im Joseph] nach den Bemühungen der letzten Jahrzehnte um äußerste Möglichkeiten eine mittlere ›goethische‹ Tradition aufgenommen ist, die, da keine dieser Bemühungen verleugnet ist, nicht mehr Verengerung, sondern neues Wagnis bedeutet. Alles scheint goethisch und doch zugleich ganz neu, Rhythmus, Stil und die Gesinnung, das Miteinander von Distanz und Nähe‹. – Sie schreibt: ›Nach allem Grauenhaften, was den deutschen Juden vom deutschen Volk widerfuhr, scheint es mir unsagbar geheimnisvoll und vieldeutig, daß dieses Ihr Buch heute von einem deutschen

Nichtjuden geschrieben wurde. Aus Ihnen spricht auch Deutschland, ein so großartiges und göttliches, daß es den, der beides sieht und erlebt, sprachlos macht und umwirft. Ihre ›Verkündigung‹ ist symbolisch . . . die Stimme eines Deutschen, der in tiefster Demut es auf sich nimmt, das auszulöschen, was seine Brüder an ihm und uns taten. Es gibt gar keine Worte dafür zu danken – es ist überwältigend und zu viel. Und wir haben nicht die Überlegenheit des Joseph, das Gottesspiel zu lenken und zu dirigieren.‹« (Br. II, 410/411).

2] *die piefkehafte Briefäußerung:* Vgl. Hugo Wolf an Oskar Grohe, Brief vom 11. 8. 1890: »Man will nur mehr Opernszenen in meinen lyrischen Produktionen erblicken. [. . .] Wenn mir die Geschichte mal zu dumm wird, schreibe ich eine Oper, und zwar eine ganz moderne, nach dem Rezept der ›Freien Bühne‹. Darin soll auch von mein und dein wie im Tristan die Rede sein, etwa zwischen einem Polizeiaktuarius und einem sozialistischen Welterlöser, was gewiß ein sehr tiefsinniges und leidenschaftlich bewegtes Duo verspricht. Diese verfluchte Tendenzpoesie heutzutage! Und erst das Mischmasch von mittelalterlichem Mystizismus, urchristlichem Sozialismus und alles angerührt in einer Jauche heidenmäßigster Schweinereien, wie dies bei den Russen modern und von den Deutschen bald überboten wird! So lese ich jetzt von Dostojewsky die Brüder Karamasow. Es ist, als ob man hunderttausend Narren sprechen hörte. Obschon ich gegen 200 Seiten vorgedrungen, bin ich nicht um ein Jota klüger als auf der ersten Seite. Und so ein Buch gilt als tiefsinnig, weltverbessernd, zeitgemäß usw. usw. Ich denke, ein rechter moderner Poet muß heutzutage ein vollkommener Narr oder Spitzbube sein. Ich hoffe, meinen Operntextdichter im Irren- oder Zuchthause zu finden.«

25. 1. 1945

1] *an U. Sinclair:* An Upton Sinclair, P. P. 25. 1. 45; Reg. III, 45/60. 154

26. 1. 1945

1] *Bellergal:* Sedativum. 154

2] *Göbbels beschwört die Civilisation:* In dem ›Reich‹-Leitartikel 155
vom 28. 1. 1945, S. 1 u. 2, ›Unausgesprochene Perspektiven‹, der, wie gewöhnlich, zwei Tage vor der Publikation von allen deutschen Sendern verbreitet wurde, hatte Goebbels gesagt: »Man braucht sich nur vorzustellen, daß die deutsche Wehrmacht nicht in der Lage wäre,

diesen Riesenstoß [die letzte Großoffensive der Sowjets hatte begonnen] zu parieren oder doch aufzufangen. [...] [Dies] würde natürlich nicht nur das Reich, sondern ganz Europa, ja die gesamte Menschheit betreffen. Deutschland kämpft heute in der Tat einen Wettkampf, und von seinem Ausgang hängt mittel- und unmittelbar das zukünftige Schicksal aller zivilisierten Völker ab. Diese Erkenntnis scheint sich auch allmählich in der neutralen Öffentlichkeit Bahn zu brechen. – Niemals waren die Stimmen aus Madrid, Lissabon, Stockholm und Bern so sorgenerfüllt, wie in den vergangenen zwei Wochen, und wenn gewisse englische und USA-Publizisten so schreiben könnten, wie sie wollten, so würden ihre Auslassungen von einem ähnlichen ernsten Unterton getragen sein. Das Triumphgeschrei aus London und Washington über die sowjetischen Offensiverfolge klingt etwas gequält [...] Jedenfalls ist die allgemeine Lage heute so beschaffen, daß das deutsche Volk, verlassen von fast allen seinen Bundesgenossen in Europa, auf einsamem Posten steht, aber mit der Verteidigung seines eigenen Lebens auch das Leben der gesamten gesitteten Welt in seinen Schutz nimmt. Ob diese Welt das einsehen will oder nicht, das ist dabei ganz unerheblich.«

28. 1. 1945

155 1] *Menuhin:* S. TB 1. 5. 45, Anm. 5.

2] *Nietzsche von Muckle:* Friedrich Muckle, ›Friedrich Nietzsche und der Zusammenbruch der Kultur‹, München 1921. Das Buch steht in der Zürcher Bibliothek.

3] *Rimsky-Korsakow:* Der russische Komponist Nikolai Rimski-Korsakow (1844-1908), Lehrer Igor Strawinskys. Zur »Überlegenheit über Tschaikowsky« vergl. die Interpretationen von Klaus Mann in seinem Roman ›Symphonie Pathétique‹, Amsterdam 1935.

4] *Die Kölnische Zeitung schreibt:* Offenbar hatte das Radio aus einem Artikel ›Die nächsten acht Tage‹ in der ›Kölnischen Zeitung‹ vom Sonntag, 28. 1. 45 zitiert: »Um Kopf und Kragen kann es in den nächsten acht Tagen gehen. Sie werden keinen Pardon kennen und über das Schicksal der Zeterer und der Schweigenden in gleicher Weise entscheiden. Zwei Reiche, zwei Revolutionen, zwei Welten müssen sich in der Schlacht begegnen und in dieser alles austragen, was sie trennt, was sie hassen und die Vernichtung des anderen lehrt. In den nächsten acht Tagen wird offenbar werden, ob unsere Hunderttausende Gefallener [...] umsonst gefallen sind, oder ob doch noch eine Gerechtigkeit die unzähligen Opfer lohnt, die uns bis an die Grenzen unserer Kraft und an die Grenzen unserer Mittel gebracht haben. Hinweg mit allen Einwänden und Beschönigungen, die nur Schwache gebrauchen! Die Gefahr ist riesengroß. Die Fluten steigen, ganze Provinzen sind auf der Flucht. Der Schrecken wälzt sich von Osten nach Westen. Wo ist ein Halt, ein Deich, eine Hoffnung, die nicht schon 24 Stunden später wieder zerronnen ist? Sollen fünf schwere Kriegsjahre voller Not und Tod, voll verlorenem Blut und Gut vergeblich gelitten und gestritten sein? Dein Grab, Bruder, für nichts? Dein gebrochenes Herz, Mutter, für nichts? Dein weißes Haar, Vater, für nichts? Das kann und wird nicht sein.«

29. 1. 1945

1] *Brief und Manuskript von Kerényi:* Ascona, 21. 12. 44: »Ihre Briefe sind nun hierher gerettet. Viele von den meinigen besitze ich noch in Konzeptform [...] Das Ganze ist wie in organischem Wachstum zu einem kleinen Büchlein geworden, für mich persönlich zu einem unbeabsichtigten Zeugnis von meinen eigentlichen geistigen Grundlagen. Und es ist, wie es ist, ungewollt und nicht programmsmäßig, programmatisch. Auch abgesehen von seiner sachlichwissenschaftlichen Wichtigkeit und seinem geistesgeschichtlichen Wert als eines Werkes primärer Aussagen und unverfälschter Dokumente: ich kann mich als Forscher immer noch nur zu diesem geistigen Programm bekennen.« (Thomas Mann/Karl Kerényi, ›Ein Gespräch in Briefen‹, Zürich 1960, S. 103). 155

2] *mythologischer Briefwechsel:* Karl Kerényi (Hrsg.), ›Romandichtung und Mythologie. Ein Briefwechsel mit Thomas Mann (1934 bis 1945‹, Zürich 1945, ›Albae Vigiliae‹ I, 2. Die erweiterte Neuauflage, die auf den Seiten 100-105 den o. g. Brief vom 21. 12. 44 enthält, erschien 1960 unter dem Titel ›Ein Gespräch in Briefen‹.

3] *Kerényi:* Der ungarische Philosoph und Religionswissenschaftler Karl Kerényi (1897-1973) übersiedelte 1943 von Ungarn in die Schweiz. TM hatte ihn 1935 in Budapest kennengelernt. Die briefliche Verbindung ist älter. Sie begann mit der Übersendung von Kerényis Aufsatz über ›Unsterblichkeit und Apollonreligion‹, den TM am 23. 1. 1934 erhielt, und dauerte, allen Kriegswirren zum Trotz, bis zum Tode TMs an.

4] *›Das Gesetz‹ auf dem Schweizer Markt:* Eine deutschsprachige Ausgabe von TMs Novelle war 1944 bei Bermann-Fischer in Stockholm erschienen.

5] *Presse begeistert:* In dem unter Anm. 1 zitierten Brief hatte Kerényi geschrieben: »... es ist mir eine wahre Freude, daß die Schweizer Kritik allmählich die echten Töne der Begeisterung über Ihre Schöpfungen wiederfindet.« (a. a. O. 104).

6] *morgige Ansprache:* S. TB 30. 1. 45, Anm. 1.

156 7] *Berlin offenbar abgeschrieben:* Radio Paris hatte – einer Meldung der ›New York Times‹ vom 30. 1. 45 zufolge – berichtet, daß sich hohe NS-Funktionäre und Beamte der Reichsführung von Berlin nach München absetzten. Zu dem Gerücht eines nationalen Widerstandszentrums im Raum München/Berchtesgaden vgl. TB 2. 2. 45, Anmerkung 5.

30. 1. 1945

156 1] *Diskussionsrede:* Der ungefähre Text ist einem Artikel des ›Daily Worker‹ vom 7. 2. 45 zu entnehmen, der über die Diskussionsveranstaltung berichtete und TMs Rede referierte: »In the total defeat of the German nation and the utter discrediting of the Hitler regime rests the only hope of the German people, in the opinion of Thomas Mann, famous Nobel Prize novelist who fled from Germany and became an American citizen. Dr. Mann spoke at the Hollywood premiere and town meeting for Tomorrow the world. [...] ›Out of the defeat and disillusionment the hope is that the German people will find a new sense of reality and will return to the decent values that once made Germany great‹, said Dr. Mann. ›Punishment must be stern. The German people must understand that they have taken a licking such as they have never had before. The rise of a democratic and civilized Germany is linked with the establishment of a more secure and civilized world.‹ Daß diese Berichterstattung korrekt war, bestätigte TM dem Rezensenten, Samuel Barron; am 22. 2. 45: »What you reprinted of my speech, although not true to the letter of the word, is correct in its meaning, and therefore everything is alright.« – Weitere Sprecher der Veranstaltung, wie der Präsident der University of Southern California, Dr. Rufus B. von Kleinsmid, sowie einige Professoren der U. C. L. A., unterstrichen vor einem pro et contra heftig diskutierenden Auditorium aus Schriftstellern, Historikern,

Schauspielern, Journalisten und politischen Sachverständigen die These, daß »the progress of re-education was not only the hope of Germany but of the world.«

31. 1. 1945

1] *deutsche Ansprache:* »Das elende Subjekt, das sich noch Deutschlands Führer nennt . . .« *Deutsche Hörer,* 31. 1. 1945, GW XI, 1110 bis 1112. *156*

2] *Machtergreifungsrede:* Am 30. 1. 1945 hielt Hitler von der Reichskanzlei aus seine letzte Rundfunkansprache an das deutsche Volk, in der er u. a. sagte: »Der Allmächtige hat unser Volk geschaffen. Indem wir seine Existenz verteidigen, verteidigen wir sein Werk. [. . .] Es lag in der Hand der Vorsehung, am 20. Juli durch die Bombe, die 1½ Meter neben mir krepierte, mich auszulöschen und damit mein Lebenswerk zu beenden. Daß mich der Allmächtige an diesem Tag beschützte, sehe ich als eine Bekräftigung des mir erteilten Auftrages an. Ich werde daher auch in den kommenden Jahren diesen Weg kompromißloser Vertretung der Interessen meines Volkes weiterwandeln, unbeirrt um jede Not und jede Gefahr und durchdrungen von der heiligen Überzeugung, daß am Ende der Allmächtige den nicht verlassen wird, der in seinem ganzen Leben nichts anderes wollte, als sein Volk vor dem Schicksal retten, das es weder seiner Zahl noch gar seiner Bedeutung nach jemals verdient hat.« (Domarus a. a. O. II. 1, 2196/2197.)

1. 2. 1945

1] *Übereinkunft mit der Library:* Wegen des Termins für den Vortrag *Germany and the Germans;* s. TM an Luther H. Evans, den neuen Leiter der Washingtoner Library of Congress, P. P. 3. 2. 45; Reg. III, 45/66. *156*

2] *Vorlesung: Deutschland und die Deutschen.*

2. 2. 1945

1] *an Kerényi:* An Karl Kerényi, P. P. o. D.; Reg. III, 45/72. *157*

2] *Über Gesangskunst von Bachner:* Louis Bachner, ›Dynamic Singing, a new approach to free voice production‹, L. B. Fischer, N. Y. 1944.

3] *Petruschka-Musik:* Igor Strawinsky, ›Petruschka. Eine Burleske

in vier Bildern‹, 1910/11. Das Ballett wurde 1911 unter Pierre Monteux in Paris uraufgeführt.
4] *Zusammenkunft der Drei:* Die siebentägige Konferenz zwischen Roosevelt, Churchill und Stalin fand vom 4.-11. 2. 45 in Yalta auf der Krim statt. Angesichts des zu erwartenden Sieges sollten die bisherigen Abkommen, besonders die von Teheran und Quebec, fixiert und die Gestaltung der Nachkriegswelt vorbereitet werden. Die Entscheidungen der Yalta-Konferenz betrafen u. a. die endgültige Einigung über die Besatzungszonen in Deutschland, die UNO-Gründungsversammlung in San Francisco, die Festlegung der polnischen Grenzen, sowie den Eintritt der UdSSR in den Kampf gegen Japan nach der Beendigung des europäischen Krieges.
5] *Widerstandslinie:* Die Vorstellung einer der Schweizer ›Reduit‹-Bastion ähnlichen ›Alpenfestung‹ im Raum Berchtesgaden/österreichisch/italienische Alpen bestimmte nicht unwesentlich die Strategie des westalliierten Vormarsches und tauchte in der amerikanischen Presse immer wieder auf. So meldete die ›New York Times‹ am 31. 1. 45 (3:1), daß amerikanische Militärexperten die Meinung verträten, die Deutschen präparierten einen »final stand in southern Germany and Austrian mountains after Berlin fall.« 1 Woche später informierte dieselbe Zeitung (4. 2. 45, Beil. IV, 1:2) durch eine Karte, die den alliierten Vormarsch sowie die »possible area of German Inner Fortress« illustrierte, und diskutierte am 11. 2. 45 (Beil IV, 8) die Möglichkeit, »that Nazi leaders and SS troops may retreat into Alps for last stand.« Ja, noch Ende März (24. 3. 45, 1:6 und 16:1) gaben Berichte über das »speeding work on Alpine redoubt« Anlaß zu besorgten Überlegungen. – Zum Problem ›Alpenfestung‹ vgl. TB. 6. 4. 45, Anm. 6, sowie, grundsätzlich, den auch deutsch erschienenen Bericht des amerikanischen Historikers Rodney E. Minott, ›Top secret. Hitlers Alpenfestung. Tatsachenbericht über einen Mythos‹, Hamburg 1967.

3. 2. 1945

157 1] *Heines ›Elementargeister‹:* Heinrich Heines, 1835/36 entstandene Schrift. S. TB 6. 2. 45, Anm. 1.
158 2] *Hitler-Himmler'sche Monstre-Bergfestung:* S. TB 2. 2. 45, Anm. 5.
3] *Rede des Göbbels:* Die Rede ist nirgendwo nachweisbar. Dafür, daß es sich bei der Nachricht um ein Gerücht handelte, spricht ein Be-

richt der ›New York Times‹ von George Axelsson aus Stockholm (8. 2. 45, 9:1): ›Goebbels' Silence Causes Surprise‹. Der Korrespondent berichtet, daß gerade in den bedrohlichen Tagen der letzten Woche viele NS-Führer flammende Aufrufe an die Berliner Bevölkerung gerichtet hätten, »but Goebbels kept quiet except for his usual weekly, the Reich. Berliners, it is reported, now doubt whether these are written by him. – Goebbels has had a nervous breakdown, it is rumored. Some persons interpret his silence als being his usual ›fence-sitting‹ in critical situations.«

4. 2. 1945

1] *Heine über die Faustsage:* Heinrich Heine, ›Der Doktor Faust, Ein Tanzpoem, nebst kuriosen Berichten über Teufel, Hexen und Dichtkunst‹ (1846/47, Buchfassung 1851/52). *158*

2] *Aufforderung [. . .] zur Übergabe:* Wahrscheinlich in einer der regelmäßigen Sendungen des ›Nationalkomitees Freies Deutschland‹, die sich zwischen Juni 1944 und Mai 1945 täglich 5 Stunden lang an die deutschen Truppen im Osten, später auch an die Bevölkerung in Deutschland wandten und in denen General von Seydlitz immer wieder zur Kapitulation und Vermeidung unnützen Blutvergießens aufrief.

5. 2. 1945

1] *Artikel: The End,* ›Free World‹, N. Y., Jg. 8, No. 3, März 1945, 15-18. (GW XII, 944-950). Vgl. TM an Agnes E. Meyer, P. P. 15. 2. 1945; Reg. III, 45/87: »Auf Wunsch habe ich für Free World einen Aufsatz geschrieben [. . .], eine Art von Nekrolog auf den National-Sozialismus, der mir, glaube ich, recht gut gelungen ist. Ich habe dazu Tagebuch-Aufzeichnungen aus dem Beginn der Emigration benutzt, die zeigen, wie die persönliche Verstörung und Beängstigung überherrscht war von dem Gefühl des Mitleids mit dem unglückseligen deutschen Volk und von der Frage: ›Was soll eines Tages [. . .] aus diesen Menschen werden?‹ Denn daß es ein [. . .] Ende mit Schrecken nehmen müsse, davon war ich vom ersten Augenblick an überzeugt. [. . .] Nicht schrecklich genug habe ich mir den Ausgang vorgestellt. [. . .] Grausamere Herren hat wohl nie ein Volk gehabt, Herren, die eiserner darauf bestanden, daß es mit ihnen zu Grunde gehe.« (Br. II, 411/412). *158*

2] *an Stampfer:* Der Brief konnte noch nicht aufgefunden werden; es ist jedoch anzunehmen, daß Stampfer TM um einen Gedenkartikel zum 20. Todestag des am 28. 2. 25 verstorbenen Reichspräsidenten Friedrich Ebert (1871-1925) gebeten hatte.

3] *Stampfer:* Der SPD-Journalist und ehemalige Chefredakteur des ›Vorwärts‹, Friedrich Stampfer (1874-1957), war über Prag und Paris 1940 in die USA entkommen, die er bereits ein Jahr zuvor besucht hatte, um gemeinsam mit den ›Neue Volkszeitung‹-Redakteuren Katz und Seger die ›German Labour Delegation‹ im Rahmen des antikommunistisch-traditionalistisch orientierten und im Gegensatz zum CIO stehenden Gewerkschaftsbundes ›American Federation of Labour‹ befördern zu helfen. Ab 1940 war Stampfer Redakteur bei der ›Neuen Volkszeitung‹ in New York.

4] *an die Volkszeitung:* TMs Radiosendung vom 31. 1. 45 (S. TB 31. 1. 45, Anm. 1) erschien unter dem Titel: ›Wie lange noch . . . Eine Radio-Ansprache an das Deutsche Volk‹ in der ›Neuen Volkszeitung‹, 14. Jg. No. 7 v. 17. 2. 45, S. 1.

5] *Heine über deutsche Philosophie:* Heinrich Heine, ›Zur Geschichte der Religion und Philosophie in Deutschland‹. (1834). S. TB 6. 2. 45, Anm. 1.

6] *Schüsse in Friedensdemonstrationen:* Eine entsprechende Meldung ließ sich weder in der ›New York Times‹ noch in einer der von TM regelmäßig gelesenen Zeitschriften nachweisen.

7] *Göbbels ruft auf:* S. TB 3. 2. 45, Anm. 3. Zu »unbedingtem Widerstand« ruft später jedoch die berühmte ›Durchhalterede‹ vom 28. 2. 45 auf: Es gibt nur »Widerstand um jeden Preis, fanatische Kampfentschlossenheit an der Front und in der Heimat [. . .]« (›Reden‹, a. a. O. Bd. II, 429-446).

6. 2. 1945

159 1] *Heine über Deutschland:* Heinrich Heine, ›De l'Allemagne‹. – ›Über Deutschland‹. (›Die Romantische Schule‹, 1833-35, ›Religion und Philosophie in Deutschland‹ 1834/35, ›Elementargeister‹ 1835/36).

2] *seines neuen Stückes:* Neumanns 1944 geschriebenen Dramas ›Abel‹.

3] *Sein Münchener Roman:* Alfred Neumanns Roman über die studentische Widerstandsgruppe ›Die Weiße Rose‹ in München ›Es waren ihrer Sechs‹, Stockholm 1944.

7. 2. 1945

1] *für den Aufsatz:* S. TB 5. 2. 45, Anm. 1. 159

2] *von [. . .] Kaskel:* Nicht im TMA. Der erwähnte ›Beitrag‹ ist TMs Essay ›*Joseph und seine Brüder*‹; s. TB 6. 1. 45, Anm. 1.

3] *Kaskel:* Dr. Joseph Kaskell (1892-1946), ursprünglich Rechtsanwalt in Berlin und in dieser Eigenschaft bis zu seiner Entlassung, 1938, mit Emigrationsproblemen befaßt. Kaskell emigrierte 1938 in die USA und war von 1943-1946 als Vertreter der chilenischen ›Deutschen Blätter‹ in New York tätig. Ab 1945 arbeitete er wieder als Rechtsanwalt in den USA.

4] *von Fritz Busch:* Nicht im TMA. Aus der Antwort TMs an Frau Grete Busch vom 12. 2. 45, Reg. III, 45/74 geht hervor, daß Busch nach Publikationsmöglichkeiten für seine Memoiren gefragt hatte, die 1949 unter dem Titel ›Aus dem Leben eines Musikers‹ in Zürich erschienen.

5] *Fritz Busch:* Der deutsche Dirigent Fritz Busch (1890-1951). TM lernte den Dresdner Generalmusikdirektor 1923 kennen: »Grüßen Sie auch Meister Busch und sagen Sie ihm, wie froh ich bin über seine menschliche und künstlerische Bekanntschaft!« (An Herrn und Frau Arthur Nikisch jun., München, 15. 2. 1923, Br. I, 204.) – Busch verließ Deutschland im Mai 1933, baute 1933-1936 und 1942-1945 die deutsche Opernspielzeit am Teatro Colón in Buenos Aires auf. 1936 wurde er argentinischer Staatsbürger. Auf dem Landsitz von John Christie in Sussex begründete er 1934 mit Carl Ebert und Rudolf Bing die Glyndebourne-Opernfestspiele.

6] *Heine, Die Romantische Schule:* Die 1835 in Paris geschriebene erweiterte Fassung von Heinrich Heines Abhandlung ›Zur Geschichte der neueren schönen Literatur in Deutschland‹. S. TB 6. 2. 45, Anm. 1.

7] *Konferenz der Drei:* Die Yalta-Konferenz. S. TB. 2. 2. 45, Anm. 4.

8. 2. 1945

1] *Artikel für ›Free World‹:* S. TB 5. 2. 45, Anm. 1. 159

2] *Ergänzung des Bandes ›Deutsche Hörer‹:* Die erste Ausgabe: *Deutsche Hörer! 25 Radiosendungen nach Deutschland* (Oktober 1940 – September 1942) war 1942 bei Bermann Fischer in Stockholm und, 1943, in englischer Sprache unter dem Titel *Listen Germany* bei Knopf in New York erschienen. Zum Plan einer Erweiterung des

Bandes vgl. TM an GBF, P. P. 9. 2. 45: »an eine Neusammlung der deutschen Sendungen bis zur Gegenwart hatte ich auch schon manchmal gedacht. Natürlich ist [...] eine Menge ungedrucktes Material vorhanden. Ich brauche nur etwas Zeit für die Ordnung und Durchsicht und einige neue Abschriften.« (TM/GBF 375) Der neue Band *Deutsche Hörer! 55 Radiosendungen nach Deutschland*, 2. erw. Ausgabe, erschien mit 56 Texten 1945 in Stockholm. (GW XI, 983 bis 1123).

160 3] *Spielte mir ›Walküre‹:* TM besaß eine Gesamtaufnahme des 1. (Wiener Philharmoniker unter Bruno Walter mit Lotte Lehmann, Lauritz Melchior, Emanuel List) und des 3. ›Walküre‹-Aktes (The New York Philharmonic Orchestra unter Artur Rodzinski mit Helen Traubel, Herbert Janssen, Irene Jessner); außerdem ›Wotans Abschied‹ und ›Feuerzauber‹ in einer Aufnahme des London Symphony Orchestra unter Karl Rankl mit Paul Schöffler als Wotan.

4] *Papen in Madrid:* Durch Radio Ankara verbreitetes Gerücht, das die ›New York Times‹ bereits am 25. 1. 45 als Klatsch apostrophierte: »The Ankara Radio, quoting what it called ›a reliable source‹ said a German mission headed by Franz von Papen had arrived Madrid to ›sound the possibilities‹ for the best possible peace terms for Germany.« Der reale Kern dieses Gerüchtes (und ähnlicher Meldungen) ist möglicherweise in den Friedensbemühungen des Auswärtigen Amtes zu suchen, das mit Hilfe einer sog. »Sprachregelung« vom 19. 1. 45 versuchte, über die deutschen Auslandsvertretungen neutrale Mittelsmänner zur Kontaktaufnahme mit den Amerikanern zu gewinnen. Vgl. im Einzelnen Reimer Hansen, ›Das Ende des Dritten Reiches‹, Stuttgart 1966, 42/43.

9. 2. 1945

160 1] *von Klaus:* Italy, 25. 1. 45; im KMA: »I hope that my transfer to the Stars and Stripes is imminent. They have asked for me rather urgently and PWB has agreed to let me go as soon as a successor for me will be found.«

2] *Stars and Stripes:* Die offizielle amerikanische Soldatenzeitung ›Stars and Stripes. Daily Newspaper of the US Armed Forces [...] under the auspices of the information and education‹ erschien seit 1942 in regional verschiedenen Ausgaben. Die wichtigsten europäischen Erscheinungsorte waren Paris und Rom.

3] *an Bermann:* An GBF, P. P. 9. 2. 45, Reg. III, 45/73, TM/GBF, 375. Vergl. TB 8. 2. 45, Anm. 2.
4] *Lied von der Erde:* Gustav Mahlers Zyklus von sechs Gesängen für Alt- und Tenorsolo und Orchester ›Das Lied von der Erde‹ (1911).
5] *Freisler:* Der Präsident des sogenannten ›Volksgerichtshofs‹, Dr. jur. Roland Freisler (geb. 1893) war unter den 22 000 Toten des schweren Luftangriffs auf Berlin am 3. 2. 45.

11. 2. 1945
1] *Familie Eppstein:* Max und Liola Epstein, s. TB 25. 3. 44, Anmerkung 1. 161
2] *Beschäftigung mit den Tagebuchauszügen:* Angeregt durch die Vorarbeiten für den Artikel *Das Ende* (s. TB 5. 2. 45, Anm. 1) wandte sich TM intensiver seinen Tagebuchaufzeichnungen aus den Jahren 1933/34 zu. Der hier erstmalig erwähnte Gedanke an eine Publikation wurde zunächst 1946 in einem auf 500 Exemplare limitierten Privatdruck der Pacific Press unter dem Titel *Leiden an Deutschland. Tagebuchblätter aus den Jahren 1933 und 1934* realisiert. (GW XII, 684-766). Vergl. auch TM an GBF, P. P. 9. 3. 45; Reg. III, 45/117, TM/GBF 378/379: »Gelegentlich [...] kamen mir Tagebuch-Aufzeichnungen wieder vor Augen, die ich zu Anfang unserer Emigration, in den Jahren 33 und 34, gemacht habe, und die mir beim Wiederüberlesen den Eindruck machten, daß sie gerade jetzt in dem Augenblick des Zusammenbruches des Nationalsozialismus eine ganz erregende und erinnerungsvolle Lektüre abgeben könnten. Es handelt sich nur um etwa achtzig Schreibmaschinen-Seiten, bestehend aus zum Teil sehr kurzen, zum Teil etwas ausführlicheren Aufzeichnungen über die Erlebnisse von damals, das ganze Leiden an den deutschen Zuständen und an der entmutigenden Haltung der übrigen Welt.«

12. 2. 1945
1] *rechts ... Rechts:* So in der Handschrift. 161
2] *Manifest:* Das am 12. 2. 45 von Roosevelt, Churchill und Stalin 162
gemeinsam unterzeichnete Abschlußkommuniqué der Konferenz von Yalta. S. TB 2. 2. 45, Anm. 4.

13. 2. 1945

162 1] *Brief aus Lausanne:* Nicht ermittelt. Eine französische Übersetzung der Novelle ist nur innerhalb des Bandes ›Les Dix Commandements‹, New York, Edition de la Maison Française, 1944, und Paris, Michel, 1946, 15-76 nachweisbar. Vgl. jedoch den Brief an Agnes E. Meyer v. 15. 2. 45: »Das ›Gesetz‹ hat in der Schweiz einen großen Erfolg und wird schon ins Französische übersetzt.« (Br. II, 412).

2] *Protest der Londoner polnischen Regierung:* Gegen die Festlegung der neuen polnischen Ostgrenze im Abkommen von Yalta.

3] *Hebbels Tagebücher:* Friedrich Hebbel, ›Sämtliche Werke‹, Hist. Krit. Ausg. besorgt von Richard Maria Werner, 2. Abt. Tagebücher, 4 Bände, Berlin 1900-1905. TMs Exemplare stehen in der Zürcher Bibliothek.

4] *Eichkätzchen:* ›»Töte dein Eichkätzchen und du wirst aus seinem Eingeweide das Schicksal der Welt erfahren.« Ich täte es nicht, und wenn man mich selbst töten wollte.‹ ›Kollektaneen, Gedanken und Erinnerungen, Wien 1861‹, No. 6214, a. a. O. Bd. IV, S. 330.

14. 2. 1945

162 1] *Die Drohung der Deutschen:* AP hatte am 13. 2. 45 aus London einen Bericht über die deutschen Reaktionen auf die Yalta-Beschlüsse gegeben und in diesem Zusammenhang aus dem Kommuniqué des Auswärtigen-Amt-Sprechers Dr. Paul Schmidt zitiert: »Millionen von uns werden sich dem Guerilla-Krieg verschreiben und jeder Deutsche wird, ehe er selbst stirbt, versuchen, fünf oder zehn Feinde mit ins Grab zu nehmen. [...]« Achtzig Millionen Deutsche wüßten sich zu verteidigen: »Wir haben Erfahrungen in kleineren Ländern gesammelt. Millionen Deutscher werden Mord mit Mord beantworten.« (NYT 14. 2. 45) – Meldungen über den bevorstehenden Einsatz von Giftgas durch die Deutschen waren immer wieder in der amerikanischen Presse zu lesen.

2] *Mr. Brown:* Ob es sich hier um den später mehrfach als ›Ex-Rabbi‹ erwähnten Rabbiner Lewis Browne (1897-1965), einen bekannten und erfolgreichen Schriftsteller über jüdische Probleme und populären Kanzelredner, handelt, war nicht zu ermitteln.

3] *an die Meyer:* An Agnes E. Meyer, P. P. 15. 2. 45; Reg. III, 45/87; Br. II, 411/412; s. auch TB 5. 2. 45, Anm. 1.

4] *An Osborn ... wegen seines Buches:* Der Brief ist noch nicht aufgefunden. TM erhielt, wie das TB zeigt, Max Osborns Buch ›Die Teufelsliteratur des 16. Jahrhunderts‹, Berlin 1893, am 24. 2. 45, studierte es gründlich und schickte die Schrift am 3. 4. 45 zurück: ». . . dies ist nur um Ihnen anzuzeigen, daß ich heute Ihre Teufelsschriften wieder zu Ihnen auf den Weg bringe. Vielen Dank! Es war sehr gut, daß ich das kennen lernte.« (Reg. III, 45/176; D. ü. D. III, 48). Vgl. auch den TB 14. 10. 44, Anm. 1 zitierten Brief an Osborn, in dem ein Grundmotiv des *Doktor Faustus*, Ästhetizismus als ›teuflische‹ Bedrohung eine bedeutsame Rolle spielt: »Wir haben gelernt, daß das Gute sich nicht im ästhetisch Kühnen und Reizvollen erfüllt, daß eine Kultur der Barbarei ganz nahe wohnt, die ›sich nicht für Politik interessiert‹ und das Soziale aus ihrem Gesichtskreis ausschließt; daß auf einem geistigen Menschen schwerere Verantwortungen liegen, als Probleme der Schönheit.« 163

15. 2. 1945

1] *an Knopf:* An Alfred A. Knopf, P. P. 15. 2. 45; Reg. III, 45/86. 163

2] *Vorwort:* Eine von Helen Lowe-Porter angefertigte Übersetzung von TMs Novelle *Das Gesetz* erschien ohne Vorwort des Autors 1945 unter dem Titel *The Tables of the Law* bei Knopf in New York.

3] *über Rußland:* Fritz Sternberg, ›The power of Russia‹, ›Common Sense‹, New York, vol. XIV, No. 1, Febr. 1945, 23-25. Auch das Editorial der Februar-Ausgabe war Rußland gewidmet: ›Russia's Dead Idealism‹, a. a. O. 39.

4] *Bombardements von Dresden:* Zwischen dem Abend des 13. und dem Mittag des 14. 2. 1945 zerstörten britische und kanadische Flugzeuge in drei Wellen die mit ca. 500 000 Ostflüchtlingen überfüllte sächsische Hauptstadt durch Brand- und Sprengbomben. Die Angriffe forderten mindestens 60 000 Menschenleben. Die genaue Zahl der Toten steht – wegen der vielen nichtregistrierten Flüchtlinge – bis heute nicht fest. Sie schwankt zwischen 60 000 und 245 000, 135 000 gilt als realistische Schätzung. Das Dresden-Bombardement ließ bei Engländern und Amerikanern die Diskussion um die moralische Verantwortbarkeit solcher Angriffe neu aufflammen – zumal als bekannt wurde, daß die alliierte These, die Sowjets hätten zur Entlastung ihrer Offensive auf dem Angriff bestanden, nicht stimmte.

16. 2. 1945

163 1] *neue deutsche Ansprache:* »Die Kundgebung der drei Staatsmänner, die in Jalta konferierten ...« *Deutsche Hörer,* 16. 2. 45, GW XI, 1112-1114.

2] *Carrier Planes:* Träger-Flugzeuge.

17. 2. 1945

1] *Leiden an Deutschland:* S. TB 11. 2. 45, Anm. 2.

2] *an Horch:* Noch nicht bekannt.

3] *Lausanner Moses-Ausgabe:* S. TB 13. 2. 45, Anm. 1.

164 4] *Kriminal-Ehe-Drama:* S. TB 6. 2. 45, Anm. 2.

5] *von der guten Frau:* Kitty Neumann.

18. 2. 1945

164 1] *die musikkritischen Montagen:* Für den 2. Teil des Teufelsgesprächs, da der »Strizzi und Ludewig« sich in einen »Intelligenzler, [...] einen »Theoretiker und Kritiker, der selbst komponiert«, verwandelt (GW VI, 317-325) hat TM, wie Hansjörg Dörr (a. a. O. 319-322, Belege 314-316) detailliert nachweisen konnte, ganze Passagen aus Adornos ›Philosophie der Neuen Musik‹ (von der ihm ein 91seitiges Typoskript vorlag) in die Argumentation des »Höllensohns« einmontiert. Vgl. auch *Entstehung,* Kap. VI, GW XI, 186/187.

2] *an die Lowe:* An Helen T. Lowe Porter, P. P. 18. 2. 45; Reg. III/45/88.

3] *Liszt:* Der Komponist und Klaviervirtuose Franz Liszt (1811 bis 1886).

4] *Holländer-Ouvertüre:* Richard Wagner, Ouvertüre zur Oper ›Der fliegende Holländer‹ (1843), zu deren Titelhelden TM in den *Betrachtungen* (Kapitel ›Einkehr‹, GW XII, 92) seinen *Tonio Kröger* als einen ›guten Bruder‹ in Beziehung setzte.

5] *Rienzi-Akzente:* Reminiszenzen an Richard Wagners Oper ›Rienzi, der letzte der Tribunen‹ (1843). TM besaß ›Rienzis Gebet‹ in einer Aufnahme des Columbia-Opera Orchestra unter Erich Leinsdorf mit Lauritz Melchior als Rienzi; später kam noch die Platte der Arie des Adriano ›In seiner Blüte bricht mein Leben‹, mit Georgine von Milinkovic und dem Orchester des Deutschen Opernhauses Berlin unter Heinrich Hollreiser (1943) hinzu.

19. 2. 1945

1] *zu überkommen:* Anglizismus; to overcome = überwinden, überleben. 164

2] *›Aachener Nachrichten‹:* Die am 24. Januar 1945 erstmalig erschienene ›wöchentliche Zeitung für die Aachener Gegend‹. Die politisch den Sozialdemokraten nahestehenden ›Aachener Nachrichten‹ wurden in einer Auflage von 40 000 Stück zunächst einmal, später zweimal pro Woche in dem von den Alliierten eroberten Reichsgebiet ausgeliefert. In der zweiten Nummer vom 31. Januar 1945 waren auf S. 1 unter dem Titel *Eine Botschaft an das deutsche Volk* Teile der TMschen Rundfunksendung vom 14. 1. 45 (GW XI, 1106-1108) abgedruckt.

3] *Attentat auf den Kaiser:* S. Hebbels Tagebucheintragungen vom 18. 2. und 19. 2. 1853 über das Wiener Attentat auf Kaiser Franz Joseph I. im 3. Band der Tagebücher a. a. O. S. 429-431 (No. 5076 und 5077).

20. 2. 1945

1] *ermordet worden:* Das Gerücht von Freislers Ermordung und die Nachrichten über Flucht und Hinrichtung verschiedener Nazi-Größen hatte TM im ›Aufbau‹ gelesen, der vol. XI, No. 7 v. 16. 2. 45 auf S. 1 unter der Überschrift ›Tage der Vergeltung‹ u. a. berichtete: »Am Morgen nach dem großen Bomberangriff auf Berlin [. . .] fanden Heizungsarbeiter [. . .] die Leiche des Volksgerichtspräsidenten Dr. Roland Freisler in den Heizungs-Katakomben, die das Reichsjustizministerium mit dem Reichs-Propaganda-Ministerium verbinden. An einer der Röhren unterhalb des Wilhelm-Platzes hing Freisler mit einem Strick um den Hals. [. . .] Der Sicherheitsdienst der Gestapo nimmt an, daß Freisler von einer geheimen Offizierskamarilla ermordet wurde, die an ihm das Todesurteil gegen die Verschwörer vom 20. Juli rächen will.« Daneben brachte der ›Aufbau‹ einen Bericht des ›Auslands-Horchpostendienstes bei der National Broadcasting Company in New York‹, der den angeblichen Heldentod des Berliner Rundfunkintendanten und SS-Hauptsturmführers Hermann Probst mitteilte und hinzufügte, daß sich dieser Herr in Wahrheit – einer Meldung von ›Radio Atlantik‹ zufolge – mit einem gestohlenen Reichsvermögen von 120 000 Dollar über Spanien nach Argentinien abgesetzt habe. Und schließlich konnte TM derselben Zeitschriften- 165

nummer entnehmen, daß – wieder nach einer Meldung von ›Radio Atlantik‹ – »in Karlsruhe der badische Ministerpräsident, SA-Obergruppenführer Walter Kohler, der badische Innenminister Karl Pflaumer und der Minister für Unterricht und Erziehungswesen, Karl Gärtner [...] hingerichtet« seien, weil sie Kritik an Ostfront-Vorkommnissen geübt und gegen vorgesetze Parteibonzen – genannt werden der Gauleiter Wagner und sein Stellvertreter Röhn – Anklage wegen Korruption und Lebensmittelverschiebung gestellt hätten.
2] *Peau de Chagrin:* Balzacs 1831 erschienener Roman.
3] *›William Wilson‹ von Poe:* Die 1840 geschriebene Schaueridylle des amerikanischen Schriftstellers Edgar Allan Poe (1809-1849).

21. 2. 1945

165 1] *Vortrag: Deutschland und die Deutschen.*
2] *von Klaus:* An Katia Mann, Italy 6. 2. 1945; im KMA: »Also mille choses to Dad and tell him that I heard his pleasantly paternal voice the other day [...] not directly over the radio but on a record which PWB had taken of one of his BBC broadcasts. It was the one about the gas chambers in Poland.«
3] *Moskauer ›Int. Lit‹:* Georg Lukács, ›Schicksalswende‹, ›Internationale Literatur‹, 14. Jg. 1944, Heft 10, 16-23.
4] *Lubliner Greuel:* Die Massaker im Vernichtungslager Majdanek bei Lublin, die nach und nach – seit der Eroberung der Region durch die Rote Armee im Juli 1944 – bekannt geworden waren. Auch die englisch- und deutsch-amerikanische Presse sprach unter dem Stichwort ›The extermination [Ausrottung] of the Jews‹ von ›cruelties for which there is no parallelism in history‹.

22. 2. 1945

165 1] *nationaler Feiertag:* Washington-Day, zur Erinnerung an den am 22. 2. 1732 geborenen 1. Präsidenten der USA George Washington.
2] *an Bermann:* An GBF, P. P. 21. 2. 45; Reg. III, 45/89: »hier [...] die restlichen Abschriften der deutschen Ansprachen. [...] Alles zusammen gibt es nun, denke ich, ein ganz lustiges, streitbares Buch, das immer neu ansetzt, um dasselbe zu sagen, und dabei doch eigentlich nicht monoton wirkt. Wenigstens nur momentweise.« (TM/GBF 375).

3] *Tröltsch:* Der deutsche Theologe, Historiker und Philosoph Ernst Troeltsch (1865-1923). 166

4] *über den Deutschen und Westlichen Gedanken:* Ernst Troeltsch, ›Naturrecht und Humanität in der Weltpolitik‹, Vortrag bei der zweiten Jahresfeier der Deutschen Hochschule für Politik, Berlin 1923. »Was ist das einheitliche Wesen des westeuropäischen Denkens? Und was ist demgegenüber das der deutschen Denkweise? [...] Der Unterschied von den westeuropäischen Völkern ist [...] der, daß diese mit dem Stolz großer Nationen sich als Vertreter großer nationaler Führerstellen empfinden, während die Deutschen sich rein in das Schlepptau der anderen begeben, und die eigene Nation mit diesen Zukunftsaufgaben gar nicht mehr in Verbindung bringen [...] Weder das eine noch das andere ist das Neue, dessen wir bedürfen. Es ist mehr die Scylla und Charybdis, zwischen denen wir durch müssen. Wir müssen das offene Meer eines neuen unbefangenen und weitsichtigen Denkens über diese Dinge gewinnen, die an sich uralte Gegenstände menschlichen Schaffens und Denkens sind, die aber von uns heute neue Antworten verlangen.« S. *Naturrecht und Humanität in der Weltpolitik,* (1923), GW XII, 627-629.

23. 2. 1945

1] *Stockholmer Ausgabe von ›Das Gesetz‹:* Bei Bermann-Fischer, Stockholm 1944. 166

2] *Münchener Kapitel:* Das XXIII. Kapitel des *Doktor Faustus.* S. TB 6. 10. 44, Anm. 1.

24. 2. 1945

1] *Äußerungen zur Rolland-Gedenkfeier:* Wahrscheinlich TMs Brief an Erwin Piscator, der den Romancier am 12. 2. 45 gebeten hatte, dem ›Committee sponsoring the memorial for Romain Rolland‹ beizutreten. In dem unter dem Datum 6. 3. 45 abgeschickten Brief (Reg. III, 45/110) läßt TM den Leiter des ›Dramatic Workshop of the School for Social Research‹, Erwin Piscator, wissen, daß er gern dabei gewesen wäre, wenn sich am 11. 3. 45 die New Yorker Bewunderer des Toten zu seinen Ehren und in seinem Geiste versammeln: »Since it cannot be, [...] I am with you in thought and bow in reverence before the figure of this great Frenchman and European who, before our eyes, has grown far beyond the artistic importance 166 of his work to the heighest level of moral dignity. Rolland's existence makes us realize how valid for our time, and perhaps more for it than for any other is Goethe's word: ›In our time there is but one thing, that matters: a man's true weight on the scales of mankind, the rest is futile.‹« (Im TMA).

2] *Rolland:* Der französische Schriftsteller Romain Rolland (1866 bis 1944), gegen dessen humanitär-pazifistische Gesinnung TM zur Zeit des Ersten Weltkrieges, vor allem in den *Betrachtungen*, Kapitel ›Gegen Recht und Wahrheit‹, GW XII, 149-221, bes. 162-187, leidenschaftlich Stellung genommen hatte.

3] *Text zur Überreichung:* S. TM an John Eastman, jr., P. P. 6. 3. 45; Reg. III, 45/105.

4] *Glückwunsch des Bischof Dyer:* Nicht erhalten. Vgl. jedoch TM an Bishop Frank Dyer, Padres Cabin, Santa Monica, P. P. 6. 3. 45; Reg. III, 45/103.

5] *Bischof Dyer:* Näheres nicht ermittelt. Bishop Dr. Frank Dyer hatte TM 1941, wie aus TB-Eintragungen vom 12. 12. und 14. 12. hervorgeht, zu einer Ansprache bei einem meeting anläßlich des ›Tages zur Mobilisierung für Freiheit und Menschenrechte‹ gewinnen können. (S. *Künstler und Freiheitsrechte,* GW XIII, S. 718-720).

25. 2. 1945

167 1] *zum Tode Alexei Tolstois:* Der möglicherweise für ein Botschafts-Bulletin geschriebene Nachruf konnte noch nicht gefunden werden.

2] *an Kellen:* Verloren.

3] *Ben Hübsch:* Der amerikanische Verleger Benjamin W. Huebsch (1873-1965), Gründer und Leiter der Viking Press, eines Verlages, der sich sehr stark für die (deutsche) Exilliteratur einsetzte.

4] *Bemelmans:* Ludwig Bemelmans (1898-1962), ein siebzehnjährig in die USA eingewanderter Tiroler Schriftsteller und Illustrator, der regelmäßig im kalifornischen Salon der Alma Mahler-Werfel verkehrte.

5] *Marcuses Feldzug:* Ludwig Marcuse hatte in einem Artikel ›Philosophen auf Wanderschaft‹, ›Aufbau‹, vol. X, No. 51 v. 22. 12. 1944, beklagt, daß eine Philosophie, die »nicht in den Tag paßt«, »tief versteckt« liegen müsse, was hingegen in den Tag passe, von allen gekannt werde und »ganz laut« sein dürfe. Die Begründung dieser These enthielt – wenn auch ohne Namensnennung – einen deutlichen

Angriff auf Werfels letztes Buch ›Between Heaven and Earth‹: »Die Philosophie ist in die Hände der populären Roman-Schriftsteller gefallen; auch die Philosophie der deutschen Emigration. Und wenn die deutschen Denker des Exils *eine* politische Aufgabe haben, so ist es nicht die: den Alfred Rosenberg zum tausendsten Mal zu widerlegen. Sie sollten lieber den unsauberen Bereich zwischen Roman und Theologie gründlich säubern. Denn hier ist der Augias-Stall unserer Zeit. Dazu gehört allerdings mehr Mut, als Hitler zu widerlegen – oder Marx.« Zum Fortgang der Fehde vergl. Marcuses Verteidigungsbrief an Alma Mahler-Werfel vom 28. 12. 1944: »Wie kannst Du mir eigentlich das Recht strittig machen, einen der charakteristischsten Züge unserer Zeit zu zeichnen: die Vermischung von ernsten religiösen Fragen mit politisch-sozialen Interessen – und mit der Absicht, breite Massen zu unterhalten? Ich glaube, daß die wahrhaft Frommen am meisten gegen diese außerordentlich verbreitete Literatur sind – und fühle mich ganz auf ihrer Seite.« (›Briefe von und an Ludwig Marcuse. Herausgegeben und eingeleitet von Harold von Hofe‹, Zürich 1975, 37/38, Zitat 37); ferner Marcuses Artikel ›In theologischen Schleiern‹, ›Aufbau‹, vol. XI, No. 10 v. 9. 3. 1945, S. 8; Friedrich Torbergs Entgegnung ›Eine Erklärung des Grafen Oerindur‹ in derselben Zeitschrift vol. XI, No. 12 v. 23. 3. 1945, 7/8, sowie Marcuses ›Schlußwort‹ an gleicher Stelle ... Beiträge, in denen es nun expressis verbis um Franz Werfels Buch geht.

26. 2. 1945

1] *Buch über Deutschland:* Frederic H. Stern, ›Deutschland und die Junkerklasse‹, Manuskript 1945. 167

2] *an Golo:* P. P. 26. 2. 45; Reg. III, 45/100; Br. II, 414/415.

3] *Artikel in ›Nation‹:* Raphael Lemkin, ›The Legal Case Against Hitler‹, ›The Nation‹, vol. 160, No. 8 v. 24. 2. 45, 205-207.

27. 2. 1945

1] *Artikel über Whitman:* Lionel Trilling, ›Sermon on a Text From Whitman‹ [›Democratic Vistas‹], ›The Nation‹, vol. 160, No. 8 v. 24. 2. 45, 215-220. 168

2] *Whitman:* Der amerikanische Lyriker Walt Whitman (1819 bis 1892). TMs Freund Hans Reisiger hatte 1922 die erste deutsche Übersetzung vorgelegt, der TM seine Kenntnis des amerikanischen

Autors verdankte. Vergl. *Hans Reisigers Whitman-Werk* (1922), GW X, 626/627.

3] *Frage der Allgem. Wehrpflicht hier:* John Scholte Nollen, ›Under that Banner?‹ ›The Nation‹, vol. 160, No. 8 v. 24. 2. 1945, 210/211.

28. 2. 1945

168 1] *›Schriftsteller im Exil‹:* Peter M. Lindt, ›Schriftsteller im Exil‹, New York 1944: die Texte einer deutschsprachigen literarischen Rundfunkserie.

2] *Lindt:* Der Wiener Literarhistoriker und Schriftsteller Dr. Peter M. Lindt emigrierte 1938 über die Schweiz nach New York, wo er als Leiter der ›Social Scientific Society for Intercultural Relations‹ Autorenabende deutscher und österreichischer Schriftsteller veranstaltete und als Rundfunkkommentator arbeitete. In Kombination dieser Tätigkeiten begründete er 1942 die erste deutschsprachige literarische Radiosendung, in der er ›Schriftsteller im Exil‹ vorstellte und zu Wort kommen ließ.

3] *an Walter:* An Bruno Walter, P. P. 1. 3. 45; Reg. III, 45/101; Br. II, 415/416, wegen des im ›Aufbau‹ erschienenen ›Harmonium‹-Kapitels (*Doktor Faustus,* Kap. VII, GW VI, 62-68), an dem – einem Bericht von Erika Mann zufolge – Walter mehreres »Musikalisch-Technische« bemängelt hatte.

4] *Blanche Knopf:* (1894-1966), die Frau und Mitarbeiterin des amerikanischen Verlegers Alfred A. Knopf.

5] *Churchills Bericht im Unterhaus:* Am 27. 2. 1945 über ›The Yalta Conference‹; Churchill, ›Speeches‹, vol. VII, a. a. O. 7107-7124.

1. 3. 1945

169 1] *an Br. Walter:* S. TB 28. 2. 45, Anm. 3.

2] *Radio-Rede des Goebbels:* Rundfunkansprache an das deutsche Volk vom 28. 2. 45, ›Reden‹ a. a. O. Bd. 2, No. 30, 429-446: »Unsere Feinde jubilieren [. . .] zu *früh,* wenn sie meinen, es sei ihnen gelungen, dem Reich das Rückgrat zu zerbrechen. Der Krieg ist nicht zu Ende, und er wird auf solche Weise überhaupt nicht zu Ende gehen. Ein Neunzig-Millionen-Volk, das, durch die furchtbaren Beispiele unbeschreiblicher bolschewistischer Greueltaten [. . .] aufs neue belehrt, sein zu erwartendes Schicksal nach einer Erlahmung seiner militärischen oder politischen Widerstandskraft genau vor Augen hat, wird, wenn es noch einen Funken von Ehre und Lebenswillen in sich verspürt, überhaupt *niemals* seine Sache aufgeben und die Waffen niederlegen. Es kämpft um sein Dasein, wo sich nur eine Gelegenheit dazu bietet.« (S. 431)

3] *Rede des Präsidenten:* Der Kongreß-Bericht des Präsidenten Roosevelt über die Yalta-Konferenz am 1. 3. 45, ›The Public Papers‹ a. a. O. No. 138, 570-586.

3. 3. 1945

1] *Tagebuch-Aphorismen: Leiden an Deutschland.* S. TB 11. 2. 45, Anm. 2. *170*

4. 3. 1945

1] *neue deutsche (Trost-)Ansprache:* »Selbst für menschliche Begriffe ...« *Deutsche Hörer,* 11. 3. 45. Der Text, nur einem Teil der 2. Auflage von *Deutsche Hörer,* Stockholm 1945, beigelegt, erschien fragmentarisch zunächst unter dem Titel *Deutschland kann leben und glücklich sein* in der ›Deutschen Volkszeitung‹ Berlin, 16. 6. 1945, vollständig dann in GW XIII, 740-743. *170*

2] *Wert und Ehre deutscher Sprache:* ›Wert und Ehre deutscher Sprache in Zeugnissen herausgegeben von Hugo von Hofmannsthal‹, München 1927 (Verlag der Bremer Presse). Das im Text erwähnte Widmungsexemplar befindet sich nicht in der Zürcher Bibliothek. – Die von TM im Folgenden genannten deutschen Schriftsteller Justus Georg Schottel (1612-1676), Gottfried Wilhelm Leibniz (1646 bis 1716), Johann Gottfried Herder (1744-1803) und Johann Wolfgang von Goethe (1749-1832) sind in Hofmannsthals Anthologie mit Texten vertreten.

5. 3. 1945

1] *von Dolivet:* Der Brief des Herausgebers der Zeitschrift ›Free World‹, Louis Dolivet, befindet sich nicht im TMA. *170*

2] *Wirkungen des Artikels The End:* Vergl. neben dem TB-Eintrag vom 6. 3. 45 den Brief an Agnes E. Meyer, P. P. 7. 3. 45; Reg. III, 45/116: »Der [...] Artikel für ›Free World‹ hat eine Art von Sensations-Erfolg. Nicht nur mehrere Tagesblätter sondern auch Readers Digest haben ihn übernommen [...], und mehrere große Radio-Stationen haben ihn auch verbreitet.« (Br. II, 418)

3] *Sendung von Guillemin, die Camp-Zeitschrift betreffend:* Vgl. Bernard Guillemin an TM, Fort Ontario, 1. 3. 45: »Ich füge die Inhaltsangabe des ersten Heftes einer Zeitschrift bei, die ich hier vorbereite [...]. Das Heft ist bis auf einen einzigen Beitrag im Manuskript fix und fertig. Es enthält keinen Beitrag, den ich nicht auch unter normalen Verhältnissen verantworten könnte, obzwar bei einzelnen Mitarbeitern das schriftstellerische métier vielleicht etwas zu wünschen übrig läßt. Aus technischen Gründen wird das Erscheinen des ersten Heftes noch einige Wochen auf sich warten lassen. Es ist eine richtige Zeitschrift, im Umfang von etwa 180 Seiten daraus geworden, und es wäre mir lieb, wenn sie, anstatt vervielfältigt zu werden, gedruckt werden könnte. Ich wäre glücklich, von Ihnen als Zeichen der geistigen Solidarität einen noch so kleinen Beitrag noch für das erste Heft zu erhalten, gegebenenfalls ein Fragment aus Ihrem unveröffentlichten Roman.« (im TMA) – Es scheint, als sei die Zeitschrift niemals in gedruckter Form erschienen; die Veröffentlichung eines TM-Beitrages ist nicht nachzuweisen.

4] *an Bermann:* P. P. 4. 3. 45; Reg. III, 45/102: »Ich habe gedacht, ich sollte Ihnen diese beiden jüngsten deutschen Ansprachen [...] schicken. Ein besonderer Grund dafür ist, daß die letzte einen Trost-Zuspruch für das deutsche Volk darstellt und dem Buch [*Deutsche Hörer*] einen guten Abschluß geben würde.« (TM/GBF 376)

171 5] *An Hardt, ablehnend:* Zum Inhalt des Briefes an Ludwig Hardt, der als verloren gelten muß, s. TM an Agnes E. Meyer, 15. 2. 45: (Hardt hatte sich offenbar um Vermittlung von Rezitationsabenden an Agnes Meyer gewandt) »Ja, der arme L. Hardt! Ursprünglich verlangte er sogar, *ich* sollte den Brief schreiben, den er Ihnen nun hinter meinem Rücken geschrieben hat. Was für ein Unsinn! Er hat zu leben und sollte sich nicht darauf versteifen, eine Produktion, die schon in Deutschland veraltet war, hier wieder aufzunehmen, wo das Genre völlig landfremd ist. Ich habe hier aus Gefälligkeit einen englischen Abend [s. TB 6. 8. 44, Anm. 4] von ihm mitgemacht, und es machte mich so traurig, daß ich nachher viel trinken mußte, um mir wieder auf die Beine zu helfen. Selbst Schalom Asch war tief deprimiert.« (Br. II, 412)

6] *Dr. Chang und Frau:* Wahrscheinlich der chinesische Schriftsteller, Kulturpolitiker und Professor Hsin-Hai Chang (1900-1973) mit seiner Frau Siang-mei Han.

6. 3. 1945
1] *Brief der Hamburger:* Göteborg, 15. 11. 44; im TMA. 171
2] *an Erika:* An Erika Mann, P. P. 6. 3. 45; Reg. III, 45/108.
3] *Der ›Aufbau‹ über die Zustände in Berlin:* Der über zwei Folgen gehende Bericht eines Stockholmer Korrespondenten über ›Das sterbende Berlin‹, ›Aufbau‹, vol. XI, No. 9 v. 2. 3. 45, 1/2; No. 10 v. 9. 3. 45, 4.
4] *Jüdische Diskussion:* Rabbi Dr. Jacob Sonderling, ›The Thomas Mann Controversy‹, ›Aufbau‹, vol. XI, No. 9 v. 2. 3. 45, 15/16 – eine auf Marcuses Bericht (s. TB 23. 1. 45, Anm. 2) rekurrierende Stellungnahme zu zwei im ›Aufbau‹, vol. XI, No. 5 v. 2. 2. 45, S. 5 publizierten Zuschriften von Rabbi Arthur Bogner und Dr. J. Fellner in Sachen TMs Moses-Konzeption: »Dr. Bogner was disturbed because he felt children might be harmed by learning about Thomas Mann's conception of Moses. Dr. Fellner, apparently suspecting Mr. Mann to be a disciple of Wellhausen, embarked on a philippica against Criticism of the Bible. – As a matter of fact, things are completely different. Thomas Mann, a novelist, chose a biblical figure for the subject of a book which he, as well as his readers, consider a work of fiction. His conception of Moses is a conception of a writer, and his book [...] can be appreciated or criticized only as a work of art.«

7. 3. 1945
1] *Vortrag (Luther):* Die Lutherpassage in *Deutschland und die* 171
Deutschen, GW XI, 1132-1134; vgl. auch den in Anm. 2 erwähnten Brief an Agnes E. Meyer: »Das Teufelsgespräch habe ich abgeschlossen und mich dem Vortrag zugewandt. [...] Es wird wohl etwas wie ein essayistischer Ableger des Romans zustande kommen, mit dem Thema der musikalischen Weltfremdheit der Deutschen, ihrer unglücklichen politischen Geschichte, bestimmt von Luthertum und Romantik.«
2] *an die Meyer:* An Agnes E. Meyer, P. P. 7. 3. 45, Reg. III, 45/116; Br. II, 417/418.
3] *Politisches Intermezzo [...] Schildknapp:* S. TB 6. 7. 44, Anmerkung 1.
4] *Die Frau von 30 Jahren:* Balzacs 1842 aus sechs Einzelgeschichten 172
komponierter Roman ›La femme de trente ans‹. TM besaß die Reclam-

Ausgabe von 1919 und eine Übersetzung von Walter Widmer, Claassen, Hamburg 1946. Beide Bücher sind in der Zürcher Bibliothek erhalten.

5] *Die Dämonen:* Dostojewskis 1871/72 geschriebenes »kolossales Drama« (GW IX, 669), dessen Protagonisten, den »von schwächeren Naturen im Staube angebeteten Herrenmenschen Stawrogin« (GW IX 661/662), TM in seinem Essay *Dostojewski – mit Maßen* (GW IX, 656-674) als die vielleicht »unheimlich anziehendste Figur der Weltliteratur« bezeichnet.

8. 3. 1945

172 1] *den Rhein überschritten:* Am 7. März 1945 überquerten amerikanische Panzerverbände die Rheinbrücke bei Remagen und bildeten ihren ersten rechtsrheinischen Brückenkopf.

2] *Biographie Riemenschneiders:* S. 4. 1. 44, Anm. 9.

3] *Tagebuch-Blätter:* S. TB 11. 2. 45, Anm. 2, sowie den Brief an Agnes E. Meyer, P. P. 7. 3. 45: »Ich glaube, ich werde durch die ›Pacific Press‹ [...] die Tagebuch-Notizen aus den Jahren 1933/34 veröffentlichen, aus denen ich in dem Artikel [The End] citierte [...]. ›Leiden an Deutschland‹ könnte der Titel sein.« (Br. II, 418)

9. 3. 1945

172 1] *an [...] Bermann:* An GBF, P. P. 9. 3. 45; Reg. III, 45/117; TM/GBF 378/379.

2] *[an] Leiser:* Noch nicht bekannt. Die ›Filmsache‹ betrifft den Plan ›The Woman with the Hundred Faces‹, s. TB. 26. 1. 44, Anm. 1. Das Exposé zu dem Film ist in verschiedenen Fassungen der deutschen und englischen Version im TMA archiviert. Der nominell von TM stammende Teil ist – einer Mitteilung Erika Manns zufolge – von Bruno Frank verfaßt.

3] *Die Konservierung [...] ziemlich mysteriös:* Die Gründe waren in Wahrheit keineswegs mysteriös: der von den Deutschen montierte Sprengsatz hatte nicht gezündet. Erst am 17. März brach die Brücke bei Reparaturarbeiten plötzlich zusammen, konnte aber durch einen Pontonübergang ersetzt werden. S. auch TB 18. 3. 45.

10. 3. 45

1] *Bermann wegen ...:* Wohl der Brief von GBF an Katia Mann, New York, 8. 3. 45; TM/GBF 377/378. 173

2] *an Oprecht:* Nicht erhalten.

3] *Lion:* Der aus dem Elsaß stammende Literaturkritiker und Essayist Ferdinand Lion (1883-1965) war 1933 in die Schweiz emigriert, wo TM ihn, den er aus seiner Münchener Zeit kannte, 1934 in Arosa wiedertraf und später in Zürich häufiger sah. Es scheint, daß der Jüngere den Älteren in seiner zunächst abwartenden Haltung gegenüber der deutschen Entwicklung bestärkte. Lion publizierte 1935 seine erste TM-Monographie, war 1937/38 Redakteur der von TM und Konrad Falke herausgegebenen Zweimonatsschrift ›Mass und Wert‹, lebte während des 2. Weltkriegs versteckt in einem Benediktinerkloster in Frankreich und arbeitete nach 1945 an seinem zweiten TM-Buch, das 1947 – in erweiterter Form 1955 – unter dem Titel ›Thomas Mann, Leben und Werk‹ bei Oprecht in Zürich erschien.

4] *Fall Robinson-Bermann:* S. TB 10. 7. 44, Anm. 2.

11. 3. 1945

1] *Suppé:* Der österreichische Komponist und Kapellmeister Franz von Suppé (1819-1895). 173

2] *an Felix Braun:* P. P. 11. 3. 45; Reg. III, 45/120. 174

3] *Felix Braun:* Der österreichische Lyriker und Erzähler Felix Braun (1885-1973), von 1925-1937 Dozent für deutsche Literatur in Palermo, emigrierte 1938 nach England und kehrte 1951 nach Wien zurück.

4] *Telegramm an Knopf:* »Nation Associate plans dinner in honor of my birthday and in favor of liberal Spain. Idea attractive for me but would not like to accept without your advice. Please wire your opinion.« (Im Archiv des Knopf-Verlages in New York.) Der Verleger ließ seinen Autor umgehend wissen, daß ihn der ›Nation‹ und Del Vayos offensichtliche Benutzung des Geburtstags »to advance their interests while honoring you« nicht enthusiasmiere und er jedenfalls rate, TM möge darauf bestehen, bei der Gestaltung des Programms und der Auswahl der Redner gefragt zu werden. Am 16. März bedankte sich TM für diesen Rat: »Bermann had already expressed the same doubts and reconsidering the question, I too do not think it desirable to give my harmless birthday a too political and special character.« (Im Archiv des Knopf-Verlages).

12. 3. 1945

Der Text ist von »Außergewöhnlich guter« bis »non existent« seitlich rot angestrichen.

174 1] *Brief eines amerikanischen Soldaten:* Wahrscheinlich von Daniel D. MacMasters, bei dem sich TM am 16. 3. 45 für den schönsten Brief bedankt, den er je bekommen habe. (Reg. III, 45/131). S. auch *Entstehung*, Kap. IX, GW XI, 218. Das Schreiben des Amerikaners befindet sich nicht mehr unter den im TMA archivierten Briefen.

2] *an Bermann:* An GBF, P. P. 12. 3. 45; Reg. III, 45/121; TM/GBF 381-385.

3] *Telegrammwechsel mit BBC:* Nicht erhalten. Die Sendung *Deutsche Hörer* vom 20. 3. 45 weist keine Anklänge an TMs *Bonner Brief* auf.

4] *Chinesischer Missionsfilm:* Wahrscheinlich der 1944 nach einer Vorlage von Pearl S. Buck gedrehte MGM-Film ›Dragon Seed‹ mit Katherine Hepburn, Walter Huston, Turhan Bey, Aline MacMahon.

13. 3. 1945

174 1] *Verbot gegen Furtwängler:* Manfred Georges Editorial ›Kulturboten – Todesboten‹ im ›Aufbau‹, vol. XI, No. 10 v. 9. 3. 45, S. 4 zitierte anläßlich eines Zürcher Auftrittsverbots für Wilhelm Furtwängler (s. TB 10. 1. 45, Anm. 4) die Reflexionen der Basler ›Nationalzeitung‹ über all jene »Kulturboten«, die »unter der Maske von Universitätsprofessoren, Forschern, Journalisten usw.« halfen, »den Rauch, der aus dem Krematorium von Maidanek und Oswiecim aufstieg, mit dem Zauber Mozartscher Menuetts und Strauss'scher Walzer« zu verschleiern und dabei hofften, »daß Millionen von Menschen, die außerhalb des braunen Terrors leben, nicht die Schreie anderer Millionen Unschuldiger hören würden, die von den Nazi-Henkern hingemordet wurden. Sie rechneten damit, daß die Zuhörer dieser Musik in den Bann der Ewigkeitswerke wahrer alter deutscher Kultur geschlagen werden und die eigene jämmerliche Unkultur der Nazis vergessen würden.«

2] *bei den jungen Reinhardts:* Bei dem Filmproduzenten Gottfried Reinhardt (geb. 1913) und seiner Frau Sylvia. S. *Entstehung*, Kap.

IX, GW XI, 218: »Gesellige Begegnungen, wie die mit Schnabel, Schönberg, Klemperer im Hause des jungen Reinhardt, wo sich nach Tische eine lange Diskussion über Musik entspann, dienten [...] der Wahrung des ›Kontakts‹.« Einem Bericht des Hollywood-Biographen John Russell Taylor zufolge war diese Einladung als Fortführung der am 6. 12. 44 im TB erwähnten Diskussion zwischen TM und Hanns Eisler über ›Parsifal‹ im Hause Schönberg (s. auch *Entstehung*, Kap. IX, 213) geplant.

3] *Schnabel:* Der österreichische Pianist und Komponist Artur Schnabel (1882-1951) war 1938 in die USA emigriert und lehrte – neben ausgedehnten Konzertreisen – an der Universität von Chicago. *175*

4] *Telegrammwechsel:* Nicht erhalten; wahrscheinlich wegen der 1945 (im Juni?) erscheinenden zweibändigen schwedischen Ausgabe der *Buddenbrooks*. ›En familjs förfall‹ im Stockholmer Verlag Natur och Kultur.

14. 3. 1945

1] *›Europe free and united:* Albert Guérard, ›Europe Free and United‹, Stanford/Calif. 1945. *175*

2] *›Germany's Postwar Structure‹:* Arnold Brecht, ›On Germany's Postwar Structure‹, ›Social Research‹, vol. XI, 1944, 428-440.

15. 3. 1945

1] *über Romantik geschrieben:* In *Deutschland und die Deutschen*, GW XI, 1142-1146. *175*

2] *an Prof. Müller:* Der Brief an Gustav Emil Mueller (s. TB 21. 12. 44, Anm. 4) ist noch nicht aufgefunden.

3] *Aufsatz über Pascal:* Gustav E. Mueller, ›Pascal's Dialectic Ethics and his Discovery of Liberalism‹, ›Journal of the History of Ideas‹, vol. 6, 1945, 67-80.

4] *»Die bisherige Geschichte ...«:* Eintragung vom Sept. 1844, No. 3236, ›Tagebücher‹ a. a. O. Bd. II, S. 439. In der *Entstehung* (Kap. IX, GW XI, 218) spricht TM mit Bezug auf dieses Hebbelzitat von einem »großen Satz«.

16. 3. 1945

176 1] *Biblischer Nachweis der ›Mohrin‹:* Wahrscheinlich eine Unterhaltung über die von TM dem 16. Abschnitt seiner Novelle *Das Gesetz* zugrunde gelegten, textkritisch schwierigen Bibelstellen 2. Mose 2, 21: »Und er [d. i. der Priester in Midian] gab Mose seine Tochter Zippora zur Frau« und 4. Mose 12, 1: »Und Miriam und Aaron redeten wider Mose um des Weibes willen, der Mohrin, die er genommen hatte, darum daß er eine Mohrin zum Weibe genommen hatte«. TM trennt in seiner Erzählung (GW VIII, 855-858) die »Mohrin« von der 2. Mose 2, 21 erwähnten Midianiterin Zippora und macht sie zu Moses Geliebter, beschreibt sie als »prachtvolles Stück, mit Bergesbrüsten, rollendem Augenweiß« und »Wulstlippen, in die sich im Kuß zu versenken ein Abenteuer sein mochte« usf., kurz, er dichtet ihr einen ›kleinen Roman‹ (Käte Hamburger) an, der sich weit von der biblischen Vorlage entfernt, deren Mißverständlichkeit darin liegt, daß die durch die Glosse 4. Mose 12, 1 nahegelegte Unterscheidung der ›Mohrin‹ (die nur in der Luther-Übersetzung eine ›Mohrin‹, sonst aber eine ›Kuschitin‹, d. h. eine Nubierin ist) von Zippora in Wahrheit falsch ist. Denn Mose hatte tatsächlich ein kuschitisches Weib genommen: Die Midianiterin von Mose 2 heißt in Mose 4 ›Kuschitin‹, weil unter den Midianitern oder zumindest in ihrer Nachbarschaft, Kuschiten wohnten. Der Haß von Moses Halbgeschwistern Aaron und Mirjam richtete sich also nicht gegen die dunkelhäutige Geliebte, sondern gegen die von Herkunft und Religion her ›Andere‹, die Moses rechtmäßige Frau war: die nahe Fremde. Dieser Haß beruhte auf der Furcht, daß die kuschitische Familie der Moses-Braut, der Vater Jethro voran, zu viel Einfluß gewänne.

2] *wegen der neuen Übersetzung:* Der Verleger Alfred A. Knopf beauftragte für die in seinem Verlag 1945 erscheinende Ausgabe von *The Tables of the Law* Helen T. Lowe-Porter mit der Übersetzung von TMs Novelle *Das Gesetz,* während George R. Mareks englischer Text unter dem Titel *Thou should have no other gods before me* in dem von Armin L. Robinson edierten Sammelband ›The Ten Commandements. Ten Short Novels of Hitler's War Against the Moral Code‹ bereits 1943 in New York erschienen war. S. auch TB 17. 3. 45 und TM an GBF, P. P. 28. 3. 45; Reg. III, 45/149: »Die Moses-Affaire ist das Dümmste und Konfuseste, was mir je mit einer Arbeit zugestoßen. [...] Sie können sich damit trösten, daß Knopf mit seiner englischen Ausgabe jetzt in derselben Bredouille ist, kompliziert noch dadurch, daß er die Geschichte von der Lowe-Porter hat neu übersetzen lassen. Robinson schreit Zetermordio, sagt aber nicht, was man tun soll, damit er still ist. Und an allem bin ich schuld, weil in dem Sack, in dem ich die Katze verkaufte, ein kleiner Löwe war!« (TM/GBF, 391)

3] *an Marek:* An George R. Marek, P. P. 16. 3. 45; Reg. III, 45/132.

4] *an Knopf:* P. P. 16. 3. 45, von Katia Mann unterschrieben, in Sachen *The Tables of the Law.* Im Knopf-Archiv New York.

5] *an Bermann:* An GBF, P. P. 16. 3. 45; Reg. III, 45/124.

6] *Telegramm:* Nicht erhalten. Zusammenhang nicht ermittelt.

7] *Nation:* Charles Bolte, ›The War Fronts‹, ›The Nation‹, vol. 160, No. 10 v. 30. 3. 45, 266/267.

8] *Time:* ›Time‹, vol. 45, No. 11 v. 12. 3. 45, 28/29, Rubrik ›Western Front‹: ›Battle of Germany‹; S. 30, Rubrik ›Eastern Front‹ mit der Nachricht von Marschall Schukows Marsch auf Stettin.

17. 3. 1945

1] *Bruno Walter sendet das Manuskript:* S. Bruno Walter an TM, 176
New York 11. 3. 45 (in Bruno Walter, ›Briefe 1834-1962‹, Frankfurt 1969, 276/277 und Bl. TMG No. 9, 29/30), TB 28. 2. 45, Text und Anm. 3, sowie TM an Erika Mann, P. P. 6. 3. 45; Reg. III, 45/108: »An Walter habe ich geschrieben. Er *hat etwas* gegen das Buch und kann nichts als Bedenken äußern, – als ob ich davon nicht selbst genug hätte. Er ist mißtrauisch, daß ich Atonales, Schönberg'sches, kurz Kritisches und der Krise Zugehöriges hineinbringe, was ich natürlich auch tue, aber doch nicht in dem völlig harmlosen Kapitelchen, das er gelesen hat – mit soviel Mißtrauen, daß er schon darin etwas findet. Ich kann mir noch garnicht denken, was Unrechtes an diesen Kindlichkeiten sein könnte oder eine Sache der ›Überzeugung‹, wie Du ihn citierst. Ist es der oft behauptete und oft bestrittene koloristische Individual-Charakter der Tonarten? Oder die primitive Entdeckung der Tonarten selbst? Oder das Ausfindigmachen der enharmonischen Verwechslung? Denn weiter kommt ja nichts vor! Wie man dabei eine Einflüsterung Schönbergs argwöhnen kann, ist garnicht zu verstehen. Nun, ich habe ihn gefragt und ihm nicht nur das [im ›Aufbau‹] gedruckte Stück, sondern den ganzen Anfang des Romans bis dahin geschickt, damit er etwas Atmosphäre hat und sich überhaupt einen Be-

griff machen kann, was los ist.« (Kopie im TMA) – Bruno Walters Brief beruhigte den *Faustus*-Autor, da er lediglich Korrekturen zu Adrians Verwendung des Begriffs ›enharmonische Verwechslung‹ und zur ›Instrumentenkunde‹ anmerkte.

2] *›Unknown Murderer‹:* Theodor Reik, ›The Unknown Murderer‹, London 1936; eine englische Übersetzung des 1932 in Wien erschienenen Buches ›Der unbekannte Mörder‹. Der Verlag Prentice Hall in New York hatte TM das Buch in einer neuen Übersetzung am 5. 3. 45 zugesandt.

3] *an den Philosophen in Oklahoma:* An Gustav E. Mueller, s. TB 15. 3. 45, Anm. 2.

18. 3. 1945

177 1] *an einen Interpellanten:* Wohl an G. F. Rosen, P. P. 21. 3. 45; Reg. III, 45/142.

2] *Mendelssohns Klavierkonzert I:* Felix Mendelssohn-Bartholdy (1809-1847), Klavierkonzert No. 1 g-Moll, op. 25 (1831).

3] *Vorträge von Křenek:* Wahrscheinlich Kreneks »kleines Lehrbuch« ›Zwölfton-Kontrapunkt-Studien‹, deutsch 1952, evtl. auch ›New Developments of the Twelve-Tone-Technique‹, ›Music Review‹, Cambridge, II/1943, 81 ff. oder ›Teaching the Atonal Idiom‹, 1940.

19. 3. 1945

177 1] *neue deutsche Ansprache:* »Man könnte sagen, Deutschland werde mit ungerechtem Maßstab gemessen . . .« *Deutsche Hörer*, 20. 3. 1945, GW XI, 1115-1117.

2] *in der vorigen:* In der Sendung vom 11. 3. 45, s. TB 4. 3. 45, Anm. 1. Der Text in GW XIII, 740, hat das Versehen bereits korrigiert: Der Satz lautet dort: »Das französische Königtum hat, schlecht gerechnet, eintausend Jahre gedauert.«

3] *von Bermann:* GBF an Katia Mann, New York, 15. 3. 45; TM/GBF 383/384

4] *keinen politischen Hintergrund:* S. TB 11. 3. 45, Anm. 4.

5] *Claudel:* Der französische Schriftsteller und Diplomat Paul Claudel (1868-1955), dessen Drama ›Verkündigung‹ (›L'annonce faite à Marie‹) TM 1913 stark beeindruckte (s. *Betrachtungen*, GW XII, 404-406) und dem er bei einem Empfang anläßlich der Erstaufführung von ›Tobias und Sarah‹ (›L'histoire de Tobie et de Sara‹) im

Zürcher Schauspielhaus am 10. 12. 53 persönlich begegnete. S. auch TM an Agnes E. Meyer, Erlenbach 20. 12. 53 und Kilchberg, 16. 3. 55; Br. III, 317 und 384/385.

20. 3. 1945

1] *von Felix Bertaux:* Aus Frankreich, 7. 2. 1945; im TMA. 177

2] *Felix Bertaux:* Der französische Germanist Félix Bertaux (1881 bis 1948) war seit 1914 in Frankreich mit Aufsätzen über TM hervorgetreten, hatte 1925 die Übersetzung von *Der Tod in Venedig* und 1933 die französische Fassung von *Leiden und Größe Richard Wagners* besorgt. Er stand seit 1923 in brieflicher Verbindung mit TM, den er 1925 persönlich kennenlernte.

3] *von Bermann:* New York, 16. 3. 45; TM/GBF 384/385. 178

4] *an Křenek:* Noch nicht bekannt.

5] *an Bermann:* An GBF, P. P. 20. 3. 45; Reg. III, 45/139; TM/GBF 387-88.

6] *Dinnerparty bei Nathan:* E. A. Frey berichtet in einem TM im kalifornischen Exil gewidmeten Aufsatz (Kalif. a. a. O. 473-526): »Bei diesen Begegnungen, die zum Teil in Anwesenheit der Dramatiker Maxwell Anderson [1888-1959] und Elmer Rice [1892-1967] stattfanden, handelte es sich hauptsächlich [...] um sozio-kulturelle und politische Fragen, also ›liberal causes‹, wie z. B. die Haltung des geistigen Amerika im Spannungsfeld des Kalten Krieges oder die Freiheit der Intellektuellen im Nachkriegs-Amerika.« In diesem Zusammenhang verweist Frey auf TMs Brief an seinen Schwiegersohn Borgese vom 21. 3. 45 (s. TB 21. 3. 45, Anm. 1) über die ›zustimmende Bewunderung‹, die B.s ›großartiger Artikel‹ [›Europe wants Freedom from Shame. A Realistic Warning: America is Forsaking its Idealism‹, ›Life‹ 12. 3. 45] in diesem Kreise erfahren habe: »Es gab nur *eine* Stimme: daß das eine höchst notwendige und höchst dankenswerte [...] Mahnung an den amerikanischen Idealismus sei«. (Br. II, 418)

21. 3. 1945

1] *an Borgese:* An Antonio Borgese, P. P. 21. 3. 45; Reg. III, 45/140. 178
S. TB 20. 3. 45, Anm. 6.

2] *Artikel von Klaus:* Klaus Mann hatte seit Februar 1945 mehrere Artikel für seine Zeitschrift ›Stars and Stripes‹ geschrieben: 11. 2. 45: ›Drama about the Rich Capital‹; 14. 2. 45: ›Yank about Italy‹; 4. 3.

45: ›Last War for the Junkers‹; 11. 3. 45: ›Over the Rhine to Valhalla‹; 18. 3. 45: ›Count Sforza‹.

3] *Artikel von Erika:* Erika Mann, ›Our Newest Problems – German Civilians‹, ›Liberty‹ 3. 2. 1945, 15, 48, 50 u. 53. (»A Liberty correspondent learns something of what is ahead of us in governing German territory as she visits the US First Army's new school for retraining Nazi cops.«)

22. 3. 1945

178 1] *Banquier Rosenblatt:* Nicht ermittelt; auch die Memoiren der Gastgeberin enthalten keinen Hinweis auf die Familie Rosenblatt.

23. 3. 1945

178 1] *Zeittafel:* Lieselotte Voss hat a. a. O. 164-176 die im TMA erhaltenen Zeittafeln publiziert und mit Kommentaren versehen.

179 2] *von Bermann:* New York, 20. 3. 45; TM/GBF 385-387.

3] *mit Vorträgen:* GBF hatte einen Vorschlag der New School for Social Research unterbreitet, die eine lecture vor 400 geladenen Wissenschaftlern und Künstlern zum Thema San-Francisco-Konferenz nebst ›Ausblick auf die neue Welt, die wir erwarten‹ erbat, an die sich ein Dinner ›in honor of Thomas Mann‹ anschließen sollte. Etwaige Überschüsse waren für die »Finanzierung von Austausch-Professoren der befreiten Gebiete Europas‹ gedacht. Auf eine ähnliche Feier mit einer Ansprache TMs zu einem ›Thema von weltpolitischer Bedeutung‹ hatten sich inzwischen auch die ›Nation‹-Associates geeinigt, bei denen, wie GBF berichtete, nach Einspruch TMs »die Idee, die Feier mit Republican Spain zu verbinden«, »völlig fallen gelassen« worden war.

4] *Nein, nein:* TM entschied sich schließlich für eine Veranstaltung der ›Nation‹ Associates (zu deren ›Sponsoring Committee‹ er gehörte), auf der man lediglich eine Tischrede von ihm erwartete. S. TB 20. 5. 45, Text und Anm. 2.

5] *A. M. Frey:* Der aus München stammende, 1933 zunächst nach Salzburg, dann in die Schweiz emigrierte Schriftsteller Alexander Moritz Frey (1881-1957), mit dem TM »seit Jahrzehnten auf gutem Fuß« (GW X, 827) stand. S. *Liebenswerte Menagerie* (1955), GW X, 827-829.

6] *von Dr. Chung:* Hollywood, 20. 3. 45. Der Brief befindet sich im TMA und enthält die Einladung, zu einem Interdependence-Movement-Dinner in Hollywood am 22. 4. 45 eine zehnminütige Rede beizusteuern. S. TB 12. 4. 45, Anm. 3. S auch TM an H. H. Chang, P. P. 28. 3. 45; Reg. III, 45/150.

7] *an Bermann:* An GBF, P. P. 23. 3. 45; Reg. III, 45/143; TM/GBF 390.

8] *›Time‹ – Feldm. Rundstedt:* ›Time‹, vol. 45, No. 14 v. 2. 4. 45, S. 31: Feldmarschall von Rundstedt »went down last week – and this time probably out. His successor: bulldog-faced Field Marshall Albert Kesselring.«

9] *Kesselring:* Der deutsche Generalfeldmarschall Albert Kesselring (1885-1960), in den letzten Kriegsmonaten Oberbefehlshaber West, 1947 wegen Erschießung italienischer Zivilisten von einem britischen Gericht zum Tode verurteilt, zu lebenslänglicher Haft begnadigt und 1952 aus dem Gefängnis entlassen.

24. 3. 1945

Der Text ist von »Koordinierter russischer Vorstoß« bis »einzustellen« seitlich rot angestrichen.

1] *von Knopf:* New York 19. 3. 45; Kopie im Verlag A. A. Knopf. 179

2] *in Gegenwart von Eisenhower und Churchill:* In der Nacht vom 23. auf den 24. 3. 45 setzten die englischen Truppen Marschall Montgomerys bei Wesel über den Rhein. Eisenhower und Churchill wohnten dem wohlvorbereiteten Schauspiel bei.

3] *Vorbereitungen:* S. TB 2. 2. 45, Anm. 5.

25. 3. 1945

Der Text ist von »In Westdeutschland« bis »als Berlin« seitlich rot angestrichen.

1] *R. Ladenburg:* Der Physiker Rudolf Walter Ladenburg (1882 bis 1952), seit 1931 als Professor in Princeton, war ein Freund von TMs Schwager Klaus Pringsheim, Taufpate von Golo Mann und durch seine Mutter, eine geb. Pringsheim, weitläufig mit der Familie Mann verwandt (TB 1937-1939, S. 711) 179

2] *an A. M. Frey:* P. P. 25. 3. 45; Reg. III, 45/145.

3] *La Valse:* Das ›choreographische Poem‹ ›La Valse‹ (1919/20) des französischen Komponisten Maurice Ravel (1875-1937). 180

4] *Gedichte des Professors Mueller:* Nicht im TMA. Es könnte sich um das Manuskript eines 1946 unter dem Titel ›Abseits‹ publizierten Gedichtbandes gehandelt haben.

5] *Psychologie des Klangraums:* Gerhard Albersheim, ›The Esthetic Function of Intervals in Tonal and Atonal Music‹, ›Bulletin of the American Musicological Society‹, No. 8, Oct. 1945.

26. 3. 1945

Die Eintragung ist von »Im Westen das deutsche Desaster« bis »Schuld bewußt« seitlich rot angestrichen.

180 1] *Lion aus Haute Savoie:* Ein Brief Lions aus Frankreich, datiert 20. 1. 45, befindet sich im TMA.

2] *›On the Future of Germany‹:* K. S. Pinson, ›On the Future of Germany‹, ›Menorah Journal‹, 32, October 1944, 125-160.

3] *K. S. Pinson:* Der jüdisch-amerikanische Historiker Koppel Shub Pinson (1904-1961), Professor am Queens College in New York, vertrat nach 1945 die Belange der verschleppten deutschen und österreichischen Juden in der U.N.N.R.A.

27. 3. 1945

Das TB-Notat ist von »Die Katastrophe im Westen« bis »Oberbefehl im Westen ab« seitlich rot angestrichen.

180 1] *an Br. Walter:* Der Brief befindet sich nicht unter dem nachgewiesenen Briefbestand.

2] *an Bermann:* An GBF, P. P. 28. 3. 45; Reg. III, 45/149; TM/GBF 391.

3] *Hackländers Humor:* Friedrich Wilhelm Hackländer, ›Humoristische Schriften und Erzählungen.‹ Illustriert von H. Schlittgen, Stuttgart 1887, 2 Bde. – Bei diesem, den Brüdern Mann offenbar aus ihrer Kindheit lieben Werk handelt es sich um eine postume Anthologie.

4] *Hackländer:* Der Artillerist, Kaufmann, Reisebegleiter, Kriegsberichterstatter, geadelte Hofrat, Journalist und Schriftsteller Friedrich Wilhelm Hackländer (1816-1877).

5] *Schlittgen:* Der Maler, Illustrator und Karikaturist Heinrich Schlittgen (1859-1953).

181 6] *Verhaftung Rundstedts […] Kesselring lehnt Oberbefehl ab:* Eine schwedische Meldung vom 27. 3. 45 berichtete, Rundstedt sei nach seiner Entlassung wegen des Desasters von Remagen am 9. 3. 45 in ein KZ eingeliefert worden, und die Feldmarschälle Kesselring und Blaskowitz hätten nach einer Inspektion der deutschen West-

front die Übernahme des Oberbefehls abgelehnt. (NYT 28. 3. 45, 5:1).

28. 3. 1945

1] *Angriff des Dr. von Hentig:* Dr. Hans von Hentig, ›Deutsche Zukunft. Schuld und Sühne‹, ›Neue Volkszeitung‹, New York, 24. 3. 45, S. 1. Hentig polemisierte im Zusammenhang mit einer Analyse der Frage, ob und wann in Deutschland ein Widerstand gegen den Nationalsozialismus möglich gewesen wäre, gegen falsche Prognosen deutscher Zukunft und bezog sich dabei besonders auf eine Stelle aus TMs ›Free-World‹-Artikel *The End:* »Jetzt, wo es dem Ende zugeht [. . .], hat der Prairiebrand des Hasses und der Rausch des gewaltigen Erfolges die Gemüter wiederum verdunkelt. Thomas Mann kann zum Beispiel in Free World Magazine schreiben: ›Ein deutscher Schriftsteller – was wird das noch sein? Den Hintergrund jedes Satzes, den wir in unserer Sprache fügen, bildet ein gebrochenes, an sich selber und seiner Geschichte irregemachtes, ein seelisch abgebranntes Volk, das, Berichten zufolge, daran verzweifelt, sich selbst zu regieren und es noch für das beste hält, zur Kolonie fremder Mächte zu werden; ein Volk, das mit sich selbst eingeschlossen wird leben müssen, wie die Juden des Warschauer Ghettos‹ – Ich glaube, daß Thomas Mann ein Künstler und kein Politiker, die Dinge genau so falsch sieht, wie 1914. Daß Deutschland nichts mehr wünscht, als eine Kolonie fremder Herren zu werden, ist ebenso phantastisch als der Vergleich von Deutschlands künftigem Status mit dem Warschauer Ghetto. – ›Free World‹ und Ghetto? – wie reimt sich das zusammen? – Sind nicht Millionen gestorben, um Ghettos und Bastillen allüberall zu schleifen? – Aber so geht es Tag für Tag. – Wir haben von vielem Abschied nehmen müssen, von der Atlantic-›Charter‹, von Coventry, Monte Cassino, den entzückenden Städtchen der Normandie, von Köln, Nürnberg und Lübeck. Menschen haben uns enttäuscht, wenn früher oder später die Stunde der Entblößung kam. Wir wollen es zu dem übrigen legen, auf den riesengroßen Zauberberg menschlicher Unvollkommenheit. Dazu gehört die Behauptung, daß Nazismus und das deutsche Volk dasselbe sind.« (Für den von Hentig englisch zitierten Absatz aus ›Free World‹ wurde TMs deutsche Urfassung eingesetzt.) 181

2] *Dr. von Hentig:* Der Kriminologe Hans von Hentig (1887-1974) war nach dem 1. Weltkrieg politischer Journalist in München. Er gehörte zu den Theoretikern der Nationalbolschewisten, an deren Programm, 1921, er führend mitarbeitete. Einer Verhaftung wegen Hochverrats, 1925, entzog er sich durch eine von Karl Radek initiierte Flucht in die UdSSR. Nach seiner Rückkehr habilitierte er sich 1929 in Gießen, lehrte vor seiner Entlassung durch die Nationalsozialisten, 1936, in Bonn, nach seiner Emigration im selben Jahr an verschiedenen Universitäten der USA und war zeitweilig als Mitarbeiter im amerikanischen Justizministerium und regelmäßig als Kolumnist bei der ›Neuen Volkszeitung‹ tätig.

3] *an Lisl Frank:* An Liesl Frank, P. P. 28. 3. 45; Reg. III, 45/151; Br. II, 419/420.

4] *über die Schicksale französischer Schriftsteller:* Etienne Gallois, ›Letter to America‹, ›New Masses‹, New York, vol. 54, No. 12 v. 20. 3. 1945, 3-5: Der Bericht eines Mitglieds der résistance in Toulouse (des Herausgebers der kommunistischen Zeitung ›Voix du Midi‹) über die Lage des französischen Widerstands unter Hitler enthielt harte Kritik am sehr späten Eingreifen der Alliierten.

29. 3. 1945

Der TB-Text ist von »In Deutschland unaufhaltsamer Vormarsch« bis »Sieger empfehlend« seitlich rot angestrichen.

181 1] *An die Meyer:* An Agnes E. Meyer, P. P. 29. 3. 45; Reg. III, 45/161; Br. II, 420-422.

2] *an Upton Sinclair:* P. P. 30. 3. 45; Reg. III, 45/171.

3] *an Prof. Pinson:* An Koppel S. Pinson, P. P. 30. 3. 45; Reg. III, 45/169.

4] *Sonderbare Radiosendung der Deutschen:* Ein sich selbst als »Hans« bezeichnender Kommentator des Soldatensenders Arnheim hatte – einer AP-Meldung vom 28. 3. 45 zufolge – in einem Appell an die alliierten Truppen um Mitgefühl für die deutsche Zivilbevölkerung geworben: »The German people can be reproached for many things, but they would be as glad as you if the war were to end soon. Every day it looks more and more as if final victory will be yours. [...] I just can imagine how pleased you are feeling now that you at last are in the country you have conquered and about whose inhabitants you have heard such dreadful things. [...] but now is the time to ignore all you have been told about the

German people and judge for yourself. Ask yourself if you have found the Germans self-satisfied, overbearing, fanatical, heartless and brutal.« (NYT, 29. 3. 45, 1:6 und 6:1)

30. 3. 1945

Die Eintragung ist von »Deutschland wird so gut« bis »nahe vor Wien« seitlich rot angestrichen.

1] *Homage für R. Rolland:* Wohl eine Botschaft an das Memorial Meeting für Romain Rolland, das, veranstaltet von der Zeitschrift ›New Masses‹, am 30. 3. 1945 in der Carnegie Hall, New York, stattfand. TM war Mitglied des sponsoring committee (s. NYT 2. 3. 45, 17:5). 181

2] *Zur Warschau-Ghetto-Ausstellung: An das Jewish Labour Committee, New York,* P. P. 30. 3. 45; Reg. III, 45/167. Text (fälschlich auf ›1944‹ datiert) in GW XIII, 513.

3] *in Viertels Gedichten:* Berthold Viertel, ›Fürchte Dich nicht‹, New York 1941. Das Buch steht, von B. Viertel signiert und mit einer Widmung des Verlegers Barthold Fles an TM, in der Zürcher Bibliothek. 182

4] *Musik-Kritiken V. Thomson's:* Virgil Thomson, ›The Musical Scene‹, New York, Knopf, 1945. Das Buch – mit vielen Anstreichungen TMs – steht in der Zürcher Bibliothek.

5] *Erklärung gefangener [...] Offiziere:* Unter der Überschrift ›Twilight Descending on Germany‹ publizierte die NYT am 31. 3. 45, 4:3, die Aussagen eines gefangenen »High ranking German Officer«, »that there is not any organized line of defense« and »not any organized system of government left in Germany. When you [i. e. the allied troops] will reach Berlin the whole situation will quickly dissolve.«

31. 3. 1945

Das TB-Notat ist von »Schwedische Nachrichten« bis »abgelehnt« seitlich rot angestrichen.

1] *für Writers War Board:* Aufruf zur 6. War Bond Zeichnung. Der Text, eine dreiviertel Typoskriptseite mit handschriftlichen Korrekturen TMs (u. a. Verbesserung des Wortes *euer* in *unser*) befindet sich im TMA und ist im Anhang, S. 819 wiedergegeben. 182

2] *für Columbia Broadcasting: World for the people.* S. Anhang S. 820 ff.

3] *für San Francisco:* Zur UNO-Gründungskonferenz am 25. 4. 1945.

4] *Bilder-Mappe:* Die Bildfolge befindet sich im TMA. Zur Sache s. TB 27. 11. 44, Anm. 3 und TM an Joan Waddell Barnes, P. P. 2. 4. 45; Reg. III, 45/173.

5] *Révys:* Der Schauspieler und Regisseur Richard Révy (s. TB 6. 6. 44, Anm. 4) mit seiner Frau Jo und dem »reizenden Söhnchen« Thomas – benannt nach TM.

6] *Schwedische Nachrichten:* Über die Versuche deutscher Militärs und Politiker, Separat-Friedens-Verhandlungen zunächst mit den westlichen Alliierten, aber, einigen Quellen zufolge, auch mit der UdSSR zu erlangen, vgl. zusammenfassend Reimer Hansen, a. a. O. 42-84.

1. 4. 1945

182 1] *an B. Viertel:* An Berthold Viertel, P. P. 2. 4. 45; Reg. III, 45/174; Br. II, 423.

183 2] *an diese:* S. TB 31. 3. 45, Anm. 4.

3] *Lohengrin-Vorspiel:* Richard Wagner, Vorspiel zur Oper ›Lohengrin‹. Vgl. TMs Bemerkungen über sein Verhältnis zum ›Lohengrin‹-Vorspiel in einer Sendung des Süddeutschen Rundfunks vom Juli 1954, Loewy a. a. O. I, 101: »Ja, [an dies Vorspiel] knüpfen sich [. . .] ganz frühe Jugenderinnerungen, musikalische Jugendeindrücke, die mein ganzes Leben lang nachgewirkt haben. [. . .] Das Vorspiel habe ich [. . .] ganz besonders in mein Herz geschlossen. Es ist ein herrliches Stück, der Gipfel der Romantik.«

4] *Redemption von Frank:* Die Komposition ›Rédemption‹ für Mezzosopran, Chor, Sprecher und Orchester (1871) überarbeitet 1874, von César Franck. Trotz des hier negativen Urteils fühlte sich TM den Franckschen Kompositionen nahe: »Zum Musiker geboren, hätte ich komponiert ungefähr wie César Franck.« (*An Bruno Walter zum 70. Geburtstag,* GW X, 510).

5] *Akademische Ouvertüre:* Johannes Brahms, Akademische Festouvertüre c-moll, op. 80 (1880) mit den Motiven der Studenten-Lieder ›Gaudeamus igitur‹ und ›Wir hatten gebauet ein stattliches Haus‹, dessen Melodie auch die der patriotischen Verse von Hans Ferdinand Maßmann ist: ›Ich hab' mich ergeben / mit Herz und mit Hand / Dir, Land voll Lieb' und Leben, / Dir, Deutsches Vaterland‹.

6] *Nation ... über Nazi-Agenten:* John White, ›Fascist Bridgehead in Bolivia‹, ›The Nation‹, vol. 160, No. 12 v. 24. 3. 45, 333-335.

2. 4. 1945
Die Eintragung ist von »Ankündigung des Werwolf« bis »Radio« seitlich rot angestrichen.

1] *von Knopf:* New York, 29. 3. 45; im Archiv des Knopf-Verlags. *183*

2] *Slochower über Joseph:* Harry Slochower, ›A Psychology of Myth. Joseph the Provider‹, ›Quarterly Review of Literature‹, Princeton, vol. 2, No. 1, Fall 1944, 74-77.

3] *an Prof. Müller:* Wohl an Gustav E. Mueller. Der Brief ist bisher noch nicht bekannt.

4] *Schriftsteller-Äußerung:* S. TB 31. 3. 45, Anm. 2.

5] *Ankündigung:* Vgl. die Goebbelssche Tagebucheintragung vom 2. 4. 45 (Joseph Goebbels, ›Tagebücher 1945‹, Hamburg 1977, S. 498): »Durch beschleunigte Maßnahmen ist es jetzt endlich gelungen, den Sender Werwolf schon am Abend des ersten Ostertages [...] zu Gehör zu bringen. [...] Das Programm für die erste Sendung wird mir in Einzelheiten vorgetragen, und ich selbst schreibe dazu einen außerordentlich revolutionären Aufruf, in dem ich auf die reguläre Kriegsführung und auf die Außenpolitik des Krieges nicht die geringste Rücksicht nehme. [...] Die Sendung macht einen ausgezeichneten Eindruck. Sie ist von einem revolutionären Geist erfüllt [...] Ich hoffe, mit diesen Sendungen die Aktivisten zu einer festen Gemeinschaft im ganzen Reich zusammenzuschließen. Es ist direkt erfrischend, einmal einen Ton zu vernehmen, wie er früher in der Kampfzeit üblich gewesen ist. [...] Der ›Werwolf‹ wendet sich bewußt an die politische Minderheit der Unentwegten und Beharrlichen, die ja immer die eherne Spitze am bleiernen Keil des Volkes bilden. Die Sprache [...] ist der jetzigen Zeit durchaus angemessen ...« (Der Rest des Eintrags ist verloren). Zur Bezeichnung ›Freiheitsbewegung‹ s. TM in *Deutsche Hörer*, 5. 4. 45, GW XI, 1117-1119: »Kaum ist das wüste Attentat Nazi-Deutschlands auf die Freiheit der Völker gescheitert [...], da bemächtigt die deutsche Propaganda sich des Wortes, das sie zwölf Jahre verlacht und bespien hat, des Wortes ›Freiheit‹. Schamlos beginnt sie auf diesem Begriff zu harfen, der eine Menschheitsidee ist und den sie benutzt, wie sie die Worte ›Europa‹, ›Sozialismus‹, ›Revolution‹ und so vieles andere benutzt und verhunzt hat. [...] Im Namen der Freiheit weist sie das Volk an [...], das Volk soll Amok laufen für sie, fanatisch soll es sein und wie reißende Wölfe seine Freiheit, das heißt die Untaten verteidigen, die es unter der Führung von Schurken überall draußen begangen hat.«

3. 4. 1945
Der TB-Text ist von »Die Londoner ›Zeitung‹« bis »bergen sollen« und von »Die Eroberung Deutschlands« bis »Enttäuschung« seitlich rot angestrichen.

183 1] *Die Londoner ›Zeitung‹ ... über ›Joseph‹:* Peter Bratt, ›Joseph, der Ernährer‹, ›Die Zeitung‹, (Londoner Deutsches Wochenblatt, gegründet 1941), 23. 2. 1945, S. 6.

2] *Schilderung der Alpenfestungen:* Dieselbe Nummer der ›Zeitung‹ brachte auf S. 1 einen ›Barbarossas Hauptquartier‹ überschriebenen Artikel, der – veranlaßt durch die ersten alliierten Bombenangriffe auf den Raum Berchtesgaden – unter Berufung auf Schweizer Quellen (Weltwoche, 2. 2. 45, S. 3) von dem »gigantischen Ausbau« einer von Hitlers ›Berghof‹ ausgehenden weitverzweigten ›Alpenfestung‹ berichtete, in die »nach dem Prinzip der Arche Noah auch alle zuverlässigen europäischen Quislinge von Mussolini über Degrelle zu Mussert Eingang finden [werden]. Dort soll dann ein von Legenden umwittertes faschistisches Miniatureuropa entstehen, das sich gegen den Ansturm der plutokratisch-bolschewistischen Mächte verbissen verteidigt, während tief im Innern der Berge König Laurin-Hitler mit seinen Getreuen Tafelrunde hält.« Zum Problem der ›Alpenfestung‹ vgl. TB 2. 2. 45, Anm. 5 und TB 6. 4. 45, Anm. 6.

4. 4. 1945
Die Eintragung ist von »Karlsruhe von den Franzosen« bis »Radio zufolge« seitlich rot angestrichen.

184 1] *Ansprache nach Deutschland:* »Wie war es möglich ...« *Deutsche Hörer*, 5. 4. 1945, s. TB 2. 4. 45, Anm. 5.

2] *Bel Air:* Villenvorort von Los Angeles.

3] *›Katharina die Große‹:* ›A Royal Scandal‹, Screenplay by Edwin Justus Mayer. Adapted by Bruno Frank from a play of Lajos Biró and Melchior Lengyel. Directed by Otto Preminger. Produced by Ernst Lubitsch, 1945. Es spielten Tallulah Bankhead, Charles Coburn,

Anne Baxter, William Eythe and Vincent Price. – Es sei angemerkt, daß Lajos Biró der ungarische Übersetzer von *Königliche Hoheit*, Budapest 1911, war.

4] *Lengyel:* Der ungarische Dramatiker und Librettist Menyhert (Melchior) Lengyel (1880-1974), der u. a. die Drehbücher der Filme ›To be or not to be‹, ›Angel‹ und ›Ninotschka‹ verfaßte.

5] *brav gemordet:* Am 25. März 45 hatte eine fanatisierte Werwolf-Gruppe den von den Amerikanern eingesetzten Bürgermeister von Aachen, Karl Oppenhoff, erschossen.

5. 4. 1945

Der TB-Text ist von »Die Russen kündigen« bis »Wiener Vorstädten« seitlich rot angestrichen.

1] *Telegramm Freda Kirchweys:* Im TMA; s. auch TM an GBF, P. P. 8. 4. 45; Reg. III, 45/178; TM/GBF 394: »Das Telegramm der Miss Kirchway [sic] war ja überwältigend und machte es mir ganz unmöglich, mich abweisend zu verhalten. Ich habe ihr herzlich zugesagt.« 184

2] *Nation [. . .] über General Rundstedt:* Joachim Joesten, ›Hitler's last General‹, ›The Nation‹, vol. 160, No. 13 v. 31. 3. 45, 354-357.

3] *über die jüdischen Mörder des Lord Moyne:* ›Two were hanged‹, ›The Nation‹, vol. 160, No. 13 v. 31. 3. 45, 357/358: Der britische Statthalter im Mittleren Osten, Lord Moyne, war von zwei jugendlichen Juden, Eliahu Hakim und Eliahu Bel-Souri, ermordet worden. »Bel Souri said: ›He was a symbol of British rule in Palestine and as a symbol we killed him.‹«

4] *an Bratt:* Noch nicht aufgefunden.

5] *Bratt:* Peter Bratt war der Deckname des 1937 nach England emigrierten Literaten, ehemaligen Redakteurs der ›Neuen Rundschau‹ und Feuilletonchefs der ›Vossischen Zeitung‹ Wolfgang von Einsiedel (1903-1967), der seit 1941 als Redakteur an der Londoner ›Zeitung‹ arbeitete.

6] *an Félix Bertaux:* P. P. 11. 4. 45; Reg. III, 45/187.

6. 4. 1945

1] *an Hermann Hesse:* P. P. 8. 4. 1945; Reg. III, 45/179; Br. II, 424/425. 185

2] *Lesung der Ansprache:* S. TB 4. 4. 45, Anm. 1.

3] *O. Basler:* Der Schweizer Lehrer und Essayist Otto Basler (1902 bis 1984) aus Burg im Aargau stand seit 1930 in freundschaftlicher Beziehung zu TM. Eine Auswahl aus ihrer umfangreichen Korrespondenz wurde 1965 in den Bl. TMG No. 5 publiziert.

4] *Brief eines jungen Literarhistorikers:* Der Brief von Dean F. W. Bradley, College of Art and Science, Univ. of South Carolina, Columbia, vom 30. 3. 45, befindet sich im TMA.

5] *Erikas mystifizierender Brief:* Den Erinnerungen von Frau Elisabeth Mann Borgese zufolge hatte G. A. Borgese in einem ›Life‹-Artikel ein Porträt Mussolinis entworfen, das, bei aller Kritik, eine gewisse Bewunderung für den Diktator durchscheinen ließ. Daraufhin schrieb Erika Mann ihrem Schwager einen fingierten Brief, in dem sie als angeblich begeisterte Faschistin ihre Freude über den Artikel ausdrückte.

6] *Gedanken über den Untergrundkrieg:* Ausgelöst wahrscheinlich durch einen Artikel Manfred Georges über offizielle Warnungen des State Departments vor den »vollständig ausgearbeitete[n] [Nazi-] Pläne[n] für die Fortführung einer wirtschaftlichen und politischen Unterminierung der Welt«: ›Die Warnung zur rechten Zeit: Das State Department enthüllt‹, ›Aufbau‹, vol. XI, No. 14 v. 6. 4. 1945, S. 1/2. In diesem Artikel geht George ausführlich auf die bereits zitierten Weltwochen-Informationen (s. TB 3. 4. 45, Anm. 2) ein, von denen vor allem die technischen Details der deutschen Reduit-Vorbereitungen wiedergegeben werden: »Das ganze Gebiet einschließlich der umliegenden höchsten Gebirgskämme ist mit Verteidigungsanlagen, unterirdischen Reparaturwerkstätten, Munitions- und Waffenlagern übersät. In den Höhlen des Königssees [. . .] in den alten Salzbergwerken der Gegend, in ausgehöhlten Bergen und Talwegen sind nach und nach gewaltige Kriegsmaterialdepots, Munitionskammern und Reparaturwerkstätten angelegt worden. Industriewerke zur Herstellung von Kriegsmaterial wurden dort gebaut. Flugzeugfabriken für Messerschmittjäger und Düsenflugzeuge wurden erstellt, große Brennstoffdepots angelegt. Synthetische Benzinwerke wurden in die Bergabhänge und Bergwerkschächte (vermutlich des Berchtesgadener Salzbergwerkes – D. Red.) hineingebaut, die Kohle für die Fabrikation des Brennstoffes wurde an Ort und Stelle gebracht. Unterirdische Flugfelder und Hangars stehen bereit. Motorenwerke, Kugellagerfabriken befinden sich in alten Steinbrüchen. Getreide und Kartoffelvorräte sind angesammelt worden, sowohl für die Ernährung wie für die Alkoholgewinnung. Die Festung Berchtesgaden ist keine Legende«. Unter Berufung auf diesen Bericht, dem der ›Aufbau‹ noch andere – in den USA für 3 Dollar käufliche »offizielle« – Schreckensnachrichten hinzufügte (»Aber das Berchtesgadener Land bildet in den heutigen Plänen nur den inneren Verteidigungsring mit dem Hauptquartier. Das Gesamtgebiet, das gegen den letzten Ansturm der Alliierten von der Waffen-SS und den politisch zuverlässigen Eliteregimentern [...] gehalten werden soll, erstreckt sich von den Allgäuer Alpen und dem Arlberggebiet im Westen bis zum Semmering im Osten«), zieht Manfred George das Fazit: »Unter diesen Gesichtspunkten kann die Erklärung des State-Department [...] nur dann richtig verstanden werden und einen heilsamen Erfolg haben, wenn sie die Aufmerksamkeit der Öffentlichkeit auch gegen gewisse Elemente verschärft, die an sich zwar nicht nazistisch sind, sich aber in Universitäten, Ämter und Gewerkschaften anderer Länder eingeschmuggelt haben und unter dem Deckmantel demokratischer oder sozialistischer Schlagworte eine gefühlsmäßig alldeutsch gefärbte Weltanschauung vertreten, die sie in Proklamationen und Büchern scheindemokratischer Diktion propagieren. Gerade diese Kreise sind es, die, ohne Nazis zu sein, von den sehr klugen Nazis, wenn diese unter sich sind, als die besten Bundesgenossen betrachtet werden.«

7] *Hitler und sein Gang:* Auch Manfred George hatte noch einmal die Schreckensvision einer Barbarossa und seinen Getreuen nachempfundenen Hitler-Tafelrunde beschworen: »Auf jeden Fall bereiten die Nazis ein Schauspiel für alle romantischen Altjungferherzen vor. [...] Denn es ist beabsichtigt, sowohl Mussolini wie Pétain, Laval wie Degrelle, Mussert wie Quisling, Henlein wie Seiß-Inquardt, Pavelitsch wie Goemboes dorthin zu bringen. ›Wundervoll‹ soll ein amerikanischer Heerführer ausgerufen haben, als er davon erfuhr, – ›wundervoll, dann können wir das ganze faschistische Panoptikum in einem Aufwaschen erledigen‹.«

7. 4. 1945

1] *von Bermann:* New York, 4. 4. 45; TM/GBF 392/393. *185*

2] *Wiederbelebung der Neuen Rundschau:* GBF plante, die alte Zeitschrift des S. Fischer Verlags, die 1935, bei der Übersiedlung nach

Wien, in den von Peter Suhrkamp geführten Berliner Verlag übergegangen und 1944 dem ›totalen Krieg‹ zum Opfer gefallen war, mit einem TM gewidmeten Geburtstagsheft wieder aufleben zu lassen.

3] *Dinner Party:* Bei der Photographin Florence Homolka (1911 bis 1962), der ältesten Tochter von Agnes E. und Eugene Meyer. S. TB 4. 6. 45, Anm. 6 und TM an Agnes E. Meyer, 11. 4. 45: »Einen sehr reizenden Abend bei Florence hatten wir neulich, in großer Gesellschaft. Die ganze intellektuelle Westküste gab sich ein Rendezvous in ihren schönen Räumen, und sie war eine glänzende Wirtin. Katja und ich machten den bildhübschen und artigen Kindern droben einen längeren Besuch.« (Kopie im TMA)

4] *Äußerungen des Erzbischofs von Münster:* Das Editorial des ›Aufbau‹, vol. XI, No. 15 vom 13. 4. 45, S. 4 kommentierte: »Er [d. i. Clemens Graf Galen] stand in dem Ruf, einer der berühmtesten Opponenten Hitlers im Dritten Reich zu sein. – Dieser 6 Fuß 6 Inch hohe Prälat gab im Empfangsraum des Katholischen Krankenhauses zu Sendenhorst bei Münster ein Interview, das denkwürdig ist – und wohl kein Einzelfall bleiben wird. Er zeigte sich gekränkt, weil ihn bisher kein hoher amerikanischer Offizier aufgesucht hat. Auch trägt er es den Alliierten nach, daß sie Deutschland bombardiert und auch seine Kathedrale, seinen Palast nebst anderen kulturellen Monumenten Münsters zerstört haben. – Interessanter als diese persönliche Beschwerde ist seine politische Haltung. ›Ich bin und bleibe ein Deutscher‹, verkündete er, ›ich will über Politik nicht reden‹. Und dann redete er nur über Politik. Er versicherte, er würde ›loyal‹ zum Vaterlande halten; und deshalb habe er die Alliierten als Feinde zu betrachten. Und dann folgte ein politisches Credo. – Der Erzbischof bezeichnet all die Menschen-Schwärme, die – nach der Befreiung durch die Alliierten – in der europäischen Welt herumirren, als – ›Russen‹. Diese ›Russen‹ klagt er nun an, deutsche Häuser geplündert zu haben. Der 67jährige Opponent Hitlers, der sich trotz zwölfjähriger Hitler-Opposition bester Gesundheit erfreut, hat in seinem ersten Interview nach der Befreiung vom Hitlerismus drei Dinge geäußert, die ihm in dieser Stunde offenbar ganz besonders am Herzen liegen: seine Feindschaft gegen die Alliierten, seine Loyalität zum deutschen Vaterland, und seine Furcht vor einem deutschen Kommunismus. – Da taucht nun ein gewaltiges Rätsel auf, das kaum zu lösen

sein wird: worin eigentlich unterscheiden sich solche Leute von Hitler – der dies Interview des Grafen Clemens von Galen, Erzbischof zu Münster, in jeder Zeile hätte unterschreiben können.«
In seiner Rundfunkbotschaft *Die Lager* vom 8. 5. 45, die am 18. 5. 45 fragmentarisch im ›Aufbau‹ (vol. XI, No. 20, S. 3) unter dem bezeichnenden Titel ›Glaubt nicht dem Bischof Galen‹ erschien, beschwor TM die Deutschen: »Betrachtet sie [i. e. die Alliierten] [...] nicht, wie der Bischof Galen es Euch vormacht, als Eure Feinde, fühlt Euch nicht selbst wie dieser unbelehrte Geistliche, in erster Linie als Deutsche, sondern als Menschen, der Menschheit zurückgegeben.« – Zu TMs Verhältnis zum späteren Kardinal Graf Galen vergl. auch den Brief an Victor Reissner vom 12. 7. 45, Reg. III, 45/291, Br. II, 435: »Man soll natürlich in seinem Urteil über die Äußerungen des Bischofs Grafen Galen nicht zu weit gehen und ihn als Hitlerianer abtun. Das ist er sicher nie gewesen. Aber seine Äußerungen waren auch mir sehr widerwärtig und deprimierend zu hören, und leider sind sie umso glaubwürdiger, als zahlreiche solche patriotischen Torheiten jetzt aus dem unglücklichen Lande zu uns dringen. [...] Das rechte Verständnis für das, was Deutschland, als Nation genommen, in der Welt angerichtet hat, scheint mir [...] bei Menschen, von denen man es erwarten sollte, einfach nicht oder noch nicht entwickelt zu sein.«
5] *Galen:* Clemens August Graf Galen (1878-1946), Bischof von Münster, 1946 Kardinal, hatte 1941 öffentlich gegen die sog. Euthanasie-Maßnahmen des NS-Regimes protestiert.
6] *Aufsatz über ›Joseph‹:* Wolfgang F. Michael, ›Thomas Manns »Joseph, der Ernährer«‹, ›Monatshefte für Deutschen Unterricht‹, Madison, Wisc., H. 37, Jan. 1945, 32-36.

8. 4. 1945
1] *Nachricht von dem phantastischen Fang:* Amerikanische Ingenieure hatten – wie AP am 8. 4. 45 meldete – in einer Salzmine bei Merkers nach Sprengung einer Backsteinwand mehr als 4 000 Säcke ungemünzten Goldes und eine Unzahl gestapelter Geldbehälter gefunden. Alle waren mit dem Siegel der deutschen Reichsbank verplombt. Ein deutscher Beamter sagte aus, daß es sich bei diesem Fund um die gesamte Goldreserve des Reiches handle. (s. NYT 9. 4. 45, 1:5). – Die gleiche UP-Meldung, die TM über den Rundfunk hörte, wurde 186

auch Joseph Goebbels vorgelegt. Am 9. 4. 45 notierte er in sein Tagebuch: »Eine traurige Nachricht kommt über UP aus Mühlhausen in Thüringen. Dort sind in den Salzbergwerken unsere gesamten Goldreserven in Höhe von hundert Tonnen und dazu noch ungeheure Kunstschätze, u. a. die Nofretete, in die Hand der Amerikaner gefallen. Ich habe immer dagegen plädiert, daß Gold und die Kunstschätze von Berlin weggebracht würden [...] Ich erfahre auf Erkundigungen bei der Reichsbahn, daß man zwar etwas laxe Maßnahmen ergriffen hat, um vor allem die Gold- und Kunstschätze aus Thüringen nach Berlin zu transportieren; das ist aber bezeichnenderweise durch die Ostertage verhindert worden. Man könnte sich sämtliche Haare ausraufen, wenn man sich vorstellt, daß die Reichsbahn Ostern macht und unterdes unser gesamter Goldvorrat vom Feind erbeutet wird.« (a. a. O. 532/533]

2] *an Bermann:* An GBF, P. P. 8. 4. 45; Reg. III, 45/178; TM/GBF 393-395.

3] *Tagebuch-Aufzeichnungen 1918/19:* Vgl. dazu den Eintrag im TB vom 26. 3. 45.

9. 4. 1945

186 1] *Heinitz:* Der Rechtsanwalt und Notar Dr. Wolfgang Heinitz, (1885-?), mit dem TM seit 1915 in Verbindung stand, war 1938 nach London emigriert. Vergl. auch TMs Bitte an GBF, der Verleger möge Heinitz bei Übersetzungsaufträgen aus dem Englischen und Französischen berücksichtigen. (TM an GBF 12. 12. 38; TM/GBF 198).

2] *Haltung in der deutschen Frage:* Der ›Aufbau‹ hatte – ähnlich wie TM – nach anfänglichem Zögern hinsichtlich des ›Council of a Democratic Germany‹ (und der von ihm vertretenen versöhnlichen Haltung Deutschland gegenüber) eine strikte Gegenposition bezogen. Freilich ist anzunehmen, daß TM mit den ›Sozialdemokraten‹, von deren Auffassung er sich absetzt, nicht in erster Linie ›Council‹-Mitglieder meint, sondern jene Mitarbeiter der ›Neuen Volkszeitung‹ wie Seger, Katz oder Stampfer, die den ›Council‹ ebenfalls, nur von rechts her, bekämpften, indem sie ihm kommunistische Infiltration und Weisungsgebundenheit gegenüber Moskau vorwarfen und sich – ohne Rücksicht auf eine im Exil entstandene antifaschistische Gemeinsamkeit – durch eine erbitterte nationale Interessenspolitik und eine totale Identifikation mit dem besiegten Deutschland hervortaten. (Einzelheiten bei Radkau II, a. a. O. S. 194-204).

3] *S. Dietrich:* Der SS-General Joseph (Sepp) Dietrich (1892-1966), Leiter der SS ›Leibstandarte Adolf Hitler‹ und zuletzt Oberbefehlshaber der 6. SS-Panzerarmee, wurde im Mai 1945 festgenommen und erhielt 1946 eine lebenslängliche Haftstrafe; 1955 begnadigt, im Münchener Röhmprozeß 1957 jedoch abermals zu 18 Monaten Gefängnis verurteilt. – Die Nachricht von seiner Ermordung war ein von der amerikanischen Presse kolportiertes Gerücht (s. NYT 9. 4. 45, 3:2).

10. 4. 1945

Der TB-Text ist von »Die Kriegsnachrichten« bis »zu wissen scheint« seitlich rot angestrichen.

1] *die Schweizer Presse:* S. neben dem bereits zitierten Bericht -ns, 187
›Festung Berchtesgaden‹?‹ ›Die Weltwoche‹, 13. Jg., No. 586 v. 2. 2. 45, S. 3, vor allem die Zusammenfassung der NZZ vom 9. 4. 45: »Nach den großen militärischen Rückschlägen der deutschen Wehrmacht seit Stalingrad haben die maßgebenden deutschen Kreise dem in der Schweiz entwickelten Gedanken einer leicht zu verteidigenden inneren Verteidigungszone – Réduit – größte Aufmerksamkeit zukommen lassen. Gestützt auf die schweizerischen Erfahrungen ist Deutschland darangegangen, in den österreichischen und bayerischen Alpengebieten eine Réduitzone vorzubereiten. Schon seit mehreren Jahren befinden sich umfangreiche Verbände der halbmilitärischen Organisation Todt im deutschen Réduit, wo sie Vorarbeiten durchführten. Für die ins Réduit zu verlegenden Truppen sind die entsprechenden Unterkünfte, bombensicher angelegt, vorbereitet worden. Ferner wurden die Straßen verbessert und die Bahnlinien nach Möglichkeit ausgebaut und leistungsfähiger gemacht. Diese Arbeiten der Organisation Todt vollzogen sich in größter Heimlichkeit und vom Ausland fast völlig unbemerkt. Die Arbeiten sind durch Luftangriffe kaum je gestört worden, ausgenommen der große Verkehrsknotenpunkt von Innsbruck. Innerhalb der Réduitzone, die einen Teil des Allgäus, Vorarlberg, Tirol, Salzburg und der Tauerngebirgsgegend umfaßt, sind ferner industrielle Vorbereitungen getroffen worden. In geeigneten Tälern sind, ebenfalls nach schweizerischem Vorbild, in

die Felsen eingesprengte und sowohl gegen Luftangriffe als auch gegen Artilleriebeschuß sichere Magazin- und Fabrikanlagen gebaut worden. Bereits 1944 standen 50 Gebirgsfabriken betriebsbereit und teilweise im Betrieb; seither dürfte sich ihre Zahl vermehrt haben. Es handelt sich durchweg um Fabriken zur Herstellung von Kriegsmaterial, deren Kapazität so bemessen ist, daß sie den Bedarf der Réduittruppen auf längere Zeit zu decken vermögen. Diese Gebirgsfabriken verfügen über die erforderlichen Reserven an Brennstoffen, Rohstoffen und Betriebsmitteln. Für die Versorgung der Bevölkerung mit Gebrauchsgütern stehen kaum Produktionsanlagen zur Verfügung, doch sind aus dem Handel und dessen Ausweichlagern im gesamten Reichsgebiet entsprechende Mengen Verbrauchsgüter (Gegenstände des täglichen Bedarfs) abgezweigt und als Vorratslager nach dem Réduit verbracht worden. Das am schwierigsten zu lösende Problem des deutschen Réduits ist die Nahrungsmittelversorgung. In den letzten Monaten sind umfangreiche Lebensmittelvorräte angelegt und bombensicher untergebracht worden.«

2] *›Nietzsche und die Frauen‹:* Henry (Hellmut) Walter Brann, ›Nietzsche und die Frauen‹, Leipzig 1931; ein Quellenwerk zum *Doktor Faustus,* das sich mit handschriftlichen Notaten in der Zürcher Bibliothek erhalten hat und dem TM, wie Gunilla Bergsten a. a. O. S. 75 notiert, den Gedanken entnahm, daß Nietzsche die Infektion »aus inneren Sühnegründen« bewußt herbeigeführt und sich sein »Prostitutionsverkehr« »auf ganz seltene, flüchtige Ausnahmefälle beschränkt« habe.

11. 4. 1945

187 1] *an Mrs. Meyer:* An Agnes E. Meyer, P. P. 11. 4. 45; Reg. III, 45/194.

2] *an Otto Basler:* P. P. 11. 4. 45; Reg. III, 45/186.

12. 4. 1945

187 1] *XXVI:* Das mit einer Reflexion über die doppelte Zeitrechnung des Romans und die politische Situation im April 1945 beginnende Kapitel (GW VI, 333-348), in dessen weiterem Verlauf Adrians Übersiedlung nach Pfeiffering erzählt wird.

2] *Radio-Rede: Deutsche Hörer,* 10. 5. 1945, GW XI, 1121-1123:

»Wie bitter ist es, wenn der Jubel der Welt der Niederlage, der tiefsten Demütigung des eigenen Landes gilt . . .«

3] *Tischrede für den 22.: Rede bei der Gründungsfeier der ›Association of Interdependence‹.* Hollywood, Hotel Roosevelt, 22. 4. 45, GW XIII, 765-769.

4] *Telegramm an Mrs. Roosevelt:* An Eleanor Roosevelt, P. P. 12. 4. 45; Reg. III, 45/195.

5] *Truman:* Der amerikanische Politiker Harry Spencer Truman (1884-1972), 1945-1953 33. Präsident der USA.

6] *Termin für San Francisco:* Für die UNO-Gründungskonferenz, die am 25. 4. 45 in San Francisco eröffnet werden sollte.

13. 4. 1945

Die ganze Eintragung ist vom Datum an seitlich rot angestrichen.

14. 4. 1945

Von »In Time Nachrichten« bis »Abgesperrtheit« seitlich rot angestrichen.

1] *Rede für Roosevelt: Macht und Güte,* ›Aufbau‹, vol. XI, No. 16 188
v. 20. 4. 45, S. 1 u. 2; unter dem Titel *Franklin Roosevelt* in GW XII, 941-944; englischer Text: *Roosevelt* in ›Free World‹, New York, vol. 9, No. 5, Mai 1945, 17/18; s. auch *Entstehung* Kap. IX, GW XI, 220/221.

2] *Schirach exekutiert:* Gerücht. (S. NYT 25. 3. 45, 4:1 und 30. 3. 45, 4:1 »Attempted assassination reported«.)

3] *Schirach:* Der ehemalige ›Reichsjugendführer‹ und – während des Krieges – Reichsstatthalter in Wien, Baldur von Schirach (1907-1974), wurde in Nürnberg am 1. 10. 46 zu zwanzig Jahren Haft verurteilt.

4] *Zustände in Deutschland:* ›Germany, Chaos and Comforts‹, ›Time Magazine‹, v. 16. 4. 45, S. 38.

15. 4. 1945

Der Eintrag ist von »Berlin meldet« bis »bestattet« seitlich rot an- 188
gestrichen.

1] *Rede:* S. TB 12. 4. 45, Text und Anm. 3.

2] *engl. Fassung:* S. TB 14. 4. 45, Anm. 1.

189 3] *vom Bischof [...] aufgerufen:* Da in der Sammlung von ›Memorial Services in Honour of President Franklin Roosevelt‹ bei der Franklin D. Roosevelt Library in New York kein Bericht über die Feier in Santa Monica erhalten ist, ließ sich nichts Näheres über den Verlauf der Veranstaltung ermitteln.

4] *an die Verfasserin eines steifen Sappho-Romans in Tel Aviv:* Der Brief ist noch nicht bekannt. Bei der Autorin handelt es sich um Margot Klausner (1905-1975), der TM über ihr in deutscher Sprache 1945 in Buenos Aires erschienenes Buch ›Sappho von Lesbos‹ schrieb.

5] *Prinz August Wilhelm:* Der Staatswissenschaftler Dr. August Wilhelm Prinz von Preußen (1887-1949), genannt Auwi, ein Sohn Wilhelms II., war ein bekannter Propagandaredner der Nationalsozialisten.

6] *Feldm. von Mackensen:* August von Mackensen (1849-1945), seit 1915 deutscher Generalfeldmarschall.

16. 4. 1945

Der TB-Text ist von »Die Frage der Kriegsverbrecher« bis»Schuldigen leiden« seitlich rot angestrichen.

189 1] *Kongress-Rede des Präsidenten:* Trumans erste Rede vor dem Kongreß als Präsident der Vereinigten Staaten am 16. 4. 45. Text in ›Truman speaks‹, ed. by Cyril Clemens, Webster Groves, Miss., 1946, 31-36.

2] *Biddle:* Der amerikanische Anwalt und Schriftsteller Francis Biddle (1886-1968) war von 1941-1945 unter Roosevelt General Soliciter (Justizminister).

3] *Mr. und Mrs. Tucker:* Der Industrielle Randolph Foster Tucker und Mona Tucker, geb. House.

4] *Oberst House:* Edward Mandell House (1856-1938), Berater des Präsidenten Wilson und amerikanischer Unterhändler bei den Waffenstillstands- und Pariser Friedens-Verhandlungen nach dem Ersten Weltkrieg.

5] *Hitler befiehlt seinen Soldaten:* In Erwartung des sowjetischen Großangriffs auf Berlin erließ Hitler am 15. 4. 45 eine Proklamation an die ›Soldaten der deutschen Ostfront‹, die mit den Sätzen schloß: »In dieser Stunde blickt das ganze deutsche Volk auf euch, meine Ostkämpfer, und hofft nur darauf, daß durch eure Standhaftigkeit, euren Fanatismus, durch eure Waffen und unter eurer Führung der bolschewistische Ansturm in einem Blutbad erstickt. Im Augenblick, in dem das Schicksal den größten Kriegsverbrecher aller Zeiten [gemeint ist Roosevelt] von der Erde genommen hat, wird sich die Wende dieses Krieges entscheiden.« – Auch die Aufforderung, »verräterische [...] Offiziere und Soldaten, die, um ihr erbärmliches Leben zu sichern, im russischen Solde, vielleicht sogar in deutschen Uniformen gegen uns kämpfen werden [...] sofort festzunehmen und nötigenfalls augenblicklich umzulegen«, stammt aus diesem Hitler-Aufruf.

6] *zweiteilige deutsche Regierung:* In Erwartung der russischen Großoffensive erließ Hitler am 15. 4. 45 eine ›Anordnung über die Befehlsgliederung im Fall einer Vereinigung der Ost- und Westalliierten in Mitteldeutschland‹, die verfügte: »Für denjenigen Raum, in dem ich selbst nicht anwesend bin, führt die [...] Operationen ein von mir bestimmter Oberbefehlshaber, dem alle in dem betreffenden Raum eingesetzten Kräfte [...] unterstellt sind.« Für den Fall, daß der nördliche Raum für Hitler unerreichbar wäre, erhielt Dönitz, für den Fall, daß die südliche Reichshälfte abgeschnitten würde, Kesselring alle Vollmachten. *190*

7] *Brief Golos:* An Katia Mann, Somewhere in Luxembourg, 4. 4. 45.

8] *»Nun müssen die Unschuldigen ...«:* Im Rahmen eines Berichts über erste Eindrücke aus Deutschland hatte Golo Mann seiner Mutter geschrieben: »Germany looks like pacifists spoke of the ›next war‹ in 1928, frightening and moonlike at night, at day dreary, sordid and foolish. The impression is completely monotonous and very soon one has enough jusqu' à la fin de ses jours, also of the talk of the people ›ja, ja, now the innocent must suffer for the guilty‹, but where are the guilty? O, they are gone, there were never many of them, you see, I am a catholic. – Astonishing, after 12 years, is the number of those who look like cartoons and actually wear Tyroler Huetchen; that these people should have done what they did, threatened, what they threatened etc. has now something irreal and highly embarrassing for all parts concerned. [...] Of course, there are a few good people too, and as far as they are concerned, T. M.s prestige and influence are astonishing. I say that a (little) contre coeur for I do not wish to see him dragged into this hopeless business.«

17. 4. 1945

190 1] *Brief Bermanns:* New York, 13. 4. 45; TM/GBF 396.

2] *Brief von Dr. Franke-Ruta:* Basel, 5. 2. 45; im TMA.

3] *Franke-Ruta:* Der Journalist und Schriftsteller Dr. Walther Franke-Ruta (1890-1958) emigrierte bereits 1923 nach Italien, wo er 1943 – da er englische Kriegsgefangene versteckt hatte – von den Deutschen verhaftet wurde. Es gelang ihm jedoch, in die Schweiz zu entkommen. Dort arbeitete er seit 1944 als Dramatiker am Studio Basel und konnte 1953 TMs Einwilligung für eine Radio-Bearbeitung von *Königliche Hoheit* erlangen, die im Januar 1954 in Radio Beromünster lief. TMs Vorwort zu dieser Hörspielfassung, *Vorwort zu dem Hörspiel ›Königliche Hoheit‹*, in GW XI, 578-582.

4] *deutsche Gefangene:* Captain Wilfried C. Hulse, ›Erfahrungen mit deutschen Kriegsgefangenen‹, ›Aufbau‹, vol. XI, No. 15 v. 13. 4. 45, S. 3.

5] *Nazi-Schmähschrift:* h. b. ›Eine Hetzschrift gegen Thomas Mann‹, ›Aufbau‹ a. a. O. S. 4: »Wir würden keine Notiz [. . .] nehmen, wenn es [i. e. das Schmäh-Heftchen] nicht ein (wenn auch noch so winziges) Stück Nazi-Untergrund-Wühlerei darstellen würde. Wir haben im vorigen ›Aufbau‹ die Warnung des State-Department [s. TB 6. 4. 45, Anm. 6] vor nazistischen Versuchen der Unterminierung nach dem Krieg abgedruckt. Der Wisch, von dem wir reden, ist ein wenn auch recht schwächlicher Pionier.« – Das Heftchen selbst war von einem Anonymus verfaßt, der sich Erik Erikson nannte und trug – in Anspielung auf Carl Mischs Zusammenfassung der Peyre-Kontroverse (s. 6. 8. 44, Anm. 1 und TB 1. 11. 44, Text und Anm. 1) den Titel ›Herrn Thomas Manns neueste Wandlungen‹. Der ›Aufbau‹ identifizierte den angeblichen Druckort London/Montevideo als die Hermine Press in New York City, und glaubte auch, den Verfasser und seine »politische Sendung« dingfest machen zu können: »Es ist ein Gassenjunge, der in den literarischen Kaffees Mitteleuropas großgeworden ist.« – Der Tenor der Schmähschrift gegen den Anwalt der Demokratie, der nicht aufhöre »in übelster Demagogie nach dem Vorbild seines eigenen Patriotismus im ersten Weltkriege« zu machen, und, damals wie jetzt, der »reaktionärste, spießigste, trostloseste, minderwertigste und feigste Politiker« gewesen sei, spricht – nicht nur nach Ansicht des ›Aufbau‹ – für sich selbst: »Thomas Mann, diese vergötterte absolute Null des deutschen ›Geistes‹, diese abge-

schmackte Papiersuppe der deutschen Untermittelmäßigkeit, deren fade Düfte die Welt umso mehr berauschen, je weniger es an ihr zu verdauen gibt [...], hat sich ein übriges Mal auf den Kopf gestellt. [...] [Er] ist ein empfindliches Instrument in Bezug auf konjunkturelle Schwankungen, ein sicherer Führer an der literarischen Börse. Charakter? Wo denken Sie hin! Thomas schlichtet jede Fehde durch eine schöne Rede – er schürt die zeitgemäße Begeisterung durch eine neue Kleisterung. Er ist und bleibt das bestgeeignete Objekt für Witze, wie wir ihm schon vor 20 Jahren das parodistische Verschen gewidmet haben: ›So laßt uns denn mit Fleiß betrachten / Herrn Thomas Mann im Redefluß; / ist zwar der Thomas zu verachten – / der Mann bereitet uns Genuß.‹«
Zum Verfasser des Pamphlets, der TM sogar zu einem Vorläufer des Faschismus stempelt, bemerkt das ›Aufbau‹-Editorial abschließend: »Wer unter den deutsch schreibenden Skribenten hat das geschrieben? Über das stilistische und moralische Vorbild gibt es wohl keinen Streit: es ist der Humor und der Angriffsgeist des Buches ›Mein Kampf!‹«
6] *eindringlicher Aufsatz:* Harold A. Basilius, ›Thomas Mann's Use of Musical Structure and Technique in »Tonio Kröger«‹, ›The Germanic Review‹, vol. 19, Dezember-Heft 1944, 284-308.

18. 4. 1945
Der Eintrag ist von »überaus fröhlicher Empfang« bis »freundlich hielten« seitlich rot angestrichen.
1] *deutsche Sendung:* »Ein großer Mann ist gestorben ...« *Deutsche Hörer*, 19. 4. 45, GW XI, 1119-1121. 190
2] *an Bermann:* An GBF, P. P. 18. 4. 45; Reg. III, 45/196; TM/GBF 397.

19. 4. 1945
Der TB-Text ist von »Las Bericht« bis »Parlamentskommission« seitlich rot angestrichen. 191
1] *an Dr. Heinitz:* An Anton Wolfgang Heinitz, P. P. 19. 4. 45; Reg. III, 45/198.
2] *im ›Aufbau‹ erschienene Rede: Macht und Güte.* S. TB 14. 4. 45, Anm. 1.
3] *Sammlung der Reden:* ›Roosevelt spricht. Die Kriegsreden des

Präsidenten‹, Stockholm 1945. TMs Gedenkrede leitet den Band als Vorwort ein: *Rede Thomas Manns, gehalten an der Trauerfeier am 13. April 1945 im Municipal Auditorium, Santa Monica, Kalifornien.*

4] *Bericht der Amer. Assoc. for a Democr. Germany:* Die ›American Association for a Democratic Germany‹ war die Förderorganisation des ›Council for a Democratic Germany‹, die im September 1944 die Nachfolge der ›American Friends of Freedom‹ angetreten hatte, wie diese von Reinhold Niebuhr präsidiert wurde und ab September 1944 das ›Bulletin of the Council for a Democratic Germany‹ herausgab. Der von TM hier notierte Bericht erschien in vol. 1, No. 3 v. 1. 1. 1945, S. 4 und war die Wiedergabe einer ABSIE (*A*merican *B*roadcasting *S*tation *i*n *E*urope)-Meldung von einer wachsenden Anti-Nazi-Bewegung unter der Jugend in Deutschland namens ›Edelweiß‹ ... einer Gruppe, von der öffentlich zu sprechen, ein Himmler-Befehl verboten habe und die ›der besonderen Aufmerksamkeit‹ von SS und Gestapo empfohlen worden sei. In Krefeld, so die Nachricht weiter, seien mehr als 30 % der Hitlerjungen heimliche ›Edelweiß‹-Mitglieder, und man könne auf Grund von Gefangenenaussagen davon ausgehen, daß »a very considerable part of the youth of Germany is fiercely opposed to the Nazis.«

5] *Verdacht der Russen:* Zur Sache s. TB 12. 5. 45, Anm. 6 und TB 8. 4. 45, Anm. 1.

6] *Spionenschule:* Nicht ermittelt.

7] *Gen. läßt die Civil-Bevölkerung von Weimar:* Das Lager Buchenwald war am 12. 4. 45 von den Amerikanern befreit und unmittelbar darauf von General Patton besichtigt worden, der für den nächsten Tag anordnete, daß die gesamte Bevölkerung Weimars an den Verbrennungsöfen und den Leichenbergen vorbeizudefilieren habe.

20. 4. 1945

191 1] *über Roosevelt:* Der ›Letter from the Publisher‹ sowie die Rubrik ›USA at War‹ in ›Time‹, vol. 5, No. 17 v. 23. 4. 45, 16-20, sind ganz dem Gedenken an Roosevelt gewidmet und enthalten Reaktionen auf die Todesnachricht sowie Bildberichte von der Beerdigung.

2] *Dinner-Rede:* S. TB 12. 4. 45, Anm. 3.

3] *der deutschen Ansprache:* Es kann nur die Roosevelt-Sendung *Deutsche Hörer*, datiert 19. 4. 45 (s. TB) gemeint sein.

21. 4. 1945
Die Eintragung ist von »Dabei gehen« bis »möglich gehalten« seitlich rot angestrichen.

1] *Mr. David:* Wahrscheinlich der Leiter des Research-Departments im Nord-Amerika-Büro der BBC, Henry David. 191

2] *von Caroline Newton:* Nicht erhalten.

3] *Hagen für Deutschland:* Paul Hagen, ›Germany – the Wrong Solution‹, ›Common Sense‹, New York, vol. 14, No. 3, April 45, 23 bis 25: ein Plädoyer gegen die Beschlüsse der Yalta-Konferenz mit scharfer Kritik an der geplanten Zerstückelung Preußens, der beabsichtigten totalen Entindustrialisierung des Landes und der Überführung Deutschlands in einen ›Kolonial-Status‹: »German democracy can not be built on the foundation of the Yalta Proposals [...] Partition, starvation and colonial status will lead to the establishment of a moral and economic slum in central Europe.« Und was die vielbeschworene Demokratisierung eines besiegten Deutschland angehe, so seien die Alliierten dabei, ihren moralischen Kredit und ihre Glaubwürdigkeit zu verspielen: Noch 1942 hätten sowohl die Russen als auch die westlichen Verbündeten die demokratischen Kräfte in Deutschland aufgerufen, sich zu erheben, Untergrundkomitees und Streiks zu organisieren, während es nach Yalta zur offiziellen Politik der ›Großen Drei‹ gehöre, ausgerechnet in dem Augenblick, da von Verweigerungen und Protestdemonstrationen in Deutschland berichtet würde, die Existenz jeglicher demokratischer Kräfte dort zu leugnen.

4] *die Delegierten in San Francisco:* Die zur UNO-Gründungskonferenz entsandten 850 Delegierten jener 47 Staaten, die sich bereit erklärt hatten, die im Oktober 1944 in Dumbarton Oaks vorbereitete Charta zu unterschreiben. 192

5] *internationalen Broadcasts: World for the people.* S. TB. 31. 3. und 24. 4. 45. Der TB-Eintrag vom 24. 4. 45 zeigt, daß TM (entgegen dem von Loewy a. a. O. 52, I/35, angemerkten Zweifel) seine Botschaft selbst sprach – einen Appell mit dem Tenor: »Die Aufgabe zu lösen, welche diese Zeitwende uns stellt, ist nur eine [...] humanistische Frömmigkeit imstande. A law governed world wird nicht sein, ohne daß das Gesetz zuvor in unser aller Herzen lebendig ist.« (Vollständiger Text s. Anhang S. 820 ff.)

6] *›Ball‹ von Berlioz:* Der zweite Satz ›Un Bal‹ aus Berlioz' ›Symphonie Fantastique‹ op. 14. Vgl. TMs *Notizen zum Doktor Faustus,* Ms 33 Bl. 193[III]: »›Ball‹ aus Berlioz Phantast. Symphonie mit dem zentralen Walzermotiv.«

7] *Schweizer Kritiken des ›Gesetzes‹:* Im November und Dezember 1944 hatten außer den großen Schweizer Zeitungen auch sehr viele Provinzblätter ausführlich und enthusiastisch über TMs Novelle berichtet.

8] *haarsträubend:* Werner Georg Kümmels Kritik ›Das Moses-Buch Thomas Manns und die Bibel‹, NSR NF Jg. 12, No. 9, Januar 1945, 544-550, sprach von »äußerst willkürlichen und schwer erträglichen Umdichtungen der [biblischen] Berichte«, von »stilistischen Entgleisungen« des Autors und sparte nicht mit Adjektiven wie »geschmacklos«, »willkürlich« und »unbegründet«; sie schloß mit dem Fazit: »Hier tritt die Religion des modernen Menschen an die Stelle des biblischen Gottes, und damit ist nicht mehr die Mosesgeschichte dichterisch nacherzählt, sondern zum Vorwurf genommen für eine grundsätzlich andere Art der Gott- und Weltschau. Das ist das Bedenklichste an dem in vieler Hinsicht problematischen Buch von Thomas Mann, das man darum schwerlich als eine überzeugende dichterische Gestaltung des biblischen Stoffes wird bezeichnen dürfen.«

9] *Prof. Kümmel:* Der Theologe Dr. DD Werner Georg Kümmel, geb. 1905, lehrte zuletzt in Mainz und Marburg.

10] *die Korrodi's:* Eduard Korrodi, ›Die Moses-Geschichte Thomas Manns‹, ›Neue Zürcher Zeitung‹, 19. 10. 1944.

11] *Korrodi:* Der Schweizer Publizist und Literaturkritiker, seit 1914 leitender Feuilletonredakteur der ›Neuen Zürcher Zeitung‹, Eduard Korrodi (1885-1955) veröffentlichte am 26. 1. 1936 einen Artikel ›Deutsche Literatur im Emigrantenspiegel‹, der einer von Leopold Schwarzschild verbreiteten These, die gesamte deutsche Literatur sei emigriert, entgegenhält, daß, sähe man von TM ab, lediglich die jüdische »Romanindustrie« das Land verlassen habe. TM antwortete am 3. 2. 1936 mit einem Offenen Brief *An Eduard Korrodi,* in dem er sich gegen eine Gleichsetzung der Emigrantenliteratur mit jüdischer Literatur verwahrte und, erstmalig, sich selbst als einen Angehörigen der literarischen Emigration bezeichnete. Auf diese Solidaritätserklärung hin erkannten ihm die NS-Behörden die deutsche Staatsbürgerschaft ab.

22. 4. 1945

1] *Memoiren von Busch:* Das Manuskript des 1949 in Zürich erschienenen Buchs von Fritz Busch, ›Aus dem Leben eines Musikers‹. 192

2] *Dinner:* S. TB. 12. 4. 45, Anm. 3 und *Entstehung*, Kap. IX, GW XI, 221.

3] *Dreiser:* Der amerikanische Romancier Theodore Dreiser (1871 bis 1945). *Zum Tode von Theodore Dreiser* am 28. 12. 1945 s. Anhang S. 822.

4] *die Jeritza:* Die österreichische Sopranistin Maria Jeritza (1887 bis 1982), die seit 1935 in den USA lebte.

23. 4. 1945

Der TB-Text ist von »In Berlin die Lage« bis »unendlichem Krieg« seitlich rot angestrichen.

1] *›Reconstructionist‹ über den ›Joseph‹:* Bertha Badt-Strauß, ›Thomas Mann and the Midrash‹, ›The Reconstructionist‹, New York, vol. 11, No. 5 v. 20. 4. 45, 12-16, und Grace Goldin, ›The Joseph Books‹, ebda. 9-12. 192

2] *Speyer:* Gerard W. Speyer. Der aus Deutschland stammende Journalist Gerard W. Speyer (1917-1974), ein Neffe von Wilhelm Speyer (s. TB 7. 9. 45, Anm. 1), kam 1937 in die USA und war in den ersten Nachkriegsjahren bei der amerikanischen Militärregierung in Deutschland tätig.

3] *Drohung mit unendlichem Krieg:* Seit Ende März wurden vom State-Department Meldungen verbreitet, die besagten, daß das NS-Regime weitreichende ideologische und, vor allem, wirtschaftliche Pläne entwickelt habe, um über den Krieg hinaus seine Macht, besonders im Ausland, zu behaupten. – Freilich ist es auch möglich, daß TMs Notat sich auf Goebbels' Radiorede vom 22. 4. 45 bezieht, in der es heißt: »Zwei Stellungen [gemeint sind Berlin und Prag] können wir den Bolschewisten nicht überlassen, und wir werden sie nicht überlassen, bis das ganze Volk mit uns untergegangen ist.«

24. 4. 1945

1] *an Dr. Ruta:* An Walther Franke-Ruta, P. P. 24. 4. 45, Reg. III, 45/208. 193

2] *Generalkonsul aus Zürich:* Sam E. Woods (1892-1953), von 1942 bis 1945 amerikanischer Generalkonsul in Zürich, von 1947 bis 1952 in München.

3] *Beiträge im German-American:* Heinrich Mann, ›Einschätzung der Lage in Deutschland‹, ›The German American‹, vol. III, No. 24 v. 15. 4. 45, S. 5 und Heinrich Mann, ›Berthold Viertel‹, a. a. O. S. 7.

4] *K.N.X.:* Die Rundfunkstation K.N.X. in Hollywood.

5] *Masaryk:* Jan Masaryk (1886-1948), Sohn von Thomas G. Masaryk, tschechoslowakischer Politiker, 1940 Außenminister der Londoner Exilregierung, nach 1945 Außenminister der ČSR.

6] *Enthüllungen Pearsons:* UP verbreitete am 22. 4. 45 ein offizielles Dementi der Supreme Allied Headquarters zu der ›Behauptung des Washingtoner Kolumnisten Drew Pearson‹, die Amerikaner hätten die Außenbezirke Potsdams erreicht gehabt, sich jedoch auf Verlangen der Russen wieder zurückgezogen. (NYT 23. 4. 45, 5:7).

25. 4. 1945

Die Eintragung ist von »Zu den deutschen Selbstmördern« bis »Angst vor den Russen« seitlich rot angestrichen.

193 1] *an die Meyer:* An Agnes E. Meyer, P. P. 24. 4. 45; Reg. III, 45/209; Br. II, 427-429.

2] *Radio-Rede Trumans:* Ansprache zur Eröffnung der UNO-Gründungskonferenz in San Francisco am 25. 4. 45 aus dem Weißen Haus. Text in ›Truman speaks‹, a. a. O. S. 39-42.

194 3] *redet Keithl und Hitler ins Gewissen:* Das Office of War Information ließ am Abend des 25. 4. 45 über alle Sender von ABSIE und die OWI-Stationen in den USA einen Appell des deutschen Generals H. K. Kirchheim an Generalfeldmarschall Keitel übertragen, den Krieg angesichts der alliierten Überlegenheit unverzüglich zu beenden: »Sie, Herr Feldmarschall, müssen wissen, daß jeder weitere Widerstand hoffnungs- und sinnlos ist«. General Kirchheim betonte, daß sich sein Aufruf auch an die Führungsspitze des Reiches wende, der das deutsche Volk, überwältigt von den in Nordhausen und Buchenwald aufgedeckten Greueln, ohne Zögern den Gehorsam versagen solle: »Up to now the people and the army are guiltless of these murders: Hardly any army leader was aware of them. Whoever still carries out the orders of the Supreme Command to continue the war will share the guilt not only for the senseless destruction but also for these murders« (NYT, 26. 4. 45, 14:1)

26. 4. 1945
Der Eintrag ist von »Meldung von der« bis »dirigieren« seitlich rot angestrichen.

1] *Hotel Berlin:* Der 1945 von Peter Godfrey für Warner Brothers gedrehte Film nach Vicki Baums Roman ›Berlin Hotel‹ mit Alan Hale, George Coutouris, Peter Lorre, Faye Emerson, Helmut Dantine, Raymond Massey, Helene Thimig u. a. 194

2] *Gefangennahme Mussolinis:* Benito Mussolini (1883-1945) war mit seiner Geliebten Clara Petacci beim Versuch, in die Schweiz zu entkommen, am 27. 4. 45 bei Dongo am Comer See von Partisanen festgenommen und am nächsten Tag erschossen worden.

3] *unter der Bendlerstraße:* Der Führungsbunker unter dem Gebäude des Oberkommandos des Heeres in der Berliner Bendlerstraße. Goebbels hatte am 23. 4. 45 in einem Aufruf mitgeteilt, daß sich »der Führer« in der Reichshauptstadt befinde und den Oberbefehl über alle zur Verteidigung Berlins eingesetzten Kräfte übernommen habe.

27. 4. 1945
Der TB-Text ist von »Nach Tische die Zeitung« bis »tot gesagt« seitlich rot angestrichen.

1] *der ebenfalls versichert:* Auf einer Pressekonferenz nach seiner Verhaftung bei Magdeburg erklärte Generalleutnant Kurt Dittmar, »best known ›mouthpiece‹ of the German Army and since the beginning of the war the only German military analyst or commentator in whom the world could put the slightest credence«, daß sich Hitler und Goebbels in Berlin befänden, wo sie wahrscheinlich sterben würden, Göring von der Bildfläche verschwunden, eventuell auch hingerichtet sei, und Himmler sich in Salzburg, »in the national redoubt« befände, von der die Leute redeten, er aber wenig wisse, außer der Tatsache, daß diese »indefensible shadow fortress – a myth« sei. 194

2] *SF-Konferenz:* Die UNO-Gründungskonferenz in San Francisco.

3] *Molotow:* Der 1939-1949 und 1953-1956 amtierende russische Außenminister Wjatschislaw Michailowitsch Molotow (geb. 1890).

4] *sozialdemokr. Äußerung:* In der Kolumne ›Trends‹: ›Ideas in action; events as they reflect social tendencies‹, by Liston M. Oak, ›The New Leader‹, vol. 28, No. 16 v. 21. 4. 45, erschien unter der Überschrift ›The abortive Revolt in Germany in July 1944‹ ein auf Aussagen von Vertrauensleuten beruhender Bericht der Londoner SPD-Zentrale, demzufolge nur wenige deutsche Sozialdemokraten Nazis geworden seien. Es gäbe in seinem Distrikt – so die Aussage eines Konfidenten – 20 % Nationalsozialisten gegenüber 35 % bewußten Anti-Nazis. Die Kommunisten seien fast verschwunden, da jene, die nicht zu den neuen Machthabern überliefen, »savagely persecuted« worden seien. Der zitierte Bericht über die Lage in Deutschland schloß mit dem Satz: »The appeals of the Union of German Officers from Moscow [i. e. des National-Komitees ›Freies Deutschland‹] are largely ignored or recieved with cynism. But hundred of thousands listen to the broadcasts from London, and especially value the messages of Thomas Mann.«

5] *Kurzbrief nach Jerusalem:* Wohl an Schalom Ben-Chorin, P. P. 25. 4. 45; Reg. III, 45/210.

6] *nach Stockholm:* Wohl an den Bermann-Fischer Verlag.

7] *an C. Newton:* An Caroline Newton, P. P. 27. 4. 45; Reg. III, 45/213; TM/CN, 40.

8] *in Time-Magazine:* In der Rubrik ›Foreign News‹, ›Germany‹, ›Time‹ vol. 45, No. 18 v. 30. 4. 45, 38-46: Bildberichte amerikanischer Korrespondenten aus den Konzentrationslagern Erla, Nordhausen, Belsen und Buchenwald.

195 9] *will darüber sprechen:* S. TB 2. 5. 45, Text und Anm. 1.

28. 4. 1945

Der Eintrag ist von »Unruhig geschlafen« bis »in russischer Hand« seitlich rot angestrichen.

195 1] *Angebot Himmlers:* Am Nachmittag des 28. 4. 45 verbreitete der englische Rundfunk die Nachricht von Himmlers Versuch, über die Vermittlung des Grafen Bernadotte und der schwedischen Regierung die Kapitulation der gesamten deutschen Streitkräfte an der europäischen Westfront einschließlich Jugoslawiens, Italiens und der skandinavischen Länder anzubieten. Die Alliierten wiesen unter Berufung auf die Forderung nach ›unconditional surrender‹ an *allen* Frontabschnitten – also auch im Osten – das Angebot zurück.

2] *Goebbels totgesagt:* Gerücht.

3] *Hitler tötlich verwundet:* Um die Legitimität seiner Vermittlungsversuche zu unterstreichen, hatte Himmler behauptet, Hitler leide an Gehirnblutungen und sei vielleicht schon tot. Auf alle Fälle aber werde er in den nächsten Tagen sterben.

4] *Revolution in München:* Am 29. 4. 45 meldete die NYT, Franz Ritter von Epp habe sich zum provisorischen Führer einer bayerischen Freiheitsbewegung ernannt und die Bevölkerung aufgerufen, das Nazi-Joch abzuwerfen. (s. NYT 29. 4. 45, 10:1)

5] *Gen Epp:* Der deutsche General Franz Ritter von Epp (1868 bis 1946) war 1919 mit seinem Freikorps an der Eroberung Münchens und dem Sturz der bayerischen Räterepublik beteiligt gewesen. Er nahm 1923 seinen Abschied von der Reichswehr, wechselte von der bayerischen Volkspartei zur NSDAP und war von 1933-45 Reichsstatthalter in Bayern. Vergl. TMs Tagebuchnotizen vom April/Mai 1918.

6] *Tochter Marcel Schwobs:* Nach Auskunft der Bibliothèque Nationale, Paris, ließen sich keine Kinder Marcel Schwobs nachweisen – »Il semblerait par contre qu'il ait eu des nièces. Faut-il conclure à une erreur ou une confusion de Th. Mann?«

7] *›No voice is wholly lost‹:* Harry Slochower, ›No voice is wholly Lost; Writers and Thinkers in War and Peace‹, New York 1945. Das Buch ist in der Zürcher Bibliothek erhalten. Das TM gewidmete Kapitel: ›The idea of universal culture: Thomas Mann‹, 332-367.

8] *Beethoven-Film:* Ein Vergleich der TB Eintragung vom 1. 5. 45: »Mr. Morris und Gen. wegen des Beethoven-Films. Stokowsky, Horowitz, Menuhin haben angenommen«, mit der Beschreibung, die Arthur Rubinstein in seiner Autobiographie ›Mein glückliches Leben‹, deutsch Frankfurt 1980, 667/668 gibt, legt die Vermutung nahe, daß dieser Beethoven-Plan die ›Uridee‹ des späteren Films ›Carnegie Hall‹ war: »Boris Morros, in Rußland geborener Musiker und Chef der Musikabteilung von Columbia Pictures, drehte einen Film mit dem Titel ›Carnegie Hall‹, einen historischen Rückblick auf dieses berühmte Konzerthaus. Er engagierte alle irgendwie mit Carnegie Hall verbundenen Berühmtheiten, z. B. Bruno Walter, Stokowski, Rodzinski, Heifetz, Piatigorsky, Lily Pons, und ich sagte selbstverständlich ebenfalls zu. [...] Morros [...] fuhr mich in seinem Rolls-Royce zum Hotel, wobei er unterwegs unentwegt Berühmtheiten aufzählte, die er für seinen Film gewonnen habe, was in vielen Fällen schlicht gelogen war. ›Ich hole mir Toscanini und Kreisler und die ganze Bande.‹ Das reichte mir, und ich sagte schroff: ›Ich wette, was Sie wollen:

Wenn der Film abgedreht ist, sehen wir Harry James Trompete blasen und den Sieg davontragen.‹ – ›Der ist nur drei Minuten zu sehen!‹ empörte sich Morros. – [. . .] Der Film handelte von dem musikalisch begabten Sohn einer Putzfrau in der Carnegie Hall, die ihm zu einer Karriere verhelfen wollte, indem sie sich umschichtig an einen jeden von uns Künstlern um Hilfe wandte. Der Junge war insgeheim aber einzig auf Jazz versessen, auf Jazz und nichts als Jazz! Schreckliches Drama zwischen Mutter und Sohn, der heiratet, ein Jazzstück verfertigt (vide Gershwin), und die Trompete trompetet denn auch das triumphale Ende voraus.«

29. 4. 1945

Die Eintragung ist von »München eingenommen« bis »zu überbringen« und von »Viel Gespräch über Deutschland« bis »englischen Presse« seitlich rot angestrichen.

195 1] *Bernadotte:* Himmlers Gesprächspartner, Folke Bernadotte, Graf von Wisborg (1895-1948), ein Neffe des schwedischen Königs Gustav V. Adolf, war seit 1943 Vizepräsident (ab 1946 Präsident) des Internationalen Roten Kreuzes. Zur Sache s. TB 28. 4. 45, Anm. 1.

196 2] *Brief nach London:* An Karl Retzlaw, P. P. 29. 4. 45; Reg. III, 45/214.

3] *Schildknapp-Portrait:* S. TB 6. 7. 44, Anm. 1.

4] *Süskind:* Der Münchener Schriftsteller W. E. (Wilhelm Emanuel) Süskind (1901-1970) war bis 1933 mit Klaus und Erika Mann befreundet gewesen und hatte versucht, Klaus Mann zur Rückkehr nach Deutschland zu bewegen. Dieser Versuch sowie die Tatsache, daß Süskind im NS Staat blieb, wo er als Redakteur der Zeitschrift ›Die Literatur‹ arbeitete, führte zu einer bleibenden Entfremdung zwischen ihm und der Familie Mann. Nach 1945 war Süskind Redakteur bei der ›Süddeutschen Zeitung‹.

5] *Kersten Strindberg:* August Strindbergs Tochter, die Malerin Kerstin Strindberg (1894-1956). Vergl. TM an Tor Bonnier, Zürich 17. 11. 52; Br. III, 278/279.

6] *in der englischen Presse:* Nicht ermittelt.

30. 4. 1945

Der TB-Text ist von »Gehäufte Selbstmorde« bis »auf der 2. Seite« seitlich rot angestrichen.

1] *Himmler in Dänemark oder Lübeck:* Heinrich Himmler hatte sich in Lübeck mit dem Grafen Bernadotte getroffen. 196

2] *Ribbentrop . . . gefangen:* Gerücht.

3] *mit Snipern:* Mit Heckenschützen.

4] *die oberste BDM-Führerin:* BDM ›Reichsregentin‹ – allerdings ohne militärischen Rang: eine Frau als General wäre im Deutschland Hitlers undenkbar gewesen! – war ab 1937 Jutta Rüdiger.

5] *Correspondent der NZZ:* Dr. Werner Imhoof (1909-1977), von 1945-1972 Korrespondent der ›Neuen Zürcher Zeitung‹ in Washington.

6] *Schweizer Konsul:* Wahrscheinlich der Chef des Schweizer Konsulats in Los Angeles, Konsul Otto Wartenweiler.

7] *Neue Frankfurter Zeitung:* Die ›Frankfurter Presse der amerikanischen 12. Heeresgruppe für die deutsche Zivilbevölkerung‹, Nr. 1 v. 21. 4. 45 brachte auf S. 4 den ersten Teil von TMs *Bonner Brief* mit folgendem Vorspann: »In Deutschlands schmachvollen Jahren – genau am 19. Dezember 1936 – geschah es, daß die Universität Bonn Deutschlands größten lebenden Dichter, Thomas Mann, aus der Liste der Ehrendoktoren strich. Dies geschah, nachdem dem deutschen Nobelpreisträger vorher die deutsche Staatsbürgerschaft aberkannt worden war. Thomas Mann richtete daraufhin einen Brief an den Dekan der philosophischen Fakultät der Universität Bonn – einen Brief, der freilich im Himmler-Deutschland geheimgehalten wurde. Die ›Frankfurter Presse‹ rechnet es sich zur Ehre an, die erste Zeitung im besetzten Deutschland zu sein, die der Stimme des Verfassers des ›Zauberberg‹ vor der deutschen Öffentlichkeit Gehör verschaffen kann.« – Der zweite Teil des »prophetischen Briefes« erschien mit gleichem Vorspann in der ›Frankfurter Presse‹ No. 2 v. 27. 4. 45 auf S. 2.

1. 5. 1945

Die Eintragung ist von »Der Tod Hitlers« bis »Roosevelts Tod« seitlich rot angestrichen.

1] *Mr. Morris:* Der Filmproduzent, Orchesterdirigent und Musikwissenschaftler Boris Morros. S. TB 28. 4. 45, Anm. 8. 197

2] *Beethoven-Film:* S. TB 28. 4. 45, Anm. 8. An dem Film ›Carnegie

Hall‹ wirkte von den im TB aufgeführten Künstlern nur Leopold Stokowski mit. Statt Yehudi Menuhin spielte Jascha Heifetz, und für Horowitz' Part sah und hörte man schließlich Arthur Rubinstein.

3] *Stokowsky:* Der britisch-amerikanische Dirigent Leopold Stokowski (1882-1977) dirigierte von 1914-1936 das Philadelphia Orchestra. TM kannte Stokowski seit seiner ersten Amerika-Reise, 1934, wo beide auf demselben Schiff die Überfahrt machten (s. TB 12. 6. bis 16. 6. 1934).

4] *Horowitz:* Der russische Pianist Wladimir Horowitz (geb. 1904), Schwiegersohn von Toscanini. TM hörte ihn zum ersten Mal 1933 in Zürich (s. TB. 17. 10. 1933) und kannte ihn seit 1937 persönlich (TB 25. 11. 1937).

5] *Menuhin:* Der amerikanische Geiger Yehudi Menuhin (geb. 1916), der TM – wie die TB zeigen – schon als Achtzehnjähriger durch sein Mozart-Spiel faszinierte: »Der erstaunliche Menuhin« (TB 9. 11. 1934); »Violin-Konzert Mozart, von Menuhin unübertrefflich gespielt. [...] Das jüdische Virtuosentum ist unüberbietbar; Menuhin ist es besonders als Mozart-Spieler.« (TB 14. 8. 1935).

6] *von Döniz . . . gemeldet:* Der deutsche Großadmiral Karl Dönitz (1891-1980), den Hitler in seinem politischen Testament vom 29. 4. 1945 zum »Reichspräsidenten und obersten Befehlshaber der Wehrmacht« ernannt hatte, ließ am späten Abend des 1. Mai, mehr als 24 Stunden nach Hitlers Selbstmord, über den Reichssender Hamburg bekanntgeben, »der Führer« sei »im Kampf gegen die bolschewistische Sturmflut« gefallen.

7] *»Nur weil die westlichen Alliierten . . .«:* Dönitz sagte in seiner Ansprache: »Meine erste Aufgabe ist es, deutsche Menschen vor der Vernichtung durch den vordrängenden bolschewistischen Feind zu retten. Nur für diesen Zweck geht der militärische Kampf weiter. Soweit und solange die Erreichung dieses Ziels durch die Briten und Amerikaner behindert wird, werden wir uns auch gegen sie weiter verteidigen müssen.«

8] *an Kahler:* An Erich von Kahler, P. P. 1. 5. 45; Reg. III, 45/223; Br. II, 430/431 (fragm.)

2. 5. 1945

Der TB-Text ist von »Stalin meldet« bis »Ereignissen« seitlich rot angestrichen.

1] *Artikel [...] über die Konzentrationslager: Die Lager,* GW XII, 951-953. Der Text wurde am 8. 5. 45 durch das Office of War Information als Rundfunkbotschaft unter dem Titel *Thomas Mann über die deutsche Schuld* gesendet. S. Loewy a. a. O. S. 52. *197*
2] *über die letzten Filmaufnahmen:* James Agee (1909-1955), amerikanischer Drehbuchautor und Filmkritiker der ›Nation‹, hatte seinen »schönen« Artikel (›Nation‹, vol. 160, No. 17 v. 28. 4. 45, S. 497) mit der Wertung beschlossen: »The moving pictures of Präsident Roosevelt, made at Teheran and at Yalta and when he reported to Congress after Yalta are, I believe, the best record we have of him.«
3] *»The day is ours ...«:* William Shakespeare, ›Richard III‹, 5. Akt, Szene 4. Die BBC hatte, wie eine UP-Meldung aus London vom 1. 5. 45 mitteilte, ihre erste Nachricht vom Tode Hitlers wie folgt kommentiert: »›The day is ours. That bloody dog is dead‹. That, from the last scene of Shakespeare's ›King Richard III‹ is as good as anything for a first comment on Hitler's death.«
4] *Lübeck von den Russen besetzt:* Gerücht.

3. 5. 1945
Der Eintrag ist von »Hitlers und Göbbels« bis »Deutschland zu sein« seitlich rot angestrichen.
1] *Beitrag für ›Nation‹: Address to the German People,* ›The Nation‹ vol. 160, No. 18 v. 5. 5. 45, S. 535, deutsch: *Die Lager;* s. TB 2. 5. 45, Anm. 1. *198*
2] *Anfänge des Teufelskapitels und [...] »Hölle«:* Der Beginn des XXV. *Faustus*-Kapitels und die Ausführungen des Teufels nach seiner »Metamorphose ins Altvertraute«, GW VI, 294 ff. und 325-330.
3] *Russen bezweifeln:* Eine AP-Meldung aus London v. 2. 5. 45 hatte berichtet, Radio Moskau verbreite die Meinung, »that by dissemination of the statement on the death of Hitler, the German Fascists evidently hope to prepare for Hitler the possibility of disappearing from the scene and going to an underground position.«

4. 5. 1945
Der TB-Text ist von »Kapitulation in Dänemark« bis »Himmlers Familie verhaftet« seitlich rot angestrichen.
1] *The Camps:* S. TB 2. 5. 45, Anm. 1. *198*
2] *Dr. Nathanson:* Näheres nicht ermittelt.

3] *Speer:* Der nationalsozialistische Staats-Architekt und Reichsminister für Rüstung und Kriegsproduktion Albert Speer (1905 bis 1981) wurde 1946 in Nürnberg zu 20 Jahren Haft verurteilt und 1966 aus der Haftanstalt Spandau entlassen.

4] *Schwerin-Krosick:* Der konservative Politiker Johann Ludwig Graf Schwerin von Krosigk (1887-1977) war unter Papen, Schleicher und Hitler Finanzminister. Vom 2.-23. 5. 45 leitete er die geschäftsführende Reichsregierung, in der er gleichzeitig den Posten des Außen- und Finanzministers bekleidete.

5. 5. 1945

Die Eintragung ist von »Kämpfe um Prag« bis »Vesper dazu« seitlich rot angestrichen.

199 1] *an Frau Busch:* Nicht erhalten.

2] *Manuskript ihres Mannes:* S. TB 22. 4. 45, Anm. 1.

3] *Magister Laukhard:* F(riedrich) C(hristian) Laukhardt, ›Magister Friedrich Christian Laukhardts Leben und Schicksale von ihm selbst beschrieben‹. Das Werk befindet sich in einer zweibändigen Ausgabe, bearbeitet von Dr. Victor Petersen, Stuttgart 1908, in TMs Nachlaßbibliothek.

4] *Blum:* Der französische Sozialist Léon Blum (1872-1950) wurde 1942 vom Vichy-Regime verhaftet und von 1943-45 in deutschen Konzentrationslagern festgehalten.

5] *Herriot:* Der französische radikalsozialistische Politiker und Schriftsteller Edouard Marie Herriot (1872-1957) war 1944/45 Gefangener in deutschen Konzentrationslagern.

6] *Daladier:* Der französische Radikalsozialist Edouard Daladier (1884-1970) erklärte 1939 als Ministerpräsident Deutschland den Krieg. Er wurde im September 1940 verhaftet und bis 1945 in deutschen Konzentrationslagern interniert.

7] *Schuschnigg:* Der konservative österreichische Politiker Kurt Edler von Schuschnigg (1897-1977), von 1934-38 Bundeskanzler. Schuschniggs Versuch, ein den nationalsozialistischen Einfluß in Österreich stärkendes Abkommen im Februar 1938 durch eine Volksabstimmung zu unterlaufen, wurde zum Anlaß von Hitlers Einmarsch. Schuschnigg wurde 1938 verhaftet und von 1941-1945 in deutschen Konzentrationslagern festgehalten. Er emigrierte 1948 in die USA, lehrte in St. Louis und kehrte 1967 nach Österreich zurück.

8] *Niemöller:* Der Dahlemer Pastor Martin Niemöller (1892-1985), 1933 maßgeblich an der Konstituierung der ›Bekennenden Kirche‹ beteiligt, wurde als dezidierter Gegner des Nationalsozialismus 1937 verhaftet und ab 1938 zunächst im KZ Sachsenhausen, ab 1941 in Dachau festgehalten.
9] *für Liberty bestimmten Artikel:* Erika Mann, ›The Road to Leipzig‹ ungedruckt. Vgl. E. M. an Klaus Mann, P. P. 8. 5. 45: »I've just completed a major Unding on war criminals (for Liberty) – entitled, portentously ›The Road to Leipzig‹.« (Im EMA).
10] *Haushofer:* Generalmajor Karl Haushofer (1869-1946), Begründer der deutschen ›Geopolitik‹. Diese ›Wissenschaft‹, für die Haushofer von 1921 bis 1939 einen Lehrstuhl in München innehatte, lieferte den Nationalsozialisten das theoretische Rüstzeug für ihren ›Lebensraum‹-Anspruch. Karl Haushofer fiel als General 1945 in alliierte Gefangenschaft und nahm sich aus Angst vor Verhören 1946, gemeinsam mit seiner Frau, das Leben.
11] *Johst:* Der Erzähler und Dramatiker Hanns Johst (1890-1978) war mit TM aus München bekannt. In seinen Anfängen hatte ihn der ältere Kollege geschätzt und entschieden gefördert. Nach dem Exodus der deutschen Literatur 1933 wurde Johst in die Abteilung für Dichtkunst an der Preußischen Akademie der Künste gewählt, avancierte zum »nationalsozialistischen Hof-Literaten« (TM TB 11. 2. 1934) und war 1935-45 Präsident der Reichsschrifttumskammer. Eberhard Spangenberg zitiert in seinem Buch ›Karriere eines Romans‹, München 1982, S. 76, einen Brief von Hanns Johst an Heinrich Himmler vom 10. 10. 1933, in dem er dem »Reichsführer der SS« vorschlägt, als Pression gegen Klaus Manns Emigrantenzeitschrift ›Die Sammlung‹ »Herrn Thomas Mann, München, für seinen Sohn ein wenig [zu] inhaftieren.« »Seine geistige Produktion würde ja durch eine Herbstfrische in Dachau nicht leiden, denn wir wissen aus unseren eigenen Reihen, welches famose Schrifttum gerade von nationalsozialistischen Häftlingen zur glücklichen Niederschrift kam. Ich erinnere nur an Hitler und Röhm.«
12] *Vesper:* Der Schriftsteller Will Vesper (1882-1962) war im Januar 1933 in die Sektion für Dichtkunst an der Preußischen Akademie der Künste, der späteren ›Deutschen Akademie für Dichtung‹ gewählt worden. Er galt als führender NS-Poet und präsidierte gemeinsam mit Hanns Johst die Reichsschrifttumskammer.

6. 5. 1945

Die Eintragung ist von »blödsinnigen Gehässigkeiten« bis »nach Argentinien geglückt?« seitlich rot angestrichen.

199 1] *Gottliebs ... Verteidigung:* Nicht ermittelt.

2] *Gehässigkeiten des patriotischen Emigrantentums wegen ... ›Das Ende‹:* Zur Art der ›Gehässigkeiten vgl. TM an Agnes E. Meyer, 29. 3. 45: »Sie machen sich keine Vorstellung von der Verrücktheit des deutschen Emigranten-Patriotismus, von der Wut, die man erregt, wenn man sich zu der Wahrheit bekennt, daß der ›National-Sozialismus‹ *nicht* etwas den Deutschen von außen Aufgezwungenes ist, sondern jahrhundertelange Wurzeln in der deutschen Lebensgeschichte hat, ohne natürlich immer so geheißen zu haben und ohne natürlich deshalb unsterblich sein zu müssen. Nein, das deutsche Volk, der deutsche Charakter, die deutsche Psychologie soll überhaupt nichts mit dem Nazismus zu schaffen haben, – wer es anders weiß, ist ein Verräter und ein Treuloser, alles fällt mit Wutgeschrei über ihn her, denn er gefährdet das Erstehen einer starken, zentralistischen Reichsdemokratie, die binnen Kurzem Europa wieder in der Tasche haben soll. Ich habe viel auszustehen von Dummköpfen, die sich für deutscher halten, als mich.« (Br. II, 421/422)

3] *neuen Führer:* Großadmiral Dönitz, s. TB. 1. 5. 45, Anm. 6.

200 4] *Flucht nach Argentinien:* Die Gerüchte um Hitlers Flucht mit dem U-Boot. S. TB 18. 9. 44, Anm. 1.

7. 5. 1945

Der TB-Text ist von »Kapitulation Deutschlands« bis »die Freude niederzuhalten« und von »Truman und Churchill« bis »Associated Press« seitlich rot angestrichen.

200 1] *Schwerin Krosigk und [?]:* Die Namen Admiral Hans-Georg von Friedeburg und Generaloberst Alfred Jodl fehlen im Manuskript. Nicht Schwerin-Krosigk, sondern Admiral von Friedeburg, Generaloberst Jodl und General Oxenius verhandelten im Auftrag der Regierung Dönitz mit Montgomery und Eisenhowers Beauftragtem Bedell Smith die bedingungslose Übergabe der Westfront. Friedeburg war es auch, der – gemeinsam mit Generalfeldmarschall Keitel und Generalleutnant Stumpff – am 9. 5. 45 die Kapitulation der Ostfront in Karlshorst unterzeichnete.

2] *Feldmarschall von Bock:* Der deutsche Generalfeldmarschall Fedor von Bock (1880-1945), der im Sommer 1942 nach einem Protest gegen Hitlers Ostfeldzug-Strategie seine militärischen Funktionen verloren hatte, fiel am 5. 5. 45 in Schleswig-Holstein.

3] *die gegenwärtige deutsche Regierung:* Die Übergangsregierung Schwerin-Krosigk/Dönitz, die vom 2.-23. 5. 45 die Kapitulationsverhandlungen abwickelte.

4] *Nach dem Fall Frankreichs ließ Goebbels meinen Tod melden:* 201
Offensichtlich eine Mythe – im TB von 1940/41 unerwähnt und weder durch archivalische Recherchen noch durch Befragungen von Zeitzeugen zu belegen.

5] *Artikel aus ›Washington Post‹:* Agnes E. Meyer, ›American Atrocities. Defects in Our Own Democracy‹, ›The Washington Post‹, 4. 5. 1945, S. 15. Die Autorin hatte TM ihren Artikel zusammen mit einem Brief, Washington, 5. 5. 45, zugeschickt. Vergl. Reg. III, 45/235.

6] *von Kerényi:* Ascona, 15. 3. 1945; ›Gespräch in Briefen‹ a. a. O. 116-119.

7] *Monty Jacobs:* Der Schriftsteller und Kritiker Monty Jacobs (1875-1945) emigrierte 1938 über die Schweiz nach England und leitete von 1941-43 das Feuilleton der ›Zeitung‹ in London.

8] *in einem Londoner [Konzertsaal]:* Die Feier fand am 3. 6. 45 im Konzertsaal des Wigmore-House in London statt. S. die Notiz im ›Aufbau‹, vol. XI, No. 25 v. 22. 6. 45: »Eine Thomas-Mann-Feier anläßlich seines 70. Geburtstages fand in der Londoner Wigmore Hall statt, die gemeinsam von dem englischen P.E.N.-Klub, dem Freien Deutschen Kulturbund und der Freien Deutschen Hochschule veranstaltet war. Lucie Mannheim, Fritz Valk, Max Rostal und Franz Osborn wirkten mit; es sprachen Herman Ould, Dr. R. Friedenthal und Prof. A. Meusel.« Außerdem berichtete dieselbe ›Aufbau‹-Nummer: »Dr. Franz Leppmann schrieb die Geburtstag-Stunde für Thomas Mann, die von der deutschen Sektion der B.B.C. gesendet wurde. Dr. Leppmann ist bekanntlich der erste Biograph des Dichters.« (a. a. O. S. 12).

9] *an Elmer Davis:* Noch nicht bekannt.

10] *Elmer Davis:* Der Rundfunkjournalist und Nachrichtenkommentator Elmer Davis (1890-1958) war von 1942-45 Direktor des Office of War Information.

11] *an Knopf:* P. P. 7. 5. 45, in Sachen Robinson; im Archiv des Knopf-Verlages, New York.

12] *an Leiser:* Noch nicht bekannt.

13] *Jodl:* Generaloberst Alfred Jodl (1890-1946), Chef des Wehrmachtsführungsstabes und strategischer Berater Hitlers, wurde im ersten Nürnberger Kriegsverbrecherprozeß zum Tode verurteilt und am 16. 10. 46 hingerichtet.

14] *der Russe mit unterschrieben:* Der russische General Iwan Suslaporow hatte für die UdSSR in Reims das Waffenstillstands-Dokument mit unterzeichnet.

15] *noch nicht gewünscht:* Nicht erwiesen; die Nachricht war offenbar von den Schwierigkeiten bei der Festlegung des Kapitulations-Textes – EAC-Dokument vom 25. 7. 44 oder rein militärische Kapitulationsurkunde – und sowjetischen Änderungswünschen beeinflußt. Genaueres bei Reimer Hansen, a. a. O. 152-158.

8. 5. 1945

Der TB-Eintrag ist von »Hörten die Reden« bis »nach Hitlers Leichnam« seitlich rot angestrichen.

202 1] *an Hardt:* An Ludwig Hardt, P. P. 14. 5. 45; Reg. III, 45/242.

2] *A. M. Frey gedankt:* An Alexander Moritz Frey, P. P., 14. 5. 45; Reg. III, 45/239.

3] *seine Besprechung des Moses:* A. M. Frey, ›Moses, der Gesetzgeber‹, ›National-Zeitung‹ Basel, No. 141 v. 24/25. 3. 45.

4] *VE-Day:* Victory-in-Europe-Day.

5] *Reden von Truman und Churchill:* a) Truman: ›The Surrender of Germany‹, Rede am Morgen des 8. 5. 45, Text in: ›Truman speaks‹, a. a. O. 44-46.

b) Churchill: ›The End of the War in Europe‹, Rede vor dem englischen Unterhaus am 8. 5. 1945. Die Ansprache wurde von allen Rundfunkstationen des Landes übertragen. Text in ›Speeches‹, a. a. O. Bd. VII, 7152-7154.

6] *Unterzeichnung in Reims:* Die Unterzeichnung der Gesamtkapitulation der deutschen Wehrmacht in Reims am 7. 5. 45 durch die im TB 7. 5. 45, Anm. 1, genannten deutschen Offiziere.

7] *Jodls Ansprache:* Jodl hatte erklärt, er vertraue auf den Großmut der Sieger.

8] *Dönitz an das Volk:* Rede über den Sender Flensburg, in der Dönitz die bedingungslose Kapitulation Deutschlands bekanntgab und in der er sich zur Weiterführung seiner Amtsgeschäfte bereit erklärte – vorausgesetzt, die Alliierten stünden zu ihm: »Es hängt von ihnen ab, ob ich und die von mir ernannte Reichsregierung im Amt bleiben können oder nicht.«

9. 5. 1945

Die Eintragung ist von »Goering begibt sich« bis »Friedensjubel in Moskau« seitlich rot angestrichen.

1] *Castor-Oil:* Rhizinus-Öl. 202

2] *neue deutsche Ansprache:* »Wie bitter ist es, wenn der Jubel der Welt der Niederlage, der tiefsten Demütigung des eigenen Landes gilt!« *Deutsche Hörer,* 10. 5. 45, GW XI, 1121-1123.

3] *›Sir Charles‹:* Der englische Schauspieler Charles Laughton. S. TB 17. 9. 44, Anm. 5.

4] *von Hitler zum Tode verurteilt:* Am 27. 4. 45 hatte Göring Hitler, der das eingeschlossene Berlin nicht verlassen wollte, angeboten, die Gesamtführung des Deutschen Reiches zu übernehmen. Hitler sah darin einen Verrat und befahl die Verhaftung des Reichsmarschalls, der daraufhin von einem SS-Kommando auf dem Obersalzberg arrestiert und später in sein Schloß Mautersdorf in Oberösterreich ›verlegt‹ wurde. Dort ›befreiten‹ ihn Luftwaffenverbände in stillschweigendem Einverständnis mit seinen Bewachern. Am 9. 5. 45 stellte sich Göring den Amerikanern in der Pose eines von den Alliierten geretteten Hitleropfers. 203

5] *Terboven:* Der NS-Politiker Joseph Terboven (1898-1945), von 1940-45 Reichskommissar für die besetzten norwegischen Gebiete und als solcher verantwortlich für die deutschen Verbrechen an der dortigen Zivilbevölkerung, beging im Mai 1945 Selbstmord.

10. 5. 1945

Der Eintrag ist von »Viel über die Berliner« bis »all dieser Mist« seitlich rot angestrichen.

1] *International Art:* Der Kunstsalon von Frau Katzenellenbogen S. TB 8. 1. 44, Anm. 1. 203

2] *Frank II:* Der Karlsbader Buchhändler, SS-Gruppenführer Karl Hermann Frank (1898-1946), seit 1938 Gauleiter für das Sudetenland und nach dem Überfall auf die Tschechoslowakei, 1939, Polizeichef und Staatssekretär für das Reichsprotektorat Böhmen/Mähren, berüchtigt durch sein Terror-Regime. Frank wurde 1945 von den Amerikanern verhaftet und den Tschechen ausgeliefert, die ihn im Mai 1946 vor 5000 Zuschauern in Prag hinrichteten.

11. 5. 1945
Der TB-Text ist von »Energische Ankündigungen« bis »nicht abzuweisen« seitlich rot angestrichen.

203 1] *an die Meyer:* An Agnes E. Meyer, P. P. 11. 5. 45; Reg. III, 45/235.

2] *Mr. Bekessy:* Der Journalist und Zeitungsverleger Imre Békessy (1896-1951), bekannt vor allem durch Karl Kraus' Polemik gegen ihn: »Hinaus aus Wien mit dem Schuft!«

3] *Ansprachen für Bermann:* S. an GBF, P. P. 11. 5. 45; Reg. III, 45/234; TM/GBF 399.

4] *Child Harold:* S. TB 14. 5. 45, Anm. 6.

5] *Energische Ankündigungen:* Trumans Beauftragter Justice Rosenman hatte in San Francisco den Plan für ein Internationales Militärtribunal zur Bestrafung der Kriegsverbrecher vorgelegt und davon gesprochen, daß etwa vier bis sechs Millionen Deutsche mit einem Verfahren zu rechnen hätten. (S. NYT 11. 5. 45, 13:5 und 12. 5. 45, 6:1, 2).

6] *Äußerungen des Generals von Falkenhorst:* Der deutsche Generaloberst Nikolaus von Falkenhorst (1885-1968), Befehlshaber der deutschen Wehrmacht in Norwegen und im Dezember 1944 wegen Opposition gegen den NS-Reichsstatthalter Terboven seines Amtes enthoben, sagte bei seiner Gefangennahme, daß die Alliierten die deutsche Armee und das deutsche Volk vom Joch der NS-Herrschaft befreit hätten. Falkenhorst wurde wegen ›unmenschlicher Behandlung von Gefangenen‹ 1946 von einem britisch-norwegischen Gericht zum Tode verurteilt, jedoch begnadigt und 1953 aus der Haft entlassen.

204 6] *Die Basler Nationalzeitung:* Wohl der Artikel: ›Das kommende Strafgericht über Deutschland‹, ›National-Zeitung‹ vom 21./22. 4. 45, der die Zustände im ›Reich‹ beschreibt und von den »Greueltaten und ihre stumpfe Duldung durch das ganze deutsche Volk« spricht.

12. 5. 1945
Der TB-Text ist von »Die Russen dringen« bis »selbst der Prozeß« seitlich rot angestrichen.

204 1] *kleine Botschaft nach London:* Anläßlich der TM-Geburtstagsfeier

im Londoner PEN-Club am 3. 6. 45. Der Text ist in Form eines Briefes an Monty Jacobs abgefaßt: P. P. o. D.; Reg. III, 45/247. S. Anhang S. 823.

2] *Festlichkeit:* Der ›Aufbau‹ vol. XI, No. 22 v. 1. 6. 45 publizierte das Programm der für den 9. 6. 45 in der New Yorker Times Hall geplanten Geburtstagsfeierlichkeiten: In Anwesenheit des zu Ehrenden sollten unter der Regie von Friedrich Alexan und Ferdinand Bruckner der Princetoner Dean Christian Gauss die Festrede halten und Ludwig Hardt aus dem *Joseph* rezitieren. S. dazu TB 13. 6. 45, Text und Anm. 6.

3] *Bab berichtet:* Der Brief ist nicht erhalten. Vergl. jedoch TMs Antwort, P. P. 14. 5. 45; Reg. III, 45/237, aus der hervorgeht, daß der deutsche Schauspieler Albert Bassermann (1867-1952), der 1933 mit seiner Frau Else, geb. Schiff in die Schweiz, 1938 über Österreich in die USA emigrierte, bei einer TM-Feier des New World Club, Ortsgruppe Queens, nach einleitenden Worten Babs die ›Rede Judas‹ aus *Joseph, der Ernährer* (GW V, 1680-1684) rezitiert hatte.

4] *kleinen Vanderbilt:* Gloria Morgan Vanderbilt (geb. 1924) heiratete 1949 den amerikanischen Dirigenten Leopold Stokowski.

5] *Paulette:* Wohl die Schauspielerin Paulette Goddard (geb. 1915), die in erster Ehe mit Charlie Chaplin, in zweiter mit Burgess Meredith und in dritter mit Erich Maria Remarque verheiratet war.

6] *Russen dringen auf Exekution Papens:* Einer AP-Meldung vom 12. 5. 45 folgend berichtete die NYT am 13. 5. 45, 3:5, Polyanoff habe in der sowjetischen Presse erklärt, die Gerechtigkeit verlange, Franz von Papen zu hängen: »The time has arrived to get busy with those criminals who started the war in Europe.«

7] *Dönitz [...] soll Himmler ausgeliefert haben:* Gerücht. (NYT 13. 5. 45, S. 1 u. 3).

13. 5. 1945

1] *an M. Jacobs:* S. TB 12. 5. 45, Anm. 1. *204*

2] *an Bruno Frank:* Bisher noch nicht bekannt.

3] *Weyl:* Wahrscheinlich der im TB v. 1. 1. 47 als ›beardy philosopher‹ bezeichnete Felix Weil, Studienfreund von Max Horkheimer, Sohn des argentinischen Weizenexporteurs Hermann Weil, des Mäzens des Horkheimer Instituts für Sozialforschung in den USA (s. Martin Jay, ›Dialektische Phantasie. Die Geschichte der Frankfurter

Schule und des Instituts für Sozialforschung 1923-1950‹, Frankfurt 1976). Vgl. auch *Entstehung*, Kap. XIV, GW XI, 296: »Wir verbrachten den Abend mit Chaplins, Dieterles, Feuchtwangers, Hanns Eisler im Hause des Philosophen Dr. Weil und seiner amerikanischen Frau.«

14. 5. 1945
Der TB-Eintrag ist von »Der zurückkehrende norwegische« bis »verfallen sind« seitlich rot angestrichen.

205 1] *Telegramm von Klaus:* Das Telegramm ist nicht erhalten; TM zitiert es jedoch auszugsweise in einem Brief an A. M. Frey, P. P. 14. 5. 45; Reg. III, 45/239: das Haus in der Poschingerstraße sei »mehrfach gebombt« und habe »nur ungefähr seine Umrisse bewahrt.« Vgl. auch Klaus Mann an seinen Vater, Brief vom 16. 5. 45, KM Br/Antw. II, 226.

2] *Neues von der ›Tribüne‹:* S. TB 13. 6. 45, Anm. 6.

3] *von Mr. Evans:* Nicht erhalten. Der Politikwissenschaftler Luther Harris Evans (1902-1981) war als Nachfolger von Archibald Mac Leish von 1945-53 Librarian of Congress, anschließend bis 1958 Generalsekretär der UNESCO.

4] *über die Verbreitung:* S. Brief des Office of War Information an TM, New York, 10. 5. 45; im TMA: »our message to the German people regarding atrocities was received enthusiastically by the Office of War Information in London. [. . .] The piece will appear this week in the German language paper ›Mitteilungen‹ which is published and distributed in western and southwestern Germany by the Sixth Army Group. In addition to its publication in ›Mitteilungen‹, ABSIE [. . .] broadcast parts of it in various languages. It also was broadcast to Europe in various languages by the Voice of America in New York, and excerpts were transmitted to Rome, Paris, Bombay, Cairo, Ankara, Stockholm, Lisbon, Athens, Madrid, Brussels, Beirut and Belgrade.«

5] *Kriegsgefangenen-Ausgabe: Achtung, Europa!* Verbilligter Sonderdruck für deutsche Kriegsgefangene, Stockholm, Bermann Fischer, 1945; Bücherreihe ›Neue Welt‹, Band 10. Vergl. GBF an TM, New York, 11. 5. 45; TM/GBF 399.

6] *Harold in Italy:* Hector Berlioz' viersätzige ›Programm-Symphonie‹ ›Harold in Italien‹, op. 16 (1834), nach Byrons ›Childe

Harold's Pilgrimage‹. In TMs Nachlaß befand sich eine Aufnahme aus dem Jahre 1946 mit William Primrose (Viola) und dem Bostoner Symphonieorchester unter Serge Koussevitzky.

7] *Ukas Eisenhowers:* Berichte von UP und sowjetischen Korrespondenten, daß amerikanische Offiziere »had shaken hands with Hermann Goering after the latter had given the Nazi salut« sowie die von der Londoner ›Daily Mail‹ (›Shaking hands with murderers‹) verbreiteten Beschwerden britischer Soldaten, denen befohlen worden war, gefangene deutsche Offiziere zu grüßen, hatten General Eisenhower veranlaßt, ein derartiges »on friendly enemy basis« beruhendes Verhalten gegenüber gefangenen Nazis und höheren Offizieren in einem Erlaß an die Truppe scharf zu rügen und für die Zukunft zu verbieten. Der Ukas schloß mit den Worten: »In the name of this great [American] force, and in my own, I regret these occurences.«

8] *brutes:* Untiere, Scheusale.

9] *Guderian:* Der General Heinz Guderian (1888-1954), Organisator und Stratege der deutschen Panzerverbände.

10] *unverschämten Benehmens:* Nichts Näheres ermittelt.

11] *›Die Teufel‹:* Dostojewskis Roman ›Die Dämonen‹.

12] *›Memoiren aus dem Totenhaus‹:* Dostojewskis 1861 beschriebenes Zwangsarbeiter-Erlebnis der Katorga, jene »ganz Rußland und selbst den Zaren zu Tränen erschütternde Schilderung« (GW IX, 670), die 1918 in den *Betrachtungen* noch als »eine Lebensform in dem Sinne« interpretiert worden war, »wie europäische Zuchthäuser oder auch Kasernen es nicht sind«. »Gab es im Ghetto kein Glück? Ich bin überzeugt, daß es dort welches gab. Gibt es im Deportationssibirien kein Glück?« (GW XII, 324/325).

15. 5. 1945

Die Eintragung ist von »Bericht des Stenographen« bis »über sonst nichts« seitlich rot angestrichen.

1] *von Warburg:* Nicht erhalten. S. jedoch TMs Schreiben an seinen *205*
englischen Verleger Frederic J. Warburg, P. P. 16. 7. 45; Reg. III, 45/303, in dem er sich mit Warburgs Angeboten für *Das Gesetz* und den *Faustus*-Roman sowie der Option auf seine beiden nächsten »full length novels« einverstanden erklärt.

2] *Mr. Reves:* Der jugoslawisch-ungarisch-englische politische Ökonom, Journalist und Schriftsteller Emery Reves (geb. 1904) kam 1941 in die USA, wo er als Verleger und Herausgeber von Büchern zu aktuellen Problemen tätig war und u. a. Fritz Thyssens Buch ›I paid Hitler‹ publizierte.

3] *sein Buch:* Emery Reves, ›The Anatomy of Peace‹, New York 1945. Der Band – mit einer Widmung des Verfassers – befindet sich in der Zürcher Bibliothek. S. auch: an Emery Reves, P. P. 18. 5. 45; Reg. III, 45/255.

4] *becourt von Ost und West:* Von ›to court‹ = umwerben.

5] *Bericht des Stenographen Hergeselle:* Einer der zwei Stenographen im Führerbunker, Dr. Gerhard Hergeselle, dem die Flucht aus Berlin kurz vor dem Ende geglückt war, berichtete bei seiner Gefangennahme von Hitlers Zustand im April 1945, als er sich nach zwei Tagen der Unentschlossenheit entschied »to meet his death in his underground Reich Chancellery Shelter«: »Adolf Hitler, his face puffy and flushed, his hands shaky, his mind hazy«. Er beschrieb auch die Reaktionen seines Führers auf die Nachricht von Roosevelts Tod: »Hitler jumped to his feet and then threw his arms into the air in obvious glee. He laughed and laughed. It was a hideous laugh – like a devil's – and there was something unnatural about it.« (NYT 16. 5. 45, 9:1; 17. 5. 45, 4:7; der zusammenfassende Bericht über Hitlers letzte Tage und die Besprechung mit Bormann, Keitel, Jodl, General Krebs und Goebbels am 22. 4. 45 erschien am 20. 5. 45, 8:1; auch ›Time‹ brachte vol. 45, No. 21 v. 21. 5. 45, 40-43, eine ausführliche Wiedergabe der Hergeselle-Aussagen.)

206 6] *Hauptmann, in der D. Allgem. Zeitung:* TM hatte Hauptmanns Äußerungen gegenüber der ›Deutschen Allgemeinen Zeitung‹ in einem Londoner Artikel von PEM (Paul E. Marcus), ›Aufbau‹, vol. XI, No. 19 v. 11. 5. 45, S. 20 gelesen: »Wer das Weinen verlernt hat, der lernt es wieder beim Untergang Dresdens. Dieser heitere Morgenstern der Jugend hat bisher der Welt geleuchtet. Und ich habe den Untergang Dresdens unter der Sodom- und Gomorrha-Hölle der englischen und amerikanischen Flugzeuge persönlich erlebt. Wenn ich das Wort ›erlebt‹ einfüge, so ist es mir jetzt noch wie ein Wunder. Ich nehme mich nicht wichtig genug, um zu glauben, das Fatum habe mir dieses Entsetzen gerade an dieser Stelle in dem fast liebsten Teil meiner Welt ausdrücklich vorbehalten. Ich stehe am Ausgangstor des Lebens und beneide alle meine toten Geisteskameraden, denen dies Erlebnis erspart geblieben ist. Ich weine. Man stoße sich nicht an dem

Wort ›weinen‹. Die größten Helden des Altertums, Perikles und andere, haben sich nicht geschämt. Von Dresden aus, von seiner köstlich gleichmäßigen Kunstpflege in Musik und Wort, sind herrliche Ströme durch die Welt geflossen und auch England und Amerika haben durstig davon getrunken. Haben sie das vergessen? Ich bin nahezu 85 Jahre alt und stehe mit meinem Vermächtnis vor Gott, das leider machtlos ist und nur aus dem Herzen kommt. Es ist die Bitte, Gott möge die Menschen mehr lieben, läutern und klären zu ihrem Heil als bisher.«

Was TM nicht kannte: Goebbels' Tagebucheintrag vom 1. 5. 1945, a. a. O. 487: »Gerhart Hauptmann hat uns eine außerordentlich [ein Wort unleserlich] Erklärung zu den englisch-amerikanischen [Terror]angriffen auf Dresden zur Verfügung gestellt. Er hat diese Angriffe selbst mitgemacht und spricht darüber in einer Sprache, wie sie dem ersten Dichter des Reiches wohl ansteht.«

16. 5. 1945

Die Eintragung ist von »Dönitz Kriegsgefangener« bis »polnischen Demokraten« seitlich rot angestrichen.

1] *Tagebuch-Korrekturen:* An *Leiden an Deutschland* für die Ausgabe der ›Pacific Press‹. *206*

2] *von den Alliierten übernommen:* Unter dem Druck wachsender Kritik an der Duldung der Dönitz-Regierung, die in Interviews und Statements, vor allem des selbsternannten regierenden Premier-, Außen- und Finanzministers Graf Schwerin von Krosigk, wiederholt versicherte, daß sie das deutsche Volk in dieser schweren Stunde nicht verlassen könne und daß sie fühle: »we are the men best qualified to deal with the task and to help the Allied occupation powers.« Und Dönitz hatte hinzugefügt: »If there is to be no central organization by the Allied occupying powers in which we as experts could help, I very greatly fear for the future. For there will be hunger, and hunger will bring chaos and chaos will bring a big political swing either to right or left. I don't know which. But neither, I am sure, could be a good thing for Germany.«

3] *Guderian:* Der deutsche General Heinz Guderian (1888-1954), Stratege des Panzerwaffen-Einsatzes, war 1941 bei Hitler in Ungnade gefallen, 1943 rehabilitiert, nach dem 20. 7. 44 Chef des Generalstabes des Heeres und wurde im März 1945 erneut verabschiedet.

4] *Ley:* Der nationalsozialistische Politiker Robert Ley (1890-1945), der 1933 die Gleichschaltung der Gewerkschaften verantwortete und bis 1945 die parteigesteuerte Organisation ›Deutsche Arbeitsfront‹ leitete, erhängte sich im Oktober 1945 in seiner Nürnberger Zelle, bevor ihm der Prozeß gemacht werden konnte.

5] *Böses in ›Nation‹:* I. F. Stone, ›Anti-Russian Undertow‹, ›The Nation‹, vol. 160, No. 19 v. 12. 5. 45, 534/535: »It is time the American people became aware of what is really going on in San Francisco. On the public plane a charta is being written for a stable peace. But in private too many members of the American delegation conceive this as a conference for the organization of an anti-Soviet bloc under our leadership.« – Der Essay, der zu Beginn vor der Gefahr warnt, die San-Francisco-Konferenz als Möglichkeit zu antisowjetischer Blockbildung unter den US-Delegierten zu mißbrauchen, geht in seinem Mittelteil auf die dubiose Berichterstattung des amerikanischen Sonderbeauftragten Stettinius im Fall der sechzehn von den Sowjets wegen illegaler Nachrichtenübermittlung und – als Folge davon – fahrlässiger Tötung von mehr als hundert russischer Soldaten angeklagten Polenführer ein und schließt mit den Worten: »So wie die Deutschen den Vertrag von Versailles stückweise außer Kraft setzten, so hat ein Prozeß begonnen, der den antifaschistischen Charakter der Vereinten Nationen stückweise untergräbt: bald wird es neue legale Gründe für neue Kompromisse mit dem Faschismus geben. Die Methoden von Stettinius bezeichnen nicht den Weg, um das Bündnis mit der UdSSR fortzusetzen oder den Frieden so zu sichern, daß ein solches Bündnis möglich wird.«

17. 5. 1945

Der TB-Text ist von »Arbeit mit Erika« bis »jetzt kürzt« seitlich rot angestrichen.

206 1] *an Bab:* An Julius Bab, P. P. 17. 5. 45; Reg. III, 45/248.

2] *an Bibi:* Der Brief an Michael Mann ist noch nicht bekannt. Die von TM erbetene Zusammenstellung von Viola d'amore-Literatur befindet sich unter den im TMA verwahrten ›Materialien zum *Doktor Faustus*‹ (Mat. 6, No. 11).

3] *von Golo:* An Katia Mann, Luxemburg, 4. 5. 45: »There is no longer any need to talk of punishment (except of course for the guilty individuals) for if these people have not been punished I don't know who ever has. I believe we have not yet fully grasped the significance of this destruction, and who has not known the beautiful towns of Germany and what a German town in better times meant, shall never grasp it. I have sometimes disputes with British or American Colleagues who say ›it serves them right.‹ But ›they‹ did by no means own the Bamberg Cathedral or the Palace in Würzburg, they were not even able to appreciate it: and if it serves them right, it does not serve *us* right to loose with one stroke about one tenth of all architectural and historic beauty on earth. In short, I would like to see a little bit more regret over these, as I agree, quite inavoidable horrors.«

18. 5. 1945

Die Eintragung ist von »Sollte man es glauben« bis »Reden halten darf?« seitlich rot angestrichen.

1] *Vorbereitungen zu XXVII:* Das XXVII. Kapitel des *Doktor Faustus* (GW VI, 348-366) beginnt mit der Diskussion über des Fagottisten Griepenkerl Analyse von Adrians Oper ›Love's Labour's Lost‹ (348-351), der Zeitbloms Bericht über Leverkühns Vertonung von Blake, Keats- und Klopstock-Gedichten folgt (351-354). Den zweiten Teil des Kapitels bilden die ›kosmischen Erörterungen‹, das Tiefsee-Abenteuer mit Mr. Capercailzie (354-358) und der »Zahlenspuk« astronomischer Geschehnisse (354-358) als Umschreibung des geistigen Gehalts von Leverkühns »kosmischer Musik, der Orchesterphantasie ›Die Wunder des Alls‹«. (365/366) 206

2] *Niemöller äußert sich:* Die Zeitschrift ›Time‹ berichtete vol. 45, No. 21 v. 21. 5. 45, 72, unter der Überschrift ›Der Deutsche, den Hitler fürchtete‹, über die ersten Äußerungen Pastor Niemöllers nach seiner Befreiung aus dem Konzentrationslager. Niemöller sagte, er habe den Wunsch, so schnell wie möglich zu seiner Arbeit zurückzukehren, da er sicher sei, daß einzig die Kirche eine Zukunftshoffnung für Deutschland verbürge. 207

3] *nach Tanger:* An Rives Childs, Legation of the United States of America, Tanger, Marocco, P. P. 18. 5. 45; Reg. III, 45/250, mit der Bitte, dem österreichischen Buchhändler Martin Flinker (s. TB 3. 7. 44, Anm. 1) bei der Rückkehr nach Wien behilflich zu sein.

4] *antibolschewistische Reden:* S. TB 16. 5. 45, Anm. 2. Der dort zitierte UP-Bericht hatte darauf verwiesen, daß Dönitz' Warnung vor ultra-rechten und ultra-linken Kräften in Anbetracht seines eigenen politischen Standorts in Wahrheit nur eine Warnung vor einer Bolschewisierung Deutschlands sei, die unvermeidbar wäre, wenn nicht Männer seiner Art jetzt das Sagen bekämen («were put in power now«).

19. 5. 1945

Der TB-Eintrag ist von »Mit ihm viel« bis »allgemein empfunden« seitlich rot angestrichen.

207 1] *Himmler [...] nicht gefangen:* Der ehemalige Reichsführer SS, Heinrich Himmler, dessen Beteiligung an der Interims-Regierung Dönitz abgelehnt hatte, war untergetaucht, wurde aber am 23. 5. 45 von britischen Soldaten entdeckt und vergiftete sich unmittelbar nach seiner Identifizierung.

2] *Münchener Luft:* Anspielung auf das sog. ›Münchener Abkommen‹ vom 29. September 1938, als England und Frankreich ein letztes Mal auf Hitlers Expansionspläne eingingen, indem sie dem deutschen Einmarsch in die Sudeten, am 1. 10. 1938, zustimmten.

3] *Erleichterungen:* Die Handschrift des Teufelsgesprächs in Kapitel XXV weist nur geringfügige, über den ganzen Text verteilte Streichungen von insgesamt ca. 2 Manuskriptseiten auf.

20. 5. 1945

207 1] *Die Pfeffermühle:* Erika Manns politisches Kabarett ›Die Pfeffermühle‹, das sie am 1. 1. 1933 in München eröffnet, von Oktober 1933 bis zum November 1934 in Zürich fortgeführt und mit dem sie bis 1937 verschiedene Tourneen durch europäische Städte sowie ein Gastspiel in New York unternommen hatte.

208 2] *Dinner der ›Nation‹:* Die von der ›Nation‹ geplante TM-Geburtstagsveranstaltung. Die Einnahmen aus dem ›Dinner in honour of Thomas Mann‹, die, wie Freda Kirchwey am 19. 7. 45 mitteilte, alle Erwartungen übertrafen, wurden schließlich dazu verwendet, am 1., 2. und 3. 12. 45 eine dreitägige ›Conference on the Challenge of the Atomic Bomb‹ sowie die Publikation der dort gehaltenen Reden und Diskussionsbeiträge zu finanzieren. Am 31. 12. 45 ließ TM die

›Nation‹-Herausgeberin wissen, daß er sich keinen besseren Gebrauch des Geldes vorstellen könne: »I have read with the greatest interest your report on the conference in the December 22nd issue of the ›Nation‹ [vol. 161, No. 25, part 2, 702-720], and I am looking forward eagerly to the pamphlet which will also include the discussion.« (Im TMA).

21. 5. 1945

1] *Knopf kündigt den englischen Moses an:* New York, 18. 5. 45; Kopie im Knopf-Archiv, New York: Die Ankündigung von *The Tables of the Law* in der Übersetzung von Helen Lowe-Porter, Knopf, New York, 1945; s. auch TB 23. 5. 45, Anm. 4. 208

2] *von Heinrich:* Los Angeles, 19. 5. 45; TM/HM 310/311: »Ich will mich so stark ausdrücken wie ich es meine. Der Satz ›Das böse Deutschland, das ist das fehlgegangene gute, das gute im Unglück, in Schuld und Untergang‹ – dieser Grundgedanke, ihn gefunden zu haben in seiner unvergeßlichen Prägnanz, würde jeden Autor rechtfertigen sein Leben lang. Der Autor aber bist Du allein. Das hatte niemand gewußt.«

3] *News Real Bilder:* Bilder der amerikanischen ›Wochenschau‹ News Reel.

4] *das gräuliche Treiben:* Partisanen hatten die Leichen Mussolinis und seiner Geliebten Clara Petacci auf der Mailänder Piazza Loretto, an einem Gerüst hängend, öffentlich zur Schau gestellt und der Bespeiung durch die Bevölkerung preisgegeben.

22. 5. 1945

1] *Neumanns [. . .] Beitrag:* Alfred Neumann, ›Thomas Mann liest vor‹, ›Die Neue Rundschau, Sonderausgabe zu Thomas Manns 70. Geburtstag‹, a. a. O., 148-150. 208

2] *Carossa:* Der Schriftsteller und Arzt Hans Carossa (1878-1956). Zu seiner Haltung in der Zeit des Nationalsozialismus vgl. die Selbstaussagen in den Briefen (drei Bände, Frankfurt 1978-1981; bes. Bd. 2 und 3) und den Lebensbericht ›Ungleiche Welten‹, Wiesbaden 1951, 7-222.

3] *Florentiner Hakenkreuz-Club:* Gemeint ist offensichtlich die Florentiner Außenstelle der Münchener ›Deutschen Akademie‹, in der – neben Ernst Robert Curtius, Max Kommerell und vielen anderen

Professoren – im Juni 1941 auch Hans Carossa auf Einladung des Leiters des deutschen kunsthistorischen Instituts, Florenz, Dr. Heinrich Bodmer, eine Lesung hielt.

23. 5. 1945

209 1] *Verhaftung der Dönitz-Regierung:* Wegen der (aus Furcht vor einem gegen die UdSSR gerichteten Zusammengehen des Dönitz-Kabinetts mit den Westmächten geäußerten) scharfen sowjetischen Kritik am Verhalten der Engländer und Amerikaner zur Flensburger ›Regierung‹ (»The Doenitz-incident has grown into a dangerous political game causing alarm in all countries«) lösten die Alliierten die ›letzte deutsche Regierung‹ am 23. 5. 45 auf und inhaftierten alle Mitglieder samt assistierenden Offizieren. Der Admiral Hans-Georg von Friedeburg nahm sich wegen der unwürdigen und entehrenden Form, in der diese Verhaftung vor sich ging, am selben Tag das Leben.

2] *Streicher:* Der ungehemmteste Antisemit unter den NS-Politikern, Hitlers Gauleiter in Franken, Julius Streicher (1885-1946), gab seit 1923 das Hetzblatt ›Der Stürmer‹ heraus. Er wurde am 23. 5. 45 verhaftet, in Nürnberg wegen Verbrechens gegen die Menschlichkeit 1946 zum Tode verurteilt und am 16. 10. 46 hingerichtet.

3] *Care taker Kabinet:* Am 23. 5. 45 löste Churchill sein Kriegskabinett auf und bildete ein Interimskabinett, das bis zu den Neuwahlen im Juli 1945 die Regierungsgeschäfte versah.

4] *an Knopf:* P. P. 23. 5. 45: TMs Dank für die Ausgabe von *The Tables of the Law;* im Archiv des Verlags Alfred A. Knopf, New York.

24. 5. 1945

209 1] *›Mieter‹ Goll:* Über den Mann, der während TMs Abwesenheit das Haus am San Remo Drive bewohnte, ließ sich nichts Näheres ermitteln.

2] *Selbstmord Himmlers:* S. TB 19. 5. 45, Anm. 1.

210 3] *Roomettes:* Einbettabteile im Schlafwagenzug.

26. 5. 1945

1] *L'Histoire des Treizes:* Honoré de Balzacs (1799-1850) ›Geschichte der Dreizehn‹ (Mitglieder eines Geheimbunds) vereinigte 1813 die drei Erzählungen ›Ferragus‹, ›La Duchesse de Langeais‹ und ›La fille aux yeux d'or‹. Vergl. die Ausführung der Tagebuchnotiz in der *Entstehung*, Kap. X, GW XI, 225: »Ich las ›L'Histoire des treize‹ unterwegs mit gemischten Gefühlen wie immer bei der Berührung mit Balzac: oft hingerissen von seiner Großheit, oft irritiert durch reaktionär gestimmte Gesellschaftskritik, katholisches Augenverdrehen, romantische Sentimentalität und Blasebalg-Übertriebenheit.« 210

2] *Gogoi:* Angelica Borgese.

3] *Bertram:* TMs enger Freund aus frühen Münchener Tagen, der Literarhistoriker, Lyriker und Essayist Ernst Bertram (1884-1957), Berater zur Entstehungszeit der *Betrachtungen*, und, im *Gesang vom Kindchen*, gefeierter Taufpate von Elisabeth Mann Borgese (GW VIII, 1095: »Der anhängliche Freund, im wohlgeschnittenen Gehrock, / bürgerlich vornehm, ein wenig altfränkisch, der deutsche Gelehrte / und Poet, voll kindlich artigen Frohmuts, jedoch dem / Leiden vertraut, dem Geiste enger verbunden durch Krankheit, / Die ihm fürs Leben vermählt und periodisch ihn martert . . .«), hatte TMs ›republikanische Wende‹ nicht mitvollziehen können und war nach 1933 in exponierter Stellung als Poet und Wissenschaftler in Deutschland geblieben. (S. *Thomas Mann an Ernst Bertram*, Briefe aus den Jahren 1910-1955, Pfullingen 1960).

28. 5. 1945

1] *Philipps:* Chauffeur im Hause Meyer in Washington. 211

2] *ill-mannered:* Ungehobelt, von schlechten Manieren.

3] *von Golo:* Luxemburg, 12. 5. [45]: »Tonight, I spoke your piece on concentration camps [. . .] This and the Free World article belong, I believe, to your finest political writings in recent years. It is true that you are going a little far identifying yourself with a national guilt from which, after all, as an individual you are as far as any one can be: but even in its extreme this attitude is better than the opposite extreme (as displayed by certain all too recent Americans); and incidentally by far more effectful from the propaganda point of view. Everybody confirms that you are much listened and talked about, rather too much, to my taste. I enclose an example striking in its naivete, as are the other letters printed here. These unfortunate people [...] it was characteristic, how immediately, without any rehearsing or translation, they assumed their new part of the defeated – for instance Radio Hamburg, the day before we entered the city: ›Wo ist die Hoffnung, die uns nicht getrogen hat? Die Karte des Reiches ist zerstückelt, Gau um Gau herausgerissen aus dem heiligen Leibe des Vaterlandes. Jetzt erinnern wir uns so vieler prophetischer Warnungen unserer großen Meister, die mit geschärftem Geist vorauswitterten, daß die Krise der Welt im Herzen des Abendlandes ausbrechen würde. Stolz auf ein gewaltiges Schicksal, das wir aushalten wollen, wenn es auch noch so viel von uns zerbricht, ist auch nur ein Trost von der Art einer Flamme, die mehr versengt als wärmt und leuchtet....‹ What a bloody trash, but equally dear and familiar to those inbecilles, as victory boasts. As for the masses, their attitude corresponds exactly to what we have seen in 33. Then they suddenly produced the party badges which they had hidden, and had been Nazis all time: now they have never been. Denn die Menge geht mit dem Glück – as Wallenstein puts it so ably.«

4] *Camp-Message: Die Lager.* S. TB 2. 5. 45, Anm. 1.

29. 5. 1945

211 1] *Vortrag für die ›Neue Rundschau‹: Deutschland und die Deutschen,* ›Die Neue Rundschau‹, Stockholm, Jg. 56/57, 1945/46, H. 1 (Oktober) 1945, 4-21.

2] *Erikas Dispositionen:* S. TB 3. 6. 45, Anm. 1.

3] *Archie:* Archibald MacLeish. S. TB 6. 4. 44, Anm. 2.

4] *Schuler:* Nicht ermittelt.

5] *Borgie außer sich:* Antonio Borgeses Festnummernbeitrag ›Wanderlied‹ war erst so spät in Stockholm eingetroffen, daß er nicht mehr in das bereits ausgedruckte ›Rundschau‹-Heft aufgenommen werden konnte. GBF legte ihn jedoch – wie ein kurzer Vorspann zu dem Essay zeigt – als Sonderdruck unpaginiert der Geburtstags-Sonderausgabe bei. Der Essay erschien außerdem in Charles Neiders Sammelband ›The Stature of Thomas Mann‹, New York 1947, 33-37.

30. 5. 1945
1] *Bericht über die lecture:* ›Dr. Mann sees hope for »Good« in Germans with Nazi's Fall‹, ›Washington Post‹, 30. 5. 45. 212
2] *Artikelserie der Hausfrau:* Agnes E. Meyer, ›Family Welfare‹, I. ›Health Project at Rochester (Minn)‹, WP 18. 4. 45, S. 9; II. ›Philosophy and Organization‹, WP 19. 4. 45, S. 11; III. ›Total Community Cooperation‹ WP 20. 4. 45, S. 15.

31. 5. 1945
1] *Die Dinge von Beissel:* TM sah in der Library of Congress die Skripte eines Pennsylvania-Deutschen aus dem 17. Jahrhundert namens Johann Conrad Beissel, dessen literarisches Abbild er bereits im VIII. Kapitel seines *Faustus*-Romans (GW VI, 88-93) hatte auftreten lassen. Bei der Niederschrift der entsprechenden Passagen im September 1943 stand ihm ein Artikel von Hans Theodor David, ›Hymns and Music of the Pennsylvania Seventh-day Baptists‹, ›The American German Review‹, Philadelphia, Juni 1943, zur Verfügung. Vgl. den Brief an Agnes E. Meyer vom 15. 2. 45, Reg. III, 45/87: ». . . diese Pennsylvania-Deutschen müssen ein merkwürdiges Geschlecht sein. Stark sektiererisch-religiös waren sie [. . .] und erfanden durch einen Mann namens Beissel eine eigene kirchliche Vokal-Musik. Kommt im Roman vor. Beissels ungeheuer naive Manuskripte sind in der Library of Congress.« (Br. II, 412) – Jetzt, am 31. 5. 45, sah TM die Schriften seiner Romangestalt zum ersten Mal mit eigenen Augen. In der *Entstehung*, Kap. X, GW XI, 226, hat er dem kargen TB-Eintrag eine ausführlichere Reminiszenz hinzugefügt: »Auf einem Tisch [in der Library] breitete Dr. Evans die Manuskripte Johann Conrad Beißels, des Sangesmeisters von Ephrata, vor mir aus [. . .] und so sah ich mit eigenen Augen, ungläubig fast, in ihrer Wirklichkeit die Produkte dieses naiv-tyrannischen Neubeginners der Musik vor mir, dessen Figur in meinem Roman eine so hintergründige Rolle spielte.« 212
2] *›Post‹:* ›Washington Post‹.
3] *›Cabin‹:* Eine Art ›Buon Retiro‹ in der Umgebung von Washington, das sich Agnes E. Meyer hatte bauen lassen, um dort ungestört schreiben zu können.
4] *Verteidigung:* Vgl. die ausführliche Darstellung in der *Entstehung*, Kap. X, GW XI, 226; wo das Gespräch allerdings auf den näch-

sten Vormittag, während einer Unterhaltung mit Elmer Davis, verlegt wird: »... ich erinnere mich des skeptischen Lächelns, dem ich begegnete, als ich den Herren auseinandersetzte, daß das berüchtigte ›Deutschland, Deutschland über alles‹ eigentlich eine sehr wohlmeinende Parole gewesen sei, Ausdruck großdeutscher demokratischer Hoffnung und keineswegs so gemeint, daß Deutschland ›über alles‹ herrschen sollte, sondern nur, daß man es werthalten wolle über alles, wenn es einig und frei sei.«

5] *Vorbereitungen in N.Y.:* Zur Feier von TMs siebzigsten Geburtstag war für den Abend des 6. 6. 45 eine intime Veranstaltung im Hause Bruno Walters vorgesehen, bei der der Geiger Bronislaw Hubermann (1882-1947) mit Walter Mozart-Sonaten spielen wollte. Vgl. auch TB 13. 6. 45.

6] *Artikel von Childs:* Unter den im TMA gesammelten Zeitungsausschnitten aus dem Nachlaß TMs befindet sich ein Artikel von Marquis Childs in der Kolumne ›Washington Calling‹ 31. 5. 45, ›Thomas Mann‹, der mit der hier gemeinten Würdigung identisch sein könnte.

7] *Childs:* Der amerikanische Journalist Marquis Childs, der 1939 in einem ›Life‹-Bericht ›Thomas Mann Germany's Foremost Literary Exile Speaks Now for Freedom and Democracy in America‹ TM in weiten Kreisen der USA bekannt machte: »Mann hat eine freiwillige Verpflichtung auf sich genommen, indem er der hervorragendste antifaschistische Schriftsteller und Redner unserer Tage wurde – der Künstler als kultureller Staatsmann.« (S. Klaus Schröter [Hrsg.], ›Thomas Mann im Urteil seiner Zeit‹, Hamburg 1969, 306-314).

1. 6. 1945

213 1] *Intermezzo:* Der Beginn des XXI. *Faustus*-Kapitels. S. TB 2. 1. 45, Anm. 4.

2] *Schildknapp: Doktor Faustus*, Kap. XX. S. TB 6. 7. 44, Anm. 1.

3] *Film:* Wahrscheinlich ›The Constant Nymph‹ (1943; Regie: Edmund Goulding) nach dem gleichnamigen Roman und Bühnenstück von Margaret Kennedy mit Joan Fontaine als fünfzehnjährigem, an einer Herzkrankheit und der unerfüllten Liebe zu einem Komponisten (Charles Boyer) leidenden Mädchen.

2. 6. 1945

1] *Mr. Findley:* David Edward Finley (1890-1977) war von 1938 bis 1956 Direktor der National Gallery in Washington. 213

2] *der junge Swarczensky:* Hanns P. T. Swarzenski (1903-1985). Der Sohn des Kunsthistorikers Georg Swarzenski, bis 1933 Leiter des ›Städel‹ in Frankfurt, war seit 1939 am Museum of Fine Arts in Boston tätig.

3] *des großen Katalog-Buches:* S. *Entstehung,* Kap. X, GW XI, 226: »Einen denkwürdigen Vormittag verbrachten wir in der National Gallery, bei Rembrandt und den Italienern, geführt von Mr. Findley, der uns in seinem Office mit dem herrlich illustrierten Katalog der Sammlung beschenkte.«

3. 6. 1945

1] *das ärgerlich Anhängige:* Wahrscheinlich Schwierigkeiten mit Erika Manns re-enter Permit – so jedenfalls geht es aus Briefen Katia Manns an ihren Sohn Klaus von Juni und Juli 1945 hervor, in denen von den »albernsten Schwierigkeiten« die Rede ist. 213

2] *Russifizierung Europas:* Überlegungen im Zusammenhang mit den lange geheimgehaltenen Veränderungen der ursprünglich festgesetzten Okkupationszonen, die mit dem Rückzug der Amerikaner um 130-240 km nach Westen und der damit verbundenen Übergabe von Leipzig, Halle, Weimar, Magdeburg und anderer mitteldeutscher Städte an die Sowjets Wirklichkeit wurden. Ein Mitarbeiter der Agentur Reuter, John Kimsche, hatte gemeldet: »Eines der Hauptprobleme, die sich aus einem solchen Rückzug ergäben, wäre die Verhinderung einer Panik unter der Zivilbevölkerung, die möglicherweise versuchen würde, sich zusammen mit den amerikanischen Truppen zurückzuziehen.« 214

4. 6. 1945

1] *Agent Lee:* Wohl Benno M. Lee (s. TB 23. 11. 44, Anm. 2) zur Vorbereitung des Vortrags im Hunter-College am 8. 6. 45. Sonst könnte nur der Agent Colston Leigh (s. TB 7. 9. 44, Anm. 2) gemeint sein. 214

2] *Alexan von der Tribüne:* Friedrich Alexan, eigentlich Friedrich George (1901-?), gründete 1941 gemeinsam mit Oskar Maria Graf in New York die ›Tribüne‹, ein ›Forum für freie deutsche Literatur‹.

Alexan, ursprünglich Professor für Kunstgeschichte, war 1933 zunächst nach Frankreich und später in die USA emigriert. Er kehrte 1949 nach Leipzig zurück und arbeitete zuletzt in Berlin im Amt für Information bei der Regierung der DDR.

3] *Artikel in der ›Staatszeitung‹:* Im Sonntagsblatt der ›Staatszeitung und Herold‹, 3. 6. 45, erschienen auf S. 6 unter der Überschrift ›Thomas Mann zum 70. Geburtstag in New York‹ neben einem ausführlichen Programmhinweis auf die ›Tribünen‹-Feier am 9. 6. 45 ein Artikel von Upton Sinclair ›Gewinn der U.S. – Verlust des Reichs‹ sowie eine Würdigung von Anna Jacobson ›Die »amerikanische Ansprache« Manns‹.

4] *Landshoff:* Der Verleger Fritz H. Landshoff (geb. 1901), bis 1933 Verlagsleiter bei Kiepenheuer, begründete nach seiner Emigration in Holland die deutsche Abteilung im Verlag Querido, Amsterdam, aus der bald der wichtigste Exilverlag hervorging. Nach dem Überfall der Deutschen auf die Niederlande gelang es Landshoff, der sich zufällig in London aufgehalten hatte, in New York gemeinsam mit GBF ein neues Unternehmen, den Verlag L. B. Fischer aufzubauen. 1945 kehrte Landshoff nach Amsterdam zurück, wo er den deutschen Querido-Verlag bis zu seinem Zusammenschluß mit dem neugegründeten S. Fischer-Verlag, 1951, weiterführte. Bis 1986 war Fritz Landshoff leitend im Verlag Harry N. Abrams in New York tätig. Er lebt abwechselnd in New York und Amsterdam.

5] *I remember Mama:* »Heiter-bitteres Spiel John van Drutens« (Manfred George im ›Aufbau‹ vol. X, No. 49 v. 8. 12. 44, S. 11). Die Geschichte einer »norwegischen Einwandererfamilie, die sich ihren kleinen Platz an der Sonne Amerikas mit Anstand und gesundem Menschenwitz erkämpft.«

6] *Homolka:* Der österreichische Schauspieler Oscar Homolka (1898 bis 1978) war 1935 nach England und 1939 in die USA emigriert, wo er eine Tochter von Agnes E. Meyer geheiratet hatte. (S. TB 7. 4. 45, Anm. 3).

7] *die Christians:* Die österreichisch-amerikanische Schauspielerin Mady Christians (1900-1951) studierte bei Max Reinhardt in Berlin und kehrte 1933 in die USA zurück, wo sie in Film- und Fernsehrollen sowie am Brodway große Erfolge hatte.

13. 6. 1945

1] *bei Walter:* S. TB 31. 5. 45, Anm. 5, sowie die Passage der *Entstehung,* Kap. X, GW XI, 227. 215

2] *kommunistische Denunziation:* S. TB 3. 6. 45, Anm. 1.

3] *von Klaus:* Bavaria, May 16, 1945; KM, Br./Antw. II, 225-231.

4] *Vortrag im Hunter College:* TM sprach am 8. 6. 45 im Hunter College, New York, über *Germany and the Germans.*

5] *Leichte Verstörung der Musiker:* Über den Vortrag *Germany and the Germans.* Vgl. TM an Gerhard Albersheim. 18. 1. 1946, D. ü. D. III, 315: »Ich freue mich über Ihr Interesse. Es beweist mir, daß Sie den Aufsatz *nicht* als anti-musikalisch verstehen. Adolf Busch und Bruno Walter waren gekränkt.« Vergl. auch *Entstehung,* Kap. X, GW XI, 227: »Mein Bedauern darüber will ich festhalten, daß die Musiker sich die Rolle, welche die Musik in dem Deutschland-Vortrag spielt [...], schmerzlich zu Herzen nahmen. Noch weiß ich, wie ich den betrübten Adolf Busch spät in der Nacht vom Hotel aus anrief, um ihm zu versichern, daß die Bedenklichkeiten, die ich gegen die deutscheste der Künste vorgebracht, nur eine Form der Huldigung seien.«

6] *Abend der ›Tribüne‹:* Die Geburtstagsfeier unter dem Protektorat des ›German-American War Bond Committee‹ und der künstlerischen Leitung von Friedrich Alexan fand am 9. 6. 45 in der New Yorker Times Hall statt. Die einleitenden Worte sprach Ferdinand Bruckner, dann rezitierte die Schauspielerin Erika von Wagner-Stiedry Berthold Viertels Thomas Mann gewidmetes Gedicht ›Joseph in Ägypten‹. »Für Amerika sprach in Versen der Dichter Alfred Kreymborg und in Prosa Christian Gauss. [...] Was Gauss sagte, gehört zu den besten Formulierungen, die, geistesverwandt, je über Thomas Mann und seine Epoche aufgestellt wurden. Bedeutungsvoll verglich Gauss die zögernde Unsicherheit, mit der Amerika vor zehn Jahren dem Dichter im Exil entgegenkam, mit seiner Stellung von heute – ›a living proof that justice still exists in this troubled world of ours‹. – Der zweite Teil des Abends gehörte Bruno Eisner, der in erregend dramatischem Klaviervortrag mit Schuberts ›Wanderer-Fantasie‹ ein Exempel für die schöpferische Leichtigkeit des Virtuosen statuierte, und Ludwig Hardt. Seine Rezitation war eine zärtliche Liebeserklärung an die Sprache des phantasievollsten Dichters unserer Zeit, von dem Dean Gauss sagte: »He sees deeper into the past and further into the future than any others do.« – Der große Augenblick des Abends [...] blieb Thomas Manns Erscheinen auf dem Podium. Die drei Minuten seiner improvisierten Rede haben jedenfalls Anspruch auf haftende Erinnerung. Der Dichter dankte – in Goethes Worten – für das ›erprobte Glück‹ des Wohlwollens der Zeitgenossen. Nicht verwirrt, sondern als der überlegen denkende Gestalter wies er auf den überpersönlichen Sinn der ihm zuteil gewordenen Huldigung.« (Kurt Lubinski in seiner Besprechung des Feier-Abends, ›Aufbau‹, vol. XI, No. 24 v. 15. 6. 45, S. 6).

7] *B. Eisner:* Der Pianist und Musikprofessor Bruno Eisner (1884 bis 1978) emigrierte 1933 aus Berlin in die USA, wo er als Konzertpianist auftrat und an verschiedenen Colleges lehrte.

8] *Gauss:* Der amerikanische Romanist Christian Gauss (1878 bis 1951), von 1925-1945 Dekan (Dean) an der Princeton University, hatte 1938 maßgeblichen Anteil an TMs Berufung nach Princeton.

9] *H. E. Jakobs:* Der Schriftsteller und Journalist Heinrich Eduard Jacob (1889-1967) war 1938/39 in den Konzentrationslagern Dachau und Buchenwald interniert, ehe ihm 1940 die Flucht in die USA gelang.

10] *an Heinrich:* An Heinrich Mann, New York, 9. 6. 45; Reg. III, 45/260; TM/HM 323/324.

11] *an Neumann:* An Alfred Neumann, o. O., o. D. (Poststempel New York 11. 6. 45); Reg. III, 45/262; ›Thomas Mann–Alfred Neumann, Briefwechsel‹, hrsg. v. Peter de Mendelssohn, Heidelberg 1977, 58/59.

12] *Bonnier u. seiner amerik. Frau:* Åke Bonnier (1866-1979), einer der drei Söhne des schwedischen Verlegers Karl Otto Bonnier, und seine Frau Eva, geb. Bachner.

13] *Schubert-Trio:* S. TB 13. 1. 44, Anm. 1.

14] *Zuckmayers Gesänge:* Vergl. GBF, ›Bedroht–Bewahrt‹ a. a. O. 255: »Meine Tochter Gabrielle hatte die Verse Thamars, aus ›Joseph der Ernährer‹, in denen sie die Ankunft Josephs verkündet, in Musik gesetzt, und meine Tochter Gisela [...] sang sie dem Geburtstagskind vor. Bei soviel Musik konnte auch Zuck, der inzwischen dem Weine reichlich zugesprochen, nicht schweigen, und er trug zum gewaltigen Getöne seiner Laute und mit erderschütterndem Gestampf sein ›Cognacvogellied‹ vor, sehr zum Mißvergnügen des Jubilars, der solchen Exzessen durchaus abhold war und nur mühsam gute Miene machte.«

15] *Jannin:* Wahrscheinlich der ›junge französische Diplomat‹ (TB 40-43, 955) Janin, ein Freund von Annette Kolb, den TM bereits 1942 und 1943 getroffen hatte. (S. TB 40-43, 503 und 647). Die Freundschaft zwischen Janin und Annette Kolb veranlaßte TM, das ›Münchener Kapitel‹ gekürzt »unter Auslassung Jeannettens« (= des Porträts GW VI, 269) zu lesen.

16] *Münchener Kapitel:* Das XXIII. Kapitel des Romans. S. TB 6. 10. 44, Anm. 1.

17] *Interview mit P. M.-Vertreter:* Das von dem amerikanischen Journalisten Frank Harriott geführte Gespräch erschien unter dem Titel ›Thomas Mann talks on Germany‹ in ›P. M. Weekly‹, New York, 18. 6. 1945, S. 13. (Text im TMA. S. Volkmar Hansen und Gert Heine, ›Frage und Antwort, Interviews mit Thomas Mann‹, Hamburg 1983, No. 45. 1)

18] *Erikas Liebesbrief:* Erika Mann, ›Mein Vater‹, ›Aufbau‹, vol. XI, No. 23 v. 8. 6. 45, S. 7; EM, Br./Antw. I, 201-205.

19] *Vorrede: Dostojewski – mit Maßen,* in englischer Übersetzung unter dem Titel *Dostoevsky – in moderation* als Vorwort zum Band der Dial Press ›The Short Novels of Dostoevsky‹, New York 1945 erschienen.

20] *Lake Mohonk – Mountain House:* S. die Beschreibung in der *Entstehung,* Kap. X, GW XI, 228: »Das stattliche, im Schweizer Stil gebaute Hotel [. . .] liegt am See in einer Parklandschaft mit felsigen Hügeln, einer Art von gehegtem Gralsgebiet viktorianischen Geschmacks, in das kein fremder Wagen einfahren darf, mit allerlei ›outlooks‹, Türmchen und Brückchen zierlich versehen, ein altmodischer Kurort ohne Kur, wenn man nicht etwa die Enthaltung von alkoholischen Getränken als solche ansehen will, – ein Aufenthalt, zum Ausruhen wohl geeignet und um diese Jahreszeit von frischerer Atmosphäre immerhin, als das stickig dampfende New York.«

15. 6. 1945

1] *Navie-men and soldier boys:* Matrosen und junge Soldaten. *215*

2] *Radiosendung:* TMs Rede auf dem Testimonial-Dinner der ›Nation‹-Associates (deutscher Text GW XIII, 770-774) wurde – vermutlich in einer Kurzfassung – vom CBS ausgestrahlt. Vgl. Loewy a.a.O. S. 53, No. I, 38. *216*

3] *spring water:* Brunnenwasser.

18. 6. 1945

216 1] *Casanova Brown:* 1944 unter der Regie von Sam Wood gedrehter Film mit Gary Cooper, Teresa Wright, Frank Morgan, Patricia Collinge.

2] *von Fiedler:* St. Antönien, Grbd, Schweiz, 1. 5. 45; im TMA.

3] *von Basler:* Burg/Aargau, 20. 5. 45; im TMA.

4] *von Frey:* Basel, 1. 6. 45; im TMA.

5] *Tischrede:* S. TB 15. 6. 45, Anm. 2.

6] *an die Meyer:* An Agnes E. Meyer, Lake Mohonk, N.Y., 16. 6. 45; Reg. III, 45/263.

7] *›Onkelchens Traum‹:* Fjodor Dostojewskis 1859 geschriebener gesellschaftskritischer, »ausgesprochen komischer« (GW X, 594) Roman. S. *Entstehung*, Kap. X, GW XI, 228: ». . . wieder einmal ›Onkelchens Traum‹, gerührt von der holden Gestalt der Sinaida, die so eindrucksvoll ist kraft des offenkundigen Gefühls, das ihr der Verfasser entgegenbringt.«

8] *Chastéartig:* Wie die von Nietzsche sehr geliebte Halbinsel Chasté bei Sils Maria.

9] *Trionfo Eisenhowers:* Der Triumphzug General Dwight D. Eisenhowers durch die Hauptstädte der USA. Vgl. *Entstehung*, Kap. X, GW XI, 228.

10] *Auffindung:* Associated Press meldete am 17. 6. 45, die Särge Friedrichs des Großen, Friedrich Wilhelm I. sowie des Ehepaars von Hindenburg, die amerikanische Einheiten am 27. April 45 »in a hidden flag-banked shrine«, umgeben von Juwelen und anderen Schätzen gefunden hätten, seien in einer geheimen Aktion geborgen worden. Das Unternehmen sei so abgeschirmt gewesen, daß die beteiligten Soldaten den Eindruck gehabt hätten, sie gingen mit Hitlers Leiche um. (S. NYT 18. 6. 45)

11] *Hindenburg:* Der deutsche Generalfeldmarschall (seit 1914) Paul von Beneckendorff und von Hindenburg (1847-1934) war von 1925 bis 1934 Reichspräsident.

217 12] *andere Geburtstagsveranstaltungen:* Da der Brief von Golo Mann nicht erhalten ist, sind auch die Veranstaltungen nicht nachzuweisen.

13] *Das undankbare Benehmen Döblins:* Wahrscheinlich gehörten Döblins Glückwünsche zu den von TM vermißten Gedenkzeichen.

14] *Faesi:* Der Schweizer Literaturhistoriker Robert Faesi (1883 bis

1972), 1922-1953 Professor für deutsche Literatur an der Universität Zürich, stand seit 1914 mit TM, der auf seinen Schweizer Reisen vor 1933 mehrmals Faesis Gast in Zollikon war, in zunehmend engerer Verbindung.

15] *Wallach:* Ein renommiertes Männer-Mode-Geschäft in der 5th Avenue in New York.

20. 6. 1945

1] *amerik. Dame und [. . .] Tochter:* Die Frau eines Geschäftsmannes aus Connecticut namens Sperry mit ihrer sechzehnjährigen Tochter Cynthia. Vgl. TB 22. 6. 45, Anm. 3. *217*

2] *Geburtstagsartikel:* Nicht ermittelt.

21. 6. 1945

1] *Nachricht vom Tode Bruno Franks:* Bruno Frank starb am 20. 6. 45 in Beverly Hills an Herzversagen. *217*

2] *kaum unterbrochener Nachbarschaft:* Bruno Frank war vor 1933 TMs Nachbar im Münchener Herzogpark gewesen. Er kam 1937 nach Hollywood, wo sich nach TMs Ansiedlung in Kalifornien wiederum eine Art Nachbarschaft herstellte.

3] *an die Witwe:* An Liesl Frank, Lake Mohonk, N.Y. 21. 6. 45; Reg. III, 45/266.

4] *Einsteins ›Mozart‹:* Alfred Einstein, ›Mozart, His Character, His Work‹, New York 1945. In der Zürcher Nachlaßbibliothek ist die Biographie lediglich in zwei deutschen Ausgaben – Bermann Fischer, Stockholm 1947, und Pan-Verlag, Stuttgart-Zürich 1953 – erhalten. TM las Einsteins Buch noch auf seinem Sterbebett und berichtete am 9. 8. 55 der Familie seines jüngsten Sohnes davon: ». . . viel [Musik] ertragen meine Nerven garnicht, und ich tue besser, in dem Buch von Alfred Einstein über Mozart zu lesen, das doch sehr gut ist, nicht wahr, Bibi? Mich interessierte besonders, daß M. gar keinen Sinn für Natur hatte oder für Architektur oder Sehenswürdigkeiten überhaupt, sondern Anregung immer nur aus der Musik selbst schöpfte und sozusagen Musik aus Musik machte, eine Art von künstlerischer Inzucht und filtrierter Produktion, sehr merkwürdig. Ein Aristokrat war er auch und hatte, anders als Haydn, wenig fürs Volkstümliche übrig, ähnlich wie Goethe. Zeitlebens ärgerte er sich an seiner körperlichen Kleinheit und Unscheinbarkeit. Er muß nach nichts ausgesehen haben.« (Br. III, 418).

5] *an Klaus:* Lake Mohonk, N.Y. 21. 6. 45; Reg. III, 45/267; Br. II, 433/434.

22. 6. 1945

218 1] *an Golo:* An Golo Mann, Lake Mohonk, N.Y. 22. 6. 45; Reg. III, 45/268.

2] *an Frau Busch:* An Grete Busch. Der Brief konnte noch nicht ermittelt werden.

3] *die kleine Cynthia:* Vgl. TM an Kuno Fiedler, P. P. 20. 8. 45; Reg. III, 45/366; Bl. TMG No. 12, 17/18: »... eine Andeutung der Ulrike-Geschichte habe auch ich [...] zu verzeichnen – zur lächelnden Befriedigung meines Sinnes fürs Mythische. Es war in Lake Mohonk [...] Da war ein junges Mädchen, 16jährig, Cynthia mit Namen [...], ein reizendes Kind, lipstick-Engel mit schiefen Augen, von der unermeßlichen amerikanischen Naivität und Kulturbegierde, glühende ›Verehrerin‹, traumhaft glücklich, mit mir zusammen zu sein, beim Kurkonzert neben mir zu sitzen (was die Mama eingerichtet hatte). Kurzum, es wurde etwas wie ein früher und später flirt daraus. Ich sagte ihr: ›You like my books and I like *you*, that's how it is between us.‹ Aber sie gab zu verstehen, daß ja unwillkürlich auch für den Verfasser etwas dabei abfiele. Ich sagte beim Abschied: ›Goodbye, Cynthia! I never shall forget you. It was always a pleasure to look at you.‹ – ›Oh – really??!‹ Unendliche Verschämtheit – und ein in den College-Alltag mitzunehmender ungeheuerer Stolz. Kurz, es war lieb und schön. Ich werde sie wirklich niemals vergessen, und bei dem großen dinner nachher in New York [...] saß der Gedanke an Cynthia ›smiling to my heart‹, wie es im Hamlet heißt.«

24. 6. 1945

218 1] Der Text des ersten Satzes ist wegen einer nachträglichen Korrektur TMs, die nicht konsequent durchgeführt wurde, nicht eindeutig zu lesen.

2] *Nekrolog für Frank: In memoriam Bruno Frank,* ›Aufbau‹, vol. XI, No. 26 v. 29. 6. 45; GW X, 497-500.

3] *Rede Baruchs vor dem Congress:* In einem 14-Punkte-Programm hatte der amerikanische Wirtschafts- und Börsenfachmann Bernhard M. Baruch (1870-1965), der in den dreißiger Jahren Roosevelts ›New Deal‹-Programm maßgeblich mit beeinflußte, am 22. 6. 45 vor dem

Senate Military Affairs Committee die von TM notierten Maßnahmen gefordert. Nur auf diese Weise sei es möglich, ein für alle Male Deutschlands Vormachtsstellung in Europa zu brechen, der Sowjetunion die Furcht vor dem westlichen Nachbarn zu nehmen und zu einem dauerhaften Frieden zu kommen. Dem Völker-Krieg habe ein Völker-Frieden zu folgen; besonders der UdSSR, die so unendlich gelitten habe, müsse verständnisvoll und fair begegnet werden. »I believe we can arrive a full understanding with the Soviets. If it is not possible, the sooner we know it the better.« Die Rede schloß mit einer Warnung vor deutschen Versuchen, mit der Drohung einer Bolschewisierung ihres Landes und Europas einen Keil zwischen die Alliierten zu treiben.

4] *San Francisco Charter:* Die Charta der Vereinten Nationen.

5] *Andeutung Ulrikens:* Reminiszenz an Ulrike von Levetzow, Goethes letzte große Liebe.

6] *Manager Naegel:* Das deutsch-schweizerische Hoteliersehepaar *219*
war TM seit 1935, als es das Hotel Algonquin in der 44. Straße führte, bekannt, S. TB 27. und 28. 6. 1935.

7] *C. Helbling:* Der Zürcher Literarhistoriker Carl Helbling (1897 bis 1966) hatte 1922 seine Dissertation über TM geschrieben und stand seither mit ihm in Verbindung. (Vgl. ›Neue Zürcher Zeitung‹, 31. 5. / 1. 6. 1975, S. 59: ›»Ich kenne meine Situation genau«. Briefe Thomas Manns an einen Zürcher Doktoranden.‹).

25. 6. 1945

Die Eintragung ist von »Dinner zwischen dieser« bis »Sandwich« seitlich rot angestrichen.

1] *an Liesl Frank:* New York, 25. 6. 45; Reg. III, 45/270. *219*

2] *Frau Feuermann:* Eva Feuermann, die Witwe des österreichischen Cellisten Emanuel Feuermann (1902-1942), der 1938 in die USA emigriert war.

3] *Frankfurter:* Der amerikanische Jurist und Roosevelt-Berater Felix Frankfurter (1882-1965), Mitschöpfer des ›New Deal‹.

4] *Negrin:* Der ehemalige spanische Premierminister und Angehörige der New Yorker Exilregierung seines Landes Juan Negrin (1889 bis 1956), ursprünglich Physiologe an der Universität Madrid.

5] *Ickes:* Harold Ickes (1874-1952), von 1933-1946 amerikanischer Innenminister. Ickes galt als besonderer Protektor österreichischer und deutscher Emigranten.

6] *Bob Sherwood:* Der amerikanische Schriftsteller und mehrfache Träger des Pulitzer-Preises Robert Sherwood (1896-1955).
7] *Reden:* Die Reden anläßlich des Geburtstagsdinners für TM liegen, gesammelt in einer Broschüre der ›Nation‹-Associates, gedruckt vor: ›Addresses at the Diner in honour of Dr. Thomas Mann, on the occasion of his 70th birthday, Waldorf Astoria Hotel, New York, Monday evening 25. 6. 1945‹, New York 1945. Ein Exemplar befindet sich in der Zürcher Bibliothek.
8] *Shirer:* Der amerikanische Journalist William L. Shirer (geb. 1904). Shirer hatte von 1934-1941 als Korrespondent einer amerikanischen Nachrichtenagentur in Berlin gearbeitet und seine Erfahrungen im NS-Regime in einem Buch, ›Berlin Diary‹, 1941 publiziert.
9] *Columbia Broadcast:* S. TB 15. 6. 45, Anm. 2. – Zum Gesamtverlauf der Feierlichkeiten s. auch *Entstehung*, Kap. X, GW XI, 231.

26. 6. 1945
220 1] *Molière-Ausgabe:* Wohl die heute in der Zürcher Bibliothek stehende Edition ›Molières Komödien. Eine Auswahl in 4 Bänden mit einer biographischen Einleitung von Sainte Beuve‹, München 1922.
2] *Des Knaben Wunderhorn:* ›Alte deutsche Lieder, unter diesem Titel gesammelt von Ludwig Achim von Arnim und Clemens Brentano‹, Band 1, 1805, Band 2, 1808. TMs dreibändige Ausgabe, Charlottenburg 1845/46, ist in der Zürcher Bibliothek erhalten.
3] *2 bändige Ausgabe des Joseph:* Nicht erschienen.
4] *»Nobility of the spirit«:* Die Essay-Sammlung *Adel des Geistes* erschien 1947 unter dem Titel *Essays of Three Decades* gleichzeitig bei Knopf in New York und Secker and Warburg in London.
5] *Dr. Klopstock:* Der Budapester Arzt und Literat Robert Klopstock (1899-1972), einer der engsten Freunde Franz Kafkas, war durch die ungarische Familie Hatvany seit 1935 mit TM gut bekannt. Klopstock emigrierte 1935 von Berlin in die Vaterstadt seiner Frau, Budapest, und gelangte 1935 mit Hilfe TMs in die USA, wo er als Lungenspezialist am Massachusetts General Hospital in Boston arbeitete.
6] *Kaditja Wedekind:* Frank Wedekinds jüngere Tochter Kadidja (geb. 1911), Schwester der Klaus und Erika Mann eng befreundeten Pamela Wedekind, war mit dem Hause Mann aus der gemeinsamen Münchener Zeit bekannt. Sie emigrierte 1938 in die USA, lebte in

New York und kehrte nach dem Krieg in die Bundesrepublik zurück.
7] *Ansteckung, Ärzte und Anfänge des Teufelskapitels nebst Hölle:* Aus den Kapiteln XIX und XXV des *Doktor Faustus.*

27. 6. 1945

1] *Editorial in den Times:* ›Thomas Mann American‹, NYT 27. 6. 45, 18:1. 220

30. 6. 1945

1] *Lazare:* Der amerikanische Schriftsteller, Kunstkritiker und zeitweilige Mitherausgeber der Zeitschrift ›Decision‹, Christopher Lazare (geb. 1912), ein Freund von Klaus Mann, war nach Kriegsende an der Freien Universität in Berlin und später in Wien als lecturer, Professor und Übersetzer tätig. 220

2] *einen Brief an P. M.:* TM an den Editor of ›P. M.'s Weekly‹, Chicago 29. 6. 45; Reg. III, 45/272. Der Brief, in dem TM – eine mißverständliche Stelle seines Interviews mit Frank Harriott korrigierend – betont, daß sich seine allgemeinen Aussagen über die Schwierigkeiten von Übertragungen originaler Texte in eine fremde Sprache nicht auf die hervorragende Leistung seiner Übersetzerin Helen Lowe-Porter bezögen, erschien in ›P. M.'s Weekly‹, vol. 6, No. 27 v. 27. 6. 45, S. 19: ›From the Readers. Mann's Translator.‹ Vergl. auch TM an Helen Lowe-Porter, P. P. 19. 7. 45; Reg. III, 45/315. 221

3] *Rede für den Abend:* Der Zusammenhang mit dem Notat am Ende der Eintragung – *nach* den Feierlichkeiten –: »Dann ich über die Erfahrung von Gut und Böse, improvisierend«, ist nicht klar. Eine Ansprache anläßlich des von der Universität Chicago zu Ehren von TMs siebzigsten Geburtstag gegebenen Dinners konnte noch nicht ermittelt werden. Lediglich die im Folgenden erwähnten Reden von Kaufmann und dem ›philosophischen Dean‹, Richard Peter McKeon, waren zu finden: a) Fritz Kaufmann, ›An Address‹ in ›The Stature of Thomas Mann‹ a. a. O. 51-54; b) Richard Peter McKeon, ›Remarks on the Occasion of the Seventieth Birthday of Thomas Mann, Made at a Dinner Given to Him in Chicago, June 29th, 1945‹ in: R. P. McKeon, ›Thought, Action and Passion‹, Chicago University Press, 1954, 223-227. Jedoch erinnert sich einer der damals Anwesenden, Professor Walter Reichart, an den Verlauf der Veranstaltung. Sein Bericht erhellt auch die Widersprüchlichkeit der im Vorstehenden zitierten Sätze: ›Rede für den Abend‹ und ›Dann ich über die Erfahrungen von Gut und Böse improvisierend‹: »I am glad to give some details about the birthday dinner in 1945, which is still a vivid memory. [...] The dinner was in a hotel, I presume the one where the Manns stayed, in a private dining room with probably about 30 guests. I recall there were a number of German refugee scholars included. A rectangular table where the dignitaries sat, including McKeon, the Manns and the daughter, about 8 people, faced four or five small tables that seated four or five people. Because of the war there was meat rationing, but to everyone's delight roast beef was actually served and relished by all. During the meal Borgese's behavior caused some consternation. He resented being seated at one of the small tables and complained loudly. He refused to eat. His wife and later Frau Katja came to his table to reassure him, but to no avail. Eventually he and only he was brought a bottle of wine. That appeased him. We all watched him and I think he enjoyed getting much attention, but I am sure, everybody else was embarrassed. What made his behavior specially ridiculous was the fact that later he was asked to speak a few words. Suddenly his dour and unfriendly manner changed. Wreathed in smiles he rose and in his heavily accented English began by telling us ›how he loved the Mann family‹ and became effusive in his praise. [...] – McKeon's speech was obviously the important tribute. Finally Thomas Mann was asked to respond. Hesitatingly he rose, expressed surprise at all the praise, and minimized his importance. He spoke slowly, groping for words to express his feelings. He had no manuscript and spoke on the spur of the moment, simply and graciously. – I must add a note that so clearly characterizes Mann's creative skill and his manner of composition. A week or so later I called on the Borgeses and Medi received me most cordially. Naturally I referred to the dinner party and the interesting evening. To my amazement she told me that on the morning of the planned dinner party her father was at her home and spent much time in planning what he would say in response to the tribute paid him. Somehow, the words stick in my mind that she used the phrase ›ach, wie hat er sich abgequält, die richtigen Worte zu finden.‹ And in the evening he succeeded in creating the impression that he spoke extemporaneously.« (Brief an Klaus Jonas vom 9. 4. 1986)

1. 7. 1945

1] *in den ›Erniedrigten und Beleidigten‹:* In Dostojewskis sozialkritischem Roman ›Erniedrigte und Beleidigte‹, 1861. 221

2. 7. 1945

1] *M. P.:* Military Police. 222

2] *Philistereien Hugo Wolffs:* S. TB 24. 1. 45, Anm. 2.

3] *Nietzsches Bewunderung für Dostojewski:* Vgl. die zwei Turiner Briefe an Georg Brandes: 20. 10. 1888: »Daß man gerade ›in Rußland wieder aufleben‹ kann, glaube ich Ihnen vollkommen. Ich rechne irgendein russisches Buch, vor allem Dostojewskij (französisch übersetzt, um des Himmels willen nicht deutsch!!) zu meinen größten Erleichterungen«, und 20. 11. 1888: ». . . ich schätze ihn [Dostojewski] [. . .] als das wertvollste psychologische Material, das ich kenne – ich bin ihm auf eine merkwürdige Weise dankbar, wie sehr er auch immer meinen untersten Instinkten zuwider geht. Ungefähr mein Verhältnis zu Pascal, den ich beinahe liebe, weil er mich unendlich belehrt hat; der einzig *logische* Christ.«

4] *Eindruck auf Gide:* Vgl. André Gide, ›Dostoiewsky, Articles et causeries‹, Paris 1923, deutsch: Stuttgart 1952.

5] *Nachahmung Hauptmanns . . .:* In Gerhart Hauptmanns religiösem Roman ›Der Narr in Christo Emanuel Quint‹, Berlin 1910. 223

4. 7. 1945

1] *Dr. Goll:* S. TB 24. 5. 45, Anm. 1. 223

2] *von H. Hesse:* Montagnola, An Pfingsten 1945; HH/TM, 158/159.

3] *Georg Biermann:* Der Münchener Kunsthistoriker Dr. Georg Biermann (1880-1949), den TM aus München kannte.

4] *Tagebuch eines SS-Wächters:* S. TM an War Crimes Commission, Washington, P. P. 8. 7. 45; Reg. III, 45/285 und P. P. 3. 8. 45; Reg. III, 45/351.

5. 7. 1945

1] *russischer Aufsatz gegen Nietzsche:* I. Leshnew, ›Also sprach Nietzsche‹, ›Internationale Literatur‹, Moskau, Heft 2/1945, 27-41. 224

6. 7. 1945

225 1] *Mereschkowskys Schriften:* Wahrscheinlich: Dimitri Mereschkowski, ›Tolstoi und Dostojewski als Menschen und als Künstler‹, Leipzig 1903. Das Buch, mit vielen Anmerkungen und Anstreichungen TMs versehen, steht – neben weiteren Mereschkowski-Bänden (›Gogol‹, München/Leipzig 1911, mit einer Widmung des Verfassers und Anstreichungen TMs; ›Ewige Gefährten‹, München 1915, ebenfalls mit Widmung und Anstreichungen, und ›Der Anmarsch des Pöbels‹, München 1907) in der Zürcher Bibliothek.

2] *Mereschkowsky:* Der russische Schriftsteller Dimitri Mereschkowski (1865-1941), dessen Biographien und psychologische Analysen TMs Rußlandbild wesentlich beeinflußten. S. *Über Mereschkowski* (1922), GW XIII, 259/260.

3] *Walter und Tochter:* Bruno Walter mit seiner Tochter Lotte, verh. Lindt (1903-1970), die von Kindheit an eine nahe Freundin Erika und Klaus Manns war.

8. 7. 1945

225 1] *an die Meyer:* An Agnes E. Meyer, P. P. 8. 7. 45; Reg. III, 45/283.

2] *dankte Mrs. Dieterle:* An Charlotte Dieterle, P. P. 8. 7. 45; Reg. III, 45/277.

3] *Spanische Phantasie von Chabrière:* Die Rhapsodie ›España‹ (1893) des französischen Komponisten Alexis Emanuel Chabrier. Die Frage, ob Chabrier Syphilitiker war, die TMs Eintragung nahelegt, konnte nicht beantwortet werden.

4] *Memoiren Walters:* Bruno Walter, ›Thema und Variationen‹, Stockholm 1947. TM las das Manuskript.

5] *Bülow:* Der deutsche Pianist und Dirigent Hans von Bülow (1830 bis 1894), erster Leiter des Berliner Philharmonischen Orchesters.

9. 7. 1945

225 1] *von Klaus:* An Katia Mann, Rome, July 1, 1945; im KMA.

2] *Geburtstagsartikel:* Feldunterarzt Wolfgang Linder, ›Begegnung einer Jugend mit Thomas Mann. Dank an Thomas Mann zu seinem 70. Geburtstag‹. Das Manuskript befand sich nicht mehr im TMA und wurde der Herausgeberin von Dr. Linder freundlich zur Verfügung gestellt. Zu TMs Reaktion vgl. TB 20. 7. 45, Anm. 2.

3] *Jewish Club:* ›The Jewish Club of 1933‹, eine 1933 als ›German-Jewish Club‹ gegründete jüdische Vereinigung ›zur Förderung kultureller Belange‹ in Los Angeles, die, um der Aufnahme von Refugees aus anderen europäischen Ländern willen, im Herbst 1940 das ›German‹ aus ihrem Namen strich. Der Club gab ab 1938 ein eigenes, von 1939 an unter dem Titel ›Neue Welt‹ firmierendes Mitteilungsblatt heraus. 226

4] *Druck des Echnathon-Gesanges:* Des ›Sonnengesangs‹. Echnatons großer Aton-Hymnus (um 1360 v. Chr.).

10. 7. 1945

1] *Ersuchen bei Dial Press:* An Sidney G. Phillipps, P. P. 12. 7. 45; Reg. III, 45/290. 226

2] *Werfels Fragment:* Franz Werfel, ›Ein Reiseroman‹, ›Die Neue Rundschau, Sonderausgabe zu Thomas Manns 70. Geburtstag‹, Stockholm, 6. 6. 1945, 12-38.

3] *Schwedisches und Englisches:* Gustaf Lundgren, ›Das Ich als Weltnabel. Schicksalsphilosophie in Thomas Manns Joseph-Roman‹, ›Die Neue Rundschau‹, Sonderausg. a. a. O., 183-187; Vilhelm Moberg, ›Die Prüfung des Menschen‹, ebd. 112-115; Anders Österling, ›An Thomas Mann‹, ebd. 127; Eyvind Johnson, ›Zwei Briefe an Henry Fielding und Thomas Mann‹, ebd. 134-136; Wystan Hugh Auden, ›A Toast‹, ebd. 39.

4] *Toch:* Ernst Toch, ›Thomas Mann und die Musik‹, ›Die Neue Rundschau‹, Sonderausg. a. a. O. 187/188.

11. 7. 1945

1] *Fra Diavolo:* Komische Oper (1830) des französischen Komponisten Daniel François Esprit Auber (1782-1871). 226

2] *Weiße Dame:* Des französischen Komponisten François Adrien Boieldieu (1775-1834) komische Oper ›La Dame blanche‹ (1825).

3] *Don Pasquale:* Komische Oper (1843) des italienischen Komponisten Gaetano Donizetti (1797-1848).

12. 7. 1945

1] *von Preetoruis:* Vom 6. 6. 45. Nach den Recherchen des TMA muß dieser Brief als verloren gelten. S. Bl. TMG No. 4, 23. 226

2] *Emil Preetorius:* Der Münchener Graphiker, Illustrator und Bühnenbildner (u. a. in Bayreuth) Emil Preetorius (1883-1973) gehörte seit dem Ende des Ersten Weltkrieges zu TMs engerem Münchener Freundeskreis (vgl. dazu auch Preetorius' Bericht, wie TM ihn zum Bühnenbildner machte, in Bl. TMG No. 4, 4-6). 1919 illustrierte er die Vorzugsausgabe von *Herr und Hund* und gestaltete im gleichen Jahr die Einbände der 100. Auflage von *Buddenbrooks* sowie des regulären Bandes von *Herr und Hund / Gesang vom Kindchen.* Zehn Jahre später, 1929, schuf er die illustrierte Ausgabe der *Bekenntnisse des Hochstaplers Felix Krull* für die Deutsche Verlagsanstalt. Preetorius, seit 1927 Professor an der Akademie der Bildenden Künste in München, ist mit einigen Zügen in die Gestalt des Kridwiss im Roman *Doktor Faustus* eingegangen. Über die Schwierigkeiten, die Beziehungen zu TM nach 1945 wiederaufzunehmen resp. weiterzuführen, geben die Briefe (Bl. TMG No. 4) und Tagebuchaufzeichnungen Auskunft.

3] *dem Feld-Unterarzt zufolge:* Offenbar in dem nicht erhaltenen Begleitbrief zum TB 9. 7. 45, Anm. 2 erwähnten Manuskript. Der Text selbst erzählt zwar von Förderung durch Curtius, enthält jedoch nicht die zitierte Bemerkung über L.i.W.

4] *E. R. Curtius:* TMs Beziehungen zu dem Romanisten Ernst Robert Curtius (1886-1956) begannen 1920 mit einer Korrespondenz über Curtius' Buch ›Die literarischen Wegbereiter des neuen Frankreich‹ Potsdam 1919 (vgl. TB 29. 12. 20) und die Frage der TM-Rezeption im frankophonen Raum. Zwei Jahre später knüpfte TMs Essay *Das Problem der deutsch-französischen Beziehungen* (1922, GW XII, 604-624), eine Auseinandersetzung mit der französischen Kritik an den *Betrachtungen,* ausdrücklich an Äußerungen von Curtius über ›Deutsch-Französische Kulturprobleme‹ und deren Kommentierung durch André Gide (›Les Rapports intellectuels entre la France et l'Allemagne‹) an: »Da ich [. . .] selten etwas gelesen hatte, was in höherem Grade nach meinem Herzen gewesen wäre, als der Artikel des Marburger Professors [i. e. Curtius], so mußten die deutsch-französischen Beziehungen mir glänzend scheinen in dem Augenblick, da ich von André Gide erfuhr, er habe diese Befriedigung geteilt.«

227 5] *Prison-Camp-Ausgabe:* Verbilligter Sonderdruck der *Zauberberg*-Ausgabe von 1939 für deutsche Kriegsgefangene, Stockholm 1945, hergestellt in den USA. Bücherreihe ›Neue Welt‹, Bd. 14/15.

13. 7. 1945

1] *von Bermann:* New York, 9. 7. 45; TM/GBF 403/404. 227

2] *Auslieferung des Lidice-Frank:* S. TB 10. 5. 45, Anm. 2. Der amerikanische Jurist Jackson, später Ankläger im Nürnberger Prozeß, hatte am 5. 7. 45 Franks Auslieferung an die Tschechoslowakei empfohlen.

3] *Dokumente deutscher Weltherrschaftspläne:* In einem NYT-Bericht aus Höchst wurden die Dokumente analysiert, die den Amerikanern nach der Besetzung aller in ihrer Zone gelegenen IG-Farben-Werke in die Hände gefallen und mit Sonderkurieren nach Washington befördert worden waren: Belege für ein weltweites firmeneigenes Spionagenetz, das es den Deutschen ermöglichte, jeder Entdeckung anderer Staaten durch eigene Entwicklungen zuvorzukommen, Dokumente von Monopolmißbrauch durch Marktunterbietung und Zeugnisse für politische Interventionen; kurz: Dokumente deutscher Weltherrschaftspläne mittels »Espionage, Trickery, Bribery.« (NYT 14. 7. 45, 14:2).

4] *Im ›Ewigen Gatten‹:* In Dostojewskis Roman ›Der Hahnrei‹ (1870), der in der zweiten Auflage, 1889, unter dem Titel ›Der Gatte‹, ab 1902 ›Der ewige Gatte‹ erschien.

14. 7. 1945

1] *Servicen:* TMs französische Übersetzerin Louise Servicen (1896 bis 1975), deren erste TM-Übertragung, die Transposition der *Geschichten Jaakobs,* 1935 bei Gallimard in Paris unter dem Pseudonym Louise Vic erschien. Frau Servicen übersetzte später unter ihrem richtigen Namen nahezu alle Werke TMs. 227

2] *der geistliche Herr McLennan:* Vgl. TMs Dank an Steward P. MacLennan, den Verfasser einer Jesus-Biographie, P. P. 27. 7. 45; Reg. III, 45/334.

3] *an die Servicen:* An Louise Servicen, P. P. 19. 7. 45; Reg. III, 45/320.

15. 7. 1945

1] *das [. . .] Treffen der Big Three:* Die vom 17. 7. - 2. 8. 45 in Potsdam zwischen Truman, Stalin und Churchill (bzw. ab 28. 7. 45 Attlee) abgehaltene letzte ›Gipfelkonferenz‹ der drei alliierten Staatsoberhäupter, deren Ergebnis-Kommuniqué, das sog. ›Potsdamer 228

Abkommen‹, die militärische Besetzung, die Entmilitarisierung, die Entnazifizierung und die wirtschaftliche, politische und geographische Zukunft Deutschlands festlegte.

2] *Non-Fraternization-Verordnung:* Das Verbot für die alliierten Soldaten, Verbindungen zur deutschen Zivilbevölkerung aufzunehmen.

3] *Prof. Nielsen:* Wahrscheinlich der seit 1944 in Pasadena tätige Physiker, Ingenieur und Metallurge Herluf Peter Nielsen (geb. 1903).

4] *›Aus dem Dunkel der Großstadt‹:* Dostojewskis Roman ›Sapiski is podpolja‹, 1864; deutsch 1895 unter dem Titel ›Im dunkelsten Winkel der Großstadt‹, 1922 als ›Aus dem Dunkel der Großstadt‹ und 1927, in der Piper-Gesamtausgabe, als ›Aufzeichnungen aus dem Kellerloch‹ publiziert.

5] *›Doppelgänger‹:* Dostojewskis Roman ›Dwojnik‹ von 1846. Erste deutsche Ausgabe Berlin 1889.

6] *›Spieler‹:* Fjodor Dostojewski, ›Igrok‹, deutsch: ›Der Spieler‹, erstmals 1888 bei S. Fischer, Berlin.

16. 7. 1945

228 1] *[von] Georg von Prosch:* Ottobrunn, 21. 5. 45; im TMA.

2] *Georg von Prosch:* Der heutige Bankangestellte Georg von Prosch (geb. 1920) arbeitete während des Krieges als Angehöriger eines Kreises junger Widerständler um Josef Furtmayer (der seinerseits Verbindung mit der oppositionellen Studentengruppe ›Weiße Rose‹ hatte) in einem Münchener Rüstungsbetrieb. Er lebt heute in Frankfurt.

3] *Bilder des Münchener Hauses:* Reproduziert in dem illustrierten Beitrag von ›Cpl. Klaus Mann, Staff Writer‹, ›You can't go home again‹. ›It was more than an assignment, reporting on the Old Home Town‹, ›Stars and Stripes‹, 20. 5. 45, 3 und 12.

4] *über sein Buch:* Bruno Walters Autobiographie ›Thema und Variationen‹.

17. 7. 1945

228 1] *an O. M. Graf:* An Oskar Maria Graf, P. P. 19. 7. 45; Reg. III, 45/309.

2] *O. M. Graf:* Der bayerische Romancier Oskar Maria Graf (1894 bis 1967), 1918 zur revolutionären Gruppe um Kurt Eisner gehörig,

emigrierte 1933 nach Wien, 1934 nach Brünn und 1938 nach New York, wo er sich am Aufbau des Verbandes deutschsprachiger Autoren, der German-American Writers Association, beteiligte, als deren Präsident er zwischen 1938 und 40 für die Belange und die Rettung von Schriftstellerkollegen wirkte.
3] *an die Lowe:* An Helen Lowe-Porter, P. P. 19. 7. 45; Reg. III, 45/315; Br. II, 436.
4] *an Knopf:* An Alfred A. Knopf, P. P. 19. 7. 45; Reg. III, 45/313.
5] *Revision: Germany and the Germans* für den Vortrag im Educational Building of the University of California, Los Angeles, am 19. 7. 45, S. TB 19. 7. 45.

18. 7. 1945
1] *Brochs Vergil:* Hermann Brochs Roman ›Der Tod des Vergil‹ erschien 1945 gleichzeitig in deutscher Fassung und englischer Übersetzung. Wie hoch TM das Werk einschätzte, geht aus dem zu Werbezwecken geschriebenen kurzen Text *Über Hermann Brochs ›Der Tod des Vergil‹* (1946), GW XIII, 449, sowie aus einem Brief an Ludwig Kunz vom 5. 8. 1949 hervor: »Brochs ›Vergil‹, meines Bruders Spät-Roman ›Der Atem‹, Hesses ›Glasperlenspiel‹, manches von Aldous Huxley, selbst mein eigener ›Faustus‹-Roman sind größer und als Dokumente der Zeit ausgiebiger, als was die Jungen bisher hervorgebracht.« (Br. III, 94). 228
2] *Geburtstagsheft der ›Deutschen Blätter‹:* ›Deutsche Blätter‹, Santiago de Chile, III. Jg. 25. Heft, Mai/Juni 1945: ›Huldigung an Thomas Mann zum 70. Geburtstag‹ mit Beiträgen von Claude C. Bowers, Rafael Alberti, Fritz Busch, Enrique Espinoza, Leonardo Guzmán, Máximo José Kahn, Eduardo Mallea, Ezequiel Martínez Estrada, Gabriela Mistral, Gustav Regler, Alfonso Reyes, Ramón de la Serna und Paul Zech (a. a. O. 4-6). Ferner Hermann Broch: ›An die Phantasie‹ (Für Thomas Mann) (10), Hanns Fischer: ›Thomas Manns künstlerische Sendung‹ (11-15), Berthold Biermann, ›Thomas Mann und Goethe‹ (15-22). 229

19. 7. 1945
1] *Mein Vortrag:* S. TB 17. 7. 45, Anm. 5. 229
2] *Dean:* Vermutlich Edwin A. Lee. S. TM an E. A. Lee, P. P. 14. 7. 45; Reg. III, 45/293.

3] *Über Nazi-Erziehung:* Wohl Hannes Waterkant (Pseud. für Fritz Erpenbeck), ›Das deutsche Schulbuch gestern und heute‹, ›Internationale Literatur‹, Moskau, Jg. 1945, H. 1, 72-75.

4] *Rosenthal:* Wahrscheinlich der Kunsthistoriker und Kunsthändler Dr. Erwin Rosenthal (1889-1981), der 1933 in die Schweiz emigriert war und in Zürich ein renommiertes Antiquitätengeschäft besaß.

5] *an W. Richter:* An Dr. Werner Richter, P. P. 19. 7. 45; Reg. 45/318.

6] *W. Richter:* Der ehemalige Professor für Germanistik an der Berliner Universität, Werner Richter (1887-1960), von 1925-1932 Ministerialdirigent im preußischen Kultusministerium, emigrierte 1933 in die USA, wo er an verschiedenen Colleges lehrte, und kehrte 1948 nach Bonn zurück.

7] *an Carl Helbling:* P. P. 19. 7. 45; Reg. III, 45/310.

20. 7. 1945

230 1] *Aufsatz über Dostojewski:* S. TB 13. 6. 45, Anm. 19.

2] *Kundgebung des jungen Feld-Unterarztes:* Vgl. TM an S/Sgt. Paul W. Freedman, P. P. 15. 7. 45; Reg. III, 45/296: »I have received [. . .] the ›Dank‹ of Feldunterarzt Wolfgang Linder to my seventieth birthday. [s. TB 9. 7. 45, Anm. 2] I need not tell you that this manuscript has pleased and interested me enormously. I was able to learn much from this touching eulogy about the mental processes which took place under the surface of national-socialistic life in Germany during the last twelve years; and these discoveries and experiences have given me great solace and comfort. [. . .] please [. . .] tell him that nothing could have given me greater joy on my birthday than his composition which has awakened in me such strong and joyous hopes for the young German generation.« (Kopie im TMA)

3] *Gedichte von Becher:* Wohl Johannes R. Becher, ›Gewißheit des Sieges und Sicht auf große Tage‹, Gesammelte Sonette 1935-1938, Moskau 1939. Das Buch, mit einer Widmung des Autors an TM, steht in der Zürcher Bibliothek.

4] *Becher:* Der Lyriker Johannes Robert Becher (1891-1958), für dessen in der Weimarer Republik mit Indizierung bedrohten Anti-Kriegsroman ›Levisite. Der einzige gerechte Krieg‹ sich TM als Mitglied der Berliner Akademie der Künste 1928 eingesetzt hatte, emigrierte 1933 über die Tschechoslowakei nach Frankreich und 1935 in die UdSSR, wo er in Moskau als deutscher Redakteur der ›Internationalen Literatur‹ arbeitete. Becher kehrte 1945 nach Deutschland zurück und war 1954-1958 Minister für Kultur in der Deutschen Demokratischen Republik.

5] *[Gedichte] von Erich Fried:* Erich Fried, ›Deutschland‹, Gedichte, London 1944.

6] *Erich Fried:* Der österreichische Lyriker und Übersetzer (u. a. von Shakespeare, T. S. Eliot, Dylan Thomas) Erich Fried (geb. 1921), emigrierte 1938 nach England und lebte 1945 als BBC-Kommentator und Journalist in London.

7] *sehr komischer Bericht:* AP meldete am 20. 7. 45 aus Potsdam, Höhepunkt des Staatsbanketts am 19. 7. sei der Augenblick gewesen, da sich Präsident Truman auf dringendes Verlangen von Churchill und Stalin ans Klavier setzte und Beethovens Menuett in G-Dur spielte. Er habe diese ›Vorstellung‹ gegeben, nachdem der amerikanische Pianist Sergeant List mit der Darbietung einer Tschaikowsky-›Auswahl‹, Chopins As-Dur-Polonaise und drei Preludien des »Leningrader Komponisten Dimitri Shostakovich« einen seltenen Erfolg errang, und zwei Toasts von Marschall Stalin sowie einen warmen Händedruck von »Mr. Churchill« für sich verbuchen konnte. Dann ging der in der Tat sehr komische Bericht noch mehr ins Detail: »Premier Stalin was delighted. He sprang from his chair, walked to the beaming pianist, shook his hands, drank a toast to his health and asked him to play more. Which number the Soviet leader requested was not identified. He is known to be fond of a number of Russian drinking songs as well as many songs of the Volga, the Caucasus and the steppes. Sergeant List apparently knew Premier Stalin's selection well, for as soon as he concluded the Generalissimo again came to the piano, clasped his hands and proposed another toast.

Through the interpreter, V. M. Pavloff, Generalissimo Stalin and President Truman engaged in an animated discussion of their respective preferences in folk music. Then Mr. Churchill called for the ›Missouri Waltz‹, the favorite of Mr. Truman's native State. Sergeant List complied with easy grace. The Prime Minister came to his side, shook hands and thanked him for the performance. Pvt. Stuart Canin of 1006 Gerard Avenue, the Bronx, New York, a violinist, also played for the Big Three last night.« (NYT 21. 7. 45, 5:4,5).

21. 7. 1945

230 1] *an Dr. Kaskel:* An Joseph Kaskell, P. P. 21. 7. 45; Reg. III, 45/323.

2] *Ehrenheft:* S. TB 18. 7. 45, Anm. 2.

3] *Volpone:* ›Volpone or the fox‹, Komödie von Ben Jonson, 1607.

4] *Herr Haas:* Der tschechische Schauspieler Hugo Haas (1902-1968) emigrierte 1938 in die USA und spielte 1947 in Los Angeles den Papst in der Uraufführung des Brechtschen ›Galileo Galilei‹.

5] *»Himmel und Hölle«:* Alexander Moritz Frey, ›Hölle und Himmel‹, Zürich 1945.

22. 7. 1945

231 1] *die Gemme:* Eva Herrmann. S. TB 24. 7. 44, Anm. 1.

2] *Blumenwalzer:* Wohl Léo Delibes (1836-1891), ›Grande Valse, extrait du Pas des Fleurs‹ aus dem Ballett ›Naila‹.

23. 7. 1945

231 1] *Kap. XXVII:* Adrian Leverkühns Kompositionen von Keats' ›Ode to the Nightingale‹ und der Ode an die Melancholie zu Beginn des XXVII. *Faustus*-Kapitels, GW VI, 350-352.

2] *Skandal beim Pétain-Prozeß:* Als der französische Marschall Pétain im Gerichtssaal versicherte, er habe Frankreich nicht betrogen, sondern, im Gegenteil, den Weg zur Befreiung seines Landes vorbereitet, und stolz die ihm verliehenen Medaillen vorwies, gab es einen »Aufstand« unter den Zuhörern. (NYT 24. 7. 45, 1:6,7 und 7:2).

3] *opus 111 und Beißel:* S. GW VI, Kap. VIII, 71-77 und 88-93. Zu dem Eindruck des Vorgelesenen auf Bruno Walter vgl. auch Walters Brief vom 25. 12. 45: »Ich kann nicht beschreiben, wie stark und beglückend auf mich das Beethoven-Kapitel aus dem Dr. Faustus gewirkt hat. Nie ist annähernd so Tiefes und Erleuchtendes über Beethoven gesagt worden.« (Bruno Walter, ›Briefe 1894-1962‹, a. a. O. 280).

4] *Je prends . . .:* Ich nehme (mir) das mir Zusagende, wo ich es finde. S. TB 3. 10. 44, Anm. 3.

24. 7. 1945

1] *an Becher:* Noch nicht bekannt. 232

2] *an Frey:* An Alexander Moritz Frey, P. P. 24. 7. 45; Reg. III, 45/333.

25. 7. 1945

1] *Authors Guild:* ›The American Authors' Guild‹, der amerikanische Schriftstellerverband. 232

2] *Churchill [. . .] zur Wahlentscheidung:* ›Resignation Statement‹, July 26, 1945. ›Speeches‹, Vol. VII, a. a. O. 7204-7205. (Churchill hatte in den Parlamentswahlen überraschend eine Niederlage erlitten.).

3] *Über Gedichte aus London:* Wohl an W. Lishka, P. P. 23. 7. 45; Reg. III, 45/332.

4] *an Dr. Moenius:* Noch nicht bekannt.

5] *Dr. Moenius:* Als Assistent des Münchener Kardinals Faulhaber hatte der katholische Geistliche und Schriftsteller Georg Moenius (1890-1953) 1933 jene Adventspredigten mitverfaßt, in denen die Rassenverfolgung der Nationalsozialisten zum ersten Mal öffentlich angeprangert wurde. Moenius, der nicht wie Faulhaber durch sein Amt geschützt war, mußte fliehen. Er rettete sich zunächst nach Österreich und kam 1938 in die USA. Nach 1945 kehrte er, der in den dreißiger Jahren dem römischen Kreis um die Zeitschrift ›Der christliche Ständestaat‹ nahegestanden hatte, nach München zurück.

26. 7. 1945

1] *Atlee:* Der Jurist und ehemalige Dozent an der ›London School of Economics‹ Clement Richard Attlee (1883-1967), Oppositionsführer im Kabinett Churchill, wurde 1945 nach dem Wahlsieg der Labour-Party englischer Premierminister. 232

2] *vom Tode Valéry's:* Der französische Schriftsteller Paul Valéry (geb. 1871) war am 20. Juli 1945 in Paris gestorben. TM hatte ihn im Mai 1931 anläßlich seines Vortrags über *Die Stellung Freuds in der modernen Geistesgeschichte* im Germanistischen Institut der Sorbonne persönlich kennengelernt.

3] *Kriecks Nazi-Zeitschrift:* Die von dem Anthropologen und Pädagogik-Professor Ernst Krieck (1882-1947) im Sinne der NS-Doktrin 233 herausgegebene Zeitschrift ›Volk im Werden‹, in deren März-Heft 1937 (121-125) Krieck einen Schmäh-Artikel ›Agonie: Schlußwort zu Thomas Mann‹ veröffentlicht hatte. (Wieder abgedruckt bei Klaus Schröter, ›Thomas Mann im Urteil seiner Zeit‹, Hamburg 1969, 290-294). Vgl. auch TMs Antwort auf Walter von Molos ›Offenen Brief‹, P. P. 7. 9. 45; Reg. III, 45/395: »Als eine Art von Trophäe bekam ich kürzlich von amerikanischer Seite ein altes Heft einer deutschen Zeitschrift zugeschickt [...], herausgegeben von einem hochgestellten Nazi-Professor und Dr. h. c. [...] Es war eine bange Lektüre. Unter Leuten, sagte ich mir, die zwölf Jahre lang mit diesen Drogen gefüttert worden sind, kann nicht gut leben sein.« (Br. II, 444).

27. 7. 1945

233 1] *Verwerfung:* Die japanische Regierung hatte die Forderung nach bedingungsloser Kapitulation, die Großbritannien und die USA auf Grund ihrer in Potsdam gefaßten Entschlüsse zusammen mit der Forderung nach anderen Sanktionen wie Bestrafung der Kriegsverbrecher, Verkleinerung und Besetzung des Landes, Reparationen usf. am 26. 7. 45 erneut übermittelten, abgelehnt und damit die Voraussetzung für das Eingreifen der UdSSR in den pazifischen Konflikt geschaffen.

2] *Meldung von einem Berliner ›Hörspiel‹:* Vgl. ›Time Magazine‹, 6. 8. 45, 56, wo die Meldung zusammen mit TMs Stellungnahme vom 28. 7. 45 abgedruckt wurde: »Thomas Mann got a ›come home‹ plea from the Berlin Radio, which recalled his early warnings against Nazism and concluded: ›Today a new spirit sweeps through Germany. We need this new spirit. We need Thomas Mann‹.« Es ist anzunehmen, daß TM am Telefon statt ›plea‹ (= ›Antrag‹, ›Aufforderung‹) ›play‹ (= ›Spiel‹, im Zusammenhang mit ›Berlin Radio‹ als ›Hörspiel‹ gedeutet) verstand, denn ein ›Hörspiel‹ läßt sich nirgends nachweisen; die Stellungnahme, die derselbe ›Time‹-Artikel zitiert, redet nur von ›Einladung‹: »In Los Angeles the famed 70-year-old-author, a U.S. citizen since 1944, gently turned down the invitation. ›My home is here‹, he said. ›After all, I am an old man and my greatest force for good is in my writing‹«; und der bereits zitierte Antwort-Brief an Walter von Molo spricht ausschließlich von einem ›Ruf‹, der von Berlin aus ergangen sei: »Sie sind nicht der einzige, der diesen Ruf [nach Deutschland zurückzukehren] an mich richtet; das russisch kontrollierte Berliner Radio und das Organ der vereinigten demokratischen Parteien Deutschlands haben ihn auch erhoben, wie man mir berichtet, mit der stark aufgetragenen Begründung, ich hätte ›ein historisches Werk zu leisten in Deutschland‹.« (Br. II, 440).

28. 7. 1945

1] *Text der Berlin Einladung [...] meine Haltung [...] dargelegt:* 233
Vgl. TB 27. 7. 45, Anm. 2.

2] *an Guillemin:* Noch nicht bekannt.

3] *an Konst. Hallgarten:* An Constance Hallgarten, P. P. 28. 7. 45; Reg. III, 45/338.

4] *Pledge:* Verpflichtung.

5] *gegen die faszistische Agitation der Rankin, Smith, Reynolds:* Gegen die Aktivitäten des ›Committee on Un-American Activities‹. Dieser bereits 1938 vom ›House of Representatives‹ ins Leben gerufene Ausschuß zur Untersuchung ›unamerikanischer‹, d. h. gegen amerikanische Interessen gerichteter Tätigkeiten, war von Demokraten anti-Rooseveltscher Prägung beherrscht. Der erste Vorsitzende, Senator Martin Dies (s. TB 26. 3. 44, Anm. 4) und sein Stellvertreter, Senator John E. Rankin (1882-1960), vertraten stark isolationistische und auslandsfeindliche Tendenzen. Nach dem japanischen Überfall auf Pearl Harbour begannen gezielte Angriffe auf liberale und antineutralistische Kreise, vor allem in den Emigrantenhochburgen von New York oder Hollywood. Besonders die Zugehörigkeiten der Immigranten zu kommunistischen oder kryptokommunistischen Organisationen wurden durchleuchtet und die Recherchen und Verdachtsmomente in umfangreichen, weit zurückgreifenden Aktennotizen festgehalten. Die wachsenden Spannungen im Verhältnis der westlichen Alliierten, besonders der USA, zur Sowjetunion nach Beendigung des Krieges blieben nicht ohne Einfluß auf die Tätigkeiten des Ausschusses, dessen Rigorosität sich noch verstärkte, als er 1947 unter republikanische Kontrolle geriet.

6] *Smith:* Der ultrarechte Prediger und Politiker Gerald L. K. Smith (1898-1976).

7] *Reynolds:* Der demokratische Senator Robert Rice Reynolds (1884-1963). Zur Sache vgl. TM an Agnes E. Meyer, P. P. 14. 12.

45; Reg. III, 45/585: »[Es waren] amerikanische Wünsche zu befriedigen [...], eine Tischrede beim Dinner des ›In[ter]dependent Citizens Committee‹, einer sehr braven und nur allzu notwendigen antifaschistischen Corporation, deren Mitglied ich vor Schrecken über die Lage der Demokratie in diesem Lande geworden bin. Aber gerade bei solchen Gelegenheiten, in persönlicher Berührung mit den liberalen Kräften des Landes [...] faßt man wieder Mut und Vertrauen. So etwas gab es in Deutschland eben doch *nicht*, und man getröstet sich, daß die Smith und Rankins und Reynolds es nicht leicht haben werden, diesen klaren, festen und männlichen, dabei immer humoristisch durchheiterten Widerstand zu besiegen.« (Br. II, 462/463).

29. 7. 1945

234 1] *an die Meyer:* An Agnes E. Meyer, P. P. 29. 7. 45; Reg. III, 45/342.

2] *Verteilung der italienischen Kolonien:* Endgültig erst im Friedensvertrag von Paris, 10. 2. 1947, abgetreten.

3] *spielen Klavier:* S. TB 20. 7. 45, Anm. 7.

30. 7. 1945

234 1] *Albertsheim:* Der Wiener Pianist und Musikwissenschaftler Gerhard Albersheim (geb. 1902), 1939 aus Wien emigriert und seit 1940 als Lehrer am Conservatorium und der University of Southern California in Los Angeles tätig, hatte – nach einer Korrespondenz seit dem Jahre 1942 – TM 1944 durch Vermittlung von Alfred Neumann persönlich kennengelernt. Die Verbindung mit Albersheim gehörte zu jenen Bekanntschaften, die TM während seiner Arbeit am *Faustus*-Roman wichtig waren. – Zu der hier erwähnten Einladung schreibt Gerhard Albersheim in einem Brief an Anita Naef: »Der Abend fand nicht am 30., sondern am 31. 7. statt, wie Thomas Mann selbst in das Gästebuch meiner Frau eintrug mit der Bemerkung: ›Ein herrlicher Abend‹! (›O holde Kunst, ich danke dir dafür.‹). Der Pianist war der mir befreundete Jacob Gimpel. Mit der Sängerin, der Mezzosopranistin Belva Kibler, führte ich augenscheinlich – nach obigem Zitat aus ›An die Musik‹ zu schließen – zuerst Schubert-Lieder auf, ich glaube, auch die Kinder-Totenlieder von Mahler und dann wohl die beiden Bratschenlieder von Brahms mit der Bratschistin Karen Tuttle. Der Flötist war Walter Rubsamen, Professor am Music De-

partement von UCLA [...] aber ich erinnere mich nicht daran, was ich mit ihm spielte – vielleicht Telemann? Übrigens gaben wir genau ein Jahr vorher, auch am Namenstag meiner Frau, ein anderes Hauskonzert, nach dem Thomas Mann ins Gästebuch schrieb: ›Das war ein reicher, wunderschöner Abend. Glücklicher und dankbarer bin ich selten aus einer Gesellschaft geschieden.‹ Thomas Manns Bemerkung in der obigen Eintragung: ›Es schlägt 2.‹ erinnert mich daran, wie Frau Katia ihn wiederholt wegen der späten Stunde zum Aufbruch mahnte, er aber die Musik und die Atmosphäre so genoß, daß er bis zum Schluß blieb.«

31. 7. 1945

1] *einen gut geschriebenen Artikel aus der Hannover'schen Zeitung:* 234
In der Serie des ›Neuen Hannoverschen Kuriers‹ ›Sie waren verboten – nicht vergessen‹ erschien als dritter Beitrag – nach Artikeln über Stefan Zweig und Erich Kästner – am 13. 7. 45 (Jg. 1, 1945, No. 8, S. 3) der hier von TM gemeinte Beitrag von Dr. Friedrich Rasche ›Thomas Mann‹: »Er war – wenn dieser Superlativ ausnahmsweise einmal gestattet ist – einer der Verbotensten, aber dafür haben wir ihn auch am wenigsten vergessen. Als Thomas Mann 1933 Deutschland verließ [...], entzog er sich zwar der persönlichen Gefahr, doch zog er sich keineswegs aus dem geistigen Kampf zurück, den er als einer der wenigen deutschen Schriftsteller von Rang mit der ganzen dialektischen Schärfe seines Wortes gegen den Nationalsozialismus begonnen hatte und auch jetzt weiterführte. Schließlich wurde er, der deutsche Nobelpreisträger, weil er für ein besseres Deutschland seine Stimme erhob, als Landesverräter in Acht und Bann getan. – Wir lasen seine Bücher trotzdem. [...] Wir haben Thomas Mann nicht vergessen, wie er selbst Deutschland nicht vergessen hat. Immer wieder kam (auf der gleichfalls verbotenen Ätherwelle) seine Stimme zu uns, warnend, mahnend, aufrufend, bitter anklagend und das Ende prophezeiend, das nun über uns gekommen ist. In der Tiefe unserer Not hoffen wir ein wenig auch auf ihn. Und wir erwarten mit Ungeduld die Bücher, die ›drüben‹ entstanden sind und uns bisher nicht oder nur auf bedenklichen Schleichwegen erreichbar waren [...].«

1. 8. 1945

235 1] *an Car. Newton:* An Caroline Newton, P. P. 1. 8. 45; Reg. III, 45/344; TM/CN 40/41.

2] *an Konrad Kellen:* Noch nicht bekannt.

2. 8. 1945

235 1] *Valéry tot:* S. TB 26. 7. 45, Anm. 2.

2] *Mascagni tot:* Der italienische Komponist Pietro Mascagni (geb. 1863) starb am 2. 8. 1945.

3] *an Dr. Samson:* Noch nicht bekannt.

4] *Dr. Samson, Basel:* Nichts Genaueres ermittelt. Im TMA befindet sich das französische Schreiben eines J. P. Samson aus Zürich vom Januar 1937; und das Tagebuch vom 30. 11. 1935 vermerkt: »Besuch von dem französischen Kommunisten Samson.«

3. 8. 1945

235 1] *die Meißener Vase aus New York:* Das Geburtstagsgeschenk von Caroline Newton.

2] *von Klaus:* Rome, July 27 [1945]; im KMA: »Naturally I hope and expect to meet Schwesting – somewhere in the Old Country. At this point, however, dont't know where she is – not having heard from her since she left Weimar for Berlin about five weeks ago.«

3] *Potsdamer Dokument:* S. TB 15. 7. 45, Anm. 1.

236 4] *schon heute de facto selbständig:* Erst die Verfassung vom 2. 12. 1946 kodifizierte Bayerns politische Stellung als ›Freistaat‹, der allerdings nach Art. 23 des Grundgesetzes ein Gliedstaat der BRD ist.

5] *an Frau L. Pringsheim:* Noch nicht bekannt.

6] *Frau L. Pringsheim:* Die ehemalige SPD-Landtagsabgeordnete Lily Pringsheim-Vogt (1887-1965), geschiedene Frau des Physikers Ernst Pringsheim, eines entfernten Verwandten und Münchener Konsemesters von Frau Katia Mann, wurde 1946 aus den USA ausgewiesen und lehrte bis zu ihrem Tod an der Darmstädter Volkshochschule. (Näheres in TB 40-43, 861).

7] *[in] Time Magazine [. . .] Meldung:* S. TB 27. 7. 45, Anm. 2.

8] *Fredo:* Englische Schreibweise für den Enkel Frido.

4. 8. 1945

1] *Beilage:* Nicht erhalten. Zur Sache: Im nationalsozialistischen Deutschland wurden kinderreiche Mütter mit dem sog. ›Mutterkreuz‹ geehrt – einer ›Auszeichnung‹, die in drei Stufen verliehen wurde: in Bronze bei 4 und 5, in Silber bei 6 und 7, in Gold bei 8 und mehr Kindern. Der Volksmund sprach damals vom ›Kreuz der Nacht‹. 236

2] *Meißner:* Der Jurist Otto Meißner (1880-1953), ab 1920 Leiter des Büros des Reichspräsidenten, 1934-1945 Chef von Hitlers Präsidialkanzlei, ab 1937 Reichsminister; 1945 angeklagt, 1949 im Wilhelmstraßenprozeß freigesprochen.

3] *8 Seiten langes Telegramm:* Nicht im TMA. S. jedoch TMs Antwort an Joseph Publitzer, P. P. 8. 8. 45; Reg. III, 45/352; Text im Anhang S. 824 ff. 237

5. 8. 1945

1] *Buch von Reik:* Theodor Reik, ›Psychology of Sex relations‹, New York 1945; deutsch: ›Geschlecht und Liebe‹, Stuttgart 1950. 237

2] *an Rastede:* Noch nicht bekannt.

3] *Br. Franks Novellen:* Wahrscheinlich Bruno Franks Erzählungsband ›Die Monduhr‹, 1935.

4] *Manuskript:* Die Arltsche Übersetzung des Dostojewski-Essays.

6. 8. 1945

1] *zahlreiche deutsche Physiker:* Die mit dem Zeitpunkt der Eintragung übereinstimmende Quelle für diese Information konnte nicht ermittelt werden. Das Thema wurde jedoch in der amerikanischen Presse zunehmend diskutiert. Noch am 11. 8. 47 veröffentlichte die Zeitschrift ›New Republic‹ (24-27) einen Artikel von Seymour Nagan ›Top Secret: Nazis at work‹, der eine Namensliste von im Hochsicherheitsbereich der USA arbeitenden Deutschen zusammenstellte und kommentierte: »The War Department calls them ›top-flight German scientists‹ and has brought hundreds of them over here to work on secret weapons.« Der Bericht gab die Zahl der an geheimen Projekten arbeitenden Deutschen mit ca. 400 an. 237

2] *in Fontanes Briefen über Turgenjew:* In einem Brief an Emilie Fontane, Thale a. H. 9. Juli 1881: »... Gestern und heut hab ich wieder eine kleine Turgeniewsche Geschichte gelesen. Immer dieselbe

Couleur in grün. Ein Taubstummer, der erst seine Geliebte und dann seinen kleinen Hund ›Mumu‹ verliert. Danach heißt die Geschichte: Mumu. Die Geliebte wird an einen versoffenen Schuster verheirathet und Mumu wird ertränkt, ja der Taubstumme thut es selber; das ist so zu sagen Mumus letzte Ehre. Der Künstler in mir bewundert alle diese Sachen, ich lerne draus, befestige mich in meinen Grundsätzen und studire russisches Leben. Aber der Poet und Mensch in mir wendet sich mit Achselzucken davon ab. Es ist die Muse in Sack und Asche, Apollo mit Zahnweh. Das Leben hat einen Grinsezug. Er ist der richtige Schriftsteller des Pessimismus und man kann an diesem ausgezeichneten Talente wahrnehmen, welch häßliches Ding diese pessimistische Weltanschauung ist. Er hat Esprit und Geist, aber durchaus keinen erquicklichen Humor, überhaupt keinen Tropfen Erquicklichkeit. Das Tragische ist schön und selbst das blos Traurige will ich mir unter Umständen gefallen lassen; er giebt uns aber das Trostlose.«

7. 8. 1945

238 1] *Antwort:* S. TB 4. 8. 45.

2] *C-moll-Violin-Sonate von Grieg:* Edvard Grieg (1843-1907), Violinsonate c-Moll op. 45 (1887).

3] *P. E.:* Der Maler Paul Ehrenberg (1876-1949), mit dem TM in seiner frühesten Münchener Zeit eine sehr intensiv homoerotisch geprägte Beziehung verband (Näheres s. TB 1918-21, 652). In Erinnerung an den auch als Geiger bedeutenden Paul Ehrenberg konzipierte TM die Gestalt Rudi Schwerdtfegers, der im XXIII. Kapitel des *Faustus*-Romans die Grieg-Sonate c-Moll spielt. (GW VI, 266).

8. 8. 1945

238 1] *XXVIII. Kapitel:* GW VI, 366-378: Die Beschreibung des Musik- und Gesellschaftslebens in München um 1913/14, der Salons der Roddes und Schlaginhaufens mit den Breisacher-Diskussionen über Fortschritt und Barbarei, von TM in der *Entstehung*, Kap. XI, GW XI, 234, unter der Überschrift ›Die Verwirrungen des Barons von Riedesel‹ zusammengefaßt.

2] *Siegfr. Loewenthal:* Der Jurist Siegfried Loewenthal (1874-1951) kehrte gleich nach dem Krieg nach Europa zurück und war ab Oktober 1945 als Präsident des Landgerichts Groß-Berlin, später in West-Berlin tätig.

3] *›Royal Theatre Players‹:* Wahrscheinlich die Schauspieltruppe des 1927 gegründeten Royal Theatre, New York.

4] *Marion Walters:* Über die Schauspielerin Marion Walters ließ sich nichts Näheres ermitteln.

5] *die Vorlesung:* Die Vorlesung von Bruno Franks Novelle ›Die Monduhr‹ (1935) bei der Bruno-Frank-Gedächtnisfeier am 13. 8. 45 im Hause Mann. S. TB 13. 8. 45. 239

9. 8. 1945

1] *Die Ausschreitungen Liesl Franks:* Es geht um den »unersättlichen Ehrgeiz« Liesl Franks für den verstorbenen Bruno Frank, der sich in der Planung von öffentlichen Nachrufen und großen Gedenkfeiern äußerte. Einzelheiten hierzu in den Briefen von Katia Mann an ihren Sohn Klaus, P. P. 25. 7. 45 und 10. 8. 45; im KMA. 239

2] *Freundin Annettens:* Nicht ermittelt.

3] *Radio-Ansprache des Präsidenten:* ›Report to the Nation on the Berlin Conference‹, Trumans Rechenschaftsbericht über die Potsdamer Konferenz. Text in ›Truman speaks‹ a. a. O. 61-71.

4] *an Dr. Ben-Chorin:* An Schalom Ben-Chorin, 10. 8. 45; Reg. III, 45/356.

5] *Dr. Ben-Chorin:* Der Journalist und Schriftsteller Schalom Ben-Chorin, ursprünglich Fritz Franz Rosenthal (geb. 1913), emigrierte 1935, nach dreimaliger Verhaftung durch die Gestapo, nach Palästina, wo er zunächst als Buchhändler und Korrespondent, später als Religionswissenschaftler und Rabbiner tätig war.

10. 8. 1945

1] *Übergabe Japans:* Am 14. August 1945, acht Tage nach dem Abwurf der Atombombe auf Hiroshima, fünf Tage nach dem Fall der zweiten Bombe auf Nagasaki, erklärte sich die japanische Regierung offiziell bereit, die bedingungslose Kapitulation anzuerkennen. 239

2] *offenen Brief des W. von Molo:* Am 4. August hatte Walter von Molo in einem (zunächst von der ›Hessischen Post‹ publizierten und später vielfach nachgedruckten) durch TMs Statement *über die deutsche Schuld (= Die Lager*, GW XII, 951-953; s. dazu TB 14. 5. 45, Anm. 4) veranlaßten ›Offenen Brief‹ seinen einstigen Akademie-Kollegen »mit aller, aber wahrhaft aller Zurückhaltung, die uns [d. i. dem deutschen Volk] nach den furchtbaren zwölf Jahren auferlegt ist« gebeten, nach Deutschland zurückzukehren. Der von TM im TB zitierte Satz lautete: »Kommen Sie bald wie ein guter Arzt, der nicht nur die Wirkung sieht, sondern die Ursache der Krankheit sucht und diese vornehmlich zu beheben bemüht ist.« (Text bei Schröter, a. a. O. 334-336).

3] *W. v. Molo:* Der Schriftsteller Walter von Molo (1880-1958) war von 1926 an TMs Kollege in der Sektion für Dichtkunst an der Preußischen Akademie der Künste, von 1928-1930 deren Vorsitzender gewesen. Nach 1933 lebte er zurückgezogen auf seinem Hof in Oberbayern und erlangte nach 1945 – gemessen an seiner Publizität in den 20er Jahren – nur noch geringen literarischen Einfluß.

4] *Jüdische Herren:* Wahrscheinlich Dr. Isaac Steinberg mit einem Freund. S. TB 20. 8. 45.

240 5] *Mahlers 9. Symphonie:* Gustav Mahler, 9. Symphonie D-Dur (1912).

6] *von Humm:* Zürich, 23. 7. 45; im TMA.

11. 8. 1945

240 1] *an Car. Newton:* An Caroline Newton, P. P. 11. 8. 45; Reg. III, 45/358; TM/CN 41/42.

2] *›Empfang in der Welt‹:* Heinrich Mann, ›Empfang bei der Welt‹. Der Roman erschien postum im Aufbau-Verlag, Berlin 1956.

3] *Aufsatz der Rebecca West:* ›Yogi and Commissar‹, ›Time and Tide‹, London, vol. 26, No. 28 v. 14. 7. 45, 576-578; eine Besprechung des gleichnamigen Romans von Arthur Koestler (1905-1983).

4] *Rebecca West:* Die anglo-irische Schriftstellerin Cecily Isabel Andrews, geb. Fairfield (1892-1983), hatte unter ihrem Künstlernamen Rebecca West, an dem Band ›The Ten Commandments‹ (s. TB 13. 1. 44, Anm. 7) mitgearbeitet.

12. 8. 1945

240 1] *in Goldbergs fascistischem Buch:* Oskar Goldberg, ›Die Wirklichkeit der Hebräer‹, Berlin 1925. Das Buch steht, mit zahlreichen Anmerkungen TMs versehen, in der Zürcher Bibliothek. S. dazu TM an Ludwig Lewisohn, P. P. 19. 4. 1948; Reg. III, 48/203: »Breisacher ist der jüdische Faschist wie er im Buche steht, der jüdische Diener der faschistischen Epoche, wie Leben und Literatur ihn mir oft genug gezeigt haben. Vieles, was er sagt, steht in Gold-

bergs ›Wirklichkeit der Hebräer.‹« (D. ü. D. III, 158), zu Goldberg s. auch TB 27. 10. 45, Anm. 6.
2] *Vorbereitung:* Vgl. *Trauerrede auf Bruno Frank* (GW XIII, 865/866).

13. 8. 1945
1] *Buch von Powel Spring:* Powell Spring, ›A Nation's Gethse- 241
mane‹, Winter Park, 1945.

14. 8. 1945
1] *von Dial-Press:* Nicht im TMA. Vgl. jedoch TM an Agnes E. 241
Meyer, P. P. 14. 8. 45; Reg. III, 45/359: »Die Dial Press-Leute schrieben mir heute über ›Dostoevski – with moderation.‹ They like it tremendously and payed 1000 Dollars without grumbling.« (Kopie im TMA).
2] *Brief der Meyer:* Mount Kisco, 11. 8. 45; in der Library of Congress.
3] *Kapitulation Japans:* S. TB 10. 8. 45, Anm. 1.
4] *Rede Atleys:* In der Nacht vom 14. auf den 15. August gab der englische Premierminister Attlee in einer Radioansprache offiziell das Ende des Zweiten Weltkriegs bekannt: »Japan hat heute kapituliert. Der letzte unserer Feinde liegt am Boden [. . .] Auf dieser Welt herrscht endlich einmal wieder Friede. Laßt uns dem Allmächtigen für diese große Gnade danken. Es lebe der König.«
5] *Sammler Baily:* Harold James Baily in New York, dem TM, wie aus den in den Regesten verzeichneten Briefen hervorgeht, seit 1939 immer wieder Bücher signierte.
6] *an die Meyer:* Der in Anm. 1 zitierte Brief vom 14. 8. 85.
7] *Spengler:* Der Kulturphilosoph Oswald Spengler (1880-1936), dessen Hauptwerk ›Der Untergang des Abendlandes‹, 1919, TM beeindruckte (s. TB 22. und 25. 6. 1919: »Sehr gut, Gedanken und Brust weitend«, »höchst gefesselt«) und auf den *Zauberberg* einen gewissen Einfluß ausübte. TMs Verhältnis zu Spengler war jedoch von Anfang an kritisch: die »rigoros-schematische Art« (TB 23. 11. 1919), in der Spengler über Goethe sprach, rief seinen Widerspruch hervor, und das ihm von »Anfang an auffällige«, »widersprechende Verhältnis zu Nietzsche«, tat ein Übriges zu einer Entfremdung, die schon durch TMs spätere politische Entwicklung unvermeidbar war.

S. *Briefe aus Deutschland. Erster Brief* (1922, GW XIII, 260-272) und die leicht veränderte Fassung des Essays in *Über die Lehre Spenglers* (1924, GW X, 172-180).

15. 8. 1945

242 1] *Tschang-Kai-Shek:* Der chinesische Marschall und seit 1928 Präsident der chinesischen Republik Tschiang Kai-schek (1887-1975) beschuldigte die von Mao Tse-tung geführten Kommunisten, die sich – angesichts der japanischen Siege zu Beginn des chinesisch-japanischen Krieges 1937-45 – der Nanking-Regierung Tschiang-Kai-scheks unterstellt hatten, der eigenmächtigen Okkupation von bisher durch die Japaner besetzten nordchinesischen Territorien (Mandschurei). Der 1946 offen ausbrechende Bürgerkrieg zwang die Kuomintang Verbände Tschiang Kai-scheks 1948 zur Kapitulation. Der Marschall floh 1949 mit den Resten seiner Truppen nach Taiwan, wo er sich ein Jahr später zum Staatspräsidenten eines ›Nationalchina‹ wählen ließ.

2] *›Sowing the Wind‹:* Martha Dodd-Stern, ›Sowing the Wind‹, New York, 1945, deutsch: ›Die den Wind säen‹, Berlin 1946.

3] *Martha Dodd:* (geb. 1908), war die Tochter des amerikanischen Diplomaten Edward William Dodd, 1933-1937 Botschafter der USA in Berlin, dann unter Protest zurückgetreten. Erika Mann berichtet, Dodd habe heimlich ›aufsehenerregende Vorträge gegen das Hitlerregime‹ gehalten. Die Erzählung der Tochter fußt ganz offensichtlich auf den im Land selbst gemachten Erfahrungen, die auch in dem Buch ihres Vaters, ›Ambassador Dodd's Diary 1933-1937‹, das sie postum 1940 in New York herausgab, dargestellt sind – einem Dokument, dessen Publikation TM ausdrücklich befürwortet hatte. (S. TM an Martha Dodd, Princeton 7. 12. 40; Reg. II, 40/631; Br. II, 170/171).

16. 8. 1945

242 1] *Gedichte von Majut:* Rudolf Majut, ›Reimchronik‹. Das Manuskript – 85 lose Blätter mit Versen von 1930-1945 in einer vom Verfasser signierten Mappe – befindet sich in der Zürcher Bibliothek. Eine erweiterte Fassung erschien 1983 in Köln.

2] *Majut:* Der Schriftsteller und Germanist Rudolf Majut (1887 bis 1981) emigrierte 1933 nach Basel, von dort, nach einem Studium der evangelischen Theologie, mit Hilfe des Bischofs von Chichester, George Bell, 1939 nach England, wo er als Lehrer und Pfarrer, schließlich als Dozent und Professor für deutsche Literatur an der Universität Leicester wirkte.

3] *v. d. Leyen:* Nicht ermittelt.

4] *anti-russische Rede Churchills:* In seiner ersten Rede als Oppositionsführer gab Winston Churchill am 16. 8. 45 vor dem englischen Unterhaus eine abschließende Übersicht über die letzte Kriegsphase: »The Iron Curtain beginns to fall. Final Review of the War« (›Speeches‹, a. a. O. Bd. VII, 7209-7219). In dieser Ansprache beschwor er, nach einer erneuten Rechtfertigung der Atombombenabwürfe auf Hiroshima und Nagasaki, die Regierung, die Verhältnisse hinter dem Eisernen Vorhang richtig einzuschätzen und das Maß der persönlichen Unfreiheit und Unterdrückung in den Ländern des europäischen Ostens und des Balkans bei ihren politischen Entscheidungen mit zu bedenken. Das Problem der polnischen Westgrenze und der Vertreibung von Millionen Menschen aus den ehemals deutschen Gebieten apostrophierend, sagte Churchill wörtlich: »it is not impossible that tragedy on a prodigous scale is unfolding itself behind the iron curtain which at the moment divides Europe in twain. [...] Communist forces have obtained, or are in process of obtaining dictatorial powers. [...] Our ideal is government of the people by the people, for the people – the people beeing free without duress to express, by secret ballot without intimidation, their deep-seated wish as to the form and conditions of the Government under which they are to live.« (7214/7215).

5] *Faustbuch:* ›Doctor Johann Faust. I. Faust und seine Vorgänger (Theophilus, Gerbert, Virgil etc.). Zur Geschichte, Sage und Literatur; II. G. R. Widman's Hauptwerk über Faust. Vollständig und wortgetreu; III. Faust's Höllenzwang – Jesuitarum libellus, oder der gewaltige Meergeist. Miracul-, Kunst- und Wunderbuch. Schlüssel zum Höllenzwang; IV. Wortgetreuer Abdruck der ersten Auflage des ersten Buches über Faust von 1587. (Bisher in Zweifel gezogen, nun aufgefunden).‹ Von J(ohannes) Scheible, 4 Bände, Stuttgart 1846-1849.

17. 8. 1945

242 1] *Nekrolog Gides:* Wohl André Gide, ›Le Rayonnement de Paul Valéry‹, ›Le Figaro‹, Paris 25. 7. 1945.

2] *an Majut:* An Käthe Majut, P. P. 17. 8. 45; Reg. III, 45/361.

3] *Eisler:* Der Komponist und Schönberg-Schüler Hanns Eisler (1898-1962), von 1928-33 gemeinsam mit Bertolt Brecht an der marxistischen Arbeiterschule in Berlin tätig, emigrierte 1933, kam 1938 in die USA und lebte seit 1942 in Hollywood, wo er Filmmusiken schrieb und zeitweilig als Professor an der University of Southern California unterrichtete. 1948 kehrte er – nach mehreren Verhören durch das ›Committee on Unamerican Activities‹ aus den USA ausgewiesen – nach Europa zurück und siedelte 1950 in die DDR über.

243 4] *Artikel von M. George:* ›Der Tag des Friedens. 14. August 1945‹. ›Aufbau‹, vol. XI, No. 33 v. 17. 8. 45, 1/2: »Überall in der Welt steigt in diesen Stunden der Jubel zum Himmel. Das ist das Wundervolle: wir hier in Amerika sind mit unserer Freude nicht allein. Die ganze zivilisierte Welt teilt sie mit uns, hat sie mit uns zusammen sich erobert und verdient. Der letzte große Anschlag auf die Würde und die Freiheit des Menschengeschlechts ist erstickt. Dem totalen Krieg unserer Feinde ist unser totaler Sieg über sie gefolgt. [...] Der Krieg ist zu Ende. Der Friede beginnt. Täuschen wir uns nicht: Wenn wir aus dem Glück des Sieges auftauchen, wenn wir auf die Welt sehen werden, die am Ende dieser Kämpfe geblieben ist, dann wissen wir, daß wir vor einer neuen gigantischen Kraftanstrengung stehen, vor der Gewinnung des Friedens. [...] Denn nur wenn [wir] weiter am Kampf um eine bessere Welt beteiligt bleiben, wird dieser Krieg einen Endsinn gehabt haben. Und dieser Kampf wird lange, schwere Jahre dauern. Fünf Erdteile sind zu ordnen. [...] Möge aus Trümmern und Rauch und aus der Erinnerung an unzählige Gräber der unerschütterliche Wille aller Gutgesinnten aller Völker und Rassen aufsteigen: Nie wieder Krieg.«

18. 8. 1945

243 1] *Artikel von Korrodi:* Eduard Korrodi, ›Gruß an Thomas Mann‹, ›Neue Zürcher Zeitung‹, 6. 6. 45, M. A.

2] *Dr. Ucker:* Der Volkswirt Paul Ucker war seit 1944 Redakteur des ›Swiss Journal‹ in San Francisco. S. Paul Ucker an TM, San Francisco, 28. 6. 44; im TMA.

3] *an jenen:* Der Brief an Paul Ucker ist noch nicht bekannt.

4] *Mrs. Wells:* Isabel Wells; vgl. *Entstehung,* Kap. XI, GW XI, 235: »Musik gab es auch in dem Haus einer gastfreien Mrs. Wells in Beverley Hills.«

5] *Gimbel:* Der »glänzend begabte« (GW XI, 235) jüdisch-polnische Pianist Jakob Gimpel (geb. 1906), Schüler von Alban Berg und Eduard Steuermann, war 1938 aus Österreich über England in die USA emigriert und lebt seit 1939 in Los Angeles.

19. 8. 1945

1] *Stawrogins Beichte:* Ein zunächst unterdrücktes Kapitel aus 243
Dostojewskis Roman ›Die Dämonen‹, das in der Dostojewski-Ausgabe der ›Modern Library‹, New York 1936, erstmalig in englischer Sprache erschien. TM war von Agnes Meyer auf dies Kapitel aufmerksam gemacht worden. Vgl. TM an Agnes E. Meyer, P. P. 25. 8. 45; Reg. III, 45/376: »Es ist wirklich ein tolles und packendes Stück Schrifttum, wenn auch seine Kühnheit nur der Sache nach, stofflich, über das bei Dostojewski Gewohnte hinausgeht. Von der ›Modern Library‹ finde ich es sehr tapfer und liberal, daß sie es mit eingeschlossen hat. Ich hätte das wohl wissen müssen, und etwas komisch muß es wirken, daß ich in meinem Vorwort von etwas längst Bekanntem so geheimnisvoll und aus persönlicher Unkenntnis spreche. Nun, es macht nichts. Die Herren von der Dial Press haben es nicht beachtet, und die Kritiker ihrer Ausgabe haben eine Gelegenheit, ihre Bildung zu zeigen.« (Br. II, 438).

2] *an Dr. Reuter:* An Ernst Reuter, P. P. 19. 8. 1945; Text in ›Ernst Reuter, Artikel – Briefe – Reden‹, Bd. 2, Berlin 1973, 589/590: »Meiner Bewunderung Ihres guten Willens, die ›schlechten Tage‹ Deutschlands (was für die nächsten zehn Jahre noch ein milder Ausdruck sein mag) tätig zu teilen, sind Sie sicher. Ich gestehe offen, daß mir vor den deutschen Trümmern, den steinernen und den menschlichen, graut, und auch, daß mich die mehr oder weniger offiziellen Ermahnungen zur Rückkehr, die mich jetzt aus Deutschland erreichen [. . .], irgendwie unlogisch anmuten.«

3] *Dr. Reuter:* Der sozialdemokratische Politiker Ernst Reuter

(1889-1953), seit 1931 Oberbürgermeister von Magdeburg, emigrierte 1933 nach Ankara, wo er bis 1945 als Professor für Kommunalwissenschaften lehrte. 1946 kehrte er nach Deutschland zurück und übernahm das Amt zunächst des Oberbürgermeisters von Berlin, ab 1951 das des Regierenden Bürgermeisters von West-Berlin. – Die Korrespondenz zwischen TM und Ernst Reuter begann mit einem Schreiben Reuters vom 17. 3. 43 (Reuter, Bd. 2, a. a. O., 520-525), dessen Erhalt TM am 29. 5. 43 im TB notierte: »Langer Brief des [...] Reuter [...], den Wunsch entwickelnd, daß ›wir alle‹ [i. e. die über die Welt verstreuten deutschen Emigranten] einen von mir verfaßten Aufruf an das Volk von Deutschland richten sollten, mit der Versicherung, wir seien bereit, ihm bei dem schweren Geschäft seiner Wiederherstellung behilflich zu sein, und mit der Ermahnung, seine Ketten abzuschütteln. Gut gemeint und fragwürdig.« Übereinstimmend mit dieser Einschätzung antwortete TM am 24. 6. 43 (Reg. III, 43/163; Reuter, a. a. O., Bd. 2, 530/531), mit einem ablehnenden Schreiben: »Ich war immer der Meinung, daß diese führenden Kräfte [für den Wiederaufbau] aus dem Inneren Deutschlands kommen müssen«, zumal die Deutsche Emigration, die zum großen Teil »nicht eindeutig auf Überzeugung, sondern auf Zwang« beruhe (»man muß den jüdischen Anteil wohl auf achtzig bis neunzig Prozent schätzen«), nur teilweise auf das Vertrauen des deutschen Volkes rechnen könne. Hinzu käme die Schwierigkeit, daß die Exiliierten »nicht im Einverständnis mit den Regierungen der Länder, in denen wir leben«, sprächen und »keinerlei Sicherheit« über deren Absichten hätten. – Diesen ablehnenden Standpunkt gegenüber einer Position, die im Lager der Emigranten weltweit zu erregten Debatten und in den USA schließlich zur umstrittenen Gründung des ›Council for a Democratic Germany‹ (s. TB 1. 4. 44, Anm. 1) führte, wiederholte TM in seiner Antwort auf einen zweiten »ergreifenden Brief« Reuters am 29. 4. 44 noch einmal. (Reg. III, 44/159; Br. II, 364-366). Die Reuter-Briefe vom 25. und 26. 11. 43 sind a. a. O., Bd. 2, 553-556, abgedruckt.

4] *›Abdias‹:* Adalbert Stifters (1805-1868) im vierten Band der ›Studien‹ 1847 enthaltene Novelle.

5] *über den Provider:* ›Joseph up to Date. Joseph the Provider by Thomas Mann‹, ›The Times Literary Supplement‹, vol. 44, 1945, 7. 7. 45, S. 317.

6] *das ›Schöne Mädchen‹:* Lorilott Wiedmann, verh. Clark, (geb. 1921), eine Stieftochter von Paul Huldschinsky.

7] *to whom it may concern:* Zeugnis oder Empfehlungsschreiben ohne bestimmten Adressaten.

20. 8. 1945

1] *an Fiedler:* An Kuno Fiedler, P. P. 20. 8. 45; Reg. III, 45/366; 243
Bl. TMG No. 12, 17/18.

2] *Cynthia:* Cynthia Sperry; s. TB 22. 6. 1945, Anm 3

3] *Dr. Steinberg:* Der aus Rußland stammende Jurist und sozialkritische Publizist Isaac Nachman Steinberg (1888-1957) war bereits in den zwanziger Jahren aktiv für einen jüdisch-arabischen Staatenbund in Palästina eingetreten und wirkte nach 1933 zunächst von London, später von Kanada und Australien aus in verschiedenen Positionen, u. a. als Geschäftsführer der ›Freeland League für Jewish Territorial Colonization‹ im Sinne der Idee von kulturell autonomen jüdischen Siedlungen mit genossenschaftlich landwirtschaftlich-industriellem Programm z. B. in der australischen Provinz Kimberley und in Niederländisch Guayana. TM gewährte Steinberg, wie seine Briefe an Freda Kirchwey (Reg. III, 45/409), Robert Sherwood (45/412), Henry Agard Wallace (45/415) und Sumner Welles (45/416) zeigen, die ihm mögliche Unterstützung, indem er das Projekt dem Interesse der o. g. Adressaten und ihrer Institutionen empfahl.

21. 8. 1945

1] *das XXIX. Kapitel:* Die anläßlich des Münchener Faschings 244
1914 angestellten Meditationen Zeitbloms über die weiteren Schicksale der Schwestern Rodde, Ines' Bindung an Helmut Institoris sowie die Vorbereitungen auf die Schwerdtfeger-Katastrophe. (GW VI, 378-398).

2] *an Lion:* Noch nicht bekannt.

3] *bei F. Baader:* S. *Entstehung,* Kap. XI, GW XI, 237. TM fand in Scheibles Faustbuch (s. TB 16. 8. 45, Anm. 5) einen Aufsatz von Dr. Carl Rosenkranz ›Über Calderons Tragödie vom wundertätigen Magus. Ein Beitrag zum Verständnis der Faustischen Fabel‹, in dem aus Baaders ›Vorlesungen über religiöse Philosophie‹ die Äußerung über das ›Eisige‹ des Teufels zitiert wird: »Der wahre

Teufel muß die äußerste Erkältung seyn. Er muß [...] die höchste Genügsamkeit in sich selbst, die extreme Gleichgültigkeit, sich selbst genießende Verneinung seyn. Es ist nicht zu leugnen, daß eine solche Erstarrung der leeren Selbstgewißheit, welche allen Inhalt außer diesem Sich-Haben von sich ausschließt, die vollendete Nullität ist, der alles Leben mit Ausnahme der stechendsten Egoität entwichen ist. Aber eben durch dies Eisige würde die Darstellung des Teuflischen in der Poesie unmöglich gemacht. Hier kann nicht eine Entblößung von *allem* Pathos eintreten, sondern ist zum Handeln ein Interesse des Satans nothwendig, dessen Äußerung eben als *Ironie* über die Wirklichkeit erscheint...« (a. a. O. Band III, Achtzehnte Zelle, Kap. II, 359/360)

22. 8. 1945

244 1] *Artikel von Molo:* S. TB 10. 8. 45, Anm. 2.

23. 8. 1945

244 1] *Heinz Pringsheim:* Der Musikologe Heinz Pringsheim (1882 bis 1974), ein Bruder von Frau Katia Mann, hatte unter dem NS-Regime Berufsverbot und lebte zurückgezogen in Oberbayern. Von 1945-1950 leitete er die Musikabteilung von Radio München und arbeitete als Musikkritiker für die ›Süddeutsche Zeitung‹.

24. 8. 1945

245 1] *an die Herz:* An Ida Herz, P. P. 24. 8. 45; Reg. III, 45/375.

2] *Sacre du Printemps:* Igor Strawinskys Ballett ›Le sacre du Printemps‹ (›Das Frühlingsopfer. Bilder aus dem heidnischen Rußland‹) 1911-1913.

3] *Pines of Rome:* Ottorino Respighis ›Sinfonische Dichtung‹ ›Pini di Roma‹ (1924).

25. 8. 1945

245 1] *von Klaus:* Rome, August 17, 1945; im KMA. In diesem Brief legte KM den Eltern – mit ausführlicher Diskussion des ›Für‹ und ›Wider‹ in jedem Punkt – die drei Alternativen seiner Zukunftsplanung mit der Bitte um Rat vor:

1. Normale Entlassung aus der Armee in den USA.
2. Bitte um Entlassung aus der Armee in Europa mit dem Ziel, dort zu bleiben und dort zu arbeiten.

3. Entlassung aus der Armee in den USA mit der Möglichkeit, als Zivilist möglichst umgehend nach Europa zurückzukehren.

Zunächst jedoch wurde KM – noch in Diensten der US-Armee – als Berichterstatter von ›Stars and Stripes‹ nach Nürnberg entsandt: »I am due to leave for Nuernberg within the next week, to ›cover‹ the war criminal trial [...]. Erika, from whom I have heard at last, seems to be on her way to Nuernberg too. So the reunion may finally take place.«

2] *›Diskussion‹ über mich:* Vgl. Alfred Kerrs Rede ›Je nach Temperament und Weltanschauung‹ im PEN-Club, London, 1945. Das Konzept ist im Alfred-Kerr-Archiv in der Berliner Akademie der Künste erhalten: »Wir sind ein literarischer Verein – Der 70. Geburtstag Th. M. soll nicht unbegrüßt vorübergehn. – Wir wollen verschied. Meinungen das Wort geben – ebenso rein verehrenden – wie mehr kritisch. – Es sind mehrere Sprecher für *kurze* Ansprachen vorgesehn. Dann soll Meinungsaustausch erfolgen.«

3] *an die Meyer:* An Agnes E. Meyer, P P. 25. 8. 45; Reg. III, 45/376. Br. II, 438/439.

26. 8. 1945

Der TB-Text ist von »zum Abendessen« bis »K. bei mir« seitlich rot angestrichen.

1] *Prof. Hänsel:* Wohl der österreichische Literat und Gymnasialprofessor Ludwig Haensel (1886-1959), später Vizepräsident der österreichischen UNESCO-Delegation. – Der Brief TMs an ihn ist nicht bekannt, auch der Zusammenhang konnte nicht ermittelt werden. 245

2] *Büchersendungen:* Aus einem Brief TMs an Emil Preetorius vom 23. 10. 45; Reg. III, 45/491, geht hervor, daß »Pree« zwei Bücher geschickt hatte: eines von sich selbst, das andere über sein Werk. Ob und in welchem Zusammenhang diese Sendung hier gemeint ist, war nicht zu ermitteln.

27. 8. 1945

1] *Peter Salm:* Der 1919 in Deutschland geborene spätere Professor für deutsche und vergleichende Literaturwissenschaft in Cleveland/Ohio, Peter Salm, emigrierte 1933 nach Italien und 1938 in die USA. Von 1942-46 tat er Dienst beim Counter Intelligence Corps (Spionageabwehrabteilung) der 3. US Army, u. a. auch im besetzten Deutschland. 246

2] *Briefe von Vikkos Frau:* Die Briefe von TMs Schwägerin Nelly Mann, geb. Kilian, befinden sich nicht im TMA. Zur Sache s. jedoch: TM an Peter Salm, P. P. 4. 9. 45; Reg. III, 45/385. Es fällt auf, daß Viktor Mann in seinem Buch ›Wir waren Fünf‹, Konstanz 1949, nichts von einer Verhaftung berichtet. Auch des Mittelsmanns Peter Salm wird dort nicht gedacht.

3] *Prospekt einer Stockholmer Geburtstagsfeier:* S. GBF an TM, 21. 8. 1945; TM/GBF 407: »Beiliegend sende ich Ihnen zwei Kopien einer kleinen Programmschrift, die der Verlag in Stockholm anläßlich seiner Festveranstaltung zu Ihrem 70. Geburtstag herausgebracht hat.«

4] *Nachruf auf Werfel: Franz Werfel †,* (GW X, 500-502).

28. 8. 1945

246 1] *Die diplomatische Sensation:* Der Abschluß eines sowjetisch-chinesischen Freundschaftspakts, der die Verhältnisse in der Mandschurei sowie die Benutzung des Hafens Darien und der Eisenbahnlinien regelte, erfolgte bereits am 14. August. Er blieb aber ohne Einfluß auf das Vorgehen der kommunistischen Mao-Truppen und vermochte im Endeffekt nicht, den Sturz Tschiang Kai-scheks aufzuhalten. S. auch TB 15. 8. 45, Anm. 1.

2] *Mac Arthur:* Der amerikanische General Douglas MacArthur (1880-1964) war ab 1942 Oberbefehlshaber der alliierten Streitkräfte im Südwestpacific und nahm 1945 die Kapitulation Japans entgegen.

3] *Bloßstellung Schachts:* ›Hjalmar Schacht – ein Kriegsverbrecher‹. Ein Interview mit Max Immanuel, kommentiert von Manfred George, ›Aufbau‹, vol. XI, No. 34 v. 24. 8. 1945, S. 1 und 2.

29. 8. 1945

247 1] *Lotte Lehmann:* Die Sängerin Lotte Lehmann (1888-1976) gehörte bis 1938 der Wiener Staatsoper an. Sie hatte nach 1933 in Deutschland Auftrittsverbot und emigrierte nach der Besetzung Österreichs in die USA, wo sie in Santa Barbara/Kalifornien eine Musikakademie gründete.

2] *Abbé Mönius:* Der Abbé Dr. Georg Moenius (s. TB 25. 7. 45, Anm. 5) war ein naher Freund von Alma und Franz Werfel.

3] *›nie dabei‹:* Alma Mahlers von TM bezeugter Ausspruch; sie sei bei den Beerdigungen ihr Nahestehender ›nie dabei‹.

4] *Sie diktierte:* Vgl. Alma Mahler-Werfel, ›Mein Leben‹, Frankfurt 1960, Eintrag v. 2. 9. 45: ›Die nächsten Tage bis zum Leichenbegängnis, das ich nicht mitmachte, vergingen fast unbewußt. [...] Da das letzte Buch Franz Werfels nicht fertigdiktiert war, las ich in lichten Momenten die letzten Kapitel und begann schon am zweiten Tage daraus zu diktieren, von Weinkrämpfen unterbrochen, während der feierlichen Handlung, die abseits von mir und ohne jede rituelle Form vor sich ging« (364).

5] *über den fatalen Zustand der Alma. (›August‹):* Zusammenhang undurchsichtig. August Hess war Freund und Butler im Hause Werfel.

6] *seines Hauses:* Bruno Walter hatte ein Haus in Beverly Hills erworben, in dem er gemeinsam mit seiner Tochter Lotte bis zu seinem Tode, 1962, wohnte.

30. 8. 1945

1] *Geburtstagsbrief von Molo:* Nicht erhalten. *247*

2] *an Friedenthal:* Noch nicht bekannt.

3] *Friedenthal:* Der Schriftsteller, in späteren Jahren vornehmlich Biograph, Richard Friedenthal (1896-1979), bis 1933 Verlagsleiter von Knaur, erhielt 1933 Schreibverbot. Er emigrierte 1938 nach England und arbeitete nach vorübergehender Internierung bei der BBC. 1951 kehrte Friedenthal als Redakteur und Verlagsleiter in die Bundesrepublik zurück, siedelte jedoch 1956 endgültig nach London über.

4] *von Basler gesandte Aufsätze:* Otto Basler, ›Thomas Mann und das alte Testament: Thomas Manns biblische Gestalten‹, ›Schweizer Annalen‹, H. 2/1945, 170-172, und: Hermann L. Goldschmidt, ›Thomas Mann und das Alte Testament: »Joseph und Moses«‹, ebd. 172-176. Vgl. TM an Otto Basler, P. P. 1. 9. 45; Reg. III, 45/380: »Es sind beides vortreffliche Arbeiten – der eine auf seine herzlich positive, der andere auf – nicht gänzlich negative Art. Denn sehr höflich, im Ausdruck elegant und zu allerlei Anerkennung bereit bleibt ja doch der leider! verletzte Herr. Aber daß er in der Moses-Geschichte einen Haßausbruch gegen das Judentum sieht, hat mich doch vollkommen verblüfft, weil eine solche Auslegung mir noch nie vorgekommen war. Das Wort ›Pöbelvolk‹ stammt ja aus der Luther'schen Übersetzung des *Zweiten Buches*

Moses, wo es immer wieder vorkommt und mit ›halsstarrig Volk‹ abwechselt. ›Gehudel‹ habe ich zum Spaß hinzugefügt; aber die Klage und Frage des Mose vor Gott, wie er eigentlich dazukomme, dies Volk auf den Schultern zu tragen, als ob er es geboren hätte, ist ja wörtlich der Bibel entnommen. Und ›Pöbelvolk‹ heißt einfach: Menschenvolk. An spezifisch Jüdisches ist da gar nicht gedacht. [...] Es ist schade, und gewissermaßen inhuman, daß man die beiden Artikel nicht in umgekehrter Reihenfolge gedruckt hat. Kommt doch auch vor Gericht zuerst der Staatsanwalt und dann der Verteidiger.« (*Altes und Neues*, Frankfurt 1953, 749/750).

5] *Goldschmidt:* Der jüdische Religionsphilosoph Hermann Levin-Goldschmidt (geb. 1914 in Berlin) lebt seit 1938 in Zürich. Dort gründete er 1951 das Jüdische Lehrhaus und leitete es bis 1961.

6] *Versuch mit älteren Aufsätzen:* S. TM an Gerard W. Speyer, P. P. 3. 9. 45; Reg. III, 45/382: »Ich tue gewiß dem Office of War Information mit Vergnügen jeden Gefallen und habe ihm zum Beispiel gerade eben einen kurzen Nachruf auf den verstorbenen Franz Werfel übergeben zur Benutzung in der deutschen Presse. [...] Ich schicke Ihnen einen anderen kleinen Nekrolog über [...] Bruno Frank, der sich auch vielleicht für Ihre Zwecke gebrauchen läßt. – Der im Jahre 1938 entstandene Artikel ›Der Bruder‹, [...] existiert im deutschen Manuskript leider nicht mehr. Er ist unter dem schlechten Titel ›Bruder Hitler‹ seinerzeit in Schwarzschilds ›Tage-Buch‹ [...] erschienen. Ich werde in New York [bei Knopf] Versuche anstellen, es ausfindig zu machen und es Ihnen zukommen lassen. [...] – Es ist sehr merkwürdig und fast beunruhigend, was Sie mir über die Rolle sagen, die ich heute in der Phantasie des deutschen Publikums spiele. Für mein Teil habe ich eine große Scheu vor dem Land, vor seinen Trümmern, den steinernen und den menschlichen. [...]« (Kopie im TMA).

31. 8. 1945

248 1] *von Klaus:* An Katia Mann, Rome, August 19 [1945]; im KMA: »To make it short, I have decided to get myself demobilized here in Europe and to stay in this continent for at least four or five months after my discharge – with the city of Rome as my headquarters. The film project [die Arbeit – gemeinsam mit Federico Fellini – am Drehbuch zum Rossellini-Film ›Paisa‹] seems

to be pregnant with interesting potentialities. Besides, there is the Europe book I would like to write and for which I need material; there are all those places and people I still want to see: there are plenty of reasons.«

2] *an Byrnes:* An James Francis Byrnes, Secretary of State, P. P. 4. 9. 45; Reg. III, 45/384.

3] *Byrnes:* Der demokratische Politiker James Francis Byrnes (1879 bis 1972), von 1945-1947 Außenminister der USA.

4] *Anna Karenina-Aufsatzes:* Die vom 26. 6. - 13. 7. 1939 in Noordwijk geschriebene Einleitung zu einer amerikanischen Ausgabe des Tolstoi-Romans, New York 1939. TM beabsichtigte, den deutsch zuerst in ›Mass und Wert‹, Jg. 3, H. 4 Mai/Juni 1940, 458 bis 473, publizierten Essay *›Anna Karenina‹* (GW IX, 622-639) in die Sammlung *Adel des Geistes, Sechzehn Versuche zum Problem der Humanität,* Stockholm 1945, aufzunehmen.

5] *Ecksteins Wiener Erinnerungen:* Friedrich Eckstein, ›Alte unnennbare Tage‹. ›Erinnerungen aus siebzig Lehr- und Wanderjahren‹, Wien, Leipzig, Zürich, 1936.

1. 9. 1945

1] *Presse-Anfragen:* UP hatte am 1. 9. 45 folgende Meldung aus Berlin verbreitet: »A Soviet approved German committee under the name of ›victims of fascism‹ appealed publicly today to Thomas Mann, [. . .] to return to his native Germany. The Soviet-controlled Communist and Christian Democratic party newspaper published a resolution [. . .] which said: ›You are one of the greatest and ablest sons of the German people. We believe you now have a historic work to accomplish in Germany. We need your help. You belong to us.‹« UP berichtete am gleichen Tag aus Santa Monica: »Mr. Mann has no intention of returning to Germany to live, although he may visit there when travel conditions permit, he said today. The 70-year old author whose books were burned and scholastic honors rescinded by Hitler, has established a home here on the Palisades overlooking the Pacific Ocean.« Andere Zeitungen zitierten das Interview offenbar ausführlicher und gaben damit den Anlaß zur Polemik von Max Barth u. a. s. TB 17. 9. 45, Anm. 1. *248*

2] *Berta Morena:* Die Sopranistin und Wagner-Sängerin Berta Morena (1878-1952) gehörte 1898-1923 der Münchener Oper an und war TM aus dieser Zeit wohlbekannt. Vgl. zu dem Berta Morena betreffenden Bittgesuch: TM an Mrs. William J. Hammerslough, P. P. 5. 9. 45; Reg. III, 45/390: »I have always greatly admired [her artistry] and [her] sad fate distresses me very much. – I can assure you that I will do everything in my power to induce the occupation authorities in Germany to do something on behalf of this meritorious woman who was treated so inhumanly by the Nazis.« (Im TMA)

3] *an Basler:* An Otto Basler, P. P. 1. 9. 45; Reg. III, 45/380.

4] *Eckstein über Palestrina:* ›Palestrina-Kult im alten Wien‹, Eckstein a. a. O. 91-98.

2. 9. 1945

248 1] *an Molo:* An Walter von Molo, P. P. 7. 9. 45; Reg. 45/395; unter dem Titel *Warum ich nicht nach Deutschland zurückgehe* zunächst im ›Aufbau‹, vol. XI, No. 39 v. 28. 9. 45, dann von vielen Zeitungen nachgedruckt. Text: GW XII, 953-962. Vgl. auch *Entstehung,* Kap. XI, GW XI, 236: »die Antwort nach Deutschland [...] war nicht länger zurückzustellen, und wenn ich mich mit einigem Seufzen daranmachte, so drängte doch, wie damals, als ich aus Zürich an die Bonner Fakultät schrieb, vieles zur Sprache, was hier Gelegenheit hatte, eine haltbar dokumentarische Form anzunehmen.«

2] *über Bruckner:* Der fünfte Teil von Ecksteins Erinnerungsbuch, a. a. O. 137-182, ist Anton Bruckner gewidmet.

3] *Marc Anton:* Die Leichenrede des Antonius in Shakespeares Drama ›Julius Caesar‹, 3. Akt, Szene 2.

249 4] *Zum Zeichnen des ›Bemm‹:* Nach Auskunft von Frau Gret Mann betrieb TM diese Studien, weil er für seinen Enkel Frido den polnischen Cellisten Stanislav Bem zeichnen wollte, der sich oft im Haus von Michael Mann einfand, um mit dem Hausherrn und Freunden Quartett zu spielen. Der kleine Frido liebte diesen Musiker so sehr, daß er seinen Großvater ständig um ›Bem‹-Skizzen bat, die dieser dann nach den Erzählungen des Enkels und nach eigenen generellen Beobachtungen wie den hier erwähnten anfertigte, ohne das ›Urbild‹ persönlich zu kennen.

3. 9. 1945

1] *Brief nach Deutschland:* Der Brief an Walter von Molo. 249

2] *Strindbergs Blaubuch:* August Strindberg, ›Ein Blaubuch. Die Synthese meines Lebens‹, 2 Bände, Leipzig 1908, Strindbergs Werke, Deutsche Gesamtausgabe, Abt. Wissenschaft und Philosophie, Bd. 4 und 5. Die Bände sowie ›Ein drittes Blaubuch nebst dem nachgelassenen Blaubuch‹ (a. a. O. Bd. 17) stehen in der Zürcher Bibliothek.

3] *Surrender Ceremony:* Der japanische Außenminister Shigemitsu und ein General unterzeichneten am 2. 9. 45 auf dem Flaggschiff General MacArthurs in der Bucht vor Tokio die Kapitulationsurkunde.

4. 9. 1945

1] *von Golo mit Beilage von Reisiger:* An Katia Mann, Luxemburg, 19. 8. 45. Die Beilage ist nicht erhalten. Der Inhalt geht jedoch aus Golo Manns Brief hervor: »The enclosed letter of Reisiger might as well have been written in that way, had I seen him last the day before yesterday instead of in 1937. Could I help him a little? That's how they are. – I saw a letter of the secretary of the newly established Bavarian Schutzverband: every member should fill out questionaries and get in shape as soon as possible, ›damit unser verehrter Präsident Thomas Mann bei seiner Rückkehr schon eine arbeitsfähige Organisation vorfindet.« 249

2] *Der Münchener S. D. S.:* Der Schutzverband deutscher Schriftsteller, eine 1909 gegründete gewerkschaftliche Interessengemeinschaft, war 1933 ›gleichgeschaltet‹ und in die Reichsschrifttumskammer überführt worden. TM war vor 1933 Präsident der Bayerischen Sektion gewesen.

3] *Ausstellung in Moskau:* Nicht ermittelt.

4] *Haushofer:* S. TB 5. 5. 45, Anm. 10.

5. 9. 1945

1] *von Erika:* Wohl: an Katia Mann [aus Deutschland], 22. 8. 1945, EM Br./Antw. I, 206-208. 249

2] *über ›Charlotte à Weimar‹:* Robert Kemp, ›Thomas Mann: Charlotte à Weimar‹, ›Les Nouvelles Littéraires‹, Jg. 24, No. v. 3. 5. 1945.

3] *in der ›Intern. Literatur‹:* Heinrich Mann, ›Ein Zeitalter wird besichtigt‹, ›Internationale Literatur‹, Moskau, H. 3/1945, 1-21.

6. 9. 1945

250 1] *Prof. Bonn:* Der 1933 nach England emigrierte Staatswissenschaftler und Nationalökonom Moritz Julius Bonn (1873-1965), den TM aus München kannte. Bonn lebte während des Krieges in den USA und kehrte erst 1946 nach London zurück.

2] *deutschem Tagebuch:* ›Als die Schatten fielen‹; s. TB 5. 10. 44, Anm. 1.

3] *Wolfgang Hallgarten:* Der Historiker und Politikwissenschaftler Wolfgang (später George W.) Hallgarten (1901-1975), ältester Sohn von TMs Münchener Herzogpark-Nachbarn Robert und Constance Hallgarten. Wolfgang Hallgarten, der ältere Bruder von Klaus und Erika Manns engem Freund Richard (Ricki), emigrierte 1933 mit seiner Mutter nach Paris und 1937, allein, mit Zwischenaufenthalten in der Schweiz, in die USA.

7. 9. 1945

250 1] *W. Speyer:* Der Erzähler und Dramatiker Wilhelm Speyer (1887-1952), ein Jugendfreund Bruno Franks und durch ihn seit den gemeinsamen Münchener Tagen mit dem Hause Mann bekannt, emigrierte 1933 nach Österreich, später über England nach Frankreich, von wo er 1940 mit Hilfe des ›Emergency Rescue Committee‹ und seines Freundes Bruno Frank in die USA gelangte. Er lebte in Beverly Hills und kehrte 1949 nach Europa zurück.

2] *Lukácz über deutsche Literatur:* Georg Lukács, ›Die deutsche Literatur im Zeitalter des Imperialismus‹, ›Internationale Literatur‹, 15. Jg. 1945, H. 3, 53-65 und H. 4, 62-67.

3] *Artikel einer Russin:* Tamara Motyleva, ›Russian and World Literature‹, Teil II, ›New Masses‹, vol. LVI, No. 10 v. 4. 5. 1945. Das Zitat a. a. O. S. 24, bezieht sich auf die ›Toten Seelen‹ und ist dem Kapitel ›Politik‹ der *Betrachtungen* entnommen. Es schließt: »Unglückliches Rußland? Glückliches, glückliches Rußland, – welches bei allem Elend und aller Hoffnungslosigkeit in seinem Innersten so schön und liebenswert sich wissen muß ...« (GW XII, 298/299).

4] *›Toten Seelen‹:* Nikolai Wassiljewitsch Gogol (1809-1852), ›Die Toten Seelen‹, 1842 (Teil 1) und 1855 (Teil 2).

8. 9. 1945

1] *Beschwerungen:* TMs Huldigung an Erich von Kahler erschien – gemeinsam mit einem Artikel von Paul Zech über Kurt Hiller – unter dem Titel ›Zwei Sechzigjährige‹ in ›Deutsche Blätter‹, Santiago de Chile, II. Jg., 28. Heft, Nov./Dez. 1945, 18-20. *250*

2] *Trauerfeier für Bruno Frank:* Vgl. TB 29. 9. 45, Anm. 2. *251*

9. 9. 1945

1] *Schroeder-Foundation:* The Schroeder-Foundation, Webster Groves, Mo. Die genaue Funktion der Stiftung, für die TM, wie aus den Regesten hervorgeht, verschiedentlich Titelseiten seiner Bücher signierte und zu deren Ehrenmitglied er 1947 ernannt wurde (s. Reg. III, 47/95), ließ sich nicht ermitteln. *251*

2] *an Bruno Walter:* P. P. 9. 9. 45; Reg. III, 45/396; die Bitte um einen Brief vom 6. 5. 43, in dem TM dem Freund von seinem Enkel Frido erzählte: »... Frido, noch hübscher geworden gegen das vorige Mal, ist mein tägliches Entzücken. Mit schwerer Zunge lernt er jetzt sprechen und sagt, auf die betreffenden Stellen deutend: ›Augi, Nasi, Muhnd – und Chien (Kinn).‹ Wenn er von etwas genug hat oder sich darüber trösten will, daß es nicht mehr davon gibt, so sagt er: ›'habt!‹. Ich finde das ausgezeichnet. Wenn ich sterbe, werde ich auch ›'habt‹ sagen. Sein Abschiedsgruß ist unter allen Umständen ›Nacht!‹. Zur Musik hat er ein ganz besonderes und intensives Verhältnis. Er nennt sie ›Itsch‹, und wenn das Radio spielt, ist er völlig absorbiert, sitzt nur da und lauscht. Nachher kommt er und berichtet mit glänzenden Augen: ›Itsch habt.‹ Ich muß entschieden über ihn schreiben ...« (Br. II, 311).

3] *Stifter-Novelle von Urzidil:* Johannes Urzidil, ›Der Trauermantel. Erzählung aus Stifters Jugend‹, New York 1945. S. auch TM an Johannes Urzidil, P. P. 13. 9. 45; Reg. III, 45/402.

4] *Urzidil:* Der Prager Literat Johannes Urzidil (1896-1970), ein Jugendfreund Franz Werfels, emigrierte 1939 nach England und 1941 in die USA, wo er vorzugsweise in New York lebte.

5] *Humms Roman ›Carolin‹:* Rudolf Jakob Humm, ›Carolin‹, Zürich 1944. S. TM an R. J. Humm, P. P. 10. 9. 45; Reg. III, 45/397.

10. 9. 1945

251 1] *Glückwunsch-Adresse aus Jerusalem:* Vermutlich der mit Glückwünschen verbundene Bericht von Ernst Taussig über die Jerusalemer TM-Geburtstagsfeier. Es existiert ein maschinenschriftlicher Brief TMs an Taussig, datiert 28. 9. 45, in dem er sich für die »schöne Glückwunschadresse mit den Unterschriften vieler verdienter Freunde« bedankt. Dies Schreiben ist wahrscheinlich mit der hier erwähnten Antwort »nach Jerusalem« identisch.

2] *an Humm:* S. 9. 9. 45, Anm. 5.

3] *Wittner:* Im TMA existiert ein Brief aus dem Jahre 1948, in dem sich TM bei dem Zigarrenhändler H. S. Wittner für in sein Dunhill-Feuerzeug passende Feuersteine bedankt. (Reg. III, 48/404).

11. 9. 1945

251 1] *W. Herzog:* S. 19. 1. 44, Anm. 3. Kurz nach dem hier im TB erwähnten Besuch setzte sich TM mit Erfolg für ein Hollywood-Engagement Herzogs ein. Vgl. den entsprechenden Bericht in Herzogs Retrospektive a. a. O. 296-298.

2] *H. James' Stories:* ›The Short Stories of Henry James‹, Selected and edited with an introduction by Clifton Fadiman, New York 1945.

4] *H. James:* Der amerikanische Schriftsteller Henry James (1843 bis 1916) lebte – mit Flaubert und Turgenjew befreundet – bis 1876 in Paris, später in England, wo er 1915 die britische Staatsbürgerschaft erwarb.

12. 9. 1945

252 1] *Pistolen-Harakiri:* Die Agenturmeldung, der japanische Ministerpräsident Hidaki Tojo habe sich am Tag, da General MacArthur seinen Einzug in Tokio hielt, erschossen, wurde unmittelbar darauf dementiert: Tojo sei lediglich schwer verletzt und werde überleben.

2] *das kl. Manuskript:* S. TB 27. 8. 45, Anm. 4.

3] *Mein Brief-Exzerpt über die Karamasows:* Wohl die TB 24. 1. 45, Anm. 2 zitierte ›piefkehafte‹ Äußerung Hugo Wolfs über Dostojewski.

4] *Dramen-Manuskript aus Rom:* Nicht nachweisbar.

13. 9. 1945

1] *im Faustbuch (Görres):* Die ›Fünfte Zelle‹ des TB 16. 8. 45, Anm. 5 erwähnten Faustbuchs enthält als II. Kapitel, 26-39, Johann Görres' (1776-1848) Abhandlung ›Über Faust und verwandte Zauberer‹. S. auch *Entstehung,* Kap. XI, GW XI, 237. 252

2] *den ›Hagestolz‹:* Adalbert Stifters 1850 im fünften Band der ›Studien‹ erschienene Novelle ›Der Hagestolz‹. Vgl. die Stifter-Analyse in der *Entstehung,* Kap. XI, GW XI, 237/238.

14. 9. 1945

1] *Evipal und Jyrab Calcium:* Evipan: ein Schlafmittel; Jyrab Calcium: wahrscheinlich ein Entspannungsmittel. 252

2] *an XXIX weiter gegen das Ende:* Der Schluß des von den Roddetöchtern und Rudi Schwerdtfeger erzählenden Kapitels ist der von Zeitblom angstvoll beobachteten Neigung von Ines Rodde zu dem Geiger gewidmet. »Er soll zusehen, daß er heil aus der Sache davonkommt«, sagt Adrian Leverkühn, als er von der Geschichte erfährt.

3] *musikalische Excerpte aus Eckstein:* Diese Auszüge – »Brauchbares aus Eckstein gezogen« – sind in den ›Notizen zum *Doktor Faustus*‹ (Bl. 172-178) im TMA erhalten.

4] *Kahlers Man the Measure:* Erich von Kahler, ›Man the Measure. A New approach to history‹, New York 1943. Das Buch befindet sich in der Zürcher Bibliothek.

15. 9. 1945

1] *Geburtstagsartikel:* S. TB 8. 9. 1945, Anm. 1. 253

2] *Mazzucchetti:* Die italienische Essayistin, Kritikerin und Übersetzerin Lavinia Mazzucchetti (1889-1963) übertrug viele TM-Werke in ihre Muttersprache und initiierte darüber hinaus die erste fremdsprachige TM-Werkausgabe: *Opere di Thomas Mann,* Mondadori, Mailand, 1955 ff.

3] *›Germany‹ für ›Twice a Year‹: From Diaries (1933-1934),* ›Twice a Year‹, New York, vol. 14/15, 1946, 39-50: Der von Richard Winston übersetzte Auszug aus *Leiden an Deutschland.*

4] *Unterstützung des Steinberg'schen Australienplans:* Vgl. TB 20. 8. 45, Text und Anm. 3, sowie TMs Brief an Isaac N. Steinberg, P. P. 18. 9. 45; Reg. III, 45/413: ». . . the possibility of a

Jewish colonization in Australia would mean for thousands of European Jews a highly desirable way out of their unfortunate plight. Such a shelter and such an opportunity for creative and productive activity on a broad basis would be of the greatest value to the entire Jewry, benefiting even those Jews who do not make use of it. From a psychological point of view, anti-Semitism is chiefly caused by humanity's zoological hatred of defenselessnes weakness, helplessness and misery. It need only be shown that somewhere in the world the persecuted and despised Jews are welcome, that they are regarded as desirable and useful.« (Im TMA).

5] *Kahler'scher Formulierungen:* In Erich von Kahlers Beitrag ›Die Verantwortung des Geistes‹, Sonderheft der ›Neuen Rundschau‹ zum 6. 6. 45, a. a. O. 47-58.

6] *›Ist es möglich?‹:* Friedrich Schiller, ›Don Carlos‹, 1. Akt, 2. Auftritt: Carlos/Marquis von Posa. »Marquis: Mein Carlos! / Carlos: Ist es möglich? / Ist's wahr / Ist's wirklich? Bist dus – O, du bists!«

17. 9. 1945

253 1] *Schimpfartikel:* Max Barth, ›Abschied von Thomas Mann. Ein unfreundlicher Kommentar zu einer unfreundlichen Erklärung‹, NVZ, 15. Jg., No. 37 v. 15. 9. 45, S. 2. – Der Journalist und Schriftsteller Max Barth, der nach einer Flucht durch halb Europa 1941 in die USA gelangt war, wo er sich mit Gelegenheitsarbeiten und Beiträgen für den ›Aufbau‹, die ›Staatszeitung‹ und die ›Neue Volkszeitung‹ über Wasser hielt, nahm TMs über AP verbreitete Äußerung (s. TB 1. 9. 45, Anm. 1) zum Anlaß zu einer von Ressentiment und tiefer Enttäuschung getragenen Philippika, gegen die sich TM am 22. 9. 45 in einem Brief an den Herausgeber der NVZ, Gerhart Seger, empört verwahrte. (Reg. 45/421). – Barth (der seine Invektive mit dem Satz einleitete: »Es roch mir schon seit einigen Jahren so, als ob Thomas Mann nicht mehr ganz zu den Lebenden gerechnet werden könne. Seine pontifikalen Appelle an das deutsche Volk kamen irgendwie von einer Stimme aus dem Grabe.«) polemisierte vor allem gegen die Tatsache, daß TM den Rückruf eines ›deutschen Komitees von Opfern des Faschismus‹ abgelehnt und damit einmal mehr dargetan habe, »daß eine weite Kluft zwischen Wort und Tat, zwischen moralischer Forderung und eigenem Einsatz besteht.« Es sei, fährt Barth fort, jedoch »ganz die

Sache des Herrn Mann, ob er seine Vergangenheit hinter sich werfen will oder nicht. Der einzige Vorwurf, den man ihm angesichts seines Entschlusses machen kann, ist der, daß er nicht in den letzten Jahren geschwiegen, nicht darauf verzichtet hat, als großer und repräsentativer Deutscher zu den Deutschen zu reden. Es wäre vielleicht sauberer und würdiger gewesen« als »väterliche Reden zu halten.« – Das zweite Monendum Barths betraf die Argumente, mit denen TM seine Absage begründete: Es hätte gute Gründe gegeben, aber: »Thomas Mann hat darauf verzichtet sie zu nennen, zugunsten einer Begründung, die in ihrer kläglichen Weinerlichkeit und ihrem Schmollton so beschämend ist, daß man sich als deutscher Antinazi beim Lesen erröten fühlt. Er sagt: Außer Freunden würde er in Deutschland auch Feinde finden. ›Der Umstand, daß es geschlagene Feinde sind, macht sie nur um so gefährlicher.‹ Was für ein Dokument menschlicher Kleinheit bei einem Großen! Nachdem Zehntausende Deutscher in den Jahren der Republik und in der Periode der Naziherrschaft ihrer nazigegnerischen Haltung wegen gestorben sind, gesteht der bisher prominenteste Repräsentant des anderen Deutschlands, daß er nicht daran denkt, in einem Deutschland, das auf dem Weg der Entnazifizierung ist, und unter dem Schutz nicht nur fremder Bajonette, sondern auch der neuen, demokratischen Kräfte steht, zu leben, aus Angst, seine Feinde könnten ihm was tun. Es scheint das schöne Vorrecht der aktiven Antifascisten, der Arbeiter, der Intellektuellen, ja, selbst eindeutiger Reaktionäre wie Gördeler, deutscher Junker und Offiziere zu sein, für die Sache zu sterben, für die Thomas Mann mit herzbewegter Stimme eintritt. Nach dem Sturz des Nazismus gibt er nachträglich noch den Nazis Anlaß zum Triumph. Jetzt können und werden [...] sie hohnlachend auf den Mann hinweisen, der von der Emigration und der nichtdeutschen Welt als die Verkörperung des freiheitliebenden, menschheitlich denkenden, demokratisch gesinnten Deutschlands betrachtet wurde. [...] Aber die Sorge ums liebe Leben ist nicht Herrn Manns einziger Grund, der Heimat fernzubleiben. ›Schließlich ist es zwölf Jahre her, daß ich Deutschland verließ. Ich habe es schwer genug gefunden, mich dem Leben in fremden Ländern anzupassen, nachdem ich meines Eigentums in Deutschland beraubt worden bin.‹ Es ist zwölf Jahre auch für andere. Aber für sie waren es zwölf Jahre des Wartens und der Vorbereitung auf die Rückkehr [...] Zwölf Jahre, in denen sie ihrer Verpflichtung [...] treu blieben. Diese anderen, einfache Leute, Arbeiter, Schreiber, frühere Beamte, haben nicht weniger verloren als Herr Mann, nämlich alles, was sie hatten; und sie haben es in der Emigration wohl ausnahmslos nicht so leicht gehabt wie er. Ihnen hat man nicht tschechoslowakische Staatsbürgerschaften ins idyllische Asyl an der Riviera nachgeworfen. Sie haben in armseligen Kammern von Paris, Prag und anderen Großstädten gelebt, in Möbeln, die sie aus Zucker- und Nudelkisten zusammengenagelt hatten, von einem mühsam beschafften Existenzminimum, haben sich mit Behörden herumgequält, um das bißchen Recht, die Luft des fremden Landes zu atmen, sind mit Tschechen, Franzosen, Norwegern mit dem wenigen Besitz, den sie selber mittragen konnten, auf langen Landstraßen, durch nächtliche Wälder, durchs verschneite Gebirge geflohen; sie haben immer wieder dahinten lassen müssen, was sie sich im Wirtsland langsam erworben hatten – es war wenig genug, aber es war ihr Alles. [...] Thomas Mann macht den Opfern des Nazismus einen Vorwurf daraus, daß – neben vielen anderen und aktiveren Nazigegnern – auch er um das Seine gekommen ist. [...] Auf diese klägliche Enthüllung einer einst schönen Seele kann man nur antworten: ›Ja, es ist recht und billig, daß Sie die Vorteile Ihrer neuen Lage genießen – wenn Ihnen die deutsche Tragödie nichts weiter war als ein Fall von individueller wirtschaftlicher Schädigung und gerechter Entschädigung.‹ – Was uns anderen bleibt, ist die bittere Enttäuschung über den Thomas Mann von einst – oder ist es die Scham darüber, daß wir Thomas Mann überhaupt für einen der Unseren gehalten haben?«

2] *an die Meyer:* An Agnes E. Meyer, P. P. 17. 9. 45; Reg. III, 45/406.

3] *Brief [...] in Sachen der Atom-Bombe:* Vermutlich die von Emery Reves inspirierte und von zwanzig Wissenschaftlern, Künstlern und Männern des öffentlichen Lebens (unter ihnen Albert Einstein, Thomas Mann, Owen J. Roberts, Senator Claude Papper, J. W. Fulbright, Carl und Mark van Doren) unterzeichnete Erklärung, die, am 10. 10. 1945 als Leserbrief in der ›New York Times‹ publiziert, um eine »Verfassung der Welt« warb, »eine weltweite internationale Ordnung«, die allein helfen könne, einen

Atomkrieg zu verhindern: »Die erste Atombombe hat nicht nur die Stadt Hiroshima zerstört. Sie hat auch unsere traditionellen, längst überholten politischen Ideen endgültig vernichtet. – Einige Tage bevor zum ersten Mal in der menschlichen Geschichte diese brutale Gewalt der Natur entfesselt wurde, war in Washington die Charta von San Francisco unterzeichnet worden. Der Traum eines Völkerbundes war, nach 26 Jahren, durch die Abstimmung im amerikanischen Senat endlich Wirklichkeit geworden. – Wie lange wird die Charta der Vereinten Nationen in Kraft bleiben? [...] darf man den Frieden dem Zufall überlassen? Friede durch Gesetz: dieses Ziel können die Völker erreichen, [...] jetzt ist die Zeit, es durchzusetzen. Unsere Generation muß dazu helfen. [...] Der Bestand unserer Zivilisation hängt davon ab, daß wir die Wissenschaft der menschlichen Beziehungen pflegen: die Fähigkeit von Menschen verschiedenster Art, in derselben Welt im Frieden zusammenzuleben und zusammen zu arbeiten.«

18. 9. 1945

1] *Änderungen am Vortragskapitel:* Die Handschrift des VIII. Kapitels von *Doktor Faustus* weist neben ungewöhnlich vielen kleineren Änderungen Striche von insgesamt ca. 5 Manuskriptseiten, darunter der ursprüngliche Kapitel-Anfang (s. Anhang S. 826 f.), auf. *253*

2] *Prof. X:* Der aus Wien stammende Wirtschaftswissenschaftler Anatol Murad (geb. 1904).

3] *an den ›Aufbau‹:* S. TB 2. 9. 45, Anm. 1.

4] *Artikel von Frank Thieß:* Frank Thieß, ›Die innere Emigration‹, Münchener Zeitung, 18. 8. 1945, S. 2. – Die Bitten des am 13. 8. 45 gleichfalls in der ›Münchener Zeitung‹ erschienenen ›Offenen Briefes‹ Walter von Molos an TM (s. TB 10. 8. 45, Anm. 2) zu Forderungen verschärfend, hielt Thieß in diesem Artikel ein selbstgerechtes Plädoyer für die in Deutschland verbliebene ›Innere Emigration‹ und für ein Zusammengehen *aller* Gegner des NS-Regimes, »innerer« wie »äußerer« Emigranten, zugunsten ihres »verführten und leidenden Volkes«. Der Artikel schloß mit den Sätzen: »Wir erwarten dafür keine Belohnung, daß wir Deutschland nicht verließen. Es war für uns natürlich, daß wir bei ihm blieben. Aber es würde uns sehr unnatürlich erscheinen, wenn die Söhne, welche um es so ehrlich und tief gelitten haben wie ein Thomas

Mann, heute nicht den Weg zu ihm fänden und erst einmal abwarten wollten, ob sein Elend zum Tode oder zu neuem Leben führt. Ich denke, nichts ist schlimmer für sie, als wenn diese Rückkehr zu spät erfolgt und sie dann vielleicht nicht mehr die Sprache ihrer Mutter verstehen würden.« (Text bei Schröter a. a. O. 338).

5] *Frank Thieß:* Der Romancier und Verfasser historischer Essays Frank Thieß (1890-1977), dessen Buch ›Das Reich der Dämonen‹ 1941 wegen seiner – wenn auch nur anhand antiker Verhältnisse aufgezeigten – Kritik an totalitären Regimen im ›Dritten Reich‹ verboten wurde. Thieß selber spricht in seinem Artikel über die ›innere Emigration‹ von »einigen« seiner Bücher, die 1933 »am Schandpfahl« verbrannt worden seien. Vgl. aber dagegen das Interview, das Frank Thieß im Jahre 1933 dem ›Hannoverschen Tageblatt‹ gab und in dem er Hitlers Machtergreifung ausdrücklich begrüßte: »Hitlers Werk – eine erlösende Tat«, Nachdruck im ›Neuen Hannoverschen Kurier‹, Hannover 21. 6. 1946 (s. Matter No. 12801).

6] *une race maudite:* Eine verfluchte Rasse.

7] *Stifters ›Waldsteig‹:* Adalbert Stifters 1850, gemeinsam mit dem ›Hagestolz‹ im fünften Band seiner ›Studien‹ veröffentlichte Erzählung ›Der Waldsteig‹. Zur Verwandtschaft dieser Novelle mit Kellers ›Humoristik‹ vgl. *Entstehung,* Kap. XI, GW XI, 238.

19. 9. 1945

254 1] *Replik auf den Thieß'schen Artikel:* TM führte das Vorhaben nicht aus. Vgl. den Brief an Gerard W. Speyer, o. O. [P. P.] 15. 10. 45; Reg. III, 45/475: »Ich war zunächst stark versucht, darauf zu antworten, aber in dem Brief an Herrn von Molo, der wohl unterdessen in die deutsche Presse gelangt ist, steht ja einiges, was als höfliche Antwort gelten kann, und es stände mir schlecht zu Gesicht, mich mit den innerdeutschen Herren Kollegen herumzuzanken. Eine Zurückweisung aber von anderer Seite wäre recht wünschenswert gewesen. Es ist schwer erträglich, daß diese Leute, die, weil sie nie den Mund gegen den heraufkommenden Schrecken aufgetan hatten, in der angenehmen Lage waren, zu Hause bleiben zu können, sich nun als die eigentlichen Helden und Märtyrer präsentieren, die dem Vaterland treu geblieben sind und mit ihm gelitten haben, während wir anderen im Auslande ein bequemes Zuschauerleben führten. Wenn Frank Thieß die Absicht gehabt hätte, die Kluft zwischen

innen und außen unheilbar zu erweitern, hätte er nicht anders schreiben können, als er getan hat.« (D. ü. D. III, 323).

2] *von Golo:* An Katia Mann, o. O. [Luxemburg] 6. 9. [45]: »Molos Brief ging noch an. Aber der des Thiess konnte die selbstgefällige Impudenz schon wieder kaum weitertreiben und war fast so widerlich als der Erich Ebermaiers, der sich nun als ›innerer Emigrant‹ und großer Märtyr aufspielt, ob wohl er dem Goebbels jedes Jahr ein paar Filme produzierte und steinreich dabei wurde.«

3] *an Golo:* P. P. 19. 9. 45; Reg. III, 45/417.

4] *Kozák über Beneč:* J. B. Kozák, ›President Beneš of Czechoslovakia‹, ›The University Review from Kansas State University‹, vol. 12, Autumn 1945, 25-38.

5] *Kozák:* Der Philosophieprofessor an der Prager Karls-Universität, Jan B. Kozák (1888-?), war 1936, als Abgeordneter, der Familie Mann beim Erwerb der tschechoslowakischen Staatsangehörigkeit behilflich und präsidierte später der 1936 in Prag gegründeten Thomas-Mann-Gesellschaft, eine Hilfsorganisation für notleidende deutsche Schriftsteller.

20. 9. 1945

1] *sore spot:* Druckstelle. *254*

2] *The German talks back:* Heinrich Hauser, ›The German talks back‹, New York 1945.

3 *H. Hauser:* Der deutsche Schriftsteller Heinrich Hauser (1901 bis 1955) emigrierte nach kurzer Sympathisierung mit dem Dritten Reich (s. TB 17. 9. und 4. 10. 1933) 1938 in die USA und kehrte 1948 in die Bundesrepublik zurück.

4] *Ofenhocker des Unglücks:* Vgl. *Entstehung*, Kap. XI, GW XI, *255*
238: »Nun war über den Ofenhockern der Ofen zusammengebrochen, und sie rechneten es sich zu großem Verdienste an, ergingen sich in Beleidigungen gegen die, welche sich den Wind der Fremde hatten um die Nase wehen lassen und deren Teil so vielfach Elend und Untergang gewesen war.«

21. 9. 1945

1] *von Klaus:* Vermutlich Rom, 6. 9. 1945; im KMA. *255*

2] *Geburtstagsartikel der Mazzucchetti:* Nicht gefunden.

3] *Die Gefangenen-Lager-Zeitung ›Der Ruf‹:* Die ›Zeitung der deutschen Kriegsgefangenen in USA‹, ›Der Ruf‹, No. 14 v. 1. 10. 45, enthielt auf den Seiten 4 und 5 einen ›Dank an Thomas Mann‹, mit einem Editorial ›Ernte der Standhaftigkeit‹, der ›Huldigung‹ von Friedrich Walter (s. TB 10. 8. 44, Anm. 2), Klaus Manns Beitrag ›Feierlich bewegt‹, sowie einen ›Zauberberg und Kriegsgefangene‹ überschriebenen ›Offenen Brief an Thomas Mann‹ von Dr. Wolfgang Hildebrandt. Das enthusiastische Editorial beschwört den »Dank der Eingeweihten an den Weisen [...] und den Dank der Erschütterten an den Dichter.« (Vgl. auch GBF an TM, New York, 5. 9. 45; TM/GBF 409-411).

4] *an Bermann:* An GBF, P. P. 21. 9. 45; Reg. III, 45/418; TM/GBF 413.

5] *an die Jacobson:* An Anna Jacobson, P. P. 21. 9. 45; Reg. III, 45/419.

6] *Prof. Morat:* Anatol Murad. S. TB 18. 9. 45, Anm. 2.

22. 9. 1945

255 1] *an Seger:* An den Herausgeber der ›Neuen Volkszeitung‹, Gerhart Seger, P. P. 22. 9. 45; Reg. 45/421.

2] *Barth-Unrat:* S. TB 17. 9. 45, Anm. 1. – TM hält Seger vor, Barth habe sich auf ein von der Associated Press nur halbrichtig wiedergegebenes Interview (s. TB 1. 9. 45, Anm. 1) gestützt und, im Ton der Nazi-Presse, polemisiert, ohne die Authentizität des Gesagten zu überprüfen.

3] *Briefwechsel mit Kérenyi:* S. TB 29. 1. 45, Anm. 2.

23. 9. 1945

255 1] *an Kérenyi:* An Karl Kérenyi, P. P. 23. 9. 45; Reg. III, 45/425; TM/KK 119-122.

2] *Galleys:* Korrekturfahnen.

3] *Winwar über George Sand:* Frances Winwar, ›The Life of the Heart. George Sand and Her Times‹, New York and London 1945. Die Kapitel XXI-XXIV über George Sand und Chopin a. a. O. 218-296: eine Beschreibung der Beziehungen zwischen dem kranken Musiker und der alternden Frau, die TM in mehreren Briefen dieser Tage apostrophiert. Vgl. z. B. an Bruno Walter, P. P. 22. 9. 45;

Br. II, 448 und an den Verlag Harper and Brothers, P. P. 28. 9. 45; Reg. III, 45/439.
4] *die Änderungen im Vortragskapitel:* Vgl. TB 18. 9. 45, Anm. 1.
5] *für London News Chronicle:* Nicht erschienen.

24. 9. 1945
1] *Weitergang des Romans (Krieg):* Die Vorbereitungen zu Kap. XXX: »Kriegsausbruch an Hand alter Tagebücher« (*Entstehung,* Kap. XI, GW XI 241). 256
2] *mit Slochowers Aufsatz:* Harry Slochower, ›Thomas Mann: Poetic Symbol for a Future Germany‹, ›Tomorrow‹, Sept. 1945, 20-23.
3] *an Lav. Mazzucchetti:* Brief noch nicht bekannt.
4] *›Vom Fluch erlöst ...‹:* Richard Wagner, ›Götterdämmerung‹, 1. Aufz. 3. Szene, Waltrautes Erzählung: »Tief seufzt er auf [...] / und wie im Traume / raunt er das Wort: / ›Des tiefen Rheines Töchtern / gäbe den Ring sie wieder zurück, – / von des Fluches Last / erlöst wär Gott und die Welt!‹«
5] *›Ruhe, ruhe, du Gott‹:* ›Götterdämmerung‹, 3. Aufz. 3. Szene, Brünnhildes letzter Gesang: »Alles, Alles / Alles weiß ich, – / Alles ward mir nun frei. / Auch deine Raben / hör ich rauschen; / mit bang ersehnter Botschaft / send ich die beiden nun heim. – / Ruhe, ruhe, du Gott.«

25. 9. 1945
1] *Kap. XXX:* Am Anfang des XXX. Kapitels (GW VI, 398-412) steht Zeitbloms Bericht vom Ausbruch des Ersten Weltkrieges und der Kriegsbegeisterung in München, in deren Bann der Chronist bekennt, er sei froh, nicht den ›Ofenhocker‹ spielen zu müssen. (Vgl. TB 20. 9. 45: »Nenne die ›treu‹ in Deutschland Sitzengebliebenen ›Ofenhocker des Unglücks‹.«). 256
2] *Artikel [...] von Padower:* Saul K. Padower, ›The Tragedy of German Labour‹, ›The Nation‹, vol. 161, No. 12 v. 22. 9. 45, 276 bis 279.
3] *Padower:* Der österreichisch-amerikanische Zeitgeschichtler und historische Biograph Saul K. Padower (1903-1981) war 1944-46 als Offizier bei the Army's Psychological Welfare Division, u. a. auch in Deutschland.

26. 9. 1945

256 1] *Fürstin:* Agnes E. Meyer.

2] *Schrift über Mörickes Mozart:* Franz H. Mautner, ›Mörikes »Mozart auf der Reise nach Prag«‹, ›Publications of the Modern Language Association of America‹, vol. 60, 1945, 199-220; mit geringfügigen Änderungen abgedruckt in Franz H. Mautner, ›Wort und Wesen‹, Frankfurt 1964, 135-160.

3] *an Basler wegen Briefveröffentlichung:* P. P. 26. 9. 45: »Ihr rührender Brief kam gestern. Der Wunsch [. . .] überrascht mich, denn kaum kann ich mir denken, daß meine Briefe an Sie von Wert für die Öffentlichkeit sind [. . .] Aber ich habe eine zu schwache Erinnerung an das, was ich Ihnen je und je geschrieben, um beurteilen zu können, ob sich auch nur für die Mitteilung in den ›Schweizer Annalen‹ irgend etwas sagen läßt.« – Nachdem TM am 6. 11. 45 (»Ich habe die Briefe durchgelesen und wüßte nichts gegen ihre Veröffentlichung einzuwenden«) seine Einwilligung zur Publikation gegeben hatte, erschienen die *Briefe Thomas Manns an einen Schweizer* in den ›Schweizer Annalen‹ Jg. 2, 1945, No. 9/10, 481 bis 492.

257 4] *Aphorismen-Sammlung:* 1951 unter dem Titel ›Minima Moralia. Reflexionen aus dem beschädigten Leben‹, in Frankfurt publiziert.

27. 9. 1945

257 1] *Rede zur Frank Gedenkfeier: Ansprache bei der öffentlichen Gedenkfeier für Bruno Frank,* GW XIII, 867-869.

2] *Neu-Ausgaben aus Stockholm:* Die zweibändige Ausgabe der *Buddenbrooks,* sowie die Bände *Ausgewählte Erzählungen* und *Adel des Geistes,* alle Bermann Fischer, Stockholm 1945.

28. 9. 1945

257 1] *Erwiderung:* S. TB 3. 10. 45, Anm. 1.

2] *an Bermann:* An GBF, P. P. 28. 9. 45; Reg. III, 45/433; TM/GBF 416/417.

3] *Artikel von G. E. Mueller:* Gustav E. Müller, ›On Thomas Mann's ›Lotte in Weimar‹‹, ›Books Abroad‹, New York, vol. 19, Summer 1945, 231-236.

4] *Aurora-Verlag:* Eine Initiative von zehn exilierten Autoren, die

dank der fachkundigen Hilfe des Verlegers Wieland Herzfelde und der finanziellen Unterstützung von Mary S. Rosenberg im Dezember 1943 verwirklicht werden konnte. Einem Vorschlag Brechts folgend erhielt sie den Namen ›Aurora-Verlag‹. Die Auflage der Bücher betrug 2000 Stück; die beteiligten Autoren waren Ernst Bloch, Bert Brecht, Ferdinand Bruckner, Alfred Döblin, Lion Feuchtwanger, Oskar Maria Graf, Wieland Herzfelde, Heinrich Mann, Berthold Viertel, Ernst Waldinger und F. C. Weiskopf. Die Gründer des Verlages gaben 1947 ein ›Programmatisches Lesebuch‹, ›Morgenröte‹, heraus – ein ›Gebetbuch‹, das, versehen mit einem Vorwort von Heinrich Mann, zeigen sollte, »wie sehr die große Literatur dem Frieden ergeben ist – in dem Lande des selten unterbrochenen Krieges.«
5] *›Adel der Menschheit‹:* Wahrscheinlich eine Verwechslung mit *Adel des Geistes.*

29. 9. 1945
1] *Nachrichten von O. W. I.:* Vgl. OWI an TM, New York, 24. 9. 45; im TMA: »Dear Dr. Mann: Here is a cable we received today from our offices in the American zone of Germany in response to an inquiry about your Munich property: *257*
›Thomas Mann's property at Isar River was confiscated by the Nazis in 1934 and used for various purposes, including use by Himmler at one time. It has been severely damaged by bombing but is not beyond repair. However, when winter weather gets to it, it will be further damaged. It is impossible to get either labor or materials to make repairs at this time. All the furniture has been stolen. When last seen the cellar of the house was being used by displaced persons trying to make a temporary home there. The property, as is case with all other emigrés, may be legally reclaimed through established channels.‹«
2] *Gedenkfeier:* Der ›Aufbau‹, vol. XI, No. 41 v. 12. 10. 45, S. 18, berichtete in seiner Rubrik ›Die Westküste‹ unter dem Titel ›Ein Humanist‹ über die Feier: »Der Künstlerabend des Jewish Club of 1933 war dem Gedächtnis seines Ehrenmitgliedes Bruno Frank gewidmet. Er wurde eingeleitet durch eine Ansprache von Lion Feuchtwanger.« Aus Bruno Franks Werken lasen Lionel Royce, Ilka Grüning, Curt Goetz, Helene Thimig und Ernst Deutsch; in einer

von Heinz Herald verantworteten Bearbeitung des Lustspiels ›Sturm im Wasserglas‹ spielten unter der Regie von Joe Glenn, der die Münchener Uraufführung inszeniert hatte. Kurt Wengraf, Gisela Werbezirk, Ludwig Stössel, Margarete Hruby und Norbert Schiller. Der Pianist Jakob Gimpel spielte den 3. Satz aus der Phantasie op. 17 von Robert Schumann. »Und dann – der erhebende und herzliche Ausklang des Abends – die Ansprache von Thomas Mann.«

3] *Schwager:* Bruno Franks Bruder, der Nationalökonom Lothar Frank (1900-1985) war 1936 in die USA gekommen und lebte zunächst in New York, dann bis zu seinem Tod in Los Angeles.

4] *(K. Goetz):* Der Schauspieler und Dramatiker Curt Goetz (1888 bis 1960) war 1939 mit seiner Frau, der Schauspielerin Valerie von Martens, nach Hollywood emigriert, kehrte 1945 nach Europa zurück und lebte in der Schweiz und Liechtenstein. Zu seiner Mitwirkung bei der Frank-Gedenkfeier vgl. Anm. 2.

30. 9. 1945

258 1] *an Horkheimer:* An Max Horkheimer, P. P. 30. 9. 45; Reg. III, 45/446.

2] *seiner Zeitschrift:* ›Studies in Philosophy and Social Science‹, die amerikanische Weiterführung der einstigen ›Zeitschrift für Sozialforschung‹.

3] *›Boris Gudunow‹:* Das ›musikalische Volksdrama in vier Aufzügen und einem Prolog nach Puschkin und Karamsin‹, ›Boris Godunow‹, von Modest Petrowitsch Mussorgsky (1839-1881), in der Bearbeitung von Rimski-Korsakow (1874).

1. 10. 1945

258 1] *von Erika aus München:* An Katia Mann, München, 20. 9. 45; E. M. Br./Antw. I, 208-210.

2] *von Bermann:* New York, 25. 9. 45; TM/GBF 413-416.

3] *Einlage von Suhrkamp:* Wohl eine Kopie des in ›Bedroht–Bewahrt‹ a. a. O 266-268 abgedruckten Briefes von Peter Suhrkamp an Gottfried und Brigitte Bermann Fischer, Berlin, 3. 8. 45.

4] *Lehmann-Haupt:* Der deutsche Schriftsteller, Kunst- und Literarhistoriker Hellmut Lehmann-Haupt (geb. 1903) emigrierte bereits 1929 in die USA, wo er als Professor für Geschichte des Buches (History of the Book) an verschiedenen Universitäten lehrte.

Als Angehöriger der Intelligence-Division (des Nachrichtendienstes) wurde er der amerikanischen Informationskontrolle in der US-Zone zugeteilt und war für Fragen des kulturellen Wiederaufbaus, insbesondere des Buch- und Verlagswesens, zuständig. (S. auch die Korrespondenz zwischen TM und GBF im September 1945, a. a. O. 412-416).

5] *Suhrkamp:* Der Verleger Peter Suhrkamp (1891-1959) seit 1936 Leiter des S. Fischer Verlages, gründete 1950 den Suhrkamp-Verlag.

6] *Korrodi faksimiliert:* Die ›Neue Zürcher Zeitung‹ veröffentlichte in ihrer Beilage ›Literatur und Kunst‹ am 1. 9. 45, MA, unter dem Titel ›Ein Brief und ein Couvert‹ eine Glosse über TMs Wechsel von der deutschen zur lateinischen Schrift, illustriert durch je eine Schriftprobe aus den Jahren 1915 und 1945.

7] *Der Aufbau:* S. TB 2. 9. 45, Anm. 1.

8] *Artikel [...] über die Leiden der Sudentendeutschen:* In der ›Neuen Volkszeitung‹ v. 29. 9. 45 waren, auf S. 3 u. 4 unter dem Titel ›Verbrannt, erschlagen, ertränkt‹ Artikel und durch Briefzitate legitimierte »Schreckensberichte« über das ›Massaker von Aussig‹ sowie – auf S. 4 – ein von Gerhart Seger verfaßter ›Appeal to the New York Times‹ abgedruckt, der – unter Bezugnahme auf einen dort erschienenen Artikel über das Leiden der Deutschen in der Tschechoslowakei – versuchte, zwischen dem Volk der Tschechen und den für die Grausamkeit verantwortlichen Tätern zu unterscheiden, der tschechischen Regierung jedoch den Vorwurf machte, Faschisten und Demokraten des Sudetenlandes in gleicher Weise zu verfolgen.

9] *für Dr. Kaufmann:* An Francis Bliss Snyder, P. P. 1. 10. 45; Reg. III, 45/448. *259*

10] *an Prof. Kozák:* An Jan B. Kózák, P. P. 3. 10. 45; Reg. III, 45/453.

2. 10. 1945

1] *Kleists ›Marionetten‹:* TM las Kleists Abhandlung ›Über das Marionettentheater‹ (1810) im Zusammenhang mit den Vorbereitungen auf »Adrians Wendung zur Puppen-Oper« (*Entstehung,* Kap. XI, GW XI, 241 und 242). *259*

2] *im Fr. Harris:* In Frank Harris' Shakespeare-Buch. S. TB 31. 1. 44, Anm. 7.

3] *[die] junge Ursula:* Ursula Osborne-Schmitz (geb. 1927) betreute 1945 einige Wochen die TM-Enkel Frido und Toni in Pacific Palisades und kam bei gelegentlichen Kinderbesuchen wieder.

4] *an die Meyer:* An Agnes E. Meyer, P. P. 2. 10. 45; Reg. III, 45/449; Br. II, 448/449

5] *Bartók:* Der ungarische Komponist und Pianist Béla Bartók (geb. 1881) war am 26. 9. 45 in New York gestorben.

6] *Roda-Roda:* S. TB. 8. 2. 44, Anm. 4. Der einstige Simplizissimus-Mitarbeiter war TM aus der gemeinsamen Münchener Zeit persönlich bekannt. Er starb am 20. 8. 45 in New York.

7] *Beer-Hoffmann:* Der österreichische Erzähler und Dramatiker Richard Beer-Hofmann (geb. 1866), ein Freund Hugo v. Hofmannsthals und Arthur Schnitzlers, den TM seit seinem Wien-Aufenthalt im Dezember 1919 persönlich kannte und den er nach 1938 im amerikanischen Exil wiedertraf, war am 26. 9. 45 in New York gestorben.

8] *Seabrook:* Der amerikanische Reiseschriftsteller William Buehler Seabrook (geb. 1886), den TM im Sommer 1933 in Sanary kennengelernt und bei seinem ersten Amerika-Aufenthalt 1935 im Hause van Loon wiedergetroffen hatte, beging am 20. 9. 45 Selbstmord.

3. 10. 1945

259 1] *Zurückweisung des Barth:* Oskar Meyer, ›Antwort an Max Barth: Der Angriff gegen Thomas Mann war zu scharf‹, ›Neue Volkszeitung‹ 15. Jg. No. 39 v. 29. 9. 45, S. 6. Auch Meyer gibt zu, »daß die Fassung des Briefes [des Absagebriefes nach Deutschland] eine Kritik gestattet«; er verteidigt jedoch TM als den »unbestritten bedeutendste[n] Repräsentant[en] der zeitgenössischen deutschen Literatur, [der] in den zwölf Jahren [...], in denen Hitler und seine Spießgesellen Deutschland und sein Volk ins Verderben rissen, die deutsche Sprach- und Erzählkunst auf neue Gipfel emporgehoben und zugleich mit ebenso viel geistiger Kraft wie menschlicher Größe die Pflichten eines intellektuellen Führers des ›anderen Deutschland‹ erfüllt hat«. Zudem macht der Verteidiger geltend, daß »der 70jährige, der bis Hitler der praktischen Politik immer fern gestanden hat«, »kaum mehr geeignet« sein würde, »an der Schaffung des neuen Deutschlands mitzuhelfen«.

2] *Heinrich [...] über seinen Freund Merker:* Heinrich Mann,

›Brief an Paul Merker‹, ›Freies Deutschland‹, Mexiko, 4. Jg. 1945, H. 9, S. 30.

3] *Merker:* Der KP-Funktionär, Journalist und Schriftsteller Paul Merker (1894-1969) kam 1935 über Prag und Brüssel nach Paris, wurde 1939 im Lager Vernet interniert und gelangte schließlich 1942 nach Mexiko, wo er den Bund ›Freies Deutschland‹ mitbegründete. 1946 kehrte Merker nach Europa zurück und lebte in Ost-Berlin.

4] *Pater M.:* Pater Moenius. S. TB 25. 7. 45, Anm. 5.

5] *›Fall von Berlin‹:* Juli Raismans Dokumentarfilm ›Berlin‹, für *260*
den achtunddreißig sowjetische Kameramänner die letzten Etappen des Krieges im Osten – von der Überquerung der Oder bis zur Eroberung Berlins – filmten. Die in sechzehn Tagen aus fünfzigtausend Metern deutschen und russischen Materials geschnittene Endfassung begann mit einem Überblick über die Phasen der nationalsozialistischen Aggression und endete mit Aufnahmen der Kapitulationszeremonie in Karlshorst und Bildern von den jubelnden Menschen in Moskaus Straßen am 9. 5. 1945.

6] *Film mit Heifetz:* Der Samuel Goldwyn-Film ›They shall have Music‹ (1939) Regie: Archie Mayo. Den Jungen spielte Gene Reynolds, den Musiklehrer Walter Brennan.

4. 10. 1945

1] *von Golo:* An Katia Mann, 16. 9. [45]: »Warum ich mich eigent- *260*
lich so anstrenge, für wen, für was, rebus sic tristissime stantibus, das ist mir selber ein Rätsel. Es muß das eingeborene preußische Pflichtgefühl sein. [...] Dorothy Thompson nannte die Potsdamer Beschlüsse ›a crime against principle, civilisation, humanity, history, common sense, the interest of Europe and the security and prosperity of the United States‹. Die Alte ist doch manchmal garnicht so übel. Die Selfrightiness, das beständige Moralisieren, womit wir all dies verbinden [...] macht, daß ich oft Stunden im Bett wach liege und mich graeme.« – Die Beilage ist nicht erhalten.

2] *Frau Adolf Busch, enthusiastisch:* Der Brief von Frau Frieda Busch geb. Grüters, New York, 1. 10. 45, befindet sich im TMA.

3] *Albersheim zur Frank-Rede:* Nicht erhalten; s. jedoch TM an Gerhard Albersheim, P. P. 5. 10. 45; Reg. 45/458. Offenbar hatte Albersheim um ein Manuskript der Rede gebeten.

4] *Hardt gegen den ›parodistischen Nachhall‹:* Ob der ›Nachhall‹ der gesamten Bruno-Frank-Feier oder nur der TM-Rede gemeint ist, ließ sich nicht ermitteln.

5] *Buch über Musik:* Adele T. Katz, ›Challenge to musical tradition; a new concept of tonality‹, Knopf, New York 1945. Das Buch ist in der Zürcher Bibliothek erhalten.

6] *an die Staatszeitung:* P. P. 4. 10. 45; Reg. N, 45/11.

7] *an Dr. Meyer:* An Oskar Meyer, P. P. 4. 10. 45; Reg. III, 45/457.

5. 10. 1945

260 1] *Prozeß Laval:* Laval erhielt während eines zeitweilig tumultuarisch verlaufenden Prozesses die Möglichkeit, seine Politik in einem dreistündigen Plädoyer zu verteidigen. Das Urteil, Tod durch Erschießen, wurde am 15. 10. 45 vollstreckt.

261 2] *Prozeß gegen Knut Hamsun und Frau:* Der von TM – zumal in seinen frühen Jahren – sehr geschätzte norwegische Romancier und Nobelpreisträger Knut Hamsun (1859-1952) trat in den dreißiger Jahren der Nationalen Sammlungspartei Vidkun Quislings bei. Hamsun wurde nach Kriegsende als Kollaborateur vor Gericht gestellt, seines hohen Alters wegen jedoch nur zu einer Geldstrafe verurteilt.

3] *den deutschen Brief:* Die Antwort an Walter von Molo.

6. 10. 1945

261 1] *Byrnes Bericht über den stalemate von London:* Der amerikanische Secretary of State hatte in einer Rundfunkansprache über den ergebnislosen Verlauf der ersten Londoner Außenministerkonferenz berichtet, in der es über der Frage ›demokratische Regierungen in Osteuropa‹ zu einem Bruch zwischen den USA und der UdSSR gekommen war. »The first Session of the Council of the Foreign Ministers closed in a stalemate [ergebnisloser Abbruch]. But that need not and should not deprive us of a second and better chance to get on with the peace . . .«

2] *Aufforderung von Day:* George Martin Day (1882-1958), Slavist am Occidental College, Los Angeles, hatte TM eingeladen, auf der Schlußsitzung einer ›American-Russian Conference on Cultural Exchange‹ eine Ansprache zu halten. Vgl. TM an G. M. Day, P. P. 10. 10. 45; Reg. III, 45/464, und TB 17. 11. 45.

3] *Phi Beta Kappa:* Ein exklusiver Studenten-Orden der University of Berkeley, dessen Mitgliedschaft auf Grund bedeutender akademischer Leistungen verliehen wurde. TM war Mitglied geworden, nachdem ihm am 27. 3. 41 der Ehrendoktor der University of California verliehen worden war. S. *Ansprache anläßlich der Aufnahme in den Phi-Beta-Kappa-Orden der Berkeley University* (1941), GW XIII, 702-706.

4] *an die Lowe:* An Helen Lowe-Porter, P. P. 6. 10. 45; Reg. N, 45/12.

5] *an Bermann:* An GBF, P. P. 6. 10. 45; Reg. III, 45/460.

6] *Freys Katzengeschichte:* Alexander Moritz Frey, ›Birl, die kühne Katze‹, Bern 1945. Ein Exemplar der englischen Übersetzung ›The Stout Hearted Cat‹, New York 1947, steht mit einer Widmung TMs an seinen Enkel Frido in der Zürcher Bibliothek.

7] *›In Tyrannos‹:* ›In Tyrannos. Four Centuries of Struggle against Tyranny in Germany‹. A Symposium, ed. by Hans J. Rehfisch, London 1944.

8] *Vortrag über Nietzsche: Nietzsche's Philosophie im Lichte unserer Erfahrung,* Vortrag (in englischer Sprache), gehalten am 29. 4. 1947 in der Library of Congress. Deutscher Text GW IX, 675 bis 712.

7. 10. 1945

1] *Hündchen Hallgarten:* Constance Hallgarten; s. TB 5. 10. 44, Anm. 1. 261

2] *an Kahler:* An Erich von Kahler, P. P. 7. 10. 45; Reg. III, 45/461; Bl. TMG No. 10, 35-37.

3] *meines Artikels:* S. TB 8. 9. 45, Text und Anm. 1.

4] *Puccini:* Der italienische (Opern-) Komponist Giacomo Puccini (1858-1924).

5] *Gesta Romanorum:* ›Gesta Romanorum; das älteste Mährchen- und Legendenbuch des christlichen Mittelalters; zum ersten Mal vollständig aus dem Lateinischen ins Deutsche übertragen, aus gedruckten und ungedruckten Quellen vermehrt, mit einer Abhandlung über den wahren Verfasser und die bisherigen Ausgaben und Übersetzungen desselben versehen von Dr. Johann Georg Theodor Grässe‹, 3. Ausg., unveränderter Neudruck der Original-Ausgabe von 1842, 2 Bände, Leipzig 1905. Das Buch diente TM als Quelle für Adrian Leverkühns »Gesta-Spiele« (GW VI, 419), eine Puppen-Groteske mit Orchester und Sängern, bei der »den Sängern, welche den agierenden Puppen ihre Stimmen leihen, ihr Platz unter den Instrumenten, im Orchester, einem sehr sparsam besetzten, aus Violine und Kontrabaß, Klarinette, Fagott, Trompete und Posaune nebst Schlagzeug für einen Mann und dazu einem Glockenapparat bestehenden Orchester angewiesen« war, und deren Szenen verbunden waren mit einem Sprecher, der, »gleich dem testis des Oratoriums, die Handlung in Rezitativ und Erzählung zusammendrängt.« (GW VI, 422) Während im *Doktor Faustus*-Manuskript vier Erzählungen aus den ›Gesta Romanorum‹ ausführlich wiedergegeben werden, beschränkt sich die Druckfassung auf die Paraphrase der ›Gregorius‹-Legende, die später Stoffbasis des Romans *Der Erwählte* wird. Vgl. TB 4. 11. 45, Anm. 1.

8. 10. 1945

262 1] *an Mrs. Lowe:* An Helen Lowe-Porter, P. P. 8. 10. 45; Reg. III, 45/462.

2] *Zwei Nummern der Weltwoche:* Wahrscheinlich ›Die Weltwoche‹ 13. Jg. No. 616 vom 31. 8. 1945, die auf S. 2 einen ›Bericht aus Deutschland‹ brachte, und die No. 617 vom 7. 9. 45, in der auf S. 3 Curt Riess (C. R.), über ›Berlin im September 1945‹ und das Problem ›Wird Deutschland kommunistisch?‹ berichtete.

9. 10. 1945

262 1] *Kap. XXXI:* Das »das Ende des Krieges, die Figuren der ›dienenden Frauen‹ und die Wendung Adrians zur Puppen-Oper bringt« (*Entstehung*, Kap. XI, GW XI, 242).

2] *Camp-Zeitungen:* Lagerzeitungen für deutsche Kriegsgefangene.

3] *an Dr. Flinker:* Brief noch nicht bekannt.

4] *Die Rachegreuel im Sudetenland:* Die NVZ hatte am 6. 10. 45, auf S. 3 mit einem ungezeichneten tagebuchartig-dokumentarisch abgefaßten Artikel ›Greuel gegen Sudetendeutsche‹, ihre Berichterstattung über die Vorkommnisse in der Tschechoslowakei fortgesetzt.

5] *Die Sabotierung der Potsdamer Beschlüsse:* In einem ›Gefahr eines ›Unter-Potsdam‹‹ überschriebenen Artikel, gleichfalls in der NVZ vom 6. 10. 45, warnte Rudolf Katz eindringlich vor der zu großen Nachgiebigkeit der westlichen Alliierten (Murphy als Vertreter Amerikas) gegenüber der sowjetischen Strategie, »die sich gegen die Errichtung einer Einheitsverwaltung und Einheitsregierung in Deutschland sträubt« und somit die »Gefahr« (»das Wort ›Gefahr‹ ist zutreffend, weil eine solche Entwicklung für ganz Europa die finstersten Möglichkeiten in sich schließen würde«) heraufbeschört, »daß Deutschland faktisch in zwei völlig getrennte Teile zerlegt wird.« (S. 4)
6] *Murphy:* Der amerikanische Diplomat Robert Daniel Murphy (1894-1978) (»der deutsch spricht wie ein Deutscher«: Tm an Agnes E. Meyer, 7. 1. 45) war ab 1944 politischer Berater General Eisenhowers und der amerikanischen Militärregierung in Deutschland.
7] *Esel Krause:* Der Buchhändler und Verleger Friedrich Krause (1897-1964), Inhaber der amerikanischen Auslieferungsorganisation des Bermann Fischer-Verlags, Stockholm und New Yorker Vertreter der beiden Verlage von Emil Oprecht in Zürich, publizierte im vierten, dem »Gesicht des innerdeutschen Widerstands« gewidmeten Band der von ihm herausgegebenen Materialsammlung ›Dokumente des anderen Deutschland‹, New York 1945/46, 93-96 den Frank-Thieß-Artikel ›Die innere Emigration‹ (s. TB 18. 9. 45, Anm. 4) mit folgendem, von Karl O. Paetel verfaßten Vorspann: »Innerhalb des deutschen Exils hat das Wiederauftauchen von Frank Thieß ebenso wie das von Ernst Glaeser und Hans Fallada eine erregte Diskussion ausgelöst. Wir beabsichtigen nicht, uns an dieser Auseinandersetzung zu beteiligen. Wir haben neu erschienene Äußerungen von Fallada und Glaeser aus dieser Materialsammlung weggelassen, weil wir keine Möglichkeit haben, die Vorwürfe nachzuprüfen. Frank Thieß geben wir mit seinem Beitrag über die ›Innere Emigration‹ aus zwei Gründen Raum: erstens scheint uns der Aufsatz – ganz unabhängig von der Person des Verfassers – typisch für Haltung und Denken von tausenden von deutschen Intellektuellen, die das Reich nicht verließen, zweitens hat Thieß in einer 1941 erschienenen Geschichte ›Byzanz‹ – er nennt das Buch ›Den Roman des Jahrtausends‹ – für jeden, der gutwillig auf Zwischentöne hört, in einer Reihe von Anspielungen

auf die NS-Periode sehr deutlich seiner Ablehnung des Faschismus Ausdruck gegeben.«

10. 10. 1945

262 1] *Niemöller-Artikel:* S. TB 4. 8. 44, Anm. 3.

2] *an Krause:* An Friedrich Krause, P. P. 10. 10. 1945; Reg. III, 45/467.

3] *an Mendel:* Noch nicht bekannt.

4] *Aufforderung der Dial-Press:* S. TB 13. 10. 45, Anm. 3.

5] *polit. Bekenntnisse:* ›Goerdelers politisches Testament‹ war als erster Band der von Friedrich Krause herausgegebenen Sammlung ›Dokumente des anderen Deutschland‹, New York 1945, erschienen.

6] *Musikalisches in der Weltwoche:* vermutlich der H. R. gezeichnete Artikel ›Neue amerikanische Musik‹ in der bereits zitierten Ausgabe vom 31. 8. 45, S. 5.

7] *Das ahnungslose Regime:* Mit Bezug auf die Fehler des American Military Government (AMG), die Saul Padower in seinem Artikel ›AMG Innocents Abroad‹, ›The Nation‹, vol. 161, No. 14 v. 6. 10. 45, dargestellt hatte.

11. 10. 1945

263 1] *an Kaskel:* An Joseph Kaskell, P. P. 11. 10. 45; Reg. III, 45/471.

12. 10. 1945

263 1] *Benzidrin:* Wohl das Amphetamin Benzedrin, ein Stimulans.

2] *von Preetorius:* Krottenmühl, Obb. 8. 9. 45, s. den ›Entwurf‹ zu dem Brief in Bl. TMG. No. 4, 9/10.

3] *Vorschläge:* Emil Preetorius hatte in seinem Brief geschrieben: »[Es mag] töricht, sein, ja überflüssig, mit Vorschlägen und Anregungen aufzuwarten. Und doch drängt es mich dazu: nicht nur gibt es Themen, deren Klärung und vertiefte Erkenntnis heute zehnmal dringlich geworden sind – sondern auch keinen Deutschen mehr, der wie Sie das äußere Ansehen und innere Wissen [. . .] besäße, [. . .] das richtigstellende und richtungweisende Wort zu jenen Themen zu sagen. – Ich wage es also und gehe in medias res. – Erstens wäre eine Apologie Wagners zu verfassen [. . .] Zweitens geht es um einen ›Fall Nietzsche‹ [. . .] Endlich das dritte Thema: die Abfassung einer ›Theorie des Deutschen‹.«

4] *1/4:* Die Stundenangabe fehlt in der Handschrift.
5] *Radio Commentator Dane:* Nichts Näheres ermittelt.
6] an *A. M. Frey:* P. P. 12. 10. 45; Reg. III, 45/472.

13. 10. 1945

1] *Mr. Ziffren:* Der Journalist, Filmschriftsteller und spätere Berater des State-Departments in PR-Fragen, Lester Ziffren (geb. 1906), Nachbar und ›dogsitter‹ TMs in Pacific Palisades. 263

2] *an Warburg:* An Fredric J. Warburg, P. P. 15. 10. 45; Reg. III, 45/476.

3] *an Dial Press in Sachen Nietzsche:* An Sidney G. Philipps, Dial Press, New York, P. P. 15. 10. 45; Reg. III, 45/474: TM bekundet grundsätzliches Interesse an dem Plan einer von ihm verantworteten Nietzsche-Edition, der jedoch – nach Auskunft des Verlages – niemals realisiert wurde.

4] *an den jungen Speyer über Thieß:* Vgl. TB 19. 9. 45, Anm. 1.

5] *Essay von Durant:* Will Durant ›What is Civilisation?‹, ›Ladies Home Journal‹, Philadelphia, vol. 63, No. 1, Jan. 46, S. 22, 103, 104, 107. Zu dem im Vorspann zu pointierter Fragestellung zusammengefaßten Problem (›Will civilization survive the partnership of science with modern warfare – or are we building our future on a living volcano? Will our children see the suicide of civilization or a brave new world?‹) äußerte sich auf S. 23 – neben anderen bekannten Autoren wie André Maurois und Jacques Barzun – auch TM in einem 16-Zeilen Statement: »I found no reason to quarrel with the author. The article is no more and pretends to be no more than an ingenious, entertaining and historically well-founded contribution examining the degree of civilization of the different nations from various points of view. . . . If there is one objection I'd like to make, it is this: that Mr. Durant has too greatly limited the number of states to be examined. He has completely left out Italy and Switzerland. One doesn't see why. The smallness of Switzerland is no excuse, since he has included the Scandinavian countries. Considering the fact that the world owes its entire musical and commercial terminology to Italy, and taking into account the high degree of civilization prevailing in Switzerland and demonstrated by its unexcelled schools, hospitals, and so on, one must regard the exclusion of these two countries as an injustice. Who knows how

many points the old culture of Italy and the oldest European democracy, Switzerland, would have scored!«
6] *In Tomorrow Besprechung:* Anna Jacobson, ›The Tables of the Law‹, ›Tomorrow‹, Aug. 1945, 66/67.

14. 10. 1945

263 1] *an Preetorius:* TM verwarf diesen Briefversuch später. S. TB 23. 10. 45.

264 2] *I Pagliacci:* Ruggiero Leoncavallos (1858-1919) Oper ›I Pagliacci‹ (›Der Bajazzo‹), 1892. TM besaß von den Arien ›Nein, ich bin Bajazzo nicht bloß . . .‹ und ›Hüll dich in Tand . . .‹ eine Aufnahme des Jahres 1927 mit Giovanni Martinelli nebst Chor und Orchester der Metropolitan Opera, New York.
3] *Nibelungen-Aufsatz:* Richard Wagner, ›Die Wibelungen, Weltgeschichte aus der Sage‹. (1848)

15. 10. 1945

264 1] *Aufsatz von Mumford:* Lewis Mumford, ›German Apologists and the German Record‹, ›The Saturday Review of Literature‹, 11. 8. 45, pp. 5, 6, 28, 30: eine Review verschiedener Emigranten-Bücher über Deutschland und das deutsche Problem, denen zum Schluß TM's Vortrag *Germany and the Germans* gegenübergestellt wird: »That address is far more important than the whole library of German apologies on which the present article is based. [. . .] this is almost the only analysis of the German character that I know that is based upon something like an objective survey of German history and upon an honest introspection of the author's own mind itself. Mann's castigation of Germany is based upon the most courageous kind of self-analysis: as unsparing as Augustine's Confessions.«
2] *Illiterates Geschimpfe:* Vgl. den Brief von Eugene Tillinger, ›Society for the Prevention of World War III‹, New York, 11. 10. 45; im TMA: »You are certainly not aware of the fact, that certain German Language Newspapers in this country are strongly attacking you. I enclose a clipper from ›Deutsche Wochenschrift of St. Louis‹.« Leider haben sich die Beilagen nicht erhalten.
3] *Dr. Pollack:* Wahrscheinlich der Politologe und Oekonom Friedrich Pollock (1894-1970), Freund von Max Horkheimer und Felix J.

Weil, Mitbegründer und Mitarbeiter des Instituts für Sozialforschung, dessen Londoner Zweigstelle er 1930 einrichtete, und der amerikanischen Nachfolgeinstitution. Pollock ging 1933 nach Genf und 1934 in die USA.

16. 10. 1945

1] *von Kahler:* Princeton, 14. 10. 1945, Bl. TMG No. 10, 37 bis 39: eine Antwort auf TMs Brief vom 7. 10. 45, der Kahler den »SOS Ruf der braven Deutschen Blätter« übermittelte, »die ohne einen Zuschuß von etwa 5 000 Dollars nicht fortfahren können.« Kahlers Plädoyer für das Fortbestehen der Zeitschrift (vgl. TB 16. 9. 44, Anm. 1) ist eine schöne Würdigung dieser von 1943-1946 erschienenen Publikation: »[...] im Ganzen verlor sie nie völlig ihren etwas improvisatorischen Charakter: das lag an den schwierigen Umständen und dem Ort ihres Erscheinens. Aber sie besitzt etwas viel Wertvolleres, nämlich eine schöne, tapfere und [...] instinktsichere moralische Haltung, gleich weit entfernt von Renegatentum und Desertion aus dem deutschen Schicksal, wie von jener unbekümmerten Empörung über das, was man den Deutschen heute antut, wie man sie selbst unter ganz unverdächtig rechtschaffenen, durch und durch antinazistischen Deutschen jetzt öfters antrifft. [...] – Zwischen diesen beiden Extremen nun haben die D[eutschen] Bl[ätter] auf eine vorbildliche Weise die rechte Mitte gehalten. Und darum meine ich, daß sie heute nötiger denn je, ja, geradezu unersetzlich sind.« 264

2] *In ›Life‹ schauerliche Bilder ...:* Der große Bildbericht des britischen Photographen Leonard McCombe ›Displaced Germans driven from their homes by Poles and Czechs; they pour unwelcome into Berlin‹, ›Life‹, vol. 19, No. 16 v. 15. 10. 45, 107-115: Der Bericht enthielt u. a. das Bild eines ohne Krücken aus Rußland entlassenen Gefangenen, der, da ihm beide Füße amputiert sind, von Mit-Flüchtlingen auf der Schulter getragen wird.

3] *an Dr. Kaskel:* An Joseph Kaskell, P. P. 16. 10. 45; Reg. III, 45/477; Br. II, 449-451.

17. 10. 1945

1] *von dem öffentlichen:* Der ›Aufbau‹ hatte von TMs offenem Brief an Walter von Molo *Warum ich nicht nach Deutschland zurückgehe* (s. TB 2. 9. 45, Anm. 1) Extradrucke anfertigen lassen, die er auf 265

Anfrage kostenlos verschickte. Vgl. die Anzeige im ›Aufbau‹, vol. XI, No. 41 v. 12. 10. 45, S. 40, und den Brief von Manfred George an TM vom 13. 10. 45: »Von allen Seiten kamen Anfragen von Lesern, die den Brief an ihre Bekannten und Verwandten weiterschicken wollten. Wir haben daher einige Abzüge von Seiten des ›Aufbau‹ machen lassen, die wir den Anfragern zustellen. Ein Exemplar eines solchen Abzuges finden Sie in der Anlage. – Ich selbst kann zu dem Brief eigentlich nur das sagen, was ich immer wieder in den vielen begeisterten Zuschriften lese: daß diese Auseinandersetzung mit Molo das großartige notwendige und in Form und Gedanken gleich überzeugende Seitenstück zu dem historischen Dokument Ihres Bonner Briefes war. Nicht ich, die Welt hat Ihnen dafür zu danken.« (Im Literaturarchiv Marbach.) Im Januar 1946 stellte der ›Aufbau‹ noch einmal »eine beschränkte Anzahl von Exemplaren« des Briefes – jetzt in englischer Übersetzung – zur Verfügung. S. ›Aufbau‹, vol. XII, No. 1 v. 4. 1. 1946.

2] *von Basler:* Burg/Aargau, 16. 9. 45; im TMA.

3] *›The bell of Adano‹:* ›A bell for Adano‹, Film von 1945 nach dem gleichnamigen Buch von John Hersey, über den Konflikt eines US-Offiziers, der eine sinnlose Anordnung seines Vorgesetzten befehlswidrig rückgängig macht. Unter der Regie von Henry King spielten John Hodiak, William Bendix, Gene Tierney und Hugo Haas.

4] *New Yorker mit [. . .] Bericht über eine Ausstellung verpönter deutscher Maler:* Robert M. Coates, ›The Art Galleries‹, ›The New Yorker‹, 13. 10. 45, 69-71: These paintings »give an idea of what the life of the artist – the honest artist, anyway – must have been like in Germany during the war.« Der Rezensent nennt Namen – bekannte und unbekannte: »seven are dead, at least five of them as a result of persecution« (Schlemmer und Barlach werden genannt, »who died of starvation«). »Ten fled« – Karl Hofer überlebte im Lande: »kept practically a prisoner in Berlin by the Nazis« – »But the majority of the pieces were done by younger and less well established men [Xaver Fuhr, Kurt Roesch, Walter Quirt] and the odd thing is, that most of the work is quite innocuous.« Der Bericht schließt mit der bewundernden Feststellung: »The important fact is that so many of the artists were willing to risk death to keep on doing it.«

5] *Barlach:* Das Werk des Bildhauers, Graphikers und Schriftstellers Ernst Barlach (1870-1938) zählte unter nationalsozialistischer Herrschaft zur ›entarteten Kunst‹.
6] *Hofer:* Der deutsche Maler und Graphiker Karl Hofer (1878 bis 1955).

18. 10. 1945
1] *›Empfang bei der Welt‹:* S. TB 11. 8. 45, Anm. 2. 265
2] *Anklageschrift:* Am 18. 10. 45 wurde dem aus Vertretern der vier Siegermächte bestehenden Militärtribunal in Berlin die Anklageschrift gegen die 22 deutschen ›Hauptkriegsverbrecher‹ eingereicht, die aus drei Hauptpunkten bestand: 1. Anklage wegen Verbrechens gegen den Frieden, 2. Anklage wegen Kriegsverbrechen, 3. Anklage wegen Verbrechen gegen die Menschlichkeit. – Die Hauptverhandlung begann am 11. 11. 45 in Nürnberg.

19. 10. 1945
1] *von Vikko:* München, Herbst 1945; im TMA. 265
2] *in der ›Süddeutschen Zeitung‹: Brief nach Deutschland,* ›Süddeutsche Zeitung‹ No. 2, v. 9. 10. 1945, S. 5: ein Abdruck des letzten Teiles des Briefs an Walter von Molo.
3] *Heinrichs Memoiren:* Heinrich Mann, ›Ein Zeitalter wird be- 266
sichtigt‹, ›Internationale Literatur‹, Moskau, H. 3, 1945, 1-21.

20. 10. 1945
1] *von Golo:* An Katia Mann, Luxemburg, 6. 10. 45: »I am just 266
back from Paris in this little capital (clean and lovely swisslike when one comes from dirty rotten Paris).« Der Brief enthält die für TM verzeichnete Mitteilung: »We gave the best possible play to Z[auberer]s letter to Molo. I had read it twice in full by our star speaker, and it will be read a third time Sunday evening, the best listening time.«
2] *›Bekenntnis zu Thomas Mann‹:* Golo Mann annoncierte die nicht erhaltene Beilage mit dem Satz: »That incidentally not all of the German second class writers are of Thiess' opinion, the enclosed clipping may be proof for.« – Der Artikel ›Bekenntnis zu Thomas Mann‹ stand am 3. 10. 1945 in der ›Neuen Hamburger Presse‹ und geht vor allem auf die *Joseph*-Bände und *Lotte in Weimar* ein.

3] *Hilferuf des Grafen Keyserling:* Der totgesagte Kulturphilosoph Hermann Graf Keyserling (s. TB 10. 8. 44, Anm. 6) hatte sich am 30. 9. 45 in einem Brief an Radio Innsbruck aus Aurach bei Kitzbühel gemeldet, den Golo Mann den Eltern im Hektogramm – evtl. von Radio Innsbruck – und mit der Bemerkung ›Sad‹ (traurig) versehen, beilegte: Der offensichtlich von einem Redakteur verfaßte Vorspann enthält den Satz: »Es ist ein Zeichen der Zeit, daß eine derartig überragende Persönlichkeit sich nunmehr gezwungen sieht, in einem Schreiben an Radio Innsbruck einen Hilferuf an die Öffentlichkeit auszustoßen.« Dem Brief selbst entstammen folgende Abschnitte: »Also ich lebe noch, so nahe ich auch oft dem Tode war, so tief mich das lange Nichtwirken-Können quälte. Im Januar 1945 erkrankte ich an einer sehr schweren Gehirngrippe, die mich auf drei Monate halbseitig gelähmt hinterließ. Aber jetzt geht es aufwärts und in einem halben Jahr hoffe ich wieder voll arbeitsfähig zu sein, um mein internationales Wirken wieder aufzunehmen. [...] Nun harre ich der Verlagsangebote der ganzen Welt. [...] Sicher werden sich in Deutschland, London, New York und Paris Menschen finden, die mein Werk genau kennen und die auch über meine Verfolgung und mein kompromißloses Durchhalten näheren Aufschluß geben können. Meine Adresse bleibt, bis mir ein neuer Wirkungsrahmen angeboten wird ...«

21. 10. 1945

266 1] *an Lesser:* An Jonas Lesser, P. P. 21. 10. 1945; Reg. III, 45/480.
2] *›Zeitalter‹ Abschnitte:* S. TB 19. 10. 45, Anm. 3.
3] *Lukács über deutsche Literatur:* Georg Lukács, ›Die deutsche Literatur im Zeitalter des Imperialismus‹, ›Internationale Literatur‹, Moskau, H. 3, 3-65, und H. 4, 62-67.

22. 10. 1945

266 1] *am Kapitel [...] (Gesta):* Am XXXI. *Faustus*-Kapitel. Vgl. TM an Agnes E. Meyer, 25. 10. 45: »Jetzt halte ich bei einer grotesken Opernsuite für das Marionetten-Theater, die Leverkühn komponiert, und deren Stoffe er dem alten Fabel- und Legendenbuch ›Gesta Romanorum‹ entnimmt. Es sind da Geschichten, wenigstens eine, die ich ihm am liebsten wegnähme um selbst eine merkwürdige Novelle daraus zu machen.« (Br. II, 454).

2] *von Golo:* Nicht erhalten. Golo Mann hatte jedoch die hauptsächlichen Nachrichten für seinen Vater bereits in seinem Brief an die Mutter (s. TB 20. 10. 45) mitgeteilt.

3] *Brief mit tückischer Überschrift:* Die New Yorker ›Staatszeitung und Herold‹ hatte TMs Brief an Walter von Molo am 18. 10. 45, S. 6, unter der Überschrift abgedruckt: ›»Ich bleibe deutscher Schriftsteller, fürchte mich aber vor den deutschen Trümmern«, sagt Thomas Mann‹. Vgl. dazu TB 30. 10. 45. 267

4] *Ehrendoktor:* TM erhielt am 8. 12. 45 während einer Feierstunde des Hebrew Union College, Cincinnati, Ohio, in absentia die Würde eines Doctor of Hebrew Letters verliehen. Vgl. den Dankesbrief an den College-Präsidenten Julian Morgenstern, P. P. 27. 11. 45; Reg. III, 45/555, der zur Verlesung während des Festaktes bestimmt war. Der ›Aufbau‹ druckte das Schreiben gekürzt unter dem Titel ›Indefatigable Vigilance‹ in vol. XII, No. 2 v. 11. 1. 46, auf S. 18.

5] *an Vicco:* An Viktor Mann, P. P. 23. 10. 45; Reg. III, 45/490.

6] *an den ›Aufbau‹:* An die Redaktion des ›Aufbau‹, P. P. 22. 10. 45; Reg. 45/486. Der ›Aufbau‹ druckte das Schreiben vol. XI, No. 44 v. 2. 11. 45, S. 6, in der Rubrik ›Letters to the Editor‹ unter der Überschrift ›In eigener Sache‹ (s. auch Br. II, 451).

7] *General Halder:* Der deutsche General Franz Halder (1884 bis 1972) war seit 1938 Generalstabschef der Deutschen Wehrmacht. Sein Verhältnis zur militärischen Opposition gegen Hitler ist in der Forschung umstritten. Halder fiel wegen militärischer Meinungsverschiedenheiten mit Hitler während des Rußlandkrieges in Ungnade, wurde im September 1942 aus der Wehrmacht entlassen und nach dem 20. Juli 1944 in verschiedenen Konzentrationslagern gefangen gehalten. Am 8. Mai war er von US-Truppen in Italien befreit worden.

8] *Chamberlain:* Der britische Politiker Arthur Neville Chamberlain (1869-1940), von 1937-1940 englischer Premierminister, hatte, um einen Krieg zu vermeiden, im September 1938 in Berchtesgaden, Godesberg und München den angeblich letzten Hitlerschen Territorialforderungen zugestimmt.

23. 10. 1945

267 1] *spanische Übersetzungen von Zbg. und Mario:* 1. ›*La montaña mágica*, übers. von Mario Verdaguer, 2 Bände. Barcelona 1945; 2. *Mario y el Mago*, übers. von F. Oliver Brachfeld, Barcelona 1945.

2] *an Preetorius:* an Emil Preetorius, P. P. 23. 10. 45; Reg. III, 45/491; Bl. TMG No. 4, 11/12; Br. II, 452/453.

3] *Manuskript von G. Anders:* Günther Anders' 1933 geschriebene Geschichte ›Learsi‹; wieder abgedruckt in Günther Anders, ›Erzählungen‹, Frankfurt 1978.

4] *G. Anders:* Der Publizist, Philosoph (Husserl-Schüler) Günther Anders (geb. 1902) mußte Deutschland 1933 verlassen und floh über Paris 1936 in die USA, wo er in New York und Kalifornien lebte und gegen Ende des Krieges im Office of War Information arbeitete. Er kehrte 1950 nach Europa zurück, lebte vorwiegend in Wien und wurde nach Besuchen in Hiroshima und Nagasaki, 1958, und seinem Briefwechsel mit dem Hiroshima-Piloten Claude Eatherly zu einem der Initiatoren der internationalen Anti-Atom-Rüstungs-Bewegung. Gemeinsam mit Jean-Paul Sartre und Simone de Beauvoir nahm er in Stockholm und Kopenhagen als Richter an den von Lord Russell inaugurierten Menschenrechts-Tribunalen teil.

5] *Broch-Kritik:* Günther Anders, ›Der Tod des Vergil und die Diagnose seiner Krankheit‹, ›Austro-American-Tribune‹, vol. 4, No. 2 v. Sept. 1945, 9 und 12. Wieder abgedruckt in Günther Anders, ›Mensch ohne Welt‹, Frankfurt 1984, S. 195.

24. 10. 1945

267 1] *scharf ablehnende Antwort:* Noch nicht bekannt.

2] *›Traumfährte‹:* Hermann Hesse, ›Traumfährte. Neue Erzählungen und Märchen‹, Zürich 1945.

3] *an die Meyer:* An Agnes E. Meyer, P. P. 25. 10. 45; Reg. III, 45/492; Br. II, 453-455 (fragm.).

4] *›Mathilde‹:* Leonhard Franks Roman ›Mathilde‹, Amsterdam 1948.

25. 10. 1945

268 1] *selbst eine Novelle zu machen:* Vgl. TB 22. 10. 45, Anm. 1. TM führte den Plan 1948-50 in seinem Roman *Der Erwählte* aus.

2] *Herzog:* S. TB 19. 1. 44, Anm. 3. Wilhelm Herzog hat in dem

TM gewidmeten Kapitel seines Buches ›Menschen, denen ich begegnete‹ von diesem Treffen erzählt (a. a. O., 298).

3] *von Humm:* Zürich, 16. 10. 45; im TMA.

4] *Das Motiv der Werbung:* Vgl. TB 31. 1. 44, Anm. 7 u. 8.

26. 10. 45.

1] *mit der Gemme:* Mit Eva Herrmann; s. TB 24. 7. 44, Anm. 1. 268

2] *P. W.:* so versehentlich für W. P. = Washington Post.

3] *Reaktionen:* Nicht ermittelt.

4] *Tagebuch:* Offenbar die dem Mai 1933 geltenden Aufzeichnungen aus Erich Ebermayers ›Tagebuch 1933-1935‹, das 1959 unter dem Titel ›Denn heute gehört uns Deutschland ...‹ in Hamburg und Wien erschien.

5] *Ebermayer:* Der Schriftsteller Erich Ebermayer (1900-1970), seit den zwanziger Jahren mit Klaus Mann befreundet, blieb nach 1933 als Drehbuch- und Romanautor in Deutschland, obwohl sein Roman ›Kampf um Odilienberg‹ im Mai 1933 verboten wurde.

6] *Selbstmord des Ley:* S. TB 16. 5. 45, Anm. 4.

7] *irres ›Polit. Testament‹:* Die amerikanische Zeitschrift ›Time‹ brachte unter der Überschrift ›The black days‹ in ihrer Ausgabe vom 5. 11. 45, S. 32, folgende Zusammenfassung: »Ley left a testament to ›My German People‹. It told them, that the worst mistake had been Anti-Semitism, counseled them to make amends: ›The Jews should make a friend out of Germany and Germany a friend out of the Jews.‹ He also gave his reasons for suicide: ›I was with Hitler in the good days – I want to be with him in the black days.‹«

8] *Bunte Steine:* Adalbert Stifters erstmals 1853 erschienenes, aus sechs Erzählungen: ›Granit‹, ›Kalkstein‹, ›Turmalin‹, ›Bergkristall‹, ›Katzensilber‹, ›Bergmilch‹, bestehendes ›Festgeschenk‹ ›Bunte Steine‹. TM besaß das Buch – ein Geschenk von Ernst Bertram – in der Amelangschen Ausgabe: Adalbert Stifter, ›Ausgewählte Werke‹, 13 Bände, Leipzig 1905-1911, Band 3. Es steht in der Zürcher Bibliothek.

27. 10. 1945

1] *Rede des Präsidenten:* Trumans Rede anläßlich des amerikanischen Flottentags im New Yorker Central Park enthielt in 12 Punkten u. a. die Forderung nach einer starken amerikanischen Streitmacht zur Sicherung des Friedens und das Versprechen, niemals eine 269

Regierung anzuerkennen, die nicht frei vom Volk gewählt sei. Text in ›Truman speeks‹ a. a. O., 90-96. Zum Fall der Atombombe sagte der Präsident: »The atomic bombs that fell on Hiroshima and Nagasaki must be made a signal, not for the old process of falling apart but for a new era, an era of ever-closer unity and ever-closer friendship among peaceful nations. [...] the possession in our hands of this new power of destruction we regard as a sacred trust. Because of our love of peace, the thoughtful people of the world know that that trust will not be violated, that it will be faithfully executed.«

2] *Interview mit Einstein:* ›Einstein on the Atomic Bomb‹. ›Albert Einstein as told to Raymond Swing‹, ›The Atlantic Monthly‹, vol. 176, No. 5, Nov. 1945, 43-45.

3] *Buch über die Judenfrage:* Elmer Berger, ›The Jewish Dilemma‹, New York 1945. S. TMs Dank an Rabbi Berger, 23. 2. 46; Reg. III, 46/119.

4] *Harden:* Der Schriftsteller und Pazifist Maximilian Harden (Pseudonym für Maximilian Witkowski) (1861-1927), einer der bestinformierten und meist gefürchteten Schreiber seiner Zeit, in dessen 1892 gegründeter Zeitschrift ›Die Zukunft‹ die Brüder Mann gelegentlich publizierten. TM kannte Harden, der mit seinen Schwiegereltern Pringsheim befreundet war, seit 1912 persönlich.

5] *Kraus:* Der österreichische Schriftsteller und Publizist Karl Kraus (1874-1936), Gründer der Zeitschrift ›Die Fackel‹, die er, von 1911 an, als ›Alleinbeiträger‹ publizierte.

6] *Goldberg:* Der Berliner Mediziner und Orientwissenschaftler Oskar Goldberg (1885-1953). Züge von Goldberg, der während des Dritten Reiches als Privatgelehrter in Italien lebte und den TM durch Ferdinand Lion persönlich kannte, sind in die Schilderung des Chaim Breisacher im XXVIII. *Faustus*-Kapitel eingegangen (s. TB 12. 8. 45, Anm. 1).

7] *Eichendorf:* Der romantische Dichter Joseph Freiherr von Eichendorff (1788-1857). Vgl. TMs Hymnus auf Eichendorffs ›Aus dem Leben eines Taugenichts‹ in den *Betrachtungen*, Kap. ›Von der Tugend‹, GW XII, 375-382.

8] *Mendelssohn:* Der Philosoph Moses Mendelssohn (1729-1786), Anwalt der Aufklärung und der Judenemanzipation, Freund Lessings, der seinem ›Nathan‹ Züge Mendelssohns gab.

28. 10. 1945

1] *an XXXI gegen das Ende:* Die Vorbereitungen auf den Disput mit Rudi Schwerdtfeger, der Adrian Leverkühn Gelegenheit gibt, seine Theorie des ›Durchbruchs‹ zu entwickeln. 269

2] *Saint Saens Totentanz:* Camille Saint-Saëns (1835-1921), Orchesterstück op 40 ›Danse macabre‹ (1875).

3] *Zigeunerbaron:* Operette in drei Akten von Johann Strauß (Sohn) (1825-1899); uraufgeführt 1885 im Theater an der Wien.

29. 10. 1945

1] *von Bermann:* New York, 25. 10. 45; TM/GBF 419/420. 270

2] *Roman-Kapitel [. . .] gefordert:* »Als einzigen Prosabeitrag dachte ich an einen Abdruck eines Kapitels aus Ihrem neuen Roman. [. . .] Das ›Gespräch mit dem Teufel‹ würde an erster Stelle in meiner Wunschliste stehen, wenn es nicht zu umfangreich ist.« (420) – TM entschied sich für zwei Abschnitte aus den Anfängen des *Faustus*-Buchs: für »die mystisch-naturwissenschaftlichen Spekulationen des alten Leverkühn« und »den Excurs über Beethoven, Opus 111.« Vgl. TM an GBF 8. 11. 45; TM/GBF 422, sowie ›Die Neue Rundschau‹, Jg. 56/57, 1945/46, 274-293 *Zwei Romanfragmente.*

3] *Botschaft an das New Yorker mass meeting: Rettet die Juden Europas!* GW XIII, 514/515. Vgl. den Bericht im ›Aufbau‹, vol. XI, No. 46 v. 16. 11. 45, 16/17, wo die Botschaft neben Aufrufen von Albert Einstein, James M. Mead und A. A. Roback abgedruckt wurde.

4] *Prospekt von Henry James-Novellen:* Nicht ermittelt.

5] *Aufsatz von L. Lewisohn:* Ludwig Lewisohn, ›Super-Midrash‹, ›New Palestine‹, Washington DC. No. 34 v. 15. 9. 44, 519/520.

6] *von Broch:* 29. 9. 45; im TMA.

7] *Manuskript über die Notwendigkeit einer Bill of Rights:* Hermann Broch, ›Bemerkungen zur Utopie einer ›International Bill of Rights and of Responsibilities‹‹, dritte Fassung, entstanden im Herbst 1945. Erstdruck: Hermann Broch, ›Kritische Werkausgabe‹, herausgegeben von Paul Michael Lützeler, Frankfurt/Main 1978, Band 11, 243 bis 277 und 503.

30. 10. 1945

270 1] *Im ›Aufbau‹ Artikel:* ›Eine Irreführung‹, ›Aufbau‹ vol. XI, No. 43 v. 26. 10. 45: »Der von uns abgedruckte ›Offene Brief Thomas Manns an Walter von Molo‹ hat eine ungeheure Wirkung in unserem Leserkreis gehabt. Als ethisches Dokument ein gleichwertiges Gegenstück zu seinem berühmten Schreiben an die Bonner Professoren, hat es eine reinigende Wirkung in der allgemeinen Atmosphäre der Gedankenverwirrung gehabt, wie sie namentlich in den Köpfen mancher exiliierter deutscher Politiker herrscht. Mit einer unübertrefflichen Klarheit und Schärfe hat Mann genau motiviert, warum er nicht zurückgeht. Einer seiner Hauptgründe war die Tatsache, daß er das Verhalten der in Deutschland verbliebenen Kollegen menschlich als unverständlich empfunden hat. Die ›New Yorker Staatszeitung‹ hat die Veröffentlichung des Briefes im ›Aufbau‹ nicht ruhen lassen, und sie hat den Brief ebenfalls vom Dichter zum Abdruck erbeten. Mann hat mit einem sehr freundlichen Schreiben der Aufforderung Folge geleistet. Was aber tut die ›New Yorker Staatszeitung‹? Sie druckt den Brief unter der folgenden Überschrift ab: ›*Ich bleibe deutscher Schriftsteller, fürchte mich aber vor den deutschen Trümmern,* sagt Thomas Mann.‹ Mit dieser irreführenden fünfspaltigen Überschrift wird der gesamte Inhalt des Briefes völlig verkehrt, Mann wird der Feigheit geziehen und der Leser auf ein völlig falsches Gedankengeleis gelockt. Es hat wohl selten einen solchen journalistischen Mißbrauch der Arglosigkeit eines Autors gegeben. Nach den Erfahrungen, die wir aber kürzlich mit der Stellung des gleichen Blattes zu der Katastrophe von Theresienstadt gemacht haben, wundern wir uns nicht weiter.«

2] *Gratis-Sonderdruck:* S. TB 17. 10. 45, Anm. 1.

3] *an Erika:* Der Brief ist verloren.

4] *an Eugene Meyer:* Noch nicht bekannt.

5] *Brochs Memorandum:* S. TB 29. 10. 45, Text und Anm. 7.

31. 10. 1945

270 1] *Artikel für das ›Christian Committee‹: An Mrs. Shipler,* Editor of ›Newscast‹, Bulletin of the ›American Christian Committee for Refugees‹, vol. 6, No. 4, Nov./Dez. 1945; GW XIII, 783-786.

2] *von Faesi:* Zollikon, 17. 9. 45; ›Thomas Mann–Robert Faesi, Briefwechsel‹, Zürich 1962, 53-60.

3] *Beilagen:* Nicht erhalten.
4] *von Heimeran:* St. Gallen, 11. 9. 45; im TMA.
5] *Brief der O. S. S. Mission in Deutschland:* Nicht unter den im TMA archivierten Dokumenten. – Das O. S. S. = Office of Strategic Service: der 1941 von William J. Donovan organisierte militärische Nachrichtendienst – Vorläufer des 1949 geschaffenen CIA –, in dessen deutscher Sektion namhafte deutsche Emigranten wie Alfred Grzesinski, Herbert Marcuse und Ernst Fraenkel mitarbeiteten. Über die ideologischen Unterschiede zwischen O. W. I. und O. S. S. vgl. Radkau II, a. a. O., 181.
6] *Nietzsche-Ausgabe:* S. TB 13. 10. 45, Anm. 3. 271
7] *Frei-Fest:* Halloween, der Abend vor Allerheiligen.
8] *M. D.:* Um welchen Arzt es sich handelt, konnte nicht ermittelt werden. (M. D. = Medicinae Doctor oder Medical Department.)

1. 11. 1945
1] *Artikel für Camp-Zeitung: Welt-Zivilisation.* Vorwort für die 271
Weihnachtsnummer der Lagerzeitung des deutschen Kriegsgefangenen-Camps Papagos-Park, Arizona, Weihnachten 1945; GW XII, 962-967. S. Brief an die Camp-Leitung und den Redakteur Rolfkurt Gebeschus, Reg. N, 45/14.
2] *Zwei Nummern der Weltwoche:* Wahrscheinlich die Nummern Jg. 13, No. 618 und 619 vom 14. 9. 45 resp. 21. 9. 45. In No. 618, S. 2 f. las TM den Artikel von Nikolaus Basseches, ›Rußland und Europa‹, in der gleichen No. S. 7 und 12 unter dem Titel ›Und vergib uns unsere Schuld‹ das Interview mit Karl Barth. Die No. vom 21. 9. 45 enthielt auf S. 1 als Leitartikel Karl von Schumachers Abhandlung: ›Westblock und Deutschland‹.

2. 11. 1945
1] *Artikel für Chicago Daily News: Honesty in Written Word,* 271
Based on Sound Reasoning, Will Solve Crisis of Times. ›Chicago Daily News‹, Christmas Book Section, 5. 12. 45, Section Two, Page 1 A. Text s. Anh. S. 827 ff.
2] *Stifters ›Kalkstein‹:* Adalbert Stifters Erzählung ›Kalkstein‹ aus dem ersten Band der Sammlung ›Bunte Steine‹, Leipzig 1853.

3. 11. 1945

271 1] *Briefe von 1933-45 an Basler:* S. TB 26. 9. 45, Anm. 3.

2] *Schimpfartikel [. . .] aus der Weser-Zeitung:* August Enderle, ›Ein Emigrant über Thomas Mann‹, ›Der Weserkurier‹, Bremen, Jg. 1, 1945, No. 8 v. 13. 10. 45: Ausdruck der Enttäuschung eines sich der sozialistischen Arbeiterbewegung zurechnenden Remigranten über die von TM in seinem Brief an Molo vorgebrachten Argumente, nicht nach Deutschland zurückzukehren. »[. . .] Wer, wie Thomas Mann sein ganzes Leben in Deutschland als einer der ersten auf geistigem Gebiet innerhalb und mit dem deutschen Volk gelebt und auch noch den Ruhm und die Vorteile dieser Stellung genossen hat, der hat die moralische Pflicht, mit und unter diesem Volk zu leben und zu wirken, sobald die äußeren Möglichkeiten hierfür vorhanden sind, auch dann, ja erst recht, wenn dieses Volk sich irreleiten ließ und nun in höchster Not ist. [. . .] Die aus seinen Worten [›Ich gestehe, daß ich mich vor den deutschen Trümmern fürchte‹] sprechende Gesinnung ist die eines nur an seinen Verdienst und persönliche Vorteile denkenden Geschäftsmannes. Sie von einem Thomas Mann lesen zu müssen, ist traurig und beschämend. Hätte er doch geschwiegen! Nicht nur jetzt, sondern auch mit seinen Reden an das deutsche Volk. Denn wer nicht mit einem Volk leben will, hat bei ihm auch nichts zu sagen! Wenn Thomas Mann trotzdem schreibt: ›Nie werde ich aufhören, mich als deutscher Schriftsteller zu fühlen‹, so ist das heute einfach nicht mehr wahr. Er fühlt sich als satter amerikanischer Bürger. . .«

4. 11. 1945

272 1] *Änderung an Kap. XXXI:* Ein Vergleich der 47er Druckfassung mit dem Manuskript und den ausgeschiedenen Typoskriptseiten zeigt, daß es sich in erster Linie um einschneidende Kürzungen der Gesta-Fabeln handelt. Das Typoskript enthält auf dreieinhalb Seiten (Bl. 547, 550-552) die Geschichte ›von dem gar mächtigen König Alexander und seinem Lehrer und Meister Aristoteles‹, das Stück ›Von der Gerechtigkeit der Richter‹ sowie das ›Dramolett‹ ›Von der Sünden Vergebung‹. (S. Anhang S. 829 ff.)

2] *in Hesses kleiner Prosa:* Vgl. TB 24. 10. 45, Anm. 2.

3] *an die Meyer:* An Agnes E. Meyer, P. P. 4. 11. 45; Reg. III, 45/505.

4] *der kleinen Artikel:* S. TB 31. 10. und 1. 11. 45.

5. 11. 1945

1] *Broadcast:* »Die BBC hat mich aufgefordert ...«, *Deutsche Hörer,* 30. 12. 1945, GW XIII, 743-747: Zusammenfassung der Gründe, nicht nach Deutschland zurückzukehren. 272

2] *Koestlers ›The Yogi and the Commissar‹:* Arthur Koestlers Buch war 1945 in New York erschienen.

3] *Briefe von Klaus:* An Katia Mann, Rome September 30 und 9 October [1945]. Beide Schreiben befinden sich im KMA. Der Brief vom 9. 10. ist abgedruckt in KM Br./Antw. II, 236-238. Das TB-Notat über Berlin steht im Bericht vom 30. 9.: »I was kind of touched to find walls in Berlin plastered with posters announcing lectures on ›Joseph‹ – as a belated birthday celebration –, recitals from ›Lotte in Weimar‹ and so forth. And again, one shouldn't be overly touched by these manifestations of veneration and sympathy. After all, the same professors and critics who are now so very Th.-M-conscious, got along without him very nicely during those twelve years of German Greatness ...« Derselbe Brief erzählt auch von einem Besuch bei Johannes R. Becher, in dessen Verlauf Klaus Mann die von TM in der Folgezeit häufig benutzte Version über Walter von Molos Verhalten während der Nazi-Zeit erfuhr: Most of the Germans »are probably as respectable as Walter von Molo who, as Becher told me, was in the habit of sending his books with personal dedications to Rosenberg, in whose library the copies were recently discovered.« – Die Bemerkungen über Heinrich Manns Essay und das Rundschau-Heft im Brief vom 9. 10.

4] *Artikel Korrodis:* S. TB 1. 10. 45, Anm. 6.

6. 11. 1945

1] *Sagte BBC zu:* Vgl. TB 5. 11. 45, Anm. 1. Die Zusage selbst ist nicht erhalten. 272

2] *Committee for feeding German children:* Vgl. den Brief an Agnes E. Meyer, 14. 12. 45; Reg. III, 45/585: »Die pro-deutsche Propaganda ist hier ganz in den Händen der Faschisten. Man muß sich sehr hüten, aus Mitleid darauf hineinzufallen. Mir war schon bange, als ich neulich einmal einen Aufruf zur Hilfe für deutsche Kinder unterschrieben hatte. Es stellte sich aber heraus, daß es sich da wirklich ausnahmsweise um eine gutgemeinte Aktion handelte, ausgehend von dem Gedanken, daß man die demokratischen Kräfte in

Deutschland stütze, wenn man dem Elend steuere. Meistens ist es ganz anders gemeint.« (Br. II, 464)

3] *Kultur des Mittelalters:* Die Bestellung des ersten Bandes von Samuel Singers dreibändiger Sammlung ›Die Sprichwörter des Mittelalters‹, Bern, 1944-47. S. das Schreiben an den Verlag Herbert Lang &Cie, Bern, P P. 6. 11. 45; Reg. III, 45/513.

7. 11. 1945

273 1] *Entschuldigungsbrief:* Wegen der gehässigen Überschrift. S. TB 22. 10. 45, Anm. 3.

2] *Merkers ›Das 3. Reich u. sein Ende‹:* Paul Merker, ›Das 3. Reich und sein Ende‹, Mexiko, El libro libre, 1945.

8. 11. 1945

273 1] *das neue Kapitel:* Die Vorbereitungen auf das XXXII. *Faustus*-Kapitel »mit dem beklemmenden Gespräch zwischen Ines [Rodde] und Zeitblom«. (*Entstehung,* Kap. XI, GW XI, 243.)

2] *von Golo:* An Katia Mann, Luxemburg, 30. 10. 45.

3] *deutscher Artikel:* Nicht erhalten.

4] *an Heimeran:* An Ernst Heimeran, P. P. 8. 11. 45; Reg. III, 45/517.

5] *›Free World‹ [. . .] über die Mentalität der Deutschen:* Albert Norden, ›Nazi Princes are War Criminals too‹, ›Free World‹, vol. X, No. 5, Nov. 1945, 38-40, und, vor allem, die kommentierte Photoserie ›Pity for Germany‹, ›A Dangerous Propaganda Line Repeated‹, die beweisen will, daß alliierte Photoreporter leicht der Gefahr erliegen, durch Anteilnahme erweckende Photos von deutschen Frauen und Kindern das deutsche Selbstmitleid zu stärken, die Menschen ihre Mitschuld an den NS-Verbrechen vergessen zu lassen und so einen echten, demokratischen Neuanfang zu erschweren (a. a. O. 63-66).

6] *Geschichte vom braunen Mädchen:* In Stifters Erzählung ›Katzensilber‹.

9. 11. 1945

273 1] *Post-Bericht:* Der Bericht in der ›Washington Post‹ über die Feierlichkeiten zu Eugene Meyers 70. Geburtstag am 1. 11. 45, S. 1 und 8.

2] *Die Feuersbrunst:* Gleichfalls in Stifters Erzählung ›Katzensilber‹.

10. 11. 1945

1] *an Humm:* An Rudolf Jakob Humm, P. P. 11. 11. 45; Reg. III, 45/519: »... Ist mein Offener Entschuldigungsbrief an die deutsche Presse in der Schweiz bekannt geworden? Es läge mir an ihrem Verständnis. W. von Molo, dem ich zu antworten hatte, ist bekannt für eine devote Buchwidmung an Rosenberg... Wir haben hier immer ziemlich genau gewußt, *wer* sich in Deutschland anständig benahm: Es waren nicht diejenigen, die jetzt in melodramatischen und offenkundig verlogenen Artikeln ihre Leiden als Mitglieder der Inneren Emigration feiern, wie Ebermaier Erich, der dem Göbbels jedes Jahr einen Film geliefert hat und reich dabei geworden ist. – Heimkehr! Als ob ich nicht darauf gewartet hätte, 4, 6, Jahre lang. Nach zwölfen und nach einer Befreiung, an der die Deutschen keinen Anteil hatten, und der ich aufs tiefste mißtraue, ist es zu spät. Manfred Hausmann, den ich nicht für hysterisch halte, hat an Bermann-Fischer geschrieben, es sei ein verzweifelter Fall, die Deutschen seien nationalsozialistischer als je zuvor und die Amerikaner viel zu nachsichtig; die deutsche Frechheit sei schon wieder obenauf. – Wie es scheint, hat sich *nichts* geändert, und mir wird immer gewisser, daß ich mich dort heute nicht wohler fühlen würde als ums Jahr 1930. –« (Im TMA). 274

11. 11. 1945

1] *Virginia:* Virginia Katzenellenbogen. S. TB 30. 5. 44, Anm. 2. 274

2] *›Salome‹:* Die 1905 in Dresden uraufgeführte Oper ›Salome‹ von Richard Strauss.

12. 11. 1945

1] *Armistice-Day:* Der amerikanische Feiertag zur Erinnerung an den Waffenstillstand am 11. 11. 1918. 274

2] *Zeitblom-Chronologie:* Merkers Buch über ›Das 3. Reich und sein Ende‹ enthält eine chronologisch detaillierte Darstellung des TM interessierenden Zeitraums 1944/45.

14. 11. 1945

1] *für die Yale Review:* S. TB 29. 12. 45, Anm. 3. 274

2] *Schwestern-Kapitel:* TM hatte in diesem XXXII. Kapitel ursprünglich über die Schicksale beider Rodde-Schwestern berichten wollen. Der erste Teil, der die entscheidenden Wendungen im Leben der älteren, Ines, erzählt, geriet ihm jedoch so lang, daß er die Komposition des Ganzen änderte und beschloß, »das Schwestern-Schicksal zu teilen.« (TB 29. 11. 45). Vgl. zusammenfassend Peter de Mendelssohns Nachwort zum *Faustus*-Band der Frankfurter Ausgabe, S. Fischer 1980, 723.

3] *Telegramm-Botschaft:* Nicht erhalten.

4] *an Merker:* An Paul Merker, P. P. 14. 11. 45; Reg. III, 45/530.

16. 11. 1945

275 1] *an Faesi:* An Robert Faesi, P. P. 15. 11. 45; Reg. III, 45/532; TM/RF 60-64.

2] *Neue Schriften von Kerényi:* Karl Kerényi, ›Die ungarische Wendung‹, ›Neue Schweizer Rundschau‹, 12/1945, 585 ff.; ferner: ›Bachofen und die Zukunft des Humanismus mit einem Intermezzo über Nietzsche und Ariadne‹ (in der Zürcher Bibliothek erhalten), sowie: ›Die Töchter der Sonne‹, Zürich 1944, und ›Hermes, der Seelenführer‹, Zürich 1944.

3] *Architekt Davidson:* Der aus Breslau stammende Berliner Architekt J. R. Davidson (1888-1977) hatte sich nach seiner Emigration in den Villenvororten von Los Angeles einen Namen gemacht und war der Erbauer von TMs Haus in Pacific Palisades.

4] *an einen Bruder Fr. Blunks:* An Rudolf W. Blunck, P. P. 19. 11. 45; Reg. III, 45/539; Br. II, S. 455/456.

5] *für den arretierten Präsidenten der Reichsschrifttumskammer einzutreten:* Gemeint ist der Jurist und Schriftsteller Hans Friedrich Blunck (1888-1961). Blunck, schon vor 1933 ein Anwalt des Reichsgedankens und der Blut- und Boden-Ideologie, war von 1933-1935 Präsident der Reichsschrifttumskammer und seit 1933 Zweiter Vorsitzender der Deutschen Akademie für Dichtung gewesen – jener nationalsozialistischen Nachfolgeorganisation der ehemaligen Sektion für Dichtkunst an der Preußischen Akademie der Künste, die spätestens im Mai 1933 aufgehört hatte ein freies literarisches Gremium zu sein. Zu dem ganzen Komplex Blunck vgl. die von Dr. Walther Blunck herausgegebene Materialsammlung ›Thomas Mann und Hans Friedrich Blunck, Briefwechsel und Aufzeichnungen. Zugleich eine Dokumentation‹, Hamburg o. J.

6] *Schweizer Aufruf:* Am 29. 10. 45 hatte die in Olten tagende

Konferenz aller an Hilfsaktionen für Deutschland interessierten Schweizer Organisationen unter der Devise »Der politische, auch noch so berechtigte Groll hat vor so namenlosem Grauen zu schweigen« zu »unverzüglicher Hilfeleistung für die notleidenden Menschen des Nachbarlandes« aufgerufen.

7] *Babs Aufsatz über den Joseph:* Julius Bab, ›Thomas Manns Josephdichtung‹, ›Deutsche Blätter‹, Santiago/Chile, III. Jg. 27. Heft, Sept.-Okt. 1945, 26-36.

8] *Sagen von Musäus:* J[ohann] K[arl] A[ugust] Musäus, ›Volksmärchen der Deutschen‹, 5 Bände, Berlin 1909. Die Bände, mit vielen Anstreichungen TMs, stehen in der Zürcher Bibliothek.

17. 11. 1945

1] *von Curt Wolf, Legenden:* Auch mit Hilfe von Verlagsverzeich- *275*
nissen nicht mehr festzustellen.

2] *Sendung von Prof. Strich:* ›Schweizerische Akademiereden, hrsg. von Fritz Strich, Bern 1945; Fritz Strich, ›Adalbert Stifter und seine Zeit‹, Bern 1947; Fritz Strich, ›Thomas Mann zu seinem 70. Geburtstag am 6. 6. 1945‹, ›Der kleine Bund‹, Bern, No. 26/1945 v. 3. 6. 45, 161/162.

3] *Fritz Strich:* Der Berner Literarhistoriker Fritz Strich (1882 bis 1963) war seit seiner Tätigkeit als a. o. Professor in München (1915 bis 1929) mit TM gut bekannt und veröffentlichte verschiedene Studien zum Werk des Dichters.

4] *Die Schweizer Rundschau mit meinem Brief: Warum ich nicht nach Deutschland zurückgehe,* ›Neue Schweizer Rundschau‹, Zürich, N. F. 13. Jg. H. 6, Okt. 1945, 358-365.

5] *mit [. . .] prodeutschen Beiträgen:* Gemeint ist vermutlich der Schluß von Walter Zöllners Artikel ›Wo steht die deutsche Intelligenz?‹, a. a. O. 366-374 (1. Teil a. a. O. H. 3, Juli 1945, 279-290), ferner H. F. Weltis Besprechung von Wilhelm Röpkes Buch ›Die deutsche Frage‹, Erlenbach-Zürich, 1945, und die J. P. Samsons [s. TB 2. 8. 45] über Bernard von Brentano: Mutter und Schwester der Hauptfigur eines Brentano-Romans werden in dieser Rezension als »sprechende Beweise für jene Literatur« apostrophiert, »wie sie Brentano in seiner Heimat verwirklicht sehen möchte: nämlich die Deutschen zu lehren, sich selbst zu sehen, und zu diesem Zweck all die unzähligen Schätze einer hohen Kultur, die diese Nation sich früher angeeignet hat, in einem immer präziseren und klareren Selbstbewußtwerden zusammenfließen lassen. – Die ›Geschichten Jakobs‹ von Thomas Mann sind vielleicht sehr schön, ich weiß es nicht, ich habe sie nicht gelesen. Aber ich frage mich, ob sie wirklich diesem großen Volk [i. e. den Deutschen] helfen können, sich selbst wiederzufinden.« (a. a. O. 380).

6] *mit Prof. Day wegen des Dostojewsky-Vortrags:* Vgl. TB 6. 10. 45, Anm. 2. – TM hatte angeboten, aus seiner Einleitung für die amerikanische Dostojewski-Ausgabe, *Dostoievsky – in moderation,* einen kurzen Vortrag herauszupräparieren. Vgl. TM an G. M. Day P. P. 10. 10. 45; Reg. III, 45/464; D. ü. D. III, 321.

18. 11. 1945

275 1] *ungünstige Besprechung:* ›The Creation of an Identity. The Tables of the Law by Thomas Mann, Reviewed by Harold Rosenberg‹, ›Commentary – A Jewish Review‹, New York, Vol. I, No. 1, Nov. 1945, 92-94.

276 2] *›Stadt ohne Männer‹:* Gertrud Isolanis Roman über das Frauen-Internierungslager Gurs in Frankreich ›Stadt ohne Männer‹, Zürich 1945. S. TM an Gertrud Isolani, P. P. 18. 11. 45; Reg. III, 45/537.

3] *an Broch:* An Hermann Broch, P. P. 18. 11. 45; Reg. III, 45/536.

4] *»Daß dem Schamlos-Emotionellen . . .«:* In dem Anm. 3 erwähnten Brief TMs an Hermann Broch heißt es: »Ich bin ganz Ihrer Überzeugung, daß dem schamlos Emotionellen (wie z. B. dem Anti-Semitismus) durch Weltgesetz das Brandmal des Kriminellen aufgedrückt werden muß, wenn die Barbarei nicht über uns zusammenschlagen soll.« (abgedruckt in: Bernhard Zeller, ›Die Thomas Mann-Sammlung des Deutschen Literaturarchivs, mit einer Auswahl unveröffentlichter Briefe‹, ›Jahrbuch der Deutschen Schiller Gesellschaft‹, 20. Jg., 1976, 596.)

5] *Milhaud:* Der französische Komponist Darius Milhaud (1892 bis 1974).

19. 11. 1945

276 1] *von Hesse:* Montagnola, 5. 11. 45; TM/HH 160/161.

2] *Rencontre mit Habe-Bekessy:* Hermann Hesse hatte seinem Schreiben an TM einen – heute im TMA befindlichen – Brief von Hans Habe, Bad Nauheim 8. 10. 45, beigelegt, in dem dieser mit einem – wie TM in seiner Antwort an Hesse formuliert – »verwunderlichen Mangel an Distanzgefühl und einer wirklich anstößigen Ahnungslosigkeit« (TM/HH 162) den Autor des ›Glasperlenspiels‹ wegen seines nur »aus der sonnigen Perspektive des Ticino« heraus erklärbaren Schweigens zu den deutschen Greueltaten während des Krieges zur Rede stellte. Habe nahm in seinem 1973 in Olten/Schweiz publizierten Buch ›Erfahrungen‹ zu dieser »leidigen Affaire« Stellung. (a. a. O. 149-153).

3] *Regisseur Hartung:* Der Regisseur und Theaterkritiker Gustav Hartung (1887-1946), zeitweilig Intendant des Landestheaters Darmstadt, emigrierte 1933 in die Schweiz, wo er bis 1935 als Direktor des Zürcher Schauspielhauses, später – behindert durch die Einsprüche der Deutschen Botschaft in Bern – in Basel und St. Gallen wirkte. Hartung ging 1945 nach Heidelberg.

4] *an Bermann:* An GBF, P. P. 19. 11. 45; Reg. III, 45/538; TM/GBF 423/424.

5] *an Beidler:* Der Brief zum Tode von Beidlers Frau Ellen Annemarie ist noch nicht bekannt geworden.

6] *Beidler:* Der Schriftsteller Franz W. Beidler, ein Enkel Richard Wagners (1901-1981), hatte in Zürich zum engeren Freundeskreis von TM gehört.

7] *Dankesbotschaft:* S. TB 22. 10. 45, Anm. 4.

8] *Neider über Kafka:* Charles Neider, ›Kafka and the Cabalists‹, ›Quarterly Review of Literature‹, New York, No. 3/1945, 250-262.

20. 11. 1945

1] *an einen Dichter in Shanghai:* Der Brief ist noch nicht bekannt. 276

2] *die Trials in Nürnberg:* Vgl. TB 18. 10. 45, Text und Anm. 2.

3] *Werfel-Gedenkfeier der Universität:* Vgl. ›Aufbau‹, vol. XI, No. 47 v. 23. 11. 45: »Hollywood's Franz Werfel Memorial will take place in Westwood University's Royce Hall late in December.« Es hat jedoch den Anschein, als habe diese Feier nie stattgefunden: Weder TMs Tagebücher, noch die Werfel-Forschung, noch der ›Aufbau‹ berichten irgend etwas über eine Werfel-Gedächtnis-Veranstaltung.

4] *W's nachgelassenen Roman:* Franz Werfel, ›Stern der Ungeborenen‹, S. TB 2. 2. 46, Anm. 2.

21. 11. 1945

276 1] *Brief vom Military Government:* Vgl. TM an Agnes E. Meyer, P. P. 14. 12. 45; Reg. III, 45/547: »[Erika ist] gegenwärtig wohl ›covering‹ den Nürnberger Prozeß. Vom Military Government in München hatten wir [...] eine höchst schmeichelhafte Anerkennung ihrer Leistungen dort (Artikel etc.), mit der Versicherung, wir könnten stolz sein auf eine solche Tochter. Nun ja, schon Harold Nicolson hat uns einmal eine ›amazing family‹ genannt.« (Br. II, 462-465).

2] *Asch's Haus bei New York:* Der Schriftsteller Schalom Asch (1880-1957), gebürtiger Pole, lebte seit 1914 in den USA, wo viele seiner in jiddischer Sprache geschriebenen Bücher in englischer Übersetzung erschienen. Asch ging 1955 nach Israel.

3] *an Motschan:* An Georges Motschan, P. P. 21. 11. 45; Reg. III, 45/543.

4] *Motschan:* Der Schweizer Industriechemiker Georges Motschan (geb. 1920), schon als Siebzehnjähriger ein Bewunderer TMs, fuhr diesen 1949 in seinem Wagen nach Frankfurt und Weimar, – eine Gefälligkeit, für die ihm TM mit der Motschan zugeeigneten Handschrift seiner *Ansprache im Goethejahr* dankte.

5] *Jak. Burkhard über die Griechen:* Jacob Burckhardt, ›Über das wissenschaftliche Verdienst der Griechen‹, ›Schweizerische Akademiereden‹, a. a. O. 219-240.

22. 11. 1945

277 1] *Thanks Giving Day:* Amerikanisches Erntedankfest am 4. Donnerstag im November.

2] *Dostojewsky-lecture:* S. TB 17. 11. 45, Text und Anm. 6.

23. 11. 1945

277 1] *Erikas Brief:* Vom 4. 11. 1945; im EMA.

2] *Beilage:* Der Brief von Rechtsanwalt Heins an Justizrat Veit vom 6. 10. 45 ist erhalten. Heins teilt darin mit, daß TMs ihm 1933 anvertrauten Manuskripte bei einem Bombenangriff auf seine Kanzlei verbrannt seien, und zählt seine Bemühungen um die Schriftstücke auf: »Ich entschloß mich [...] jeden Tag einen Teil der Manuskripte in der Aktentasche mit hereinzunehmen in die Kanzlei, wo ich sie in einer ausgesparten, durch dicke Mauern geschützten Nische unterbringen konnte. – Da ich nun meine eigene Wohnung nicht evakuiert hatte, so dachte ich auch nicht daran, die Manuskripte fortzuschaffen. Ich hätte es übrigens auch ungern getan, selbst wenn ich es gewollt haben würde. Denn ich wollte diese Manuskripte nicht aus der Hand geben; man konnte ja nie wissen, wem sie in die Hand fallen würden. – Einige Wochen, bevor meine Kanzlei abbrannte entschloß ich mich, die Kanzlei in meine Wohnung zu verlegen und mitten in der Ausführung dieses Planes ging die Kanzlei zugrunde. – Es ist richtig, daß ich die Manuskripte an eine dritte Person nicht habe herausgeben wollen. [...]« Erika Mann kommentierte die 6seitige Heins-Beilage folgendermaßen: »As for Valentin [Heins], I am convinced he is lying and that the manuscripts had been surrendered to the Gestapo long before Rolf Nuernberg [i. e. die von Heins erwähnte »dritte Person«] turned up in Munich. That he (Heinsel) cannot remember, whether or not the messenger [Nuernberg] carried a letter – which, of course, he did – is in itself proof of his impertinent dishonesty. His financial claims, too [s. TB-Text: Heins hatte sein Schreiben an Dr. Veit »zum Anlaß genommen«, seinen »Honoraranspruch« in Höhe eines »Restbetrages« von RM 17 000 »anzumelden«], whistle to high heaven. I've turned the case over to C. I. C. [...], who may or may not arrest him ›for questioning‹. [...] If the papers have been surrendered, they may yet be found. If not – let me be the first to convey my heartfelt regrets. What a bitter shame! And in every respect!«

3] *Artikel von Politzer:* Heinz Politzer, ›The True Narrator; on the Occasion of Thomas Mann's Birthday 6th June 1945‹. Das drei Maschinenseiten umfassende Manuskript befindet sich in der Zürcher Bibliothek.

4] *Äußerung über Nürnberg: Zu den Nürnberger Prozessen.* S. Anhang S. 832 f. Das 3 Blatt umfassende Manuskript befindet sich im TMA.

5] *Love Letters:* Der nach dem Roman von Chris Massie, ›Pity my Simplicity‹, gedrehte amerikanische Film von 1945. Unter der Regie von William Dieterle spielten Jennifer Jones, Joseph Cotton, Ann Richards u. a. – Der einzige »wirkliche Gewinn des Films« – so die Kritik des ›Aufbau‹ – sei Victor Youngs »lovely title song«.

24. 11. 1945

277 1] *Fleischmann in London:* Der Kaufmann Rudolf Fleischmann (1904-1966) aus Proseč, CSSR, dessen Initiative die Familie Mann 1936 das Heimatrecht in seiner tschechischen Gemeinde verdankte, das Voraussetzung für die Einbürgerung in die Tschechoslowakei war. Fleischmann gelang es 1938, vor den Deutschen nach England zu fliehen, wo er bis zu seinem Tode blieb.

278 2] *unsere Einbürgerung [...] wiederherstellen wird:* Vgl. TMs Dank an den Stadtrat der Gemeinde Proseč, P. P. 1. 12. 45; Reg. III 45/568.

25. 11. 1945

278 1] *Jansen:* Der vor allem als Wagner-Sänger berühmte Bariton Herbert Janssen (1895-1965) war 1937 in die USA emigriert.

2] *beim Abschied:* Wotans Abschied im 3. Akt von Richard Wagners ›Walküre‹.

3] *an Hesse:* An Hermann Hesse, P. P. 25. 11. 45; Reg. III, 45/544; TM/HH, 162-164; s. auch TB 19. 11. 45, Anm. 2.

26. 11. 1945

278 1] *Union of Soviet Writers:* 1934 gegründeter sowjetischer Schriftstellerverband.

2] *von Fiedler:* 11. 11. 45; im TMA.

3] *Verwendung von Nazis in Deutschland:* Der Schriftsteller und Journalist Friedrich Sieburg (1893-1964) war von 1924 an Korrespondent und Redakteur bei der ›Frankfurter Zeitung‹. Nach der Befreiung Deutschlands wegen der Zugeständnisse ans NS-Regime zu den ›belasteten‹ Autoren zählend (s. TB 11. 12. 45, Anm. 9), wurde Sieburg später rehabilitiert und war von 1948-55 Mitherausgeber der ›Gegenwart‹, ab 1956 verantwortlich für den Bereich ›Literatur‹ in der ›Frankfurter Allgemeinen Zeitung‹. Klaus und Erika Manns Jugendfreund, der Kritiker und Redakteur Wilhelm Emanuel Süskind (1901-1970) (s. TB 29. 4. 45, Anm. 4) arbeitete unmittelbar nach Kriegsende in einflußreicher Position bei der ›Süddeutschen Zeitung‹ in München mit.

TMs Tagebucheintrag korrespondiert mit einem Beitrag des ›Aufbau‹, ›Kriegsverbrecher, von denen man noch nicht sprach‹, vol. XI, No. 25 v. 22. 6. 45, S. 5, in dem Süskind allerdings nicht erwähnt wird (wohl aber Sieburg, Kircher, Welter u. a.).

27. 11. 1945

1] *Wunsch Gallimards:* Der vierte Josephband erschien in der Übersetzung von Louise Servicen unter dem Titel *Joseph le Nourricier* 1948 bei Gallimard in Paris. 279

2] *2 bändige Schiller-Biographie:* Karl Berger, ›Schiller, sein Leben und seine Werke‹, zwei Bände, München 1909/10. TMs Exemplare sind in der Zürcher Bibliothek erhalten.

3] *an Strich:* An Fritz Strich, P. P. 27. 11. 45; Reg. III, 45/559; Br. II. 458/459.

4] *Entlassung Haushofers:* S. TB 5. 5. 45, Anm. 10.

28. 11. 1945

1] *von Bermann:* New York, 26. 11. 45; TM/GBF 424/425. 279

2] *an Hartung:* An Gustav Hartung, P. P. 28. 11. 45, Reg. III, 45/561.

29. 11. 1945

1] *Kap. XXXII bei Streichung des Anfangs abgeschlossen:* Der in der Handschrift gestrichene Kapitel-Anfang hat folgenden Wortlaut: »Wenn ich einen Roman schriebe, dessen Kapiteln man ankündigende und die Neugier erregende Überschriften verleihte, so würde ich dem gegenwärtigen Abschnitt den Titel ›Die Schwestern‹ geben. Denn ich habe vor, im Rahmen dieser Blätter, die freilich nichts weniger als fabulierende und komponierte Fiktion, sondern die schmerzlich-redlichen Aufzeichnungen eines fremdem Leben von jeher mehr, als dem eigenen, zugewandten Mannes sind, das Schicksal der Geschwister Rodde, Ines und Clarissa, im Zusammenhang niederzulegen und mir dabei eine eher synchronistische Behandlung des Zeitverlaufs zu erlauben, indem ich über Jahre, auf die ich um Adrians willen noch werde zurückkommen müssen, die allerersten nach dem verlorenen Kriege, hinausgehe und schon die frühen zwanziger mit einbegreife, in denen Clarissa zugrundeging und das tragische Geschick der Ines sich wenigstens weitgehend vorbereitete. Bis zu dessen Vollendung, die erst ins Jahr 1924 fiel, werde ich allerdings nicht vorschreiten, sondern dies schwere Vorkommnis in Adrians Biographie einem späteren Abschnitt vorbehalten und hier nur die Entwicklungen schildern, die für den rückwärts gerichteten Blick nur zu erkennbar darauf hinarbeiteten.« 279

2] *Das Schwestern-Schicksal zu teilen:* S. TB 14. 11. 45, Anm. 2.
3] *an die Jacobson:* Noch nicht bekannt.
4] *über Bachofen und Nietzsche:* S. TB 16. 11. 45, Anm. 2.
5] *Bachofen:* Der schweizerische Rechtshistoriker und Anthropologe Johann Jakob Bachofen (1815-1887) vertrat in seinem 1861 erschienenen Buch ›Das Mutterrecht‹ die These, daß die ursprüngliche Familienverfassung matriarchalisch gewesen sei.
6] *Bäumler:* Der Philosoph und Pädagoge Alfred Baeumler (1887 bis 1968) war mit TM durch die Korrespondenz über seinen im Oktober 1920 in der ›Neuen Rundschau‹ erschienenen Aufsatz ›Metaphysik und Geschichte. Brief an Thomas Mann‹ persönlich bekannt geworden (s. TB. 7. 5. 1920). Baeumler, der 1928 Professor für Philosophie in Dresden wurde, sympathisierte stark mit den Nationalsozialisten, die ihn ab 1933 als Direktor eines eigens geschaffenen Instituts für politische Pädagogik nach Berlin beriefen. – Die Distanzierung TMs von Baeumler begann bereits in den zwanziger Jahren; nach dem 1931 erschienenen Buch ›Nietzsche, der Philosoph und Politiker‹ sah er in ihm nur noch den »Nietzsche-Verhunzer«. (GW XII, 699).
280 7] *was Bäumler in Bachofen sieht:* Das Tellurisch-Weibliche, Chthonisch-Mütterliche, das im Zeichen einer der »Erde« und der »Nationalität« verpflichteten Epoche wie der Spät- und Nach-Romantik neu erwache. (Während Nietzsche, so Baeumler, das Griechentum vom Manne her deute, interpretiere es Bachofen, gut romantisch der »weiblich-mütterlichen Potenz Verehrung darbringend«, vom Weibe her.)

30. 11. 1945

280 1] *Hess' Erklärung:* Der als Hauptkriegsverbrecher angeklagte NS-Politiker Rudolf Hess (geb. 1894) erklärte bei der Nürnberger Verhandlung am 30. 11. 45, er habe während der letzten drei Jahre aus taktischen Gründen Gedächtnisschwund simuliert und wolle jetzt aussagen, daß er nach England geflogen sei, um den König zu einer Konferenz mit Hitler zur Wiederherstellung des Friedens zu bewegen. Er habe vor seinem Abflug Hitler brieflich seine Absichten mitgeteilt und gleichzeitig ein ähnlich lautendes Schreiben an den Herzog von Hamilton gerichtet, weil er verhindern wollte, daß sich die zwei größten Völker der Welt gegenseitig zu vernichten suchten. (NYT 1. 12. 45, 1:1 und 2. 12. 45, 30:6).

2] *Lahousen:* Der deutsche Generalmajor Erwin Lahousen (1897 bis 1955), ein gebürtiger Österreicher, der während des Krieges bei der deutschen Abwehr gearbeitet hatte und in Nürnberg als Belastungszeuge gehört wurde.

3] *Hitler hat [...] töten lassen:* Am 28. April 1945 ließ Hitler Himmlers persönlichen Stellvertreter im Führerhauptquartier, Eva Brauns Schwager (Mann ihrer Schwester Gretl), SS-Gruppenführer Otto Hermann Fegelein, der in Zivilkleidung aufgegriffen worden war, erschießen. Vgl. ›Letter from Berlin‹, ›The New Yorker‹, 24. 11. 45, S. 65.

1. 12. 1945

1] *Kap. XXXIII:* »das wieder mit der ›doppelten Zeit‹ arbeiten, das Motiv der kleinen Seejungfrau ausführen und Schwerdtfegers elbische Flirtnatur recht zu Gemüte führen wollte« (*Entstehung*, Kap. XI, GW XI, 243), GW VI, 446-467. *280*

2] *Rede des neuen Rektors:* Julius Ebbinghaus (1885-1981), ›Neuer Staat und Neue Hochschule‹, Rede zur Eröffnung der Marburger Universität, 20. 10. 1945, abgedruckt in Julius Ebbinghaus, ›Zu Deutschlands Schicksalswende‹, Frankfurt 1946, 16-28.

3] *Aufsatz von Lukács:* Georg Lukács, ›Auf der Suche nach dem Bürger. Betrachtungen zum 70. Geburtstag Thomas Manns‹, ›Internationale Literatur‹, Moskau, 15. Jg. 1945, H. 6/7, 58-75.

4] *Einzug Adrians in Pfeiffering:* Im XXVI. *Doktor-Faustus*-Kapitel, GW VI, 337-345.

2. 12. 1945

1] *Göring beantwortet Fragebogen seines Verteidigers:* Im Zusammenhang mit Görings Wunsch, selbst Fragen an die Zeugen zu stellen, und seiner Erbitterung darüber, sich nur indirekt äußern zu dürfen. Vgl. ›Neue Zürcher Zeitung‹, 3. 12. 45: »Göring ist von wütender Ungeduld [...] dem Platzen nahe. Er will unbedingt vor Gericht auftreten und aussagen. Seinem Anwalt hat er gesagt, er könne nicht sechs Wochen lang blöd dahocken, zuhören und selber den Mund halten. Auf das hartnäckige Drängen Görings, der nichts *281* von seiner derb daherstampfenden Vitalität verloren hat, verlangte Dr. Stahmer, daß auch die Angeklagten Fragen an die Zeugen richten dürfen. Aber das Gericht setzte sich über den unzweideutigen Wortlaut des Statuts hinweg und lehnte den Antrag ab. Es ist unverkennbar, daß General Lahousen [vgl. TB 30. 11. 45, Anm. 2] mit seinen Aussagen die betroffenen Angeklagten in schwere Erregung versetzt. [...] Sie wären zu sachlichen Fragen kaum fähig. Vielleicht hat sich Dr. Stahmer aus diesem Grunde Görings Aussage so lange widersetzt.«

2] *Klaus Pr.:* Der Musiker Klaus Pringsheim (1883-1972), Zwillingsbruder von Frau Katia Mann, Schüler Gustav Mahlers und eine Zeitlang musikalischer Leiter der Reinhardt-Bühnen in Berlin, war ab 1931 als Dirigent und Lehrer am Kaiserlichen Konservatorium in Tokio.

3] *mein Brief an Seipel:* An Ignaz Seipel, München o. D.; Reg. I, 29/1; Text: *Brief an Dr. Seipel* (1929), GW XI, 780-782.

4] *Seipel:* Der österreichische Prälat, Professor und Politiker Ignaz Seipel (1876-1932), Arbeits- und Sozialminister im letzten kaiserlichen Kabinett, war von 1921-29 Obmann der christlich-sozialen Partei Österreichs, von 1922-1924 und 1926-29 Bundeskanzler.

5] *an Kerényi:* An Karl Kerényi, P. P. 3. 12. 45; Reg. III, 45/571; TM/KK 122-124.

6] *Siegesausgabe:* Das Heft 6/7 1945 der ›Internationalen Literatur‹ war als ›Siegesnummer‹ erschienen mit Aufsätzen von ›Bch‹ (Johannes R. Becher), ›Der Sieg erscheint uns‹, 1-2; Leonid Leonow, ›Der Name der Freude‹, 3-5; Alexei Tolstoi, ›Iwan der Vierte‹, 8-57 und Georg Lukács' Artikel über TM (s. TB 1. 12. 45, Anm. 3), 58-75.

3. 12. 1945

281 1] *von Klaus:* An Katia Mann, Rome, 23. 11. 45; im KMA.

2] *Neuausgabe von ›Deutsche Hörer‹: Deutsche Hörer,* 2. erw. Ausgabe, Stockholm 1945.

3] *Artikel von Schlumberger:* ›Pourquoi je ne rentre pas en Allemagne. Lettre de Thomas Mann à W. von Molo‹, kommentiert von Jean Schlumberger, ›Terre des Hommes‹, Paris, 10. 11. 45 (nicht, wie in allen bisherigen bibliographischen Nachweisen, 10. 11. 1946).

4] *Schlumberger:* Der französische Schriftsteller Jean Schlumberger

(1877-1968), Mitbegründer der Zeitschrift ›La Nouvelle Revue Française‹, Freund André Gides, Paul Claudels und Paul Valérys.

4. 12. 1945

1] *Szigetti-Konzert:* Das Programmheft des Szigeti-Konzertes befindet sich unter den im TMA archivierten ›Materialien zum *Doktor Faustus.*‹ 282

5. 12. 1945

Von »Nach dem Abendessen« bis »und traurig« seitlich rot angestrichen.

1] *Brief aus Argentinien:* Nicht im TMA; s. jedoch TM an Guillermo Andres Jaenecke, P. P. 23. 12. 45; Reg. III, 45/607: »Mit Schaudern haben ich und meine Freunde gelesen, was Sie über das Schicksal des jungen Karl Ebert unter den national-sozialistischen Bestien berichten. Lese und höre ich solche Geschichten, so verstehe ich ganz, warum zum ersten Mal in meinem Leben die Scheußlichkeit, die sich National-Sozialismus nannte, mich den Haß gelehrt hat, den wirklichen, unauslöschlichen, tödlichen Haß, von dem ich mystischer Weise glaube, daß er nicht ohne Einfluß auf die Geschehnisse gewesen ist.« – Der Brief enthält außerdem den Dank »für die freundliche Übersendung Ihres sehr eindrucksvollen Aufsatzes über Kriegsverbrechen und Reparationen, worin Sie die Dinge außerordentlich bestimmt und überzeugend bei Namen nennen.« (Kopie im TMA). 282

2] *Ebert:* Der Reinhardt-Schüler, Schauspieler und Opern-Regisseur Carl Ebert (1887-1980), von 1931-33 Intendant der Städtischen Oper Berlin, dann Mitbegründer des Glyndebourne-Festival, Regisseur am Teatro Colón und beim Maggio Musicale, Florenz, zeitweilig Berater des türkischen Kultusministers und Initiator der ersten Ankara-Opern-Aufführungen, lebte ab 1948 in Kalifornien und war von 1956-1961 Intendant der Städtischen Oper Berlin-Charlottenburg.

3] *Rede für das Citizen Committee Dinner:* Vgl. TB 10. 12. 45, Anm. 2.

4] *Aphorismen:* S. TB 26. 9. 45, Anm. 4.

6. 12. 1945

282 1] *von O. M. Fontana:* Wien, 3. 11. 1945; im TMA.

2] *O. M. Fontana:* Der österreichische Schriftsteller und Journalist Oskar Maurus Fontana (1889-1969), den TM aus Wien kannte.

3] *Geburtstagsartikel:* Oskar Maurus Fontana, ›Thomas Mann, der Dichter‹, ›Neues Österreich‹, 1. Jg., Folge 40 v. 7. 6. 1945, S. 2.

4] *Manuskript über [. . .] Leitmotiv-Technik:* Peter Heller, ›The Leitmotiv in Thomas Mann's Joseph-Tetralogy‹. Das 35 Seiten umfassende Typoskript befindet sich im TMA. Es ist gedruckt unter dem Titel ›Some Functions of the Leitmotiv in Thomas Mann's Joseph-Tetralogy‹ in ›Germanic Review‹, New York, Jg. 22, No. 2, April 1947, 126-141.

5] *Heller:* Der aus Wien stammende Literarhistoriker und Musikwissenschaftler Peter Heller (geb. 1920), 1945 Doktorand der Columbia-University.

7. 12. 1945

283 1] *›Free World‹ mit guten Beiträgen:* Im Dezemberheft von ›Free World‹ (vol. 10, No. 6) konnte TM neben Photos aus Nazi-Kinder- und Bilderbüchern, einer Analyse von ›Love Letters to Hitler‹ (40/41) und dem Bericht von Richard de Rochemont über eine Besichtigungsreise durchs besetzte Deutschland ›Watch on the Rhine‹ (46-48), sowie mehreren Aufsätzen zum Atomenergieproblem (›Human nature and the atomic age‹. ›Scientists have no illusions‹), auch die Antwort des amerikanischen Senators von Idaho, Glen H. Taylor, auf die Frage ›Why a World Republic‹ (27-31) lesen.

2] *Phi Beta Kappa:* S. TB 6. 10. 45, Anm. 3.

3] *lecture:* Der Dostojewski-Vortrag in der Royce Hall, Westwood. Vgl. TM an Agnes E. Meyer, 14. 12. 45: »Der Dostojewski-Vortrag in der Universität hat großen Eindruck gemacht. Das Niveau bekommt einen Ruck nach oben, wenn Ihr Freund auf den Plan tritt. Aber was es mich kostet, was ich bei jeder solchen Gelegenheit an Nervenkraft investiere, das wissen die guten Leute nicht, die mich dazu auffordern. Der Unterschied gegen den bequemen Durchschnitt wird übrigens empfunden. Ich mußte dreimal wieder aufstehen, um für den Beifall zu danken.« (Br. II, 465)

4] *Dykstra:* Clarence Addison Dykstra (1883-1950), Professor am Occidental College, Los Angeles.

8. 12. 1945

1] *Die Dinge über den vorigen Krieg:* Im Manuskript des XXXIII. Kapitels sind keine Streichungen erkennbar. 283

2] *Rede für Montag:* S. TB 5. 12. 45.

3] *psychoanalytische Zeitschrift:* ›Psicoanalisi applicata alla medicina, pedagogia, sociologia, letteratura ed arte‹, Rom 1945/46. (Nur zwei Jahrgänge erschienen.)

4] *des jüdischen Herausgebers:* Des aus Polen stammenden, vorwiegend deutsch und italienisch, aber auch englisch publizierenden Psychiaters und wissenschaftlichen Schriftstellers Joachim Flescher (1906-1976). Vgl. auch TMs Brief an G. (fälschlich für J.) Flescher, P. P. 13. 12. 45; Reg. III, 45/581.

9. 12. 1945

1] *Neubau des M. D.:* S. TB 31. 10. 45. 283

2] *an Moenius:* Noch nicht bekannt.

3] *an [. . .] Heller:* Wahrscheinlich ein Dankesschreiben an Peter Heller (s. TB 6. 12. 45, Anm. 5), das aber weder nachgewiesen noch aufgefunden werden konnte.

4] *Engländer Delius:* Der deutsch-englische Komponist Frederick Delius (1862-1934).

5] *interessanter Bericht:* Geoffrey T. Hellmans, ›The Contemporaneous Memoranda of Dr. Sachs‹, ›The New Yorker‹ vom 1. 12. 45, 73-80.

10. 12. 1945

1] *W. Herzog mit Film-Aspirationen:* Vgl. Wilhelm Herzog, ›Menschen, denen ich begegnete‹, a. a. O., 299: »Kurzes Gespräch über die Zauberfabriken Hollywoods. ›Sie sollten einen Einbruch versuchen‹, sagt er lächelnd und die eine Augenbraue verschmitzt hochziehend. Als literarischer Berater oder historischer Experte. Wenn er dabei behilflich sein könne, tue er es gern durch einen Brief an die Filmmoguls, die er kenne.« 284

2] *Dinner des In[ter]dep. Citizen Committee:* Vgl. den TB 28. 7. 45 Anm. 7 zitierten Brief an Agnes E. Meyer vom 14. 12. 45 sowie TMs Bericht in der *Entstehung,* Kap. XI, GW XI, 244: »Und bei einem Dinner des ›In[ter]dependent Citizen Committee‹, zu dem die Professoren Shapley und Dykstra, Mrs. Douglas-Gahagan vom House of Representatives und Oberst Carlsson gehörten, hatte ich als Tischredner mitzuwirken. Den Höhepunkt des Abends bildete die Rede des liberalen (unterdessen als General verabschiedeten) Colonels, der mit imponierendem Mut den Mißbrauch unserer Truppen in China geißelte, wo sie nichts – und um so weniger etwas zu suchen hätten, als der einzige Teil des Landes, in dem einige Ordnung herrsche, der kommunistisch organisierte sei.«

3] *Prof. Shapley:* Der Astronom Harlow Shapley (1885-1972), damals Direktor des Observatoriums der Harvard University.

4] *Mrs. Douglas:* Die einstige Schauspielerin und spätere Politikerin Helen Gahagan Douglas (1900-1980).

5] *Colonel:* Der Name ist aus dem oben angeführten Zitat der *Entstehung* zu ergänzen. Es handelt sich um den Marine-Offizier Evans Fardyce Carlson (1896-1947), der 1937/38 amerikanischer Beobachter bei der chinesischen Armee war, 1939 mit chinesischen Guerrilla-Streitkräften hinter den japanischen Linien operierte und zwei Bücher über China veröffentlicht hatte. Vgl. auch TM an Colonel E. F. Carlson, P. P. 31. 12. 45; Reg. III, 45/621.

6] *von A. Sandler:* Der Brief befindet sich nicht im TMA. Aus TMs Antwortschreiben, P. P. 14. 12. 45; Reg. III, 45/588 geht jedoch hervor, daß Sandler TM seine Freude am Dostojewski-Vortrag ausgedrückt und angeboten hatte, das Interview mit ›Svenska Dagbladet‹ (s. TB 17. 1. 46, Anm. 1) zu übersetzen.

7] *A. Sandler:* Der Schwede Åke Sandler war 1945 Doktorand im Departement of History an der University of Southern California und leitete in dieser Funktion gelegentlich Anfänger-Pflichtseminare zum Thema ›Man and Civilization‹.

11. 12. 1945

284 1] *Dostojewsky-Buch:* ›The short Novels of Dostoevsky‹, New York, Dial Press, 1945, mit TMs Einleitung *Dostoevsky – in moderation.*

2] *Atom-Aufsatz:* Lise Meitner, ›Das Atom‹, ›Die Neue Rundschau‹, Jg. 56/57, 1945/46, H. 1, 22-40. S. TM an GBF, 19. 12. 45: »Der Clou ist der Aufsatz der Meitner – sehr nett schreiben kann sie auch noch, das Teufelsweib!« (TM/GBF, 425).

3] *Meitner:* Die österreichische Physikerin und Pionierin auf dem Gebiet der Kernspaltung Lise Meitner (1878-1968), Mitarbeiterin Otto Hahns, Leiterin der Physikabteilung des Kaiser-Wilhelm-

Instituts für Chemie in Berlin und Professorin der dortigen Universität, emigrierte 1933 nach Österreich und 1938 nach Dänemark (Niels Bohr) und Schweden, wo sie 1946 die schwedische Staatsbürgerschaft erwarb. Ab 1961 lebte Lise Meitner in England.

4] *französisch protegierten deutschen Monatsschrift:* ›Das goldene Tor‹, Baden-Baden, 1946-1951.

5] *an Amann:* An Paul Amann, P. P. 11. 12. 45; Reg. III, 45/574.

6] *an Politzer:* An Heinz Politzer, P. P. o. D. (Postst. 12. 12. 45); Reg. N, 45/16.

7] *Columbia-Hörspielchen:* S. TB 16. 12. 45, Anm. 1.

8] *mexik. ›Demokratische Post‹:* Die ›Demokratische Post‹ war eine Gründung der KPD-Landesgruppe Mexiko, die von August 1943 bis März 1952, zunächst als Halbmonats-, ab 1948/49 als Monatsschrift erschien und zur Zeit des TB-Eintrags von Rudolf Feistmann herausgegeben wurde. S. auch TMs Glückwunsch zum zweijährigen Bestehen der Zeitschrift, P. P. o. D., Reg. N, 45/8.

9] *›schwarze, graue und weiße Liste‹:* Eine von den Alliierten erstellte Liste der deutschen ›Kulturschaffenden‹. Von den 489 erfaßten Personen galten die 207 der ›weißen Liste‹ als ›geeignet für führende Stellungen‹; die auf der ›grauen Liste‹ Verzeichneten waren als ›nicht geeignet für politisch führende, schöpferische oder geschäftsführende Stellungen‹ eingestuft, und den auf der ›schwarzen Liste‹ Erfaßten war ›jede Tätigkeit untersagt‹. Auf dieser Liste standen u. a. Furtwängler, Gieseking, Jannings, Sieburg und Ernst Jünger. – Die Listen wurden monatlich ergänzt.

10] *Jünger:* Der Schriftsteller Ernst Jünger (geb. 1895), der vor allem auf Grund seiner elitären, Krieg und soldatischen Heroismus verherrlichenden Bücher der zwanziger Jahre von deutschnationalen und nationalsozialistischen Kreisen gleichermaßen hoch geschätzt wurde. Dabei hat sich Jünger nie mit den Nationalsozialisten identifiziert, die er wegen ihres Flegeltums und der Verhunzung des Elitegedankens verachtete. Sein 1938 erschienenes Buch ›Auf den Marmorklippen‹ wurde im Hitler-Deutschland als ästhetisch getarnte Kritik am Nationalsozialismus verstanden, ohne jedoch verboten zu werden. – Zu TMs Beurteilung von Jünger s. seinen Brief an Agnes E. Meyer, P. P. 14. 2. 45: »[Die ›Marmorklippen‹ sind] das Renommierbuch der 12 Jahre und sein Autor zweifellos ein begabter Mann, der ein viel zu gutes Deutsch schrieb für Hitler-

Deutschland. Er ist aber ein Wegbereiter und eiskalter Genüßling des Barbarismus und hat noch jetzt, unter der Besetzung, offen erklärt, es sei lächerlich, zu glauben, daß sein Buch mit irgendwelcher Kritik am nationalsozialistischen Regime etwas zu tun habe. Das ist mir lieber, als das humanistische Schwanzwedeln und die gefälschten Leidens-Tagebücher gewisser Renegaten und Opportunisten. Aber eine Hoffnung für die ›deutsche Demokratie‹ stellt Ernst Jünger auch nicht gerade dar.« (Br. II, 464).

11] *Jannings:* Der Schauspieler Emil Jannings (1884-1950) war, obwohl Reinhardt-Schüler und einige Zeit in Hollywood tätig, 1933 nicht emigriert und hatte während des Dritten Reiches wiederholt in nationalsozialistisch beeinflußten historischen Filmen (›Der alte und der junge König‹, 1935; ›Ohm Krüger‹, 1941) mitgewirkt und seit 1940 die UFA geleitet.

12. 12. 1945

284 1] *von J. Maass:* South Hadley, Mass. 9. 12. 45; im TMA: Gedanken zur innerdeutschen Auseinandersetzung um TMs Brief an Molo.

2] *›Du hast eine kleine Kraft . . .‹:* Offenbarung 3, 8: »Ich weiß deine Werke. Siehe, ich habe vor dir gegeben eine offene Tür, und niemand kann sie zuschließen; denn du hast eine kleine Kraft und hast mein Wort behalten und hast meinen Namen nicht verleugnet.«

13. 12. 1945

285 1] *an Döblin:* Noch nicht bekannt.

2] *an die Meyer:* An Agnes E. Meyer, P. P. 14. 12. 45; Reg. III, 45/585; Br. II, 462-465.

3] *Sendung von Vikko:* Der Brief ist nicht erhalten. Vgl. jedoch TMs TB 14. 12. 45, Anm. 2 zitiertes Antwortschreiben.

4] *Süskind in memoriam Frank:* W. E. Süskind, ›In Memoriam Bruno Frank‹, ›Süddeutsche Zeitung‹, No. 1 v. 6. 10. 1945, S. 3: »Ihn hätte ich wohl gern wiedergesehen . . .« mit dem Passus »Thomas Mann – in einem Nachruf auf den langjährigen Freund seines Hauses – hat zu erkennen gegeben, daß die Verzweiflung, unser aller große Verzweiflung, auch an diesem Dichter im Exil gefressen habe; der Zweifel, ob es je wieder möglich sein werde, in der deutschen Sprache das schöne Wort Menschlichkeit erklingen zu lassen.«

5] *Brief Rosenhaupts:* Das Schreiben ist nicht erhalten. Vgl. jedoch TM an Agnes E. Meyer, 14. 12. 45: »Heute kam auch Ihre Sendung mit Rosenhaupts Brief. Seine Kritik unserer Behandlung der Deutschen mag zutreffen; von zuvielen Seiten wird sie bestätigt. Aber sie ist ›harsh‹, – harsher, als es bei der großen Schwierigkeit der Sache am Platze ist, und harsher, als mein Offener Brief, worin ich versucht haben soll, ›den Mentor zu spielen‹, was ganz unzutreffend ist. Es ist auch ein Irrtum, daß ich über die deutsche Produktion der 12 Jahre abgeurteilt habe, ohne sie zu kennen. Was ich gesagt habe, ist, daß Bücher mir unheimlich und anrüchig sind, die unter Goebbels gedruckt werden konnten. Es ist der gute Herr Rosenhaupt, der über meinen schonenden und von Deutschlands Zukunft mit herzlicher Wärme redenden Brief aburteilt, ohne ihn zu kennen.« (Br. II, 464).

6] *Rosenhaupt:* Der Schriftsteller Hans Rosenhaupt (geb. 1911) emigrierte 1933 in die Schweiz und weiter, über Frankreich, 1935 in die USA.

7] *Columbia Broadcast:* S. TB 16. 12. 45, Anm. 1.

14. 12. 1945

1] *an Caroline N.:* An Caroline Newton, P. P. 14. 12. 45; Reg. III, 285
45/586; TM/CN 42/43.

2] *[an] Bruder Vicco:* An Viktor Mann, P. P. 15. 12. 45; Reg. III, 45/589; Br. II, 465-467: »Sehr interessiert hat uns natürlich Deine Aktivität, das Haus im Herzogpark betreffend. Ich hätte kein ganz gutes Gewissen dabei, wenn es auf Staatskosten unter dem Gesichtspunkt wiederhergestellt werden sollte, daß wir bald wieder dort einziehen. Aber die Vorstellung, daß ein richtiges Haus in München uns wieder erwartet, hätte doch etwas Erwärmendes. So oder so hoffen wir ja doch, in absehbarer Zeit dort vorzusprechen.«

3] *Haggins in der Nation:* B. H. Haggin in der Besprechung einer Columbia-Schallplattenaufnahme des dritten ›Walküre‹-Akts, ›Nation‹, vol. 161, No. 23 v. 8. 12. 45, 641/642: »It was a number of years since I had last heard the work; and I found myself laughing at what I had laughed at the last time – the orchestra's gallopping and whinnying, the Valkyries' ho-yo-to-ho-ing, their traditionally tremolo-ridden shrieking, Wotan's harumphing, Wotan's and Brünhilde's flinging back and forth of Wagnerian declamatory style; nor could I hear out with patience, much less take seriously, the subsequent pomposities that many thousands of people find overwhelming . . .«

16. 12. 1945

286 1] *3 Minuten Ansprache:* S. Anhang S. 834 f.

2] *Dürer'sche Apokalypse:* Zur Bedeutung der fünfzehn Dürerschen Holzschnitte von 1498 für den *Faustus*-Roman vgl. neben dem Oratorium ›Apocalipsis cum figuris‹ Adrian Leverkühns Interpretation des ersten Blattes ›Die Marter des Evangelisten Johannis‹, sowie die dem Dritten Abschnitt des Waetzoldtschen Dürerbuchs (›Die Apokalypse‹) verwandten einleitenden Meditationen Zeitbloms im XXXIV. Kapitel.

3] *an Kaskell, warnend:* An Joseph Kaskell, P. P. 16. 12. 45; Reg. III, 45/591: »Nach meiner Meinung müssen die Deutschen Blätter sich außerordentlich hüten, politisch ins falsche Lager zu geraten und den Anschein zu erwecken, als wollten [sie] sich jetzt, bei ›veränderten‹ Verhältnissen, d. h. nach Erledigung des Nazitums (das keineswegs erledigt ist) der Revision der Potsdamer Beschlüsse und der prodeutschen Propaganda widmen. Schon ein Artikel des Blattes über Potsdam hat, so behutsam und verständig er geschrieben war, Anlaß zu solchem Verdacht gegeben, wie ich höre. Ich bin dadurch beunruhigt und würde bitten, [in dem TM zur Unterschrift vorgelegten Unterstützungsgesuch für die Zeitschrift] jedenfalls die Wendung von dem ›changed aspects of the German and the European problem‹ wegzulassen und etwas anderes dafür einzusetzen, was die Notwendigkeit der Existenz einer welt-deutschen Zeitschrift betont, welche die großen Überlieferungen deutscher Kultur hochzuhalten und für ein freies, geistiges Deutschland ohne Machtwahn, Überheblichkeit und Tücke zu wirken gedenkt. – Die Forderung, daß Deutschland sein industrielles Kriegspotential wiederhaben muß, sollten wir unseren Fascisten hier überlassen, denen es garnicht um die hungernden deutschen Kinder, sondern darum zu tun ist, Deutschland gegen Rußland aufzurüsten.« (Kopie im TMA)

4] *Jurist Kelsen:* Der österreichische Professor für Völkerrecht, Staatsrecht und Rechtsphilosophie, Hans Kelsen (1881-1973), lehrte nach seiner Entlassung von der Universität Köln, 1933, bis 1940 in Genf, Prag und Cambridge und, ab 1943, an der University of California in Berkeley.

17. 12. 1945

1] *Brief von Preetorius:* Das nur im Entwurf erhaltene, Bl. TMG No. 4, 13/14 publizierte Schreiben vom 15. 11. 45. 286

2] *Text des Diploms:* Das Diplom ist nicht unter den im TMA archivierten Beständen.

3] *pro-deutscher Aufruf von James Franck:* Der Physiker James Franck (1882-1964) (Nobelpreis 1925), war Professor in Göttingen, emigrierte 1933 und lehrte von 1938 bis 1947 an der Universität Chicago. Der *appeal* war ein Ende 1945 von Franck und einigen deutsch-amerikanischen Kollegen in Chicago formuliertes Plädoyer für eine behutsame Politik gegenüber dem von Hunger und Wirtschaftschaos bedrohten Deutschland, wobei vor allem auf die Notwendigkeit ökonomischer Hilfsmaßnahmen hingewiesen wurde. Das Memorandum Francks zirkulierte zwischen Dezember 1945 und Februar 1946 unter deutschsprachigen Emigranten (s. Anschreiben an die potentiellen Unterzeichner: Hermann Broch, ›Kommentierte Werkausgabe‹, Frankfurt/M. 1981, Bd. XI, 448) und fand ein Echo, das sich durch die Formel ›Unterzeichnungspflicht aus Gründen humanitärer Solidarität mit dem bitter geprüften Deutschland ungeachtet schwerwiegender Bedenken‹ bezeichnen läßt. Diese Bedenken wurden am nachdrücklichsten von Albert Einstein formuliert; s. An James Franck, im Dezember 1945 (ohne genaues Datum): »Lieber Franck: Die ›Tränencampagne‹ der Deutschen nach dem letzten Kriege ist mir noch in zu guter Erinnerung, als daß ich auf diese Wiederholung hineinfallen könnte. Die Deutschen haben nach einem wohlerwogenen Plan viele Millionen Zivilbevölkerung hingeschlachtet, um sich an deren Stelle zu setzen. (Wenn sie auch Dich geschlachtet hätten, wäre es sicher nicht ohne ein paar redliche Krokodilstränen abgegangen.) Sie würden es wieder machen, wenn sie nur könnten. Die paar weißen Raben, die es unter ihnen gegeben hat, ändern daran absolut nichts. Aus den Panikbriefen, die ich von dort erhalten habe und aus den Mitteilungen einiger zuverlässiger Menschen, die jüngst hingesandt worden sind, sehe ich, daß von Schuldgefühl und Reue bei den Deutschen keine Spur zu finden ist.

Ich sehe auch ganz deutlich, daß das Buhlen um die Deutschen schon wieder unter den ›United Nations‹ begonnen hat; besonders bei den Engländern werden die selben Tendenzen lebendig, die sie nach 1918 veranlaßten, die deutsche Macht wieder aufzupäppeln, denn die Angst um das liebe Geld ist eben auch bei ihnen stärker als die Sorge ums teure Vaterland.
Lieber Franck! Lass' doch die Hände weg von dieser stinkenden Sache! Nachdem man Eure Gutmütigkeit mißbraucht hat, wird man sich über Eure Einfalt lustig machen. Wenn Du aber nicht zu retten bist: ich jedenfalls will nichts mit der Sache zu tun haben. Und wenn sich eine passende Gelegenheit bietet, will ich öffentlich dagegen auftreten.« –
Einstein am 30. Dezember 1945, den Briefwechsel mit dem Kollegen James Franck beilegend, der »dem Engel ergeben ist und den Teufel nicht sieht«: »Lieber Thomas Mann: Ich kann mich in den inneren Zwiespalt gut hineinfühlen, der schließlich damit endete, daß Sie Ihre Unterschrift nicht verweigern zu können glaubten. Wenn man so etwas unterschreibt, ist es eben nicht nur eine Bestätigung der in dem Dokument stehenden Sätze, sondern eine positive Beteiligung an der ›Tränencampagne‹ und eine Camp-Gemeinschaft mit denen, die jene Campagne als politisches Mittel zur Erreichung eines Zieles betreiben. Nach dem letzten Kriege ist so ›Großes‹ erzielt worden, nämlich für den Teufel, der den reinen Engel in seinen Dienst genommen hatte. Man braucht übrigens für die Deutschen keine Angst zu haben; denn England stützt sie schon wieder gegen die wohlberechtigten Ansprüche Frankreichs – genau wie damals; die verstärkte Furcht vor dem moralischen Einfluß eines erfolgreichen Rußland wirkt auch mächtig in dieser Richtung. Und die Amerikaner helfen natürlich dabei. Die zugleich Wohlmeinenden und klar Sehenden sind – wie zu allen Zeiten – zur Ohnmacht verurteilt, auch wenn sie sich's nicht eingestehen dürfen (denn solches Eingeständnis würde die Aussichten auf eine erträgliche Zukunft noch weiter verhindern).« Aus den Briefwechseln zwischen den (ablehnenden, zögernden, mit und ohne Bedenken zustimmenden) Persönlichkeiten, die zur Unterzeichnung des Appells gebeten wurden, läßt sich belegen, daß es um zwei Hauptprobleme ging:

1) gab es eine von konservativen Amerikanern (Broch: »Nazis« in den U. S. A.) gestartete ›Tränen-Kampagne zugunsten Deutschlands‹, die den Franck-»appeal« in ein zweifelhaftes Licht rückte;
2) wurden im »appeal«, der, nach Broch, all zu gutgläubig Horror-Meldungen aus Deutschland für bare Münze nähme, Nazis und Nicht-Nazis in gleicher Weise für unterstützenswert gehalten.
Gegen diese Auffassung wandte sich, einem Schreiben an James Franck (s. u.) beigelegt, ein vierzehnseitiger Text Hermann Brochs: ›Bemerkungen zu einem »Appeal« zugunsten des deutschen Volkes‹ s. TB 4. 2. 1946; Text in Hermann Broch, a. a. O. 414-427). In diesen Bemerkungen wurde ebenso sehr für eine rigorose Bestrafung der Nazis wie für eine – anständiges Wohnen und gute Ernährung ermöglichende – Bevorzugung derer plädiert, die sich dem Terror Hitlers nachweislich widersetzt hätten: der Überlebenden aus den Konzentrationslagern voran. Diese Ergänzungen zum ›appeal‹ verschickte Broch Ende Januar – wie vor ihm Einstein *seinen* Widerspruch! – sowohl an James Franck als auch an Thomas Mann. Vgl. Hermann Broch an James Franck, 30. 1. 46 (vollständiger Text in Broch, ›Briefe III‹ (1945-1951), Frankfurt/M. 1981, 56 f.): »Verehrter Herr Professor, sowohl Erich Kahler wie ich danken Ihnen sehr für die Zusendung des ›Appeals‹ und der bisherigen Zeichnerliste. Wir sind froh, in dieser eingeschlossen zu sein. Leider sind uns bei Studium des Textes (den wir vorher nur durch eine eindrucksvolle Vorlesung Borgeses kennengelernt haben) einige ernste Bedenken aufgestiegen, keine prinzipiellen – denn sonst hätten wir unsere Unterschriften zurückziehen müssen –, wohl aber manche hinsichtlich seiner positiven und negativen Wirkungsmöglichkeiten, von denen wir die ersteren für sehr gering, die letzteren aber für recht bedeutend erachten. Und da wir dem Appeal, natürlicherweise, eine positive Wirkung wünschen, glauben wir unsere Bedenken vorbringen zu müssen. [. . .] Es ist natürlich für die Redakteure des Appeals äußerst unangenehm, in dem vorgeschrittenen Stadium, in dem die Angelegenheit sich heute befindet, Textänderungen vorzunehmen, obwohl solche sicherlich am begrüßenswertesten wären. Wenn dies, wie ich fürchte, nicht mehr durchführbar wäre, so würde ich vorschlagen, das Nötige in Gestalt eines Nachtrages, etwa unter dem Titel ›Umsetzung in die Praxis‹ zu sagen; ich habe das Gefühl, daß die meisten der Zeichner mit einem

solchen Nachtrag einverstanden wären. Ich erlaube mir daher, Ihnen anbei ein Memorandum zu übergeben, welches sich mit der gesamten Sachlage beschäftigt. Es ist gegen meine Absicht ein wenig überdimensioniert ausgefallen; doch ich empfand es als Notwendigkeit, und vielleicht nicht nur als eine lediglich subjektive, das Verhältnis des Refugees zu Deutschland einmal einer prinzipiellen Erörterung zu unterziehen, besonders da es eben dieses Verhältnis ist, das von dem Appeal an die Öffentlichkeit gebracht wird. [...] Wir hatten in Angelegenheit des Appeals eine lange Unterredung mit Prof. Einstein, der uns auch die Korrespondenz zeigte, die er während des Dezember mit Ihnen geführt hat. Angesichts Ihrer ausgezeichneten und schönen Argumentation ist es uns nicht schwer gefallen, Ihren Standpunkt zu vertreten; insbesondere haben wir auf den impliziten Inhalt des Appeals, nämlich die Schaffung günstiger Vorbedingungen für eine Denazifizierung und künftige Demokratisierung Deutschlands nachdrücklich hingewiesen: wir hatten den Eindruck, daß Prof. Einstein nun von dem angedrohten öffentlichen Protest gegen die Aktion abstehen wird; ich glaube auch hoffen zu dürfen, daß meine Vorschläge sein Einverständnis finden werden. Was die weiteren Zeichner anlangt, die für den Appeal noch geworben werden sollen, so hängt deren Auswahl mehr oder weniger von der endgültigen Textierung ab, denn viele mögen ähnliche Einwendungen wie wir erheben; sobald Sie uns Ihre Entscheidung mitteilen, werden wir Ihnen einige in Betracht kommende Namen nennen. Und wie ich im Memorandum ausführe, sollte auch eine Reihe von Amerikanern als Sponsoren in die Liste aufgenommen werden. Doch da dies zu einem großen Teil deutsch-amerikanische Namen sein werden, müßte streng darauf geachtet werden, daß keiner darunter sei, der irgendwie mit Nazi-Kreisen in Verbindung gebracht werden könnte; so wäre z. B. alles auszuschalten, was sich in der Nähe der ›New Yorker Staatszeitung‹ befindet.«

S. ferner: Hermann Broch an Thomas Mann, 31. 1. 46 (vollständiger Text in ›Briefe III‹, a. a. O., S. 59): »Lieber verehrter Dr. Mann, Erich hat Ihnen mein Memorandum zum Franck-Appeal angekündigt: hier ist es, zugleich mit Kopie meines Briefes an Prof. Franck. Wie ich Franck schrieb, hatte ich das – und ich glaube auch objektiv berechtigte – Bedürfnis, das Verhältnis des Refugees zu Deutschland einer prinzipiellen Erörterung zu unterziehen, denn schließ-

lich ist es dieses, das mit dem Appeal in aller Öffentlichkeit dokumentiert wird. Dadurch ist das Memorandum etwas zu lang ausgefallen. Ich hoffe sehr, daß Sie in dieser Sache uns – denn auch Erich denkt da wie ich – beistimmen werden. In diesem Fall wäre es sehr ersprießlich, wenn Sie Prof. Franck das mitteilten, auf daß er die von uns vorgeschlagene Abänderung oder Erweiterung des Textes vornehme.«
Die Brochschen »Ergänzungen«, die strikt zwischen aktiven Nazis, Mitläufern und Regime-Gegnern unterscheiden, basieren auf den – im Text zitierten – Sätzen des Rabbiners Leo Baeck, geschrieben nach dem Erlebnis von Theresienstadt: »Wie der Schuldige gesucht werden soll, so soll auch der Unschuldige gesucht werden, und wenn er in Not ist, so soll ihm Hilfe zuteil werden. Die Hand, welche richtet und straft, soll die Hand sein, welche hilft; dadurch wird das Recht ein Ganzes. Die Hand, welche hilft, soll auch die Hand sein, welche richtet und straft; dadurch erst wird die Hilfe ein Ganzes. Beides zusammen ist die ganze Gerechtigkeit.« Unter diesem Aspekt plädiert Broch, konkrete Schritte bedenkend (von denen im ›appeal‹ kaum die Rede sei), gegen die – moralisch ungerechtfertigte – »whole-sale-Behandlung Deutschlands« und, statt dessen, einerseits für »eine viel weitergehende Erfassung und Aburteilung der Nazi-Verbrecher, als es heute vorgesehen ist« und andererseits für eine »Auslese der wahrhaft Unschuldigen«, auf daß sie der ihnen »gebührenden Bevorzugung vor der großen Masse der Gleichgültigkeit [so im Text] teilhaftig werden.« Außer den dezidierten Anti-Nazis sollten, so Broch, lediglich Kinder unter 12 Jahren und Kranke materiell unterstützt werden – nicht hingegen die von der ›Tränen-Kampagne‹ der Konservativen mitbedachten Schuldigen. »Wir Zeichner des Appeals«, schließen die Brochschen ›Bemerkungen‹, »identifizieren uns weder positiv noch negativ mit dem Abstraktum ›Deutschland‹; wohl aber identifizieren wir uns sehr positiv mit allen deutschen Anti-Nazi, sowohl mit jenen, die – hoffentlich – in Deutschland noch leben, wie mit jenen, die im Kampf gegen Hitler gefallen sind. Und für sie, die Lebenden wie die Toten, soll unser Aufruf eintreten, indem er für die Lebenden Unterstützung und Gerechtigkeit fordert, die Toten aber ehrt. Denn die einen wie die anderen sind unsere Brüder; wären wir nicht – zu unserem Glück und, im Vergleich mit ihnen, sogar unverdienten Glück

– aus Deutschland ausgetrieben worden, wir stünden drüben in ihren Reihen, zumeist wohl in denen der Toten.«

Eine ausführliche Dokumentation der Auseinandersetzungen um den Franck-Appell steht noch aus. Die Stellungnahmen *pro* (Franck, Otto von Simson usw.), *contra* (vor allem Einstein: »Es ist bedauerlich, daß sich die wohlwollenden Menschen immer wieder von schlauen Drahtziehern der Politik mißbrauchen lassen.«) und *pro, aber mit Bedenken* (Thomas Mann, Broch etc.) sind einstweilen *in toto* allenfalls von einigen wenigen Spezialisten zu überblicken. Wie kontrovers die Debatten waren, zeigt exemplarisch ein Brief Erich von Kahlers an Thomas Mann (Princeton, 22. 1. 46, Bl. TMG No. 10, S. 40 ff.), wo es heißt (das kursiv Gesetzte ist von TM rot bezeichnet oder am Rand markiert): »... die deutschen Dinge – wie schwer, wie schwer das Richtige zwischen allen Extremen und Simplifikationen zu sehen und zu befolgen! Ich habe die blutigsten Diskussionen nach der einen Seite wie nach der andern – mit Einstein etwa, der allzu emotionell gegen alles Deutsche eingestellt ist, und einer ganzen Menge wohlgesinnter und kluger Menschen, die in dieser Frage einfach blindwütig summarisch reagieren, und andrerseits *mit den Deutschen, die wieder in ihrer Erbitterung über die offenkundigen Sünden der Alliierten alles vergessen haben, was von ihrem Volk ausgegangen ist.* Da ist die Frage des Chicago Aufrufs. Wir haben ihn unterschrieben, und ich für mein Teil bin froh darüber, daß ich ihn unterschrieben habe, es war mir eine Herzenserleichterung, ein moralisches Alibi. Denn was die Alliierten dort getrieben haben und treiben, *das Verbrennen und Verrottenlassen von Heeresproviant und Kleidung, inmitten von Hungersnot und Frieren, das In-die-Luft-Sprengen von Fabriken, wo die Leute kein Dach über dem Kopf haben, die Roheit der tschechischen und polnischen Massenaustreibungen vor dem Winter, die ganze tierische Indifferenz und Geschäftsmäßigkeit, mit der wieder die Zukunft Europas verspielt wird* – zu alledem kann man nicht schweigen, ohne sich mitschuldig zu machen. Aber freilich ist der Aufruf matt und einseitig und läßt vieles ungesagt, was zur Balance und zur Unterscheidung von anderen sehr verdächtigen deutsch-amerikanischen Aktionen hätte ausgesprochen werden müssen: *die Laxheit des Vorgehns gegen die Nazi und das Totschweigen (selbst in Deutschland) der deutschen Widerstandsbewegungen, die viel umfassender wa-*

ren, als man hier weiß, ja die offene Begünstigung und Verwendung von Nazis, besonders in der französischen Zone – Sünden, Sünden, die ihre schrecklichen Früchte tragen werden. Und dafür das jahrelange Geschwätz über re-education, dafür das Office of Psychological Warfare und der ganze Humbug von socio-psychological research, von dem das ganze Land voll ist! Wir haben regelmäßige Berichte von Freunden, die jetzt in Deutschland beamtet sind: *während man sich an den Nürnberger Schauprozessen gegen die längst erledigten Häuptlinge delektiert, wächst im Stillen eine Sammlung der gänzlich unbehelligten kleinen Nazi (Blockwarte, kleine Beamte u. s. w.) heran, die jetzt schon die ehrlich antifascistischen Leute einschüchtern, unter den Augen und dem Patronat der militärischen Regierungen.* Wie wird es erst nach der Reduzierung der *Okkupationsarmeen sein, die ja nur allzubald erfolgen wird, unter dem Stimmungsdruck der uninstruierten Boys, die nichts als nachhaus wollen.* Und die ›Realpolitiker‹, die Vansittarts, Schwarzschilds u. s. w., die eine fünfzigjährige Besetzung Deutschlands gefordert haben! *Aber wie kann man angesichts einer solchen rapiden Vergeßlichkeit und Gleichgültigkeit der Alliierten, angesichts solcher Beispiele, die man gibt, angesichts solcher Bestätigung aller Nazivoraussagen von den durchschnittlichen Deutschen erwarten, ja verlangen, daß sie eine prompte Reue und ehrliche, innere Gesinnungswandlung zeigen. So ein Erwachen aus einer zehnjährigen Betäubung und Abschließung, so ein Prozeß der Besinnung und Bekehrung braucht Zeit und seelische Kraft und eine das Rechte encouragierende, das Schlechte degradierende Umwelt. Unter den gegenwärtigen Verhältnissen kann das nur ein Mensch leisten, der das Gute will und braucht um seiner selbst willen, ohne Rücksicht auf die Folgen und die Wertungen, die er um sich herum in Geltung sieht.* Und wieviel solche Menschen gibt es auf der ganzen weiten Welt, geschweige in Europa nach einem Jahrzehnt Terror!«

Vgl. zum Problem des »Appeals«, das hier um seiner Thomas-Mann-Relevanz willen *exempli causa* ausführlich dokumentiert werden wollte, auch TB 5. 2. 46.

4] *an die Servicen:* An Louise Servicen, P. P. 19. 12. 45; Reg. III, 45/602.

5] *an Borgese:* An Giuseppe Antonio Borgese, P. P. 17. 12. 45; Reg. III, 45/592.

6] *Aufsatz über Gershwin:* Kurt List, ›George Gershwin's Music‹. ›The Greatest American Composer – Alas‹, ›Commentary‹, vol. I, No. 2, December 1945, 27-34.

7] *Gershwin:* Der amerikanische Komponist George Gershwin (1898-1937).

18. 12. 1945

286 1] *die Frage des ›Appeals‹:* S. TB 17. 12. 45, Anm. 3.

2] *an Einstein:* An Albert Einstein, P. P. 18. 12. 45; Reg. III, 45/599.

19. 12. 1945

Von »Schrieb am Kapitel« bis »kommentierend« seitlich rot angestrichen.

287 1] *Plan eines Briefes an Adorno:* Vgl. *Entstehung*, Kap. XII, GW XI, 245: »Schon Anfang Dezember hatte ich den Entschluß gefaßt und ausgeführt, Adorno alles bisher vom ›Faustus‹ Geschriebene und in Maschinenabschrift Vorliegende zu übergeben, um ihm volle ideelle Einsicht zu bieten, ihn recht mit meinen Absichten bekannt zu machen und ihn dafür zu stimmen, mir beim musikalisch Bevorstehenden imaginativ zur Hand zu gehen.«

2] *Lukacs-Artikel:* S. TB 1. 12. 45, Anm. 3.

3] *an Bermann:* An GBF, P. P. 19. 12. 45; Reg. III, 45/601; TM/GBF 425/426.

4] *Dinnerrede Laski's:* Harold Laski, ›Plan or Perish‹, ›The Nation‹, vol. 161, No. 24 v. 15. 12. 45, 650-652. Der Vorspann bietet den Kontext: »The chairman of the British Labour Party delivered the following address at the dinner which concluded the Nation Associates‹ three-day-forum in New York on the challenge of the Atomic Bomb.« (S. hierzu TB 20. 5. 45, Anm. 2.)

20. 12. 1945

287 1] *neu eingetr. Nummern der ›Weltwoche‹:* Wahrscheinlich die Nummer 620 v. 28. 9. 45, die auf S. 3 einen Artikel von ›bo.‹ ›Unzufriedenheit mit der Labourregierung‹ enthielt; die Nummer 621 v. 5. 10. 45 mit einem Artikel von K. v. S. (Karl von Schumacher) ›Nach dem Fiasko in London‹ auf S. 1; die Nummer 623 v. 19. 10. 45, mit einem Artikel von ›St. W.‹ ›Englands Mindestforderungen‹

(S. 9), sowie der Nummer 627 v. 16. 11. 45 mit dem Artikel von Robert Jungk ›Aus einem Totenland‹, dem Bericht über die ›Zustände im polnischen Teil Deutschlands‹ auf S. 9.

21. 12. 1945

1] *Las einen ›Politischen Brief‹ des Hesslein:* Der katholische Journalist Paul Leonhard Hesslein (1886-1953), der 1938 über England nach Chile geflohen war, gab dort ab Februar 1944 die – zeitweilig von Friedrich Wilhelm Foerster unterstützten – hektographierten ›Politischen Briefe‹ heraus, zu deren 400 Abonnenten auch Thomas Mann zählte. *287*

2] *Philologen-Studie:* Marianne Zerner, ›Thomas Mann in Standard English Anthologies‹, ›The German Quarterly‹, 18/1945, S. 178 ff.

3] *Berliner Roman:* Wilhelm Speyer, ›Das Glück der Andernachs‹, Zürich 1947. S. TM an Miss Canby, P. P. 8. 1. 46; Reg. III, 46/9: »Den Erwartungen, die ich in das Werk setze, wurde kürzlich eine gewisse Bestätigung zuteil gelegentlich einer Vorlesung [...], bei der man einige signifikante Kapitel aus dem Buch kennenlernte, die mich überzeugten, daß hier ein Werk von entschiedener Bedeutung, von dokumentarischem Wert und von dichterischem Reiz im Entstehen begriffen ist.« (Br. II, 474) *288*

4] *›Furcht und Elend des III. Reiches‹:* Bertolt Brecht, ›Furcht und Elend des Dritten Reiches‹, Aurora Verlag, New York 1945. Die englische Fassung ›The Private Life of the Master Race‹ war am 7. 6. 45 im Little Theatre, Wheeler Auditorium der University of California in Berkeley, unter der Regie von Heinrich (Henry) Schnitzler, uraufgeführt worden.

22. 12. 1945

1] *Interview wegen meiner Voraussage:* In der Rubrik ›Collector's Items‹ von ›Time‹ erschien in der No. 27 v. 31. 12. 1945, 43/44 die folgende Notiz: »Thomas Mann faced the happy embarrassment of being wrong in an prediction he had made in 1930 [...]: ›I have a feeling that I shall die at the same age as my mother (70) in 1945.‹ At his Pacific Palisades home [...] Author Mann looked fit despite a slight head cold, smoked his usual two cigars a day (with a liqueur on his side), smoked cigarets the rest of the time, walked his daily two miles ›against the sea-breeze‹, and was 500 pages *288* along on a new novel [. . .]. Said he: ›In my youth I was convinced I would die when I was 40. Then I grew older and older. By experience I learned that it was all a mistake, and now I think I will probably live to be quite old.‹« TMs Voraussage von 1930 steht in seinem *Lebensabriß*, GW XI, 98-144, und ist dort mit dem 1954 datierten Zusatz versehen: »Mit dankbarer Genugtuung stellt der Leser fest, daß sich des Dichters düstere Vermutung als eine sublime Methode herausgestellt hat, das Schicksal zu bestechen.«

23. 12. 1945

288 1] *Prof. Auerbach:* Wahrscheinlich der aus Stuttgart stammende Lektor, Schriftsteller und Lehrer am Konservatorium Frankfurt, Alfred Auerbach (1873-1954), der 1933 emigrieren mußte, 1941 in die USA kam und eine Zeitlang in Hollywood lebte. Auerbach, der 1950 nach Stuttgart zurückkehrte, hat in seinem Buch ›Ein Schwabe studiert Amerika‹, Stuttgart 1948, einen kleinen Abschnitt geschrieben, der auf einen Besuch bei TM schließen lassen könnte: »Dann nehmen mich die Freunde heran an die Berge. Aufwärts nach Santa Monica, da oben wohnt mein Freund, der Thomas Mann, und gleich will ich erzählen, wie fein bescheiden es da oben bei ihm ist. Dies Landhaus steht zwischen einer ›Fauna‹, die es verbirgt . . . er liebt die ›Fama‹ nicht; wozu das Aufsehen und Gespräch der Neugierde. Ich weiß, er hat auch Gegner, aber alle sollten sie ihn dort oben kennenlernen, ihn und seine Gattin, in dem weithinausweisenden Raume, da er arbeitet, über die Naheschau hinweg, dem besten deutschen Geiste getreu . . . Lessing, Goethe, Schiller.« (a. a. O., S. 92)

2] *an Honegger:* An Hans Honegger, P. P. 23. 12. 45; Reg. III, 45/606. Der Brief ist nicht, wie die Regesten angeben, an Romulus D. Honegger, sondern an den Vater des damals fünfzehnjährigen Romolo, den Zürcher Wirtschaftsjournalisten Dr. Hans Honegger (1888-1949) gerichtet, der TM neben einem durch Max Rychner eingeleiteten Teil-Abdruck des Offenen Briefes an Molo (›Die Tat‹, Zürich, 27. 10. 45, S. 5) auch einen eigenen Artikel »über die deutsche Tragödie« zugesandt hatte. Die Verbindung von Honegger-Sohn und -Vater zu TM dürfte in den 30er Jahren durch Hermann Hesse zustande gekommen sein, dessen Nachbar in Montagnola die Familie Honegger eine Zeitlang war.

24. 12. 1945

1] *Dunkelszene mit Schwerdtfeger:* Am Ende des XXXIII. *Faustus*-Kapitels stehen Rudi Schwerdtfegers – vom Chronisten wegen des »Mißbrauchs des Dunkels« entschieden mißbilligte – Konfession in der fast finsteren Abtsstube und seine von Zeitblom als »Verführung« und »kecken Anschlag der Zutraulichkeit auf die Einsamkeit« interpretierte Bitte, Adrian möge ihm ein Violinkonzert schreiben. (GW VI, 462-467.) 288

2] *von Golo:* Wahrscheinlich: An Katia Mann, Nauheim, 6. 12. 45. S. TB 9. 1. 46, Anm. 2.

3] *Bruch-Menuhin:* Max Bruch (1838-1920), Violinkonzert g-Moll, op. 26 (1866), gespielt von Yehudi Menuhin. Die Platte befand sich nicht mehr im Nachlaß.

25. 12. 1945

1] *Ursula:* S. TB 2. 10. 45, Anm. 3. 289

2] *an die Meyer:* An Agnes E. Meyer, P. P. 25./28. 12. 45; Reg. III, 45/615; Br. II, 467-469.

3] *9te Symphonie:* Ludwig van Beethoven, Symphonie No. 9, d-Moll, op. 125, mit dem Finale ›Freude, schöner Götterfunke‹, (1824). Die »alten Platten« befinden sich nicht im Nachlaß.

4] *›Till Eulenspiegel‹:* Richard Strauss' symphonische Dichtung ›Till Eulenspiegels lustige Streiche. Nach alter Schelmenweise in Rondoform gesetzt‹, op. 28 (1895).

5] *F. Gaupp über die Früh-Renaissance:* Friedrich Gaupp. ›Pioniere der Neuzeit in der Frührenaissance‹, Bern 1945. Das Buch (mit einer Widmung des Autors) steht in der Zürcher Bibliothek.

26. 12. 45

psychoanalytischer Film: Die 20th Century Fox drehte 1945 zwei als ›psychoanalytisch‹ anzusprechende Filme: 1) den John-Stahl-Streifen ›Leave her to Heaven‹ mit Gene Tierney, Cornel Wilde, Jeanne Crain und Darryl Hickman, 2) die Otto Preminger Produktion ›Fallen Angel‹ mit Dana Andrews, Alice Faye, Linda Darnell und Charles Bickford. 289

27. 12. 1945

289 1] *spanisch-argentinische Ausgabe:* »*Orden del diá*‹, übers. von Fernando M. Ungria, Buenos Aires 1945.

2] *von Brentano:* Küsnacht 15. 12. 45; im TMA.

3] *Brentano:* Der Schriftsteller und historische Biograph Bernard von Brentano (1901-1964), von 1925-1930 Redakteur an der ›Frankfurter Zeitung‹, mußte, da er sich 1932 mit einer Kampfschrift ›Beginn der Barbarei in Deutschland‹ als Hitlergegner ausgewiesen hatte, 1933 in die Schweiz emigrieren, wo TM ihn während seiner Zürcher Jahre häufiger sah. Brentano kehrte 1949 in die Bundesrepublik zurück. Seine Rolle während der Schweizer Emigrationszeit ist nicht unumstritten. Vgl. hierzu u. a. die von H. A. Walter im 4. Band seiner ›Deutsche[n] Exilliteratur 1933-1950‹, ›Exilpresse‹ (Stuttgart 1978), bei den Anmerkungen zum Kapitel ›Mass und Wert‹ zitierten Belege. Vgl. ferner TMs distanzierende Einleitung zu seinem Antwortbrief vom 29. 12. 45: »Ich hatte wirklich nicht erwartet, noch einmal von Ihnen angeredet zu werden – nach Ihrer letzten Zuschrift vor einigen Jahren, zu Hitlers Blütezeit. Das Ding bestand aus vier oder fünf so gut wie gegenstandslosen Zeilen mit der Anrede ›Sehr geehrter Herr‹ und der Schlußformel ›Hochachtungsvoll‹ und konnte nur den Zweck haben, mir Ihre Feindschaft anzusagen. Ich habe es als ein Symptom Ihrer wachsenden patriotischen Überreiztheit, Ihres Leidens an innerem Zwiespalt und als Abschluß Ihres stets sehr ambivalenten Verhältnisses zu mir genommen.«

4] *briefl. Äußerung:* Vgl. R. J. Humm an TM, Zürich, 8. 1. 46: »Das Wort vom ›halb-närrischen‹ Brentano haben Sie nicht mir, sondern einem Herrn Frei (oder Frey) geschrieben, sagte mir Gasser ...« In seinem Brief vom 29. 12. 45 erklärt TM gegenüber dem beleidigten Brentano dieses Wort: »Wenn ich das Wort ›halb närrisch‹ gebraucht habe, so war es mehr als Entschuldigung denn als Kränkung gemeint und sollte meine Bereitschaft bekunden, in den Wunderlichkeiten Ihres Benehmens während der zwölf Jahre nur einen Ausdruck mangelnden seelischen Gleichgewichts zu sehen ...« (Beide Schreiben im TMA).

29. 12. 1945
1] *Brief an F. Gaupp:* Noch nicht bekannt. 290
2] *an Brentano:* An Bernard von Brentano, P. P. 29. 12. 45; Reg. III, 45/616.
3] *Yale Review: Thomas Mann, Germany and the Germans,* ›Yale Review‹, vol. 35, ns, No. 2, December 1945, 223-241.
4] *Brief an Kahler mit denen von Preetorius:* An Erich von Kahler, P. P. 29. 12. 45; Reg. III, 45/617; Bl TMG No. 10, 39/40. Die beigelegten Briefe von Preetorius sind vom 8. 9. und 15. 11. 1945; s. Bl. TMG No. 4, 9/10 und 13/14.
5] *Kircher:* Der politische Journalist Rudolf Kircher (1885-1954), Londoner Korrespondent, Leiter der Berliner Büros und schließlich, während des NS-Regimes, Hauptschriftleiter der ›Frankfurter Zeitung‹ Vgl. *Entstehung,* Kap. XI, GW XI, 241.
Der Brief von Kircher ist nicht erhalten. Im TMA befindet sich jedoch ein zweiter Kircher-Brief, aus dem sich der erste erschließen läßt. Colle Isaro, Brennero, 26. 2. 46.

30. 12. 1945
1] *bei Gaupp:* ›Jeanne d'Arc. Das Bauernmädchen‹, Gaupp, a. a. O. 142-162; ein Kapitel, das TM nicht zuletzt durch den Vergleich der Situation Frankreichs im ersten Drittel des 15. Jahrhunderts mit der zwischen 1940 und 1944, den der Verfasser auf den ersten Seiten durchführt, interessiert haben dürfte. 290
2] *St. Beuve über Molière:* Charles Augustin Sainte-Beuve (1804 bis 1869), ›Molière‹. Transl. by Catherine Prescott Wormelay, Boston 1934-1937; im TMA. S. auch TB 26. 6. 45, Anm. 1.

31. 12. 1945
1] *Faustus-Brief an Adorno:* An Theodor W. Adorno, P. P. 30. 12. 45; Reg. III, 45/620; Br. II, 469-472. S. TB 19. 12. 45, Anm. 1. 290
2] *Producer Merton:* Der Wiener Theaterverleger und Bühnenvertriebsinhaber George Marton, der 1938 über Paris in die USA floh und in Hollywood als Agent für Alexander Korda tätig war. S. TB 20. 3. 46: »Ankauf des ›Zauberbergs‹ durch Sir Alex. Corda.«

1946

1. 1. 1946
Die Eintragung ist von »An mich wird man sich« bis »Bekenntnis« seitlich rot angestrichen.

295 1] *an Dr. Kircher:* Noch nicht bekannt; s. aber Reg. N, 46/1.

2] *Gedicht-Cyklus [. . .] von Dr. Strauß:* Vermutlich ein Teilmanuskript des 1952 in Heidelberg erschienenen Gedichtbandes von Ludwig Strauß, ›Heimliche Gegenwart. Gedichte 1933-1950‹.

3] *Dr. Strauß:* Der Schriftsteller, Dramaturg und Aachener Philosophiedozent Ludwig Strauß (1892-1953), ein Schwiegersohn von Martin Buber, war 1934 nach Palästina emigriert, wo er zunächst an einer Kinderdorf-Schule, später an der Jerusalemer Universität lehrte.

4] *Osborns Erinnerungen an Menzel . . .:* Max Osborn ›Der bunte Spiegel‹. Mit einem Vorwort TMs, New York, 1945. Der erste Teil des Buches ›Von Kunst und Künstlern‹ (27-115) enthält u. a. die Kapitel ›Der alte Menzel‹; ›Besuche bei Max Liebermann‹; ›Der ›Spog‹ (Max Slevogt und seine Freunde)‹; ›Genie und Groteske‹ (Lesser Ury); ›Nachmittags bei Max Klinger‹; ›Der Museums-Imperator‹ (Wilhelm von Bode) und ›Kunstfahrt in die Sowjetunion‹.

5] *Menzel:* Der Maler, Zeichner und Graphiker Adolph (von) Menzel (1815-1905).

6] *Liebermann:* Der Maler, Zeichner und Graphiker Max Liebermann (1847-1935), bis 1933 Präsident der Preußischen Akademie der Künste in Berlin. S. *Max Liebermann zum achtzigsten Geburtstag* (1927), GW X, 442-444, und Anhang, S. 816 f.

7] *Klinger:* Der Maler, Radierer und Bildhauer Max Klinger (1857 bis 1920).

8] *Lesser Ury:* Der Maler und Graphiker Lesser Ury (1861-1931).

9] *Bode:* Der Kunsthistoriker, Generaldirektor der Berliner Museen

(1905-1920) und Begründer des Kaiser-Friedrich-Museums (ab 1960 Bode-Museum) Wilhelm (von) Bode (1845-1929).

2. 1. 1946

1] *Vorbereitungen zu XXXIV:* »Die Vorbereitungen zu dem so entscheidenden Abschnitt [des dreigeteilten Kapitels, das von der Entstehung des Oratoriums ›Apocalipsis cum figuris‹, dem Kridwiß-Kreis und dem Zusammenhang zwischen Adrians Werk und den Diskussionen in diesem Zirkel berichtet] hatten, unter Dante-Lektüre, dem Studium der Apokryphen und allerlei sich gutwillig einfindender Schriften über antik-christliche Jenseitsvorstellungen und Apokalyptik, lange gedauert. Gegen Mitte Januar 46 begann ich ihn zu schreiben.« (*Entstehung*, Kap. XII, GW XI, 249). 295

2] *von Klaus:* An Katia Mann, Rome, 19. 12. [1945]; im KMA.

3. 1. 1946

1] *Zu Adorno:* Über das Gespräch mit Adorno vgl. die wesentlich ausführlichere Darstellung in der *Entstehung*, Kap. XII, GW XI, 247-249, sowie die im Typoskript gestrichene Passage: »Vollkommen vertraut mit den Absichten des Ganzen und denen dieses besonderen Stückes, die ja im Wesentlichen dahingingen, das Werk dem Vorwurf des blutigen Barbarismus sowohl wie dem des blutlosen Intellektualismus bloßzustellen, traf er es vorzüglich mit Vorstellungen wie der Entwicklung der Chöre aus Flüstern, geteiltem Sprechen und Halbsingen zu reichster Vokal-Polyphonie, der des Orchesters vom magisch-primitiven Geräusch zu entwickeltster Musik. Oder mit der Klangvertauschung des Vokal- und des Instrumentalparts, der ›Verrückung der Grenze zwischen Mensch und Ding‹, der Idee, den Part der babylonischen Hure einem höchst graziösen Koloratur-Sopran zu übertragen und ›seine virtuosen Läufe mit flötenhafter Wirkung in den Orchesterklang eingehen‹ zu lassen, andererseits gewissen Instrumenten den Klangcharakter einer grotesken vox humana zu verleihen. Der Einfall, daß in dem verzweifelten Stück die Dissonanz für den Ausdruck alles Ernsten und Geistigen, das Harmonische und Tonale aber für die Welt der Hölle, i. e. des Gemeinplatzes stehen solle, ist echte Schönberg- und mehr noch Berg-Schule. Aus Adrians melancholischer Neigung zur Parodie entwickelte er das dämonische Merry-go-round der spottenden 295

Nachahmung aller möglichen musikalischen Stile, aus dem Motiv der kleinen Seejungfrau das Wort von der ›Bitte um Seele‹, aus der Mischung von ›Kaisersaschern‹ und musikalischem Radikalismus die Formel ›Explodierende Altertümlichkeit‹. Das alles hätte ebenso gut von mir sein können, es war von mir, wie auch die Wendung ›Neueste Berichte vom Weltuntergang‹, die auf den eisigen Part des hoch-tenoralen testis angewandt wird, – aber in mitdichtender Einfühlung sprach es der Ratgeber mir vor. Der sinnreichste und bestangepaßte tip, den er mir gab, war die substanzielle Identität des Höllengelächters mit dem Engelskinderchor, deren bewegte Darstellung ich für den Kapitelschluß aufsparte. Es war so, daß ich zuerst das flüchtig Aufgenommene zu Hause ›befestigte‹, das heißt: in bestimmterer Ausführlichkeit niederschrieb, – und dann blieb mir nichts zu tun, als das Gegebene kompositionell zu ordnen, auszuformen, sozusagen in Verse zu bringen, will sagen: es den guten Serenus recht aus voller Brust, schwer atmend, in Entsetzen und Liebe vortragen zu lassen.«

296 2] *Druck seiner musik-philosophischen Schriften:* Sie erschienen unter dem Titel ›Philosophie der neuen Musik‹, Tübingen 1949.

3] *Artikel über antik-christliche Jenseitsvorstellungen:* In den ›Materialien zum *Doktor Faustus*‹ befindet sich (Mat. 6, No. 4) ein Ausschnitt aus der NZZ vom 1. 12. 45 über ›Die Jenseitsvorstellungen vor Dante‹ – eine Rezension von August Rüeggs Buch ›Die Jenseitsvorstellungen vor Dante und die übrigen literarischen Voraussetzungen der ›Divina Comedia‹‹.

4. 1. 1946

296 1] *Divina Comedia:* Dante Alighieris (1265-1321) zwischen 1306 und 1321 entstandene ›Göttliche Komödie‹.

2] *Confidential Agent:* Der nach Graham Greenes gleichnamigem Roman aus dem spanischen Bürgerkrieg unter der Regie von Herman Shumlin gedrehte Film mit Peter Lorre und Charles Boyer.

5. 1. 1946

296 1] *Zum Oratorium:* S. TB 3. 1. 46, Anm. 1.

2] *In Time Magazine ausführlicher Bericht:* ›Hunter and Hunted‹, ›Time‹, v. 7. 1. 46, 27/28: »Thomas Mann, the greatest living German Writer is examining Germany's war guilt. He can do what neither Edmund Burke nor Nürnberg's Robert H. Jackson dared – indict a whole people. The evil that lay beneath the ›Wehrmacht‹, and the Nazi Party, and the factories, endures. The victors, who underestimated and misunderstood the evil, cannot extirpate it by battle, or military rule or reparations, or trial and punishment. They cannot even limit it until they understand it. So Thomas Mann, now a U. S. citizen, has written of ›Germany and the Germans‹ in the current ›Yale Review‹.«

6. 1. 1946

1] *Baudelaire:* Der französische Dichter Charles Baudelaire (1821 296
bis 1867).

2] *Debussy's Faun:* Claude Debussys (1862-1918) Orchesterwerk 297
›Prélude à l'après-midi d'un faune‹ (1892). Die Komposition ist eines der Lieblingsstücke des jungen Hans Castorp: vgl. *Zauberberg,* Kapitel ›Fülle des Wohllauts‹, GW III, 897/898, Sätze, die TM im Juli 1954 bei einer Sendung des Süddeutschen Rundfunks ›Wer wünscht was? Musik, die Thomas Mann gern hört‹ vor dem Einspielen des Debussy-Werks seinen Hörern vorlas. S. Loewy, a. a. O. I, 101.

3] *Alte Papiere:* Die Briefe der Mutter und die Kinderbriefe seiner Frau – vgl. Peter de Mendelssohn ›Der Zauberer‹, Frankfurt/M. 1975, 591 f. Die Dokumente befinden sich heute im TMA.

7. 1. 1946

1] *von Bermann:* New York, 4. 1. 46; TM/GBF, 426/427. 297

2] *für die Rundschau:* Vgl. TB 29. 10. 45, Anm. 2.

9. 1. 1946

1] *was Vikko neulich schrieb:* S. TB 14. 12. 45, Anm. 2. 297

2] *von Golo:* Nicht erhalten. Vgl. jedoch: Golo Mann an Katia Mann, o. O. 6. 12. 45: »I am being sent to Nürnberg today to ›cover‹ the Trial for the Radio. [. . .] I hope to see Eri there!« und aus Nauheim, 16. 1. 46: »Suesskind was sitting behind me in Nürnberg, and suddenly touched my shoulder: ›Do you too no longer want to know me?‹ Said later, in order to be very nice and reconcile me: ›But what people here always forget, is that your father did not really emigrate. He just did not, because he was outside Germany when these things happened!‹ This he said to me as something I would really like to hear, because he wanted me to mediate between him and Erika! Now, what can you discuss with people like that!«

3] *Mr. Rogers in Sachen einer Palästina-Kundgebung:* Nichts Näheres ermittelt.

4] *Bermanns [. . .] Abrechnungen:* S. Katia Mann an GBF, P. P. 8. 1. 46; TM/GBF 427-429.

10. 1. 1946

298 1] *Die alte Frau Fischer:* Hedwig Fischer, s. TB 25. 3. 44, Anm. 4.

2] *Äußerungen von Hauptmann:* Vermutlich die Äußerung gegenüber S. Fischer in einem Brief aus Santa Margherita vom 26. 11. 1924; »Thomas Mann beschäftigt mich hier fast ausschließlich. Ich bin auf Seite 333 [des *Zauberberg*] angelangt. Was ich nach den Proben, die Mann uns vorlas, vermutete, bestätigt sich jetzt im höchsten Grade. Der Roman ist ein Wurf und ein Werk. Ich bin überzeugt, daß, wenn er sich fortsetzt wie bisher und an epischer Ruhe, Haltung und innerem Reichtum nichts verliert, er unter die wenigen Meisterwerke seiner Gattung zu rechnen ist. Einmal der Geburtsstunde eines solchen Werkes beiwohnen zu können, ist für mich kein geringes Ereignis.« (Vgl. Peter de Mendelssohn, ›S. Fischer und sein Verlag‹, Frankfurt 1970, 967.)

3] *Nachtrag zu K. XXXIII:* GW VI, 457/458.

4] *von F. Bertaux:* Nicht im TMA. Zur Sache s. TB 3. 12. 45, Anm. 3.

5] *der Hetaera esmeralda-Kapitel:* Der Plural läßt mehrere Deutungen zu. Vielleicht las TM einführend die Schmetterlings-Stelle des III. Kapitels (GW VI, 23-25); sicherlich: Adrians Brief mit der Schilderung des Bordell-Erlebnisses, Kap. XVI (GW VI, 190-192), vielleicht noch Zeitbloms Interpretation des Briefes Kap. XVII (GW VI, 198) und Kap. XIX (GW VI, 203-207).

11. 1. 1946

298 1] *Ein ›Vetter‹:* Der deutsche Maler und Graphiker Ewald Vetter (1894-1981). Sein Brief befindet sich nicht im TMA. S. jedoch TM an Ewald Vetter, P. P. 15. 1. 46; Reg. III, 46/34.

2] *Analyse des letzten Streichquartetts:* Peter Mieg, ›Bartoks letztes Streichquartett‹, ›Die Weltwoche‹, 15. Jg. No. 630 v. 7. 12. 1945, S. 5.

3] *an Kurt Wolff:* P. P. 11. 1. 1946; Reg. III, 46/20; Kurt Wolff, ›Briefwechsel eines Verlegers, 1911-1963‹ Frankfurt 1980, 436/437.

4] *an Herrn Guillemin:* An Bernard Guillemin; noch nicht bekannt.

5] *In Bayern . . .:* Einer UP-Meldung aus Frankfurt vom 11. 1. 46 zufolge waren in Passau nach einem Brand in ihrer Unterkunft drei US-Offiziere tot aufgefunden worden. Bei einer Obduktion der Leichen wollte der amerikanische Geheimdienst einen Werwolf-Mord nicht ausschließen, zumal »signs that the victims might have been beaten were found on the bodies.« (NYT 12. 1. 46, 6:2).

12. 1. 1946

1] *Inferno:* Dantes Beschreibung der Hölle in der ›Göttlichen Ko- 298
mödie‹.

2] *an Hardt:* An Ludwig Hardt, P. P. 12. 1. 1946; Reg. III, 46/25.

3] *›Prater Violet‹:* Christopher Isherwood, ›Prater Violet‹ (›Prater- 299
veilchen‹), London 1945.

4] *Isherwood:* Der englische Schriftsteller Christopher Isherwood (1904-1986), 1930-33 als Journalist in Berlin und seither mit den Mannschen Kindern befreundet, ging 1940 zu Metro-Goldwyn-Mayer nach Kalifornien. Golo Mann: »Ein alter Freund, hochbegabt, erfolgreich, liebenswert; machte Geld in Hollywood zwischen zwei Perioden indisch-asketischen Sektierertums; machte ein vergnügtes Haus.« (KM, Br/Antw. II, 345).

13. 1. 1946

1] *die E. Jünger zugeschriebene Broschüre:* Ernst Jünger, ›Der Frie- 299
de. Ein Wort an die Jugend Europas und an die Jugend der Welt‹, 1945.

2] *an Preetorius:* An Emil Preetorius, P. P. 14. 1.-24. 2. 46; Reg. III, 46/33.

3] *Mozarts Klavierkonzert in c Moll:* KV 491.

4] *Manuskript von Fr. Walter:* Die erweiterte Fassung der ›Huldigung‹ (s. TB 10. 8. 44, Anm. 2) ist nicht erhalten. Es scheint, als habe Friedrich Walter den Einwand TMs in seinem Brief vom 18. 1. 46; Reg. III, 46/44, daß der Zeitpunkt für eine größere TM-Publikation seines Erachtens im Augenblick nicht günstig gewählt sei, beherzigt. Jedenfalls ist keine ausführliche TM-Arbeit von Walter nachweisbar. Vielleicht sind die Vorarbeiten eingegangen in das Vorwort zu den *Selections from Thomas Mann*, einer von Friedrich Walter eingeleiteten und mit einem Vorwort versehenen Schulausgabe, die 1949 bei Macmillan in London und der St. Martin's Press Inc. in New York erschien.

14. 1. 1946

299 1] *Bücherkisten aus Nordwijk:* Die von TM 1939 aus Holland nach Princeton aufgegebenen Kisten waren während des Krieges liegen geblieben. Vgl. TB 2. u. 4. 8. 1939).

2] *an Kahler:* An Erich von Kahler, P. P. 14. 1. 46; Reg. III, 46/31.

3] *an die Lowe:* An Helen Lowe-Porter, P. P. 14. 1. 46; Reg. III, 46/32.

4] *Artikel von ter Braak:* Die TB-Eintragungen aus Noordwijk vom 24., 28. und 31. 7. 1939 lassen vermuten, daß TM eine (bisher noch nicht nachgewiesene) Besprechung seines *Schopenhauer*-Essays durch Menno ter Braak sowie einen »erfreulichen Brief von ter Braak über den ›Schopenhauer‹« wiederliest. Das Schreiben (Haag, 24. 7. 1939) befindet sich im TMA.

5] *ter Braak:* Der holländische Schriftsteller und Philologe Menno ter Braak (1902-1940), ein Freund von Klaus Mann und Mitherausgeber seiner Zeitschrift ›Die Sammlung‹, war ein entschiedener Gegner der Nationalsozialisten. Er nahm sich beim Einmarsch der Deutschen in Amsterdam das Leben. S. *In memoriam Menno ter Braak* (1947), GW X, 513-515.

6] *Har. Nicolson über den Bonner Brief:* Nicht ermittelt. – Am 3. 8. 1939 hatte TM in sein TB notiert, daß er, mit anderen Drucksachen aus Princeton, auch Nicolsons Essay ›Is War Inevitable‹ erhielt, der auf TMs Abhandlung *Dieser Friede* Bezug nahm. Es läge also nahe, zu vermuten, TM habe diese Nicolson-Arbeit wiedergelesen. Da Nicolson in dieser Schrift aber nirgendwo den ›Bonner Brief‹ erwähnt, kann diese Annahme kaum stimmen.

7] *Lukács zugunsten meines Traditionalismus:* Vermutlich: Georg Lukács, ›Thomas Mann über das literarische Erbe‹, ›Internationale Literatur‹, Moskau, Jg. 6, 1936, No. 5, 56-66. Vergl. jedoch auch TB 12. 7. 39.

15. 1. 1946

1] *Brief eines jüdischen Paters:* Vermutlich jener Pater Gordan, dem 300
TM am 11. 2. 46 für seinen langen, erheiternden und interessanten Brief mit Münchener Erinnerungen und klugen Worten über den Goethe-Roman und die Joseph-Bücher dankt. S. Reg. III, 46/99.

2] *Tagebuch-Blätter: Leiden an Deutschland.*

3] *in Platens Tagebüchern:* In TMs Zürcher Bibliothek befinden sich zwei Ausgaben der Tagebücher: 1. ›Die Tagebücher des Grafen A. von Platen aus der Handschrift des Dichters‹, hrsg. von G. v. Laubmann und L. von Scheffler, Cotta 1896, und 2. die hier gemeinte Edition ›August von Platen, Tagebücher‹; im Auszug herausgegeben von Erich Petzet, Leipzig, Reclam, 1928, mit Anmerkungen TMs.

4] *meinem Aufsatz: August von Platen* (1930), GW IX, 268-281.

5] *Artikel zugunsten Deutschlands:* TM war von der Redaktion des ›New Leader‹ aufgefordert worden, sich zu einem im Januar-Heft der Zeitschrift erschienenen Artikel Bertrand Russells zu äußern, der die These vertreten hatte, man solle die Siegermächte veranlassen, Deutschland zu helfen, um in Mitteleuropa keinen Flecken des Elends und der Krankheit zu hinterlassen. TM lehnte die Bitte am 18. 1. 46 ab. S. Brief an S. M. Levitas, P. P. 18. 1. 46; Reg. III, 46/41.

6] *Schul-Auswahl [. . .] für Macmillan:* S. TB 13. 1. 46, Anm. 4.

16. 1. 1946

1] *Einleitung:* Heinrich Mann, ›Einführung‹ zu ›Morgenröte. Ein 300
Lesebuch‹, New York, Aurora-Verlag, 1947, 11-23.

2] *Münchener Studenten-Manifest:* In der von den Gründern des Aurora-Verlages herausgegebenen Anthologie fand TM S. 121-123 das letzte Flugblatt der in München hingerichteten ›Weiße-Rose‹-Studenten vom Februar 1943 ›Kommilitonen, Kommilitoninnen‹. Das TB-Notat läßt jedoch eher an das erste Flugblatt des Widerstandskreises vom Juni 1942 denken, das am Ende aus Goethes ›Des Epimenides Erwachen‹, 2. Aufzug, 4. Auftritt zitierte: »Doch was dem Abgrund kühn entstiegen . . .‹ und ›Nun begegn' ich meinen Braven . . .‹. (TM beendete seine Sendung *Deutsche Hörer* im September 1941 mit den Versen, »mit denen Goethe nach Napoleons Sturz in ›Des Epimenides Erwachen‹ das Hitler-Abenteuer im voraus verdammte: ›Verflucht sei, wer nach falschem Rat ...‹« aus den ›Zahmen Xenien‹ IX: ›Des Epimenides' Erwachen, letzte Strophe‹).

3] *an den [...] Maler Vetter:* S. TB 11. 1. 46, Anm. 1.

4] *Stücke von Bruckner:* Ferdinand Bruckner, ›Dramen unserer Zeit‹, Zürich o. J. (1945).

5] *Bruckner:* Der durch seine Zeitstücke ›Krankheit der Jugend‹ und ›Die Verbrecher‹ in den zwanziger Jahren berühmt gewordene österreichische Dramatiker Ferdinand Bruckner, eigentl. Theodor Tagger (1891-1958) gründete 1923 das Berliner Renaissance-Theater, das er bis 1928 leitete. 1933 emigrierte er in die Schweiz, später nach Frankreich und 1936 in die USA. TM sah am 30. 11. 1933 die Premiere von Bruckners Drama ›Die Rassen‹ am Zürcher Schauspielhaus, die als erste größere Manifestation einer deutschen Exilliteratur gefeiert wurde. (vgl. TB 30. 11. 33: »Zur Uraufführung von Bruckner-Taggers ›Rassen‹. Mangelhaft gebautes und etwas voreiliges Stück von unnatürlicher Sprache, aber mit aufrüttelnden Momenten und wahren Einzelheiten. Sehr günstige Aufnahme. Große Demonstration des Publikums bei dem Wort ›Im Augenblick ist es nicht deutsch, die Wahrheit zu sagen‹.«).

17. 1. 1946

300 1] *Interview:* Alfred Oeste, ›Moralisk förening av alla nationer, eljest större katastrofer än någonsin.‹ ›Interview mit Thomas Mann‹, ›Svenska Dagbladet‹, Stockholm 2. 12. 45.

2] *an New Leader:* S. TB 15. 1. 46, Anm. 5.

3] *an Jackson:* An Charles Jackson, P. P. 18. 1. 46; Reg. III, 46/40.

4] *an F. Walter:* S. TB 13. 1. 46, Anm. 4.

301 5] *geschäftliche Unzuverlässigkeit:* Vgl. hierzu den Briefwechsel Pacific Palisades – New York zwischen dem 8. 1. und 3. 2. 46; TM/GBF 427-443.

18. 1. 1946

301 1] *Dr. Horwitz:* Lungenfacharzt in Los Angeles.

2] *den Hausenstein'schen Artikel:* Wilhelm Hausenstein, ›Bücher – frei von Blut und Schande. Ein Wort an Thomas Mann‹, ›Süddeutsche Zeitung‹, No. 24 v. 24. 12. 45, S. 5. Das Hausensteinsche Plädoyer für die Integrität einer Reihe zwischen 1933 und 1945 in

Deutschland erschienener Bücher (beispielsweise von Eckart Peterich, Theodor Haecker, Hans Bütow, Alfred von Martin, Richard Benz, Theodor Heuss, Ernst Beutler, Eugen Gottlob Winkler, Ernst Jünger, Hans Carossa, Werner Bergengruen, Hermann Stresau, Ernst Penzoldt, Stefan Andres u. v. a.) ist mit geringfügigen Änderungen abgedruckt in: ›Die große Kontroverse. Ein Briefwechsel um Deutschland‹, herausgegeben und bearbeitet von J. F. G. Grosser, Hamburg-Genf-Paris 1963.

3] *Hausenstein:* Der Nationalökonom, Historiker und Kunstschriftsteller Wilhelm Hausenstein (1882-1957) war von 1917-1943 Redakteur an der ›Frankfurter Zeitung‹ und nach dem Kriege, ab 1951, Botschafter der Bundesrepublik Deutschland in Paris.

4] *Diskussion meines Briefes (Humm-Frey):* J. R. Humm, ›Gruß und Frage an Thomas Mann‹, ›Die Weltwoche‹, 14. Jg. No. 635 v. 11. 1. 1946, S. 5 und 12: eine Auseinandersetzung mit TMs Brief an Molo und seinem Entschluß, nicht nach Deutschland zurückzukehren.

5] *von Brentano:* Arosa, 9. 1. 46; im TMA.

6] *Rede für das In[ter]dep. Citizen-Committee:* S. TB 21. 1. 46, Text und Anm. 3.

7] *›Lost Weekend‹:* ›The lost Weekend‹, der 1944 von Billy Wilder nach dem gleichnamigen Roman von Charles R. Jackson gedrehte Film, der die Geschichte eines dem Alkohol verfallenen Schriftstellers erzählt. Hauptdarsteller: Ray Milland, Jane Wyman, Philip Terry.

19. 1. 1946

1] *von Vikko:* (evtl.) München, 7. 1. 46; im TMA. 301

2] *Time Magazine über die Dostojewsky-Einleitung:* ›Truth's Dark Side‹, ›Time‹, v. 21. 2. 46, 100, mit Bildern von TM und Dostojewski.

3] *Aufsatz von Guérard:* Albert Léon Guérard, ›Thomas Mann and our Time‹, ›The American Scholar‹, vol. 15, No. 1, Jan. 46, 35 bis 42.

4] *an Bermann:* An GBF, P. P. 18. 1. 46; Reg. III, 46/37; TM/GBF 433-435.

5] *Musiker Albersheim fasciniert:* Vgl. TM an Gerhard Albersheim, P. P. 18. 1. 46; Reg. III, 46/36.

20. 1. 1946

301 1] *Wallenstein:* Der amerikanische Cellist und Dirigent Alfred Franz Wallenstein (1898-1983) war von 1943-1956 Musical Director des Los Angeles Philharmonic Orchestra.

2] *Klavierkonzert No. 2 von Rachmaninow:* Sergej Rachmaninow (1873-1943), Klavierkonzert No. 2, c-Moll, op. 18 (1901).

3] *Berg über ›atonale‹ Musik:* Alban Berg, ›Was ist atonal?‹ (Ein Rundfunkdialog aus dem Jahre 1930), Zeitschrift ›23‹, Wien, No. 26/27 v. 8. 6. 1936, 1-11.

302 4] *akadem. Rede:* S. TB 21. 1. 46, Anm. 3.

21. 1. 1946

302 Der TB-Text ist von »Viel Ehrerweisung« bis »empfohlen« seitlich rot angestrichen.

1] *von Hesse:* Baden b. Zürich, 15. 12. 45; TM/HH, 165/166.

2] *von Basler:* Burg/Aargau, 21. 1. 46; im TMA: enthusiastisch über *Deutsche Hörer.*

3] *Rede für das I. C. C.:* Auf einer Veranstaltung des ›Interdependent Citizen Committee‹ *Über akademische Freiheit,* GW XI, 1148 bis 1150.

4] *Memoiren von Antheil:* George Antheil, ›Bad Boy of Music‹, New York, 1945. Unter den ›Materialien zum *Doktor Faustus*‹ (Mat. 6, No. 40) befinden sich einige aus der Zeitschrift ›Omnibook‹ herausgerissene Seiten, die die Abschnitte ›Paris 1923 – Frankfurt 1930‹ aus den Memoiren des polnisch-amerikanischen Pianisten und Komponisten George Antheil (1900-1959) enthalten.

23. 1. 1946

302 1] *Post [. . . .] von Klaus:* An Katia Mann, Zürich, 15. 1. 1946; im KMA.

2] *ihr zu schreiben:* S. TB 24. 1. 46: »Brief an die Meyer neu.«

24. 1. 1946

303 1] *an die Meyer:* An Agnes E. Meyer, P. P. 24. 1. 46; Reg. III, 46/48.

2] *an A. M. Frey:* P. P. 21. 1. 46; Reg. III, 44/46.

3] *von Erika:* Privatsanatorium Eos, Zürich, 10. 1. 46; im EMA.

4] *von Humm:* Zürich 8. 1. 46; im TMA.

5] *Artikel:* ›Gruß und Frage an Thomas Mann‹. S. TB 18. 1. 46, Anm. 4.

6] *Radio-Rede zu Roosevelts Geburtstag:* Rundfunkansprache zu Franklin D. Roosevelts 64. Geburtstag am 30. Januar. Vgl. Loewy, a. a. O., I, 40, S. 54. Der Text der Rede konnte noch nicht nachgewiesen werden.

7] *Daß Hornstein ihm sagt:* Vgl. ›Die Tagebücher des Grafen August von Platen, Memorandum meines Lebens‹, Neuntes Buch: Der geliebte (›ich dachte und fühlte nur Wilhelm allein‹, 26. 8. 1816), aber wahrer Freundschaft nicht fähige (s. 19. 3. 1816) Hauptmann Wilhelm von Hornstein entgegnet auf Platens Erklärung, er werde höchstens in seinem dreißigsten Jahre es wagen, öffentlich aufzutreten (›wo entweder mein Mangel an Talent die Schreibseligkeit ganz verdrängt haben muß, oder die lange Übung und Bildung meinen Mangel an Talent einigermaßen ersetzt haben kann‹): »Wenn Sie bis in Ihr dreißigstes Jahr warten wollen, so werden Sie nie etwas herausgeben, denn Sie werden keine dreißig Jahre alt. Es tut mir leid, Sie sterben früh. [...] O möchte deine Weissagung sich erfüllen, einst mir geliebter Mann!« (9. 4. 1816; in der zitierten zweibändigen Ausgabe a. a. O., Bd. I, 484).

25. 1. 1946

1] *Brief von Frey:* Zürich, 17. 1. 46; mit drei Beilagen. 1. der Abschrift eines Briefes von Humm an Frey, Zürich, 12. 1. 46; 2. der Kopie des Antwortbriefes von Frey an Humm, Zürich 16. 1. 46 (beide Briefe in Sachen ›TM an Walter von Molo‹ und ›Gruß und Frage an Thomas Mann‹); 3. Abschrift eines Briefes von Frey an die Redaktion der ›Tat‹, gedacht als Antwort auf einen dort am 16. 1. 46 erschienenen Artikel ›Die Deutschen antworten wieder‹. Alle drei Schriftstücke befinden sich im TMA und befassen sich im engeren oder weiteren Sinn mit TMs ›Offenem Brief‹ und der durch ihn in der Schweiz ausgelösten Diskussion. *303*

2] *an Bruckner:* Das Schreiben an Ferdinand Bruckner ist noch nicht bekannt.

3] *C. Arao:* Wohl der chilenische Pianist Claudio Arrau (geb. 1903).

4] *Die Episode Schmidtlein:* Platens ›Adrast‹-Erlebnis, von dem er im ›Memorandum meines Lebens‹, Siebenzehntes Buch ›von meiner Ankunft in Würzburg bis zu meinem zweiundzwanzigsten Geburtstage, 5. April bis 24. Oktober 1818‹, und dann, vor allem, im 19. bis 24. Buch (1. Januar 1819-22. Juni 1820) – teilweise in französischer Sprache – berichtet.

26. 1. 1946

303 1] *Roosevelt-Paralysis-Rede:* S. TB 24. 1. 46, Anm. 6. – Jedes Jahr begann am Geburtstag Franklin D. Roosevelts in den USA eine neue Hilfsaktion für Kinderlähmungsopfer.

2] *Buch der Hamburger:* Käte Hamburger, ›Thomas Mann's Roman ›Joseph und seine Brüder‹‹, Stockholm 1945. Das Buch steht (mit einer Widmung der Verfasserin an TM) in der Zürcher Bibliothek. S. auch TM an Käte Hamburger, 31. 1. 46: »Das Buch ist ein Ereignis in meinem Leben [...] da es eine Exegese meines Werks von dieser liebevollen, wissenden und alles aufzeigenden Breite und Tiefe [...] noch nicht gegeben hat.«

3] *Broadcast-Action:* Text s. Anhang S. 835-838.

4] *Mrs. Morgan:* Nicht ermittelt.

5] *Rabbi's:* So in der Handschrift.

27. 1. 1946

304 1] *an Bermann:* An GBF, P. P. (irrtümlich datiert) 20. 1. 46; Reg. III, 46/54; TM/GBF 437-439.

2] *an Basler:* An Otto Basler, P. P. 27. 1. 46; Reg. III, 46/55.

3] *an Prof. Sagave:* An Pierre-Paul Sagave, P. P. 28. 1. 46; Reg. III, 46/57; Br. II, 475/476.

4] *The turn of the screw:* Henry James' 1898 geschriebener Roman.

28. 1. 1946

304 1] *Dr. Mantchik:* Der Hals-Nasen-Ohrenarzt Dr. Herz Mantchik. S. *Entstehung*, Kap. XII, GW XI, 253: »... der Doktor [Schiff] [...] empfahl [...] die Behandlung von Nase und Rachen durch einen Spezialisten, Mantschik mit Namen, französisierter Pole und von sehr geschickter Hand, der sein Bestes tat, die Symptome zu mildern, deren sekundärer Charakter immer deutlicher wurde.«

2] *von Kahler:* Princeton, 22. 1. 46; Bl. TMG No. 10, 40-43: »Inzwischen habe ich die Fortsetzung bis zu dem großartigen Kosmosgemälde verschlungen mit immer wachsender Bewunderung und Begeisterung. Es ist ein Meisterwerk mit seinen einander übersprudelnden, immer breiteren, perspektivenreicheren Durchbrüchen und dabei seinem Durchhalten, Durchführen aller Bezugsfäden. Immer komplexer wird es, und mich schaudert ein bißchen vor dem, was Sie noch vor sich haben mögen an dramatischer Steigerung und symphonischer Versammlung der Motive. Welche Führung bei welcher Fülle! Und dabei fühlt man Ihre eigene Spannung darin wie in kaum einem andern Ihrer Bücher, und sie tut ihm gut, diese hinreißende Beteiligung bis zum Rande!« Erich von Kahler hatte das Manuskript des *Doktor Faustus* von Helen Lowe-Porter entliehen. Zu Kahlers Äußerungen über die ›deutschen Dinge‹ vgl. TB 17. 12. 45, Anm. 3.

3] *Diktat des Broadcasts:* S. TB 26. 1. 46, Anm. 3.

29. 1. 1946

1] *Mr. Harcourt:* Der amerikanische Verleger Alfred Harcourt (1881-1954). 304

2] *Prof. Keller:* Der Schweizer Theologe Adolf Keller (1872-1963), der von 1937 bis 1948 Vizepräsident des Reformierten Weltbundes und maßgeblich am Entstehen des Ökumenischen Rates beteiligt war. Am 7. 1. 46 hatte der World Council of Churches TM wissen lassen, daß »Prof. Dr. Adolph Keller aus Genf« um eine Unterredung bitte. (Brief im TMA.)

3] *›The last chance‹:* ›Die letzte Chance‹, ein von Leopold Lindtberg 1945 überwiegend mit Laienschauspielern gedrehter Schweizer Film, der die Geschichte dreier Kriegsgefangener nachzeichnet, die eine internationale Gruppe von Flüchtlingen über die Schweizer Grenze in Sicherheit und Freiheit bringen.

30. 1. 1946

1] *für die Paralyse-Hilfe:* S. TB 24. und 26. 1. 46. 304

31. 1. 1946

1] *an Dr. Hamburger:* An Käte Hamburger, P. P. 31. 1. 46; Reg. III, 46/58. 305

2] *Angriffe in der deutschen Presse:* Ähnliches aus der amerikanischen Zeitungslandschaft teilte Eugene Tillinger von der ›Society for the Prevention of World War III‹, New York, 15. 1. 46 (im TMA), mit, als er TM das Schreiben eines »editor of a leading nation-wide magazine« zitierte: »Thomas Mann's ›A Letter to Germany‹ [...] puzzles me. A few days ago the press had stories to the effect that a new group called the ›American Committee for Relief of German Needy‹ is beginning a drive to give ›aid and relief to the German people‹, and one of the sponsors was Thomas Mann [...]. Many people were shocked to learn that this gentleman was going to devote his efforts to send food and clothing into Germany.« – In eigenem Namen fügte Tillinger hinzu: »Private information regarding Walter von Molo, which I received recently from Germany, might interest you too. Mr. Molo has been put on the blacklist by the authorities after his books, with his personal and extremely friendly dedications, had been found in the library of Alfred Rosenberg.«

2. 2. 1946

305 1] *Geburtstagsartikel über Heinrich: Bericht über meinen Bruder,* ›Freies Deutschland‹, Mexiko, 5. Jg. 1946, H. 3/4, März/April 1946, Sonderheft Heinrich Mann: ›Zum 75. Geburtstag eines großen Deutschen‹, S. 3/4; GW XI, 476-480.

2] *Werfels Roman-Utopie:* Franz Werfels unvollendeter Roman ›Stern der Ungeborenen‹, Stockholm, 1946, den TM im Manuskript des Übersetzers Gustave Arlt las. Vgl. *Entstehung,* Kap. XII, GW XI, 250-252, die ausführliche Meditation über das Buch.

3] *Konzert Hubermanns:* S. *Entstehung,* Kap. XII, GW XI, 252: »Wir [...] hörten von dem häßlichen kleinen Hexenmeister, der soviel von der Faszinationskraft des dämonischen Fiedlers besaß, Beethoven, Bach (eine Chaconne, bei der er eigentümliche Orgelwirkungen seiner Geige abgewann), eine liebenswerte Sonate von César Franck und zigeunerhafte Zugaben.«

3. 2. 1946

305 1] *an Humm:* An Rudolf Jakob Humm, P. P. 3. 2. 46; Reg. III, 46/77.

2] *an Frey:* An A. M. Frey, P. P. 3. 2. 46; Reg. III, 46/76.

4. 2. 1946

306 1] *Memorandum Brochs:* S. TB 17. 12. 45, Anm. 3.

2] *Aufsatzmanuskript von Kahler:* Erich von Kahler, ›The Reality of Utopia‹, ›The American Scholar‹, vol. 15, 1946, No. 2; deutsch:

›Die Wirklichkeit der Utopie‹, ›Die Neue Rundschau‹, Bd. 56/57, 1945/46, H. 3, April 1946, 261-273.

3] *von Ernst Reuter:* Dieser Brief, für den sich TM in einem bei Reuter, a. a. O., Bd. 2, 624/625 abgedruckten Schreiben vom 11. 2. 46 bedankte, konnte bisher nicht gefunden werden. Aus TMs Antwort geht hervor, daß Reuter am 17. 1. 1946 schrieb und seinen Ausführungen einen Brief beilegte, den er am 7. 1. 46 an jenen Berliner Stadtbaurat Martin Wagner geschrieben hatte, der 1933 als einer der ganz wenigen den Mut hatte, die deplorablen Vorgänge um die Amtsenthebung Heinrich Manns von seinem Abteilungsvorsitz in der Preußischen Akademie der Künste anzuprangern und aus den Vorkommnissen persönliche Konsequenzen zu ziehen. Das Schreiben, das bei Reuter a. a. O., Bd. 2, 614-618, abgedruckt ist, enthält eine eindrucksvolle Darlegung der für Reuters Rückkehr nach Deutschland maßgeblichen Erwägungen, auf die TM in seinem Schreiben vom 11. 2. 46 eingeht: »Mit vollem Verständnis und aller Sympathie habe ich den Brief gelesen, den Sie über Ihr Verhältnis zur alten Heimat an einen Freund gerichtet haben. Es ist ein schönes, bewegendes Dokument, und den darin ausgesprochenen Gesinnungen und Wünschen wird niemand Achtung und Verständnis versagen können. Daß es Sie, den aktiven Politiker und erfahrenen Verwaltungsmann, drängt, Ihre Kräfte wieder in den Dienst des Vaterlandes zu stellen, scheint mir die natürlichste und achtbarste Sache von der Welt. Bei mir liegen die Dinge ein wenig anders. Denn erstens sehe ich, wie ich auch öffentlich ausgesprochen habe, den Dienst nicht, den ich dem deutschen Volk leisten – und den ich ihm nicht ebenso gut vom Lande California aus leisten könnte. Und zweitens bin ich doch wohl ein wenig zu alt dazu, um noch einmal die schwer gewonnene neue Lebensform zu vertauschen gegen die alte, die unterdessen so fremd und abenteuerlich geworden ist. Andererseits beschäftigt mich beständig der Gedanke eines Besuches in Deutschland, den ich wohl bald machen sollte, wenn ich ihn überhaupt machen will. Denn die Gefahr, daß ein solcher Besuch durch die Zeit entwertet wird und daß die Kluft zwischen Innen und Außen sich mehr und mehr vertieft, ist mir durchaus bewußt. Nur ist es natürlich mit dem Besuch Europas keine so einfache Sache, und von vielen Seiten dort, die mir wohl wollen, werde ich ernstlich gewarnt, ihn doch ja nicht zu übereilen.«

4] *Brief des Brüsseler Agenten:* Der Brief von TMs europäischem Agenten, Dr. Arthur Hohenberg, befindet sich nicht im TMA.

5. 2. 1946

306 1] *Vevey:* S. *Entstehung,* Kap. XII, GW XI, 252.
2] *an James Fran[c]k:* P. P. 6. 2. 46; Reg. III, 46/79.
3] *an Kahler:* P. P. 5. 2. 46; Reg. III, 46/78. (Zu Anm. 2 und 3 vgl., die Sache betreffend, TB. 17. 12. 45, Anm. 3.)
4] *an Dr. Hohenberg:* Das Schreiben ist noch nicht bekannt. Seinen Inhalt referiert jedoch TMs Brief an Agnes E. Meyer, 6. 2. 46; Reg. III, 46/80: »Nun aber wendet sich, schon zum zweiten Mal, ein Brüsseler Agent, Dr. Hohenberg, unter anderem der Vertreter Br. Hubermanns, der ihn mir empfahl, an mich mit dem Vorschlag einer Lecture-Tour nach London, Paris, Amsterdam, Brüssel und Zürich, die er mir reise-technisch recht plausibel zu machen versteht. Schweden müßte wohl einbezogen werden und – Deutschland, d. h. etwa München und Berlin. Ich bin recht aufgeregt, teils bedrückt, teils neugierig aufgekratzt von der Perspektive. Was *dafür* spricht, das Abenteuer dieses Jahr zu bestehen, ist die Überlegung, daß, wenn ich Deutschland überhaupt je wieder betreten will, ich es *bald* tun muß, da sonst die Kluft unüberbrückbar wird. Das ist mir sehr klar, und so bin ich tentativ auf den Brief des Agenten eingegangen und habe ihn vor allem nach den finanziellen Bedingungen gefragt, von denen er noch nichts verlauten ließ [. . .] wenn die Rechnung leidlich stimmt – was meinen Sie, soll ich es dann tun? [. . .] ich hörte gern, ja, *muß* wissen, wie Sie sich zu der Idee verhalten.« (Kopie im TMA).

6. 2. 1946

306 1] *K. verlangt . . .:* Die von TM für die Druckfassung gestrichene Episode lautet: »Eine kleine Geschichte: Da von jeher seine Atmungsorgane empfindlich waren, spielt in seiner Garderobe der Shawl, unterm Mantel zu tragen, oder auch ohne ihn, eine Rolle. Er besitzt einen solchen, von der Hand seiner Frau, von ihr gestrickt; der ist schon alt. Ersatz schien wünschenswert. Unter den kleinen Gaben, die man ihm zu Weihnachten darbrachte, war, nicht übel anzusehen, ein Shawl. Er hat ihn mit sanfter Bestimmtheit beiseitegeschoben und ignoriert. Keine Übergriffe. Er bleibt bei dem alten Shawl, bei dem ihren.«

2] *an Agnes Meyer:* P. P. 6. 2. 46; Reg. III, 46/80. S. TB 5. 2. 46, Anm. 4.

3] *»Von den Forderungen einer kommenden Zeit«:* Erwin Johann Rüsch, ›Von den Forderungen einer kommenden Zeit an die gegenwärtige‹, Santiago de Chile, 1946. Das Buch ist in der Zürcher Bibliothek erhalten.

11. 2. 1946

1] *an Vikko:* An Viktor Mann, P. P. 10. 2. 46; Reg. III, 46/100; 306
›warnend‹ ist der Brief, weil TM seinen Bruder mahnt, man müsse den Behörden, die an einen Wiederaufbau des Poschingerstraßen-Hauses dachten, »klaren Wein« darüber einschenken, daß er nicht daran denke, nach München zurückzukehren.

2] *am XXXIV. Kapitel:* Dem dreigeteilten ›Apocalipsis‹-Kapitel mit der Beschreibung des Kridwiß-Kreises als ›Mittelstück‹. Vgl. TB 2. 1. 46, Anm. 1.

3] *›Von Thomas Münzer bis Thomas Mann‹:* ›Weinberg der Frei- 307
heit – der Kampf um ein demokratisches Deutschland von Thomas Münzer bis Thomas Mann‹, hrsg. von Will Schaber, New York 1945.

13. 2. 1946

1] *Warnungen [...] von Kahler:* Nicht im nachgewiesenen Brief- 307
bestand des TMA.

2] *Konzert der Anderson:* Ein Konzert der amerikanischen, farbigen Altistin Marian Anderson (geb. 1902).

3] *Fragebogen von Sacerdote:* Offensichtlich hatte der italienische Übersetzer der *Joseph*-Romane, Gustavo Sacerdote, TM einen Fragebogen geschickt, der Probleme des 4. Bandes betraf. Das Buch erschien 1949 unter dem Titel *Giuseppe il nutritore* bei Mondadori in Mailand.

14. 2. 1946

1] *Colonel Klein:* Es spricht vieles dafür, daß es sich bei dem hier 307
erwähnten Colonel Klein um den amerikanischen PR-Experten und Obersten Julius Klein (1901-1984) handelt, der – als Enkel deutscher USA-Einwanderer auf dem Berliner Sophiengymnasium erzogen – nach dem Kriege zunächst als Warner vor deutschen Nazis und deutscher Remilitarisierung, später dann – vor allem in der Ära Ade-

nauer – als Vermittler amerikanischer Wirtschaftsaufträge für deutsche Firmen und »Bonns wertvoller Ratgeber für politischen Lobbyismus und politische Reklame in den USA« (›Der Spiegel‹ No. 37/1962 v. 12. 9. 62, 45-52), mit Büros in Chicago, New York, Washington und Frankfurt/M., von sich reden machte.

2] *Film zur Aufklärung der Bevölkerung:* Der Film kam nicht zustande. Vgl. den im Auftrag Colonel Kleins von Sidney B. Swirsky, Armed Forces Radio Service, Los Angeles, 18. 3. 46 an TM geschriebenen Brief und TMs Antwort, P. P. 23. 3. 46, Reg. III, 46/182: »Colonel Klein has also written me a very kind letter from which I understand that the realization of the plan discussed among us may suffer a delay of some time . . .« (Beide Schriftstücke befinden sich im TMA. – Die Identifizierung des ›Film-Plans‹ mit dem späteren ›Zauberberg-Film-Plan‹ in den Regesten ist, wie der TB-Eintrag zeigt, falsch.)

3] *Stockholmer Ausgabe:* Der Vierte Band der *Joseph*-Romane erschien bereits 1943 im Rahmen der Stockholmer Gesamtausgabe. 1944, im Juli und November, wurde in den USA ein photomechanischer Nachdruck hergestellt.

16. 2. 1946

307 1] *Vorschläge für das Oratorium:* Vgl. TB 3. 1. 46, Anm. 1.

2] *Dummer Brief:* Wahrscheinlich von Victoria Wilkinson; vgl. TMs Antwort vom 20. 2. 46; Reg. III, 46/116. Zur ›Kondensierung‹ vgl. TB 5. 1. 46, Anm. 2.

17. 2. 1946

307 1] *am kosmischen Kapitel:* Am Kapitel XXXIV (Fortsetzung): Apocalipsis im Zeichen der Endzeitprophetien des Münchener »Kosmiker-Kreises«.

18. 2. 1946

307 1] *an den Verlag:* An Ruth Brown, ›Viking Press‹, New York, P. P. 20. 2. 46; Reg. III, 46/111.

2] *Ickes' Ausscheiden:* Der US-Außenminister Harold L. Ickes (s. TB 25. 6. 45, Anm. 5), der sein Amt seit Roosevelts Regierungsantritt, 1933, innehatte, trat wegen Meinungsverschiedenheiten mit dem Präsidenten Truman in Fragen der Personalpolitik, insbesondere wegen der gegen seinen Willen erfolgten Ernennung des Ölindustriellen Pauley zum Unterstaatssekretär der Marine, am 13. 2. 1946 zurück.

3] *Taft:* Der amerikanische Politiker Robert Alphonso Taft (1889 bis 1953), ein Hauptvertreter des Isolationismus.

4] *Enthüllung russischer Militär-Spionage:* In Toronto hatte sich der sowjetische Militärattaché Ivor Gusenko am 16. 2. 46 der kanadischen Regierung gestellt und eine Liste von Spionen, darunter Angestellte des für die Atomprojekte zuständigen Nationalen Forschungsrates, übergeben.

19. 2. 1946

1] *von Strich:* Bern, 5. 2. 46; im TMA. *308*

2] *›Th. M. als Agitator‹:* Ungezeichneter Artikel in der ›National-Zeitung‹, Basel, v. 17. 12. 45, Abendblatt, S. 1 (Über *Deutsche Hörer*).

3] *an Bertaux:* An Félix Bertaux, P. P. 19. 2. 46; Reg. III, 46/108.

20. 2. 1946

1] *Meister-Photograph:* Der Armenier Yousuf Karsh (1908-?). Karshs *308*
Bild von Churchill hatte TM im Januar 1942 von Molly Shenstone zugeschickt bekommen (s. TM an Molly Shenstone, 29. 1. 42; Reg. II, 42/36) und am 2. 2. 42 (s. TB-Eintrag) seinem Sekretär »zum Einrahmen« übergeben. Zu der ganzen Episode vgl. auch *Entstehung*, Kap. XII, GW XI, 252: »Ein [. . .] gedenkenswerter Besuch war der des kanadischen Meisterphotographen Karsh, desselben, der das berühmte Bildnis Churchills mit dem grimmig sinnenden Lächeln hergestellt hat. Dieser hatte ihm fünf Minuten gewährt, und er rühmte sich, ihm für diese Frist die Zigarre weggenommen zu haben. Bei mir mochte er gemächlicher vorgehen. Mit großem Apparat, der wiederholt Kurzschluß verursachte, arbeitete er beinahe zwei Stunden lang mit mir an einer Serie von Aufnahmen, von denen einige an glücklich abgefangener ›Ähnlichkeit‹ und plastischer Lichtwirkung wirklich das Vollendetste darstellen, was ich nicht nur von eigenen Bildern, sondern überhaupt je gesehen habe. Nur schade, daß ich gerade damals als Modell in so schlechter Form war, und die sonst unvergleichlichen Porträts eine Bläßlichkeit der Züge und spitzige ›Vergeistigung‹ zeigen, die wenig Authentisches hat.« Am 19. 3. 48 (Reg. III, 48/146) bedankte sich TM für Karsh'sche »Meisterstücke«.

309 2] *an Preetorius fortgesetzt:* Vgl. TB 13. 1. 46, Anm. 2.
3] *Schleppfuß-Kapitel:* Das XIII. *Faustus*-Kapitel, vgl. TB 20. 2. 44, Anm. 1.

22. 2. 1946

309 1] *Washington-Tag:* Vgl. TB 22. 2. 45, Anm. 1.
2] *Aufsätze von Niebuhr und H. Arendt:* Reinhold Niebuhr, ›Will Civilisation Survice Technics?‹, ›Commentary‹, vol. I, No. 2, Dec. 1945, 2-8; Hannah Arendt, ›Imperialism: Road to Suicide. The Political Origins and Use of Racism‹, ›Commentary‹, vol. I, No. 4, Febr. 1946, 27-35.
3] *Nazi-Sumpf-Bericht:* Vielleicht Abraham Raisky, ›We fought back in France‹, ›Commentary‹, vol. I, No. 4, Febr. 1946, 60 ff.

23. 2. 1946

309 1] *von Karl Loewenstein:* Nicht in der Bl. TMG 18/19 publizierten Korrespondenz und offenbar noch nicht aufgefunden.
2] *Karl Loewenstein:* Der Münchener Anwalt Karl Loewenstein (1891-1973) lehrte nach seiner Emigration 1933 zunächst internationales Recht in Yale, dann Jura und politische Wissenschaften in Amherst/Mass. Neben seiner Lehrtätigkeit arbeitete er als Sonderbeauftragter des Bundesstaatsanwalts im Justizministerium und Mitglied vieler Rechtskommissionen u. a. an der Abfassung der Menschenrechtserklärung der UNO von 1948.
3] *Danksagung:* Für den Beitrag *Bericht über meinen Bruder.*
4] *von Tutti:* Von Brigitte Bermann Fischer, Old Greenwich, Conn. 20. 2. 1946; TM/GBF 444/445.

25. 2. 1946

310 1] *an Br. Walter:* An Bruno Walter, P. P. 25. 2. 46; Reg. III, 46/132; Br. II, 481/482.
2] *meine Wagner-Aufsätze:* Aus TMs Brief an Gerhard Albersheim P. P. 10. 2. 46 (Reg. III, 46/97), geht hervor, daß es sich hier vor allem um die beiden großen Wagner-Essays *Leiden und Größe Richard Wagners* (1933) GW IX, 363-426, und *Richard Wagner und der ›Ring des Nibelungen‹* (1937) GW IX, 502-527, handelt: »Über Wagner habe ich sogar zweimal geschrieben. Der Zürcher Vortrag über den ›Ring‹, bei dem ich durchaus zum Positiven an-

gehalten war, ist mir vielleicht sogar lieber als der allzu ›psychologistische‹ erste.« (Br. II, 481.)

26. 2. 1946

1] *von Golo:* Evtl.: An Katia Mann, Nauheim, 6. 2. 45. 310

2] *Aufsätze über Werfel:* Das zweite Heft der wiedererstandenen ›Neuen Rundschau‹, Jg. 56/57, 1945/46, Jan. 1946, war ›In Memoriam Franz Werfel‹ überschrieben und begann mit Friedrich Torbergs New Yorker Gedenkrede auf Franz Werfel (125-134). Es folgte Joachim Maass' Retrospektive seiner Werfel-Begegnungen ›Das begnadete Herz‹ (134-145). Der Gedenkteil des Heftes schloß mit Abdrucken einiger Werfelscher Theologumena (145-151) und der Gedichte ›Ich bin ja noch ein Kind‹, ›Veni, Creator Spiritus‹, ›Der Mensch ist stumm‹, und ›Streng persönlich‹ (152-156).

27. 2. 1946

1] *den Kronprinzen Rudolf:* Der Erbherzog und Kronprinz Rudolf (1858-1889), einziger Sohn Kaiser Franz Joseph I., beging mit seiner Geliebten, Baronesse Mary Vetsera, unter nicht restlos geklärten Umständen Selbstmord. – Auernheimer schrieb damals an seinem Grillparzerbuch, das 1948 bei Ullstein erschien. 310

28. 2. 1946

1] *Widerwärtiges aus Deutschland:* Ein Beispiel für den Tenor dieser ›Widerwärtigkeiten‹ ist die Vorbemerkung der Herausgeber (Ernst Benkard, Bernhard Guttmann, Robert Haerdter, Albert Oeser und Benno Reifenberg) zum Artikel ›Briefe von draußen – Antworten von drinnen‹ in der ersten Nummer der ›Gegenwart‹ (1. Jg., No. 1, 24. 12. 1945, S. 26 f.): Dort wird dem Emigranten TM »wütende Verzweiflung« attestiert, weil sein Volk sich ihm versagt habe; »eisige Monologe« und Anklagen, »die im Leeren verhallten«, seien während des Krieges von Kalifornien aus gesprochen worden; zwar lebten die *Gestalten* des Dichters noch unter den Deutschen, Hanno und Toni Buddenbrook oder Hans Castorp, aber nicht mehr ihr Schöpfer, der mit seinen Landsleuten auch die deutschen Geschöpfe seiner Phantasie verloren habe: »Es ist, als seien sie nicht mehr bei ihm. Je verlangender er nach ihren Händen greift, damit er seiner Nation nahe bleibe, um so deutlicher wird es, daß er selbst sie ver- 310 lassen hat, und daß die Hand seiner Geschöpfe sich ihm verweigert.« Im gleichen Stil wie die Verlautbarung der Herausgeber ist der Brief einer Ungenannten an TM gehalten, der, als ›Beitrag zum Briefwechsel Walter von Molo – Thomas Mann‹ bezeichnet, als »ein Beweis dafür« angesehen wird, »daß heute ein Thomas Mann in Deutschland nicht zu überzeugen vermag«. Das zitierte Schreiben schließt mit den Worten: »Aber Sie bleiben drüben. Vielleicht ist es besser so. Wie vermöchten Sie die volle Verzweiflung zu durchleben und uns den richtigen Rettungsanker finden helfen, der uns diese größte Enttäuschung unseres Lebens durchhalten macht? Was wir brauchten und brauchen sind Menschen, mit denen man lebt, die Verpflichtung und Vorbild bleiben und tiefgeliebte Freunde.«

311 2] *Verhör Karls Im Hotel:* Franz Kafka, ›Amerika‹, Kapitel 6, ›Der Fall Robinson‹: der Held, Karl Rossmann, wird vor dem Oberportier, der Oberköchin und dem Oberkellner verhört, für schuldig befunden und aus dem Dienst entlassen.

3] *Engagement im großen Theater:* Kafka a. a. O., letztes Kapitel ›Das Naturtheater von Oklahoma‹.

2. 3. 1946

311 1] *Zeitschrift ›Die Gegenwart‹:* Vgl. TB 28. 2. 46, Anm. 1.

2] *von Heimeran:* Horn a. Bodensee, 29. 12. 45; im TMA.

3] *Vortragsabend von E. Deutsch:* Vgl. die Besprechung des Abends im ›Aufbau‹, vol. XII, No. 11 v. 15. 3. 46: »Ein wundervoller, traumhafter Abend wurde einer dankbaren Zuhörerschaft geschenkt, die gekommen war, um dem großen Schauspieler Ernst Deutsch zu lauschen und sich zu erinnern. Josef Glücksmann leitete ein und erzählte vom einstigen, theaternärrischen Wien. Ernst Deutsch, einer der edelsten Vertreter seiner Kunst, Meister der verhaltenen Leidenschaften, des erregenden Nervenspiels, des beherrschten seelischen Tumultes, der Virtuose der Nuance, ist auch als Rezitator ein Erlebnis. – Offensichtlich bemüht, allem Theatralischen auszuweichen, wird das kleinste Gedicht zu einem Theatererlebnis. [...] Wie packend ersteht Beer-Hoffmanns düstere Engelsszene, wie mühelos lebendig die blumenhaften Szenen Auernheimers, Polgars, Lothars und des einmaligen Peter Altenberg. Wie weinen wir trostlos mit Camille Hoffmann, erquicken uns mit Thorberg in Alt-Aussee und wie bläst uns Zuckmayers Glückwunsch-Seufzer an Thomas

Mann erfrischend an. – Nur einen Vorwurf glauben wir dem Programm machen zu müssen: daß es durchweg einen so wehmütigen Charakter hatte. Erinnerung kann stärkend, tröstend, freudig sein. Hier wird sie leidvoll. Das Gedicht Lernet-Holenias, in dem Thersites den Odysseus warnt, ›wer einmal fortgeht, kommt nie mehr zurück‹, konnte als Leitmotiv des Abends gelten. Die jugendliche, von Leidenschaft und Kraft bebende Kunst von Ernst Deutsch schien über dieses Programm hinauszuwirken, in eine lebendige, nicht nur erinnerte Theaterzeit.«

14. 3. 1946

1] *Nietzsche-Vortrag: Nietzsche's Philosophie im Lichte unserer Erfahrung,* GW IX, 675-712. Der erstmals am 29. 4. 1947 in englischer Sprache im Coolidge-Auditorium der Washingtoner Library of Congress gehaltene Vortrag war ursprünglich für den Mai 1946 vorgesehen, mußte dann aber, wegen TMs Erkrankung, um ein Jahr verschoben werden. Der erste Vortrag der deutschen Fassung fand auf dem XIV. Kongreß des Internationalen PEN-Club am 3. 6. 1947 in Zürich statt. 311

2] *Bäumler-Ausgabe:* ›Friedrich Nietzsche. Auswahl in 4 Bänden‹, Reclam, Leipzig 1931. In der Zürcher Bibliothek.

3] *Rede-Duell Churchill-Stalin:* Die Antwort Stalins auf Churchills am 5. 3. 46 in Fulton gehaltene Rede: ›The Sinews of Peace‹ (Churchill, ›Speeches‹ a. a. O., Bd. VII, 7285-7293), in der der britische Ex-Premierminister für ein englisch-amerikanisches Militärbündnis plädiert hatte. Eine solche Allianz, so Stalin, spreche der Waffenbrüderschaft während des Zweiten Weltkrieges Hohn, sei gegen die Sowjetunion gerichtet und von Churchill vorgeschlagen worden, um Zwietracht zwischen die UdSSR und Polen zu säen.

4] *Krisis in der UN wegen Iran:* Wegen des nur zögernden Rückzugs der mit den iranischen Aufständischen im Kampf gegen die USA-treue Zentralregierung verbündeten sowjetischen Truppen.

5] *Weitere dégoûtante Zeitungsstimmen aus Deutschland:* Presseäußerungen im Zusammenhang mit den Bitten Walter von Molos und den provokanten Attacken Frank Thieß' gegen TMs Stellungnahmen; offene Briefe und Bekenntnisse, die bisweilen von bösartiger, dazu nationalistisch getönter Häme getragen waren, wie ein an Frank Thieß gerichteter Brief von Herbert Lestiboudois, publi- 312 ziert in der ›Neuen Westfälischen Zeitung‹, 22. 1. 46, exemplarisch zeigt: »Wir können uns mit einer ganzen Welt versöhnen, aber nicht mit Thomas Mann, wir verzichten auf die Gnadensonne eines Mannes, der nicht Bürger wurde, weil er Dichter werden sollte, und nicht Dichter wurde, weil er nicht vom Bürgerlichen loskam. [...] Nein, dieser, der Thomas Mann heißt und ein Dichter werden sollte für uns da draußen, aber es nicht wurde – dieser weiß nichts vom Leide. Darum haßt er uns und beschmutzt uns, denn er spürt noch dort in der Ferne, daß wir durch das Leid tiefer, wesentlicher, menschlicher werden und schon geworden sind, als er es ist, daß wir ihm überlegen sind, auch wenn wir unterlagen. [...] Was weiß er von uns? Nichts! Was weiß er wirklich vom Leid, das der Nationalsozialismus in die Tiefen der deutschen Seele ausströmte? Nichts! Was weiß er von Blut und Wunden, durch die wir – ich und meine Kameraden – fünf bittere Jahre marschierten mit zerfetzten Herzen und heimlichem Wimmern nach einem schöneren, besseren Deutschland? Nichts! Was weiß er überhaupt von Deutschland, obwohl er ein Deutscher ist? Nichts! Es gibt keine Brücke von uns zu ihm. [...] Nicht die Nationalsozialisten haben ihn ausgebürgert – er selbst hat es getan! Nicht wir haben ihn verloren – er hat uns verloren!« (›Die große Kontroverse‹ a. a. O., 92-94. In diesem Band finden sich weitere Belege für die ›dégoûtanten Zeitungsstimmen aus Deutschland‹.)

6] *Verteidigung:* Ibykus (d. i. Leopold Schwarzschild), ›Thomas Mann und die Deutschen‹, ›National-Zeitung‹, Basel, v. 15. 2. 46, 2.

7] *wie anno 33:* Anspielung auf den ›Protest der Wagnerstadt München‹ – jenen in den ›Münchner Neuesten Nachrichten‹ vom 16./17. 4. 1933 abgedruckten Angriff auf TMs am 10. Februar 33 im Auditorium Maximum der Maximilians-Universität gehaltenen Vortrag *Leiden und Größe Richard Wagners,* den damals, neben dem Kultusminister Hans Schemm und einigen Akademie-Direktoren, auch Olaf Gulbransson, Hans Knappertsbusch, Hans Pfitzner und Richard Strauss unterschrieben.

8] *ausführlich zu Worte:* Hermann Göring hatte am 13. März in Nürnberg dreizehn Stunden lang als Zeuge in eigener Sache zur Politik und Vorgehensweise der Nationalsozialisten ausgesagt.

9] *Tagebuch des Grafen Ciano in ›Omnibook‹:* Tagebuchaufzeichnungen des Grafen Galeazzo Ciano, die ursprünglich nicht für eine

Veröffentlichung bestimmt, sondern lediglich als Material für eine Autobiographie gedacht waren, erschienen 1945/1946 in vielen amerikanischen Zeitungen, u. a. im Bücherquerschnitte druckenden Magazin ›Omnibook‹, vol. 8, No. 4, März 1946, 81-120.

16. 3. 1946

1] *New Yorker Dinner Speech Churchills:* Zehn Tage nach seiner berühmt gewordenen Rede im Westminster-College Fulton/Missouri (»an iron curtain [. . .] lies across Europe«), die Stalin als Aufruf zum Krieg gegen die Sowjetunion geißelte und der amtierende britische Premierminister als ›private Meinungsäußerung in einem fremden Lande‹ herunterzuspielen suchte, hielt Churchill am 15. 3. 46 im Waldorf-Astoria-Hotel, New York, eine Ansprache zum Thema ›The darkening International Scene‹, in der er angesichts des Appells der iranischen Regierung beim Sicherheitsrat der Vereinten Nationen, das Land von der Anwesenheit sowjetischer Truppen zu befreien, noch einmal die Notwendigkeit einer unverbrüchlichen englisch-amerikanischen Allianz unterstrich: »on these [relations] life and freedom of the world depend.« (Churchill, ›Speeches‹, a. a. O., vol. VII, 7299-7302.) 312

2] *Manuskript von Lesser:* S. TB 17. 1. 45, Anm. 1.

3] *Brief des Arztes Dr. Thannhauser:* Boston/Mass., 12. 3. 46; im TMA.

4] *Dr. Thannhauser:* Der Freiburger Internist und Biochemiker Siegfried Thannhauser (1885-1962) war 1934 in die USA geflohen und lehnte einen Rückruf seiner Heimatuniversität nach dem Kriege ab.

5] *Übersetzung des ›Tagebuchs‹ [. . .] für Twice a Year:* Thomas Mann, *From Diaries 1933-34,* Translated by Richard Winston, ›Twice a Year‹, No. 14/15, Fall-Winter 1946/47, 39-50. Die Auszüge aus *Leiden an Deutschland* enthalten Einträge vom März, Mai, Oktober 1933, Februar, März, 6. 7., 9. 7., 25. 7. und August 1934.

20. 3. 1946

1] *an den Redakteur der ›Wandlung‹ in Heidelberg:* An Dolf Sternberger, P. P. 19. 3. 46; Reg. III, 46/161; Br. II, 482/483. 312

2] *Redakteur der Wandlung:* Der Publizist und Politikwissenschaftler Dolf Sternberger (geb. 1907), von 1934-43 Redakteur an der ›Frankfurter Zeitung‹, nach dem Kriege Initiator resp. Mitherausgeber der Zeitschriften ›Die Wandlung‹ (1945-1949) und ›Die Gegenwart‹ (1950-1958), seit 1955 Professor für Politikwissenschaften in Heidelberg.

3] *an Slochower:* An Harry Slochower, P. P. 20. 3. 46; Reg. III, 46/162.

4] *an Lesser:* An Jonas Lesser, P. P. 21. 3. 46; Reg. III, 46/163; Br. II, 483/484.

5] *Ankauf des ›Zauberbergs‹:* Vgl. TB 31. 12. 45, Anm. 2.

6] *Corda:* Der britisch-ungarische Regisseur und Film-Produzent Sir (seit 1942) Alexander (ursprünglich Sándor) Korda (1893-1956).

313 7] *A. von Muralt über mein Verhältnis zu Deutschland:* Alex von Muralt, ›Zur Diskussion um den Brief von Thomas Mann an W. von Molo‹, ›Der Aufbau‹, Zürich (›Schweizerische Wochenzeitung für Recht, Freiheit und Frieden‹), Jg. XXVII, No. 5 v. 1. 2. 46, 36/37.

8] *A. von Muralt:* der Schweizer Psychiater, Psychotherapeut und spätere Journalist Alex von Muralt (1888-1959).

21. 3. 1946

313 1] *Goethe-Abbreviatur:* Die Bitte von Alfred O. Mendel, ›The Living Thought Library‹, New York, vom 19. 3. 46, befindet sich im TMA. TM bekundete am 22. 3. 46 sein Interesse an dem Plan und verlangte 1 000 Dollar. Der Band ›The Permanent Goethe, Edited, Selected and with an Introduction by Thomas Mann‹ erschien 1948 bei der Dial-Press in New York.

2] *Manuskript aus Cape-Town:* Walter G. Hesse, ›Das Bild der modernen Welt in Thomas Manns Roman ›Der Zauberberg‹, M. A.-Thesis, University of Cape Town, 1945; in der Zürcher Bibliothek.

3] *Neiders Essay-Anthologie:* ›The Stature of Thomas Mann‹ edited by Charles Neider, New York, 1947. Das Buch (mit Widmung des Herausgebers an TM) ist in der Zürcher Bibliothek erhalten.

24. 3. 1946

313 1] *Frau Emmeke:* Peter Pringsheims belgische Frau Emilia Theodora, geb. Clément.

2] *an Heimeran:* An Ernst Heimeran, P. P. 23. 3. 46; Reg. III, 46/172.

3] *Respighi's ›Römische Brunnen‹:* Die ›symphonische Dichtung‹ ›Fontane di Roma‹ (1917) von Ottorino Respighi.

28. 3. 1946

1] *Dr. Rosenthal:* Dr. Frederick (Friedrich) Rosenthal (1902-?), bis 1936 in Berlin, seit 1938 in Beverly Hills praktizierend, war seit längerem der Arzt Heinrich Manns (vgl. *Entstehung,* Kap. XII, GW XI, 247) und übernahm auf dessen Wunsch auch die Behandlung TMs. Rosenthal diagnostizierte als erster TMs Lungenkrebs. 313

2] *Novokokain:* Vermutlich das Anästhetikum Novocain.

3] *›Nutzen und Nachteil‹:* Friedrich Nietzsche, ›Vom Nutzen und Nachtheil der Historie für das Leben‹, 1873 als zweites Stück der ›Unzeitgemäßen Betrachtungen‹ publiziert.

4] *russischer Exodus:* Aus Protest gegen die Ablehnung des sowjetischen Antrags, die Erörterung der iranischen Frage (s. TB 14. 3. 46, Anm. 4) von der Tagesordnung zu streichen, resp., nachdem dies Ansinnen zurückgewiesen war, die Diskussion des Problems auf den 10. April zu vertagen, verließ Botschafter Gromyko am 27. 3. die Sitzung der Vereinten Nationen.

5] *›Bericht‹ im ›Freien Deutschland‹:* TMs *Bericht über meinen Bruder,* s. TB 2. 2. 46, Anm. 1. 314

6] *Werfel-Gedenkfeier:* S. TB 20. 11. 45, Anm. 3.

7] *Mr. Merton:* George Marton, s. TB 31. 12. 45, Anm. 2.

29. 3. 1946

1] *Gullivers Reisen:* Jonathan Swifts (1667-1745) romaneske Utopie, ein satirischer Reiseroman mit dem Titel ›Travels into several remote nations of the world. By Lemuel Gulliver, first a surgeon, and then a captain of several ships‹, (1726). 314

31. 3. 1946

1] *Schriften Anfang der 70er Jahre:* Neben Vorlesungen und kleineren Abhandlungen zur griechischen Literatur vor allem ›Die Geburt der Tragödie aus dem Geiste der Musik‹ und die ›Unzeitgemäßen Betrachtungen‹. 314

2] *Nazi-Jugend-Verschwörung:* Einer Meldung des NYT-Korrespondenten aus Frankfurt zufolge waren – als Resultat einer zehnmonatigen Beobachtung – in der Nacht vom 30. 3. 46 achthundert

Bewohner der britischen und amerikanischen Zonen Deutschlands und Österreichs wegen des Versuchs, die NS-Ideologie wiederzubeleben, in einer koordinierten Aktion festgenommen worden. Die Alliierten enthüllten gleichzeitig, daß sich der ehemalige Reichsjugendführer Arthur Axmann sowie zweihundert weitere »leading personalities of the movement« wegen des Verdachts, eine neue NS-Hierarchie errichten zu wollen, in Haft befänden.

3] *an W. Hesse:* An Walter Hesse, P. P. 30. 3. 45; Reg. III, 46/189; Br. II, 484-486. S. TB 21. 3. 46, Anm. 2.

315 4] *an Beneš wegen Lotte Pringsheim:* Der Brief ist noch nicht bekannt, und der Zusammenhang bleibt unklar. Klaus Hubert Pringsheim teilte auf Anfrage mit, daß es sich bei der im TB erwähnten ›Lotte Pringsheim‹ wahrscheinlich um seine Mutter, Lala Pringsheim, handle, eine gebürtige Tschechin, die durch ihre Heirat mit Klaus Pringsheim Deutsche geworden und als solche nach 1945 von der Ausweisung bedroht war. Klaus Hubert Pringsheim erinnert sich an zwei Petitionen TMs für seine Mutter. (Vgl. dazu TM an Eduard Beneš, P. P. 12. 5. 48; Reg. III, 48/255). Die Ausweisung sei damals auch tatsächlich rückgängig gemacht und erst nach Beneš' Sturz erneut befohlen worden. Diesmal sei Frau Pringsheim in die Bundesrepublik emigriert.

5] *an Vikko:* An Viktor Mann, P. P. 1. 4. 46; Reg. III, 46/198.

1. 4. 1946

315 1] *Protestantische Proteste:* Der Brief der Grace Ev. Lutharian Church vom 13. 2. 46 mit der Beschwerde über die Luther-Stelle in *Deutschland und die Deutschen* befindet sich im TMA.

2] *Niemöllers Kirchen-Bußrede:* Martin Niemöller, ›Die Erneuerung unserer Kirche‹, die Predigt über die Schuldfrage.

3] *Artikel von Nicolson:* Harold Nicolson, ›Marginal Comment‹, ›The Spectator‹, London, 15. 3. 1946, 270: »The revived ›Neue Rundschau‹ proclaims in its editorial that it will seek to render itself ›a tribunal of free spirit‹. In its first number it publishes an important article by Thomas Mann upon ›Germany and the Germans‹. [. . .] – I have always felt that the Germans suffered from too little individual self-assurance and too much tribal self-assurance. It is scarcely be hoped that their recent disasters and present sufferings will be likely to increase their personal self-confidence.

The daemonic within them will not be diminished by their experiences; nor will the correct proportion between extraversion and introversion be achieved. It is for the Germans themselves to think out these sad problems of adjustment; but if they are to acquire the habit of thinking calmly rather than either arrogantly or hysterically then it is their own great men alone who can be their teachers. Let us hope, therefore, that the ›Neue Rundschau‹ will be the first only of these tribunals of the free spirit; and that as the generation succeed each other German ›Innerlichkeit‹ will become less morbid and more human.«

TEXTE

[*Statement zum Palestine White Paper*]

Gentlemen, – Sie fragen mich nach meiner Meinung über the Palestine White paper issue. Ich gebe sie Ihnen gern, denn diese Angelegenheit beschäftigt mich, wie sie jeden beschäftigen muß, dem das Erleben unserer Zeit das Gewissen für die Menschheitsfragen geweckt oder geschärft hat, und der sich ihres großen Zusammenhanges bewußt ist.

Man sollte nicht glauben, daß die Restriktionen des White paper on Palestine heute irgendwelche Aussicht haben, in Kraft zu treten; denn es war ja Winston Churchill, der sie in seiner klassischen Rede während der Unterhaus-Debatte vom 22./23. Mai 1939 a plain breach of pledge, a repudiation and a default genannt hat. Churchill aber ist heute im Vollbesitz der Macht und kann seine Ansicht unmöglich geändert haben. Wie dem auch sei, die Waage scheint zu schwanken, und so muß jeder das Seine beitragen, daß sie sich endgültig nach der Seite des Rechtes senke.

Der Beschluß der britischen Regierung, niedergelegt in der Erklärung vom 2. November 1917, der sogenannten Balfour-Declaration, »that it would use its best endeavors to facilitate the establishment of a Jewish National Home in Palestine«, – diese Zusicherung ist mit einer gewissen historischen Feierlichkeit, mit dem unverkennbaren Akzent des Gefühles dafür gegeben worden, daß es sich bei dem Beschluß um die Erfüllung eines jahrtausendalten Traumes handelte, daß er der aktive Ausdruck der Sympathie mit dem Schicksal, der seelischen Entbehrung eines Menschenstammes war, auf den gerade das Angelsachsentum immer mit religiöser Ehrfucht geblickt hat.

Nicht umsonst geben noch heute englische und amerikanische Eltern ihren Kindern gern alttestamentarische Namen.

Enger vielleicht als in anderen Existenzformen des Christentums, lateinischen, germanischen, ist der Kontakt angelsächsischer Christlichkeit mit dem Alten Bunde, der pietätvolle Sinn für das Judentum als Ursprung und Mutterboden, als mitlebende Vorform des Christentums. Ich schreibe diesem besonderen Sinn für die Zusammengehörigkeit von Altem und Neuem Testament die Wärme, den Enthusiasmus zu, mit dem jene Deklaration formuliert, begrüßt und empfohlen wurde.

Allein schon der Ausdruck »National Home« schwingt von Empfindung, ist deutlich im Sinne der Erfüllung einer Sehnsucht, des Mitgefühls für ein *Heimweh* gemeint, das man zu stillen wünscht. Das Wissen um ein Heim irgendwo in der Welt, um eine Zuflucht, die ihm offen steht, ist der Trost des Wanderers, – aber offen stehen muß sie ihm freilich, wenn sie seelischen und, im gegebenen Augenblick, praktischen Wert haben soll. Denn was wäre ein Heim, das sich eines Tages schließt, eine Termin-Zuflucht, deren Bereitschaft, ihn zu empfangen morgen erlischt?

Das englische White paper vom Mai 1939 macht aus dem 1917 verheißenen National Home in Palestine eine solche Termin-Zuflucht und zerstört damit seinen Sinn und Wert. Es bestimmt, daß »after the period of five years no further Jewish immigration will be permitted unless the Arabs of Palestine are prepared to acquiesce in it«. Mit anderen Worten: es verordnet die total stoppage of all immigration into Palestine after March 1944.

Was ich dazu sage? nein, was viele hervorragende Engländer schon vor fünf Jahren gesagt haben: daß die Stipulation einer Untreu[e], einem Wortbruch gleichkommt, und daß sie unvereinbar ist mit den Bedingungen, unter welchen England das Mandat über Palästina empfing. Man hat gut sagen, der Völkerbund existiere nicht mehr, jenes Mandat sei erloschen, und Englands Macht in Palästina sei »nur noch« real. Ich kann nicht sehen, daß England darum von einer feierlich und ausdrücklich eingegangenen Verpflichtung entbunden sein sollte. Die entwertende Einschränkung seines gegebenen Wortes durch das White paper war schlecht schon damals, als sie beschlossen wurde. Heute, wo sie in Kraft treten soll, wo der gesetzte Termin für die jüdische Einwanderung im Begriff ist, abzulaufen, ist sie noch viel schlechter geworden, so schlecht in der Tat, daß ich mir nicht vorstellen kann, man werde den Mut finden, sie wirksam werden zu lassen.

Schlecht war sie vor Ausbruch des Krieges und wurde in klares

Unrecht gesetzt durch die Verdienste, die die Juden in den damals vergangenen zweiundzwanzig Jahren sich um die Hebung des vernachlässigten Landes erworben hatten. Ich brauche diese Verdienste nicht aufzuzählen, sie sind jedermann bekannt, und niemand kann sie leugnen, auch die Araber nicht, am wenigsten sie, die von diesen Verdiensten, dem Aufblühen Palästinas, den neuen, von den Juden geschaffenen industriellen, agrikulturellen, hygienischen Verhältnissen dort den größten Vorteil gehabt und ihre Bevölkerung von 600 000 auf mehr als eine Million gebracht haben. Das ist der Wahrheitsgehalt der Behauptung, die Araber würden von den Juden unterdrückt und verdrängt. Die Araber sind ein Volk von großen Kultur-Traditionen, aber ihre Angepaßtheit an das technische Zeitalter ist nicht vollkommen zu nennen, sie ist hinter derjenigen der Juden entschieden zurückgeblieben, und sollten sie anderer Meinung sein, so steht ihnen ein Gebiet, hundert mal größer als Palästina, zur Verfügung, das wenig entwickelt und unterbevölkert ist, und wo sie ihre melioristischen Energien bewahren könnten.

So, sage ich, stand es um die moralische Würde der White Paper-Verfügung schon anno 39. Und heute? Nach fünf Jahren Hitlerkrieg gegen die europäischen Juden? Es werden ja nach der Befreiung vom Nazi-Joch von den sieben bis acht Millionen Juden, die dort leben, noch einige übrig sein, die nicht »liquidiert«, verhungert, vergast sind, – immer noch nicht. Sie werden entwurzelt, depossediert, obdachlos sein, und das verwüstete, heruntergekommene Europa nach diesem Kriege wird kaum der Ort sein für sie, namentlich für die jungen Leute unter ihnen, sein, sich eine neue Existenz zu gründen. Der rechte, der natürliche Ort dafür wird Palästina sein, das Land der Verheißung, der alten und der neuen, nämlich der Balfour Deklaration. Genau in diesem Augenblick aber soll die Bestimmung des White paper diese Verheißung zunichte machen.

In dieser Sache hat unser Land hier, Amerika, ein Wort mitzureden. Es leben fünf Millionen Juden hier, und diese haben ein moralisches und nachgerade auch ein materielles Interesse an der Zukunft des Jewish National Home in Palästina. Sie haben in den letzten fünfundzwanzig Jahren erhebliche Summen Geldes dorthin geschickt, als Spenden teils und teils als Investierungen. Sie haben es getan im Vertrauen auf die Balfour-Deklaration, und die Abstimmung ihrer Delegierten auf der American Jewish Conference vom Jahre 1943 hat gezeigt, daß der überwältigenden Majorität der amerikanischen Judenheit der Gedanke der Wiedererrichtung eines Jewish Commonwealth in Palästina teuer ist. Aber nicht nur sie, sondern Amerika selbst, als Staat, als Macht ist in der Angelegenheit engagiert. Es zählte zu den Garanten der Balfour Deklaration und gehörte dem Allied Supreme Council an, der England zu dem ausdrücklichen Zweck das Mandat für Palästina übertrug. Im Interesse des Jewish National Home haben die U. S. gewisse wirtschaftliche Rechte aufgegeben, die sie selbst in Palästina besaßen. Und als 1924 the terms of the Palestine Mandate were ratified by the treaty between Great Britain and the United States, wurde ausbedungen, that »nothing in the treaty shall be affected by any modifications ... unless shall have first been assented to by the United States.« Es ist schwer vorstellbar, daß die Vereinigten Staaten, deren Präsidenten, von Wilson bis Franklin Roosevelt, immer wieder ihrem unverminderten Interesse an dem Palästina Mandat und der weiteren Entwicklung des Jewish National Home öffentlich Ausdruck gegeben haben, mit einer so entstellenden, vielmehr vernichtenden »Modifikation« sich einverstanden erklären werden wie die stop-immigration Bestimmung sie darstellt.

Ich sagte zu Anfang dieser Zeilen, daß uns allen der Blick geschärft ist für den großen Zusammenhang der Menschheitsfragen. Das Ganze ist betroffen, auch wo es scheinbar nur um die Sache einer Gruppe, eines Volkes geht. Auf die Fähigkeit und Berufung der United Nations, eine bessere, menschenwürdigere Welt nach diesem Kriege zu schaffen, würde ein schwerer Schatten von Zweifel fallen, wenn sie sich in der Behandlung des ehrwürdigen Menschenstammes, der unter der verächtlichen Besessenheit des allgemeinen Feindes von Anfang an am entsetzlichsten zu leiden gehabt hat, eine Ungerechtigkeit und Treulosigkeit zuschulden kommen ließen. In dem Verhalten der entscheidenden Großmächte gegen das Judentum kann man etwas wie einen moralischen Prüfstein sehen, ob sie recht gekämpft, zu Recht gesiegt haben, ob sie wirklich der Menschheit besseren Teil vertraten gegen das Schlechte, und ob es ihnen gegeben ist, den Frieden zu gewinnen.

(TB 3. 1. 1944, Anm. 6)

›Is World Security possible or will there be another World War?‹

Ich fürchte, daß der gegenwärtig tobende Krieg noch nicht die sozialen und ökonomischen Veränderungen zeitigen wird, die nötig wären, um world security zu schaffen und einen anderen Weltkrieg hintanzuhalten. Die Bedingungen für die Sicherstellung des Weltfriedens oder doch für eine bedeutende Einschränkung der Gefahr weiterer Katastrophen sind von den Denkenden aller Länder klar erkannt; sie werden immer wieder in vorzüglicher Form und – wie man denken sollte – überzeugend ausgesprochen. Aber diese glänzenden Analysen und wohlwollenden Programme, an denen gerade in Amerika kein Mangel ist, erreichen nur diejenigen, die ohnedies Bescheid wissen, und deren eigene Überzeugungen sie einmal mehr bestätigen. Sie sind nicht imstande, die durchschnittliche Geistesverfassung den neuen Notwendigkeiten anzupassen, geschweige denn diejenigen zu gewinnen, die mit ihrem Interesse an das Alte, nicht mehr Lebensdienliche gebunden sind, und die also, in massiver Naivität, jede Bemängelung desselben als Sakrileg betrachten. Ohnedies muß die Wahrheit auf leisen Sohlen gehen und Rücksicht nehmen. Denn der Haß wächst, die Spannung der Atmosphäre ist schon fast so bedrohlich, wie sie es vor zwölf Jahren in Europa war, und wer möchte das weltweise Urteil des alten Lichtenberg herausfordern: »Er hat blos Feinheit genug, sich verhaßt zu machen, aber nicht genug, sich zu empfehlen.«

Was ich sagen kann, ist dies: Die Elite in allen Ländern ist sich einig, daß der Friede unteilbar ist und unteilbar das Problem der Politik selbst, insofern als innere und äußere, nationale und internationale Politik untrennbar zusammenhängen. In beiden Sphären, die in Wahrheit nur eine sind, handelt es sich um die Notwendigkeit einer Revision und Reform des Freiheitsbegriffes, der in seiner alten Form, als Manchestertum, Laissez-faire, Freie Konkurrenz, individualist economy unmöglich geworden ist. Was wir Democracy nennen, is the human adjustment between freedom and equality, the reconciliation of individual values and the demands of society. But this adjustment is never completely and finally attained; humanity must solve it again and again. And one feels today that in the relationship of freedom and equality the centre of gravity has moved towards the side of equality and economic justice, away from the individual and toward the social. Social democracy is now the order of the day, und diese order gilt für das internationale Leben der Völker genau wie für ihr inneres, wirtschaftliches Leben. Das wachsende Gefühl der gegenseitigen Abhängigkeit der Völker hat zu der Einsicht geführt, daß die absolute Souveränität des nationalen Staates seine individualistische Freiheit, which cannot be »interfered« with, unhaltbar geworden ist; daß the egotism of the national states must make sacrifices, social sacrifices, which mean a limitation of national autonomy, yes, of the national idea itself. Wer aber die Einheit des politischen Problems begriffen hat, kann nicht zweifeln, daß diese Forderung der Zeit und des Lebens ebenso kategorisch für die domestic sphere, die interne Wirtschaft der Nationen gilt, und daß es verhängnisvolle Torheit, blinde Widersetzlichkeit gegen die geschichtliche Entwicklung ist, jede soziale Beschränkung und Regulierung des wirtschaftlichen Individualismus als die Zerstörung der Demokratie und als Sakrileg an der Freiheit zu verschreien.

Ich war noch nicht lange in diesem Lande, als ich mir in einem Vortrag den Satz entschlüpfen ließ: »Wenn je der Fascismus nach Amerika kommen sollte, so wird er im Namen der Freiheit kommen.« Ich wollte damit nicht sagen und sage es heute nicht, daß alle, die einem national und international obsoleten Freiheitsbegriff anhangen, bewußte Fascisten sind. Aber eine Weltlage, die nur noch die Wahl läßt zwischen Fascismus und einer sozialen Reform der Demokratie, macht sie sachlich und in ihrem Unterbewußtsein zu Sympathisanten mit jenen. Dieser Krieg hat ja eine Vorgeschichte, die eine moralische Vorbelastung bedeutet, da sie in der schuldhaften Begünstigung der fascistischen Regime durch die kapitalistische Demokratie bestand. Daß diese durch die wilde machtpolitische Aggressivität des Fascismus zum Kriege gegen ihn gezwungen wurde, heißt nicht, daß sie aufgehört hat, ein Bollwerk gegen den Sozialismus in ihm zu sehen. Nur zu gern ließen wir uns überzeugen, daß dieser Krieg kein imperialistischer Krieg ist, wie ein anderer, daß er nicht für Märkte und Einflußsphären, sondern zur Errichtung einer besseren, gerechteren Welt, wahrhaft als peoples war also, geführt wird, – in welchem Fall er sehr möglicherweise der letzte sein könnte. Aber nicht alles, was wir sehen, ist danach angetan, uns in diesem ersehnten Glauben zu befestigen, nicht alles macht uns gewiß, daß man im Fascismus nicht nur den Machtkonkurrenten, sondern der moralischen Übel größtes, den abscheulichsten Volksbetrug bekämpft. Zwar wird das gegenwärtige deutsche Regime von der Bildfläche verschwinden, was gewiß nicht wenig ist. Aber der Fascismus wird überleben, und es scheint, daß man nicht gesonnen ist, ihm, wenn er keine machtpolitische Gefahr mehr bildet, das Leben sauer zu machen. Ihn zu bewahren, wird für Weisheit gelten, da er behilflich sein mag, »der Revolution«, das heißt: der sozialen Vollendung der Demokratie vorzubeugen, – die doch allein einen relativ sicheren Schutz gegen weitere Katastrophen zu bieten vermöchte.

Sie wäre Gewähr für das Fortbestehen freundlicher Beziehungen des Westens zu der großen sozialistischen Völker-Union im Osten und für die Vermeidung eines Dritten Weltkrieges, in welchem die Namen »Alte« und »Neue Welt« einen sonderbaren Bedeutungstausch eingehen würden. Man wüßte gern den geistigen Menschen der Zukunft vor dem tragischen Dilemma bewahrt, sich zwischen Civilisation und Revolution gestellt zu sehen, zwischen ein durch Erinnerungsreichtum liebenswertes Altes und das Neue, Zukünftige, für das einzustehen der Geist ihm gebietet.

(TB 14. 2. 44, Anm. 4)

[Beitrag zu einem Symposion der Zeitschrift ›Argosy‹ über die Frage ›Is World Security Possible?‹]

Ich fürchte, daß der gegenwärtig tobende Krieg noch nicht die sozialen und ökonomischen Veränderungen mit sich bringen wird, die nötig wären, um world security zu schaffen und another world war hintanzuhalten. Wenn man mich aufs Gewissen fragte, ob ich glaube, daß Kriege vermeidlich sind, solange die kapitalistische Wirtschaftsform besteht, so müßte ich antworten: nein, das glaube ich nicht. Wenn man mich freilich weiter fragte, ob ich glaube, daß der Sozialismus eine unbedingte Friedensgarantie bieten würde, so würde ich mit der Antwort zögern. Denn mein Optimismus reicht nicht aus, mich ganz sicher zu machen, daß die Menschen nicht unter allen Umständen, wie in der Vergangenheit, so auch in der Zukunft,

Vorwände finden werden, einander abzuschlachten. Kriege sind immer Ferien von der Civilisation, auch wenn sie angeblich für die Civilisation geführt werden, und darum genußreich. Möge man es widerspruchsvoll finden, wenn ich mich trotzdem zu der Überzeugung bekenne, daß die Völker den Frieden wollen, und daß, wenn dieser Krieg wirklich als peoples war, für das Glück der Völker und für die Errichtung einer besseren Welt geführt würde, er sehr möglicherweise der letzte sein könnte. Er entpuppt sich aber immer offner als ein imperialistischer Krieg wie ein anderer, bei dem es nicht um Gerechtigkeit und Völkerwohl, sondern um Märkte und »Einflußsphären« geht, und bei dem der Gegner, zu dessen Vernichtung man auszuziehen erklärte, der Fascismus, garnicht oder nur halben Herzens gemeint ist. Das heißt, nicht als moralisches Übel und abscheulicher Völkerbetrug ist er gemeint, sondern nur als Macht-Konkurrent. Unverkennbar ist die Abneigung unserer herrschenden Klassen gegen den Sozialismus um mehrere Grade lebhafter, als ihr Abscheu vor dem Fascismus, und zwischen diesen beiden hat ja nun einmal, wie heute alles liegt, die Welt die Wahl. Zwar wird das gegenwärtige deutsche Regime von der Bildfläche verschwinden, was gewiß nicht wenig ist; aber eine Menge Fascismus wird man zu erhalten sich genötigt sehen, um »der Revolution«, das heißt der ökonomischen Vollendung der Demokratie vorzubeugen, die allein einen relativ sicheren Schutz gegen weitere Katastrophen zu bieten vermöchte.

Aller Voraussicht nach werden nicht Moral und Vernunft, sondern die Physik wird es sein, die schließlich gegen den Krieg den Ausschlag geben wird. Dem totalen Kriege gibt schon heute die Technik Zerstörungsmittel an die Hand, die anfangen seinen Fortbestand zu gefährden. Mit der Entfesselung der Kräfte des Uran-Atoms wird, nach allem, was man hört, jeder Spaß aufhören. Und so wird, wie es scheint, die Menschheit auf den Krieg verzichten müssen, bevor sie ihn überwunden hat. Was unter dem Gesichtspunkt der Humanität zu bedauern ist.

(TB 20. 2. 1944, Anm. 3)

[Vorwort zum Katalog der Ausstellung von Werken Ernst van Leydens, 7.-31. 5. 44]

I should like to add to this catalogue of ERNEST VAN LEYDEN'S works a few words of personal sympathy and good wishes; not only because I admire this Dutch master as an artist of high quality and great spiritual integrity, but also because I am pleased by the idea which brought his series of portraits into being. We often used to discuss it while he was painting my picture.

The diaspora of European culture which we are witnessing, the arrival of so many of its bearers, representatives of all branches of science and art to these shores is a very strange and unprecedented historic event which opens unexampled possibilities of exchange and equalization. It assumes an entirely different significance from any former emigration, the significance of the coalescence of the hemispheres, of the unification of the earth.

It is these thoughts which inspired Van Leyden to his artistic undertaking. Each of his extraordinarily characteristic individual portraits of artists and writers now living in America is an achievement in itself – self-sufficient and complete, a work of art executed with the utmost effort at perfection. Yet each is but a sketch, a study for a big group-composition, monumental in conception. One day, this great picture will also be painted. It will include not only the portraits painted so far, but many others as well; and it will be a living and mighty reminder of the remarkable historic phenomenon to which I have been referring.

It would be a fine thing – and perhaps this exhibition of a few of the individual portraits will bring it about – if some public institution in this country, a library, a museum, a university, would put at the artist's disposal some wallspace upon which he could realize his idea. American humor has already hit upon the right inscription for the fresco: »Thank you, Mr. Hitler!« For my part, I suggest a further line to complete it: »Thank you, Mr. Van Leyden!«

(TB 10. 4. 44, Anm. 2)

[*Gestrichene Passagen aus dem XVIII. Kapitel des ›Doktor Faustus‹*]

Ich nenne noch einmal die ›Hymne‹ mit ihrem wiederkehrenden Strophen-Eröffnungsruf ›O wie so oft‹, ›O wie so viel‹, ›O wie so tief‹, »O wie so rein«; mit dem eigentümlich entgleitenden Schaukelrhythmus, der ihren Doppelreimen gegeben ist:

»Aber die Ebbe
kehrte, die Flut wich,
heißer die Steppe
umgürtet mit Glut mich . . .«

und:

»Aber die Fläche
ringelt, das Bild bricht;
bittere Bäche,
rinnet so wild nicht!«,

wobei noch das eigentümliche Splittern des Tongefüges auf dem Wort vom »brechenden Bilde« ein Musterbeispiel visueller Musik ist; endlich mit der herrlich ausladenden Melodik ihres »Blütenvoll – früchtevoll« gegen den Schluß. Und wer vergäße die enthusiastische Schmerzensgebärde des Vierzehnzeilers »Als ich in tiefen Leiden«; dieses

»O Scherz, von wenig Wochen,
indes das Herz gebrochen,
O Lächeln einer Wunde,
O Dolch in blutendem Munde!«

Wer den anderen Schmerzenssang: »Frühlingsschrei eines Knechtes aus der Tiefe«, von dem manche Strophe dem Novalis zu danken sein könnte, der aber in schrecklicheren Bildern, mit jammervoller emporgerungenen Händen, als Hardenbergs Gebete, das nicht zu tragende Elend des »In sich Verdorbenseins« malt.

»Und in meinem Herzen schauert
ein betrübter, bittrer Bronnen;
wenn der Frühling draußen lauert,
kommt die Angstflut angeronnen.«

Ich kann mich der As-Moll-Stelle von der anrinnenden Angstflut nicht erinnern, ohne daß an mein eigenes Herz das Dunkel heranspült und ein erbarmungsvoller Schauder mich überläuft.

»Weh! Durch giftge Erdenlagen,
wie die Zeit sie angeschwemmt,
habe ich den Schacht geschlagen,
und er ist nur schwach verdämmt.

Wenn nun rings die Quellen schwellen,
wenn der Grund gebärend ringet,
brechen her die bittern Wellen,
die kein Witz, kein Fluch mehr zwinget.«

Kein Witz, kein Fluch! Ich höre das, wie allzuwenige, allzu flüchtig, es da oder dort einmal gehört haben, in meines Freundes grellen, ja lästerlichen und dabei unsäglich bittenden Tönen. –

»Ach! wie ich auch tiefer wühle,
wie ich schöpfe, wie ich weine,
nimmer ich den Schwall erspüle
zum Kristallgrund fest und reine.

Immer stürzen mir die Wände,
jede Schicht hat mich belogen,
und die arbeitblutgen Hände
brennen in den bittern Wogen.«

Das Gedicht ist groß und von starker Inbrunst; aber die Musik, in die es getaucht, die aus ihm gewonnen ist, macht, daß man sie küssen möchte, diese brennenden, arbeitsblutigen Hände. Und die Tränen lösen sich – mir lösen sie sich, obgleich ich kein frommer Mann bin – bei dem geistlich süßen Seufzen der Schlußzeilen:

»Daß des Lichtes Quelle wieder
rein und heilig in mir flute,
träufle einen Tropfen nieder,
Jesus, mir von deinem Blute!« –

Völlig bin ich mir der Ungehörigkeit bewußt, daß ich hier mit diesen Anführungen Seiten fülle und so auch diesem Abschnitt wieder eine trotz der Sternchen gewiß schwer erträgliche Ausdehnung gebe. Aber meine Erfülltheit und Liebe, dazu die schmerzliche Einsicht in die Bedeutung dieser Klänge für Adrians innerstes Leben schlagen solche Sorgen aus dem Felde, und so will ich auch die fünf noch nicht bezeichneten Lieder des Cyklus, sei es auch noch so flüchtig, hier anklingen lassen, die die Musik erwählte, um, wie der Dichter sagt, »ihres Lebens Leben zu sein.«

[Es folgt der in die 1947er Druckfassung (S. 284/285) übernommene, im Typoskript gegenüber der handschriftlichen Vorlage geänderte Text, der mit dem Passus endet: »... dem sich das Einfältige zu entringen sucht«. Während das Manuskript fortfährt wie alle Druckfassungen, sind im Typoskript auf den zwei folgenden Seiten weitere Liedinterpretationen eingeschaltet:]

Ein anderes der fünf Lieder, deren Charakteristik ich aufsparte, ist das kurze ›Wiegenlied‹, worin das ›Summen, Murmeln, Flüstern, Rieseln‹ des Quells auf den Kieselgrund, der Bienen um die Linde Musik war, bevor es Musik wurde – ganz die gelind verworrene, geheime und wispernd aufregende Musik wurde, die seine eigene war. Ein wieder anderes, und in der Tat ganz anderes, das in erhabene Fassungslosigkeit ausbrechende Stück aus den »Nachklängen Beethovenscher Musik«: »Gott, dein Himmel faßt mich an den Haaren«, mit seinen eingewobenen Citaten aus der Sonate Opus 111 und seiner außerordentlichen Schlußwirkung, wo bei dem Erstehen des von »des Morgens ersten Sonnen« berührten Memnonsbildes leises Gong-Dröhnen sich mit dem Singen und Grüßen der hohen Streicher mischt. –

Mir bleiben noch zwei, und ich weiß nicht, welchem den Vortritt geben: dem als Gesamtgebilde, nach Wort und Klang, grundeigentümlichen, ja köstlich unsinnigen Gesang des Jägers an den Hirten, worin, musikalisch gesprochen, »Flöte sich dem Horn gesellt«, – oder dem wundersam aus dem Traume redenden »Sprich aus der Ferne, heimliche Welt«, das vielleicht am dringlichsten von allen Musik zu sein verlangt, ja seine Musik vorschreibt. Jenes, das Jägerlied – »Freude singt, was Leid gelitten, Schweres Herz hat leichten Sinn« – ist das seltsamste Gedicht, das je erträumt worden, und wahrhaftig, die Musik hat ihm im Geheimnis zu erwidern gewußt. Welche Bewandtnis hat es mit diesem Jäger, dem Geister vertraulich die kalte Hand und den Becher reichen, dessen glühenden Rand er nicht scheut, – er, der von sich zu sagen weiß, daß die Nixe, hätte sie ihn nur im Wasserschloß, gern den hingezogenen Fischer für ihn losgäbe? Was ist es mit dem Hirten, dem der Jäger den Wolf zu zähmen, den Fels zur Laube zu zwingen sich erbietet, damit er ungestört darin seines Liebchens pflege, – diesem Hirten, der nicht nur Kränze, sondern auch süße Pfeile schnitzen und spitzen kann, und den der Mann des Spießes auffordert:

›Gieb die Pfeile, nimm den Bogen,
Mir ist's Ernst und Dir ist's Scherz,
Hab die Senne ich gezogen,
Du gezielt, so trifft's ins Herz.‹ –?

Wem ins Herz? Dem Jäger selbst ins schwere und dabei leichtsinnige Herz? Das versteht man nicht, und nur noch tiefer wurde es durch die Musik ins Enigmatisch-Unbegreifliche getaucht. Es ist eine traumhaft verfremdete und verwunschene Menschlichkeit, die aber empfindlicher das Gemüt berührt, als irgend eine Faßlich-Alltägliche. Und es ist nun, um keinem dieser beiden Phänomene größere Liebe zu erweisen, daß ich ihre Beschreibungen ineinander schlinge und, soweit es die Zeitgebundenheit der Sprache erlaubt, gleichzeitig von ihnen spreche.

(TB 9. 6. 44, Anm. 3)

[*Für Martin Andersen Nexö zum 75. Geburtstag*]

To know that M. Andersen Nexö is celebrating his seventyfifth birthday in safety, under Swedish protection, is a real comfort and a deep joy for me. It is a need of my heart to send to the venerable man at his day of honour in which the whole civilized world will respectfully take part my warmest personal whishes over the ocean. He is a great author and has given to the Danish literature and to the literature of the world a rich harvest of beautiful works. But he is not an artist of the purely aesthetic type, and never has he escaped from the burning questions of the time and even of the day into the ivory tower. The two great impulses of his life and of his work were responsibility and love: feeling of responsibility for the social honour of mankind and its future, love for the people, the working class, whose life he knows, and as whose great intellectual representative and advocate he is honoured and always will be honoured. I would like to call him the Skandinavian Gorki. His genuine and pure socialism was decisive for his irreconcilable attitude toward the detestable falsification of the idea which we experienced – an attitude which differentiates him so happily from certain other famous figures of nordic literature. Nexö will live to see the fall of evil; all symptomes indicate it, and I hope for it in full confidence. He is one of those who I whish to see again and to embrace with tears of joy in my eyes, when Europe will be free.

(TB 14. 6. 44, Anm. 2)

[*Protest gegen die Judenverfolgung unter den ungarischen Künstlern*]

Als deutscher Schriftsteller und amerikanischer Bürger vereinige ich meinen Protest mit demjenigen der ganzen gesitteten Welt gegen die Zerstörung der Bücher jüdischer Autoren und die Austreibung aller jüdischen Komponisten und Musik-Verleger aus den ungarischen Organisationen.

Es ist ja klar, daß diese Akte krankhafter Barbarei nicht ungarischer Initiative entspringen, sondern von den Nazis erzwungen sind. Die Maßnahmen werden nicht lange in Gültigkeit bleiben, aber sie werden aufs Neue viel Elend, Verzweiflung und individuelle Untergänge mit sich bringen. Bis zum Schluß werden ihre Urheber Schrekken und menschliche Entwürdigung um sich verbreiten, wo immer die Möglichkeit ihnen gegeben ist, ohne zu bedenken, daß sie das Volk, dem sie zu dienen vorgeben, mehr und mehr mit Schande bedecken und den Haß gegen alles Deutsche verstärken, und daß sie so die Aussichten Deutschlands auf einen erträglichen Frieden mehr und mehr verdüstern.

(TB 26. 6. 1944, Anm. 2)

[*Radioansprache anläßlich der russischen Invasion Ostpreußens*]

Die russische Invasion Ost-Preußens, wenn sie auch heute noch nur ein kleines Gebiet umfaßt, kann ihren Eindruck auf das Gemüt der deutschen Massen nicht verfehlen. Der Feind steht auf deutschem Boden. Das ist eine Tatsache, und umso stärker muß die moralische Schock-Wirkung sein, die davon ausgeht, als sie [seit] hundert und dreißig Jahren, seit den napoleonischen Tagen, den Deutschen unbekannt gewesen und allmählich undenkbar geworden war. Sie waren gewöhnt daran, daß ihre Kriege sich auf anderer Leute Boden abspielten. Das gehörte ihnen nachgerade zur Definition des Krieges. Daß ein solcher den heiligen deutschen Boden berühren könnte, war gegen alle Spielregeln, denn heilig allein war die deutsche Erde, die der andern war es nicht, sondern sie war dazu geschaffen, von den Deutschen mit Krieg überzogen und zertrampelt zu werden. Diese Auffassung hatte sich festgesetzt in den Köpfen der Deutschen. Sie führten Angriffskriege, aber es waren Verteidigungs-Kriege insofern, als sie Deutschland vom Kriege freizuhalten hatten. Als einmal ein Krieg so schlecht ging, daß dies nicht länger möglich schien, daß Deutschland zum Schlachtfeld zu werden drohte, wurde er für diesmal abgeblasen und rechtzeitig durch Kapitulation beendet. So war es 1918. Denn damals ging es noch nach den Begriffen konservativer Fachleute, die es nicht anders wußten, als daß man einen offenkundig verlorenen Krieg eben liquidiert, mit dem Hintergedanken: das nächste Mal!

Heute ist alles anders. Heute gibt es kein nächstes Mal, und die konservativen Fachleute haben in Deutschland nichts mehr zu sagen. Hitler hat sie liquidiert, da sie den verlorenen Krieg liquidieren wollten. Nicht nach ihren Begriffen geht es, sondern nach denen verzweifelter Banditen, die entschlossen sind, das Ende des Krieges völlig unkonventionell, revolutionär und abenteuerlich zu gestalten.

Ein Banditen-Heroismus scheint die Schlußphase des Krieges beherrschen zu sollen, von dem alle Welt, wir sowohl wie das deutsche Volk, sich noch gräßlicher Dinge versehen müßten. Daß oberste Führer des Heeres Hitler beseitigen und den Krieg beenden wollten, obgleich sie wußten, daß es diesmal kein nächstes Mal gibt, zeigt aber, wie stark in Deutschland die Erkenntnis der vollkommenen Aussichtslosigkeit der Lage ist. Diese Erkenntnis ist der innere Feind, von dem Hitler spricht. Indem er ihre Repräsentanten, die aufständischen Marschälle und Obersten hängen und erschießen ließ, hat er den Bürgerkrieg eröffnet zwischen dem Teil des Volkes, der retten möchte, was zu retten ist, – das Leben, die Zukunft –, und dem Interesse einer über das Land verbreiteten Horde bankrotter Verbrecher, die nichts mehr wollen und wollen können, als ihre Haut so teuer als möglich verkaufen. Der Verbrecher-Staat, dieser schlimmste, ja einzige Feind des deutschen Volkes, hat den Eröffnungsgang des nun entbrannten Bürgerkrieges gewonnen. Er aber wird weitergehen, denn die Vernunft ist nicht zugleich mit den militärischen Attentätern aus der Welt geschafft worden. Hitlers innerer Sieg ist ein Pyrrhus Sieg. Jeder Tag, jede neue Niederlage, wird das Verlangen des Volkes mächtiger machen, um jeden Preis aus dem wüstesten Abenteuer seiner Geschichte hinauszufinden. Dem Gangster-Heroismus wird kein langes Leben beschieden sein.

(TB 7. 8. 44, Anm. 3)

Roosevelt

Die historische Figur, an die Franklin D. Roosevelt mich am meisten erinnert, ist Julius Cäsar. Von der Bewunderung, die ich von jungauf für den herrschaftskundigen Römer, den aristokratischen Freund des Volkes und seine dem Christentum als Weltreligion vorarbeitende Conception eines universellen Reichsbürgertums hegte, habe ich immer viel auf das Oberhaupt der kosmopolitischen Demokratie übertragen, deren Bürger ich heute bin. Mir ist wohl, unter ihm zu leben. Klug wie die Schlangen und ohne Falsch wie die Tauben; fein und stark; hochentwickelt und einfach wie das Genie; erleuchtet von intuitivem Wissen um die Notwendigkeiten der Zeit, den Willen des Weltgeistes – eingerechnet das Wissen, daß der der Glücklichste ist, der diesem Willen am mutig-gehorsamsten, zähesten und geschmeidigsten dient, – genau der Mann »jenes Glaubens«, von dem Goethe sagt, daß er »sich stets erhöhter bald kühn hervordrängt, *bald geduldig schmiegt,* damit das Gute wirke, wachse, fromme ...« –, so sehe ich ihn, so steht er vor der Welt und vor seinem Lande, dessen Blüte er ist, und das ihn kaum hervorgebracht hätte, wenn man es durch noch so viel Rummel und advertisement dumm machen könnte über die Tatsache, daß keiner ihm das Wasser reicht.

Man hat ihn oft einen »politician«, einen »shrewd politician« gescholten. Was wünschte man, daß er wäre? Ein reiner Intellektueller? Das wäre ungenügend. Ein Mann der Tat ist kein Intellektueller, – mag es allerdings in dem weitesten Sinn sein, nach welchem das Gute und Rechte mit dem Geistigen zusammenfällt. Ein Mann der *guten* Tat – wohl uns, daß es das auch gibt: die Tatkraft aus Güte und zum Zwecke des Guten. Die Zeit hat uns in der Gestalt des fascistischen Diktators den Mann des Willens und der Tat, den modernen Massenbändiger gezeigt, dessen ganze Schlauheit und Energie dem Bösen diente. Ich habe in Franklin Roosevelt immer den geborenen und *bewußten* Gegenspieler des abgründig bösen, aber wohl eben damit auch abgründig dummen und weltblinden Diabolismus gesehen, dem das arme Deutschland verfallen, und durch den es der Welt so gefährlich geworden war. Daß die Demokratie sich fähig erwiesen hat, *auch* den Mann der Tat hervorzubringen, den Starken, Zähen und Schlauen, den Menschenbehandler, den großen *Politiker des Guten,* das ist ihre Rettung, das ist die Rettung des Menschen und seiner Freiheit.

In charakteristischer Treue zum Gesetz, zur Constitution hält Amerika auf dem Höhepunkt dieses Duells eine Präsidentenwahl. Über die Entscheidung des Volkes gibt es kaum einen Zweifel. Sie wird dahin lauten, daß Roosevelt den Krieg, dessen Unvermeidlichkeit er früher als alle erkannte, zu Ende führen und, nachdem er so viel getragen, auch die Verantwortung Amerikas tragen soll für den Frieden, die Neugestaltung der Welt.

(TB 23. 9. 44, Anm. 1)

[*Ansprache für ein Meeting der Kalifornischen PEN-Club-Sektion*]

Ladies and Gentlemen, we heard a very fine speech, which moved me very much and now I can only hope, that you don't expect from me anything like that. I am not an orator, even not in my native language, the language of my work, and much less in a language to which even today my mouth is not yet fully adapted. A man whose occupation involves a genuine respect for the dignity of the word will always feel a certain anxious scrupulousness about mistreating frivolously and light-mindedly a foreign language.

But that shall not prevent me to thank you in simple words, but wholeheartedly for the brilliant reception of this afternoon and all the friendlyness and honor and courteysy [!] you render to me. I am not so sure, that I deserve them, but after all, the sympathy of his contemporanies and fellow-men is the best fortune of man. There is a beautiful utterance by Goethe, for which I always had a special liking: »Seldom we are satisfied by ourselves; the more consoling is the experience that we have satisfied others.« –

To the P.E.N.-Club I feel attached since its early years. I never forget my first trip to London, a few years after world war number I as a guest of honor of the english Club, whose president was then its founder John Galsworthy. I was the first german writer, who visited England after the war, and the generous heartiness with which the intellectual society of London demonstrated at that occasion in favor of spiritual so[li]darity and friendship, is unforgettable to me. Since that day I was repeatedly a guest of the international organization: in Paris, in Warschau, in Vienna, in Amsterdam and elsewhere. But it is for the first time that I have the honor and pleasure to participate in a gathering of an American section of the Club, and I am doing it, as was kindly mentioned, in my new state and condition of an American citizen. That is a strange and rather phantastic experience, ladies and gentlemen; I never dreamed of it; no fairy prophezied it at my cradle, but there we are, the events of world history brought it about, and I fully value the importance of this achievement. It always meant something to be a citizen of the United States, but after this war it will signify no less than in antiquity the »Civis romanus sum.« Besides, the decree of destiny is very logical and senseful. If I consider all the conditions of our time, I must say, that for a German of my kind and brand the cosmopolitain universe, which is called America, is undoubtedly the most fitting frame for his life.

It is another nice arrangement of destiny, that we meet in the moment of the public appearance of the last part of that strange literary undertaking, which is called the Joseph stories. I have no idea, ladies and gentlemen, how posterity will judge this piece of work, – whether it will consider it just as a monstruous curiosity or perhaps as something like a humoristic poem of mankind, inspired by the sufferings of our epoch and a renewed feeling for the problem of humanity. I don't know, w[h]ether or not it is a very good book. But a certain goodness is its soul – and that may mean already something. It is very possible that after the outrages, cruelties, atrocities of this war goodness will represent a first-rate value in human life. A lot of goodness will be necessary to heal the wounds caused by the war, and the lasting peace for which we hope is scarcely imaginable without goodness as its deepest foundation.

And now, once more, I thank you for all your goodness.

(TB 24. 9. 1944, Anm. 1)

Gedenken an Liebermann

In Liebermann bewunderte ich Berlin, – was man von München aus viel besser bewunderte, als wenn man dort gelebt hätte. Ich fand es königlich, daß er den geweckt schnodderigen Berliner Jargon sprach, frank und unverfälscht, und wenn ich bei ihm war, in seinem Haus am Pariser Platz, fühlte ich mich im Brenn- und Sammelpunkt erheiternder und mächtiger Charakterkräfte, an repräsentativ-symbolischem Ort, in der Residenz des genius loci: eine Empfindung, zu der das Fluidum von Freiheit, Kühnheit, Größe, Souveränität nicht wenig beitrug, das die rassig-feine und ritterliche, im strengsten Sinn liebenswürdige Person des Hausherrn umwitterte.

Von seiner Kunst zu Kennern zu sprechen, darf ich kaum wagen.

Mich zog zu ihr eine Sympathie, derjenigen ähnlich, die ich für Fontane hegte, dessen Berlinertum durch das Gascognische verfeinert und europäisiert wird wie das Liebermanns durch das Jüdische. Ich liebe in seinen Bildern die Diskretion einer Monumentalität, die aus dem Deutsch-Zeichnerischen dieses Malertums stammt, und neben der fast aller monumentaler Ehrgeiz in moderner Kunst als – Ehrgeiz erscheint. Fontane nannte ich einen Sänger, der zu klönen schien. Ein verwandter Reiz geht von der Größe Liebermanns aus, die nie der »Wände« bedurfte, und deren Geistigkeit jeden Augenblick bereit scheint, Esprit und Fontane'sche Plauderei zu werden.

Was mich von gewissen Intellektuellen und Sozialisten unterscheidet, denen Kunst unter den heutigen Umständen im Grunde einen unerlaubten Luxus, Dichtung müßige Belletristik bedeutet, ist der Glaube an die sittliche Symbolik, das menschlich Beispielhafte, das seelische Führertum von Kunst und Poesie. Große Kunst ist zukunftsweisend. Sie versinnlicht eine menschliche Haltung und Gesinnung, in der alles dem Kommenden Verwandte und Zugewandte sich finden und wiedererkennen mag, und bereitet das Neue und Bessere, wenn auch mittelbarer, so doch tiefer verändernd vor, als das soziale Manifest. Die vornehm könnerische Untrunkenheit von Liebermanns Kunst birgt ein solches Element menschlich-symbolischen Führertums; denn was schiene gebotener, rettender, zukünftiger, was täte mehr not im Pöbelrausch unserer Tage als noble Nüchternheit?

Dem sterbenden alten Kavalier, einem der größten Maler, die Deutschland hervorgebracht, haben die gegenwärtigen Herren des Landes noch den Wisch ins Haus geschickt, der ihm »jede künstlerische Tätigkeit untersagte«. Es war nicht ihre größte Übeltat und doch vielleicht ihre unvergeßbarste. Die Kunst-, die Menschheitsgeschichte wird diesen Akt giftiger Roheit bewahren bis in fernste Zeiten – zusammen mit der Tatsache, daß eine für Berlin geplante Gedächtnisausstellung von Liebermanns hohem Lebenswerk nicht zugelassen wurde und schließlich, voriges Jahr, in kleinem Rahmen, im jüdischen Museum abgehalten wurde. Nun bietet Wien den großen und stolzen Überblick. Es ist eine der Kulturtaten deutscheuropäischen Geistes, für welche Österreich sich frei bewahrt.

(TB 9. 12. 44, Anm. 3)

[*Thomas Mann an Eugene Spiro, 13. 12. 1944*]

Dear Mr. Spiro:

It is an honor for me to write a word of sympathy and congratulation for the catalogue of your second American exhibition. The first exhibition took place two years ago, and could, of necessity, include only a few examples of your recent work, showing the present phase of development of your brilliant talent; the exhibit had to be sprinkled with older works which, luckily, you found here in private ownership; – because in the year of the horror, 1940, you had to leave all your possessions in France.

Today things are different. It is only new or almost new paintings that you are showing, and a great number of them too. You have used the years since you had to flee from your second home, the spiritual home of so many European artists, Paris, to build with amazing strength and freshness and with admirable disregard for the hard outer circumstances, a second life's work, because the first one had been swallowed up by the dark powers of the world. We all know what it means to work under the pressure of outer events on our heart, our thoughts. But on the other hand, how could we have withstood these painful years without our work? What would have become of us without it, our staff and main-stay? I am somewhat familiar with your quiet, solitary and restless industry. What is mostly responsible for robbing us of our peace and interfering with our work: the uproar of the world about us, must also serve as a kind of wild protection, granting us time and cover to pursue our peaceful secrecies.

There was another paradoxical stimulus for your working furore: your obscurity. You were nobody when you arrived here, nobody but what you were capable of becoming in front of your easel. Your former big position in Germany as one of the leaders of the Berlin Sezession was of little help, and so was your European prestige as perhaps the most talented and inspired pupil and heir of French impressionism. To the broad American public your name meant nothing. At seventy, you had to fight like a beginner. That was tough, but it was also an impetus to fertility, and as painting, – contrary to music which usually consumes its adepts soon – is a healthy, vitally preserving art, I would not be surprised if you had never felt more alive than today and hoped to render your very best during the coming decades. Titian reached 99 . . .

Already a few orders have come to the assistance of your portraying genius. The exhibition shows Arch-Bishop Mooney's likeness, which you painted last spring, the one of Judge Proskauer, and that of George N. Shuster of Hunter College. The good work will result in more good work. Have confidence in the favor and good will of this country, which knows how to be a cosmopolitan universe and a national state at the same time, and in which a personality with international education like yours may feel at home.

Very sincerely yours Thomas Mann.
(TB 10. 12. 44, Anm. 2)

[*Aufruf zum War-Bond-Drive*]

Der Gang des Krieges übertrifft die kühnsten Erwartungen. Was unsere Truppen [verb. aus ›die United Nations‹] geleistet haben seit dem Beginn der Invasion Europas steht einzig da in aller Geschichte. Was aber würdet Ihr sagen, wenn unsere Soldaten nun plötzlich nachließen in ihren Anstrengungen, weil der Krieg ja sowieso gewonnen ist? Es wäre der sicherste Weg, ihn, auch heute noch, zu verlieren. Genau so aber würdet Ihr handeln, wenn Ihr dem Aufruf Eures Governements, dem sechsten nun, beizutragen durch den Erwerb von War Bonds zur Beschaffung des Kriegs Equipments nur lässig und sparsam folgtet. Wollen wir, die home front nicht tief beschämt dastehen vor den wunderbaren Leistungen unserer Armed Forces, dann muß diese Anleihe ein so beispielloser Erfolg sein wie der ihre draußen im Feld. Es darf kein Nachlassen geben bis zum Endsiege! Denn nach der Niederwerfung Deutschlands, die nun, Thank God, in naher Aussicht steht, bleibt ja noch ein anderer gewaltiger und vielleicht langwieriger Kampf gegen den anderen Feind des Friedens und der Freiheit [zu] bestehen. Auch den Krieg gegen Japan müssen wir alle [verb. aus: ›müßt ihr‹] mit vollem Einsatz, bis zur Grenze unserer [verb. aus ›eurer‹] Leistungsfähigkeit, unterstützen. Ich bin froh und dankbar für die Gelegenheit, diese von mir tief gefühlte Überzeugung als neuer Bürger der United States meinen Compatrioten auszusprechen.

(TB 31. 3. 45, Anm. 1)

[*World for the people*]

Meine Damen und Herren,

als die Aufforderung an mich erging, heute Abend auf dieser Plattform zu sitzen und ein paar Bemerkungen zu unserem Gegenstand – einem Gegenstand von brennender Wichtigkeit ohne Frage – zu machen, war mir klar, daß ich mich dieser Pflicht nicht entziehen dürfe. Die United Nations sind mir ein teurer Name, ein Name, geprägt von Amerikas großem Präsidenten, Franklin Roosevelt, ein Name aus der heroischen Zeit des gemeinsamen Kampfes gegen Fascismus und Nazismus; und die Erhaltung dieser siegreichen Gemeinschaft im Frieden, ihre Ausgestaltung zu einer Frieden gebietenden Welt-Autorität, ist ein Gedanke, der meinem Herzen zu nahe ist, als daß ich heute hätte fehlen mögen.

Es gab eine Zeit, meine Damen und Herren, wo man in Italien, einem Lande, in dem ich viel gelebt habe, zu sagen liebte: »Italia farà da se«, »Italien wird es allein machen«. Unser Amerika erinnert mich jetzt manchmal an dieses »Italia farà da se«. In begreiflichem Selbstvertrauen glaubt es, oder scheint zuweilen zu glauben, es alles allein machen zu sollen und zu können. Und doch, meine ich, würde es der übrigen Welt mehr Vertrauen einflößen und sich weniger dem Verdacht imperialistischer Tendenzen aussetzen, wenn die United States sich mehr auf die United Nations stützten und dieser Gemeinschaft ihre Macht zufließen ließen, um ein unwiderstehliches Instrument der Friedenssicherung und des sozialen Fortschritts der Menschheit daraus zu machen.

Amerika bietet heute ein seltsam widerspruchsvolles Bild. Es geht über das Land eine – ich will mich diplomatisch ausdrücken – konservative Welle hin, die der Furcht entspringt vor zeitgebotenen Veränderungen seiner sozialen und ökonomischen Struktur. Wer diesen Veränderungen, der Anpassungen an die neuen Lebensbedingungen zugunsten redet, wird mit dem Worte »liberal« gebrandmarkt, womit eigentlich »communistic« gemeint ist. Aber mit »communistic« wiederum ist einfach »liberal« gemeint – ein sehr komplizierter Denkprozeß. Und nicht nur, daß Amerika am guten Alten, das garnicht mehr das gute Alte ist, sondern eine zersetzte Spätform davon, festhalten möchte, – es möchte womöglich auch andere Völker, für die es erst recht nicht mehr paßt, darin festhalten.

Das ist das eine Gesicht Amerikas. Zugleich aber ist es das Land des guten Mutes und Willens, das Land eines pionierhaften Optimismus geblieben, das es immer war, und nirgend sonst ist die Luft so voll von generösen Plänen und Ideen, Plänen von World Government, Common economic administration of the earth, internationalem Völkerparlament etc. etc. ... Das ist schön und rührend und großartig, und immer, wenn ich dazu aufgerufen werde, stelle ich mit Freude meinen Namen und mein bischen Ansehen in den Dienst dieser Ideen. Nur glaube ich, daß sie zuweilen auf etwas mechanische Weise überschätzt werden.

Wo es um neue Ordnung, neue Bindung, die Anpassung der menschlichen Gesellschaft an die Erfordernisse der Weltstunde geht, da ist gewiß mit Konferenzbeschlüssen, technischen Maßnahmen, juridischen Institutionen wenig getan. Notwendig zuerst ist die Wandlung des geistigen Klimas, die Entstehung einer neuen Atmosphäre, in welcher die neuen Institutionen erst gedeihen können. Nicht diese schaffen den Geist; es ist der Geist, der die Institutionen schafft. Und dieser neue Geist, meine ich, kann nur von religiöser Art sein.

Mit Religion meine ich nicht Dogma und Konfessionen. Wenn Roosevelt von Religion sprach, so dachte er auch nicht an diesen oder jenen besonderen Kult, sondern sah über den Unterschied der Bekenntnisse hinweg und erfüllte den Begriff mit allem, was es auf Erden an Ehrfurcht gibt vor dem Geheimnis über uns, um uns und in uns, dem Geheimnis, das schweigend, aber unausweichlich Rechenschaft von uns fordert für unsere Taten und Gedanken. Religion ist Ehrfurcht, die Ehrfurcht vor dem Geheimnis, das der Mensch ist. Ein neuer Humanismus ist nötig, – nicht die dünn-rationale und optimistische allgemeine Menschenliebe des achtzehnten Jahrhunderts, sondern ein religiös fundierter und gestimmter Humanismus, der durch vieles hindurchgegangen ist und alles Wissen ums Untere und Dämonische hineinnimmt in seine Ehrung des menschlichen Geheimnisses; ein vertieftes und sympathievolles Gefühl für die Schwierigkeit und den Adel des Menschseins; eine alles durchziehende Grundgesinnung, der niemand sich entzieht, die jeder in seinem Innersten als Richter anerkennt.

Die Aufgaben zu lösen, welche diese Zeitwende uns stellt, ist nur eine solche humanistische Frömmigkeit imstande. A law governed world wird nicht sein, ohne daß das Gesetz zuvor in unser aller Herzen lebendig ist.

(TB 31. 3. 45, Anm. 2)

[*Zum Tode von Theodor Dreiser*]

December 31, 1945

The death of Theodore Dreiser has moved me deeply. American literary life and the spiritual life of the entire cultural western sphere have suffered a heavy loss with his passing.

As long as I lived in Germany, I, like so many other Germans, regarded Dreiser as the chief representative of modern American literature. His »American Tragedy« belonged to the most widely-read books in Europe.

Since coming to this country. I have gained more intimate knowledge of his work and also had the pleasure of now and then meeting the friendly, tender-hearted man in person. It is not his literary achievement alone which I admire, but I also have high esteem for his person, whose big heart beat for his people and for all peoples, for the common man and for all suffering humanity. He has not only gladdened us with his artistry, but comforted us thousandfold with his human kindness.

I shall always honor his memory.

(TB 22. 4. 45, Anm. 3)

[*Thomas Mann an Monty Jacobs, Konzept*]

Lieber Herr Monty Jacobs,

Sie haben mir geschrieben, und an Sie wende ich mich mit meinem Dank, – bitte Sie der Dolmetsch meiner herzlichen Erkenntlichkeit zu sein bei allen, die diese rührende Feier ausdachten und ins Werk setzten, bei den Rednern, den Vortragenden, bei allen, die kommen werden, meine 70 Jahre zu ehren.

Was soll ich sagen? – August 1826, den 28., als Mickiewicz von Weimar schied, schrieb J. W. Goethe ihm ins Album:

»Von äußerm Drang unangefochten
Bleibt Freunde so in Eins verflochten,
Dem Tage gönnet heitern Blick!
Das Beste schaffet unverdrossen,
Wohlwollen unsrer Zeitgenossen
Das bleibt zuletzt erprobtes Glück.«

Ich liebe das Ewigkeits-Biedermeier dieser Verse, und ich führe sie an besonders um der Zeile willen, die vom Wohlwollen handelt, dem »Wohlwollen unsrer Zeitgenossen«. Daß ich dies Glück auf meine alten Tage so reichlich, so überschwänglich fast, erfahre, hat viel zu tun mit den gemeinsamen Schicksalen, die uns, meine Freunde, während der letzten anderthalb Jahrzehnte in Eins verflochten und eine neue Kameradschaft stifteten, indem sie unser moralisches Leben aufs ernstlichste verstärkten und vertieften. Wir haben alle durch unseren Haß, den Haß auf das Schlechte, Verworfene, das schäbig Teuflische, das wir erlebten, diesen Haß, der heiß, unbedingt, unversöhnlich und fast unerwartet aus uns hervorbrach, – unsere Liebe erfahren, die wir auch so recht nicht gekannt hatten, die Liebe zum Rechten, zum Guten und Menschenwürdigen. Wenn ich Veranstaltungen zeitgenössischen Wohlwollens für mich und mein Werk, wie dieser, nicht widerstehe und sie mir nicht aus natürlicher Bescheidenheit verbitte, so eben nur darum nicht, weil ich ihnen einen völlig überpersönlichen Sinn beilege und Kundgebungen darin sehe dieser neuen sozialen Kameradschaft im Haß auf das Widermenschliche, in der Liebe zu einem Guten, das nicht nur ästhetischer Art. Viel Ehre, viel Glück, daß man in meinem privaten Festtage einen Anlaß zu solcher Kundgebung sieht!

(TB 12. 5. 45, Anm. 1)

[An Joseph Publitzer. Antwort auf eine Frage der S. Louis Post-Dispatch]

Dear Sir:

Ihr Editorial über die Frage der Bestrafung der deutschen Kriegsverbrecher habe ich gelesen und finde es gut und richtig. Mit Ihnen stehe ich unter dem Eindruck, daß die amerikanische öffentliche Meinung, das öffentliche Gewissen dieses Landes, nach prompter Aktion verlangt in bringing German war criminals to trial, ohne Verschleppung und juristische Haarspaltereien. Ich verstehe und billige dieses Verlangen und könnte es sogar verstehen, wenn Amerika, in dessen Händen sich die Mehrzahl der Hauptdelinquenten befindet, ungeduldig gemacht durch verzögernde Inter-Alliierten-Streitigkeiten über das »Problem«, sich entschlösse, auf eigene Hand vorzugehen.

Ewig wird es zu beklagen sein, daß das deutsche Volk sich nicht dazu ermannen konnte, sich selbst von dem verworfensten Regime zu befreien, das je eine große Nation beherrscht hat. Immer habe ich meinen Landsleuten, wenn ich durchs Radio zu ihnen sprach, erklärt, daß *Reinigung* nur von innen kommen könne; von außen könne nur Rache und Strafe kommen. Als einen Deutschgeborenen hätte es mich erhoben, wenn die politischen und militärischen Exponenten des Nazi-Regimes von einer deutschen Revolution verschlungen, deutschem Reinigungsbedürfnis und deutschem Volkszorn selbst zum Opfer gefallen wären. Sie werden begreifen, daß ihre Bestrafung durch die Sieger mir eine geringere Genugtuung bereitet.

Ich fühle mich dabei moralisch nicht einmal auf ganz sicherem Grunde; denn der Nazi-Staat ist jahrelang, solange seine Untaten sich auf Deutschland beschränkten, von außen wie eine normale Regierung behandelt, ist gestützt und gefördert worden, indem man ihm außenpolitische Erfolge bereitete, die sein Prestige stärkten und die innere Opposition lähmten. Hätte Hitler nicht Krieg gemacht, so hätte die Welt gegen das, was er in Deutschland anstellte, und was noch nicht so expansiv aber schon ebenso schlimm war wie seine und der Seinen Kriegsverbrechen, nicht viel einzuwenden gehabt. Die Gesandten der demokratischen Mächte haben sich zum Nürnberger Parteitag eingefunden. Sie sind mit Reichsmarschall Göring auf die Jagd gegangen. Der Diplomatenfrack des elenden Ribbentrop, der ein Außenminister war wie ein anderer, und mit dem England ein

Flottenabkommen schloß, ist mit den Orden aller Staaten bedeckt. Ich rede lieber nicht von der finanziellen Hilfe, die dem Regime, bevor es zur Macht kam und später nicht nur von innen sondern auch von außen gewährt worden ist.

Das ist peinlich, und die Peinlichkeit könnte akut und skandalös werden, wenn man nun zu sog. fairen Prozessen gegen die gefangenen Schächer schritte, Prozesse mit dem üblichen forensischen Zeremoniell von Zeugen, Verteidigung, usw. Das ist in keinem Sinne ratsam. Die Prozedur als moralische Demonstration gedacht, wie sie ist, sollte zwar feierlich aber höchst einfach sein. Es würde vollkommen genügen, das grauenhafte Sündenregister des Nazi-Regimes, covering nicht nur die Kriegsjahre sondern seine ganze Lebenszeit und selbst die Zeit, bevor es zur Macht kam, in einer Sprache, die das Gewissen der Menschheit zu rühren weiß, zur Verlesung zu bringen und den führenden Mitgliedern und Dienern dieses Regimes, die überlebt haben, den Tod anzukündigen. Nichts weiter. Das deutsche Volk hat es zur Selbst-Reinigung nicht gebracht. Man könnte in dem Verfahren gegen die deutsch-faschistischen Verbrecher einen Versuch unserer Epoche im ganzen sehen, sich von Schuld und Mitschuld zu reinigen.

Einige Skepsis in betreff einer aufrichtigen Bereitschaft dazu bleibt zurück. Wird es ohne korrupte Rücksichten abgehen bei der Sache? Ein Schurke wie Papen hat viel zu gute internationale Verbindungen, als daß man glauben dürfte, ihm könnte etwas Ernstliches geschehen. Er war der Vertrauensmann der Rheinischen Industrie-Magnaten, die Hitler in den Sattel setzten, und diese Gesellschaftsschicht war international versippt und verklüngelt. Ferner: Sollte man ausschließlich die politisch und militärischen Vordergrundsfiguren des Regimes zur Rechenschaft ziehen, die jetzt in einem Hotel-Gefängnis versammelt sind? Was ist es mit der über und über schuldigen intellektuellen Schicht, die zum National-Sozialismus stand und ihn bediente? Mit den Philosophastern, die ihm den Weg bereiteten und ihn ideologisch unterbauten? Mit den Geopolitikern, Kriegsgeographen, Rasse- und Wehr-Professoren, den Richtern, die wissentlich das Recht beugten, indem sie Nazi-Recht sprachen? Den Ärzten, die Russen, Polen und Juden vivisezierten? Den Journalisten der Nazi-Presse, den Zeitschriften-Herausgebern, die zwölf Jahre lang das Volk mit den verderblichsten geistigen Drogen fütterten und verdarben? Sind sie keine Kriegsverbrecher? Sind sie nicht vielleicht die strafbarsten?

Das Gericht, mit dem man aus schwächlichen und zum Teil verdächtigen Gründen säumt, sollte nicht als eine banale Machtbekundung, eine vae victis-Festivität sich vollziehen, sondern als eine feierliche Absage an den keineswegs besiegten Weltfaschismus, von dem kein Land frei ist, der überall wühlt und zettelt und zündelt und seine Goldmillionen ins Treffen führt, um die Entstehung einer besseren, gerechteren Welt hintanzuhalten. Ist eine solche der Reinigung geltende Demonstration der Wunsch des amerikanischen Volkes – und ich glaube er ist es – so ehre und unterstütze ich ihn von Herzen.

(TB 4. 8. 45, Anm. 3)

[*Der in Kapitel VIII des ›Doktor Faustus‹-Romans später gestrichene Anfang*]

Nicht ohne Beunruhigung stellte ich schon während des Schreibens fest, daß vorstehender Abschnitt sich zu einem der längsten auswuchs, die sich bisher aus dieser Arbeit ergaben. Im Manuskript macht er dreizehn Seiten aus, und da meine Handschrift eher zu der zierlichen gehört, so darf ich nicht hoffen, daß sich eines Tages im Druck ein wesentlich knapperes Bild ergeben wird. Wieder also habe ich die rezeptive Ausdauer des Lesers auf eine Probe gestellt, deren Härte meiner Sache zu schaden geeignet ist, und wenn ich eine Entschuldigung anzuführen habe, so ist es einzig die, daß ich bei alledem schon mehr für ihn tue, als er weiß. Ginge es nach mir, so gäbe es überhaupt keine römischen Ziffern, sondern ich würde diese ganze Erzählung ohne jegliche Atempause, ohne Kapiteleinteilung, ja, ohne auch nur einen Absatz zu machen, herunterschreiben. Ich habe zwar ein solches Buch noch nie gesehen und gebe zu, daß es in der Vorstellung etwas Schreckhaftes hat. Dennoch wäre es mir das Natürlichste, meinem Werk diese Gestalt oder Ungestalt zu verleihen, und alle Gliederung, die ich ihm zukommen lasse, ist bloßes Zugeständnis. Dieses nämlich, das Zugeständnis, ist mir gleichfalls natürlich, – und vielleicht bedürfte nichts mehr der Entschuldigung, als eben dies. Man muß jedoch über das Selbstgefühl eines Adrian Leverkühn verfügen – einen Stolz, wie ich ihn keineswegs mein eigen nenne, um gänzlich das Zugeständnis zu verneinen. Solche Unerbittlichkeit ist mir in der Seele fremd, und ich will mich dessen nicht schämen. Das Zugeständnis entspringt gewiß der Bescheidenheit; es ist aber auch das Erzeugnis einer Indulgenz, wie sie von den größten geistigen Mächten der Menschennatur gewährt worden ist, und wenn es nicht spekulativer Weise, das heißt: um der eigenen Schwäche Nachsicht zu salvieren, sondern aus Sympathie, um nicht zu sagen: aus Güte gemacht wird, so soll man es nicht schelten, sondern darf es der Humanität zurechnen.

Ich gestehe gern, daß auf diesen Seiten das Zugeständnis nicht nur formal, als erholsame Unterbrechung, sondern zum Teil auch inhaltlich waltet. So will ich nur bekennen, daß ich die Episode des Rentners Schnalle, genannt ›Tüdelüt‹, der auf den Bahnhof ging und ›Fallen Sie da nicht runter!‹ sagte, in erster Linie zu dem Zweck eingerückt habe, um dem Leser etwas zum Lachen zu geben und ihn mit einiger harmloser Heiterkeit auszurüsten für den Weg der Trauer und des Grauens, den ich ihn führen muß. – –«

(TB 18. 9. 1945, Anm. 1)

Honesty in Written Word, Based on Sound Reasoning, Will Solve Crisis of Times

The human spirit is deeply troubled and stirred by the crisis that our generation was destined to witness – the greatest and most universal crisis, perhaps, in the history of mankind, and one that is probably pregnant with even more terrible convulsions, overthrows, sufferings and destructions than those which have already fallen to our lot.

The effort of thinking men to master the situation, to analyze it, to recognize what is needful, to point ways and means toward solution and salvation – this effort, no matter how feverish or how circumspect, is universal; it extends from the sphere of the highest philosophical and formal erudition and skill down to that of assiduous helplessness and apocalyptic speculation.

The fate of mankind. There is a general awareness that it is this – the fate of mankind – that is at stake.

Everything that our era produces in the realm of significant creation, as well as in the fields of cultural criticism and historical philosophy, is rooted elsewhere than in individual, national, particularistic problems and sufferings; it is inspired by the question concerning man himself, by the question concerning his secret, his whither and whence, his place in the cosmos, his precarious existence as a creature belonging to animalistic nature, yet wedded to the spirit and obligated to it.

Never before, perhaps, has the question of man, the human problem in its totality, confronted every responsible individual in so challenging a fashion. At the same time experience teaches us that the human factor, in all its stages and stadia, always exists on earth as an entity, that, in a sense, it is timeless.

The idea of historical progress is corrected by the realization that everything always exists simultaneously; that the most ancient, the most primitive, the lowest, the uncanniest in a cultural sense endures side by side with the most advanced, the most progressive – anachronistically, not in the sense of inconsistency with the times but in the sense of timelessness and everlastingness. And it is this human factor in all its primordial power, rather than enlightened reason, that seems to determine the course of events.

The spiritual and the good exist side by side with the self-preoccupied instinct, freedom with interest, the pure will with blind impulse. But the concrete bearer of free and benevolent thought, an impotent bearer, to be sure, yet one that continues to woo man with infinite patience, is the book.

I am speaking, of course, of the good book, of the book that makes an honest effort to understand and to give advice on the basis of the best deductions of intelligent reasoning. Of such books there is certainly no dearth today.

The intellectual efforts of our time on behalf of the right, on behalf of solution and salvation are consistent with its need; they are admirable and moving.

It is definitely conceivable that mankind may blindly and foolishly plunge into the jaws of evil, if not to perish, yet to pay the penalty in new, inconceivable catastrophes. But at least no one will be able to say that the calamity resulted from lack of good advice.

It will be faint consolation then, but consolation nonetheless, to remember that good and reasonable advice had been offered, though spoken and written by a few individuals. Books will testify to this fact.

(TB 2. 11. 45, Anm. 1)

[*Im Typoskript gestrichene Passagen aus dem XXXI. Kapitel des ›Faustus‹-Romans*]

Was soll man etwa zu der Geschichte von dem ›gar mächtigen König Alexander‹ und seinem Lehrer und Meister Aristoteles sagen, durch dessen Weisheit er vom sicheren Tode errettet wurde? Die Herrscherin des Nordens nämlich, eine Art von Königin der Nacht, wie es scheint, und eifersüchtig auf seine Größe, zog sich eine Tochter auf, die sie von ihren frühesten Tagen an mit Gift nährte, wovon das Mädchen so schön wurde und dem menschlichen Auge so reizend erschien, daß nicht Wenige von ihrem bloßen Anblick in Narrheit verfielen. Sobald nun die so durchtränkte Prinzessin mannbar war, sandte die Verruchte sie dem Alexander in seinen Harem; und der edle König brauchte sie nur zu erblicken, um alsbald von heftiger Liebe zu ihr ergriffen zu werden und Miene zu machen, ihr beizuwohnen. Hier war es, wo Aristoteles, voll tiefer Erkenntnis der Sachlage, einschritt und seinen Zögling vor einem Vorhaben warnte, das ihm, ins Werk gesetzt, mit Sicherheit den sofortigen Tod bringen würde. »Enthaltet euch!« riet er. »Denn wo nicht, so werdet ihr sterben, da diese Königstochter Zeit ihres Lebens mit Gift genährt worden ist.« Alexander, verblendet von seinem Begehren, wollte dies nicht glauben; aber der Weise erfand den Ausweg, daß ein ohnedies nach dem Gesetze dem Tode verfallener Übeltäter probeweise bei dem Kinde des Nordens schlafen sollte, ein Experiment, das kaum unternommen, denn auch zu dem gräßlichen Ableben der Versuchsperson führte. So war diesem Übeltäter noch ein freundliches Los gefallen, da er zu guterletzt, bei dem schönsten Mädchen des Erdkreises hatte ruhen dürfen. Alexander aber blieb durch die Einsicht des Aristoteles der Welt erhalten und sandte die tötliche Braut ihrer Mutter unter spöttischen Dankesworten zurück.

[...]

Noch ein drittes, viertes und vor allem fünftes Dramolett wurde bekanntlich aus dem alten Buche geschöpft: zunächst die wohltuende Anekdote von dem Richter, der ein vom ›Könige Caesar‹ erlassenes Gesetz, obgleich der praktische Fall von verwirrender Strittigkeit ist, mit salomonischer Weisheit anwendet. Das Gesetz nämlich lautet dahin, daß, wenn Einer sich einen Weiberraub nebst angewandter Gewalt zuschulden kommen lasse, es der freien Entscheidung der Betroffenen anheimgegeben sein solle, ob der Entführer den Kopf verlieren oder sie ohne jede Mitgift heiraten solle. Es ist eine Verfügung von wahrhaft caesarischem Wohlwollen; denn sie trägt der Möglichkeit Rechnung, daß die Geraubte an der, wenn auch erzwungenen, Bekanntschaft mit dem Räuber so viel Gefallen gefunden haben könnte, daß es ihr schade wäre um seinen Kopf. Und so ist es hier auch, aber nicht einfach so. Denn ein ganz Verwegener hat nicht angestanden, zur Nacht zwei Weiber auf einmal sich anzueignen und sich zunutze zu machen, von denen die Eine nun, offenbar mürrischen Charakters, da man den Schelm ergreift, seinen Tod verlangt, die andere aber, mit derselben Entschiedenheit ihn zum Manne will. Caesars Satzung spricht für beide, was auch die Sanftere der nach Blut Lechzenden bereitwillig zugibt. »Es ist wahr«, spricht sie zu dieser, »du stehst auf dem Boden des Rechtes mit deinem Begehren; doch auch für mich schreit das Gesetz, und mein Wunsch ist nicht nur der bescheidenere und leichter zu erfüllende (denn wieviel Umstände und Kosten macht nicht eine Hinrichtung dem Staat!), sondern er ist auch der christlichen Liebe angemessener, und ich wäre nicht erstaunt, wenn dieser Gesichtspunkt bei Gerichte durchschlagen sollte.« Ihre Zuversicht wird nicht enttäuscht; denn der Richter, nachdem er, während der Sünder gebeugten Hauptes hinter ihnen steht, beide Weiber aufmerksam angehört, auch alle drei Beteiligten prüfend betrachtet hat, legt dem Schuldigen die zwar harte, aber dem Tode durch das Beil dennoch vorzuziehende Strafe auf, ohne Mitgift zu heiraten.

Dieses Stück heißt »Von der Gerechtigkeit der Richter«. Das vierte, benannt »Von der Sünden Vergebung« berichtet von jenem »gastfreien« Julianus, den auch der französische Dichter Flaubert zum Helden einer hohen Erzählung gemacht hat. In dem alten Buch und in Leverkühns Opernspiel wandelt er in den Spuren des Ödipus, denn ein Hirsch, den er jagend verfolgt, wendet sich gegen ihn mit der Verkündigung, er werde seinen Vater und seine Mutter morden, welches Spruches Erfüllung der Sohn dann aus allen Kräften zu vermeiden sucht, nur um seinem Geschick desto sicherer zu verfallen. Denn er flieht wohl seiner Eltern Nähe und wandert in ferne Lande, wo er es im Dienst eines Fürsten zum Kriegsobersten bringt, die Witwe eines Castellans zum Weibe und ihr Schloß zur Mitgift erhält. Aber das Mißtrauen, das er in ihre Tugend setzt, wird ihm zum Verderben. Denn unterdessen hat das verlassene Elternpaar, nicht bereit, in seinen Verlust zu willigen, die halbe Welt nach ihm durchstreift und gelangt von ungefähr auch vor sein Schloß, wo sie, in seiner dienstlichen Abwesenheit, von der Hausfrau empfangen, angehört und erkannt werden, dergestalt, daß sie, die Wandermüden zu ehren, ihnen ihr eigenes Bett überläßt, wo sie der Gatte am Morgen findet und, überzeugt, sein Weib mit einem Buhlen vor sich zu haben, sie blindlings metzelt, – nur um gleich darauf seine Frau aus der Kirche kommen zu sehen und zu erfahren, wer die Schläfer gewesen. Nun beginnt seine Buße, treu geteilt von der zu Unrecht verdächtigten Eheliebsten. Denn als Ferge wohnt er mit ihr bei einem reißenden Strom, an dessen Ufer er ein Hospiz aller Armut und Bresthaftigkeit der Welt errichtet und durch viele Jahre ein Leben beschwerlichst abdienender Mildtätigkeit führt, bis sich dann jenes Wunder mit dem halberfrorenen Bettler ereignet, den er bei grimmiger Mitternacht über den Fluß setzt und, da der Lazarus garnicht zu erwärmen ist, ihn in seinem eigenen Bette hegt, aus welchem dieser dann in himmlischer Glorie sich emporhebt, indem er seinem Wirt die Entsühnung und ein baldiges seliges Ende verkündigt.

(TB 4. 11. 45, Anm. 1)

[Zu den Nürnberger Prozessen]

Die Kritik, welche an dem Nürnberger Prozeß gegen die 20 Nazi-Häupter geübt wird, kommt aus Gewissenhaftigkeit und Besorgnis. Man argumentiert, daß die zu Gericht sitzenden Mächte selbst nicht schuldlos seien, daß die Vorgeschichte des Krieges sie nicht zu Richtern qualifiziere, daß aus dieser Vorgeschichte arge Verlegenheiten sich im Lauf der Verhandlungen ergeben können, daß es sich um eine Rechtskomödie handle, bei der der Ankläger auch der Richter, und die eine Sache bloßer Machtausübung, nicht der Rechtsfindung sei. Vor allem wird gewarnt vor der Verletzung des Grundsatzes, daß niemand auf Grund eines Gesetzes verurteilt werden dürfe, das zur Zeit der Begehung der Tat nicht existierte, – wie ja tatsächlich kein internationales Gesetz existierte, gegen das das Hitler-Regime verstoßen hätte by plotting against peace and preparing for war.

Dies alles läßt sich sehr wohl hören, und zu begrüßen ist, daß es frei ausgesprochen wird. Aber nach meiner Meinung fällt es nicht ernstlich ins Gewicht gegen die wahre Bedeutung der Verhandlungen von Nürnberg, die von vornherein nicht als ein Kriminal-Prozeß nach herkömmlichen Begriffen, sondern als eine politisch-moralische Demonstration mit weittragenden pädagogischen Absichten gedacht war. Es ist, ausgesprochen oder nicht, eine Demonstration gegen die cynische Auffassung, daß der durch Übermacht siegreich abgeschlossene Krieg seinen ideologischen Sinn mehr und mehr eingebüßt habe, daß er mehr und mehr zu einem Machtkampf wie jeder andere geworden und man heute mit Achselzucken über alle moralischen Beschönigungen, bei der Herrschaft des nackten Machtprinzips wieder angelangt sei. Diese Auffassung, gestützt durch die allzumenschliche Tatsache, daß die höheren Zielsetzungen des Krieges der Demokratie gegen den Fascismus von der Machtpolitik vielfach durchkreuzt und verdeckt worden und heute den Augen fast entrückt sind, ist dennoch falsch. Im tieferen Bewußtsein und Gewissen der Menschheit sind trotz allem diese Ziele erhalten geblieben, und eben dafür ist die Gerichtsceremonie von Nürnberg, bei all ihrer logischen Angreifbarkeit, ein notwendiger Ausdruck.

Zwei Punkte sind es, die aus den Berichten als bedeutsam hervortreten für die Gesinnung, in der die Verhandlungen geführt werden sollen. Erstens haben die Prosecutoren erklärt, daß die zu Gericht sitzenden Siegerstaaten nicht unter der Vorgabe ihrer eigenen Reinheit und Unschuld handelten. Nicht sie seien es, die hier anklopften und Sühne forderten, sondern die Civilisation selbst, der von den defendants frech geleugnete und beleidigte Genius der Menschheit. Das Zweite ist der Umstand, daß mit aller Entschiedenheit und vollem Bewußtsein das Kriegskomplott zum Fokus der Anklage gemacht wird und die Abzuurteilenden ausdrücklich als Konspiratoren gegen den Frieden bezeichnet und behandelt werden, obgleich die Idee des Friedens eher in der Zukunft, als in der Vergangenheit oder auch nur in der Gegenwart beheimatet ist und ein Weltgesetz zum Schutze des Friedens nicht vorhanden war, als die Nazis ihre Pläne schmiedeten, – woraus sich ja eben der Vorwurf der ›retroactive legislation‹ ergibt.

Er ist dennoch hinfällig. In diesem Prozeß geht es um das, was sein soll und was in hohem Grade geistige und moralische Wirklichkeit hatte, als der Fascismus sich frech und lästerlich dagegen erhob. Er spielt auf der Schwelle der Zukunft und fußt auf einem Gesetz, das dem Gewissen der Völker, die sich auf eine neue Stufe ihrer sozialen Reife erheben wollen, schon heute tief eingesenkt ist: dem Gesetze des Friedens. In seiner Konsequenz liegt alles Notwendige und vom Leben selbst Geforderte: Eine höchste moralische Autorität, eine Weltregierung und gemeinsame Verwaltung der Erde, eine internationale Bill of Rights und ein allgültiges Strafgesetz gegen die Antastung der Rechte des Individuums. Sehr möglich, daß diese Konsequenzen sich lange verzögern, und dann wird der Nürnberger Strafprozeß allerdings als Heuchelei, Rechtskomödie und bloße Anwendung des Vae victis erscheinen. Ich bejahe ihn gleichwohl, denn irgendwann wird trotz allem Wirklichkeit werden, was dem Geiste schon Wirklichkeit ist, und dann wird die Menschheit dennoch in dem, was jetzt in der zerstörten altdeutschen Stadt geschieht, ein Vorspiel dieser neuen Wirklichkeit sehen.

(TB 23. 11. 45, Anm. 4)

[*Nachwort zu einem Hörspiel über Rassendiskriminierung*]

Das war ein schönes, sympathisches kleines Stück, dem wir soeben gelauscht haben. Es spielt zwischen lauter guten Menschen, und ich versichere Sie als Schriftsteller, daß es garnicht leicht ist, ein Stück und sei es das kleinste, zu schreiben, dessen Handlung von lauter guten Leuten getragen wird. Ich habe mit größtem Vergnügen zugehört, und es ist mir eine Freude und Genugtuung, daß ich hier bin, um meine herzliche Zustimmung auszudrücken zu dem Geist dieses Hörspieles, zu seiner Lehre, die vollkommen nach meinem eigenen Herzen ist.

Es ist besonders ein Wort dieses Stückes, das mir Eindruck gemacht hat. Der Pfarrer sagt es zu Dr. Evans und es lautet: »Throw your weight in the scales against intolerance everywhere and in everyway you can«. Das ist ein Wort zu unser aller Gewissen gesprochen, und als ich es hörte, war ich wirklich froh, daß ich nicht Arbeit und nicht Müdigkeit vorgeschützt hatte, sondern hierhergekommen bin, um auch bei dieser Gelegenheit mein kleines Gewicht in die Schale zu werfen gegen die häßlichen und gefährlichen Leidenschaften, gegen welche diese Serie von Hörspielen sich in einer so glücklichen Mischung von Unterhaltung und Belehrung richtet.

Wenn ich von Antisemitismus höre, muß ich immer an eine jammervoll komische Geschichte denken, die sich im Jahre 1933 unmittelbar nach Hitlers Machtergreifung in Deutschland ereignete. Es gab da einen Verein von Kriegsblinden, und diese beschlossen unverzüglich zu Ehren der nationalsozialistischen Doktrin, die Juden, die sich unter ihnen befanden, auszuschließen. Kann man sich etwas Groteskeres vorstellen, als, wie diese Menschen mit den leeren Augenhöhlen oder den weißen und toten Augensternen aus ihrer Nacht in die der Anderen hineinriefen: »Packt euch, ihr Juden!« Es gibt nichts Jämmerlicheres und Lächerlicheres. Im Grunde aber ist dieser Fall ein Symbol für die Absurdität des Rassenhochmutes und der discrimination zwischen Menschen überhaupt. Wir sind alle schwache und unzulängliche Menschen und sollten auf unsere eigene Besserung, auf unsere eigene Rechtfertigung vor dem Urteil Gottes bedacht sein, anstatt uns über irgend eine Art unserer Menschenbrüder zu erheben und uns edler und besser zu dünken als sie. Welch eine närrische Welt, in welcher der Gentile den Juden, der Jude den Negro, und der

Negro am Ende den Juden verachtet und diskriminiert. Als ob wir heute in der Lage wären, uns solche Narrheiten zu leisten! Die Welt ist um der Erhaltung der Civilisation willen auf Zusammenarbeit und gegenseitiges Verständnis angewiesen. Wie aber soll es zu einer friedlichen und freundlichen Zusammenarbeit der Völker kommen, wenn innerhalb der einzelnen Nationen so schmähliche und ihre Einheit gefährdende Verirrungen blühen wie der Antisemitismus? Das ist es, was ich mir beim Anhören des Stückes »My brother's blood« dachte und was ich als einen kleinen Beitrag zur guten Sache in die Schale werfen wollte.

(TB 16. 12. 45, Anm. 1)

[*Radiosendung für die amerikanischen Truppen in Deutschland*]

Thank you, Corporal Swirsky, für Ihre freundliche Einführung und für diese erfreuliche Gelegenheit, zu meinen militärischen Landsleuten in Deutschland zu sprechen. Diese Gelegenheit macht mir große Freude, ganz unabhängig von dem Gegenstand, über den ich sprechen soll.

Wenn ich euch nun anrede, amerikanische soldiers, so sollt Ihr vor allen Dingen nicht glauben, daß ich mich dafür habe gewinnen lassen, das Volk, dem ich selbst entstamme, das deutsche Volk, bei euch anzuschwärzen, oder auch, daß ich euch die natürliche Freundlichkeit ausreden möchte, mit der ihr, als nice people, die ihr seid, der Bevölkerung des bekämpften und besiegten Landes begegnet. Dies ist beides durchaus nicht meine Absicht. Meine Absicht ist nur, euch vor einer gewissen Leichtgläubigkeit zu warnen, die im Verkehr mit einer Bevölkerung, die zwölf Jahre lang von einer tief verlogenen und verwirrenden Propaganda bearbeitet wurde, nicht am Platz ist. Der deutsche National-Sozialismus ist im Krieg geschlagen und als politischer Machtfaktor vernichtet worden, aber er ist nicht tot, er lebt in vielen unbelehrten deutschen Gemütern fort, einfach weil er die Denkweise widerstandsloser Menschen geformt hat, deren Gedanken und Urteile sich heute noch mehr oder weniger in seinen Bahnen bewegen.

Dabei denke ich zunächst nur an Leute, deren Gehirne durch eine planmäßige, geradezu wissenschaftlich ausgebildete Bearbeitungs-Methode korrumpiert worden sind, und die, mehr oder weniger absichtslos, die Lehren, die ihnen eingeprägt worden sind, wie eine ansteckende Krankheit auf andere übertragen.

Viel schlimmer und gefährlicher aber liegen die Dinge, wenn es sich um Menschen handelt, die den klaren politischen Zweck verfolgen, dem Nazismus wieder zur Macht zu verhelfen und denen kein Mittel dazu besser und sicherer erscheint, als euch amerikanische Soldaten für nazistische Ideen zu gewinnen. Die Kunst der Menschenbetörung ist niemals so systematisch ausgebildet worden, wie die Nazis es in Deutschland getan haben, fast die ganze deutsche Jugend ist ihr zum Opfer gefallen, und mit vielen anderen hierzulande fürchte ich, daß ihr gegen solche Verführung und Verwirrung nicht genügend gewappnet seid. Freilich sollte man denken, daß der Anblick Deutschlands selbst, das Bild seiner Trümmer und seines Elends, kurz der Eindruck dessen, was das Nazitum aus Deutschland gemacht hat, zu eurer gründlichen Belehrung genügen sollte. Aber ich höre die Nazipropagandisten oder die Nazi-Infizierten sagen: »Das ist es ja eben: der Krieg hat Deutschland zerstört und die ganze Welt unglücklich gemacht, aber wozu mußte man ihn überhaupt führen?!« Vor diesem Zweifel, ob der europäische Krieg, der Krieg gegen Hitler-Deutschland eine Notwendigkeit war, möchte ich euch vor allen Dingen bewahren. Hitler gewähren zu lassen, hat sich nach vielen Versuchen, ihn zu Maß und Vernunft anzuhalten, als völlig unmöglich erwiesen, und die Welt, die er ins Leben gerufen hätte, sei es ohne Krieg oder durch einen deutschen Sieg in diesem Krieg, wäre entehrend für die gesamte Menschheit gewesen, es wäre eine Welt gewesen, in der, das glaube ich sagen zu dürfen, keiner von euch auch nur einen Tag hätte leben mögen.

Ihr hört wohl in Gesprächen mit Deutschen, daß wenigstens bis zum Krieg Hitler für die Deutschen ganz der rechte Mann gewesen sei und daß er für Deutschland das Beste gewollt habe. Man sagt euch, daß er die Arbeitslosigkeit beseitigt und daß er das in viele Parteien gespaltene Land geeinigt habe. Hitler hat die Arbeitslosigkeit beseitigt, indem er sofort nach seinem Machtantritt die monströse Aufrüstung ins Werk setzte, die als Instrument zur Unterdrückung Europas und der Welt dienen sollte. Der Krieg lag von

Anfang an im Wesen des Nazismus, und nie konnte das praktische Ergebnis seiner Lehren und seiner größenwahnsinnigen Ansprüche ein anderes sein als eben der Krieg.

Das deutsche Volk hat Hitler geeinigt durch einen Terror, wie ihn das europäische Leben noch nie gesehen hatte, durch die rechtlose, gewalttätige Unterdrückung jeder freien Meinung und durch die Folterung und Ermordung eines jeden, der seinen katastrophalen Zielen entgegen war. Er hat die Deutschen geeinigt durch Konzentrationslager.

Das ist die Antwort auf diese Behauptungen. Ihr hört noch anderes sagen. Ihr hört sagen, daß Deutschland guten Grund hatte, ja gezwungen war, Krieg zu führen, um die Fesseln des Versailler Vertrages zu sprengen und den ihm gebührenden Platz in der Welt einzunehmen. Die Wahrheit ist, daß der Versailler Vertrag seit 1919 von Jahr zu Jahr mehr gemildert und abgebaut worden und fast außer Kraft gesetzt war, als Hitler zur Macht gelangte. Die Wahrheit ist, daß die Welt vollkommen bereit war und sogar eifrig danach verlangte, ein vernünftiges und friedliebendes Deutschland in ihre Gemeinschaft aufzunehmen und mit ihm zusammenzuarbeiten. Eines Krieges gegen die Welt, wie Hitler ihn erzwungen hat, bedurfte es nicht nur nicht, sondern er war das sicherste Mittel, Deutschland in den Abgrund zu führen.

Ihr hört im Gespräch, daß die Behandlung, die Hitler den deutschen Juden, diesen zunächst und dann auch den Juden der übrigen von ihm unterworfenen europäischen Länder [zuteil werden ließ], nicht ohne Berechtigung gewesen sei. Aber ihr sollt wissen, daß der Antisemitismus von Anfang das dämagogische Mittel war, überall die Ideen der Gerechtigkeit und Freiheit, der Demokratie zu unterminieren und zu zerstören. Fünf Millionen unschuldige Menschen sind der schändlichen sogenannten Judenpolitik Hitlers und Himmlers zum Opfer gefallen, wie sie sich am scheußlichsten in den Vernichtungslagern von Auschwitz und Maidaneck bewährt hat. Diese Dinge gehören zu den abstoßendsten Verbrechen, die die Weltgeschichte kennt, und sie allein sollten genügen, jeden Menschen von gesundem moralischen Empfinden für immer abzuschrecken von irgendwelcher Sympathie mit Nazi-Lehren.

Mit diesen wenigen Worten und Andeutungen wollte ich euch warnen vor gewissen verwirrenden Einflüssen, die von der deutschen Atmosphäre auf euch ausgehen könnten. Aber keineswegs war es meine Absicht, von euch zu verlangen, daß ihr Härte und Unmenschlichkeit zeigen sollt im Umgang mit der deutschen Bevölkerung. Ihr habt dazu von Natur keine Neigung, und ich verstehe durchaus, daß die Vorzüge der Menschen, unter denen ihr lebt, die deutsche Sauberkeit, Disziplin, Ordnungsliebe euch gefallen und euch dem deutschen Volk geneigt machen. Als gebürtigen Deutschen kann mich das nur freuen. Aber wünschen müßte man, daß ihr, je länger ihr dort lebt, desto besser unterscheiden lernt zwischen Personen, denen man trauen und solchen, denen man nicht trauen darf, und die die gewinnenden deutschen Eigenschaften benützen, um euch Ideen bestechend erscheinen zu lassen, die eurer Moral gefährlich sind. Nur zu gut verstehen diese Leute es oft, sich als Elemente der Ordnung, mit denen es sich bequem zusammenarbeiten läßt, zu empfehlen, und doch ist es unumgänglich notwendig, daß sie jedes Einflusses beraubt und unschädlich gemacht werden. Dagegen ist es nur wünschenswert, daß in wachsendem Maße sich ein gutes Einvernehmen herstellt zwischen euch Soldaten und dem gutwilligen Teil der Bevölkerung, besonders denen, die während der Hitlerjahre sich als Kämpfer und Märtyrer der Freiheit und Moralität bewährt haben und die heute bereit wären, Deutschland auf den rechten Weg zu führen. Das ist keine leichte Aufgabe, aber erst, wenn ihr Einfluß herrschend geworden, sodaß die Nazi-Mentalität wirklich überwunden und ausgetilgt ist, wird die Stunde gekommen sein, die wir alle mit Ungeduld herbeisehnen: die Stunde, wo die Okkupation beendet und einem geistig genesenen Deutschland die Verfügung über sich selbst zurückgegeben werden kann.

(TB 26. 1. 46, Anm. 3)

REGISTER

I WERKE VON THOMAS MANN

II ALLGEMEINES VERZEICHNIS

Der Name von Katia Mann, die sehr häufig erwähnt wird, ist nicht aufgenommen. Orte und Hotels sind nur im Zusammenhang mit einem Aufenthalt TM's verzeichnet, die Registrierung fremder Werke bezieht sich auf TM's Eintragungen; nicht aufgeführt sind Artikel und Rezensionen.

Das Register wurde zusammengestellt von Wolfgang Kloft

INHALT

Pacif. Palis., Sonnabend, den 22. I. 1944
»Argentinisch-spanische Ausgabe von ›Cervantes, Goethe, Freud‹.«

Pacif. Palis., Freitag, den 5. V. 1944
»Nach dem Lunch Korrektur des Werther-Vortrags für die Essay-Sammlung.«

THOMAS MANN
Leiden und Größe der Meister
Nachwort von Peter de Mendelssohn

S. Fischer Verlag

Pacif. Palis., Dienstag, den 7. III. 1944
»Zum Abendessen Leonh. Frank mit seinen Bekannten D. aus Nürnberg. Diskussion über ›Bernadette‹ und Wunder.«

Pacif. Palis., Donnerstag, den 3. V. 1945
»Zu Werfels. Dinner mit ihnen bei Romanow. Champagner, Caviar, Kaffee. Dann zu ihnen. Vorlesung der Anfänge des Teufelskapitels und der ›Hölle‹ zur völligen Ergriffenheit Werfels, der es das Großartigste findet, was ich geschrieben.«

Pacific Palisades, Dienstag, den 19. II. 1946
»Im letzten Teil von Werfels Roman [*Stern der Ungeborenen*]. Ich spräche gern mit ihm darüber. Ein guter Aufsatz wäre darüber zu schreiben. Er las den ›Zauberberg‹ vorher. Er muss ihm als klassisches Werk erschienen sein, über das er hinausging. ›Buddenbrooks‹ bewunderte er beim Wiederlesen so, daß es ihn unwahrscheinlich anmutete, den Verfasser im Fleische vor sich zu sehen.«

FRANZ WERFEL

Das Lied von Bernadette
Roman

Stern der Ungeborenen
Ein Reiseroman

Textidentisch erschienen im
S. Fischer Verlag und Fischer Taschenbuch Verlag

Pacif. Palis., Dienstag, den 25. IV 1944
»Langer Brief von Agnes Meyer mit ›Geliebter Freund!‹ und stärksten Ausdrücken für das, was ich ihr sei. Der herrliche ›Moses‹. Ihr Aufsatz für B. of the M. fertig. Tapferer und gescheiter Artikel von ihr über soziale Zustände u. Gefahren hierzulande.«

Pacif. Palis., Mittwoch, den 28. VI. 1944
»Die Meyer schickt reviews über den Joseph: Höchst mutiger Angriff gegen das Ganze in den N.Y.Times, ganz Frankfurter Zeitung. Schrieb der Meyer: ›Wenn die Wahrheit das ist, was uns demütigt, so ist sie mein tägliches Brodt.‹«

Pacif. Palis., Sonntag, den 30. VII. 1944
»Nachmittags handschriftl. Briefe bis zum Abendessen, ausführlich an die Meyer.«

Pacif. Palis., Sonnabend, den 26. VIII. 1944
»An die Meyer über die Fragwürdigkeit der zugesagten Winterreise.«

Pacif. Palisades, Dienstag, den 14. VIII. 1945
»Brief der Meyer über die Rolle, die meine Bücher in den Gefangenen Camps spielen. … Brief an die Meyer.«

Thomas Mann – Agnes E. Meyer
Briefwechsel 1937–1955
Herausgegeben von Hans R. Vaget

S. Fischer Verlag

Pacif. Palis., Donnerstag, den 27. IV. 1944
»Zeitschrift ›Encore‹ mit der Novelle ›Disillusionment‹ [*Enttäuschung*], geschrieben mit 19 Jahren in Neapel…«

Pacif. Palis., Montag, den 4. IX. 1944
»In ›Herr u. Hund‹, dessen Luxusausgabe wir Werfel zum Geburtstag bestimmten.«

Pacif. Palis., Dienstag, den 20. VI. 1944
»Begann mit der Vernichtung alter Tagebücher.«

P.P., Montag, den 21. V. 1945
»Danach alte Tagebücher vernichtet in Ausführung eines längst gehegten Vorsatzes. Verbrennung im Ofen draußen.«

PETER DE MENDELSSOHN
Der Zauberer
Das Leben des deutschen Schriftstellers Thomas Mann
Durchgesehene, mit Zitatnachweisen, Registern und Familientafeln ergänzte Neuausgabe. 3 Bände in Kassette

Erster Teil: 1875–1918

Zweiter Teil: Jahre der Schwebe 1919 und 1933
Mit einer Einleitung von Albert v. Schirnding

Fischer Taschenbuch Verlag

Pacif. Palis., Freitag, den 29. XII. 1944
»Ankunft Erika. Herzliche Begrüßung. Mit ihr bei mir. Hundert Erzählungen. Um 1 etwas marschiert. Lunch mit Erika. Nachher lange mit ihr im Living Room. Viel über ihre Abenteuer...«

Pacif. Palis., Donnerstag, den 17. V. 1945
»Arbeit mit Erika bis gegen 12 an der Verbesserung der Übersetzung des Vortrags, den sie jetzt kürzt.«

IRMELA VON DER LÜHE
Erika Mann
Eine Biographie

Fischer Taschenbuch Verlag

Pacif. Palis., Sonntag, den 11. VI. 1944
»Über Heinrich und seine Produktion, seine Stellung hier. ›Das Zeitalter‹. Wiederauflegung des ›Untertan‹.«

Pacif. Palis., Sonnabend, den 11. VIII. 1945
»7 Uhr mit Picnic-Düte zu Heinrich. Abendessen bei ihm und Vorlesung aus seinem Roman ›Empfang in der Welt‹. Geisterhaft; dann gespenstische Maskerade. Originelles, unlokalisiertes soziales Generationenspiel.«

HEINRICH MANN
Gesammelte Werke in Einzelbänden
Herausgegeben von Peter-Paul Schneider

Die kleine Stadt. Roman
Professor Unrat. Roman
Der Untertan. Roman
Haltlos. Sämtliche Erzählungen Band 1
Liebesspiele. Sämtliche Erzählungen Band 2
Die Verräter. Sämtliche Erzählungen Band 3

S. Fischer Verlag

Pacif. Palis., Sonnabend, den 22. VII. 1944
»L. Frank fragte gestern, ob mir bei Adrian ein Modell vorgeschwebt habe. Verneinte und nannte ihn eine Idealgestalt, einen ›Helden unserer Zeit‹. Er ist eigentlich mein Ideal, und nie habe ich eine Imagination so geliebt, weder Goethe, noch Castorp, noch Thomas Buddenbrook, noch Joseph oder Aschenbach. Eine bewunderungsvolle und ergriffene Zärtlichkeit erfüllt mich für ihn.«

THOMAS MANN

Buddenbrooks. Verfall einer Familie. Roman
Königliche Hoheit. Der Erwählte. Zwei Romane
Der Zauberberg. Roman
Lotte in Weimar. Roman
Joseph und seine Brüder. Die Geschichten Jaakobs. Roman
Joseph und seine Brüder. Der junge Joseph. Roman
Joseph und seine Brüder. Joseph in Ägypten. Roman
Joseph und seine Brüder. Joseph, der Ernährer. Roman
Doktor Faustus. Das Leben des deutschen Tonsetzers Adrian Leverkühn erzählt von einem Freunde / Die Entstehung des Doktor Faustus Roman eines Romans
Bekenntnisse des Hochstaplers Felix Krull. Der Memoiren erster Teil
Tonio Kröger. Frühe Erzählungen
Mario und der Zauberer. Späte Erzählungen

S. Fischer Verlag

Pacif. Palis., Donnerstag, den 2. VIII. 1945
»Heroen oder Celebritäten meiner Epoche verschwinden: Valéry tot, Mascagni tot.«

Pacif. Palis., Freitag, den 17. VIII. 1945
»Viel Post zu lesen, Nekrolog Gide's auf Valéry...«

Pacif. Palis., Donnerstag, den 30. VIII. 1945
»Geburtstagsbrief von W. v. Molo aus Murnau mit erneuter Aufforderung, zu ›kommen‹. Was fange ich an mit Preetorius und ihm? – – «

P.P., Sonntag, den 2. IX. 1945
»Dann Brief an Molo begonnen, offen oder privat, da eine Äußerung fällig.«

Pacif. Palis., Dienstag, den 4. IX. 1945
»Hitze, Arbeitete vormittags an dem Brief nach Deutschland. … Nach dem Abendessen Besuch von Neumann. Las das bisher an Molo Geschriebene vor.«

P.P., Sonnabend, den 8. IX. 1945
»Geniertes Herum-Experimentieren mit dem zur Hälfte verfehlten Brief nach Deutschland. Das Neu-Geschriebene wieder verworfen.«

THOMAS MANN
Briefwechsel mit Autoren
Herausgegeben von Hans Wysling

S. Fischer Verlag

P.P., Mittwoch, den 16. I. 1946
»Verwandtschaft des Münchener Studenten-Manifests [*Die Weiße Rose*] mit der von mir aufgenommenen Radio-Sendung.«